11 - 32

Le Siècle.

OEUVRES CHOISIES

DE H. DE BALZAC.

Deuxième Série.

SCÈNES DE LA VIE DE PROVINCE.

PARIS. — IMPRIMERIE LOUIS GRIMAUX, 16, RUE DU CROISSANT

Le Siècle.

SCÈNES

DE LA

VIE DE PROVINCE

PAR

H. DE BALZAC.

TOME PREMIER.

URSULE MIROUET. — EUGÉNIE GRANDET. — LES CÉLIBATAIRES.
LA MUSE DU DÉPARTEMENT.

PARIS.

AU BUREAU DU SIÈCLE, 16, RUE DU CROISSANT.

ANCIEN HOTEL COLBERT.

1854.

Scènes de la Vie de Province.

§

URSULE MIROUËT

A MADEMOISELLE SOPHIE SURVILLE.

C'est un vrai plaisir, ma chère nièce, que de te dédier un livre dont le sujet et les détails ont eu l'approbation, si diffi-
cile à obtenir, d'une jeune fille à qui le monde est encore inconnu, et qui ne transige avec aucun des nobles principes d'une
sainte éducation. Vous autres jeunes filles, vous êtes un public redoutable ; car on ne doit vous laisser lire que des livres
purs comme votre âme est pure, et l'on vous défend certaines lectures comme on vous empêche de voir la Société telle qu'elle
est. N'est-ce pas alors à donner de l'orgueil à un auteur que de vous avoir plu ? Dieu veuille que l'affection ne t'ait pas
trompée ! Qui nous le dira ? l'avenir que tu verras, je l'espère, et où je ne serai plus.

Ton oncle,

HONORÉ DE BALZAC.

PREMIÈRE PARTIE.

LES HÉRITIERS ALARMÉS.

En entrant à Nemours du côté de Paris, on passe sur le canal du Loing, dont les berges forment à la fois de champêtres remparts et de pittoresques promenades à cette jolie petite ville. Depuis 1830, on a malheureusement bâti plusieurs maisons en deçà du pont. Si cette espèce de faubourg s'augmente, la physionomie de la ville y perdra sa gracieuse originalité. Mais, en 1829, les côtés de la route étant libres, le maître de poste, grand et gros homme d'environ soixante ans, assis au point culminant de ce pont, pouvait, par une belle matinée, parfaitement embrasser ce qu'en termes de son art on nomme un ruban de queue. Le mois de septembre déployait ses trésors, l'atmosphère flambait au-dessus des herbes et des cailloux, aucun nuage n'altérait le bleu de l'éther dont la pureté partout vive, et même à l'horizon, indiquait l'excessive raréfaction de l'air. Aussi, Minoret-Levrault, ainsi se nommait le maître de poste, était-il obligé de se faire un garde-vue avec une de ses mains pour ne pas être ébloui. En homme impatienté d'attendre, il regardait tantôt les charmantes prairies qui s'étalent à droite de la route et où ses regains poussaient, tantôt la colline chargée de bois qui, sur la gauche, s'étend de Nemours à Bouron. Il entendait dans la vallée du Loing, où retentissaient les bruits du chemin repoussés par la colline, le galop de ses propres chevaux et les claquemens de fouet de ses postillons. Ne faut-il pas être maître de poste pour s'impatienter devant une prairie où se trouvaient des bestiaux comme en fait Paul Potter, sous un ciel de Raphaël, sur un canal ombragé d'arbres dans la manière d'Hobbéma ? Qui connaît Nemours sait que la nature y est aussi belle que l'art, dont la mission est de la spiritualiser : là, le paysage a des idées et fait penser. Mais à l'aspect de Minoret-Levrault, un artiste aurait quitté le site pour croquer ce bourgeois, tant il était original à force d'être commun. Réunissez toutes les conditions de la brute, vous obtenez Caliban, qui, certes, est une grande chose. Là où la Forme domine, le sentiment disparaît. Le maître de poste, preuve vivante de cet axiome, présentait une de ces physionomies où le penseur aperçoit difficilement trace d'âme sous la violente carnation que produit un brutal développement de la chair. Sa casquette en drap bleu, à petile visière et à côtes de melon, moulait une tête dont les fortes dimensions prouvaient que la science de Gall n'a pas encore abordé le chapitre des exceptions. Les cheveux gris et comme lustrés qui débordaient la casquette vous eussent démontré que la chevelure blanchit par d'autres causes que par les fatigues d'esprit ou par les chagrins. De chaque côté de la tête, on voyait de larges oreilles presque cicatrisées sur les bords par les érosions d'un sang trop abondant qui semblait prêt à jaillir au moindre effort. Le teint offrait des tons violacés sous une couche brune, due à l'habitude d'affronter le soleil. Les yeux gris, agiles, enfoncés, cachés sous deux buissons noirs, ressemblaient aux yeux des Kalmouks venus en 1815 ; s'ils brillaient par momens, ce ne pouvait être que sous l'effort d'une pensée cupide. Le nez, déprimé depuis sa racine, se relevait brusquement en pied de marmite. Des lèvres épaisses en harmonie avec un double menton presque repoussant, dont la barbe faite à peine deux fois par semaine maintenait un méchand foulard de l'état de corde usée ; un cou plissé par la graisse, quoique très court ; de fortes joues complétaient les caractères de la puissance stupide que les sculpteurs impriment à leurs cariatides. Minoret-Levrault ressemblait à ces statues, à cette différence près qu'elles supportent un édifice et qu'il avait assez à faire de se soutenir lui-même. Vous rencontrerez beaucoup de ces Atlas sans Monde. Le buste de cet homme était un bloc ; vous eussiez dit d'un taureau relevé sur ses deux jambes de derrière. Les bras vigoureux se terminaient par des mains épaisses et dures, larges et fortes, qui pouvaient et savaient manier le fouet, les guides, la fourche, et auxquelles aucun postillon ne se jouait. L'énorme ventre de ce géant était supporté par des cuisses grosses comme le corps d'un adulte et par des pieds d'éléphant. La colère devait être rare chez cet homme, mais terrible, apoplectique, alors qu'elle éclatait. Quoique violent et incapable de réflexion, cet homme n'avait rien fait qui justifiât les sinistres promesses de sa physionomie. A qui tremblait devant ce géant, ses postillons disaient : — Oh ! il n'est pas méchant !

Le maître de Nemours, pour nous servir de l'abréviation usitée en beaucoup de pays, portait une veste de chasse en velours vert-bouteille, un pantalon de coutil vert à raies vertes, un ample gilet jaune en poil de chèvre, dans la poche duquel on apercevait une tabatière monstrueuse dessinée par un cercle noir. A nez camard grosse tabatière, est une loi presque sans exception.

Fils de la Révolution et spectateur de l'Empire, Minoret-Levrault ne s'était jamais mêlé de politique ; quant à ses opinions religieuses, il n'avait mis le pied à l'église que pour se marier ; quant à ses principes dans la vie privée, ils existaient dans le Code civil : tout ce que la loi ne défendait pas ou ne pouvait atteindre, il le croyait faisable. Il n'avait jamais lu que le journal du département de Seine-et-Marne, ou quelques instructions relatives à sa profession. Il passait pour un cultivateur habile ; mais sa science était purement pratique. Ainsi, chez Minoret-Levrault, le moral ne démentait pas le physique. Aussi parlait-il rarement ; et, avant de prendre la parole, prenait-il toujours une prise de tabac pour se donner le temps de chercher non pas des idées, mais des mots. Bavard, il vous eût paru manqué. En pensant que cette espèce d'éléphant sans trompe et sans intelligence se nomme *Minoret-Levrault*, ne doit-on pas reconnaître avec Sterne l'occulte puissance des noms, qui tantôt raillent et tantôt prédisent les caractères ? Malgré ces incapacités visibles, en trente-six ans il avait, la Révolution aidant, gagné trente mille livres de rentes, en prairies, terres labourables et bois. Si Minoret, intéressé dans les messageries de Nemours et dans celles du Gâtinais à Paris, travaillait encore, il agissait en ceci moins par habitude que pour un fils unique auquel il voulait préparer un bel avenir. Ce fils, devenu, selon l'expression des paysans, un monsieur, venait de terminer son Droit et devait prêter serment à la rentrée, comme avocat stagiaire. Monsieur et madame Minoret-Levrault, car, à travers ce colosse, tout le monde aperçoit

une femme sans laquelle une si belle fortune serait impossible, laissaient leur fils libre de se choisir une carrière : notaire à Paris, procureur du roi quelque part, receveur-général n'importe où, agent de change ou maître de poste. Quelle fantaisie pouvait se refuser, à quel état ne devait pas prétendre le fils d'un homme de qui l'on disait, depuis Montargis jusqu'à Essonne : « Le père Minoret ne connaît pas sa fortune ! » Ce mot avait reçu, quatre ans auparavant, une sanction nouvelle quand, après avoir vendu son auberge, Minoret s'était bâti des écuries et une maison superbes en transportant la poste de la Grand'rue sur le port. Ce nouvel établissement avait coûté deux cent mille francs, que les commérages doublaient à trente lieues à la ronde. La poste de Nemours veut un grand nombre de chevaux : elle va jusqu'à Fontainebleau sur Paris, et dessert au delà les routes de Montargis et de Montereau ; de tous les côtés, le relai est long, et les sables de la route de Montargis autorisent ce fantastique troisième cheval qui se paye toujours et ne se voit jamais. Un homme comme Minoret, riche comme Minoret, et à la tête d'un pareil établissement, pouvait donc s'appeler sans antiphrase le maître de Nemours. Quoiqu'il n'eût jamais pensé ni à Dieu ni à diable, qu'il fût matérialiste pratique, Minoret avait jusqu'alors joui d'un bonheur sans mélange, si l'on doit regarder une vie purement matérielle comme un bonheur. En voyant le bourrelet de chair pelée qui enveloppait la dernière vertèbre et comprimait le cervelet de cet homme, en entendant surtout sa voix grêle et clairette qui contrastait ridiculement avec son encolure, un physiologiste eût parfaitement compris pourquoi ce grand, gros, épais cultivateur, adorait son fils unique, et pourquoi peut-être il l'avait attendu si longtemps, (comme le disait assez bien le nom de Désiré que portait l'enfant). Enfin, si l'amour en trahissant une riche organisation est chez l'homme une promesse des plus grandes choses, les philosophes comprendront les causes de l'incapacité de Minoret. La mère, qui fort heureusement le fils ressemblait, rivalisait de gâteries avec le père. Aucun naturel d'enfant n'aurait pu résister à cette idolâtrie. Aussi Désiré, qui connaissait l'étendue de son pouvoir, savait-il traire la cassette de sa mère et puiser dans la bourse de son père en faisant croire à chacun des auteurs de ses jours qu'il ne s'adressait qu'à lui. Désiré, qui jouait à Nemours un rôle infiniment supérieur à celui que joue un prince royal dans la capitale de son père, avait voulu se passer à Paris toutes ses fantaisies comme il se les passait dans sa petite ville, et chaque année il y avait dépensé plus de douze mille francs. Mais aussi, pour cette somme, avait-il acquis des idées qui ne lui seraient jamais venues à Nemours ; il s'était dépouillé de la peau du provincial, avait compris la puissance de l'argent, et vu dans la magistrature un moyen d'élévation. Pendant cette dernière année il avait dépensé dix mille francs de plus, en se liant avec des artistes, des journalistes et leurs maîtresses. Une lettre confidentielle assez inquiétante eût au besoin expliqué la faction du maître de poste, à qui son fils demandait son appui pour un mariage ; mais la mère Minoret-Levrault, occupée à préparer un somptueux déjeuner pour célébrer le retour du licencié en droit, avait envoyé son mari sur la route en lui disant de monter à cheval s'il ne voyait pas la diligence. La diligence qui devait amener ce fils unique arrive ordinairement à Nemours vers cinq heures du matin, et neuf heures sonnaient ! Qui pouvait causer un pareil retard ? Avait-on versé ? Désiré vivait-il ? Avait-il seulement la jambe cassée ?

Trois batteries de coups de fouet éclatent et déchirent l'air comme une mousqueterie, les gilets rouges des postillons poindent, dix chevaux hennissent ! le maître ôte sa casquette et l'agite, il est aperçu. Le postillon le mieux monté, celui qui ramenait deux chevaux de calèche gris-pommelé, pique son porteur, devance cinq gros chevaux de diligence, les Minoret de l'écurie, trois chevaux de berline, et arrive devant le maître.

— As-tu vu la *Ducler* ?

Sur les grandes routes, on donne aux diligences des noms assez fanta-tiques : on dit la Cai llard, la Ducler (la voiture de Nemours à Paris), le Grand-Bureau. Toute entreprise nouvelle est la *Concurrence* ! Du temps de l'entreprise des Leconte, leurs voitures s'appelaient la *Comtesse*. — Caillard n'a pas attrapé la Comtesse, mais le Grand-Bureau lui a joliment brûlé... sa robe, tout de même ! — La Caillard et le Grand-Bureau ont enfoncé les *Françaises* (les Messageries-Françaises). Si vous voyez le postillon allant *à tout brésiller* et refuser un verre de vin, questionnez le conducteur : il vous répond, le nez au vent, l'œil sur l'espace : — La *Concurrence* est devant ! — Et nous ne la voyons pas ! dit le postillon. Le scélérat, il n'aura *pas fait manger ses voyageurs !* — Est-ce qu'il en a ? répond le conducteur. Tape donc sur Polignac ! Tous les mauvais chevaux se nomment Polignac. Telles sont les plaisanteries et le fond de la conversation entre les postillons et les conducteurs en haut des voitures. Autant de professions en France, autant d'argots.

— As-tu vu dans la Ducler ?...

— Monsieur Désiré ? répondit le postillon en interrompant son maître. Eh ! vous avez dû nous entendre, nos fouets vous l'annonçaient assez, nous pensions bien que vous étiez sur la route.

— Pourquoi donc la diligence est-elle en retard de quatre heures ?

— Le cercle d'une des roues de derrière s'est détaché entre Essonne et Ponthierry. Mais il n'y a pas eu d'accident ; à la montée, Cabirolle s'est heureusement aperçu de la chose.

En ce moment une femme endimanchée, car les volées de la cloche de Nemours appelaient les habitans à la messe du dimanche, une femme d'environ trente-six ans aborda le maître de poste.

— Eh bien ! mon cousin, dit-elle, vous ne vouliez pas me croire ! Notre oncle est avec Ursule dans la Grand'rue, et ils vont à la grand'messe.

Malgré les lois de la poétique moderne sur la couleur locale, il est impossible de pousser la vérité jusqu'à répéter l'horrible injure mêlée de jurons que cette nouvelle, en apparence si peu dramatique, fit sortir de la large bouche de Minoret-Levrault : sa voix grêle devint sifflante et sa figure présenta cet effet que les gens du peuple nomment ingénieusement un *coup de soleil*.

— Est-ce sûr ? dit-il après la première explosion de sa colère.

Les postillons passèrent avec leurs chevaux en saluant leur maître, qui parut ne les avoir ni vus ni entendus. Au lieu d'attendre son fils, Minoret-Levrault remonta la Grand'rue avec sa cousine.

— Ne vous l'ai-je pas toujours dit ? reprit-elle. Quand le docteur Minoret n'aura plus sa tête, cette petite sainte nitouche le jettera dans la dévotion ; et, comme qui tient l'esprit tient la bourse, elle aura notre succession.

— Mais, madame Massin... dit le maître de poste hébété.

— Ah ! vous aussi, reprit madame Massin en interrompant son cousin, vous allez me dire comme Massin : Est-ce une petite-fille de quinze ans qui peut inventer des plans pareils et les exécuter ? faire quitter ses opinions à un homme de quatre-vingt-trois ans qui n'a jamais mis le pied dans une église que pour se marier, qui a les prêtres dans une telle horreur qu'il n'a pas même accompagné cette enfant à la paroisse le jour de sa première communion ? Eh bien ! pourquoi, si le docteur Minoret a les prêtres en horreur, passe-t-il, depuis quinze ans, presque toutes les soirées de la semaine avec l'abbé Chaperon ? Le vieil hypocrite n'a jamais manqué de donner à Ursule vingt francs pour mettre au cierge quand elle rend le pain bénit. Vous ne vous souvenez plus du cadeau fait par Ursule à l'église pour remercier le curé de l'avoir préparée à sa première communion ? elle y avait employé tout son argent, et son parrain le lui a rendu, mais doublé. Vous ne faites attention à rien, vous autres hommes ! En apprenant ces détails, j'ai dit : Adieu paniers, vendanges sont faites ! Un

oncle à succession ne se conduit pas ainsi sans des intentions envers une petite morveuse ramassée dans la rue.

— Bah ! ma cousine, reprit le maître de poste, le bonhomme mène peut-être Ursule par hasard à l'église. Il fait beau, notre oncle va se promener.

— Mon cousin, notre oncle tient un livre de prières à la main ; et il vous a un air cafard ! Enfin, vous l'allez voir.

— Ils cachaient bien leur jeu, répondit le gros maître de poste, car la Bougival m'a dit qu'il n'était jamais question de religion entre le docteur et l'abbé Chaperon. D'ailleurs le curé de Nemours est le plus honnête homme de la terre, il donnerait sa dernière chemise à un pauvre ; il est incapable d'une mauvaise action, et subtiliser une succession, c'est...

— Mais c'est voler, dit madame Massin.

— C'est pis ! cria Minoret-Levrault exaspéré par l'observation de sa bavarde cousine.

— Je sais, répondit madame Massin, que l'abbé Chaperon, quoique prêtre, est un honnête homme : mais il est capable de tout pour les pauvres ! Il aura miné, miné, miné notre oncle en dessous, et le docteur sera tombé dans le cagotisme. Nous étions tranquilles, et le voilà perverti. Un homme qui n'a jamais cru à rien et qui avait des principes ! Oh ! c'est fait pour nous. Mon mari est cent dessus dessous.

Madame Massin, dont les phrases étaient autant de flèches qui piquaient son gros cousin, le faisait marcher, malgré son embonpoint, aussi promptement qu'elle, au grand étonnement des gens qui se rendaient à la messe. Elle voulait rejoindre cet oncle Minoret et le montrer au maître de poste.

Du côté du Gâtinais, Nemours est dominé par une colline le long de laquelle s'étendent la route de Montargis et le Loing. L'église, sur les pierres de laquelle le temps a jeté son riche manteau noir, car elle a sans doute été rebâtie au quatorzième siècle par les Guise, pour lesquels Nemours fut érigé en duché-pairie, se dresse au bout de la petite ville, au bas d'une grande arche qui l'encadre. Pour les monumens comme pour les hommes, la position fait tout. Ombragée par quelques arbres, et mise en relief par une place propette, cette église solitaire produit un effet grandiose. En débouchant sur la place, le maître de Nemours put voir son oncle donnant le bras à la jeune fille nommée Ursule, tenant chacun leur *Paroissien* et entrant à l'église. Le vieillard ôta son chapeau sous le porche, et sa tête, entièrement blanche, comme un sommet couronné de neige, brilla dans les douces ténèbres de la façade.

— Eh bien ! Minoret, que dites-vous de la conversion de votre oncle ? s'écria le percepteur des contributions de Nemours nommé Crémière.

— Que voulez-vous que je dise ? lui répondit le maître de poste en lui offrant une prise de tabac.

— Bien répondu, père Levrault ! vous ne pouvez pas dire ce que vous pensez, si un illustre auteur a eu raison d'écrire que l'homme est obligé de penser sa parole avant de parler sa pensée, s'écria malicieusement un jeune homme qui survint, et qui jouait dans Nemours le personnage de Méphistophélès de *Faust*.

Ce mauvais garçon, nommé Goupil, était le premier clerc de monsieur Crémière-Dionis, le notaire de Nemours. Malgré les antécédens d'une conduite presque crapuleuse, Dionis avait pris Goupil dans son Étude, quand le séjour de Paris, où le jeune homme avait dissipé la succession de son père, fermier aisé qui le destinait au notariat, lui fut interdit par une complète indigence. En voyant Goupil, vous eussiez aussitôt compris qu'il se fût hâté de jouir de la vie ; car pour obtenir des jouissances, il devait les payer cher. Malgré sa petite taille, le clerc avait à vingt-sept ans le buste développé comme peut l'être celui d'un homme de quarante ans. Des jambes grêles et courtes, une large face au teint brouillé comme un ciel avant l'orage et surmontée d'un front chauve, faisaient encore ressortir cette bizarre conformation. Aussi, son visage semblait-il appartenir à un bossu dont la bosse eût été en dedans. Une singularité de ce visage aigre et pâle confirmait l'existence de cette invisible gibbosité. Courbe et tordu comme celui de beaucoup de bossus, le nez se dirigeait de droite et de gauche, au lieu de partager exactement la figure. La bouche, contractée aux deux coins, comme celle des Sardes, était toujours sur le qui-vive de l'ironie. La chevelure, rare et roussâtre, tombait par mèches plates et laissait voir le crâne par places. Les mains, grosses et mal emmanchées au bout de bras trop longs, étaient crochues et rarement propres. Goupil portait des souliers bons à jeter au coin d'une borne, et des bas en filoselle d'un noir rougeâtre; son pantalon et son habit noir, usés jusqu'à la corde et presque gras de crasse; ses gilets piteux, dont quelques boutons manquaient de moules; le vieux foulard qui lui servait de cravate, toute sa mise annonçait la cynique misère à laquelle ses passions le condamnaient. Cet ensemble de choses sinistres était dominé par deux yeux de chèvre, une prunelle cerclée de jaune, à la fois lascifs et lâches. Personne n'était plus craint ni plus respecté que Goupil dans Nemours. Armé des prétentions que comportait sa laideur, il avait ce détestable esprit particulier à ceux qui se permettent tout, et l'employait à venger les mécomptes d'une jalousie permanente. Il rimait les couplets satiriques qui se chantent au carnaval, il organisait les charivaris, il faisait à lui seul le petit journal de la ville. Dionis, homme fin et faux, par cela même assez craintif, gardait Goupil autant par peur qu'à cause de son excessive intelligence et de sa connaissance profonde des intérêts du pays. Mais le patron se défiait tant du clerc, qu'il régissait lui-même sa caisse, ne le logeait point chez lui, le tenait à distance, et ne lui confiait aucune affaire secrète ou délicate. Aussi le clerc flattait-il son patron en cachant le ressentiment que lui causait cette conduite, et surveillait-il madame Dionis dans une pensée de vengeance. Doué d'une compréhension vive, il avait le travail facile.

— Oh! toi, te voilà déjà riant de notre malheur, répondit le maître de poste au clerc qui se frottait les mains.

Comme Goupil flattait bassement toutes les passions de Désiré, qui, depuis cinq ans, en faisait son compagnon, le maître de poste le traitait assez cavalièrement, sans soupçonner quel horrible trésor de mauvais vouloir s'entassait au fond du cœur de Goupil à chaque nouvelle blessure. Après avoir compris que l'argent lui était plus nécessaire qu'à tout autre, le clerc, qui se savait supérieur à toute la bourgeoisie de Nemours, voulait faire fortune, et comptait sur l'amitié de Désiré pour acheter une des trois charges de la ville, le greffe de la Justice de Paix, l'étude d'un des huissiers, ou celle de Dionis. Aussi supportait-il patiemment les algarades du maître de poste, le mépris de madame Minoret-Levrault, et jouait-il un rôle infâme auprès de Désiré qui, depuis deux ans, lui laissait consoler les Arianes victimes de la fin des vacances. Goupil dévorait ainsi les miettes des ambigus qu'il avait préparés.

— Si j'avais été le neveu du bonhomme, il ne m'aurait pas donné Dieu pour cohéritier, répliqua le clerc en montrant par un hideux ricanement des dents rares, noires et menaçantes.

En ce moment, Massin-Levrault junior, le greffier de la Justice de Paix, rejoignit sa femme en amenant madame Crémière, la femme du percepteur de Nemours. Ce personnage, un des plus âpres bourgeois de la petite ville, avait la physionomie d'un Tartare : des yeux petits et ronds comme des sinelles sous un front déprimé, les cheveux crépus, le teint huileux, de grandes oreilles sans rebords, une bouche presque sans lèvres et la barbe rare. Ses manières avaient l'impitoyable douceur des usuriers, dont la conduite repose sur des principes fixes. Il parlait comme un homme qui a une extinction de voix. Enfin, pour le peindre, il suffira de dire qu'il employait sa fille aînée et sa femme à faire ses expéditions de jugements.

Madame Crémière était une grosse femme d'un blond douteux, au teint criblé de taches de rousseur, un peu trop serrée dans ses robes, liée avec madame Dionis, et qui passait pour instruite parce qu'elle lisait des romans. Cette fi-

nancière du dernier ordre, pleine de prétentions à l'élégance et au bel-esprit, attendait l'héritage de son oncle pour *prendre un certain genre*, orner son salon et y recevoir la bourgeoisie ; car son mari lui refusait la lampe Carcel, les lithographies et les futilités qu'elle voyait chez la notaresse. Elle craignait excessivement Goupil, qui guettait et colportait ses *capsulinguettes* (elle traduisait ainsi le mot *lapsus linguæ*). Un jour madame Dionis lui dit qu'elle ne savait plus quelle eau prendre pour ses dents.

— Prenez de l'opiat, lui répondit-elle.

Presque tous les collatéraux du vieux docteur Minoret se trouvèrent alors réunis sur la place, et l'importance de l'événement qui les ameutait fut si généralement sentie, que les groupes de paysans et de paysannes armés de leurs parapluies rouges, tous vêtus de ces couleurs éclatantes qui les rendent si pittoresques les jours de fête à travers les chemins, eurent les yeux sur les héritiers Minoret. Dans les petites villes qui tiennent le milieu entre les gros bourgs et les villes, ceux qui ne vont pas à la messe restent sur la place. On y causa d'affaires. A Nemours, l'heure des offices est celle d'une bourse hebdomadaire à laquelle venaient souvent les maîtres des habitations éparses dans un rayon d'une demi-lieue. Ainsi s'explique l'entente des paysans contre les bourgeois relativement aux prix des denrées et de la main-d'œuvre.

— Et qu'aurais-tu donc fait ? dit le maître de Nemours à Goupil.

— Je me serais rendu aussi nécessaire à sa vie que l'air qu'il respire. Mais, d'abord, vous n'avez pas su le prendre! Une succession veut être soignée autant qu'une belle femme, et, faute de soins, elles échappent toutes deux. Si ma patronne était là, reprit-il, elle vous dirait combien cette comparaison est juste.

— Mais monsieur Bongrand vient de me dire de ne point nous inquiéter, répondit le greffier de la Justice de Paix.

— Oh! il y a bien des manières de dire ça, répondit Goupil en riant. J'aurais bien voulu entendre votre finaud de juge de paix! S'il n'y avait plus rien à faire ; si, comme lui qui vit chez votre oncle, je savais tout perdu, je vous dirais : — Ne vous inquiétez de rien!

En prononçant cette dernière phrase, Goupil eut un sourire si comique et lui donna une signification si claire, que les héritiers soupçonnèrent le greffier de s'être laissé prendre aux finesses du juge de paix. Le percepteur, gros petit homme aussi insignifiant qu'un percepteur doit l'être, et aussi nul qu'une femme d'esprit pouvait le souhaiter, foudroya son cohéritier Massin par un : — Quand je vous le disais!

Comme les gens doubles prêtent toujours aux autres leur duplicité, Massin regarda de travers le juge de paix qui causait en ce moment près de l'église avec le marquis du Rouvre, un de ses anciens clients.

— Si je savais cela, dit-il.

— Vous paralyseriez la protection qu'il accorde au marquis du Rouvre, contre lequel il est arrivé des prises de corps, et qu'il *arrose* en ce moment de ses conseils, dit Goupil en glissant une idée de vengeance au greffier. Mais filez doux avec votre chef : le bonhomme est fin, il doit avoir de l'influence sur votre oncle, et peut encore l'empêcher de léguer tout à l'église.

— Bah! nous n'en mourrons pas, dit Minoret-Levrault en ouvrant son immense tabatière.

— Vous n'en vivrez pas non plus, répondit Goupil en faisant frissonner les deux femmes, qui plus promptement que leurs maris traduisaient en privations la perte de cette succession tant de fois employée au bien-être. Mais nous noierons dans les flots de vin de Champagne ce petit chagrin en célébrant le retour de Désiré, n'est-ce pas, gros père? ajouta-t-il en frappant sur le ventre du colosse et s'invitant ainsi lui-même, de peur qu'on ne l'oubliât.

Avant d'aller plus loin, peut-être les gens exacts aimeront-ils à trouver ici par avance une espèce d'intitulé d'inventaire, assez nécessaire d'ailleurs pour connaître les degrés de parenté qui rattachaient le vieillard si subitement converti ces trois pères de famille ou leurs femmes. Ces entre-croisemens de races au fond des provinces peuvent être le sujet de plus d'une réflexion instructive.

A Nemours, il ne se trouve que trois ou quatre maisons de petite noblesse inconnue, parmi lesquelles brillait alors celle des Portenduère. Ces familles exclusives hantent les nobles qui possèdent des terres ou des châteaux aux environs, et parmi lesquels on distingue les d'Aiglemont. propriétaires de la belle terre de Saint-Lange, et le marquis du Rouvre, dont les biens criblés d'hypothèques étaient guettés par les bourgeois. Les nobles de la ville sont sans fortune. Pour tous biens, madame de Portenduère possédait une ferme de quatre mille sept cents francs de rente, et sa maison en ville. A l'encontre de ce minime faubourg Saint-Germain se groupent une dizaine de richards, d'anciens meuniers, des négocians retirés, enfin une bourgeoisie en miniature sous laquelle s'agitent les petits détaillans, les prolétaires et les paysans. Cette bourgeoisie offre, comme dans les Cantons Suisses et dans plusieurs autres petits pays, le curieux spectacle de l'irradiation de quelques familles autochtones, gauloises peut-être, régnant sur un territoire, l'envahissant, et rendant presque tous les habitans cousins.

Sous Louis XI, époque à laquelle le Tiers-État a fini par faire de ses surnoms de véritables noms dont quelques-uns se mêlèrent à ceux de la Féodalité, la bourgeoisie de Nemours se composait de Minoret, de Massin, de Levrault et de Crémière. Sous Louis XIII, ces quatre familles produisaient déjà des Massin-Crémière, des Levrault-Massin, des Massin-Minoret, des Minoret-Minoret, des Crémière-Levrault, des Levrault-Minoret-Massin, des Massin-Levrault, des Minoret-Massin, des Massin-Massin, des Crémière-Massin, tout cela bariolé de junior, de fils aîné, de Crémière-François, de Levrault-Jacques, de Jean-Minoret, à rendre fou le père Anselme du Peuple, si le Peuple avait jamais besoin de généalogiste. Les variations de ce kaléidoscope domestique à quatre élémens se compliquaient tellement par les naissances et par les mariages, que l'arbre généalogique des bourgeois de Nemours eût embarrassé les Bénédictins de l'Almanach de Gotha eux-mêmes, malgré la science atomistique avec laquelle ils disposent les zigzags des alliances allemandes. Pendant longtemps, les Minoret occupèrent les tanneries, les Crémière tinrent les moulins, les Massin s'adonnèrent au commerce, les Levrault restèrent fermiers. Heureusement pour le pays, ces quatre souches tallaient au lieu de pivoter, ou repoussaient de bouture par l'expatriation des enfans qui cherchaient fortune au dehors ; il y a des Minoret couteliers à Melun, des Levrault à Montargis, des Massin à Orléans, et des Crémière devenus considérables à Paris. Diverses sont les destinées de ces abeilles sorties de la ruche-mère. Des Massin riches emploient nécessairement des Massin ouvriers, de même qu'il y a des princes allemands au service de l'Autriche ou de la Prusse. Le même département voit un Minoret millionnaire gardé par un Minoret soldat. Pleines du même sang et appelées du même nom pour toute similitude, ces quatre navettes avaient tissé sans relâche une toile humaine dont chaque lambeau se trouvait robe ou serviette, batiste superbe ou doublure grossière. Le même sang à la tête, aux pieds ou au cœur, en des mains industrieuses, dans un poumon souffrant ou dans un front gros de génie. Les chefs de clan habitaient fidèlement la petite ville, où les liens de parenté se relâchaient ou se resserraient au gré des événemens représentés par ce bizarre cognomonisme. En quelque pays que vous alliez, changez les noms, vous retrouverez le fait, mais sans la poésie que la Féodalité lui avait imprimée et que Walter Scott a reproduite avec tant de talent. Portons nos regards un peu plus haut, examinons l'Humanité dans l'Histoire? Toutes les familles nobles du onzième siècle, aujourd'hui presque toutes éteintes, moins la race royale des Capet, toutes ont nécessairement coopéré à la naissance d'un Rohan, d'un Montmorency, d'un Bauffremont, d'un Mortemart d'au-

jourd'hui ; enfin toutes seront nécessairement dans le sang du dernier gentilhomme vraiment gentilhomme. En d'autres termes, tout bourgeois est cousin d'un bourgeois, tout noble est cousin d'un noble. Comme le dit la sublime page des généalogies bibliques, en mille ans, trois familles, Sem, Cham et Japhet, peuvent couvrir le globe de leurs enfans. Une famille peut devenir une nation, et malheureusement une nation peut redevenir une seule et simple famille. Pour le prouver, il suffit d'appliquer à la recherche des ancêtres et à leur accumulation que le temps accroît dans une rétrograde progression géométrique multipliée par elle-même, le calcul de ce sage qui, demandant à un roi de Perse, pour récompense d'avoir inventé le jeu d'échecs, un épi de blé pour la première case de l'échiquier en doublant toujours, démontra que le royaume ne suffirait pas à le payer. Le lacis de la noblesse embrassé par le lacis de la bourgeoisie, cet antagonisme de deux sangs protégés, l'un par des institutions immobiles, l'autre par l'active patience du travail et par la ruse du commerce, a produit la révolution de 1789. Les deux sangs presque réunis se trouvent aujourd'hui face à face avec des collatéraux sans héritage. Que feront-ils? Notre avenir politique est gros de la réponse.

La famille de celui qui sous Louis XV s'appelait Minoret tout court était si nombreuse, qu'un des cinq enfans, le Minoret dont l'entrée à l'église faisait événement, alla chercher fortune à Paris, et ne se montra plus que de loin en loin dans sa ville natale, où il vint sans doute chercher sa part d'héritage à la mort de ses grands parens. Après avoir beaucoup souffert, comme tous les jeunes gens doués d'une volonté ferme et qui veulent une place dans le brillant monde de Paris, l'enfant des Minoret se fit une destinée plus belle qu'il ne la rêvait peut-être à son début ; car il se voua tout d'abord à la médecine, une des professions qui demandent le talent et du bonheur, mais encore plus de bonheur que de talent. Appuyé par Dupont de Nemours, lié par un heureux hasard avec l'abbé Morellet que Voltaire appelait Mord-les, protégé par les encyclopédistes, le docteur Minoret s'attacha comme un séide au grand médecin Bordeu, l'ami de Diderot. D'Alembert, Helvétius, le baron d'Holbach, Grimm, devant lesquels il fut petit garçon, finirent sans doute comme Bordeu par s'intéresser à Minoret, qui, vers 1777, eut une assez belle clientèle de déistes, d'encyclopédistes, sensualistes, matérialistes, comme il vous plaira d'appeler les riches philosophes de ce temps. Quoiqu'il fût très peu charlatan, il inventa le fameux baume de Lelièvre, tant vanté par le Mercure de France, et dont l'annonce était en permanence à la fin de ce journal, organe hebdomadaire des encyclopédistes. L'apothicaire Lelièvre, homme habile, vit une affaire là où Minoret n'avait vu qu'une préparation à mettre dans le Codex, et partagea loyalement ses bénéfices avec le docteur, élève de Rouelle en chimie, comme il était celui de Bordeu en médecine. On eût été matérialiste à moins. Le docteur épousa par amour, en 1778, temps où l'on régnait la Nouvelle-Héloïse et où l'on se mariait quelquefois par amour, la fille du fameux claveciniste Valentin Mirouët, une célèbre musicienne, faible et délicate, que la Révolution tua. Minoret connaissait intimement Robespierre, à qui jadis il fit avoir une médaille d'or pour une dissertation sur ce sujet : Quelle est l'origine de l'opinion qui étend sur une même famille une partie de la honte attachée aux peines infamantes que subit un coupable? Cette opinion est-elle plus nuisible qu'utile? Et dans le cas où l'on se déciderait pour l'affirmative, quels seraient les moyens de parer aux inconvéniens qui en résultent? L'Académie royale des sciences et des arts de Metz, à laquelle appartenait Minoret, doit avoir cette dissertation en original. Quoique, grâce à cette amitié, la femme du docteur pût ne rien craindre, elle eut si peur de la voir à l'échafaud que cette invincible terreur empira l'anévrisme où elle devait à une trop grande sensibilité. Malgré toutes les précautions que prenait un homme idolâtre de sa femme, Ursule rencontra la charrette pleine de condamnés où se trouvait précisément madame Roland, et ce spectacle causa sa mort. Minoret, plein de faiblesse pour son Ursule, à laquelle il ne refusait rien et qui avait mené la vie d'une petite maîtresse, se trouva presque pauvre après l'avoir perdue. Robespierre le fit nommer médecin en chef d'un hôpital.

Quoique le nom de Minoret eût acquis, pendant les débats animés auxquels donna lieu le mesmérisme, une célébrité qui le rappela de temps en temps au souvenir de ses parens, la Révolution fut un si grand dissolvant et rompit tant les relations de famille, qu'en 1813 on ignorait entièrement à Nemours l'existence du docteur Minoret, à qui une rencontre inattendue fit concevoir le projet de revenir, comme les lièvres, mourir au gîte.

En traversant la France, où l'œil est si promptement lassé par la monotonie des plaines, qui n'a pas eu la charmante sensation d'apercevoir en haut d'une côte, à sa descente où à son tournant, alors qu'elle promettait un paysage aride, une fraîche vallée arrosée par une rivière, une petite ville abritée sous le rocher comme une ruche dans le creux d'un vieux saule ? En entendant le Hue ! du postillon qui marche le long de ses chevaux, on secoue le sommeil, on admire comme un rêve dans le rêve quelque beau paysage qui devient pour le voyageur ce qu'est pour un lecteur le passage remarquable d'un livre, une brillante pensée de la nature. Telle est la sensation que cause la vue soudaine de Nemours en y venant de la Bourgogne. On la voit de là cerclée par des roches pelées, grises, blanches, noires, de formes bizarres, comme il s'en trouve tant dans la forêt de Fontainebleau, et d'où s'élancent des arbres épars qui se détachent nettement sur le ciel et donnent à cette espèce de muraille écroulée une physionomie agreste. Là se termine la longue colline forestière qui rampe de Nemours à Bouron en côtoyant la route. Au bas de ce cirque informe s'étale une prairie où court le Loing en formant des nappes à cascades. Ce délicieux paysage, que longe la route de Montargis, ressemble à une décoration d'opéra, tant les effets y sont étudiés. Un matin le docteur, qu'un riche malade de la Bourgogne avait envoyé chercher, et qui revenait en toute hâte à Paris, n'ayant pas dit au précédent relais quelle route il voulait prendre, fut conduit à son insu par Nemours et revit entre deux sommeils le paysage au milieu duquel son enfance s'était écoulée. Le docteur avait alors perdu plusieurs de ses vieux amis. Le sectaire de l'Encyclopédie avait été témoin de la conversion de La Harpe, il avait enterré Lebrun-Pindare, et Marie-Joseph de Chénier, et Morellet, et madame Helvétius. Il assistait à la quasi-chute de Voltaire, attaqué par Geoffroy, le continuateur de Fréron. Il pensait donc à la retraite. Aussi, quand sa chaise de poste s'arrêta au haut de la Grand'rue de Nemours, eut-il à cœur de s'enquérir de sa famille. Minoret-Levrault vint lui-m même voir le docteur, qui reconnut dans le maître de poste le propre fils de son frère aîné. Ce neveu lui montra dans son épouse la fille unique du père Levrault-Crémière, qui, depuis douze ans, lui avait laissé la poste et la plus belle auberge de Nemours.

— Eh bien ! mon neveu, dit le docteur, ai-je d'autres héritiers ?

— Ma tante Minoret, votre sœur, a épousé un Massin-Massin.

— Oui, l'intendant de Saint-Lange.

— Elle est morte veuve en laissant une seule fille, qui vient de se marier avec un Crémière-Crémière, un charmant garçon encore sans place.

— Bien ! elle est ma nièce directe. Or, comme mon frère le marin est mort garçon, que le capitaine Minoret a été tué à Monte-Legino, et que me voici, la ligne paternelle est épuisée. Ai-je des parens dans la ligne maternelle ? Ma mère était une Jean-Massin-Levrault.

— Des Jean-Massin-Levrault, répondit Minoret-Levrault, il n'est resté qu'une Jean-Massin, qui a épousé monsieur Crémière-Levrault-Dionis, un fournisseur des fourrages qui a péri sur l'échafaud. Sa femme est morte de désespoir et ruinée en laissant une fille mariée à un Levrault-Minoret,

fermier à Montereau, qui va bien , et leur fille vient d'épouser un Massin-Levrault, clerc de notaire à Montargis, où le père est serrurier.

— Ainsi, je ne manque pas d'héritiers, dit gaiement le docteur, qui voulut faire le tour de Nemours en compagnie de son neveu.

Le Loing traverse onduleusement la ville, bordé de jardins à terrasses et de maisons proprettes dont l'aspect fait croire que le bonheur doit habiter là plutôt qu'ailleurs. Lorsque le docteur tourna de la Grand'-Rue dans la rue des Bourgeois, Minoret-Levrault lui montra la propriété de monsieur Levrault, riche marchand de fers à Paris, qui, dit-il, venait de se laisser mourir.

— Voilà, mon oncle, une jolie maison à vendre ; elle a un charmant jardin sur la rivière.

— Entrons, dit le docteur en voyant au bout d'une petite cour pavée une maison serrée entre les murailles de deux maisons voisines, déguisées par des massifs d'arbres et de plantes grimpantes.

— Elle est bâtie sur caves, dit le docteur en entrant par un perron très élevé garni de vases en faïence blanche et bleue où fleurissaient alors des géraniums.

Coupée, comme la plupart des maisons de province, par un corridor qui mène de la cour au jardin, la maison n'avait à droite qu'un salon éclairé par quatre croisées, deux sur la cour et deux sur le jardin ; mais Levrault-Levrault avait consacré l'une de ces croisées à l'entrée d'une longue serre bâtie en briques qui allait du salon à la rivière, où elle se terminait par un horrible pavillon chinois.

— Bon ! en faisant couvrir cette serre et la parquetant, dit le vieux Minoret, je pourrais loger ma bibliothèque et faire un joli cabinet de ce singulier morceau d'architecture.

De l'autre côté du corridor se trouvait, sur le jardin, une salle à manger, en imitation de laque noire à fleurs vert et or, et séparée de la cuisine par la cage de l'escalier. On communiquait par un petit office pratiqué derrière cet escalier avec la cuisine, dont les fenêtres à barreaux de fer grillagés donnaient sur la cour. Il y avait deux appartemens au premier étage, et au-dessus des mansardes lambrissées encore assez logeables. Après avoir rapidement examiné cette maison garnie de treillages verts du haut en bas, du côté de la cour comme du côté du jardin, et qui sur la rivière était terminée par une terrasse chargée de vases en faïence, le docteur dit :

— Levrault-Levrault a dû dépenser bien de l'argent ici !

— Oh ! gros comme lui, répondit Minoret-Levrault. Il aimait les fleurs, une bêtise ! — Qu'est-ce que cela rapporte ? dit ma femme. Vous voyez, un peintre de Paris est venu pour peindre en fleurs à fresque son corridor. Il a mis partout des glaces entières. Les plafonds ont été refaits avec des corniches qui coûtent six francs le pied. La salle à manger, les parquets sont en marqueterie, des folies ! La maison n'en vaut pas un sou de plus.

— Eh bien ! mon neveu, fais-moi cette acquisition, donne-m'en avis, vo ci mon adresse ; le reste regardera mon notaire. — Qui donc demeure en face ? demanda-t-il en sortant.

— Des émigrés, répondit le maître de poste, un chevalier de Portenduère.

Une fois la maison achetée, l'illustre docteur, au lieu d'y venir, écrivit à son neveu de la louer. La Folie-Levrault fut habitée par le notaire de Nemours, qui vendit alors sa charge à Dionis, son maître-clerc, et qui mourut deux ans après, laissant sur le dos du médecin une maison à louer, au moment où le sort de Napoléon se décidait aux environs. Les héritiers du docteur, à peu près leurrés, avaient pris un désir de retour pour la fantaisie d'un richard, et se désespéraient en lui supposant à Paris des affections qui l'y retiendraient et leur enlèveraient sa succession. Néanmoins, la femme de Minoret-Levrault saisit cette occasion d'écrire au docteur. Le vieillard répondit qu'aussitôt la paix signée, une fois les routes débarrassées de soldats et les communications rétablies, il viendrait habiter Nemours.

Il y fit une apparition avec deux de ses cliens, l'architecte des hospices et un tapissier, qui se chargèrent des réparations, des arrangemens intérieurs, et du transport du mobilier. Madame Minoret-Levrault offrit comme gardienne la cuisinière du vieux notaire décédé, qui fut acceptée. Quand les héritiers surent que leur oncle ou grand-oncle Minoret allait positivement demeurer à Nemours, leurs familles furent prises, malgré les événemens politiques qui pesaient alors précisément sur le Gâtinais et sur la Brie, d'une curiosité dévorante, mais presque légitime. L'oncle était-il riche? Était-il économe ou dépensier? Laisserait-il une belle fortune ou ne laisserait-il rien? Avait-il des rentes viagères? Voici ce qu'on finit par savoir, mais avec des peines infinies et à force d'espionnages souterrains. Après la mort d'Ursule Mirouët, sa femme, de 1789 à 1813, le docteur, nommé médecin consultant de l'Empereur en 1805, avait dû gagner beaucoup d'argent; mais personne ne connaissait sa fortune; il vivait simplement, sans autres dépenses que celles d'une voiture à l'année et d'un somptueux appartement; il ne recevait jamais et dînait presque toujours en ville. Sa gouvernante, furieuse de ne pas l'accompagner à Nemours, dit à Zélie Levrault, la femme du maître de poste, qu'elle connaissait au docteur quatorze mille francs de rentes sur le grand-livre. Or, après vingt années d'exercice d'une profession que les titres de médecin en chef d'un hôpital, de médecin de l'Empereur et de membre de l'Institut, rendaient si lucrative, ces quatorze mille livres de rentes, fruit de placemens successifs, accusaient tout au plus cent soixante mille francs d'économies! Pour n'avoir épargné que huit mille francs par an, le docteur devait avoir ou bien des vices ou bien des vertus à satisfaire; mais ni la gouvernante, ni Zélie, personne ne put pénétrer la raison de cette modestie de fortune. Minoret, qui fut bien regretté dans son quartier, était un des hommes les plus bienfaisans de Paris, et, comme Larrey, gardait un profond secret sur ses actes de bienfaisance. Les héritiers virent donc arriver avec une vive satisfaction le riche mobilier et la nombreuse bibliothèque de leur oncle, déjà officier de la Légion-d'Honneur, et nommé par le roi chevalier de l'ordre de Saint-Michel, à cause peut-être de sa retraite, qui fit une place à quelque favori. Mais quand l'architecte, les peintres, les tapissiers, eurent tout arrangé de la manière la plus comfortable, le docteur ne vint pas. Madame Minoret-Levrault, qui surveillait le tapissier et l'architecte comme s'il s'agissait de sa propre fortune, apprit, par l'indiscrétion d'un jeune homme envoyé pour ranger la bibliothèque, que le docteur prenait soin d'une orpheline nommée Ursule. Cette nouvelle fit des ravages étranges dans la ville de Nemours. Enfin le vieillard se rendit chez lui vers le milieu du mois de janvier 1815, et s'installa sournoisement avec une petite fille âgée de dix mois, accompagnée d'une nourrice.

— Ursule ne peut pas être sa fille, il a soixante et onze ans! dirent les héritiers alarmés.

— Quoi qu'elle puisse être, dit madame Massin, elle nous donnera du *tintoin!* (Un mot de Nemours.)

Le docteur reçut assez froidement sa petite nièce par la ligne maternelle, dont le mari venait d'acheter le greffe de la Justice de Paix, et qui les premiers se hasardèrent à lui parler de leur position difficile. Massin et sa femme n'étaient pas riches. Le père de Massin, serrurier à Montargis, obligé de prendre des arrangemens avec ses créanciers, travaillait à soixante-sept ans comme un jeune homme, et ne laisserait rien. Le père de madame Massin, Levrault-Minoret, venait de mourir à Montereau sous les suites de la bataille, en voyant sa ferme incendiée, ses champs ruinés et ses bestiaux dévorés.

— Nous n'aurons rien de ton grand-oncle, dit Massin à sa femme, déjà grosse de son second enfant.

Le docteur leur donna secrètement dix mille francs, avec lesquels le greffier de la Justice de Paix, ami du notaire et de l'huissier de Nemours, commença l'usure et mena si rondement les paysans des environs, qu'en ce moment Goupil! lui connaissait environ quatre vingt mille francs de capitaux inédits.

Quant à son autre nièce, le docteur fit avoir, par ses relations à Paris, la perception de Nemours à Crémière, et fournit le cautionnement. Quoique Minoret-Levrault n'eût besoin de rien, Zélie, jalouse des libéralités de l'oncle envers ses deux nièces, lui présenta son fils, alors âgé de dix ans, qu'elle allait envoyer dans un collège de Paris, où, dit-elle, les éducations coûtaient bien cher. Médecin de Fontanes, le docteur obtint une demi-bourse au collège Louis-le-Grand pour son petit-neveu, qui fut mis en quatrième.

Crémière, Massin et Minoret-Levrault, gens excessivement communs, furent jugés sans appel par le docteur dès les deux premiers mois pendant lesquels ils essayèrent d'entourer moins l'oncle que la succession. Les gens conduits par l'instinct ont ce désavantage sur les gens à idées, qu'ils sont promptement devinés : les inspirations de l'instinct sont trop naturelles, et s'adressent trop aux yeux pour ne pas être aperçues aussitôt; tandis que, pour être pénétrées, les conceptions de l'esprit exigent une intelligence égale de part et d'autre. Après avoir acheté la reconnaissance de ses héritiers et leur avoir en quelque sorte clos la bouche, le rusé docteur prétexta de ses occupations, de ses habitudes, et des soins qu'exigeait la petite Ursule, pour ne point les recevoir, sans toutefois leur fermer sa maison. Il aimait à dîner seul, et se couchait et se levait tard, il était venu dans son pays natal pour y trouver le repos et la solitude. Ces caprices d'un vieillard parurent assez naturels, et ses héritiers se contentèrent de lui faire, le dimanche, entre une heure et quatre heures, des visites hebdomadaires auxquelles il essaya de mettre fin, en leur disant : — Ne venez me voir que quand vous aurez besoin de moi.

Le docteur, sans refuser de donner des consultations dans les cas graves, surtout aux indigens, ne voulut point être médecin du petit hospice de Nemours, et déclara qu'il n'exercerait plus sa profession.

— J'ai assez tué de monde, dit-il en riant au curé Chaperon, qui le sachant bienfaisant plaidait pour les pauvres.

— C'est un fameux original! Ce mot, dit sur le docteur Minoret, fut l'innocente vengeance des amours-propres froissés, car le médecin se composa une société de personnages qui méritent d'être mis en regard des héritiers. Or, ceux des bourgeois qui se croyaient dignes de grossir la cour d'un homme à cordon noir conservèrent contre le docteur et ses privilégiés un ferment de jalousie qui malheureusement eut son action.

Par une bizarrerie qu'expliquerait le proverbe : Les extrêmes se touchent, ce docteur matérialiste et le curé de Nemours furent très promptement amis. Le vieillard aimait beaucoup le trictrac, jeu favori des gens d'église, et l'abbé Chaperon était de la force du médecin. Le jeu fut donc un premier lien entre eux. Puis Minoret était charitable, et le curé de Nemours était le Fénelon du Gâtinais. Tous deux, ils avaient une instruction variée, l'homme de Dieu pouvait donc seul, dans tout Nemours, comprendre l'athée. Pour pouvoir disputer, deux hommes doivent d'abord se comprendre. Quel plaisir goûte-t-on à adresser des mots piquans à quelqu'un qui ne les sent pas? Le médecin et ce prêtre avaient trop de bon goût, ils avaient vu trop bonne compagnie pour ne pas en pratiquer les préceptes, ils purent alors se faire cette petite guerre si nécessaire à la conversation. Ils haïssaient l'un et l'autre leurs opinions, mais ils estimaient leurs caractères. Si de semblables contrastes, si de telles sympathies, ne sont pas les élémens de la vie intime, ne faudrait-il pas désespérer de la société qui, surtout en France, exige un antagonisme quelconque? C'est du choc des caractères et non de la lutte des idées que naissent les antipathies. L'abbé Chaperon fut donc le premier ami du docteur à Nemours. Cet ecclésiastique, alors âgé de soixante ans, était curé de Nemours depuis le rétablissement du culte catholique. Par attachement pour son troupeau, il avait refusé le vicariat du diocèse. Si les in-

différens en matière de religion ne lui en savaient gré, les fi
dèles l'en aimaient davantage. Ainsi vénéré de ses ouailles,
estimé par la population, le curé faisait le bien sans s'enquérir des opinions religieuses des malheureux. Son presbytère, à peine garni du mobilier nécessaire aux plus stricts
besoins de la vie, était froid et dénué comme le logis d'un
avare. L'avarice et la charité se trahissent par des effets
semblables : la charité ne se fait-elle pas dans le ciel le trésor que se fait l'avare sur terre? L'abbé Chaperon disputait avec sa servante sur sa dépense avec plus de rigueur
que Gobseck avec la sienne, si toutefois ce fameux juif a
jamais eu de servante. Le bon prêtre vendait souvent les
boucles d'argent de ses souliers et de sa culotte pour en
donner le prix à des pauvres qui le surprenaient sans le
sou. En le voyant sortir de son église, les oreilles de sa
culotte nouées dans les boutonnières, les dévotes de la
ville allaient alors racheter les boucles du curé chez l'hor-
loger-bijoutier de Nemours, et grondaient leur pasteur en
les lui rapportant. Il ne s'achetait jamais de linge ni d'habits, et portait ses vêtemens jusqu'à ce qu'ils ne fussent
plus de mise. Son linge épais de reprises lui marquait la
peau comme un cilice. Madame de Portenduère ou de bonnes âmes s'entendaient alors avec la gouvernante pour lui
remplacer, pendant son sommeil, le linge ou les habits
vieux par des neufs, et le curé ne s'apercevait pas toujours
immédiatement de l'échange. Il mangeait chez lui dans
l'étain et l'argent sur sa table de fer battu. Quand il recevait
ses desservans et les curés aux jours de solennité qui sont
une charge pour les curés de canton, il empruntait l'argenterie et le linge de table de son ami l'athée.
— Mon argenterie fait son salut, disait alors le docteur.
Ces belles actions, tôt ou tard découvertes et toujours
accompagnées d'encouragemens spirituels, s'accompli-
saient avec une naïveté sublime. Cette vie était d'autant
plus méritoire que l'abbé Chaperon possédait une érudi-
tion aussi vaste que variée, et de précieuses facultés. Chez
lui la finesse et la grâce, inséparables compagnes de la
simplicité, rehaussaient une élocution digne d'un prélat.
Ses manières, son caractère et ses mœurs, donnaient à son
commerce la saveur exquise de tout ce qui dans l'intelligence est à la fois spirituel et candide. Ami de la plaisanterie, il n'était jamais prêtre dans un salon. Jusqu'à l'arrivée du docteur Minoret, le bonhomme laissa ses lumières
sous le boisseau sans regret; mais peut-être lui sut-il gré
de les utiliser. Riche d'une assez belle bibliothèque et de
deux mille livres de rentes quand il vint à Nemours, le curé
ne possédait plus en 1829 les revenus de sa cure,
presque entièrement distribués chaque année. D'excellent
conseil dans les affaires délicates ou dans les malheurs,
plus d'une personne qui n'allait point à l'église y chercher
des consolations allait au presbytère y chercher des avis.
Pour achever ce portrait moral, il suffira d'une petite
anecdote. Des paysans, rarement il est vrai, mais enfin de
mauvaises gens se disaient poursuivis ou se faisaient poursuivre fictivement pour stimuler la bienfaisance de l'abbé
Chaperon. Ils trompaient leurs femmes, qui, voyant leur
maison menacée d'expropriation et leurs vaches saisies,
trompaient par leurs innocentes larmes le pauvre curé, qui
leur trouvait alors les sept ou huit cents francs demandés,
avec lesquels le paysan achetait un lopin de terre. Quand
de pieux personnages, des fabriciens, démontrèrent la
fraude à l'abbé Chaperon en le priant de les consulter pour
ne pas être victime de la cupidité, il leur dit : — Peut-être
ces gens auraient-ils commis quelque chose de blâmable
pour avoir leur arpent de terre, et n'est-ce pas encore faire
le bien que d'empêcher le mal? On aimera peut-être à
trouver ici l'esquisse de cette figure, remarquable en ce
que les sciences et les lettres avaient passé dans ce cœur et
dans cette forte tête sans y rien corrompre. A soixante ans,
l'abbé Chaperon avait les cheveux entièrement blancs, tant
il éprouvait vivement les malheurs d'autrui, tant aussi les
événemens de la Révolution avaient agi sur lui. Deux fois
incarcéré pour deux refus de serment, deux fois, selon son
expression, il avait dit son In manus. Il était de moyenne

taille, ni gras ni maigre. Son visage, très ridé, très creusé,
sans couleur, occupait tout d'abord le regard par la tranquillité profonde des lignes et par la pureté des contours
qui semblaient bordés de lumière. Le visage d'un homme
chaste a je ne sais quoi de radieux. Des yeux bruns, à prunelle vive, animaient ce visage irrégulier surmonté d'un
front vaste. Son regard exerçait un empire inexplicable par
une douceur qui n'excluait pas la force. Les arcades de ses
yeux formaient comme deux voûtes ombragées de gros
sourcils grisonnans qui ne faisaient point peur. Comme il
avait perdu beaucoup de ses dents, sa bouche était déformée
et ses joues rentraient ; mais cette destruction ne manquait
pas de grâce, et ses lèvres pleines d'aménité semblaient
vous sourire. Sans être goutteux, il avait les pieds si sensibles, il marchait si difficilement, qu'il gardait des souliers
en veau d'Orléans pour toutes les saisons. Il trouvait la
mode des pantalons peu convenable pour un prêtre, et se
montrait toujours vêtu de gros bas en laine noire tricotés
par sa gouvernante, et d'une culotte de drap. Il ne sortait
point en soutane, mais en redingote brune, et conservait
le tricorne courageusement porté dans les plus mauvais
jours. Ce noble et beau vieillard, dont la figure était toujours embellie par la sérénité d'une âme sans reproche,
devait avoir sur les choses et sur les hommes de cette histoire une si grande influence qu'il fallait tout d'abord remonter à la source de son autorité.
Minoret recevait trois journaux : un libéral, un ministériel, un ultra, quelques recueils périodiques et des journaux de science, dont les collections gros-issaient sa bibliothèque. Les journaux, l'encyclopédiste et les livres, furent un attrait pour un ancien capitaine au régiment de
Royal-Suédois, nommé monsieur de Jordy, gentilhomme
voltairien et vieux garçon qui vivait de seize cents francs
de pension et rente viagère. Après avoir lu pendant quelques jours les gazettes par l'entremise du curé, monsieur
de Jordy jugea convenable d'aller remercier le docteur.
Dès la première visite, le vieux capitaine, ancien professeur à l'École-Militaire, conquit les bonnes grâces du vieux
médecin, qui lui rendit sa visite avec empressement. Monsieur de Jordy, petit homme sec et maigre, mais tourmenté par le sang, quoiqu'il eût la face très pâle, vous
frappait tout d'abord par son beau front à la Charles XII,
au-dessus duquel il maintenait ses cheveux coupés ras
comme ceux de ce roi-soldat. Ses yeux bleus, qui eussent
fait dire : L'amour a passé par là, mais profondément at-
tristés, intéressaient au premier regard où s'entrevoyaient
des souvenirs sur lesquels il gardait d'ailleurs un si profond secret que jamais ses vieux amis ne surprirent ni une
allusion à sa vie passée ni une de ces exclamations arrachées par une similitude de catastrophes. Il cachait le douloureux mystère de son passé sous une gaîté philosophi-
que ; mais, quand il se croyait seul, ses mouvemens, en-
gourdis par une lenteur moins sénile que calculée, attestaient une pensée pénible et constante : aussi l'abbé Chaperon l'avait-il surnommé le chrétien sans le savoir. Allant
toujours vêtu de drap bleu, son maintien un peu raide et
son vêtement trahissaient les anciennes coutumes de la
discipline militaire. Sa voix douce et harmonieuse remuait
l'âme. Ses belles mains, la coupe de sa figure, qui rappelait celle du comte d'Artois, en montrant combien il avait
été charmant dans sa jeunesse, rendaient le mystère de sa
vie encore plus impénétrable. On se demandait involontairement quel malheur pouvait avoir atteint la beauté, le
courage, la grâce, l'instruction et les plus précieuses qualités du cœur, qui furent jadis réunies en sa personne.
Monsieur de Jordy tressaillait toujours au nom de Robespierre. Il prenait beaucoup de tabac, et, chose étrange, il
s'en déshabitua pour la petite Ursule, qui manifestait, à
cause de cette habitude, de la répugnance pour lui. Dès
qu'il put voir cette petite, le capitaine attacha sur elle de
longs regards presque passionnés. Il aimait si follement ses
jeux, il s'intéressait tant à elle que cette affection rendit
encore plus étroits ses liens avec le docteur, qui n'osa jamais dire à ce vieux garçon : — Et vous aussi, vous avez

donc perdu des enfans? Il est de ces êtres, bons et patiens comme lui, qui passent dans la vie, une pensée amère au cœur et un sourire à la fois tendre et douloureux sur les lèvres, emportant avec eux le mot de l'énigme sans le laisser deviner par fierté, par dédain, par vengeance peut-être, n'ayant que Dieu pour confident et pour consolateur. Monsieur de Jordy ne voyait guère à Nemours, où, comme le docteur, il était venu mourir en paix, que le curé touchait aux ordres de ses paroissiens, et que madame de Portenduère qui se couchait à neuf heures. Aussi, de guerre lasse, avait-il fini par se mettre au lit de bonne heure, malgré les épines qui rembourraient son chevet. Ce fut donc une bonne fortune pour le médecin comme pour le capitaine que de rencontrer un homme ayant vu le même monde, qui parlait la même langue, avec lequel on pouvait échanger ses idées, et qui se couchait tard. Une fois que monsieur de Jordy, l'abbé Chaperon et Minoret, eurent passé une première soirée, ils y éprouvèrent tant de plaisir que le prêtre et le médecin revinrent tous les soirs à neuf heures, moment où, la petite Ursule couchée, le vieillard se trouvait libre. Et tous trois, ils veillaient jusqu'à minuit ou une heure.

Bientôt ce trio devint un quatuor. Un autre homme, à qui la vie était connue et qui devait à la pratique des affaires cette indulgence, ce savoir, cette masse d'observations, cette finesse, ce talent de conversation que le militaire, le médecin, le curé, devaient à la pratique des âmes, des maladies et de l'enseignement, le juge de paix flaira les plaisirs de ces soirées et rechercha la société du docteur. Avant d'être juge de paix à Nemours, monsieur Bongrand avait été pendant dix ans avoué à Melun, où il plaidait lui-même selon l'usage des villes où il n'y a pas de barreau. Devenu veuf à l'âge de quarante-cinq ans, il se sentait encore trop actif pour ne rien faire; il avait donc demandé la Justice de Paix de Nemours, vacante quelques mois avant l'installation du docteur. Le garde des sceaux est toujours heureux de trouver des praticiens, et surtout des gens à leur aise, pour exercer cette importante magistrature. Monsieur Bongrand vivait modestement à Nemours des quinze cents francs de sa place, et pouvait ainsi consacrer ses revenus à son fils, qui faisait son Droit à Paris, tout en étudiant la procédure chez le fameux avoué Derville. Le père Bongrand ressemblait assez à un vieux chef de division en retraite : il avait cette figure moins blême que blême où les affaires, les mécomptes, le dégoût, ont laissé leurs empreintes, ridée par la réflexion et aussi par les continuelles contractions familières aux gens obligés de ne pas tout dire; mais elle était souvent illuminée par des sourires particuliers à ces hommes qui tour à tour croient tout et ne croient rien, habitués à tout voir et à tout entendre sans surprise, à pénétrer dans les abîmes que l'intérêt ouvre au fond des cœurs. Sous ses cheveux moins blancs que décolorés, rabattus en ondes sur sa tête, il montrait un front sagace dont la couleur jaune s'harmoniait aux filamens de sa maigre chevelure. Son visage ramassé lui donnait d'autant plus de ressemblance avec un renard que son nez était court et pointu. Il jaillissait de sa bouche, comme celle des grands parleurs, des étincelles blanches qui rendaient sa conversation si pluvieuse, que Goupil disait méchamment : — Il faut un parapluie pour l'écouter. — Ou bien : Il pleut des jugemens à la Justice de Paix. Ses yeux semblaient fins derrière ses lunettes; mais les ôtait-il, son regard émoussé paraissait niais. Quoiqu'il fût gai, presque jovial même, il se donnait un peu trop, par sa contenance, l'air d'un homme important. Il tenait presque toujours ses mains dans les poches de son pantalon, et ne les en tirait que pour raffermir ses lunettes par un mouvement presque railleur qui vous annonçait une observation fine ou quelque argument victorieux. Ses gestes, sa loquacité, ses innocentes prétentions, trahissaient l'ancien avoué de province; mais ces légers défauts n'existaient qu'à la superficie; il les rachetait par une bonhomie acquise qu'un moraliste exact appellerait une indulgence naturelle à la supériorité. S'il avait un peu

l'air d'un renard, il passait aussi pour profondément rusé, sans être improbe. Sa ruse était le jeu de la perspicacité. Mais n'appelle-t-on pas rusés les gens qui prévoient un résultat et se préservent des piéges qu'on leur a tendus? Le juge de paix aimait le whist, jeu que le capitaine, que le docteur savaient, et que le curé apprit en peu de temps.

Cette petite société se fit une oasis dans le salon de Minoret. Le médecin de Nemours, qui ne manquait ni d'instruction ni de savoir-vivre, et qui honorait en Minoret une des illustrations de la médecine, y eut ses entrées; mais ses occupations, ses fatigues, qui l'obligeaient à se coucher tôt pour se lever de bonne heure, l'empêchèrent d'être aussi assidu que le furent les trois amis du docteur. La réunion de ces cinq personnes supérieures, les seules qui dans Nemours eussent des connaissances assez universelles pour se comprendre, explique la répulsion du vieux Minoret pour ses héritiers : s'il devait leur laisser sa fortune, il ne pouvait guère les admettre dans sa société. Soit que le maître de poste, le greffier et le percepteur, eussent compris cette nuance, soit qu'ils fussent rassurés par la loyauté, par les bienfaits de leur oncle, ils cessèrent, à son grand contentement, de le voir. Ainsi les quatre vieux joueurs de whist et de trictrac, sept ou huit mois après l'installation du docteur à Nemours, formèrent une société compacte, exclusive, et qui fut pour chacun d'eux comme une fraternité d'arrière-saison, inespérée, et dont les douceurs n'en furent que mieux savourées. Cette famille d'esprits choisis eut dans Ursule une enfant adoptée par chacun d'eux selon ses goûts : le curé pensait à l'âme, le juge de paix se faisait le curateur, le militaire se promettait de devenir le précepteur; et, quant à Minoret, il était à la fois le père, la mère et le médecin.

Après s'être acclimaté, le vieillard prit ses habitudes et régla sa vie comme elle se règle au fond de toutes les provinces. A cause d'Ursule il ne recevait personne le matin, il ne donnait jamais à dîner; ses amis pouvaient arriver chez lui vers six heures du soir et y rester jusqu'à minuit. Les premiers venus trouvaient les journaux sur la table du salon et les lisaient en attendant les autres, ou quelquefois ils allaient à la rencontre du docteur s'il était à la promenade. Ces habitudes tranquilles ne furent pas seulement une nécessité de la vieillesse, elles furent aussi chez l'homme du monde un sage et profond calcul pour ne pas laisser troubler son bonheur par l'inquiète curiosité de ses héritiers ni par le caquetage des petites villes. Il ne voulait rien concéder à cette changeante déesse, l'opinion publique, dont la tyrannie, un des malheurs de la France, allait s'établir et faire de notre pays une même province. Aussi, dès que l'enfant fut sevrée et marcha, renvoya-t-il la cuisinière que lui avait donnée madame Minoret-Levrault, lui avait donnée, en découvrant qu'elle instruisait la maîtresse de poste de tout ce qui se passait chez lui.

La nourrice de la petite Ursule, veuve d'un pauvre ouvrier sans autre nom qu'un nom de baptême, et qui venait de Bougival, avait perdu son dernier enfant à six mois, au moment où le docteur, qui la connaissait pour une honnête et bonne créature, la prit pour nourrice, touché de sa détresse. Sans fortune, venue de la Bresse où sa famille était dans la misère, Antoinette Patris, veuve de Pierre dit de Bougival, s'attacha naturellement à Ursule comme s'attachent les mères de lait à leurs nourrissons quand elles les gardent. Cette aveugle affection maternelle s'augmenta du dévouement domestique. Prévenue des intentions du docteur, la Bougival apprit sournoisement à faire la cuisine, devint propre, adroite, et se plia aux habitudes du vieillard. Elle eut des soins minutieux pour les meubles et les appartemens, enfin elle fut infatigable. Non-seulement le docteur voulait que sa vie privée fût murée, mais encore il avait des raisons pour dérober la connaissance de ses affaires à ses héritiers. Dès la deuxième année de son établissement, il n'eut donc plus au logis que la Bougival, sur la discrétion de laquelle il pouvait compter absolument, et il déguisa ses véritables motifs sous la toute-puissante raison de l'économie. Au grand contentement de ses héritiers, il se fit avare. Sans patelinage, et par la seule influence de sa sollicitude et de son dévouement, la Bougival, âgée de quarante-trois ans au moment où ce drame commence, était la gouvernante du docteur et de sa protégée, le pivot sur lequel tout roulait au logis, enfin la femme de confiance. On l'avait appelée la Bougival par l'impossibilité reconnue d'appliquer à sa personne son prénom d'Antoinette, car les noms et les figures obéissent aux lois de l'harmonie.

L'avarice du docteur ne fut pas un vain mot, mais elle eut un but. A compter de 1817, il retrancha deux journaux et cessa ses abonnemens à ses recueils périodiques. Sa dépense annuelle, que tout Nemours put estimer, ne dépassa point dix-huit cents francs par an. Comme tous les vieillards, ses besoins en linge, chaussure ou vêtemens, étaient presque nuls. Tous les six mois il faisait un voyage à Paris, sans doute pour toucher et placer lui-même ses revenus.

En quinze ans il ne dit pas un mot qui eût trait à ses affaires. Sa confiance en Bongrand vint fort tard; il ne s'ouvrit à lui sur ses projets qu'après la révolution de 1830. Telles étaient dans la vie du docteur les seules choses alors connues de la bourgeoisie et de ses héritiers. Quant à ses opinions politiques, comme sa maison ne payait que cent francs d'impôts, il ne se mêlait de rien, et repoussait aussi bien les souscriptions royalistes que les souscriptions libérales. Son horreur connue pour la *prêtraille* et son déisme aimaient si peu les manifestations qu'il mit à la porte un commis-voyageur, envoyé par son petit-neveu Désiré Minoret-Levrault pour lui proposer un *Curé Meslier* et les discours du général Foy. La tolérance ainsi entendue parut inexplicable aux libéraux de Nemours.

Les trois héritiers collatéraux du docteur, Minoret-Levrault et sa femme, monsieur et madame Massin-Levrault junior, monsieur et madame Crémière-Crémière, que nous appellerons simplement Crémière, Massin et Minoret, puisque ces distinctions entre homonymes ne sont nécessaires que dans le Gâtinais; ces trois familles, trop occupées pour créer un autre centre, se voyaient comme on se voit dans les petites villes. Le maître de poste donnait un grand dîner le jour de la naissance de son fils, un bal au carnaval, un autre au jour anniversaire de son mariage, et il invitait alors toute la bourgeoisie de Nemours. Le percepteur réunissait aussi deux fois par an ses parens et ses amis. Le greffier de la Justice de Paix, trop pauvre, disait-il, pour se jeter en de telles profusions, vivait petitement dans une maison située au milieu de la Grand'rue, et dont une portion, le rez-de-chaussée, était louée à sa sœur, directrice de la poste aux lettres, autre bienfait du docteur. Néanmoins, pendant l'année, ces trois héritiers ou leurs femmes se rencontraient en ville, à la promenade, au marché le matin, sur les pas de leurs portes, ou le dimanche après la messe, sur la place, comme en ce moment; en sorte qu'ils se voyaient tous les jours. Or, depuis trois ans surtout, l'âge du docteur, son avarice et sa fortune, autorisaient des allusions ou des propos directs relatifs à sa succession, qui finirent par gagner de proche en proche et par rendre également célèbres et le docteur et ses héritiers. Depuis six mois, il ne se passait pas de jour que les amis ou les voisins des héritiers Minoret ne leur parlassent avec une sourde envie du *jour où, les deux yeux du bonhomme se fermant, ses coffres s'ouvriraient.*

— Le docteur Minoret a beau être médecin et s'entendre avec la mort, il n'y a que Dieu d'éternel, disait l'un.

— Bah! il nous enterrera tous; il se porte mieux que nous, répondait hypocritement l'héritier.

— Enfin, si ce n'est pas vous, vos enfans hériteront toujours, à moins que cette petite Ursule...

— Il ne lui laissera pas tout.

Ursule, selon les prévisions de madame Massin, était la bête noire des héritiers, leur épée de Damoclès, et ce mot: — Bah! qui vivra verra! conclusion favorite de madame Crémière, disait assez qu'ils lui souhaitaient plus de mal que de bien.

Le percepteur et le greffier, pauvres en comparaison du maître de poste, avaient souvent évalué, par forme de conversation, l'héritage du docteur. En se promenant le long du canal ou sur la route, s'ils voyaient venir leur oncle, ils se regardaient d'un air piteux.

— Il a sans doute gardé pour lui quelque élixir de longue vie, disait l'un.

— Il a fait un pacte avec le diable, répondait l'autre.

— Il devrait nous avantager nous deux, car ce gros Minoret n'a besoin de rien.

— Ah! Minoret a un fils qui lui mangera bien de l'argent!

— A quoi estimez-vous la fortune du docteur? disait le greffier au financier.

— Au bout de douze ans, douze mille francs économisés chaque année donnent cent quarante-quatre mille francs, et les intérêts composés produisent au moins cent mille francs; mais, comme il a dû, conseillé par son notaire à Paris, faire quelques bonnes affaires, et que jusqu'en 1822 il a dû placer à huit et à sept et demi sur l'Etat, le bonhomme remue maintenant environ quatre cent mille francs, sans compter ses quatorze mille livres de rente en cinq pour cent, à cent seize aujourd'hui. S'il mourait demain sans avantager Ursule, il nous laisserait donc sept à huit cent mille francs, outre sa maison et son mobilier.

— Eh bien! cent mille à Minoret, cent mille à la petite, et à chacun de nous trois cents: voilà ce qui serait juste.

— Ah! cela nous chausserait proprement.

— S'il faisait cela, s'écriait Massin, je vendrais mon greffe, j'achèterais une belle propriété, je tâcherais de devenir juge à Fontainebleau, et je serais député.

— Moi, j'achèterais une charge d'agent de change, disait le percepteur.

— Malheureusement cette petite fille qu'il a sous le bras et le curé, l'ont si bien cerné que nous ne pouvons rien sur lui.

— Après tout, nous sommes toujours bien certains qu'il ne laissera rien à l'Église.

Chacun peut maintenant concevoir en quelles transes étaient les héritiers en voyant leur oncle allant à la messe. On a toujours assez d'esprit pour concevoir une lésion d'intérêts. L'intérêt constitue l'esprit du paysan aussi bien que celui du diplomate, et sur ce terrain le plus niais en apparence serait peut-être le plus fort. Aussi ce terrible raisonnement: « Si la petite Ursule a le pouvoir de jeter son protecteur dans le giron de l'Église, elle aura bien celui de se faire donner sa succession, » éclatait-il en lettres de feu dans l'intelligence du plus obtus des héritiers. Le maître de poste avait oublié l'énigme contenue dans la lettre de son fils pour accourir sur la place; car, si le docteur était dans l'église à lire l'ordinaire de la messe, il s'agissait de deux cent cinquante mille francs à perdre. Avouons-le? la crainte des héritiers tenait aux plus forts et aux plus légitimes des sentimens sociaux, les intérêts de famille.

— Eh bien! monsieur Minoret, dit le maire (ancien meunier devenu royaliste, un Levrault-Crémière), quand le diable devint vieux, il se fit ermite. Votre oncle est, dit-on, des nôtres.

— Vaut mieux tard que jamais, mon cousin, répondit le maître de poste en essayant de dissimuler sa contrariété.

— Celui-là rirait-il si nous étions frustrés! il serait capable de marier son fils à cette damnée fille que le diable puisse entortiller de sa queue! s'écria Crémière en serrant les poings et montrant le maire sous le porche.

— A qui donc en a-t-il le père Crémière? dit le boucher de Nemours, un Levrault-Levrault fils aîné. N'est-il pas content de voir son oncle prendre le chemin du paradis?

— Qui aurait jamais cru cela? dit le greffier.

— Ah! il ne faut jamais dire: « Fontaine, je ne boirai pas de ton eau, » répondit le notaire qui, voyant de loin le groupe, se détacha de sa femme en la laissant aller seule à l'église.

— Voyons, monsieur Dionis, dit Crémière en prenant le notaire par le bras, que nous conseillez-vous de faire dans cette circonstance?

— Je vous conseille, dit le notaire en s'adressant aux héritiers, de vous coucher et de vous lever à vos heures habituelles, de manger votre soupe sans la laisser refroidir, de mettre vos pieds dans vos souliers, vos chapeaux sur vos têtes, enfin de continuer votre genre de vie absolument comme *si de rien n'était*.

— Vous n'êtes pas consolant, lui dit Massin en lui jetant un regard de compère.

Malgré sa petite taille et son embonpoint, malgré son visage épais et ramassé, Crémière-Dionis était délié comme une soie. Pour faire fortune, il s'était associé secrètement avec Massin, à qui sans doute il indiquait les paysans gênés et les pièces de terre à dévorer. Ces deux hommes choisissaient ainsi les affaires, n'en laissaient point échapper de bonnes, et se partageaient les bénéfices de cette usure hypothécaire qui retarde, sans l'empêcher, l'action des paysans sur le sol. Aussi, moins pour Minoret le maître de poste, et Crémière le receveur, que pour son ami le greffier, Dionis portait-il un vif intérêt à la succession du docteur. La part de Massin devait tôt ou tard grossir les capitaux avec lesquels les deux associés opéraient dans le canton.

— Nous tâcherons de savoir par monsieur Bongrand d'où part ce coup, répondit le notaire à voix basse en avertissant Massin de se tenir coi.

— Mais que fais-tu donc là, Minoret ? cria tout à coup une petite femme qui fondit sur le groupe au milieu duquel le maître de poste se voyait comme une tour. Tu ne sais pas où est Désiré, et tu restes planté sur tes jambes à bavarder quand je te croyais à cheval ! Bonjour, mesdames et messieurs.

Cette petite femme maigre, pâle et blonde, vêtue d'une robe d'indienne blanche à grandes fleurs couleur chocolat, coiffée d'un bonnet brodé garni de dentelle, et portant un petit châle vert sur ses plates épaules, était la maîtresse de poste qui faisait trembler les plus rudes postillons, les domestiques et les charretiers ; qui tenait la caisse, les livres, et menait la maison au doigt et à l'œil, selon l'expression populaire des voisins. Comme les vraies ménagères, elle n'avait aucun joyau sur elle. Elle ne donnait point, selon son expression, dans le clinquant et les colifichets ; elle s'attachait au solide, et gardait, malgré la fête, son tablier noir dans les poches duquel sonnait un trousseau de clefs. Sa voix glapissante déchirait le tympan des oreilles. En dépit du bleu tendre de ses yeux, son regard rigide offrait une visible harmonie avec les lèvres minces d'une bouche serrée, avec un front haut, bombé, très impérieux. Vif était le coup d'œil, plus vifs étaient le geste et la parole. Zélie, obligée d'avoir de la volonté pour deux, en avait toujours eu pour trois, disait Goupil qui fit remarquer les règnes successifs de trois jeunes postillons à tenue soignée établis par Zélie, chacun après trois ans de service. Aussi, le malicieux clerc les nommait-il : Postillon Ier, Postillon II et Postillon III. Mais le peu d'influence de ces jeunes gens dans la maison et leur parfaite obéissance prouvaient que Zélie s'était purement et simplement intéressée à de bons sujets.

— Eh bien ! Zélie aime le zèle, répondait le clerc à ceux qui lui faisaient ces observations.

Cette médisance était peu vraisemblable. Depuis la naissance de son fils nourri par elle sans qu'on pût apercevoir par où, la maîtresse de poste ne pensa qu'à grossir sa fortune, et s'adonna sans trêve à la direction de son immense établissement. Dérober une botte de paille ou quelques boisseaux d'avoine, surprendre Zélie dans les comptes les plus compliqués était la chose impossible, quoiqu'elle écrivît comme un chat et ne connût que l'addition et la soustraction pour toute arithmétique. Elle ne se promenait que pour aller toiser des foins, des regains et ses avoines ; puis elle envoyait son homme à la récolte et ses postillons au bottelage en leur disant, à cent livres près, la quantité que tel ou tel pré devait donner. Quoiqu'elle fût l'âme de ce grand gros corps appelé Minoret-Levrault, et qu'elle le menât par le bout de ce nez si bêtement relevé, elle éprouvait les transes qui, plus ou moins, agitent toujours les

dompteurs de bêtes féroces. Aussi se mettait-elle constamment en colère avant lui, et les postillons savaient, aux querelles que leur faisait Minoret, quand il avait été querellé par sa femme, car la colère ricochait sur eux. La Minoret était d'ailleurs aussi habile qu'intéressée. Par toute la ville ce mot : Où serait Minoret sans sa femme ? se disait dans plus d'un ménage.

— Quand tu sauras ce qui nous arrive, répondit le maître de Nemours, tu seras toi-même hors des gonds.

— Eh bien ! quoi ?

— Ursule a mené le docteur Minoret à la messe.

Les prunelles de Zélie Levrault se dilatèrent, elle resta pendant un moment jaune de colère, dit : — Je veux le voir pour le croire ! et se précipita dans l'église. La messe en était à l'élévation. Favorisée par le recueillement général, la Minoret put donc regarder dans chaque rangée de chaises et de bancs, en remontant le long des chapelles jusqu'à la place d'Ursule, auprès de qui elle aperçut le vieillard la tête nue.

En vous souvenant des figures de Barbé-Marbois, de Boissy-d'Anglas, de Morellet, d'Helvétius, de Frédéric-le-Grand, vous aurez aussitôt une image exacte de la tête du docteur Minoret, dont la verte vieillesse ressemblait à celle de ces personnages célèbres. Ces têtes, comme frappées au même coin, car elles se prêtent à la médaille, offrent un profil sévère et quasi puritain, une coloration froide, une raison mathématique, une certaine étroitesse dans le visage quasi pressé, des yeux fins, des bouches sérieuses, quelque chose d'aristocratique, moins dans le sentiment que dans l'habitude, plus dans les idées que dans le caractère. Tous ont des fronts hauts, mais fuyant à leur sommet, ce qui trahit une pente au matérialisme. Vous retrouverez ces principaux caractères de tête et ces airs de visage dans les portraits de tous les encyclopédistes, des orateurs de la Gironde et de tous les hommes de ce temps dont les croyances religieuses furent à peu près nulles, qui se disaient déistes et qui étaient athées. Le déiste est un athée sous bénéfice d'inventaire. Le vieux Minoret montrait donc un front de ce genre, mais sillonné de rides, et qui reprenait une sorte de naïveté par la manière dont ses cheveux d'argent ramenés en arrière comme ceux d'une femme à sa toilette, en légers flocons, sur son habit noir, car il était obstinément vêtu, comme dans sa jeunesse, en bas de soie noirs, en souliers à boucles d'or, en culotte de pou-de-soie, en gilet blanc traversé par le cordon noir, et en habit noir orné de la rosette rouge. Cette tête si caractérisée, et dont la froide blancheur était adoucie par des tons jaunes dus à la vieillesse, recevait en plein le jour d'une croisée. Au moment où la maîtresse de poste arriva, le docteur avait ses yeux bleus aux paupières rosées, aux contours attendris, levés vers l'autel : une nouvelle conviction leur donnait une expression nouvelle. Ses lunettes marquaient dans son paroissien l'endroit où il avait quitté ses prières. Le déiste sur sa poitrine, ce grand vieillard sec, debout dans une attitude qui annonçait la toute-puissance de ses facultés et quelque chose d'inébranlable dans sa foi, ne cessa de contempler l'autel par un regard humble, et que rajeunissait l'espérance, sans vouloir regarder la femme de son neveu, plantée presque en face de lui comme pour lui reprocher ce retour à Dieu.

En voyant toutes les têtes se tourner vers elle, Zélie se hâta de sortir, et revint sur la place moins précipitamment qu'elle n'était allée à l'église ; elle comptait sur cette succession, et la succession devenait problématique. Elle trouva le greffier, le percepteur et leurs femmes encore plus consternés qu'auparavant : Goupil avait pris plaisir à les tourmenter.

— Ce n'est pas sur la place et devant toute la ville que nous pouvons parler de nos affaires, dit la maîtresse de poste, chacun chez moi. Vous ne serez pas de trop, monsieur Dionis, dit-elle à notaire.

Ainsi, l'exhérédation probable des Massin, des Crémière et du maître de poste allait être la nouvelle du pays.

Au moment où les héritiers et le notaire allaient traverser la place pour se rendre à la poste, le bruit de la diligence arrivant à fond de train au bureau qui se trouve à quelques pas de l'église en haut de la Grand'rue, fit un fracas énorme.

— Tiens! je suis comme toi, Minoret, j'oublie Désiré, dit Zélie. Allons à son débarquer; il est presque avocat, et c'est un peu de ses affaires qu'il s'agit.

L'arrivée d'une diligence est toujours une distraction; mais quand elle est en retard, on s'attend à des événemens: aussi la foule se porta-t-elle devant la Ducler.

— Voilà Désiré! fut un cri général.

A la fois le tyran et le boute-en-train de Nemours, Désiré mettait toujours la ville en émoi par ses apparitions. Aimé de la jeunesse avec laquelle il se montrait généreux, il la stimulait par sa présence; mais ses amusemens étaient si redoutés, que plus d'une famille fut très heureuse de lui voir faire ses études et son Droit à Paris. Désiré Minoret, jeune homme mince, fluet et blond comme sa mère, de laquelle il avait les yeux bleus et le teint pâle, sourit par la portière à la foule, et descendit lestement pour embrasser sa mère. Une légère esquisse de ce garçon prouvera combien Zélie fut flattée en le voyant.

L'étudiant portait des bottes fines, un pantalon blanc d'étoffe anglaise à sous-pieds en cuir verni, une riche cravate bien mise, plus richement attachée, un joli gilet de fantaisie, et, dans la poche de ce gilet, une montre plate dont la chaîne pendait, enfin, une redingote courte en drap bleu et un chapeau gris; mais le parvenu se trahissait dans les boutons d'or de son gilet et dans la bague portée par-dessus des gants de chevreau d'une couleur violâtre. Il avait une canne à pomme d'or ciselé.

— Tu vas perdre ta montre, lui dit sa mère en l'embrassant.

— C'est fait exprès, répondit-il, en se laissant embrasser par son père.

— Hé bien! cousin, vous voilà bientôt avocat? dit Massin.

— Je prêterai serment à la rentrée, dit-il en répondant aux saluts amicaux de la foule.

— Nous allons donc rire, dit Goupil en lui prenant la main.

— Ah! te voilà, vieux singe, répondit Désiré.

— Tu prends encore la licence pour thèse après ta thèse pour la licence, répliqua le clerc humilié d'être traité si familièrement en présence de tant de monde.

— Comment! il lui dit qu'il se taise? demanda madame Crémière à son mari.

— Vous savez tout ce que j'ai, Cabirolle! cria-t-il au vieux conducteur à face violacée et bourgeonnée. Vous ferez porter tout chez nous.

— La sueur ruisselle sur tes chevaux, dit la rude Zélie à Cabirolle, tu n'as donc pas de bon sens pour les mener ainsi! tu es plus bête qu'eux!

— Mais monsieur Désiré voulait arriver à toute force pour vous tirer d'inquiétude...

— Mais puisqu'il n'y avait point eu d'accident, pourquoi risquer de perdre tes chevaux, reprit-elle.

Les reconnaissances d'amis, les bonjours, les élans de la jeunesse autour de Désiré, tous les incidens de cette arrivée et les récits de l'accident auquel était dû le retard, prirent assez de temps pour que le troupeau des héritiers augmenté de leurs amis arrivât sur la place à la sortie de la messe. Par un effet du hasard, qui se permet tout, Désiré vit Ursule sous le porche de la paroisse au moment où il passait, et resta sur pieds de sa beauté. Le mouvement du jeune avocat arrêta nécessairement la marche de ses parens.

Obligée en donnant le bras à son parrain de tenir de la main droite son paroissien et de l'autre son ombrelle, Ursule déployait alors la grâce innée que les femmes gracieuses mettent à s'acquitter des choses difficiles de leur joli métier de femme. Si la pensée se révèle en tout, il est permis de dire que ce maintien exprimait une divine simplesse. Ursule était vêtue d'une robe de mousseline blanche en fa-

çon de peignoir, ornée de distance en distance de nœuds bleus. La pèlerine, bordée d'un ruban pareil passé dans un large ourlet et attachée par des nœuds semblables à ceux de la robe, laissait apercevoir la beauté de son corsage. Son cou d'une blancheur mate était d'un ton charmant mis en relief par tout ce bleu, le fard des blondes. Sa ceinture bleue à longs bouts flottans dessinait une taille plate, qui paraissait flexible, une des plus séduisantes grâces de la femme. Elle portait un chapeau de paille de riz, modestement garni de rubans pareils à ceux de la robe et dont les brides étaient nouées sous le menton, ce qui, tout en relevant l'excessive blancheur du chapeau, ne nuisait point à celle de son beau teint de blonde. De chaque côté de la figure d'Ursule, qui se coiffait naturellement elle-même à la Berthe, ses cheveux fins et blonds abondaient en grosses nattes aplaties dont les petites tresses saisissaient le regard par leurs milles bosses brillantes. Ses yeux gris, à la fois doux et fiers, étaient en harmonie avec un front bien modelé. Une teinte rose répandue sur ses joues comme un nuage animait sa figure régulière sans fadeur, car la nature lui avait à la fois donné, par un rare privilège, la pureté des lignes et la physionomie. La noblesse de sa vie se trahissait dans un admirable accord entre ses traits, ses mouvemens, et l'expression générale de sa personne, qui pouvait servir de modèle à la Confiance ou à la Modestie. Sa santé quoique brillante n'éclatait point grossièrement, en sorte qu'elle avait l'air distingué. Sous ses gants de couleur claire, on devinait de jolies mains. Ses pieds cambrés et minces étaient mignonnement chaussés de brodequins en peau bronzée ornés d'une frange en soie brune. Sa ceinture bleue, gonflée par une petite montre plate et par sa bourse bleue à glands d'or, attira les regards de toutes les femmes.

— Il lui a donné une nouvelle montre! dit madame Crémière en serrant le bras de son mari.

— Comment, c'est là Ursule? s'écria Désiré. Je ne la reconnaissais pas.

— Eh bien! mon cher oncle, vous faites événement, dit le maître de poste en montrant toute la ville en deux haies sur le passage du vieillard.

— Est-ce l'abbé Chaperon ou mademoiselle Ursule qui vous a converti, mon oncle? dit Massin avec une obséquiosité jésuitique en saluant le docteur et sa protégée.

— C'est Ursule, dit sèchement le vieillard en marchant toujours comme un homme important.

Quand même la veille en finissant son whist avec Ursule, avec le médecin de Nemours et Bongrand, à ce mot: « J'irai demain à la messe! » aurait dit le vieillard, le juge de paix n'aurait pas répondu: « Vos héritiers ne dormiront plus! » il devait suffire au sagace et clairvoyant docteur d'un seul coup d'œil pour pénétrer les dispositions de ses héritiers à l'aspect de leurs figures. L'irruption de Zélie dans l'église, son regard que le docteur avait saisi, cette réunion de tous les intéressés sur la place, et l'expression de leurs yeux en apercevant Ursule, tout démontrait une haine fraîchement ravivée et des craintes sordides.

— C'est un *fer à vous* (affaire à vous), mademoiselle, reprit madame Crémière en intervenant aussi par une humble révérence. Un miracle ne vous coûte guère.

— Il appartient à Dieu, madame, répondit Ursule.

— Oh! Dieu, s'écria Minoret-Levrault, mon beau-père disait qu'il servait de couverture à bien des chevaux.

— Il avait des opinions de maquignon, dit sévèrement le docteur.

— Eh bien! dit Minoret à sa femme et à son fils, vous ne venez pas saluer mon oncle?

— Je ne serais pas maîtresse de moi devant cette sainte nitouche! s'écria Zélie en emmenant son fils.

— Vous feriez bien, mon oncle, disait madame Massin, de ne pas aller à l'église sans avoir un petit bonnet de velours noir; la paroisse est bien humide.

— Bah! ma nièce, dit le bonhomme en regardant ceux qui l'accompagnaient, plus tôt je serai couché, plus tôt vous danserez.

Il continuait toujours à marcher en entraînant Ursule, et se montrait si pressé qu'on les laissa seuls.

— Pourquoi leur dites-vous des paroles si dures? ce n'est pas bien, lui dit Ursule en lui remuant le bras d'une façon mutine.

— Avant comme après mon entrée en religion, ma haine sera la même contre les hypocrites. Je leur ai fait du bien à tous, je ne leur ai pas demandé de reconnaissance ; mais aucun de ces gens-là ne t'a envoyé une fleur le jour de ta fête, la seule que je célèbre.

A une assez grande distance du docteur et d'Ursule, madame de Portenduère se traînait en paraissant accablée de douleur. Elle appartenait à ce genre de vieilles femmes dans le costume desquelles se retrouve l'esprit du dernier siècle, qui portent des robes couleur pensée, à manches plates et d'une coupe dont le modèle ne se voit que dans les portraits de madame Lebrun ; elles ont des mantelets en dentelles noires, et des chapeaux de formes passées en harmonie avec leur démarche lente et solennelle ; on dirait qu'elles marchent toujours avec leurs paniers, et qu'elles sentent encore autour d'elles, comme ceux à qui l'on a coupé un bras agitent parfois la main qu'ils n'ont plus ; leurs figures longues, blêmes à grands yeux meurtris, au front fané, ne manquent pas d'une certaine grâce triste, malgré des tours de cheveux dont les boucles restent aplaties ; elles s'enveloppent le visage de vieilles dentelles qui ne veulent plus badiner le long des joues ; mais toutes ces ruines sont dominées par une incroyable dignité dans les manières et dans leur regard. Les yeux ridés et rouges de cette vieille dame disaient assez qu'elle avait pleuré pendant la messe. Elle allait comme une personne troublée et semblait attendre quelqu'un, car elle se retourna. Or, madame de Portenduère se retournant était un fait aussi grave que celui de la conversion du docteur Minoret.

— A qui madame de Portenduère en veut elle ? dit madame Massin en rejoignant les héritiers pétrifiés par les réponses du vieillard.

— Elle cherche le curé, dit le notaire Dionis qui se frappa le front comme un homme saisi par un souvenir ou par une idée oubliée. J'ai votre affaire à tous, et la succession est sauvée ! Allons déjeuner gaîment chez madame Minoret.

Chacun peut imaginer l'empressement avec lequel les héritiers suivirent le notaire à la poste. Goupil accompagna son camarade bras dessus bras dessous en lui disant à l'oreille avec un affreux sourire :

— Il y a de la crevette.

— Qu'est-ce que cela me fait? lui répondit le fils de famille en haussant les épaules, je suis amoureux fou d'Esther, la plus céleste créature du monde.

— Qu'est-ce que c'est qu'Esther tout court? demanda Goupil. Je t'aime trop pour te laisser dindonner par des créatures.

— Esther est la passion du fameux Nucingen, et ma folie est inutile, car elle a positivement refusé de m'épouser.

— Les filles folles de leur corps sont quelquefois sages de la tête, dit Goupil.

— Si tu la voyais seulement une fois, tu ne te servirais pas de pareilles expressions, dit langoureusement Désiré.

— Si je te voyais briser ton avenir pour ce qui doit n'être qu'une fantaisie, reprit Goupil avec une chaleur à laquelle Bongrand eût peut-être été pris, j'irais briser cette poupée comme Varney brise Amy Robsart dans Kenilworth ! Ta femme doit être une d'Aiglemont, une mademoiselle du Rouvre, et te faire arriver à la députation. Mon avenir est hypothéqué sur le tien, et je ne te laisserai pas commettre de bêtises.

— Je suis assez riche pour me contenter du bonheur, répondit Désiré.

— Eh bien ! que complotez-vous donc là ? dit Zélie à Goupil en hélant les deux amis restés au milieu de sa vaste cour.

Le docteur disparut dans la rue des Bourgeois, et arriva tout aussi lestement qu'un jeune homme à la maison où

s'était accompli, pendant la semaine, l'étrange événement qui préoccupait alors toute la ville de Nemours, et qui veut quelques explications pour rendre cette histoire et la communication du notaire aux héritiers parfaitement claires.

Le beau-père du docteur, le fameux claveciniste et facteurs d'instrumens Valentin Mirouët, un de nos plus célèbres organistes, était mort en 1785, laissant un fils naturel, le fils de sa vieillesse, reconnu, portant son nom, mais excessivement mauvais sujet. A son lit de mort, il n'eut pas la consolation de voir cet enfant gâté. Chanteur et compositeur, Joseph Mirouët, après avoir débuté aux Italiens sous un nom supposé, s'était enfui avec une jeune fille en Allemagne. Le vieux facteur recommanda ce garçon, vraiment plein de talent, à son gendre, en lui faisant observer qu'il avait refusé d'épouser la mère pour ne faire aucun tort à madame Minoret. Le docteur promit de donner à ce malheureux la moitié de la succession du facteur, dont le fonds fut acheté par Erard. Il fit chercher diplomatiquement son beau-frère naturel, Joseph Mirouët ; mais Grimm lui dit un soir qu'après s'être engagé dans un régiment prussien, l'artiste avait déserté, prenait un faux nom et déjouait toutes les recherches.

Joseph Mirouët, doué par la nature d'une voix séduisante, d'une taille avantageuse, d'une jolie figure, et par-dessus tout compositeur plein de goût et de verve, mena pendant quinze ans cette vie bohémienne que le Berlinois Hoffmann a si bien décrite. Aussi, vers quarante ans, fut-il en proie à de si grandes misères, qu'il saisit en 1806 l'occasion de redevenir Français. Il s'établit alors à Hambourg, où il épousa la fille d'un bon bourgeois, folle de musique, qui s'éprit de l'artiste dont la gloire était toujours en perspective, et qui voulut s'y consacrer. Mais après quinze ans de malheur, Joseph Mirouët ne sut pas soutenir le vin de l'opulence ; son naturel dépensier reparut ; et, tout en rendant sa femme heureuse, il dépensa sa fortune en peu d'années. La misère revint. Le ménage dut avoir traîné l'existence la plus horrible pour que Joseph Mirouët en arrivât à s'engager comme musicien dans un régiment français. En 1813, par le plus grand des hasards, le chirurgien-major de ce régiment, frappé de ce nom de Mirouët, écrivit au docteur Minoret auquel il avait des obligations. La réponse ne se fit pas attendre. En 1814, avant la capitulation de Paris, Joseph Mirouët eut à Paris un asile où sa femme mourut en donnant le jour à une petite fille que le docteur voulut appeler Ursule, le nom de sa femme. Le capitaine de musique ne survécut pas à la mère, épuisé comme elle de fatigues et de misères. En mourant, l'infortuné musicien légua sa fille au docteur, qui lui servit de parrain, malgré sa répugnance pour ce qu'il appelait les momeries de l'Église. Après avoir vu périr successivement ses enfans par des avortemens, dans des couches laborieuses ou pendant leur première année, le docteur avait attendu l'effet d'une dernière expérience. Quand une femme malingre, nerveuse, délicate, débute par une fausse couche, il n'est pas rare de la voir se conduire dans ses grossesses et dans ses enfantemens comme s'était conduite Ursule Minoret, malgré les soins, les observations et la science de son mari. Le pauvre homme s'était souvent reproché leur mutuelle persistance à vouloir des enfans. Le dernier, conçu pendant un repos de deux ans, était mort pendant l'année 1792, victime de l'état nerveux de la mère, s'il faut donner raison aux physiologistes qui pensent que, dans le phénomène inexplicable de la génération, l'enfant tient au père par le sang et à la mère par le système nerveux. Forcé de renoncer aux jouissances du sentiment chez lui, la bienfaisance fut sans doute pour le docteur une revanche de sa paternité trompée. Durant sa vie conjugale, si cruellement agitée, le docteur avait, par-dessus tout, désiré une petite fille blonde, une de ces fleurs qui font la joie d'une maison ; il accepta donc avec bonheur le legs que lui fit Joseph Mirouët, et reporta sur l'orpheline les espérances de ses rêves évanouis. Pendant deux ans il assista, comme fit jadis Caton pour Pompée, aux plus minutieux détails de la vie d'Ursule ; il ne voulait pas que la nourrice lui donnât à teter, la levât, la couchât sans lui. Son expérience, sa science, tout fut au service de cet enfant. Après avoir ressenti les douleurs, les alternatives de crainte et d'espérance, les travaux et les joies d'une mère, il eut le bonheur de voir dans cette fille de la blonde Allemagne et de l'artiste français, une vigoureuse vie, une sensibilité profonde. L'heureux vieillard suivit avec les sentiments d'une mère les progrès de cette chevelure blonde, d'abord duvet, puis soie, puis cheveux légers et fins, si caressans aux doigts qui les caressent. Il baisa souvent ces petits pieds nus dont les doigts, couverts d'une pellicule sous laquelle le sang se voit, ressemblent à des boutons de rose. Il était fou de cette petite. Quand elle s'essayait au langage ou quand elle arrêtait ses beaux yeux bleus, si doux, sur toutes choses, en y jetant ce regard songeur qui semble être l'aurore de la pensée et qu'elle terminait par un rire, il restait devant lui et pendant des heures entières cherchant avec Jordy les raisons, que tant d'autres appellent des caprices, cachées sous les moindres phénomènes de cette délicieuse phase de la vie où l'enfant est à la fois une fleur et un fruit, une intelligence confuse, un mouvement perpétuel, un désir violent. La beauté d'Ursule, sa douceur, la rendaient si chère au docteur qu'il aurait voulu changer pour elle les lois de la nature : il dit quelquefois au vieux Jordy avoir mal dans ses dents quand Ursule faisait les siennes. Lorsque les vieillards aiment les enfans, ils ne mettent pas de bornes à leur passion, ils les adorent. Pour ces petits êtres ils font faire leurs manies, et pour eux se souviennent de tout leur passé. Leur expérience, leur indulgence, leur patience, toutes les acquisitions de la vie, ce trésor si péniblement amassé, ils le livrent à cette jeune vie par laquelle ils se rajeunissent, et suppléent alors à la maternité par l'intelligence. Leur sagesse, toujours éveillée, vaut l'intuition de la mère ; ils se rappellent les délicatesses qui chez elles sont de la divination, et ils les portent dans l'exercice d'une compassion dont la force se développe sans doute en raison de cette immense faiblesse. La lenteur de leurs mouvemens remplace la douceur maternelle. Enfin chez eux comme chez les enfans, la vie est réduite au simple ; et, si le sentiment rend la mère esclave, le détachement de toute passion et l'absence de tout intérêt permettent au vieillard de se donner en entier. Aussi n'est-il pas rare de voir les enfans s'entendre avec les vieilles gens. Le vieux militaire, le vieux curé, le vieux docteur, heureux des caresses des coquetteries d'Ursule, ne se lassaient jamais de lui répondre ou de jouer avec elle. Loin de les impatienter, la pétulance de cette enfant les charmait, et ils satisfaisaient à tous ses désirs en faisant de tout un sujet d'instruction. Ainsi cette petite grandit environnée de vieilles gens qui lui souriaient et lui faisaient comme plusieurs mères autour d'elle, également attentives et prévoyantes. Grâce à cette savante éducation, l'âme d'Ursule se développa dans la sphère qui lui convenait. Cette plante rare rencontra son terrain spécial, aspira les élémens de sa vraie vie et s'assimila les flots de son soleil.

— Dans quelle religion élèverez-vous cette petite ? demanda l'abbé Chaperon à Minoret quand Ursule eut six ans.

— Dans la vôtre, répondit le médecin.

Athée à la façon de monsieur de Wolmar dans la *Nouvelle Héloïse*, il ne se reconnut pas le droit de priver Ursule des bénéfices offerts par la religion catholique. Le médecin, assis sur un banc au-dessous de la fenêtre du cabinet chinois, se sentit alors la main pressée par la main du curé.

— Oui, curé, toutes les fois qu'elle me parlera de Dieu, je la renverrai à son ami *Sapron*, dit-il en imitant le parler enfantin d'Ursule, je veux voir si le sentiment religieux est inné. Aussi n'ai-je rien fait pour, ni rien contre les tendances de cette jeune âme ; mais je vous ai déjà nommé dans mon cœur son père spirituel.

— Ceci vous sera compté par Dieu, je l'espère, répondit l'abbé Chaperon en frappant doucement ses mains l'une contre l'autre et les élevant vers le ciel comme s'il faisait une courte prière mentale.

Ainsi, dès l'âge de six ans, la petite orpheline tomba sous le pouvoir religieux du curé, comme elle était déjà tombée sous celui de son vieil ami Jordy.

Le capitaine, autrefois professeur dans une des anciennes écoles militaires, occupé par goût de grammaire et des différences entre les langues européennes, avait étudié le problème d'un langage universel. Ce savant homme, patient comme tous les vieux maîtres, se fit donc un bonheur d'apprendre à lire et à écrire à Ursule en lui apprenant la langue française et ce qu'elle devait savoir de calcul. La nombreuse bibliothèque du docteur permit de choisir entre les livres ceux qui pouvaient être lus par un enfant, et qui devaient l'amuser en l'instruisant. Le militaire et le curé laissèrent cette intelligence s'enrichir avec l'aisance et la liberté que le docteur laissait au corps. Ursule apprenait en se jouant. La religion contenait la réflexion. Abandonnée à la divine culture d'un naturel amené dans les régions pures par ces trois prudens instituteurs, Ursule alla plus vers le sentiment que vers le devoir, et prit pour règle de conduite la voix de la conscience plutôt que la loi sociale. Chez elle, le beau dans les sentimens et dans les actions devait être spontané : le jugement confirmerait l'élan du cœur. Elle était destinée à faire le bien comme un plaisir avant de le faire comme une obligation. Cette nuance est le propre de l'éducation chrétienne. Ces principes, tout autres que ceux à donner aux hommes, convenaient à une femme, le génie et la conscience de la famille, l'élégance secrète de la vie domestique, enfin presque reine au soin du ménage. Tous trois procédèrent de la même manière avec cet enfant. Loin de reculer devant les audaces de l'innocence, ils expliquaient à Ursule la fin des choses et les moyens connus en ne lui formulant jamais que des idées justes. Quand, à propos d'une herbe, d'une fleur, d'une étoile, elle allait droit à Dieu, le professeur et le médecin lui disaient que le prêtre seul pouvait lui répondre. Aucun d'eux n'empiéta sur le terrain des autres. Le parrain se chargeait de tout le bien-être matériel et des choses de la vie ; l'instruction regardait Jordy ; la morale, la métaphysique et les hautes questions appartenaient au curé. Cette belle éducation ne fut pas, comme il arrive souvent dans les maisons les plus riches, contrariée d'imprudens serviteurs. La Bougival, sermonnée à ce sujet, et trop simple d'ailleurs d'esprit et de caractère pour intervenir, ne dérangea point l'œuvre de ces grands esprits. Ursule, créature privilégiée, put donc autour d'elle trois bons génies à qui son beau naturel rendit toute tâche douce et facile. Cette tendresse virile, cette gravité tempérée par les sourires, cette liberté sans danger, ce soin perpétuel de l'âme et du corps firent d'elle, à l'âge de neuf ans, une enfant accomplie et charmante à voir. Par malheur, cette trinité paternelle se rompit. Dans l'année suivante, le vieux capitaine mourut, laissant au docteur et au curé son œuvre à continuer, après en avoir accompli la partie la plus difficile. Les fleurs devaient naître d'elles-mêmes dans un terrain si bien préparé. Le gentilhomme avait, pendant neuf ans, économisé mille francs par an, pour léguer dix mille francs à sa petite Ursule, afin qu'elle conservât de lui un souvenir pendant toute sa vie. Dans un testament dont les motifs étaient touchans, il invitait sa légataire à se servir uniquement pour sa toilette des quatre ou cinq cent francs de rente que rendrait ce petit capital. Quand le juge de paix mit les scellés chez son vieil ami, l'on trouva dans un cabinet où jamais il n'avait laissé pénétrer personne une grande quantité de joujoux dont beaucoup étaient brisés, et qui tous avaient servi, des joujoux du temps passé pieusement conservés, et que monsieur Bongrand devait brûler lui-même, à la prière du pauvre capitaine. Vers cette époque, elle dut faire sa première communion. L'abbé Chaperon employa toute une année à l'instruction de cette jeune fille, chez qui le cœur et l'intelligence si développés, mais si prudemment maintenus l'un par l'autre, exigeaient une nourriture spirituelle particulière. Telle fut cette initiation à la connaissance des choses divines, que depuis cette époque où l'âme prend sa forme religieuse, Ursule devint la pieuse et mystique jeune fille dont le caractère fut toujours au-dessus des événemens, dont le cœur domina toute adversité. Ce fut alors aussi que commença secrètement entre cette vieillesse incrédule et cette enfance pleine de croyance une lutte pendant longtemps inconnue à celle qui la provoqua, mais dont le dénoûment occupait toute la ville, et devait avoir tant d'influence sur l'avenir d'Ursule en déchaînant contre elle les collatéraux du docteur.

Pendant les six premiers mois de l'année 1824, Ursule passa presque toutes ses matinées au presbytère. Le vieux médecin devina les intentions du curé. Le prêtre voulait faire d'Ursule un argument invincible. L'incrédule, aimé par sa filleule comme il l'eût été de sa propre fille, croirait à cette naïveté, serait séduit par les touchans effets de la religion dans l'âme d'une enfant dont l'amour ressemblait à ces arbres des climats indiens toujours chargés de fleurs et de fruits, toujours verts et toujours embaumés. Une belle vie est plus puissante que le plus vigoureux raisonnement. On ne résiste pas aux charmes de certaines images. Aussi le docteur eut-il les yeux mouillés de larmes, sans savoir pourquoi, quand il vit la fille de son cœur partant pour l'église, habillée d'une robe de crêpe blanc, chaussée de souliers de satin blanc, parée de rubans blancs, la tête ceinte d'une bandelette royale attachée sur le côté par un gros nœud, les mille boucles de sa chevelure ruisselant sur ses belles épaules blanches, le corsage bordé d'une ruche ornée de comètes, les yeux étoilés par une première espérance, volant grande et heureuse à une première union, aimant mieux son parrain depuis qu'elle s'était élevée jusqu'à Dieu. Quand il aperçut la pensée de l'éternité donnant la nourriture à cette âme jusqu'alors dans les limbes de l'enfance, comme après la nuit le soleil donne la vie à la terre; toujours sans savoir pourquoi il fut fâché de rester seul au logis. Assis sur les marches de son perron, il tint pendant longtemps ses yeux fixés sur la grille entre les barreaux de laquelle sa pupille avait disparu en lui disant: — Parrain, pourquoi ne viens-tu pas? Je serai donc heureuse sans toi? Quoique ébranlé jusque dans ses racines, l'orgueil de l'encyclopédiste ne fléchit point encore. Il se promena cependant de façon à voir la procession des communians, et distingua sa petite Ursule brillante d'exaltation sous le voile. Elle lui lança un regard inspiré qui remua, dans la partie rocheuse de son cœur, le coin fermé à Dieu. Mais le déiste tint bon, il se dit: — Momeries! Imaginer que, s'il existe un ouvrier des Mondes, cet organisateur de l'infini s'occupe de ces niaiseries!... Il rit et continua sa promenade sur les hauteurs qui dominent la route du Gâtinais, où les cloches sonnées en volée répandaient au loin la joie des familles.

Le bruit du trictrac est insupportable aux personnes qui ne savent pas ce jeu, l'un des plus difficiles qui existent. Pour ne pas ennuyer sa pupille, à qui l'excessive délicatesse de ses organes et de ses nerfs ne permettait pas d'entendre impunément les mouvemens et le parlage dont la raison est inconnue, le curé, le vieux Jordy quand il vivait, et le docteur, attendaient toujours que leur enfant fût couchée ou en promenade. Il arrivait alors assez souvent que la partie était encore en train quand Ursule rentrait: elle se résignait alors avec une grâce infinie, et se mettait auprès de la fenêtre à travailler. Elle avait de la répugnance pour ce jeu, dont les commencemens sont en effet rudes et inaccessibles à beaucoup d'intelligences, et si difficiles à vaincre que, si l'on ne prend pas l'habitude de ce jeu pendant la jeunesse, il est presque impossible plus tard de l'apprendre. Or, le soir de sa première communion, quand Ursule revint chez son tuteur, seul pour cette soirée, elle mit le trictrac devant le vieillard.

— Voyons, jette le dé? dit-elle.

— Ursule, reprit le docteur, n'est-ce pas un péché de te moquer de ton parrain le jour de ta première communion?

— Je ne me moque point, dit-elle en s'asseyant; je me dois à vos plaisirs, vous qui veillez à tous les miens. Quand monsieur Chaperon était content il me donnait une leçon de trictrac, et il m'a donné tant de leçons que je suis en état de vous gagner... Vous ne vous gênerez plus pour moi. Pour ne pas entraver vos plaisirs, j'ai vaincu toutes les difficultés, et le bruit du trictrac me plaît.

Ursule gagna. Le curé vint surprendre les joueurs et jouir de son triomphe. Le lendemain Minoret, qui jusqu'alors avait refusé de faire apprendre la musique à sa pupille, se rendit à Paris, y acheta un piano, prit des arrangemens à Fontainebleau avec une maîtresse, et se soumit à l'ennui que devaient lui causer les perpétuelles études de sa pupille. Une des prédictions de feu Jordy le phrénologiste se réalisa: la petite fille devint excellente musicienne. Le tuteur, fier de sa filleule, faisait en ce moment venir de Paris une fois par semaine un vieil allemand nommé Schmucke, un savant professeur de musique, et subvenait aux dépenses de cet art, d'abord jugé par lui tout à fait inutile en ménage. Les incrédules n'aiment pas la musique, céleste langage développé par le catholicisme, qui a pris les noms des sept notes de sa ses hymnes: chaque note est la première syllabe des sept premiers vers de l'hymne à saint Jean. Quoique vive, l'impression produite sur le vieillard par la première communion d'Ursule fut passagère. Le calme, le contentement que les œuvres de la religion et la prière répandaient dans cette âme jeune, furent aussi des exemples sans force pour lui. Sans aucun sujet de remords ni de repentir, Minoret jouissait d'une sérénité parfaite. En accomplissant les bienfaits dans l'espoir d'une moisson céleste, il se trouvait plus grand que le catholique, auquel il reprochait toujours de faire de l'usure avec Dieu.

— Mais, lui disait l'abbé Chaperon, si les hommes voulaient tous se livrer à ce commerce, avouez que la société serait parfaite? il n'y aurait plus de malheureux. Pour être bienfaisant à votre manière, il faut être un grand philosophe; vous vous élevez à votre doctrine par le raisonnement, vous êtes une exception sociale; tandis qu'il suffit d'être chrétien pour être bienfaisant à la nôtre. Chez vous c'est un effort; chez nous, c'est naturel.

— Cela veut dire, curé, que je pense et que vous sentez, voilà tout.

Cependant, à douze ans, Ursule, dont la finesse et l'adresse naturelle à la femme étaient cachées par une éducation supérieure, et dont le sens dans toute sa fleur était éclairé par l'esprit religieux, de tous les genres d'esprit le plus délicat, finit par comprendre que son parrain ne croyait ni à un avenir, ni à l'immortalité de l'âme, ni à une Providence, ni à Dieu. Pressé de questions par l'innocente créature, il fut impossible au docteur de cacher plus longtemps ce fatal secret. La naïve consternation d'Ursule le fit d'abord sourire; mais en la voyant quelquefois triste, il comprit tout ce que cette tristesse annonçait d'affection. Des tendresses absolues ont horreur de toute espèce de désaccord, même dans les idées qui leur sont étrangères. Parfois le docteur se prêtait comme à des caresses aux raisons de sa filleule adoptive dites d'une voix tendre et douce, exhalées par le sentiment le plus ardent et le plus pur. Les croyans et les incrédules parlent deux langues différentes et ne peuvent se comprendre. La filleule, en plaidant la cause de Dieu, maltraitait son parrain, comme un enfant gâté maltraite quelquefois sa mère. Le curé blâma doucement Ursule, et lui dit que Dieu se réservait d'humilier ces esprits superbes. La jeune fille répondit à Chaperon que David avait abattu Goliath. Cette dissidence religieuse, ces regrets de l'enfant qui voulait entraîner son tuteur à Dieu, furent les seuls chagrins de cette vie intérieure, si douce et si pleine, dérobée aux regards de la petite ville curieuse. Ursule grandissait, se développait, devenait la jeune fille modeste et chrétiennement instruite que Désiré avait admirée au sortir de l'église. La culture des fleurs dans le jardin, la musique, les plaisirs de son tuteur, et tous les petits soins qu'Ursule lui rendait, car elle avait soulagé la Bougival en s'occupant de lui, remplissaient les heures, les jours, les mois, de cette existence calme. Néanmoins, depuis un an, quelques troubles chez Ursule avaient inquiété le docteur; mais la cause en était si prévue, qu'il ne s'en inquiéta que pour surveiller la santé. Cependant cet observateur sagace, ce profond praticien crut apercevoir que les troubles avaient un quelque retentissement dans le moral. Il espionna naturellement sa pupille, ne vit autour d'elle personne digne de lui inspirer de l'amour, et son inquiétude passa.

En ces conjonctures, un mois avant le jour où ce drame commence, il arriva dans la vie intellectuelle du docteur un de ces faits qui labourent jusqu'au tuf le champ des convictions et le retournent; mais ce fait exige un récit succinct de quelques événemens de sa carrière médicale qui donnera d'ailleurs un nouvel intérêt à cette histoire.

Vers la fin du dix-huitième siècle, la Science fut aussi profondément divisée par l'apparition de Mesmer, que l'Art de fut par celle de Gluck. Après avoir retrouvé le magnétisme, Mesmer vint en France, où depuis un temps immémorial les inventeurs accourent faire légitimer leurs découvertes. La France, grâce à son langage clair, est en quelque sorte la trompette du monde.

— Si l'homéopathie arrive à Paris, elle est sauvée, disait dernièrement Hahnemann.

— Allez en France, disait monsieur de Metternich à Gall, et si l'on s'y moque de vos bosses, vous serez illustre.

Mesmer eut donc des adeptes et des antagonistes aussi ardens que les piccinistes contre les gluckistes. La France savante s'émut, un débat solennel s'ouvrit. Avant l'arrêt, la Faculté de médecine proscrivit en masse le prétendu charlatanisme de Mesmer, son baquet, ses fils conducteurs et ses théories. Mais, disons-le, cet Allemand compromit malheureusement sa magnifique découverte par d'énormes prétentions pécuniaires. Mesmer succomba par l'incertitude des faits, par l'ignorance du rôle que jouent dans la nature les fluides impondérables alors inobservés, et par son inaptitude à rechercher les côtés d'une science à triple face. Le magnétisme a plus d'une application; entre les mains de Mesmer, il fut, par rapport à son avenir, ce que le principe est aux effets. Mais, si le trouveur manqua de génie, il est triste pour la raison humaine et pour la France d'avoir à constater qu'une science contemporaine des sociétés, également cultivée par l'Égypte et par la Chaldée, par la Grèce et par l'Inde, éprouva dans Paris en plein dix-huitième siècle le sort qu'avait eu la vérité dans la personne de Galilée au seizième, et que le magnétisme y fut repoussé par les doubles atteintes des genres religieux et des philosophes matérialistes également alarmés. Le magnétisme, la science favorite de Jésus, et l'une des puissances divines remises aux apôtres, ne paraissait pas plus prévu par l'Église que par les disciples de Jean-Jacques et de Voltaire, de Locke et de Condillac. L'Encyclopédie et le Clergé ne s'accommodaient pas de ce vieux pouvoir humain qui sembla si nouveau. Les miracles des convulsionnaires étouffés par l'Église et par l'indifférence des savans, malgré les écrits précieux du conseiller Carré de Montgeron, furent une première sommation de faire des expériences sur les fluides humains qui donnent le pouvoir d'oppo er assez de forces intérieures pour annuler les douleurs causées par les agens extérieurs. Mais il aurait fallu reconnaître l'existence des fluides intangibles, invisibles, impondérables, trois négations dans lesquelles la science d'alors voulait voir une définition du vide. Dans la philosophie moderne le vide n'existe pas. Dix pieds de vide, le monde croule! Surtout pour les matérialistes, le monde est plein, tout se tient, tout s'enchaîne et tout est machiné. « Le monde, disait Diderot, comme effet du hasard, est plus explicable que Dieu. La multiplicité des causes, et le nombre incommensurable de jets que suppose le hasard, explique la création. Soient donnés l'Énéide et tous les caractères nécessaires à sa composition, si vous m'offrez le temps et l'espace, à force de jeter les lettres, j'atteindrai la combinaison Énéide. » Ces malheureux, qui défiaient tout plutôt que d'admettre un Dieu, reculaient aussi devant la divisibilité infinie de la matière que comporte la nature des forces impondérables.

Locke et Condillac ont alors retardé de cinquante ans l'immense progrès que font en ce moment les sciences naturelles sous la pensée d'unité due au grand Geoffroy Saint-Hilaire. Quelques gens droits, sans système, convaincus par des faits consciencieusement étudiés, persévérèrent dans la doctrine de Mesmer, qui reconnaissait en l'homme l'exi tence d'une influence pénétrante, dominatrice d'homme à homme, mise en œuvre par la volonté, curative par l'abondance du fluide, et dont le jeu constitue un duel entre deux volontés, entre un mal à guérir et le vouloir de guérir. Les phénomènes du somnambulisme, à peine soupçonnés par Mesm r, furent dus à messieurs de Puységur et Deleuze; mais la Révolution mit à ces découvertes un temps d'arrêt qui donna gain de cause aux savans et aux railleurs. Parmi le petit nombre des croyans se trouvèrent des médecins. Ces dissidens furent, jusqu'à leur mort, persécutés par leurs confrères. Le corps respectable des médecins de Paris déploya contre les mesmériens les rigueurs des guerres religieuses, et fut aussi cruel dans sa haine contre eux qu'il était possible de l'être dans ce temps de tolérance voltairienne. Les docteurs orthodoxes refusaient de consulter avec les docteurs qui tenaient pour l hérésie mesmérienne. En 1820, ces prétendus hérésiarques étaient encore l'objet de cette proscription sourde. Les malheurs, les orages de la Révolution n'éteignirent pas cette haine scientifique. Il n'y a que les prêtres, les magistrats et les médecins pour hair ainsi. La robe est toujours terrible. Mais aussi les idées ne, seraient-elles pas plus implacables que les choses? Le docteur Bouvard, seul ami de Minoret, donna dans la foi nouvelle, et persévéra jusqu'à sa mort dans la science à laquelle il avait sacrifié le repos de sa vie, car il fut une des bêtes noires de la Faculté de Paris. Minoret, l'un des plus vaillans soutiens des encyclopédistes, le plus redoutable adversaire de Deslon, le prévôt de Mesmer, et dont la plume fut d'un poids énorme dans cette querelle, se brouilla sans retour avec son camarade; mais il fit plus, il le persécuta. Sa conduite avec Bouvard devait lui causer le seul repentir qui pût troubler la sérénité de son déclin. Depuis la retraite du docteur Minoret à Nemours, la science des fluides impondérables, seul nom qui convienne au magnétisme si étroitement lié par la nature de ses phénomènes à la lumière et à l'électricité, faisait d'immenses progrès, malgré les continuelles railleries de la science parisienne. La phrénologie et la physiognomonie, la science de Gall et celle de Lavater, qui sont jumelles, dont l'une est à l'autre ce que la cause est à l'effet, démontraient aux yeux de plus d'un physiologiste les traces du fluide insaisissable, base des phénomènes de la volonté humaine, d'où résultent les passions, les habitudes, les formes du visage et celles du crâne. Enfin, les faits magnétiques, les miracles du somnambulisme, ceux de la divination et de l'extase, qui permettent de pénétrer dans le monde spirituel, s'accumulaient. L'histoire étrange des apparitions du fermier Martin à l'effet, et l'entrevue de ce grand paysan avec Louis XVIII; la connaissance des relations de Swedenborg avec les morts, si sérieusement établie en Allemagne; les récits de Walter Scott sur les effets de la seconde vue; l'exercice des prodigieuses facultés de quelques diseurs de bonne aventure qui confondent en une seule science la chiromancie, la cartomancie et l'horoscopie; les faits de catalepsie et ceux de la mise en œuvre des propriétés du diaphragme par certaines affections morbides; ces phénomènes au moins curieux, tous émanés de la même source, sapaient bien des doutes, emmenaient les plus indifférens sur le terrain des expériences. Minoret ignorait ce mouvement des esprits, si grand dans le nord de l'Europe, encore si faible en France, où se passaient néanmoins de ces faits qualifiés de merveilleux par les observateurs superficiels, et qui tombent comme des pierres au fond de la mer, dans le tourbillon des événemens parisiens.

Au commencement de cette année, le repos de l'antimesmérien fut troublé par la lettre suivante :

« Mon vieux camarade,

» Toute amitié, même perdue, a des droits qui se prescrivent difficilement. Je sais que vous vivez encore, et je me souviens moins de notre inimitié que de nos beaux jours au taudis de Saint-Julien-le-Pauvre. Au moment de m'en aller de ce monde, je tiens à vous prouver que le magnétisme va constituer une des sciences les plus importantes, si toutefois la science ne doit pas être une. Je puis foudroyer votre incrédulité par des preuves positives. Peut-être devrai-je à votre curiosité le bonheur de vous serrer encore une fois la main, comme nous nous la serrions avant Mesmer.

» Toujours à vous,
» BOUVARD. »

Piqué comme l'est un lion par un taon, l'anti-mesmérien bondit jusqu'à Paris et mit sa carte chez le vieux Bouvard, qui demeurait rue Férou, près de Saint-Sulpice. Bouvard lui mit une carte à son hôtel, en lui écrivant : « Demain, à neuf heures, rue Saint-Honoré, en face l'Assomption. » Minoret, redevenu jeune, ne dormit pas. Il alla voir les médecins de sa connaissance et leur demanda si le monde était bouleversé, si la médecine avait une école, si les quatre Facultés vivaient encore. Les médecins le rassurèrent en lui disant que le vieil esprit de résistance existait; seulement, au lieu de persécuter, l'Académie de médecine et l'Académie des sciences pouffaient de rire en rangeant les faits magnétiques parmi les surprises de Comus, de Comte, de Bosco, dans les jongleries, la prestidigitation, et ce qu'on nomme la physique amusante. Ces discours n'empêchèrent point le vieux Minoret d'aller au rendez-vous que lui donnait le vieux Bouvard. Après quarante-quatre années d'inimitié, les deux antagonistes se revirent sous une porte cochère de la rue Saint-Honoré. Les Français sont trop continuellement distraits pour se haïr longtemps. A Paris surtout, les faits étendent trop l'espace et font en politique, en littérature et en science la vie trop vaste pour que les hommes n'y trouvent pas des pays à conquérir où leurs prétentions peuvent régner à l'aise. La haine exige tant de forces toujours armées, que l'on s'y met plusieurs quand on veut haïr pendant longtemps. Aussi les Corps peuvent-ils seuls y avoir de la mémoire. Après quarante-quatre ans, Robespierre et Danton s'embrasseraient. Cependant, chacun des deux docteurs garda sa main sans l'offrir. Bouvard le premier dit à Minoret :

— Tu te portes à merveille?

— Oui, pas mal, et toi? répondit Minoret une fois la glace rompue.

— Moi, comme tu vois.

— Le magnétisme empêche-t-il de mourir? demanda Minoret d'un ton plaisant mais sans aigreur.

— Non, mais il a failli m'empêcher de vivre.

— Tu n'es donc pas riche? fit Minoret.

— Bah! dit Bouvard.

— Eh bien! je suis riche, moi! s'écria Minoret.

— Ce n'est pas à ta fortune, mais à ta conviction que j'en veux, répondit Bouvard.

— Oh! l'entêté! s'écria Minoret.

Le mesmérien entraîna l'incrédule dans un escalier assez obscur, et le lui fit monter avec précaution jusqu'au quatrième étage.

En ce moment se produisait à Paris un homme extraordinaire, doué par la foi d'une incalculable puissance, et disposant des pouvoirs magnétiques dans toutes leurs applications. Non-seulement ce grand inconnu, qui vit encore, guérissait par lui-même à distance les maladies les plus cruelles, les plus invétérées, soudainement et radicalement, comme jadis le Sauveur des hommes, mais encore il produisait instantanément les phénomènes les plus curieux du somnambulisme en domptant les volontés les plus rebelles. La physionomie de cet inconnu, qui dit ne relever

que de Dieu et communiquer avec les anges comme Swedenborg, est celle du lion : il y éclate une énergie concentrée, irrésistible. Ses traits, singulièrement contournés, ont un aspect terrible et foudroyant; sa voix, qui vient des profondeurs de l'être, est comme chargée du fluide magnétique, elle entre en l'auditeur par tous les pores. Dégoûté de l'ingratitude publique après des milliers de guérisons, il s'est rejeté dans une impénétrable solitude, dans un néant volontaire. Sa toute puissante main, qui a rendu des filles mourantes à leurs mères, des pères à leurs enfans éplorés, des maîtresses idolâtrées à des amans ivres d'amour; qui a guéri les malades abandonnés par les médecins, qui faisait chanter les hymnes dans les synagogues, dans les temples et dans les églises, par des prêtres de différens cultes, ramenés tous au même Dieu par le même miracle; qui adoucissait les agonies aux mourans chez lesquels la vie était impossible; cette main souveraine, soleil de vie qui éblouissait les yeux fermés des somnambules, ne se lèverait pas pour rendre un héritier présomptif à une reine. Enveloppé dans le souvenir de ses bienfaits comme dans un suaire lumineux, il se refuse au monde et vit dans le ciel. Mais à l'aurore de son règne, surpris presque de son pouvoir, cet homme, dont le désintéressement a égalé la puissance, permettait à quelques curieux d'être témoins de ses miracles. Le bruit de cette renommée, qui fut immense et qui pourrait renaître demain, réveilla le docteur Bouvard au bord de la tombe. Le mesmérien, persécuté, put enfin voir les phénomènes les plus radieux de cette science, gardée en son cœur comme un trésor. Les malheurs de ce vieillard avaient ému le grand inconnu, qui lui donna quelques privilèges. Aussi Bouvard subissait-il, en montant l'escalier, les plaisanteries de son vieil antagoniste avec une joie malicieuse. Il ne lui répondit que par des : « Tu vas voir! tu vas voir! » et par ces petits hochemens de tête que se permettent les gens sûrs de leur fait.

Les deux docteurs entrèrent dans un appartement plus que modeste. Bouvard alla parler pendant un moment dans une chambre à coucher contiguë au salon où attendait Minoret, dont la défiance s'éveilla; mais Bouvard vint aussitôt le prendre et l'introduisit dans cette chambre, où se trouvaient le mystérieux swedenborgiste et une femme assise dans un fauteuil. Cette femme ne se leva point et ne parut pas s'apercevoir de l'entrée des deux vieillards.

— Comment plus de baquets? fit Minoret en souriant.

— Rien que le pouvoir de Dieu, répondit gravement le swedenborgiste, qui parut à Minoret être âgé de cinquante ans.

Les trois hommes s'assirent, et l'inconnu se mit à causer. On parla pluie et beau temps, à la grande surprise du vieux Minoret, qui se crut mystifié. Le swedenborgiste questionna le visiteur sur ses opinions scientifiques, et semblait évidemment prendre le temps de l'examiner.

— Vous venez ici en simple curieux, monsieur, dit-il enfin. Je n'ai pas l'habitude de prostituer une puissance qui, dans ma conviction, émane de Dieu; si j'en faisais un usage frivole ou mauvais, elle pourrait m'être retirée. Néanmoins, il s'agit, m'a dit monsieur Bouvard, de changer une conviction contraire à la nôtre, et d'éclairer un savant de bonne foi. Je vais donc vous satisfaire. Cette femme que vous voyez, dit-il en montrant l'inconnue, est dans le sommeil somnambulique. D'après les aveux et les manifestations de tous les somnambules, ce sommeil constitue une vie délicieuse pendant laquelle l'être intérieur, dégagé de toutes les entraves apportées à l'exercice de ses facultés par la nature visible, se promène dans le monde que nous nommons invisible à tort. La vue et l'ouïe s'exercent alors d'une manière plus parfaite que dans l'état dit *de veille*, et peut-être sans le secours des organes, qui sont la gaîne de ces épées lumineuses appelées la vue et l'ouïe! Pour l'homme mis dans cet état, les distances et les obstacles matériels n'existent pas ou sont traversés par une vie qui est en nous, et pour laquelle notre corps est un réservoir, un point d'appui nécessaire, une enveloppe. Les termes manquent pour des effets si nouvellement retrouvés ; car aujourd'hui les mots impondérables, intangibles, invisibles, n'ont aucun sens relativement au fluide, dont l'action est démontrée par le magnétisme. La lumière est pondérable par sa chaleur, qui, en pénétrant les corps, augmente leur volume, et certes l'électricité n'est que trop tangible. Nous avons condamné les choses au lieu d'accuser l'imperfection de nos instrumens.

— Elle dort ! dit Minoret en examinant la femme, qui lui parut appartenir à la classe inférieure.

— Son corps est en quelque sorte annulé, répondit le swedenborgiste. Les ignorans prennent cet état pour le sommeil. Mais elle va vous prouver qu'il existe un univers spirituel, et que l'esprit n'y reconnaît point les lois de l'univers matériel. Je l'enverrai dans la région où vous voudrez qu'elle aille. A vingt lieues d'ici, comme en Chine, elle vous dira ce qui s'y passe.

— Envoyez-la seulement chez moi, à Nemours, demanda Minoret.

— Je n'y veux être pour rien, répondit l'homme mystérieux. Donnez-moi votre main : vous serez à la fois acteur et spectateur, effet et cause.

Il prit la main de Minoret, que Minoret lui laissa prendre ; il la tint pendant un moment en paraissant se recueillir, et de son autre main il saisit la main de la femme assise dans le fauteuil ; puis il mit celle du docteur dans celle de la femme, en faisant signe au vieil incrédule de s'asseoir à côté de cette pythonisse sans trépied. Minoret remarqua dans les traits excessivement calmes de cette femme un léger tressaillement quand ils furent unis par le swedenborgiste ; mais ce mouvement, quoique merveilleux dans ses effets, fut d'une grande simplicité.

— Obéissez à monsieur, lui dit ce personnage en étendant la main sur la tête de la femme, qui parut aspirer de lui la lumière et la vie, et songez que tout ce que vous ferez pour lui me plaira. Vous pouvez lui parler maintenant, dit-il à Minoret.

— Allez à Nemours, rue des Bourgeois, chez moi, dit le docteur.

— Donnez-lui le temps ; laissez votre main dans la sienne jusqu'à ce qu'elle vous prouve par ce qu'elle vous dira qu'elle y est arrivée, dit Bouvard à son ancien ami.

— Je vois une rivière, répondit la femme d'une voix faible en paraissant regarder en dedans d'elle-même avec une profonde attention, malgré ses paupières baissées. Je vois un joli jardin...

— Pourquoi entrez-vous par la rivière et par le jardin ? dit Minoret.

— Parce qu'elles y sont.

— Qui ?

— La jeune personne et la nourrice auxquelles vous pensez.

— Comment est le jardin ? demanda Minoret.

— En y entrant par le petit escalier qui descend sur la rivière, il se trouve à droite une longue galerie en briques dans laquelle je vois des livres, et terminée par un *cabafoutis* orné de sonnettes en bois et d'œufs rouges. A gauche, le mur est revêtu d'un massif de plantes grimpantes, de la vigne vierge, du jasmin de Virginie. Au milieu se trouve un petit cadran solaire. Il y a beaucoup de pots de fleurs. Votre pupille examine ses fleurs, elle la montre à sa nourrice, fait des trous avec un plantoir et y met des graines... La nourrice râtisse les allées... Quoique la pureté de cette jeune fille soit celle d'un ange, il y a chez elle un commencement d'amour, faible comme un crépuscule du matin.

— Pour qui ? demanda le docteur qui jusqu'à présent n'entendait rien que personne ne pût lui dire sans être somnambule. Il croyait toujours à la jonglerie.

— Vous n'en savez rien, quoique vous ayez été dernièrement assez inquiet quand elle est devenue femme, dit-elle en souriant. Le mouvement de son cœur a suivi celui de la nature...

— Et c'est une femme du peuple qui parle ainsi ? s'écria le vieux docteur.

— Dans cet état toutes s'expriment avec une limpidité particulière, répondit Bouvard.

— Mais qui Ursule aime-t-elle ?

— Ursule ne sait pas qu'elle aime, répondit avec un petit mouvement de tête la femme ; elle est bien trop angélique pour connaître le désir ou quoi que ce soit de l'amour ; mais elle est occupée de lui, elle pense à lui, elle s'en défend même, elle y revient malgré sa volonté de s'abstenir... Elle est au piano...

— Mais qui est-ce ?

— Le fils d'une dame qui demeure en face...

— Madame de Portenduère ?

— Portenduère, dites-vous, reprit la somnambule, je le veux bien. Mais il n'y a pas de danger, il n'est point dans le pays.

— Se sont-ils parlé ? demanda le docteur.

— Jamais. Ils se sont regardés l'un l'autre. Elle le trouve charmant. Il est en effet joli homme, il a bon cœur. Elle l'a vu de sa croisée, ils se sont vus aussi à l'église ; mais le jeune homme n'y pense plus.

— Son nom ?

— Ah ! pour vous le dire, il faut que je le lise ou que je l'entende. Il se nomme Savinien, elle vient de prononcer son nom ; elle le trouve doux à prononcer : elle a déjà regardé dans l'almanach le jour de sa fête, elle y fait un petit point rouge... des enfantillages ! Oh ! elle aimera bien, mais avec autant de pureté que de force ; elle n'est pas fille à aimer deux fois, et l'amour teindra son âme et la pénétrera si bien qu'elle repousserait tout autre sentiment.

— Où voyez-vous cela ?

— En elle. Elle saura souffrir ; elle a de qui tenir, car son père et sa mère ont bien souffert !

Ce dernier mot renversa le docteur, qui fut moins ébranlé que surpris. Il n'est pas inutile de faire observer qu'entre chaque phrase de la femme il s'écoulait de dix à quinze minutes, pendant lesquelles son attention se concentrait de plus en plus. On la voyait voyant ! son front présentait des aspects singuliers : il s'y peignait des efforts intérieurs, il s'éclaircissait ou se contractait par une puissance dont les effets n'avaient été remarqués que chez les mourans, dans les instans où ils sont doués du don de prophétie. Elle fit à plusieurs reprises des gestes qui ressemblaient à ceux d'Ursule.

— Oh ! questionnez-la, reprit le mystérieux personnage en s'adressant à Minoret, elle vous dira les secrets que vous pouvez seul connaître.

— Ursule m'aime ? reprit Minoret.

— Presque autant que Dieu, dit-elle avec un sourire. Aussi est-elle bien malheureuse de votre incrédulité. Vous ne croyez pas en Dieu, comme si vous pouviez empêcher qu'il soit ! Sa parole emplit les Mondes ! Vous causez ainsi les seuls tourmens de cette pauvre enfant. Tiens ! elle fait des gammes ; elle voudrait être encore meilleure musicienne qu'elle ne l'est, elle se dépite. Voici ce qu'elle pense : Si je chantais bien, si j'avais une belle voix, quand il sera chez sa mère, ma voix irait bien jusqu'à son oreille.

Le docteur Minoret prit son portefeuille et nota l'heure précise.

— Pouvez-vous me dire quelles sont les graines qu'elle a semées ?

— Du réséda, des pois de senteur des balsamines...

— En dernier ?

— Des pieds d'alouette.

— Où est mon argent ?

— Chez votre notaire ; mais vous le placez à mesure sans perdre un seul jour d'intérêt.

— Oui ; mais où est l'argent que je garde à Nemours pour ma dépense du semestre ?

— Vous le mettez dans un grand livre relié en rouge intitulé Pandectes de Justinien, tome II, entre les deux avant-derniers feuillets ; le livre est au-dessus du buffet vitré, dans la case aux in-folios. Vous en avez toute une rangée. Vos fonds sont dans le dernier volume, du côté du salon. Tiens! le tome III est avant le tome II. Mais vous n'avez pas d'argent, c'est des...

— Billets de mille francs?... demanda le docteur.

— Je ne vois pas bien , ils sont pliés. Non, il y a deux billets de chacun cinq cents francs.

— Vous les voyez?

— Oui.

— Comment sont-ils?

— Il y en a un très jaune et vieux, l'autre blanc et presque neuf...

Cette dernière partie de l'interrogatoire foudroya le docteur Minoret. Il regarda Bouvard d'un air hébété, mais Bouvard et le swedenborgiste, familiarisés avec l'étonnement des incrédules, causaient à voix basse sans paraître ni surpris ni étonnés; Minoret les pria de lui permettre de revenir après le dîner. L'a ti-mesmérien voulait se recueillir, se remettre de sa profonde terreur, pour éprouver de nouveau ce pouvoir immense, le soumettre à des expériences décisives, lui poser des questions dont la solution enlevât toute espèce de doute.

— Soyez ici à neuf heures, ce soir, dit l'inconnu, je reviendrai pour vous.

Le docteur Minoret était dans un état si violent, qu'il sortit sans saluer, suivi par Bouvard qui lui criait à distance : — Eh bien ! eh bien?

— Je me crois fou, Bouvard, répondit Minoret sur le pas de la porte cochère. Si la femme a dit vrai pour Ursule, comme il n'y a qu'Ursule au monde qui sache ce que cette sorcière m'a révélé, *tu auras raison*. Je voudrais avoir des ailes, aller à Nemours vérifier ses assertions. Mais je louerai une voiture et partirai ce soir à dix heures. Ah ! je perds la tête.

— Que deviendrais-tu donc si , connaissant depuis longues années un malade incurable, tu le voyais guéri en cinq secondes! Si tu voyais ce grand magnétiseur faire suer à torrens un dartreux, si tu le voyais faire marcher une petite maîtresse percluse?

— Dînons ensemble, Bouvard , et ne nous quittons pas jusqu'à neuf heures. Je veux chercher une expérience décisive, irrécusable.

— Soit, mon vieux camarade, répondit le docteur mesmérien.

Les deux ennemis réconciliés allèrent dîner au Palais-Royal. Après une conversation animée, à l'aide de laquelle Minoret trompa la fièvre d'idées qui lui ravageait la cervelle, Bouvard lui dit : — Si tu reconnais à cette femme la faculté d'anéantir ou de traverser l'espace, si tu acquiers la certitude que, de l'Assomption, elle entend et voit ce qui se dit et se fait à Nemours, il faut admettre tous les autres effets magnétiques, aussi impossibles que ceux-là. Demande-lui donc une seule preuve qui te satisfasse, car tu peux croire que nous nous sommes procuré tous ces renseignemens; mais nous ne pouvons pas savoir, par exemple, ce qui va se passer à neuf heures, dans ta maison, dans la chambre de ta pupille : retiens ou écris ce que dira la somnambule à voir ou entendre, et cours chez toi. Cette petite Ursule, que je ne connaissais point, n'est pas notre complice; et si elle a dit ou fait ce que tu auras ce moment en écrit, baisse la tête, fier Sicambre!

Les deux amis revinrent dans la chambre, et y trouvèrent la somnambule, qui ne reconnut plus le docteur Minoret. Les yeux de cette femme se fermèrent doucement sous la main que le swedenborgiste étendit sur elle à distance, et elle reprit l'attitude dans laquelle Minoret l'avait vue avant le dîner. Quand les mains de la femme et celles du docteur furent mises en rapport, il la pria de lui dire tout ce qui se passait chez lui, à Nemours, en ce moment.

— Que fait Ursule? dit-il.

— Elle est déshabillée, elle a fini de mettre ses papillotes, elle est à genoux sur son prie-Dieu, devant un crucifix d'ivoire attaché sur un tableau de velours rouge.

— Que dit-elle?

— Elle fait ses prières du soir, elle se recommande à Dieu, elle le supplie d'écarter de son âme les mauvaises pensées; elle examine sa conscience et repasse ce qu'elle a fait dans la journée afin de savoir si elle a manqué à ses commandemens ou à ceux de l'Église. Enfin elle épluche son âme, pauvre chère petite créature ! La somnambule eut les yeux mouillés. Elle n'a pas commis de péché, mais elle se reproche d'avoir trop pensé à monsieur Savinien. reprit-elle. Elle s'interrompt pour se demander ce qu'il fait à Paris, et prie Dieu de le rendre heureux. Elle finit par vous, et dit à haute voix une prière.

— Pouvez-vous la répéter?

— Oui.

Minoret prit son crayon et écrivit, sous la dictée de la somnambule, la prière suivante évidemment composée par l'abbé Chaperon :

« Mon Dieu ! si vous êtes content de votre servante qui
» vous adore et vous prie avec autant d'amour que de fer-
» veur, qui tâche de ne point s'écarter de vos saints com-
» mandemens, qui mourrait avec joie comme votre Fils
» pour glorifier votre nom, qui voudrait vivre dans votre
» ombre, vous enfin qui lisez dans les cœurs, faites-moi la
» faveur de dessiller les yeux de mon parrain, de le mettre
» dans la voie du salut et lui communiquer votre grâce afin
» qu'il vive en vous ses derniers jours ; préservez-le de
» tout mal et faites moi souffrir en sa place ! Bonne sainte
» Ursule, ma chère patronne, et vous divine mère de Dieu,
» reine du ciel, archanges et saints du paradis, écoutez-
» moi, joignez vos intercessions aux miennes et prenez pi-
» tié de nous. »

La somnambule imita si parfaitement les gestes candides et les saintes inspirations de l'enfant, que le docteur Minoret eut les yeux pleins de larmes.

— Dit-elle encore quelque chose? demanda Minoret.

— Oui.

— Répétez-le?

— *Ce cher parrain ! avec qui fera-t-il son trictrac à Paris?* Elle souffle son bougeoir , elle penche la tête et s'endort. La voilà partie ! Elle est bien jolie dans son petit bonnet de nuit.

Minoret salua le grand inconnu, serra la main à Bouvard, descendit avec rapidité, courut à une station de cabriolets bourgeois qui existait alors sous la porte d'un hôtel depuis démoli pour faire place à la rue d'Alger; il y trouva un cocher, et lui demanda s'il consentait à partir sur-le-champ pour Fontainebleau. Une fois le prix fait et accepté, le vieillard, redevenu jeune, se mit en route à l'instant. Suivant sa convention, il laissa reposer le cheval à Essonne, atteignit la diligence de Nemours, y trouva de la place, et congédia son cocher. Arrivé chez lui vers cinq heures du matin, il se coucha dans les ruines de toutes ses idées antérieures sur la physiologie, sur la nature, sur la métaphysique, et dormit jusqu'à neuf heures, tant il était fatigué de sa course.

A son réveil, certain que depuis son retour personne n'avait franchi le seuil de sa maison, le docteur procéda, non sans une invincible terreur, à la vérification des faits. Il ignorait lui-même la différence des deux billets de banque et l'interversion des deux volumes de Pandectes. La somnambule avait bien vu. Il sonna la Bougival.

— Dites à Ursule de venir me parler, dit-il en s'asseyant au milieu de sa bibliothèque.

L'enfant vint, elle courut à lui, l'embrassa; le docteur la prit sur ses genoux, où elle s'assit en mêlant ses belles touffes blondes aux cheveux blancs de son vieil ami.

— Vous avez quelque chose, mon parrain?

— Oui, mais promets-moi, par ton salut, de répondre franchement, sans détour, à mes questions.

Ursule rougit jusque sur le front.

— Oh ! je ne te demanderai rien que tu ne puisses me dire, dit-il en continuant, et voyant la pudeur du premier amour troubler la pureté jusqu'alors enfantine de ces beaux yeux.

— Parlez, mon parrain.

— Par quelle pensée as-tu fini tes prières du soir, hier, et à quelle heure les as-tu faites ?

— Il était neuf heures un quart, neuf heures et demie.

— Eh bien ! répète-moi ta dernière prière ?

La jeune fille espéra que sa voix communiquerait sa foi à l'incrédule ; elle quitta sa place, se mit à genoux, joignit les mains avec ferveur ; une lueur radieuse illumina son visage, elle regarda le vieillard et lui dit : — Ce que je demandais hier à Dieu, je l'ai demandé ce matin, je le demanderai jusqu'à ce qu'il m'ait exaucée.

Puis elle répéta sa prière avec une nouvelle et plus puissante expression ; mais, à son grand étonnement, son parrain l'interrompit en achevant la prière.

— Bien, Ursule ! dit le docteur en reprenant sa filleule sur ses genoux. Quand tu t'es endormie la tête sur l'oreiller, n'as-tu pas dit en toi-même : « Ce cher parrain ! avec qui fera-t-il son trictrac à Paris ? »

Ursule se leva comme si la trompette du jugement dernier eût éclaté à ses oreilles ; elle jeta un cri de terreur ; ses yeux agrandis regardaient le vieillard avec une horrible fixité.

— Qui êtes-vous, mon parrain ? De qui tenez-vous une pareille puissance ? lui demanda-t-elle en imaginant que pour ne pas croire en Dieu il devait avoir fait un pacte avec l'ange de l'enfer.

— Qu'as-tu semé hier dans le jardin ?

— Du réséda, des pois de senteur, des balsamines.

— Et en dernier, des pieds d'alouette ?

Elle tomba sur ses genoux.

— Ne m'épouvantez pas, mon parrain ; mais vous étiez ici, n'est-ce pas ?

— Ne suis-je pas toujours avec toi ? répondit le docteur en plaisantant pour respecter la raison de cette innocente fille. Allons dans ta chambre.

Il lui donna le bras et monta l'escalier.

— Vo-jambes tremblent, mon bon ami, dit-elle.

— Oui, je suis comme foudroyé.

— Croiriez-vous donc enfin en Dieu? s'écria-t-elle avec une joie naïve en laissant voir des larmes dans ses yeux.

Le vieillard regarda la chambre si simple et si coquette qu'il avait arrangée pour Ursule. A terre un tapis vert uni peu coûteux, qu'elle maintenait dans une exquise propreté; sur les murs un papier gris de lin semé de roses avec leurs feuilles vertes; aux fenêtres, qui avaient vue sur la cour, des rideaux de calicot ornés d'une bande d'étoffe rose; entre les deux croisées, sous une haute glace longue, une console en bois doré couverte d'un marbre, sur laquelle était un vase de bleu de Sèvres où elle mettait des bouquets; et, en face de la cheminée, une petite commode d'une charmante marqueterie et à dessus de marbre dit brèche d'Alep. Le lit, en vieille perse et à rideaux de perse doublés de rose, était un de ces lits à la duchesse si communs au dix-huitième siècle et qui avait pour ornement une touffe de plumes sculptée au-dessus des quatre colonnettes cannelées de chaque angle. Une vieille pendule, enfermée dans une espèce de monument en écaille incrusté d'arabesques en ivoire, décorait la cheminée, dont le chambranle et les flambeaux de marbre, dont la glace et son trumeau à peinture en grisaille, offraient un remarquable ensemble de ton, de couleur et de manière. Une grande armoire, dont les battans offraient des paysages faits avec différens bois, dont quelques-uns avaient des teintes vertes et qui ne se trouvent plus dans le commerce, contenait sans doute son linge et ses robes. Il respirait dans cette chambre un parfum du ciel. L'exact arrangement des choses attestait un esprit d'ordre, un sens de l'harmonie qui certes aurait saisi tout le monde, même un Minoret-Levrault. On voyait surtout combien les choses qui l'environnaient étaient chères à Ursule et combien elle se plaisait dans une chambre qui tenait, pour ainsi dire, à toute

sa vie d'enfant et de jeune fille. En passant tout en revue par maintien, le tuteur s'assurait que de la chambre d'Ursule on pouvait voir chez madame de Portenduère. Pendant la nuit il avait médité sur la conduite qu'il devait tenir avec Ursule relativement au secret surpris de cette passion naissante. Un interrogatoire le compromettrait vis à vis de sa pupille. Ou il approuverait ou il désapprouverait cet amour : dans les deux cas, sa position devenait fausse. Il avait donc résolu d'examiner la situation respective du jeune Portenduère et d'Ursule s'il devait combattre ce penchant avant qu'il ne fût irrésistible. Un vieillard pouvait seul déployer tant de sagesse. Encore pantelant sous les atteintes de la vérité des faits magnétiques, il tournait sur lui-même et regardait les moindres choses de cette chambre, il voulait jeter un coup d'œil sur l'almanach suspendu au coin de la cheminée.

— Ces vilains flambeaux sont trop lourds pour tes jolies menottes, dit-il en prenant les chandeliers en marbre ornés de cuivre. Il les soupesa, regarda l'almanach, le prit et dit : — Ceci me semble bien laid aussi. Pourquoi gardes-tu cet almanach de facteur dans une si jolie chambre ?

— Oh ! laissez-le moi, mon parrain.

— Non, tu en auras un autre demain.

Il descendit en emportant cette pièce de conviction, s'enferma dans son cabinet, chercha saint Savinien, et trouva, comme l'avait dit la somnambule, un petit point rouge devant le 19 octobre ; il en vit également un en face du jour de saint Denis, son patron à lui, et devant saint Jean, le patron du curé. Ce point gros comme la tête d'une épingle, la femme endormie l'avait aperçu malgré la distance et les obstacles. Le vieillard médita jusqu'au soir sur ces événemens, plus immenses encore pour lui que pour tout autre. Il fallait se rendre à l'évidence. Une forte muraille s'écroula pour ainsi dire en lui-même, car il vivait appuyé sur deux bases : son indifférence en matière de religion et sa dénégation du magnétisme.

En prouvant que les sens, construction purement physique, organes dont les effets s'expliquaient, étaient terminés par quelques-uns des attributs de l'infini, le magnétisme renversait ou du moins lui paraissait renverser la puissante argumentation de Spinosa : l'infini et le fini, deux élémens incompatibles selon ce grand homme, se trouvaient l'un dans l'autre. Quelque puissance qu'il accordât à la divisibilité, à la mobilité de la matière, il ne pouvait pas lui reconnaître des qualités quasi-divines. Enfin il était devenu trop vieux pour rattacher ces phénomènes à un système, pour les comparer à ceux du sommeil, de la vision, de la lumière. Toute sa science, basée sur les assertions de l'école de Locke et de Condillac, était en ruines. En voyant ses creuses idoles en pièces, nécessairement son incrédulité chancelait. Ainsi tout l'avantage, dans le combat de cette enfance catholique contre cette vieillesse voltairienne, allait être à Ursule. Dans ce fort démantelé, sur ces ruines ruisselait une lumière. Du sein de ces décombres éclatait la voix de la prière ! Néanmoins l'obstiné vieillard chercha querelle à ses doutes. Encore qu'il fût atteint au cœur, il ne se décidait pas, il luttait toujours contre Dieu. Cependant son esprit parut vacillant, il ne fut plus le même. Devenu songeur outre mesure, il lisait les Pensées de Pascal, il lisait la sublime Histoire des Variations de Bossuet, il lisait Bonald, il lut saint Augustin ; il voulut aussi parcourir les œuvres de Swedenborg et de feu Saint-Martin, desquels lui avait parlé l'homme mystérieux. L'édifice bâti chez cet homme par le matérialisme craquait de toutes parts, il ne fallait plus qu'une secousse ; et, quand son cœur fut mûr pour Dieu, il tomba dans la vigne céleste comme tombent les fruits. Plusieurs fois déjà, le soir, en jouant avec le curé, sa filleule à côté d'eux, il avait fait des questions qui, relativement à ses opinions, paraissaient singulières à l'abbé Chaperon, ignorant encore du travail intérieur par lequel Dieu redressait cette belle conscience.

— Croyez-vous aux apparitions, demanda l'incrédule à son pasteur en interrompant la partie.

— Cardan, un grand philosophe du seizième siècle, a dit en avoir eu, répondit le curé.

— Je connais toutes celles qui ont occupé les savans, je viens de relire Plotin. Je vous interroge en ce moment comme catholique, et vous demande si vous pensez que l'homme mort puisse revenir voir les vivans.

— Mais Jésus est apparu aux apôtres après sa mort, reprit le curé. L'Église doit avoir foi dans les apparitions de Notre Sauveur. Quant aux miracles, nous n'en manquons pas, dit l'abbé Chaperon en souriant, voulez-vous connaître le plus récent ? il a eu lieu pendant le dix-huitième siècle.

— Bah !

— Oui, le bienheureux Marie-Alphonse de Liguori a su bien loin de Rome la mort du pape, au moment où le Saint-Père expirait, et il y a de nombreux témoins de ce miracle. Le saint évêque, entré en extase, entendit les dernières paroles du souverain pontife et les répéta devant plusieurs personnes. Le courrier chargé d'annoncer l'événement ne vint que trente heures après...

— Jésuite ! répondit le vieux Minoret en plaisantant, je ne vous demande pas de preuves, je vous demande si vous y croyez.

— Je crois que l'apparition dépend beaucoup de celui qui la voit, dit le curé continuant à plaisanter l'incrédule.

— Mon ami, je ne vous tends pas de piège, que croyez-vous sur ceci ?

— Je crois à la puissance de Dieu infinie, dit l'abbé.

— Quand je serai mort, si je me réconcilie avec Dieu, je le prierai de me laisser vous apparaître, dit le docteur en riant.

— C'est précisément la convention faite entre Cardan et son ami, répondit le curé.

— Ursule, dit Minoret, si jamais un danger te menaçait, appelle-moi, je viendrai.

— Vous venez de dire en un seul mot la touchante élégie intitulée *Néère*, d'André Chénier, répondit le curé. Mais les poëtes ne sont grands que parce qu'ils savent revêtir les faits ou les sentiments d'images éternellement vivantes.

— Pourquoi parlez-vous de votre mort, mon cher parrain, dit d'un ton douloureux la jeune fille, nous ne mourrons pas, nous autres chrétiens, notre tombe est le berceau de notre âme.

— Enfin, dit le docteur en souriant, il faut bien s'en aller de ce monde, et quand je n'y serai plus, tu seras bien étonnée de ta fortune.

— Quand vous ne serez plus, mon bon ami, ma seule consolation sera de vous consacrer ma vie.

— A moi, mort ?

— Oui. Toutes les bonnes œuvres que je pourrai faire seront faites en votre nom pour racheter vos fautes. Je prierai Dieu tous les jours, afin d'obtenir de sa clémence infinie qu'il ne punisse pas éternellement les erreurs d'un jour, et qu'il me mette près de lui, parmi les âmes des bienheureux, une âme aussi belle, aussi pure que la vôtre.

Cette réponse, dite avec une candeur angélique, prononcée d'un accent plein de certitude, confondit l'erreur, et convertit Denis Minoret à la façon de saint Paul. Un rayon de lumière intérieure l'étourdit en même temps que cette tendresse, étendue sur sa vie à venir, lui fit venir les larmes aux yeux. Il subit l'effet de la grâce eut quelque chose d'électrique. Le curé joignit les mains et se leva troublé. La petite, surprise de son triomphe, pleura. Le vieillard se dressa comme si quelqu'un l'eût appelé, regarda dans l'espace comme s'il y voyait une aurore ; puis, il fléchit le genou sur son fauteuil, joignit les mains et baissa les yeux vers la terre en prononçant profondément humilié.

— Mon Dieu ! dit-il d'une voix émue en relevant son front, si quelqu'un peut obtenir ma grâce et m'amener vers toi, n'est-ce pas cette créature sans tache ? Pardonne à cette vieillesse repentie que cette glorieuse enfant te présente ! il éleva mentalement son âme à Dieu, le priant d'achever de l'éclairer par sa science après l'avoir foudroyé

de sa grâce, il se tourna vers le curé, et lui tendant la main : — Mon cher pasteur, je redeviens petit, je vous appartiens et vous livre mon âme.

Ursule couvrit de larmes joyeuses les mains de son parrain en les lui baisant. Le vieillard prit cette enfant sur ses genoux et la nomma gaiement sa marraine. Le curé tout attendri récita le *Veni Creator*, dans une sorte d'effusion religieuse. Cet hymne servit de prière du soir à ces trois chrétiens agenouillés.

— Qu'y a-t-il ? demanda la Bougival étonnée.

— Enfin ! mon parrain croit en Dieu, répondit Ursule.

— Ah ! ma foi ! tant mieux, il ne lui manquait que ça pour être parfait, s'écria la vieille Bressane en se signant avec une naïveté sérieuse.

— Cher docteur, dit le bon prêtre, vous aurez compris bientôt les grandeurs de la religion et la nécessité de ses pratiques ; vous trouverez sa philosophie, dans ce qu'elle a d'humain, bien plus élevée que celle des esprits les plus audacieux.

Le curé, qui manifestait une joie presque enfantine, convint alors de catéchiser ce vieillard en conférant avec lui deux fois par semaine. Ainsi, la conversion attribuée à Ursule et à un esprit de calcul sordide fut spontanée. Le curé, qui s'était abstenu pendant quatorze années de toucher aux plaies de ce cœur en les déplorant, avait été sollicité comme on va querir le chirurgien en se sentant blessé. Depuis cette scène, tous les soirs, les prières prononcées par Ursule avaient été faites en commun. De moment en moment le vieillard avait senti la paix succéder en lui-même aux agitations. En ayant, comme il le disait, Dieu pour éditeur responsable des choses inexplicables, son esprit était à l'aise. Sa chère enfant lui répondait qu'il se voyait bien à ceci qu'il avançait dans le royaume de Dieu. Pendant la messe, il venait de lire les prières en y appliquant son entendement, car il s'était élevé dans une première conférence à la divine idée de la communion entre tous les fidèles. Ce vieux néophyte avait compris le symbole éternel attaché à cette nourriture, et que la Foi rend nécessaire quand il a été pénétré dans son sens intime profond, radieux. S'il avait paru pressé de revenir au logis, c'était pour remercier sa chère petite filleule de l'avoir fait entrer en religion, selon la belle expression du temps passé. Aussi la tenait-il sur ses genoux dans son salon, et la baisait-il saintement au front au moment où, salissant de leurs craintes ignobles une si sainte influence, ses héritiers collatéraux prodiguaient à Ursule les outrages les plus grossiers. L'empressement du bonhomme à rentrer chez lui, son prétendu dédain pour ses proches, ses mordantes réponses au sortir de l'église, étaient naturellement attribués par chacun des héritiers à la haine qu'Ursule lui inspirait contre eux.

Pendant que la filleule jouait à son parrain des variations sur la Dernière Pensée de Weber, il se tramait dans la salle à manger de la maison Minoret-Levrault un honnête complot qui devait avoir pour résultat d'amener sur la scène un des principaux personnages de ce drame. Le déjeuner, bruyant comme tous les déjeuners de province, et animé par d'excellens vins qui arrivent à Nemours par le canal, soit de Bourgogne, soit de la Touraine, dura plus de deux heures. Zélie avait fait venir du coquillage, du poisson de mer et quelques raretés gastronomiques afin de fêter le retour de Désiré. La salle à manger, au milieu de laquelle la table ronde offrait un spectacle réjouissant, avait l'air d'une salle d'auberge. Satisfaite de la grandeur de ses communs, Zélie s'était bâti un pavillon entre sa vaste cour et son jardin cultivé en légumes, plein d'arbres fruitiers. Tout, chez elle, était seulement propre et solide. L'exemple de Levrault-Levrault avait été terrible pour le pays. Aussi défendit-elle à son maître-architecte de le jeter dans de pareilles sottises. Cette salle était donc tendue d'un papier verni, garnie de chaises en noyer, de buffets en noyer, ornée d'un poêle en faïence, d'un cartel et d'un baromètre. Si la vaisselle était en porcelaine blanche commune, la table brillait par le linge et par une argenterie abondante. Une fois le café servi par Zélie, qui allait et venait comme un grain de plomb dans une bouteille de vin de Champagne, car elle se contentait d'une cuisinière ; quand Désiré, le futur avocat, eut été mis au fait du grand événement de la matinée et de ses conséquences, Zélie ferma la porte, et la parole fut donnée au notaire Dionis. Par le silence qui se fit, et par les regards que chaque héritier attacha sur cette face authentique, il était facile de reconnaître l'empire que ces hommes exercent sur les familles.

— Mes chers enfans, dit-il, votre oncle, étant né en 1746, a ses quatre-vingt-trois ans aujourd'hui ; or, les vieillards sont sujets à des folies, et cette petite...

— Vipère, s'écria madame Massin.

— Misérable ! dit Zélie.

— Ne l'appelons que par son nom, reprit Dionis.

— Eh bien ! c'est une voleuse, dit madame Crémière.

— Une jolie voleuse, répliqua Désiré Minoret.

— Cette petite Ursule, reprit Dionis, lui tient au cœur. Je n'ai pas attendu, dans l'intérêt de vous tous, qui êtes mes cliens, à ce matin pour prendre des renseignemens, et voici ce que je sais sur cette jeune...

— Spoliatrice, s'écria le receveur.

— Captatrice de succession ! dit le greffier.

— Chut ! mes amis, dit le notaire, ou je prends mon chapeau, je vous laisse, et bonsoir.

— Allons, papa, s'écria Minoret en lui versant un petit verre de rhum, prenez ?... il est de Rome même. Et allez, il y a cent sous de guides.

—Ursule est, il est vrai, la fille légitime de Joseph Mirouët ; mais son père est le fils naturel de Valentin Mirouët, beau-père de votre oncle. Ursule est donc la nièce naturelle du docteur Denis Minoret. Comme nièce naturelle, le testament que ferait le docteur en sa faveur serait peut-être attaquable ; et s'il lui laisse ainsi sa fortune, vous intenteriez à Ursule un procès assez mauvais pour vous, car on peut soutenir qu'il n'existe aucun lien de parenté entre Ursule et le docteur ; mais ce procès effraierait certes une jeune fille sans défense et donnerait lieu à quelque transaction.

— La rigueur de la loi est si grande sur les droits des enfans naturels, dit le licencié de fraîche date, jaloux de montrer son savoir, qu'aux termes d'un arrêt de la cour de cassation du 7 juillet 1817, l'enfant naturel ne peut rien réclamer de son aïeul naturel, pas même des alimens. Ainsi vous voyez qu'on a étendu la parenté de l'enfant naturel. La loi poursuit l'enfant naturel jusque dans sa descendance légitime, car elle suppose que les libéralités faites aux petits-enfans s'adressent au fils naturel par interposition de personne. Ceci résulte des articles 757, 908 et 911 du Code civil rapprochés. Aussi la Cour Royale de Paris, le 26 décembre de l'année dernière, a-t-elle réduit un legs fait à l'enfant légitime du fils naturel par l'aïeul qui, certes, en tant qu'aïeul, était aussi étranger au petit-fils naturel que le docteur, en tant qu'on peut l'être relativement à Ursule.

— Tout cela, dit Goupil, ne me paraît concerner que la question des libéralités faites par les aïeux à la descendance naturelle ; il ne s'agit pas du tout des oncles, qui ne me paraissent avoir aucun lien de parenté avec les enfans légitimes de leurs beaux-frères naturels. Ursule est une étrangère pour le docteur Minoret. Je me souviens d'un arrêt de la Cour Royale de Colmar, rendu en 1825 pendant que j'achevais mon Droit, et par lequel on a déclaré que, l'enfant naturel une fois décédé, sa descendance ne pouvait plus être l'objet d'une interposition. Or, le père d'Ursule est mort.

L'argumentation de Goupil produisit ce que dans les comptes rendus des séances législatives les journalistes désignent par ces mots : Profonde sensation.

— Qu'est-ce que cela signifie ? s'écria Dionis. Que le cas de libéralités faites par l'oncle d'un enfant naturel ne s'est pas encore présenté devant les tribunaux ; mais qu'il s'y présente, et la rigueur de la loi française envers les enfans

naturels sera d'autant mieux appliquée que nous sommes dans un temps où la religion est honorée. Aussi puis-je répondre que sur ce procès il y aurait transaction, surtout quand on vous saurait déterminés à conduire Ursule jusqu'en cour de cassation.

Une joie d'héritiers trouvant des monceaux d'or éclata par des sourires, par des haut-le-corps, par des gestes autour de la table, qui ne permirent pas d'apercevoir une dénégation de Goupil. Puis, à cet élan, le profond silence et l'inquiétude succédèrent au premier mot du notaire, mot terrible : — Mais !...

Comme s'il eût tiré le fil d'un de ces petits théâtres dont tous les personnages marchent par saccades au moyen d'un rouage, Dionis vit alors tous les yeux braqués sur lui, tous les visages ramenés à une pose unique.

— Mais aucune loi ne peut empêcher votre oncle d'adopter ou d'épouser Ursule, reprit-il. Quant à l'adoption, elle serait contestée et vous auriez, je crois, gain de cause ; les Cours Royales ne badinent pas en matière d'adoption, et vous seriez entendus dans l'enquête. Le docteur a beau porter le cordon de Saint-Michel, être officier de la Légion-d'Honneur et ancien médecin de l'ex-empereur, il succomberait. Mais si vous êtes avertis en cas d'adoption, comment sauriez-vous le mariage ? Le docteur est assez rusé pour aller se marier à Paris après un an de domicile, et reconnaître à sa future, par le contrat, une dot d'un million. Le seul acte qui mette votre succession en danger est donc le mariage de la petite et de son oncle.

Ici le notaire fit une pause.

— Il existe un autre danger, dit encore Goupil d'un air capable, celui d'un testament fait à un tiers, le père Bongrand, par exemple, qui aurait un fidéicommis relatif à mademoiselle Ursule Mirouët.

— Si vous taquinez votre oncle, reprit Dionis en coupant la parole à son maître clerc, si vous n'êtes pas assez excellens pour Ursule, vous le pousserez soit au mariage, soit au fidéicommis dont vous parle Goupil ; mais je ne le crois pas capable de recourir au fidéicommis, moyen dangereux. Quant au mariage, il est facile de l'empêcher. Désiré n'a qu'à faire un doigt de cour à la petite, elle préférera toujours un charmant jeune homme, le coq de Nemours, à un vieillard.

— Ma mère, dit à l'oreille de Zélie le fils du maître de poste autant alléché par la somme que par la beauté d'Ursule, si je l'épousais, nous aurions tout.

— Es-tu fou ? toi qui auras un jour cinquante mille livres de rentes, qui dois devenir député ! Tant que je serai vivante, tu ne te casseras pas le cou par un sot mariage. Sept cent mille francs ?... la belle poussée ! La fille unique à monsieur le maire aura cinquante mille francs de rentes, et m'a déjà été proposée...

Cette réponse, où pour la première fois de sa vie sa mère lui parlait avec rudesse, éteignit en Désiré tout espoir de mariage avec la belle Esther, car son père et lui ne l'emporteraient jamais sur la décision écrite dans les terribles yeux bleus de Zélie.

— Hé ! mais, dites donc, monsieur Dionis, s'écria Crémière à qui sa femme avait poussé le coude, si le bonhomme prenait la chose au sérieux et mariait sa pupille à Désiré en lui donnant la nue-propriété de toute la fortune, adieu la succession ! Et qu'il vive encore cinq ans, notre oncle aura bien un million.

— Jamais, s'écria Zélie, ni de ma vie ni de mes jours, Désiré n'épousera la fille d'un bâtard, une fille prise par charité, ramassée sur la place ! Vertu de chou ! mon fils doit représenter les Minoret à la mort de son oncle, et les Minoret ont cinq cents ans de bonne bourgeoisie. Cela vaut la noblesse. Soyez tranquilles là-dessus : Désiré se mariera quand nous saurons ce qu'il peut devenir à la Chambre des Députés.

Cette hautaine déclaration fut appuyée par Goupil, qui dit : — Désiré doté de vingt-quatre mille livres de rentes, deviendra un Président de Cour Royale ou procureur-général, ce qui mène à la pairie ; et un sot mariage l'enfoncerait.

Les héritiers se parlèrent tous alors les uns aux autres ; mais ils se turent au coup de poing que Minoret frappa sur la table pour maintenir la parole au notaire.

— Votre oncle est un brave et digne homme, reprit Dionis. Il se croit immortel ; et, comme tous les gens d'esprit, il se laissera surprendre par la mort sans avoir testé. Mon opinion est donc pour le moment de le pousser à placer ses capitaux de manière à rendre votre dépossession difficile, et l'occasion s'en présente. Le petit Portenduère est à Sainte-Pélagie, écroué pour cent et quelques mille francs de dettes. Sa vieille mère le sait en prison, elle pleure comme une Madeleine, et attend l'abbé Chaperon à dîner, sans doute pour causer avec lui de ce désastre. Eh bien ! j'irai ce soir engager votre oncle à vendre ses rentes cinq pour cent consolidés, qui sont à cent dix huit, et à prêter à madame de Portenduère, sur sa ferme des Bordières et sur sa maison, la somme nécessaire pour dégager l'enfant prodigue. Je suis dans mon rôle de notaire en lui parlant pour ce petit niais de Portenduère, et il est très naturel que je veuille lui faire déplacer ses rentes : j'y gagne des actes, des ventes, des affaires. Si je deviens son conseil, je lui proposerai d'autres placemens en terre pour le surplus du capital, et j'en ai d'excellens à mon Étude. Une fois sa fortune mise en propriétés foncières ou en créances hypothécaires dans le pays, elle ne s'envolera pas facilement. On peut toujours faire naître des embarras entre la volonté de réaliser et la réalisation.

Les héritiers, frappés de la justesse de cette argumentation bien plus habile que celle de monsieur Josse, firent entendre des murmures approbatifs.

— Entendez-vous donc bien, dit le notaire en terminant, pour garder votre oncle à Nemours où il a ses habitudes, où vous pourrez le surveiller. En donnant un amant à la petite, vous empêchez le mariage...

— Mais si le mariage se faisait ? dit Goupil étreint par une pensée ambitieuse.

— Ce ne serait pas déjà si bête, car la perte serait chiffrée, on saurait ce que le bonhomme veut lui donner, répondit le notaire. Mais si vous lui lâchez Désiré, il peut bien lambiner la petite jusqu'à la mort du bonhomme. Les mariages se font et se défont.

— Le plus court, dit Goupil, si le docteur doit vivre encore longtemps, serait de la marier à un bon garçon qui vous en débarrasserait en allant s'établir avec elle à Sens, à Montargis, à Orléans, avec cent mille francs.

Dionis, Massin, Zélie et Goupil, les seules têtes fortes de cette assemblée, échangèrent quatre regards remplis de pensées.

— Ce serait le ver dans la poire, dit Zélie à l'oreille de Massin.

— Pourquoi l'a-t-on laissé venir ? répondit le greffier.

— Ça t'irait ! cria Désiré à Goupil ; mais pourrais-tu jamais te tenir assez proprement pour plaire au vieillard et à sa pupille ?

— Tu ne te frottes pas le ventre avec un panier, dit le maître de poste qui finit par comprendre l'idée de Goupil.

Cette grosse plaisanterie eut un succès prodigieux. Le maître-clerc examina les rieurs par un regard circulaire si terrible que le silence se rétablit aussitôt.

— Aujourd'hui, dit Zélie à Massin d'oreille à oreille, les notaires ne connaissent que leurs intérêts : et si Dionis allait, pour faire des actes, se mettre du côté d'Ursule ?

— Je suis sûr de lui, répondit le greffier en jetant à sa cousine un regard de ses petits yeux malicieux. Il allait ajouter : J'ai de quoi le perdre ! Mais il se retint. — Je suis tout à fait de l'avis de Dionis, dit-il à haute voix.

— Et moi aussi, s'écria Zélie qui cependant soupçonnait déjà le notaire d'une collusion d'intérêts avec le greffier.

— Ma femme a voté, dit le maître de poste en humant un petit verre. quoique déjà sa face fût violacée par la digestion du déjeuner et par une notable absorption de liquides.

— C'est très bien, dit le percepteur.

— J'irai donc après le dîner ? reprit Dionis.

— Si monsieur Dionis a raison, dit madame Crémière à madame Massin, il faut aller chez notre oncle comme autrefois, en soirée tous les dimanches, et faire tout ce que vient de nous dire monsieur Dionis.

— Oui, pour être reçus comme nous l'étions ! s'écria Zélie. Après tout, nous avons plus de quarante bonnes mille livres de rentes, et il a refusé toutes nos invitations ; nous le valons bien. Si je ne sais pas faire des ordonnances, je sais mener ma barque, moi !

— Comme je suis loin d'avoir quarante mille livres de rentes, dit madame Massin un peu piquée, je ne me soucie pas d'en perdre dix mille !

— Nous sommes ses nièces, nous le soignerons : nous y verrons clair, dit madame Crémière, et vous nous en saurez gré quelque jour, cousine.

— Ménagez bien Ursule, le vieux bonhomme de Jordy lui a laissé ses économies ! fit le notaire en levant son index droit à la hauteur de sa lèvre.

— Je vais me mettre sur mon cinquante et un, s'écria Désiré.

— Vous avez été aussi fort que Desroches, le plus fort des avoués de Paris, dit Goupil à son patron en sortant de la Poste.

— Et ils discutent nos honoraires ! répondit le notaire en souriant avec amertume.

Les héritiers qui reconduisaient Dionis et son premier clerc se trouvèrent, le visage assez allumé par le déjeuner, tous, à la sortie des vêpres. Selon les prévisions du notaire, l'abbé Chaperon donnait le bras à la vieille madame de Portenduère.

— Elle l'a traîné à vêpres, s'écria madame Massin en montrant à madame Crémière Ursule et son parrain qui sortaient de l'église.

— Allons lui parler, dit madame Crémière en s'avançant vers le vieillard.

Le changement que la conférence avait opéré sur tous ces visages surprit le docteur Minoret. Il se demanda la cause de cette amitié de commande, et par curiosité favorisa la rencontre d'Ursule et des deux femmes empressées de la saluer avec une affection exagérée et des sourires forcés.

— Mon oncle, nous permettrez-vous de venir vous voir ce soir ? dit madame Crémière. Nous avons cru quelquefois vous gêner ; mais il y a bien longtemps que nos enfans ne vous ont rendu leurs devoirs, et voilà nos filles en âge de faire connaissance avec notre chère Ursule.

— Ursule est digne de son nom, répliqua le docteur, elle est très sauvage.

— Laissez-nous l'apprivoiser, dit madame Massin. Et puis, tenez, mon oncle, ajouta cette bonne ménagère en essayant de cacher ses projets sous un calcul d'économie, on nous a dit que votre chère filleule a un si beau talent sur le forté, que nous serions bien enchantées de l'entendre. Madame Crémière et moi, nous sommes assez disposées à prendre son maître pour nos petites, car s'il avait sept ou huit élèves, il pourrait mettre le prix de ses leçons à la portée de nos fortunes...

— Volontiers, dit le vieillard, et cela se trouvera d'autant mieux que je veux aussi donner un maître de chant à Ursule.

— Eh bien ! à ce soir, mon oncle, nous viendrons avec votre petit-neveu Désiré, que voilà maintenant avocat.

— A ce soir ! répondit Minoret qui voulut pénétrer ces petites âmes.

Les deux nièces serrèrent la main d'Ursule en lui disant avec une grâce affectée :

— Au revoir.

— Oh ! mon parrain, vous lisez donc dans mon cœur, s'écria Ursule en jetant au vieillard un regard plein de remercîmens.

— Tu as de la voix, dit-il. Et je veux te donner aussi des maîtres de dessin et d'italien. Une femme, reprit le docteur en regardant Ursule au moment où il ouvrait la grille de sa maison, doit être élevée de manière à se trouver à la hauteur de toutes les positions où son mariage peut la mettre.

Ursule devint rouge comme une cerise : son tuteur semblait penser à la personne à laquelle elle pensait elle-même. En se sentant près d'avouer au docteur le penchant involontaire qui la portait à s'occuper de Savinien et à lui rapporter tous ses désirs de perfection, elle alla s'asseoir sous le massif de plantes grimpantes où, de loin, elle se détachait comme une fleur blanche et bleue.

— Vous voyez bien, mon parrain, que vos nièces sont bonnes pour moi ; elles ont été gentilles, dit-elle en le voyant venir, et pour lui donner le change sur les pensées qui la rendaient rêveuse.

— Pauvre petite ! s'écria le vieillard.

Il étala sur son bras la main d'Ursule en la tapotant, et l'emmena le long de la terrasse au bord de la rivière, où personne ne pouvait les entendre.

— Pourquoi dites-vous pauvre petite ?

— Ne vois-tu pas qu'elles te craignent ?

— Et pourquoi ?

— Mes héritiers sont en ce moment tous inquiets de ma conversion, ils l'ont sans doute attribuée à l'empire que tu exerces sur moi, et s'imaginent que je les frustrerai de ma succession pour l'enrichir.

— Mais ce ne sera pas ?... dit naïvement Ursule en regardant son parrain.

— Oh ! divine consolation de mes vieux jours, dit le vieillard qui enleva de terre sa pupille et la baisa sur les deux joues. C'est bien pour elle et non pour moi, mon Dieu ! que je vous ai prié tout à l'heure de me laisser vivre jusqu'au jour où je l'aurai confiée à quelque bon être digne d'elle. Tu verras, mon petit ange, les comédies que les Minoret, les Crémière et les Massin vont venir jouer ici. Tu veux embellir et prolonger ma vie, toi ! Eux, ils ne pensent qu'à ma mort.

— Dieu nous défend de haïr, mais si cela est ?... oh ! je les méprise bien, fit Ursule.

— Le dîner ! cria la Bougival du haut du perron, qui du côté du jardin se trouvait au bout du corridor.

Ursule et son tuteur étaient au dessert dans la jolie salle à manger décorée de peintures chinoises en façon de laque, la ruine de Levrault-Levrault, lorsque le juge de paix se présenta ; le docteur lui offrit, telle était sa grande marque d'intimité, une tasse de son café Moka mélangé de café Bourbon et de café Martinique, brûlé, moulu, fait par lui-même dans une cafetière d'argent, dite à la Chaptal.

— Eh bien ! dit Bongrand en relevant ses lunettes et regardant le vieillard d'un air narquois, la ville est en l'air, otre apparition à l'église a révolutionné vos parens. Vous laissez votre fortune aux prêtres, aux pauvres. Vous les avez remués, et ils se remuent, ah ! J'ai vu leur première émeute sur la place, ils étaient affairés comme des fourmis à qui l'on a pris leurs œufs.

— Que te disai-je, Ursule ? s'écria le vieillard. Au risque de te peiner, mon enfant, ne dois-je pas t'apprendre à connaître le monde, et te mettre en garde contre des inimitiés imméritées !

— Je voudrais vous dire un mot à ce sujet, reprit Bongrand en saisissant cette occasion de parler à son vieil ami de l'avenir d'Ursule.

Le docteur mit un bonnet de velours noir sur sa tête blanche, le juge de paix garda son chapeau pour se garantir de la fraîcheur, et tous deux ils se promenèrent le long de la terrasse en discutant les moyens d'assurer à Ursule ce que son parrain voudrait lui donner. Le juge de paix connaissait l'opinion de Dionis sur l'invalidité d'un testament fait par le docteur en faveur d'Ursule, car Nemours se préoccupait trop de la succession Minoret pour que cette question n'eût pas été agitée entre les jurisconsultes de la ville. Bongrand avait décidé qu'Ursule était une étrangère à l'égard du docteur Minoret, mais il sentait bien que l'esprit de la législation repoussait la famille les su-

perfétations illégitimes. Les rédacteurs du code n'avaient prévu que la faiblesse des pères et des mères pour les enfans naturels, sans imaginer que des oncles ou des tantes épouseraient la tendresse de l'enfant naturel en faveur de sa descendance. Évidemment il se rencontrait une lacune dans la loi.

— En tout autre pays, dit-il au docteur en achevant de lui exposer l'état de la jurisprudence que Goupil, Dionis et Désiré venaient d'expliquer aux héritiers, Ursule n'aurait rien à craindre ; elle est fille légitime, et l'incapacité de son père ne devrait avoir d'effet qu'à l'égard de la succession de Valentin Mirouët, votre beau-père ; mais en France, la magistrature est malheureusement très spirituelle et conséquentielle, elle recherche l'esprit de la loi. Des avocats parleront morale et démontreront que la lacune du code vient de la bonhomie des législateurs qui n'ont pas prévu le cas, mais qui n'en ont pas moins établi un principe. Le procès sera long et dispendieux. Avec Zélie on irait jusqu'en cour de cassation, et je ne suis pas sûr d'être encore vivant quand ce procès se fera.

— Le meilleur des procès ne vaut encore rien, s'écria le docteur. Je vois déjà des mémoires sur cette question : *Jusqu'à quel degré l'incapacité qui, en matière de succession, frappe les enfans naturels, doit-elle s'étendre ?* et la gloire d'un bon avocat consiste à gagner de mauvais procès.

— Ma foi ! dit Bongrand, je n'oserais prendre sur moi d'affirmer que les magistrats n'étendraient pas le sens de la loi dans l'intention d'étendre la protection accordée au mariage, base éternelle des sociétés.

Sans se prononcer sur ses intentions, le vieillard rejeta le fidéicommis. Mais quand à la voie d'un mariage que Bongrand lui propo-a de prendre pour assurer sa fortune à Ursule : — Pauvre petite ! s'écria le docteur. Je suis capable de rire encore quinze ans, que deviendrait-elle ?

— Eh bien ! que comptez-vous donc faire ?... dit Bongrand.

— Nous y penserons, je verrai, répondit le vieux docteur évidemment embarrassé de répondre.

En ce moment Ursule vint annoncer aux deux amis que Dionis demandait à parler au docteur.

— Déjà Dionis ? s'écria Minoret en regardant le juge de paix. — Oui, répondit-il à Ursule, qu'il entre.

— Je gagerais mes lunettes contre une allumette, qu'il est le paravent de vos héritiers ; ils ont déjeuné tous à la Poste avec Dionis, et il s'y est machiné quelque chose.

Le notaire, amené par Ursule, arriva jusqu'au fond du jardin. Après les salutations et quelques phrases insignifiantes, Dionis obtint un moment d'audience particulière. Ursule et Bongrand se retirèrent au salon.

— Nous y penserons ! je verrai ! se disait en lui-même Bongrand en répétant les dernières paroles du docteur. Voilà le mot des gens d'esprit ; la mort les surprend, et ils laissent dans l'embarras les êtres qui leur sont chers !

La défiance que les hommes d'élite inspirent aux gens d'affaires est remarquable : ils ne leur accordent pas le *moins* en leur reconnaissant le *plus*. Mais peut-être cette défiance est-elle un éloge ? En les voyant habiter le sommet des choses humaines, les gens d'affaires ne croient pas les hommes supérieurs capables de descendre aux infiniment petits des détails qui, de même que les intérêts en finance et les microscopiques en science naturelle, finissent par égaler les capitaux et par former des mondes. Erreur ! l'homme de cœur et l'homme de génie voient tout. Bongrand, piqué du silence que le docteur avait gardé, mais mu sans doute par l'intérêt d'Ursule, et le croyant compromis, résolut de la défendre contre les héritiers. Il était désespéré de ne rien savoir de cet entretien du vieillard avec Dionis.

— Quelque pure que soit Ursule, pensa-t-il en l'examinant, il est un point sur lequel les jeunes filles ont coutume de faire à elles seules la jurisprudence et la morale. Essayons ! — Les Minoret-Levrault, dit-il à Ursule en raffermissant ses lunettes, sont capables de vous demander en mariage pour leur fils.

La pauvre petite pâlit : elle était trop bien élevée, elle avait une trop sainte délicatesse pour aller écouter ce qui se disait entre Dionis et son oncle ; mais, après une petite délibération intime, elle crut pouvoir se montrer, en pensant que, si elle était de trop, son parrain le lui ferait sentir. Le pavillon chinois où se trouvait le cabinet du docteur avait les persiennes de sa porte-fenêtre ouvertes. Ursule inventa d'aller tout y fermer elle-même. Elle s'excusa de laisser seul au salon le juge de paix, qui lui dit en souriant : Faites! faites! Ursule arriva sur les marches du perron par où l'on descendait du pavillon chinois au jardin, et y resta pendant quelques minutes, manœuvrant les persiennes avec lenteur et regardant le coucher du soleil. Elle entendit alors cette réponse faite par le docteur qui venait vers le pavillon chinois.

— Mes héritiers seraient enchantés de me voir des biens-fonds, des hypothèques ; ils s'imaginent que ma fortune serait beaucoup plus en sûreté : je devine tout ce qu'ils se disent, et peut-être venez-vous de leur part? Apprenez, mon cher monsieur, que mes dispositions sont irrévocables. Mes héritiers auront le capital de la fortune que j'ai apportée ici, qu'ils se tiennent pour avertis et me laissent tranquille. Si l'un d'eux dérangeait quelque chose à ce que je crois devoir faire pour cet enfant (il désigna sa filleule), je reviendrais de l'autre monde pour les tourmenter! Ainsi, monsieur Savinien de Portenduère peut bien rester en prison, si l'on compte sur moi pour l'en tirer, ajouta le docteur. Je ne vendrai point mes rentes.

En entendant ce dernier fragment de phrase, Ursule éprouva la première et la seule douleur qui l'eût atteinte, elle appuya son front à la persienne en s'y attachant pour se soutenir.

— Mon Dieu! qu'a-t-elle? s'écria le vieux médecin, elle est sans couleur. Une pareille émotion après dîner peut la tuer. Il étendit le bras pour prendre Ursule qui tombait presque évanouie. — Adieu, monsieur, laissez moi, dit-il au notaire.

Il transporta sa filleule sur une immense bergère du temps de Louis XV, qui se trouvait dans son cabinet, saisit un flacon d'éther au milieu de sa pharmacie, et le lui fit respirer.

— Remplacez-moi, mon ami, dit-il à Bongrand effrayé, je veux rester seul avec elle.

Le juge de paix reconduisit le notaire jusqu'à la grille en lui demandant, sans y mettre aucun empressement : — Qu'est-il donc arrivé à Ursule?

— Je ne sais pas, répondit monsieur Dionis. Elle était sur les marches à nous écouter ; et quand son oncle m'a refusé de prêter la somme nécessaire au jeune Portenduère, qui est en prison pour dettes, car il n'a pas eu, comme monsieur du Rouvre, un monsieur Bongrand pour le défendre, elle a pâli, chancelé... L'aimerait-elle? Y aurait-il entre eux....

— A quinze ans? répliqua Bongrand en interrompant Dionis.

— Elle est née en février 1814, elle aura seize ans dans quatre mois.

— Elle n'a jamais vu le voisin, répondit le juge de paix. Non, c'est une crise.

— Une crise de cœur, répliqua le notaire.

Le notaire était assez enchanté de cette découverte, qui devait empêcher le redoutable mariage in extremis par lequel le docteur pouvait frustrer ses héritiers ; tandis que Bongrand voyait ses châteaux en Espagne démolis : depuis longtemps il pensait à marier son fils avec Ursule.

— Si la pauvre enfant aimait ce garçon, ce serait un malheur pour elle : madame de Portenduère est bretonne et entichée de noblesse, répondit le juge de paix après une pause.

— Heureusement... pour l'honneur des Portenduère, répliqua le notaire qui ne faillit se laisser deviner.

Rendons au brave et honnête juge de paix la justice de dire, qu'en venant de la grille au salon, il abandonna, non sans douleur, pour son fils, l'espérance qu'il avait caressée de pouvoir un jour nommer Ursule sa fille. Il comptait donner six mille livres de rentes à son fils le jour où il serait nommé substitut ; et si le docteur eût voulu doter Ursule de cent mille francs, ces deux jeunes gens devaient être la perle des ménages ; son Eugène était un loyal et charmant garçon. Peut être avait-il un peu trop vanté cet Eugène, et la défiance du vieux Minoret venait-elle de là.

— Je me rabattrai sur la fille du maire, pensa Bongrand. Mais Ursule sans dot vaut mieux que mademoiselle Levrault-Crémière avec son million. Maintenant il faut manœuvrer pour faire épouser à Ursule ce petit Portenduère, si toutefois elle l'aime.

Après avoir fermé la porte du côté de la bibliothèque et celle du jardin, le docteur avait amené sa pupille à la fenêtre qui donnait sur le bord de l'eau.

— Qu'as-tu, cruelle enfant? lui dit-il. Ta vie est ma vie. Sans ton sourire, que deviendrais-je?

— Savinien en prison! répondit-elle.

Après ces mots, un torrent de larmes sortit de ses yeux, et les sanglots vinrent.

— Elle est sauvée, pensa le vieillard qui lui tâtait le pouls avec une anxiété de père. Hélas! elle a toute la sensibilité de ma pauvre femme, se dit-il en allant prendre un stéthoscope qu'il mit sur le cœur d'Ursule en y appliquant son oreille. Allons, tout va bien! se dit-il. — Je ne savais pas, mon cœur, que tu l'aimasses autant déjà, reprit-il en la regardant. Mais pense avec moi comme avec toi-même, et raconte-moi tout ce qui s'est passé entre vous deux.

— Je ne l'aime pas, mon parrain, nous ne nous sommes jamais rien dit, répondit-elle en sanglotant. Mais apprendre que ce pauvre jeune homme est en prison et savoir que vous refusez durement de l'en tirer, vous si bon!

— Ursule, mon bon petit ange, si tu ne l'aimes pas, pourquoi fais-tu devant le jour de saint Savinien un point rouge comme devant le jour de saint Denis? Allons, raconte-moi les moindres événemens de cette affaire de cœur.

Ursule rougit, retint quelques larmes, et il se fit entre elle et son oncle un moment de silence.

— As-tu peur de ton père, de ton ami, de ta mère, de ton médecin, de ton parrain, dont le cœur a été depuis quelques jours rendu plus tendre encore qu'il ne l'était.

— Eh bien! cher parrain, reprit-elle, je vais vous ouvrir mon âme. Au mois de mai, monsieur Savinien est venu voir sa mère. Jusqu'à ce voyage, je n'avais jamais fait la moindre attention à lui. Quand il est parti pour demeurer à Paris, j'étais une enfant, et ne voyais, je vous le jure, aucune différence entre un jeune homme et vous autres, si ce n'est que je vous aimais sans imaginer jamais pouvoir aimer mieux qui que ce soit. Monsieur Savinien est arrivé par la malle la veille du jour de la fête de sa mère sans que nous le sussions. Le dimanche matin, après avoir dit mes prières, en ouvrant la fenêtre pour donner de l'air à ma chambre, je vois les fenêtres de la chambre de monsieur Savinien ouvertes, et monsieur Savinien en robe de chambre, occupé à se faire la barbe, et mettant à ses mouvemens une grâce... enfin je l'ai trouvé gentil. Il a peigné ses moustaches noires, sa virgule sous le menton, et j'ai vu son cou blanc, rond..... Faut-il vous dire tout?..... je me suis aperçue que ce visage si frais, ce visage et ces beaux cheveux noirs, étaient bien différens des vôtres, quand je vous regardais vous faisant la barbe. Il m'a monté, je ne sais d'où, comme une vapeur par vagues au cœur, dans le gosier, à la tête, et si violemment que je me suis assise. Je ne pouvais me tenir debout, je tremblais. J'avais tant envie de le revoir, que je me suis mise sur la pointe des pieds ; il m'a vue alors, et m'a, pour plaisanter, envoyé du bout des doigts un baiser, et...

— Et?...

— Et, reprit-elle, je me suis cachée, aussi honteuse qu'heureuse, sans m'expliquer pourquoi j'avais honte de ce bonheur. Ce mouvement qui m'éblouissait l'âme en y amenant je ne sais quelle puissance, s'est renouvelé toutes les fois qu'en moi-même je revoyais cette jeune figure. Enfin, je me plaisais à retrouver cette émotion, quelque violente qu'elle fût. En allant à la messe, une force invincible m'a poussée à regarder monsieur Savinien donnant le bras à sa mère : sa démarche, ses vêtemens, tout jusqu'au bruit de ses bottes sur le pavé me paraissait joli. La moindre chose de lui, sa main si finement gantée, exerçait sur moi comme un charme Cependant j'ai eu la force de ne pas penser à lui pendant la messe. A la sortie, je suis restée dans l'église de manière à laisser partir madame de Portenduère la première, et à marcher ainsi après lui. Je ne saurais vous exprimer combien ces petits arrangemens m'intéressaient. En rentrant, quand je me suis retournée pour fermer la grille...

— Et la Bougival?... dit le docteur.

— Oh ! je l'avais laissée aller à sa cuisine, dit naïvement Ursule. J'ai donc pu voir naturellement monsieur Savinien planté sur ses jambes et me contemplant. Oh ! parrain, je me suis sentie si fière en croyant remarquer dans ses yeux une sorte de surprise et d'admiration, que je ne sais pas ce que j'aurais fait pour lui fournir l'occasion de me regarder. Il m'a semblé que je ne devais plus désormais m'occuper que de lui plaire. Son regard est maintenant la plus douce récompense de mes bonnes actions. Depuis ce moment, je songe à lui sans cesse et malgré moi. Monsieur Savinien est reparti le soir, je ne l'ai plus revu, la rue des Bourgeois m'a paru vide, et il a comme emporté mon cœur avec lui sans le savoir.

— Voilà tout ? dit le docteur.

— Tout, mon parrain, dit-elle avec un soupir où le regret de ne pas avoir à en dire davantage était étouffé sous la douleur du moment.

— Ma chère petite, dit le docteur en asseyant Ursule sur ses genoux, tu vas attraper tes seize ans bientôt, et ta vie de femme va commencer. Tu es entre ton enfance bénie qui cesse, et les agitations de l'amour qui te feront une existence orageuse, car tu as le système nerveux d'une exquise sensibilité. Ce qui t'arrive, c'est l'amour, ma fille, dit le vieillard avec une expression de profonde tristesse, c'est l'amour dans sa sainte naïveté, l'amour comme il doit être : involontaire, rapide, venu comme un voleur qui prend tout... oui, tout ! Et je m'y attendais. J'ai bien observé les femmes, et sais que, si chez la plupart l'amour ne s'empare d'elles qu'après des témoignages, des miracles d'affection, si celles-là ne rompent leur silence et ne cèdent que vaincues ; il en est d'autres qui, sous l'empire d'une sympathie explicable aujourd'hui par les fluides magnétiques, sont envahies en un instant. Je puis te dire aujourd'hui : aussitôt que j'ai vu la charmante femme qui portait ton nom, j'ai senti que je l'aimerais uniquement et fidèlement sans savoir si nos caractères, si nos personnes se conviendraient. Y a-t-il en amour une seconde vue ? Quelle réponse faire, après avoir vu tant d'unions célébrées sous les auspices d'un si céleste contrat, plus tard brisées, engendrant des haines presque éternelles, des répulsions absolues ? Les sens peuvent, pour ainsi dire, s'appréhender, et les idées être en désaccord : et peut-être certaines personnes vivent-elles plus par les idées que par le corps ? Au contraire, souvent les caractères s'accordent et les personnes se déplaisent. Ces deux phénomènes si différens, qui rendraient raison de bien des malheurs, démontrent la sagesse des lois qui laissent aux parens la haute main sur le mariage de leurs enfans ; car une jeune fille est souvent la dupe de l'une de ces deux hallucinations. Aussi ne te blâmé-je pas. Les sensations que tu éprouves, ce mouvement de ta sensibilité qui se précipite de son centre encore inconnu sur ton cœur et sur ton intelligence, ce bonheur avec lequel tu penses à Savinien, tout est naturel. Mais, mon enfant adoré, comme te l'a dit notre bon abbé Chaperon, la Société demande le sacrifice de beaucoup de penchans naturels. Autres sont les destinées de l'homme, autres sont celles de la femme. J'ai pu choisir Ursule Mirouët pour femme, et venir à elle en lui disant combien je l'aimais ; tandis qu'une jeune fille ment à ses vertus en

sollicitant l'amour de celui qu'elle aime : la femme n'a pas comme nous la faculté de poursuivre au grand jour l'accomplissement de ses vœux. Aussi la pudeur est-elle chez vous, et surtout chez toi, la barrière infranchissable qui garde les secrets de votre cœur. Ton hésitation à me confier tes premières émotions m'a dit assez que tu souffrirais les plus cruelles tortures plutôt que d'avouer à Savinien...

— Oh ! oui, dit-elle.

— Mais, mon enfant, tu dois faire plus : tu dois réprimer les mouvemens de ton cœur, les oublier.

— Pourquoi ?

— Parce que, mon petit ange, tu ne dois aimer que l'homme qui sera ton mari ; et quand même monsieur Savinien de Portenduère t'aimerait...

— Je n'y ai pas encore pensé.

— Écoute-moi ? Quand même il t'aimerait, quand sa mère me demanderait ta main pour lui, je ne consentirais à ce mariage qu'après avoir soumis Savinien à un long et mûr examen. Sa conduite vient de le rendre suspect à toutes les familles, et de mettre entre les héritières et lui des barrières qui tomberont difficilement.

Un sourire d'ange sécha les pleurs d'Ursule, qui dit : — A quelque chose malheur est bon ! Le docteur fut assez réjoui de cette naïveté.— Qu'a-t-il fait, mon parrain? reprit-elle.

— En deux ans, mon petit ange, il a fait à Paris pour cent vingt mille francs de dettes ! Il a eu la sottise de se laisser coffrer à Sainte-Pélagie, maladresse qui déconsidère à jamais un jeune homme par le temps qui court. Un dissipateur capable de plonger une pauvre mère dans la douleur et la misère fait, comme ton pauvre père, mourir sa femme de désespoir !

— Croyez-vous qu'il puisse se corriger ? demanda-t-elle.

Si sa mère paye pour lui, il se sera mis sur la paille, et je ne sais pas de pire correction pour un noble que d'être sans fortune.

Cette réponse rendit Ursule pensive : elle essuya ses larmes et dit à son parrain : — Si vous pouvez le sauver, sauvez-le, mon parrain ; ce service vous donnera le droit de le conseiller : vous lui ferez des remontrances...

— Et, dit le docteur en imitant le parler d'Ursule, il pourra venir ici, la vieille dame y viendra, nous les verrons, et...

— Je ne songe en ce moment qu'à lui-même, répondit Ursule en rougissant.

— Ne pense plus à lui, ma pauvre enfant ; c'est une folie ! dit gravement le docteur. Jamais madame de Portenduère, une Kergarouët, n'eût-elle que trois cents livres par an pour vivre, ne consentirait au mariage du vicomte Savinien de Portenduère, petit-neveu du feu comte de Portenduère, lieutenant général des armées navales du roi et fils du vicomte de Portenduère, capitaine de vaisseau, avec qui ? avec Ursule Mirouët, fille d'un musicien de régiment, sans fortune, et dont le père, hélas ! voici le moment de te le dire, était le bâtard d'un organiste de mon beau-père.

— O mon parrain ! vous avez raison : nous ne sommes égaux que devant Dieu. Je ne songerai plus à lui que dans mes prières, dit-elle au milieu des sanglots que cette révélation excita. Donnez-lui tout ce que vous me destiniez. De quoi peut avoir besoin une pauvre fille comme moi ? En prison, lui !

— Offre à Dieu toutes tes mortifications, et peut-être nous viendra-t-il en aide.

Le silence régna pendant quelques instans. Quand Ursule, qui n'osait regarder son parrain, leva les yeux sur lui, son cœur fut profondément remué lorsqu'elle vit des larmes roulant sur ses joues flétries. Les pleurs des vieillards sont aussi terribles que ceux des enfans sont naturels.

— Qu'avez-vous? mon Dieu ! dit-elle en se jetant à ses pieds et lui baisant les mains. N'êtes-vous pas sûr de moi ?

— Moi qui voudrais satisfaire à tous tes vœux, je suis

obligé de te causer la première grande douleur de la vie ! Je souffre autant que toi. Je n'ai pleuré qu'à la mort de mes enfans et à celle d'Ursule. Tiens, je ferai tout ce que tu voudras, s'écria-t-il.

A travers ses larmes, Ursule jeta sur son parrain un regard qui fut comme un éclair. Elle sourit.

— Allons au salon, et sache te garder le secret à toi-même sur tout ceci, ma petite, dit le docteur en laissant sa filleule dans son cabinet.

Ce père se sentit si faible contre ce divin sourire qu'il allait dire un mot d'espérance et tromper ainsi sa filleule.

En ce moment madame de Portenduère, seule avec le curé dans sa froide petite salle au rez-de-chaussée, avait fini de confier ses douleurs à ce bon prêtre, son seul ami. Elle tenait à la main les lettres que l'abbé Chaperon venait de lui rendre après les avoir lues, et qui avaient mis ses misères au comble. Assise dans sa bergère d'un côté de la table carrée où se voyaient les restes du dessert, la vieille dame regardait le curé, qui de l'autre côté, ramassé dans son fauteuil, se caressait le menton par ce geste commun aux valets de théâtre, aux mathématiciens, aux prêtres, et qui trahit quelque méditation sur un problème difficile à résoudre.

Cette petite salle, éclairée par deux fenêtres sur la rue et garnie de boiseries peintes en gris, était si humide que les panneaux du bas offraient aux regards les fendillemens géométriques du bois pourri quand il n'est plus maintenu que par la peinture. Le carreau, rouge et frotté par l'unique servante de la vieille dame, exigeait devant chaque siège de petits ronds en sparteries sur l'un desquels l'abbé tenait ses pieds. Les rideaux, de vieux damas vert-clair à fleurs vertes, étaient tirés, et les persiennes avaient été fermées. Deux bougies éclairaient la table, tout en laissant la chambre dans le clair-obscur. Est-il besoin de dire qu'entre les deux fenêtres un beau pastel de Latour montrait le fameux amiral de Portenduère, le rival des Suffren, des Kergarouët, des Guichen et des Simeuse. Sur la boiserie en face de la cheminée, on apercevait le vicomte de Portenduère et la mère de la vieille dame, une Kergarouët-Ploëgat. Savinien avait donc pour grand-oncle le vice-amiral de Kergarouët, et pour cousin le comte de Portenduère, petit-fils de l'amiral, l'un et l'autre riches. Le vice-amiral de Kergarouët habitait Paris, et le comte de Portenduère le château de ce nom dans le Dauphiné. Son cousin le comte représentait la branche aînée, et Savinien était le seul rejeton du cadet de Portenduère. Le comte, âgé de plus de quarante ans, marié à une femme riche, avait trois enfans. Sa fortune, accrue de plusieurs héritages, se montait, dit-on, à soixante mille livres de rentes. Député de l'Isère, il passait ses hivers à Paris où il avait racheté l'hôtel de Portenduère avec les indemnités que lui valait la loi Villèle. Le vice-amial de Kergarouët avait récemment épousé madame de la marine, mademoiselle de Fontaine, uniquement pour lui assurer sa fortune. Les fautes du vicomte devaient donc lui faire perdre deux puissantes protections. Jeune et joli garçon, Savinien fût entré dans la marine, avec son nom et appuyé par un amiral, par un député, peut-être à vingt-trois ans eût-il été déjà lieutenant de vaisseau ; mais sa mère, opposée à ce que son fils unique se destinât à l'état militaire, l'avait fait élever à Nemours par un vicaire de l'abbé Chaperon, et s'était flattée de pouvoir conserver jusqu'à sa mort son fils près d'elle. Elle voulait sagement le marier avec une demoiselle d'Aiglemont, riche de douze mille livres de rentes, à la main de laquelle le nom de Portenduère et la ferme des Bordières permettaient de prétendre. Ce plan restreint, mais sage, et qui pouvait relever la famille à la seconde génération, eût été déjoué par les événemens. Les d'Aiglemont étaient alors ruinés, et une de leurs filles, l'aînée, Hélène, avait disparu sans que sa famille expliquât ce mystère. L'ennui d'une vie sans air, sans issue et sans action, sans autre aliment que l'amour des fils pour leurs mères, fatigua tellement Savinien qu'il rompit ses chaînes, quelque douces qu'elles fussent, et jura de ne jamais vivre en province, en com-

prenant un peu tard que son avenir n'était pas rue des Bourgeois. A vingt et un ans il avait donc quitté sa mère pour se faire reconnaître de ses parens et tenter la fortune à Paris. Ce devait être un funeste contraste que celui de la vie de Nemours et de la vie de Paris pour un jeune homme de vingt et un ans, libre, sans contradicteur, nécessairement affamé de plaisirs et à qui le nom de Portenduère et sa parenté si riche ouvraient les salons. Certain que sa mère gardait les économies de vingt années amassées dans quelque cachette, Savinien eut bientôt dépensé les six mille francs qu'elle lui donna pour voir Paris. Cette somme ne défraya pas ses six premiers mois, et il dut alors le double de cette somme à son hôtel, à son tailleur, à son bottier, à son loueur de voitures et de chevaux, à un bijoutier, à tous les marchands qui concourent au luxe des jeunes gens. A peine avait-il réussi à se faire connaître, à peine savait-il parler, se présenter, porter ses gilets et les choisir, commander ses habits et mettre sa cravate, qu'il se trouvait à la tête de trente mille francs de dettes et n'en était encore qu'à chercher une tournure délicate pour déclarer son amour à la sœur du marquis de Ronquerolles, madame de Sérizy, femme élégante, mais dont la jeunesse avait brillé sous l'Empire.

— Comment vous en êtes-vous tirés, vous autres ? dit un jour à la fin d'un déjeuner Savinien à quelques élégans avec lesquels il s'était lié comme se lient aujourd'hui des jeunes gens dont les prétentions en toute chose visent au même but et qui réclament une impossible égalité. Vous n'étiez pas plus riches que moi, vous marchez sans soucis, vous vous maintenez, et moi j'ai déjà des dettes !

— Nous avons tous commencé par là, lui dirent en riant Rastignac, Lucien de Rubempré, Maxime de Trailles, Émile Blondet, les dandies d'alors.

— Si de Marsay s'est trouvé riche au début de la vie, c'est un hasard ! dit l'amphitryon, un parvenu nommé Finot qui tentait de frayer avec ces jeunes gens. Et s'il n'eût pas été lui-même, ajouta-t-il en le saluant, sa fortune pouvait le ruiner.

— Le mot y est, dit Maxime de Trailles.

— Et l'idée aussi, répliqua Rastignac.

— Mon cher, dit gravement de Marsay à Savinien, les dettes sont la commandite de l'expérience. Une bonne éducation universitaire avec maîtres d'agrémens et de désagrémens, qui ne vous apprend rien, coûte soixante mille francs. Si l'éducation par le monde coûte le double, elle vous apprend la vie, les affaires, la politique, les hommes et quelquefois les femmes.

Blondet acheva cette leçon par cette traduction d'un vers de La Fontaine :

Le monde vend très cher ce qu'on pense qu'il donne.

Au lieu de réfléchir à ce que les plus habiles pilotes de l'archipel parisien lui disaient de sensé, Savinien n'y vit que des plaisanteries.

— Prenez garde, mon cher, lui dit de Marsay, vous avez un beau nom, et si vous n'acquérez pas la fortune qu'exige votre nom, vous pourrez aller finir vos jours sous un habit de maréchal des logis dans un régiment de cavalerie.

Nous avons vu tomber de plus illustres têtes !

ajouta-t-il en déclamant ce vers de Corneille et prenant le bras de Savinien.—Il nous est venu, reprit-il, voici bientôt six ans, un jeune comte d'Esgrignon qui n'a pas vécu plus de deux ans dans le paradis du grand monde. Hélas ! il a vécu ce que vivent les fusées. Il s'est élevé jusqu'à la duchesse de Maufrigneuse, et il est retombé dans sa ville natale, où il expie ses fautes entre un vieux père à catarrhes et une partie de whist à deux sous la fiche. Dites votre situation à madame de Sérizy tout naïvement, sans honte, elle vous sera très utile ; tandis que si vous jouez avec elle la charade du premier amour, elle se posera en madone de Raphaël, jouera aux jeux innocens, et vous fera voyager à grands frais dans le pays de Tendre !

Savinien, trop jeune encore, tout au pur honneur du gentilhomme, n'osa pas avouer sa position de fortune à madame de Sérizy. Madame de Portenduère, dans un moment où son fils ne savait où donner de la tête, envoya vingt mille francs, tout ce qu'elle possédait, sur une lettre où Savinien, instruit par ses amis dans la balistique des ruses digées par les enfan- contre les coffres-forts paternels, parlait de billets à payer et du déshonneur de laisser protester sa signature. Il atteignit, avec ce secours, à la fin de la première année. Pendant la seconde, attaché au char de madame de Sérizy sérieusement éprise de lui, et qui d'ailleurs le formait, il usa de la dangereuse ressource des usuriers. Un député de ses amis, un ami de son cousin de Portenduère, Des Lupeaulx, l'adressa, dans un jour de détresse, à Gobseck, à Gigonnet et à Palma, qui, bien et dûment informés de la valeur des biens de sa mère, lui rendirent l'escompte doux et facile. L'usure et le trompeur secours des renouvellemens lui firent mener une vie heureuse pendant environ dix-huit mois. Sans oser quitter madame de Sérizy, le pauvre enfant devint amoureux fou de la belle comtesse de Kergarouët, prude comme toutes les jeunes personnes qui attendent la mort d'un vieux mari, et qui font l'habile report de leur vertu sur un second mariage. Incapable de comprendre qu'une vertu vrai onnée est invincible, Savinien faisait sa cour à Émilie de Kergarouët en grande tenue d'homme riche ; il ne manquait ni un bal ni un spectacle où elle devait se trouver.

— Mon petit, tu n'as pas assez de poudre pour faire sauter ce rocher-là, lui dit un soir en riant de Marsay.

Ce jeune roi de la fashion parisienne eut par commisération, expliquer Émilie de Fontaine à cet enfant, il fallut les sombres clartés du malheur et les ténèbres de la prison pour éclairer Savinien. Une lettre de change, imprudemment souscrite à un bijoutier, d'accord avec les usuriers qui ne voulaient pas avoir l'odieux de l'arrestation, fit écrouer, pour cent dix-sept mille francs, Savinien de Portenduère à Saint-Pélagie, à l'insu de ses amis. Aussitôt que cette nouvelle fut sue par Rastignac, par de Marsay et par Lucien de Rubempré, tous trois vinrent voir Savinien et lui offrirent chacun un billet de mille francs en le trouvant dénué de tout. Le valet de chambre, acheté par deux créanciers, avait indiqué l'appartement secret où Savinien logeait, et tout y avait été saisi, moins les habits et le peu de bijoux qu'il portait. Les trois jeunes gens, munis d'un excellent dîner, et tout en buvant le vin de Xérès apporté par de Marsay, s'informèrent de la situation de Savinien, en apparence afin d'organiser son avenir, mais sans doute pour le juger.

— Quand on s'appelle Savinien de Portenduère, s'était écrié Rastignac, quand on a pour cousin un futur pair de France et pour grand-oncle l'amiral Kergarouët, si l'on commet l'énorme faute de se laisser mettre à Sainte-Pélagie, il ne faut pas y rester, mon cher !

— Pourquoi ne m'avoir rien dit ? s'écria de Marsay. Vous aviez à vos ordres ma voiture de voyage. dix mille francs et des lettres pour l'Allemagne. Nous connaissons Gobseck, Gigonnet et autres crocodiles, nous les aurions fait capituler. Et d'ab rd quel âne vous a mené boire à cette source mortelle ? demanda de Marsay.

— Des Lupeaulx.

Les trois jeunes gens se regardèrent en se communiquant ainsi la même pensée, un soupçon, mais sans l'exprimer.

— Expliquez-moi vos ressources, montrez-moi votre jeu, demanda de Marsay.

Lorsque Savinien eut dépeint sa mère et ses bonnets à coques, sa petite maison à trois croisées dans la rue des Bourgeois, sans autre jardin qu'une cour à puits et à hangard pour serrer le bois ; qu'il leur eut chiffré la valeur de

cette maison, bâtie en grès, crépie en mortier rougeâtre, et prisé la ferme des Bordières, les trois dandies se regardèrent et dirent d'un air profond le mot de l'abbé dans les *Marrons du feu* d'Alfred de Musset dont les Contes d'Espagne venaient de paraître : — Triste !

— Votre mère paiera sur une lettre habilement écrite, dit Rastignac.

— Oui, mais après ?... s'écria de Marsay.

— Si vous n'aviez été que mis dans le fiacre, dit Lucien, le gouvernement du roi vous mettrait dans la diplomatie ; mais Sainte-Pélagie n'est pas l'antichambre d'une ambassade.

— Vous n'êtes pas assez fort pour la vie de Paris, dit Rastignac.

— Voyons ? reprit de Marsay qui toisa Savinien comme un maquignon estime un cheval. Vous avez de beaux yeux bleus, bien fendus, vous avez un front blanc bien dessiné, des cheveux noirs magnifiques, de petites moustaches qui font bien sur votre joue pâle, et une taille svelte : vous avez un pied qui annonce de la race, des épaules et une poitrine non trop commissionnaires et cependant solides. Vous êtes ce que j'appelle un brun élégant. Votre figure est dans le genre de celle de Louis XIII, peu de couleurs, le nez d'une jolie forme ; et vous avez de plus ce qui plaît aux femmes, un je ne sais quoi dont ne se rendent pas compte les hommes eux-mêmes, et qui tient à l'air, à la démarche, au son de voix, au *lancer* du regard, au geste, à une foule de petites choses que les femmes voient et auxquelles elles attachent un certain sens qui nous échappe. Vous ne vous connaissez pas, mon cher. Avec peu de tenue, en six mois, vous enchanteriez une Anglaise de cent mille livres, en prenant surtout le titre de vicomte de Portenduère auquel vous avez droit. Ma charmante belle-mère lady Dudley, qui n'a pas sa pareille pour embrocher deux cœurs, vous la découvrirait dans quelques-uns des terrains d'alluvion de la Grande-Bretagne. Mais il faudrait pouvoir et savoir reporter vos dettes à quatre-vingt-dix jours par une habile manœuvre de haute banque. Pourquoi ne m'avoir rien dit ? A Bade, les usuriers vous auraient respecté, servi peut-être ; mais après vous avoir mis en prison, ils vous méprisent. L'usurier est comme la Société, comme le Peuple. à genoux devant l'homme assez fort pour se jouer de lui, et sans pitié pour les agneaux. Aux yeux d'un certain monde, Sainte-Pélagie est une diablesse qui roussit furieusement l'âme des jeunes gens. Voulez-vous mon avis, mon cher enfant ? je vous dirai comme au petit d'Esgrignon : Payez vos dettes en mesure en gardant de quoi vivre pendant trois ans, et mariez-vous en province avec la première fille qui aura trente mille livres de rentes. En trois ans, vous aurez trouvé quelque sage héritière qui voudra se nommer madame de Portenduère. Voilà la sagesse. Buvons donc. Je vous porte ce toast : A la fille d'argent !

Les jeunes gens ne quittèrent leur ex-ami qu'à l'heure officielle des adieux, et sur le pas de la porte ils se dirent : — Il n'est pas fort ! — Il est bien abattu ! — Se relèvera-t-il ?

Le lendemain, Savinien écrivit à sa mère une confession générale en vingt-deux pages. Après avoir pleuré pendant toute une journée, madame de Portenduère écrivit d'abord à son fils, en lui promettant de le tirer de prison ; puis aux comtes de Portenduère et de Kergarouët.

Les lettres que le curé venait de lire et que la pauvre mère tenait à la main, humides de ses larmes, étaient arrivées le matin même et lui avaient brisé le cœur.

A MADAME DE PORTENDUERE.

Paris, septembre 1829.

« Madame,

» Vous ne pouvez pas douter de l'intérêt que l'amiral et

moi nous prenons à vos peines. Ce que vous mandez à monsieur de Kergarouët m'afflige d'autant plus que ma maison était celle de votre fils : nous étions fiers de lui. Si Savinien avait eu plus de confiance en l'amiral, nous l'eussions pris avec nous, il serait déjà placé convenablement ; mais il ne nous a rien dit, le malheureux enfant ! L'amiral ne saurait payer cent mille francs ; il est endetté lui-même, il s'est obéré pour moi qui ne savais rien de sa position pécuniaire. Il est d'autant plus désespéré que Savinien nous a, pour le moment, lié les mains en se laissant arrêter. Si mon beau neveu n'avait pas eu pour moi je ne sais quelle sotte passion qui étouffait la voix du parent par l'orgueil de l'amoureux, nous l'eussions fait voyager en Allemagne pendant que ses affaires se seraient accommodées ici. Monsieur de Kergarouët aurait pu demander une place pour son petit-neveu dans les bureaux de la marine ; mais un emprisonnement pour dettes va sans doute paralyser les démarches de l'amiral. Payez les dettes de Savinien, qu'il serve dans la marine, il fera son chemin en vrai Portenduère, il a leur feu dans ses beaux yeux noirs, et nous l'aiderons tous.

» Ne vous désespérez donc pas, madame ; il vous reste des amis au nombre desquels je veux être comprise comme une des plus sincères, et je vous envoie mes vœux avec les respects de votre

» Très affectionnée servante,

» Émilie de KERGAROUET. »

A MADAME DE PORTENDUÈRE.

Portenduère, août 1829.

« Ma chère tante, je suis aussi contrarié qu'affligé des escapades de Savinien. Marié, père de deux fils et d'une fille ma fortune, déjà si médiocre relativement à ma position et à mes espérances, ne me permet pas de l'amoindrir d'une somme de cent mille francs pour payer la rançon d'un Portenduère pris par les Lombards. Vendez votre ferme, payez ses dettes et venez à Portenduère, vous y trouverez l'accueil que nous vous devons, quand même nos cœurs ne seraient pas entièrement à vous. Vous vivrez heureuse, et nous finirons par marier Savinien, que ma femme trouve charmant. Cette frasque n'est rien, ne vous désolez pas, elle ne se saura jamais dans notre province où nous connaissons plusieurs filles d'argent très riches, et qui seront enchantées de vous appartenir.

» Ma femme se joint à moi pour vous dire toute la joie que vous nous ferez, et vous prie d'agréer ses vœux pour la réalisation de ce projet et l'assurance de nos respects affectueux.

» Luc-Savinien, comte de PORTENDUÈRE. »

— Quelles lettres pour une Kergarouët ! s'écria la vieille Bretonne en essuyant ses yeux.

— L'amiral ne sait pas que son neveu est en prison, dit enfin l'abbé Chaperon ; la comtesse a seule lu votre lettre, et seule a répondu. Mais il faut prendre un parti, reprit-il après une pause, et voici ce que j'ai l'honneur de vous conseiller. Ne vendez pas votre ferme. Le bail est à fin, et voici vingt-quatre ans qu'il dure ; dans quelques mois, vous pourrez porter son fermage à six mille francs, et vous faire donner un pot-de-vin de la valeur de deux années. Empruntez à un honnête homme, et non aux gens de la ville qui font le commerce des hypothèques. Votre voisin est un digne homme, un homme de bonne compagnie, qui a vu le beau monde avant la Révolution, et qui d'athée est devenu catholique. N'ayez point de répugnance à le venir voir ce soir, il sera très sensible à votre démarche ; oubliez un moment que vous êtes Kergarouët.

— Jamais ! dit la vieille mère d'un son de voix strident.

— Enfin soyez une Kergarouët aimable ; venez quand il sera seul, il ne vous prêtera qu'à trois et demi, peut-être à trois pour cent, et vous rendra service avec délicatesse, vous en serez contente ; il ira délivrer lui-même Savinien, car il sera forcé de vendre des rentes, et vous le ramènera.

— Vous parlez donc de ce petit Minoret ?

— Ce petit a quatre-vingt-trois ans, reprit l'abbé Chaperon en souriant. Ma chère dame, ayez un peu de charité chrétienne, ne le blessez pas, il peut vous être utile de plus d'une manière.

— Et comment ?

— Mais il a un ange auprès de lui, la plus céleste jeune fille.

— Oui, cette petite Ursule... Eh bien ! après ?

Le pauvre curé n'osa poursuivre en entendant cet : Eh bien ! après ? dont la sécheresse et l'âpreté tranchaient d'avance la proposition qu'il voulait faire.

— Je crois le docteur Minoret puissamment riche...

— Tant mieux pour lui.

— Vous avez déjà très indirectement causé les malheurs actuels de votre fils en ne lui donnant pas de carrière, prenez garde à l'avenir ! dit sévèrement le curé. Dois-je annoncer votre visite ?

— Mais pourquoi, sachant que j'ai besoin de lui, ne viendrait-il pas ?

— Ah ! madame, en allant chez lui, vous paierez trois pour cent ; et, s'il vient chez vous, vous paierez cinq, dit le curé qui trouva cette belle raison afin de décider la vieille dame. Et si vous étiez forcée de vendre votre ferme par Dionis le notaire, par le greffier Massin, qui vous refuseraient des fonds en espérant profiter de votre désastre, vous perdriez la moitié de la valeur des Bordières. Je n'ai pas la moindre influence sur des Dionis, des Massin, des Levrault, les gens riches du pays qui convoitent votre ferme et savent votre fils en prison.

— Ils le savent, ils le savent ! s'écria-t-elle en levant les bras. Oh ! mon pauvre curé, vous avez laissé refroidir votre café... Tiennette ! Tiennette !

Tiennette, une vieille Bretonne à casaquin et à bonnet breton, âgée de soixante ans, entra lestement et prit, pour le faire chauffer, le café du curé.

— Soyez paisible, monsieur le recteur, dit-elle en voyant que le curé voulait boire, je le mettrai dans le bain-marie, il ne deviendra point mauvais.

— Eh bien ! reprit l'abbé de sa voix insinuante, j'irai prévenir monsieur le docteur de votre visite, et vous viendrez.

La vieille mère ne céda qu'après une heure de discussion, pendant laquelle le curé fut obligé de répéter dix fois ses argumens. Et encore l'altière Kergarouët ne fut-elle vaincue que par ces derniers mots : — Savinien irait !

— Il vaut mieux alors que ce soit moi, dit-elle.

Neuf heures sonnaient quand la petite porte ménagée dans la grande qui se fermait sur le curé, qui sonna vivement à la grille du docteur. L'abbé Chaperon tomba de Tiennette en Bougival, la vieille nourrice lui dit : — Vous venez bien tard, monsieur le curé ! comme l'autre lui avait dit : — Pourquoi quittez-vous sitôt madame quand elle a du chagrin ?

Le curé trouva nombreuse compagnie dans le salon vert et brun du docteur, car Dionis était allé rassurer les héritiers en passant chez Massin pour leur répéter les paroles de leur oncle.

— Ursule, dit-il, a, je crois, un amour au cœur qui ne lui donnera que peine et soucis ; elle prend romanesque (l'excessive sensibilité s'appelle ainsi chez les notaires), et nous la verrons longtemps fille. Ainsi, pas de défiance : soyez aux petits soins avec elle, et soyez les serviteurs de votre oncle, car il est plus fin que cent Goupils, ajouta le notaire, sans savoir que Goupil est la corruption du mot latin vulpes, renard.

Donc, mesdames Massin et Crémière, leurs maris, le maître de poste et Désiré formaient avec le médecin de Nemours et Bongrand une assemblée inaccoutumée et turbulente chez le docteur. L'abbé Chaperon entendit en entrant les sons du piano. La pauvre Ursule achevait la symphonie en *la* de Beethoven. Avec la ruse permise à l'innocence, l'enfant, que son parrain avait éclairée et à qui les héritiers déplaisaient, choisit cette musique grandiose et qui doit être étudiée pour être comprise, afin de dégoûter ces femmes de leur piano. Plus la musique est belle, moins les ignorans la goûtent. Aussi, quand la porte s'ouvrit et que l'abbé Chaperon montra sa tête vénérable : — Ah ! voilà monsieur le curé s'écrièrent les héritiers heureux de se lever tous et de mettre un terme à leur supplice.

L'exclamation trouva un écho à la table de jeu où Bongrand, le médecin de Nemours et le vieillard étaient victimes de l'outrecuidance avec laquelle le percepteur, pour plaire à son grand-oncle, avait proposé de faire le quatrième au whist. Ursule quitta le *forté*. Le docteur se leva comme pour saluer le curé, mais bien pour arrêter la partie. Après de grands complimens adressés à leur oncle sur le talent de sa filleule, les héritiers tirèrent leur révérence.

— Bonsoir, mes amis, s'écria le docteur quand la grille retentit.

— Ah ! voilà ce qui coûte si cher, dit madame Crémière à madame Massin quand elles furent à quelques pas.

— Dieu me garde de donner de l'argent pour que ma petite Aline me fasse des charivaris pareils dans la maison, répondit madame Massin.

— Elle dit que c'est de *Bethoven*, qui passe cependant pour un grand musicien, dit le receveur, il a de la réputation.

— Ma foi ! ce ne sera pas à Nemours, reprit madame Crémière, et il est bien nommé Bête à vent.

— Je crois que notre oncle l'a fait exprès pour que nous n'y revenions plus, dit Massin, car il a cligné des yeux en montrant le volume vert à sa petite mijaurée.

— Si c'est avec ce carillon-là qu'ils s'amusent, reprit le maître de poste, ils font bien de rester entre eux.

— Il faut que monsieur le juge de paix aime bien à jouer pour entendre ces sonacles, dit madame Crémière.

— Je ne saurai jamais jouer devant des personnes qui ne comprennent pas la musique, dit Ursule en venant s'asseoir auprès de la table de jeu.

— Les sentimens chez les personnes richement organisées ne peuvent se développer que dans une sphère amie, dit le curé de Nemours. De même que le prêtre ne saurait bénir en présence du Mauvais Esprit, que le châtaignier meurt dans une terre grasse, un musicien de génie éprouve une défaite intérieure quand il est entouré d'ignorans. Dans les arts, nous devons recevoir des âmes qui servent de milieu à notre âme autant de force que nous leur en communiquons. Cet axiome qui régit les affections humaines a dicté les proverbes : — Il faut hurler avec les loups. — Qui se ressemble s'assemble. Mais la souffrance que vous devez avoir éprouvée n'atteint que les natures tendres et délicates.

— Aussi, mes amis, dit le docteur, une chose qui ne ferait que de la peine à une femme pourrait-elle tuer ma petite Ursule. Ah ! quand je ne serai plus, élevez entre cette chère fleur et le monde cette haie protectrice dont parlent les vers de Catulle : *Ut flos*, etc.

— Ces dames ont été cependant bien flatteuses pour vous, Ursule, dit le juge de paix en souriant.

— Grossièrement flatteuses, fit observer le médecin de Nemours.

— J'ai toujours remarqué de la grossièreté dans les flatteries de commande, répondit le vieux Minoret. Et pourquoi ?

— Une pensée vraie porte avec elle sa finesse, dit l'abbé.

— Vous avez dîné chez madame de Portenduère ? dit alors Ursule qui interrogea l'abbé Chaperon en lui jetant un regard plein d'inquiète curiosité.

— Oui ; la pauvre dame est bien affligée, et il ne serait pas impossible qu'elle vînt vous voir ce soir, monsieur Minoret.

— Si elle est dans le chagrin et qu'elle ait besoin de moi, j'irai chez elle, s'écria le docteur. Achevons le dernier *rubber*.

Par dessous la table, Ursule pressa la main du vieillard.

— Son fils, dit le juge de paix, était un peu trop simple pour habiter Paris sans un mentor. Quand j'ai su qu'on prenait ici, près du notaire, des renseignemens sur la ferme de la vieille dame, j'ai deviné qu'il escomptait la mort de sa mère.

— L'en croyez-vous capable ? dit Ursule en lançant un regard terrible à monsieur Bongrand, qui se dit en lui-même : Hélas ! oui, elle l'aime.

— Oui et non, dit le médecin de Nemours. Savinien a du bon, et la raison en est qu'il est en prison : les fripons n'y vont jamais.

— Mes amis, s'écria le vieux Minoret, en voici bien assez pour ce soir ; il ne faut pas laisser pleurer une pauvre mère une minute de plus quand on peut sécher ses larmes.

Les quatre amis se levèrent et sortirent. Ursule les accompagna jusqu'à la grille, regarda son parrain et le curé frappant à la porte en face ; et quand Tiennette les eut introduits, elle s'assit sur une des bornes extérieures de la maison, ayant la Bougival près d'elle.

— Madame la vicomtesse, dit le curé qui entra le premier dans la petite salle, monsieur le docteur Minoret n'a point voulu que vous prissiez la peine de venir chez lui...

— Je suis trop de l'ancien temps, madame, reprit le docteur, pour ne pas savoir tout ce qu'un homme doit à une personne de votre qualité, et je suis trop heureux, d'après ce que m'a dit monsieur le curé, de pouvoir vous servir en quelque chose.

Madame de Portenduère, à qui la démarche convenue pesait tant que depuis le départ de l'abbé Chaperon elle voulait s'adresser au notaire de Nemours, fut si surprise de la délicatesse de Minoret, qu'elle se leva pour répondre à son salut, et lui montra un fauteuil.

— Asseyez-vous, monsieur, dit-elle d'un air royal. Notre cher curé vous aura dit que le vicomte est en prison pour quelques dettes de jeune homme, cent mille livres... Si vous pouviez les lui prêter, je vous donnerais une garantie sur ma ferme des Bordières.

— Nous en parlerons, madame la vicomtesse, quand je vous aurai ramené monsieur votre fils, si vous me permettez d'être votre intendant en cette circonstance.

— Très bien, monsieur le docteur, répondit la vieille dame en inclinant la tête et regardant le curé d'un air qui voulait dire : Vous avez raison, il est homme de bonne compagnie.

— Mon ami le docteur, dit alors le curé, vous le voyez, madame, est plein de dévouement pour votre maison.

— Nous vous en aurons de la reconnaissance, monsieur, dit madame de Portenduère en faisant visiblement un effort ; car à votre âge s'aventurer dans Paris à la piste des méfaits d'un étourdi...

— Madame, en soixante-cinq, j'eus l'honneur de voir l'illustre amiral de Portenduère chez cet excellent monsieur de Malesherbes, et chez monsieur le comte de Buffon, qui désirait le questionner sur plusieurs faits curieux de ses voyages. Il n'est pas impossible que feu monsieur de Portenduère, votre mari, s'y soit trouvé. La marine française était alors glorieuse, elle tenait tête à l'Angleterre, et le capitaine apportait dans cette partie sa quote-part de courage. Avec quelle impatience, en quatre-vingt-trois et quatre, attendait-on des nouvelles du camp de Saint-Roch ! J'ai failli partir comme médecin des armées du roi. Votre grand-oncle, qui vit encore, l'amiral Kergarouët a soutenu dans ce temps-là son fameux combat, car il était sur la *Belle-Poule*.

— Ah ! s'il savait son petit-neveu en prison !

— Monsieur le vicomte n'y sera plus dans deux jours, dit le vieux Minoret en se levant.

Il tendit la main pour prendre celle de la vieille dame, qui se la laissa prendre, il y déposa un baiser respectueux, la salua profondément et sortit ; mais il rentra pour dire au curé :

— Voulez-vous, mon cher abbé, m'arrêter une place à la diligence pour demain matin ?

Le curé resta pendant une demi-heure environ à chanter les louanges du docteur Minoret, qui avait voulu faire et avait fait la conquête de la vieille dame.

— Il est étonnant pour son âge, dit-elle ; il parle d'aller à Paris et de faire les affaires de mon fils comme s'il n'a-vait que vingt-cinq ans. Il a vu la bonne compagnie.

— La meilleure, madame ; et aujourd'hui plus d'un fils de pair de France pauvre serait bien heureux d'épouser sa pupille avec un million. Ah ! si cette idée passait par le cœur de Savinien, les temps sont si changés que ce n'est pas de votre côté que seraient les plus grandes difficultés, après la conduite de votre fils.

L'étonnement profond où cette dernière phrase jeta la vieille dame permit au curé de l'achever.

— Vous avez perdu le sens, mon cher abbé Chaperon.

— Vous y penserez, madame, et Dieu veuille que votre fils se conduise désormais de manière à conquérir l'estime de ce vieillard !

— Si ce n'était pas vous, monsieur le curé, dit madame de Portenduère, si c'était un autre qui me parlât ainsi...

— Vous ne le verriez plus, dit en souriant l'abbé Chaperon. Espérons que votre cher fils vous apprendra ce qui se passe à Paris en fait d'alliances. Vous songerez au bonheur de Savinien, et après avoir déjà compromis son avenir ne l'empêchez pas de se faire une position.

— Et c'est vous qui me dites cela ?

— Si je ne vous le disais point, qui donc vous le dirait ? s'écria le prêtre en se levant et faisant une prompte retraite.

Le curé vit Ursule et son parrain tournant sur eux-mêmes dans la cour. Le faible docteur avait été tant tourmenté par sa filleule qu'il venait de céder : elle voulait aller à Paris et lui donnait mille prétextes. Il appela le curé, qui vint, et le pria de retenir tout le coupé pour lui le soir même si le bureau de la diligence était encore ouvert. Le lendemain, à six heures et demie du soir, le vieillard et la jeune fille arrivèrent à Paris, où, dans la soirée même, le docteur alla consulter son notaire. Les événements politiques étaient menaçants. Le juge de paix de Nemours avait dit plusieurs fois la veille au docteur pendant sa conversation, qu'il fallait être fou pour conserver un sou de rente dans les fonds tant que la querelle élevée entre la Presse et la Cour ne serait pas vidée. Le notaire de Minoret approuva le conseil indirectement donné par le juge de paix. Le docteur profita donc de son voyage pour réaliser ses actions industrielles et ses rentes, qui toutes se trouvaient en hausse, et déposer ses capitaux à la Banque. Le notaire engagea son vieux client à vendre aussi les fonds laissés par monsieur de Jordy à Ursule, et qu'il avait fait valoir en bon père de famille. Il promit de mettre en campagne un agent d'affaires excessivement rusé pour traiter avec les créanciers de Savinien ; mais il fallait, pour réussir, que le jeune homme eût le courage de rester quelques jours encore en prison.

— La précipitation dans ces sortes d'affaires coûte au moins quinze pour cent, dit le notaire au docteur. Et d'abord vous n'aurez pas vos fonds avant sept ou huit jours.

Quand Ursule apprit que Savinien serait encore au moins une semaine en prison, elle pria son tuteur de la laisser l'y accompagner une seule fois. Le vieux Minoret refusa. L'oncle et la nièce étaient logés dans un hôtel de la rue Croix-des-Petits-Champs, où le docteur avait pris tout un appartement convenable ; et, connaissant la religion de sa pupille, il lui fit promettre de n'en point sortir quand il serait dehors pour ses affaires. Le bonhomme promenait Ursule dans Paris, lui faisait voir les passages, les boutiques, les boulevards ; mais rien ne l'amusait ni ne l'intéressait.

— Que veux-tu ? lui disait le vieillard.

— Voir Sainte-Pélagie, répondait-elle avec obstination.

Minoret prit alors un fiacre et la mena jusqu'à la rue de la Clef, où la voiture stationna devant l'ignoble façade de cet ancien couvent transformé en prison. La vue de ces hautes murailles grisâtres dont toutes les fenêtres sont grillées, celle de ce guichet où l'on ne peut entrer qu'en se baissant (horrible leçon !), cette masse sombre dans un quartier plein de misères, et où elle se dresse entourée de rues désertes comme une misère suprême : cet ensemble de choses tristes saisit Ursule et lui fit verser quelques larmes.

— Comment, dit-elle, emprisonne-t-on des jeunes gens pour de l'argent ? comment une dette donne-t-elle à un usurier un pouvoir que le roi lui-même n'a pas ? Il est donc là ! s'écria-t-elle. Et où, mon parrain ? ajouta-t-elle en regardant de fenêtre en fenêtre.

— Ursule, dit le vieillard, tu me fais faire des folies. Ce n'est pas l'oublier, cela.

— Mais, reprit-elle, s'il faut renoncer à lui, dois-je aussi ne lui porter aucun intérêt ? Je puis l'aimer et ne me marier à personne.

— Ah ! s'écria le bonhomme, il y a tant de raison dans ta déraison que je me repens de t'avoir amenée.

Trois jours après, le vieillard avait les quittances en règle, les titres et toutes les pièces établissant la libération de Savinien. Cette liquidation, y compris les honoraires de l'homme d'affaires, s'était opérée pour une somme de quatre-vingt mille francs. Il restait au docteur huit cent mille francs, que son notaire lui fit mettre en bons du trésor, afin de ne pas perdre trop d'intérêts. Il gardait vingt mille francs en billets de banque pour Savinien. Le docteur alla lui-même lever l'écrou à deux heures, et le jeune vicomte, instruit déjà par une lettre de sa mère, remercia son libérateur avec une sincère effusion de cœur.

— Vous ne devez pas tarder à venir voir votre mère, lui dit le vieux Minoret.

Savinien répondit avec une sorte de confusion qu'il avait contracté dans sa prison une dette d'honneur, et raconta la visite de ses amis.

— Je vous soupçonnais quelque dette privilégiée, s'écria le docteur en souriant. Votre mère m'emprunte cent mille francs, mais je n'en ai payé que quatre-vingt mille : voici le reste, ménagez-le bien, monsieur, et considérez ce que vous en garderez comme votre enjeu au tapis vert de la fortune.

Pendant les huit derniers jours Savinien avait fait des réflexions sur l'époque actuelle. La concurrence en toute chose exige de grands travaux à qui veut une fortune. Les moyens illégaux demandent plus de talent et de pratiques souterraines qu'une recherche à ciel ouvert. Les succès dans le monde, loin de donner une position, dévorent le temps et veulent énormément d'argent. Le nom de Portenduère, quoique tout-puissant, n'était rien à Paris. Son cousin le député, le comte de Portenduère, faisait petite figure au sein de la Chambre élective en présence de la Pairie, de la Cour, et n'avait pas trop de son crédit pour lui-même. L'amiral de Kergarouët n'existait que par sa femme. Il avait vu les orateurs, les gens venus du milieu social inférieur à la noblesse, où de petits gentilshommes, être des personnages influents. Enfin l'argent était le pivot, l'unique moyen, l'unique mobile d'une Société que Louis XVIII avait voulu créer à l'instar de celle d'Angleterre. De la rue de la Clef à la rue Croix-des-Petits-Champs, le gentilhomme développa le résumé de ses méditations, en harmonie d'ailleurs avec le conseil de de Marsay, au vieux médecin.

— Je dois, dit-il, me faire oublier pendant trois ou quatre ans, et chercher une carrière. Peut-être me ferais-je un nom par un livre de haute politique ou de statistique morale, par quelque traité sur les grandes questions actuelles. Enfin, tout en cherchant à me marier avec une jeune personne qui me donne l'éligibilité, je travaillerai dans l'ombre et le silence.

En étudiant avec soin la figure du jeune homme, le docteur y reconnut le sérieux de l'homme blessé qui veut une revanche. Il approuva beaucoup ce plan.

— Mon voisin, lui dit-il en terminant, si vous avez dépouillé la peau de la vieille noblesse, qui n'est plus de mise aujourd'hui ; après trois ou quatre ans de vie sage et appliquée, je me charge de vous trouver une jeune personne supérieure, belle, aimable, pieuse, et riche de sept à huit cent mille francs, qui vous rendra heureux et de laquelle vous serez fier, mais qui ne sera noble que par le cœur.

— Eh ! docteur, s'écria le jeune homme, il n'y a plus de noblesse aujourd'hui, il n'y a plus qu'une aristocratie.

— Allez payer vos dettes d'honneur, et revenez ici ; je vais retenir le coupé de la diligence, car ma pupille est avec moi, dit le vieillard.

Le soir, à six heures, les trois voyageurs partirent par la Ducler de la rue Dauphine. Ursule, qui avait mis un voile, ne dit pas un mot. Après avoir envoyé, par un mouvement de galanterie superficielle, ce baiser qui fit chez Ursule autant de ravages qu'en aurait fait un livre d'amour, Savinien avait entièrement oublié la pupille du docteur dans l'enfer de ses dettes à Paris, et d'ailleurs son amour sans espoir pour Émilie de Kergarouët ne lui permettait pas d'accorder un souvenir à quelques regards échangés avec une petite fille de Nemours ; il ne la reconnut donc pas quand le vieillard la fit monter la première et se mit auprès d'elle pour la séparer du jeune vicomte.

— J'aurai des comptes à vous rendre, dit le docteur au jeune homme, je vous apporte toutes vos paperasses.

— J'ai failli ne pas partir, dit Savinien, car il m'a fallu me commander des habits et du linge ; les Philistins m'ont tout pris, et j'arrive en enfant prodigue.

Quelque intéressants que fussent les sujets de conversation entre le jeune homme et le vieillard, quelque spirituelles que fussent certaines réponses de Savinien, la jeune fille resta muette jusqu'au crépuscule, son voile vert baissé, ses mains croisées sur son châle.

— Mademoiselle n'a pas l'air d'être enchantée de Paris ? dit enfin Savinien piqué.

— Je reviens à Nemours avec plaisir, répondit-elle d'une voix émue en levant son voile.

Malgré l'obscurité, Savinien la reconnut alors à la grosseur de ses nattes et à ses brillants yeux bleus.

— Et moi je quitte Paris sans regret pour venir m'enterrer à Nemours, puisque j'y retrouve ma belle voisine, dit-il. J'espère, monsieur le docteur, que vous me recevrez chez vous ; j'aime la musique, et je me souviens d'avoir entendu le piano de mademoiselle Ursule.

— Je ne sais pas, monsieur, dit gravement le docteur, si madame votre mère vous verrait avec plaisir chez un vieillard qui doit avoir pour cette chère enfant toute la sollicitude d'une mère.

Cette réponse mesurée fit beaucoup penser Savinien, qui se souvint de s'être légèrement envoyé. La nuit était venue, la chaleur était lourde, Savinien et le docteur s'endormirent les premiers. Ursule, qui veilla longtemps en faisant des projets, succomba vers minuit. Elle avait ôté son petit chapeau de paille commune tressée. Sa tête couverte d'un bonnet brodé se posa bientôt sur l'épaule de son parrain. Au petit jour, à Bouron, Savinien s'éveilla le premier. Il aperçut alors Ursule dans le désordre où les cahots avaient mis sa tête : le bonnet s'était chiffonné, retroussé ; les nattes déroulées tombaient de chaque côté de ce visage animé par la chaleur de la voiture ; mais dans cette situation, horrible pour les femmes auxquelles la toilette est nécessaire, la jeunesse et la beauté triomphent. L'innocence a toujours un beau sommeil. Les lèvres entr'ouvertes laissaient voir de jolies dents, le châle défait permettait de remarquer, sans offenser Ursule, sous les plis d'une robe de mousseline peinte, toutes les grâces du corsage. Enfin, la pureté de cette âme vierge brillait sur cette physionomie, et se laissait voir d'autant mieux qu'aucune autre expression ne la troublait. Le vieux Minoret, qui s'éveilla, replaça la tête de sa fille dans le coin de la voiture pour qu'elle fût plus à son aise ; elle se laissa faire sans s'en apercevoir,

tant elle dormait profondément après toutes les nuits employées à penser au malheur de Savinien.

— Pauvre petite ! dit-il à son voisin, elle dort comme un enfant qu'elle est.

— Vous devez en être fier, reprit Savinien, car elle paraît aussi bonne qu'elle est belle !

— Ah ! c'est la joie de la maison. Elle serait ma fille, je ne l'aimerais pas davantage. Elle aura seize ans le 5 février prochain. Dieu veuille que je vive assez pour la marier à un homme qui la rende heureuse. J'ai voulu la mener au spectacle à Paris où elle venait pour la première fois ; elle n'a pas voulu, le curé de Nemours le lui avait défendu. — Mais, lui ai-je dit, quand tu seras mariée, si ton mari veut t'y conduire ? — Je ferai tout ce que désirera mon mari, m'a-t-elle répondu. S'il me demande quelque chose de mal et que je sois assez faible pour lui obéir, il sera chargé de ces fautes-là devant Dieu ; aussi puiserai-je la force de résister dans son intérêt bien entendu.

En entrant à Nemours, à cinq heures du matin, Ursule s'éveilla toute honteuse de son désordre, et de rencontrer le regard plein d'admiration de Savinien. Pendant l'heure que la diligence mit à venir de Bouron, où elle s'arrêta quelques minutes, le jeune homme s'était épris d'Ursule. Il avait étudié la candeur de cette âme, la beauté du corps, la blancheur du teint, la finesse des traits, le charme de la voix qui avait prononcé la phrase si courte et si expressive où la pauvre enfant disait tout en ne voulant rien dire. Enfin, je ne sais quel pressentiment lui fit voir dans Ursule la femme que le docteur lui avait dépeinte dans l'encadrant d'or avec ces mots magiques : sept à huit cent mille francs !

— Dans trois ou quatre ans, elle aura vingt ans, j'en aurai vingt-sept ; le bonhomme a parlé d'épreuves, de travail, de bonne conduite ! Quelque fin qu'il paraisse, il finira par me dire son secret.

Les trois voisins se séparèrent en face de leurs maisons, et Savinien mit de la coquetterie dans ses adieux en lançant à Ursule un regard plein de sollicitations. Madame de Portenduère laissa son fils dormir jusqu'à midi. Malgré la fatigue du voyage, le docteur et Ursule allèrent à la grand'messe. La délivrance de Savinien et son retour en compagnie du docteur avaient expliqué le but de son absence aux politiques de la ville et aux héritiers réunis sur la place en un conciliabule semblable à celui qu'ils y tenaient quinze jours auparavant. Au grand étonnement des groupes, à la sortie de la messe, madame de Portenduère arrêta le vieux Minoret, qui lui offrit le bras et la reconduisit. La vieille dame voulait le prier à dîner ; ainsi que sa pupille, aujourd'hui même, en lui disant que monsieur le curé serait l'autre convive.

— Il aura voulu montrer Paris à Ursule, dit Minoret-Levrault.

— Peste ! le bonhomme ne fait pas un pas sans sa petite bonne ! s'écria madame Crémière.

— Pour que la bonne femme Portenduère lui ait donné le bras, il doit se passer des choses bien intimes entre eux, dit Massin.

— Et vous n'avez pas deviné que votre oncle a vendu ses rentes et défroqué le petit Portenduère ! s'écria Goupil. Il avait refusé mon patron, mais il n'a pas refusé sa patronne... Ah ! vous êtes cuits. Le vicomte proposera de faire un contrat au lieu d'une obligation, et le docteur fera reconnaître à son bijou de filleule par le mari tout ce qui sera nécessaire de donner pour conclure une pareille alliance.

— Ce ne serait pas une maladresse que de marier Ursule avec monsieur Savinien, dit le boucher. La vieille dame donne à dîner aujourd'hui à monsieur Minoret, Tiennette est venue dès cinq heures me retenir un filet de bœuf.

— Eh bien ! Dionis, il se fait de belle besogne ?... dit Massin en courant au devant du notaire qui venait sur la place.

— Eh bien ! quoi ? tout va bien, répliqua le notaire. Votre oncle a vendu ses rentes, et madame de Portenduère m'a prié de passer chez elle pour signer une obligation de tent m'lle francs hypothéqués sur ses biens et prêtés par votre oncle.

— Oui ; mais si les jeunes gens allaient se marier ?

— C'est vous me disiez que Goupil est mon successeur, répondit le notaire.

En revenant de la messe, la vieille dame fit dire par Tiennette au son fils de passer chez elle.

Cette petite maison avait trois chambres au premier étage. Celle de madame de Portenduère et celle de feu son mari se trouvaient du même côté, séparées par un grand cabinet de toilette qu'éclairait un jour de souffrance, et réunies par une petite antichambre qui donnait sur l'escalier. La fenêtre de l'autre chambre, habitée de tout temps par Savinien, était, comme celle de son père, sur la rue. L'escalier se développait derrière de manière à laisser pour cette chambre un petit cabinet éclairé par un œil-de-bœuf sur la cour. La chambre de madame de Portenduère, la plus triste de toute la maison, avait vue sur la cour ; mais la veuve passait sa vie dans la salle au rez-de-chaussée, qui communiquait par un passage avec la cuisine, bâtie au fond de la cour ; en sorte que cette salle servait à la fois de salon et de salle à manger. Cette chambre de feu monsieur de Portenduère restait dans l'état où elle fut au jour de sa mort : il n'y avait que le défunt de moins. Madame de Portenduère avait fait elle-même le lit, en mettant dessus l'habit de capitaine de vaisseau, l'épée, le cordon rouge, les ordres et le chapeau de son mari. La tabatière d'or dans laquelle le vicomte prisa pour la dernière fois se trouvait sur la table de nuit avec son livre de prières, avec sa montre et la tasse dans laquelle il avait bu. Ses cheveux blancs, encadrés et disposés en une seule mèche roulée, étaient suspendus au-dessus du crucifix à bénitier placé dans l'alcôve. Enfin, les babioles dont il se servait, ses journaux, ses meubles, son crachoir hollandais, sa longue-vue de campagne accrochée à sa cheminée, rien n'y manquait. La veuve avait arrêté le vieux cartel à l'heure de la mort, qu'il indiquait ainsi à jamais. On y sentait encore la poudre et le tabac du défunt. Le foyer était comme il l'avait laissé. Entrer là, c'était le revoir en retrouvant toutes les choses qui parlaient de ses habitudes. Sa grande canne à pomme d'or restait où il l'avait posée, ainsi que ses gros gants de daim tout auprès. Sur la console, brillait un vase d'or grossièrement sculpté, mais d'une valeur de mille écus, offert par la Havane, que, lors de l'indépendance américaine, il avait préservée d'une attaque des Anglais en se battant contre des forces supérieures après avoir fait entrer à bon port le convoi qu'il protégeait. Pour le récompenser, le roi d'Espagne l'avait fait chevalier de ses ordres. Porté pour ce fait dans la première promotion au grade de chef d'escadre, il eut le cordon rouge. Sûr alors de la première vacance, il épousa sa femme, riche de deux cent mille francs. Mais la Révolution empêcha la promotion, et monsieur de Portenduère émigra.

— Où est ma mère ? dit Savinien à Tiennette.

— Elle vous attend dans la chambre de votre père, répondit la vieille servante.

Savinien ne put retenir un tressaillement. Il connaissait la rigidité des principes de sa mère, son culte de l'honneur, sa loyauté, sa foi dans la noblesse, et il prévit une scène. Aussi alla-t-il comme à un assaut, le cœur agité, le visage presque pâle. Dans le demi-jour qui filtrait à travers les persiennes, il aperçut sa mère vêtue de noir et qui avait arboré un air solennel en harmonie avec cette chambre mortuaire.

— Monsieur le vicomte, lui dit-elle en le voyant, se levant et lui saisissant la main pour l'amener devant le lit paternel, là a expiré votre père, homme d'honneur, mort sans avoir un reproche à se faire. Son esprit est là. Certes, il a dû gémir là-haut en apercevant son fils souillé par un emprisonnement pour dettes. Sous l'ancienne monarchie, on vous eût épargné cette tache de boue en sollicitant une lettre de cachet et vous enfermant pour quelques jours dans une prison d'État. Mais enfin vous voilà devant votre père

qui vous entend. Vous qui savez tout ce que vous avez fait avant d'aller dans cette ignoble prison, pouvez-vous me jurer devant cette ombre, et devant Dieu qui voit tout, que vous n'avez commis aucune action déshonorante, que vos dettes ont été la suite de l'entraînement de la jeunesse, et qu'enfin l'honneur est sauf ! Si votre irréprochable père était là, vivant dans ce fauteuil, s'il vous demandait compte de votre conduite, après vous avoir écouté vous embrasserait-il ?

— Oui, ma mère, dit le jeune homme avec une gravité pleine de respect.

Elle ouvrit alors ses bras et serra son fils sur son cœur en versant quelques larmes.

— Oublions donc tout, dit-elle, ce n'est que l'argent de moins ; je prierai Dieu qu'il nous le fasse retrouver et, puisque tu es toujours digne de ton nom, embrasse-moi, car j'ai bien souffert !

— Je jure, ma chère mère, dit-il en étendant la main sur ce lit, de ne plus te donner le moindre chagrin de ce genre, et de tout faire pour réparer mes premières fautes.

— Viens déjeuner, mon enfant, dit-elle en sortant de la chambre.

S'il faut appliquer les lois de la Scène au Récit, l'arrivée de Savinien, en introduisant à Nemours le seul personnage qui manquât encore à ceux qui doivent être en présence dans ce petit drame, termine ici l'exposition.

DEUXIÈME PARTIE.

LA SUCCESSION MINORET.

L'action commença par le jeu d'un ressort tellement usé dans la vieille comme dans la nouvelle littérature, que personne ne pourrait croire à ses effets en 1829, s'il ne s'agissait pas d'une vieille Bretonne, d'une Kergarouët, d'une émigrée ! Mais, hâtons-nous de le reconnaître ; en 1829, la noblesse avait reconquis dans les mœurs un peu du terrain perdu dans la politique. D'ailleurs, le sentiment qui gouverne les grands parents dès qu'il s'agit des convenances matrimoniales, est un sentiment impérissable, lié très étroitement à l'existence des sociétés civilisées et puisé dans l'esprit de famille : il règne à Genève comme à Vienne, comme à Nemours où Zélie Levrault refusait naguère à son fils de consentir à son mariage avec la fille d'un bâtard. Néanmoins toute loi sociale a ses exceptions. Savinien pensait donc à faire plier l'orgueil de sa mère devant la noblesse innée d'Ursule. L'engagement eut lieu sur-le-champ. Dès que Savinien fut attablé, sa mère lui parla des lettres horribles, selon elle, que les Kergarouët et les Portenduère lui avaient écrites.

— Il n'y a plus de Famille aujourd'hui, ma mère, lui répondit Savinien, il n'y a plus que des individus ! Les nobles ne sont plus solidaires. Aujourd'hui on ne vous demande pas si vous êtes un Portenduère, si vous êtes brave, si vous êtes homme d'État, on vous dit : Combien payez-vous de contributions ?

— Et le roi ? demanda la vieille dame.

— Le roi se trouve pris entre les deux Chambres comme un homme entre sa femme légitime et sa maîtresse. Aussi dois-je me marier avec une fille riche, à quelque famille qu'elle appartienne, avec la fille d'un paysan si elle a un million de dot et si elle est suffisamment bien élevée, c'est-à-dire si elle sort d'un pensionnat.

— Ceci est autre chose ! fit la vieille dame.

Savinien fronça les sourcils en entendant cette parole. Il connaissait cette volonté granitique appelée l'entêtement breton qui distinguait sa mère, et voulut savoir aussitôt son opinion sur ce point délicat.

— Ainsi, dit-il, si j'aimais une jeune personne, comme par exemple la pupille de notre voisin, la petite Ursule, vous vous opposeriez donc à mon mariage ?

— Tant que je vivrai, dit-elle. Après ma mort, tu seras seul responsable de l'honneur et du sang des Portenduère et des Kergarouët.

— Ainsi vous me laisseriez mourir de faim et de désespoir pour une chimère qui ne devient aujourd'hui une réalité que par le lustre de la fortune.

— Tu servirais la France et tu te fierais à Dieu !

— Vous ajourneriez mon bonheur au lendemain de votre mort ?

— Ce serait horrible de ta part, voilà tout.

— Louis XIV a failli épouser la nièce de Mazarin, un parvenu.

— Mazarin lui-même s'y est opposé.

— Et la veuve de Scarron ?

— C'était une d'Aubigné ! D'ailleurs le mariage a été secret. Mais je suis bien vieille, mon fils, dit-elle en hochant la tête. Quand je ne serai plus, vous vous marierez à votre fantaisie.

Savinien aimait et respectait à la fois sa mère ; il opposa sur-le-champ, mais silencieusement, à l'entêtement de la vieille Kergarouët, un entêtement égal, et résolut de ne jamais avoir d'autre femme qu'Ursule, à qui cette opposition donna, comme il arrive toujours en semblable occurrence, le mérite de la chose défendue.

Lorsque, après vêpres, le docteur Minoret, et Ursule mise en blanc et rose, entrèrent dans cette froide salle, l'enfant fut saisie d'un tremblement nerveux comme si elle se fût trouvée en présence de la reine de France et qu'elle eût une grâce à lui demander. Depuis son explication avec le docteur, cette petite maison avait pris les proportions d'un palais, et la vieille dame toute la valeur sociale qu'une duchesse devait avoir au moyen âge aux yeux de la fille d'un vilain. Jamais Ursule ne mesura plus désespérément qu'en ce moment la distance qui séparait un vicomte de Portenduère de la fille d'une capitaine de musique, ancien chanteur aux Italiens, fils naturel d'un organiste, et dont l'existence tenait aux bontés d'un médecin.

— Qu'avez-vous, mon enfant ? lui dit la vieille dame en la faisant asseoir près d'elle.

— Madame, je suis confuse de l'honneur que vous daignez me faire...

— Eh ! ma petite, répliqua madame de Portenduère de son ton le plus aigre, je sais combien votre tuteur vous aime, et veux lui être agréable, car il m'a ramené l'enfant prodigue.

— Mais, ma chère mère, dit Savinien atteint au cœur en voyant la vive rougeur d'Ursule et la contraction horrible par laquelle elle réprima ses larmes, quand même vous n'auriez aucune obligation à monsieur le chevalier Minoret, il me semble que nous pourrions toujours ê.re heureux du plaisir que mademoiselle veut bien nous donner en acceptant votre invitation. Et le jeune gentilhomme serra la main du docteur d'une façon significative en ajoutant : — Vous portez, monsieur, l'ordre de Saint-Michel, le plus vieil ordre de France, et qui confère toujours la noblesse.

L'excessive beauté d'Ursule, à qui son amour presque sans espoir avait prêté depuis quelques jours cette profondeur que les grands peintres ont imprimée à ceux de leurs portraits où l'âme est fortement mise en relief, avait soudain frappé madame de Portenduère en lui faisant soupçonner un calcul d'ambitieux sous la générosité du docteur. Aussi la phrase à laquelle répondait alors Savinien fut-elle dite avec une intention qui blessa le vieillard en ce qu'il avait de plus cher ; mais il ne put réprimer un sourire en s'entendant nommer chevalier par Savinien, et reconnut dans cette exagération l'audace des amoureux qui ne reculent devant aucun ridicule.

— L'ordre de Saint-Michel, qui jadis fit commettre tant de folies pour être obtenu, est tombé, monsieur le vicomte, répondit l'ancien médecin du roi, comme sont tombés tant de privilèges ! Il ne se donne plus aujourd'hui qu'à des médecins, à de pauvres artistes. Aussi les rois ont-ils bien fait de le réunir à celui de Saint-Lazare qui, je crois, était un pauvre diable rappelé à la vie par un miracle ! Sous ce rapport, l'ordre de Saint-Michel et Saint-Lazare serait, pour nous, un symbole.

Après cette réponse à la fois empreinte de moquerie et de dignité, le silence régna sans que personne le voulût rompre, et il était devenu gênant quand on frappa.

— Voici notre cher curé, dit la vieille dame qui se leva laissant Ursule seule et allant au-devant de l'abbé Chaperon, honneur qu'elle n'avait fait ni à Ursule ni au docteur.

Le vieillard sourit en regardant tour à tour sa pupille et Savinien. Se plaindre des manières de madame de Portenduère ou s'en offenser était un écueil sur lequel un homme d'un petit esprit aurait touché : mais Minoret avait trop d'acquis pour ne pas l'éviter : il se mit à causer avec le vicomte du danger que courait alors Charles X, après avoir confié la direction des affaires au prince de Polignac. Lorsqu'il y eut assez de temps écoulé pour qu'en parlant d'affaires le docteur n'eût point l'air de se venger, il présenta, presque en plaisantant, à la vieille dame les dossiers de poursuites et les mémoires acquittés qui appuyaient un compte fait par son notaire.

— Mon fils l'a reconnu ? dit-elle en jetant à Savinien un regard auquel il répondit en inclinant la tête. Eh bien ! c'est l'affaire de Dionis, ajouta-t-elle en repoussant les papiers et traitant cette affaire avec le dédain qu'à ses yeux méritait l'argent.

Rabaisser la richesse, c'était, dans les idées de madame de Por enduère, élever la Noblesse et ôter toute son importance à la Bourgeoisie. Quelques instans après, Goupil vint de la part de son patron demander les comptes entre Savinien et monsieur Minoret.

— Et pourquoi ? dit la vieille dame.

— Pour en faire la base de l'obligation, il n'y a pas délivrance d'espèces, répondit le premier clerc en jetant autour de lui des regards effrontés.

Ursule et Savinien, qui pour la première fois échangèrent un coup d'œil avec cet horrible personnage, éprouvèrent la sensation que cause un crapaud, mais aggravée par un sinistre pressentiment. Tous deux ils eurent cette indéfinissable et confuse vision de l'avenir sans nom de la langue, mais qui serait explicable par une action de l'être intérieur dont avait parlé le swedenborgiste au docteur Minoret. La certitude que ce venimeux Goupil leur serait fatal fit trembler Ursule, mais elle se remit de son trouble en sentant un indicible plaisir à voir Savinien partager son émotion.

— Il n'est pas beau, le clerc de monsieur Dionis ! dit Savinien quand Goupil eut fermé la porte.

— Et qu'est-ce que cela fait que ces gens-là soient beaux ou laids ? dit madame de Portenduère.

Je ne lui en veux pas de sa laideur, reprit le curé, mais de sa méchanceté qui passe les bornes ; il y met de la scélératesse.

Malgré son désir d'être aimable, le docteur devint digne et froid. Les deux amoureux furent gênés. Sans la bonhomie de l'abbé Chaperon, dont la gaîté douce anima le dîner, la situation du docteur et de sa pupille eût été presque intolérable. Au dessert, en voyant pâlir Ursule, il lui dit : — Si tu ne te trouves pas bien, mon enfant, tu n'as que la rue à traverser.

— Qu'avez-vous, mon cœur ? dit la vieille dame à la jeune fille.

— Hélas ! madame, reprit sévèrement le docteur, son âme a froid, habituée comme elle l'est à ne rencontrer que des sourires.

— Une bien mauvaise éducation, monsieur le docteur, dit madame de Portenduère. N'est-ce pas, monsieur le curé ?

— Oui, madame, répondit Minoret en jetant un regard

au curé qui se trouva sans parole. J'ai rendu, je le vois, la vie impossible à cette nature angélique si elle devait aller dans le monde ; mais je ne mourrai pas sans l'avoir mise à l'abri de la froideur, de l'indifférence ou de la haine.

— Mon parrain ?... je vous en prie !... assez. Je ne souffre pas ici, dit-elle en affrontant le regard de madame de Portenduère plutôt que de donner trop de signification à ses paroles en regardant Savinien.

— Je ne sais pas, madame, dit alors Savinien à sa mère, si mademoiselle Ursule souffre, mais je sais que vous me mettez au supplice.

En entendant ce mot, arraché par les façons de sa mère à ce généreux jeune homme, Ursule pâlit et pria madame de Portenduère de l'excuser ; elle se leva, prit le bras de son tuteur, salua, sortit, revint chez elle, entra précipitamment dans le salon de son parrain où elle s'assit près de son piano, mit sa tête dans ses mains et fondit en larmes.

— Pourquoi ne laisses-tu pas la conduite de tes sentimens à ma vieille expérience, cruelle enfant ?... s'écria le docteur au désespoir. Les nobles ne se croient jamais obligés par nous autres bourgeois. En les servant nous faisons notre devoir, voilà tout. D'ailleurs la vieille dame a vu que Savinien te regardait avec plaisir, elle a peur qu'il ne t'aime.

— Enfin, il est sauvé ? dit-elle. Mais essayer d'humilier un homme comme vous ?

— Attends-moi, ma petite.

Quand le docteur revint chez madame de Portenduère, il y trouva Dionis accompagné de messieurs Bongrand et Levrault le maire, témoins exigés par la loi pour la validité des actes passés dans les communes où il n'existe qu'un notaire. Minoret prit à part monsieur Dionis et lui dit un mot à l'oreille, après lequel le notaire fit la lecture de l'obligation : madame de Portenduère y donnait une hypothèque sur tous ses biens jusqu'au remboursement des cent mille francs prêtés par le docteur au vicomte, et les intérêts y étaient stipulés à cinq pour cent. A la lecture de cette clause, le curé regarda Minoret, qui répondit à l'abbé par un léger coup de tête approbatif. Le pauvre prêtre alla dire à l'oreille de sa pénitente quelques mots auxquels elle répondit à mi-voix : — Je ne veux rien devoir à ces gens-là.

— Ma mère, monsieur, me laisse le beau rôle, dit Savinien à voix basse, je vous rendrai tout l'argent et me charge de la reconnaissance.

— Mais il vous faudra trouver onze mille francs la première année, à cause des frais du contrat, reprit le curé.

— Monsieur, dit Minoret à Dionis, comme monsieur et madame de Portenduère sont hors d'état de payer l'enregistrement, joignez les frais de l'acte au capital, je vous les payerai.

Dionis fit des renvois, et le capital fut alors fixé à cent sept mille francs. Quand tout fut signé, Minoret prétexta de sa fatigue pour se retirer en même temps que le notaire et les témoins.

— Madame, dit le curé qui resta seul avec le vicomte, pourquoi choquer cet excellent monsieur Minoret, qui vous a sauvé cependant vingt-cinq mille francs à Paris, et qui a eu la délicatesse d'en laisser vingt mille à votre fils pour ses dettes d'honneur ?...

— Votre Minoret, dit-elle en prenant une prise de tabac, il sait bien ce qu'il fait.

— Ma mère croit qu'il veut m'obliger à épouser sa pupille en englobant notre ferme, comme si l'on pouvait forcer un Portenduère, fils d'une Kergarouët, à se marier contre son gré.

Une heure après, Savinien se présenta chez le docteur où les héritiers se trouvaient, amenés par la curiosité. L'apparition du jeune vicomte produisit une sensation d'autant plus vive que, chez chacun des assistans, elle excita des émotions différentes. Mesdemoiselles Crémière et Massin chuchotèrent en regardant Ursule qui rougissait. Les mères dirent à Désiré que Goupil pouvait bien avoir raison à l'égard de ce mariage. Les yeux de toutes les personnes pré-

sentes se tournèrent alors sur le docteur qui ne se leva point pour recevoir le gentilhomme, et se contenta de le saluer par une inclination de tête sans quitter le cornet car il faisait une partie de trictrac avec monsieur Bongrand. L'air froid du docteur surprit tout le monde.

— Ursule, mon enfant, dit-il, fais-nous un peu de musique.

En voyant la jeune fille, heureuse d'avoir une contenance, sauter sur l'instrument et remuer les volumes reliés en vert, les héritiers acceptèrent avec des démonstrations de plaisir le supplice et le silence qui allaient leur être infligés, tant ils tenaient à savoir ce qui se tramait entre leur oncle et les Portenduère.

Il arrive souvent qu'un morceau pauvre en lui-même, mais exécuté par une jeune fille sous l'empire d'un sentiment profond, fasse plus d'impression qu'une grande ouverture pompeusement dite par un orchestre habile. Il existe en toute musique, outre la pensée du compositeur, l'âme de l'exécutant, qui, par un privilège acquis seulement à cet art, peut donner du sens et de la poésie à des phrases sans grande valeur. Chopin prouve aujourd'hui pour l'ingrat piano la vérité de ce fait déjà démontré par Paganini pour le violon. Ce beau génie est moins un musicien qu'une âme qui se rend sensible et qui se communiquerait par toute espèce de musique, même par de simples accords. Par sa sublime et périlleuse organisation, Ursule appartenait à cette école de génies si rares ; mais le vieux Schmucke, le maître qui venait chaque samedi et qui pendant le séjour d'Ursule à Paris la vit tous les jours, avait porté le talent de son élève à toute sa perfection. Le Songe de Rousseau, morceau choisi par Ursule, une des compositions de la jeunesse d'Hérold, ne manque pas d'ailleurs d'une certaine profondeur qui peut se développer à l'exécution ; elle y jeta les sentimens qui l'agitaient, et justifia bien le titre de Caprice que porte ce fragment. Par un jeu à la fois suave et rêveur, son âme parlait à l'âme du jeune homme et l'enveloppait comme d'un nuage par des idées presque visibles. Assis au bout du piano, le coude appuyé sur le couvercle et la tête dans sa main gauche Savinien admirait Ursule dont les yeux arrêtés sur la boiserie semblaient interroger un monde mystérieux. On serait devenu profondément amoureux à moins. Les sentimens vrais ont leur magnétisme, et Ursule voulait en quelque sorte montrer son âme, comme une coquette se pare pour plaire. Savinien pénétra donc dans ce délicieux royaume, entraîné par ce cœur qui, pour s'interpréter lui-même, empruntait la puissance du seul art qui parle à la pensée par la pensée même, sans le secours de la parole, des couleurs ou de la forme. La candeur et la noblesse ont le même pouvoir que l'enfance, elle en a les attraits et les irrésistibles séductions ; or, jamais Ursule ne fut plus candide qu'en ce moment où elle naissait à une nouvelle vie. Le curé vint arracher le gentilhomme à son rêve, en lui demandant de faire le quatrième au whist. Ursule continua de jouer, les héritiers partirent, à l'exception de Désiré qui cherchait à connaître les intentions de son grand-oncle, du vicomte et d'Ursule.

— Vous avez autant de talent que d'âme, mademoiselle, dit Savinien quand la jeune fille ferma son piano pour venir s'asseoir à côté de son parrain. Quel est donc votre maître ?

— Un Allemand logé précisément auprès de la rue Dauphine, sur le quai Conti, dit le docteur. S'il n'avait pas donné tous les jours une leçon à Ursule pendant notre séjour à Paris, il serait venu ce matin.

— C'est non-seulement un grand musicien, dit Ursule, mais un homme adorable de naïveté.

— Ces leçons-là doivent coûter cher, s'écria Désiré.

Un sourire d'ironie fut échangé par les joueurs. Quand la partie se termina, le docteur, soucieux jusqu'alors, prit en regardant Savinien l'air d'un homme peiné d'avoir à remplir une obligation.

— Monsieur, lui dit-il, je vous sais beaucoup de gré du sentiment qui vous a porté à me faire si promptement visite; mais madame votre mère me suppose des arrière-pensées très nobles, et je lui donnerais le droit de les croire vraies si je ne vous priais pas de ne plus venir me voir, malgré l'honneur que me feraient vos visites et le plaisir que j'aurais à cultiver votre société. Mon honneur et mon repos exigent que nous cessions toute relation de voisinage. Dites à madame votre mère que si je ne vais point la prier de nous faire l'honneur, à ma pupille et à moi, d'accepter à dîner dimanche prochain, c'est à cause de la certitude où je suis qu'elle serait indisposée ce jour-là.

Le vieillard tendit la main au jeune vicomte, qui la lui serra respectueusement en lui disant :

— Vous avez raison, monsieur.

Et il se retira non sans faire à Ursule un salut qui révélait plus de mélancolie que de désappointement.

Désiré sortit en même temps que le gentilhomme ; mais il lui fut impossible d'échanger un mot, car Savinien se précipita chez lui.

Le désaccord des Portenduère et du docteur Minoret défraya pendant deux jours la conversation des héritiers, qui rendirent hommage au génie de Dionis, et regardèrent alors leur succession comme sauvée. Ainsi, dans un siècle où les rangs se nivellent, où la manie de l'égalité met de plain-pied tous les individus et menace tout, jusqu'à la subordination militaire, dernier retranchement du pouvoir en France ; où, par conséquent, les passions n'ont plus d'autres obstacles à vaincre que les antipathies personnelles ou le défaut d'équilibre entre les fortunes, l'obstination d'une vieille Bretonne et la dignité du docteur Minoret élevaient entre ces deux amans des barrières destinées, comme autrefois, moins à détruire qu'à fortifier l'amour. Pour un homme passionné, toute femme vaut ce qu'elle lui coûte ; et, Savinien apercevait une lutte, des efforts, des incertitudes, qui lui rendaient déjà cette jeune fille chère : il voulait la conquérir. Peut-être nos sentimens obéissent-ils aux lois de la nature sur la durée de ses créations : à longue vie, longue enfance !

Le lendemain matin, en se levant, Ursule et Savinien eurent une même pensée. Cette entente ferait naître l'amour, si elle n'en était pas déjà la plus délicieuse preuve. Lorsque la jeune fille écarta légèrement ses rideaux, afin de donner à ses yeux l'espace strictement nécessaire pour voir chez Savinien, elle aperçut la figure de son amant au-dessus de l'espagnolette en face. Quand on songe aux immenses services que rendent les fenêtres aux amoureux, il semble assez naturel d'en faire l'objet d'une contribution. Après avoir ainsi protesté contre la dureté de son parrain, Ursule laissa retomber ses rideaux et ouvrit ses fenêtres pour fermer les persiennes, à travers lesquelles elle pourrait désormais voir sans être vue. Elle monta bien sept ou huit fois pendant la journée à sa chambre, et trouva toujours le jeune vicomte écrivant, déchirant des papiers et recommençant à écrire, à elle sans doute !

Le lendemain matin, au réveil d'Ursule, la Bougival lui monta la lettre suivante :

A MADEMOISELLE URSULE.

« Mademoiselle,

» Je ne me fais point illusion sur la défiance que doit inspirer un jeune homme qui s'est mis dans la position d'où je me suis sorti que par l'intervention de votre tuteur : il me faut donner désormais plus de garanties que tout autre ; aussi, mademoiselle, est-ce avec une profonde humilité que je mets à vos pieds pour vous déclarer mon amour. Cette déclaration n'est pas dictée par une passion : elle vient d'une certitude qui embrasse la vie entière. Une folle passion pour ma jeune tante, madame de Kergarouët, m'a jeté en prison. Ne trouverez-vous pas une marque de sincère amour dans la complète disparition de mes souvenirs et de cette image effacée de mon cœur par le vôtre ?

Dès que je vous ai vue endormie et si gracieuse dans votre sommeil d'enfant à Bouron, vous avez occupé mon âme en reine qui prend possession de son empire. Je ne veux pas d'autre femme que vous. Vous avez toutes les distinctions que je souhaite dans celle qui doit porter mon nom. L'éducation que vous avez reçue et la dignité de votre cœur vous mettent à la hauteur des situations les plus élevées. Mais je doute trop de moi-même pour essayer de vous peindre à vous-même ; je ne puis que vous aimer. Après vous avoir entendue hier, je me suis souvenu de ces phrases qui semblent écrites pour vous :

« Faite pour attirer les cœurs et charmer les yeux, à la
» fois douce et indulgente, spirituelle et raisonnable, polie
» comme si elle avait passé sa vie dans les cours, simple
» comme le solitaire qui n'a jamais connu le monde, le
» feu de son âme est tempéré dans ses yeux par une divine
» modestie. »

» J'ai senti le prix de cette belle âme qui se révèle en vous dans les plus petites choses. Voilà ce qui me donne la hardiesse de vous demander, si vous n'aimez encore personne, de me laisser vous prouver par mes soins et par ma conduite que je suis digne de vous. Il s'agit de ma vie, vous ne pouvez douter que toutes mes forces ne soient employées non-seulement à vous plaire, mais encore à mériter votre estime, qui peut tenir lieu de celle de toute la terre. Avec cet espoir, Ursule, et si vous me permettez de vous nommer dans mon cœur comme une adorée, Nemours sera pour moi le paradis, et les plus difficiles entreprises ne m'offriront que des jouissances que vous seront rapportées comme on rapporte tout à Dieu. Dites-moi donc que je puis me dire

» Votre SAVINIEN. »

Ursule baisa cette lettre ; puis, après l'avoir relue et tenue avec des mouvemens insensés, elle s'habilla pour aller la montrer à son parrain.

— Mon Dieu ! j'ai failli sortir sans faire mes prières, dit-elle en rentrant pour s'agenouiller à son prie-Dieu.

Quelques instans après, elle descendit au jardin et y trouva son tuteur, à qui elle fit lire la lettre de Savinien. Tous deux ils s'assirent sur le banc, sous le massif de plantes grimpantes, en face du pavillon chinois. Ursule attendait un mot du vieillard, et le vieillard réfléchissait beaucoup trop longtemps pour une fille impatiente. Enfin, de leur entretien secret il résulta la lettre suivante, que le docteur avait sans doute en partie dictée :

« Monsieur,

» Je ne puis être que fort honorée de la lettre par laquelle vous m'offrez votre main ; mais, à mon âge, et d'après les lois de mon éducation, j'ai dû la communiquer à mon tuteur, qui est toute ma famille, et que j'aime à la fois comme un père et comme un ami. Voici donc les cruelles objections qu'il m'a faites, et qui doivent me servir de réponse.

» Je suis, monsieur le vicomte, une pauvre fille dont la fortune à venir dépend entièrement non-seulement des bons vouloirs de mon parrain, mais encore des mesures chanceuses qu'il prendra pour éluder les mauvais vouloirs de ses héritiers à mon égard. Quoique fille légitime de Joseph Mirouët, capitaine de musique au 45e régiment d'infanterie, comme il est le beau-frère naturel de mon tuteur, on pourrait, quoique sans raison, faire un procès à une jeune fille qui resterait sans défense. Vous voyez, monsieur, que mon peu de fortune n'est pas mon plus grand malheur. J'ai bien des raisons d'être humble. C'est pour vous et non pour moi que je vous soumets de pareilles observations, qui sont souvent d'un poids léger pour des cœurs aimans et dévoués. Mais considérez aussi, mon-

sieur, que si je ne vous les soumettais pas, je serais soupçonnée de vou!oir faire passer votre tendresse par-dessus
des obstacles que le monde et surtout votre mère trouveraient invincibles. J'aurai seize ans dans quatre mois. Peut-
être reconnaitrez-vous que nous sommes l'un et l'autre
trop jeunes et trop inexpérimentés pour combattre les misères d'une vie commencée sans autre fortune que ce que
je tiens de la bonté de feu monsieur de Jordy. Mon tuteur
désire d'ailleurs ne pas me marier avant que j'aie atteint
vingt ans. Qui sait ce que le sort vous réserve durant ces
quatre années, les plus belles de votre vie? Ne la brisez
donc pas pour une pauvre fille.

» Après vous avoir exposé, monsieur, les raisons de mon
cher tuteur, qui, loin de s'opposer à mon bonheur, veut y
contribuer de toutes ses forces et souhaite voir sa protection, bientôt débile, remplacée par une tendresse égale à la
sienne ; il me reste à vous dire combien je suis touchée et
de votre offre et des complimens affectueux qui l'accompagnent. La prudence qui dicte cette réponse est d'un
vieillard à qui la vie est bien connue ; mais la reconnaissance que je vous exprime est d'une jeune fille à qui nul
autre sentiment n'est entré dans l'âme.

» Ainsi, monsieur, je puis me dire, en toute vérité,
» Votre servante,
» URSULE MIROUET. »

Savinien ne répondit pas. Faisait-il des tentatives auprès
de sa mère ? Cette lettre avait-elle éteint son amour ? Mille
questions semblables, toutes insolubles, tourmentaient
horriblement Ursule, et par ricochet le docteur qui souffrait
des moindres agitations de sa chère enfant. Ursule montait
souvent à sa chambre et regardait chez Savinien qu'elle
voyait pen if, assis devant sa table et tournant souvent les
yeux sur ses fenêtres à elle. A la fin de la semaine, pas
plus tôt, elle reçut la lettre suivante de Savinien dont le retard s'expliquait par un surcroît d'amour.

A MADEMOISELLE URSULE MIROUET.

« Chère Ursule, je suis un peu Breton ; et, une fois mon
parti pris, rien ne m'en fait changer. Votre tuteur, que
Dieu conserve encore longtemps, a raison ; mais ai-je donc
tort de vous aimer ? Aussi voudrais-je seulement savoir de
vous si vous m'aimez. Dites-le-moi, ne fût-ce que par un
un signe, et c'est alors que ces quatre années deviendront
les plus belles de ma vie !

» Un de mes amis a remis à mon grand-oncle, le vice-
amiral de Kergarouët, une lettre où je lui demande sa protection pour entrer dans la marine. Ce bon vieillard, ému
par mes malheurs, m'a répondu que la bonne volonté du
roi serait contre-carrée par les réglemens dans le cas où
je voudrais un grade. Néanmoins, après trois mois d'études à Toulon, le ministre me fera partir comme maître de
timonerie ; puis, après une croisière contre les Algériens,
avec lesquels nous sommes en guerre, je puis subir un examen et devenir aspirant. Enfin, si je me distingue dans
l'expédition qui se prépare contre Alger, je serai certainement enseigne ; mais dans combien de temps?... Personne
ne peut le dire. Seulement on rendra les ordonnances aussi
élastiques qu'il sera possible pour réintégrer le nom de
Portenduère à la marine. Je ne dois vous obtenir que de
votre parrain, je le vois ; et votre respect pour lui vous
rend plus chère à mon cœur. Avant de répondre, je vais
donc avoir une entrevue avec lui : de sa réponse dépendra
tout mon avenir. Quoi qu'il advienne, sachez que, riche
ou pauvre, fille d'un capitaine de musique ou fille d'un roi,
vous êtes pour moi celle que la voix de mon cœur a désignée. Chère Ursule, nous sommes dans un temps où les
préjugés nous eussent séparés, n'ont pas assez de
force pour empêcher notre mariage. A vous donc tous les
sentiments de mon cœur, et à votre oncle des garanties qui
lui répondent de votre félicité ! Il ne sait pas que je vous ai

dans quelques instans plus aimée qu'il ne vous aime depuis
quinze ans. A ce soir. »

— Tenez, mon parrain, dit Ursule en lui tendant cette
lettre par un mouvement d'orgueil.

— Ah ! mon enfant, s'écria le docteur après avoir lu la
lettre, je suis plus content que toi. Le gentilhomme a, par
cette résolution, réparé toutes ses fautes.

Après le dîner, Savinien se présenta chez le docteur, qui
se promenait alors avec Ursule le long de la balustrade de
la terrasse sur la rivière. Le vicomte avait reçu ses habits
de Paris, et l'amoureux n'avait pas manqué de rehausser
ses avantages naturels par une mise aussi soignée, aussi
élégante que s'il se fût agi de plaire à la belle et fière comtesse de Kergarouët. En le voyant venir du perron vers
eux, la pauvre petite serra le bras de son oncle absolument
comme si elle se retenait pour ne pas tomber dans un précipice, et le docteur entendit de profondes et sourdes palpitations qui lui donnèrent le frisson.

— Laisse-nous, mon enfant, dit-il à sa pupille qui s'assit sur les marches du pavillon chinois après avoir laissé
prendre sa main par Savinien, qui y déposa un baiser respectueux.

— Monsieur, donnerez-vous cette chère personne à un
capitaine de vaisseau ? dit le jeune vicomte à voix basse au
docteur.

— Non, dit Minoret en souriant ; nous pourrions attendre trop longtemps ; mais... à un lieutenant de vaisseau.

Des larmes de joie humectèrent les yeux du jeune homme, qui serra très affectueusement la main du vieillard.

— Je vais donc partir, répondit-il, aller étudier et tâcher
d'apprendre en six mois ce que les élèves de l'école de marine ont appris en six ans.

— Partir ? dit Ursule en s'élançant du perron vers eux.

— Oui, mademoiselle, pour vous mériter. Ainsi, plus
j'y mettrai d'empressement, plus d'affection je vous témoi-
gnerai.

— Nous sommes aujourd'hui le 3 octobre, dit-elle en le
regardant avec une tendresse infinie, partez après le 19.

— Oui, dit le vieillard, nous fêterons la Saint-Savinien.

— Adieu donc, s'écria le jeune homme. Je dois aller
passer cette semaine à Paris, y faire les démarches nécessaires, mes préparatifs et mes acquisitions de livres, d'instrumens de mathématique, me concilier la faveur du ministre et obtenir les meilleures conditions possibles.

Ursule et son parrain reconduisirent Savinien jusqu'à la
grille. Après l'avoir vu rentrer chez sa mère, ils le virent sortir accompagné de Tiennette, qui portait une petite
malle.

— Pourquoi, si vous êtes riche, le forcez-vous à servir
dans la marine ? dit Ursule à son parrain.

— Je crois que ce sera bientôt moi qui aurai fait ses dettes, dit le docteur en souriant. Je ne le force point ; mais
l'uniforme, mon cher cœur, et la croix de la Légion d'honneur gagnée dans un combat effaceront bien des taches. En
six ans, il peut arriver à commander un bâtiment, et voilà
tout ce qu'il lui demande.

— Mais il peut périr, dit-elle en montrant au docteur un
visage pâle.

— Les amoureux ont, comme les ivrognes, un dieu pour
eux, répondit le docteur en plaisantant.

A l'insu de son parrain, la pauvre petite, aidée par la
Bougival, coupa pendant la nuit une quantité suffisante de
ses longs et beaux cheveux blonds pour faire une chaîne ;
puis le surlendemain elle séduisit son maître de musique,
le vieux Schmucke, qui lui promit de veiller à ce que les
cheveux ne fussent pas changés et la chaîne fût achevée pour le dimanche suivant. A son retour, Savinien apprit au docteur et à sa pupille qu'il avait signé son engagement. Il devait être rendu le 25 à Brest. Invité par le
docteur à dîner pour le 18, il passa ces deux journées
presque entières chez le docteur ; et, malgré les plus sages
recommandations, les deux amoureux ne purent s'empê-

cher de trahir leur bonne intelligence aux yeux du curé, du juge de paix, du médecin de Nemours et de la Bougival.

— Enfans, leur dit le vieillard, vous jouez votre bonheur en ne vous gardant pas le secret à vous-mêmes.

Enfin, le jour de sa fête, après la messe, pendant laquelle il y eut quelques regards échangés, Savinien, épié par Ursule, traversa la rue et vint dans ce petit jardin, où tous deux se trouvèrent presque seuls. Par indulgence, le bonhomme lisait ses journaux dans le pavillon chinois.

— Chère Ursule, dit Savinien, voulez-vous me faire une fête plus grande que ne pourrait me la faire ma mère en me donnant une seconde fois la vie ?...

— Je sais ce que vous voulez me demander, dit Ursule en l'interrompant. Tenez, voici ma réponse, ajouta-t-elle en prenant dans la poche de son tablier la chaîne faite de ses cheveux, et la lui présentant dans un tremblement nerveux qui accusait une joie illimitée. Portez ceci, dit-elle, pour l'amour de moi. Puisse mon présent écarter de vous tous les périls en vous rappelant que ma vie est attachée à la vôtre !

— Ah ! la petite masque, elle lui donne une chaîne de ses cheveux, se disait le docteur. Comment s'y est-elle prise ? Couper dans ses belles tresses blondes !... mais elle lui donnerait donc mon sang.

— Ne trouverez-vous pas bien mauvais de vous demander, avant de partir, une promesse formelle de n'avoir jamais d'autre mari que moi ? dit Savinien en baisant cette chaîne et regardant Ursule sans pouvoir retenir une larme.

— Si je ne vous l'ai pas trop dit déjà, moi qui suis venue contempler les murs de Sainte-Pélagie quand vous y étiez, répondit-elle en rougissant ; je vous le répète, Savinien : je n'aimerai jamais que vous et ne serai jamais qu'à vous.

En voyant Ursule à demi cachée dans le mur, le jeune homme ne tint pas contre le plaisir de la serrer sur son cœur et de l'embrasser au front ; mais elle jeta comme un cri faible, se laissa tomber sur le banc, et, lorsque Savinien se mit auprès d'elle en lui demandant pardon, il vit le docteur debout devant eux.

— Mon ami, dit-il, Ursule est une véritable sensitive qu'une parole amère tuerait. Pour elle, vous devrez modérer l'éclat de l'amour. Ah ! si vous l'eussiez aimée depuis seize ans, vous seriez contenté de sa parole, ajouta-t-il pour se venger du mot par lequel Savinien avait terminé sa dernière lettre.

Deux jours après, Savinien partit. Malgré les lettres qu'il écrivit régulièrement à Ursule, elle fut en proie à une maladie sans cause sensible. Semblable à ces beaux fruits attaqués par un ver, une pensée lui rongeait le cœur. Elle perdit l'appétit et ses belles couleurs. Quand son parrain lui demanda la première fois ce qu'elle éprouvait :

— Je voudrais voir la mer, dit-elle.

— Il est difficile de te mener en décembre voir un port de mer, lui répondit le vieillard.

— Irais-je donc ? dit-elle.

De grands vents s'élevaient-ils, Ursule éprouvait des commotions en croyant, malgré les savantes distinctions de son parrain, du curé, du juge de paix entre les vents de mer et ceux de terre, que Savinien se trouvait aux prises avec un ouragan. Le juge de paix la rendit heureuse pour quelques jours avec une gravure qui représentait un aspirant en costume. Elle lisait les journaux en imaginant qu'ils donneraient des nouvelles de la croisière pour laquelle Savinien était parti. Elle dévora les romans maritimes de Cooper, et voulut apprendre les termes de marine. Ces preuves de la fixité de la pensée, souvent jouées par les autres femmes, furent si naturelles chez Ursule qu'elle vit en rêve chacune des lettres de Savinien, et ne manqua jamais à les annoncer le matin même en racontant le songe avant-coureur.

— Maintenant, dit-elle au docteur, la quatrième fois que ce fait eut lieu sans que le curé et le médecin en fussent

surpris, je suis tranquille : à quelque distance que Savinien soit, s'il est blessé, je le sentirai dans le même instant.

Le vieux médecin resta plongé dans une profonde méditation, que le juge de paix et le curé jugèrent douloureuse, à voir l'expression de son visage.

— Qu'avez vous ? lui demandèrent-ils quand Ursule les eut laissés seuls.

— Vivra-t-elle ? répondit le vieux médecin. Une si délicate et si tendre fleur résistera-t-elle à des peines de cœur ?

Néanmoins, *la petite rêveuse*, comme la surnomma le curé, travaillait avec ardeur ; elle comprenait l'importance d'une grande instruction pour une femme du monde, et tout le temps qu'elle ne donnait pas au chant, à l'étude de l'Harmonie et de la Composition, elle le passait à lire les livres que lui choisissait l'abbé Chaperon dans la riche bibliothèque de son parrain. Tout en menant cette vie occupée, elle souffrait, mais sans se plaindre. Parfois elle restait des heures entières à regarder la fenêtre de Savinien. Le dimanche, à la sortie de la messe, elle suivait madame de Portenduère en la contemplant avec tendresse, car, malgré ses duretés, elle aimait en elle la mère de Savinien. Sa piété redoublait, elle allait à la messe tous les matins, car elle crut fermement que ses rêves étaient une faveur de Dieu. Effrayé des ravages produits par cette nostalgie de l'amour, le jour de la naissance d'Ursule son parrain lui promit de la conduire à Toulon voir le départ de l'expédition d'Alger sans que Savinien, en faisant partie, en fût instruit. Le juge de paix et le curé gardèrent le secret au docteur sur le but de ce voyage, qui parut être entrepris pour la santé d'Ursule, et qui intrigua beaucoup les héritiers Minoret. Après avoir revu Savinien en uniforme d'aspirant, après avoir monté sur le beau vaisseau de l'amiral à qui le ministre avait recommandé le jeune Portenduère, Ursule, à la prière de son ami, alla respirer l'air de Nice, et parcourut la côte de la Méditerranée jusqu'à Gênes, où elle apprit l'arrivée de la flotte devant Alger et les heureuses nouvelles du débarquement. Le docteur aurait voulu continuer ce voyage à travers l'Italie, autant pour distraire Ursule que pour achever en quelque sorte son éducation en agrandissant ses idées par la comparaison des mœurs, des pays, et par les enchantemens de la terre où vivent les chefs-d'œuvre de l'art, et où tant de civilisations ont laissé leurs traces brillantes ; mais la nouvelle de la résistance opposée par le trône aux électeurs de la fameuse Chambre de 1830 ramena le docteur en France, où il ramena sa pupille dans un état de santé florissante et riche d'un charmant petit modèle du vaisseau sur lequel servait Savinien.

Les Élections de 1830 donnèrent de la consistance aux héritiers qui, par les soins de Désiré Minoret et de Goupil, formèrent à Nemours un comité dont les efforts firent nommer à Fontainebleau le candidat libéral. Massin exerçait une énorme influence sur les électeurs de la campagne. Cinq des fermiers du maître de poste étaient électeurs. Dionis représentait plus de onze voix. En se réunissant chez le notaire, Crémière, Massin, le maître de poste et leurs adhérens finirent par prendre l'habitude de s'y voir. Au retour du docteur, le salon de Dionis était donc devenu le camp des héritiers. Le juge de paix et le maire, qui se lièrent alors pour résister aux libéraux de Nemours, battus par l'Opposition malgré les efforts des châteaux situés aux environs, furent étroitement unis par leur défaite. Lorsque Bongrand et l'abbé Chaperon apprirent au docteur le résultat de cet antagonisme qui dessina, pour la première fois, deux partis dans Nemours, et donna de l'importance aux héritiers Minoret, Charles X partait de Rambouillet pour Cherbourg. Désiré Minoret, qui partageait les opinions du Barreau de Paris, avait fait venir de Nemours quinze de ses amis commandés par Goupil, et à qui le maître de poste donna des chevaux pour courir à Paris, où ils arrivèrent chez Désiré dans la nuit du 28. Goupil et Désiré coopérèrent avec cette troupe à la prise de l'Hôtel-de-Ville. Désiré Minoret fut décoré de la Légion-d'Honneur, et nommé substitut du procureur du roi à Fontainebleau. Goupil eut la croix de Juillet. Dionis fut élu maire de Nemours en remplacement du *sieur* Levrault, et le conseil municipal se composa de Minoret-Levrault, adjoint; de Massin, de Crémière, et de tous les adhérens du salon de Dionis. Bongrand ne garda sa place que par l'influence de son fils, fait procureur du roi à Melun, et dont le mariage avec mademoiselle Levrault parut alors naturel. En voyant le trois pour cent à quarante-cinq, le docteur partit en poste pour Paris, et plaça cinq cent quarante mille francs en inscriptions au porteur. Le reste de sa fortune, qui allait environ à deux cent soixante-dix mille francs, lui donna, mis à son nom dans le même fonds, ostensiblement quinze mille francs de rente. Il employa de la même manière le capital légué par le vieux professeur à Ursule, ainsi que les huit mille francs produits en neuf ans par les intérêts, ce qui fit à sa pupille quatorze cents francs de rente, au moyen d'une petite somme qu'il ajouta pour arrondir ce léger revenu. D'après les conseils de son maître, la vieille Bougival eut trois cent cinquante francs de rente en plaçant ainsi cinq mille et quelques cents francs d'économies. Ces sages opérations, méditées entre le docteur et le juge de paix, furent accomplies dans le plus profond secret à la faveur des troubles politiques. Quand le calme fut à peu près rétabli, le docteur acheta une petite maison contiguë à la sienne, et l'abattit ainsi que le mur de sa cour pour faire construire à la place une remise et une écurie. Employer le capital de mille francs de rente à se donner des communs parut une folie à tous les héritiers Minoret. Cette prétendue folie fut le commencement d'une ère nouvelle dans la vie du docteur qui, par un moment où les chevaux et les voitures se donnaient presque, ramena de Paris trois superbes chevaux et une calèche.

Quand, au commencement de novembre 1830, le vieillard vint pour la première fois par un temps pluvieux en calèche à la messe, et descendit pour donner la main à Ursule, tous les habitans accoururent sur la place, autant pour voir la voiture du docteur et questionner son cocher que pour gloser la pupille à l'excessive ambition de laquelle Massin, Crémière, le maître de poste et leurs femmes, attribuaient les folies de leur oncle.

— La calèche! hé, Massin? cria Goupil. Votre succession va bon train, hein?

— Tu dois avoir demandé de bons gages, Cabirolle? dit le maître de poste au fils d'un de ses conducteurs qui restait auprès des chevaux, car il faut espérer que tu n'useras pas beaucoup de fers chez un homme de quatre-vingt-quatre ans. Combien les chevaux ont-ils coûté?

— Quatre mille francs. La calèche, quoique de hasard, a été payée deux mille francs; mais elle est belle, les roues sont à patente.

— Comment dites-vous, Cabirolle? demanda madame Crémière.

— Il dit *à ma tante*, répondit Goupil, c'est une idée des Anglais, qui ont inventé ces roues-là. Tenez! voyez-vous, l'on ne voit rien du tout, c'est emboîté, c'est joli, l'on n'accroche pas, il n'y a plus ce vilain bout de fer carré qui dépassait l'essieu.

— A quoi rime *ma tante*? dit alors innocemment madame Crémière.

— Comment! dit Goupil, ça ne vous *tente* donc pas?

— Ah! je comprends, dit-elle.

— Eh bien! non, vous êtes une honnête femme, dit Goupil, il ne faut pas vous tromper, le vrai mot c'est *à patte entre*, parce que la fiche est cachée.

— Oui, madame, dit Cabirolle, qui fut la dupe de l'explication de Goupil, tant le clerc la donna sérieusement.

— C'est une belle voiture, tout de même, s'écria Crémière, et il faut être riche pour prendre un pareil genre.

— Elle va bien, la petite, dit Goupil. Mais elle a raison, elle vous apprend à jouir de la vie. Pourquoi n'avez-vous pas de beaux chevaux et des calèches, vous, papa Minoret? Vous laisserez-vous humilier? A votre place, moi! j'aurais une voiture de prince.

— Voyons, Cabirolle, dit Massin, est-ce la petite qui lance notre oncle dans ces luxes-là?

— Je ne sais pas, répondit Cabirolle, mais elle est quasiment la maîtresse au logis. Il vient maintenant maître sur maître de Paris. Elle va, dit-on, étudier la peinture.

— Je saisirai cette occasion pour faire *tirer* mon portrait, dit madame Crémière.

En province, on dit encore tirer au lieu de faire un portrait.

— Le vieil Allemand n'est cependant pas renvoyé, dit madame Massin.

— Il y est encore aujourd'hui, répondit Cabirolle.

— Abondance de *chiens* ne nuit pas, dit madame Crémière.

— Maintenant, s'écria Goupil, vous ne devez plus compter sur la succession. Ursule a bientôt dix-sept ans, elle est plus jolie que jamais; les voyages forment la jeunesse, et la petite farceuse tient votre oncle par le bon bout. Il y a cinq à six paquets pour elle aux voitures par semaine, et les couturières, les modistes, viennent lui essayer ici ses robes et ses affaires. Aussi ma patronne est-elle furieuse. Attendez Ursule à la sortie, et regardez son petit châle de cou, un vrai cachemire de six cents francs.

La foudre serait tombée au milieu du groupe des héritiers, elle n'aurait pas produit plus d'effet que les derniers mots de Goupil, qui se frottait les mains.

Le vieux salon vert du docteur fut renouvelé par un tapissier de Paris. Jugé sur le luxe qu'il déployait, le vieillard était tantôt accusé d'avoir celé sa fortune et de posséder soixante mille livres de rentes, tantôt de dépenser ses capitaux pour plaire à Ursule. On faisait de lui tour à tour un richard et un libertin. Ce mot: — C'est un vieux fou! résuma l'opinion du pays. Cette fausse direction des jugemens de la petite ville eut pour avantage de tromper les héritiers, qui ne soupçonnèrent point l'amour de Savinien pour Ursule, véritable cause des dépenses du docteur, enchanté d'habiter sa pupille à son rôle de vicomtesse, et qui, riche de plus de cinquante mille francs de rentes, se donnait le plaisir de parer son idole.

Au mois de février 1832, le jour où Ursule avait dix-sept ans, le matin même, en se levant, elle vit Savinien en costume d'enseigne à sa fenêtre.

— Comment n'en ai-je rien su? se dit-elle.

Depuis la prise d'Alger, où Savinien se distingua par un trait de courage qui lui valut la croix, la corvette sur laquelle il servait étant restée pendant plusieurs mois à la mer, il lui avait été tout à fait impossible d'écrire au docteur, et il ne voulait pas quitter le service sans l'avoir consulté. Jaloux de conserver à la marine un nom illustre, le nouveau gouvernement avait profité du remue-ménage de Juillet pour donner le grade d'enseigne à Savinien. Après avoir obtenu un congé de quinze jours, le nouvel enseigne arrivait de Toulon par la malle-poste pour la fête d'Ursule, et pour prendre en même temps l'avis du docteur.

— Il est arrivé, cria la filleule en se précipitant dans la chambre de son parrain.

— Très bien! répondit-il. Je devine le motif qui lui fait quitter le service, et il peut maintenant rester à Nemours.

— Ah! voilà ma fête: elle est toute dans ce mot, dit-elle en embrassant le docteur.

Sur un signe qu'elle alla faire au gentilhomme, Savinien vint aussitôt; elle voulait l'admirer, car il lui semblait changé en mieux. En effet, le service militaire imprime aux gestes, à la démarche, à l'air des hommes, une décision mêlée de gravité, je ne sais quelle rectitude qui permet au plus superficiel observateur de reconnaître un militaire sous l'habit bourgeois: rien ne démontre mieux que l'homme est fait pour commander. Ursule en aima mieux encore Savinien, et ressentit une joie d'enfant à se promener dans le petit jardin en lui donnant le bras et faisant raconter la part qu'il avait eue, *en sa qualité d'aspirant*, à la prise d'Alger. Evidemment Savinien avait pris Alger. Elle voyait, disait-elle, tout en rouge, quand elle regardait la décoration de Savinien. Le docteur, qui, de sa chambre, les surveillait en s'habillant, vint les retrouver. Sans s'ouvrir entièrement au vicomte, il lui dit alors qu'au cas où madame de Portenduère consentirait à son mariage avec Ursule, la fortune de sa filleule rendait superflu le traitement des grades qu'il pouvait acquérir.

— Hélas! dit Savinien, il faudra bien du temps pour vaincre l'opposition de ma mère. Avant mon départ, placée entre l'alternative de me voir rester près d'elle si elle consentait à mon mariage avec Ursule, ou de ne plus me revoir que de loin en loin, et de me savoir exposé aux dangers de ma carrière, elle m'a laissé partir...

— Mais, Savinien, nous serons ensemble, dit Ursule en lui prenant la main et la lui secouant avec une espèce d'impatience.

Se voir et ne plus se quitter, c'était pour elle tout l'amour; elle ne voyait rien au-delà; et son joli geste, la mutinerie de son accent, exprimèrent tant d'innocence, que Savinien et le docteur en furent attendris. La démission fut envoyée, et la fête d'Ursule reçut de la présence de son fiancé le plus bel éclat. Quelques mois après, vers le mois de mai, la vie intérieure reprit chez le docteur Minoret le calme d'autrefois, mais avec un habitué de plus. Les assiduités du jeune vicomte furent d'autant plus promptement interprétées comme celles d'un futur, que, soit à la messe, soit à la promenade, ses manières et celles d'Ursule, quoique réservées, trahissaient l'entente de leurs cœurs. Dionis fit observer aux héritiers que le bonhomme ne demandait point ses intérêts à madame de Portenduère, et que la vieille dame lui devait déjà trois années.

— Elle sera forcée de céder, de consentir à la mésalliance de son fils, dit le notaire. Si ce malheur arrive, il est probable qu'une grande partie de la fortune de votre oncle servira, selon Basile, d'argument irrésistible.

L'irritation des héritiers, en devinant que leur oncle leur préférait trop Ursule pour ne pas assurer son bonheur à leurs dépens, devint alors aussi sourde que profonde. Réunis tous les soirs chez Dionis depuis la révolution de Juillet, ils y maudissaient les deux amans, et la soirée ne s'y terminait guère sans qu'ils eussent cherché, mais vainement, les moyens de contre-carrer le vieillard. Zélie, qui sans doute avait profité comme le docteur de la baisse des rentes pour placer avantageusement ses énormes capitaux, était la plus acharnée après l'orpheline et les Portenduère. Un soir où Goupil, qui se gardait cependant bien de s'ennuyer dans ces soirées, était venu pour se tenir au courant des affaires de la ville qui se discutaient là, Zélie eut une recrudescence de haine: elle avait vu le matin le docteur, Ursule et Savinien, revenant en calèche d'une promenade aux environs, dans une intimité qui disait tout.

— Je donnerais bien trente mille francs pour que Dieu rappelât à lui notre oncle avant que le mariage de ce Portenduère et de la *mijaurée* se fasse, dit-elle.

Goupil reconduisit monsieur et madame Minoret jusqu'au milieu de leur grande cour, et leur dit en regardant autour de lui pour savoir s'ils étaient bien seuls: — Voulez-vous me donner les moyens d'acheter l'étude de Dionis, et je ferai rompre le mariage de monsieur Portenduère et d'Ursule?

— Comment? demanda le colosse.

— Me croyez-vous assez niais pour vous dire mon projet? répondit la maître-clerc.

— Eh bien! mon garçon, brouille-les, et nous verrons, dit Zélie.

— Je ne m'embarque point dans de pareils tracas sur un : nous verrons! Le jeune homme est un crâne qui pourrait me tuer, et je dois être ferré à glace, être de sa force à l'épée et au pistolet. Établissez-moi, je vous tiendrai parole.

— Empêche ce mariage et je t'établirai, répondit le maître de poste.

— Voici neuf mois que vous regardez à me prêter quinze malheureux mille francs pour acheter l'Etude de Lecœur l'huissier, et vous voulez que je me fie à cette parole! Al-

lez, vous perdrez la succession de votre oncle, et ce sera bien fait.

— S'il ne s'agissait que de quinze mille francs et de l'Étude de Lecœur, je ne dis pas, répondit Zélie; mais vous cautionner pour cinquante mille écus!...

— Mais je paierai, dit Goupil en lançant à Zélie un regard fascinateur qui rencontra le regard impérieux de la maîtresse de poste. Ce fut comme du venin sur de l'acier.

— Nous attendrons, dit Zélie.

— Ayez donc le génie du mal! pensa Goupil. Si jamais je les tiens, ceux-là, se dit-il en sortant, je les presserai comme des citrons.

En cultivant la société du docteur, du juge de paix et du curé, Savinien leur prouva l'excellence de son caractère. L'amour de ce jeune homme pour Ursule, si dégagé de tout intérêt, si persistant, intéressa si vivement les trois amis, qu'ils ne séparaient plus ces deux enfans dans leurs pensées. Bientôt la monotonie de cette vie patriarcale et la certitude que les amans avaient de leur avenir finirent par donner à leur affection une apparence de fraternité. Souvent le docteur laissait Ursule et Savinien seuls. Il avait bien jugé ce charmant jeune homme, qui baisait la main d'Ursule en arrivant, et ne la lui eût pas demandé seul avec elle, tant il était pénétré de respect pour l'innocence, pour la candeur de cette enfant dont l'excessive sensibilité, souvent éprouvée, lui avait appris que la moindre expression dont un air froid, ou des alternatives de douceur et de brusquerie, pouvaient la tuer. Les grandes hardiesses des deux amans se commettaient en présence des vieillards, le soir. Deux années, pleines de joies secrètes, se passèrent ainsi, sans autres événemens que les tentatives inutiles du jeune homme pour obtenir le consentement de sa mère à son mariage avec Ursule. Il parlait quelquefois des matinées entières, sa mère les écoutait sans répondre à ses raisons et à ses prières autrement que par un silence de Bretonne ou par des refus. A dix-neuf ans, Ursule, élégante, excellente musicienne et bien élevée, n'avait plus rien à acquérir; elle était parfaite. Aussi obtint-elle une renommée de beauté, de grâce et d'instruction, qui s'étendit au loin. Un jour, le docteur eut à refuser la marquise d'Aiglemont, qui pensait à Ursule pour son fils aîné. Six mois plus tard, malgré le profond secret gardé par Ursule, par le docteur et par madame d'Aiglemont, Savinien fut instruit par hasard de cette circonstance. Touché de tant de délicatesse, il argua de ce procédé pour vaincre l'obstination de sa mère qui lui répondit: — Si les d'Aiglemont veulent se mésallier, est-ce une raison pour nous?

Au mois de décembre 1834, le pieux et bon vieillard déclina visiblement. En le voyant sortir de l'église, la figure jaune et grippée, les yeux pâles, toute la ville parla de la mort prochaine du bonhomme, alors âgé de quatre-vingt-huit ans. — Vous saurez ce qui en est, disait-on aux héritiers. En effet, le décès du vieillard avait l'attrait d'un problème. Mais le docteur ne se savait pas malade, il avait des illusions, et ni la pauvre Ursule, ni Savinien, ni le juge de paix, ni le curé, ne voulaient par délicatesse l'éclairer sur sa position; le médecin de Nemours, qui le venait voir tous les soirs, n'osait lui rien prescrire. Le vieux Minoret ne sentait aucune douleur, il s'éteignait doucement. Chez lui l'intelligence demeurait ferme, nette et puissante. Chez les vieillards ainsi constitués, l'âme domine le corps et lui donne la force de mourir debout. Le curé, pour ne pas avancer le terme fatal, dispensa sa paroissien de venir entendre la messe à l'église, et lui permit de lire les offices chez lui; car le docteur accomplissait minutieusement ses devoirs de religion : plus il alla vers la tombe, plus il aima Dieu. Les clartés éternelles lui expliquaient de plus en plus les difficultés de tout genre. Au commencement de la nouvelle année, Ursule obtint de lui qu'il vendit ses chevaux, sa voiture, et qu'il congédiât Cabirolle. Le juge de paix, dont les inquiétudes sur l'avenir d'Ursule étaient loin de se calmer par les demi-confidences du vieillard, entama la question délicate de l'héritage, en démontrant un soir à son vieil ami la nécessité d'émanciper Ursule. La pupille serait alors habile à recevoir un compte de tutelle et à posséder ; ce qui permettrait de l'avantager. Malgré cette ouverture, le vieillard, qui cependant avait déjà consulté le juge de paix, ne lui confia point le secret de ses dispositions envers Ursule ; mais il adopta le parti de l'émancipation. Plus le juge de paix mettait d'insistance à vouloir connaître les moyens choisis par son vieil ami pour enrichir Ursule, plus le docteur devenait défiant. Enfin Minoret craignit positivement de confier au juge de paix ses trente-six mille francs de rentes au porteur.

— Pourquoi, lui dit Bongrand, mettre contre vous le hasard ?

— Entre deux hasards, répondit le docteur, on évite le plus chanceux.

Bongrand mena l'affaire de l'émancipation assez rondement pour qu'elle fût terminée le jour où mademoiselle Mirouët eut ses vingt ans. Cet anniversaire devait être la dernière fête du vieux docteur, qui, pris sans doute d'un pressentiment de sa fin prochaine, célébra somptueusement cette journée en donnant un petit bal auquel il invita les jeunes personnes et les jeunes gens des quatre familles Dionis, Crémière, Minoret et Massin. Savinien, Bongrand, le curé, ses deux vicaires, le médecin de Nemours et mesdames Zélie Minoret, Massin et Crémière, ainsi que Schmucke, furent les convives du grand dîner qui précéda le bal.

— Je sens que je m'en vais, dit le vieillard à la fin de la soirée. Je vous prie donc de venir demain pour rédiger le compte de tutelle que je dois rendre à Ursule, afin de ne pas en compliquer ma succession. Dieu merci ! je n'ai pas fait tort d'une obole à mes héritiers, et n'ai disposé que de mes revenus. Messieurs Crémière, Massin et Minoret, mon neveu, sont membres du conseil de famille institué pour Ursule ; ils assisteront à cette reddition de comptes.

Ces paroles, entendues par Massin et colportées dans le bal, y répandirent la joie parmi les trois familles, qui depuis quatre ans vivaient en de continuelles alternatives, se croyant tantôt riches, tantôt déshéritées.

— C'est une langue qui s'éteint, dit madame Crémière.

Quand, vers deux heures du matin, il ne resta plus dans le salon que Savinien, Bongrand et le curé Chaperon, le vieux docteur dit en leur montrant Ursule, charmante en habit de bal, qui venait de dire adieu aux jeunes demoiselles Crémière et Massin : — C'est à vous, mes amis, que je la confie ! Dans quelques jours je ne serai plus là pour la protéger ; mettez-vous tous entre elle et le monde, jusqu'à ce qu'elle soit mariée... J'ai peur pour elle.

Ces paroles firent une impression pénible. Le compte, rendu quelques jours après en conseil de famille, établissait le docteur Minoret reliquataire de dix mille six cents francs, tant pour les arrérages de l'inscription de quatorze cents francs dont l'acquisition était expliquée par l'emploi du legs du capitaine de Jordy que pour un petit capital de cinq mille francs provenant des dons faits, depuis quinze ans, par le docteur à sa pupille, à leurs jours de fête ou anniversaires de naissance respectifs.

Cette authentique reddition de compte avait été recommandée par le juge de paix, qui redoutait les effets de la mort du docteur Minoret, et qui, malheureusement, avait mison. Le lendemain de l'acceptation du compte de tutelle qui rendait Ursule riche de dix mille six cents francs et de quatorze cents francs de rente, le vieillard fut pris d'une faiblesse qui le contraignit à garder le lit. Malgré la discrétion qui enveloppait la maison du docteur, le bruit de sa mort se répandit en ville, où les héritiers coururent par les rues comme les grains d'un chapelet dont le fil est rompu. Massin, qui vint savoir les nouvelles, apprit d'Ursule elle-même que le bonhomme était au lit. Malheureusement le médecin de Nemours avait déclaré que le moment où Minoret s'aliterait serait celui de sa mort. Dès lors, malgré le froid, les héritiers stationnèrent dans les rues, sur la place ou sur le pas de leurs portes, occupés à causer de cet événement attendu depuis si longtemps, et à épier le moment

où le curé porterait au vieux docteur les sacremens dans l'appareil en usage dans les villes de province. Aussi, quand, deux jours après, l'abbé Chaperon, accompagné de son vicaire et des enfans de chœur, précédé du sacristain portant la croix, traversa la Grand'rue, les héritiers se joignirent-ils à lui pour occuper la maison, empêcher toute soustraction, et jeter leurs mains avides sur les trésors présumés. Lorsque le docteur aperçut, à travers le clergé, ces héritiers agenouillés qui, loin de prier, l'observaient par des regards aussi vifs que les lueurs des cierges, il ne put retenir un malicieux sourire. Le curé se retourna, les vit et dit alors assez lentement les prières. Le maître de poste, le premier, quitta sa gênante posture, sa femme le suivit ; Massin craignit que Zélie et son mari ne missent la main sur quelque bagatelle, il les rejoignit au salon, et bientôt tous les héritiers s'y trouvèrent réunis.

— Il est trop honnête homme pour voler l'extrême-onction, dit Crémière, ainsi nous voilà bien tranquilles.

— Oui, nous allons avoir environ vingt mille francs de rentes, répondit madame Massin.

— J'ai dans l'idée, dit Zélie, que depuis trois ans il ne *plaçait* plus, il *aimait* à thésauriser...

— Le trésor est sans doute dans sa cave ? disait Massin à Crémière.

— Pourvu que nous trouvions quelque chose, dit Minoret-Levrault.

— Mais après ses déclarations au bal, s'écria madame Massin, il n'y a plus de doute.

— En tout cas, dit Crémière, comment ferons-nous ? partagerons-nous ? liciterons-nous ? ou distribuerons-nous par lots ? car enfin nous sommes tous majeurs.

Une discussion, qui s'envenima promptement, s'éleva sur la manière de procéder. Au bout d'une demi-heure, un bruit de voix confus, sur lequel se détachait l'organe criard de Zélie, retentissait dans la cour et jusque dans la rue.

— Il doit être mort, dirent alors les curieux attroupés dans la rue.

Ce tapage parvint aux oreilles du docteur qui entendit ces mots :

— Mais la maison, la maison vaut trente mille francs ! Je la prends, moi, pour trente mille francs ! criés ou plutôt beuglés par Crémière.

— Eh bien ! nous la payerons ce qu'elle vaudra, répondit aigrement Zélie.

— Monsieur le curé, dit le vieillard à l'abbé Chaperon qui demeura auprès de son ami après l'avoir administré, faites que je demeure en paix. Mes héritiers, comme ceux du cardinal Ximénès, sont capables de piller ma maison avant ma mort, et je n'ai pas de singe pour me rétablir. Allez leur signifier que je ne veux personne chez moi.

Le curé, le médecin descendirent, répétèrent l'ordre du moribond, et, dans un accès d'indignation, y ajoutèrent de vives paroles pleines de blâme.

— Madame Bougival, dit le médecin, fermez la grille et ne laissez entrer personne ; il semble qu'on ne puisse pas mourir tranquille. Vous préparerez un cataplasme de farine de moutarde, afin d'appliquer des sinapismes aux pieds de monsieur.

— Votre oncle n'est pas mort, et il peut vivre encore longtemps, disait l'abbé Chaperon en congédiant les héritiers venus avec leurs enfans. Il réclame le plus profond silence et ne veut que sa pupille auprès de lui. Quelle différence entre la conduite de cette jeune fille et la vôtre !

— Vieux cafard ! s'écria Crémière. Je vais faire sentinelle. Il est bien possible qu'il se machine quelque chose contre nos intérêts.

Le maître de poste avait déjà disparu dans le jardin avec l'intention de veiller son oncle en compagnie d'Ursule et de se faire admettre dans la maison comme un aide. Il revint à pas de loup sans que ses bottes fissent le moindre bruit, car il y avait des tapis dans le corridor et sur les marches de l'escalier. Il put alors arriver jusqu'à la porte de la chambre de son oncle sans être entendu. Le curé,

le médecin, étaient partis, la Bougival préparait le sinapisme.

— Sommes-nous bien seuls? dit le vieillard à sa pupille.

Ursule se haussa sur la pointe des pieds pour voir dans
la cour.

— Oui, dit-elle; monsieur le curé a tiré la grille lui-
même en s'en allant.

— Mon enfant aimé, dit le mourant, mes heures, mes
minutes mêmes sont comptées. Je n'ai pas été médecin
pour rien : le sinapisme du docteur ne me fera pas aller
jusqu'à ce soir. Ne pleure pas, Ursule, dit-il en se voyant
interrompu par les pleurs de sa filleule ; mais écoute-moi
bien : il s'agit d'épouser Savinien. Aussitôt que la Bougival sera montée avec le sinapisme, descends au pavillon
chinois, en voici la clef; soulève le marbre du buffet de
Boulle, et dessous tu trouveras une lettre cachetée à ton
adresse : prends-la, reviens me la montrer, car je ne mourrai tranquille qu'en te la voyant entre les mains. Quand je
serai mort, tu ne le diras pas sur-le-champ ; tu feras venir
monsieur de Portenduère, vous lirez la lettre ensemble, et
tu me jures en son nom et au tien d'exécuter mes dernières volontés. Quand il m'aura obéi, vous annoncerez
ma mort, et la comédie des héritiers commencera. Dieu
veuille que ces monstres ne te maltraitent pas !

— Oui, mon parrain.

Le maître de poste n'écouta point le reste de la scène ;
il détala sur la pointe des pieds, en se souvenant que la
serrure du cabinet se trouvait du côté de la bibliothèque.
Il avait assisté dans le temps au débat de l'architecte et du
serrurier, qui prétendait que, si l'on s'introduisait dans la
maison par la fenêtre donnant sur la rivière, il fallait par
prudence mettre la serrure du côté de la bibliothèque, le
cabinet devant être une pièce de plaisance pour l'été.
Ebloui par l'intérêt et les oreilles pleines de sang, Minoret
dévissa la serrure au moyen d'un couteau avec la prestesse
des voleurs. Il entra dans le cabinet, y prit le paquet de
papiers sans s'amuser à le décacheter, revissa la serrure,
remit les choses en état, et alla s'asseoir dans la salle à
manger en attendant que la Bougival montât le sinapisme
pour quitter la maison. Il opéra sa fuite avec d'autant plus
de facilité que la pauvre Ursule trouva plus urgent de voir
appliquer le sinapisme que d'obéir aux recommandations
de son parrain.

— La lettre ! la lettre ! cria d'une voix mourante le vieillard, obéis-moi, voici la clef. Je veux te voir la lettre à
la main.

Ces paroles furent jetées avec des regards si égarés que
la Bougival dit à Ursule : — Mais faites donc ce que veut
votre parrain, ou vous allez causer sa mort.

Elle le baisa sur le front, prit la clef et descendit ; mais,
bientôt rappelée par les cris perçants de la Bougival, elle
accourut. Le vieillard l'embrassa par un regard, lui vit les
mains vides, se dressa sur son séant, voulut parler, et mourut en faisant un horrible dernier soupir, les yeux hagards
de terreur ! La pauvre petite, qui voyait la mort pour la
première fois, tomba sur ses genoux et fondit en larmes.
La Bougival ferma les yeux du vieillard et le disposa dans
son lit. Quand, selon son expression, elle eut paré le mort,
la vieille nourrice courut prévenir monsieur Savinien ;
mais les héritiers, qui se tenaient au bout de la rue entourés de curieux et absolument comme des corbeaux qui attendent qu'un cheval soit enterré pour venir gratter la
terre et le fouiller de leurs pattes et du bec, accoururent
avec la célérité de ces oiseaux de proie.

Pendant ces événements, le maître de poste était allé chez
lui pour savoir ce que contenait le mystérieux paquet.
Voici ce qu'il trouva.

A MA CHÈRE URSULE MIROUET, FILLE DE MON BEAU-FRÈRE
NATUREL, JOSEPH MIROUET, ET DE DINAH GROLLMAN.

Nemours, 15 janvier 1830.

« Mon petit ange, mon affection paternelle, que tu as
» si bien justifiée, a eu pour principe non-seulement le
» serment que j'ai fait à ton pauvre père de le remplacer,
» mais encore ta ressemblance avec Ursule Mirouët, ma
» femme, de qui tu m'as sans cesse rappelé les grâces,
» l'esprit, la candeur et le charme. Ta qualité de fille du
» fils naturel de mon beau-père pourrait rendre des dis-
» positions testamentaires faites en ta faveur sujettes à
» contestation... »

— Le vieux gueux ! cria le maître de poste.

« Ton adoption aurait été l'objet d'un procès. Enfin, j'ai
» toujours reculé devant l'idée de t'épouser pour te trans-
» mettre ma fortune ; car j'aurais pu vivre longtemps et
» déranger l'avenir de ton bonheur qui n'est retardé que
» par la vie de madame de Portenduère. Ces difficultés
» mûrement pesées, et voulant te laisser la fortune néces-
» saire à une belle existence... »

— Le scélérat, il a pensé à tout !

« Sans nuire en rien à mes héritiers... »

— Le jésuite ! comme s'il ne nous devait pas toute sa
fortune !

« Je t'ai destiné le fruit des économies que j'ai faites
» pendant dix-huit années et que j'ai constamment fait
» valoir, par les soins de mon notaire, en vue de te rendre
» aussi heureuse qu'on peut l'être par la richesse. Sans
» argent, ton éducation et tes idées élevées feraient ton
» malheur. D'ailleurs, tu dois une belle dot au charmant
» jeune homme qui t'aime. Tu trouveras donc dans le mi-
» lieu du troisième volume des Pandectes, in-folio, reliées
» en maroquin rouge, et qui est le dernier volume du pre-
» mier rang, au-dessus de la tablette de la bibliothèque,
» dans le dernier corps, du côté du salon, trois inscriptions
» de rentes en trois pour cent, au porteur, de chacune
» douze mille francs... »

— Quelle profondeur de scélératesse ! s'écria le maître
de poste. Ah ! Dieu ne permettra pas que je sois ainsi
frustré.

« Prends-les aussitôt, ainsi que le peu d'arrérages éco-
» nomisés au moment de ma mort, et qui seront dans le
» volume précédent. Songe, mon enfant adoré, que tu dois
» obéir aveuglément à une pensée qui a fait le bonheur
» de toute ma vie, et qui m'obligerait à demander le se-
» cours de Dieu, si tu me désobéissais. Mais, en prévision
» d'un scrupule de ta chère conscience, qui je sais ingé-
» nieuse à se tourmenter, tu trouveras ci-joint un testa-
» ment en bonne forme de ces inscriptions au profit de
» monsieur Savinien de Portenduère. Ainsi, soit que tu les
» possèdes toi-même, soit qu'elles te viennent de celui que
» tu aimes, elles seront ta légitime propriété.

» Ton parrain,
» DENIS MINORET. »

A cette lettre était jointe, sur un carré de papier timbré,
la pièce suivante :

« CECI EST MON TESTAMENT.

« Moi, Denis Minoret, docteur en médecine, domicilié à
» Nemours, sain d'esprit et de corps, ainsi que la date de
» ce testament le démontre, lègue mon âme à Dieu, le
» priant de me pardonner mes longues erreurs en faveur
» de mon sincère repentir. Puis, ayant reconnu en mon-
» sieur le vicomte Savinien de Portenduère une véritable
» affection pour moi, je lui lègue trente-six mille francs

» de rente perpétuelle trois pour cent, à prendre dans ma
» succession, par préférence à tous mes héritiers.

» Fait et écrit en entier de ma main, à Nemours, le onze
» janvier mil huit cent trente et un.

» DENIS MINORET. »

Sans hésiter, le maître de poste, qui pour être bien seul
s'était enfermé dans la chambre de sa femme, y chercha
le briquet phosphorique et reçut deux avis du ciel par l'extinction de deux allumettes qui successivement ne voulurent pas s'allumer. La troisième prit feu. Il brûla dans la
cheminée et la lettre et le testament. Par une précaution
superflue, il enterra les vestiges du papier et de la cire
dans les cendres. Puis, affriolé par l'idée de posséder trente-
six mille francs de rente à l'insu de sa femme, il revint au
pas de course chez son oncle, aiguillonné par la seule idée,
idée simple et nette, qui pouvait traverser sa lourde tête.
En voyant la maison de son oncle envahie par les trois
familles enfin maîtresses de la place, il trembla de ne pouvoir accomplir un projet sur lequel il ne se donnait pas le
temps de réfléchir en ne pensant qu'aux obstacles.

— Que faites-vous donc là? dit-il à Massin et à Crémière.
Croyez-vous que nous allons laisser la maison et les valeurs au pillage? Nous sommes trois héritiers, nous ne
pouvons pas camper là! Vous, Crémière, courez donc chez
Dionis et dites-lui de venir constater le décès. Je ne puis
pas, quoique adjoint, dresser l'acte mortuaire de mon oncle..... Vous, Massin, allez prier le père Bongrand d'apposer les scellés. Et vous, tenez donc compagnie à Ursule,
mesdames, dit-il à ses femmes, à mesdames Massin et Crémière. Ainsi rien ne se perdra. Surtout fermez la grille,
que personne ne sorte!

Les femmes, qui sentirent la justesse de cette observation, coururent dans la chambre d'Ursule et trouvèrent
cette noble créature, déjà si cruellement soupçonnée, agenouillée et priant Dieu, le visage couvert de larmes. Minoret, devinant que les trois héritières ne resteraient pas
longtemps avec Ursule, et craignant la défiance de ses cohéritiers, alla dans la bibliothèque, y vit le volume, l'ouvrit, prit les trois inscriptions, et trouva dans l'autre une
trentaine de billets de banque. En dépit de sa nature brutale, le colosse crut entendre un carillon à chacune de ses
oreilles, le sang lui sifflait aux tempes en accomplissant ce
vol. Malgré la rigueur de la saison, il eut sa chemise
mouillée dans le dos. Enfin ses jambes flageolaient au point
qu'il tomba sur un fauteuil du salon comme s'il eût reçu
quelque coup de massue à la tête.

— Ah! comme une succession délie la langue au grand
Minoret, avait dit Massin en courant par la ville. L'avez-
vous entendu? disait-il à Crémière. Allez ici! allez là!
Comme il connaît la manœuvre.

— Oui, pour une grosse bête, il avait un certain air...

— Tenez, dit Massin alarmé, sa femme, c'est, ils sont
trop de deux! Faites les commissions, j'y retourne.

Au moment où le maître de poste s'asseyait, il aperçut
donc à la grille la figure allumée du greffier qui revenait
avec une célérité de fouine à la maison mortuaire.

— Eh bien! qu'y a-t-il? demanda le maître de poste en
allant ouvrir à son cohéritier.

— Rien, je reviens pour les scellés, lui répondit Massin
en lui lançant un regard de chat sauvage.

— Je voudrais qu'ils fussent déjà posés, et nous pourrions tous revenir chacun chez nous, répondit Minoret.

— Ma foi! nous mettrons un gardien des scellés, répondit le greffier. La Bougival est capable de tout dans l'intérêt de la mijaurée. Nous y placerons Goupil.

— Lui! dit le maître de poste, il prendrait la grenouille
et nous n'y verrions que du feu.

— Voyons, reprit Massin. Ce soir on veillera le mort, et
nous aurons fini d'apposer les scellés dans une heure; ainsi
nos femmes les garderont elles-mêmes. Nous aurons demain, à midi, l'enterrement. L'on ne peut procéder à l'inventaire que dans huit jours,

— Mais, dit le colosse en souriant, faisons déguerpir
cette mijaurée, et nous commettrons le tambour de la mairie à la garde des scellés et de la maison.

— Bien! s'écria le greffier. Chargez-vous de cette expédition, vous êtes le chef des Minoret.

— Mesdames, mesdames, dit Minoret, veuillez rester
toutes au salon; il ne s'agit pas d'aller dîner, mais de procéder à l'apposition des scellés pour la conservation de
tous les intérêts.

Puis il prit sa femme à part pour lui communiquer les
idées de Massin relativement à Ursule. Aussitôt les femmes,
dont le cœur était rempli de vengeance et qui souhaitaient
prendre une revanche sur la mijaurée, accueillirent avec
enthousiasme le projet de la chasser. Bongrand parut et
fut indigné de la proposition que Zélie et madame Massin
lui firent, en qualité d'ami du défunt, de prier Ursule de
quitter la maison.

— Allez vous-mêmes la chasser de chez son père, de
chez son parrain, de chez son oncle, de chez son bienfaiteur, de chez son tuteur! Allez-y, vous qui ne devez cette
succession qu'à la noblesse de son âme; prenez-la par les
épaules et jetez-la dans la rue, à la face de toute la ville!
Vous la croyez capable de vous voler? Eh bien! constituez
un gardien des scellés, vous serez dans votre droit. Sachez
d'abord que je n'apposerai pas les scellés sur sa chambre;
elle y est chez elle, tout ce qui s'y trouve est sa propriété;
je vais l'instruire de ses droits, et lui dire d'y rassembler
tout ce qui lui appartient..... Oh! en votre présence, ajouta-t-il en entendant un grognement d'héritiers.

— Hein? dit le percepteur au maître de poste et aux
femmes stupéfaits de la colérique allocution de Bongrand.

— En voilà un de magistrat! s'écria le maître de poste.

Assise sur une petite causeuse, à demi évanouie, la tête
renversée, ses nattes défaites, Ursule laissait échapper un
sanglot de temps en temps. Ses yeux étaient troubles, elle
avait les paupières enflées, enfin elle se trouvait en proie
à une prostration morale et physique qui eût attendri les
êtres les plus féroces, excepté des héritiers.

— Ah! monsieur Bongrand, après ma fête la mort et le
deuil, dit-elle avec cette poésie naturelle aux belles âmes.
vous savez, vous, ce qu'il était: en vingt ans, pas une parole d'impatience envers moi! Il qu'il vivrait cent ans!
Il a été ma mère, cria-t-elle, et une bonne mère!

Ce peu d'idées exprimées attira deux torrens de larmes
entrecoupées de sanglots, puis elle retomba comme en
masse.

— Mon enfant, reprit le juge de paix en entendant les
héritiers dans l'escalier, vous avez toute la vie pour le
pleurer, et vous n'avez qu'un instant pour vos affaires:
réunissez dans votre chambre tout ce qui dans la maison
est à vous. Les héritiers me forcent à mettre les scellés.....

— Ah! ses héritiers peuvent bien tout prendre, s'écria
Ursule en se dressant dans un accès d'indignation sauvage.
J'ai là tout ce qu'il y a de précieux, dit-elle en se frappant
la poitrine.

— Et quoi? demanda le maître de poste qui de même
que Massin montra sa terrible face.

— Le souvenir de ses vertus, de sa vie, de toutes ses paroles, une image de son âme céleste, dit-elle les yeux et le
visage étincelans en levant une main par un superbe mouvement.

— Et vous y avez aussi une clef! s'écria Massin en se
coulant comme un chat et allant saisir une clef qui tomba
chassée des plis du corsage par le mouvement d'Ursule.

— C'est, dit-elle en rougissant, la clef de son cabinet, il
m'y envoyait au moment d'expirer.

Après un échange d'affreux sourires, les deux héritiers regardèrent le juge de paix en exprimant un flétrissant soupçon. Ursule, qui surprit et devina ce regard calculé chez le maître de poste, involontaire chez Massin, se
dressa sur ses pieds, devint pâle comme si son sang la
quittait; ses yeux lancèrent cette foudre qui peut-être ne
jaillit qu'aux dépens de la vie, et, d'une voix étranglée:

— Ah! monsieur Bongrand, dit-elle, tout ce qui est dans

cette chambre me vient des bontés de mon parrain, on peut tout me prendre, je n'ai sur moi que mes vêtemens, je vais sortir et n'y rentrerai plus.

Elle alla dans la chambre de son tuteur, d'où nulle supplication ne put l'arracher, car les héritiers eurent un peu honte de leur conduite. Elle dit à la Bougival de lui retenir deux chambres à l'auberge de la Vieille-Poste, jusqu'à ce qu'elle eût trouvé quelque logement en ville où elles pussent vivre toutes les deux. Elle rentra chez elle pour y chercher ses livres de prières, et resta presque toute la nuit avec le curé, le vicaire et Savinien, à prier et à pleurer. Le gentilhomme vint après le coucher de sa mère, et s'agenouilla sans mot dire auprès d'Ursule, qui lui jeta le plus triste sourire en le remerciant d'être fidèlement venu prendre une part de ses douleurs.

— Mon enfant, dit monsieur Bongrand en apportant à Ursule un paquet volumineux, une des héritières de votre oncle a pris dans votre commode tout ce qui vous était nécessaire, car on ne lèvera les scellés que dans quelques jours, et vous recouvrerez alors ce qui vous appartient. Dans votre intérêt, j'ai mis les scellés à votre chambre.

— Merci, monsieur, répondit-elle en allant à lui et lui serrant la main. Voyez-le donc encore une fois : ne dirait-on pas qu'il dort?

Le vieillard offrait en ce moment cette fleur de beauté passagère qui se pose sur la figure des morts expirés sans douleurs, il semblait rayonner.

— Ne vous a-t-il rien remis en secret avant de mourir? dit le juge de paix à l'oreille d'Ursule.

— Rien, dit-elle ; il m'a seulement parlé d'une lettre.....

— Bon ! elle se trouvera, reprit Bongrand. Il est alors très heureux pour vous qu'ils aient voulu les scellés.

Au petit jour, Ursule fit ses adieux à cette maison où son heureuse enfance s'était écoulée, surtout à cette modeste chambre où son amour avait commencé, et qui lui était si chère, qu'au milieu de son noir chagrin elle eut des larmes de regret pour cette paisible et douce demeure. Après avoir une dernière fois contemplé tour à tour ses fenêtres et Savinien, elle sortit pour se rendre à l'auberge, accompagnée de la Bougival qui portait son paquet, du juge de paix qui lui donnait le bras, et de Savinien, son doux protecteur. Ainsi, malgré les plus sages précautions, le défiant jurisconsulte se trouvait avoir raison : il allait voir Ursule sans fortune et aux prises avec les héritiers.

Le lendemain soir, toute la ville était aux obsèques du docteur Minoret. Quand on y apprit la conduite des héritiers envers sa fille d'adoption, l'immense majorité la trouva naturelle et nécessaire : il s'agissait d'une succession, le bonhomme était *cachotier*, Ursule pouvait se croire des droits, les héritiers défendaient leur bien, et d'ailleurs elle les avait assez humiliés pendant la vie de leur oncle, ils les recevait comme des chiens dans un jeu de quilles. Désiré Minoret, qui ne faisait pas merveille dans sa place, disaient les envieux du maître de poste, arriva pour le service. Hors d'état d'assister au convoi, Ursule était au lit, en proie à une fièvre nerveuse, autant causée par l'insulte que les héritiers lui avaient faite que par sa profonde affliction.

— Voyez donc cet hypocrite qui pleure! disaient quelques-uns des héritiers en se montrant Savinien, vivement affligé de la mort du docteur.

— La question est de savoir s'il a raison de pleurer, répondit Goupil. Ne vous pressez pas de rire : les scellés ne sont pas levés.

— Bah ! dit Minoret, qui savait à quoi s'en tenir, vous nous avez toujours effrayés pour rien.

Au moment où le convoi partit de l'église pour se rendre au cimetière, Goupil eut un amer déboire : il voulut prendre le bras de Désiré ; mais, en le lui refusant, le substitut renia son camarade en présence de tout Nemours.

— Ne nous fâchons point, je ne pourrais plus me venger, pensa le maître-clerc, dont le cœur sec se gonfla comme une éponge dans sa poitrine.

Avant de lever les scellés et de procéder à l'inventaire, il fallut le temps au procureur du roi, tuteur légal des orphelins, de commettre Bongrand pour le représenter. La succession Minoret, de laquelle on parla pendant dix jours, s'ouvrit alors, et fut constatée avec la rigueur des formalités judiciaires. Dionis y trouvait son compte; Goupil aimait assez à faire le mal ; et comme l'affaire était bonne, les vacations se multiplièrent. On déjeunait presque toujours après la première vacation. Notaire, clercs, héritiers et témoins, buvaient les vins les plus précieux de la cave.

En province, et surtout dans les petites villes, où chacun possède sa maison, il est assez difficile de se loger. Aussi, quand on y achète un établissement quelconque, la maison fait-elle presque toujours partie de la vente. Le juge de paix, à qui le procureur du roi recommanda les intérêts de l'orpheline, ne vit d'autre moyen, pour la retirer de l'auberge, que de lui faire acquérir dans la Grand'-Rue, à l'encoignure du pont sur le Loing, une petite maison à porte bâtarde ouvrant sur un corridor et n'ayant au rez-de-chaussée qu'une salle à deux croisées sur la rue, et derrière laquelle il y avait une cuisine dont la porte-fenêtre donnait sur une cour intérieure d'environ trente pieds carrés. Un petit escalier, éclairé sur la rivière par des jours de souffrance, menait au premier étage, composé de trois chambres, et au-dessus duquel se trouvaient deux mansardes. Le juge de paix prit à la Bougival deux mille francs d'économies pour payer la première portion du prix de cette maison, qui valait six mille francs, et il obtint des termes pour le surplus. Pour pouvoir placer les livres qu'Ursule voulait racheter, Bongrand fit détruire la cloison intérieure de deux pièces au premier étage, après avoir observé que la profondeur de la maison répondait à la longueur du corps de bibliothèque. Savinien et le juge de paix pressèrent si bien les ouvriers qui nettoyaient cette maisonnette, la peignaient et y mettaient tout à neuf, que, vers la fin du mois de mars, l'orpheline put quitter son auberge, et retrouva dans cette laide maison une chambre pareille à celle d'où les héritiers l'avaient chassée, car elle fut meublée de ses meubles repris par le juge de paix à la levée des scellés. La Bougival, logée au-dessus, pouvait descendre à l'appel d'une sonnette placée au chevet du lit de sa jeune maîtresse. La pièce destinée à la bibliothèque, la salle du rez-de-chaussée et la cuisine encore vides, mises en couleur seulement, tendues de papiers frais et repeintes, attendaient les acquisitions que la filleule ferait à la vente du mobilier de son parrain. Quoique le caractère d'Ursule leur fût connu, le juge de paix et le curé craignirent pour elle ce passage si subit à une vie dénuée des recherches et du luxe auxquels le défunt docteur avait voulu l'habituer. Quant à Savinien, il en pleurait. Aussi avait-il donné secrètement aux ouvriers et au tapissier plus d'une soulte afin qu'Ursule ne trouvât aucune différence, à l'intérieur du moins, entre l'ancienne et la nouvelle chambre. Mais la jeune fille, qui puisait tout son bonheur dans les yeux de Savinien, montra la plus douce résignation. En cette circonstance, elle charma ses deux vieux amis et leur prouva, pour la millième fois, que les peines du cœur pouvaient seules la faire souffrir. La douleur que lui causait la perte de son parrain était trop profonde pour qu'elle sentît l'amertume de ce changement de fortune, qui cependant apportait de nouveaux obstacles à son mariage. La tristesse de Savinien, en la voyant si réduite, lui fit tant de mal, qu'elle fut obligée de lui dire à l'oreille en sortant de la messe, le matin de son entrée dans sa nouvelle maison :

— L'amour ne va pas sans la patience, nous attendrons!

Dès que l'intitulé de l'inventaire fut dressé, Massin, conseillé par Goupil, qui se tourna vers lui par haine secrète contre Minoret, en espérant mieux du calcul de cet usurier que de la prudence de Zélie, fit mettre en demeure madame et monsieur de Portenduère, dont le remboursement était échu. La vieille dame fut étourdie par une sommation de payer cent vingt-neuf mille cinq cent dix-sept francs cinquante-cinq centimes aux héritiers dans les vingt-quatre heures, et les intérêts à compter du jour de la demande, à peine de saisie immobilière. Emprunter pour payer était une chose impossible. Savinien alla consulter un avoué à Fontainebleau.

— Vous avez affaire à de mauvaises gens, qui ne transigeront point ; ils veulent poursuivre à outrance pour avoir la ferme des Bordières, lui dit l'avoué. Le mieux serait de laisser convertir la vente en vente volontaire, afin d'éviter les frais.

Cette triste nouvelle abattit la vieille Bretonne, à qui son fils fit observer doucement que si elle avait voulu consentir à son mariage du vivant de Minoret, le docteur aurait donné ses biens au mari d'Ursule. Aujourd'hui, leur maison serait dans l'opulence au lieu d'être dans la misère. Quoique dite sans reproche, cette argumentation tua la vieille dame tout autant que l'idée d'une prochaine et violente dépossession. En apprenant ce désastre, Ursule, à peine remise de la fièvre et du coup que les héritiers lui avaient porté, resta stupide d'accablement. Aimer et se trouver impuissante à secourir celui qu'on aime est une des plus effroyables souffrances qui puissent ravager l'âme des femmes nobles et délicates.

— Je voulais acheter la maison de mon oncle ; j'achèterai celle de votre mère, lui dit-elle.

— Est-ce possible ? dit Savinien. Vous êtes mineure et ne pouvez vendre votre inscription de rente sans les formalités auxquelles le procureur du roi ne se prêterait point. Nous n'essaierons d'ailleurs pas de résister. Toute la ville voit avec plaisir la déconfiture d'une maison noble. Ces bourgeois sont comme les chiens à la curée. Il me reste heureusement dix mille francs avec lesquels je pourrai faire vivre ma mère jusqu'à la fin de ces déplorables affaires. Enfin, l'inventaire de votre parrain n'est pas encore terminé ; monsieur Bongrand espère encore trouver quelque chose pour vous. Il est aussi étonné que moi de vous savoir sans aucune fortune. Le docteur s'est si souvent expliqué, soit avec lui, soit avec moi, sur le bel avenir qu'il vous avait arrangé, que nous ne comprenons rien à ce dénoûment.

— Bah ! dit-elle, pourvu que je puisse acheter la bibliothèque et les meubles de mon oncle, pour éviter qu'ils ne se dispersent ou n'aillent en des mains étrangères, je suis contente que mon sort.

— Mais qui sait le prix que mettront ces infâmes héritiers à ce que vous voudrez avoir ?

On ne parlait, de Montargis à Fontainebleau, que des héritiers Minoret du million qu'ils cherchaient ; mais les plus minutieuses recherches, faites dans la maison depuis la levée des scellés, n'amenaient aucune découverte. Les cent vingt-neuf mille francs de la créance Portenduère, les quinze mille francs de rente dans le trois pour cent, alors à soixante-seize, et qui donnaient un capital de trois cent quatre-vingt mille francs, la maison estimée quarante mille francs, et son riche mobilier, produisaient un total d'environ six cent mille francs, qui semblaient à tout le monde une assez jolie fiche de consolation. Minoret eut alors quelques inquiétudes mordantes. La Bougival et Savinien, qui persistaient à croire, aussi bien que le juge de paix, à l'existence de quelque testament, arrivaient à la fin de chaque vacation et venaient demander à Bongrand le résultat des perquisitions. L'ami du vieillard s'écriait quelquefois, au moment où les gens d'affaires et les héritiers sortaient :

— Je n'y comprends rien ! Comme, pour beaucoup de gens superficiels, deux cent mille francs constituaient à chaque héritier une belle fortune de province, personne ne s'avisa de rechercher comment le docteur avait pu mener son train de maison avec quinze mille francs seulement, puisqu'il laissait intacts les intérêts de la créance Portenduère. Bongrand, Savinien et le curé, se posaient seuls cette question dans l'intérêt d'Ursule, et firent, en l'exprimant, plus d'une fois pâlir le maître de poste.

— Ils ont pourtant bien tout fouillé, eux, pour trouver de l'argent, moi pour trouver un testament qui devait être en faveur de monsieur Portenduère, dit le juge de paix le jour où l'inventaire fut clos. On a éparpillé les cendres, soulevé les marbres, tâté des pantoufles, percé les bois de lit, vidé les matelas, piqué les couvertures, les couvre-pieds, retourné son édredon, visité les papiers pièce à pièce, les tiroirs, bouleversé le sol de la cave, et je les poussais à ces dévastations !

— Que pensez-vous ? disait le curé.

— Le testament a été supprimé par un héritier.

— Et les valeurs ?

— Courez donc après ! Devinez donc quelque chose à la conduite des gens aussi sournois, aussi rusés, aussi avares, que les Massin, que les Crémière ? Voyez donc clair dans une fortune comme celle de Minoret qui touche deux cent mille francs de la succession, qui va, dit-on, vendre son brevet, sa maison et ses messageries, trois cent cinquante mille francs ?... Quelles sommes ! sans compter les économies de ses trente et quelques mille livres de rente en fonds de terre. Pauvre docteur !

— Le testament aura peut-être été caché dans la bibliothèque, dit Savinien.

— Aussi, ne détourné-je pas la petite de l'acheter ! Sans cela, ne serait-ce pas une folie que de lui laisser mettre son seul argent comptant à des livres qu'elle n'ouvrira jamais ?

La ville entière croyait la filleule du docteur nantie des capitaux introuvables ; mais quand on sut positivement que ses quatorze cents francs de rente et ses reprises constituaient toute sa fortune, la maison du docteur et son mobilier excitèrent alors une curiosité générale. Les uns pensèrent qu'il se trouverait des sommes en billets de banque cachées dans les meubles ; les autres, que le vieillard en avait fourré dans ses livres. Aussi la vente offrit-elle le spectacle des étranges précautions prises par les héritiers. Dionis, faisant les fonctions d'huissier priseur, déclarait à chaque objet crié que les héritiers n'entendaient vendre que le meuble et non ce qu'il pourrait contenir de valeurs ; puis, avant de le livrer, tous ils le soumettaient à des investigations crochues, le faisaient sonner et sonder ; enfin, ils le suivaient des mêmes regards qu'un père jette à son fils unique en le voyant partir pour les Indes.

— Ah ! mademoiselle, dit la Bougival consternée en revenant de la première vacation, je n'irai plus. Et monsieur Bongrand a raison, vous ne pourriez pas soutenir un pareil spectacle. Tout est par places. On va et on vient partout comme dans la rue, les plus beaux meubles servent à tout, ils montent dessus, et c'est tout un fouillis où une poule ne retrouverait pas ses poussins ! On se croirait à un incendie. Les affaires sont dans la cour, les armoires sont ouvertes, rien dedans ! Oh ! le pauvre cher homme, il a bien fait de mourir, ça vente l'aurait tué.

Bongrand, qui rachetait pour Ursule les meubles affectionnés par le défunt et de nature à parer la petite maison, ne parut point à la vente de la bibliothèque. Plus fin que les héritiers, dont l'avidité pouvait lui faire payer les livres trop cher, il avait donné commission à un fripier bouquiniste de Melun, venu exprès à Nemours, et qui déjà s'était fait adjuger plusieurs lots. Par suite de la défiance des héritiers, la bibliothèque se vendit ouvrage par ouvrage. Trois mille volumes furent examinés, fouillés un à un, tenus par les deux côtés de la couverture relevée, et agités pour en faire sortir des papiers qui pouvaient y être cachés ; enfin leurs couvertures furent interrogées, et les gardes examinées. Le total des adjudications s'éleva, pour Ursule, à six mille cinq cents francs environ, la moitié de ses répétitions contre la succession. Le corps de la bibliothèque ne fut livré qu'après avoir été soigneusement examiné par un ébéniste célèbre pour les secrets, mandé de Paris. Lorsque le juge de paix donna l'ordre de transporter le corps de bibliothèque et les livres chez mademoiselle Mirouët, il y eut chez les héritiers des craintes vagues, qui plus tard furent dissipées quand on la vit tout aussi pauvre qu'auparavant. Minoret acheta la maison de son oncle, que ses cohéritiers poussèrent jusqu'à cinquante mille francs, en imaginant que le maître de poste espérait trouver un trésor dans les murs. Aussi le cahier des charges contenait-il des réserves à ce sujet. Quinze jours après la liquidation de la succession, Minoret, qui vendit son relais et ses établissemens au fils d'un riche fermier, s'installa dans la maison de son oncle, où il dépensa des sommes considérables en ameublemens èt en restaurations. Ainsi Minoret se condamnait lui-même à vivre à quelques pas d'Ursule.

— J'espère, avait-il dit chez Dionis le jour où la mise en demeure fu signifiée à Ursule et à sa mère, que nous serons débarrassés de ces noblhaux-là! Nous chasserons les autres après.

— La vieille aux quatorze quartiers, lui répondit Goupil, ne voudra pas être témoin de son désastre; elle ira mourir en Bretagne, où elle trouvera sans doute une femme pour son fils.

— Je ne le crois pas, répondit le notaire, qui le matin avait rédigé le contrat de l'acquisition faite par Bongrand. Ursule vient d'acheter la maison de la veuve Ricard.

— Cette maudite pécore ne sait quoi s'inventer pour nous ennuyer, s'écria très imprudemment le maître de poste.

— Et qu'est-ce que cela vous fait qu'elle demeure à Nemours? demanda Goupil surpris par le mouvement de contrariété qui échappait au colosse imbécile.

— Vous ne savez pas, répondit Minoret en devenant rouge comme un coquelicot, que mon fils a la bêtise d'être amoureux d'elle. Aussi donnerais-je bien cent écus pour qu'Ursule quittât Nemours.

Sur ce premier mouvement, chacun comprend combien Ursule, pauvre et résignée, allait gêner le riche Minoret. Les tracas d'une succession à liquider, la vente de ses établissemens, et les courses nécessitées par des affaires insolites, ses débats avec sa femme à propos des plus légers détails et de l'acquisition de la maison du docteur, où Zélie voulut vivre bourgeoisement dans l'intérêt de son fils; cet hourvari qui contrastait avec la tranquillité de sa vie ordinaire, empêcha le grand Minoret de songer à sa victime. Mais quelques jours après son installation chez les Bourgeois, vers le milieu du mois de mai, au retour d'une promenade, il entendit la voix du piano, vit la Bougival assise à la fenêtre comme un dragon gardant un trésor, et entendit soudain en lui-même une voix importune.

Expliquer pourquoi, chez un homme de la trempe de l'ancien maître de poste, la vue d'Ursule, qui ne soupçonnait même pas le vol commis à son préjudice, devint aussitôt insupportable; comment le spectacle de cette grandeur dans l'infortune lui inspira le désir de renvoyer de la ville cette jeune fille; et comment ce désir prit les caractères de la haine et de la passion, ce serait peut-être faire tout un traité de morale. Peut-être ne se croyait-il pas le légitime possesseur des trente-six mille livres de rente, tant que celle à qui elles appartenaient serait à deux pas de lui? Peut-être croyait-il vaguement à un hasard qui ferait découvrir son vol, tant que ceux qui l'avaient dépouillés seraient là. Peut-être, chez cette nature en quelque sorte primitive, presque grossière, et qui jusqu'alors n'avait rien fait que de légal, la présence d'Ursule éveillait-elle des remords? Peut-être ces remords le poignaient-ils d'autant plus qu'il avait plus de bien légitimement acquis? il attribua sans doute ces mouvemens de sa conscience à la seule présence d'Ursule, en imaginant que, la jeune fille disparue, ses troubles gênans disparaîtraient aussi. Enfin peut-être le crime a-t-il sa doctrine de perfection? Un commencement de mal veut sa fin, une première blessure appelle le coup qui tue. Peut-être le vol conduit-il fatalement à l'assassinat? Minoret avait commis la spoliation sans la moindre réflexion, tant les faits s'étaient succédé rapidement : la réflexion vint après. Si, vous avez bien saisi la physionomie et l'encolure de cet homme, vous comprendrez le prodigieux effet qu'y devait produire une pensée. Le remords est plus qu'une pensée, il provient d'un sentiment qui ne se cache pas plus que l'amour, et qui a sa tyrannie.

Mais de même que Minoret n'avait pas fait la moindre réflexion en s'emparant de la fortune destinée à Ursule, de même il voulut machinalement la chasser de Nemours quand il se sentit blessé par le spectacle de cette innocence trompée. En sa qualité d'imbécile, il ne songea point aux conséquences, il alla de péril en péril, poussé par son instinct cupide, comme un animal fauve qui ne prévoit aucune ruse du chasseur, et qui compte sur sa vélocité, sur sa force. Bientôt les riches bourgeois qui se réunissaient chez le notaire Dionis remarquèrent un changement dans les manières, dans l'attitude de cet homme jadis sans soucis.

— Je ne sais pas ce qu'a Minoret, il est *tout chose*! disait sa femme à laquelle il avait résolu de cacher son hardi coup de main.

Tout le monde expliqua l'ennui de Minoret, car la pensée sur cette figure ressemblait à de l'ennui, par la cessation absolue de toute occupation, par le passage subit de la vie active à la vie bourgeoise. Pendant que Minoret songeait à briser la vie d'Ursule, la Bougival ne passait pas une journée sans faire à sa fille de lait quelque allusion à la fortune qu'elle aurait dû avoir, ou sans comparer son misérable sort à celui que feu monsieur lui réservait et dont il lui avait parlé, à elle, la Bougival.

— Enfin, disait-elle, ce n'est pas par intérêt ce que j'en dis, mais est-ce que feu monsieur, bon comme il était, ne m'aurait pas laissé quelque petite chose...

— Ne suis-je pas là, répondit Ursule en défendant à la Bougival de lui dire un mot à ce sujet.

Elle ne voulut pas salir par des pensées d'intérêt les affectueux, tristes et doux souvenirs qui accompagnaient la noble figure du vieux docteur, dont une esquisse au crayon noir et blanc, faite par son maître de dessin, ornait sa petite salle. Pour sa neuve et belle imagination, l'aspect de ce croquis lui suffisait pour toujours revoir son parrain à qui elle pensait sans cesse, surtout entourée des objets qu'il affectionnait : sa grande bergère à la duchesse, les meubles de son cabinet, et son trictrac, ainsi que le piano donné par lui. Les deux vieux amis qui lui restaient, l'abbé Chaperon et monsieur Bongrand, les seules personnes qu'elle voulût recevoir, étaient, au milieu de ces choses presque animées par ses regrets, comme deux vivans souvenirs de sa vie passée à laquelle elle rattache par l'amour que son parrain avait béni. Bientôt la mélancolie de ses pensées insensiblement adoucie teignit en quelque sorte ses heures, et relia toutes ces choses par une indéfinissable harmonie : ce fut une exquise propreté, la plus exacte symétrie dans la disposition des meubles, quelques fleurs données chaque jour par Savinien, des riens élégans, une paix que les habitudes de la jeune fille communiquaient aux choses et qui rendit son chez soi aimable. Après le déjeuner et après la messe, elle continuait à étudier et à chanter; puis elle brodait, assise à sa fenêtre sur la rue. A quatre heures, Savinien, au retour d'une promenade qu'il faisait par tous les temps, trouvait la fenêtre entr'ouverte, et s'asseyait sur le bord extérieur de la fenêtre pour causer une demi-heure avec elle. Le soir, le curé, le juge de paix la venaient voir, mais elle ne voulut jamais que Savinien les accompagnât. Elle n'accepta point la proposition de madame de Portenduère que son fils avait amenée à prendre Ursule chez elle. La jeune personne et la Bougival vécurent d'ailleurs avec la plus sordide économie : elles ne dépensaient pas, tout compris, plus de soixante francs par mois. La vieille nourrice était infatigable : elle savonnait et repassait, elle ne faisait la cuisine que deux fois par semaine, elle gardait les viandes cuites, que la maîtresse et la servante mangeaient froides; car Ursule voulait économiser sept cents francs par an pour payer le reste du prix de sa maison. Cette sévérité de conduite, cette modestie, et sa résignation à une vie pauvre et dénuée après avoir joui d'une existence de luxe où ses moindres caprices étaient adorés, eut du succès auprès de quelques personnes. Ursule gagna d'être respectée et de n'encourir aucun propos. Une fois satisfaits, les héritiers lui rendirent d'ailleurs justice. Savinien admirait cette force de caractère chez une si jeune fille. De temps en temps, au sortir de la messe, madame de Portenduère adressa quelques paroles bienveillantes à Ursule, elle l'invita deux fois à dîner et la vint chercher elle-même. Si ce n'était pas encore le bonheur, du moins ce fut la tranquillité. Mais un succès où le juge de paix montra sa vieille science d'avoué, fit éclater la persécution encore sourde et à l'état de vœu que Minoret méditait contre Ursule. Dès que toutes les affaires de la succession furent finies, le juge de paix, supplié par Ursule, prit en main la cause des Portenduère et promit de les tirer d'embarras; mais en allant chez la vieille dame, dont la résistance au bonheur d'Ursule le rendait furieux, il ne lui laissa point ignorer qu'il se vouait à ses intérêts uniquement pour plaire à mademoiselle Mirouët. Il choisit l'un de ses anciens clercs pour avoué des Portenduère à Fontainebleau, et dirigea lui-même la demande en nullité de la procédure. Il voulait profiter de l'intervalle qui s'écoulerait entre l'annulation de la poursuite et la nouvelle instance de Massin, pour renouveler le bail de la ferme à six mille francs, tirer des fermiers un pot-de-vin et le payement anticipé de la dernière année. Dès lors la partie de whist se réorganisa chez madame de Portenduère, entre lui, le curé, Savinien et Ursule, que Bongrand et l'abbé Chaperon allaient prendre et ramenaient tous les soirs. En juin, Bongrand fit prononcer la nullité de la procédure suivie par Massin contre les Portenduère. Aussitôt il signa un nouveau bail, obtint trente-deux mille francs du fermier, et un fermage de six mille francs pour dix-huit ans; puis le soir, avant que ces opérations ne s'ébruitassent, il alla chez Zélie, qu'il savait assez embarrassée de placer ses fonds, et lui proposa l'acquisition des Bordières pour deux cent vingt mille francs.

— Je ferais immédiatement affaire, dit Minoret, si je savais que les Portenduère allassent vivre ailleurs qu'à Nemours.

— Mais, répondit le juge de paix, pourquoi ?

Nous voulons nous passer de nobles à Nemours.

— Je crois avoir entendu dire à la vieille dame que, si ses affaires s'arrangeaient, elle ne pourrait plus guère vivre qu'en Bretagne avec ce qui lui resterait. Elle parle de vendre sa maison.

— Eh bien! trouvez-la moi, dit Minoret.

— Mais tu parles comme si tu étais le maître, dit Zélie. Que veux-tu faire de deux maisons?

— Si je ne termine pas ce soir avec vous pour les Bordières, reprit le juge de paix, notre bail sera connu, nous serons saisis de nouveau dans trois jours, et je manquerais ma liquidation, qui me tient au cœur. Aussi vais-je de ce pas à Melun, où des fermiers que j'y connais m'achèteront les Bordières les yeux fermés. Vous perdrez ainsi l'occasion de placer en terre à trois pour cent dans les terroirs du Rouvre.

— Eh bien! pourquoi venez-vous nous trouver? dit Zélie.

— Parce que vous avez l'argent, tandis que mes anciens cliens auront besoin de quelques jours pour me cracher cent vingt-neuf mille francs. Je ne veux pas de difficultés.

— Qu'elle quitte Nemours, et je vous les donne! dit encore Minoret.

— Vous comprenez que je ne puis pas engager la volonté des Portenduère, répondit Bongrand; mais je suis certain qu'ils ne resteront pas à Nemours.

Sur cette assurance, Minoret, à qui d'ailleurs Zélie poussa le coude, promit les fonds pour solder la dette des Portenduère envers la succession du docteur. Le contrat de vente fut alors passé chez Dionis, et l'heureux juge de paix y fit accepter les conditions du nouveau bail à Minoret qui s'aperçut un peu tard, ainsi que Zélie, de la perte de la dernière année payée à l'avance. Vers la fin de juin, Bongrand apporta le quitus de sa fortune à madame de Portenduère, cent vingt-neuf mille francs, en l'engageant à les placer sur l'État qui lui donnerait six

mille francs de rente dans le cinq pour cent en y joignant les dix mille francs de Savinien. Ainsi, loin de perdre sur ses revenus, la vieille dame gagnait deux mille francs de rente à sa liquidation. La famille de Portenduère demeura donc à Nemours. Minoret crut avoir été joué, comme si le juge de paix avait dû savoir que la présence d'Ursule lui était insupportable, et il en conçut un vif ressentiment qui accrut sa haine contre sa victime. Alors commença le drame secret, mais terrible en ses effets, de la lutte de deux sentiments, celui qui poussait Minoret à chasser Ursule de Nemours, et celui qui donnait à Ursule la force de supporter des persécutions dont la cause fut pendant un certain temps impénétrable : situation étrange et bizarre, vers laquelle tous les événemens antérieurs avaient marché, qu'ils avaient préparée, et à laquelle ils servent de préface.

Madame Minoret, à qui son mari fit cadeau d'une argenterie et d'un service de table complet d'environ vingt mille francs, donnait un superbe dîner tous les dimanches, le jour où son fils le substitut amenait quelques amis de Fontainebleau. Pour ces dîners somptueux, Zélie faisait venir quelques raretés de Paris, en obligeant ainsi le notaire Dionis à imiter son faste. Goupil, que les Minoret s'efforçaient de bannir de leur société comme une personne tarée qui tachait leur splendeur, ne fut invité que vers la fin du mois de juillet, un mois après l'inauguration de la vie bourgeoise menée par les anciens maîtres de poste. Le maître-clerc, déjà sensible à cet oubli calculé, fut obligé de dire vous à Désiré qui, depuis l'exercice de ses fonctions, avait pris un air grave et rogue jusque dans sa famille.

— Vous ne vous souvenez donc plus d'Esther, pour aimer ainsi mademoiselle Mirouët? dit Goupil au substitut.

— D'abord Esther est morte, monsieur. Puis je n'ai jamais pensé à Ursule, répondit le magistrat.

— Eh bien! que me disiez-vous donc, papa Minoret, s'écria très insolemment Goupil.

Minoret, pris en flagrant délit de mensonge par un homme si redoutable, eût perdu contenance sans le projet pour lequel il avait invité Goupil à dîner, en se souvenant de la proposition jadis faite par le maître-clerc d'empêcher le mariage d'Ursule et du jeune Portenduère. Pour toute réponse, il emmena brusquement le clerc au fond de son jardin.

— Vous avez bientôt vingt-huit ans, mon cher, lui dit-il, et je ne vous vois pas encore sur le chemin de la fortune. Je vous veux du bien, car enfin vous avez été le camarade de mon fils. Écoutez-moi? Si vous décidez la petite Mirouët, qui d'ailleurs possède quarante mille francs, à devenir votre femme, aussi vrai que je m'appelle Minoret, je vous donnerai les moyens d'acheter une charge de notaire à Orléans.

— Non, dit Goupil, je ne serais pas assez en vue; mais à Montargis...

— Non, reprit Minoret, mais à Sens...

— Va pour Sens! reprit le hideux premier-clerc. Il y a un archevêque, je ne hais pas un pays de dévotion : avec un peu d'hypocrisie on y fait mieux son chemin. D'ailleurs la petite est dévote, elle y réussira.

— Il est bien entendu, reprit Minoret, que je ne donne les cent mille francs qu'au mariage de notre parente, à qui je veux faire un sort par considération pour défunt mon oncle.

— Et pourquoi pas un peu pour moi? dit malicieusement Goupil en soupçonnant quelque secret dans la conduite de Minoret. N'est-ce pas à mes renseignemens que vous devez d'avoir pu réunir vingt-quatre mille francs de rente d'un seul tenant, sans enclaves, autour du château du Rouvre? Avec vos prairies et votre moulin qui sont de l'autre côté du Loing, vous y ajouteriez seize mille francs! Voyons, gros père, voulez-vous jouer avec moi franc jeu?

— Oui.

— Eh bien! afin de vous faire sentir mes crocs, je mijotais pour Massin l'acquisition du Rouvre, ses parcs, ses jardins, ses réserves et son bois.

— Avise-toi de cela? dit Zélie en intervenant.

— Eh bien ! dit Goupil en lui lançant un regard de vipère, si je veux, demain Massin aura tout cela pour deux cent mille francs.

— Laisse-nous, ma femme, dit alors le colosse en prenant Zélie par le bras et la renvoyant, je m'entends avec lui... Nous avons eu tant d'affaires, reprit Minoret en revenant à Goupil, que nous n'avons pu penser à vous ; mais je compte bien sur votre amitié pour nous avoir le Rouvre.

— Un ancien marquisat. dit malicieusement Goupil, et qui vaudrait bientôt entre vos mains cinquante mille livres de rente, plus de deux millions au prix où sont les biens.

— Et notre substitut épouserait alors la fille d'un maréchal de France, ou l'héritière d'une vieille famille qui le pousserait dans la magistrature à Paris, dit le maître de poste en ouvrant sa large tabatière et offrant une prise à Goupil.

— Eh bien ! jouons-nous franc jeu ? s'écria Goupil en se secouant les doigts.

Minoret serra les mains de Goupil en lui répondant :

— Parole d'honneur !

Comme tous les gens rusés, le maître-clerc crut, heureusement pour Minoret, que son mariage avec Ursule était un prétexte pour se raccommoder avec lui depuis qu'il leur opposait Massin.

— Ce n'est pas lui, se dit-il, qui a trouvé cette bourde, je reconnais ma Zélie, elle lui a dicté son rôle. Bah ! lâchons Massin. Avant trois ans je serai, moi, le député de Sens, pensa-t-il. En apercevant alors Bongrand qui allait faire son whist en face, il se précipita dans la rue.

— Vous vous intéressez beaucoup à Ursule Mirouët, mon cher monsieur Bongrand, lui dit-il ; vous ne pouvez pas être indifférent à son avenir. Voici le programme : elle épouserait un notaire dont l'Étude serait dans un chef-lieu d'arrondissement. Ce notaire, qui sera nécessairement député dans trois ans, lui reconnaîtrait cent mille francs de dot.

— Elle a mieux, dit sèchement Bongrand. Madame de Portenduère, depuis ses malheurs, ne va guère bien ; hier encore elle était horriblement changée, le chagrin la tue ; il reste à Savinien six mille francs de rente, Ursule a quarante mille francs, je leur ferai valoir leurs capitaux à la Massin, mais honnêtement, et dans dix ans ils auront une petite fortune.

— Savinien ferait une sottise, il peut épouser quand il voudra mademoiselle du Rouvre, une fille unique à qui son oncle et sa tante veulent laisser deux héritages superbes.

— Quand l'amour nous tient, adieu la prudence, a dit La Fontaine. Mais qui est-ce, votre notaire ? car après tout... reprit Bongrand par curiosité.

— Moi, répondit Goupil qui fit tressaillir le juge de paix.

— Vous ?... répondit Bongrand sans cacher son dégoût.

— Ah ! bien, votre serviteur, monsieur, répliqua Goupil en lançant un regard plein de fiel, de haine et de défi.

— Voulez-vous être la femme d'un notaire qui vous reconnaîtrait cent mille francs de dot ? s'écria Bongrand en entrant dans la petite salle et s'adressant à Ursule qui se trouvait assise auprès de madame de Portenduère.

Ursule et Savinien tressaillirent par un même mouvement, et se regardèrent : elle en souriant, lui sans oser se montrer inquiet.

— Je ne suis pas maîtresse de mes actions, répondit Ursule en tendant la main à Savinien sans que la vieille mère pût voir ce geste.

— Aussi ai-je refusé sans seulement vous consulter.

— Et pourquoi, dit madame de Portenduère ; il me semble, ma petite, que c'est un bel état que celui de notaire ?

— J'aime mieux ma douce misère, répondit-elle, car relativement à ce que je devais attendre de la vie, c'est pour moi l'opulence. Ma vieille nourrice m'épargne d'ailleurs bien des soucis, et je n'irai pas troquer le présent, qui me plaît, contre un avenir inconnu.

Le lendemain, la poste versa dans deux cœurs le poison de deux lettres anonymes : une à madame de Portenduère et l'autre à Ursule. Voici celle que reçut la vieille dame :

« Vous aimez votre fils, vous voulez l'établir comme
» l'exige le nom qu'il porte, et vous favorisez son caprice
» pour une petite ambitieuse sans fortune, en recevant
» chez vous une Ursule, la fille d'un musicien de régiment ;
» tandis que vous pourriez le marier avec mademoiselle
» du Rouvre, dont les deux oncles. messieurs le marquis
» de Ronquerolles et le chevalier du Rouvre, riches chacun
» de trente mille livres de rente, pour ne pas laisser
» leur fortune à ce vieux fou de monsieur du Rouvre qui
» mange tout, sont dans l'intention d'en avantager leur
» nièce au contrat. Madame de Sérizy, tante de Clémentine
» du Rouvre, qui vient de perdre son fils unique dans la
» campagne d'Alger, adoptera sans doute aussi sa nièce.
» Quelqu'un qui vous veut du bien croit savoir que Savinien
» nien serait accepté. »

Voici la lettre faite pour Ursule :

« Chère Ursule, il est dans Nemours un jeune homme
» qui vous idolâtre, il ne peut pas vous voir travaillant à
» votre fenêtre sans des émotions qui lui prouvent que son
» amour est pour la vie. Ce jeune homme est doué d'une
» volonté de fer et d'une persévérance que rien ne découragera
» rage : accueillez donc favorablement son amour, car il
» n'a que des intentions pures, et vous demande humblement
» ment votre main, dans le désir de vous rendre heureuse.
» Sa fortune, quoique déjà convenable, n'est rien comparée
» rée à celle qu'il vous fera quand vous serez sa femme.
» Vous serez un jour reçue à la cour comme la femme
» d'un ministre et l'une des premières du pays. Comme il
» vous voit tous les jours, sans que vous puissiez le voir,
» mettez sur votre fenêtre un des pots d'œillets de la Bougival,
» gival, vous lui aurez dit ainsi qu'il peut se présenter. »

Ursule brûla cette lettre sans en parler à Savinien. Deux jours après, elle reçut une autre lettre ainsi conçue :

« Vous avez eu tort, chère Ursule, de ne pas répondre à
» celui qui vous aime plus que sa vie. Vous croyez épouser
» Savinien, vous vous trompez étrangement. Ce mariage
» n'aura pas lieu. Madame de Portenduère, qui ne vous
» recevra plus chez elle, va ce matin au Rouvre, à pied,
» malgré l'état de souffrance où elle est, y demander pour
» Savinien la main de mademoiselle du Rouvre. Savinien
» finira par céder. Que peut-il objecter ? les oncles de la
» demoiselle assurent par le contrat leurs fortunes à leur
» nièce. Cette fortune consiste en soixante mille livres de
» rentes. »

Cette lettre ravagea le cœur d'Ursule en lui faisant connaître les tortures de la jalousie, une souffrance jusqu'alors inconnue qui, dans cette organisation si riche, si facile à la douleur, couvrit de deuil le présent, l'avenir, et même le passé. Depuis le moment où elle eut ce fatal papier, elle resta dans la bergère du docteur, le regard arrêté sur l'espace, et perdue dans un rêve douloureux. En un instant elle sentit le froid de la mort substitué aux ardeurs d'une belle vie. Hélas ! ce fut pis : ce fut en réalité l'atroce réveil des morts apprenant qu'il n'y a pas de Dieu, le chef-d'œuvre de cet étrange génie appelé Jean-Paul. Quatre fois la Bougival essaya de faire déjeuner Ursule, elle lui vit prendre et quitter son pain sans pouvoir le porter à ses lèvres. Quand elle voulait hasarder une remontrance, Ursule lui répondait par un geste de main et par un terrible mot :

— Chut ! aussi despotiquement que jusqu'alors sa parole avait été douce. La Bougival, qui surveillait sa maîtresse à travers le vitrage de la porte de communication, l'aperçut alternativement rouge comme si la fièvre la dévorait, et violette comme le frisson succédait à la fièvre. Cet état s'empira sur les quatre heures, alors que, de moment en moment, Ursule se leva pour regarder si Savinien venait, et que Savinien ne vint pas. La jalousie et le doute ôtent à l'amour toute sa pudeur. Ursule, qui jusqu'alors ne se serait pas permis un geste où l'on pût deviner sa passion, mit son chapeau, son petit châle, et s'élança dans son corridor pour aller au-devant de Savinien, mais un reste de pudeur la fit rentrer dans sa petite salle. Elle y pleura. Quand le curé se présenta le soir, la pauvre nourrice l'arrêta sur le seuil de la porte.

— Ah ! monsieur le curé, je ne sais pas ce qu'a mademoiselle ; elle...

— Je le sais, répondit tristement le prêtre en fermant ainsi la bouche à la nourrice effrayée.

L'abbé Chaperon apprit alors à Ursule ce qu'elle n'avait pas osé faire vérifier : madame de Portenduère était allée dîner au Rouvre.

— Et Savinien?

— Aussi.

Ursule eut un petit tressaillement nerveux qui fit frissonner l'abbé Chaperon comme s'il avait reçu la décharge d'une bouteille de Leyde, et il éprouva de plus une durable commotion au cœur.

— Ainsi nous n'irons pas ce soir chez elle, dit le curé ; mais, mon enfant, il sera sage à vous de n'y plus retourner. La vieille dame vous recevrait de manière à blesser votre fierté. Nous qui l'avions amenée à entendre parler de ce mariage, nous ignorons d'où souffle le vent par lequel elle a été changée en un moment.

— Je m'attends à tout, et rien ne peut plus m'étonner, dit Ursule d'un ton pénétré. Dans ces sortes d'extrémités, on éprouve une grande consolation à savoir que l'on n'a pas offensé Dieu.

— Soumettez-vous, ma chère fille, sans jamais sonder les voies de la Providence, dit le curé.

— Je ne voudrais pas soupçonner injustement le caractère de monsieur de Portenduère...

— Pourquoi ne dites-vous plus Savinien? demanda le curé qui remarqua quelque légère aigreur dans l'accent d'Ursule.

— De mon cher Savinien, reprit-elle en pleurant. Oui, mon bon ami, reprit-elle en sanglotant, une voix me crie encore qu'il est aussi noble de cœur que de race. Il ne m'a pas seulement avoué qu'il m'aimait uniquement, il me l'a prouvé par des délicatesses infinies, et en contenant avec héroïsme son ardente passion. Dernièrement, lorsqu'il a pris la main que je lui tendais, quand monsieur Bongrand me proposait ce notaire pour mari, je vous jure que je la lui donnais pour la première fois. S'il a débuté par une plaisanterie en m'envoyant un baiser à travers la rue, depuis, cette affection n'est jamais sortie, vous le savez, des limites les plus étroites. Que voulez-vous? je le dirc, à vous qui lisez dans mon âme, excepté dans ce coin dont la vue était réservée aux anges, eh bien ! ce sentiment est chez moi le principe de bien des mérites : il m'a fait supporter mes misères, m'a peut-être adouci l'amertume de la perte irréparable dont le deuil est plus dans mes vêtemens que dans mon âme ! Oh ! j'ai eu tort. Oui, l'amour était chez moi plus fort que ma reconnaissance envers mon parrain, et Dieu l'a vengé. Que voulez-vous? je respectais en moi la femme de Savinien ; j'étais trop fière, et peut-être est-ce cet orgueil que Dieu punit. Dieu seul, comme vous me l'avez dit, doit être le principe et la fin de nos actions.

Le curé fut attendri en voyant les larmes qui roulaient sur ce visage déjà pâli. Plus la sécurité de la pauvre fille avait été grande, plus elle tombait.

— Mais, dit-elle en continuant, revenue à ma condition d'orpheline, je saurai en reprendre les sentimens. Après tout, puis-je être une pierre au cou de celui que j'aime? Que fait-il ici? Qui suis-je pour prétendre à lui? Ne l'aimé-je pas d'ailleurs d'une amitié si divine qu'elle va jusqu'à l'entier sacrifice de mon bonheur, de mes espérances?... Et vous savez que je me suis souvent reproché d'asseoir mon amour sur un tombeau, de le savoir ajourné au lendemain de la mort de cette vieille dame. Si Savinien est riche et heureux par une autre, j'ai précisément assez pour payer ma dot ma dot où j'entrerai promptement. Il ne doit pas plus y avoir dans le cœur d'une femme deux amours qu'il n'y a deux maîtres dans le ciel. La vie religieuse aura des attraits pour moi.

(Extrait de la *Comédie humaine.*)

— Il ne pouvait pas laisser aller sa mère seule au Rouvre, dit doucement le bon prêtre.

— N'en parlons plus, mon bon monsieur Chaperon, je lui écrirai ce soir pour lui donner sa liberté. Je suis enchantée d'avoir à fermer les fenêtres de cette salle.

Et elle mit le vieillard au fait des lettres anonymes en lui disant qu'elle ne voulait pas autoriser les poursuites de son amant inconnu.

— Eh ! c'est une lettre anonyme adressée à madame de Portenduère qui l'a fait aller au Rouvre, s'écria le curé. Vous êtes sans doute persécutée par de méchantes gens.

— Et pourquoi? Ni Savinien ni moi, nous n'avons fait de mal à personne, et nous ne blessons plus aucun intérêt ici.

— Enfin, ma petite, nous profiterons de cette bourrasque, qui disperse notre société, pour ranger la bibliothèque de notre pauvre ami. Les livres restent en tas, Bongrand et moi nous les mettrons en ordre, en tendant à y faire des recherches. Placez votre confiance en Dieu ; mais songez aussi que vous avez dans le bon juge de paix et en moi deux amis dévoués.

— C'est beaucoup, dit-elle en reconduisant le curé jusque sur le seuil de son allée, en tendant le cou comme un oiseau qui regarde hors de son nid, espérant encore apercevoir Savinien.

En ce moment Minoret et Goupil, au retour de quelque promenade dans les prairies, s'arrêtèrent en passant, et l'héritier du docteur dit à Ursule : — Qu'avez-vous, ma cousine? car nous sommes toujours cousins, n'est-ce pas? vous paraissez changée.

Goupil jetait à Ursule des regards si ardens qu'elle en fut effrayée : elle rentra sans répondre.

— Elle est farouche, dit Minoret au curé.

— Mademoiselle Mirouët a raison de ne pas causer sur le pas de sa porte avec des hommes ; elle est trop jeune.

— Oh ! fit Goupil, vous devez savoir qu'elle ne manque pas d'amoureux.

Le curé s'était hâté de saluer, et se dirigeait à pas précipités vers la rue des Bourgeois.

— Eh bien ! dit le premier clerc à Minoret, ça chauffe ! Elle est déjà pâle comme une morte ; mais avant quinze jours elle aura quitté la ville. Vous verrez.

— Il vaut mieux vous avoir pour ami que pour ennemi, s'écria Minoret effrayé de l'atroce sourire qui donnait au visage de Goupil l'expression diabolique prêtée par Eugène Delacroix au Méphistophélès de Gœthe.

— Je le crois bien, répondit Goupil. Si elle ne m'épouse pas, je la ferai crever de chagrin.

— Fais-le, petit, et je te donne les fonds pour être notaire à Paris. Tu pourras alors épouser une femme riche...

— Pauvre fille ! Que vous a-t-elle donc fait? demanda le clerc surpris.

— Elle m'embête ! dit grossièrement Minoret.

— Attendez à lundi, et vous verrez alors comment je la scierai, reprit Goupil en étudiant la physionomie de l'ancien maître de poste.

Le lendemain, la vieille Bougival alla chez Savinien et dit en lui tendant une lettre :

— Je ne sais pas ce que vous écrit la chère enfant ; mais elle est ce matin comme une morte.

Qui par cette lettre n'imaginerait pas les souffrances qui avaient assailli Ursule pendant la nuit?

A MONSIEUR DE PORTENDUÈRE.

« Mon cher Savinien, votre mère veut vous marier à
» mademoiselle du Rouvre, m'a-t-on dit, et peut-être a-t-
» elle raison. Vous vous trouvez entre une vie presque
» misérable et une vie opulente, entre la fiancée de votre
» cœur et une femme selon le monde, entre obéir à votre
» mère et à votre choix, car je crois encore que vous m'a-
» vez choisie. Savinien, si vous avez une détermination à

» prendre, je veux qu'elle soit prise en toute liberté : je
» vous rends la parole que vous vous étiez donnée à vous-
» même et non à moi dans un moment qui ne s'effacera ja-
» mais de ma mémoire, et qui fut, comme tous les jours
» qui se sont succédé depuis, d'une pureté, d'une douceur
» angéliques. Ce souvenir suffit à toute ma vie. Si vous
» persistez dans votre serment, désormais une noire et
» terrible idée troublerait mes félicités. Au milieu de nos
» privations, acceptées si gaiement aujourd'hui, vous
» pourriez penser plus tard que, si vous eussiez observé
» les lois du monde, il en eût été bien autrement pour
» vous. Si vous étiez homme à exprimer cette pensée, elle
» serait pour moi l'arrêt d'une mort douloureuse; et, si
» vous ne la disiez pas, je soupçonnerais les moindres
» nuages qui couvriraient votre front. Cher Savinien, je
» je vous ai toujours préféré à tout sur cette terre. Je le
» pouvais, puisque mon parrain, quoique jaloux, me di-
» sait : « Aime-le, ma fille! vous serez bien certainement
» l'un à l'autre un jour. » Quand je suis allée à Paris, je
» vous aimais sans espoir, et ce sentiment me contentait.
» Je ne sais si je puis y revenir, mais je le tenterai. Que
» sommes-nous d'ailleurs en ce moment? un frère et une
» sœur. Restons ainsi. Épousez cette heureuse fille, qui
» aura la joie de rendre à votre nom le lustre qu'il doit
» avoir, et que, selon votre mère, je diminuerais. Vous
» n'entendrez jamais parler de moi. Le monde vous
» approuvera. Moi, je ne vous blâmerai jamais, et je vous
» aimerai toujours. Adieu donc. »

— Attendez ! s'écria le gentilhomme.

Il fit signe à la Bougival de s'asseoir, et il griffonna ce
peu de mots :

« Ma chère Ursule, votre lettre me brise le cœur en ce
» que vous vous êtes fait inutilement beaucoup de mal, et
» que pour la première fois nos cœurs ont cessé de s'en-
» tendre. Si vous n'êtes pas ma femme, c'est que je ne
» puis encore me marier sans le consentement de ma mère.
» Enfin, huit mille livres de rentes dans un joli cottage,
» sur les bords du Loing, n'est-ce pas une fortune? Nous
» avons calculé qu'avec la Bougival nous économiserions
» cinq mille francs par an ! Vous m'avez permis un soir,
» dans le jardin de votre oncle, de vous regarder comme
» ma fiancée, et vous ne pouvez briser à vous seule des
» liens qui nous sont communs. Ai-je donc besoin de vous
» dire qu'hier j'ai nettement déclaré à monsieur du Rou-
» vre que, si j'étais libre, je ne voudrais pas recevoir de
» fortune d'une jeune personne qui me serait inconnue !
» Ma mère ne veut plus vous voir, je perds le bonheur de
» nos soirées, mais ne me retranchez pas le court moment
» pendant lequel je vous parle à votre fenêtre... A ce soir.
» Rien ne peut nous séparer. »

— Allez, ma vieille... Elle ne doit pas être inquiète un
moment de trop...

Le soir, à quatre heures, au retour de la promenade
qu'il faisait tous les jours exprès pour passer devant la
maison d'Ursule, Savinien trouva sa maîtresse un peu pâlie
par des bouleversemens si subits.

— Il me semble que jusqu'à présent je n'ai pas su ce que
c'était que le plaisir de vous voir, lui dit-elle.

— Vous m'avez dit, répondit Savinien en souriant, car
je me souviens de toutes vos paroles : « L'amour ne va pas
sans la patience, j'attendrai ! » Vous avez donc, chère enfant, séparé l'amour de la foi ?.... Ah! voici qui termine
nos querelles. Vous prétendiez me mieux aimer que je ne
vous aime. Ai-je jamais douté de vous? lui demanda-t-il
en lui présentant un bouquet composé de fleurs des champs
dont l'arrangement exprimait ses pensées.

— Vous n'avez aucune raison pour douter de moi, répondit-elle. Et d'ailleurs, vous ne savez pas tout, ajouta-
t-elle d'une voix troublée.

Elle avait fait refuser à la poste toutes ses lettres. Mais,
sans qu'elle eût pu deviner par quel sortilège la chose avait
eu lieu, quelques instans après la sortie de Savinien qu'elle
avait regardé tournant de la rue des Bourgeois dans la
Grand'Rue, elle avait trouvé sur sa bergère un papier où

était écrit : « *Tremblez! l'amant dédaigné deviendra pire
» qu'un tigre.* » Malgré les supplications de Savinien, elle
ne voulut pas, par prudence, lui confier le terrible secret
de sa peur. Le plaisir ineffable de revoir Savinien après
l'avoir cru perdu pouvait seul lui faire oublier le froid
mort ! qui venait de la saisir. Pour tout le monde, attendre un malheur indéfini constitue un horrible supplice. La
souffrance prend alors les proportions de l'inconnu, qui
certes est l'infini de l'âme. Mais, pour Ursule, ce fut la
plus grande douleur. Elle éprouvait en elle-même d'affreux
sursauts au moindre bruit, elle se défiait du silence, elle
soupçonnait ses murailles de complicité. Enfin son heureux sommeil fut troublé. Goupil, sans rien savoir de cette
constitution délicate comme celle d'une fleur, avait trouvé,
par l'instinct du méchant, le poison qui devait la flétrir, la
tuer. Cependant la journée du lendemain se passa sans
surprise. Ursule joua du piano fort tard, elle se coucha
presque rassurée et accablée de sommeil. A minuit environ, elle fut réveillée par un concert composé d'une cla-
rinette, d'un hautbois, d'une flûte, d'un cornet à piston,
d'un trombone, d'un basson, d'un flageolet et d'un trian-
gle. Tous les voisins étaient aux fenêtres. La pauvre enfant, déjà saisie en voyant du monde dans la rue, reçut un
coup terrible au cœur en entendant une voix d'homme
enrouée, ignoble, qui cria : « *Pour la belle Ursule Mirouët,
de la part de son amant.* » Le lendemain, dimanche, toute
la ville fut en rumeur, et, à l'entrée comme à la sortie d'Ursule à l'église, elle vit sur la place des groupes nombreux
occupés d'elle et manifestant une horrible curiosité. La
sérénade mettait toutes les langues en mouvement, et chacun se perdait en conjectures. Ursule revint chez elle plus
morte que vive et ne sortit plus, le curé lui avait conseillé
de dire ses vêpres chez elle. En rentrant elle vit dans le
corridor carrelé en briques qui menait de la rue à la cour
une lettre glissée sous la porte; elle la ramassa, la lut
poussée par le désir d'y trouver une explication. Les personnes les moins sensibles peuvent deviner ce qu'elle dut éprouver en lisant ces terribles lignes :

« *Résignez-vous à devenir ma femme, riche et adorée.*
» *Je vous veux. Si je ne vous ai vivante, je vous aurai
» morte. Attribuez à vos refus les malheurs qui n'attein-
» dront pas que vous.*
» *Celui qui vous aime et à qui vous serez un jour.* »

Chose étrange ! au moment où la femme toute victime
de cette machination était abattue comme une fleur coupée, mesdemoiselles Massin, Dionis et Crémière enviaient
son sort.

— Elle est bien heureuse, disaient-elles. On s'occupe
d'elle, on flatte ses goûts, on se la dispute! La sérénade
était, à ce qu'il paraît, charmante ! Il y avait un cornet à
piston !

— Qu'est-ce qu'un piston?

— Un nouvel instrument de musique! tiens, grand
comme ça, disait Angéline Crémière à Paméla Massin.

Dès le matin, Savinien était allé jusqu'à Fontainebleau
tâcher de savoir qui avait demandé des musiciens du régiment en garnison; mais comme il y avait deux hommes
pour chaque instrument, il fut impossible de connaître
ceux qui étaient allés à Nemours. Le colonel fit défendre
aux musiciens de jouer chez des particuliers sans sa permission. Le gentilhomme eut une entrevue avec le procureur du roi, tuteur d'Ursule, et lui expliqua la gravité de
ces sortes de scènes sur une jeune fille si délicate et si
frêle, en le priant de rechercher l'auteur de cette sérénade
par les moyens dont dispose le Parquet. Trois jours après,
au milieu de la nuit, trois violons, une flûte, une guitare
et un hautbois donnèrent une seconde sérénade. Cette fois
les musiciens se sauvèrent du côté de Montargis, où se
trouvait alors une troupe de comédiens. Une voix stridente
et liquoreuse avait crié entre deux morceaux : « A la fille
du capitaine de musique Mirouët ! » Tout Nemours apprit
ainsi la profession du père d'Ursule, ce secret si soigneusement gardé par le vieux docteur Minoret.

Savinien n'alla point cette fois à Montargis; il reçut dans

la journée une lettre anonyme venue de Paris, où il lut cette horrible prophétie :

« Tu n'épouseras pas Ursule. Si tu veux qu'elle vive, » hâte-toi de la céder à celui qui l'aime plus que tu ne » l'aimes ; car il s'est fait musicien et artiste pour lui » plaire, et préfère la voir morte à la savoir ta femme. »

Le médecin de Nemours venait alors trois fois par jour chez Ursule, que ces poursuites occultes avaient mise en danger de mort. En se sentant plongée par une main infernale dans un bourbier, cette suave jeune fille gardait une attitude de martyre : elle restait dans un profond silence, levait les yeux au ciel et ne pleurait plus, elle attendait les coups en priant avec ferveur et en implorant celui qui lui donnerait la mort.

— Je suis heureuse de ne pas pouvoir descendre dans la salle, disait-elle à messieurs Bongrand et Chaperon, qui la quittaient le moins possible ; il y viendrait, et je me sens indigne de recevoir les regards par lesquels il a coutume de me bénir ! Croyez-vous qu'il me soupçonne ?

— Mais si Savinien ne trouve pas l'auteur de ces infamies, il compte aller requérir l'intervention de la police de Paris, dit Bongrand.

— Les inconnus doivent me savoir frappée à mort, répondit-elle ; ils vont se tenir tranquilles.

Le curé, Bongrand et Savinien se perdaient en conjectures et en suppositions. Savinien, Tiennette, la Bougival et deux personnes dévouées au curé se firent espions et se tinrent sur leurs gardes pendant une semaine ; mais aucune indiscrétion ne pouvait trahir Goupil, qui machinait tout à lui seul. Le juge de paix, le premier, pensa que l'auteur du mal était effrayé de son ouvrage. Ursule arrivait à la pâleur, à la faiblesse des jeunes Anglaises en consomption. Chacun se relâcha de ses soins. Il n'y eut plus de sérénades ni de lettres. Savinien attribua l'abandon de ces moyens odieux aux recherches secrètes du Parquet, auquel il avait envoyé les lettres reçues par Ursule, celle reçue par sa mère et la sienne. Cet armistice ne fut pas de longue durée. Quand le médecin eut arrêté la fièvre nerveuse d'Ursule, au moment où elle avait repris courage, un matin, vers la mi-juillet, on trouva une échelle de corde attachée à sa fenêtre. Le postillon qui, pendant la nuit, avait conduit la Malle, déclara qu'un petit homme était en train de descendre au moment où il passait ; et, malgré son désir de s'arrêter, ses chevaux, lancés à la descente du pont, au coin duquel se trouvait la maison d'Ursule, l'avaient emporté bien au delà de Nemours. Une opinion partie du salon Dionis attribuait ces manœuvres au marquis du Rouvre, alors excessivement gêné, sur qui Massin avait des lettres de change, et qui, par un prompt mariage de sa fille avec un riche, devait, disait-on, soustraire le château du Rouvre à ses créanciers. Madame de Portenduère voyait aussi avec plaisir, disait-elle, tout ce qui pouvait afficher, déconsidérer et déshonorer Ursule ; mais en présence de cette jeune mort, la vieille dame se trouvait quasi vaincue. Le curé Chaperon fut si vivement affecté de cette dernière méchanceté, qu'il en tomba malade assez sérieusement pour rester chez lui durant quelques jours. La pauvre Ursule, à qui cette odieuse attaque avait causé une rechute, reçut par la poste une lettre du curé, qu'on ne refusa point en reconnaissant l'écriture.

« Mon enfant, quittez Nemours, et déjouez ainsi la ma- » lice de vos ennemis inconnus. Peut-être cherche-t-on à » mettre en danger la vie de Savinien. Je vous en dirai » davantage quand je pourrai vous aller voir. »

Ce billet était signé : Votre dévoué CHAPERON.

Lorsque Savinien, qui devint comme fou, alla voir le curé, le pauvre prêtre relut la lettre, tant il fut épouvanté de la perfection avec laquelle son écriture et sa signature étaient imitées ; car il n'avait rien écrit ; et s'il avait écrit, il ne se serait point servi de la poste pour envoyer sa lettre chez Ursule. L'état mortel où cette dernière atrocité mit Ursule, obligea Savinien à recourir de nouveau au procureur du roi en lui portant la fausse lettre du curé.

— Il se commet un assassinat par des moyens que la loi n'a point prévus, et sur une orpheline que le Code vous donne pour pupille, dit le gentilhomme au magistrat.

— Si vous trouvez des moyens de répression, lui répondit le procureur du roi, je les adopterai ; mais je n'en connais pas ! L'infâme anonyme a donné le meilleur avis. Il faut envoyer ici mademoiselle Mirouët chez les dames de l'Adoration du Saint-Sacrement. En attendant, le commissaire de police de Fontainebleau, sur ma demande, vous autorisera à porter des armes pour votre défense. Je suis allé moi-même au Rouvre, et monsieur du Rouvre a été justement indigné des soupçons qui planaient sur lui. Minoret, le père de mon substitut, est en marché pour son château. Mademoiselle du Rouvre épouse un riche comte polonais. Enfin, monsieur du Rouvre quittait la campagne le jour où je m'y suis transporté, pour éviter les effets d'une contrainte par corps.

Désiré, que son chef questionna, n'osa lui dire sa pensée : il reconnaissait Goupil ! Goupil était seul capable de conduire une œuvre qui côtoyait le Code pénal sans tomber dans le précipice d'aucun article. L'impunité, le secret, le succès accrurent l'audace de Goupil. Le terrible clerc faisait poursuivre Massin, devenu sa dupe, le marquis du Rouvre, afin de forcer le gentilhomme à vendre les restes de sa terre à Minoret. Après avoir entamé des négociations avec un notaire de Sens, il résolut de tenter un dernier coup pour avoir Ursule. Il voulait imiter quelques jeunes gens de Paris qui ont dû leur femme et leur fortune à un enlèvement. Les services rendus à Minoret, à Massin et à Crémière, la protection de Dionis, maire de Nemours, lui permettaient d'assoupir l'affaire. Il se décida sur-le-champ à lever le masque, en croyant Ursule incapable de lui résister dans l'état de faiblesse où il l'avait mise. Néanmoins, avant de risquer le dernier coup de son ignoble partie, il jugea nécessaire d'avoir une explication au Rouvre, où il accompagna Minoret, qui s'y rendait pour la première fois depuis la signature du contrat. Minoret venait de recevoir une lettre confidentielle où son fils lui demandait des renseignements sur ce qui se passait à propos d'Ursule, avant d'aller chercher lui-même avec le procureur du roi pour la mettre dans un couvent à l'abri de quelque nouvelle infamie. Le substitut engageait son père, au cas où cette persécution serait l'ouvrage d'un de leurs amis, à lui donner de sages conseils. Si la justice ne pouvait pas toujours tout punir, elle finirait par tout savoir et en garder bonne note. Minoret avait atteint un grand but. Désormais propriétaire incommutable du château du Rouvre, un des plus beaux du Gâtinais, il réunissait pour quarante et quelques milles francs de revenus en beaux et riches domaines autour du parc. Le colosse pouvait se moquer de Goupil. Enfin, il comptait vivre à la campagne, où le souvenir d'Ursule ne l'importunerait plus.

— Mon petit, dit-il à Goupil en se promenant sur la terrasse, laisse ma cousine en repos !

— Bah !... dit le clerc ne pouvant rien deviner dans cette conduite bizarre, car la bêtise a aussi sa profondeur.

— Oh ! je ne suis pas ingrat, tu m'as fait avoir pour deux cent quatre-vingt mille francs ce beau château en briques et en pierres de taille qui ne se bâtirait pas aujourd'hui pour deux cent mille écus, la ferme du château, les réserves, le parc, les jardins et les bois... Eh bien !... oui, ma foi ! je te donne dix pour cent, vingt mille francs, avec lesquels tu peux acheter une étude d'huissier à Nemours. Je te garantis ton mariage avec une des petites Crémière, avec l'aînée.

— Celle qui parle piston ? s'écria Goupil.

— Mais ma cousine lui donne trente mille francs, reprit Minoret. Vois-tu, mon petit, tu es né pour être huissier, comme moi j'étais fait pour être maître de poste, et il faut toujours suivre sa vocation.

— Eh bien ! reprit Goupil tombé du haut de ses espérances, voici des timbres, signez-moi vingt mille francs d'acceptations, afin que je puisse traiter argent sur table.

Minoret avait dix-huit mille francs à recevoir pour le semestre des inscriptions que sa femme ne connaissait pas ; il crut se débarrasser ainsi de Goupil, et signa. Le premier clerc, en voyant l'imbécile et colossal Machiavel de la rue des Bourgeois dans un accès de fièvre seigneuriale, lui jeta pour adieux un : — Au revoir ! et un regard qui eussent fait trembler tout autre qu'un niais parvenu regardant du haut d'une terrasse les jardins et les magnifiques toits d'un château bâti dans le style à la mode sous Louis XIII.

— Tu ne m'attends pas? cria-t-il en voyant Goupil s'en allant à pied.

— Vous me retrouverez sur votre chemin, papa! lui répondit le futur huissier altéré de vengeance, et qui voulut savoir le mot de l'énigme offerte à son esprit par les étranges zigzags de la conduite du gros Minoret.

Depuis le jour où la plus infâme calomnie avait souillé sa vie, Ursule, en proie à l'une de ces maladies inexplicables dont le siége est dans l'âme, marchait rapidement à la mort. D'une pâleur mortelle, disant à de rares intervalles des paroles faibles et lentes, jetant des regards d'une douceur tiède, tout en elle, même son front, trahissait une pensée dévorante. Elle la croyait tombée, cette idéale couronne de fleurs chastes que, de tout temps, les peuples ont voulu voir sur la tête des vierges. Elle écoutait, dans le vide et dans le silence, les propos déshonorans, les commentaires malicieux, les rires de la petite ville. Cette charge était trop pesante pour elle, et son innocence avait trop de délicatesse pour survivre à une pareille meurtrissure. Elle ne se plaignait plus, elle gardait un douloureux sourire sur les lèvres, et ses yeux se levaient souvent vers le ciel comme pour appeler de l'injustice des hommes au Souverain des anges. Quand Goupil entra dans Nemours, Ursule avait été descendue de sa chambre au rez-de-chaussée sur les bras de la Bougival et du médecin de Nemours. Il s'agissait d'un événement immense. Après avoir appris que cette jeune fille se mourait comme une hermine, encore qu'elle fût moins atteinte dans son honneur que ne le fut Clarisse Harlowe, madame de Portenduère allait venir la voir et la consoler. Le spectacle de son fils, qui pendant toute la nuit précédente avait parlé de se tuer, fit plier la vieille Bretonne. Madame de Portenduère trouva d'ailleurs de sa dignité de rendre le courage à une jeune fille si pure, et vit dans sa visite un contre-poids à tout le mal fait par la petite ville. Son opinion, sans doute plus puissante que celle de la foule, consacrerait le pouvoir de la noblesse. Cette démarche annoncée par l'abbé Chaperon avait opéré chez Ursule une révolution, et rendit de l'espoir au médecin désespéré, qui parlait de demander une consultation aux plus illustres docteurs de Paris. On avait mis Ursule sur la bergère de son tuteur, et tel était le caractère de sa beauté, que, dans son deuil et dans sa souffrance, elle parut plus belle qu'en aucun moment de sa vie heureuse. Quand Savinien, donnant le bras à sa mère, se montra, la jeune malade reprit de belles couleurs.

— Ne vous levez pas, mon enfant, dit la vieille dame d'une voix impérative ; quelque malade et faible que je sois moi-même, j'ai voulu vous venir voir pour vous dire ma pensée sur ce qui se passe : je vous estime comme la plus pure, la plus sainte et la plus charmante fille du Gâtinais, et vous trouve digne de faire le bonheur d'un gentilhomme.

D'abord Ursule ne put répondre, elle prit les mains desséchées de la mère de Savinien et les baisa en y laissant des pleurs.

— Ah! madame, répondit-elle d'une voix affaiblie, je n'aurais jamais eu la hardiesse de penser à m'élever au-dessus de ma condition si je n'avais été encouragée par des promesses, et mon seul titre était une affection sans bornes ; mais on a trouvé les moyens de me séparer à jamais de celui que j'aime ; on m'a rendue indigne de lui... Jamais, dit-elle avec un éclat dans la voix qui frappa douloureusement les spectateurs, jamais je ne consentirai à donner à qui que ce soit une main avilie, une réputation flétrie. J'aimais trop... je puis le dire dans l'état où je suis : j'aime une créature presque autant que Dieu. Aussi Dieu...

— Allons, allons, ma petite, ne calomniez pas Dieu ! Allons, ma fille, dit la vieille dame en faisant un effort, ne vous exagérez pas la portée d'une infâme plaisanterie à laquelle personne ne croit. Moi, je vous le promets, vous vivrez et vous serez heureuse.

— Tu seras heureuse ! dit Savinien en se mettant à genoux devant Ursule et lui baisant les mains, ma mère t'a nommée ma fille.

Assez, dit le médecin qui vint prendre le pouls de sa malade, ne la tuez pas de plaisir.

En ce moment, Goupil, qui trouva la porte de l'allée entr'ouverte, poussa celle du petit salon et montra son horrible face animée par les pensées de vengeance qui avaient fleuri dans son cœur pendant le chemin.

— Monsieur de Portenduère ! dit-il d'une voix qui ressemblait au sifflement d'une vipère forcée dans son trou.

— Que voulez-vous? répondit Savinien en se relevant.

— J'ai deux mots à vous dire.

Savinien sortit dans l'allée, et Goupil l'amena dans la petite cour.

— Jurez-moi par la vie d'Ursule que vous aimez, et par votre honneur de gentilhomme auquel vous tenez, de faire qu'il soit entre nous comme si je ne vous avais rien dit de ce que je vais vous dire, et je vais vous éclairer sur la cause des persécutions dirigées contre mademoiselle Mirouët.

— Pourrais-je les faire cesser ?

— Oui.

— Pourrais-je me venger?

— Sur l'auteur, oui ; mais sur l'instrument, non.

— Pourquoi ?

— Mais... l'instrument, c'est moi...

Savinien pâlit.

— Je viens d'entrevoir Ursule... reprit le clerc.

— Ursule ? dit le gentilhomme en regardant Goupil.

— Mademoiselle Mirouët, reprit Goupil que l'accent de Savinien rendit respectueux ; et je voudrais racheter de tout mon sang ce qui a été fait. Je me repens... Quand vous me tueriez en duel ou autrement, à quoi vous servirait mon sang ? Le boiriez-vous? il vous empoisonnerait en ce moment.

La froide raison de cet homme et la curiosité domptèrent les bouillonnemens du sang de Savinien, il le regardait fixement d'un air qui fit baisser les yeux à ce bossu manqué.

— Qui donc t'a mis en œuvre ? dit le jeune homme.

— Jurez-vous ?

— Tu veux qu'il ne te soit rien fait ?

— Je veux que vous et mademoiselle Mirouët vous me pardonniez.

— Elle te pardonnera ; mais moi, jamais !

— Enfin vous oublierez ?

Quelle terrible puissance a le raisonnement appuyé sur l'intérêt ? Deux hommes dont l'un voulait déchirer l'autre étaient là dans une petite cour, à deux doigts l'un de l'autre, obligés de se parler, réunis par un même sentiment !

— Je te pardonnerai, mais je n'oublierai pas.

— Rien de fait, dit froidement Goupil.

Savinien perdit patience, il appliqua sur cette face un soufflet qui retentit dans la cour, qui faillit renverser Goupil, et après lequel il chancela lui-même.

— Je n'ai que ce que je mérite, dit Goupil ; j'ai fait une bêtise. Je vous croyais plus noble que vous ne l'êtes. Vous avez abusé d'un avantage que je vous donnais... Vous êtes en ma puissance, maintenant ! dit-il en lançant un regard haineux à Savinien.

— Vous êtes un assassin, dit le gentilhomme.

— Pas plus que le couteau n'est le meurtrier, répliqua Goupil.

— Je vous demande pardon, fit Savinien.

— Vous êtes-vous assez vengé? dit Goupil avec une féroce ironie. En resterez-vous là ?

— Pardon et oubli réciproque, reprit Savinien.

— Votre main ? dit le clerc en tendant la sienne au gentilhomme.

— La voici, répondit Savinien en dévorant cette honte par amour pour Ursule. Mais, parlez, qui vous poussait ?

Goupil regardait pour ainsi dire les deux plateaux où pesaient, d'un côté le soufflet de Savinien, de l'autre sa haine contre Minoret. Il resta deux secondes indécis, mais enfin une voix lui cria : — Tu seras notaire ! Et il répondit : — Pardon et oubli ? Oui, de part et d'autre, monsieur, en serrant la main du gentilhomme.

— Qui donc persécute Ursule ? fit Savinien.

— Minoret ! Il aurait voulu la voir enterrée... Pourquoi ? je ne le sais pas ; mais nous en chercherons la raison. Ne me mêlez point à tout ceci, je ne pourrais plus rien pour vous si l'on se défiait de moi. Au lieu d'attaquer Ursule, je la défendrai ; au lieu de servir Minoret, je tâcherai de déjouer ses plans. Je ne vis que pour le ruiner, pour le détruire. Et je le foulerai aux pieds, je danserai sur son cadavre, je me ferai de ses os un jeu de dominos ! Demain, sur toutes les murailles de Nemours, de Fontainebleau, du Rouvre, on lira au crayon rouge : *Minoret est un voleur.* Oh ! je le ferai, nom de... nom ! éclater comme un mortier. Maintenant, nous sommes alliés par une indiscrétion ; eh bien ! si vous le voulez, je vais me mettre à genoux devant mademoiselle Mirouët, lui déclarer que je maudis la passion insensée qui me poussait à la tuer, je la supplierai de me pardonner. Ça lui fera du bien ! Le juge de paix et le curé sont là, ces deux témoins suffisent ; mais monsieur Bongrand s'engagera sur l'honneur à ne pas me nuire dans ma carrière. J'ai maintenant une carrière.

— Attendez un moment, répondit Savinien tout étourdi par cette révélation.—Ursule, mon enfant, dit-il en entrant au salon, l'auteur de tous vos maux a horreur de son ouvrage, il se repent et veut vous demander pardon en présence de ces messieurs, à la condition que tout sera oublié.

— Comment, Goupil ? dirent à la fois le curé, le juge de paix et le médecin.

— Gardez-lui le secret, fit Ursule en levant un doigt à ses lèvres.

Goupil entendit cette parole, vit le mouvement d'Ursule et se sentit ému.

— Mademoiselle, dit-il d'un ton pénétré, je voudrais maintenant que tout Nemours pût m'entendre vous avouant qu'une fatale passion a égaré ma tête et m'a suggéré des crimes punissables par le blâme des honnêtes gens. Ce que je dis là, je le répéterai partout en déplorant le mal produit par de mauvaises plaisanteries, mais qui vous auront servi peut-être à hâter votre bonheur, dit-il avec un peu de malice en se relevant, puisque je vois ici madame de Portenduère...

— C'est très bien, Goupil, dit le curé ; mademoiselle vous a pardonné ; mais vous ne devez jamais oublier que vous avez failli devenir un assassin.

— Monsieur Bongrand, reprit Goupil en s'adressant au juge de paix, je vais traiter ce soir avec Lecœur de son Étude, j'espère que cette réparation ne me nuira pas dans votre esprit, et que vous appuierez ma demande auprès du Parquet et du Ministère.

Le juge de paix fit une pensive inclination de tête, et Goupil sortit pour aller traiter de la meilleure des deux Études d'huissier à Nemours. Chacun resta chez Ursule, et s'appliqua pendant cette soirée à faire renaître le calme et la tranquillité dans son âme, où la satisfaction que le clerc lui avait donnée opérait déjà des changements.

— Tout Nemours saura cela, disait Bongrand.

— Vous voyez, mon enfant, que Dieu ne vous en voulait point, disait le juge.

Minoret revint assez tard du Rouvre, et dîna tard. Vers neuf heures, à la tombée du jour, il était dans son pavillon chinois, digérant son dîner auprès de sa femme avec laquelle il faisait des projets pour l'avenir de Désiré. Désiré s'était bien rangé depuis qu'il appartenait à la magistrature ; il travaillait ; il avait chance de le voir succéder au procureur du roi de Fontainebleau qui, disait-on, passait à Melun. Il fallait lui chercher une femme, une fille pauvre appartenant à une vieille et noble famille ; il pourrait alors

arriver à la magistrature de Paris. Peut-être pourraient-ils le faire élire député de Fontainebleau, où Zélie était d'avis d'aller s'établir l'hiver après avoir habité le Rouvre pendant la belle saison. En s'applaudissant intérieurement d'avoir tout arrangé pour le mieux, Minoret ne pensait plus à Ursule au moment même où le drame, si niaisement ouvert par lui, se nouait d'une façon terrible.

— Monsieur de Portenduère est là qui veut vous parler, vint dire Cabirolle.

— Faites entrer, répondit Zélie.

Les ombres du crépuscule empêchèrent madame Minoret d'apercevoir la pâleur subite de son mari, qui frissonna en entendant les bottes de Savinien craquant sur le parquet de la galerie où jadis était la bibliothèque du docteur. Un vague pressentiment de malheur courait dans les veines du spoliateur. Savinien parut, resta debout, garda son chapeau sur la tête, sa canne à la main, ses mains croisées sur la poitrine, immobile devant les deux époux.

— Je viens savoir, monsieur et madame Minoret, les raisons que vous avez eues pour tourmenter d'une manière infâme une jeune fille qui est, au su de toute la ville de Nemours, ma future épouse ? pourquoi vous avez essayé de flétrir sa vie, pourquoi vous vouliez sa mort, et pourquoi vous l'avez livrée aux insultes d'un Goupil ?... Répondez.

— Êtes-vous drôle, monsieur Savinien, dit Zélie, de venir nous demander les raisons d'une chose qui nous semble inexplicable ! Je me soucie d'Ursule comme de l'an quarante. Depuis la mort de l'oncle Minoret, je n'y ai jamais plus pensé qu'à ma première chemise ! Je n'ai pas soufflé mot d'elle à Goupil, encore un singulier drôle à qui je ne confierais pas les intérêts de mon chien. Eh bien ! répondras-tu, Minoret ? Vas-tu te laisser manquer par monsieur, et accuser d'infamies qui sont au-dessous de toi ? Comme si un homme qui a quarante-huit mille livres de rente en fonds de terre autour d'un château digne d'un prince, descendait à de pareilles sottises ! Lève-toi donc, que tu es là comme une chiffe !

— Je ne sais pas ce que monsieur veut dire, répondit enfin Minoret de sa petite voix dont le tremblement fut d'autant plus facile à remarquer qu'elle était claire. Quelle raison aurais-je de persécuter cette petite ? J'ai dit peut-être à Goupil combien j'étais contrarié de la voir à Nemours ; mon fils Désiré s'en amourachait, et je ne la lui voulais point pour femme, voilà.

— Goupil m'a tout avoué, monsieur Minoret.

Il y eut un moment de silence, mais terrible, pendant lequel les trois personnages s'examinèrent. Zélie avait vu, dans la grosse figure de son colosse, un mouvement nerveux.

— Quoique vous ne soyez que des insectes, je veux tirer de vous une vengeance éclatante, et je saurai la prendre, reprit le gentilhomme. Ce n'est pas à vous, homme de soixante-sept ans, que je demanderai raison des insultes faites à mademoiselle Mirouët, mais à votre fils. La première fois que monsieur Minoret fils mettra les pieds à Nemours, nous nous rencontrerons, il faudra bien qu'il se batte avec moi, et il se battra ! ou il sera si bien déshonoré qu'il ne se présentera jamais nulle part ; s'il ne vient pas à Nemours, j'irai à Fontainebleau, moi ! J'aurai satisfaction. Il ne sera pas dit que vous aurez lâchement essayé de déshonorer une pauvre fille sans défense.

— Mais les calomnies d'un Goupil... ne... sont... dit Minoret.

— Voulez-vous, s'écria Savinien en l'interrompant, que je vous mette face à face avec lui ? Croyez-moi, n'ébruitez pas l'affaire ! elle est entre vous, Goupil et moi ; laissez-la où elle est, et Dieu la décidera dans le duel que je ferai l'honneur de proposer à votre fils.

— Mais cela ne se passera pas comme ça ! s'écria Zélie. Ah ! vous croyez que je laisserai Désiré se battre avec vous, avec un ancien marin qui fait métier de tirer l'épée et le pistolet ! Si vous avez à vous plaindre de Minoret, voilà Minoret, prenez Minoret, battez-vous avec Minoret !

Mais mon garçon qui, de votre aveu, est innocent de tout cela, en porterait la peine?... Vous auriez auparavant un chien de ma chienne dans les jambes, mon petit monsieur! Allons, Minoret, tu restes là tout hébété comme un grand serin! Tu es chez toi, et tu laisses monsieur son chapeau sur la tête devant ta femme! Vous allez, mon petit monsieur, commencer par détaler. Charbonnier est maître chez lui. Je ne sais pas ce que vous voulez avec vos *bibus;* mais tournez-moi les talons; et si vous touchez à Désiré, vous aurez affaire à moi, vous et votre pécore d'Ursule.

Et elle sonna vivement en appelant ses gens.

— Songez bien à ce que je vous ai dit! répéta Savinien, qui sans se soucier de la tirade de Zélie, sortit en laissant cette épée de Damoclès suspendue au-dessus du couple.

— Ah ça! Minoret, dit Zélie à son mari, m'expliqueras-tu ce que cela signifie? Un jeune homme ne vient pas sans motif dans une maison bourgeoise faire ce bacchanal sterling et demander le sang d'un fils de famille.

— C'est quelque tour de ce vilain singe de Goupil, à qui j'avais promis de l'aider à se faire notaire s'il me procurait à bon compte le Rouvre. Je lui ai donné dix pour cent, vingt mille francs en lettres de change, et il n'est sans doute pas content.

— Oui, mais quelle raison aurait-il eue auparavant de machiner des sérénades et des infamies contre Ursule?

— Il la voulait pour femme.

— Une fille sans le sou, lui? la chatte! Tiens, Minoret, tu me lâches des bêtises! et tu es trop bête naturellement pour les faire prendre, mon fils. Il y là-dessous quelque chose, et tu me le diras.

— Il n'y a rien.

— Il n'y a rien? Et moi je te dis que tu mens, et nous allons voir!

— Veux-tu me laisser tranquille?

— Je ferai jaser ce venin à deux pattes de Goupil, tu n'en seras pas le bon marchand!

— Comme tu voudras.

— Je sais bien que cela sera comme je voudrai! Et ce que je veux surtout, c'est qu'on ne touche pas à Désiré. S'il lui arrivait malheur, vois-tu, je ferais un coup qui m'enverrait à l'échafaud. Désiré!... Mais... Et tu ne te remues pas plus que ça!

Une querelle ainsi commencée entre Minoret et sa femme ne devait pas se terminer sans de longs déchiremens intérieurs. Ainsi, le sot spoliateur apercevait sa lutte avec lui-même et avec Ursule agrandie par sa faute et compliquée d'un nouveau, d'un terrible adversaire. Le lendemain, quand il sortit pour aller trouver Goupil, en pensant l'apaiser à force d'argent, il lut sur les murailles : *Minoret est un voleur!* Tous ceux qu'il rencontra le plaignirent en lui demandant à lui-même quel était l'auteur de cette publication anonyme, et chacun lui pardonna les entortillages de ses réponses en songeant à sa nullité. Les sots recueillent plus d'avantages de leur faiblesse que les gens d'esprit n'en obtiennent de leur force. On regarde sans l'aider un grand homme luttant contre le sort, et l'on commandite un épicier qui fera faillite ; car on se croit supérieur en protégeant un imbécile, et l'on est fâché de n'être que l'égal d'un homme de génie. Un homme d'esprit eût été perdu s'il avait balbutié, comme Minoret, d'absurdes réponses d'un air effaré. Zélie et ses domestiques effacèrent l'inscription vengeresse partout où elle se trouvait ; mais elle resta sur la conscience de Minoret. Quoique Goupil eût échangé la veille sa parole avec l'huissier, il se refusa très impudemment à réaliser son traité.

— Mon cher Lecœur, j'ai pu, voyez-vous, acheter la charge de monsieur Dionis, et suis en position de vous faire vendre à d'autres! Rengaînez votre traité, ce n'est que deux carrés de papier timbrés de perdus, voici soixante-dix centimes.

Lecœur craignait trop Goupil pour se plaindre. Tout Nemours apprit aussitôt que Minoret avait donné sa garantie à Dionis pour faciliter à Goupil l'acquisition de sa charge. Le futur notaire écrivit à Savinien une lettre pour

démentir ses aveux relativement à Minoret, en disant au jeune noble que sa nouvelle position, que la législation adoptée par la Cour suprême et son respect pour la justice lui défendaient de se battre. Il prévenait d'ailleurs le gentilhomme de se bien comporter avec lui désormais, car il savait admirablement *tirer la savate ;* et, à sa première agression, il se promettait de lui casser la jambe. Les murs de Nemours ne parlèrent plus. Mais la querelle entre Minoret et sa femme subsistait, et Savinien gardait un farouche silence. Le mariage de mademoiselle Massin l'aînée avec le futur notaire était, dix jours après ces événemens, à l'état de rumeur publique. Mademoiselle Massin avait quatre-vingt mille francs et sa laideur pour elle, Goupil avait ses difformités et sa Charge, cette union parut donc et probable et convenable. Deux inconnus cachés saisirent Goupil dans la rue, à minuit, au moment où il sortait de chez Massin, lui donnèrent des coups de bâton et disparurent. Goupil garda le plus profond silence sur cette scène de nuit, et démentit une vieille femme qui croyait l'avoir reconnu en regardant par sa croisée. Ces grands petits événemens furent étudiés par le juge de paix, qui reconnut à Goupil un pouvoir mystérieux sur Minoret et se promit d'en deviner la cause.

Quoique l'opinion publique de la petite ville eût reconnu la parfaite innocence d'Ursule, Ursule se rétablissait lentement. Dans cet état de prostration corporelle qui laissait l'âme et l'esprit libres, elle devint le théâtre de phénomènes dont les effets furent d'ailleurs terribles et de nature à occuper la science, si la science avait été mise dans une pareille confidence. Dix jours après la visite de madame de Portenduère, Ursule subit un rêve qui présenta les caractères d'une vision surnaturelle autant par les faits moraux que par les circonstances pour ainsi dire physiques. Feu Minoret, son parrain, lui apparut et lui fit signe de venir avec lui ; elle s'habilla, le suivit au milieu des ténèbres jusque dans la maison de la rue des Bourgeois où elle retrouva les moindres choses comme elles étaient le jour de la mort de son parrain. Le vieillard portait les vêtemens qu'il avait sur lui la veille de sa mort, sa figure était pâle, ses mouvemens ne rendaient aucun son ; néanmoins Ursule entendit parfaitement sa voix, quoique faible et comme répétée par un écho lointain. Le docteur amena sa pupille jusque dans le cabinet du pavillon chinois, où il lui fit soulever le marbre du petit meuble de Boulle, comme elle l'avait soulevé le jour de sa mort ; mais au lieu de n'y rien trouver, elle vit la lettre que son parrain lui recommandait d'aller y prendre ; elle la décacheta, la lut ainsi que le testament en faveur de Savinien. — Les caractères de l'écriture, dit-elle au curé, brillaient comme s'ils eussent été tracés avec les rayons du soleil, ils me brûlaient les yeux. Quand elle regarda son oncle pour le remercier, elle aperçut sur ses lèvres décolorées un sourire bienveillant. Puis, de sa voix faible et néanmoins claire, le spectre lui montra Minoret écoutant la confidence dans le corridor, allant dévisser la serrure, et prenant le paquet de papiers. Puis, de sa main droite, il saisit sa pupille et la contraignit à marcher du pas des morts afin de suivre Minoret jusqu'à la Poste. Ursule traversa la ville, entra à la Poste dans l'ancienne chambre de Zélie, où le spectre lui fit voir le spoliateur décachetant les lettres, les lisant et les brûlant. — Il n'a pu, dit Ursule, allumer que la troisième allumette pour brûler les papiers, et il en a enterré les vestiges dans les cendres. Après, mon parrain m'a ramenée à notre maison, et j'ai vu monsieur Minoret-Levrault se glissant dans la bibliothèque, où il a pris, dans le troisième volume des *Pandectes,* les trois inscriptions de chacune douze mille livres de rente, ainsi que l'argent des arrérages en billets de banque. — Il est, m'a dit alors mon parrain, l'auteur des tourmens qui t'ont mise à la porte du tombeau ; mais Dieu veut que tu sois heureuse. Tu ne mourras point encore, tu épouseras Savinien! Si tu m'aimes, si tu aimes Savinien, tu redemanderas la fortune à mon neveu. Jure-le moi! En resplendissant comme le Sauveur pendant sa transfiguration, le spectre de Minoret avait alors causé, dans l'état d'oppression où se trouvait Ursule, une telle violence à son âme, qu'elle promit tout ce que voulait son oncle pour faire cesser le cauchemar. Elle s'était réveillée debout, au milieu de sa chambre, la face devant le portrait de son parrain, qu'elle y avait mis depuis sa maladie. Elle se recoucha, se rendormit après une vive agitation et se souvint à son réveil de cette singulière vision ; mais elle n'osa pas en parler. Son jugement exquis et sa délicatesse s'offensèrent de la révélation d'un rêve dont la fin et la cause étaient ses intérêts pécuniaires ; elle l'attribua naturellement à la causerie par laquelle la Bougival l'avait endormie, et où il était question des libéralités de son parrain pour elle et des certitudes que conservait sa nourrice à cet égard. Mais ce rêve revint avec des aggravations qui le lui rendirent excessivement redoutable. La seconde fois, la main glacée de son parrain se posa sur son épaule, et lui causa la plus cruelle douleur, une sensation indéfinissable. — Il faut obéir aux morts ! disait-il d'une voix sépulcrale. Et des larmes, dit-elle, tombaient de ses yeux blancs et vides. La troisième fois, le mort la prit par ses longues nattes et lui fit voir Minoret causant avec Goupil, et lui promettant de l'argent s'il emmenait Ursule à Sens. Ursule prit alors le parti d'avouer ces trois rêves à l'abbé Chaperon.

— Monsieur le curé, lui dit-elle un soir, croyez-vous que les morts puissent apparaître ?

— Mon enfant, l'histoire sacrée, l'histoire profane, l'histoire moderne offrent plusieurs témoignages à ce sujet ; mais l'Église n'en a jamais fait un article de foi ; et, quant à la Science, en France, elle s'en moque.

— Que croyez-vous ?

— La puissance de Dieu, mon enfant, est infinie.

— Mon parrain vous a-t-il parlé de ces sortes de choses ?

— Oui, souvent. Il avait entièrement changé d'avis sur ces matières. Sa conversion date du jour, il me l'a dit vingt fois, où dans Paris une femme vous a entendue à Nemours priant pour lui, et a vu le point rouge que vous aviez mis devant le jour de Saint-Savinien à votre almanach.

Ursule jeta un cri perçant qui fit frémir le prêtre : elle se souvenait de la scène où, de retour à Nemours, son parrain avait lu dans son âme et s'était emparé de son almanach.

— Si cela est, dit-elle, mes visions sont possibles. Mon parrain m'est apparu comme Jésus à ses disciples. Il est dans une enveloppe de lumière jaune, il parle ! Je voulais vous prier de dire une messe pour le repos de son âme, et implorer le secours de Dieu afin de faire cesser ces apparitions qui me brisent.

Elle raconta dans les plus grands détails ses trois rêves, en insistant sur la profonde vérité des faits, sur la liberté de ses mouvements, sur le somnambulisme d'un être intérieur, qui, dit-elle, se déplaçait sous la conduite du spectre de son oncle avec une excessive facilité. Ce qui surprit étrangement le prêtre, à qui la véracité d'Ursule était connue, fut la description exacte de la chambre autrefois occupée par Zélie Minoret à son établissement de la Poste, où jamais Ursule n'avait pénétré, de laquelle enfin elle n'avait jamais entendu parler.

— Par quels moyens ces étranges apparitions peuvent-elles donc avoir lieu ? dit Ursule. Que pensait mon parrain ?

— Votre parrain, mon enfant, procédait par hypothèses. Il avait reconnu la possibilité de l'existence d'un monde spirituel, d'un monde des idées. Si les idées sont une création propre à l'homme, et si elles subsistent en vivant d'une vie qui leur soit propre ; elles doivent avoir des formes insaisissables à nos sens extérieurs, mais perceptibles à nos sens intérieurs quand ils sont dans certaines conditions. Ainsi les idées de votre parrain peuvent vous envelopper, et peut-être les avez-vous revêtues de sa propre apparence. Puis, si Minoret a commis ces actions, elles se résolvent en idées ; car toute action est le résultat de plusieurs idées. Or, si les idées se meuvent dans le monde spirituel, votre esprit a pu les apercevoir en y pénétrant. Ces phénomènes ne sont pas plus étranges que ceux de la mémoire, et ceux de la mémoire sont aussi surprenants et inexplica-

bles que ceux du parfum des plantes, qui sont peut-être les idées de la plante.

— Mon Dieu ! combien vous agrandissez le monde. Mais entendre parler un mort, le voir marchant, agissant, est-ce donc possible ?...

— En Suède, Swedenborg, répondit l'abbé Chaperon, a prouvé jusqu'à l'évidence qu'il communiquait avec les morts. Mais d'ailleurs venez dans la bibliothèque, et vous lirez dans la vie du fameux duc de Montmorency, décapité à Toulouse, et qui certes n'était pas homme à forger des sornettes, une aventure presque semblable à la vôtre, et qui cent ans auparavant était arrivée à Cardan.

Ursule et le curé montèrent au premier étage, et le bonhomme lui chercha une petite édition in-12, imprimée à Paris en 1666, de l'histoire de Henri de Montmorency, écrite par un ecclésiastique contemporain, et qui avait connu le prince.

— Lisez, dit le curé en lui donnant le volume aux pages 175 et 176. Votre parrain a souvent relu ce passage, et, tenez, il s'y trouve encore de son tabac.

— Et il n'est plus, lui ! dit Ursule en prenant le livre pour lire ce passage :

« Le siège de Privas fut remarquable par la perte de » quelques personnes de commandement : deux maréchaux » de camp y moururent, à savoir, le marquis d'*Uxelles*, » d'une blessure qu'il reçut aux approches, et le marquis » de *Portes*, d'une mousquetade à la tête. Le jour qu'il fut » tué, il devait être fait maréchal de France. Environ le » moment de la mort du marquis, le duc de *Montmorency*, » qui dormait dans sa tente, fut éveillé par une voix semblable à celle du marquis qui lui disait adieu. L'amour » qu'il avait pour une personne qui lui était si proche fit » qu'il attribua l'illusion de ce songe à la force de son imagination ; et le travail de la nuit, qu'il avait passée, selon » sa coutume, à la tranchée, fut cause qu'il se rendormit » sans aucune crainte. Mais la même voix l'interrompit encore une autre fois, et le fantôme qu'il n'avait vu qu'en dormant, le contraignit de s'éveiller de nouveau et d'ouïr » distinctement les mêmes mots qu'il avait prononcés avant » de disparaître. Le duc se ressouvint alors qu'un jour » qu'ils entendaient discourir le philosophe *Pitart* sur la » séparation de l'âme d'avec le corps, ils s'étaient promis » de se dire adieu l'un à l'autre si proche l'un viendrait » à mourir en avait la permission. Sur quoi, ne pouvant » s'empêcher de craindre la vérité de cet avertissement, il » envoya promptement un de ses domestiques au quartier » du marquis, qui était éloigné du sien. Mais, avant que » son homme fût de retour, on vint le querir de la part du » roi, qui lui fit dire par des personnes propres le conso» ler l'infortune qu'il avait appréhendée.

» Je laisse à disputer aux docteurs sur la raison de cet » événement, que j'ai ouï plusieurs fois réciter au duc de » *Montmorency*, et dont j'ai cru que la merveille et la vé» rité étaient dignes d'être rapportées. »

— Mais alors, dit Ursule, que dois-je faire ?

— Mon enfant, reprit le curé, il s'agit de choses si graves et qui vous sont si profitables que vous devez garder un silence absolu. Maintenant que vous m'avez confié les secrets de cette apparition, peut-être n'aura-t-elle plus lieu. D'ailleurs vous êtes assez forte pour aller à l'église ; eh bien ! demain vous y viendrez remercier Dieu et le prier de donner le repos à votre parrain. Soyez d'ailleurs certaine que vous avez mis votre secret en des mains prudentes.

— Si vous saviez en quelles terreurs je m'endors ! quels regards me lance mon parrain ! La dernière fois il s'accrochait à ma robe pour me voir plus longtemps. Je me suis réveillée le visage tout en pleurs.

— Soyez en paix, il ne reviendra plus, lui dit le curé.

Sans perdre un instant, l'abbé Chaperon alla chez Minoret, et le pria de lui accorder un moment d'audience dans le pavillon chinois, en exigeant qu'ils fussent seuls.

— Personne ne peut-il nous écouter ? dit l'abbé Chaperon à Minoret.

— Personne répondit Minoret.

— Monsieur, mon caractère doit vous être connu, dit le bonhomme en attachant sur la figure de Minoret un regard doux mais attentif; j'ai à vous parler de choses graves, extraordinaires, qui ne concernent que vous, et sur lesquelles vous pouvez compter que je garderai le plus profond secret; mais il m'est impossible de ne pas vous en instruire. Dans le temps que vivait votre oncle, il y avait là, dit le prêtre en montrant la place du meuble, un petit buffet de Boulle à dessus de marbre (Minoret devint blême), et, sous ce marbre, votre oncle avait mis une lettre pour sa pupille...

Le curé raconta, sans omettre la moindre circonstance, la propre conduite de Minoret à Minoret. L'ancien maître de poste, en entendant le détail des deux allumettes qui s'étaient éteintes sans s'allumer, sentit ses cheveux frétillant dans leur cuir chevelu.

— Qui donc a pu forger de semblables sornettes? dit-il au curé d'une voix étranglée quand le récit fut terminé.

— Le mort lui-même!

Cette réponse causa un léger frémissement à Minoret, qui voyait aussi le docteur en rêve.

— Dieu, monsieur le curé, est bien bon de faire des miracles pour moi, reprit Minoret à qui son danger inspira la seule plaisanterie qu'il fit dans toute sa vie.

— Tout ce que Dieu fait est naturel, répondit le prêtre.

— Votre fantasmagorie ne m'effraie point, dit le colosse en retrouvant un peu de sang-froid.

— Je ne viens pas vous effrayer, mon cher monsieur, car jamais je ne parlerai de ceci à qui que ce soit au monde, dit le curé. Vous seul savez la vérité. C'est une affaire entre vous et Dieu.

— Voyons, monsieur le curé, me croyez-vous capable d'un si horrible abus de confiance?

— Je ne crois qu'aux crimes que l'on me confesse et desquels on se repent, dit le prêtre d'un ton apostolique.

— Un crime?... s'écria Minoret.

— Un crime affreux dans ses conséquences.

— En quoi?

— En ce qu'il échappe à la justice humaine. Les crimes qui ne sont pas expiés ici-bas le seront dans l'autre vie. Dieu venge lui-même l'innocence.

— Vous croyez que Dieu s'occupe de ces misères?

— S'il ne voyait pas les mondes dans tous leurs détails et d'un seul regard, comme vous faites tenir tout un paysage dans votre œil, il ne serait pas Dieu.

— Monsieur le curé, vous me donnez votre parole que vous n'avez et ne saurez plus de détails que de mon oncle?

— Votre oncle est apparu trois fois à Ursule pour les lui répéter. Fatiguée de ses rêves, elle m'a confié ces révélations sous le secret, et les trouve si dénuées de raison qu'elle n'en parlera jamais. Aussi pouvez-vous être tranquille à ce sujet.

— Mais je suis tranquille de toute manière, monsieur Chaperon.

— Je le souhaite, dit le vieux prêtre. Quand même je taxerais d'absurdité ces avertissemens donnés en rêve, je trouverais encore nécessaire de vous les communiquer, à cause de la singularité des détails. Vous êtes un honnête homme, et vous avez trop légalement gagné votre belle fortune pour vouloir y ajouter quelque chose par le vol. D'ailleurs, vous êtes un homme presque primitif, vous seriez trop tourmenté par les remords. Nous avons en nous un sentiment du juste, chez l'homme le plus civilisé comme chez le plus sauvage, qui ne nous permet pas de jouir en paix du bien mal acquis selon les lois de la société dans laquelle nous vivons, car les sociétés bien constituées sont modelées sur l'ordre même imposé par Dieu aux mondes. Les Sociétés sont en ceci d'origine divine. L'homme ne trouve ici-bas, il n'invente pas de formes, il imite les rapports éternels qui l'enveloppent de toutes parts. Aussi, voyez ce qui arrive. Aucun criminel, allant à l'échafaud et pouvant emporter le secret de ses crimes, ne se laisse trancher la tête sans faire des aveux auxquels il est poussé par une mystérieuse puissance. Ainsi, mon cher monsieur Minoret, si vous êtes tranquille, je m'en vais heureux.

Minoret devint si stupide qu'il ne reconduisit le curé. Quand il se crut seul, il entra dans une colère d'homme sanguin : il lui échappait les plus étranges blasphèmes, et il donnait les noms les plus odieux à Ursule.

— Eh bien! que t'a-t-elle donc fait? lui dit sa femme, venue sur la pointe des pieds après avoir reconduit le curé.

Pour la première et unique fois de sa vie, Minoret, enivré par la colère et poussé à bout par les questions réitérées de sa femme, la battit si bien, qu'il fut obligé, quand elle tomba meurtrie, de la prendre dans ses bras, et, tout honteux, de la coucher lui-même. Il fit une petite maladie; le médecin fut obligé de le saigner deux fois. Quand il fut sur pied, chacun, dans un temps donné, remarqua des changemens chez lui. Minoret se promenait seul, et souvent il allait par les rues comme un homme inquiet. Il paraissait distrait en écoutant, lui qui n'avait jamais eu deux idées dans la tête. Enfin, un soir, il aborda dans la Grand-Rue le juge de paix, qui, sans doute, venait chercher Ursule pour la conduire chez madame de Portenduère, où la partie de whist avait recommencé.

— Monsieur Bongrand, j'ai quelque chose d'assez important à dire à ma cousine, fit-il en prenant le juge par le bras, et je suis assez aise que vous y soyez : vous pourriez lui servir de conseil.

Ils trouvèrent Ursule en train d'étudier. Elle se leva d'un air imposant et froid en voyant Minoret.

— Mon enfant, monsieur Minoret veut vous parler d'affaires, dit le juge de paix. Par parenthèse, n'oubliez pas de me donner votre inscription de rente. Je vais à Paris, je toucherai votre semestre et celui de la Bougival.

— Ma cousine, dit Minoret, notre oncle vous avait accoutumée à plus d'aisance que vous n'en avez.

— On peut se trouver très heureux avec peu d'argent, dit-elle.

— Je croyais que l'argent faciliterait votre bonheur, reprit Minoret, et je venais vous en offrir, par respect pour la mémoire de mon oncle.

— Vous aviez une manière naturelle de le respecter, dit sévèrement Ursule. Vous pouviez laisser sa maison telle qu'elle était et me la vendre, car vous ne l'avez mise à si haut prix que dans l'espoir d'y trouver des trésors.

— Enfin, dit Minoret, évidemment oppressé, si vous aviez douze mille livres de rentes, vous seriez en position de vous marier plus avantageusement.

— Je ne les ai pas.

— Mais si je vous les donnais, à la condition d'acheter une terre en Bretagne, dans le pays de madame de Portenduère, qui consentirait alors à votre mariage avec son fils?...

— Monsieur Minoret, dit Ursule, je n'ai point de droits à une somme si considérable, et je ne saurais l'accepter de vous. Nous sommes très peu parens et encore moins amis. J'ai trop subi déjà les malheurs de la calomnie pour vouloir donner lieu à la médisance. Qu'ai-je fait pour mériter cet argent? Sur quoi vous fonderiez-vous pour me faire un tel présent? Ces questions, que j'ai le droit de vous adresser, chacun y répondrait à sa manière : on y verrait une réparation de quelque dommage, et je ne veux point en avoir reçu. Votre oncle ne m'a point élevée dans des sentimens ignobles. On ne doit accepter que de ses amis : je ne saurais avoir d'affection pour vous, et je serais nécessairement ingrate; je ne veux pas m'exposer à manquer de reconnaissance.

— Vous refusez? s'écria le colosse, à qui jamais l'idée ne serait venue en tête qu'on pouvait refuser une fortune.

— Je refuse, répéta Ursule.

— Mais à quel titre offririez-vous une pareille fortune à mademoiselle? demanda l'ancien avoué, qui regarda fixement Minoret. Vous avez une idée. Avez-vous une idée?

— Eh bien! l'idée de la renvoyer de Nemours afin que

mon fils me laisse tranquille : il est amoureux d'elle et veut l'épouser.

— Eh bien ! nous verrons cela, répondit le juge de paix en raffermissant ses lunettes ; laissez-nous le temps de réfléchir.

Il reconduisit Minoret jusque chez lui, tout en approuvant les sollicitudes que lui inspirait l'avenir de Désiré, blâmant un peu la précipitation d'Ursule, et promettant de lui faire entendre raison. Aussitôt que Minoret fut rentré, Bongrand alla chez le maître de poste, lui emprunta son cabriolet et son cheval, courut jusqu'à Fontainebleau, demanda le substitut, et apprit qu'il devait être chez le sous-préfet en soirée. Le juge de paix ravi s'y présenta. Désiré faisait une partie de whist avec la femme du procureur du roi, la femme du sous-préfet, et le colonel du régiment en garnison.

— Je viens vous apprendre une heureuse nouvelle, dit monsieur Bongrand à Désiré : vous aimez votre cousine Ursule Mirouët, et votre père ne s'oppose plus à votre mariage.

— J'aime Ursule Mirouët ? s'écria Désiré en riant. Où prenez-vous Ursule Mirouët ? Je me souviens d'avoir vu quelquefois chez feu Minoret, mon archi-grand-oncle, cette petite fille, qui certes est d'une grande beauté ; elle est d'une dévotion outrée, et si j'ai, comme tout le monde, rendu justice à ses charmes, je n'ai jamais eu la tête troublée pour cette blonde un peu fadasse, dit-il en souriant à la sous-préfète (la sous-préfète était une brune piquante, selon la vieille expression du dernier siècle). D'où venez-vous, mon cher monsieur Bongrand ? Tout le monde sait que mon père est seigneur suzerain de quarante-huit mille livres de rente en terres groupées autour de son château du Rouvre, et tout le monde me connaît quarante-huit mille raisons perpétuelles et foncières pour ne pas aimer la pupille du Parquet. Si j'épousais une fille de rien, ces dames me prendraient pour un grand sot.

— Vous n'avez jamais tourmenté votre père au sujet d'Ursule ?

— Jamais.

— Vous l'entendez, monsieur le procureur du roi ? dit le juge de paix à ce magistrat, qui les avait écoutés et qu'il emmena dans une embrasure où ils restèrent environ un quart d'heure à causer.

Une heure après, le juge de paix, de retour à Nemours chez Ursule, envoyait la Bougival chercher Minoret, qui vint aussitôt.

— Mademoiselle... dit Bongrand à Minoret en le voyant entrer.

— Accepte ? dit Minoret en interrompant.

— Non, pas encore, répondit le juge en touchant à ses lunettes ; elle a eu des scrupules sur l'état de votre fils, car elle a été bien maltraitée à propos d'une passion semblable, et connaît le prix de la tranquillité. Pouvez-vous lui jurer que votre fils est fou d'amour, et que vous n'avez pas d'autre intention que celle de préserver notre chère Ursule de quelques nouvelles *goupilleries* ?

— Oh ! je le jure, fit Minoret.

— Halte-là, papa Minoret ! dit le juge de paix en sortant une de ses mains du gousset de son pantalon pour frapper sur l'épaule de Minoret, qui tressaillit. Ne faites pas si légèrement un faux serment.

— Un faux serment ?

— Il est entre vous et votre fils, qui vient de jurer à Fontainebleau, chez le sous-préfet, en présence de quatre personnes et du procureur du roi, que jamais il n'a songé à sa cousine Ursule Mirouët. Vous avez donc d'autres raisons pour lui offrir un si énorme capital ? J'ai vu que vous aviez avancé des faits hasardés, je suis allé moi-même à Fontainebleau.

Minoret resta tout ébahi de sa propre sottise.

— Mais il n'y a pas de mal, monsieur Bongrand, à offrir à une parente de rendre possible un mariage qui paraît devoir faire son bonheur, et de chercher des prétextes pour vaincre sa modestie.

Minoret, à qui son danger venait de conseiller une excuse presque admissible, s'essuya le front, où se voyaient de grosses gouttes de sueur.

— Vous connaissez les motifs de mon refus, lui répondit Ursule, je vous prie de ne plus revenir ici. Sans que monsieur de Portenduère m'ait confié ses raisons, il a pour vous des sentiments de mépris, de haine même, qui me défendent de vous recevoir. Mon bonheur est toute ma fortune, je ne rougis pas de l'avouer ; je ne veux donc point le compromettre, car monsieur de Portenduère n'attend plus que l'époque de ma majorité pour m'épouser.

— Le proverbe *Monnaie fait tout* est bien menteur, dit le gros et grand Minoret en regardant le juge de paix, dont les yeux observateurs le gênaient beaucoup.

Il se leva, sortit, mais dehors il trouva l'atmosphère aussi lourde que dans la petite salle.

— Il faut pourtant que cela finisse, se dit-il en revenant chez lui.

— Votre inscription ? ma petite, dit le juge de paix assez étonné de la tranquillité d'Ursule après un événement si bizarre.

En apportant son inscription et celle de la Bougival, Ursule trouva le juge de paix qui se promenait à grands pas.

— Vous n'avez aucune idée sur le but de la démarche de ce gros butor ? dit-il.

— Aucune que je puisse dire, répondit-elle.

Monsieur Bongrand la regarda d'un air surpris.

— Nous avons alors la même idée, répondit-il. Tenez, gardez les numéros de ces deux inscriptions en cas que je les perde ; il faut toujours avoir ce soin-là.

Bongrand écrivit alors lui-même sur une carte le numéro de l'inscription d'Ursule et celui de la nourrice.

— Adieu, mon enfant ; je serai deux jours absent, mais j'arriverai le troisième pour mon audience.

Cette nuit même, Ursule eut une apparition qui se fit d'une façon étrange. Il lui sembla que son lit était dans le cimetière de Nemours, et que la fosse de son oncle se trouvait au bas de son lit. La pierre blanche où elle lut l'inscription tumulaire lui causa le plus violent éblouissement en s'ouvrant comme la couverture oblongue d'un album. Elle jeta des cris perçants, mais le spectre du docteur se dressa lentement. Elle vit d'abord la tête jaune et les cheveux blancs qui brillaient environnés par une espèce d'auréole. Sous le front nu les yeux étaient comme deux rayons, et il se levait comme attiré par une force supérieure. Ursule tremblait horriblement dans son enveloppe corporelle, sa chair était comme un vêtement brûlant, et il y avait, dit-elle plus tard, comme une autre elle-même qui s'agitait au dedans. — Grâce, dit-elle, mon parrain ! — Grâce ! il n'est plus temps, dit-il d'une voix de mort, selon l'inexplicable expression de la pauvre fille en racontant ce nouveau rêve au curé Chaperon. *Il* a été averti, *il* n'a pas tenu compte des avis. Les jours de son fils sont comptés. S'il n'a pas tout avoué, tout restitué dans quelques temps, il pleurera son fils, qui va mourir d'une mort horrible et violente. Qu'il le sache ! Le spectre montra une rangée de chiffres qui scintillaient sur la muraille comme s'ils eussent été écrits avec du feu, et dit : — Voilà son arrêt ! Quand son oncle se recoucha dans sa tombe, Ursule entendit le bruit de la pierre qui retombait, puis dans le lointain un bruit étrange de chevaux et de cris d'homme.

Le lendemain, Ursule se trouva sans force. Elle ne put se lever, tant ce rêve l'avait accablée. Elle pria sa nourrice d'aller aussitôt chez l'abbé Chaperon et de le ramener. Le bonhomme vint après avoir dit sa messe ; mais il ne fut point surpris du récit d'Ursule : il tenait la spoliation pour vraie, et ne cherchait plus à s'expliquer la vie anormale de sa chère *petite rêveuse*. Il quitta promptement Ursule et courut chez Minoret.

— Mon Dieu ! monsieur le curé, dit Zélie au prêtre, le caractère de mon mari s'est aigri, je ne sais ce qu'il a. Jusqu'à présent c'était un enfant ; mais depuis deux mois il n'est plus reconnaissable. Pour s'être emporté jusqu'à me frapper, moi qui suis si douce ! il faut que cet homme-là soit changé du tout au tout. Vous le trouverez dans les roches, il y passe sa vie! A quoi faire?

Malgré la chaleur, (on était alors en septembre 1836), le prêtre passa le canal et prit par un sentier en apercevant Minoret assis au bas d'une des roches.

— Vous êtes bien tourmenté, monsieur Minoret, dit le prêtre en se montrant au coupable. Vous m'appartenez, car vous souffrez. Malheureusement, je viens sans doute augmenter vos appréhensions. Ursule a eu cette nuit un rêve terrible. Votre oncle a soulevé la pierre de sa tombe pour prophétiser des malheurs dans votre famille. Je ne viens certes pas vous faire peur, mais vous devez savoir si ce qu'il a dit...

— En vérité, monsieur le curé, je ne puis être tranquille nulle part, pas même sur ces roches... Je ne veux rien savoir de ce qui se passe dans l'autre monde.

— Je me retire, monsieur, je n'ai pas fait ce chemin par la chaleur pour mon plaisir, dit le prêtre en s'essuyant le front.

— Eh bien! qu'a-t-il dit, le bonhomme? demanda Minoret.

— Vous êtes menacé de perdre votre fils. S'il a raconté des choses que vous seul saviez, c'est à faire frémir pour les choses que nous ne savons pas. Restituez, mon cher monsieur, restituez? Ne vous damnez pas pour un peu d'or.

— Mais restituer quoi?

— La fortune que le docteur destinait à Ursule. Vous avez pris ces trois inscriptions, je le sais maintenant. Vous avez commencé par persécuter la pauvre fille, et vous finissez par lui offrir une fortune; vous tombez dans le mensonge, vous vous entortillez dans ses dédales, et vous y faites des faux pas à tout moment. Vous êtes maladroit, vous avez été mal servi par votre complice Goupil, qui se rit de vous. Dépêchez-vous, car vous êtes observé par des gens spirituels et perspicaces, par les amis d'Ursule. Restituez, et si vous ne sauvez pas votre fils, qui peut-être n'est pas menacé, vous sauverez votre âme, votre honneur. Est-ce dans une société constituée comme la nôtre, est-ce dans une petite ville où vous avez tous les yeux les uns sur les autres, et où tout se devine quand tout ne se sait pas, que vous pourrez celer une fortune mal acquise? Allons, mon cher enfant, un homme innocent ne me laisserait pas parler si longtemps.

— Allez au diable! s'écria Minoret, je ne sais pas ce que vous avez tous après moi. J'aime mieux ces pierres, elles me laissent tranquille.

— Adieu, vous avez été prévenu par moi, mon cher monsieur, sans que, ni la pauvre enfant ni moi, nous ayons dit un seul mot à qui que ce soit au monde. Mais prenez garde!... il est un homme qui a les yeux sur vous. Dieu vous prenne en pitié!

Le curé s'éloigna, puis à quelques pas il se retourna pour regarder encore Minoret. Minoret se tenait la tête entre les mains, car sa tête le gênait. Minoret était un peu fou. D'abord, il avait gardé les trois inscriptions, il ne savait qu'en faire, il n'osait aller les toucher lui-même, il avait peur qu'on ne le remarquât; il ne voulait pas les vendre, et cherchait un moyen de les transférer. Il faisait, lui! des romans d'affaires dont le dénoûment était toujours la transmission des maudites inscriptions. Dans cette horrible situation, il pensa néanmoins à tout avouer à sa femme afin d'avoir un conseil. Zélie, qui avait si bien mené sa barque, saurait le retirer de ce pas difficile. Les rentes trois pour cent étaient alors à quatre-vingt francs, il s'agissait, avec les arrérages, d'une restitution de près d'un million. Rendre un million, sans qu'il y ait contre nous aucune preuve qui dise qu'on l'a pris?... ceci n'était pas une petite affaire. Aussi Minoret demeura-t-il pendant le mois de septembre et une partie de celui d'octobre en proie à ses remords, à ses irrésolutions. Au grand étonnement de toute la ville, il maigrit.

Une circonstance affreuse hâta la confidence que Minoret voulait faire à Zélie: l'épée de Damoclès se remua

sur leurs têtes. Vers le milieu du mois d'octobre, monsieur et madame Minoret reçurent de leur fils Désiré la lettre suivante:

« Ma chère mère, si je ne suis pas venu vous voir depuis les » vacances, c'est que d'abord j'étais de service en l'absence » de monsieur le procureur du roi, puis je savais que mon- » sieur de Portenduère attendait mon séjour à Nemours » pour m'y chercher querelle. Lassé peut-être d'une » vengeance qu'il veut tirer de notre famille toujours re- » mise, le vicomte est venu à Fontainebleau, où il avait » donné rendez-vous à un de ses amis de Paris, après s'être » assuré du concours du vicomte de Soulanges, chef d'es- » cadron des hussards que nous avons en garnison. Il » s'est présenté très poliment chez moi, accompagné de » ces deux messieurs, et m'a dit que mon père était indu- » bitablement l'auteur des persécutions infâmes exercées » sur Ursule Mirouët, sa future; il m'en a donné les preu- » ves en m'expliquant les aveux de Goupil devant témoins, » et la conduite de mon père, qui d'abord s'était refusé à » exécuter les promesses faites à Goupil pour le récom- » penser de ses perfides inventions, et qui, après lui avoir » fourni les fonds pour traiter de la charge d'huissier à » Nemours, avait par peur offert sa garantie à monsieur » Dionis pour le prix de son Étude, et enfin établi Goupil. » Le vicomte, ne pouvant se battre avec un homme de » soixante-sept ans, et voulant absolument venger les in- » jures faites à Ursule, me demanda formellement une ré- » paration. Son parti, pris et médité dans le silence, était » inébranlable. Si je refusais le duel, il avait résolu de me » rencontrer dans un salon en face des personnes de l'es- » time desquelles je tenais le plus, à m'y insulter si grave- » ment que je devrais alors me battre, ou que ma carrière » serait finie. En France, un lâche est unanimement re- » poussé. D'ailleurs ses motifs pour exiger une réparation » seraient expliqués par des hommes honorables. Il s'est dit » fâché d'en venir à de pareilles extrémités. Selon ses té- » moins, le plus sage à moi serait de régler une rencontre » comme des gens d'honneur en avaient l'habitude, afin » que la querelle n'eût pas Ursule Mirouët pour motif. En- » fin, pour éviter tout scandale en France, nous pouvions » faire avec nos témoins un voyage sur la frontière la plus » rapprochée. Les choses s'arrangeraient ainsi pour le » mieux. Son nom, a-t-il dit, valait dix fois ma fortune, » et son bonheur à venir lui faisait risquer plus que je ne » risquais dans ce combat, qui serait mortel. Il m'a engagé » à choisir mes témoins et à faire décider ces questions. » Mes témoins choisis se sont réunis avec les siens hier, et ils » ont à l'unanimité décidé que je devais une réparation. » Dans huit jours donc, je partirai pour Genève avec deux » de mes amis. Monsieur de Portenduère, monsieur de » Soulanges et monsieur de Trailles, y vont de leur côté. » Nous nous battrons au pistolet; toutes les conditions du » duel sont arrêtées: nous tirerons chacun trois fois; et » après, quoi qu'il arrive, tout sera fini. Pour ne pas ébrui- » ter une si sale affaire, car je suis dans l'impossibilité de » justifier la conduite de mon père, je vous écris au der- » nier moment. Je ne veux pas vous aller voir à cause des » violences auxquelles vous pourriez vous abandonner et » qui ne seraient point convenables. Pour faire mon che- » min dans le monde, je dois en suivre les lois; et là où le » fils d'un vicomte a dix raisons pour se battre, il y a en » cent pour le fils d'un maître de poste. Je passerai de » nuit à Nemours, et vous y ferai mes adieux. »

Cette lettre lue, il y eut entre Zélie et Minoret une scène qui se termina par les aveux du vol, de toutes les circonstances qui s'y rattachaient, et des étranges scènes auxquelles il donnait lieu partout, même dans le monde des rêves. Le million fascina Zélie tout autant qu'il avait fasciné Minoret.

— Tiens-toi tranquille ici, dit Zélie à son mari sans lui faire la moindre remontrance sur ses sottises, je me charge de tout. Nous garderons l'argent, et Désiré ne se battra pas.

Madame Minoret mit son châle et son chapeau, courut avec la lettre de son fils chez Ursule, et la trouva seule, car il était environ midi. Malgré son assurance, Zélie Minoret fut saisie par le regard froid que l'orpheline jeta ; mais elle se gourmanda pour ainsi dire de sa couardise e prit un ton dégagé.

— Tenez, mademoiselle Mirouët, faites-moi le plaisir de lire la lettre que voici, et dites-moi ce que vous en pensez? s'écria-t-elle en tendant à Ursule la lettre du substitut.

Ursule éprouva mille sentimens contraires à la lecture de cette lettre, qui lui apprenait combien elle était aimée, quel soin Savinien avait de l'honneur de celle qu'il prenait pour femme ; mais elle avait à la fois trop de religion et trop de charité pour vouloir être la cause de la mort ou des souffrances de son plus cruel ennemi.

— Je vous promets, madame, d'empêcher ce duel, et vous pouvez être tranquille ; mais je vous prie de me laisser cette lettre.

— Voyons, mon petit ange, ne pouvons-nous pas faire mieux? Écoutez-moi bien. Nous avons réuni quarante-huit mille livres de rente autour du Rouvre, un vrai château royal ; de plus, nous pouvons donner à Désiré vingt-quatre mille livres de rente sur le Grand-Livre, en tout soixante-douze mille francs par an. Vous conviendrez qu'il n'y a pas beaucoup de partis qui puissent lutter avec lui. Vous êtes une petite ambitieuse, et vous avez raison, dit Zélie en apercevant le geste de dénégation vive que fit Ursule. Je viens vous demander votre main pour Désiré ; vous porterez le nom de votre parrain, ce sera l'honorer. Désiré, comme vous l'avez pu voir, est un joli garçon ; il est très bien vu à Fontainebleau, le voilà bientôt procureur du roi. Vous êtes une enjôleuse, vous le ferez venir à Paris. A Paris, nous vous donnerons un bel hôtel, vous y brillerez, vous y jouerez un rôle, car avec soixante-douze mille francs de rentes et les appointemens d'une place, vous et Désiré vous serez de la plus haute société. Consultez vos amis, et vous verrez ce qu'ils vous diront.

— Je n'ai besoin que de consulter mon cœur, madame.

— Ta, ta, ta ! vous allez me parler de ce petit casse-cœur de Savinien ? Parbleu ! vous achèterez bien cher son nom, ses petites moustaches relevées comme deux crocs, et ses cheveux noirs. Encore un joli cadet ! Vous irez loin avec un ménage, avec sept mille francs de rentes, et un homme qui a fait cent mille francs de dettes en deux ans à Paris. D'abord, vous ne savez pas ça encore, tous les hommes se ressemblent, mon enfant ! et, sans me flatter, mon Désiré vaut le fils d'un roi.

— Vous oubliez, madame, le danger que court monsieur votre fils en ce moment, et qui ne peut être détourné que par le désir qu'a monsieur de Portenduère de m'être agréable. Ce danger serait sans remède s'il apprenait que vous me faites des propositions déshonorantes... Sachez, madame, que je me trouverai plus heureuse dans la médiocre fortune à laquelle vous faites allusion que dans l'opulence par laquelle vous voulez m'éblouir. Par des raisons inconnues encore, car tout se saura, madame, monsieur Minoret a mis au jour, en me persécutant odieusement, l'affection qui m'unit à M. de Portenduère et qui peut s'avouer, car sa mère la bénira sans doute : je dois donc vous dire que cette affection, permise et légitime, est toute ma vie. Aucune destinée, quelque brillante, quelque élevée qu'elle puisse être, ne me fera changer. J'aime sans retour ni changement possibles. Ce serait donc un crime que je serais punie d'épouser un homme à qui j'apporterais une âme toute à Savinien. Maintenant, madame, puisque vous m'y forcez, je vous dirai plus : je n'aimerais point monsieur de Portenduère, je ne saurais encore me résoudre à porter les peines et les joies de la vie dans la compagnie de monsieur votre fils. Si monsieur Savinien a fait des dettes, vous avez souvent payé celles de monsieur Désiré. Nos caractères n'ont ni ces similitudes, ni ces différences qui permettent de vivre ensemble sans amertume cachée. Peut-être n'aurais-je pas avec lui la tolérance que les femmes doivent à un époux, et je lui serais donc bientôt à charge. Cessez de penser à une alliance de laquelle je suis indigne, et à laquelle je puis me refuser sans vous causer le moindre chagrin, car vous ne manquerez pas, avec de tels avantages, de trouver des jeunes filles plus belles que moi, d'une condition supérieure à la mienne, et plus riches.

— Vous me jurez, ma petite, dit Zélie, d'empêcher que ces deux jeunes gens ne fassent leur voyage et se battent?

— Ce sera, je le prévois, le plus grand sacrifice que monsieur de Portenduère puisse me faire ; mais ma couronne de mariée ne doit pas être prise par des mains ensanglantées.

— Eh bien ! je vous remercie, ma cousine, et je souhaite que vous soyez heureuse.

— Et moi, madame, dit Ursule, je souhaite que vous puissiez réaliser le bel avenir de votre fils.

Cette réponse atteignit au cœur la mère du substitut, à la mémoire de qui les prédictions du dernier songe d'Ursule revinrent : elle resta debout, ses petits yeux attachés sur la figure d'Ursule, si blanche, si pure et si belle, dans sa robe de demi-deuil, car Ursule s'était levée pour faire partir sa prétendue cousine.

— Vous croyez donc aux rêves? lui dit-elle.

— J'en souffre trop pour n'y pas croire.

— Mais alors... dit Zélie.

— Adieu, madame, fit Ursule qui salua madame Minoret en entendant les pas du curé.

L'abbé Chaperon fut surpris de trouver madame Minoret chez Ursule. L'inquiétude peinte sur le visage mince et grimé de l'ancienne régente de la Poste engagea naturellement le prêtre à observer tour à tour les deux femmes.

— Croyez-vous aux revenans ? dit Zélie au curé.

— Croyez-vous aux revenus ? répondit le prêtre en souriant.

— C'est des finauds, tout ce monde-là, pensa Zélie ; ils veulent nous *subtiliser*. Ce vieux prêtre, ce vieux juge de paix, et ce petit drôle de Savinien, s'entendent. Il n'y a pas plus de rêves que je n'ai de cheveux dans le creux de la main.

Elle partit après deux révérences sèches et courtes.

— Je sais pourquoi Savinien allait à Fontainebleau, dit Ursule à l'abbé Chaperon en le mettant au fait du duel, et le priant d'employer son ascendant à l'empêcher.

— Et madame Minoret vous a offert la main de son fils? dit le vieux prêtre.

— Oui.

— Minoret a probablement avoué son crime à sa femme, ajouta le curé.

Le juge de paix, qui vint en ce moment, apprit la démarche et l'offre que venait de faire Zélie, dont la haine contre Ursule lui était connue, et il regarda le curé comme pour lui dire : — Sortons, je veux vous parler d'Ursule sans qu'elle nous entende.

— Savinien saura que vous avez refusé quatre-vingt mille francs de rentes et le coq de Nemours ! dit-il.

— Est-ce donc un sacrifice ? répondit-elle. Y a-t-il des sacrifices quand on aime véritablement ? Enfin, ai-je un mérite quelconque à refuser le fils d'un homme que nous méprisons ? Que d'autres se fassent des vertus de leurs répugnances, ce ne doit pas être la morale d'une fille élevée par des Jordy, des abbé Chaperon, et par notre cher docteur ! dit-elle en regardant le portrait.

Bongrand prit la main d'Ursule et la baisa.

— Savez-vous, dit le juge de paix au curé quand ils furent dans la rue, ce que venait faire madame Minoret?

— Quoi ? répondit le prêtre en regardant le juge d'un air fin qui paraissait purement curieux.

— Elle voulait faire une affaire d'une restitution.

— Vous croyez donc ?... reprit l'abbé Chaperon.

— Je ne crois pas, j'ai la certitude, et, tenez, voyez.

Le juge de paix montra Minoret qui venait à eux en retournant chez lui, car en sortant de chez Ursule les deux vieux amis remontèrent la Grand'Rue de Nemours.

— Obligé de plaider en cour d'assises, j'ai naturellement étudié bien des remords, mais je n'ai rien vu de pareil à celui-ci ! Qui donc a pu donner cette flaccidité, cette pâleur, à des joues dont la peau tendue comme celle d'un tambour crevait de la bonne grosse santé des gens sans soucis ? Oui a cerné de noir ces yeux, et amorti leur vivacité campagnarde ? Avez-vous jamais cru qu'il y aurait des plis sur ce front, et que ce colosse pourrait jamais être agité dans sa cervelle ? Il sent enfin son cœur ! Je me connais en remords, comme vous vous connaissez en repentirs, mon cher curé : ceux que j'ai jusqu'à présent observés attendaient leur peine ou allaient la subir pour s'acquitter avec le monde, ils étaient résignés ou respiraient la vengeance ; mais voici le remords sans l'expiation, le remords tout pur, avide de sa proie et la déchirant.

— Vous ne savez pas encore, dit le juge de paix en arrêtant Minoret, que mademoiselle Mirouët vient de refuser la main de votre fils ?

— Mais, dit le curé, soyez tranquille, elle empêchera son duel avec monsieur de Portenduère.

— Ah ! ma femme a réussi, dit Minoret, j'en suis bien aise, car je ne vivais pas.

— Vous êtes en effet si changé que vous ne vous ressemblez plus, dit le juge.

Minoret regardait alternativement Bongrand et le curé pour savoir si le prêtre avait commis une indiscrétion ; mais l'abbé Chaperon conservait une immobilité de visage, un calme triste, qui rassura le coupable.

— Et c'est d'autant plus étonnant, dit toujours le juge de paix, que vous ne devriez éprouver que contentement. Enfin, vous êtes le seigneur du Rouvre, vous y avez réuni les Bordières, toutes vos fermes, vos moulins, vos prés... Vous avez cent mille livres de rentes avec vos placements sur le Grand-Livre.

— Je n'ai rien sur le Grand-Livre, dit précipitamment Minoret.

— Bah ! fit le juge de paix. Tenez, il en est de cela comme de l'amour de votre fils pour Ursule, qui tantôt en fait fi, tantôt la demande en mariage. Après avoir essayé de faire mourir Ursule de chagrin, vous la voulez pour belle-fille ! Mon cher monsieur, vous avez quelque chose dans votre sac...

Minoret essaya de répondre, il chercha des paroles, et ne put trouver que :

— Vous êtes drôle, monsieur le juge de paix. Adieu, messieurs.

Et il entra d'un pas lent dans la rue des Bourgeois.

— Il a volé la fortune de notre pauvre Ursule ! mais où pêcher des preuves ?

— Dieu veuille... dit le curé.

— Dieu a mis en nous un sentiment qui parle déjà dans cet homme, reprit le juge de paix ; mais nous appelons cela des *présomptions*, et la justice humaine exige quelque chose de plus.

L'abbé Chaperon garda le silence du prêtre. Comme il arrive en pareille circonstance, il pensait beaucoup plus souvent qu'il ne le voulait à la spoliation presque avouée par Minoret, et au bonheur de Savinien évidemment retardé par le peu de fortune d'Ursule ; car la vieille dame reconnaissait en secret avec son confesseur combien elle avait eu tort en ne consentant pas au mariage de son fils pendant la vie du docteur. Le lendemain, en descendant de l'autel, après la messe, il fut frappé par une pensée qui prit en lui-même la force d'un éclat de voix ; il fit signe à Ursule de l'attendre, et alla chez elle sans avoir déjeuné.

— Mon enfant, lui dit le curé, je veux voir les deux volumes où votre parrain des rêves prétend avoir mis ses inscriptions et ses billets.

Ursule et le curé montèrent à la bibliothèque et y prirent le troisième volume des Pandectes. En l'ouvrant, le vieillard remarqua, non sans étonnement, la marque faite par des papiers sur les feuillets qui, offrant moins de résistance que la couverture, gardaient encore l'empreinte des inscriptions. Puis, dans l'autre volume, il reconnut l'espèce de bâillement produit par le long séjour d'un paquet, et sa tr.. ce au milieu des deux pages in-folio.

— Montez donc, monsieur Bongrand ? cria la Bougival au juge de paix qui passait.

Bongrand arriva précisément au moment où le curé mettait ses lunettes pour lire trois numéros écrits de la main du défunt Minoret sur la garde en papier vélin coloré, collée intérieurement par le relieur sur la couverture, et qu'Ursule venait d'apercevoir.

— Qu'est-ce que cela signifie ? Notre cher docteur était bien trop bibliophile pour gâter la garde d'une couverture, disait l'abbé Chaperon ; voici trois numéros inscrits entre un premier numéro précédé d'un M, et un autre numéro précédé d'un U.

— Que dites-vous ? répondit Bongrand, laissez moi voir cela. Mon Dieu ! s'écria le juge de paix, ceci n'ouvrirait-il pas les yeux à un athée en lui démontrant la Providence ? La justice humaine est, je crois, le développement d'une pensée divine qui plane sur les mondes ! Il saisit Ursule et l'embrassa sur le front.

— Oh ! mon enfant, vous serez heureuse, riche, et par moi !

— Qu'avez-vous ? dit le curé.

— Mon cher monsieur, s'écria la Bougival en prenant le juge par sa redingote bleue, oh ! laissez-moi vous embrasser pour ce que vous venez de dire.

— Expliquez-vous, pour ne pas nous donner une fausse joie, dit le curé.

— Si pour devenir riche je dois causer de la peine à quelqu'un, dit Ursule en entrevoyant un procès criminel, je...

— Et songez, dit le juge de paix en interrompant Ursule, à la joie que vous ferez à notre cher Savinien.

— Mais vous êtes fou ! dit le curé.

— Non, mon cher curé, dit le juge de paix, écoutez : Les inscriptions au Grand-Livre ont autant de séries qu'il y a de lettres dans l'alphabet, et chaque numéro porte la lettre de sa série ; mais les inscriptions de rente au porteur ne peuvent point avoir de lettres, puisqu'elles ne sont au nom de personne : ainsi ce que vous voyez prouve que le jour où le bonhomme a placé ses fonds sur l'État, il a pris note du numéro de son inscription de quinze mille livres de rente qui porte la lettre M. (Minoret) ces numéros sans lettres de trois inscriptions au porteur, et de celle d'Ursule Mirouët, dont le numéro est de 23,534, et qui suit, comme vous le voyez, immédiatement celui de l'inscription de quinze mille francs. Cette coïncidence prouve que ces numéros sont ceux de cinq inscriptions acquises le même jour, et notées par le bonhomme en cas de perte. Je lui avais conseillé de mettre la fortune d'Ursule en inscriptions au porteur, et il a dû employer ses fonds, ceux qu'il destinait à Ursule et ceux qui appartenaient à sa pupille, le même jour. Je vais chez Dionis consulter l'inventaire ; et si le numéro de l'inscription qu'il a laissée en son nom est 23,533, lettre M, nous serons sûrs qu'il a pris le ministère du même agent de change, le même jour : *primo*, ses fonds en une seule inscription ; *secundo*, ses économies en trois inscriptions au porteur, numérotées sans lettre de série ; *tertio*, les fonds de sa pupille : le livre des transferts en offrira des preuves irrécusables. Ah ! Minoret le sournois, je vous pince. *Motus*, mes enfants !

Le juge de paix laissa le curé, la Bougival et Ursule, en proie à une profonde admiration des voies par lesquelles Dieu conduisait l'innocence à son triomphe.

— Le doigt de Dieu est dans ceci, s'écria l'abbé Chaperon.

— Lui fera-t-on du mal ? dit Ursule.

— Ah ! mademoiselle, s'écria la Bougival, je donnerais une corde pour le pendre.

Le juge de paix était déjà chez Goupil, successeur désigné de Dionis, et entrait dans l'Étude d'un air assez indifférent.

— J'ai, dit-il à Goupil, un petit renseignement à prendre sur la succession Minoret.

— Qu'est-ce ? lui répondit Goupil.

— Le bonhomme a-t-il laissé une ou plusieurs inscriptions de rente trois pour cent ?

— Il a laissé quinze mille livres de rente trois pour cent dit Goupil, en une seule inscription, je l'ai décrite moi-même.

— Consultez donc l'inventaire, dit le juge.

Goupil prit un carton, y fouilla, ramena la minute, chercha, trouva et lut : *Item*, une inscription... Tenez, lisez... sous le numéro 23,533. lettre M.

— Faites-moi le plaisir de me délivrer un extrait de cet article de l'inventaire d'ici à une heure, je l'attends.

— A quoi cela peut-il vous servir? demanda Goupil.

— Voulez-vous être notaire? répondit le juge de paix en regardant avec sévérité le successeur désigné de Dionis.

— Je le crois bien! s'écria Goupil. J'ai avalé assez de couleuvres pour arriver à me faire appeler Maître. Je vous prie de croire, monsieur le juge de paix, que le misérable premier clerc appelé Goupil n'a rien de commun avec Maître Jean-Sébastien-Marie Goupil, notaire à Nemours, époux de mademoiselle Massin. Ces deux êtres ne se connaissent pas, ils ne se ressemblent même plus! Ne me voyez-vous point?

Monsieur Bongrand fit alors attention au costume de Goupil qui portait une cravate blanche, une chemise étincelante de blancheur ornée de boutons en rubis, un gilet de velours rouge, un pantalon et un habit en beau drap noir faits à Paris. Il était chaussé de jolies bottes. Ses cheveux, rabattus et peignés avec soin, sentaient bon. Enfin il semblait avoir été métamorphosé.

— Le fait est que vous êtes un autre homme, dit Bongrand.

— Au moral comme au physique, monsieur. La sagesse vient avec l'*Étude*; et d'ailleurs la fortune est la source de la propreté...

— Au moral comme au physique, dit le juge en raffermissant ses lunettes.

— Eh! monsieur, un homme de cent mille écus de rentes est-il jamais un démocrate? Prenez-moi donc pour un honnête homme qui se connaît en délicatesse, et disposé à aimer sa femme, ajouta-t-il en voyant entrer madame Goupil. Je suis si changé, dit-il, que je trouve beaucoup d'esprit à ma cousine Crémière, je la forme; aussi sa fille ne parle-t-elle plus de pistons. Enfin hier, tenez! elle a dit du chien de monsieur Savinien qu'il était superbe *aux arrêts*, eh bien! je ne répétai point ce mot, quelque joli qu'il soit, et je lui ai expliqué sur-le-champ la différence qui existe entre *être à l'arrêt, en arrêt* et *aux arrêts*. Ainsi, vous le voyez, je suis un tout autre homme, et j'empêcherais un client de faire une *saleté*.

— Hâtez-vous donc, dit alors Bongrand. Faites que j'aie cela dans une heure, et le notaire Goupil aura réparé quelques-uns des méfaits du premier clerc.

Après avoir prié le médecin de Nemours de lui prêter son cheval et son cabriolet, le juge de paix alla prendre les deux volumes accusateurs, l'inscription d'Ursule, et de l'extrait de l'inventaire, il courut à Fontainebleau chez le procureur du roi. Bongrand démontra facilement la soustraction des trois inscriptions , faite par un héritier quelconque, et subséquemment, la culpabilité de Minoret.

— Sa conduite s'explique, dit le procureur du roi.

Aussitôt, mesure de prudence, le magistrat minuta pour le Trésor une opposition au transfert des trois inscriptions, chargea le juge de paix d'aller rechercher la quotité de rente des trois inscriptions, et de savoir si elles avaient été vendues. Pendant que le juge de paix opérait à Paris, le procureur du roi écrivit poliment à madame Minoret de passer au Parquet. Zélie, inquiète du duel de son fils, s'habilla, fit mettre les chevaux à sa voiture, et vint *in fiocchi* à Fontainebleau. Le plan du procureur du roi était simple et formidable. En séparant la femme du mari, il allait, par suite de la terreur que cause la Justice, apprendre la vérité. Zélie trouva le magistrat dans son cabinet, et fut entièrement foudroyée par ces paroles dites sans façon.

— Madame, vous ne me croyez pas complice d'une soustraction faite dans la succession Minoret, et sur la trace de laquelle la Justice est en ce moment; mais vous pouvez éviter la Cour d'Assises à votre mari par l'aveu complet de

ce que vous en savez. Le châtiment qu'encourra votre mari n'est pas d'ailleurs la seule chose à redouter , il faut éviter la destitution de votre fils et ne pas lui casser le cou. Dans quelques instans , il ne serait plus temps, la gendarmerie est en selle, et le mandat de dépôt va partir pour Nemours.

Zélie se trouva mal. Quand elle eut repris ses sens, elle avoua tout. Après lui avoir démontré qu'elle était complice, le magistrat lui dit que, pour ne perdre ni son fils ni son mari, il allait procéder avec prudence.

— Vous avez eu affaire à l'homme et non au magistrat, dit-il. Il n'y a ni plainte adressée par la victime ni publicité donnée au vol; mais votre mari a commis d'horribles crimes, madame , qui ressortissent à un tribunal moins commode que je ne le suis. Dans l'état où se trouve cette affaire, vous serez obligée d'être prisonnière... Oh! chez moi, reprit-il en voyant Zélie près de s'évanouir. Songez que mon devoir rigoureux serait de requérir un mandat de dépôt et de faire commencer une instruction ; mais j'agis en ce moment comme tuteur de mademoiselle Ursule Mirouët, et ses intérêts bien entendus exigent une transaction.

— Ah! dit Zélie.

— Écrivez à votre mari ces mots... Et il dicta la lettre suivante à Zélie, qu'il fit asseoir à son bureau.

« *Mon ami, jeu suit arraité, et geai tou di. Remais lez* » *haincoqueripiont que nautre honeque avet lévées à mon-* » *sieur de Portenduère an verretu du tescetumand jusque tu* » *a brulai, carre monsieur le praucureure du roa vien de* » *phaire haupozitiono Traitsaur.* »

— Vous lui éviterez ainsi les dénégations qui le perdraient, dit le magistrat en souriant de l'orthographe. Nous allons voir à opérer convenablement la restitution. Ma femme vous rendra votre séjour chez moi le moins désagréable possible, et je vous engage à ne point dire un mot, et à ne point paraître affligée.

Une fois la mère du son substitut confessée et claquemurée, le magistrat fit venir Désiré, lui raconta de point en point le vol commis par son père, occultement au préjudice d'Ursule, patemment au préjudice de ses cohéritiers, et lui montra la lettre écrite par Zélie. Désiré demanda le premier à se rendre à Nemours pour faire faire la restitution par son père.

— Tout est grave, dit le magistrat. Le testament ayant été détruit, la chose s'ébruite, les héritiers Massin et Crémière, vos parens, peuvent intervenir. J'ai maintenant des preuves suffisantes contre votre père. Je vous rends votre mère, que cette petite cérémonie a suffisamment édifiée sur ses devoirs. Vis-à-vis d'elle, j'aurai l'air d'avoir cédé à vos supplications en la délivrant. Allez à Nemours avec elle, et menez à bien toutes les difficultés. Ne craignez rien de personne. Monsieur Bongrand aime trop mademoiselle Mirouët pour jamais commettre d'indiscrétion.

Zélie et Désiré partirent aussitôt pour Nemours. Trois heures après le départ de son substitut, le procureur du roi reçut par un exprès la lettre suivante, dont l'orthographe a été rétablie, afin de ne pas faire rire d'un homme atteint par le malheur.

A MONSIEUR LE PROCUREUR DU ROI PRÈS LE TRIBUNAL
DE FONTAINEBLEAU.

« Monsieur,

» Dieu n'a pas été aussi indulgent que vous l'êtes pour » nous, et nous sommes atteints par un malheur irrépa- » rable. En arrivant au pont de Nemours, un trait s'est » décroché. Ma femme était sans domestique derrière la » voiture, les chevaux sentaient l'écurie, mon fils crai- » gnant leur impatience n'a pas voulu que le cocher des- » cendît, et a mis pied à terre pour accrocher le trait. Au » moment où il se retournait pour monter auprès de sa » mère, les chevaux se sont emportés, Désiré ne s'est pas » serré contre le parapet assez à temps, le marchepied lui

» a coupé les jambes, il est tombé, la roue de derrière lui a
» passé sur le corps. L'exprès qui court à Paris chercher
» les premiers chirurgiens vous fera parvenir cette lettre
» que mon fils, au milieu de ses douleurs, m'a dit de vous
» écrire, afin de vous faire savoir notre entière soumission
» à vos décisions pour l'affaire qui l'amenait dans sa fa-
» mille.

» Je vous serai, jusqu'à mon dernier soupir, reconnais-
» sant de la manière dont vous procédez, et je justifierai
» votre confiance.

» François MINORET. »

Ce cruel événement bouleversait la ville de Nemours. La
foule émue à la grille de la maison Minoret apprit à Savinien que sa vengeance avait été prise en main par un plus
puissant que lui. Le gentilhomme alla promptement chez
Ursule, où le curé de même que la jeune fille éprouvait
plus de terreur que de surprise. Le lendemain, après les
premiers pansemens, quand les médecins et les chirurgiens
de Paris eurent donné leur avis, qui fut unanime sur la
nécessité de couper les deux jambes, Minoret vint, abattu,
pâle, défait, accompagné du curé, chez Ursule, où se trouvaient Bongrand et Savinien.

— Mademoiselle, lui dit-il, je suis bien coupable envers
vous; mais si mes torts ne sont pas complétement ré-
parables, il en est que je puis expier. Ma femme et moi,
nous avons fait vœu de vous donner en toute propriété
notre terre du Rouvre, dans le cas où nous conserverions
notre fils comme dans celui où nous aurions le malheur
affreux de le perdre.

Cet homme fondit en larmes à la fin de cette phrase.

— Je puis vous affirmer, ma chère Ursule, dit le curé,
que vous pouvez et que vous devez accepter une partie
de cette donation.

— Nous pardonnez-vous? dit humblement le colosse en
se mettant à genoux devant cette jeune fille étonnée. Dans
quelques heures l'opération va se faire par le premier chirurgien de l'Hôtel-Dieu, mais je ne me fie point à la
science humaine, je crois à la toute puissance de Dieu!
Si vous nous pardonniez, si vous alliez demander à Dieu
de nous conserver notre fils, il aura la force de supporter
ce supplice, et, j'en suis certain, nous aurons le bonheur de
le conserver.

— Allons tous à l'église! dit Ursule en se levant.

Une fois debout, elle jeta un cri perçant, retomba sur
son fauteuil et s'évanouit. Quand elle eut repris ses sens,
elle aperçut ses amis, moins Minoret qui s'était précipité
dehors pour aller chercher un médecin, tous, les yeux arrêtés sur elle, inquiets, attendant un mot. Ce mot répandit
un effroi dans tous les cœurs.

— J'ai vu mon parrain à la porte, dit-elle, et il m'a fait
signe qu'il n'y avait aucun espoir.

Le lendemain de l'opération, Désiré mourut en effet, emporté par la fièvre et par la révulsion des humeurs
qui succède à ces opérations. Madame Minoret, dont le
cœur n'avait d'autre sentiment que la maternité, devint
folle après l'enterrement de son fils, et fut conduite par
son mari chez le docteur Blanche, où elle est morte en 1841.

Trois mois après ces événements, en janvier 1837, Ursule
épousa Savinien du consentement de madame de Portenduère. Minoret intervint au contrat pour donner à mademoiselle Mirouët sa terre du Rouvre et vingt-quatre mille
francs de rentes sur le grand-livre, en ne gardant de sa
fortune que la maison de son oncle et six mille francs de
rentes. Il est devenu l'homme le plus charitable, le plus
pieux de Nemours; il est marguillier de la paroisse et la
providence des malheureux.

— Les pauvres ont remplacé mon enfant, dit-il.

Si vous avez remarqué sur le bord des chemins, dans
les pays où l'on étête le chêne, quelque vieil arbre blanchi et comme foudroyé, poussant encore des jets, les flancs
ouverts et implorant la hache, vous aurez une idée du
vieux maître de poste, en cheveux blancs, cassé, maigre,
dont qui les anciens du pays ne retrouvent rien de l'imbécile heureux que vous avez vu attendant son fils au commencement de cette histoire; il ne prend plus son tabac de
la même manière, il porte quelque chose de plus que son
corps. Enfin, on sent en toute chose que le doigt de Dieu
s'est appesanti sur cette figure pour en faire un exemple
terrible. Après avoir tant haï la pupille de son oncle, ce
vieillard a, comme le docteur Minoret, si bien concentré
ses affections sur Ursule, qu'il s'est constitué le régisseur
de ses biens à Nemours.

Monsieur et madame de Portenduère passent cinq mois
de l'année à Paris, où ils ont acheté dans le faubourg Saint-
Germain un petit hôtel. Après avoir donné sa maison de
Nemours aux Sœurs de Charité pour y tenir une école gratuite, madame de Portenduère la mère est allée habiter le
Rouvre, dont la concierge en chef est la Bougival. Le père
de Cabirolle, l'ancien conducteur de la Ducler, homme de
soixante ans, a épousé la Bougival, qui possède douze cents
francs de rente outre la ample revenus de sa place. Cabirolle fils est le cocher de monsieur de Portenduère.

Quand en voyant passer aux Champs-Elysées une de
ces charmantes petites voitures basses appelées escargots,
doublée de soie gris de lin ornée d'agrémens bleus, vous
y admirerez une jolie femme blonde, la figure enveloppée
comme d'un feuillage par des milliers de boucles, montrant des yeux semblables à des pervenches lumineuses, et
pleins d'amour, légèrement appuyée sur un beau jeune
homme; si vous étiez mordu par un désir envieux, pensez
que ce beau couple, aimé de Dieu, a d'avance payé ces
quote-part aux malheurs de la vie. Ces deux amans mariés seront vraisemblablement vicomte de Portenduère et
sa femme. Il n'y a pas deux ménages semblables dans Paris.

— C'est le plus joli bonheur que j'aie jamais vu, disait
d'eux dernièrement madame la comtesse de l'Estorade.

Bénissez donc ces heureux enfans au lieu de les jalouser,
et cherchez une Ursule Mirouët, une jeune fille élevée par
trois vieillards et par la meilleure des mères, par l'Adversité.

Goupil, qui rend service à tout le monde et que l'on regarde à juste titre comme l'homme le plus spirituel de Nemours, a l'estime de sa petite ville; mais il est puni dans
ses enfans, qui sont horribles, rachitiques, hydrocéphales.
Dionis, son prédécesseur, fleurit à la Chambre des Députés
dont il est un des plus beaux ornemens, à la grande satisfaction du roi des Français, qui voit madame Dionis à tous
ses bals. Madame Dionis raconte à toute la ville de Nemours
les particularités de ses réceptions aux Tuileries et les grandeurs de la cour du roi des Français; elle trône à Nemours,
au moyen du trône qui certes devient alors populaire.

Bongrand est juge d'instruction au tribunal de Fontainebleau; son fils, qui a épousé mademoiselle Levrault, est
un très honnête procureur-général.

Madame Crémière dit toujours les plus jolies choses du
monde. Elle ajoute un g à tambourg, soi-disant parce que
sa plume crache. La veille du mariage de sa fille, elle lui a
dit en terminant ses instructions « qu'une femme devait être
la chenille ouvrière de sa maison, et y porter en toute chose
des yeux de sphinx. » Goupil fait d'ailleurs un recueil des
coqs-à-l'âne de sa cousine, un Crémièrana.

— Nous avons eu la douleur de perdre le bon abbé Chaperon, a dit cet hiver madame la vicomtesse de Portenduère qui l'avait soigné pendant sa maladie. Tout le canton
était à son convoi. Nemours a du bonheur, car le successeur de ce saint homme est le vénérable curé de Saint-
Lange.

FIN D'URSULE MIROUËT.

Paris. — Imprimerie J. Voisvenel, 16, rue du Croissant.

EUGÉNIE GRANDET.

A MARIA.

*Que votre nom, vous dont le portrait est le plus bel ornement de cet ouvrage, soit ici comme une branche de buis
béni, prise on ne sait à quel arbre, mais certainement sanctifiée par la religion, et renouvelée, toujours verte, par
des mains pieuses pour protéger la maison.*   **DE BALZAC.**

 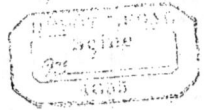

Il se trouve dans certaines provinces des maisons dont la vue inspire une mélancolie égale à celle que provoquent les cloîtres les plus sombres, les landes les plus ternes, ou les ruines les plus tristes. Peut-être y a-t-il à la fois dans ces maisons et le silence des cloîtres, et l'aridité des landes et les ossemens des ruines. La vie et le mouvement y sont si tranquilles, qu'un étranger les croirait inhabitées, s'il ne rencontrait tout à coup le regard pâle et froid d'une personne immobile, dont la figure à demi monastique dépasse l'appui de la croisée au bruit d'un pas inconnu. Ces principes de mélancolie existent dans la physionomie d'un logis situé à Saumur, au bout de la rue montueuse qui mène au château par le haut de la ville. Cette rue, maintenant peu fréquentée, chaude en été, froide en hiver, obscure en quelques endroits, est remarquable par la sonorité de son petit pavé caillouteux, toujours propre et sec; par l'étroitesse de sa voie tortueuse; par la paix de ses maisons, qui appartiennent à la vieille ville, et que dominent les remparts. Des habitations trois fois séculaires y sont encore solides quoique construites en bois, et leurs divers aspects contribuent à l'originalité qui recommande cette partie de Saumur à l'attention des antiquaires et des artistes. Il est difficile de passer devant ces maisons sans admirer les énormes madriers dont les bouts sont taillés en figures bizarres, et qui couronnent d'un bas-relief noir le rez-de-chaussée de la plupart d'entre elles. Ici, des pièces de bois transversales sont couvertes en ardoises et dessinent des lignes bleues sur les frêles murailles d'un logis terminé par un toit en colombage que les ans ont fait plier, dont les bardeaux pourris ont été tordus par l'action alternative de la pluie et du soleil. Là se présentent des appuis de fenêtre usés, noircis, dont les délicates sculptures se voient à peine, et qui semblent trop légers pour le pot d'argile brune d'où s'élancent les œillets ou les rosiers d'une pauvre ouvrière. Plus loin, c'est des portes garnies de clous énormes, où le génie de nos ancêtres a tracé des hiéroglyphes domestiques dont le sens ne se retrouvera jamais. Tantôt un protestant y a signé sa foi, tantôt un ligueur y a maudit Henri IV.

Quelque bourgeois y a gravé les insignes de sa *noblesse de cloches*, la gloire de son échevinage oublié. L'histoire de France est là tout entière. A côté de la tremblante maison à pans hourdés, où l'artisan a déifié son rabot, s'élève l'hôtel d'un gentilhomme, où sur le plein-cintre de la porte en pierre se voient encore quelques vestiges de ses armes, brisées par les diverses révolutions qui depuis 1789 ont agité le pays. Dans cette rue, les rez-de-chaussée commerçans ne sont ni des boutiques ni des magasins, les amis du moyen-âge y retrouveraient l'ouvrouère de nos pères en toute sa naïve simplicité. Ces salles basses, qui n'ont ni devanture, ni montre, ni vitrages, sont profondes, obscures et sans ornemens extérieurs ou intérieurs. Leur porte est ouverte en deux parties pleines grossièrement ferrées, dont la supérieure se replie intérieurement, et dont l'inférieure armée d'une sonnette à ressort va et vient constamment. L'air et le jour arrivent à cette espèce d'antre humide, ou par le haut de la porte, ou par l'espace qui se trouve entre la voûte, le plancher et le petit mur à hauteur d'appui dans lequel s'encastrent de solides volets, ôtés le matin, remis et maintenus le soir avec des bandes de fer boulonnées. Ce mur sert à étaler les marchandises du négociant. Là, nul charlatanisme. Suivant la nature du commerce, les échantillons consistent en deux ou trois baquets pleins de sel et de morue, en quelques paquets de toile à voile, des cordages, du laiton pendu aux solives du plancher des cercles le long des murs, ou quelques pièces de drap sur des rayons. Entrez: Une fille propre, pimpante de jeunesse, au blanc fichu, aux bras rouges, quitte son tricot, appelle son père ou sa mère qui vient et vous vend à vos souhaits, flegmatiquement, complaisamment, arrogamment, selon son caractère, soit pour deux sous, soit pour vingt mille francs de marchandise. Vous verrez un marchand de merrain assis à sa porte et qui tourne ses pouces en causant avec un voisin: il ne possède en apparence que de mauvaises planches à bouteilles et deux ou trois paquets de lattes; mais sur le port son chantier plein fournit tous les tonneliers de l'Anjou; il sait, à une planche près, combien il *peut* de tonneaux si la récolte est bonne ; un coup de soleil l'enrichit, un temps de pluie le ruine ; en une seule matinée, les poinçons valent onze francs ou tombent à six livres. Dans ce pays, comme en Touraine, les vicissitudes de l'atmosphère dominent la vie commerciale. Vignerons, propriétaires, marchands de bois, tonneliers, aubergistes, mariniers, sont tous à l'affût d'un rayon de soleil ; ils tremblent en se couchant le soir d'apprendre le lendemain matin qu'il a gelé pendant la nuit ; ils redoutent la pluie, le vent, la sécheresse, et veulent de l'eau, du chaud, des nuages, à leur fantaisie. Il y a un duel constant entre le ciel et les intérêts terrestres. Le baromètre attriste, déride, égaie tour à tour les physionomies. D'un bout à l'autre de cette rue, l'ancienne Grand'rue de Saumur, ces mots : Voilà un temps d'or ! se chiffrent de porte en porte. Aussi chacun répond-il au voisin : Il pleut des louis, en sachant ce qu'un rayon de soleil, ce qu'une pluie opportune lui en apporte. Le samedi, vers midi, dans la belle saison, vous n'obtiendriez pas pour un sou de marchandise chez ces braves industriels. Chacun a sa vigne, sa closerie, et va passer deux jours à la campagne. Là, tout étant prévu, l'achat, la vente, le profit, les commerçans se trouvent avoir dix heures sur douze à employer en joyeuses parties, en observations, commentaires, espionnages continuels. Une ménagère n'achète pas une perdrix sans que les voisins ne demandent au mari si elle était cuite à point. Une jeune fille ne met pas la tête à sa fenêtre sans y être vue par tous les groupes inoccupés. Là donc les consciences sont à jour, de même que ces maisons impénétrables, noires et silencieuses, n'ont point de mystères. La vie est presque toujours en plein air : chaque ménage s'assied à sa porte, y déjeune, y dîne, s'y dispute. Il ne passe personne dans la rue qui ne soit étudié. Aussi, jadis, quand un étranger arrivait dans une ville de province, était-il gaussé de porte en porte. De là les bons contes, de là le surnom de *copieux* donné aux habitans d'Angers qui excellaient à ces railleries urbaines. Les anciens hôtels de la vieille ville sont situés en haut de cette rue jadis habitée par les gentilshommes du pays. La maison pleine de mélancolie où se sont accomplis les événemens de cette histoire était précisément un de ces logis, restes vénérables d'un siècle où les choses et les hommes avaient ce caractère de simplicité que les mœurs françaises perdent de jour en jour. Après avoir suivi les détours de ce chemin pittoresque dont les moindres accidens réveillent des souvenirs et dont l'effet général tend à plonger dans une sorte de rêverie machinale, vous apercevez un renfoncement assez sombre, au centre duquel est caché la porte de la maison à monsieur Grandet. Il est impossible de comprendre la valeur de cette expression provinciale sans donner la biographie de monsieur Grandet.

Monsieur Grandet jouissait à Saumur d'une réputation dont les causes et les effets ne seront pas entièrement compris par les personnes qui n'ont point, peu ou prou, vécu en province. Monsieur Grandet, encore nommé par certaines gens le père Grandet, mais le nombre de ces vieillards diminuait sensiblement, était en 1789 un maître-tonnelier fort à son aise, sachant lire, écrire et compter. Dès que la République française mit en vente, dans l'arrondissement de Saumur, les biens du clergé, le tonnelier, alors âgé de quarante ans, venait d'épouser la fille d'un riche marchand de planches. Grandet alla, muni de sa fortune liquide et de la dot, muni de deux mille louis d'or, au district, où, moyennant deux cents doubles louis offerts par son beau-père au farouche républicain qui surveillait la vente des domaines nationaux, il eut pour un morceau de pain, légalement, sinon légitimement, les plus beaux vignobles de l'arrondissement, une vieille abbaye et quelques métairies. Les habitans de Saumur étant peu révolutionnaires, le père Grandet passa pour un homme hardi, un républicain, un patriote, pour un esprit qui donnait dans les nouvelles idées, tandis que le tonnelier donnait tout bonnement dans les vignes. Il fut nommé membre de l'administration du district de Saumur, et son influence pacifique s'y fit sentir politiquement et commercialement. Politiquement, il protégea les ci-devant et empêcha de tout son pouvoir la vente des biens des émigrés ; commercialement, il fournit aux armées républicaines un ou deux milliers de pièces de vin blanc, et se fit payer en superbes prairies, dépendant d'une communauté de femmes, que l'on avait réservées pour un dernier lot. Sous le Consulat, le bonhomme Grandet devint maire, administra sagement, vendangea mieux encore ; sous l'Empire, il fut monsieur Grandet. Napoléon n'aimait pas les républicains : il remplaça monsieur Grandet, qui passait pour avoir porté le bonnet rouge, par un grand propriétaire, un homme à particule, un futur baron de l'Empire. Monsieur Grandet quitta les honneurs municipaux sans aucun regret. Il avait fait faire dans l'intérêt de la ville d'excellens chemins qui menaient à ses propriétés. Sa maison et ses biens, très-avantageusement cadastrés, payaient des impôts modérés. Depuis le classement de ses différens clos, ses vignes, grâce à des soins constans, étaient devenues la tête du pays, mot technique en usage pour indiquer les vignobles qui produisent la première qualité de vin. Il aurait pu demander la croix de la Légion-d'Honneur. Cet événement eut lieu en 1806. Monsieur Grandet avait alors cinquante-sept ans, et sa femme environ trente-six. Une fille unique, fruit de leurs légitimes amours était âgée de dix ans. Monsieur Grandet, que la Providence voulut sans doute consoler de sa disgrâce administrative, hérita successivement pendant cette année de madame de La Gaudinière, née de La Bertellière, mère de madame Grandet ; puis du vieux monsieur La Bertellière père de la défunte ; et encore de madame Gentillet, grand'mère du côté maternel : trois successions dont l'importance ne fut connue de personne. L'avarice de ces trois vieillards était si passionnée que depuis longtemps ils entassaient leur argent pour pouvoir le contempler secrètement. Le vieux monsieur La Bertellière appelait un placement une prodigalité, trouvant de plus gros intérêts dans l'aspect de l'or que dans les bénéfices de l'usure. La ville de Saumur présuma donc la valeur des économies d'après les revenus des biens au soleil. Monsieur Grandet obtint alors le nouveau titre de noblesse que notre manie d'égalité n'effacera jamais : il devint *le plus imposé* de l'arrondissement. Il exploitait cent arpens de vignes, qui, dans les années plantureuses, lui donnaient sept à huit cents poinçons de vin. Il possédait treize métairies, une vieille abbaye où par économie il avait muré les croisées, les ogives, les vitraux, ce qui les conserva ; et cent vingt-sept arpens de prairies où croissaient et grossissaient trois mille peupliers plantés en 1793. Enfin la maison dans laquelle il demeurait était la sienne. Ainsi établissait-on sa fortune visible. Quant à ses capitaux, deux seules personnes pouvaient vaguement en présumer l'importance : l'une était monsieur Cruchot notaire chargé des placements usuraires de monsieur Grandet ; l'autre, monsieur des Grassins, le plus riche banquier de Saumur, aux bénéfices duquel le vigneron participait à sa convenance, et secrètement. Quoique le vieux Cruchot et monsieur des Grassins possédassent cette profonde discrétion qui engendre en province la confiance et la fortune, ils témoignaient publiquement à monsieur Grandet un si grand respect que les observateurs pouvaient mesurer l'étendue des capitaux de l'ancien maire d'après la portée de l'obséquieuse considération dont il était l'objet. Il n'y avait dans Saumur personne qui ne fût persuadé que monsieur Grandet n'eût un trésor particulier, une cachette pleine de louis, et ne se donnât nuitamment les ineffables jouissances que procure la vue d'une grande masse d'or. Les avaricieux en avaient une sorte de certitude en voyant les yeux du bonhomme, auxquels le métal jaune semblait avoir communiqué ses teintes. Le regard d'un homme accoutumé à tirer de ses capitaux un intérêt énorme contracte nécessairement, comme celui du voluptueux, du joueur ou du courtisan, certaines habitudes indéfinissables, des mouvemens furtifs, avides, mystérieux, qui n'échappent point à ses coréligionnaires. Ce langage secret forme en quelque sorte la franc-maçonnerie des passions. Monsieur Grandet inspirait donc l'estime respectueuse à laquelle avait droit un homme qui ne devait jamais rien à personne, qui, vieux tonnelier, vieux vigneron, devinait avec la précision d'un astronome quand il fallait fabriquer pour sa récolte mille poinçons ou seulement cinq cents; qui ne manquait pas une seule spéculation, avait toujours des tonneaux à vendre alors que le tonneau valait plus cher que la denrée à recueillir, pouvait mettre sa vendange dans ses celliers et attendre le moment de livrer son poinçon à deux cents francs quand les petits propriétaires donnaient le leur à cinq louis. Sa fameuse récolte de 1811, sagement serrée, lentement vendue, lui avait rapporté plus de deux cent quarante mille livres. Financièrement parlant, monsieur Grandet tenait du tigre et du boa: il savait se coucher, se blottir, envisager longtemps sa proie, sauter dessus; puis il ouvrait la gueule de sa bourse, y engloutissait une charge d'écus, et se couchait tranquillement, comme le serpent qui digère, impassible, froid, méthodique. Personne ne le voyait passer sans éprouver un sentiment d'admiration mélangé de respect et de terreur. Chacun dans Saumur n'avait-il pas senti le déchirement poli de ses griffes d'acier? à celui-ci maître Cruchot avait procuré l'argent nécessaire à l'achat d'un domaine, mais à onze pour cent; à celui-là monsieur des Grassins avait escompté des traites, mais avec un effroyable prélèvement d'intérêts. Il s'écoulait peu de jours sans que le nom de monsieur Grandet fût prononcé soit au marché, soit pendant les soirées, dans les conversations de la ville. Pour quelques personnes, la fortune du vieux vigneron était l'objet d'un orgueil patriotique. Aussi plus d'un négociant, plus d'un aubergiste, disait-il aux étrangers avec un certain contentement: « Monsieur, nous avons ici deux ou trois maisons millionnaires; mais, quant à monsieur Grandet, il ne connaît pas lui-même sa fortune! » En 1816, les plus habiles calculateurs de Saumur estimaient les biens territoriaux du bonhomme à près de quatre millions; mais, comme terme moyen, il avait dû tirer par an, depuis 1793 jusqu'en 1817, cent vingt mille francs de ses propriétés, il était présumable qu'il possédât en argent une somme presque égale à celle de ses biens-fonds. Aussi, lorsqu'après une partie de boston, ou quelque entretien sur les vignes, on venait à parler de monsieur Grandet, les gens capables disaient-ils: — Le père Grandet?... le père Grandet doit avoir cinq à six millions. — Vous êtes plus habile que je ne le suis, je n'ai jamais pu savoir le total, répondaient monsieur Cruchot ou monsieur des Grassins, s'ils entendaient le propos. Quelque Parisien parlait-il des Rotschild ou de monsieur Laffite, les gens de Saumur demandaient s'ils étaient aussi riches que monsieur Grandet. Si le Parisien leur jetait en souriant une dédaigneuse affirmation, ils se regardaient en hochant la tête d'un air d'incrédulité. Une si grande fortune couvrait d'un manteau d'or toutes les actions de cet homme! Si d'abord quelques particularités de sa vie donnèrent prise au ridicule et à la moquerie, la moquerie et le ridicule s'étaient usés. En ses moindres actes, monsieur Grandet avait pour lui l'autorité de la chose jugée. Sa parole, son vêtement, ses gestes, le clignement de ses yeux, faisaient loi dans le pays, où chacun, après l'avoir étudié comme un naturaliste étudie les effets de l'instinct chez les animaux, avait pu reconnaître la profonde et muette sagesse de ses plus légers mouvemens. — L'hiver sera rude, disait-on, le père Grandet a mis ses gants fourrés; il faut vendanger. — Le père Grandet prend beaucoup de merrain, il y aura du vin cette année. Monsieur Grandet n'achetait jamais ni viande ni pain. Ses fermiers lui apportaient par semaine une provision suffisante de chapons, de poulets, d'œufs, de beurre et de blé de vente. Il possédait un moulin dont le locataire devait, en sus du bail, venir chercher une certaine quantité de grains et lui en rapporter le son et la farine. La grande Nanon, son unique servante, quoiqu'elle ne fût plus jeune, boulangeait elle-même tous les samedis le pain de la maison. Monsieur Grandet s'était arrangé avec les maraîchers, ses locataires, pour qu'ils le fournissent de légumes. Quant aux fruits, il en récoltait une telle quantité qu'il en faisait vendre une grande partie au marché. Son bois de chauffage était cou-

pé dans ses haies ou pris dans les vieilles truisses à moitié pourries qu'il enlevait au bord de ses champs, et ses fermiers le lui charroyaient en ville tout débité, le rangeaient par complaisance dans son bûcher, et recevaient ses remercîmens. Ses seules dépenses connues étaient le pain bénit, la toilette de sa femme, celle de sa fille et le payement de leurs chaises à l'église; la lumière, les gages de la grande Nanon, l'étamage de ses casseroles; l'acquittement des impositions, les réparations de ses bâtimens et les frais de ses exploitations. Il avait six cents arpens de bois récemment achetés qu'il faisait surveiller par le garde d'un voisin, auquel il promettait une indemnité. Depuis cette acquisition seulement, il mangeait du gibier. Les manières de cet homme étaient fort simples. Il parlait peu. Généralement il exprimait ses idées par de petites phrases sentencieuses et dites d'une voix douce. Depuis la Révolution, époque à laquelle il attira les regards, le bonhomme bégayait d'une manière fatigante aussitôt qu'il avait à discourir longuement ou à soutenir une discussion. Ce bredouillement, l'incohérence de ses paroles, le flux de mots où il noyait sa pensée, son manque apparent de logique attribués à un défaut d'éducation, étaient affectés et seront suffisamment expliqués par quelques événemens de cette histoire. D'ailleurs, quatre phrases exactes autant que des formules algébriques lui servaient habituellement à embrasser, à résoudre toutes les difficultés de la vie et du commerce: Je ne sais pas, Je ne puis pas, Je ne veux pas, Nous verrons cela. Il ne disait jamais ni oui ni non, et n'écrivait point. Lui parlait-on? il écoutait froidement, se tenait le menton dans sa main droite en appuyant son coude droit sur le revers de la main gauche, et se formait en toute affaire des opinions desquelles il ne revenait point. Il méditait longuement les moindres marchés. Quand, après une savante conversation, son adversaire lui avait livré le secret de ses prétentions en croyant le tenir, il lui répondait: — Je ne puis rien conclure sans avoir consulté ma femme. Sa femme, qu'il avait réduite à un ilotisme complet, était en affaires son paravent le plus commode. Il n'allait jamais chez personne, ne voulait ni recevoir ni donner à dîner; il ne faisait jamais de bruit, et semblait économiser tout, même le mouvement. Il ne dérangeait rien chez les autres par un respect constant de la propriété. Néanmoins, malgré la douceur de sa voix, malgré sa tenue circonspecte, le langage et les habitudes du tonnelier perçaient, surtout quand il était au logis, où il se contraignait moins que partout ailleurs. Au physique, Grandet était un homme de cinq pieds, trapu, carré, ayant des mollets de douze pouces de circonférence, des rotules noueuses et de larges épaules; son visage était rond, tanné, marqué de petite vérole; son menton était droit, ses lèvres n'offraient aucunes sinuosités, et ses dents étaient blanches; ses yeux avaient l'expression calme et dévoratrice que le peuple accorde au basilic; son front, plein de rides transversales, ne manquait pas de protubérances significatives; ses cheveux jaunâtres et grisonnans étaient blanc et or, disaient quelque jeunes gens qui ne connaissaient pas la gravité d'une plaisanterie faite sur monsieur Grandet. Son nez, gros par le bout, supportait une loupe veinée que le vulgaire disait, non sans raison, pleine de malice. Cette figure annonçait une finesse dangereuse, une probité sans chaleur, l'égoïsme d'un homme habitué à concentrer ses sentimens dans la jouissance de l'avarice et sur le seul être qui lui fût réellement de quelque chose, sa fille Eugénie, sa seule héritière. Attitude, manières, démarche, tout en lui, d'ailleurs, attestait cette croyance en soi que donne l'habitude d'avoir toujours réussi dans ses entreprises. Aussi, quoique de mœurs faciles et molles en apparence, monsieur Grandet avait-il un caractère de bronze. Toujours vêtu de la même manière, qui le voyait aujourd'hui le voyait tel qu'il était depuis 1791. Ses forts souliers se nouaient avec des cordons de cuir; il portait en tout temps des bas de laine drapés, une culotte courte de gros drap marron à boucles d'argent, un gilet de velours à raies alternativement jaunes et puces, boutonné carrément, un large habit marron à grands pans, une cravate noire, et un chapeau de quaker. Ses gants, aussi solides que ceux des gendarmes, lui duraient vingt mois, et, pour les conserver propres, il les posait sur le bord de son chapeau à la même place, par un geste méthodique. Saumur ne savait rien de plus sur ce personnage.

Six habitans seulement avaient le droit de venir dans cette maison. Le plus considérable des trois premiers était le neveu de monsieur Cruchot. Depuis sa nomination de président au tribunal de première instance de Saumur, ce jeune homme avait joint au nom de Cruchot celui de Bonfons, et travaillait à faire prévaloir Bonfons sur Cruchot. Il signait déjà C. de Bonfons. Le plaideur assez malavisé pour l'appeler monsieur Cruchot s'apercevait bientôt à l'audience de sa sottise. Le magistrat protégeait ceux qui le nommaient monsieur le président, mais il favorisait de ses plus gracieux sourires les flatteurs qui lui disaient monsieur de Bonfons. Monsieur le président était âgé de trente-trois ans, possédait le domaine de Bonfons (*Boni fontis*), valant sept mille livres de rente; il attendait la succession de son oncle le notaire et celle de son oncle l'abbé Cruchot, dignitaire du chapitre de Saint-Martin de Tours, qui tous deux passaient pour être assez riches. Ces trois Cruchot, soutenus par bon nombre de cousins, alliés à vingt maisons de la ville, formaient un parti, comme jadis à Florence les Médicis; et, comme les Médicis, les Cruchot avaient leurs Pazzi. Madame des Grassins, mère d'un fils de vingt-trois ans, venait très-assidument faire la partie de madame Grandet, espérant marier son cher Adolphe avec mademoiselle Eugénie. Monsieur des Grassins le banquier favorisait vigoureusement les manœuvres de sa femme par de constans services secrètement rendus au vieil avare, et arrivait toujours à temps sur le champ de bataille. Ces trois des Grassins avaient également leurs adhérens, leurs cousins, leurs alliés fidèles. Du côté des Cruchot, l'abbé, le Talleyrand de la famille, bien appuyé par son frère le notaire, disputait vivement le terrain à la financière, et tentait de réserver le riche héritage à son neveu le président. Ce combat secret entre les Cruchot et les des Grassins, dont le prix était la main d'Eugénie Grandet, occupait passionnément les diverses sociétés de Saumur. Mademoiselle Grandet épousera-t-elle monsieur le président ou monsieur Adolphe des Grassins? A ce problème, les uns répondaient que monsieur Grandet ne donnerait sa fille ni à l'un ni à l'autre. L'ancien tonnelier rongé d'ambition cherchait, disaient-ils, pour gendre quelque pair de France, à qui trois cent mille livres de rente feraient accepter tous les tonneaux passés, présens et futurs des Grandet. D'autres répliquaient que monsieur et madame des Grassins étaient nobles, puissamment riches, qu'Adolphe était un bien gentil cavalier, et qu'à moins d'avoir un neveu du pape dans sa manche, une alliance si convenable devait satisfaire des gens de rien, un homme que tout Saumur avait vu la doloire en main, et qui, d'ailleurs, avait porté le bonnet rouge. Les plus sensés faisaient observer que monsieur Cruchot de Bonfons avait ses entrées à toute heure au logis, tandis que son rival n'y était reçu que les dimanches. Ceux-ci soutenaient que madame des Grassins, plus liée avec les femmes de la maison Grandet que les Cruchot, pouvait leur inculquer certaines idées qui la feraient, tôt ou tard, réussir. Ceux-là répliquaient que l'abbé Cruchot était l'homme le plus insinuant du monde, et que femme contre moine la partie se trouvait égale. — Ils sont manche à manche, disait un bel esprit de Saumur. Plus instruits, les anciens du pays prétendaient que les Grandet étant trop avisés pour laisser sortir les biens de leur famille, mademoiselle Eugénie Grandet de Saumur serait mariée au fils de monsieur Grandet de Paris, riche marchand de vin en gros. A cela les Cruchotins et les Grassinistes répondaient : — D'abord les deux frères ne se sont pas vus deux fois depuis trente ans. Puis, monsieur Grandet de Paris a de hautes prétentions pour son fils. Il est maire d'un arrondissement, député, colonel de la garde nationale, juge au tribunal de commerce; il renie les Grandet de Saumur, et prétend s'allier à quelque famille ducale

par la grâce de Napoléon. Que ne disait-on pas d'une héritière dont on parlait à vingt lieues à la ronde, et jusque dans les voitures publiques, d'Angers à Blois inclusivement? Au commencement de 1818, les Cruchotins remportèrent un avantage signalé sur les Grassinistes. La terre de Froidfond, remarquable par son parc, son admirable château, ses fermes, rivières, étangs, forêts, et valant trois millions, fut mise en vente par le jeune marquis de Froidfond obligé de réaliser ses capitaux. Maître Cruchot, le président Cruchot, l'abbé Cruchot, aidés par leurs adhérens, surent empêcher la vente par petits lots. Le notaire conclut avec le jeune homme un marché d'or en lui persuadant qu'il y aurait des poursuites sans nombre à diriger contre les adjudicataires avant de rentrer dans le prix des lots; il valait mieux vendre à monsieur Grandet, homme solvable, et capable d'ailleurs de payer la terre en argent comptant. Le beau marquisat de Froidfond fut alors convoyé vers l'œsophage de monsieur Grandet, qui, au grand étonnement de Saumur, le paya, sous escompte, après les formalités. Cette affaire eut du retentissement à Nantes et à Orléans. Monsieur Grandet alla voir son château par l'occasion d'une charrette qui y retournait. Après avoir jeté sur sa propriété le coup d'œil du maître, il revint à Saumur, certain d'avoir placé ses fonds à cinq, et saisi de la magnifique pensée d'arrondir le marquisat de Froidfond en y réunissant tous ses biens. Pour remplir de nouveau son trésor presque vide, il décida de couper à blanc ses bois, ses forêts, et d'exploiter les peupliers de ses prairies.

Il est maintenant facile de comprendre toute la valeur de ce mot, la maison à monsieur Grandet, cette maison pâle, froide, silencieuse, située en haut de la ville, et abritée par les ruines des remparts. Les deux piliers et la voûte formant la baie de la porte avaient été, comme la maison, construits en tuffeau, pierre blanche particulière au littoral de la Loire, et si molle que sa durée moyenne est à peine de deux cents ans. Les trous inégaux et nombreux que les intempéries du climat y avaient bizarrement pratiqués, donnaient au cintre et aux jambages de la baie l'apparence des pierres vermiculées de l'architecture française, et quelque ressemblance avec le porche d'une geôle. Au dessus du cintre régnait un long bas-relief de pierre dure sculptée, représentant les quatre Saisons, figures déjà rongées et toutes noires. Ce bas-relief était surmonté d'une plinthe saillante, sur laquelle s'élevaient plusieurs de ces végétations nées au hasard, des pariétaires jaunes, des liserons, des convolvulus, du plantain, et un petit cerisier assez haut déjà. La porte, en chêne massif, brune, desséchée, fendue de toutes parts, frêle en apparence, était solidement maintenue par le système de ses boulons qui figuraient des dessins symétriques. Une grille carrée, petite, mais à barreaux serrés et rouges de rouille, occupait le milieu de la porte bâtarde et servait, pour ainsi dire, de motif à un marteau qui s'y rattachait par un anneau, et frappait sur la tête grimaçante d'un maître-clou. Ce marteau, de forme oblongue et du genre de ceux que nos ancêtres nommaient Jacquemart, ressemblait à un gros point d'admiration; en l'examinant avec attention, un antiquaire y aurait retrouvé quelques indices de la figure essentiellement bouffonne qu'il représentait jadis, et qu'un long usage avait effacée. Par la petite grille, destinée à reconnaître les amis, au temps des guerres civiles, les curieux pouvaient apercevoir, au fond d'une voûte obscure et verdâtre, quelques marches dégradées par lesquelles on montait dans un jardin que bornaient pittoresquement des murs épais, humides, et de suintemens et de touffes d'arbustes malingres. Ces murs étaient ceux du rempart sur lequel s'élevaient les jardins de quelques maisons voisines. Au rez-de-chaussée de la maison, la pièce la plus considérable était une *salle* dont l'entrée se trouvait sous la voûte de la porte cochère. Peu de personnes connaissent l'importance d'une salle dans les petites villes de l'Anjou, de la Touraine et du Berry. La salle est à la fois l'antichambre, le salon, le cabinet, le boudoir, la salle à manger; elle est le théâtre de la vie domestique, le foyer commun; là, le coiffeur du quartier venait couper deux fois l'an les cheveux de monsieur Grandet ; là entraient les fermiers, le curé, le sous-préfet, le garçon meunier. Cette pièce, dont les deux croisées donnaient sur la rue, était planchéiée ; des panneaux gris, à moulures antiques, la boisaient de haut en bas ; son plafond se composait de poutres apparentes également peintes en gris, dont les entre-deux étaient remplis de blanc en bourre qui avait jauni. Un vieux cartel de cuivre incrusté d'arabesques en écaille ornait le manteau de la cheminée en pierre blanche, mal sculpté, sur lequel était une glace verdâtre dont les côtés, coupés en biseau pour en montrer l'épaisseur, reflétaient un filet de lumière le long d'un trumeau gothique en acier damasquiné. Les deux girandoles de cuivre doré qui décoraient chacun des coins de la cheminée étaient à deux fins, en enlevant les roses qui leur servaient de bobèches, et dont la maîtresse-branche s'adaptait au piédestal de marbre bleuâtre agencé de vieux cuivre ; ce piédestal formait un chandelier pour les petits jours. Les sièges, de forme antique, étaient garnis en tapisserie représentant les fables de La Fontaine ; mais il fallait le savoir pour en reconnaître les sujets, tant les couleurs passées et les figures criblées de reprises se voyaient difficilement. Aux quatre angles de cette salle se trouvaient des encoignures, espèces de buffets terminés par de crasseuses étagères. Une vieille table à jouer en marqueterie, dont le dessus faisait échiquier, était placée dans le tableau qui séparait les deux fenêtres. Au dessus de cette table, il y avait un baromètre ovale, à bordure noire, enjolivé par des rubans de bois doré, où les mouches avaient si licencieusement folâtré, que la dorure en était un problème. Sur la paroi opposée à la cheminée, deux portraits au pastel étaient censés représenter l'aïeul de madame Grandet, le vieux monsieur de La Bertellière, en lieutenant des gardes françaises, et défunt madame Gentillet en bergère. Aux deux fenêtres étaient drapés des rideaux en gros de Tours rouge, relevés par des cordons de soie à glands d'église. Cette luxueuse décoration, si peu en harmonie avec les habitudes de Grandet, avait été comprise dans l'achat de la maison, ainsi que le trumeau, le cartel, le meuble en tapisserie et les encoignures en bois de rose. Dans la croisée la plus rapprochée de la porte, se trouvait une chaise de paille dont les pieds étaient montés sur des patins, afin d'élever madame Grandet à une hauteur qui lui permit de voir les passans. Une travailleuse en bois de merisier déteint remplissait l'embrasure, et le petit fauteuil d'Eugénie Grandet était placé tout auprès. Depuis quinze ans, toutes les journées de la mère et de la fille s'étaient paisiblement écoulées à cette place, dans un travail constant, à compter du mois d'avril au mois de novembre. Le premier de ce dernier mois elles pouvaient prendre leur station d'hiver à la cheminée. Ce jour-là seulement Grandet permettait qu'on allumât du feu dans la salle, et il le faisait éteindre au trente et un mars, sans avoir égard ni aux premiers froids du printemps ni à ceux de l'automne. Une chaufferette, entretenue folâtré, avec la braise provenant du feu de la cuisine que la Grande Nanon leur réservait en usant d'adresse, aidait madame et mademoiselle Grandet à passer les matinées ou les soirées des fraîches des mois d'avril et d'octobre. La mère et la fille entretenaient tout le linge de la maison, et employaient si consciencieusement leurs journées à ce véritable labeur d'ouvrière, que, si Eugénie voulait broder une collerette à sa mère, elle était forcée de prendre sur ses heures de sommeil en trompant son père pour avoir de la lumière. Depuis longtemps l'avare distribuait la chandelle à sa fille et à la Grande Nanon, de même qu'il distribuait dès le matin le pain et les denrées nécessaires à la consommation journalière.

La Grande Nanon était peut-être la seule créature humaine capable d'accepter le despotisme de son maître. Toute la ville l'enviait à monsieur et à madame Grandet. La Grande Nanon, ainsi nommée à cause de sa taille haute de cinq pieds huit pouces, appartenait à Grandet depuis trente-cinq ans. Quoiqu'elle n'eût que soixante livres de gages, elle passait pour une des plus riches servantes de Saumur. Ces

soixante livres, accumulées depuis trente-cinq ans, lui avaient permis de placer récemment quatre mille livres en viager chez maître Cruchot. Ce résultat des longues et persistantes économies de la Grande Nanon parut gigantesque. Chaque servante, voyant à la pauvre sexagénaire du pain pour ses vieux jours, était jalouse d'elle sans penser au dur servage par lequel il avait été acquis. A l'âge de vingt-deux ans, la pauvre fille n'avait pu se placer chez personne, tant sa figure semblait repoussante ; et certes ce sentiment était bien injuste ; sa figure eût été fort admirée sur les épaules d'un grenadier de la garde ; mais en tout il faut, dit-on, l'à-propos. Forcée de quitter une ferme incendiée où elle gardait les vaches, elle vint à Saumur, où elle chercha du service, animée de ce robuste courage qui ne se refuse à rien. Le père Grandet pensait alors à se marier, et voulait déjà monter son ménage. Il avisa cette fille rebutée de porte en porte. Juge de la force corporelle en sa qualité de tonnelier, il devina le parti qu'on pouvait tirer d'une créature femelle taillée en Hercule, plantée sur ses pieds comme un chêne de soixante ans sur ses racines, forte des hanches, carrée du dos, ayant des mains de charretier et une probité vigoureuse comme l'était son intacte vertu. Ni les verrues qui ornaient ce visage martial, ni le teint de brique, ni les bras nerveux, ni les haillons de la Nanon, n'épouvantèrent le tonnelier, qui se trouvait encore dans l'âge où le cœur tressaille. Il vêtit alors, chaussa, nourrit la pauvre fille, lui donna des gages, et l'employa sans trop la rudoyer. En se voyant si bien accueillie, la Grande Nanon pleura secrètement de joie, et s'attacha sincèrement au tonnelier, qui d'ailleurs l'exploita féodalement. Nanon faisait tout : elle faisait la cuisine, elle faisait les buées, elle allait laver le linge à la Loire, le rapportait sur ses épaules ; se levait au jour, se couchait tard ; faisait à manger à tous les vendangeurs pendant les récoltes, surveillait les halleboteurs ; défendait, comme un chien fidèle, le bien de son maître ; enfin, pleine d'une confiance aveugle en lui, elle obéissait sans murmure à ses fantaisies les plus saugrenues. Lors de la fameuse année de 1811, où la récolte coûta des peines inouïes, après vingt ans de service, Grandet résolut de donner sa vieille montre à Nanon, seul présent qu'elle reçut jamais de lui. Quoiqu'il lui abandonnât ses vieux souliers (elle pouvait les mettre), il est impossible de considérer le profit trimestriel des souliers de Grandet comme un cadeau, tant ils étaient usés. La nécessité rendit cette pauvre fille si avare que Grandet avait fini par l'aimer comme on aime un chien, et Nanon s'était laissé mettre au cou un collier garni de pointes dont les piqûres ne la piquaient plus. Si Grandet coupait le pain avec un peu trop de parcimonie, elle ne s'en plaignait pas ; elle participait gaiement aux profits hygiéniques que procurait le régime sévère de la maison, où jamais personne n'était malade. Puis la Nanon faisait partie de la famille : elle riait quand riait Grandet, s'attristait, gelait, se chauffait, travaillait avec lui. Combien de douces compensations dans cette égalité ! Jamais le maître n'avait reproché à la servante ni l'alleberge ou la pêche de vigne, ni les prunes ou les brugnons mangés sous l'arbre. — Allons, régale-toi, Nanon, lui disait-il dans les années où les branches pliaient sous les fruits que les fermiers étaient obligés de donner aux cochons. Pour une fille des champs qui dans sa jeunesse n'avait récolté que de mauvais traitemens, pour une pauvresse recueillie par charité, le rire équivoque du père Grandet était un vrai rayon de soleil. D'ailleurs le cœur simple, la tête étroite de Nanon ne pouvaient contenir qu'un sentiment et une idée. Depuis trente-cinq ans, elle se voyait toujours arrivant devant le chantier du père Grandet, pieds nus, en haillons, et entendait toujours le tonnelier lui disant : — Que voulez-vous, ma mignonne ? Et sa reconnaissance était toujours jeune. Quelquefois Grandet, songeant que cette pauvre créature n'avait jamais entendu le moindre mot flatteur, qu'elle ignorait tous les sentimens doux que la femme inspire, et pouvait comparaître un jour devant Dieu plus chaste que ne l'était la Vierge Marie elle-même ; Grandet, saisi de pitié, disait en la regardant : — Cette pauvre Nanon ! Son exclamation était toujours suivie d'un regard indéfinissable que lui jetait la vieille servante. Ce mot, dit de temps à autre, formait depuis longtemps une chaîne d'amitié non interrompue, et à laquelle chaque exclamation ajoutait un chaînon. Cette pitié, placée au cœur de Grandet et prise tout en gré par la vieille fille, avait je ne sais quoi d'horrible. Cette atroce pitié d'avare, qui réveillait mille plaisirs au cœur du vieux tonnelier, était pour Nanon sa somme de bonheur. Qui ne dira pas aussi : Pauvre Nanon ! Dieu reconnaîtra ses anges aux inflexions de leur voix et à leurs mystérieux regrets. Il y avait dans Saumur une grande quantité de ménages où les domestiques étaient mieux traités, mais où les maîtres n'en recevaient aucun contentement. De là cette autre phrase : « Qu'est-ce que les Grandet font donc à leur Grande Nanon pour qu'elle leur soit si attachée ? Elle passerait dans le feu pour eux ! » Sa cuisine, dont les fenêtres grillées donnaient sur la cour, était toujours propre, nette, froide, véritable cuisine d'avare où rien ne devait se perdre. Quand Nanon avait lavé sa vaisselle, serré les restes du dîner, éteint son feu, elle quittait sa cuisine, séparée de la salle par un couloir, et venait filer du chanvre auprès de ses maîtres. Une seule chandelle suffisait à la famille pour la soirée. La servante couchait au fond de ce couloir, dans un bouge éclairé par un jour de souffrance. Sa robuste santé lui permettait d'habiter impunément cette espèce de trou, d'où elle pouvait entendre le moindre bruit par le silence profond qui régnait nuit et jour dans la maison. Elle devait, comme un dogue chargé de la police, ne dormir que d'une oreille et se reposer en veillant.

La description des autres portions du logis se trouvera liée aux événemens de cette histoire ; mais d'ailleurs le croquis de la salle où éclatait tout le luxe du ménage peut faire soupçonner par avance la nudité des étages supérieurs.

En 1819, vers le commencement de la soirée, au milieu du mois de novembre, la grande Nanon alluma du feu pour la première fois. L'automne avait été très beau. Ce jour était un jour de fête bien connu des Cruchotins et des Grassinistes. Aussi les six antagonistes se préparaient-ils à venir armés de toutes pièces, pour se rencontrer dans la salle et s'y surpasser en preuves d'amitié. Le matin tout Saumur avait vu madame et mademoiselle Grandet, accompagnées de Nanon, se rendant à l'église paroissiale pour y entendre la messe, et chacun se souvint que ce jour était l'anniversaire de la naissance de mademoiselle Eugénie. Aussi, calculant l'heure où le dîner devait finir, maître Cruchot, l'abbé Cruchot et monsieur C. de Bonfons s'empressaient-ils d'arriver avant les des Grassins pour fêter mademoiselle Grandet. Tous trois apportaient d'énormes bouquets cueillis dans leurs petites serres. La queue des fleurs que le président voulait présenter était ingénieusement enveloppée d'un ruban de satin blanc orné de franges d'or. Le matin, monsieur Grandet, suivant sa coutume pour les jours mémorables de la naissance et de la fête d'Eugénie, était venu la surprendre au lit, et lui avait solennellement offert son présent paternel, consistant, depuis treize années, en une curieuse pièce d'or. Madame Grandet donnait ordinairement à sa fille une robe d'hiver ou d'été, selon la circonstance. Ces deux robes, les pièces d'or qu'elle récoltait au premier jour de l'an et à la fête de son père, lui composaient un petit revenu de cent écus environ, que Grandet aimait à lui voir entasser. N'était-ce pas mettre son argent d'une caisse dans une autre, et, pour ainsi dire, élever à la brochette l'avarice de son héritière, à laquelle il demandait parfois compte de son trésor, autrefois grossi par les La Bertellière, en lui disant : — Ce sera ton *douzain* de mariage. Le douzain est un antique usage encore en vigueur et saintement conservé dans quelques pays situés au centre de la France. En Berry, en Anjou, quand une jeune fille se marie, sa famille ou celle de l'époux doit lui donner une bourse où se trouvent, suivant les fortunes, douze pièces ou douze douzaines de pièces ou douze cents pièces d'argent ou d'or. La plus pauvre des bergères ne se mariera pas sans son douzain, ne fût-il

composé que de gros sous. On parle encore à Issoudun de je ne sais quel douzain offert à une riche héritière et qui contenait cent quarante-quatre portugaises d'or. Le pape Clément VII, oncle de Catherine de Médecis, lui fit présent, en la mariant à Henri II, d'une douzaine de médailles d'or antiques de la plus grande valeur. Pendant le dîner, le père, tout joyeux de voir son Eugénie plus belle dans une robe neuve, s'était écrié : — Puisque c'est la fête d'Eugénie, faisons du feu ! ce sera de bon augure.

— Mademoiselle se mariera dans l'année, c'est sûr, dit la grande Nanon en remportant les restes d'une oie, ce faisan des tonneliers.

— Je ne vois point de partis pour elle à Saumur, répondit madame Grandet en regardant son mari d'un air timide qui, vu son âge, annonçait l'entière servitude conjugale sous laquelle gémissait la pauvre femme.

Grandet contempla sa fille, et s'écria gaiement : — Elle a vingt-trois ans aujourd'hui, l'enfant, il faudra bientôt s'occuper d'elle.

Eugénie et sa mère se jetèrent silencieusement un coup d'œil d'intelligence.

Madame Grandet était une femme sèche et maigre, jaune comme un coing, gauche, lente ; une de ces femmes qui semblent faites pour être tyrannisées. Elle avait de gros os, un gros nez, un gros front, de gros yeux, et offrait, au premier aspect, une vague ressemblance avec ces fruits cotonneux qui n'ont plus ni saveur ni suc. Ses dents étaient noires et rares, sa bouche était ridée, et son menton affectait la forme dite en galoche. C'était une excellente femme, une vraie La Bertellière. L'abbé Cruchot savait trouver quelques occasions de lui dire qu'elle n'avait pas été trop mal, et elle le croyait. Une douceur angélique, une résignation d'insecte tourmenté par des enfans, une piété rare, une inaltérable égalité d'âme, un bon cœur, la faisaient universellement plaindre et respecter. Son mari ne lui donnait jamais plus de six francs à la fois pour ses menues dépenses. Quoique ridicule en apparence, cette femme qui, par sa dot et ses successions, avait apporté au père Grandet plus de trois cent mille francs, s'était toujours sentie si profondément humiliée d'une dépendance et d'un ilotisme contre lequel la douceur de son âme lui interdisait de se révolter, qu'elle n'avait jamais demandé un sou, ni fait une observation sur les actes que maître Cruchot lui présentait à signer. Cette fierté sotte et secrète, cette noblesse d'âme constamment méconnue et blessée par Grandet, dominaient la conduite de cette femme. Madame Grandet mettait constamment une robe de lévantine verdâtre, qu'elle s'était accoutumée à faire durer près d'une année ; elle portait un grand fichu de cotonnade blanche, un chapeau de paille cousue, et gardait presque toujours un tablier de taffetas noir. Sortant peu du logis, elle usait peu de souliers. Enfin elle ne voulait jamais rien pour elle. Aussi Grandet, saisi parfois d'un remords en se rappelant le long temps écoulé depuis le jour où il avait donné six francs à sa femme, stipulait-il toujours des épingles pour elle en vendant ses récoltes de l'année. Les quatre ou cinq louis offerts par le Hollandais ou le Belge acquéreur de la vendange Grandet formaient le plus clair des revenus annuels de madame Grandet. Mais, quand elle avait reçu ses cinq louis, son mari lui disait souvent, comme si leur bourse était commune : — As-tu quelques sous à me prêter ? Et la pauvre femme, heureuse de pouvoir faire quelque chose pour un homme que son confesseur lui représentait comme son seigneur et maître, lui rendait, dans le courant de l'hiver, quelques écus sur l'argent des épingles. Lorsque Grandet tirait de sa poche la pièce de cent sous allouée par mois pour les menues dépenses, le fil, les aiguilles et la toilette de sa fille, il ne manquait jamais, après avoir boutonné son gousset, de dire à sa femme : — Et toi, la mère, veux-tu quelque chose ?

— Mon ami, répondait madame Grandet animée par un sentiment de dignité maternelle, nous verrons cela.

Sublimité perdue, Grandet se croyait très généreux envers sa femme. Les philosophes qui rencontrent des Nanon, des madame Grandet, des Eugénie, ne sont-ils pas en droit de trouver que l'ironie est le fond du caractère de la Providence ? Après ce dîner, où, pour la première fois, il fut question du mariage d'Eugénie, Nanon alla chercher une bouteille de cassis dans la chambre de monsieur Grandet, et manqua de tomber en descendant.

— Grande bête, lui dit son maître, est-ce que tu te laisserais choir comme une autre, toi ?

— Monsieur, c'est cette marche de votre escalier qui ne tient pas.

— Elle a raison, dit madame Grandet. Vous auriez dû la faire raccommoder depuis longtemps. Hier, Eugénie a failli s'y fouler le pied.

— Tiens, dit Grandet à Nanon en la voyant toute pâle, puisque c'est la naissance d'Eugénie, et que tu as manqué de tomber, prends un petit verre de cassis pour te remettre.

— Ma foi ! je l'ai bien gagné, dit Nanon. A ma place, il y a bien des gens qui auraient cassé la bouteille, mais je me serais plutôt cassé le coude pour la tenir en l'air.

— C'te pauvre Nanon ! dit Grandet en lui versant le cassis.

— T'es-tu fait mal ? lui dit Eugénie en la regardant avec intérêt.

— Non, puisque je me suis retenue en me fichant sur mes reins.

— Hé bien ! puisque c'est la naissance d'Eugénie, dit Grandet, je vais vous raccommoder votre marche. Vous ne savez pas, vous autres, mettre le pied dans le coin, à l'endroit où elle est encore solide.

Grandet prit la chandelle, laissa sa femme, sa fille et sa servante sans autre lumière que celle du foyer qui jetait de vives flammes, et alla dans le fournil chercher des planches, des clous et ses outils.

— Faut-il vous aider ? lui cria Nanon en l'entendant frapper dans l'escalier.

— Non ! non ! ça me connaît, répondit l'ancien tonnelier.

Au moment où Grandet raccommodait lui-même son escalier vermoulu, et sifflait à tue-tête en souvenir de ses jeunes années, les trois Cruchot frappèrent à la porte.

— C'est-y vous, monsieur Cruchot ? demanda Nanon en regardant par la petite grille.

— Oui, répondit le président.

Nanon ouvrit la porte, et la lueur du foyer, qui se reflétait sous la voûte, permit aux trois Cruchot d'apercevoir l'entrée de la salle.

— Ah ! vous êtes des fêteux, leur dit Nanon en sentant les fleurs.

— Excusez, messieurs, cria Grandet en reconnaissant la voix de ses amis, je suis à vous ! Je ne suis pas fier, je rafistole moi-même une marche de mon escalier.

— Faites, faites, monsieur Grandet, *Charbonnier est Maire chez lui*, dit sentencieusement le président en riant tout seul de son allusion que personne ne comprit.

Madame et mademoiselle Grandet se levèrent. Le président, profitant de l'obscurité, dit alors à Eugénie : — Me permettez-vous, mademoiselle, de vous souhaiter, aujourd'hui que vous venez de naître, une suite d'années heureuses, et la continuation de la santé dont vous jouissez ?

Il offrit un gros bouquet de fleurs rares à Saumur ; puis, serrant l'héritière par les coudes, il l'embrassa des deux côtés du cou avec une complaisance qui rendit Eugénie honteuse. Le président, qui ressemblait à un grand clou rouillé, croyait ainsi faire sa cour.

— Ne vous gênez pas, dit Grandet en rentrant. Comme vous y allez les jours de fête, monsieur le président !

— Mais avec mademoiselle, répondit l'abbé Cruchot armé de son bouquet, tous les jours seraient pour mon neveu des jours de fête.

L'abbé baisa la main d'Eugénie. Quant à maître Cruchot, il embrassa la jeune fille tout bonnement sur les deux joues, et dit : Comme ça nous pousse ça ! Tous les ans douze mois !

En replaçant la lumière devant le cartel, Grandet, qui ne quittait jamais une plaisanterie et la répétait à satiété quand elle lui semblait drôle, dit : — Puisque c'est la fête d'Eugénie, allumons les flambeaux !

Il ôta soigneusement les branches des candélabres, mit la bobèche à chaque piédestal, prit des mains de Nanon une chandelle neuve entortillée d'un bout de papier, la ficha dans le trou, l'assura, l'alluma, et vint s'asseoir à côté de sa femme, en regardant alternativement ses amis, sa fille et les deux chandelles. L'abbé Cruchot, petit homme dodu, grassouillet, à perruque rousse et plate, à figure de vieille femme joueuse, dit en avançant ses pieds bien chaussés dans de forts souliers à agrafes d'argent :

— Les des Grassins ne sont pas venus ?

— Pas encore, dit Grandet.

— Mais doivent-ils venir ? demanda le vieux notaire en faisant grimacer sa face trouée comme une écumoire.

— Je le crois, répondit madame Grandet.

— Vos vendanges sont-elles finies ? demanda le président de Bonfons à Grandet.

— Partout ! lui dit le vieux vigneron en se levant pour se promener de long en long dans la salle, et se haussant le thorax par un mouvement plein d'orgueil comme son mot : partout ! Par la porte du couloir qui allait à la cuisine, il vit alors la grande Nanon assise à son feu, ayant une lumière et se préparant à filer là pour ne pas se mêler à la fête.

— Nanon, dit-il en s'avançant dans le couloir, veux-tu bien éteindre ton feu, ta lumière, et venir avec nous ? Pardieu ! la salle est assez grande pour nous tous.

— Mais, monsieur, vous aurez du beau monde.

— Ne les vaux-tu pas bien ? ils sont de la côte d'Adam tout comme toi.

Grandet revint vers le président et lui dit :

— Avez-vous vendu votre récolte ?

— Non, ma foi ! je la garde. Si maintenant le vin est bon, dans deux ans il sera meilleur. Les propriétaires, vous le savez bien, se sont juré de tenir les prix convenus, et cette année les Belges ne l'emporteront pas sur nous. S'ils s'en vont, hé bien ! ils reviendront.

— Oui, mais tenons-nous bien, dit Grandet d'un ton qui fit frémir le président.

— Serait-il en marché ? pensa Cruchot.

En ce moment, un coup de marteau annonça la famille des Grassins, et leur arrivée interrompit une conversation commencée entre madame Grandet et l'abbé.

Madame des Grassins était une de ces petites femmes vives, dodues, blanches et roses, qui, grâce au régime claustral des provinces et aux habitudes d'une vie vertueuse, se sont conservées jeunes encore à quarante ans. Elles sont comme ces dernières roses de l'arrière-saison, dont la vue fait plaisir, mais dont les pétales ont je ne sais quelle froideur, et dont le parfum s'affaiblit. Elle se mettait assez bien, faisait venir ses modes de Paris, donnait le ton à la ville de Saumur, et avait des soirées. Son mari, ancien quartier-maître dans la garde impériale, grièvement blessé à Austerlitz et retraité, conservait, malgré sa considération pour Grandet, l'apparente franchise des militaires.

— Bonjour, Grandet, dit-il au vigneron en lui tendant la main et affectant une sorte de supériorité sous laquelle il écrasait toujours les Cruchot.— Mademoiselle, dit-il à Eugénie après avoir salué madame Grandet, vous êtes toujours belle et sage, et je ne sais en vérité ce que l'on peut vous souhaiter. Puis il présenta une petite caisse que son domestique portait, et qui contenait une bruyère du Cap, fleur nouvellement apportée en Europe et fort rare.

Madame des Grassins embrassa très affectueusement Eugénie, lui serra la main, et lui dit :

— Adolphe s'est chargé de vous présenter mon petit souvenir.

Un grand jeune homme blond, pâle et frêle, ayant d'assez bonnes façons, timide en apparence, mais qui venait de dépenser à Paris, où il était allé faire son droit, huit ou dix mille francs en sus de sa pension, s'avança vers Eugénie, l'embrassa sur les deux joues, et lui offrit une boîte à ouvrage dont tous les ustensiles étaient en vermeil, véritable marchandise de pacotille, malgré l'écusson sur lequel un E. G. gothique assez bien gravé pouvait faire croire à une façon très soignée. En l'ouvrant, Eugénie eut une de ces joies inespérées et complètes qui font rougir, tressaillir, trembler d'aise les jeunes filles. Elle tourna les yeux sur son père, comme pour savoir s'il lui était permis d'accepter, et monsieur Grandet dit un : « Prends, ma fille ! » dont l'accent eût illustré un acteur. Les trois Cruchot restèrent stupéfaits en voyant le regard joyeux et animé lancé sur Adolphe des Grassins par l'héritière, à qui de semblables richesses parurent inouïes. Monsieur des Grassins offrit à Grandet une prise de tabac, en saisit une, secoua les grains tombés sur le ruban de la Légion-d'Honneur attaché à la boutonnière de son habit bleu, puis il regarda les Cruchot d'un air qui semblait dire : — Parez-moi cette botte-là ! Madame des Grassins jeta les yeux sur les bocaux bleus où étaient les bouquets des Cruchot, en cherchant leurs cadeaux avec la bonne foi jouée d'une femme moqueuse. Dans cette conjoncture délicate, l'abbé Cruchot laissa la société s'asseoir en cercle devant le feu, et alla se promener au fond de la salle avec Grandet. Quand ces deux vieillards furent dans l'embrasure de la fenêtre la plus éloignée des des Grassins : — Ces gens-là, dit le prêtre à l'oreille de l'avare, jettent l'argent par les fenêtres.

— Qu'est-ce que cela fait, s'il rentre dans ma cave ? répliqua le vigneron.

— Si vous vouliez donner des ciseaux d'or à votre fille, vous en auriez bien le moyen, dit l'abbé.

— Je lui donne mieux que des ciseaux, répondit Grandet.

— Mon neveu est une cruche, pensa l'abbé en regardant le président, dont les cheveux ébouriffés ajoutaient encore à la mauvaise grâce de sa physionomie brune. Ne pouvait-il inventer une petite bêtise qui eût du prix ?

— Nous allons faire votre partie, madame Grandet, dit madame des Grassins.

— Mais nous sommes tous réunis, *nous pouvons* deux tables...

— Puisque c'est la fête d'Eugénie, faites votre loto général, dit le père Grandet ; ces deux enfans en seront. L'ancien tonnelier, qui ne jouait jamais à aucun jeu, montra sa fille et Adolphe. — Allons, Nanon, mets les tables.

— Nous allons vous aider, mademoiselle Nanon, dit gaîment madame des Grassins, toute joyeuse de la joie qu'elle avait causée à Eugénie.

— Je n'ai jamais de ma vie été si contente, lui dit l'héritière. Je n'ai rien vu de si joli nulle part.

— C'est Adolphe qui l'a rapportée de Paris et qui l'a choisie, lui dit madame des Grassins à l'oreille.

— Va, va ton train, damnée intrigante ! se disait le président ; si tu es jamais en procès, toi ou ton mari, votre affaire ne sera jamais bonne.

Le notaire, assis dans son coin, regardait l'abbé d'un air calme en se disant : — Les des Grassins ont beau faire, ma fortune, celle de mon frère et celle de mon neveu montent en somme à onze cent mille francs. Les des Grassins en ont tout au plus la moitié, et ils ont une fille : ils peuvent offrir ce qu'ils voudront ! héritière et cadeaux, tout sera pour nous un jour.

À huit heures et demie du soir, deux tables étaient dressées. La jolie madame des Grassins avait réussi à mettre son fils à côté d'Eugénie. Les acteurs de cette scène pleine d'intérêt, quoique vulgaire en apparence, munis de cartons bariolés, chiffrés, et de jetons en verre bleu, semblaient écouter les plaisanteries du vieux notaire, qui ne tirait pas un numéro sans faire une remarque ; mais tous pensaient aux millions de monsieur Grandet. Le vieux tonnelier contemplait vaniteusement les plumes roses, la toilette fraîche de madame des Grassins, la tête martiale du banquier, celle d'Adolphe, le président, l'abbé, le notaire, et se disait intérieurement : Ils sont là pour mes écus. Ils viennent s'ennuyer ici pour ma fille. Hé ! ma fille ne sera ni pour les uns ni pour les autres, et tous ces gens-là me servent de harpons pour pêcher !

Cette gaîté de famille dans ce vieux salon gris mal éclairé par deux chandelles ; ces rires, accompagnés par le bruit du rouet de la grande Nanon, n'étaient sincères que sur les lèvres d'Eugénie ou de sa mère ; cette petitesse jointe à de si grands intérêts ; cette jeune fille qui, semblable à ces oiseaux victimes du haut prix auquel on les met et qu'ils ignorent, se trouvait traquée, serrée par des preuves d'amitié dont elle était la dupe ; tout contribuait à rendre cette scène tristement comique. N'est-ce pas d'ailleurs une scène de tous les temps et de tous les lieux, mais ramenée à sa plus simple expression ? La figure de Grandet exploitant le faux attachement des deux familles, en tirant d'énormes profits, dominait ce drame et l'éclairait. N'était-ce pas le seul dieu moderne auquel on ait foi, l'Argent dans toute sa puissance, exprimé par une seule physionomie ? Les doux sentiments de la vie n'occupaient là qu'une place secondaire : ils animaient trois cœurs purs, ceux de Nanon, d'Eugénie et de sa mère. Encore, combien d'ignorance dans leur naïveté ! Eugénie et sa mère ne savaient rien de la fortune de Grandet, n'estimaient les choses de la vie qu'à la lueur de leurs pâles idées, et ne prisaient ni ne méprisaient l'argent, accoutumées qu'elles étaient à s'en passer. Leurs sentiments, froissés à leur insu, mais vivaces, le secret de leur existence, en faisaient des exceptions curieuses dans cette réunion de gens dont la vie était purement matérielle. Affreuse condition de l'homme ! il n'y a pas un de ses bonheurs qui ne vienne d'une ignorance quelconque. Au moment où madame Grandet gagnait un lot de seize sous, le plus considérable qui eût jamais été ponté dans cette salle, et que la grande Nanon riait d'aise en voyant madame empochant une si riche somme, un coup de marteau retentit à la porte de la maison, et y fit un si grand tapage que les femmes sautèrent sur leurs chaises.

— Ce n'est pas un homme de Saumur qui frappe ainsi, dit le notaire.

— Peut-on cogner comme ça ! dit Nanon. Veulent-ils casser notre porte ?

— Quel diable est-ce ? s'écria Grandet.

Nanon prit une des deux chandelles, et alla ouvrir accompagnée de Grandet.

— Grandet ! Grandet ! s'écria sa femme qui, poussée par un vague sentiment de peur, s'élança vers la porte de la salle.

Tous les joueurs se regardèrent.

— Si nous y allions ? dit monsieur des Grassins. Ce coup de marteau me paraît malveillant.

À peine fut-il permis à monsieur des Grassins d'apercevoir la figure d'un jeune homme, accompagné du facteur des messageries qui portait deux malles énormes et traînait des sacs de nuit. Grandet se retourna brusquement vers sa femme, et lui dit : — Madame Grandet, allez à votre loto. Laissez-moi m'entendre avec monsieur. Puis il tira vivement la porte de la salle, où les joueurs agités reprirent leurs places, mais sans continuer le jeu.

— Est-ce quelqu'un de Saumur, monsieur des Grassins ? lui dit sa femme.

— Non, c'est un voyageur.

— Il ne peut venir que de Paris. En effet, dit le notaire en tirant sa vieille montre épaisse de deux doigts et qui ressemblait à un vaisseau hollandais, il est *neuffe-s-heures*. Peste ! la diligence du Grand-Bureau n'est jamais en retard.

— Et ce monsieur est-il jeune ? demanda l'abbé Cruchot.

— Oui, répondit monsieur des Grassins. Il apporte des paquets qui doivent peser au moins trois cents kilos.

Nanon ne revient pas, dit Eugénie.

— Ce ne peut être qu'un de vos parens, dit le président.

— Faisons les mises ! s'écria doucement madame Grandet. À sa voix, j'ai vu que monsieur Grandet était contrarié, peut-être ne serait-il pas content de s'apercevoir que nous parlons de ses affaires.

—Mademoiselle, dit Adolphe à sa voisine, ce sera sans doute votre cousin Grandet, un bien joli jeune homme, que j'ai vu au bal de monsieur de Nucingen. Adolphe ne continua pas, sa mère lui marcha sur le pied, puis, en lui demandant à haute voix deux sous pour sa mise:

— Veux-tu te taire, grand nigaud! lui dit-elle à l'oreille.

En ce moment Grandet rentra sans la Grande Nanon, dont le pas et celui du facteur retentirent dans les escaliers; il était suivi du voyageur qui depuis quelques instans excitait tant de curiosités, et préoccupait si vivement les imaginations que son arrivée en ce logis et sa chute au milieu de ce monde peut être comparée à celle d'un colimaçon dans une ruche, ou à l'introduction d'un paon dans quelque obscure basse-cour de village.

— Asseyez-vous auprès du feu, lui dit Grandet.

Avant de s'asseoir, le jeune étranger salua très gracieusement l'assemblée. Les hommes se levèrent pour répondre par une inclination polie, et les femmes firent une révérence cérémonieuse.

— Vous avez sans doute froid, monsieur, dit madame Grandet, vous arrivez peut-être de...

— Voilà bien les femmes! dit le vieux vigneron en quittant la lecture d'une lettre qu'il tenait à la main, laissez donc monsieur se reposer.

— Mais, mon père, monsieur a peut-être besoin de quelque chose, dit Eugénie.

— Il a une langue, répondit sévèrement le vigneron.

L'inconnu fut seul surpris de cette scène. Les autres personnes étaient faites aux façons despotiques du bonhomme. Néanmoins, lorsque les deux demandes et ces deux réponses furent échangées, l'inconnu se leva, présenta le dos au feu, leva l'un de ses pieds pour chauffer la semelle de ses bottes, et dit à Eugénie:

— Ma cousine, je vous remercie, j'ai diné à Tours. Et, ajouta-t-il en regardant Grandet, je n'ai besoin de rien, je ne suis même point fatigué.

— Monsieur vient de la Capitale? demanda madame des Grassins.

Monsieur Charles, ainsi se nommait le fils de monsieur Grandet de Paris, en s'entendant interpeller, prit un petit lorgnon suspendu par une chaîne à son col, l'appliqua sur son œil droit pour examiner et ce qu'il y avait sur la table et les personnes qui y étaient assises, lorgna fort impertinemment madame des Grassins, et lui dit après avoir tout vu:

— Oui, madame. Vous jouez au loto, ma tante, ajoutat-il; je vous en prie, continuez votre jeu, il est trop amusant pour le quitter...

— J'étais sûre que c'était le cousin, pensait madame des Grassins en lui jetant de petites œillades.

— Quarante-sept! cria le vieil abbé. Marquez donc, madame des Grassins, n'est-ce pas votre numéro?

Monsieur des Grassins mit un jeton sur le carton de sa femme, qui, saisie de tristes pressentimens, observa tour à tour le cousin de Paris et Eugénie, sans songer au loto. De temps en temps, la jeune héritière lança de furtifs regards à son cousin, et la femme du banquier put facilement y découvrir un crescendo d'étonnement ou de curiosité.

Monsieur Charles Grandet, beau jeune homme de vingt-deux ans, produisait en ce moment un singulier contraste avec les bons provinciaux que déjà ses manières aristocratiques révoltaient passablement, et que tous étudiaient pour se moquer de lui. Ceci veut une explication. À vingt-deux ans, les jeunes gens sont encore assez voisins de l'enfance pour se laisser aller à des enfantillages. Aussi, peut-être, sur cent d'entre eux, s'en rencontrerait-il bien quatre-vingt-dix-neuf qui se seraient conduits comme se conduisait Charles Grandet. Quelques jours avant cette soirée, son père lui avait dit d'aller pour quelques mois chez son frère de Saumur. Peut-être monsieur Grandet de Paris pensait-il à Eugénie. Charles, qui tombait en province pour la première fois, eut la pensée d'y paraître avec la supériorité d'un jeune homme à la mode, de désespérer l'arrondissement par son luxe, d'y faire époque, et d'y importer les inven-

tions de la vie parisienne. Enfin, pour tout expliquer d'un mot, il voulait passer à Saumur plus de temps qu'à Paris à se brosser les ongles, et y affecter l'excessive recherche de mise que parfois un jeune homme élégant abandonne pour une négligence qui ne manque pas de grâce. Charles emporta donc le plus joli costume de chasse, le plus joli fusil, le plus joli couteau, la plus jolie gaîne de Paris. Il emporta sa collection de gilets les plus ingénieux: il y en avait de gris, de blancs, de noirs, de couleur scarabée à reflets d'or, de pailletés, de chinés, de doubles, à châle ou droits de col, à col renversé, de boutonnés jusqu'en haut à boutons d'or. Il emporta toutes les variétés de cols et de cravates en faveur à cette époque. Il emporta deux habits de Buisson, et son linge le plus fin. Il emporta sa jolie toilette d'or, présent de sa mère. Il emporta ses colifichets de dandy, sans oublier une ravissante petite écritoire donnée par la plus aimable des femmes, pour lui du moins, par une grande dame qu'il nommait Annette, et qui voyageait maritalement, ennuyeusement, en Écosse, victime de quelques soupçons auxquels besoin était de sacrifier momentanément son bonheur; puis force joli papier pour lui écrire une lettre par quinzaine. Ce fut enfin une cargaison de futilités parisiennes aussi complète qu'il était possible de la faire, et où, depuis la cravache qui sert à commencer un duel, jusqu'aux beaux pistolets ciselés qui le terminent, se trouvaient tous les instrumens aratoires dont se sert un jeune oisif pour labourer la vie. Son père lui ayant dit de voyager seul et modestement, il était venu dans le coupé de la diligence retenu pour lui seul, assez content de ne pas gâter une délicieuse voiture de voyage commandée pour aller au-devant de son Annette, la grande dame que... etc., et qu'il devait rejoindre en juin prochain aux Eaux de Baden. Charles comptait rencontrer cent personnes chez son oncle, chasser à courre dans les forêts de son oncle, y vivre enfin de la vie de château; il ne savait pas le trouver à Saumur, où il ne s'était informé de lui que pour demander le chemin de Froidfond; mais, en le sachant en ville, il crut l'y voir dans un grand hôtel. Afin de débuter convenablement chez son oncle, soit à Saumur, soit à Froidfond, il avait fait la toilette de voyage la plus coquette, la plus simplement recherchée, la plus adorable, pour employer le mot qui, dans ce temps, résumait les perfections spéciales d'une chose ou d'un homme. À Tours, un coiffeur venait de lui refriser ses beaux cheveux châtains; il y avait changé de linge, et mis une cravate de satin noir combinée avec un col rond de manière à encadrer agréablement sa blanche et rieuse figure. Une redingote de voyage à demi boutonnée lui pinçait la taille, et laissait voir un gilet de cachemire à châle sous lequel était un second gilet blanc. Sa montre, négligemment abandonnée au hasard dans sa poche, se rattachait par une courte chaîne d'or à l'une des boutonnières. Son pantalon gris se boutonnait sur les côtés, où des desseins brodés en soie noire enjolivaient les coutures. Il maniait agréablement une canne dont la pomme d'or sculptée n'altérait point la fraîcheur de ses gants gris. Enfin, sa casquette était d'un goût excellent. Un Parisien, un Parisien de la sphère la plus élevée, pouvait seul et s'agencer ainsi sans paraître ridicule, et donner une harmonie de fatuité à toutes ces niaiseries, que soutenait d'ailleurs un air brave, l'air d'un jeune homme qui a de beaux pistolets, le coup sûr et Annette. Maintenant, si vous voulez bien comprendre la surprise respective des Saumurois et du jeune Parisien, voir parfaitement le vif éclat que l'élégance du voyageur jetait au milieu des ombres grises de la salle et des figures qui composaient le tableau de famille, essayez de vous représenter les Cruchot. Tous les trois prenaient du tabac, et ne songeaient plus depuis longtemps à éviter ni les roupies, ni les petites galettes noires qui parsemaient le jabot de leurs chemises rousses, à cols recroquevillés et à plis jaunâtres. Leurs cravates molles se roulaient en corde aussitôt qu'ils se les étaient attachées au cou. L'énorme quantité de linge qui leur permettait de ne faire la lessive que tous les six mois, et de le garder au fond de leurs armoires, laissait le temps y imprimer ses teintes grises et vieilles. Il

y avait en eux une parfaite entente de mauvaise grâce et de sénilité. Leurs figures, aussi flétries que l'étaient leurs habits râpés, aussi plissées que leurs pantalons, semblaient usées, racornies, et grimaçaient. La négligence générale des autres costumes, tous incomplets, sans fraîcheur, comme le sont les toilettes de province, où l'on arrive insensiblement à ne plus s'habiller les uns pour les autres, et à prendre garde au prix d'une paire de gants, s'accordait avec l'insouciance des Cruchot. L'horreur de la mode était le seul point sur lequel les Grassinistes et les Cruchotins s'entendissent parfaitement. Le Parisien prenait-il son lorgnon pour examiner les singuliers accessoires de la salle, les solives du plancher, le ton des boiseries ou les points que les mouches y avaient imprimés, et dont le nombre aurait suffi pour ponctuer l'Encyclopédie méthodique et le *Moniteur*, aussitôt les joueurs de loto levaient le nez et le considéraient avec autant de curiosité qu'ils en eussent manifesté pour une girafe. Monsieur des Grassins et son fils, auxquels la figure d'un homme à la mode n'était pas inconnue, s'associèrent néanmoins à l'étonnement de leurs voisins, soit qu'ils éprouvassent l'indéfinissable influence d'un sentiment général, soit qu'ils l'approuvassent en disant à leurs compatriotes par des œillades pleines d'ironie :
— Voilà comme *ils* sont à Paris. Tous pouvaient d'ailleurs observer Charles à loisir, sans craindre de déplaire au maître du logis. Grandet était absorbé dans la longue lettre qu'il tenait, et il avait pris pour la lire l'unique flambeau de la table, sans se soucier de ses hôtes ni de leur plaisir. Eugénie, à qui le type d'une perfection semblable, soit dans la mise, soit dans la personne, était entièrement inconnu, crut voir en son cousin une créature descendue de quelque région séraphique. Elle respirait avec délices les parfums exhalés par cette chevelure si brillante, si gracieusement bouclée. Elle aurait voulu pouvoir toucher la peau blanche de ces jolis gants fins. Elle enviait les petites mains de Charles, son teint, la fraîcheur et la délicatesse de ses traits. Enfin, si toutefois cette image peut résumer les impressions que le jeune élégant produisit sur une ignorante fille sans cesse occupée à rapetasser des bas, à ravauder la garde-robe de son père, et dont la vie s'était écoulée sous ces crasseux lambris sans voir dans cette rue silencieuse plus d'un passant par heure, la vue de son cousin fit sourdre en son cœur les émotions de fine volupté que causent à un jeune homme les fantastiques figures de femmes dessinées par Westall dans les Keepsake anglais, et gravées par les Finden d'un burin si habile qu'on a peur, en soufflant sur le vélin, de faire envoler ces apparitions célestes. Charles tira de sa poche un mouchoir brodé pour la grande dame qui voyageait en Écosse. En voyant ce joli ouvrage fait avec amour pendant les heures perdues pour l'amour, Eugénie regarda son cousin pour savoir s'il allait bien réellement s'en servir. Les manières de Charles, ses gestes, la façon dont il prenait son lorgnon, son impertinence affectée, son mépris pour le coffret qui venait de faire tant de plaisir à la riche héritière et qu'il trouvait évidemment ou sans valeur ou ridicule ; enfin, tout ce qui choquait les Cruchot et les des Grassins lui plaisait si fort, qu'avant de s'endormir elle dut rêver longtemps à ce phénix des cousins.

Les numéros se tiraient fort lentement, mais bientôt le loto fut arrêté. La grande Nanon entra et dit tout haut :
— Madame, va falloir me donner des draps pour faire le lit à ce monsieur.

Madame Grandet suivit Nanon. Madame des Grassins dit alors à voix basse : — Gardons nos sous et laissons le loto. Chacun reprit ses deux sous dans la vieille soucoupe écornée où il les avait mis. Puis l'assemblée se remua en masse et fit un quart de conversion vers le feu.
— Vous avez donc fini ? dit Grandet sans quitter sa lettre.
— Oui, oui, répondit madame des Grassins en venant prendre place près de Charles.

Eugénie, mue par une de ces pensées qui naissent au cœur des jeunes filles quand un sentiment s'y loge pour la première fois, quitta la salle pour aller aider sa mère et

Nanon. Si elle avait été questionnée par un confesseur habile, elle lui eût sans doute avoué qu'elle ne songeait ni à sa mère ni à Nanon, mais qu'elle était travaillée d'un poignant désir d'inspecter la chambre de son cousin pour s'y occuper de son cousin ; pour y placer quoi que ce fût, pour obvier à un oubli, pour y tout prévoir, afin de la rendre, autant que possible, élégante et propre. Eugénie se croyait déjà seule capable de comprendre les goûts et les idées de son cousin. En effet, elle arriva fort heureusement pour prouver à sa mère et à Nanon, qui revenaient pensant avoir tout fait, que tout était à faire. Elle donna l'idée à la grande Nanon de bassiner les draps avec la braise du feu ; elle couvrit elle-même la vieille table d'un napperon, et recommanda bien à Nanon de changer le napperon tous les matins. Elle convainquit sa mère de la nécessité d'allumer un bon feu dans la cheminée, et détermina Nanon à monter, sans en rien dire à son père, un gros tas de bois dans le corridor. Elle courut chercher dans une des encoignures de la salle un plateau de vieux laqué qui venait de la succession de feu le vieux monsieur de La Bertellière, y prit également un verre de cristal à six pans, une petite cuillère dédorée, un flacon antique où étaient gravés des amours, et mit triomphalement le tout sur un coin de la cheminée. Il lui avait plus surgi d'idées en un quart d'heure qu'elle n'en avait eu depuis qu'elle était au monde.
— Maman, dit-elle, jamais mon cousin ne supportera l'odeur d'une chandelle. Si nous achetions de la bougie ?...
Elle alla, légère comme un oiseau, tirer de sa bourse l'écu de cent sous qu'elle avait reçu pour ses dépenses du mois.
— Tiens, Nanon, dit-elle, va vite.
— Mais que dira ton père ? Cette objection terrible fut proposée par madame Grandet en voyant sa fille armée d'un sucrier de vieux Sèvres rapporté du château de Froidfond par Grandet. — Et où prendras-tu donc du sucre ? es-tu folle ?
— Maman, Nanon achètera aussi bien du sucre que de la bougie.
— Mais ton père ?
— Serait-il convenable que son neveu ne pût boire un verre d'eau sucrée ? D'ailleurs, il n'y fera pas attention.
— Ton père voit tout, dit madame Grandet en hochant la tête.

Nanon hésitait, elle connaissait son maître.
— Mais va donc, Nanon, puisque c'est ma fête !

Nanon laissa échapper un gros rire en entendant la première plaisanterie que sa jeune maîtresse eût jamais faite, et lui obéit. Pendant qu'Eugénie et sa mère s'efforçaient d'embellir la chambre destinée par monsieur Grandet à son neveu, Charles se trouvait l'objet des attentions de madame des Grassins, qui lui faisait des agaceries.
— Vous êtes bien courageux, monsieur, lui dit-elle, de quitter les plaisirs de la capitale pendant l'hiver pour venir habiter Saumur. Mais si nous ne vous faisons pas trop peur, vous verrez que l'on peut encore s'y amuser.

Elle lui lança une véritable œillade de province, où, par habitude, les femmes mettent tant de réserve et de prudence dans leurs yeux qu'elles leur communiquent la friande concupiscence particulière à ceux des ecclésiastiques, pour qui tout plaisir semble ou un vol ou une faute. Charles se trouvait si dépaysé dans cette salle, si loin du vaste château et de la fastueuse existence qu'il supposait à son oncle, qu'en regardant attentivement madame des Grassins, il aperçut enfin une image à demi effacée des figures parisiennes. Il répondit avec grâce à l'espèce d'invitation qui lui était adressée, et il s'engagea naturellement une conversation dans laquelle madame des Grassins baissa graduellement la voix pour la mettre en harmonie avec la nature de ses confidences. Il existait chez elle et chez Charles un même besoin de confiance. Aussi, après quelques moments de causerie coquette et de plaisanteries sérieuses, l'adroite provinciale put-elle lui dire sans se croire entendue des autres personnes, qui parlaient de la vente des vins, dont s'occupait en ce moment tout le

Saumurois : — Monsieur, si vous voulez nous faire l'honneur de venir nous voir, vous ferez très certainement autant de plaisir à mon mari qu'à moi. Notre salon est le seul dans Saumur où vous trouverez réunis le haut commerce et la noblesse : nous appartenons aux deux sociétés, qui ne veulent se rencontrer que là, parce qu'on s'y amuse. Mon mari, je le dis avec orgueil, est également considéré par les uns et par les autres. Ainsi, nous tâcherons de faire diversion à l'ennui de votre séjour ici. Si vous restiez chez monsieur Grandet, que deviendriez-vous, bon Dieu ! Votre oncle est un grigou qui ne pense qu'à ses provins, votre tante est une dévote qui ne sait pas coudre deux idées, et votre cousine est une petite sotte, sans éducation, commune, sans dot, et qui passe sa vie à raccommoder des torchons.

— Elle est très bien , cette femme , se dit en lui-même Charles Grandet en répondant aux minauderies de madame des Grassins.

— Il me semble, ma femme, que tu veux accaparer monsieur, dit en riant le gros et grand banquier.

A cette observation, le notaire et le président dirent des mots plus ou moins malicieux ; mais l'abbé les regarda d'un air fin, et résuma leurs pensées en prenant une pincée de tabac, et, offrant sa tabatière à la ronde : — Qui mieux que madame, dit-il, pourrait faire à monsieur les honneurs de Saumur ?

— Ha çà ! comment l'entendez-vous, monsieur l'abbé ? demanda monsieur des Grassins.

— Je l'entends, monsieur, dans le sens le plus favorable pour vous, pour madame, pour la ville de Saumur et pour monsieur, ajouta le rusé vieillard en se tournant vers Charles.

Sans paraître y prêter la moindre attention, l'abbé Cruchot avait su deviner la conversation de Charles et de madame des Grassins.

— Monsieur, dit enfin Adolphe à Charles d'un air qu'il aurait voulu rendre dégagé, je ne sais si vous avez conservé quelque souvenir de moi ; j'ai eu le plaisir d'être votre vis-à-vis à un bal donné par monsieur le baron de Nucingen, et...

— Parfaitement, monsieur, parfaitement, répondit Charles surpris de se voir l'objet des attentions de tout le monde.

— Monsieur est votre fils ? demanda-t-il à madame des Grassins.

L'abbé regarda malicieusement la mère.

— Oui, monsieur, dit-elle.

— Vous étiez donc bien jeune à Paris ? reprit Charles en s'adressant à Adolphe.

— Que voulez-vous, monsieur, dit l'abbé, nous les envoyons à Babylone aussitôt qu'ils sont sevrés.

Madame des Grassins interrogea l'abbé par un regard d'une étonnante profondeur. — Il faut venir en province, dit-il en continuant, pour trouver des femmes de trente et quelques années aussi fraîches que l'est madame, après avoir eu des fils bientôt Licenciés en Droit. Il me semble être encore au jour où les jeunes gens et les dames montaient sur des chaises pour vous voir danser au bal, madame, ajouta l'abbé en se tournant vers son adversaire femelle. Pour moi, vos succès sont d'hier...

— Oh ! le vieux scélérat ! se dit en elle-même madame des Grassins, me devinerait-il donc ?

— Il paraît que j'aurai beaucoup de succès à Saumur, se disait Charles en déboutonnant sa redingote, se mettant la main dans son gilet, et jetant son regard à travers les espaces pour imiter la pose donnée à lord Byron par Chantrey.

L'inattention du père Grandet, ou, pour mieux dire, la préoccupation dans laquelle le plongeait la lecture de sa lettre, n'échappèrent ni au notaire ni au président, qui tâchaient d'en conjecturer le contenu par les imperceptibles mouvemens de la figure du bonhomme, alors fortement éclairée par la chandelle. Le vigneron maintenait difficilement le calme habituel de sa physionomie. D'ailleurs chacun pourra se peindre la contenance affectée par cet homme en lisant la fatale lettre que voici :

« Mon frère, voici bientôt vingt-trois ans que nous ne nous sommes vus. Mon mariage a été l'objet de notre dernière entrevue, après laquelle nous nous sommes quittés joyeux l'un et l'autre. Certes je ne pouvais guère prévoir que tu serais un jour le seul soutien de la famille, à la prospérité de laquelle tu applaudissais alors. Quand tu tiendras cette lettre en tes mains, je n'existerai plus. Dans la position où j'étais, je n'ai pas voulu survivre à la honte d'une faillite. Je me suis tenu sur le bord du gouffre jusqu'au dernier moment, espérant surnager toujours. Il faut y tomber. Les banqueroutes réunies de mon agent de change et de Roguin, mon notaire, m'emportent mes dernières ressources et ne me laissent rien. J'ai la douleur de devoir près de quatre millions sans pouvoir offrir plus de vingt-cinq pour cent d'actif. Mes vins emmagasinés éprouvent en ce moment la baisse ruineuse que causent l'abondance et la qualité de vos récoltes. Dans trois jours Paris dira : » Monsieur Grandet était un fripon ! » Je me coucherai, moi probe, dans un linceul d'infamie. Je ravis à mon fils et son nom que j'entache et la fortune de sa mère. Il ne sait rien de cela, ce malheureux enfant que j'idolâtre ! Nous nous sommes dit adieu tendrement. Il ignorait, par bonheur, que les derniers flots de ma vie s'épanchaient dans cet adieu. Ne me maudira-t-il pas un jour ? Mon frère, mon frère, la malédiction de nos enfans est épouvantable ; ils peuvent appeler de la nôtre, mais la leur est irrévocable. Grandet, tu es mon aîné, tu me dois ta protection : fais que Charles ne jette aucune parole amère sur ma tombe ! Mon frère, si je t'écrivais avec mon sang et mes larmes, il n'y aurait pas autant de douleurs que j'en mets dans cette lettre ; car je pleurerais, je saignerais, je serais mort, je ne souffrirais plus ; mais je souffre et vois la mort d'un œil sec. Te voilà donc le père de Charles ! il n'a point de parens du côté maternel, tu sais pourquoi. Pourquoi n'ai-je pas obéi aux préjugés sociaux ? Pourquoi ai-je cédé à l'amour ? Pourquoi ai-je épousé la fille naturelle d'un grand seigneur ? Charles n'a plus de famille. O mon malheureux fils ! mon fils ! Écoute, Grandet, je ne suis pas venu t'implorer pour moi ; d'ailleurs tes biens ne sont peut-être pas assez considérables pour supporter une hypothèque de trois millions ; mais pour mon fils ! Sache le bien, mon frère, mes mains suppliantes se sont jointes en pensant à toi : Grandet, je te confie Charles en mourant. Enfin je regarde mes pistolets sans douleur en pensant que tu lui serviras de père. Il m'aimait bien, Charles ; j'étais bon pour lui, je ne le contrariais jamais : il ne me maudira pas. D'ailleurs, tu verras, il est doux, il tient de sa mère, il ne te donnera jamais de chagrin. Pauvre enfant ! accoutumé aux jouissances du luxe, il ne connaît aucune des privations auxquelles nous a condamnés l'un et l'autre notre première misère... Et le voilà ruiné, seul. Oui, tous ses amis le fuiront, et c'est moi qui serai la cause de ses humiliations. Ah ! je voudrais avoir le bras assez fort pour l'envoyer d'un seul coup dans les cieux près de sa mère. Folie ! Je reviens à mon malheur, à celui de Charles. Je te l'ai donc envoyé pour que tu lui apprennes convenablement et ma mort et son sort à venir. Sois un père pour lui, mais un bon père. Ne l'arrache pas tout à coup à sa vie oisive, tu le tuerais. Je lui demande à genoux de renoncer aux créances qu'en qualité d'héritier de sa mère il pourrait exercer contre moi. Mais c'est une prière superflue ; il a de l'honneur, et sentira bien qu'il ne doit pas se joindre à mes créanciers. Fais-le renoncer à ma succession en temps utile. Révèle-lui les dures conditions de la vie que je lui fais ; et s'il me conserve sa tendresse, dis-lui bien en mon nom que tout n'est pas perdu pour lui. Oui, le travail, qui nous a sauvés tous deux, peut lui rendre la fortune que je lui emporte ; et, s'il veut écouter la voix de son père, qui pour lui voudrait sortir un moment du tombeau, qu'il parte, qu'il aille aux Indes ! Mon frère, Charles est un jeune homme probe et courageux : tu lui

feras une pacotille, il mourrait plutôt que de ne pas te rendre les premiers fonds que tu lui prêteras ; car tu lui en
prêteras, Grandet ! sinon tu te créerais des remords. Ah !
si mon enfant ne trouvait ni secours ni tendresse en toi,
je demanderais éternellement vengeance à Dieu de ta dureté. Si j'avais pu sauver quelques valeurs, j'avais bien le
droit de lui remettre une somme sur le bien de sa mère ;
mais les payemens de ma fin du mois avaient absorbé toutes mes ressources. Je n'aurais pas voulu mourir dans le doute sur le sort de mon enfant ; j'aurais voulu sentir de saintes
promesses dans la chaleur de ta main, qui m'eût réchauffé ;
mais le temps me manque. Pendant que Charles voyage,
je suis obligé de dresser mon bilan. Je tâche de prouver
par la bonne foi qui préside à mes affaires qu'il n'y a dans
mes désastres ni faute ni improbité. N'est-ce pas m'occuper de Charles ? Adieu, mon frère. Que toutes les bénédictions de Dieu te soient acquises pour la généreuse tutelle
que je te confie, et que tu acceptes, je n'en doute pas. Il
y aura sans cesse une voix qui priera pour toi dans le monde où nous devons aller tous un jour, et où je suis déjà.

           » Victor-Ange-Guillaume GRANDET. »

— Vous causez donc ? dit le père Grandet en pliant avec
exactitude la lettre dans les mêmes plis et la mettant dans
la poche de son gilet. Il regarda son neveu d'un air humble et craintif sous lequel il cacha ses émotions et ses calculs. — Vous êtes-vous réchauffé ?

— Très-bien, mon cher oncle.

— Hé bien ! où sont donc nos femmes ? dit l'oncle oubliant déjà que son neveu couchait chez lui. En ce moment
Eugénie et madame Grandet rentrèrent. — Tout est-il arrangé là-haut, leur demanda le bonhomme en retrouvant
son calme.

— Oui, mon père.

— Hé bien ! mon neveu, si vous êtes fatigué, Nanon va
vous conduire à votre chambre. Dame ! ce ne sera pas un
appartement de *mirliflor* ! mais vous excuserez de pauvres vignerons qui n'ont jamais le sou. Les impôts nous
avalent tout.

— Nous ne voulons pas être indiscrets, Grandet, dit le
banquier. Vous pouvez avoir à jaser avec votre neveu,
nous vous souhaitons le bonsoir. A demain.

A ces mots, l'assemblée se leva, et chacun fit la révérence suivant son caractère. Le vieux notaire alla chercher
sous la porte sa lanterne, et vint l'allumer en offrant aux
des Grassins de les reconduire. Madame des Grassins n'a-
vait pas prévu l'incident qui devait faire finir prématurément la soirée, et son domestique n'était pas arrivé.

— Voulez-vous me faire l'honneur d'accepter mon bras,
madame ? dit l'abbé Cruchot à madame des Grassins.

— Merci, monsieur l'abbé. J'ai mon fils, répondit-elle
sèchement.

— Les dames ne sauraient se compromettre avec moi, dit
l'abbé.

— Donne donc le bras à monsieur Cruchot, lui dit son
mari.

L'abbé emmena la jolie dame assez lestement pour se
trouver à quelques pas en avant de la caravane.

— Il est très-bien ce jeune homme, madame, lui dit-il
en lui serrant le bras. *Adieu paniers, vendanges sont faites !*
Il vous faut dire adieu à mademoiselle Grandet, Eugénie
sera pour le Parisien. A moins que ce cousin ne soit amou-
raché d'une Parisienne, votre fils Adolphe va rencontrer en
lui le rival le plus...

— Laissez donc, monsieur l'abbé. Ce jeune homme ne
tardera pas à s'apercevoir qu'Eugénie est une niaise, une
fille sans fraîcheur. L'avez-vous examinée ? elle était, ce
soir, jaune comme un coing.

— Vous l'avez peut-être déjà fait remarquer au cousin.

— Et je ne m'en suis pas gênée.

— Mettez-vous toujours auprès d'Eugénie, madame, et
vous n'aurez pas grand'chose à dire à ce jeune homme
contre sa cousine, il fera de lui-même un comparaison
qui...

— D'abord, il m'a promis de venir dîner après-demain
chez moi.

— Ah ! si vous vouliez, madame, dit l'abbé.

— Et que voulez-vous que je veuille, monsieur l'abbé ?
Entendez-vous ainsi me donner de mauvais conseils ? Je ne
suis pas arrivée à trente-neuf ans, avec une réputation
sans tache, Dieu merci ! pour la compromettre, même
quand il s'agirait de l'empire du Grand-Mogol. Nous
sommes à un âge, l'un et l'autre, auquel on sait ce que
parler veut dire. Pour un ecclésiastique, vous avez en vérité des idées bien incongrues. Fi ! cela est digne de
Faublas !

— Vous avez donc lu *Faublas ?*

— Non, monsieur l'abbé, je voulais dire les *Liaisons
dangereuses.*

— Ah ! ce livre est infiniment plus moral, dit en riant
l'abbé. Mais vous me faites aussi perverse que l'est un jeune
homme d'aujourd'hui ! Je voulais simplement vous...

— Osez me dire que vous ne songiez pas à me conseiller
de vilaines choses. Cela n'est-il pas clair ? Si ce jeune
homme, qui est très bien, j'en conviens, me faisait la cour,
il ne penserait pas à sa cousine. A Paris, je le sais, quelques bonnes mères se dévouent ainsi pour le bonheur et la
fortune de leurs enfans ; mais nous sommes en province,
monsieur l'abbé.

— Oui, madame.

— Et, reprit-elle, je ne voudrais pas, ni Adolphe lui-
même ne voudrait pas de cent millions achetés à ce prix...

— Madame, je n'ai point parlé de cent millions. La ten-
tation eût peut-être été au-dessus de nos forces à l'un et à
l'autre. Seulement, je crois qu'une honnête femme peut se
permettre, en tout bien tout honneur, de petites coquetteries sans conséquence, qui font partie de ses devoirs en société, et qui...

— Vous croyez ?

— Ne devons-nous pas, madame, tâcher de nous être
agréables les uns aux autres... Permettez que je me mouche. — Je vous assure, madame, reprit-il, qu'il vous lorgnait d'un air un peu plus flatteur que celui qu'il avait en
me regardant ; mais je lui pardonne d'honorer préférablement à la vieillesse la beauté...

— Il est clair, disait le président de sa grosse voix, que
monsieur Grandet de Paris envoie son fils à Saumur dans
des intentions extrêmement matrimoniales...

— Mais alors le cousin ne serait pas tombé comme une
bombe, répondait le notaire.

— Cela ne dirait rien, dit monsieur des Grassins, le bonhomme est *cachotier.*

— Des Grassins, mon ami, je l'ai invité à dîner, ce jeune
homme. Il faudra que tu ailles prier monsieur et madame
de Larsonnière, et les du Hautoy, avec la belle demoiselle du Hautoy, bien entendu ; pourvu qu'elle se mette
bien ce jour-là ! Par jalousie, sa mère la fagote si mal !
J'espère, messieurs, que vous nous ferez l'honneur de
venir, ajouta-t-elle en arrêtant le cortège pour se retourner vers les deux Cruchot.

— Vous voilà chez vous, madame, dit le notaire.

Après avoir salué les trois des Grassins, les trois Cruchot
s'en retournèrent chez eux, en se servant de ce génie d'a-
nalyse que possèdent les provinciaux pour étudier sous
toutes ses faces le grand événement de cette soirée, qui
changeait les positions respectives des Cruchotins et des
Grassinistes. L'admirable bon sens qui dirigeait les actions
de ces grands calculateurs leur fit sentir aux uns et aux
autres la nécessité d'une alliance momentanée contre l'ennemi commun. Ne devaient-ils pas mutuellement empêcher Eugénie d'aimer son cousin, et Charles de penser à sa
cousine ? Le Parisien pourrait-il résister aux insinuations
perfides, aux calomnies doucereuses, aux médisances
pleines d'éloges, aux dénégations naïves qui allaient constamment tourner autour de lui, et l'engluer, comme les
abeilles enveloppent de cire le colimaçon tombé dans leur
ruche ?

Lorsque les quatre parens se trouvèrent seuls dans la

salle, monsieur Grandet dit à son neveu : — Il faut se coucher. Il est trop tard pour causer des affaires qui vous amènent ici ; nous prendrons demain un moment convenable. Ici, nous déjeunons à huit heures. A midi, nous mangeons un fruit, un rien de pain sur le pouce, et nous buvons un verre de vin blanc ; puis nous dînons, comme les Parisiens, à cinq heures. Voilà l'ordre. Si vous voulez voir la ville ou les environs, vous serez libre comme l'air. Vous m'excuserez si mes affaires ne me permettent pas toujours de vous accompagner. Vous les entendrez peut-être tous ici vous disant que je suis riche : monsieur Grandet par-ci, monsieur Grandet par-là ! Je les laisse dire ; leurs bavardages ne nuisent point à mon crédit. Mais je n'ai pas le sou, et je travaille à mon âge comme un jeune compagnon qui n'a pour tout bien qu'une mauvaise plaine et deux bons bras. Vous verrez peut-être bientôt par vous-même ce que coûte un écu quand il faut le suer. Allons, Nanon, les chandelles ?

— J'espère, mon neveu, que vous trouverez tout ce dont vous aurez besoin, dit madame Grandet ; mais s'il vous manquait quelque chose, vous pourrez appeler Nanon.

— Ma chère tante, ce serait difficile, j'ai, je crois, emporté toutes mes affaires ! Permettez-moi de vous souhaiter une bonne nuit, ainsi qu'à ma jeune cousine.

Charles prit des mains de Nanon une bougie allumée, une bougie d'Anjou, bien jaune de ton, vieillie en boutique, et si pareille à de la chandelle, que monsieur Grandet, incapable de soupçonner l'existence au logis, ne s'aperçut pas de cette magnificence.

— Je vais vous montrer le chemin, dit le bonhomme.

Au lieu de sortir par la porte de la salle qui donnait sous la voûte, Grandet fit la cérémonie de passer par le couloir qui séparait la salle de la cuisine. Une porte battante garnie d'un grand carreau de verre ovale fermait ce couloir du côté de l'escalier afin de tempérer le froid qui s'y engouffrait. Mais en hiver la bise n'en soufflait pas moins par là très durement, et, malgré les bourrelets mis aux portes de la salle, à peine la chaleur s'y maintenait-elle à un degré convenable. Nanon alla verrouiller la grande porte, ferma la salle, et détacha dans l'écurie un chien-loup dont la voix était cassée comme s'il avait une laryngite. Cet animal, d'une notable férocité, ne connaissait que Nanon. Ces deux créatures champêtres s'entendaient. Quand Charles vit les murs jaunâtres et enfumés de la cage où l'escalier à rampe vermoulue tremblait sous le pas pesant de son oncle, son dégrisement alla *rinforzando*. Il se croyait dans un juchoir à poules. Sa tante et sa cousine, vers lesquelles il se retourna pour interroger leurs figures, étaient si bien façonnées à cet escalier, que ne devinant pas la cause de son étonnement, elles le prirent pour une expression amicale, et y répondirent par un sourire agréable qui le désespéra. — Que diable mon père m'envoie-t-il faire ici ? se disait-il. Arrivé sur le palier, il aperçut trois portes peintes en rouge étrusque et sans chambranles, des portes perdues dans la muraille poudreuse et garnies de bandes en fer boulonnées, apparentes, terminées en façon de flammes comme l'était à chaque bout la longue entrée de la serrure. Celle de ces portes qui se trouvait en haut de l'escalier, et qui donnait entrée dans la pièce située au-dessus de la cuisine, était évidemment murée. On n'y pénétrait en effet que par la chambre de Grandet, à qui cette pièce servait de cabinet. L'unique croisée d'où elle tirait son jour était défendue sur la cour par d'énormes barreaux en fer grillagés. Personne, pas même madame Grandet, n'avait la permission d'y venir, le bonhomme voulait y rester seul comme un alchimiste à son fourneau ! Là, sans doute, quelque cachette avait été très habilement pratiquée, là s'emmagasinaient les titres de propriété, là pendaient les balances à peser les louis, là se faisaient nuitamment et en secret les quittances, les reçus, les calculs ; de manière que les gens d'affaires, voyant toujours Grandet prêt à tout, pouvaient imaginer qu'il avait à ses ordres une fée ou un démon. Là, sans doute, quand Nanon ronflait à ébranler les planchers, quand le

chien-loup veillait et bâillait dans la cour, quand madame et mademoiselle Grandet étaient bien endormies, venait le vieux tonnelier choyer, caresser, couver, cuver, cercler son or. Les murs étaient épais, les contrevens discrets. Lui seul avait la clef de ce laboratoire, où, dit-on, il consultait les plans sur lesquels ses arbres à fruits étaient désignés, et où il chiffrait ses produits à un provin, à une bourrée près. L'entrée de la chambre d'Eugénie faisait face à cette porte murée. Puis, au bout du palier était l'appartement des deux époux, qui occupaient tout le devant de la maison. Madame Grandet avait une chambre contiguë à celle d'Eugénie, chez qui l'on entrait par une porte vitrée. La chambre du maître était séparée de celle de sa femme par une cloison, et du mystérieux cabinet par un gros mur. Le père Grandet avait logé son neveu au second étage, dans la haute mansarde située au-dessus de sa chambre, de manière à pouvoir l'entendre s'il lui prenait fantaisie d'aller et de venir. Quand Eugénie et sa mère arrivèrent au milieu du palier, elles se donnèrent le baiser du soir ; puis, après avoir dit à Charles quelques mots d'adieu, froids sur les lèvres, mais certes chaleureux au cœur de la fille, elles rentrèrent dans leurs chambres.

— Vous voilà chez vous, mon neveu, dit le père Grandet à Charles en lui ouvrant sa porte. Si vous aviez besoin de sortir, vous appelleriez Nanon. Sans elle, votre serviteur ! le chien vous mangerait sans vous dire un seul mot. Dormez bien. Bonsoir. Ha ! ha ! ces dames vous ont fait du feu, reprit-il. En ce moment la grande Nanon apparut, armée d'une bassinoire. — En voilà bien d'une autre ! dit monsieur Grandet. Prenez-vous mon neveu pour une femme en couches ? Veux-tu bien remporter ta braise, Nanon.

— Mais, monsieur, les draps sont humides, et ce monsieur est vraiment mignon comme une femme.

— Allons, va, puisque tu l'as dans la tête, dit Grandet en la poussant par les épaules ; mais prends garde de mettre le feu. Puis l'avare descendit en grommelant de vagues paroles.

Charles demeura pantois au milieu de ses malles. Après avoir jeté les yeux sur les murs d'une chambre en mansarde, tendue de ce papier jaune à bouquets de fleurs qui tapisse les guinguettes, sur une cheminée en pierre de liais cannelée dont le seul aspect donnait froid, sur des chaises de bois jaune garnies en canne vernissée, et qui semblaient avoir plus de quatre angles, sur une table de nuit ouverte dans laquelle aurait pu tenir un petit sergent de voltigeurs, sur le maigre tapis de lisière placé au bas d'un lit à ciel dont les pentes en drap tremblaient comme si elles allaient tomber, achevées par les vers, il regarda sérieusement la grande Nanon, et lui dit : — Ah çà ! mais suis-je bien chez monsieur Grandet, l'ancien maire de Saumur, frère de monsieur Grandet de Paris ?

— Oui, monsieur, chez un bien aimable, un bien doux, un bien parfait monsieur. Faut-il que je vous aide à défaire vos malles ?

— Ma foi ! je le veux bien, mon vieux troupier ! N'avez-vous pas servi dans les marins de la garde impériale ?

— Oh ! oh ! oh ! dit Nanon, quoi que c'est que ça les marins de la garde ? C'est-y salé ? Ça va-t-il sur l'eau ?

— Tenez, cherchez ma robe de chambre qui est dans cette valise. En voici la clef.

Nanon fut tout émerveillée de voir une robe de chambre en soie verte à fleurs d'or et à dessins antiques.

— Vous allez mettre ça pour vous coucher ? dit-elle.

— Oui.

— Sainte Vierge ! le beau devant d'autel pour la paroisse ! Mais, mon cher mignon monsieur, donnez donc ça à l'église, vous sauverez votre âme, tandis que ça vous la fera perdre. Oh ! que vous êtes donc gentil comme ça ! Je vais appeler mademoiselle pour qu'elle vous regarde.

— Allons, Nanon, puisque Nanon y a, voulez-vous vous taire ! Laissez-moi coucher, j'arrangerai mes affaires demain ; et si ma robe vous plaît tant, vous sauverez votre âme. Je suis trop bon chrétien pour vous la refuser en m'en allant, et vous pourrez en faire ce que vous voudrez.

Nanon resta plantée sur ses pieds, contemplant Charles, sans pouvoir ajouter foi à ses paroles.

— Me donner ce bel atour ! dit-elle en s'en allant. Il rêve déjà, ce monsieur. Bonsoir.

— Bonsoir, Nanon.

— Qu'est-ce que je suis venu faire ici ? se dit Charles en s'endormant. Mon père n'est pas un niais, mon voyage doit avoir un but. Psch ! A demain les affaires ! disait je ne sais quelle ganache grecque.

— Sainte Vierge ! qu'il est gentil, mon cousin ! se dit Eugénie en interrompant ses prières, qui ce soir-là ne furent pas finies.

Madame Grandet n'eut aucune pensée en se couchant. Elle entendait, par la porte de communication qui se trouvait au milieu de la cloison, l'avare se promenant de long en long dans sa chambre. Semblable à toutes les femmes timides, elle avait étudié le caractère de son seigneur. De même que la mouette prévoit l'orage, elle avait, à d'imperceptibles signes, pressenti la tempête intérieure qui agitait Grandet, et, pour employer l'expression dont elle se servait, elle faisait alors la morte. Grandet regardait la porte intérieurement doublée en tôle qu'il avait fait mettre à son cabinet, et se disait : — Quelle idée bizarre a eue mon frère de me léguer son enfant ? Jolie succession ! Je n'ai pas vingt écus à donner. Mais qu'est-ce que vingt écus pour ce mirliflor qui lorgnait mon baromètre comme s'il avait voulu en faire du feu ?

En songeant aux conséquences de ce testament de douleur, Grandet était peut-être plus agité que ne l'était son prière au moment où il le traça.

— J'aurais cette robe d'or ?... disait Nanon, qui s'endormit habillée de son devant d'autel, rêvant de fleurs, de tabis, de damas, pour la première fois de sa vie, comme Eugénie rêva d'amour.

Dans la pure et monotone vie des jeunes filles, il vient une heure délicieuse où le soleil leur épanche ses rayons dans l'âme, où la fleur leur exprime des pensées, où les palpitations du cœur communiquent au cerveau leur chaude fécondance, et fondent les idées en un vague désir ; jour d'innocente mélancolie et de suaves joyeusetés ! Quand les enfans commencent à voir, ils sourient ; quand une fille entrevoit le sentiment dans la nature, elle sourit comme elle souriait enfant. Si la lumière est le premier amour de la vie, l'amour n'est-il pas la lumière du cœur ? Le moment de voir clair aux choses d'ici-bas était arrivé pour Eugénie. Matinale comme toutes les filles de province, elle se leva de bonne heure, fit sa prière, et commença l'œuvre de sa toilette, occupation qui désormais allait avoir un sens. Elle lissa d'abord ses cheveux châtains, tordit leurs grosses nattes au-dessus de sa tête avec le plus grand soin, en évitant que les cheveux ne s'échappassent de leurs tresses, et introduisit dans sa coiffure une symétrie qui rehaussa la timide candeur de son visage, en accordant la simplicité des accessoires à la naïveté des lignes. En se lavant plusieurs fois les mains dans de l'eau pure qui lui durcissait et rougissait la peau, elle regarda ses beaux bras ronds, et se demanda ce que faisait son cousin pour avoir les mains si mollement blanches, les ongles si bien façonnés. Elle mit des bas neufs et ses plus jolis souliers. Elle se laça droit, sans passer d'œillets. Enfin souhaitant, pour la première fois de sa vie, de paraître à son avantage, elle connut le bonheur d'avoir une robe fraîche, bien faite, et qui la rendait attrayante. Quand sa toilette fut achevée, elle entendit sonner l'horloge de la paroisse, et s'étonna de ne compter que sept heures. Le désir d'avoir tout le temps nécessaire pour se bien habiller l'avait fait lever trop tôt. Ignorant l'art de remanier dix fois une boucle de cheveux et d'en étudier l'effet, Eugénie se croisa bonnement les bras, s'assit à sa fenêtre, contempla la cour, le jardin étroit, et les hautes terrasses qui le dominaient ; vue mélancolique, bornée, mais qui n'était pas dépourvue des mystérieuses beautés particulières aux endroits solitaires ou à la

nature inculte. Auprès de la cuisine se trouvait un puits entouré d'une margelle, et à poulie maintenue dans une branche de fer courbée, qu'embrassait une vigne aux pampres flétris, rougis, brouis par la saison. De là, le tortueux sarment gagnait le mur, s'y attachait, courait le long de la maison, et finissait sur un bûcher où le bois était rangé avec autant d'exactitude que peuvent l'être les livres d'un bibliophile. Le pavé de la cour offrait ces teintes noirâtres produites avec le temps par les mousses, par les herbes, par le défaut de mouvement. Les murs épais présentaient leur chemise verte, ondée de longues traces brunes. Enfin les huit marches qui régnaient au fond de la cour et menaient à la porte du jardin étaient disjointes et ensevelies sous de hautes plantes, comme le tombeau d'un chevalier enterré par sa veuve au temps des croisades. Au-dessus d'une assise de pierres toutes rongées s'élevait une grille de bois pourri, à moitié tombée de vétusté, mais à laquelle se mariaient à leur gré des plantes grimpantes. De chaque côté de la porte à claire-voie s'avançaient les rameaux tortus de deux pommiers rabougris. Trois allées parallèles, sablées, et séparées par des carrés dont les terres étaient maintenues au moyen d'une bordure en buis, composaient ce jardin, que terminait, au bas de la terrasse, un couvert de tilleuls. À un bout, des framboisiers ; à l'autre, un immense noyer qui inclinait ses branches jusque sur le cabinet du tonnelier. Un jour pur et le beau soleil des automnes naturels aux rives de la Loire commençaient à dissiper le glacis imprimé par la nuit aux pittoresques objets, aux murs, aux plantes qui meublaient ce jardin et la cour. Eugénie trouva des charmes tout nouveaux dans l'aspect de ces choses, auparavant si ordinaires pour elle. Mille pensées confuses naissaient dans son âme, et y croissaient à mesure que croissaient au dehors les rayons du soleil. Elle eut enfin ce mouvement de plaisir vague, inexplicable, qui enveloppe l'être moral comme un nuage envelopperait l'être physique. Ses réflexions s'accordaient avec les détails de ce singulier paysage, et les harmonies de son cœur firent alliance avec les harmonies de la nature. Quand le soleil atteignit un pan de mur, d'où tombaient des Cheveux de Vénus aux feuilles épaisses à couleurs changeantes comme la gorge des pigeons, de célestes rayons d'espérance illuminèrent l'avenir pour Eugénie, qui désormais se plut à regarder ce pan de mur, ses fleurs pâles, ses clochettes bleues et ses herbes fanées, auxquels se mêla un souvenir gracieux comme ceux de l'enfance. Le bruit que chaque feuille produisait dans cette cour sonore, en se détachant de son rameau, donnait une réponse aux secrètes interrogations de la jeune fille, qui serait restée là, pendant toute la journée, sans s'apercevoir de la fuite des heures. Puis, vinrent de tumultueux mouvements d'âme. Elle se leva fréquemment, se mit devant son miroir, et s'y regarda comme un auteur de bonne foi contemple son œuvre, pour se critiquer et se dire des injures à lui-même.

— Je ne suis pas assez belle pour lui. Telle était la pensée d'Eugénie, pensée humble et fertile en souffrances. La pauvre fille ne se rendait pas justice ; mais la modestie, ou mieux la crainte, est une des premières vertus de l'amour. Eugénie appartenait bien à ce type d'enfans fortement constitués comme ils le sont dans la petite bourgeoisie, et dont les beautés paraissent vulgaires ; mais si elle ressemblait à Vénus de Milo, ses formes étaient ennoblies par cette suavité du sentiment chrétien qui purifie la femme et lui donne une distinction inconnue aux sculpteurs anciens. Elle avait une tête énorme, le front masculin mais délicat du Jupiter de Phidias, et des yeux gris auxquels sa chaste vie, en s'y tant tout entière, imprimait une lumière jaillissante. Les portraits de son visage rond, jadis frais et rose, avaient été grossis par une petite vérole assez clémente pour n'y point laisser de traces, mais qui avait détruit le velouté de la peau, néanmoins si douce et si fine encore que le pur baiser de sa mère y traçait passagèrement une marque rouge. Son nez était un peu trop fort, mais il s'harmoniait avec une bouche d'un rouge de minium, dont les lèvres à mille raies étaient pleines d'amour et de bonté. Le col avait une rondeur parfaite. Le corsage bombé, soigneusement voilé, attirait le regard et faisait rêver ; il manquait sans doute un peu de la grâce due à la toilette ; mais, pour les connaisseurs, la non-flexibilité de cette haute taille devait être un charme. Eugénie, grande et forte, n'avait donc rien du joli qui plaît aux masses ; mais elle était belle de cette beauté si facile à reconnaître, et dont s'éprennent seulement les artistes. Le peintre qui cherche ici-bas un type à la céleste pureté de Marie, qui demande à toute la nature féminine ces yeux modestement fiers devinés par Raphaël, ces lignes vierges que donne parfois la nature, mais qu'une vie chrétienne et pudique peut seule conserver ou faire acquérir ; ce peintre, amoureux d'un si rare modèle, eût trouvé tout à coup dans le visage d'Eugénie la noblesse innée qui s'ignore ; il eût vu sous un front calme un monde d'amour ; et, dans la coupe des yeux, dans l'habitude des paupières, le je ne sais quoi divin. Ses traits, les contours de sa tête que l'expression du plaisir n'avait jamais ni altérés ni fatigués, ressemblaient aux lignes d'horizon si doucement tranchées dans le lointain des lacs tranquilles. Cette physionomie calme, colorée, bordée de lueur comme une jolie fleur éclose, reposait l'âme, communiquait le charme de la conscience qui s'y reflétait, et commandait le regard. Eugénie était encore sur la rive de la vie où fleurissent les illusions enfantines, où se cueillent les marguerites avec des délices plus tard inconnues. Aussi se dit-elle en se mirant, sans savoir encore ce qu'était l'amour : — Je suis trop laide, il ne fera pas attention à moi.

Puis elle ouvrit la porte de sa chambre, qui donnait sur l'escalier, et tendit le cou pour écouter les bruits de la maison. — Il ne se lève pas, pensa-t-elle en entendant la tousserie matinale de Nanon, et la bonne fille allant, venant, balayant la salle, allumant son feu, enchaînant le chien et parlant à ses bêtes dans l'écurie. Aussitôt Eugénie descendit et courut à Nanon qui trayait la vache.

— Nanon, ma bonne Nanon, fais donc de la crème pour le café de mon cousin.

— Mais, mademoiselle, il aurait fallu s'y prendre hier, dit Nanon qui partit d'un gros éclat de rire. Je ne peux pas faire de la crème. Votre cousin est mignon, mignon, mais vraiment mignon. Vous ne l'avez pas vu dans sa chambrelouque de soie et d'or. Je l'ai vu, moi. Il porte du linge fin comme celui du surplis à monsieur le curé.

— Nanon, fais-nous donc de la galette.

— Et qui me donnera du bois pour le four, et de la farine, et du beurre ? dit Nanon, laquelle, en sa qualité de premier ministre de Grandet, prenait parfois une importance énorme aux yeux d'Eugénie et de sa mère. Faut-il pas le voler, cet homme, pour fêter votre cousin ? Demandez-lui du beurre, de la farine, du bois, il est votre père, il peut vous en donner. Tenez, le voilà qui descend pour voir aux provisions...

Eugénie se sauva dans le jardin, tout épouvantée en entendant trembler l'escalier sous le pas de son père. Elle éprouvait déjà les effets de cette profonde pudeur et de cette conscience particulière de notre bonheur qui nous fait croire, non sans raison peut-être, que nos pensées sont gravées sur notre front et sautent aux yeux d'autrui. S'apercevant enfin du froid dénûment de la maison paternelle, la pauvre fille concevait une sorte de dépit de ne pouvoir la mettre en harmonie avec l'élégance de son cousin. Elle éprouva un besoin passionné de faire quelque chose pour lui : quoi ? elle n'en savait rien. Naïve et vraie, elle laissait aller à sa nature angélique sans se défier ni de ses impressions, ni de ses sentiments. Le seul aspect de son cousin avait éveillé chez elle les penchants naturels de la femme, et ils durent se déployer d'autant plus vivement, qu'ayant atteint sa vingt-troisième année, elle se trouvait dans la plénitude de son intelligence et de ses désirs. Pour la première fois, elle eut dans le cœur de la terreur à l'aspect de son père, vit en lui le maître de son sort, et se crut coupable d'une faute en lui taisant quelques pensées. Elle se mit à marcher à pas précipités en s'étonnant de respirer un air plus pur, de sentir les rayons du soleil plus vivifians, et d'y puiser une chaleur morale, une vie nouvelle. Pendant qu'elle cherchait un artifice pour obtenir la galette, il s'élevait entre la grande Nanon et Grandet une de ces querelles aussi rares entre eux que le sont les hirondelles en hiver. Muni de ses clefs, le bonhomme était venu pour mesurer les vivres nécessaires à la consommation de la journée.

— Reste-t-il du pain d'hier ? dit-il à Nanon.

— Pas une miette, monsieur.

Grandet prit un gros pain rond, bien enfariné, moulé dans un de ces paniers plats qui servent à boulanger en Anjou, et il allait le couper, quand Nanon lui dit :

— Nous sommes cinq aujourd'hui, monsieur.

— C'est vrai, répondit Grandet, mais ton pain pèse six livres, il en restera. D'ailleurs, ces jeunes gens de Paris, tu verras que ça ne mange point de pain.

— Ça mangera donc de la *frippe ?* dit Nanon.

En Anjou, la frippe, mot du lexique populaire, exprime l'accompagnement du pain, depuis le beurre étendu sur la tartine, frippe vulgaire, jusqu'aux confitures d'alleberge, la plus distinguée des frippes ; et tous ceux qui, dans leur enfance, ont léché la frippe et laissé le pain, comprendront la portée de cette locution.

— Non, répondit Grandet, ça ne mange ni frippe, ni pain. Ils sont quasiment comme des filles à marier.

Enfin, après avoir parcimonieusement ordonné le menu quotidien, le bonhomme allait se diriger vers son fruitier, en fermant néanmoins les armoires de sa *Dépense,* lorsque Nanon l'arrêta pour lui dire :

— Monsieur, donnez-moi donc alors de la farine et du beurre, je ferai une galette aux enfans.

— Ne vas-tu pas mettre la maison au pillage à cause de mon neveu ?

— Je ne pensais pas plus à votre neveu qu'à votre chien, pas plus que vous n'y pensez vous-même. Ne voilà-t-il pas que vous ne m'avez *aveint* que six morceaux de sucre, m'en faut huit.

— Ha çà ! Nanon, je ne t'ai jamais vu comme ça. Qu'est-ce qui te passe donc par la tête ? Es-tu la maîtresse, ici ? Tu n'auras que six morceaux de sucre.

— Eh bien ! votre neveu, avec- quoi donc qu'il sucrera son café ?

— Avec deux morceaux ; je m'en passerai, moi.

— Vous vous passerez de sucre, à votre âge ! J'aimerais mieux vous en acheter de ma poche.

— Mêle-toi de ce qui te regarde.

Malgré la baisse du prix, le sucre était toujours, aux yeux du tonnelier, la plus précieuse des denrées coloniales : il valait toujours six francs la livre pour lui. L'obligation de le ménager, prise sous l'Empire, était devenue la plus indélébile de ses habitudes. Toutes les femmes, même la plus niaise, savent ruser pour arriver à leurs fins : Nanon abandonna la question du sucre pour obtenir la galette.

— Mademoiselle, cria-t-elle par la croisée, est-ce pas que vous voulez de la galette ?

— Non ! non ! répondit Eugénie.

— Allons, Nanon, dit Grandet en entendant la voix de sa fille, tiens. Il ouvrit la *mette* où était la farine, lui en donna une mesure, et ajouta quelques onces de beurre au morceau qu'il avait déjà coupé.

— Il faudra du bois pour chauffer le four, dit l'implacable Nanon.

— Eh bien ! tu en prendras à ta suffisance, répondit-il mélancoliquement, mais alors tu nous feras une tarte aux fruits, et tu nous cuiras au four tout le dîner ; par ainsi, tu n'allumeras pas deux feux.

— Quien ! s'écria Nanon, vous n'avez pas besoin de me le dire. Grandet jeta sur son fidèle ministre un coup d'œil presque paternel. — Mademoiselle, cria la cuisinière, nous aurons une galette. Le père Grandet revint chargé de ses fruits, et en rangea une première assiette sur la table de la cuisine. Voyez donc, monsieur, lui dit Nanon, les jolies bottes qu'a votre neveu. Quel cuir, et qui sent bon. Avec quoi que ça se nettoie donc? Faut-il y mettre de votre cirage à l'œuf?

— Nanon, je crois que l'œuf gâterait ce cuir-là. D'ailleurs, dis-lui que tu ne connais pas la manière de cirer le maroquin, oui, c'est du maroquin. Il achètera lui-même à Saumur et t'apportera de quoi lustrer ses bottes. J'ai entendu dire qu'on fourre du sucre dans leur cirage pour le rendre brillant.

— C'est donc bon à manger, dit la servante en portant les bottes à son nez. Tiens, tiens, elles sentent l'eau de Cologne de madame. Ah! c'est-il drôle.

— Drôle! dit le maître, tu trouves drôle de mettre à des bottes plus d'argent que n'en vaut celui qui les porte.

— Monsieur, dit-elle au second voyage de son maître qui avait fermé le fruitier, est-ce que vous ne mettrez pas une ou deux fois le pot-au-feu par semaine à cause de votre...?

— Oui.

— Faudra que j'aille à la boucherie.

— Pas du tout; tu nous feras du bouillon de volaille, les fermiers ne t'en laisseront pas chômer. Mais je vais dire à Cornoiller de me tuer des corbeaux. Ce gibier-là donne le meilleur bouillon de la terre.

— C'est-y vrai, monsieur, que ça mange les morts?

— Tu es bête, Nanon! ils mangent, comme tout le monde, ce qu'ils trouvent. Est-ce que nous ne vivons pas dss morts? Qu'est-ce donc que les successions? Le père Grandet, n'ayant plus d'ordres à donner, tira sa montre, et voyant qu'il pouvait encore disposer d'une demi-heure avant le déjeuner, il prit son chapeau, vint embrasser sa fille, et lui dit: — Veux-tu te promener au bord de la Loire sur mes prairies? j'ai quelque chose à y faire.

Eugénie alla mettre son chapeau de paille cousue, doublé de taffetas rose; puis, le père et la fille descendirent la rue tortueuse jusqu'à la place.

— Où dévallez-vous donc si matin? dit le notaire Cruchot qui rencontra Grandet.

— Voir quelque chose, répondit le bonhomme sans être la dupe de la promenade matinale de son ami.

Quand le père Grandet allait voir quelque chose, le notaire savait par expérience qu'il y avait toujours quelque chose à gagner avec lui. Donc il l'accompagna.

— Venez, Cruchot? dit Grandet au notaire. Vous êtes de mes amis, je vais vous démontrer comme quoi c'est une bêtise de planter des peupliers dans de bonnes terres...

— Vous comptez donc pour rien les soixante mille francs que vous avez palpés pour ceux qui étaient dans vos prairies de la Loire, dit maître Cruchot en ouvrant des yeux hébétés. Avez-vous eu du bonheur?... Couper vos arbres au moment où l'on manquait de bois blanc à Nantes, et les vendre trente francs!

Eugénie écoutait sans savoir qu'elle touchait au moment le plus solennel de sa vie, et que le notaire allait faire prononcer sur elle un arrêt paternel et souverain. Grandet était arrivé aux magnifiques prairies qu'il possédait au bord de la Loire, et où trente ouvriers s'occupaient à déblayer, combler, niveler les emplacemens autrefois pris par les peupliers.

— Maître Cruchot, voyez ce qu'un peuplier prend de terrain, dit-il au notaire. Jean, cria-t-il à un ouvrier, me...me...mesure avec ta toise dans tou...tou...tous les sens?

— Quatre fois huit pieds, répondit l'ouvrier après avoir fini.

— Trente-deux pieds de perte, dit Grandet à Cruchot. J'avais sur cette ligne trois cents peupliers, pas vrai? Or... trois ce...ce...cent trente-d...eux pie...pieds me man...man...man... mangeaient cin...inq cents de foin; ajoutez deux fois autant sur les côtés, quinze cents; les rangées du milieu autant. Alors, mé...mé...mettons mille bottes de foin.

— Eh! bien, dit Cruchot pour aider son ami, mille bottes de ce foin-là valent environ six cents francs.

— Di...di...dites dou...ou... ouze cents à cause des

trois à quatre cents francs de regain. Eh bien! ça...ça... ca...calculez ce que que que dou...ouze cents francs par an peu...peu...pendant quarante ans do...donnent a... a...avec les in...in...intérêts com...com...composés que... que que vouous saaavez.

— Va pour soixante mille francs, dit le notaire.

— Je le veux bien! ça ne...ne...ne fera que...que...que soixante mille francs. Eh bien! reprit le vigneron sans bégayer, deux mille peupliers de quarante ans ne me donneraient pas cinquante mille francs. Il y a perte. J'ai trouvé ça, moi, dit Grandet en se dressant sur ses ergots. Jean, reprit-il, tu combleras les trous, excepté du côté de la Loire, où tu planteras les peupliers que j'ai achetés. En les mettant dans la rivière, ils se nourriront aux frais du gouvernement, ajouta-t-il en se tournant vers Cruchot et imprimant à la loupe de son nez un léger mouvement qui valait le plus ironique des sourires.

— Cela est clair: les peupliers ne doivent se planter que sur les terres maigres, dit Cruchot stupéfait par les calculs de Grandet.

— O-u-i, monsieur, répondit ironiquement le tonnelier.

Eugénie, qui regardait le sublime paysage de la Loire sans écouter les calculs de son père, prêta bientôt l'oreille aux discours de Cruchot en l'entendant dire à son client: — Hé bien! vous avez fait venir un gendre de Paris, il n'est question que de votre neveu dans tout Saumur. Je vais bientôt avoir un contrat à dresser, père Grandet.

— Vous...ou... vous êtes so...so...orti de bo...bonne heure poooour me dire ça, reprit Grandet en accompagnant cette réflexion d'un mouvement de sa loupe. Hé bien! mon vieux camaaarade, je serai franc, et je vous dirai ce que vooous voooulez sa...savoir. J'aimerais mieux, voyez-vous, je...jeter ma fi...fi...fille dans la Loire que de la dooonner à son couuuousin: vous pou...pou...ouvez aaannoncer ça. Mais non, laissez jaser le...le mon...onde.

Cette réponse causa des éblouissemens à Eugénie. Les lointaines espérances qui pour elles commençaient à poindre dans son cœur fleurirent soudain, se réalisèrent et formèrent un faisceau de fleurs qu'elle vit coupées et gisant à terre. Depuis la veille, elle s'attachait à Charles par tous les liens de bonheur qui unissent les âmes; désormais la souffrance allait donc les corroborer. N'est-il pas dans la noble destinée de la femme d'être plus touchée des pompes de la misère que des splendeurs de la fortune? Comment le sentiment paternel avait-il pu s'éteindre au fond du cœur de son père? de quel crime Charles était-il donc coupable? Questions mystérieuses! Déjà son amour naissant, mystère si profond, s'enveloppait de mystères. Elle revint tremblant sur ses jambes, et en arrivant à la vieille rue sombre, si joyeuse pour elle, elle la trouva d'un aspect triste, elle y respira la mélancolie que les temps et les choses y avaient imprimée. Aucun des enseignemens de l'amour ne lui manquait. A quelques pas du logis, elle devança son père et l'attendit à la porte après y avoir frappé. Mais Grandet, qui voyait dans la main du notaire un journal encore sous bande, lui avait dit: — Où sont les fonds?

— Vous ne voulez pas m'écouter, Grandet, lui répondit Cruchot. Achetez-en vite, il y a encore vingt pour cent à gagner en deux ans, outre les intérêts à un excellent taux, cinq mille livres de rente pour quatre-vingt mille francs. Les fonds sont à quatre-vingt francs cinquante centimes.

— Nous verrons cela, répondit Grandet en se frottant le menton.

— Mon Dieu! dit le notaire.

— Hé bien! quoi? s'écria Grandet au moment où Cruchot lui mettait le journal sous les yeux en lui disant: — Lisez cet article.

Monsieur Grandet, l'un des négocians les plus estimés de Paris, s'est brûlé la cervelle hier après avoir fait son apparition accoutumée à la Bourse. Il avait envoyé au président de la chambre des députés sa démission, et s'était également démis de ses fonctions de juge au tribunal de commerce. La faillite de messieurs Roguin et Souchet, son

agent de change et son notaire, l'ont ruiné. La considéra-
tion dont jouissait monsieur Grandet et son crédit étaient
néanmoins tels qu'il eût sans doute trouvé des secours sur la
place de Paris. Il est à regretter que cet homme honorable
ait cédé à un premier moment de désespoir, etc.

— Je le savais, dit le vieux vigneron au notaire.

Ce mot glaça maître Cruchot, qui, malgré son impassibilité de notaire, se sentit froid dans le dos en pensant que
le Grandet de Paris avait peut-être imploré vainement les
millions du Grandet de Saumur.

— Et son fils, si joyeux hier...

— Il ne sait rien encore, répondit Grandet avec le même
calme.

— Adieu, monsieur Grandet, dit Cruchot qui comprit
tout et alla rassurer le président de Bonfons.

En entrant, Grandet trouva le déjeuner prêt. Madame
Grandet, au cou de laquelle Eugénie sauta pour l'embrasser avec cette vive effusion de cœur que nous cause un
chagrin secret, était déjà sur son siège à patins, et se tri-
cotait des manches pour l'hiver.

— Vous pouvez manger, dit Nanon qui descendit les escaliers quatre à quatre, l'enfant dort comme un chérubin.
Qu'il est gentil les yeux fermés! Je suis entrée, je l'ai appelé. Ah bien oui! personne.

— Laisse-le dormir, dit Grandet, il s'éveillera toujours
assez tôt aujourd'hui pour apprendre de mauvaises nouvelles.

— Qu'y a-t-il donc? demanda Eugénie en mettant dans
son café les deux petits morceaux de sucre pesant on ne
sait combien de grammes que le bonhomme s'amusait à
couper lui-même à ses heures perdues. Madame Grandet,
qui n'avait pas osé faire cette question, regarda son mari.

— Son père s'est brûlé la cervelle.

— Mon oncle?... dit Eugénie.

— Le pauvre jeune homme! s'écria madame Grandet.

— Oui, pauvre, reprit Grandet, il ne possède pas un
sou.

— Hé bien! il dort comme s'il était le roi de la terre,
dit Nanon d'un accent doux.

Eugénie cessa de manger. Son cœur se serra, comme il
se serre quand, pour la première fois, la compassion, excitée par le malheur de celui qu'elle aime, s'épanche dans
le corps entier d'une femme. La pauvre fille pleura.

— Tu ne connaissais pas ton oncle, pourquoi pleures-
tu? lui dit son père en lui lançant un de ces regards de
tigre affamé qu'il jetait sans doute à ses tas d'or.

— Mais, monsieur, dit la servante, qui ne se sentirait
pas de pitié pour ce pauvre jeune homme qui dort comme
un sabot sans savoir son sort?

— Je ne te parle pas, Nanon! tiens ta langue.

Eugénie apprit à ce moment que la femme qui aime
doit toujours dissimuler ses sentiments. Elle ne répondit
pas.

— Jusqu'à mon retour, vous ne lui parlerez de rien,
j'espère, m'ame Grandet, dit le vieillard en continuant. Je
suis obligé d'aller aligner le fossé de mes prés sur la
route. Je serai revenu à midi pour le second déjeuner, et
je causerai avec mon neveu de ses affaires. Quant à toi,
mademoiselle Eugénie, si c'est ce mirliflor que tu
pleures, assez comme cela, mon enfant. Il partira d'arre
d'arre pour les Grandes Indes. Tu ne le verras plus...

Le père prit ses gants au bord de son chapeau, les mit
avec son calme habituel, les assujettit en s'emmortaisant
les doigts les uns dans les autres, et sortit.

— Ah! maman, j'étouffe, s'écria Eugénie quand elle
fut seule avec sa mère. Je n'ai jamais souffert ainsi. Madame Grandet, voyant sa fille pâlir, ouvrit la croisée et la
fit respirer le grand air.— Je suis mieux, dit Eugénie après
un moment.

Cette émotion nerveuse chez une nature jusqu'alors en
apparence calme et froide réagit sur madame Grandet, qui
regarda sa fille avec cette intuition sympathique dont
sont douées les mères pour l'objet de leur tendresse, et

devina tout. Mais, à la vérité, la vie des célèbres sœurs
hongroises, attachées l'une à l'autre par une erreur de
la nature, n'avait pas été plus intime que ne l'était celle
d'Eugénie et de sa mère, toujours ensemble dans cette
embrasure de croisée, ensemble à l'église, et dormant ensemble dans le même air.

— Ma pauvre enfant! dit madame Grandet en prenant
la tête d'Eugénie pour l'appuyer contre son sein.

A ces mots, la jeune fille releva la tête, interrogea sa
mère par un regard, en scruta les secrètes pensées, et lui
dit : — Pourquoi l'envoyer aux Indes? S'il est malheureux,
ne doit-il pas rester ici, n'est-il pas notre plus proche parent?

— Oui, mon enfant, ce serait bien naturel; mais ton
père a ses raisons, nous devons les respecter.

La mère et la fille s'assirent en silence, l'une sur sa
chaise à patins, l'autre sur son petit fauteuil; et, toutes
deux, elles reprirent leur ouvrage. Oppressée de reconnaissance pour l'admirable entente de cœur que lui avait
témoigné sa mère, Eugénie lui baisa la main en disant :
— Combien tu es bonne, ma chère maman! Ces paroles
firent rayonner le vieux visage maternel, flétri par de
longues douleurs. — Le trouves-tu bien? demanda Eugénie.

Madame Grandet ne répondit que par un sourire; puis,
après un moment de silence, elle dit à voix basse : — L'aimerais-tu donc déjà? ce serait mal.

— Mal, reprit Eugénie, pourquoi? Il te plaît, il plaît à
Nanon, pourquoi ne me plairait-il pas? Tiens, maman,
mettons la table pour son déjeuner. Elle jeta son ouvrage,
la mère en fit autant en lui disant : — Tu es folle! Mais
elle se plut à justifier la folie de sa fille en la partageant.

Eugénie appela Nanon.

— Quoi que vous voulez encore, mademoiselle?

— Nanon, tu auras bien de la crème pour midi.

— Ah! pour midi, oui, répondit la vieille servante.

— Hé bien! donne-lui du café bien fort; j'ai entendu
dire à monsieur des Grassins que le café se faisait bien fort
à Paris. Mets-en beaucoup.

— Et où voulez-vous que j'en prenne?

— Achètes-en.

— Et si monsieur me rencontre?

— Il est à ses prés.

— Je cours. Mais monsieur Fessard m'a déjà demandé
si les trois Mages étaient chez nous, en me donnant de la
bougie. Toute la ville va savoir nos déportements.

— Si ton père s'aperçoit de quelque chose, dit madame
Grandet, il est capable de nous battre.

— Eh bien! il nous battra, nous recevrons ses coups à
genoux.

Madame Grandet leva les yeux au ciel pour toute réponse. Nanon prit sa coiffe et sortit. Eugénie donna du
linge blanc, elle alla chercher quelques unes des grappes
de raisin qu'elle s'était amusée à étendre sur des cordes
dans le grenier; elle marcha légèrement le long du corridor pour ne point éveiller son cousin, et ne put s'empêcher d'écouter à sa porte la respiration qui s'échappait en
temps égaux de ses lèvres. — Le malheur veille pendant
qu'il dort, se dit-elle. Elle prit les plus vertes feuilles de la
vigne, arrangea son raisin aussi coquettement que l'aurait
pu dresser un vieux chef d'office, et l'apporta triomphalement sur la table. Elle fit main basse, dans la cuisine, sur
les poires comptées par son père, et les disposa en pyramide parmi des feuilles. Elle allait, venait, trottait, sautait.
Elle aurait bien voulu mettre à sac toute la maison de son
père; mais il avait les clefs de tout. Nanon revint avec
deux œufs frais. En voyant les œufs, Eugénie eut l'envie
de lui sauter au cou.

— Le fermier de la Lande en avait dans son panier, je
les lui ai demandés, et il me les a donnés pour m'être
agréable, le mignon.

Après deux heures de soins, pendant lesquelles Eugénie
quitta vingt fois son ouvrage pour aller voir bouillir le
café, pour aller écouter le bruit que faisait son cousin en

se levant, elle réussit à préparer un déjeuner très simple, peu coûteux, mais qui dérogeait terriblement aux habitudes invétérées de la maison. Le déjeuner de midi s'y faisait debout. Chacun prenait un peu de pain, un fruit ou du beurre, et un verre de vin. En voyant la table placée auprès du feu, l'un des fauteuils mis devant le couvert de son cousin, en voyant les deux assiettées de fruits, le coquetier, la bouteille de vin blanc, le pain, et le sucre amoncelé dans une soucoupe, Eugénie trembla de tous ses membres en songeant seulement alors aux regards que lui lancerait son père, s'il venait à entrer en ce moment. Aussi regardait-elle souvent la pendule, afin de calculer si son cousin pourrait déjeuner avant le retour du bonhomme.

— Sois tranquille, Eugénie, si ton père vient, je prendrai tout sur moi, dit madame Grandet.

Eugénie ne put retenir une larme.

— Oh ! ma bonne mère, s'écria-t-elle, je ne t'ai pas assez aimée !

Charles, après avoir fait mille tours dans sa chambre en chanteronnant, descendit enfin. Heureusement, il n'était encore que onze heures. Le Parisien ! il avait mis autant de coquetterie à sa toilette que s'il se fût trouvé au château de la noble dame qui voyageait en Écosse. Il entra de cet air affable et riant qui sied si bien à la jeunesse, et qui causa une joie triste à Eugénie. Il avait pris en plaisanterie le désastre de ses châteaux en Anjou, et aborda sa tante fort gaiement.

— Avez-vous bien passé la nuit, ma chère tante ? Et vous, ma cousine ?

— Bien, monsieur, mais vous ? dit madame Grandet.

— Moi, parfaitement.

— Vous devez avoir faim, mon cousin, dit Eugénie ; mettez-vous à table.

— Mais je ne déjeune jamais avant midi, le moment où je me lève. Cependant, j'ai si mal vécu en route, que je me laisserai faire. D'ailleurs... Il tira la plus délicieuse montre plate que Breguet ait faite. Tiens, mais il est onze heures, j'ai été matinal...

— Matinal ? dit madame Grandet.

— Oui, mais je voulais ranger mes affaires. Eh bien ! je mangerais volontiers quelque chose, un rien, une volaille, un perdreau.

— Sainte Vierge ! cria Nanon en entendant ces paroles.

— Un perdreau, se disait Eugénie qui aurait voulu payer un perdreau de tout son pécule.

— Venez vous asseoir, lui dit sa tante.

Le dandy se laissa aller sur le fauteuil comme une jolie femme qui se pose sur son divan. Eugénie et sa mère prirent des chaises et se mirent près de lui devant le feu.

— Vous vivez toujours ici ? leur dit Charles en trouvant la salle encore plus laide au jour qu'elle ne l'était aux lumières.

— Toujours, répondit Eugénie en le regardant ; excepté pendant les vendanges. Nous allons alors aider Nanon, et logeons tous à l'abbaye de Noyers.

— Vous ne vous promenez jamais ?

— Quelquefois le dimanche, après vêpres, quand il fait beau, dit madame Grandet, nous allons sur le pont, ou voir les foins quand on les fauche.

— Avez-vous un théâtre ?

— Aller au spectacle ! s'écria madame Grandet ; voir des comédiens ! Mais, monsieur, ne savez-vous pas que c'est un péché mortel ?

— Tenez, mon cher monsieur, dit Nanon en apportant les œufs, nous vous donnerons les poulets à la coque.

— Oh ! des œufs frais ! dit Charles qui, semblable aux gens habitués au luxe, ne pensait déjà plus à son perdreau. Mais c'est délicieux ! Si vous aviez du beurre ? hein, ma chère enfant ?

— Ah ! du beurre ! Vous n'aurez donc pas de galette, dit la servante.

— Mais donne du beurre, Nanon ! s'écria Eugénie.

La jeune fille examinait son cousin coupant ses mouillettes, et y prenait plaisir autant que la plus sensible grisette de Paris en prend à voir jouer un mélodrame où triomphe l'innocence. Il est vrai que Charles, élevé par une mère gracieuse, perfectionné par une femme à la mode, avait des mouvemens coquets, élégans, menus, comme le sont ceux d'une petite maîtresse. La compassion et la tendresse d'une jeune fille possèdent une influence vraiment magnétique. Aussi Charles, en se voyant l'objet des attentions de sa cousine et de sa tante, ne put-il se soustraire à l'influence des sentimens qui se dirigeaient vers lui en l'inondant pour ainsi dire. Il jeta sur Eugénie un de ces regards brillans de bonté, de caresse, un regard qui semblait sourire. Il s'aperçut, en contemplant Eugénie, de l'exquise harmonie des traits de ce pur visage, de son innocente attitude, de la clarté magique de ses yeux où scintillaient de jeunes pensées d'amour, et où le désir ignorait la volupté.

— Ma foi ! ma chère cousine, si vous étiez en grande loge et en grande toilette à l'Opéra, je vous garantis que ma tante aurait bien raison, vous y feriez faire bien des péchés d'envie aux hommes et de jalousie aux femmes.

Ce compliment étreignit le cœur d'Eugénie, et le fit palpiter de joie, quoiqu'elle n'y comprît rien.

— Oh ! mon cousin, vous voulez vous moquer d'une pauvre petite provinciale.

— Si vous me connaissiez, ma cousine, vous sauriez que j'abhorre la raillerie ; elle flétrit le cœur, froisse tous les sentimens... Et il goba fort agréablement sa mouillette beurrée. Non, je n'ai probablement pas assez d'esprit pour me moquer des autres, et ce défaut me fait beaucoup de tort. A Paris, on trouve moyen de vous assassiner un homme en disant : Il a bon cœur. Cette phrase veut dire : Le pauvre garçon est bête comme un rhinocéros. Mais comme je suis riche et connu pour abattre une poupée du premier coup à trente pas, avec toute espèce de pistolet et en plein champ, la raillerie me respecte.

— Ce que vous dites, mon neveu, annonce un bon cœur.

— Vous avez une bien jolie bague, dit Eugénie, est-ce mal de vous demander à la voir ?

Charles tendit la main en défaisant son anneau, et Eugénie rougit en effleurant du bout de ses doigts les ongles roses de son cousin.

— Voyez, ma mère, le beau travail.

— Oh ! il y a gros d'or, dit Nanon en apportant le café.

— Qu'est-ce que c'est que cela ? demanda Charles en riant.

Et il montrait un pot oblong, en terre brune, verni, faïencé à l'intérieur, bordé d'une frange de cendre, et au fond duquel tombait le café en revenant à la surface du liquide bouillonnant.

— C'est du café boullu, dit Nanon.

— Ah ! ma chère tante, je laisserai du moins quelque trace bienfaisante de mon passage ici. Vous êtes bien arriérés ! Je vous apprendrai à faire du bon café dans une cafetière à la Chaptal.

Il tenta d'expliquer le système de la cafetière à la Chaptal.

— Ah bien ! s'il y a tant d'affaires que ça, dit Nanon, il faudrait bien y passer sa vie. Jamais je ne ferai de café comme ça. Ah bien ! oui. Et qui est-ce qui ferait de l'herbe pendant que je ferais le café ?

— C'est moi qui le ferai, dit Eugénie.

— Enfant ! dit madame Grandet en regardant sa fille.

A ce mot, qui rappelait le chagrin près de fondre sur le malheureux jeune homme, les trois femmes se turent et le contemplèrent d'un air de commisération qui le frappa.

— Qu'avez-vous donc, ma cousine ?

— Chut ! dit madame Grandet à Eugénie qui allait parler. Tu sais, ma fille, que ton père s'est chargé de parler à monsieur...

— Dites Charles, dit le jeune Grandet.

— Ah ! vous vous nommez Charles ? C'est un beau nom ! s'écria Eugénie.

Les malheurs pressentis arrivent presque toujours. Là,

Nanon, madame Grandet et Eugénie, qui ne pensaient pas sans frisson au retour du vieux tonnelier, entendirent un coup de marteau dont le retentissement leur était bien connu.

— Voilà papa ! dit Eugénie.

Elle ôta la soucoupe au sucre, en en laissant quelques morceaux sur la nappe. Nanon emporta l'assiette aux œufs. Madame Grandet se dressa comme une biche effrayée. C'était une peur panique de laquelle Charles dut s'étonner.

— Eh bien ! qu'avez-vous donc ? leur demanda-t-il.

— Mais voilà mon père, dit Eugénie.

— Eh bien ?...

Monsieur Grandet entra, jeta son regard clair sur la table, sur Charles, il vit tout.

— Ah ! ah ! vous avez fait fête à votre neveu, c'est bien, très-bien, c'est fort bien ! dit-il sans bégayer. Quand le chat court sur les toits, les souris dansent sur les planchers.

— Fête ?... se dit Charles incapable de soupçonner le régime et les mœurs de cette maison.

— Donne-moi mon verre, Nanon? dit le bonhomme.

Eugénie apporta le verre. Grandet tira de son gousset un couteau de corne à grosse lame, coupa une tartine, prit un peu de beurre, l'étendit soigneusement et se mit à manger debout. En ce moment Charles sucrait son café. Le père Grandet aperçut les morceaux de sucre, examina sa femme qui pâlit, et fit trois pas ; il se pencha vers l'oreille de la pauvre vieille, et lui dit : — Où donc avez-vous pris tout ce sucre ?

— Nanon est allée en chercher chez Fessard, il n'y en avait pas.

Il est impossible de se figurer l'intérêt profond que cette scène muette offrait à ces trois femmes : Nanon avait quitté sa cuisine et regardait dans la salle pour voir comment les choses s'y passeraient. Charles ayant goûté son café, le trouva trop amer et chercha le sucre que Grandet avait déjà serré.

— Que voulez-vous, mon neveu ? lui dit le bonhomme.

— Le sucre.

— Mettez du lait, répondit le maître de la maison, votre café s'adoucira.

Eugénie reprit la soucoupe au sucre que Grandet avait déjà serrée, et la mit sur la table en contemplant son père d'un air calme. Certes, la Parisienne qui, pour faciliter la fuite de son amant, soutient de ses faibles bras une échelle de soie, ne montre pas plus de courage qu'en déployait Eugénie en remettant le sucre sur la table. L'amant récompensera sa Parisienne qui lui fera voir orgueilleusement un beau bras meurtri dont chaque veine flétrie sera baignée de larmes, de baisers, et guérie par le plaisir ; tandis que Charles ne devait jamais être dans le secret des profondes agitations qui brisaient le cœur de sa cousine, alors foudroyée par le regard du vieux tonnelier.

— Tu ne manges pas, ma femme ?

La pauvre ilote s'avança, coupa piteusement un morceau de pain, et prit une poire. Eugénie offrit audacieusement à son père du raisin, en lui disant : — Goûte donc à ma conserve, papa ! Mon cousin, vous en mangerez, n'est-ce pas ? Je suis allée chercher ces jolies grappes-là pour vous.

— Oh ! si on ne les arrête, elles mettront Saumur au pillage pour vous, mon neveu. Quand vous aurez fini, nous irons ensemble dans le jardin, j'ai à vous dire des choses qui ne sont pas sucrées.

Eugénie et sa mère lancèrent un regard sur Charles à l'expression duquel le jeune homme ne put se tromper.

— Qu'est-ce que ces mots signifient, mon oncle ? Depuis la mort de ma pauvre mère... (à ces deux mots, sa voix mollit) il n'y a pas de malheur possible pour moi...

— Mon neveu, qui peut connaître les afflictions par lesquelles Dieu veut nous éprouver ? lui dit sa tante.

— Ta, ta, ta, ta ! dit Grandet, voilà les bêtises qui commencent. Je vois avec peine, mon neveu, vos jolies

mains blanches. Il lui montra les espèces d'épaules de mouton que la nature lui avait mises au bout des bras. Voilà des mains faites pour ramasser des écus ! Vous avez été élevé à mettre vos pieds dans la peau avec laquelle se fabriquent les portefeuilles où nous serrons les billets de banque. Mauvais ! mauvais !

— Que voulez-vous dire, mon oncle ? je veux être pendu si je comprends un seul mot.

— Venez, dit Grandet. L'avare fit claquer la lame de son couteau, but le reste de son vin blanc, et ouvrit la porte.

— Mon cousin, ayez du courage !

L'accent de la jeune fille avait glacé Charles, qui suivit son terrible parent en proie à de mortelles inquiétudes. Eugénie, sa mère et Nanon vinrent dans la cuisine, excitées par une invincible curiosité à épier les deux acteurs de la scène qui allait se passer dans le petit jardin humide où l'oncle marcha d'abord silencieusement avec le neveu. Grandet n'était pas embarrassé pour apprendre à Charles la mort de son père, mais il éprouvait une sorte de compassion en le sachant sans un sou, et il cherchait des formules pour adoucir l'expression de cette cruelle vérité. Vous avez perdu votre père ! ce n'était rien à dire. Les pères meurent avant les enfans. Mais : Vous êtes sans aucune espèce de fortune ! tous les malheurs, de la terre étaient réunis dans ces paroles. Et le bonhomme de faire, pour la troisième fois, le tour de l'allée du milieu dont le sable craquait sous leurs pieds. Dans les grandes circonstances de la vie, notre âme s'attache fortement aux lieux où les plaisirs et les chagrins tombent sur nous. Aussi Charles examinait-il avec une attention particulière les buis de ce petit jardin, les feuilles pâles qui tombaient, les dégradations du mur, les bizarreries des arbres fruitiers, détails pittoresques qui devaient rester gravés dans son souvenir, éternellement mêlés à cette heure suprême par une mnémotechnie particulière aux passions.

— Il fait bien chaud, bien beau, dit Grandet en aspirant une forte partie d'air.

— Oui, mon oncle, mais pourquoi...

— Eh bien ! mon garçon, reprit l'oncle, j'ai de mauvaises nouvelles à t'apprendre. Ton père est bien mal...

— Pourquoi suis-je ici ? dit Charles. Nanon ! cria-t-il, des chevaux et une voiture. Je trouverai bien une voiture dans le pays ? ajouta-t-il en se tournant vers son oncle qui demeurait immobile.

— Les chevaux et la voiture sont inutiles, répondit Grandet. Charles resta muet, pâlit, et ses yeux devinrent fixes. — Oui, mon pauvre garçon, tu devines. Il est mort. Mais ce n'est rien. Il y a quelque chose de plus grave. Il s'est brûlé la cervelle...

— Mon père ?...

— Oui. Mais ce n'est rien. Les journaux glosent de cela comme s'ils en avaient le droit. Tiens, lis.

Grandet, qui avait emprunté le journal de Cruchot, mit le fatal article sous les yeux de Charles. En ce moment le pauvre jeune homme, encore enfant, encore dans l'âge où les sentimens se produisent avec naïveté, fondit en larmes.

— Allons, bien ! se dit Grandet. Ses yeux m'effrayaient. Il pleure, le voilà sauvé. Ce n'est encore rien, mon pauvre neveu, reprit Grandet à haute voix sans savoir si Charles l'écoutait, ce n'est rien ; tu te consoleras ; mais...

— Jamais ! jamais ! mon père ! mon père !

— Il t'a ruiné, tu es sans argent.

— Qu'est-ce que cela me fait ! Où est mon père, mon père ?

Les pleurs et les sanglots retentissaient entre ces murailles d'une horrible façon, et se répercutaient dans les échos. Les trois femmes, saisies de pitié, pleuraient : les larmes sont aussi contagieuses que peut l'être le rire. Charles, sans écouter son oncle, se sauva dans la cour, trouva l'escalier, monta dans sa chambre, et se jeta en travers sur son lit en se mettant la face dans les draps pour pleurer à son aise loin de ses parens.

— Il faut laisser passer la première averse, dit Grandet en rentrant dans la salle où Eugénie et sa mère avaient brusquement repris leurs places, et travaillaient d'une main tremblante, après s'être essuyé les yeux. Mais ce jeune homme n'est bon à rien, il s'occupe plus des morts que de l'argent.

Eugénie frissonna en entendant son père s'exprimant ainsi sur la plus sainte des douleurs. Dès ce moment, elle commença à juger son père. Quoique assourdis, les sanglots de Charles retentissaient dans cette sonore maison ; et sa plainte profonde, qui semblait sortir de dessous terre, ne cessa que vers le soir, après s'être graduellement affaiblie.

— Pauvre jeune homme ! dit madame Grandet.

Fatale exclamation ! Le père Grandet regarda sa femme, Eugénie et le sucrier ; il se souvint du déjeuner extraordinaire apprêté pour le parent malheureux, et se posa au milieu de la salle.

— Ah çà ! j'espère, dit-il avec son calme habituel, que vous n'allez pas continuer vos prodigalités, madame Grandet. Je ne vous donne pas mon argent pour embucquer de sucre ce jeune drôle.

— Ma mère n'y est pour rien, dit Eugénie. C'est moi qui...

— Est-ce parce que tu es majeure, reprit Grandet en interrompant sa fille, que tu voudrais me contrarier ? Songe, Eugénie...

— Mon père, le fils de votre frère ne devait pas manquer chez vous de...

— Ta, ta, ta, ta ! dit le tonnelier sur quatre tons chromatiques, le fils de mon frère par-ci, mon neveu par-là. Charles ne nous est de rien ; il n'a ni sou ni maille ; son père a fait faillite ; et, quand ce mirliflor aura pleuré son soûl, il décampera d'ici. Je ne veux pas qu'il révolutionne ma maison.

— Qu'est-ce que c'est, mon père, que de faire faillite ? demanda Eugénie.

— Faire faillite, reprit le père, c'est commettre l'action la plus déshonorante entre toutes celles qui peuvent déshonorer l'homme.

— Ce doit être un bien grand péché, dit madame Grandet, et notre frère serait damné.

— Allons, voilà tes litanies ! dit-il à sa femme en haussant les épaules. Faire faillite, Eugénie, reprit-il, est un vol que la loi prend malheureusement sous sa protection. Des gens ont donné leurs denrées à Guillaume Grandet sur sa réputation d'honneur et de probité, puis il a tout pris, et ne leur a laissé que les yeux pour pleurer. Le voleur de grand chemin est préférable au banqueroutier : celui-là vous attaque, vous pouvez vous défendre, il risque sa tête ; mais l'autre... Enfin Charles est déshonoré.

Ces mots retentirent dans le cœur de la pauvre fille, et y pesèrent de tout leur poids. Probe autant qu'une fleur née au fond d'une forêt est délicate, elle ne connaissait ni les maximes du monde, ni ses raisonnemens captieux, ni ses sophismes : elle accepta donc l'atroce explication que son père lui donnait à dessein de la faillite, sans lui faire connaître la distinction qui existe entre une faillite involontaire et une faillite calculée.

— Eh bien ! mon père, vous n'avez donc pu empêcher ce malheur ?

— Mon frère ne m'a pas consulté. D'ailleurs, il doit quatre millions.

— Qu'est-ce que c'est donc qu'un million, mon père ? demanda-t-elle avec la naïveté d'un enfant qui croit pouvoir trouver promptement ce qu'il désire.

— Un million ? dit Grandet, mais c'est un million de pièces de vingt sous, et il faut cinq pièces de vingt sous pour faire cinq francs.

— Mon Dieu ! mon Dieu ! s'écria Eugénie, comment mon oncle avait-il eu à lui quatre millions ? Y a-t-il quelque autre personne en France qui puisse avoir autant de millions ? (Le père Grandet se caressait le menton, souriait, et sa loupe semblait se dilater.) Mais que va devenir mon cousin Charles ?

— Il va partir pour les Grandes Indes, où, selon le vœu de son père, il tâchera de faire fortune.

— Mais a-t-il de l'argent pour aller là ?

— Je lui paierai son voyage... jusqu'à... oui, jusqu'à Nantes.

Eugénie sauta d'un bond au cou de son père.

— Ah ! mon père, vous êtes bon, vous !

Elle l'embrassait de manière à rendre presque honteux Grandet, que sa conscience harcelait un peu.

— Faut-il beaucoup de temps pour amasser un million ? lui demanda-t-elle.

— Dame ! dit le tonnelier, tu sais ce que c'est qu'un napoléon. Eh bien ! il en faut cinquante mille pour faire un million.

— Maman, nous dirons des neuvaines pour lui.

— J'y pensais, répondit la mère.

— C'est cela : toujours dépenser de l'argent, s'écria le père. Ah çà ! croyez-vous donc qu'il y ait des mille et des cent ici ?

En ce moment une plainte sourde, plus lugubre que toutes les autres, retentit dans les greniers, et glaça de terreur Eugénie et sa mère.

— Nanon, va voir là-haut s'il ne se tue pas, dit Grandet.

— Ha çà ! reprit-il en se tournant vers sa femme et sa fille que son mot avait rendues pâles, pas de bêtises, vous deux. Je vous laisse. Je vais tourner autour de nos Hollandais, qui s'en vont aujourd'hui. Puis, j'irai voir Cruchot, et causer avec lui de tout ça.

Il partit. Quand Grandet eut tiré la porte, Eugénie et sa mère respirèrent à leur aise. Avant cette matinée, jamais la fille n'avait senti de contrainte en présence de son père ; mais, depuis quelques heures, elle changeait à tous momens de sentimens et d'idées.

— Maman, pour combien de louis vend-on une pièce de vin ?

— Ton père vend les siennes entre cent et cent cinquante francs, quelquefois deux cents, à ce que j'ai entendu dire.

— Quand il récolte quatorze cents pièces de vin...

— Ma foi ! mon enfant, je ne sais pas ce que cela fait ton père ne me dit jamais ses affaires.

— Mais alors papa doit être riche ?

— Peut-être. Mais monsieur Cruchot m'a dit qu'il avait acheté Froidfond il y a deux ans. Ça l'aura gêné.

Eugénie, ne comprenant plus rien à la fortune de son père, en resta là de ses calculs.

— Il ne m'a tant seulement pas vue, le mignon ! dit Nanon en revenant. Il est étendu comme un veau sur son lit et pleure comme une Madelaine, que c'est une vraie bénédiction ! Quel chagrin a donc ce pauvre gentil jeune homme ?

— Allons donc le consoler bien vite, maman ; et, si l'on frappe, nous descendrons.

Madame Grandet fut sans défense contre les harmonies de la voix de sa fille. Eugénie était sublime, elle était femme. Toutes deux, le cœur palpitant, montèrent à la chambre de Charles. La porte était ouverte. Le jeune homme ne voyait ni n'entendait rien. Plongé dans les larmes, il poussait des plaintes inarticulées.

— Comme il aime son père ! dit Eugénie à voix basse.

Il était impossible de méconnaître dans l'accent de ces paroles les espérances d'un cœur à son insu passionné. Aussi madame Grandet jeta-t-elle à sa fille un regard empreint de maternité, puis tout bas à l'oreille : — Prends garde, tu l'aimerais, dit-elle.

— L'aimer ! reprit Eugénie. Ah ! si tu savais ce que mon père a dit !

Charles se retourna, aperçut sa tante et sa cousine.

— J'ai perdu mon père, mon pauvre père ! S'il m'avait confié le secret de son malheur, nous aurions travaillé tous deux à le réparer. Mon Dieu ! mon bon père ! je comptais si bien le revoir que je l'ai, je crois, froidement embrassé.

Les sanglots lui coupèrent la parole.

— Nous prierons bien pour lui, dit madame Grandet. Résignez-vous à la volonté de Dieu.

— Mon cousin, dit Eugénie, prenez courage! Votre perte est irréparable : ainsi, songez maintenant à sauver votre honneur...

Avec cet instinct, cette finesse de la femme qui a de l'esprit en toute chose, même quand elle console, Eugénie voulait tromper la douleur de son cousin en l'occupant de lui-même.

— Mon honneur?... cria le jeune homme en chassant ses cheveux par un mouvement brusque, et il s'assit sur son lit en se croisant les bras. — Ah! c'est vrai. Mon père, disait mon oncle, a fait faillite. Il poussa un cri déchirant et se cacha le visage dans ses mains. — Laissez-moi, ma cousine, laissez-moi! Mon Dieu, mon Dieu, pardonnez à mon père, il a dû bien souffrir !

Il y avait quelque chose d'horriblement attachant à voir l'expression de cette douleur jeune, vraie, sans calcul, sans arrière-pensée. C'était une pudique douleur que les cœurs simples d'Eugénie et de sa mère comprirent quand Charles fit un geste pour leur demander de l'abandonner à lui-même. Elles descendirent, reprirent en silence leurs places près de la croisée, et travaillèrent pendant une heure environ sans se dire un mot. Eugénie avait aperçu, par le regard furtif qu'elle jeta sur le ménage du jeune homme, ce regard des jeunes filles qui voient tout en un clin d'œil, les jolies bagatelles de sa toilette, ses ciseaux, ses rasoirs enrichis d'or. Cette échappée d'un luxe vu à travers la douleur lui rendit Charles encore plus intéressant; par contraste peut-être. Jamais un événement si grave, jamais un spectacle si dramatique n'avait frappé l'imagination de ces deux créatures incessamment plongées dans le calme et la solitude.

— Mamau, dit Eugénie, nous porterons le deuil de mon oncle.

— Ton père décidera de cela, répondit madame Grandet.

Elles restèrent de nouveau silencieuses. Eugénie tirait ses points avec une régularité de mouvement qui eût dévoilé à un observateur les fécondes pensées de sa méditation. Le premier désir de cette adorable fille était de partager le deuil de son cousin. Vers quatre heures, un coup de marteau brusque retentit au cœur de madame Grandet.

— Qu'a donc ton père? dit-elle à sa fille.

Le vigneron entra joyeux. Après avoir ôté ses gants, il se frotta les mains à s'en emporter la peau, si l'épiderme n'en eût pas été tanné comme du cuir de Russie, sauf l'odeur des mélèzes et de l'encens. Il se promenait, il regardait le temps. Enfin son secret lui échappa.

— Ma femme, dit-il sans bégayer, je les ai tous attrapés. Notre vin est vendu ! Les Hollandais et les Belges partaient ce matin ; je me suis promené sur la place, devant leur auberge, en ayant l'air de bêtiser. Chose, que tu connais, est venu à moi. Les propriétaires de tous les bons vignobles gardent leur récolte et veulent attendre, je ne les en ai pas empêchés. Notre Belge était désespéré. J'ai vu cela. Affaire faite ; il prend notre récolte à deux cents francs la pièce, moitié comptant. Je suis payé en or. Les billets sont faits ; voilà six louis pour toi. Dans trois mois, les vins baisseront.

Ces derniers mots furent prononcés d'un ton calme, mais si profondément ironique, que les gens de Saumur, groupés en ce moment sur la place, et anéantis par la nouvelle de la vente que venait de faire Grandet, en auraient frémi s'ils les eussent entendus. Une peur panique eût fait tomber les vins de cinquante pour cent.

— Vous avez mille pièces cette année, mon père? dit Eugénie.

— Oui, fifille.

Ce mot était l'expression superlative de la joie du vieux tonnelier.

— Cela fait deux cent mille pièces de vingt sous?

— Oui, mademoiselle Grandet.

— Eh bien ! mon père, vous pouvez facilement secourir Charles.

L'étonnement, la colère, la stupéfaction de Balthazar en apercevant le *Mane-Tekel-Pharès* ne sauraient se comparer au froid courroux de Grandet, qui, ne pensant plus à son neveu, le retrouvait logé au cœur et dans les calculs de sa fille.

— Ah çà ! depuis que ce mirliflor a mis le pied dans *ma* maison, tout y va de travers. Vous vous donnez des airs d'acheter des dragées, de faire des noces et des festins. Je ne veux pas de ces choses-là. Je sais, à mon âge, comment je dois me conduire, peut-être ! D'ailleurs je n'ai de leçons à prendre ni de ma fille ni de personne. Je ferai pour mon neveu ce qu'il sera convenable de faire, vous n'avez pas à y fourrer le nez. Quant à toi, Eugénie, ajouta-t-il en se tournant vers elle, ne m'en parle plus sinon je t'envoie à l'abbaye de Noyers, avec Nanon, voir si j'y suis, et pas plus tard que demain, si tu bronches. Où est-il donc, ce garçon? est-il descendu?

— Non, mon ami, répondit madame Grandet.

— Eh bien ! que fait-il donc?

— Il pleure son père, répondit Eugénie.

Grandet regarda sa fille sans trouver un mot à dire. Il était un peu père, lui. Après avoir fait un ou deux tours dans la salle, il monta promptement à son cabinet pour y méditer un placement dans les fonds publics. Ses deux mille arpens de forêts coupés à blanc lui avaient donné six cent mille francs ; en joignant à cette somme l'argent de ses peupliers, ses revenus de l'année dernière et de l'année courante, outre les deux cent mille francs du marché qu'il venait de conclure, il pouvait faire une masse de neuf cent mille francs. Les vingt pour cent à gagner un peu de temps sur les rentes, qui étaient à 80 francs, le tentaient. Il chiffra sa spéculation sur le journal où la mort de son frère était annoncée, en entendant sans les écouter les gémissemens de son neveu. Nanon vint cogner au mur pour inviter son maître à descendre : le dîner était servi. Sous la voûte et à la dernière marche de l'escalier, Grandet disait en lui-même : — Puisque je toucherai mes intérêts à huit, je ferai cette affaire. En deux ans, j'aurai quinze cent mille francs que je retirerai de Paris en bon or.

— Eh bien ! où donc est mon neveu ?

— Il dit qu'il ne veut pas manger, répondit Nanon. Ça n'est pas sain.

— Autant d'économisé, lui répliqua son maître.

— Damel *voui*, dit-elle.

— Bah ! il ne pleurera pas toujours. La faim chasse le loup hors du bois.

Le dîner fut étrangement silencieux.

— Mon bon ami, dit madame Grandet lorsque la nappe fut ôtée, il faut que nous prenions le deuil.

— En vérité, madame Grandet, vous ne savez quoi vous inventer pour dépenser de l'argent. Le deuil est dans le cœur et non dans les habits.

— Mais le deuil d'un frère est indispensable, et l'Église nous ordonne de...

— Achetez votre deuil sur vos six louis. Vous me donnerez un crêpe, cela me suffira.

Eugénie leva les yeux au ciel sans mot dire. Pour la première fois dans sa vie, ses généreux penchans endormis, comprimés, mais subitement éveillés, étaient à tout moment froissés. Cette soirée fut semblable en apparence à mille soirées de leur existence monotone, mais ce fut certes la plus horrible. Eugénie avait travaillé sans lever la tête, et ne se servit point du nécessaire que Charles avait dédaigné la veille. Madame Grandet tricota ses manches. Grandet tourna ses pouces pendant quatre heures, abîmé dans des calculs dont les résultats devaient, le lendemain, étonner Saumur. Personne ne vint, ce jour-là, visiter la famille. En ce moment, la ville entière retentissait du tour de force de Grandet, de la faillite de son frère et de l'arrivée de son neveu. Pour obéir au besoin de bavarder sur leurs intérêts communs, tous les propriétaires de vignobles des hautes et moyennes sociétés de Saumur étaient chez monsieur des Grassins, où se fulminèrent de terribles imprécations contre l'ancien maire. Nanon filait, et le bruit de son rouet fut la seule voix qui se fit entendre sous les planchers grisâtres de la salle.

— Nous n'usons point nos langues, dit-elle en montrant ses dents blanches et grosses comme des amandes pelées.

— Ne faut rien user, répondit Grandet en se réveillant de ses méditations. Il se voyait en perspective huit millions dans trois ans, il voguait sur cette longue nappe d'or. — Couchons-nous. J'irai dire bonsoir à mon neveu pour tout le monde, et voir s'il veut prendre quelque chose.

Madame Grandet resta sur le palier du premier étage pour entendre la conversation qui allait avoir lieu entre Charles et le bonhomme. Eugénie, plus hardie que sa mère, monta deux marches.

— Hé bien ! mon neveu, vous avez du chagrin. Oui, pleurez, c'est naturel. Un père est un père. Mais faut prendre notre mal en patience. Je m'occupe de vous pendant que vous pleurez. Je suis un bon parent, voyez-vous. Allons, du courage. Voulez-vous boire un petit verre de vin ? Le vin ne coûte rien à Saumur, on y offre du vin comme dans les Indes une tasse de thé. — Mais, dit Grandet en continuant, vous êtes sans lumière. Mauvais, mauvais ! faut voir clair à ce que l'on fait. Grandet marcha vers la cheminée. — Tiens ! s'écria-t-il, voilà de la bougie. Où diable a-t-on pêché de la bougie ? Les garces démoliraient le plancher de ma maison pour cuire des œufs à ce garçon-là !

En entendant ces mots, la mère et la fille rentrèrent dans leurs chambres et se fourrèrent dans leurs lits avec la célérité de souris effrayées qui rentrent dans leurs trous.

— Madame Grandet, vous avez donc un trésor ? dit l'homme en entrant dans la chambre de sa femme.

— Mon ami, je fais mes prières, attendez, répondit d'une voix altérée la pauvre mère.

— Que le diable emporte ton bon Dieu ! répliqua Grandet en grommelant.

Les avares ne croient point à une vie à venir, le présent est tout pour eux. Cette réflexion jette une horrible clarté sur l'époque actuelle, où, plus qu'en aucun autre temps, l'argent domine les lois, la politique et les mœurs. Institutions, livres, hommes et doctrines, tout conspire à miner la croyance d'une vie future sur laquelle l'édifice social est appuyé depuis dix-huit cents ans. Maintenant le cercueil est une transition peu redoutée. L'avenir, qui nous attendait par delà le requiem, a été transposé dans le présent. Arriver *per fas et ne fas* au paradis terrestre du luxe et des jouissances vaniteuses, pétrifier son cœur et se macérer le corps en vue de possessions passagères, comme on souffrait jadis le martyre de la vie en vue de biens éternels, est la pensée générale ! pensée d'ailleurs écrite partout, jusque dans les lois, qui demandent au législateur : Que payes-tu ? u lieu de lui dire : Que penses-tu ? Quand cette doctrine a ura passé de la bourgeoisie au peuple, que deviendra le pays ?

— Madame Grandet, as-tu fini ? dit le vieux tonnelier.

— Mon ami, je prie pour toi.

— Très-bien ! bonsoir. Demain matin, nous causerons.

La pauvre femme s'endormit comme l'écolier qui, n'ayant pas appris ses leçons, craint de trouver à son réveil le visage irrité du maître. Au moment où, par frayeur, elle roulait dans ses draps pour ne rien entendre, Eugénie se coula près d'elle, en chemise, pieds nus, et vint la baiser au front.

— Oh ! bonne mère, dit-elle, demain, je lui dirai que c'est moi.

— Non, il t'enverrait à Noyers. Laisse-moi faire, il ne me mangera pas.

— Entends-tu, maman ?

— Quoi ?

— Hé bien ! *il* pleure toujours.

— Va donc te coucher, ma fille. Tu gagneras froid aux pieds. Le carreau est humide.

Ainsi se passa la journée solennelle qui devait peser sur toute la vie de la riche et pauvre héritière dont le sommeil ne fut plus aussi complet ni aussi pur qu'il l'avait été jusqu'alors. Assez souvent certaines actions de la vie humaine paraissent, littéralement parlant, invraisemblables, quoique vraies. Mais ne serait-ce pas qu'on omet presque toujours de répandre sur nos déterminations spontanées une sorte de lumière psychologique, en n'expliquant pas les raisons mystérieusement conçues qui les ont nécessitées ? Peut-être la profonde passion d'Eugénie devrait-elle être analysée dans ses fibrilles les plus délicates ; car elle devint, diraient quelques railleurs, une maladie, et influença toute son existence. Beaucoup de gens aiment mieux nier les dénouemens que de mesurer la force des liens, des nœuds, des attaches qui soudent secrètement un fait à un autre dans l'ordre moral. Ici donc le passé d'Eugénie servira, pour les observateurs de la nature humaine, de garantie à la naïveté de son irréflexion et à la soudaineté des effusions de son âme. Plus sa vie avait été tranquille, plus vivement la pitié féminine, le plus ingénieux des sentimens, se déploya dans son âme. Aussi, troublée par les événemens de la journée, s'éveilla-t-elle à plusieurs reprises, pour écouter son cousin, croyant en avoir entendu les soupirs, qui depuis la veille lui retentissaient au cœur. Tantôt elle le voyait expirant de chagrin, tantôt elle le rêvait mourant de faim. Vers le matin, elle entendit certainement une terrible exclamation. Aussitôt elle se vêtit, et accourut au petit jour, d'un pied léger, auprès de son cousin qui avait laissé sa porte ouverte. La bougie avait brûlé dans la bobèche du flambeau. Charles, vaincu par la nature, dormait habillé, assis dans un fauteuil, la tête renversée sur le lit ; il rêvait comme rêvent les gens qui ont l'estomac vide. Eugénie put pleurer à son aise ; elle put admirer ce jeune et beau visage, marbré par la douleur, ces yeux gonflés par les larmes, et qui tout endormis semblaient encore verser de pleurs. Charles devina sympathiquement la présence d'Eugénie, il ouvrit les yeux, et la vit attendrie.

— Pardon, ma cousine, dit-il, ne sachant évidemment ni l'heure qu'il était ni le lieu où il se trouvait.

— Il y a des cœurs qui vous entendent ici, mon cousin, et *nous* avons cru que vous aviez besoin de quelque chose. Vous devriez vous coucher, vous vous fatiguez en restant ainsi.

— Cela est vrai.

— Hé bien ! adieu.

Elle se sauva, honteuse et heureuse d'être venue. L'innocence ose seule de telles hardiesses. Instruite, la Vertu calcule aussi bien que le Vice. Eugénie, qui, près de son cousin, n'avait pas tremblé, put à peine se tenir sur ses jambes quand elle fut dans sa chambre. Son ignorante vie avait cessé tout à coup, elle raisonna, se fit mille reproches. Quelle idée va-t-il prendre de moi ? Il croira que je l'aime. C'était précisément ce qu'elle désirait le plus de lui voir croire. L'amour franc a sa prescience et sait que l'amour excite l'amour. Quel événement pour cette jeune fille solitaire, d'être ainsi entrée furtivement chez un jeune homme ! N'y a-t-il pas des pensées, des actions qui, en amour, équivalent, pour certaines âmes, à de saintes fiançailles ! Une heure après, elle entra chez sa mère et l'habilla suivant son habitude. Puis elles vinrent s'asseoir à leurs places devant la fenêtre, et attendirent Grandet avec cette anxiété qui glace le cœur ou l'échauffe, le serre ou le dilate, suivant les caractères, alors que l'on redoute une scène, une punition ; sentiment d'ailleurs si naturel, que les animaux domestiques l'éprouvent au point de crier pour le faible mal d'une correction, eux qui se taisent quand ils se blessent par inadvertance. Le bonhomme descendit, mais il parla d'un air distrait à sa femme, embrassa Eugénie, et se mit à table sans paraître penser à ses menaces de la veille.

— Que devient mon neveu ? l'enfant n'est pas gênant.

— Monsieur, il dort, répondit Nanon.

— Tant mieux, il n'a pas besoin de bougie, dit Grandet d'un ton goguenard.

Cette clémence insolite, cette amère gaîté, frappèrent madame Grandet, qui regarda son mari fort attentivement. Le bonhomme... Ici peut-être est-il convenable de faire observer qu'en Touraine, en Anjou, en Poitou, dans la Bretagne, le mot bonhomme, déjà souvent employé pour désigner Grandet, est décerné aux hommes les plus cruels comme aux plus bonasses, aussitôt qu'ils sont arrivés à un certain âge. Ce titre ne préjuge rien sur la mansuétude individuelle. Le bonhomme, donc, prit son chapeau, ses gants, et dit : — Je vais muser sur la place pour rencontrer nos Cruchot.

— Eugénie, ton père a décidément quelque chose.

En effet, peu dormeur, Grandet employait la moitié de ses nuits aux calculs préliminaires qui donnaient à ses vues, à ses observations, à ses plans, leur étonnante justesse, et leur assuraient cette constante réussite de laquelle s'émerveillaient les Saumurois. Tout pouvoir humain est un composé de patience et de temps. Les gens puissans veulent et veillent. La vie de l'avare est un constant exercice de la puissance humaine mise au service de la personnalité. Il ne s'appuie que sur deux sentimens : l'amour-propre et l'intérêt ; mais l'intérêt étant en quelque sorte l'amour-propre solide et bien entendu, l'attestation continue d'une supériorité réelle, l'amour-propre et l'intérêt sont deux parties d'un même tout, l'égoïsme. De là vient peut-être la prodigieuse curiosité qu'excitent les avares habilement mis en scène. Chacun tient par un fil à ces personnages qui s'attaquent à tous les sentimens humains, en les résumant tous. Où est l'homme sans désir, et quel désir social se résoudra sans argent ? Grandet avait bien réellement quelque chose, suivant l'expression de sa femme. Il se rencontrait en lui, comme chez tous les avares, un persistant besoin de jouer une partie avec les autres hommes, de leur gagner légalement leurs écus. Imposer autrui, n'est-ce pas faire acte de pouvoir, se donner perpétuellement le droit de mépriser ceux qui, trop faibles, se laissent ici-bas dévorer ? Oh ! qui a bien compris l'agneau paisiblement couché aux pieds de Dieu, le plus touchant emblème de toutes les victimes terrestres, celui de leur avenir, enfin la Souffrance et la Faiblesse glorifiées ? Cet agneau, l'avare le laisse s'engraisser, il le parque, le tue, le cuit, le mange et le méprise. La pâture des avares se compose d'argent et de dédain. Pendant la nuit, les idées du bonhomme avaient pris un autre cours : de là, sa clémence. Il avait ourdi une trame pour se moquer des Parisiens, pour les tordre, les rouler, les pétrir, les faire aller, venir, suer, espérer, pâlir ; pour s'amuser d'eux, lui, ancien tonnelier, au fond de sa salle grise, en montant l'escalier vermoulu de sa maison de Saumur. Son neveu l'avait occupé. Il voulait sauver l'honneur de son frère mort sans qu'il en coûtât un sou ni à son neveu ni à lui. Ses fonds allaient être placés pour trois ans, il n'avait plus qu'à gérer ses biens, il fallait donc un aliment à son activité malicieuse, et il l'avait trouvé dans la faillite de son frère. Ne se sentant rien entre les pattes à pressurer, il voulait concasser les Parisiens au profit de Charles, et se montrer excellent frère à bon marché. L'honneur de la famille entrait pour si peu de chose dans son projet, que sa bonne volonté doit être comparée au besoin qu'éprouvent les joueurs de voir bien jouer une partie dans laquelle ils n'ont pas d'enjeu. Et les Cruchot lui étaient nécessaires, et il ne voulait pas les aller chercher, et il avait décidé de les faire arriver chez lui, et d'y commencer ce soir même la comédie dont le plan venait d'être conçu, afin d'être, le lendemain, sans qu'il lui en coûtât un denier, l'objet de l'admiration de sa ville. En l'absence de son père, Eugénie eut le bonheur de pouvoir s'occuper ouvertement de son bien-aimé cousin, d'épancher sur lui sans crainte les trésors de sa pitié, l'une des sublimes supériorités de la femme, la seule qu'elle veuille faire sentir, la seule qu'elle pardonne à l'homme de lui laisser prendre sur lui. Trois ou quatre fois, Eugénie alla écouter la respiration de son cousin ; savoir s'il dormait, s'il se réveillait ; puis, quand il se leva, la crème, le café, les œufs, les fruits, les assiettes, le verre,

tout ce qui faisait partie du déjeuner, fut pour elle l'objet de quelque soin. Elle grimpa lestement dans le vieil escalier pour écouter le bruit que faisait son cousin. S'habillait-il ? pleurait il encore ? Elle vint jusqu'à la porte.

— Mon cousin ?
— Ma cousine.
— Voulez-vous déjeuner dans la salle ou dans votre chambre ?
— Où vous voudrez.
— Comment vous trouvez-vous ?
— Ma chère cousine, j'ai honte d'avoir faim.

Cette conversation à travers la porte était pour Eugénie tout un épisode de roman.

— Eh bien ! nous vous apporterons à déjeuner dans votre chambre, afin de ne pas contrarier mon père. Elle descendit dans la cuisine avec la légèreté d'un oiseau. — Nanon, va donc faire sa chambre.

Cet escalier si souvent monté, descendu, où retentissait le moindre bruit, semblait à Eugénie avoir perdu son caractère de vétusté ; elle le voyait lumineux, il parlait, il était jeune comme elle, jeune comme son amour auquel il servait. Enfin sa mère, sa bonne et indulgente mère, voulut bien se prêter aux fantaisies de son amour, et lorsque la chambre de Charles fut faite, elles allèrent toutes deux tenir compagnie au malheureux : la charité chrétienne n'ordonnait-elle pas de le consoler ? Ces deux femmes puisèrent dans la religion bon nombre de petits sophismes pour se justifier leurs déportemens. Charles Grandet se vit donc l'objet des soins les plus affectueux et les plus tendres. Son cœur endolori sentit vivement la douceur de cette amitié veloutée, de cette exquise sympathie, que ces deux âmes toujours contraintes surent déployer en se trouvant libres un moment dans la région des souffrances, leur sphère naturelle. Autorisée par la parenté, Eugénie se mit à ranger le linge, les objets de toilette que son cousin avait apportés, et put s'émerveiller à son aise de chaque luxueuse babiole, des colifichets d'argent, d'or travaillé qui lui tombaient sous la main, et qu'elle tenait longtemps sous prétexte de les examiner. Charles ne vit pas sans un attendrissement profond l'intérêt généreux que lui portaient sa tante et sa cousine ; il connaissait assez la société de Paris pour savoir que dans sa position il n'y eût trouvé que des cœurs indifférens ou froids. Eugénie lui apparut dans toute la splendeur de sa beauté spéciale. Il admira dès lors l'innocence de ces mœurs dont il se moquait la veille. Aussi, quand Eugénie prit des mains de Nanon le bol de faïence plein de café à la crème pour le lui servir avec toute l'ingénuité du sentiment, et en lui jetant un bon regard, les yeux se mouillèrent-ils de larmes ; il lui prit la main et la baisa.

— Hé bien ! qu'avez-vous encore ? demanda-t-elle.
— C'est des larmes de reconnaissance, répondit-il.

Eugénie se tourna brusquement vers la cheminée pour prendre les flambeaux.

— Nanon, tenez, emportez, dit-elle.

Quand elle regarda son cousin, elle était bien rouge encore, mais au moins ses regards purent mentir et ne pas peindre la joie excessive qui lui inondait le cœur ; mais leurs yeux exprimèrent un même sentiment, comme leurs âmes se fondirent dans une même pensée : l'avenir était à eux. Cette douce émotion fut d'autant plus délicieuse pour Charles au milieu de son immense chagrin, qu'elle était moins attendue. Un coup de marteau rappela les deux femmes à leurs places. Par bonheur, elles purent redescendre assez rapidement l'escalier pour se trouver à l'ouvrage quand Grandet entra ; s'il les eût rencontrées sous la voûte, il n'en aurait pas fallu davantage pour exciter ses soupçons. Après le déjeuner, que le bonhomme fit sur le pouce, le garde, auquel l'indemnité promise n'avait pas encore été donnée, arriva de Froidfond, d'où il apportait un lièvre, des perdrix tuées dans le parc, des anguilles et deux brochets dus par les meuniers.

— Eh ! eh ! ce pauvre Cornoiller, il vient comme marée en carême. Est-ce bon à manger, ça ?

— Oui, mon cher généreux monsieur, c'est tué depuis deux jours.

— Allons, Nanon, haut le pied! dit le bonhomme. Prends-moi cela, ce sera pour le dîner, je régale deux Cruchot.

Nanon ouvrit des yeux bêtes et regarda tout le monde.

— Eh bien! dit-elle, où que je trouverai du lard et des épices?

— Ma femme, dit Grandet, donne six francs à Nanon, et fais-moi souvenir d'aller à la cave chercher du bon vin.

— Eh bien! donc, monsieur Grandet, reprit le garde qui avait préparé sa harangue afin de faire décider la question de ses appointemens, monsieur Grandet...

— Ta, ta, ta! dit Grandet, je sais ce que tu veux dire, tu es un bon diable, nous verrons cela demain, je suis trop pressé aujourd'hui. — Ma femme, donne lui cent sous, dit-il à madame Grandet.

Il décampa. La pauvre femme fut trop heureuse d'acheter la paix pour onze francs. Elle savait que Grandet se taisait pendant quinze jours, après avoir ainsi repris, pièce à pièce, l'argent qu'il lui donnait.

— Tiens, Cornoiller, dit-elle en lui glissant dix francs dans la main, quelque jours nous reconnaîtrons tes services.

Cornoiller n'eut rien à dire. Il partit.

— Madame, dit Nanon, qui avait mis sa coiffe noire et pris son panier, je n'ai besoin que de trois francs, gardez le reste. Allez, ça ira tout de même.

— Fais un bon dîner, Nanon, mon cousin descendra, dit Eugénie.

— Décidément, il se passe ici quelque chose d'extraordinaire, dit madame Grandet. Voici la troisième fois que, depuis notre mariage, ton père donne à dîner.

Vers quatre heures, au moment où Eugénie et sa mère avaient fini de mettre un couvert pour six personnes, et où le maître du logis avait monté quelques bouteilles de ces vins exquis que conservent les provinciaux avec amour, Charles vint dans la salle. Le jeune homme était pâle. Ses gestes, sa contenance, ses regards et le son de sa voix eurent une tristesse pleine de grâce. Il ne jouait pas la douleur, il souffrait véritablement, et le voile étendu sur ses traits par la peine lui donnait cet air intéressant qui plaît tant aux femmes. Eugénie l'en aima bien davantage. Peut-être aussi le malheur l'avait-il rapproché d'elle. Charles n'était plus ce riche et beau jeune homme placé dans une sphère inabordable pour elle; mais un parent plongé dans une effroyable misère. La misère enfante l'égalité. La femme a cela de commun avec l'ange que les êtres malheureux lui appartiennent. Charles et Eugénie s'entendirent et se parlèrent par les yeux seulement; car le pauvre dandy déchu, l'orphelin, se mit dans un coin, s'y tint muet, calme et fier; mais, de moment en moment, le regard doux et caressant de sa cousine venait luire sur lui, le contraignait à quitter ses tristes pensées, à s'élancer avec elle dans les champs de l'Espérance et de l'Avenir, où elle aimait à s'engager avec lui. En ce moment, la ville de Saumur était plus émue du dîner offert par Grandet aux Cruchot, qu'elle ne l'avait été la veille par la vente de sa récolte, qui constituait un crime de haute trahison envers le vignoble. Si le politique vigneron eût donné son dîner dans la même pensée qui coûta la queue au chien d'Alcibiade, il aurait été peut-être un grand homme; mais trop supérieur à une ville de laquelle il se jouait sans cesse, il ne faisait aucun cas de Saumur. Les des Grassins apprirent bientôt la mort violente et la faillite probable du père de Charles, ils résolurent d'aller, dès le soir même, chez leur client, afin de prendre part à son malheur et lui donner des signes d'amitié, tout en s'informant des motifs qui pouvaient l'avoir déterminé à inviter, en semblable occurrence, les Cruchot à dîner. A cinq heures précises, le président C. de Bonfons et son oncle le notaire arrivèrent endimanchés jusqu'aux dents. Les convives se mirent à table et commencèrent par manger notablement bien. Grandet était grave, Charles silencieux; Eugénie muette, madame Grandet ne parla pas

plus que de coutume, en sorte que ce dîner fut un véritable repas de condoléance. Quand on se leva de table, Charles dit à sa tante et à son oncle:

— Permettez-moi de me retirer. Je suis obligé de m'occuper d'une longue et triste correspondance.

— Faites, mon neveu.

Lorsque après son départ le bonhomme put présumer que Charles ne pouvait rien entendre, et devait être plongé dans ses écritures, il regarda sournoisement sa femme.

— Madame Grandet, ce que nous avons à dire serait du latin pour vous; il est sept heures et demie, vous devriez allez vous serrer dans votre portefeuille. Bonne nuit, ma fille.

Il embrassa Eugénie, et les deux femmes sortirent. Là commença la scène où le père Grandet, plus qu'en aucun autre moment de sa vie, employa l'adresse qu'il avait acquise dans le commerce des hommes, et qui lui valait souvent, de la part de ceux dont il mordait un peu trop rudement la peau, le surnom de *vieux chien*. Si le maire de Saumur eût porté son ambition plus haut, si d'heureuses circonstances, en le faisant arriver vers les sphères supérieures de la Société, l'eussent envoyé dans les congrès où se traitaient les affaires des nations, et qu'il s'y fût servi du génie dont l'avait doté son intérêt personnel, nul doute qu'il n'y eût été glorieusement utile à la France. Néanmoins, peut-être aussi serait-il également probable que, sorti de Saumur, le bonhomme n'aurait fait qu'une pauvre figure. Peut-être en est-il des esprits comme de certains animaux, qui n'engendrent plus transplantés hors des climats où ils naissent.

— Mon... on... on... sieur le pré... pré... pré... président, vouououous di... di... di... disiiieeez que le faaaaiiiillite...

Le bredouillement affecté depuis si longtemps par le bonhomme, et qui passait pour naturel aussi bien que la surdité dont il se plaignait par les temps de pluie, devint, en cette conjoncture, si fatigant pour les deux Cruchot, qu'en écoutant le vigneron ils grimaçaient à leur insu, en faisant des efforts comme s'ils voulaient achever les mots dans lesquels il s'empêtrait à plaisir. Ici, peut-être, devient-il nécessaire de donner l'histoire du bégayement et de la surdité de Grandet. Personne, dans l'Anjou, n'entendait mieux et ne pouvait prononcer plus nettement le français angevin que le rusé vigneron. Jadis, malgré toute sa finesse, il avait été dupé par un Israélite qui, dans la discussion, appliquait sa main à son oreille en guise de cornet, sous prétexte de mieux entendre, et baragouinait si bien en cherchant les mots, que Grandet, victime de son humanité, se crut obligé de suggérer à ce malin Juif les mots et les idées que lui paraissait chercher le Juif, d'achever lui-même les raisonnemens dudit Juif, de parler comme devait parler le damné Juif, d'être enfin le Juif et non Grandet. Le tonnelier sortit de ce combat bizarre ayant conclu le seul marché dont il ait eu à se plaindre pendant le cours de sa vie commerciale. Mais s'il y perdit pécuniairement parlant, il y gagna moralement une bonne leçon, et, plus tard, il en recueillit les fruits. Aussi le bonhomme finit-il par bénir le Juif qui lui avait appris l'art d'impatienter son adversaire commercial; et, en l'occupant à exprimer sa pensée, de lui faire constamment perdre de vue la sienne. Or, aucune affaire n'exigea, plus que celle dont il s'agissait, l'emploi de la surdité, du bredouillement et des ambages incompréhensibles dans lesquels Grandet enveloppait ses idées. D'abord, il ne voulait pas endosser la responsabilité de ses idées; puis, il voulait rester maître de sa parole, et laisser en doute ses véritables intentions.

— Monsieur de Bon... Bon... Bonfons... Pour la seconde fois, depuis trois ans, Grandet nommait Cruchot neveu monsieur de Bonfons. Le président put se croire choisi pour gendre par l'artificieux bonhomme. — Vooooous di... di... di... disiez donc que les faiiiillites peu... peu... peu... peuvent, dandans ce...ertains cas, être empê... pê... chées pa... par...

— Par les tribunaux de commerce eux-mêmes. Cela se

voit tous les jours, dit monsieur C. de Bonfons, enfourchant l'idée du père Grandet ou croyant la deviner et voulant affectueusement la lui expliquer. Écoutez ?

— J'écoucoute, répondit humblement le bonhomme en prenant la malicieuse contenance d'un enfant qui rit intérieurement de son professeur tout en paraissant lui prêter la plus grande attention.

— Quand un homme considérable et considéré, comme l'était, par exemple, défunt monsieur votre frère à Paris...

— Mon... on frère, oui.

— Est menacé d'une déconfiture...

— Çaaaa s'appelle dé... dé... déconfiture ?

— Oui. Que sa faillite devient imminente, le tribunal de commerce, dont il est justiciable (suivez bien), a la faculté, par un jugement, de nommer, à sa maison de commerce, des liquidateurs. Liquider n'est pas faire faillite, comprenez-vous ? En faisant faillite, un homme est déshonoré ; mais en liquidant, il reste honnête homme.

— C'est bien di...di...di...différent, si çaâââ ne coû...ou...oû...oû...oûte pas... pas... pas plus cher, dit Grandet.

— Mais une liquidation peut encore se faire, même sans le secours du tribunal de commerce. Car, dit le président en humait sa prise de tabac, comment se déclare une faillite ?

— Oui, je n'y ai jamais pen...pen...pen... sé, répondit Grandet.

— Premièrement, reprit le magistrat, par le dépôt du bilan au greffe du tribunal, que fait le négociant lui-même ou son fondé de pouvoirs, dûment enregistré. Deuxièmement, à la requête des créanciers. Or, si le négociant ne dépose pas de bilan, si aucun créancier ne requiert du tribunal un jugement qui déclare le susdit négociant en faillite, qu'arriverait-il ?

— Oui...i...i, voy...voy...ons.

— Alors la famille du décédé, ses représentans, son hoirie, ou le négociant, s'il n'est pas mort ; ou ses amis, s'il est caché, liquident. Peut-être voulez-vous liquider les affaires de votre frère ? demanda le président.

— Ah ! Grandet, s'écria le notaire, ce serait bien. Il y a de l'honneur au fond de nos provinces. Si vous sauviez votre nom, car c'est votre nom, vous seriez un homme...

— Sublime, dit le président en interrompant son oncle.

— Certainement, répliqua le vieux vigneron, mon... mon fffr...frè... frère se no...no...no...noommait Grandet tou...out comme moi. C'est...cé...cé...c'es...c'est sûr et certain. Je... je... je ne dis pas... pas non. Et... et... et... cette li... li...li...liquidation pou...pou...pourrait, dans tooous lles cas, être sooous tous lles ra...ra...rapports très avan... van...ta...tageuse aux in...in...in...térêts de mon ne...ne... neveu, que j'ai... j'ai... j'aime. Mais faut voir. Je ne co... co ...co...connais pas lles malins de Paris. Je... suis à Sau... au...aumur, moi... moi... voyez-vous ! Mes proovins ! mes fooossés ! et en...enfin j'ai mes aaaffaires. Je n'ai jamais fait de bi...bi...billets. Qu'est-ce qu'un billet ? J'en... j'en ai beau...beaucoup reçu, je n'en ai jamais si...si...signé. Ça... aaa... se...sse touche, ça s'esssscooompte. Voiilà tooout ce que je sais. J'ai en...en...en... entendu di...di...dire qu'on... ooon pou...ou...ouvait rache...cheter les bi...bi...bi...

— Oui, dit le président. L'on peut acquérir les billets sur la place moyennant tant pour cent. Comprenez-vous ?

Grandet se fit une main, l'appliqua sur son oreille, et le président lui répéta sa phrase.

— Mais, répondit le vigneron, il y a ddddonc à boire et à manger dan...dans tout cela ? Je... je... je ne sais rien, à mon âââge, de toooutes ce...ce... ces chooses-là. Je doi...dois re...ester i...i...ici pour ve...ve...veiller au grain. Le grain s'aama...masse, et c'é...c'é...c'est aaavec le grain ju'on pai...paie. Aavant tout, faut ve...ve...veiller aux... aux ré...ré...récoltes. J'ai des aaaffaires ma...ma... majeures à Froidfond et des inté...té...ressantes. Je ne puis pas a...a...abandonner ma...ma... ma maison poooour des em... em...embrrrououilllllami gentes de... de... de toooous les di..diabbles, où ji ne coompre...prends rien. Vous dites que, que je devrais, pour li...li...li...liquider, pour ar-

rêter la déclaration de faillite, être à Paris. On ne peut pas se troou...ouver à la fois en...en...en deux endroits, à moins d'être pe...pe...pe... petit oiseau... Et...

— Et, je vous entends, s'écria le notaire. Eh bien ! mon vieil ami, vous avez des amis, de vieux amis, capables de dévoûment pour vous.

— Allons donc, pensait en lui-même le vigneron, décidez-vous donc !

— Et si quelqu'un partait pour Paris, y cherchait le plus fort créancier de votre frère Guillaume, lui disait...

— Mi...miu...minute ici ! reprit le bonhomme ; lui disait quoi ? Quelque...que cho...choo...chose co...co... comme ça : — Monsieur Grandet de Saumur pa...pa...par-ci, monsieur Grandet...det...det de Saumur par-là. Il aime son frère, il aime son ne...ne...neveu. Grandet est un bon pa... pa...parent, et il a de très bonnes intentions. Il a bien vendu sa ré...ré .récolte. Ne déclarez pas la fa...fa...fâ... fâillite, aaassemblez-vous, no...no...nommez des li...li... liquidateurs. Aaalors Grandet vo...éé...erra. Voous au... au..aurez....ez bien davantage en liquidant qu'en lai...lai... laissant les gens de justice y mettre le né...né...nez... Hein ! pas vrai ?

— Juste ! dit le président.

— Parce que, voyez-vous, monsieur de Bon... Bon... Bonfons, faut voir avant de se dé...décider. Qui ne...ne... ne peut ne...ne peut. En toute af...af...affaire oooné... néreuse, poour ne pas se ru...ru...rui...ruiner, il faut connaître les ressources et les charges. Hein ! pas vrai ?

— Certainement, dit le président. Je suis d'avis, moi, qu'en quelques mois de temps l'on pourra racheter les créances pour une somme de, et payer intégralement par arrangement. Ha ! ha ! l'on mène les chiens bien loin en leur montrant un morceau de lard. Quand il n'y a pas eu déclaration de faillite, et que vous tenez les titres de créances, vous devenez blanc comme neige.

— Comme ne...neige, répéta Grandet en refaisant un cornet de sa main. Je ne comprends pas la né...né... neige.

— Mais, cria le président, écoutez-moi donc, alors.

— J'é...j'é...j'écoute.

— Un effet est une marchandise qui peut avoir sa hausse et sa baisse. Ceci est une déduction du principe de Jérémie Bentham sur l'usure. Ce publiciste a prouvé que le préjugé qui frappait de réprobation les usuriers était une sottise.

— Ouais ! fit le bonhomme.

— Attendu qu'en principe, selon Bentham, l'argent est une marchandise, et que ce qui représente l'argent devient également marchandise, reprit le président ; attendu qu'il est notoire que, soumise aux variations habituelles qui régissent les choses commerciales, la marchandise-billet, portant telle ou telle signature, comme tel ou tel article, abonde ou manque sur la place, qu'elle est chère ou tombe à rien, le tribunal ordonne... (Tiens ! que je suis bête, pardon) je suis d'avis que vous pourrez racheter votre frère pour vingt-cinq du cent.

— Vooous le no...no...no...nommez Jó...Jé...Jé...Jérémie Ben...

— Bentham, un Anglais.

— Ce Jérémie-là nous fera éviter bien des lamentations dans les affaires, dit le notaire en riant.

— Ces Anglais ont qué...qué...quelquefois du bon...on... sens, dit Grandet. Ainsi, so...se...se...selon Ben..Ben.., Ben...Bentham, si les effets de mon frère va...va...va...valent... ne valent pas. Si. Je...je...je dis bien, n'est-ce pas ? Cela me paraît clair... Les créanciers seraient... non, ne seraient pas, Je m'een...entends.

— Laissez-moi vous expliquer tout ceci, dit le président. En droit, si vous possédez les titres de toutes les créances dues par la maison Grandet, votre frère ou ses hoirs ne doivent rien à personne. Bien.

— Bien, répéta le bonhomme.

— En équité, si les effets de votre frère se négocient (négocient, entendez-vous bien ce terme ?) sur la place à tant pour cent de perte ; si l'un de vos amis a passé par là s'il les a rachetés, les créanciers n'ayant été contraints par aucune violence à les donner, la succession de feu Grandet de Paris se trouve loyalement quitte.

— C'est vrai, les a...a...a... affaires sont les affaires, dit le tonnelier. Cela pooooosé... Mais, néanmoins, vous compre...ne...ne...ne...nez que c'est di...di..di...difficile. Je... je...je n'ai pas d'argent, ni...ni...ni... le temps, ni le temps, ni...

— Oui, vous ne pouvez pas vous déranger. Hé bien ! je vous offre d'aller à Paris (vous me tiendrez compte du voyage, c'est une misère). J'y vois les créanciers, je leur parle, j'atermoie, et tout s'arrange avec un supplément de paiement que vous ajoutez aux valeurs de la liquidation, afin de rentrer dans les titres de créance.

— Mais noo...nous verrons cela, je ne...ne...ne...ne peux pas, je ne veux pas m'en...en...en...engager sans...sans que... Qui...qui...qui ne...ne peut ne peut. Voooous comprenez ?

— Cela est juste.

— J'ai la tête ca...ca...cassée de ce que...que vooous... vous m'a.. a...a...avez dé...dé...dé...décliqué là. Voilà la...la... la première fois de ma vie que je...je suis fooorcé de son..songer à de...

— Oui, vous n'êtes pas jurisconsulte.

— Je...je suis un pau...pau...pauvre vigneron, et ne sais rien de ce que vou...vou...vous venez de dire ; il fau... fau...faut que j'é...j'é...j'étudie çççà.

— Hé bien ! reprit le président en se posant comme pour résumer la discussion.

— Mon neveu ?... fit le notaire d'un ton de reproche en l'interrompant.

— Hé bien ? mon oncle, répondit le président.

— Laisse donc monsieur Grandet expliquer ses intentions. Il s'agit en ce moment d'un mandat important. Notre cher ami doit le définir congrûm...

Un coup de marteau qui annonça l'arrivée de la famille des Grassins, leur entrée et leurs salutations, empêchèrent Cruchot d'achever sa phrase. Le notaire fut content de cette interruption ; déjà Grandet le regardait de travers, et sa loupe indiquait un orage intérieur ; mais d'abord le prudent notaire ne trouvait pas convenable à un président de tribunal de première instance d'aller à Paris pour y faire capituler les créanciers, et y prêter les mains à un tripotage qui froissait les lois de la stricte probité ; puis, n'ayant pas encore entendu le père Grandet exprimant la moindre velléité de payer quoi que ce fût, il tremblait instinctivement de voir son neveu engagé dans cette affaire. Il profita donc du moment où les des Grassins entraient pour prendre le président par le bras et l'attirer dans l'embrasure de la fenêtre.

— Tu t'es bien suffisamment montré, mon neveu ; mais assez de dévoûment comme ça. L'envie d'avoir la fille l'aveugle. Diable ! il n'y faut pas aller comme une corneille qui abat des noix. Laisse-moi maintenant conduire la barque, aide seulement à la manœuvre. Est-ce bien ton rôle de compromettre ta dignité de magistrat dans une pareille...

Il n'acheva pas ; il entendait monsieur des Grassins disant au vieux tonnelier en lui tendant la main : — Grandet, nous avons appris l'affreux malheur arrivé dans votre famille, le désastre de la maison Guillaume Grandet, et la mort de votre frère. Nous venons vous exprimer toute la part que nous prenons à ce triste événement.

— Il n'y a d'autre malheur, dit le notaire en interrompant le banquier, que la mort de monsieur Grandet junior. Encore ne se serait-il pas tué s'il avait eu l'idée d'appeler son frère à son secours. Notre vieil ami, qui a de l'honneur jusqu'au bout des ongles, compte liquider les dettes de la maison Grandet de Paris. Mon neveu le président, pour lui éviter les traces d'une affaire toute judiciaire, lui offre de partir sur-le-champ pour Paris, afin de transiger avec les créanciers, et les satisfaire convenablement.

Ces paroles, confirmées par l'attitude du vigneron, qui se caressait le menton, surprirent étrangement les trois des Grassins, qui pendant le chemin avaient médit tout à loisir de l'avarice de Grandet, en l'accusant presque d'un fratricide.

— Ah ! je le savais bien, s'écria le banquier en regardant sa femme. Que te disais-je en route, madame des Grassins ? Grandet a de l'honneur jusqu'au bout des cheveux, et ne souffrira pas que son nom reçoive la plus légère atteinte ! L'argent sans l'honneur est une maladie. Il y a de l'honneur dans nos provinces ! Cela est bien, très bien, Grandet. Je suis un vieux militaire, je ne sais pas déguiser ma pensée ; je la dis rudement : cela est, mille tonnerres ! sublime.

— Aalors ille su...su...sub...sublime est bi...bi...bien cher, répondit le bonhomme pendant que le banquier lui secouait chaleureusement la main.

— Mais ceci, mon brave Grandet, n'en déplaise à monsieur le président, reprit des Grassins, est une affaire purement commerciale, et veut un négociant consommé. Ne faut-il pas se connaître aux comptes de retour, débours, calculs d'intérêts ? Je dois aller à Paris pour mes affaires, et je pourrais me charger de...

— Nous verrions donc à tâ...tâ...tâcher de nous aaarranger tou...tous deux dans les po...po...po...possibilités relatives, et sans m'en...m'en...m'engager à quelque chose que je...je...je ne voooou...oudrais pas faire, dit Grandet en bégayant. Parce que, voyez-vous, monsieur le président me demandait naturellement les frais du voyage.

Le bonhomme ne bredouilla plus ces derniers mots.

— Eh ! dit madame des Grassins, mais c'est un plaisir que d'être à Paris. Je paierais volontiers pour y aller, moi.

Et elle fit un signe à son mari comme pour l'encourager à souffler cette commission à leurs adversaires, coûte que coûte ; puis elle regarda fort ironiquement les deux Cruchot, qui prirent une mine piteuse. Grandet saisit alors le banquier par un des boutons de son habit, et l'attira dans un coin.

— J'aurais bien plus de confiance en vous que dans le président, lui dit-il. Puis il y a des anguilles sous roche, ajouta-t-il en remuant sa loupe. Je veux me mettre dans la rente ; j'ai quelques milliers de francs de rente à faire acheter, et je ne veux placer qu'à quatre-vingts francs. Cette mécanique baisse, dit-on, à la fin des mois. Vous vous connaissez à ça, pas vrai ?

— Pardieu ! Eh bien ! j'aurais donc quelques mille livres de rente à lever pour vous ?

— Pas grand'chose pour commencer. Motus ! Je veux jouer ce jeu-là sans qu'on en sache rien. Vous me concluriez un marché pour la fin du mois ; mais n'en dites rien aux Cruchot, ça les taquinerait. Puisque vous allez à Paris, nous verrons en même temps, pour mon pauvre neveu, de quelle couleur sont les atouts.

— Voilà qui est entendu. Je partirai demain en poste, dit à haute voix des Grassins, et je viendrai prendre vos dernières instructions à... à quelle heure ?

— A cinq heures, avant le dîner, dit le vigneron en se frottant les mains.

Les deux partis restèrent encore quelques instans en présence. Des Grassins dit après une pause, en frappant sur l'épaule de Grandet : — Il fait bon avoir de bons parens comme ça...

— Oui, oui, sans que ça paraisse, répondit Grandet, je suis un bon pa... parent. J'aimais mon frère, et je le prouverai bien si...si ça ne...ne coûte pas...

— Nous allons vous quitter Grandet, lui dit le banquier en l'interrompant heureusement avant qu'il n'achevât sa phrase. Si j'avance mon départ, il faut mettre en ordre quelques affaires.

— Bien, bien. Moi-même, ra...apport à ce que vou...vous savez, je...je vais me re...retirer dans ma cham...ambre des dé...délibérations, comme dit le président Cruchot.

— Peste ! je ne suis plus monsieur de Bonfons, pensa tristement le magistrat dont la figure prit l'expression de celle d'un juge ennuyé par une plaidoirie.

Les chefs des deux familles rivales s'en allèrent ensemble. Ni les uns ni les autres ne songeaient plus à la trahison dont s'était rendu coupable Grandet le matin envers le pays vignoble, et se sondèrent mutuellement, mais en vain, pour connaître ce qu'ils pensaient sur les intentions réelles du bonhomme en cette nouvelle affaire.

— Venez-vous chez madame Dorsonval avec nous? dit des Grassins au notaire.

— Nous irons plus tard, répondit le président. Si mon oncle le permet, j'ai promis à mademoiselle de Gribeaucourt de lui dire un petit bonsoir, et nous nous y rendons d'abord.

— Au revoir donc, messieurs, dit madame des Grassins. Et, quand les des Grassins furent à quelques pas des deux Cruchot, Adolphe dit à son père : — Ils fument joliment, hein?

— Tais-toi donc, mon fils, lui répliqua sa mère, ils peuvent encore nous entendre. D'ailleurs ce que tu dis n'est pas de bon goût et sent l'École de Droit.

— Eh bien ! mon oncle, s'écria le magistrat quand il vit les des Grassins éloignés, j'ai commencé par être le président de Bonfons, et j'ai fini par être tout simplement un Cruchot.

— J'ai bien vu que ça te contrariait; mais le vent était aux des Grassins. Es-tu bête, avec tout ton esprit?... Laisse-les s'embarquer sur un *nous verrons* du père Grandet, et tiens-toi tranquille, mon petit : Eugénie n'en sera pas moins ta femme.

En quelques instans la nouvelle de la magnanime résolution de Grandet se répandit dans trois maisons à la fois, et il ne fut plus question dans toute la ville que de ce dévouement fraternel. Chacun pardonnait à Grandet sa vente faite au mépris de la foi jurée entre les propriétaires, en admirant son honneur, en vantant une générosité dont on ne le croyait pas capable. Il est dans le caractère français de s'enthousiasmer, de se colérer, de se passionner pour le météore du moment, pour les bâtons flottans de l'actualité. Les êtres collectifs, les peuples, seraient-ils donc sans mémoire?

Quand le père Grandet eut fermé sa porte, il appela Nanon.

— Ne lâche pas le chien et ne dors pas, nous avons à travailler ensemble. A onze heures, Cornoiller doit se trouver à ma porte avec le berlingot de Froidfond. Écoute-le venir afin de l'empêcher de cogner, et dis-lui d'entrer tout bellement. Les lois de police défendent le tapage nocturne. D'ailleurs le quartier n'a pas besoin de savoir que je vais me mettre en route.

Ayant dit, Grandet remonta dans son laboratoire, où Nanon l'entendit remuant, fouillant, allant, venant, mais avec précaution. Il ne voulait évidemment réveiller ni sa femme ni sa fille, et surtout ne point exciter l'attention de son neveu, qu'il avait commencé par maudire en apercevant de la lumière dans sa chambre. Au milieu de la nuit, Eugénie, préoccupée de son cousin, crut avoir entendu la plainte d'un mourant, et pour elle ce mourant était Charles : elle l'avait quitté si pâle, si désespéré peut-être s'était-il tué. Soudain elle s'enveloppa d'une coiffe, espèce de pelisse à capuchon, et voulut sortir. D'abord une vive lumière qui passait par les fentes de sa porte lui donna peur du feu ; puis elle se rassura bientôt en entendant les pas de Nanon et sa voix mêlée au hennissement de plusieurs chevaux.

— Mon père enlèverait-il mon cousin? se dit-elle en entr'ouvrant sa porte avec assez de précaution pour l'empêcher de crier, mais de manière à voir ce qui se passait dans le corridor.

Tout à coup son œil rencontra celui de son père, dont le regard, quelque vague et insouciant qu'il fût, la glaça de terreur. Le bonhomme et Nanon étaient accouplés par un gros gourdin dont chaque bout reposait sur leur épaule droite et soutenait un câble auquel était attaché un barillet semblable à ceux que le père Grandet s'amusait à faire dans son fournil à ses momens perdus.

— Sainte Vierge ! monsieur, ça pèse-t-il !... dit à voix basse la Nanon.

— Quel malheur que ce ne soit que des gros sous ! répondit le bonhomme. Prends garde de heurter le chandelier.

Cette scène était éclairée par une seule chandelle placée entre deux barreaux de la rampe.

— Cornoiller, dit Grandet à son garde *in partibus*, as-tu pris tes pistolets?

— Non, monsieur. Pardé ! quoi qu'il y a donc à craindre pour vos gros sous?...

— Oh ! rien, dit le père Grandet.

— D'ailleurs nous irons vite, reprit le garde, vos fermiers ont choisi pour vous leurs meilleurs chevaux.

— Bien, bien. Tu ne leur as pas dit où j'allais?

— Je ne le savais point.

— Bien. La voiture est solide?

— Ça, notre maître? ha ben ! ça porterait trois mille. Qu'est-ce que ça pèse donc vos méchans barils?

— Tiens, dit Nanon, je le savons bien ! Y a ben près de dix-huit cents.

— Veux-tu te taire, Nanon ! Tu diras à ma femme que je suis allé à la campagne. Je serai revenu pour dîner. Va bon train, Cornoiller, faut être à Angers avant neuf heures.

La voiture partit. Nanon verrouilla la grande porte, lâcha le chien, se coucha l'épaule meurtrie, et personne dans le quartier ne soupçonna ni le départ de Grandet ni l'objet de son voyage. La discrétion du bonhomme était complète. Personne ne voyait jamais un sou dans cette maison pleine d'or. Après avoir appris la matinée par les causeries du port que l'or avait doublé de prix par suite de nombreux armemens entrepris à Nantes, et que des spéculateurs étaient arrivés à Angers pour en acheter, le vieux vigneron, par un simple emprunt de chevaux fait à ses fermiers, se mit en mesure d'aller y vendre le sien et d'en rapporter en valeurs sur le receveur-général sur le trésor la somme nécessaire à l'achat de ses rentes après l'avoir grossie de l'agio.

— Mon père s'en va, dit Eugénie, qui du haut de l'escalier avait tout entendu. Le silence était rétabli dans la maison, et le lointain roulement de la voiture, qui cessa par degrés, ne retentissait déjà plus dans Saumur endormi. En ce moment, Eugénie entendit en son cœur, avant de l'écouter par l'oreille, une plainte qui perça les cloisons, et qui venait de la chambre de son cousin. Une bande lumineuse, fine autant que le tranchant d'un sabre, passait par la fente de la porte et coupait horizontalement les balustres du vieil escalier. — Il souffre, dit-elle en grimpant deux marches. Un second gémissement la fit arriver sur le palier de la chambre. La porte était entr'ouverte, elle la poussa. Charles dormait la tête penchée en dehors du vieux fauteuil, sa main avait laissé tomber la plume et touchait presque à terre. La respiration saccadée que nécessitait la posture du jeune homme effraya soudain Eugénie, qui entra promptement. — Il doit être bien fatigué, se dit-elle en regardant une dizaine de lettres cachetées, elle en lut les adresses : — A messieurs Farry, Breilman et Ce, carrossiers. — A monsieur Buisson, tailleur, etc. — Il a sans doute arrangé toutes ses affaires pour pouvoir bientôt quitter la France, pensa-t-elle. Ses yeux tombèrent sur deux lettres ouvertes. Ces mots qui en commençaient une : « Ma chère Annette... » lui causèrent un éblouissement. Son cœur palpita, ses pieds se clouèrent sur le carreau. Sa chère Annette! il aime, il est aimé! Plus d'espoir ! Que lui dit-il? Ces idées lui traversèrent la tête et le cœur. Elle lisait ces mots partout, même sur les carreaux, en traits de flammes.

— Déjà renoncer à lui ! Non, je ne lirai pas cette lettre. Je dois m'en aller. Si je la lisais, cependant? Elle regarda Charles, lui prit doucement la tête, la posa sur le dos du fauteuil, et il se laissa faire comme un enfant qui, même en dormant, connaît encore sa mère et reçoit, sans s'éveiller, ses soins et ses baisers. Comme une mère, Eugénie releva la main pendante, et, comme une mère, elle baisa doucement les cheveux. Chère Annette ! Un démon lui criait ces deux mots aux oreilles. — Je sais que je fais peut-être mal, mais je lirai la lettre, dit-elle. Eugénie détourna la tête, car sa noble probité gronda. Pour la première fois de sa vie, le bien et le mal étaient en présence dans son cœur. Jusque-là elle n'avait eu à rougir d'aucune action. La passion, la curiosité l'emportèrent. A chaque phrase, son cœur se gonfla davantage, et l'ardeur piquante qui anima sa vie pendant cette lecture lui rendit encore plus friande les plaisirs du premier amour.

« Ma chère Annette, rien ne devait nous séparer, si ce n'est le malheur qui m'accable et qu'aucune prudence humaine n'aurait su prévoir. Mon père s'est tué, sa fortune et la mienne sont entièrement perdues. Je suis orphelin à un âge où, par la nature de mon éducation, je puis passer pour un enfant; et je dois néanmoins me relever homme de l'abîme où je suis tombé. Je viens d'employer une partie de cette nuit à faire mes calculs. Si je veux quitter la France en honnête homme, et ce n'est pas un doute, je n'ai pas cent francs à moi pour aller tenter le sort aux Indes ou en Amérique. Oui, ma pauvre Anna, j'irai chercher la fortune sous les climats les plus meurtriers. Sous de tels cieux, elle est sûre et prompte, m'a-t-on dit. Quant à rester à Paris, je ne saurais. Ni mon âme ni mon visage ne sont faits à supporter les affronts, la froideur, le dédain qui attendent l'homme ruiné, le fils du failli ! Bon Dieu ! devoir deux millions ?... J'y serais tué en duel dans la première semaine. Aussi n'y retournerai-je point. Ton amour, le plus tendre et le plus dévoué qui jamais ait ennobli le cœur d'un homme, ne saurait m'y attirer. Hélas ! ma bien-aimée, je n'ai point assez d'argent pour aller là où tu es, donner, recevoir un dernier baiser, un baiser où je puiserais la force nécessaire à mon entreprise. »

— Pauvre Charles, j'ai bien fait de lire ! J'ai de l'or, je le lui donnerai, dit Eugénie.

Elle reprit sa lecture après avoir essuyé ses pleurs.

« Je n'avais point encore songé aux malheurs de la misère. Si j'ai les cent louis indispensables au passage, je n'aurai pas un sou pour me faire une pacotille. Mais non, je n'aurai ni cent louis ni un louis, je ne connaîtrai ce qui me restera d'argent qu'après le règlement de mes dettes à Paris. Si je n'ai rien, j'irai tranquillement à Nantes, je m'y embarquerai simple matelot, et je commencerai là-bas comme ont commencé les hommes d'énergie qui, jeunes, n'avaient pas un sou, et dont les revenus riches des Indes. Depuis ce matin, j'ai froidement envisagé mon avenir. Il est plus horrible pour moi que pour tout autre; moi, choyé par ma mère qui m'adorait, chéri par le meilleur des pères, et qui, à mon début dans le monde, ai rencontré l'amour d'une Anna ! Je n'ai connu que les fleurs de la vie : ce bonheur ne pouvait pas durer. J'ai néanmoins, ma chère Annette, plus de courage qu'il n'était permis à un insouciant jeune homme d'en avoir, surtout à un jeune homme habitué aux cajoleries de la plus délicieuse femme de Paris, bercé dans les joies de la famille, à qui tout souriait au logis, et dont les désirs étaient des lois pour un père. Oh ! mon père, Annette, il est mort... Eh bien ! j'ai réfléchi à ma position, j'ai réfléchi à la tienne aussi. J'ai bien vieilli en vingt-quatre heures. Chère Anna, si, pour me garder près de toi, dans Paris, tu sacrifiais toutes les jouissances de ton luxe, ta toilette, ta loge à l'Opéra, nous n'arriverions pas encore au chiffre des dépenses nécessaires à ma vie dissipée ; puis je ne saurais accepter tant de sacrifices. Nous nous quittons donc aujourd'hui pour toujours. »

— Il la quitte, Sainte Vierge ! Oh ! bonheur !

Eugénie sauta de joie. Charles fit un mouvement ; elle en eut froid de terreur ; mais, heureusement pour elle, il ne s'éveilla pas. Elle reprit :

« Quand reviendrai-je ? Je ne sais. Le climat des Indes vieillit promptement un Européen, et surtout un Européen qui travaille. Mettons-nous à dix ans d'ici. Dans dix ans, ta fille aura dix-huit ans, elle sera ta compagne, ton espion. Pour toi, le monde sera bien cruel, ta fille le sera

peut-être davantage. Nous avons vu des exemples de ces jugemens mondains et de ces ingratitudes de jeunes filles; sachons en profiter. Garde au fond de ton âme, comme je le garderai moi-même, le souvenir de ces quatre années de bonheur, et sois fidèle, si tu peux, à ton pauvre ami. Je ne saurais toutefois l'exiger, parce que, vois-tu, ma chère Annette, je dois me conformer à ma position, voir bourgeoisement la vie, et la chiffrer au plus vrai. Donc je dois penser au mariage, qui devient une des nécessités de ma nouvelle existence ; et je t'avouerai que j'ai trouvé ici, à Saumur, chez mon oncle, une cousine dont les manières, la figure, l'esprit et le cœur te plairaient, et qui, en outre, me paraît avoir... »

— Il devait être bien fatigué, pour avoir cessé de lui écrire, se dit Eugénie en voyant la lettre arrêtée au milieu de cette phrase.

Elle le justifiait ! N'était-il pas impossible alors que cette innocente fille s'aperçût de la froideur empreint dans cette lettre ? Aux jeunes filles religieusement élevées, ignorantes et pures, tout est amour dès qu'elles mettent le pied dans les régions enchantées de l'amour. Elles y marchent entourées de la céleste lumière que leur âme projette, et qui rejaillit en rayons sur leur amant ; elles le colorent des feux de leur propre sentiment et lui prêtent leurs belles pensées. Les erreurs de la femme viennent presque toujours de sa croyance au bien, ou de sa confiance dans le vrai. Pour Eugénie, ces mots :» Ma chère Annette, ma bien-aimée, » lui résonnaient au cœur comme le plus joli langage de l'amour, et lui caressaient l'âme comme, dans son enfance, les notes divines du *Venite adoremus*, redites par l'orgue, lui caressèrent l'oreille. D'ailleurs, les larmes qui baignaient encore les yeux de Charles lui accusaient toutes les noblesses de cœur par lesquelles une jeune fille doit être séduite. Pouvait-elle savoir que si Charles aimait tant son père et le pleurait si véritablement, cette tendresse venait-elle de la bonté de son cœur que des bontés paternelles ? Monsieur et madame Guillaume Grandet, en satisfaisant toujours les fantaisies de leur fils, en lui donnant tous les plaisirs de la fortune, l'avaient empêché de faire les horribles calculs, dont sont plus ou moins coupables, à Paris, la plupart des enfans quand, en présence des jouissances parisiennes, ils forment des désirs et conçoivent des plans qu'ils voient avec chagrin incessamment ajournés et retardés par la vie de leurs parens. La prodigalité du père alla donc jusqu'à semer dans le cœur de son fils un amour filial vrai, sans arrière-pensée. Néanmoins, Charles était un enfant de Paris, habitué par les mœurs de Paris, par Annette elle-même, à tout calculer, déjà vieillard sous le masque du jeune homme. Il avait reçu l'épouvantable éducation de ce monde, où, dans une soirée, il se commet en pensées, en paroles, plus de crimes que la Justice n'en punit aux Cours d'assises, où les bons mots assassinent les plus grandes idées, où l'on ne passe pour fort qu'autant que l'on voit juste ; et là, voir juste, c'est ne croire à rien, ni aux sentimens, ni aux hommes, ni même aux événemens : on y fait de faux événemens. Là, pour voir juste, il faut peser, chaque matin, la bourse d'un ami, savoir se mettre politiquement au-dessus de tout ce qui arrive ; provisoirement, ne rien admirer, ni les œuvres d'art, ni les nobles actions, et donner pour mobile à toute chose l'intérêt personnel. Après mille folies, la grande dame, la belle Annette, forçait Charles à penser gravement; elle lui parlait de sa position future, en lui passant dans les cheveux une main parfumée; en lui refaisant une boucle, elle lui faisait calculer la vie : elle le féminisait et le matérialisait. Double corruption, mais corruption élégante et fine, de bon goût.

— Vous êtes niais, Charles, lui disait-elle. J'aurai bien de la peine à vous apprendre le monde. Vous avez été très-mal pour monsieur des Lupeaulx. Je sais bien que c'est un homme peu honorable ; mais attendez qu'il soit sans pouvoir, alors vous le mépriserez à votre aise. Savez-vous ce que madame Campan nous disait ? — Mes enfans, tant qu'un homme est au Ministère, adorez-le ; tombe-t-il, aidez à le traîner à la voirie. Puissant, il est une espèce de dieu ; détruit, il est au-dessous de Marat dans son égoût, parce qu'il vit et que Marat était mort. La vie est une suite de combinaisons, et il faut les étudier, les suivre, pour arriver à se maintenir toujours en bonne position.

Charles était un homme trop à la mode, il avait été trop constamment heureux par ses parens, trop adulé par le monde pour avoir de grands sentimens. Le grain d'or que sa mère lui avait jeté au cœur s'était étendu dans la filière parisienne, il l'avait employé en superficie et devait l'user par le frottement. Mais Charles n'avait encore que vingt et un ans. A cet âge, la fraîcheur de la vie semble inséparable de la candeur de l'âme. La voix, le regard, la figure, paraissent en harmonie avec les sentimens. Aussi le juge le plus dur, l'avoué le plus incrédule, l'usurier le moins facile, hésitent-ils toujours à croire à la vieillesse du cœur, à la corruption des calculs, quand les yeux nagent encore dans un fluide pur, et qu'il n'y a point de rides sur le front. Charles n'avait jamais eu l'occasion d'appliquer les maximes de la morale parisienne, et jusqu'à ce jour il était beau d'inexpérience. Mais, à son insu, l'égoïsme lui avait été inoculé. Les germes de l'économie politique à l'usage du Parisien, latens en son cœur, ne devaient pas tarder à y fleurir, aussitôt que de spectateur oisif il deviendrait acteur dans le drame de la vie réelle. Presque toutes les jeunes filles s'abandonnent aux douces promesses de ces dehors ; mais Eugénie eût-elle été prudente et observatrice autant que le sont certaines filles en province, aurait-elle pu se défier de son cousin, quand, chez lui, les manières, les paroles et les actions s'accordaient encore avec les inspirations du cœur ? Un hasard, fatal pour elle, lui fit essuyer les dernières effusions de sensibilité vraie qui fût en ce jeune cœur, et entendre, pour ainsi dire, les derniers soupirs de la conscience. Elle laissa donc cette lettre pour elle pleine d'amour, et se mit complaisamment à contempler son cousin dont les fraîches illusions de la vie jouaient encore pour elle sur ce visage. Elle se jura d'abord à elle-même de l'aimer toujours, puis elle jeta les yeux sur l'autre lettre sans attacher beaucoup d'importance à cette indiscrétion ; et, si elle commença de la lire, ce fut pour acquérir de nouvelles preuves des nobles qualités que, semblable à toutes les femmes, elle prêtait à celui qu'elle choisissait.

« Mon cher Alphonse, au moment où tu liras cette lettre je n'aurai plus d'amis ; mais je t'avoue qu'en doutant de ces gens du monde habitués à prodiguer ce mot, je n'ai pas douté de ton amitié. Je te charge donc d'arranger mes affaires, et compte sur toi pour tirer un bon parti de tout ce que je possède. Tu dois maintenant connaître ma position. Je n'ai plus rien, et veux partir pour les Indes. Je viens d'écrire à toutes les personnes auxquelles je crois devoir quelqu'argent, et tu en trouveras ci-joint la liste aussi exacte qu'il m'est possible de la donner de mémoire. Ma bibliothèque, mes meubles, mes voitures, mes chevaux, etc., suffiront, je pense, à payer mes dettes. Je ne veux me réserver que les babioles sans valeur qui seront susceptibles de me faire un commencement de pacotille. Mon cher Alphonse, je t'enverrai d'ici, pour cette vente, une procuration régulière, en cas de contestations. Tu m'adresseras toutes mes armes. Puis tu garderas pour toi Briton. Personne ne voudrait donner le prix de cette admirable bête, j'aime mieux te l'offrir, comme la bague d'usage que lègue un mourant à son exécuteur testamentaire. On m'a fait une très-*comfortable* voiture de voyage chez les Farry, Breilman et Cⁱᵉ, mais ils ne l'ont pas livrée : obtiens d'eux qu'ils la gardent sans me demander d'indemnité ; s'ils se refusaient à cet arrangement, évite tout ce qui pourrait entacher ma loyauté, dans les circonstances où je me trouve. Je dois six louis à l'insulaire, perdus au jeu, ne manque pas de les lui...

— Cher cousin ! dit Eugénie en laissant la lettre, e se sauvant à petits pas chez elle avec une des bougies allumées. Là ce ne fut pas sans une vive émotion de plaisir qu'elle ouvrit le tiroir d'un vieux meuble en chêne, l'un

des plus beaux ouvrages de l'époque nommée la *Renaissance*, et sur lequel se voyait encore, à demi effacée, la fameuse salamandre royale. Elle y prit une grosse bourse en velours rouge à glands d'or, et bordée de cannetille usée, provenant de la succession de sa grand'mère. Puis elle pesa fort orgueilleusement cette bourse, et se plut à vérifier le compte oublié de son petit pécule. Elle sépara d'abord vingt portugaises encore neuves, frappées sous le règne de Jean V, en 1725, valant réellement au change cinq lisbonines, ou chacune cent soixante-huit francs soixante-quatre centimes, lui disait son père, mais dont la valeur conventionnelle était de cent quatre-vingts francs, attendu la rareté, la beauté desdites pièces qui reluisaient comme des soleils. *Item*, cinq génovines ou pièces de cent livres de Gênes, autre monnaie rare et valant quatre-vingt-sept francs au change, mais cent francs pour les amateurs d'or. Elles lui venaient du vieux monsieur La Bertellière. *Item*, trois quadruples d'or espagnols de Philippe V, frappés en 1729, donnés par madame Gentillet, qui, en les lui offrant, lui disait toujours la même phrase : — Ce cher serin-là, ce petit jaunet, vaut quatre-vingt-dix-huit livres ! Gardez-le bien, ma mignonne, ce sera la fleur de votre trésor. *Item*, ce que son père estimait le plus (l'or de ces pièces était à vingt-trois carats et une fraction), cent ducats de Hollande, fabriqués en l'an 1756, et valant près de treize francs. *Item*, une grande curiosité !... des espèces de médailles précieuses aux avares, trois roupies au signe de la Balance, et cinq roupies au signe de la Vierge, toutes d'or pur à vingt-quatre carats, la magnifique monnaie du Grand-Mogol, et dont chacune valait trente-sept francs quarante centimes au poids, mais au moins cinquante francs pour les connaisseurs qui aiment à manier l'or. *Item*, le napoléon de quarante francs reçu l'avant-veille, et qu'il avait négligemment mis dans sa bourse rouge. Ce trésor contenait des pièces neuves et vierges, de véritables morceaux d'art desquels le père Grandet s'informait parfois, et qu'il voulait revoir, afin d'en détailler à sa fille les vertus intrinsèques, comme la beauté du cordon, la clarté du plat, la richesse des lettres dont les vives arêtes n'étaient pas encore rayées. Mais elle ne pensait ni à ces raretés, ni à la manie de son père, ni au danger qu'il y avait pour elle de se démunir d'un trésor si cher à son père ; non, elle songeait à son cousin, et parvint enfin à comprendre, après quelques fautes de calcul, qu'elle possédait environ cinq mille huit cents francs en valeurs réelles, qui, conventionnellement, pouvaient se vendre près de deux mille écus. A la vue de ses richesses, elle se mit à applaudir en battant des mains, comme un enfant forcé de perdre son trop plein de joie dans les naïfs mouvemens du corps. Ainsi le père et la fille avaient compté chacun leur fortune : lui, pour aller vendre son or ; Eugénie, pour jeter le sien dans un océan d'affection. Elle remit les pièces dans la vieille bourse, la prit, et remonta sans hésitation. La misère secrète de son cousin lui faisait oublier la nuit, les convenances ; puis, elle était forte de sa conscience, de son dévoûment, de son bonheur. Au moment où elle se montra sur le seuil de la porte, en tenant d'une main la bougie, de l'autre sa bourse, Charles se réveilla, vit sa cousine, et resta béant de surprise. Eugénie s'avança, posa le flambeau sur la table, et dit d'une voix émue :

— Mon cousin, j'ai à vous demander pardon d'une faute grave que j'ai commise envers vous ; mais Dieu me le pardonnera, ce péché, si vous voulez l'effacer.

— Qu'est-ce donc ? dit Charles en se frottant les yeux.

— J'ai lu ces deux lettres.

Charles rougit.

— Comment cela s'est-il fait ? reprit-elle, pourquoi suis-je montée ? En vérité, maintenant je ne le sais plus. Mais, je suis tentée de ne pas trop me repentir d'avoir lu ces lettres, puisqu'elles m'ont fait connaître votre cœur, votre âme, et...

— Et quoi ? demanda Charles.

— Et vos projets, la nécessité où vous êtes d'avoir une somme...

— Ma chère cousine...

— Chut, chut! mon cousin, pas si haut, n'éveillons personne. Voici, dit-elle en ouvrant la bourse, les économies d'une pauvre fille qui n'a besoin de rien : Charles, acceptez-les. Ce matin, j'ignorais ce qu'était l'argent, vous me l'avez appris : ce n'est qu'un moyen, voilà tout. Un cousin est presque un frère ; vous pouvez bien emprunter la bourse de votre sœur.

Eugénie, autant femme que jeune fille, n'avait pas prévu des refus, et son cousin restait muet.

— Eh bien ! vous refuseriez ? demanda Eugénie, dont les palpitations retentirent au milieu du profond silence.

L'hésitation de son cousin l'humilia ; mais la nécessité dans laquelle il se trouvait se représenta plus vivement à son esprit, et elle plia le genou.

— Je ne me relèverai pas que vous n'ayez pris cet or ! dit-elle. Mon cousin, de grâce ! une réponse ?... que je sache si vous m'honorez, si vous êtes généreux, si...

En entendant le cri d'un noble désespoir, Charles laissa tomber des larmes sur les mains de sa cousine, qu'il saisit afin de l'empêcher de s'agenouiller. En recevant ces larmes chaudes, Eugénie sauta sur la bourse, la lui versa sur la table.

— Eh bien ! oui, n'est-ce pas ? dit-elle en pleurant de joie. Ne craignez rien, mon cousin, vous serez riche. Cet or vous portera bonheur ; un jour vous me le rendrez ; d'ailleurs, nous nous associerons ; enfin je passerai par toutes les conditions que vous m'imposerez. Mais vous ne devriez ne pas donner tant de prix à ce don.

Charles put enfin exprimer ses sentiments.

— Oui, Eugénie, j'aurais l'âme bien petite si je n'acceptais pas ; cependant, rien pour rien, confiance pour confiance.

— Que voulez-vous ? dit-elle effrayée.

— Écoutez, ma chère cousine, j'ai là... Il s'interrompit pour montrer sur la commode une caisse carrée enveloppée d'un surtout de cuir. — Là, voyez-vous, une chose qui m'est aussi précieuse que la vie. Cette boîte est un présent de ma mère. Depuis ce matin je pensais que, si elle pouvait sortir de sa tombe, elle vendrait elle-même l'or que sa tendresse lui a fait prodiguer dans ce nécessaire ; mais, accomplie par moi, cette action me paraîtrait un sacrilège. Charles serra convulsivement la main de sa cousine en entendant ces derniers mots. — Non, reprit-il après une légère pause, pendant laquelle tous deux ils se jetèrent un regard humide, non, je ne veux ni le détruire, ni le risquer dans mes voyages. Chère Eugénie, vous en serez dépositaire. Jamais ami n'aura confié quelque chose de plus sacré à son ami. Soyez-en juge. Il alla prendre la boîte, la sortit du fourreau, l'ouvrit, et montra tristement à sa cousine émerveillée un nécessaire où le travail donnait à l'or un prix bien supérieur à celui de son poids. — Ce que vous admirez n'est rien, dit-il en poussant un ressort qui fit partir un double fond. — Voilà ce qui, pour moi, vaut la terre entière. Il tira deux portraits, deux chefs-d'œuvre de madame de Mirbel, richement entourés de perles.

— Oh ! la belle personne ! N'est-ce pas cette dame à qui vous écriv...

— Non, dit-il en souriant. Cette femme est ma mère, et voici mon père, qui sont votre tante et votre oncle. Eugénie, je devrais vous supplier à genoux de me garder ce trésor. Si je périssais en perdant votre petite fortune, cet or vous dédommagerait ; et, à vous seule, je puis laisser les deux portraits : vous êtes digne de les conserver ; mais détruisez-les, afin qu'après vous ils n'aillent pas en d'autres mains... Eugénie se taisait. — Hé bien ! oui, n'est-ce pas ? ajouta-t-il avec grâce.

En entendant les mots que venait de dire son cousin, elle lui jeta son premier regard de femme aimante, un de ces regards où il y a presque autant de coquetterie que de profondeur. Il lui prit la main et la baisa.

— Ange de pureté ! entre nous, n'est-ce pas ?... l'argent ne sera jamais rien ; le sentiment, qui en fait quelque chose, sera tout désormais.

— Vous ressemblez à votre mère. Avait-elle la voix aussi douce que la vôtre ?

— Oh ! bien plus douce...

— Oui, pour vous, dit-elle en abaissant ses paupières. Allons, Charles, couchez-vous, je le veux, vous êtes fatigué. A demain.

Elle dégagea doucement sa main d'entre celles de son cousin, qui la reconduisit en l'éclairant. Quand ils furent tous deux sur le seuil de la porte : — Ah ! pourquoi suis-je ruiné ! dit-il.

— Bah ! mon père est riche, je le crois, répondit-elle.

— Pauvre enfant ! reprit Charles en avançant un pied dans la chambre et s'appuyant le dos au mur, il n'aurait pas laissé mourir le mien, il ne vous laisserait pas dans ce dénûment, enfin il vivrait autrement.

— Mais il a Froidfond.

— Et que vaut Froidfond ?

— Je ne sais pas ; mais il a Noyers.

— Quelque mauvaise ferme !

— Il a des vignes et des prés...

— Des misères ! dit Charles d'un air dédaigneux. Si ton père avait seulement vingt-quatre mille livres de rente, habiteriez-vous cette chambre froide et nue ? ajouta-t-il en avançant le pied gauche. — Là seront donc mes trésors, dit-il en montrant le vieux bahut pour voiler sa pensée.

— Allez dormir, dit-elle en l'empêchant d'entrer dans une chambre en désordre.

Charles se retira, et ils se dirent bonsoir par un mutuel sourire.

Tous deux ils s'endormirent dans le même rêve, et Charles commença dès lors à jeter quelques roses sur son deuil. Le lendemain matin, madame Grandet trouva sa fille se promenant avant le déjeuner en compagnie de Charles. Le jeune homme était encore triste comme devait l'être un malheureux descendu pour ainsi dire au fond de ses chagrins, et qui, en mesurant la profondeur de l'abîme où il était tombé, avait senti tout le poids de sa vie future.

— Mon père ne reviendra que pour le dîner, dit Eugénie en voyant l'inquiétude peinte sur le visage de sa mère.

Il était facile de voir dans les manières, sur la figure d'Eugénie, et dans la singulière douceur que contracta sa voix, une conformité de pensée entre elle et son cousin. Leurs âmes s'étaient ardemment épousées avant peut-être même d'avoir bien éprouvé la force des sentiments par lesquels ils s'unissaient l'un à l'autre. Charles resta dans la salle, et sa mélancolie y fut respectée. Chacune des trois femmes eut à s'occuper. Grandet ayant oublié ses affaires, il vint un assez grand nombre de personnes. Le couvreur, le plombier, le maçon, les terrassiers, le charpentier, des closiers, des fermiers, les uns pour conclure des marchés relatifs à des réparations, les autres pour payer des fermages ou recevoir de l'argent. Madame Grandet et Eugénie furent donc obligées d'aller et de venir, de répondre aux interminables discours des ouvriers et des gens de la campagne. Nanon encaissait les redevances dans sa cuisine. Elle attendait toujours les ordres de son maître pour savoir ce qui devait être gardé pour la maison ou vendu au marché. L'habitude du bonhomme était, comme celle d'un grand nombre de gentilshommes campagnards, de boire son mauvais vin et de manger ses fruits gâtés. Vers cinq heures du soir, Grandet revint d'Angers ayant eu quatorze mille francs de son or, et tenant dans son portefeuille des bons royaux qui lui portaient intérêt jusqu'au jour où il aurait à payer ses rentes. Il avait laissé Cornoiller à Angers, pour y soigner les chevaux à demi fourbus, et les ramener lentement après les avoir bien fait reposer.

— Je reviens d'Angers, ma femme, dit-il. J'ai faim.

Nanon lui cria de la cuisine : — Est-ce que vous n'avez rien mangé depuis hier ?

— Rien, répondit le bonhomme.

Nanon apporta la soupe. Des Grassins vint prendre les ordres de son client au moment où la famille était à table. Le père Grandet n'avait seulement pas vu son neveu.

— Mangez tranquillement, Grandet, dit le banquier. Nous causerons. Savez-vous ce que vaut l'or à Angers, où l'on en est venu chercher pour Nantes? je vais en envoyer.

— N'en envoyez pas, répondit le bonhomme, il y en a déjà suffisamment. Nous sommes trop bons amis pour que je ne vous évite pas une perte de temps.

— Mais l'or y vaut treize francs cinquante centimes.

— Dites donc valait.

— D'où diable en serait-il venu?

— Je suis allé cette nuit à Angers, lui répondit Grandet à voix basse.

Le banquier tressaillit de surprise. Puis une conversation s'établit entre eux deux d'oreille à oreille, pendant laquelle des Grassins et Grandet regardèrent Charles à plusieurs reprises. Au moment où sans doute l'ancien tonnelier dit au banquier de lui acheter cent mille livres de rente, des Grassins laissa derechef échapper un geste d'étonnement.

— Monsieur Grandet, dit-il à Charles, je pars pour Paris; et, si vous aviez des commissions à me donner...

— Aucune, monsieur. Je vous remercie, répondit Charles.

— Remerciez-le mieux que ça, mon neveu. Monsieur va pour arranger les affaires de la maison Guillaume Grandet.

— Y aurait-il donc quelque espoir? demanda Charles.

— Mais, s'écria le tonnelier avec un orgueil bien joué, n'êtes-vous pas mon neveu? votre honneur est le nôtre. Ne vous nommez-vous pas Grandet?

Charles se leva, saisit le père Grandet, l'embrassa, pâlit et sortit. Eugénie contemplait son père avec admiration.

— Allons, adieu, mon bon des Grassins, tout à vous, et emboîsez-moi bien ces gens-là! Les deux diplomates se donnèrent une poignée de main, l'ancien tonnelier reconduisit le banquier jusqu'à la porte; puis, après l'avoir fermée, il revint et dit à Nanon en se plongeant dans son fauteuil : — Donne-moi du cassis? Mais trop ému pour rester en place, il se leva, regarda le portrait de monsieur de La Bertellière, et se mit à chanter, en faisant ce que Nanon appelait des pas de danse:

Dans les gardes françaises,
J'avais un bon papa.

Nanon, madame Grandet, Eugénie s'examinèrent mutuellement et en silence. La joie du vigneron les épouvantait toujours quand elle arrivait à son apogée. La soirée fut bientôt finie. D'abord le père Grandet voulut se coucher de bonne heure ; et, lorsqu'il se couchait, chez lui tout devait dormir ; de même que quand Auguste buvait, la Pologne était ivre. Puis Nanon, Charles et Eugénie n'étaient point moins las que le maître. Quant à madame Grandet, elle dormait, mangeait, buvait, marchait suivant les désirs de son mari. Néanmoins, pendant les deux heures accordées à la digestion, le tonnelier, plus facétieux qu'il ne l'avait jamais été, débita beaucoup de ses apophthegmes particuliers, dont un seul donnera la mesure de son esprit. Quand il eut avalé son cassis, il regarda le verre.

— On n'a pas plutôt mis les lèvres à un verre qu'il est déjà vide! Voilà notre histoire. On ne peut pas être et avoir été. Les écus ne peuvent pas rouler et rester dans votre bourse, autrement la vie serait trop belle.

Il fut jovial et clément. Lorsque Nanon vint avec son rouet:

— Tu dois être lasse, lui dit-il. Laisse ton chanvre.

— Ah! ben!... quien, je m'ennuierais, répondit la servante.

— Pauvre Nanon! Veux-tu du cassis?

— Ah! pour du cassis, je ne dis pas non; madame le fait

ben mieux que les apothicaires. Celui qu'i vendent est de la drogue.

— Ils y mettent trop de sucre, ça ne sent plus rien, dit le bonhomme.

Le lendemain, la famille, réunie à huit heures pour le déjeuner, offrit le tableau de la première scène d'une intimité bien réelle. Le malheur avait promptement mis en rapport madame Grandet, Eugénie et Charles ; Nanon elle-même sympathisait avec eux sans le savoir. Tous quatre commencèrent à faire une même famille. Quant au vieux vigneron, son avarice satisfaite et la certitude de voir bientôt partir le mirliflor sans avoir à lui payer autre chose que son voyage à Nantes, le rendirent presque indifférent à sa présence au logis. Il laissa les deux enfants, ainsi qu'il nomma Charles et Eugénie, libres de se comporter comme bon leur semblerait sous l'œil de madame Grandet, en laquelle il avait d'ailleurs une entière confiance en ce qui concernait la morale publique et religieuse. L'alignement de ses prés et des fossés jouxtant la route, ses plantations de peupliers en Loire, et les travaux d'hiver dans ses clos et à Froidfond, l'occupèrent exclusivement. Dès lors commença pour Eugénie la primevère de l'amour. Depuis la scène de nuit pendant laquelle la cousine donna son trésor au cousin, son cœur avait suivi le trésor. Complices tous deux du même secret, ils se regardaient en s'exprimant une mutuelle intelligence qui approfondissait leurs sentiments et les leur rendait mieux communs, plus intimes, en les mettant pour ainsi dire tous deux en dehors de la vie ordinaire. La parenté n'autorisait-elle pas une certaine douceur dans l'accent, une tendresse dans les regards : aussi Eugénie se plut-elle à endormir les souffrances de son cousin dans les joies enfantines d'un naissant amour. N'y a-t-il pas de gracieuses similitudes entre les commencemens de l'amour et ceux de la vie? Ne berce-t-on pas l'enfant par de doux chants et de gentils regards? Ne lui dit-on pas de merveilleuses histoires qui lui dorent l'avenir? Pour lui l'espérance ne déploie-t-elle pas incessamment ses ailes radieuses? Ne verse-t-il pas tour à tour des larmes de joie et de douleur? Ne se querelle-t-il pas pour des riens, pour des cailloux avec lesquels il essaie de se bâtir un mobile palais, pour des bouquets aussitôt oubliés que coupés? N'est-il pas avide de saisir le temps, d'avancer dans la vie? L'amour est notre seconde transformation. L'enfance et l'amour furent même chose entre Eugénie et Charles : ce fut la passion première avec tous ses enfantillages; d'autant plus caressants pour leurs cœurs qu'ils étaient enveloppés de mélancolie. En se débattant à sa naissance sous les crêpes du deuil, cet amour n'en était d'ailleurs que mieux en harmonie avec la simplicité provinciale de cette maison en ruines. En échangeant quelques mots avec sa cousine au bord du puits, dans cette cour muette ; en restant dans ce jardinet, assis sur un banc moussu jusqu'à l'heure où le soleil se couchait, occupés à se dire de grands riens ou recueillis dans le calme qui régnait entre le rempart et la maison, comme on l'est sous les arcades d'une église, Charles comprit la sainteté de l'amour; car sa grande dame, sa chère Annette ne lui en avait fait connaître que les troubles orageux. Il quittait en ce moment la passion parisienne, coquette, vaniteuse, éclatante, pour l'amour pur et vrai. Il aimait cette maison, dont les mœurs ne lui semblèrent plus si ridicules. Il descendait dès le matin afin de pouvoir causer avec Eugénie quelques momens avant que Grandet ne vînt donner les provisions ; et, quand les pas du bonhomme retentissaient dans les escaliers, il se sauvait au jardin. La petite criminalité de ce rendez-vous matinal, secret même pour la mère d'Eugénie, et que Nanon faisait semblant de ne pas apercevoir, imprimait à l'amour le plus innocent du monde la vivacité des plaisirs défendus. Puis, quand, après le déjeuner, le père Grandet était parti pour aller voir ses propriétés et ses exploitations, Charles demeurait entre la mère et la fille, éprouvant des délices inconnues à leur prêter les mains pour dévider du fil, à les voir travaillant, à les entendre jaser. La simplicité de cette vie presque monastique, qui lui révéla les beautés de ces âmes auxquelles le monde était inconnu, le toucha vivement. Il avait cru ces mœurs impossibles en France, et n'avait admis leur existence qu'en Allemagne, encore n'était-ce que fabuleusement, et dans les romans d'Auguste Lafontaine. Bientôt pour lui Eugénie fut l'idéal de la Marguerite de Gœthe, moins la faute. Enfin de jour en jour ses regards, ses paroles ravirent la pauvre fille, qui s'abandonna délicieusement au courant de l'amour ; elle saisissait sa félicité comme un nageur saisit la branche de saule pour se tirer du fleuve et se reposer sur la rive. Les chagrins d'une prochaine absence n'attristaient-ils pas déjà les heures les plus joyeuses de ces fuyardes journées? Chaque jour un petit événement leur rappelait la prochaine séparation. Ainsi, trois jours après le départ de des Grassins, Charles fut emmené par Grandet au Tribunal de Première Instance avec la solennité que les gens de province attachent à de tels actes, pour y signer une renonciation à la succession de son père. Répudiation terrible ! espèce d'apostasie domestique. Il alla chez maître Cruchot faire faire deux procurations, l'une pour des Grassins, l'autre pour l'ami chargé de vendre son mobilier. Puis il fallut remplir les formalités nécessaires pour obtenir un passeport à l'étranger. Enfin, quand arrivèrent les simples vêtemens de deuil que Charles avait demandés à Paris, il fit venir un tailleur de Saumur et lui vendit sa garde-robe inutile. Cet acte plut singulièrement au père Grandet.

— Ah ! vous voilà comme un homme qui doit s'embarquer et qui veut faire fortune, lui dit-il en le voyant vêtu d'une redingote de gros drap noir. Bien, très bien !

— Je vous prie de croire, monsieur, lui répondit Charles, que je saurai bien avoir l'esprit de ma situation.

— Qu'est-ce que c'est que cela? dit le bonhomme, dont les yeux s'animèrent à la vue d'une poignée d'or que lui montra Charles.

— Monsieur, j'ai réuni mes boutons, mes anneaux, toutes les superfluités que je possède et qui pouvaient avoir quelque valeur ; mais, ne connaissant personne à Saumur, je voulais vous prier ce matin de...

— De vous acheter cela ? dit Grandet en l'interrompant.

— Non, mon oncle, de m'indiquer un honnête homme qui...

— Donnez-moi cela, mon neveu ; j'irai vous estimer cela là-haut, et je reviendrai vous dire ce que cela vaut, à un centime près. Or de bijou, dit-il en examinant une longue chaîne, dix-huit à dix-neuf carats.

Le bonhomme tendit sa large main et emporta la masse d'or.

— Ma cousine, dit Charles, permettez-moi de vous offrir ces deux boutons, qui pourront vous servir à attacher des rubans à vos poignets. Cela fait un bracelet fort à la mode en ce moment.

— J'accepte sans hésiter, mon cousin, dit-elle en lui jetant un regard d'intelligence.

— Ma tante, voici le dé de ma mère, je le gardais précieusement dans ma toilette de voyage, dit Charles en présentant un joli dé d'or à madame Grandet, qui depuis dix ans en désirait un.

— Il n'y a pas de remercîmens possibles, mon neveu, dit la vieille mère dont les yeux se mouillèrent de larmes. Soir et matin dans mes prières j'ajouterai la plus pressante de toutes pour vous, en disant celle des voyageurs. Si je mourais, Eugénie vous conserverait ce bijou.

— Cela vaut neuf cent quatre-vingt-neuf francs soixante-quinze centimes, mon neveu, dit Grandet en ouvrant la porte. Mais pour vous éviter la peine de vendre cela, je vous en compterai l'argent... en livres.

Le mot en livres signifie sur le littoral de la Loire que les écus de six livres doivent être acceptés pour six francs sans déduction.

— Je n'osais vous le proposer, répondit Charles ; mais il me répugnait de brocanter mes bijoux dans la ville que vous habitez. Il faut laver son linge sale en famille, disait Napoléon. Je vous remercie donc de votre complaisance. Grandet se gratta l'oreille, et il y eut un moment de silence. — Mon cher oncle, reprit Charles en le regardant d'un

air inquiet comme s'il eût craint de blesser sa susceptibilité, ma cousine et ma tante ont bien voulu accepter un faible souvenir de moi ; veuillez à votre tour agréer ces boutons de manche qui me deviennent inutiles : ils vous rappelleront un pauvre garçon qui, loin de vous, pensera certes à ceux qui désormais seront toute sa famille.

— Mon garçon ! mon garçon ! faut pas te dénuer comme ça... Qu'as-tu donc, ma femme? dit-il en se tournant avec avidité vers elle, ah ! un dé d'or. Et toi, fifille, tiens ! des agrafes de diamans. Allons, je prends tes boutons, mon garçon, reprit-il en serrant la main de Charles. Mais... tu me permettras de... te payer... ton, oui... ton passage aux Indes. Oui, je veux te payer ton passage. D'autant, vois-tu, garçon, qu'en t'estimant tes bijoux, je n'en ai compté que l'or brut, il y a peut-être quelque chose à gagner sur les façons. Ainsi, voilà qui est dit. Je te donnerai quinze cents francs... en livres, que Cruchot me prêtera ; car je n'ai pas un rouge liard ici, à moins que Perrottet, qui est en retard de son fermage, ne me le paye. Tiens, tiens, je vais l'aller voir.

Il prit son chapeau, mit ses gants et sortit.

— Vous vous en irez donc, dit Eugénie en lui jetant un regard de tristesse mêlée d'admiration.

— Il le faut, dit-il en baissant la tête.

Depuis quelques jours, le maintien, les manières, les paroles de Charles étaient devenus ceux d'un homme profondément affligé, mais qui, sentant peser sur lui d'immenses obligations, puise un nouveau courage dans son malheur. Il ne soupirait plus, il s'était fait homme. Aussi jamais Eugénie ne présuma-t-elle mieux du caractère de son cousin, qu'en le voyant descendre dans ses habits de gros drap noir, qui allaient bien à sa figure pâlie et à sa sombre contenance. Ce jour-là le deuil fut pris par les deux femmes, qui assistèrent avec Charles à un *Requiem* célébré à la paroisse pour l'âme de feu Guillaume Grandet.

Au second déjeuner, Charles reçut des lettres de Paris, et les lut.

— Hé bien ! mon cousin, êtes-vous content de vos affaires? dit Eugénie à voix basse.

— Ne fais donc jamais de ces questions-là, ma fille, répondit Grandet. Que diable ! je ne te dis pas les miennes, pourquoi fourres-tu le nez dans celles de ton cousin ? Laisse-le donc, ce garçon.

— Oh ! je n'ai point de secrets, dit Charles.

— Ta, ta, ta ! mon neveu, tu sauras qu'il faut tenir sa langue en bride dans le commerce.

Quand les deux amans furent seuls dans le jardin, Charles dit à Eugénie en l'attirant sur le vieux banc où ils s'assirent sous le noyer : — J'avais bien présumé d'Alphonse, il s'est conduit à merveille. Il a fait mes affaires avec prudence et loyauté. Je ne dois rien à Paris, tous mes meubles sont bien vendus, et il m'annonce avoir, d'après les conseils d'un capitaine au long-cours, employé trois mille francs qui lui restaient en une pacotille composée de curiosités européennes desquelles on tire un excellent parti aux Indes. Il a dirigé mes colis sur Nantes, où se trouve un navire en charge pour Java. Dans cinq jours, Eugénie, il faudra nous dire adieu pour toujours peut-être, mais au moins pour longtemps. Ma pacotille et dix mille francs que m'envoient deux de mes amis sont un bien petit commencement. Je ne puis songer à mon retour avant plusieurs années. Ma chère cousine, ne mettez pas en balance ma vie et la vôtre, je puis périr, peut-être se présentera-t-il pour vous un riche établissement...

— Vous m'aimez ?... dit-elle.

— Oh ! oui, bien, répondit-il avec une profondeur d'accent qui révélait une égale profondeur dans le sentiment.

— J'attendrai, Charles. Dieu ! mon père est à sa fenêtre, dit-elle en repoussant son cousin qui s'approchait pour l'embrasser.

Elle se sauva sous la voûte, Charles l'y suivit ; en la voyant, elle se retira au pied de l'escalier et ouvrit la porte battante ; puis, sans trop savoir où elle allait, Eugénie se trouva près du bouge de Nanon, à l'endroit le moins clair du couloir ; là Charles, qui l'avait accompagnée, lui prit la main, l'attira sur son cœur, la saisit par la taille, et l'appuya doucement sur lui. Eugénie ne résista plus ; elle reçut et donna le plus pur, le plus suave, mais aussi le plus entier de tous les baisers.

— Chère Eugénie, un cousin est mieux qu'un frère, il peut t'épouser, lui dit Charles.

— Ainsi soit-il ! cria Nanon en ouvrant la porte de son taudis.

Les deux amans, effrayés, se sauvèrent dans la salle où Eugénie reprit son ouvrage, et où Charles se mit à lire les litanies de la Vierge dans le paroissien de madame Grandet.

— Quien ! dit Nanon, nous faisons tous nos prières.

Dès que Charles eut annoncé son départ, Grandet se mit en mouvement pour faire croire qu'il lui portait beaucoup d'intérêt; il se montra libéral de tout ce qui ne coûtait rien, s'occupa de lui trouver un emballeur, et dit que cet homme prétendait vendre ses caisses trop cher ; il voulut alors à toute force les faire lui-même, et y employa de vieilles planches ; il se leva dès le matin pour raboter, ajuster, planer, clouer ses voliges, et en confectionner de très-belles caisses dans lesquelles il emballa tous les effets de Charles ; il se chargea de les faire descendre par bateau sur la Loire, de les assurer, et de les expédier en temps utile à Nantes.

Depuis le baiser pris dans le couloir, les heures s'enfuyaient pour Eugénie avec une effrayante rapidité. Parfois elle voulait suivre son cousin. Celui qui a connu la plus attachante des passions, celle dont la durée est chaque jour abrégée par l'âge, par le temps, par une maladie mortelle, par quelques-unes des fatalités humaines, celui-là comprendra les tourmens d'Eugénie. Elle pleurait souvent en se promenant dans ce jardin, maintenant trop étroit pour elle, ainsi que la cour, la maison, la ville : elle s'élançait par avance sur la vaste étendue des mers. Enfin la veille du départ arriva. Le matin, en l'absence de Grandet et de Nanon, le précieux coffret où se trouvaient les deux portraits fut solennellement installé dans le seul tiroir du bahut qui fermait à clef et où était la bourse maintenant vide. Le dépôt de ce trésor n'alla pas sans bon nombre de baisers et de larmes. Quand Eugénie mit la clef dans son sein, elle n'eut pas le courage de défendre à Charles d'y baiser la place.

— Elle ne sortira pas de là, mon ami.

— Eh bien ! mon cœur y sera toujours aussi.

— Ah ! Charles, ce n'est pas bien, dit-elle d'un accent peu grondeur.

— Ne sommes-nous pas mariés, répondit-il ; j'ai ta parole, prends la mienne.

— A toi, pour jamais ! fut dit deux fois de part et d'autre.

Aucune promesse faite sur cette terre ne fut plus pure : la candeur d'Eugénie avait momentanément sanctifié l'amour de Charles. Le lendemain matin le déjeuner fut triste. Malgré la robe d'or et une croix à la Jeannette que lui donna Charles, Nanon elle-même, libre d'exprimer ses sentimens, eut la larme à l'œil.

— Ce pauvre mignon monsieur, qui s'en va sur mer. Que Dieu le conduise !

A dix heures et demie, la famille se mit en route pour accompagner Charles à la diligence de Nantes. Nanon avait lâché le chien, fermé la porte, et voulut porter le sac de nuit de Charles. Tous les marchands de la vieille rue étaient sur le seuil de leurs boutiques pour voir passer ce cortége, auquel se joignit sur la place maître Cruchot.

— Ne va pas pleurer, Eugénie, lui dit sa mère.

— Mon neveu, dit Grandet sous la porte de l'auberge, en embrassant Charles sur les deux joues, partez pauvre, revenez riche, vous trouverez l'honneur de votre père sauf. Je vous en réponds, moi, Grandet ; car, alors, il ne tiendra qu'à vous de...

— Ah ! mon oncle, vous adoucissez l'amertume de mon départ. N'est-ce pas le plus beau présent que vous puissiez me faire ?

Ne comprenant pas les paroles du vieux tonnelier, qu'il avait interrompu, Charles répandit sur le visage tanné de son oncle des larmes de reconnaissance, tandis qu'Eugénie serrait de toutes ses forces la main de son cousin et celle de son père. Le notaire seul souriait en admirant la finesse de Grandet, car lui seul avait bien compris le bonhomme. Les quatre Saumurois, environnés de plusieurs personnes, restèrent devant la voiture jusqu'à ce qu'elle partît ; puis quand elle disparut sur le pont et ne retentit plus que dans le lointain : — Bon voyage ! dit le vigneron. Heureusement maître Cruchot fut le seul qui entendit cette exclamation. Eugénie et sa mère étaient allées à un endroit du quai d'où elles pouvaient encore voir la diligence, et agitaient leurs mouchoirs blancs, signe auquel répondit Charles en déployant le sien.

— Ma mère, je voudrais avoir pour un moment la puissance de Dieu, dit Eugénie au moment où elle ne vit plus le mouchoir de Charles.

Pour ne point interrompre le cours des événemens qui se passèrent au sein de la famille Grandet, il est nécessaire de jeter par anticipation un coup d'œil sur les opérations que le bonhomme fit à Paris par l'entremise de des Grassins. Un mois après le départ du banquier, Grandet possédait une inscription de cent mille livres de rente achetée à quatre-vingts francs net. Les renseignemens donnés à sa mort par son inventaire n'ont jamais fourni la moindre lumière sur les moyens que sa défiance lui suggéra pour échanger le prix de l'inscription contre l'inscription elle-même. Maître Cruchot pensa que Nanon fut, à son insu, l'instrument fidèle du transport des fonds. Vers cette époque, la servante fit une absence de cinq jours, sous prétexte d'aller ranger quelque chose à Froidfond, comme si le bonhomme était capable de laisser traîner quelque chose. En ce qui concerne les affaires de la maison Guillaume Grandet, toutes les prévisions du tonnelier se réalisèrent.

A la Banque de France se trouvent, comme chacun sait, les renseignemens les plus exacts sur les grandes fortunes de Paris et des départemens. Les noms de des Grassins et de Félix Grandet de Saumur y étaient connus et y jouissaient de l'estime accordée aux célébrités financières qui s'appuient sur d'immenses propriétés territoriales libres d'hypothèques. L'arrivée du banquier de Saumur, chargé, disait-on, de liquider par honneur la maison Grandet de Paris, suffit donc pour éviter à l'ombre du négociant la honte des protêts. La levée des scellés se fit en présence des créanciers, et le notaire de la famille se mit à procéder régulièrement à l'inventaire de la succession. Bientôt des Grassins réunit les créanciers, qui, d'une voix unanime, élurent pour liquidateurs le banquier de Saumur, conjointement avec François Keller, chef d'une riche maison, l'un des principaux intéressés, et lui confièrent tous les pouvoirs nécessaires pour sauver à la fois l'honneur de la famille et les créances. Le crédit du Grandet de Saumur, l'espérance qu'il répandit au cœur des créanciers par l'organe de des Grassins, facilitèrent les transactions ; il ne se rencontra pas un seul récalcitrant parmi les créanciers. Personne ne pensait à passer sa créance au compte de Profits et Pertes, et chacun se disait : — Grandet de Saumur payera ! Six mois s'écoulèrent. Les Parisiens avaient remboursé les effets en circulation et les conservaient au fond de leurs portefeuilles. Premier résultat que voulait obtenir le tonnelier. Neuf mois après la première assemblée, les deux liquidateurs distribuèrent quarante-sept pour cent à chaque créancier. Cette somme fut produite par la vente des valeurs, possessions, biens et choses généralement quelconques appartenant à feu Guillaume Grandet, et qui fut faite avec une fidélité scrupuleuse. La plus exacte probité présidait à cette liquidation. Les créanciers se plurent à reconnaître l'admirable et incontestable honneur des Grandet. Quand ces louanges eurent circulé convenablement, les créanciers demandèrent le reste de leur argent. Il leur fallut écrire une lettre collective à Grandet.

— Nous y voilà! dit l'ancien tonnelier en jetant la lettre au feu ; patience, mes petits amis.

En réponse aux propositions contenues dans cette lettre, Grandet de Saumur demanda le dépôt chez un notaire de tous les titres de créance existans contre la succession de son frère, en les accompagnant d'une quittance des payemens déjà faits, sous prétexte d'apurer les comptes, et de correctement établir l'état de la succession. Ce dépôt souleva mille difficultés. Généralement, le créancier est une sorte de maniaque. Aujourd'hui prêt à conclure, demain il veut tout mettre à feu et à sang ; plus tard il se fait ultra-débonnaire. Aujourd'hui sa femme est de bonne humeur, son petit dernier a fait ses dents, tout va bien au logis, il ne veut pas perdre un sou ; demain il pleut, il ne peut pas sortir, il est mélancolique, il dit oui à toutes les propositions qui peuvent terminer une affaire ; le surlendemain il lui faut des garanties, à la fin du mois il prétend vous exécuter, le bourreau ! Le créancier ressemble à ce moineau franc à la queue duquel on engage les petits enfans à tâcher de poser un grain de sel ; mais le créancier rétorque cette image contre sa créance, de laquelle il ne peut rien saisir. Grandet avait observé les variations atmosphériques des créanciers, et ceux de son frère obéirent à tous ses calculs. Les uns se fâchèrent et se refusèrent net au dépôt. — Bon ! ça va bien, disait Grandet en se frottant les mains à la lecture des lettres que lui écrivait à ce sujet des Grassins. Quelques autres ne consentirent audit dépôt que sous la condition de faire bien constater leurs droits, ne renoncer à aucuns, et se réserver même celui de faire déclarer la faillite. Nouvelle correspondance, après laquelle Grandet de Saumur consentit à toutes les réserves demandées. Moyennant cette concession, les créanciers bénins firent entendre raison aux créanciers durs. Le dépôt eut lieu, non sans quelques plaintes. — Ce bonhomme, dit-on à des Grassins, se moque de vous et de nous. Vingt-trois mois après la mort de Guillaume Grandet, beaucoup de commerçans, entraînés par le mouvement des affaires de Paris, avaient oublié leurs recouvremens Grandet, ou n'y pensant que pour se dire : — Je commence à croire que les quarante-sept pour cent sont tout ce que je tirerai de cela. Le tonnelier avait calculé sur la puissance du temps, disait-il, est un bon diable. A la fin de la troisième année, des Grassins écrivit à Grandet que, moyennant dix pour cent des deux millions quatre cent mille francs restant dus par la maison Grandet, il avait amené les créanciers à lui rendre leurs titres. Grandet répondit que le notaire et l'agent de change dont les épouvantables faillites avaient causé la mort de son frère, vivaient, eux ! pouvaient être devenus bons, et qu'il fallait les actionner afin d'en tirer quelque chose et diminuer le chiffre du déficit. A la fin de la quatrième année, le déficit fut bien et dûment arrêté à la somme de douze cent mille francs. Il y eut des pourparlers qui durèrent six mois entre les liquidateurs et les créanciers, entre Grandet et les liquidateurs. Bref, vivement pressé de s'exécuter, Grandet de Saumur répondit aux deux liquidateurs, vers le neuvième mois de cette année, que son neveu, qui avait fait fortune aux Indes, lui avait manifesté l'intention de payer intégralement les dettes de son père ; il ne pouvait pas prendre sur lui de les solder frauduleusement sans l'avoir consulté ; il attendait une réponse. Les créanciers, vers le mi lieu de la cinquième année, étaient encore tenus en échec avec le mot *intégralement*, de temps en temps lâché par le sublime tonnelier, qui riait dans sa barbe, et ne disait jamais, sans laisser échapper un fin sourire et un juron, le mot : — Ces PARISIENS ! Mais les créanciers furent réservés d'un sort inouï dans les fastes du commerce. Ils se retrouveront dans la position où les avait maintenus Grandet au moment où les événemens de cette histoire les obligeront à y reparaître. Quand les rentes atteignirent à 115, le père Grandet vendit, retira de Paris environ deux millions quatre cent mille francs en or, qui rejoignirent dans ses barillets les six cent mille francs d'intérêts composés que lui avaient donnés ses inscriptions. Des Grassins

demeurait à Paris. Voici pourquoi. D'abord il fut nommé député ; puis il s'amouracha, lui père de famille, mais ennuyé par l'ennuyeuse vie saumuroise, de Florine, une des plus jolies actrices du théâtre de Madame, et il y eut recrudescence du quartier-maître chez le banquier. Il est inutile de parler de sa conduite ; elle fut jugée à Saumur profondément immorale. Sa femme se trouva très heureuse d'être séparée de biens et d'avoir assez de tête pour mener la maison de Saumur, dont les affaires se continuèrent sous son nom, afin de réparer les brèches faites à sa fortune par les folies de monsieur des Grassins. Les Cruchotins empiraient si bien la situation fausse de la quasi-veuve, qu'elle maria fort mal sa fille, et dut renoncer à l'alliance d'Eugénie Grandet pour son fils. Adolphe rejoignit des Grassins à Paris, et y devint, dit-on, un fort mauvais sujet. Les Cruchot triomphèrent.

— Votre mari n'a pas de bon sens, disait Grandet en prêtant une somme à madame des Grassins, moyennant sûretés. Je vous plains beaucoup, vous êtes une bonne petite femme.

— Ah ! monsieur, répondit la pauvre dame ; qui pouvait croire que le jour où il partit de chez vous pour aller à Paris, il courait à sa ruine ?

— Le ciel m'est témoin, madame, que j'ai tout fait jusqu'au dernier moment pour l'empêcher d'y aller. Monsieur le président voulait à toute force l'y remplacer ; et, s'il tenait tant à s'y rendre, nous savons maintenant pourquoi.

Ainsi Grandet n'avait aucune obligation à des Grassins.

En toute situation, les femmes ont plus de causes de douleur que n'en a l'homme, et souffrent plus que lui. L'homme a sa force, et l'exercice de sa puissance : il agit, il va, il s'occupe, il pense, il embrasse l'avenir et y trouve des consolations. Ainsi faisait Charles. Mais la femme demeure, elle reste face à face avec le chagrin dont rien ne la distrait, elle descend jusqu'au fond de l'abîme qu'il a ouvert, le mesure et souvent le comble de ses vœux et de ses larmes. Ainsi faisait Eugénie. Elle s'initiait à sa destinée. Sentir, aimer, souffrir, se dévouer, sera toujours le texte de la vie des femmes. Eugénie devait être toute la femme, moins ce qui la console. Son bonheur, amassé comme les clous semés sur la muraille, suivant la sublime expression de Bossuet, ne devait un jour lui remplir le creux de la main. Les chagrins ne se font pas attendre, et pour elle ils arrivèrent bientôt. Le lendemain du départ de Charles, la maison Grandet reprit sa physionomie pour tout le monde, excepté pour Eugénie qui la trouva tout à coup bien vide. A l'insu de son père, elle voulut que la chambre de Charles restât dans l'état où il l'avait laissée. Madame Grandet et Nanon furent volontiers complices de ce *statu quo*.

— Qui sait s'il ne reviendra pas plus tôt que nous ne le croyons, dit-elle.

— Ah ! je le voudrais voir ici, répondit Nanon. Je m'accoutumais ben à lui ! C'était un ben doux, un ben parfait monsieur, quasiment joli, moutonné comme une fille. Eugénie regarda Nanon. — Sainte Vierge ! mademoiselle, vous avez les yeux à la perdition de votre âme ! Ne regardez donc pas le monde comme ça.

Depuis ce jour, la beauté de mademoiselle Grandet prit un nouveau caractère. Les graves pensées d'amour desquelles son âme était lentement envahie, la dignité de la femme aimée donnèrent à ses traits cette espèce d'éclat que les peintres figurent par l'auréole. Avant la venue de son cousin, Eugénie pouvait être comparée à la Vierge avant la conception ; quand il fut parti elle ressemblait à la Vierge mère : elle avait conçu l'amour. Ces deux Maries, si différentes et si bien représentées par quelques peintres espagnols, constituent l'une des plus brillantes figures qui abondent dans le christianisme. En revenant de la messe où elle alla le lendemain du départ de Charles, et où elle avait fait vœu d'aller tous les jours, elle prit, chez le libraire de la ville, une mappemonde qu'elle cloua près de son miroir, afin de suivre son cousin dans sa route vers les Indes, afin de pouvoir se mettre un peu, soir et matin, dans le vaisseau qui l'y transportait, de le voir, de lui adresser mille questions, de lui dire : — Es-tu bien? ne souffres-tu pas? penses-tu bien à moi, en voyant cette étoile dont tu m'as appris à connaître les beautés et l'usage? Puis, le matin, elle restait pensive sous le noyer, assise sur le banc de bois rongé par les vers et garni de mousse grise où ils s'étaient dit tant de bonnes choses, de niaiseries, où ils avaient bâti les châteaux en Espagne de leur joli ménage. Elle pensait à l'avenir en regardant le ciel par le petit espace que les murs lui permettaient d'embrasser; puis le vieux pan de muraille, et le toit sous lequel était la chambre de Charles. Enfin ce fut l'amour solitaire, l'amour vrai qui persiste, qui se glisse dans toutes les pensées, et devient la substance, ou, comme eussent dit nos pères, l'étoffe de la vie. Quand les soi-disant amis du père Grandet venaient faire la partie le soir, elle était gaie, elle dissimulait; mais, pendant toute la matinée, elle causait de Charles avec sa mère et Nanon. Nanon avait compris qu'elle pouvait compatir aux souffrances de sa jeune maîtresse sans manquer à ses devoirs envers son vieux patron, elle qui disait à Eugénie : — Si j'avais eu un homme à moi, je l'aurais... suivi dans l'enfer. Je l'aurais... quoi... Enfin, j'aurais voulu m'exterminer pour lui; mais... rin. Je mourrai sans savoir ce que c'est que la vie. Croiriez-vous, mademoiselle, que ce vieux Cornoiller, qu'est un bon homme tout de même, tourne autour de ma jupe, rapport à mes rentes, tout comme ceux qui viennent ici flairer le magot de monsieur, en vous faisant la cour? Je vois ça, parce que je suis encore fine, quoique je sois grosse comme une tour; hé bien! mam'zelle, ça me fait plaisir, quoique ça ne soie pas de l'amour.

Deux mois se passèrent ainsi. Cette vie domestique, jadis si monotone, s'était animée par l'immense intérêt du secret qui liait plus intimement ces trois femmes. Pour elles, sous les planchers grisâtres de cette salle, Charles vivait, allait, venait encore. Soir et matin Eugénie ouvrait la toilette et contemplait le portrait de sa tante. Un dimanche matin, elle fut surprise par sa mère au moment où elle était occupée à chercher les traits de Charles dans ceux du portrait. Madame Grandet fut alors initiée au terrible secret de l'échange fait par le voyageur contre le trésor d'Eugénie.

— Tu lui as tout donné, dit la mère épouvantée. Que diras-tu donc à ton père, au jour de l'an, quand il voudra voir ton or?

Les yeux d'Eugénie devinrent fixes, et ces deux femmes demeurèrent dans un effroi mortel pendant la moitié de la matinée. Elles furent assez troublées pour manquer la grand'messe, et n'allèrent qu'à la messe militaire. Dans trois jours l'année 1819 finissait. Dans trois jours devait commencer une terrible action, une tragédie bourgeoise sans poison, ni poignard, ni sang répandu; mais, relativement aux acteurs, plus cruelle que tous les drames accomplis dans l'illustre famille des Atrides.

— Qu'allons-nous devenir? dit madame Grandet à sa fille en laissant son tricot sur ses genoux.

La pauvre mère subissait de tels troubles depuis deux mois que les manches de laine dont elle avait besoin pour son hiver n'étaient pas encore finies. Ce fait domestique, minime en apparence, eut de tristes résultats pour elle. Faute de manches, le froid la saisit d'une façon fâcheuse au milieu d'une sueur causée par une épouvantable colère de son mari.

— Je pensais, ma pauvre enfant, que, si tu m'avais confié ton secret, nous aurions eu le temps d'écrire à Paris, à monsieur des Grassins. Il aurait pu nous envoyer des pièces d'or semblables aux tiennes; et, quoique Grandet les connaisse bien, peut-être...

— Mais où donc aurions-nous pris tant d'argent?

— J'aurais engagé mes propres. D'ailleurs monsieur des Grassins nous eût bien...

— Il n'est plus temps, répondit Eugénie d'une voix sourde et altérée en interrompant sa mère. Demain matin ne devons-nous pas aller lui souhaiter la bonne année dans sa chambre?

— Mais, ma fille, pourquoi n'irais-je donc pas voir les Cruchot?

— Non, non, ce serait me livrer à eux et nous mettre sous leur dépendance. D'ailleurs j'ai pris mon parti. J'ai bien fait, je ne me repens de rien. Dieu me protégera. Que sa sainte volonté se fasse. Ah! si vous aviez lu sa lettre, vous n'auriez pensé qu'à lui, ma mère.

Le lendemain matin, premier janvier 1820, la terreur flagrante à laquelle la mère et la fille étaient en proie leur suggéra la plus naturelle des excuses pour ne pas venir solennellement dans la chambre de Grandet. L'hiver de 1819 à 1820 fut un des plus rigoureux de l'époque. La neige encombrait les toits.

Madame Grandet dit à son mari, dès qu'elle l'entendit se remuant dans sa chambre :

— Grandet, fais donc allumer par Nanon un peu de feu chez moi; le froid est si vif que je gèle sous ma couverture. D'ailleurs, reprit-elle après une légère pause, Eugénie viendra s'habiller là. Cette pauvre fille pourrait gagner une maladie à faire sa toilette chez elle par un temps pareil. Puis nous irons te souhaiter le bon an auprès du feu, dans la salle.

— Ta, ta, ta, ta! quelle langue! comme tu commences l'année, madame Grandet! Tu n'as jamais tant parlé. Cependant tu n'as pas mangé de pain trempé dans du vin, je pense. Il y eut un moment de silence. Eh bien! reprit le bonhomme, que sans doute la proposition de sa femme arrangeait, je vais faire ce que vous voulez, madame Grandet. Tu es vraiment une bonne femme, et je ne veux pas qu'il t'arrive malheur à l'échéance de ton âge, quoique en général les La Bertellière soient faits de vieux ciment. Hein! pas vrai? cria-t-il après une pause. Enfin, nous en avons hérité, je leur pardonne. Et il toussa.

— Vous êtes gai, ce matin, monsieur, dit gravement la pauvre femme.

— Toujours gai, moi,

Gai, gai, gai, le tonnelier,
Raccommodez votre cuvier...

ajouta-t-il en entrant chez sa femme tout habillé. Oui, nom d'un petit bonhomme! il fait solidement froid de même. Nous déjeunerons bien, ma femme. Des Grassins m'a envoyé un pâté de foies gras truffé! Je vais aller le chercher à la diligence. Il doit y avoir joint un double napoléon pour Eugénie, vint lui dire le tonnelier à l'oreille. Je n'ai plus d'or, ma femme. J'avais bien encore quelques vieilles pièces, je puis te dire cela à toi; mais il a fallu les lâcher pour les affaires. Et, pour célébrer le premier jour de l'an, il l'embrassa sur le front.

— Eugénie, cria la bonne mère, je ne ne sais sur quel côté ton père a dormi; mais il est bon homme, ce matin. Bah! nous nous en tirerons.

— Quoi qu'il a donc, notre maître? dit Nanon en entrant chez sa maîtresse pour y allumer du feu. D'abord, il m'a dit : « Bonjour, bon an, grosse bête! Va faire du feu chez ma femme, elle a froid. » Ai-je été sotte quand je l'ai vu me tendant la main pour me donner un écu de six francs qui n'est quasi point rogné du tout! Tenez, madame, regardez-le donc! Oh! le brave homme. C'est un digne homme tout de même. Il y en a qui, plus ils deviennent vieux, plus ils durcissent; mais lui, il se fait doux comme votre cassis, et raboult. C'est un ben parfait, un ben bon homme...

Le secret de cette joie était dans une entière réussite de la spéculation de Grandet. Monsieur des Grassins, après avoir déduit les sommes que lui devait le tonnelier pour l'escompte des cent cinquante mille francs d'effets hollandais, et pour le surplus qu'il lui avait avancé afin de compléter l'argent nécessaire à l'achat des cent mille livres de rente, lui envoyait, par la diligence, trente mille francs en écus, restant sur le semestre de ses intérêts, et lui avait annoncé la hausse des fonds publics. Ils étaient alors à 89

les plus célèbres capitalistes en achetaient, fin janvier, à
92. Grandet gagnait, depuis deux mois, douze pour cent
sur ses capitaux, il avait apuré ses comptes, et allait désormais toucher cinquante mille francs tous les six mois
sans avoir à payer ni impositions, ni réparations. Il concevait enfin la rente, placement pour lequel les gens de province manifestent une répugnance invincible, et il se
voyait, avant cinq ans, maître d'un capital de six millions
grossi sans beaucoup de soins, et qui, joint à la valeur territoriale de ses propriétés, composerait une fortune colos-
sale. Les six francs donnés à Nanon étaient peut-être le
solde d'un immense service que la servante avait à son
insu rendu à son maître.

— Oh ! oh ! où va donc le père Grandet, qu'il court dès
le matin comme au feu ? se dirent les marchands occupés à ouvrir leurs boutiques. Puis, quand ils le virent revenant du quai suivi d'un facteur des messageries transportant sur une brouette des sacs pleins : — L'eau va toujours à la rivière, le bonhomme allait à ses écus, disait l'un.
— Il lui en vient de Paris, de Froidfond, de Hollande ! disait un autre. — Il finira par acheter Saumur, s'écriait un
troisième. — Il se moque du froid, il est toujours à son affaire, disait une femme à son mari. — Eh ! eh ! monsieur
Grandet, si ça vous gênait, lui dit un marchand de drap,
son plus proche voisin, je vous en débarrasserais.

— Ouin ! ce sont de sous, répondit le vigneron.

— D'argent, dit le facteur à voix basse.

— Si tu veux que je te soigne, mets une bride à ta *margoulette*, dit le bonhomme au facteur en ouvrant sa porte.

— Ah ! le vieux renard, je le croyais sourd, pensa le
facteur ; il paraît que quand il fait froid il entend.

— Voilà vingt sous pour tes étrennes, et *motus* ! Détale ;
lui dit Grandet. Nanon te reportera ta brouette. — Nanon,
les linottes sont-elles à la messe ?

— Oui monsieur.

— Allons, haut la patte ! à l'ouvrage, cria-t-il en la
chargeant de sacs. En un moment les écus furent trans-
portés dans sa chambre, où il s'enferma. — Quand le déjeuner sera prêt, tu me cogneras au mur. Reporte la
brouette aux Messageries.

La famille ne déjeuna qu'à dix heures.

— Ici ton père ne demandera pas à voir ton or, dit madame Grandet à sa fille en rentrant de la messe. D'ailleurs
tu feras la frileuse. Puis nous aurons le temps de remplir
ton trésor pour le jour de ta naissance.

Grandet descendait l'escalier en pensant à métamorpho-
ser promptement ses écus parisiens en bon or, et à son admirable spéculation des rentes sur l'État. Il était décidé
à placer ainsi ses revenus jusqu'à ce que la rente atteignît
le taux de cent francs. Méditation funeste à Eugénie. Aussitôt qu'il entra, les deux femmes lui souhaitèrent une
bonne année, sa fille en lui sautant au cou et le câlinant,
madame Grandet gravement et avec dignité.

— Ah ! ah ! mon enfant, dit-il en baisant sa fille sur les
joues, je travaille pour toi, vois-tu ?... je veux ton bonheur. Il faut de l'argent pour être heureux. Sans argent,
bernique. Tiens, voilà un napoléon tout neuf, je l'ai fait
venir de Paris. Nom d'un petit bonhomme ! il n'y a pas un
grain d'or ici. Il n'y a que toi qui as de l'or. Montre-moi
ton or, fifille.

— Bah ! il fait trop froid ; déjeunons, lui répondit Eugénie.

— Hé bien ! après, hein ? Ça nous aidera tous à digérer.
Ce gros des Grassins, il nous a envoyé ça tout de même,
reprit-il. Ainsi mangez, mes enfans ça ne nous coûte rien.
Il va bien, des Grassins, je suis content de lui. Le merlu-
chon rend service à Charles, et gratis encore. Il arrange
très bien les affaires de ce pauvre défunt Grandet. Ououh !
ououh ! fit-il, la bouche pleine, après une pause, cela est
bon ! Mange-en donc, ma femme, ça nourrit au moins
pour deux jours.

— Je n'ai pas faim. Je suis toute malingre, tu le sais
bien.

— Ah ! ouin ! Tu peux te bourrer sans crainte de faire

crever ton coffre ; tu es une La Bertellière, une femme
solide. Tu es bien un petit brin jaunette, mais j'aime le
jaune.

L'attente d'une mort ignominieuse et publique est moins
horrible peut-être pour un condamné que ne l'était pour
madame Grandet et pour sa fille l'attente des événemens
qui devaient terminer ce déjeuner de famille Plus gaiement parlait et mangeait le vieux vigneron, plus le cœur
de ces deux femmes se serrait. La fille avait néanmoins un
appui dans cette conjoncture : elle puisait de la force en
son amour.

— Pour lui, pour lui, se disait-elle, je souffrirais mille
morts.

A cette pensée, elle jetait à sa mère des regards flam-
boyans de courage.

— Ote tout cela, dit Grandet à Nanon, quand, vers onze
heures, le déjeuné fut achevé ; mais laisse-nous la table.
Nous serons plus à l'aise pour voir ton petit trésor, dit-il en
regardant Eugénie. Petit, ma foi ! non. Tu possèdes, valeur
intrinsèque, cinq mille neuf cent cinquante-neuf francs, et
quarante de ce matin, cela fait six mille francs moins un.
Eh bien ! je te donnerai, moi, ce franc pour compléter la
somme, parce que, vois-tu, fifille... Hé bien ! pourquoi
nous écoutes-tu ? Montre-moi tes talons, Nanon, et va faire
ton ouvrage, dit le bonhomme. Nanon disparut.— Ecoute,
Eugénie, il faut que tu me donnes ton or. Tu ne le refuse-
ras pas à ton père, ma petite fifille, hein ? Les deux femmes étaient muettes. — Je n'ai plus d'or, moi. J'en avais,
je n'en ai plus. Je te rendrai six mille francs en livres, et tu
vas les placer comme je vais te le dire. Il ne faut plus penser au douzain. Quand je te marierai, ce qui sera bientôt,
je te trouverai un futur qui pourra t'offrir le plus beau
douzain dont on aura jamais parlé dans la province. Ecoute
donc, fifille. Il se présente une belle occasion : tu peux
mettre tes six mille francs dans le gouvernement, et tu en
auras tous les six mois près de deux cents francs d'intérêts,
sans impôts, ni réparations, ni grêle, ni gelée, ni marées
ni rien de ce qui tracasse les revenus. Tu répugnes peut-
être à te séparer de ton or, hein, fifille ? Apporte-le-moi
tout de même. Je te ramasserai des pièces d'or, des hollan-
daises, des portugaises, des roupies du Mogol, des génovines ; et, avec celles que je te donnerai à tes fêtes, en trois
ans tu auras rétabli la moitié de ton joli petit trésor en or.
Que dis-tu, fifille ? Lève donc le nez. Allons, va le chercher, le mignon. Tu devrais me baiser sur les yeux pour
te dire ainsi des secrets et des mystères de vie et de mort
pour les écus. Vraiment les écus vivent et grouillent comme des hommes : ça va, ça vient, ça sue, ça produit.

— Eugénie se leva ; mais, après avoir fait quelques pas
vers la porte, elle se retourna brusquement, regarda son
père en face et lui dit :

— Je n'ai plus *mon or*.

— Tu n'as plus ton or ! s'écria Grandet en se dressant
sur ses jarrets comme un cheval qui entend tirer le canon
à dix pas de lui.

— Non, je ne l'ai plus.

— Tu te trompes, Eugénie.

— Par la serpette de mon père !

Quand le tonnelier jurait ainsi, les planches tremblaient.

— Bon saint bon Dieu ! voilà madame qui pâlit, cria
Nanon.

— Grandet, ta colère me fera mourir, dit la pauvre
femme.

— Ta, ta, ta, ta ! vous autres, vous ne mourez jamais
dans votre famille ! — Eugénie, qu'avez-vous fait de vos
pièces ? cria-t-il en fondant sur elle.

— Monsieur, dit la fille aux genoux de madame Grandet, ma mère souffre beaucoup. Voyez, ne la tuez pas.

Grandet fut épouvanté de la pâleur répandue sur le teint
de sa femme, naguère si jaune.

— Nanon, venez m'aider à me coucher, dit la mère
d'une voix faible. Je me meurs.

Aussitôt Nanon donna le bras à sa maîtresse, autant en fit Eugénie, et ce ne fut pas sans des peines infinies qu'elles purent la monter chez elle, car elle tombait en défaillance de marche en marche. Grandet resta seul. Néanmoins, quelques momens après, il monta sept ou huit marches, et cria :

— Eugénie, quand votre mère sera couchée, vous descendrez.

— Oui, mon père.

Elle ne tarda pas à venir, après avoir rassuré sa mère.

— Ma fille, lui dit Grandet, vous allez me dire où est votre trésor.

— Mon père, si vous me faites des présens dont je ne sois pas entièrement maîtresse, reprenez-les, répondit froidement Eugénie en cherchant le napoléon sur la cheminée et le lui présentant.

Grandet saisit vivement le Napoléon et le coula dans son gousset.

— Je crois bien que je ne te donnerai plus rien! Pas seulement ça! dit-il en faisant claquer l'ongle de son pouce sous sa maîtresse dent. Vous méprisez donc votre père, vous n'avez donc pas confiance en lui, vous ne savez donc pas ce que c'est qu'un père. S'il n'est pas tout pour vous, il n'est rien. Où est votre or?

— Mon père, je vous aime et vous respecte, malgré votre colère ; mais je vous ferai fort humblement observer que j'ai vingt-deux ans. Vous m'avez assez souvent dit que je suis majeure pour que je le sache. J'ai fait de mon argent ce qu'il m'a plu d'en faire, et soyez sûr qu'il est bien placé...

— Où?

— C'est un secret inviolable, dit-elle. N'avez-vous pas vos secrets?

— Ne suis-je pas le chef de ma famille, ne puis-je avoir mes affaires.

— C'est aussi mon affaire.

— Cette affaire doit être mauvaise, si ne pouvez pas la dire à votre père, mademoiselle Grandet.

— Elle est excellente, et je ne puis pas la dire à mon père.

— Au moins, quand avez-vous donné votre or? Eugénie fit un signe de tête négatif.—Vous l'aviez encore le jour de votre fête, hein? Eugénie, devenue aussi rusée par amour que son père l'était par avarice, réitéra le même signe de tête.—Mais l'on n'a jamais vu pareil entêtement, ni vol pareil, dit Grandet d'une voix qui alla *crescendo* et qui fit graduellement retentir la maison. Comment! ici dans ma propre maison, chez moi, quelqu'un aura pris ton or! le seul or qu'il y avait! et je ne saurai pas qui! L'or est une chose chère. Les plus honnêtes filles peuvent faire des fautes, donner je ne sais quoi, cela se voit chez les grands seigneurs et même chez les bourgeois; mais donner de l'or, car vous l'avez donné à quelqu'un, hein? Eugénie fut impassible. — A-t-on vu pareille fille! Est-ce moi qui suis votre père? Si vous l'avez placé, vous en avez un reçu...

— Etais-je libre, oui ou non, d'en faire ce que bon me semblait? Etait-ce à moi?

— Mais tu es un enfant.

— Majeure.

Abasourdi par la logique de sa fille, Grandet pâlit, trépigna, jura ; puis trouvant enfin des paroles, il cria : — Maudit serpent de fille ! ah ! mauvaise graine, tu sais bien que je t'aime, et tu en abuses. Elle égorge son père ! Pardieu! tu auras jeté notre fortune aux pieds de ce va-nu-pieds qui a des bottes de maroquin. Par la serpette de mon père! je ne peux pas te déshériter, nom d'un tonneau ! mais je te maudis, toi, ton cousin, et tes enfans ! Tu ne verras rien arriver de bon de tout cela, entends-tu? Si c'était à Charles, que... Mais, non, ce n'est pas possible. Quoi ! ce méchant mirliflor m'aurait dévalisé... Il regarda sa fille qui restait muette et froide. — Elle ne bougera pas, elle ne sourcillera pas, elle est plus Grandet que je ne suis Grandet. Tu n'as pas donné ton or pour rien, au moins.

Voyons, dis? Eugénie regarda son père, en lui jetant un regard ironique qui l'offensa. — Eugénie, vous êtes chez moi, chez votre père. Vous devez, pour y rester, vous soumettre à ses ordres. Les prêtres vous ordonnent de m'obéir. Eugénie baissa la tête. — Vous m'offensez dans ce que j'ai de plus cher, reprit-il, je ne veux vous voir que soumise. Allez dans votre chambre. Vous y demeurerez jusqu'à ce que je vous permette d'en sortir. Nanon vous y portera du pain et de l'eau. Vous m'avez entendu, marchez !

Eugénie fondit en larmes et se sauva près de sa mère. Après avoir fait un certain nombre de fois le tour de son jardin dans la neige, sans s'apercevoir du froid, Grandet se douta que sa fille devait être chez sa femme ; et, charmé de la prendre en contravention à ses ordres, il grimpa les escaliers avec l'agilité d'un chat, et apparut dans la chambre de madame Grandet au moment où elle caressait les cheveux d'Eugénie dont le visage était plongé dans le sein maternel.

— Console-toi, ma pauvre enfant, ton père s'apaisera.

— Elle n'a plus de père, dit le tonnelier. Est-ce bien vous et moi, madame Grandet, qui avons fait une fille désobéissante comme l'est celle-là ? Jolie éducation, et religieuse surtout, Hé bien ! vous n'êtes pas dans votre chambre. Allons, en prison, en prison, mademoiselle.

— Voulez-vous me priver de ma fille, monsieur ? dit madame Grandet en montrant un visage rougi par la fièvre.

— Si vous la voulez garder, emportez-la, videz-moi toutes deux la maison. Tonnerre ! où est l'or, qu'est devenu l'or ?

Eugénie se leva, lança un regard d'orgueil sur son père, et rentra dans sa chambre à laquelle le bonhomme donna un tour de clef.

— Nanon, cria-t-il, éteins le feu de la salle. Et il vint s'asseoir sur un fauteuil au coin de la cheminée de sa femme, en lui disant :

— Elle l'a donné sans doute à ce misérable séducteur de Charles, qui n'en voulait qu'à notre argent.

Madame Grandet trouva, dans le danger qui menaçait sa fille et dans son sentiment pour elle, assez de force pour demeurer en apparence froide, muette et sourde.

— Je ne savais rien de tout ceci, répondit-elle en se tournant du côté de la ruelle du lit pour ne pas subir les regards étincelans de son mari. Je souffre tant de votre violence, que si j'en crois mes pressentimens, je ne sortirai d'ici que les pieds en avant. Vous auriez dû m'épargner en ce moment, monsieur, moi qui ne vous ai jamais causé de chagrin, du moins je le pense. Votre fille vous aime, je la crois innocente autant que l'enfant qui naît ; ainsi ne lui faites pas de peine. révoquez votre arrêt. Le froid est bien vif, vous pouvez être cause de quelque grave maladie.

— Je ne la verrai ni ne lui parlerai. Elle restera dans sa chambre au pain et à l'eau jusqu'à ce qu'elle ait satisfait son père. Que diable! un chef de famille doit savoir où va l'or de sa maison. Elle possédait les seules roupies qui fussent en France peut-être, puis des génovines, des ducats de Hollande.

— Monsieur, Eugénie est notre unique enfant, et quand même elle les aurait jetés à l'eau...

— A l'eau ! cria le bonhomme, à l'eau ! Vous êtes folle, madame Grandet. Ce que j'ai dit est dit, vous le savez. Si vous voulez avoir la paix au logis, confessez votre fille, tirez-lui les vers du nez : les femmes s'entendent mieux entre elles à ça que nous autres. Quoi qu'elle ait pu faire, je ne la mangerai point. A-t-elle peur de moi? Quand elle aurait doré son cousin de la tête aux pieds, il est en pleine mer, hein ! nous ne pouvons pas courir après...

— Eh bien ! monsieur? Excitée par la crise nerveuse où elle se trouvait, ou par le malheur de sa fille qui développait sa tendresse et son intelligence, la perspicacité de madame Grandet lui fit apercevoir un mouvement terrible dans la loupe de son mari, au moment où elle répondait ; elle changea d'idée sans changer de ton.—Eh bien ! monsieur, ai-je plus d'empire sur elle que vous n'en avez? Elle ne m'a rien dit, elle tient de vous.

— Tudieu! comme vous avez la langue pendue ce matin! Ta, ta, ta, ta! vous me narguez, je crois. Vous vous entendez peut-être avez elle.

Il regarda sa femme fixement.

— En vérité, monsieur Grandet, si vous voulez me tuer, vous n'avez qu'à continuer ainsi. Je vous le dis, monsieur, et, dût-il m'en coûter la vie, je vous le répéterais encore : vous avez tort envers votre fille, elle est plus raisonnable que vous ne l'êtes. Cet argent lui appartenait, elle n'a pu qu'en faire un bel usage, et Dieu seul a le droit de connaître nos bonnes œuvres. Monsieur, je vous en supplie, rendez vos bonnes grâces à Eugénie?... Vous amoindrirez ainsi l'effet du coup que m'a porté votre colère, et vous me sauverez peut-être la vie. Ma fille, monsieur, rendez-moi ma fille!

— Je décampe, dit-il. Ma maison n'est pas tenable, la mère et la fille raisonnent et parlent comme si... Brooouh! Pouah! Vous m'avez donné de cruelles étrennes, Eugénie, cria-t-il. Oui, oui, pleurez! Ce que vous faites vous causera des remords, entendez-vous? A quoi donc vous sert de manger le bon Dieu six fois tous les trois mois, si vous donnez l'or de votre père en cachette à un fainéant qui vous dévorera votre cœur quand vous n'aurez plus que ça à lui prêter? Vous verrez ce que vaut votre Charles avec ses bottes de maroquin et son air de n'y pas toucher. Il n'a ni cœur ni âme, puisqu'il ose emporter le trésor d'une pauvre fille sans l'agrément des parens.

Quand la porte de la rue fut fermée, Eugénie sortit de sa chambre et vint près de sa mère.

— Vous avez eu bien du courage pour votre fille, lui dit-elle.

— Vois-tu, mon enfant, où nous mènent les choses illicites... Tu m'as fait faire un mensonge.

— Oh! je demanderai à Dieu de m'en punir seule.

— C'est-y vrai, dit Nanon effarée en arrivant, que voilà mademoiselle au pain et à l'eau pour le reste des jours?

— Qu'est-ce que cela fait, Nanon? dit tranquillement Eugénie.

— Ah! pus souvent que je mangerai de la frippe quand la fille de la maison mange du pain sec. Non, non.

— Pas un mot de tout ça, Nanon, dit Eugénie.

— J'aurai la goule morte, mais vous verrez.

Grandet dîna seul pour la première fois depuis vingt-quatre ans.

— Vous voilà donc veuf, monsieur, lui dit Nanon. C'est bien désagréable d'être veuf avec deux femmes dans sa maison.

— Je ne te parle pas à toi. Tiens ta margoulette, ou je te chasse. Qu'est-ce que tu as dans ta casserole que j'entends bouillotter sur le fourneau?

— C'est des graisses que je fonds.

— Il viendra du monde ce soir, allume le feu.

Les Cruchot, madame des Grassins et son fils arrivèrent à huit heures, et s'étonnèrent de ne voir ni madame Grandet ni sa fille.

— Ma femme est un peu indisposée. Eugénie est auprès d'elle, répondit le vieux vigneron dont la figure ne trahit aucune émotion.

Au bout d'une heure employée en conversations insignifiantes, madame des Grassins, qui était montée faire sa visite à madame Grandet, descendit, et chacun lui demanda : — Comment va madame Grandet?

— Mais, pas bien du tout, du tout, dit-elle. L'état de sa santé me paraît vraiment inquiétant. A son âge, il faut prendre les plus grande précautions, papa Grandet.

— Nous verrons cela, répondit le vigneron d'un air distrait.

Chacun lui souhaita le bonsoir. Quand les Cruchot furent dans la rue, madame des Grassins leur dit : — Il y a quelque chose de nouveau chez les Grandet. La mère est très mal sans seulement qu'elle s'en doute. La fille a les

yeux rouges comme quelqu'un qui a pleuré longtemps. Voudraient-ils la marier contre son gré?

Lorsque le vigneron fut couché, Nanon vint en chaussons à pas muets chez Eugénie, et lui découvrit un pâté fait à la casserole.

— Tenez, mademoiselle, dit la bonne fille, Cornoiller m'a donné un lièvre. Vous mangez si peu, que ce pâté vous durera bien huit jours; et, par la gelée, il ne risquera point de se gâter. Au moins, vous ne demeurerez pas au pain sec. C'est que ça n'est point sain du tout.

— Pauvre Nanon, dit Eugénie en lui serrant la main.

— Je l'ai fait ben bon, ben délicat, et il ne s'en est point aperçu. J'ai pris le lard, le laurier, tout sur mes six francs; j'en suis ben la maîtresse. Puis la servante se sauva, croyant entendre Grandet.

Pendant quelques mois, le vigneron vint voir constamment sa femme à des heures différentes dans la journée, sans prononcer le nom de sa fille, sans la voir, ni faire à elle la moindre allusion. Madame Grandet ne quitta point sa chambre, et, de jour en jour, son état empira. Rien ne fit plier le vieux tonnelier. Il restait inébranlable, âpre et froid comme une pile de granit. Il continua d'aller et venir selon ses habitudes; mais il ne bégaya plus, causa moins, et se montra dans les affaires plus dur qu'il ne l'avait jamais été. Souvent il lui échappait quelque erreur dans ses chiffres. — Il s'est passé quelque chose chez les Grandet, disaient les Cruchotins et les Grassinistes. — Qu'est-il donc arrivé dans la maison Grandet? fut une question convenue que l'on s'adressait généralement dans toutes les soirées à Saumur. Eugénie allait aux offices sous la conduite de Nanon. Au sortir de l'église, si madame des Grassins lui adressait quelques paroles, elle y répondait d'une manière évasive et sans satisfaire sa curiosité. Néanmoins il fut impossible au bout de deux mois de cacher, soit aux trois Cruchot, soit à madame des Grasssins, le secret de la réclusion d'Eugénie. Il y eut un moment où les prétextes manquèrent pour justifier sa perpétuelle absence. Puis, sans qu'il fût possible de savoir par qui le secret avait été trahi, toute la ville apprit que depuis le premier jour de l'an mademoiselle Grandet était, par l'ordre de son père, enfermée dans sa chambre, au pain et à l'eau, sans feu; que Nanon lui faisait des friandises, les lui apportait pendant la nuit; et l'on savait même que la jeune personne ne pouvait voir et soigner sa mère que pendant le temps où son père était absent du logis. La conduite de Grandet fut alors jugée très-sévèrement. La ville entière le mit pour ainsi dire hors la loi, se souvint de ses trahisons, de ses duretés, et l'excommunia. Quand il passait, chacun se le montrait en chuchotant. Lorsque sa fille descendait la rue tortueuse pour aller à la messe ou à vêpres, accompagnée de Nanon, tous les habitants se mettaient aux fenêtres pour examiner avec curiosité la contenance de la riche héritière et son visage, où se peignaient une mélancolie et une douceur angéliques. Sa réclusion, la disgrâce de son père, n'étaient rien pour elle. Ne voyait-elle pas la mappemonde, le petit banc, le jardin, le pan de mur, et ne reprenait-elle pas sur ses lèvres le miel qu'y avaient laissé les baisers de l'amour? Elle ignora pendant quelque temps les conversations dont elle était l'objet en ville, tout aussi bien que les ignorait son père. Religieuse et pure devant Dieu, sa conscience et l'amour l'aidaient à patiemment supporter la colère et la vengeance paternelles. Mais une douleur profonde faisait taire toutes les autres douleurs. Chaque jour, sa mère, douce et tendre créature, qui s'embellissait de l'éclat que jetait son âme en approchant de la tombe, sa mère dépérissait de jour en jour. Souvent Eugénie se reprochait d'avoir été la cause innocente de la cruelle, de la lente maladie qui la dévorait. Ces remords quoique calmés par sa mère, l'attachaient encore plus étroitement à son amour : Tous les matins, aussitôt que son père était sorti, elle venait au chevet du lit de sa mère, et là, Nanon lui apportait son déjeuner. Mais la pauvre Eugénie, triste et souffrante des souffrances de sa mère, en montrait le visage à Nanon par un geste muet, pleurait et n'osait parler de son cousin.

Madame Grandet, la première, était forcée de lui dire : — Où est-*il* ? pourquoi n'écrit-*il* pas ?

La mère et la fille ignoraient complétement les distances.

— Pensons à lui, ma mère, répondait Eugénie, et n'en parlons pas. Vous souffrez, vous avant tout.

Tout c'était *lui*.

— Mes enfans, disait madame Grandet, je ne regrette point la vie. Dieu m'a protégée en me faisant envisager avec joie le terme de mes misères.

Les paroles de cette femme étaient constamment saintes et chrétiennes. Quand, au moment de déjeuner près d'elle, son mari venait se promener dans chambre, elle lui dit, pendant les premiers mois de l'année, les mêmes discours, répétés avec une douceur angélique, mais avec la fermeté d'une femme à qui une mort prochaine donnait le courage vos bonnes grâces à notre fille ; montrez-vous chrétien, époux et père.

— Monsieur, je vous remercie de l'intérêt que vous prenez à ma santé, lui répondait-elle quand il lui avait fait la plus banale des demandes ; mais si vous voulez rendre mes derniers momens moins amers, et alléger mes douleurs, rendez vos bonnes grâces à notre fille ; montrez-vous chrétien, époux et père.

En entendant ces mots, Grandet s'asseyait près du lit et agissait comme un homme qui, voyant venir une averse, se met tranquillement à l'abri sous une porte cochère : il écoutait silencieusement sa femme, et ne répondait rien. Quand les plus touchantes, les plus tendres, les plus religieuses supplications lui avaient été adressées, il disait :—Ta es un peu pâlotte aujourd'hui, ma pauvre femme. L'oubli le plus complet de sa fille semblait être gravé sur son front de grès, sur ses lèvres serrées. Il n'était même pas ému par les larmes que ses vagues réponses, dont les termes étaient à peine variés, faisaient couler le long du blanc visage de sa femme.

— Que Dieu vous pardonne! monsieur, disait-elle, comme je vous pardonne moi-même. Vous aurez un jour besoin d'indulgence.

Depuis la maladie de sa femme, il n'avait plus osé se servir de son terrible ta, ta, ta, ta! Mais aussi son despotisme n'était-il pas désarmé par cet ange de douceur, dont la laideur disparaissait de jour en jour, chassée par l'expression des qualités morales qui venaient fleurir sur sa face. Elle était tout âme. Le génie de la prière semblait purifier, amoindrir les traits les plus grossiers de sa figure, et la faisait resplendir. Qui n'a pas observé le phénomène de cette transfiguration sur de saints visages où les habitudes de l'âme finissent par triompher des traits les plus rudement contournés, en leur imprimant l'animation particulière due à la noblesse et à la pureté des pensées élevées ! Le spectacle de cette transformation accomplie par les souffrances qui consumaient les lambeaux de l'être humain dans cette femme agissait, quoique faiblement, sur le vieux tonnelier, dont le caractère resta de bronze. Si sa parole ne fut plus dédaigneuse, un imperturbable silence, qui sauvait sa supériorité de père de famille, domina sa conduite. Sa fidèle Nanon paraissait-elle au marché, soudain quelques lazzis, quelques plaintes sur son maître lui sifflaient aux oreilles ; mais, quoique l'opinion publique condamnât hautement le père Grandet, la servante le défendait par orgueil pour la maison.

— Eh bien ! disait-elle aux détracteurs du bonhomme, est-ce que nous ne devenons pas tous plus durs en vieillissant? pourquoi ne voulez-vous pas qu'il se racornisse un peu, cet homme? Taisez donc vos menteries. Mademoiselle vit comme une reine. Elle est seule, eh bien ! c'est son goût. D'ailleurs, mes maîtres ont des raisons majeures.

Enfin, un soir, vers la fin du printemps, madame Grandet, dévorée par le chagrin encore plus que par la maladie, n'ayant pas réussi, malgré ses prières, à réconcilier Eugénie et son père, confia ses peines secrètes aux Cruchot.

— Mettre une fille de vingt-trois ans au pain et à l'eau?... s'écria le président de Bonfons, et sans motifs ; mais cela constitue *des sévices tortionnaires ; elle peut protester contre, et tant dans que sur...*

— Allons, mon neveu, dit le notaire, laissez votre baragouin de palais. Soyez tranquille, madame, je ferai finir cette réclusion dès demain.

En entendant parler d'elle, Eugénie sortit de sa chambre.

— Messieurs, dit-elle en s'avançant par un mouvement plein de fierté, je vous prie de ne pas vous occuper de cette affaire. Mon père est maître chez lui. Tant que j'habiterai sa maison, je dois lui obéir. Sa conduite ne saurait être soumise à l'approbation ni à la désapprobation du monde, il n'en est comptable qu'à Dieu. Je réclame de votre amitié le plus profond silence à cet égard. Blâmer mon père serait attaquer notre propre considération. Je vous sais gré, messieurs, de l'intérêt que vous me témoignez ; mais vous m'obligeriez davantage si vous vouliez faire cesser les bruits offensans qui courent par la ville, et desquels j'ai été instruite par hasard.

— Elle a raison, dit madame Grandet.

— Mademoiselle, la meilleure manière d'empêcher le monde de jaser est de vous faire rendre la liberté, lui répondit respectueusement le vieux notaire frappé de la beauté que la retraite, la mélancolie et l'amour avaient imprimée à Eugénie.

— Eh bien ! ma fille, laisse à monsieur Cruchot le soin d'arranger cette affaire, puisqu'il répond du succès. Il connaît ton père et sait comment il faut le prendre Si tu veux me voir heureuse pendant le peu de temps qui me reste à vivre, il faut, à tout prix, que ton père et toi vous soyez réconciliés.

Le lendemain, suivant une habitude prise par Grandet depuis la réclusion d'Eugénie, il vint faire un certain nombre de tours dans son petit jardin. Il avait pris pour cette promenade le moment où Eugénie se peignait. Quand le bonhomme arrivait au gros noyer, il se cachait derrière le tronc de l'arbre, restait pendant quelques instans à contempler les longs cheveux de sa fille, et flottait sans doute entre les pensées que lui suggérait la ténacité de son caractère et le désir d'embrasser son enfant. Souvent il demeurait assis sur le petit banc de bois pourri où Charles et Eugénie s'étaient juré un éternel amour, pendant qu'elle regardait aussi son père à la dérobée ou dans son miroir. S'il se levait et recommençait sa promenade, elle s'asseyait complaisamment à la fenêtre, et se mettait à examiner le pan de mur où pendaient les plus jolies fleurs, d'où sortaient, d'entre les crevasses, des Cheveux de Vénus, des liserons et une plante grasse, jaune ou blanche, un *Sedum* très abondant dans les vignes à Saumur et à Tours. Maître Cruchot vint de bonne heure et trouva le vieux vigneron assis par un beau jour de juin sur le petit banc, le dos appuyé au mur mitoyen, occupé à voir sa fille.

— Qu'y a-t-il pour votre service, maître Cruchot ? dit-il en apercevant le notaire.

— Je viens vous parler d'affaires.

— Ah ! avez-vous un peu d'or à me donner contre des écus?

— Non, non, il ne s'agit pas d'argent, mais de votre fille Eugénie. Tout le monde parle d'elle et de vous.

—De quoi se mêle-t-on ? Charbonnier est maître chez lui.

— D'accord, le charbonnier est maître de se tuer aussi, ou, ce qui est pis, de jeter son argent par les fenêtres.

— Comment cela ?

— Eh ! mais votre femme est très-malade, mon ami. Vous devriez même consulter monsieur Bergerin, elle est en danger de mort. Si elle venait à mourir sans avoir été soignée comme il faut, vous ne seriez pas tranquille, je le crois.

— Ta, ta, ta, ta ! vous savez ce qu'a ma femme. Ces médecins, une fois qu'ils ont mis le pied chez vous, ils viennent des cinq à six fois par jour.

— Enfin, Grandet, vous ferez comme vous l'entendrez Nous sommes de vieux amis ; il n'y a pas, dans tout Saumur, un homme qni prenne plus que moi d'intérêt à ce qui vous concerne ; j'ai donc dû vous dire cela. Maintenant, arrive qui plante, vous êtes majeur, vous savez vous conduire, allez. Ceci n'est d'ailleurs pas l'affaire qui m'amène. Il s'agit de quelque chose de plus grave pour vous, peut-être. Après tout, vous n'avez pas envie de tuer votre femme, elle vous est trop utile. Songez donc à la situation où vous seriez, vis-à-vis votre fille, si madame Grandet mourait. Vous devriez des comptes à Eugénie, puisque vous êtes commun en biens avec votre femme. Votre fille sera en droit de réclamer le partage de votre fortune, de faire vendre Froidfond. Enfin, elle succède à sa mère de qui vous ne pouvez pas hériter.

Ces paroles furent un coup de foudre pour le bonhomme, qui n'était pas aussi fort en législation qu'il pouvait l'être en commerce. Il n'avait jamais pensé à une licitation.

— Ainsi je vous engage à la traiter avec douceur, dit Cruchot en terminant.

— Mais savez-vous ce qu'elle a fait, Cruchot ?

— Quoi ? dit le notaire curieux de recevoir une confidence du père Grandet et de connaître la cause de la querelle.

— Elle a donné son or.

— Eh bien ! était-il à elle ? demanda le notaire.

— Ils me disent tous cela ! dit le bonhomme en laissant tomber ses bras par un mouvement tragique.

— Allez-vous, pour une misère, reprit Cruchot, mettre des entraves aux concessions que vous lui demanderez de vous faire à la mort de sa mère ?

— Ah ! vous appelez six mille francs d'or une misère ?

— Eh ! mon vieil ami, savez-vous ce que coûtera l'inventaire et le partage de la succession de votre femme, si Eugénie l'exige ?

— Quoi ?

— Deux, ou trois, quatre cent mille francs peut-être ! Ne faudra-t-il pas liciter, et vendre pour connaître la véritable valeur ? au lieu qu'en vous entendant...

— Par la serpette de mon père ! s'écria le vigneron qui s'assit en pâlissant, nous verrons ça, Cruchot.

Après un moment de silence ou d'agonie, le bonhomme regarda le notaire en lui disant : — La vie est bien dure ! Il s'y trouve bien des douleurs. Cruchot, reprit-il solennellement, vous ne voulez pas me tromper, jurez-moi sur l'honneur que ce que vous me chantez là est fondé en droit. Montrez-moi le Code, je veux voir le Code !

— Mon pauvre ami, répondit le notaire, ne sais-je pas mon métier ?

— Cela est donc bien vrai. Je serai dépouillé, trahi, tué, dévoré par ma fille.

— Elle hérite de sa mère.

— A quoi servent donc les enfans ! Ah ! ma femme, je 'aime. Elle est solide heureusement. C'est une La Bertellière.

— Elle n'a pas un mois à vivre.

Le tonnelier se frappa le front, marcha, revint, et, jetant un regard effrayant à Cruchot : — Comment faire ? lui dit-il.

— Eugénie pourra renoncer purement et simplement à la succession de sa mère. Vous ne voulez pas la déshériter, n'est-ce pas ? Mais, pour obtenir un partage de ce genre, ne la rudoyez pas. Ce que je vous dis là, mon vieux, est contre mon intérêt. Qu'ai-je à faire, moi ?... des liquidations, des inventaires, des ventes, des partages...

— Nous verrons, nous verrons. Ne parlons plus de cela, Cruchot. Vous me tribouillez les entrailles. Avez-vous reçu de l'or ?

— Non ; mais j'ai quelques vieux louis, une dizaine, je vous les donnerai. Mon bon ami, faites la paix avec Eugénie. Voyez-vous, tout Saumur vous jette la pierre.

— Les drôles !

— Allons, les rentes sont à 99. Soyez donc content une fois dans la vie.

— A 99, Cruchot ?

— Oui.

— Eh ! eh ! 99 ! dit le bonhomme en reconduisant le vieux notaire jusqu'à la porte de la rue. Puis, trop troublé par ce qu'il venait d'entendre pour rester au logis, il monta chez sa femme et lui dit : — Allons, la mère, tu peux passer la journée avec ta fille, je vais à Froidfond. Soyez gentilles toutes deux. C'est le jour de notre mariage, ma bonne femme : tiens, voilà dix écus pour ton reposoir de la Fête-Dieu. Il y a assez longtemps que tu veux en faire un, régale-toi ! Amusez-vous, soyez joyeuses, portez-vous bien. Vive la joie ! Il jeta dix écus de six francs sur le lit de sa femme et lui prit la tête pour la baiser au front. — Bonne femme, tu vas mieux, n'est-ce pas ?

— Comment pouvez-vous penser à recevoir dans votre maison le Dieu qui pardonne en tenant votre fille exilée de votre cœur ? dit-elle avec émotion.

— Ta, ta, ta, ta, ta ! dit le père d'une voix caressante, nous verrons cela.

— Bonté du ciel ! Eugénie, cria la mère en rougissant de joie, viens embrasser ton père ! il te pardonne !

Mais le bonhomme avait disparu. Il se sauvait à toutes jambes vers ses closeries en tâchant de mettre en ordre ses idées renversées. Grandet commençait alors sa soixante-seizième année. Depuis deux ans principalement, son avarice s'était accrue comme s'accroissent toutes les passions persistantes de l'homme. Suivant une observation faite sur les avares, sur les ambitieux, sur tous les gens dont la vie a été consacrée à une idée dominante, son sentiment avait affectionné plus particulièrement un symbole de sa passion. La vue de l'or, la possession de l'or était devenue sa monomanie. Son esprit de despotisme avait grandi en proportion de son avarice, et abandonner la direction de la moindre partie de ses biens à la mort de sa femme lui paraissait une chose contre nature. Déclarer sa fortune à sa fille, inventorier l'universalité de ses biens meubles et immeubles pour les liciter ?... — Ce serait à se couper la gorge, dit-il tout haut au milieu d'un clos en examinant les ceps. Enfin il prit son parti, revint à Saumur à l'heure du dîner, résolu de plier devant Eugénie, de la cajoler, de l'amadouer, afin de pouvoir mourir royalement en tenant jusqu'au dernier soupir les rênes de ses millions. Au moment où le bonhomme. qui par hasard avait pris son passe-partout, montait l'escalier à pas de loup pour venir chez sa femme, Eugénie avait apporté sur le lit de sa mère le beau nécessaire. Toutes deux, en l'absence de Grandet, se donnaient le plaisir de voir le portrait de Charles, en examinant celui de sa mère.

— C'est tout à fait son front et sa bouche ! disait Eugénie au moment où le vigneron ouvrit la porte. Au regard que jeta son mari sur l'or, madame Grandet cria : — Mon Dieu, ayez pitié de nous !

Le bonhomme sauta sur le nécessaire comme un tigre fond sur un enfant endormi. — Qu'est-ce que c'est que cela ? dit-il en emportant le trésor et allant se placer à la fenêtre. — Du bon or ! de l'or ! s'écria-t-il. Beaucoup d'or ! ça pèse deux livres. Ah ! ah ! Charles t'a donné cela contre tes belles pièces. Hein ! pourquoi ne me l'avoir pas dit ? C'est une bonne affaire, fifille ! Tu es ma fille, je te reconnais. Eugénie tremblait de tous ses membres. — N'est-ce pas, ceci est à Charles ? reprit le bonhomme.

— Oui, mon. père, ce n'est pas à moi. Ce meuble est un dépôt sacré.

— Ta, ta, ta ! il a pris ta fortune, faut te rétablir ton petit trésor.

— Mon père ?...

Le bonhomme voulut prendre son couteau pour faire sauter une plaque d'or, et fut obligé de poser le nécessaire sur une chaise. Eugénie s'élança pour le ressaisir ; mais le tonnelier, qui avait tout à la fois l'œil à sa fille et au coffret, la repoussa si violemment en étendant le bras qu'elle alla tomber sur le lit de sa mère.

— Monsieur ! monsieur ! cria la mère en se dressant sur son lit.

Grandet avait tiré son couteau, et s'apprêtait à soulever l'or

— Mon père! cria Eugénie en se jetant à genoux, et marchant ainsi pour arriver plus près du bonhomme et lever les mains vers lui, mon père, au nom de tous les Saints et de la Vierge! au nom du Christ qui est mort sur la croix! au nom de votre salut éternel! mon père, au nom de votre vie! ne touchez pas à ceci! Cette toilette n'est ni à vous, ni à moi; elle est à un malheureux parent qui me l'a confiée, et je dois la lui rendre intacte.

— Pourquoi la regardais-tu, si c'est un dépôt? Voir, c'est pis que toucher.

— Mon père, ne la détruisez pas, ou vous me déshonorez. Mon père, entendez-vous?

— Monsieur, grâce! dit la mère.

— Mon père! cria Eugénie d'une voix si éclatante que Nanon effrayée monta. Eugénie sauta sur un couteau qui était à sa portée, et s'en arma.

— Eh bien? lui dit froidement Grandet en souriant à froid.

— Monsieur, monsieur, vous m'assassinez! dit la mère.

— Mon père, si votre couteau entame seulement une parcelle de cet or, je me perce de celui-ci. Vous avez déjà rendu ma mère mortellement malade, vous tuerez encore votre fille. Allez maintenant, blessure pour blessure!

Grandet tint son couteau sur le nécessaire, et regarda sa fille en hésitant.

— En serais-tu donc capable, Eugénie? dit-il.

— Oui, monsieur, dit la mère.

— Elle le ferait comme elle le dit, cria Nanon. Soyez donc raisonnable, monsieur, une fois dans votre vie. Le tonnelier regarda l'or et sa fille alternativement pendant un instant. Madame Grandet s'évanouit. — Là! voyez-vous, mon cher monsieur, madame se meurt! cria Nanon.

— Tiens, ma fille, ne nous brouillons pas pour un coffre. Prends donc! s'écria vivement le tonnelier en jetant la toilette sur le lit. — Toi, Nanon, va chercher monsieur Bergerin. — Allons, la mère, dit-il en baisant la main de sa femme, ce n'est rien, va; nous avons fait la paix. Pas vrai, fifille? Plus de pain sec, tu mangeras tout ce que tu voudras. Ah! elle ouvre les yeux. Eh bien! la mère, mémère, timère, allons! Tiens, vois, j'embrasse Eugénie. Elle aime son cousin, elle l'épousera si elle veut, elle lui gardera le petit coffre. Mais vis longtemps, ma pauvre femme. Allons, remue donc! Écoute, tu auras le plus beau reposoir qui se soit jamais fait à Saumur.

— Mon Dieu! pouvez-vous traiter ainsi votre femme et votre enfant! dit d'une voix faible madame Grandet.

— Je ne le ferai plus, plus! cria le tonnelier. Tu vas voir, ma pauvre femme. Il alla à son cabinet, et revint avec une poignée de louis qu'il éparpilla sur le lit. — Tiens, Eugénie, tiens, ma femme, voilà pour vous, dit-il en maniant les louis. Allons, égaie-toi, ma femme; porte-toi bien, tu ne manqueras de rien, ni Eugénie non plus. Voilà cent louis d'or pour elle. Tu ne les donneras pas, Eugénie, ceux-là, bien?

Madame Grandet et sa fille se regardèrent étonnées.

— Reprenez-les, mon père; nous n'avons besoin que de votre tendresse.

— Eh bien! c'est ça, dit-il en empochant les louis, vivons comme de bons amis. Descendons tous dans la salle pour dîner, pour jouer au loto tous les soirs à deux sous. Faites vos farces! Hein, ma femme?

— Hélas! je le voudrais bien, puisque cela peut vous être agréable, dit la mourante; mais je ne saurais me lever.

— Pauvre mère! dit le tonnelier, tu ne sais pas combien je t'aime. Et toi, ma fille! Il la serra, l'embrassa. Oh! comme c'est bon d'embrasser sa fille après une brouille! ma fifille! Tiens, vois-tu, mémère, nous ne faisons qu'un maintenant. Va donc serrer cela, dit-il à Eugénie en lui montrant le coffret. Va, ne crains rien. Je ne t'en parlerai plus, jamais.

Monsieur Bergerin, le plus célèbre médecin de Saumur, arriva bientôt. La consultation finie, il déclara positivement à Grandet que sa femme était bien mal, mais qu'un

grand calme d'esprit, un régime doux et des soins minutieux pourraient reculer l'époque de sa mort vers la fin de l'automne.

— Ça coûtera-t-il cher? dit le bonhomme, faut-il des drogues?

— Peu de drogues, mais beaucoup de soins, répondit le médecin qui ne put retenir un sourire.

— Enfin, monsieur Bergerin, répondit Grandet, vous êtes un homme d'honneur, pas vrai? Je me fie à vous venez voir ma femme toutes et quantes fois vous le jugerez convenable. Conservez-moi ma bonne femme; je l'aime beaucoup, voyez-vous, sans que ça paraisse, parce que, chez moi, tout se passe en dedans et me trifouille l'âme. J'ai du chagrin. Le chagrin est entré chez moi avec la mort de mon frère, pour lequel je dépense, à Paris, des sommes... les yeux de la tête, enfin! et ça ne finit point. Adieu, monsieur, si l'on peut sauver ma femme, sauvez-la, quand même il faudrait dépenser pour ça cent ou deux cents francs.

Malgré les souhaits fervens que Grandet faisait pour la santé de sa femme, dont la succession ouverte était une première mort pour lui; malgré la complaisance qu'il manifestait en toute occasion pour les moindres volontés de la mère et de la fille étonnées; malgré les soins les plus tendres prodigués par Eugénie, madame Grandet mar ha rapidement vers la mort. Chaque jour elle s'affaiblissait et dépérissait comme dépérissent la plupart des femmes atteintes à cet âge par la maladie. Elle était frêle autant que les feuilles des arbres en automne. Les rayons du ciel la faisaient resplendir comme ces feuilles que le soleil traverse et dore. Ce fut une mort digne de sa vie, une mort toute chrétienne, n'est-ce pas dire sublime? Au mois d'octobre 1822 éclatèrent particulièrement ses vertus, sa patience d'ange et son amour pour sa fille; elle s'éteignit sans avoir laissé échapper la moindre plainte. Agneau sans taches elle allait au ciel, et ne regrettait ici-bas que la douce compagne de sa froide vie, à laquelle ses derniers regards semblaient prédire mille maux. Elle tremblait de laisser cette brebis, blanche comme elle, seule au milieu d'un monde égoïste qui voulait lui arracher sa toison, ses trésors.

— Mon enfant, lui dit-elle avant d'expirer, il n'y a de bonheur que dans le ciel, tu le sauras un jour.

Le lendemain de cette mort, Eugénie trouva de nouveaux motifs de s'attacher à cette maison où elle était née où elle avait tant souffert, où sa mère venait de mourir. Elle ne pouvait contempler la croisée et la chaise à patins dans la salle sans verser des pleurs. Elle crut avoir méconnu l'âme de son vieux père en se voyant l'objet de ses soins les plus tendres: il venait lui donner le bras pour descendre au déjeuner; il la regardait d'un œil presque bon pendant des heures entières; enfin il la couvait comme si elle eût été d'or. Le vieux tonnelier se ressemblait si peu à lui-même, il tremblait tellement devant sa fille, que Nanon et les Cruchotins, témoins de sa faiblesse, l'attribuèrent à son grand âge, et craignirent ainsi quelque affaiblissement dans ses facultés; mais le jour où la famille prit le deuil, après le dîner auquel fut convié maître Cruchot, qui seul connaissait le secret de son client, la conduite du bonhomme s'expliqua.

— Ma chère enfant, dit-il à Eugénie lorsque la table fut ôtée et les portes soigneusement closes, te voilà héritière de ta mère, et nous avons de petites affaires à régler entre nous deux. Pas vrai, Cruchot?

— Oui.

— Est-il donc si nécessaire de s'en occuper aujourd'hui, mon père?

— Oui, oui, fifille. Je ne pourrais pas durer dans l'incertitude où je suis. Je ne crois pas que tu veuilles me faire de la peine.

— Oh! mon père!

— Hé bien! il faut arranger tout cela ce soir.

— Que voulez-vous donc que je fasse?

— Mais, fifille, ça ne me regarde pas. Dites-lui donc, Cruchot.

— Mademoiselle, monsieur votre père ne voudrait, ni partager, ni vendre ses biens, ni payer des droits énormes pour l'argent comptant qu'il peut posséder. Donc, pour cela, il faudrait se dispenser de faire l'inventaire de toute la fortune qui aujourd'hui se trouve indivise entre vous et monsieur votre père...

— Cruchot, êtes-vous bien sûr de cela, pour en parler ainsi devant un enfant?

— Laissez-moi dire, Grandet.

— Oui, oui, mon ami. Ni vous ni ma fille ne voulez me dépouiller. N'est-ce pas, fifille?

— Mais, monsieur Cruchot, que faut-il que je fasse? demanda Eugénie impatientée.

— Eh bien! dit le notaire, il faudrait signer cet acte par lequel vous renonceriez à la succession de madame votre mère, et laisseriez à votre père l'usufruit de tous les biens indivis entre vous, et dont il vous assure la nu-propriété...

— Je ne comprends rien à tout ce que vous me dites, répondit Eugénie; donnez-moi l'acte, et montrez-moi la place où je dois signer.

Le père Grandet regardait alternativement l'acte et sa fille, sa fille et l'acte, en éprouvant de si violentes émotions, qu'il s'essuya quelques gouttes de sueur venues sur son front.

— Fifille, dit-il, au lieu de signer cet acte qui coûtera gros à faire enregistrer, si tu voulais renoncer purement et simplement à la succession de ta pauvre chère mère défunte, et t'en rapporter à moi pour l'avenir, j'aimerais mieux ça. Je te ferais alors tous les mois une bonne grosse rente de cent francs. Vois, tu pourrais payer autant de messes que tu voudrais à ceux pour lesquels tu en fais dire... Hein! cent francs par mois, en livres?

— Je ferai tout ce qu'il vous plaira, mon père.

— Mademoiselle, dit le notaire, il est de mon devoir de vous faire observer que vous vous dépouillez...

— Eh! mon Dieu! dit-elle, qu'est-ce que cela me fait?

— Tais-toi, Cruchot. C'est dit, c'est dit, s'écria Grandet en prenant la main de sa fille et y frappant avec la sienne. Eugénie, tu ne te dédiras point, tu es une honnête fille, hein?

— Oh! mon père!...

Il l'embrassa avec effusion, la serra dans ses bras à l'étouffer.

— Va, mon enfant, tu donnes la vie à ton père; mais tu lui rends ce qu'il t'a donné: nous sommes quittes. Voilà comment doivent se faire les affaires. La vie est une affaire. Je te bénis! Tu es une vertueuse fille, qui aime bien son papa. Fais ce que tu voudras, maintenant. A demain donc, Cruchot, dit-il en regardant le notaire épouvanté. Vous verrez à bien préparer l'acte de renonciation au greffe du tribunal.

Le lendemain, vers midi, fut signée la déclaration par laquelle Eugénie accomplissait elle-même sa spoliation. Cependant, malgré sa parole, à la fin de la première année, le vieux tonnelier n'avait pas encore donné un sou des cent francs par mois si solennellement promis à sa fille. Aussi, quand Eugénie lui en parla plaisamment, ne put-il s'empêcher de rougir; il monta vivement à son cabinet, revint, et lui présenta environ le tiers des bijoux qu'il avait pris à son neveu.

— Tiens, petite, dit-il d'un accent plein d'ironie, veux-tu ça pour tes douze cents francs?

— O mon père! vrai, me les donnez-vous?

— Je t'en rendrai autant l'année prochaine, dit-il en les lui jetant dans son tablier. Ainsi en peu de temps tu auras toutes *ses* breloques, ajouta-t-il en se frottant les mains, heureux de pouvoir spéculer sur le sentiment de sa fille.

Néanmoins le vieillard, quoique robuste encore, sentit la nécessité d'initier sa fille aux secrets du ménage. Pendant deux années consécutives il lui fit ordonner en sa présence le menu de la maison, et recevoir les redevances.

Il lui apprit lentement et successivement les noms, la contenance de ses clos, de ses fermes. Vers la troisième année il l'avait si bien accoutumée à toutes ses façons d'avarice, il les avait si véritablement tournées chez elle en habitude, qu'il lui laissa sans crainte les clefs de la dépense, et l'institua la maîtresse au logis.

Cinq ans se passèrent sans qu'aucun événement marquât dans l'existence monotone d'Eugénie et de son père. Ce furent les mêmes actes constamment accomplis avec la régularité chronométrique des mouvements de la vieille pendule. La profonde mélancolie de mademoiselle Grandet n'était un secret pour personne; mais, si chacun put en pressentir la cause, jamais un mot prononcé par elle ne justifia les soupçons que toutes les sociétés de Saumur formaient sur l'état du cœur de la riche héritière. Sa seule compagnie se composait des trois Cruchot et de quelques-uns de leurs amis qu'ils avaient insensiblement introduits au logis. Ils lui avaient appris à jouer au whist, et venaient tous les soirs faire la partie. Dans l'année 1827 son père, sentant le poids des infirmités, fut forcé de l'initier aux secrets de sa fortune territoriale, et lui disait, en cas de difficultés, de s'en rapporter à Cruchot le notaire dont la probité lui était connue. Puis, vers la fin de cette année, le bonhomme fut enfin, à l'âge de quatre-vingt-deux ans, pris par une paralysie qui fit de rapides progrès. Grandet fut condamné par monsieur Bergerin. En pensant qu'elle allait bientôt se trouver seule dans le monde, Eugénie se tint pour ainsi dire plus près de son père, et serra plus fortement ce dernier anneau d'affection. Dans sa pensée, comme dans celle de toutes les femmes aimantes, l'amour était le monde entier, et Charles n'était pas là. Elle fut sublime de soins et d'attentions pour son vieux père, dont les facultés commençaient à baisser, mais dont l'avarice se soutenait instinctivement. Aussi la mort de cet homme ne contrasta-t-elle point avec sa vie. Dès le matin il se faisait rouler entre la cheminée de sa chambre et la porte de son cabinet, sans doute plein d'or. Il restait là sans mouvement, mais il regardait tour à tour avec anxiété ceux qui venaient le voir et la porte doublée de fer. Il se faisait rendre compte des moindres bruits qu'il entendait; et, au grand étonnement du notaire, il entendait le bâillement de son chien dans la cour. Il se réveillait de sa stupeur apparente au jour et à l'heure où il fallait recevoir des fermages, donner des comptes avec les closiers, ou donner des quittances. Il agitait alors son fauteuil à roulettes jusqu'à ce qu'il se trouvât en face de la porte de son cabinet. Il le faisait ouvrir par sa fille, et veillait à ce qu'elle plaçât en secret elle-même les sacs d'argent les uns sur les autres, à ce qu'elle fermât la porte. Puis il revenait à sa place silencieusement, aussitôt qu'elle lui avait rendu la précieuse clef, toujours placée dans la poche de son gilet, et qu'il tâtait de temps en temps. D'ailleurs son vieil ami le notaire, sentant que la riche héritière épouserait nécessairement son neveu le président si Charles Grandet ne revenait pas, redoubla de soins et d'attentions: il venait tous les jours se mettre aux ordres de Grandet, allait à son commandement à Froidfond, aux terres, aux prés, aux vignes, vendait les récoltes, et transmutait tout en or et en argent qui venait se réunir secrètement aux sacs empilés dans le cabinet. Enfin arrivèrent les jours d'agonie pendant lesquels la forte charpente du bonhomme fut aux prises avec la destruction. Il voulut rester assis au coin de son feu, devant la porte de son cabinet. Il attirait à lui et roulait toutes les couvertures que l'on mettait sur lui, et disait à Nanon: — Serre, serre ça, pour qu'on ne me vole pas. Quand il pouvait ouvrir les yeux, où toute sa vie s'était réfugiée, il les tournait aussitôt vers la porte du cabinet où gisaient ses trésors en disant à sa fille: — Y sont-ils? y sont-ils? d'un son de voix qui dénotait une sorte de panique.

— Oui, mon père.

— Veille à l'or, mets de l'or devant moi.

Eugénie lui étendait les louis sur la table, et il demeurait des heures entières les yeux attachés sur les louis, comme un enfant qui, au moment où il commence à voir, contemple stupidement le même objet ; et, comme à un enfant, il lui échappait un sourire pénible.

— Ça me réchauffe ! disait-il quelquefois en laissant paraître sur sa figure une expression de béatitude.

Lorsque le curé de la paroisse vint l'administrer, ses yeux, morts en apparence depuis quelques heures, se ranimèrent à la vue de la croix, des chandeliers, du bénitier d'argent qu'il regarda fixement, et sa loupe remua pour la dernière fois. Lorsque le prêtre lui approcha des lèvres le crucifix en vermeil pour lui faire baiser le Christ, il fit un épouvantable geste pour le saisir. Ce dernier effort lui coûta la vie. Il appela Eugénie, qu'il ne voyait pas, quoiqu'elle fût agenouillée devant lui, et qu'elle baignât de ses larmes une main déjà froide.

— Mon père, bénissez-moi.

— Aie bien soin de tout. Tu me rendras compte de ça là-bas, dit-il, en prouvant par cette dernière parole que le christianisme doit être la religion des avares.

Eugénie Grandet se trouva donc seule au monde dans cette maison, n'ayant que Nanon à qui elle pût jeter un regard avec la certitude d'être entendue et comprise, Nanon, le seul être qui l'aimât pour elle et avec qui elle pût causer de ses chagrins. La grande Nanon était une providence pour Eugénie. Aussi ne fut-elle plus une servante, mais une humble amie. Après la mort de son père, Eugénie apprit par maître Cruchot qu'elle possédait trois cent mille livres de rente en biens-fonds dans l'arrondissement de Saumur, six millions en trois pour cent placés à soixante francs, et il valait alors soixante-dix-sept francs ; plus deux millions en or et cent mille francs en écus, sans compter les arrérages à recevoir. L'estimation totale de ses biens allait à dix-sept millions.

— Où donc est mon cousin ? se dit-elle.

Le jour où maître Cruchot remit à sa cliente l'état de la succession, devenue claire et liquide, Eugénie resta seule avec Nanon, assises l'une et l'autre de chaque côté de la cheminée de cette salle si vide, où tout était souvenir, depuis la chaise à patins sur laquelle s'asseyait sa mère jusqu'au verre dans lequel avait bu son cousin.

— Nanon, nous sommes seules...

— Oui, mademoiselle ; et, si je savais où il est, ce mignon, j'irais à mon pied le chercher.

— Il y a la mer entre nous, dit-elle.

Pendant que la pauvre héritière pleurait ainsi en compagnie de sa vieille servante, dans cette froide et obscure maison, qui pour elle composait tout l'univers, il n'était question de Nantes à Orléans que des dix-sept millions de mademoiselle Grandet. Un de ses premiers actes fut de donner douze cents francs de rente viagère à Nanon, qui, possédait déjà six cents autres francs, devint un riche parti. En moins d'un mois, elle passa de l'état de fille à celui de femme sous la protection d'Antoine Cornoiller, qui fut nommé garde général des terres et propriétés de mademoiselle Grandet. Madame Cornoiller eut sur ses contemporaines un immense avantage. Quoiqu'elle eût cinquante-neuf ans, elle ne paraissait pas en avoir plus de quarante. Ses gros traits avaient résisté aux attaques du temps. Grâce au régime de sa vie monastique, elle narguait la vieillesse par un teint coloré, une santé de fer. Peut-être n'avait-elle jamais été aussi bien qu'elle le fut au jour de son mariage. Elle eut les bénéfices de sa laideur, et apparut grosse, grasse, forte, ayant sur sa figure indestructible un air de bonheur qui fit envier par quelques personnes le sort de Cornoiller. — Elle est bon teint, disait le drapier. — Elle est capable de faire des enfans, dit le marchand de sel ; elle s'est conservée comme dans de la saumure, sous votre respect. — Elle est riche, et le gars Cornoiller fait un bon coup, disait un autre voisin. En sortant du vieux logis, Nanon, qui était aimée de tout le voisinage, ne reçut que des complimens en descendant la rue tortueuse pour se rendre à la paroisse. Pour présent de noce, Eugénie lui donna trois douzaines de couverts. Cornoiller, surpris d'une telle magnificence, parlait de sa maîtresse les larmes

aux yeux : il se serait fait hacher pour elle. Devenue la femme de confiance d'Eugénie, madame Cornoiller eut désormais un bonheur égal pour elle à celui de posséder un mari. Elle avait enfin une dépense à ouvrir, à fermer ; des provisions à donner le matin, comme faisait son défunt maître. Puis elle eut à régir deux domestiques, une cuisinière et une femme de chambre chargée de raccommoder le linge de la maison, de faire les robes de mademoiselle. Cornoiller cumula les fonctions de garde et de régisseur. Il est inutile de dire que la cuisinière et la femme de chambre choisies par Nanon étaient de véritables perles. Mademoiselle Grandet eut ainsi quatre serviteurs dont le dévouement était sans bornes. Les fermiers ne s'aperçurent donc pas de la mort du bonhomme, tant il avait sévèrement établi les usages et coutumes de son administration, qui fut soigneusement continuée par monsieur et madame Cornoiller.

A trente ans, Eugénie ne connaissait encore aucune des félicités de la vie. Sa pâle et triste enfance s'était écoulée auprès d'une mère dont le cœur méconnu, froissé, avait toujours souffert. En quittant avec joie l'existence, cette mère plaignit sa fille d'avoir à vivre, et lui laissa dans l'âme de légers remords et d'éternels regrets. Le premier, le seul amour d'Eugénie était, pour elle, un principe de mélancolie. Après avoir entrevu son amant pendant quelques jours, elle lui avait donné son cœur entre deux baisers furtivement acceptés et reçus ; puis, il était parti, mettant tout un monde entre elle et lui. Cet amour, maudit par son père, lui avait presque coûté sa mère, et ne lui causait que des douleurs mêlées de frêles espérances. Ainsi jusqu'alors elle s'était élancée vers le bonheur en perdant ses forces, sans les échanger. Dans la vie morale, aussi bien que dans la vie physique, il existe une aspiration et une respiration : l'âme a besoin d'absorber les sentimens d'une autre âme, de se les assimiler pour les lui restituer plus riches. Sans ce beau phénomène humain, point de vie au cœur ; l'air lui manque alors, il souffre, et dépérit. Eugénie commençait à souffrir. Pour elle, la fortune n'était ni un pouvoir ni une consolation ; elle ne pouvait exister que par l'amour, par la religion, par sa foi dans l'avenir. L'amour lui expliquait l'éternité. Son cœur et l'Évangile lui signalaient deux mondes à attendre. Elle se plongeait nuit et jour au sein de deux pensées infinies, qui pour elle peut-être n'en faisaient qu'une seule. Elle se retirait en elle-même, aimant, et se croyant aimée. Depuis sept ans, sa passion avait tout envahi. Ses trésors n'étaient pas les millions dont les revenus s'entassaient, mais le coffret de Charles, mais les deux portraits suspendus à son lit, mais les bijoux rachetés à son père, étalés orgueilleusement sur une couche de ouate dans un tiroir du bahut ; mais le dé de sa tante duquel s'était servi sa mère, et que tous les jours elle prenait religieusement pour travailler à une broderie, ouvrage de Pénélope, entrepris seulement pour mettre à son doigt cet or plein de souvenirs. Il ne paraissait pas vraisemblable que mademoiselle Grandet voulût se marier durant son deuil. Sa piété vraie était connue. Aussi la famille Cruchot, dont la politique était sagement dirigée par le vieil abbé, se contenta-t-elle de cerner l'héritière, en l'entourant des soins les plus affectueux. Chez elle, tous les soirs, se remplissait d'une société composée des plus chauds et des plus dévoués Cruchotins du pays qui s'efforçaient de chanter les louanges de la maîtresse du logis sur tous les tons. Elle avait le médecin ordinaire de sa chambre, son grand aumônier, son chambellan, sa première dame d'atours, son chancelier premier ministre, son chancelier surtout, un chancelier qui voulait lui dire. L'héritière eût-elle désiré un porte-queue, on lui en aurait trouvé un. C'était une reine, et la plus habilement adulée de toutes les reines. La flatterie n'émane jamais des grandes âmes, elle est l'apanage des petits esprits qui réussissent à se rapetisser encore pour mieux entrer dans la sphère vitale de la personne autour de laquelle ils gravitent. La flatterie sous-entend un intérêt. Aussi les personnes qui venaient meubler tous les soirs la salle de made-

moiselle Grandet, nommée par elles mademoiselle de Froidfond, réussissaient-elles merveilleusement à l'accabler de
louanges. Ce concert d'éloges, nouveaux pour Eugénie, la
fit d'abord rougir ; mais insensiblement, et quelques grossiers que fussent les compliments, son oreille s'accoutuma
si bien à entendre vanter sa beauté, que si quelque nouveau venu l'eût trouvée laide, ce reproche lui aurait été
beaucoup plus sensible alors que huit ans auparavant. Puis,
elle finit par aimer des douceurs qu'elle mettait secrètement aux pieds de son idole. Elle s'habitua donc par degrés
à se laisser traiter en souveraine et à voir sa cour pleine
tous les soirs. Monsieur le président de Bonfons était le
héros de ce petit cercle, où son esprit, sa personne, son
instruction, son amabilité sans cesse étaient vantés. L'un
faisait observer que, depuis sept ans, il avait beaucoup augmenté sa fortune ; que Bonfons valait au moins dix mille
francs de rente et se trouvait enclavé, comme tous les
biens des Cruchot, dans les vastes domaines de l'héritière.
— Savez-vous, mademoiselle, disait un habitué, que les
Cruchot ont à eux quarante mille livres de rente. — Et
leurs économies, reprenait une vieille Cruchotine, mademoiselle de Gribeaucourt. Un monsieur de Paris est venu
dernièrement offrir à monsieur Cruchot deux cent mille
francs de son étude. Il doit le vendre, s'il vient d'être nommé
juge de paix. — Il veut succéder à monsieur de Bonfons
dans la présidence du tribunal, et prend ses précautions,
répondit madame d'Orsonval ; car monsieur le président
deviendra conseiller, puis président à la Cour, il a trop de
moyens pour ne pas arriver. — Oui, c'est un homme bien
distingué, disait un autre. Ne trouvez-vous pas, mademoiselle ? Monsieur le président avait tâché de se mettre en
harmonie avec le rôle qu'il voulait jouer. Malgré ses quarante ans, malgré sa figure brune et rébarbative, flétrie
comme le sont presque toutes les physionomies judiciaires,
il se mettait en jeune homme, badinait avec un jonc, ne
prenait point de tabac chez mademoiselle de Froidfond, y
arrivait toujours en cravate blanche, et en chemise dont
le jabot à gros plis lui donnait un air de famille avec les
individus du genre dindon. Il parlait familièrement à la
belle héritière, et lui disait : Notre chère Eugénie ! Enfin,
hormis le nombre des personnages, en remplaçant le loto
par le whist, et en supprimant les figures de monsieur et
de madame Grandet, la scène par laquelle commence
cette histoire était à peu près la même que par le passé.
La meute poursuivait toujours Eugénie et ses millions ;
mais la meute plus nombreuse aboyait mieux, et cernait
sa proie avec ensemble. Si Charles fût arrivé du fond des
Indes, il eût donc retrouvé les mêmes personnages et les
mêmes intérêts. Madame des Grassins, pour laquelle Eugénie était parfaite de grâce et de bonté, persistait à tourmenter les Cruchot. Mais alors, comme autrefois, la figure
d'Eugénie eût dominé le tableau ; comme autrefois, Charles
eût encore été là le souverain. Néanmoins il y avait un
progrès. Le bouquet présenté jadis à Eugénie au jour de
sa fête par le président était devenu périodique. Tous les
soirs il apportait à la riche héritière un gros et magnifique
bouquet que madame Cornoiller mettait ostensiblement
dans un bocal, et jetait secrètement dans un coin de la
cour, aussitôt les visiteurs partis. Au commencement du
printemps, madame des Grassins essaya de troubler le
bonheur des Cruchotins en parlant à Eugénie du marquis
de Froidfond, dont la maison ruinée pouvait se relever si
l'héritière voulait lui rendre sa terre par un contrat de
mariage. Madame des Grassins faisait sonner haut la pairie, le titre de marquise, et, prenant le sourire de dédain
d'Eugénie pour une approbation, elle allait disant que le
mariage de monsieur le président Cruchot n'était pas aussi
avancé qu'on le croyait. — Quoique monsieur de Froidfond ait cinquante ans, disait-elle, il ne paraît pas plus âgé
que ne l'est monsieur Cruchot ; il est veuf, il a des enfans
c'est vrai ; mais il est marquis, il sera pair de France, et
par le temps qui court trouvez donc des mariages de cet
acabit. Je sais de science certaine que le père Grandet, en
réunissant tous ses biens à la terre de Froidfond, avait

l'intention de s'enter sur les Froidfond. Il me l'a souvent
dit. Il était malin, le bonhomme !
— Comment, Nanon, dit un soir Eugénie en se couchant,
il ne m'écrira pas une fois en sept ans?...
Pendant que ces choses se passaient à Saumur, Charles
faisait fortune aux Indes. Sa pacotille s'était d'abord très
bien vendue. Il avait réalisé promptement une somme de
six mille dollars. Le baptême de la Ligne lui fit perdre
beaucoup de préjugés ; il s'aperçut que le meilleur moyen
d'arriver à la fortune était, dans les régions intertropicales
aussi bien qu'en Europe, d'acheter et de vendre des hommes. Il vint donc sur les côtes d'Afrique et fit la traite de
nègres, en joignant à son commerce d'hommes celui des
marchandises les plus avantageuses à échanger sur les divers marchés où l'amenaient ses intérêts. Il porta dans les
affaires une activité qui ne lui laissait aucun moment de
libre. Il était dominé par l'idée de reparaître à Paris dans
tout l'éclat d'une haute fortune, et de ressaisir une position
plus brillante encore que celle d'où il était tombé. A force
de rouler à travers les hommes et les pays, d'en observer
les coutumes contraires, ses idées se modifièrent et il devint
sceptique. Il n'eut plus de notions fixes sur le juste et l'injuste, en voyant taxer de crime dans un pays ce qui était
vertu dans un autre. Au contact perpétuel des intérêts,
son cœur se refroidit, se contracta, se dessécha. Le sang
des Grandet ne faillit point à sa destinée. Charles devint
dur, âpre à la curée. Il vendit des Chinois, des nègres, des
nids d'hirondelles, des enfans, des artistes ; il fit l'usure en
grand. L'habitude de frauder les droits de douane le rendit moins scrupuleux sur les droits de l'homme. Il allait
alors à Saint-Thomas acheter à vil prix les marchandises
volées par les pirates, et les portait sur les places où
elles manquaient. Si la noble et pure figure d'Eugénie l'accompagna dans son premier voyage comme cette image
de Vierge que mettent sur leur vaisseau les marins espagnols, et s'il attribua ses premiers succès à la magique influence des vœux et des prières de cette douce fille ; plus
tard, les Négresses, les Mulâtresses, les Blanches, les Java-
naises, les Almées, ses orgies de toutes les couleurs, et les
aventures qu'il eut en divers pays, effacèrent complètement le souvenir de sa cousine, de Saumur, de la maison
du banc, du baiser pris dans le couloir. Il se souvint
seulement du petit jardin encadré de vieux murs, parce
que là sa destinée hasardeuse avait commencé; mais il re-
niait sa famille : son oncle était un vieux chien qui lui
avait filouté ses bijoux ; Eugénie n'occupait ni son cœur ni
ses pensées, elle occupait une place dans ses affaires comme créancière d'une somme de six mille francs. Cette conduite et ces idées expliquent le silence de Charles Grandet.
Dans les Indes, à Saint-Thomas, à la côte d'Afrique, à Lis-
bonne et aux États-Unis, le spéculateur avait pris, pour ne
pas compromettre son nom, le pseudonyme de Sepherd
Carl Sepherd pouvait sans danger se montrer partout infatigable, audacieux, avide, en homme qui, résolu de faire
fortune *quibuscumque viis*, se dépêche pour en finir avec l'infamie pour rester honnête homme pendant le restant de
ses jours. Avec ce système, sa fortune fut rapide et brillante. En 1827 donc, il revenait à Bordeaux, sur le *Marie-
Caroline*, joli brick appartenant à une maison de commerce
royaliste. Il possédait dix-neuf cent mille francs en trois
tonneaux de poudre d'or bien cerclés, desquels il comptait
tirer sept ou huit pour cent en les monnayant à Paris. Sur
ce brick, se trouvait également un gentilhomme ordinaire
de la chambre de S. M. le roi Charles X, monsieur d'Aubrion, bon vieillard qui avait fait la folie d'épouser une
femme à la mode, et dont la fortune était aux îles. Pour
réparer les prodigalités de madame d'Aubrion, il était allé
réaliser ses propriétés. Monsieur et madame d'Aubrion, de
la maison d'Aubrion-de-Buch, dont le dernier Capta
mourut avant 1789, réduits à une vingtaine de mille livres
de rente, avaient une fille assez laide que la mère voulait
marier sans dot, sa fortune lui suffisant à peine pour vivre
à Paris. C'était une entreprise dont le succès eût semblé
problématique à tous les gens du monde malgré l'habileté

qu'ils prêtent aux femmes à la mode. Aussi madame d'Aubrion elle-même désespérait-elle presque, en voyant sa fille, d'en embarrasser qui que ce fût, fût-ce même un homme ivre de noblesse. Mademoiselle d'Aubrion était une demoiselle longue comme l'insecte son homonyme ; maigre, fluette, à bouche dédaigneuse, sur laquelle descendait un nez trop long, gros du bout, flavescent à l'état normal, mais complètement rouge après les repas, espèce de phénomène végétal plus désagréable au milieu d'un visage pâle et ennuyé que dans tout autre. Enfin, elle était telle que pouvait la désirer une mère de trente-huit ans qui, belle encore, avait encore des prétentions. Mais, pour contrebalancer de tels désavantages, la marquise d'Aubrion avait donné à sa fille un air très-distingué, l'avait soumise à une hygiène qui maintenait provisoirement le nez à un ton de chair raisonnable, lui avait appris l'art de se mettre avec goût, l'avait dotée de jolies manières, lui avait enseigné ces regards mélancoliques qui intéressent un homme et lui font croire qu'il va rencontrer l'ange si vainement cherché ; elle lui avait montré la manœuvre du pied, pour l'avancer à propos et en faire admirer la petitesse, au moment où le nez avait l'impertinence de rougir ; enfin, elle avait tiré de sa fille un parti très-satisfaisant. Au moyen de manches larges, de corsages menteurs, de robes bouffantes et soigneusement garnies, d'un corset à haute pression, elle avait obtenu des produits féminins si curieux que, pour l'instruction des mères, elle aurait dû les déposer dans un musée. Charles se lia beaucoup avec madame d'Aubrion, qui voulait précisément se lier avec lui. Plusieurs personnes prétendent même que, pendant la traversée, la belle madame d'Aubrion ne négligea aucun moyen de capturer un gendre si riche. En débarquant à Bordeaux, au mois de juin 1827, monsieur, madame, mademoiselle d'Aubrion et Charles logèrent ensemble dans le même hôtel et partirent ensemble pour Paris. L'hôtel d'Aubrion était criblé d'hypothèques, Charles devait le libérer. La mère avait déjà parlé du bonheur qu'il y aurait à céder son rez-de-chaussée à son gendre et à sa fille. Ne partageant pas les préjugés de monsieur d'Aubrion sur la noblesse, elle avait promis à Charles Grandet d'obtenir du bon Charles X une ordonnance royale qui l'autoriserait, lui Grandet, à porter le nom d'Aubrion, à en prendre les armes, et à succéder, moyennant la constitution d'un majorat de trente-six mille livres de rente, à Aubrion, dans le titre de Captal de Buch et marquis d'Aubrion. En réunissant leurs fortunes, vivant en bonne intelligence, et moyennant des sinécures, on pourrait réunir cent et quelques mille livres de rente à l'hôtel d'Aubrion. — Et quand on a cent mille livres de rente, un nom, une famille, que l'on va à la cour, car je vous ferai nommer gentilhomme de la chambre, on devient tout ce qu'on veut être, disait-elle à Charles. Ainsi vous serez, à votre choix, maître des requêtes au conseil d'État, préfet, secrétaire d'ambassade, ambassadeur. Charles X aime beaucoup d'Aubrion, ils se connaissent depuis l'enfance.

Enivré d'ambition par cette femme, Charles avait caressé, pendant la traversée, toutes ces espérances qui lui furent présentées par une main habile, et sous forme de confidences versées de cœur à cœur. Croyant les affaires de son père arrangées par son oncle, il se voyait ancré tout à coup dans le faubourg Saint-Germain, où tout le monde voulait alors entrer, et où, à l'ombre du nez bleu de mademoiselle Mathilde, il reparaissait en comte d'Aubrion, comme les Dreux reparurent un jour en Brézé. Ébloui par la prospérité de la Restauration qu'il avait laissée chancelante, saisi par l'éclat des idées aristocratiques, son enivrement commencé sur le vaisseau se maintint à Paris, où il résolut de tout faire pour arriver à la haute position que son égoïste belle-mère lui faisait entrevoir. Sa cousine n'était donc plus pour lui qu'un point dans l'espace de cette brillante perspective. Il revit Annette. En femme du monde, Annette conseilla vivement à son ancien ami de contracter cette alliance, et lui promit son appui dans toutes ses entreprises ambitieuses. Annette était enchantée de faire

épouser une demoiselle laide et ennuyeuse à Charles, que le séjour des Indes avait rendu très-séduisant : son teint avait bruni, ses manières étaient devenues décidées, hardies comme le sont celles des hommes habitués à trancher, à dominer, à réussir, Charles respira plus à l'aise dans Paris, en voyant qu'il pouvait y jouer un rôle. Des Grassins, apprenant son retour, son mariage prochain, sa fortune, le vint voir pour lui parler des trois cent mille francs moyennant lesquels il pouvait acquitter les dettes de son père. Il trouva Charles en conférence avec le joaillier auquel il avait commandé des bijoux pour la corbeille de mademoiselle d'Aubrion, et qui lui en montrait les dessins. Malgré les magnifiques diamans que Charles avait rapportés des Indes, les façons, l'argenterie, la joaillerie solide et futile du jeune ménage allaient encore à plus de deux cent mille francs. Charles reçut des Grassins, qu'il ne reconnut pas, avec l'impertinence d'un jeune homme à la mode, qui, dans les Indes, avait tué quatre hommes en différens duels. Monsieur des Grassins était déjà venu trois fois ; Charles l'écouta froidement, puis il lui répondit, sans l'avoir bien compris : — Les affaires de mon père ne sont pas les miennes. Je vous suis obligé, monsieur, des soins que vous avez bien voulu prendre, et dont je ne saurais profiter. Je n'ai pas ramassé presque deux millions à la sueur de mon front pour aller les flanquer à la tête des créanciers de mon père.

— Et si monsieur votre père était, d'ici à quelques jours, déclaré en faillite ?

— Monsieur, d'ici à quelques jours, je me nommerai le comte d'Aubrion. Vous entendez bien que ce me sera parfaitement indifférent. D'ailleurs, vous savez mieux que moi que quand un homme a cent mille livres de rente, son père n'a jamais fait faillite, ajouta-t-il en poussant poliment le sieur des Grassins vers la porte.

Au commencement du mois d'août de cette année, Eugénie était assise sur le petit banc de bois où son cousin lui avait juré un éternel amour, et où elle venait déjeuner quand il faisait beau. La pauvre fille se complaisait en ce moment, par la plus fraîche, la plus joyeuse matinée, à repasser dans sa mémoire les grands, les petits événemens de son amour, et les catastrophes dont il avait été suivi. Le soleil éclairait le joli pan de mur tout fendillé, presque en ruines, auquel il était défendu de toucher, de par la fantasque héritière, quoique Cornoiller répétât souvent à sa femme qu'on serait écrasé dessous quelque jour. En ce moment, le facteur de la poste frappa, remit une lettre à madame Cornoiller, qui vint au jardin en criant : — Mademoiselle, une lettre ! Elle la donna à sa maîtresse en lui disant : — C'est-y celle que vous attendez ?

Ces mots retentirent aussi fortement au cœur d'Eugénie qu'ils retentirent réellement entre les murailles de la cour et du jardin.

— Paris ! C'est de lui. Il est revenu.

Eugénie pâlit, et garda la lettre pendant un moment. Elle palpitait trop vivement pour pouvoir la décacheter et la lire. La grande Nanon resta debout, les deux mains sur les hanches, et la joie semblait s'échapper comme une fumée par les crevasses de son brun visage.

— Lisez donc, mademoiselle...

— Ah ! Nanon, pourquoi revient-il par Paris, quand il s'en est allé par Saumur ?

— Lisez, vous le saurez.

Eugénie décacheta la lettre en tremblant. Il en tomba un mandat sur la maison *madame des Grassins et Corret* de Saumur. Nanon le ramassa.

« Ma chère cousine... »

— Je ne suis plus Eugénie, pensa-t-elle. Et son cœur se serra.

« Vous... »

— Il me disait *tu* !

Elle se croisa les bras, n'osa plus lire la lettre, et de grosses larmes lui vinrent aux yeux.

— Est-il mort ? demanda Nanon.

— Il n'écrirait pas, dit Eugénie.
Elle lut toute la lettre que voici.

« Ma chère cousine, vous apprendrez, je le crois, avec
plaisir, le succès de mes entreprises. Vous m'avez porté
bonheur, je suis revenu riche, et j'ai suivi les conseils de
mon oncle, dont la mort et celle de ma tante viennent de
m'être apprises par monsieur des Grassins. La mort de nos
parens est dans la nature, et nous devons leur succéder.
J'espère que vous êtes aujourd'hui consolée. Rien ne résiste au temps, je l'éprouve. Oui, ma chère cousine, malheureusement pour moi, le moment des illusions est passé.
Que voulez-vous ! En voyageant à travers de nombreux
pays, j'ai réfléchi sur la vie. D'enfant que j'étais au départ, je suis devenu homme au retour. Aujourd'hui,
je pense à bien des choses auxquelles je ne songeais pas
autrefois. Vous êtes libre, ma cousine, et je suis libre encore ; rien n'empêche, en apparence, la réalisation de nos
petits projets ; mais j'ai trop de loyauté dans le caractère
pour vous cacher la situation de mes affaires. Je n'ai point
oublié que je ne m'appartiens pas ; je me suis toujours
souvenu dans mes longues traversées du petit banc de
bois... »

Eugénie se leva comme si elle eût été sur des charbons
ardens, et alla s'asseoir sur une des marches de la cour.

« ...du petit banc de bois où nous nous sommes juré de
nous aimer toujours, du couloir, de la salle grise, de ma
chambre en mansarde, et de la nuit où vous m'avez rendu,
par votre délicate obligeance, mon avenir plus facile. Oui,
ces souvenirs ont soutenu mon courage, et je me suis dit
que vous pensiez toujours à moi comme je pensais souvent
à vous, à l'heure convenue entre nous. Avez-vous bien regardé les nuages à neuf heures ? Oui, n'est-ce pas ? Aussi,
ne veux-je pas trahir une amitié sacrée pour moi ; non, je
ne dois point vous tromper. Il s'agit en ce moment pour
moi d'une alliance qui satisfait à toutes les idées que je me
suis formées sur le mariage. L'amour dans le mariage est
une chimère. Aujourd'hui mon expérience me dit qu'il
faut obéir à toutes les lois sociales et réunir toutes les convenances voulues par le monde en se mariant. Or, déjà se
trouve entre nous une différence d'âge qui, peut-être, in-
fluerait plus sur votre avenir, ma chère cousine, que sur
le mien. Je ne vous parlerai ni de vos mœurs, ni de votre
éducation, ni de vos habitudes, qui ne sont nullement en
rapport avec la vie de Paris, et ne cadreraient sans doute
point avec mes projets ultérieurs. Il entre dans mes plans
de tenir un grand état de maison, de recevoir beaucoup
de monde, et je crois me souvenir que vous aimez une vie
douce et tranquille. Non, je serai plus franc, et veux vous
faire arbitre de ma situation : il vous appartient de la connaître, et vous avez le droit de la juger. Aujourd'hui, je
possède quatre-vingt mille livres de rentes. Cette fortune me
permet de m'unir à la famille d'Aubrion, dont l'héritière,
jeune personne de dix-neuf ans, m'apporte en mariage son
nom, un titre, la place de gentilhomme honoraire de la chambre de S. M., et une position des plus brillantes. Je vous avouerai, ma chère cousine, que j'en'aime pas le moins du monde
mademoiselle d'Aubrion ; mais, par son alliance, j'assure
à mes enfans une situation sociale dont un jour les avantages seront incalculables. De jour en jour, les idées monarchiques reprennent faveur ; donc, quelques années plus
tard, mon fils, devenu marquis d'Aubrion, ayant un majorat de quarante mille livres de rentes, pourra prendre
dans l'État telle place qu'il lui conviendra de choisir.
Nous nous devons à nos enfans. Vous voyez, ma cousine,
avec quelle bonne foi je vous expose l'état de mon cœur,
de mes espérances et de ma fortune. Il est possible que de
votre côté vous ayez oublié nos enfantillages après sept
années d'absence ; mais moi je n'ai oublié ni votre indulgence, ni mes paroles ; je me souviens de toutes, même
des plus légèrement données, et auxquelles un jeune
homme moins consciencieux que je ne le suis, ayant un

cœur moins jeune et moins probe, ne songerait même
pas. En vous disant que je ne pense qu'à faire un mariage de convenance, et que je me souviens encore de
nos amours d'enfans, n'est-ce pas me mettre entièrement
à votre discrétion, vous rendre maîtresse de mon sort, et
vous dire que s'il faut renoncer à mes ambitions sociales,
je me contenterai volontiers de ce simple et pur bonheur
duquel vous m'avez offert de si touchantes images...
— Tan, ta, ta, ta. — Tan, ta, ti. — Tinn, ta, ta. — Toûn !
— Toûn, ta, ti. — Tin, ta, ta..., etc., avait chanté Charles
Grandet sur l'air de *Non più andrai*, en signant :

» Votre dévoué cousin,

» CHARLES. »

— Tonnerre de Dieu ! c'est y mettre des procédés, se dit-
il. Et il avait cherché le mandat, et il avait ajouté ceci :

« P.-S. Je joins à ma lettre un mandat sur la maison des
Grassins de huit mille francs à votre ordre, et payable en
or, comprenant intérêts et capital de la somme que vous
avez eu la bonté de me prêter. J'attends de Bordeaux une
caisse où se trouvent quelques objets que vous me per-
mettrez de vous offrir en témoignage de mon éternelle reconnaissance. Vous pouvez renvoyer par la diligence ma
toilette à l'hôtel d'Aubrion, rue Hillerin-Bertin. »

— Par la diligence ! dit Eugénie. Une chose pour laquelle j'aurais donné mille fois ma vie !

Épouvantable et complet désastre ! Le vaisseau sombrait
sans laisser ni un cordage, ni une planche sur le vaste
Océan des espérances. En se voyant abandonnées, certaines
femmes vont arracher leur amant aux bras d'une rivale, la
tuent et s'enfuient au bout du monde, sur l'échafaud ou
dans la tombe. Cela sans doute est beau ; le mobile de ce
crime est une sublime passion qui impose à la Justice humaine. D'autres femmes baissent la tête et souffrent en silence ; elles vont mourantes et résignées, pleurant et par-
donnant, priant et se souvenant jusqu'au dernier soupir. Ceci
est de l'amour, l'amour vrai, l'amour des anges, l'amour
fier qui vit de sa douleur et qui en meurt. Ce fut le sentiment d'Eugénie après avoir lu cette horrible lettre. Elle
jeta ses regards au ciel, en pensant aux dernières paroles
de sa mère, qui, semblable à quelques mourans, avait projeté sur l'avenir un coup d'œil pénétrant, lucide ; puis, Eugénie, se souvenant de cette mort et de cette vie prophé-
tiques, mesura d'un regard toute sa destinée. Elle n'avait
plus qu'à déployer ses ailes, tendre au ciel, et vivre en
prières jusqu'au jour de sa délivrance.
— Ma mère avait raison, dit-elle en pleurant. Souffrir et
mourir !

Elle vint à pas lents de son jardin dans la salle. Contre
son habitude, elle ne passa point par le couloir ; mais elle
retrouva le souvenir de son cousin dans ce vieux salon
gris, sur la cheminée duquel était toujours une certaine
soucoupe dont elle se servait tous les matins à son déjeuner, ainsi que du sucrier de vieux Sèvres. Cette matinée
devait être solennelle et pleine d'événemens pour elle.
Nanon lui annonça le curé de la paroisse. Ce curé, parent
des Cruchot, était dans les intérêts du président de Bonfons. Depuis quelques jours, le vieil abbé l'avait déterminé
à parler à mademoiselle Grandet, dans un sens purement
religieux, de l'obligation où elle était de contracter mariage. En voyant son pasteur, Eugénie crut qu'il venait
chercher les mille francs qu'elle donnait mensuellement
aux pauvres, et dit à Nanon de les aller chercher ; mais le
curé se prit à sourire.

— Aujourd'hui, mademoiselle, je viens vous parler d'une
pauvre fille à laquelle toute la ville de Saumur s'intéresse, et qui, faute de charité pour elle-même, ne vit pas
chrétiennement.

— Mon Dieu ! monsieur le curé, vous me trouvez dans
un moment où il m'est impossible de songer à mon prochain, je suis tout occupé de moi. Je suis bien malheureuse, je n'ai d'autre refuge que l'Église ; elle a un sein

assez large pour contenir toutes nos douleurs, et des sentimens assez féconds pour que nous puissions y puiser sans craindre de les tarir.

— Eh bien ! mademoiselle, en nous occupant de cette fille nous nous occuperons de vous. Écoutez. Si vous voulez faire votre salut, vous n'avez que deux voies à suivre, ou quitter le monde ou en suivre les lois. Obéir à votre destinée terrestre ou à votre destinée céleste.

— Ah ! votre voix me parle au moment où je voulais entendre une voix. Oui, Dieu vous adresse ici, monsieur. Je vais dire adieu au monde, et vivre pour Dieu seul dans le silence et la retraite.

— Il est nécessaire, ma fille, de longtemps réfléchir à ce violent parti. Le mariage est une vie, le voile est une mort.

— Eh bien ! la mort, la mort promptement, monsieur le curé ! dit-elle avec une effrayante vivacité.

— La mort ! mais vous avez de grandes obligations à remplir envers la Société, mademoiselle. N'êtes-vous donc pas la mère des pauvres auxquels vous donnez des vêtemens, du bois en hiver et du travail en été ? Votre grande fortune est un prêt qu'il faut rendre, et vous l'avez saintement accepptée ainsi. Vous ensevelir dans un couvent, ce serait de l'égoïsme ; quant à rester vieille fille, vous ne le devez pas. D'abord, pourriez-vous gérer seule votre immense fortune ? vous la perdriez peut-être. Vous auriez bientôt mille procès, et vous seriez engagée en d'inextricables difficultés. Croyez votre pasteur : un époux vous est utile, vous devez conserver ce que Dieu vous a donné. Je vous parle comme à une ouaille chérie. Vous aimez trop sincèrement Dieu pour ne pas faire votre salut au milieu du monde, dont vous êtes un des plus beaux ornemens, et auquel vous donnez de saints exemples.

En ce moment, madame des Grassins se fit annoncer. Elle venait amenée par la vengeance et par un grand désespoir.

— Mademoiselle, dit-elle. Ah ! voici monsieur le curé. Je me tais, je venais vous parler d'affaires, et je vois que vous êtes en grande conférence.

— Madame, dit le curé, je vous laisse le champ libre.

— Oh ! monsieur le curé, dit Eugénie, revenez dans quelques instans, votre appui m'est en ce moment bien nécessaire.

— Oui, ma pauvre enfant, dit madame des Grassins.

— Que voulez-vous dire ? demandèrent mademoiselle Grandet et le curé.

— Ne sais-je pas le retour de votre cousin, son mariage avec mademoiselle d'Aubrion ?... Une femme n'a jamais son esprit dans sa poche.

Eugénie rougit et resta muette ; mais elle prit le parti d'affecter à l'avenir l'impassible contenance qu'avait su prendre son père.

— Eh bien ! ma chère, répondit-elle avec ironie, j'ai sans doute l'esprit dans ma poche, je ne comprends pas. Parlez, parlez devant monsieur le curé, vous savez qu'il est mon directeur.

— Eh bien ! mademoiselle, voici ce que des Grassins m'écrit. Lisez.

Eugénie lut la lettre suivante :

« Ma chère femme, Charles Grandet arrive des Indes ; il est à Paris depuis un mois...

— Un mois ! se dit Eugénie en laissant tomber sa main.

Après une pause, elle reprit la lettre.

» ...Il m'a fallu faire antichambre deux fois avant de pouvoir parler à ce futur vicomte d'Aubrion. Quoique tout Paris parle de son mariage, et que tous les bans soient publiés...

— Il m'écrivait donc au moment où... se dit Eugénie. Elle n'achera pas, elle ne s'écria pas comme une Parisienne : « Le polisson ! » Mais pour ne pas être exprimé, le mépris n'en fut pas moins complet.

» ...Ce mariage est loin de se faire ; le marquis d'Aubrion ne donnera pas sa fille au fils d'un banqueroutier. Je

suis venu lui faire part des soins que son oncle et moi nous avons donnés aux affaires de son père, et des habiles manœuvres par lesquelles nous avons su faire tenir les créanciers tranquilles jusqu'aujourd'hui. Ce petit impertinent n'a-t-il pas eu le front de me répondre, à moi qui, pendant cinq ans, me suis dévoué nuit et jour à ses intérêts et à son honneur, que *les affaires de son père n'étaient pas les siennes*. Un agréé serait en droit de lui demander trente à quarante mille francs d'honoraires, à un pour cent sur la somme des créances. Mais, patience, il est bien légitimement dû douze cent mille francs aux créanciers, et je vais faire déclarer son père en faillite. Je me suis embarqué dans cette affaire sur la parole de ce vieux caïman de Grandet, et j'ai fait des promesses au nom de la famille. Si monsieur le vicomte d'Aubrion se soucie peu de son honneur, le mien m'intéresse fort. Aussi vais-je expliquer ma position aux créanciers. Néanmoins, j'ai trop de respect pour mademoiselle Eugénie, à l'alliance de laquelle, en des temps plus heureux, nous avions pensé, pour agir sans que tu lui aies parlé de cette affaire. »

Là, Eugénie rendit froidement la lettre sans l'achever.—Je vous remercie, dit-elle à madame des Grassins, *nous verrons cela...*

— En ce moment, vous avez toute la voix de défunt votre père, dit madame des Grassins.

— Madame, vous avez huit mille cent francs d'or à nous compter, lui dit Nanon.

— Cela est vrai ; faites-moi l'avantage de venir avec moi, madame Cornoiller.

— Monsieur le curé, dit Eugénie avec un noble sang-froid que lui donna la pensée qu'elle allait exprimer, serait-ce pécher que de demeurer en état de virginité dans le mariage ?

— Ceci est un cas de conscience dont la solution m'est inconnue. Si vous voulez savoir ce qu'en pense en sa *Somme de Matrimonio* le célèbre Sanchez, je pourrai vous le dire demain.

Le curé partit, mademoiselle Grandet monta dans le cabinet de son père et y passa la journée seule, sans vouloir descendre à l'heure du dîner, malgré les instances de Nanon. Elle parut le soir, à l'heure où les habitués de son cercle arrivèrent. Jamais le salon des Grandet n'avait été aussi plein qu'il le fut pendant cette soirée. La nouvelle du retour et de la sotte trahison de Charles avait été répandue dans toute la ville. Mais quelque attentive que fût la curiosité des visiteurs, elle ne fut point satisfaite. Eugénie, qui s'y était attendue, ne laissa percer sur son visage calme aucune des cruelles émotions qui l'agitaient. Elle sut prendre une figure riante pour répondre à ceux qui voulurent lui témoigner de l'intérêt par des regards ou des paroles mélancoliques. Elle sut enfin couvrir son malheur sous les voiles de la politesse. Vers neuf heures, les parties finissaient, et les joueurs quittaient leurs tables, se payaient et discutaient les derniers coups de whist en venant se joindre au cercle des causeurs. Au moment où l'assemblée se leva en masse pour quitter le salon, il y eut un coup de théâtre qui retentit dans Saumur, de là dans l'arrondissement et dans les quatre préfectures environnantes.

— Restez, monsieur le président, dit Eugénie à monsieur de Bonfons en lui voyant prendre sa canne.

A cette parole, il n'y eut personne dans cette nombreuse assemblée qui ne se sentît ému. Le président pâlit et fut obligé de s'asseoir.

— Au président les millions ! dit mademoiselle de Gribeaucourt.

— C'est clair, le président de Bonfons épouse mademoiselle Grandet, s'écria madame d'Orsonval.

— Voilà le meilleur coup de la partie, dit l'abbé.

— C'est un beau *schleem*, dit le notaire.

Chacun dit son mot, chacun fit son calembour, tous voyaient l'héritière montée sur ses millions, comme sur un piédestal. Le drame commencé depuis neuf ans se dénouait.

Dire, en face de tout Saumur, au président de rester, n'é-tait-ce pas annoncer qu'elle voulait faire de lui son mari. Dans les petites villes, les convenances sont si sévèrement observées, qu'une infraction de ce genre y constitue la plus solennelle des promesses.

— Monsieur le président, lui dit Eugénie d'une voix émue quand ils furent seuls, je sais ce qui vous plaît en moi. Ju-rez de me laisser libre pendant toute ma vie, de ne me rap-peler aucun des droits que le mariage vous donne sur moi, et ma main est à vous. Oh! reprit-elle en le voyant se mettre à ses genoux, je n'ai pas tout dit. Je ne dois pas vous tromper, monsieur. J'ai dans le cœur un sentiment inextinguible. L'amitié sera le seul sentiment que je puisse accorder à mon mari : je ne veux ni l'offenser, ni contre-venir aux lois de mon cœur. Mais vous ne posséderez ma main et ma fortune qu'au prix d'un immense service.

— Vous me voyez prêt à tout, dit le président.

— Voici douze cent mille francs, monsieur le président, dit-elle en tirant un papier de son sein; partez pour Paris, non pas demain, non pas cette nuit, mais à l'instant même. Rendez-vous chez monsieur des Grassins, sachez-y le nom de tous les créanciers de mon oncle, rassemblez-les, payez tout ce que sa succession peut devoir, capital et intérêts à cinq pour cent depuis le jour de la dette jusqu'à celui du remboursement, enfin veillez à faire faire une quittance générale et notariée, bien en forme. Vous êtes magistrat, je ne me fie qu'à vous en cette affaire. Vous êtes un hom-me loyal, un galant homme; je m'embarquerai sur la foi de votre parole pour traverser les dangers de la vie à l'a-bri de votre nom. Nous aurons l'un pour l'autre une mu-tuelle indulgence. Nous nous connaissons depuis si long-temps! nous sommes presque parens, vous ne voudriez pas me rendre malheureuse.

Le président tomba aux pieds de la riche héritière en palpitant de joie et d'angoisse.

— Je serai votre esclave! lui dit-il.

— Quand vous aurez la quittance, monsieur, reprit-elle en lui jetant un regard froid, vous la porterez avec tous les titres à mon cousin Grandet, et vous lui remettrez cette let-tre. A votre retour, je tiendrai ma parole.

Le président comprit, lui, qu'il devait mademoiselle Grandet à un dépit amoureux; aussi s'empressa-t-il d'exé-cuter ses ordres avec la plus grande promptitude, afin qu'il n'arrivât aucune réconciliation entre les deux amans.

Quand monsieur de Bonfons fut parti, Eugénie tomba sur son fauteuil et fondit en larmes. Tout était consommé. Le président prit la poste, et se trouvait à Paris le lende-main soir. Dans la matinée du jour qui suivit son arrivée, il alla chez des Grassins. Le magistrat convoqua les créan-ciers en l'étude du notaire où étaient déposés les titres, et chez lequel pas un ne faillit à l'appel. Quoique ce fussent des créanciers, il faut leur rendre justice : ils furent exacts. Là, le président de Bonfons, au nom de mademoiselle Grandet, leur paya le capital et les intérêts dus. Le paye-ment des intérêts fut pour le commerce parisien un des événemens les plus étonnans de l'époque. Quand la quit-tance fut enregistrée et des Grassins payé de ses soins par le don d'une somme de cinquante mille francs que lui avait allouée Eugénie, le président se rendit à l'hôtel d'Au-brion, et y trouva Charles au moment où il rentrait dans son appartement, accablé par son beau-père. Le vieux marquis venait de lui déclarer que sa fille ne lui appartien-drait qu'autant que tous les créanciers de Guillaume Gran-det seraient soldés.

Le président lui remit d'abord la lettre suivante :

« MON COUSIN, monsieur le président de Bonfons s'est chargé de vous remettre la quittance de toutes les sommes dues par mon oncle et celle par laquelle je reconnais les avoir reçues de vous. On m'a parlé de faillite!... J'ai pensé que le fils d'un failli ne pourrait peut-être pas épouser ma-demoiselle d'Aubrion. Oui, mon cousin, vous avez bien jugé de mon esprit et de mes manières : je n'ai sans doute rien du monde, je n'en connais ni les calculs ni les mœurs, et ne saurais vous y donner les plaisirs que vous voulez y trouver. Soyez heureux, selon les conventions sociales auxquelles vous sacrifiez nos premières amours. Pour ren-dre votre bonheur complet, je ne puis donc plus vous of-frir que l'honneur de votre père. Adieu, vous aurez tou-jours une fidèle amie dans votre cousine,

             » EUGÉNIE. »

Le président sourit de l'exclamation que ne put répri-mer cet ambitieux au moment où il reçut l'acte authen-tique.

— Nous nous annoncerons réciproquement nos mariages, lui dit-il.

— Ah! vous épousez Eugénie. Eh bien! j'en suis con-tent, c'est une bonne fille. Mais, reprit-il frappé tout à coup par une réflexion lumineuse, elle est donc riche?

— Elle avait, répondit le président d'un air goguenard, près de dix-neuf millions, il y a quatre jours; mais elle n'en a plus que dix-sept aujourd'hui.

Charles regarda le président d'un air hébété.

— Dix-sept... mil...

— Dix-sept millions, oui, monsieur. Nous réunissons, mademoiselle Grandet et moi, sept cent cinquante mille livres de rente, en nous mariant.

— Mon cher cousin, dit Charles en retrouvant un peu d'assurance, nous pourrons nous pousser l'un l'autre.

— D'accord, dit le président. Voici, de plus, une petite caisse que je dois aussi ne remettre qu'à vous, ajouta-t-il en déposant sur une table le coffret dans lequel était la toilette.

— Hé bien! mon cher ami, dit madame la marquise d'Aubrion en entrant sans faire attention à Cruchot, ne prenez nul souci de ce que vient de vous dire ce pauvre monsieur d'Aubrion, à qui la duchesse de Chaulieu vient de tourner la tête. Je vous le répète, rien n'empêchera votre mariage...

— Rien, madame, répondit Charles. Les trois millions autrefois dus par mon père ont été soldés hier.

— En argent? dit-elle.

— Intégralement, intérêts et capital, et je vais faire ré-habiliter sa mémoire.

— Quelle bêtise! s'écria la belle-mère. — Quel est ce monsieur? dit-elle à l'oreille de son gendre, en apercevant le Cruchot.

— Mon homme d'affaires, lui répondit-il à voix basse.

La marquise salua dédaigneusement monsieur de Bon-fons et sortit.

— Nous nous poussons déjà, dit le président en prenant son chapeau. Adieu, mon cousin.

— Il se moque de moi, ce cataoès de Saumur. J'ai en-vie de lui donner six pouces de fer dans le ventre.

Le président était parti. Trois jours après, monsieur de Bonfons, de retour à Saumur, publia son mariage avec Eu-génie. Six mois après, il était nommé conseiller à la Cour royale d'Angers. Avant de quitter Saumur, Eugénie fit fondre l'or des joyaux si longtemps précieux à son cœur, et les consacra, ainsi que les huit mille francs de son cou-sin, à un ostensoir d'or, et en fit présent à la paroisse où elle avait tant prié Dieu pour lui! Elle partagea d'ailleurs son temps entre Angers et Saumur. Son mari, qui montra du dévouement dans une circonstance politique, devint président de chambre, et enfin premier président au bout de quelques années. Il attendit impatiemment la réélection générale afin d'avoir un siége à la Chambre. Il convoitait déjà la Pairie, et alors...

— Alors le roi sera donc son cousin, disait Nanon, la grande Nanon, madame Cornoiller, bourgeoise de Saumur, à sa maîtresse annonçant les grandeurs auxquelles elle était appelée. Néanmoins monsieur le président de Bonfons (il avait enfin aboli le nom patronymique de Cruchot) ne parvint à réaliser aucune de ses idées ambitieuses. Il mou-rut huit jours après avoir été nommé député de Saumur. Dieu, qui voit tout et ne frappe jamais à faux, le punissait sans doute de ses calculs et de l'habileté juridique avec laquella il avait minuté. *accurante Cruchot*, son contrat de mariage où les deux futurs époux se donnaient l'un à l'autre, *au cas où ils n'auraient pas d'enfans, l'universalité de leurs biens, meubles et immeubles, sans en rien excepter ni réserver, en toute propriété, se dispensant même de la formalité de l'inventaire, sans que l'omission dudit inventaire puisse être opposée à leurs héritiers ou ayants cause, entendant que ladite donation soit, etc.* Cette clause peut expliquer le profond respect que le président eut constamment pour la volonté, pour la solitude de madame de Bonfons. Les femmes citaient monsieur le premier président comme un des hommes les plus délicats, le plaignaient et allaient jusqu'à souvent accuser la douleur, la passion d'Eugénie, mais comme elles savent accuser une femme, avec les plus cruels ménagemens.

— Il faut que madame la présidente de Bonfons soit bien souffrante pour laisser son mari seul. Pauvre petite femme! Guérira-t-elle bientôt? Qu'a-t-elle donc, une gastrite, un cancer? Pourquoi ne voit-elle pas des médecins? Elle devient jaune depuis quelque temps; elle devrait aller consulter les célébrités de Paris. Comment peut-elle ne pas désirer un enfant? Elle aime beaucoup son mari, dit-on, comment ne pas lui donner d'héritier, dans sa position? Savez-vous que cela est affreux; et si c'était par l'effet d'un caprice, il serait bien condamnable. Pauvre président!

Douée de ce tact fin que la solitaire exerce par ses perpétuelles méditations, et par la vue exquise avec laquelle il saisit les choses qui tombent dans sa sphère, Eugénie, habituée par le malheur et par sa dernière éducation à tout deviner, savait que le président désirait sa mort pour se trouver en possession de cette immense fortune, encore augmentée par les successions de son oncle le notaire, et de son oncle l'abbé, que Dieu eut la fantaisie d'appeler à lui. La pauvre recluse avait pitié du président. La Providence la vengea des calculs et de l'infâme indifférence d'un époux qui respectait, comme la plus forte des garanties, la passion sans espoir dont se nourrissait Eugénie. Donner la vie à un enfant, n'était-ce pas tuer les espérances de l'égoïsme, les joies de l'ambition caressées par le premier président? Dieu jeta donc des masses d'or à sa prisonnière pour qui l'or était indifférent et qui aspirait au ciel, qui vivait, pieuse et bonne, en de saintes pensées, qui secourait incessamment les malheureux en secret. Madame de Bonfons fut veuve à trente-six ans, riche de huit cent

mille livres de rente, encore belle, mais comme une femme est belle près de quarante ans. Son visage est blanc, reposé, calme. Sa voix est douce et recueillie, ses manières sont simples. Elle a toutes les noblesses de la douleur, la sainteté d'une personne qui n'a pas souillé son âme au contact du monde, mais aussi la raideur de la vieille fille et les habitudes mesquines que donne l'existence étroite de la province. Malgré ses huit cent mille livres de rente, elle vit comme avait vécu la pauvre Eugénie Grandet, n'allume le feu de sa chambre qu'aux jours où jadis son père lui permettait d'allumer le foyer de la salle, et l'éteint conformément au programme en vigueur dans ses jeunes années. Elle est toujours vêtue comme l'était sa mère. La maison de Saumur, maison sans soleil, sans chaleur, sans cesse ombragée, mélancolique, est l'image de sa vie. Elle accumule soigneusement ses revenus, et peut-être eût-elle semblé parcimonieuse si elle ne démentait la médisance par un noble emploi de sa fortune. De pieuses et charitables fondations, un hospice pour la vieillesse et des écoles chrétiennes pour les enfans, une bibliothèque publique richement dotée, témoignent chaque année contre l'avarice que lui reprochent certaines personnes. Les églises de Saumur lui doivent quelques embellissemens. Madame de Bonfons que, par raillerie, on appelle *mademoiselle*, inspire généralement un religieux respect. Ce noble cœur, qui ne battait que pour les sentimens les plus tendres, devait donc être soumis aux calculs de l'intérêt humain. L'argent devait communiquer ses teintes froides à cette vie céleste, et lui donner de la défiance pour les sentimens.

— Il n'y a que toi qui m'aimes, disait-elle à Nanon.

La main de cette femme panse les plaies secrètes de toutes les familles. Eugénie marche au ciel accompagnée d'un cortège de bienfaits. La grandeur de son âme amoindrit les petitesses de son éducation et les coutumes de sa vie première. Telle est l'histoire de cette femme, qui n'est pas du monde au milieu du monde; qui, faite pour être magnifiquement épouse et mère, n'a ni mari, ni enfans, ni famille. Depuis quelques jours, il est question d'un nouveau mariage pour elle. Les gens de Saumur s'occupent d'elle et de monsieur le marquis de Froidfond dont la famille commence à cerner la riche veuve comme jadis avaient fait les Cruchot. Nanon et Cornoiller sont, dit-on, dans les intérêts du marquis, mais rien n'est plus faux. Ni la grande Nanon, ni Cornoiller n'ont assez d'esprit pour comprendre les corruptions du monde.

Paris, septembre 1833.

FIN D'EUGÉNIE GRANDET.

Paris. — Imprimerie J. Voisvenel, 16, rue du Croissant.

Scènes de la Vie de Province.

LES CÉLIBATAIRES.

PIERRETTE.

A MADEMOISELLE ANNA DE HANSKA.

Chère enfant, vous la joie de toute une maison, vous dont la pèlerine blanche ou rose voltige en été dans les massifs de Wierzchownia comme un feu follet que votre mère et votre père suivent d'un œil attendri, comment vais-je vous dédier une histoire pleine de mélancolie? Ne faut-il pas vous parler des malheurs qu'une jeune fille adorée comme vous l'êtes ne connaîtra jamais, que vos jolies mains pourront un jour les consoler? Il est difficile, Anna, de vous trouver dans l'histoire de nos mœurs une aventure digne de passer sous vos yeux, que l'auteur n'avait pas à choisir; mais peut-être apprendrez-vous combien vous êtes heureuse en lisant celle que vous envoie

Votre vieil ami,
DE BALZAC.

En octobre 1827, à l'aube, un jeune homme âgé d'environ seize ans, et dont la mise annonçait ce que la phraséologie moderne appelle si insolemment un prolétaire, s'arrêta sur une petite place qui se trouve dans le bas Provins. A cette heure, il put examiner sans être observé les différentes maisons situées sur cette place qui forme un carré long. Les moulins assis sur les rivières de Provins allaient déjà. Leur bruit répété par les échos de la haute ville, en harmonie avec l'air vif, avec les pimpantes clartés du matin, accusait la profondeur du silence qui permettait d'entendre les ferrailles d'une diligence, à une lieue, sur la grande route. Les deux plus longues lignes de maisons séparées par un couvert de tilleuls offrent des constructions naïves où se révèle l'existence paisible et définie des bourgeois. En cet endroit, nulle trace de commerce. A peine y voyait-on alors les luxueuses portes cochères des gens riches; s'il y en avait, elles tournaient rarement sur leurs gonds, excepté celle de monsieur Martener, un médecin obligé d'avoir son cabriolet et de s'en servir. Quelques façades étaient ornées d'un cordon de vigne, d'autres de rosiers à haute tige qui montaient jusqu'au premier étage, où leurs fleurs parfumaient les croisées de leurs grosses touffes clairsemées. Un bout de cette place arrive presque à la grande rue de la basse ville. L'autre bout est barré par une rue parallèle à cette grande rue, et dont les jardins s'étendent sur une des deux rivières qui arrosent la vallée de Provins.

Dans ce bout, le plus paisible de la place, le jeune ouvrier reconnut la maison qu'on lui avait indiquée : une façade blanche, rayée de lignes creuses pour figurer des assises, où les fenêtres à maigres balcons de fer décorés de rosaces peintes en jaune sont fermées de persiennes grises. Au-dessus de cette façade, élevée d'un rez-de-chaussée et d'un premier étage, trois lucarnes de

mansarde percent un toit couvert en ardoises, sur un des pignons duquel tourne une girouette neuve. Cette moderne girouette représente un chasseur en position de tirer un lièvre. On monte à la porte bâtarde par trois marches en pierre. D'un côté de la porte, un bout de tuyau de plomb crache les eaux ménagères au-dessus d'une petite rigole, et annonce la cuisine ; de l'autre, deux fenêtres, soigneusement closes par des volets gris où des cœurs découpés laissent passer un peu de jour, lui parurent être celles de la salle à manger. Dans l'élévation rachetée par les trois marches, et dessous chaque fenêtre, se voient les soupiraux des caves, clos par de petites portes en tôle peinte, percées de trous prétentieusement découpés. Tout alors était neuf. Dans cette maison restaurée et dont le luxe encore frais contrastait avec le vieil extérieur de toutes les autres, un observateur eût sur-le-champ deviné les idées mesquines et le parfait contentement du petit commerçant retiré. Le jeune homme regarda ces détails avec une expression de plaisir mélangée de tristesse : ses yeux allaient de la cuisine aux mansardes par un mouvement qui dénotait une délibération. Les lueurs roses du soleil signalèrent sur une des fenêtres du grenier un rideau de calicot qui manquait aux autres lucarnes. La physionomie du jeune homme devint alors entièrement gaie, il se recula de quelques pas, s'adossa contre un tilleul, et chanta sur le ton traînant particulier aux gens de l'Ouest cette romance bretonne publiée par Bruguière, un compositeur à qui nous devons de charmantes mélodies. En Bretagne, les jeunes gens des villages viennent dire ce chant aux mariés le jour de leurs noces.

Nous v'nons vous souhaiter bonheur en mariage,
A m'sieur votre époux
Aussi ben comm' à vous.

On vient de vous lier, madam' la mariée,
　　Avec un lien d'or
　　Qui n'délie qu'à la mort.

Vous n'irez plus au bal, à nos jeux d'assemblée;
　　Vous gard'rez la maison
　　Tandis que nous irons.

Avez-vous ben compris comm' il vous fallait être
　　Fidèle à vot' époux;
　　Faut l'aimer comme vous.

Recevez ce bouquet que ma main vous présente.
　　Hélas! vos vains honneurs
　　Pass'ront comme ces fleurs.

Cette musique nationale, aussi délicieuse que celle adaptée par Chateaubriand à *Ma sœur, te souvient-il encore,* chantée au milieu d'une petite ville de la Brie champenoise, devait être pour une Bretonne le sujet d'impérieux souvenirs, tant elle peint fidèlement les mœurs, la bonhomie, les sites de ce vieux et noble pays. Il y règne je ne sais quelle mélancolie causée par l'aspect de la vie réelle qui touche profondément. Ce pouvoir de réveiller un monde de choses graves, douces et tristes, par un rhythme familier et souvent gai, n'est-il pas le caractère de ces chants populaires qui sont les superstitions de la musique, si l'on veut accepter cette superstition comme signifiant tout ce qui reste après la ruine des peuples et surnage à leurs révolutions. En achevant le premier couplet, l'ouvrier, qui ne cessait de regarder le rideau de la mansarde, n'y vit aucun mouvement. Pendant qu'il chantait le second, le calicot s'agita. Quand ces mots : « Recevez ce bouquet, » furent dits, apparut la figure d'une jeune fille. Une main blanche ouvrit avec précaution la croisée, et la jeune fille salua par un signe de tête le voyageur au moment où il finissait la pensée mélancolique exprimée par ces deux vers si simples :

　　　Hélas! vos vains honneurs
　　　Pass'ront comme ces fleurs.

L'ouvrier montra soudain, en la tirant de dessous sa veste, une fleur d'un jaune d'or très commune en Bretagne, et sans doute trouvée dans les champs de la Brie où elle est rare, la fleur de l'ajonc.
— Est-ce donc vous, Brigaut? dit à voix basse la jeune fille.
— Oui, Pierrette, oui. Je suis à Paris, je fais mon tour de France; mais je suis capable de m'établir ici, puisque vous y êtes.
En ce moment, une espagnolette grogna dans la chambre du premier étage, au-dessous de celle de Pierrette. La Bretonne manifesta la plus vive crainte et dit à Brigaut :
— Sauvez-vous! L'ouvrier sauta comme une grenouille effrayée vers le tournant qu'un moulin fait faire à cette rue où va déboucher dans la grande rue, l'artère de la basse ville; mais, malgré sa prestesse, ses souliers ferrés, en retentissant sur le petit pavé de Provins, produisirent un son facile à distinguer dans la musique du moulin, et que put entendre la personne qui ouvrait la fenêtre.
Cette personne était une femme. Aucun homme ne s'arrache aux douceurs du sommeil matinal pour écouter un troubadour en veste, une fille seule se réveille à un chant d'amour. Aussi était-ce une fille, et une vieille fille. Quand elle eut déployé ses persiennes par un geste de chauve-souris, elle regarda dans toutes les directions, et n'entendit que vaguement le pas de Brigaut qui s'enfuyait. Y a-t-il rien de plus horrible à voir que la matinale apparition d'une vieille fille laide à sa fenêtre? De tous les spectacles grotesques qui font la joie des voyageurs quand ils traversent les petites villes, n'est-ce pas le plus déplaisant? il est trop triste, trop repoussant pour qu'on en rie. Cette vieille fille, à l'oreille si alerte, se présentait dépouillée des artifices en tout genre qu'elle employait pour s'embel-

lir : elle n'avait ni son tour de faux cheveux ni sa collerette. Elle portait cet affreux petit sac en taffetas noir avec lequel les vieilles femmes s'enveloppent l'occiput, et qui dépassait son bonnet de nuit relevé par les mouvemens du sommeil. Ce désordre donnait à cette tête l'air menaçant que les peintres prêtent aux sorcières. Les tempes, les oreilles et la nuque, assez peu cachées, laissaient voir leur caractère aride et sec; leurs rides âpres se recommandaient par des tons rouges peu agréables à l'œil et que faisait encore ressortir la couleur quasi blanche de la camisole nouée au cou par des cordons vrillés. Les bâillemens de cette camisole entr'ouverte montraient une poitrine comparable à celle d'une vieille paysanne peu soucieuse de sa laideur. Le bras décharné faisait l'effet d'un bâton sur lequel on aurait mis une étoffe. Vue à sa croisée, cette demoiselle paraissait grande à cause de la force et de l'étendue de son visage qui rappelait l'ampleur inouïe de certaines figures suisses. Sa physionomie, où les traits péchaient par un défaut d'ensemble, avait pour principal caractère une sécheresse dans les lignes, une aigreur dans les tons, une insensibilité dans le fond qui eût saisi de dégoût un physionomiste. Ces expressions alors visibles se modifiaient habituellement par une sorte de sourire commercial, par une bêtise bourgeoise qui jouait si bien la bonhomie, que les personnes avec lesquelles vivait cette demoiselle pouvaient très bien la prendre pour une bonne personne. Elle possédait cette maison par indivis avec son frère. Le frère dormait si tranquillement dans sa chambre, que l'orchestre de l'Opéra ne l'eût pas éveillé, et cependant le diapason de cet orchestre est célèbre! La vieille demoiselle avança la tête hors de la fenêtre, leva vers la mansarde ses petits yeux d'un bleu pâle et froid, aux cils courts et plantés dans un bord presque toujours enflé; elle essaya de voir Pierrette; mais, après avoir reconnu l'inutilité de sa manœuvre, elle rentra dans sa chambre par un mouvement semblable à celui d'une tortue rentrant sa tête après l'avoir sortie de sa carapace. Les persiennes se fermèrent, et le silence de la place ne fut plus troublé que par les paysans qui arrivaient ou par des personnes matinales. Quand il y a une vieille fille dans une maison, les chiens de garde sont inutiles : il ne s'y passe pas le moindre événement qu'elle ne le voie, ne le commente et n'en tire toutes les conséquences possibles. Aussi, cette circonstance allait-elle donner carrière à de graves suppositions, ouvrir un de ces drames obscurs qui se passent en famille et qui, pour demeurer secrets, n'en sont pas moins terribles, si vous permettez toutefois d'appliquer le mot de drame à cette scène d'intérieur.

Pierrette ne se recoucha pas. Pour elle, l'arrivée de Brigaut était un événement immense. Pendant la nuit, cet Éden des malheureux, elle échappait aux ennuis, aux tracasseries qu'elle avait à supporter durant la journée. Semblable au héros de je ne sais quelle ballade allemande ou russe, son sommeil lui paraissait être une vie heureuse, et le jour était un mauvais rêve. Après trois années, elle venait d'avoir pour la première fois un réveil agréable. Les souvenirs de son enfance avaient mélodieusement chanté leurs poésies dans son âme. Le premier couplet, elle l'avait entendu en rêve, le second l'avait fait lever en sursaut, au troisième elle avait douté : les malheureux sont de l'école de saint Thomas. Au quatrième couplet, arrivée en chemise et nu-pieds à sa croisée, elle avait reconnu Brigaut, son ami d'enfance. Ah! c'était bien cette veste carrée à petites basques brusquement coupées et dont les poches ballottent à la chute des reins, la veste de drap bleu classique en Bretagne, le gilet de rouennerie grossière, la chemise de toile fermée par un cœur d'or, le grand col roulé, les boucles d'oreilles, les gros souliers, le pantalon de toile bleue écrue inégalement déteint par longueurs du fil, enfin toutes les choses humbles et fortes qui constituent le costume d'un pauvre Breton. Les gros boutons en corne blanche du gilet et de la veste firent battre le cœur de Pierrette. À la vue du bouquet d'ajonc, ses yeux se mouillèrent de larmes, puis une horrible terreur lui comprima dans l'âme les fleurs de son souvenir un moment épanouies. Elle pensa que sa cousine avait pu l'entendre en sciant et marchant à sa croisée, elle devina la vieille fille et fit à Brigaut ce signe de frayeur auquel le pauvre Breton s'était empressé d'obéir sans y rien comprendre. Cette soumission instinctive ne peint-elle pas une de ces affections innocentes et absolues comme il y en a, de siècle en siècle, sur cette terre, où elles fleurissent comme l'aloès à l'*isola bella*, deux ou trois fois en cent ans! Qui eût vu Brigaut se sauvant aurait admiré l'héroïsme le plus naïf du plus naïf sentiment. Jacques Brigaut était digne de Pierrette Lorrain, qui finissait sa quatorzième année : deux enfants! Pierrette ne put s'empêcher de pleurer en le regardant lever le pied avec l'effroi que son geste lui avait communiqué. Puis elle revint s'asseoir sur un méchant fauteuil, en face d'une petite table au-dessus de laquelle se trouvait un miroir. Elle s'y accouda, se mit la tête dans les mains, et resta là pensive pendant une heure, occupée à se remémorer le Marais, le bourg de Pen-Hoël, les périlleux voyages entrepris sur un étang dans un bateau détaché pour elle d'un vieux saule par le petit Jacques, enfin les vieilles figures de sa grand'mère, de son grand-père, la tête souffrante de sa mère et la belle physionomie du major Brigaut, enfin toute son enfance sans soucis! Ce fut encore un rêve : des joies lumineuses sur un fond grisâtre. Elle avait ses beaux cheveux cendrés en désordre sous un petit bonnet, chiffonné pendant son sommeil, un petit bonnet en percale et à ruches qu'elle s'était fait elle-même. De chaque côté des tempes il passait des boucles échappées de leurs papillottes en papier gris. Derrière la tête, une grosse natte aplatie pendait déroulée. La blancheur excessive de sa figure trahissait une de ces horribles maladies de jeune fille à laquelle la médecine a donné le nom gracieux de *chlorose*, et qui prive le corps de ses couleurs naturelles, qui trouble l'appétit et annonce de grands désordres dans l'organisme. Ce ton de cire existait dans toute la carnation. Le cou et les épaules expliquaient par leur pâleur d'herbe étiolée la maigreur des bras jetés en avant et croisés. Les pieds de Pierrette paraissaient amollis, amoindris par la maladie. Sa chemise ne tombait qu'à mi jambe et laissait voir des nerfs fatigués, des veines bleuâtres, une carnation appauvrie. Le froid qui l'atteignit lui rendit les lèvres d'un beau violet. Le triste sourire qui tira les coins de sa bouche assez délicate montra des dents d'un ivoire fin et d'une forme menue, de jolies dents transparentes qui s'accordaient avec ses oreilles fines, avec son nez un peu pointu mais élégant, avec la coupe de son visage qui, malgré sa parfaite rondeur, était mignonne. Toute l'animation de ce charmant visage se trouvait dans des yeux dont l'iris, couleur tabac d'Espagne et mélangé de points noirs, brillait par les reflets d'or autour d'une prunelle profonde et vive. Pierrette avait dû être gaie, elle était triste. Sa gaîté perdue existait encore dans la vivacité des contours de l'œil, dans la grâce ingénue de son front et dans les méplats de son menton court. Ses longs cils se dessinaient comme des pinceaux sur ses pommettes altérées par la souffrance. Le blanc, prodigué outre mesure, rendait d'ailleurs les lignes et les détails de la physionomie très purs. L'oreille était un petit chef-d'œuvre de sculpture : vous eussiez dit du marbre. Pierrette souffrait de bien des manières. Aussi peut-être voulez-vous son histoire? la voici.

La mère de Pierrette était une demoiselle Auffray, de Provins, sœur consanguine de madame Rogron, mère des possesseurs actuels de cette maison.

Marié d'abord à dix-huit ans, monsieur Auffray avait contracté vers soixante-neuf ans un second mariage. De son premier lit, était issue une fille unique assez laide, et mariée dès l'âge de seize ans à un aubergiste de Provins nommé Rogron.

De son second lit, le bonhomme Auffray eut encore une fille, mais charmante. Ainsi, par un effet assez bizarre, il y eut une énorme différence d'âge entre les deux filles de monsieur Auffray : celle du premier lit avait cinquante ans quand celle du second naissait. Lorsque son vieux père lui donnait une sœur, madame Rogron avait deux enfants majeurs.

À dix-huit ans, la fille du vieillard amoureux fut mariée selon son inclination à un officier breton nommé Lorrain, capitaine dans la Garde impériale. L'amour rend souvent ambitieux. Le capitaine, qui voulut devenir promptement colonel, passa dans la Ligne. Pendant que le chef de bataillon et sa femme, assez heureux de la pension à eux faite par monsieur et madame Auffray, brillaient à Paris ou couraient en Allemagne au gré des batailles et des paix impériales, le vieil Auffray, ancien épicier de Provins, mourut à quatre-vingt-huit ans, sans avoir eu le temps de faire aucune disposition testamentaire. La succession du bonhomme fut si bien manœuvrée par l'ancien aubergiste et par sa femme, qu'ils en absorbèrent la plus grande partie, et ne laissèrent à la veuve du bonhomme Auffray que la maison du défunt sur la petite place et quelques arpens de terre. Cette veuve, mère de la petite madame Lorrain, n'avait à la mort de son mari que trente-huit ans. Comme beaucoup de veuves, elle eut l'idée malsaine de se remarier. Elle vendit à sa belle-fille, la vieille madame Rogron, les terres et la maison qu'elle avait gagnées en vertu de son contrat de mariage, afin de pouvoir épouser un jeune médecin nommé Néraud, qui lui dévora sa fortune. Elle mourut de chagrin et dans la misère deux ans après.

La part qui aurait pu revenir à madame Lorrain dans la succession Auffray disparut donc en grande partie, et se réduisit à environ huit mille francs. Le major Lorrain mourut sur le champ d'honneur à Montereau, laissant sa veuve chargée, à vingt et un ans, d'une petite fille de quatorze mois, sans autre fortune que la pension à laquelle elle avait droit et la succession à venir de monsieur et madame Lorrain, détaillans à Pen-Hoël, bourg vendéen situé dans le pays appelé le Marais. Ces Lorrain, père et mère de l'officier mort, grand-père et grand'mère paternels de Pierrette Lorrain, vendaient le bois nécessaire aux constructions, des ardoises, des tuiles, des faîtières, des tuyaux, etc. Leur commerce, soit incapacité, soit malheur, allait mal et leur fournissait à peine de quoi vivre. La faillite de la célèbre maison Collinet de Nantes, causée par les événements de 1814, qui produisirent une baisse subite dans les denrées coloniales, venait leur enlever vingt-quatre mille francs qu'ils y avaient déposés. Aussi leur belle-fille fut-elle bien reçue. La veuve du major apportait une pension de huit cent francs, somme énorme à Pen-Hoël. Les huit mille francs que son beau-frère et sa sœur Rogron lui envoyèrent après mille formalités entraînées par l'éloignement, elle les confia aux Lorrain, en prenant toutefois une hypothèque sur une petite maison qu'ils possédaient à Nantes, louée cent écus, et qui valait à peine dix mille francs.

Madame Lorrain la jeune mourut trois ans après le second et fatal mariage de sa mère, en 1819, presque en même temps qu'elle. L'enfant du vieil Auffray et de sa jeune épouse était frêle, petite et malingre : l'air humide du Marais lui fut contraire. La famille de son mari lui persuada pour la garder que, dans aucun autre endroit du monde, elle ne trouverait un pays plus sain ni plus agréable que le Marais, témoin des exploits de Charette. Elle fut si bien dorlotée, soignée, cajolée, que cette mort fit le plus grand honneur aux Lorrain. Quelques personnes prétendent que Brigaut, un ancien Vendéen, un de ces hommes de fer qui avaient servi sous Charette, sous Mercier, sous le marquis de Montauran et sous le baron du Guénic dans les guerres contre la République, était pour beaucoup dans la résignation de madame Lorrain la jeune. S'il en fut ainsi, certes ce serait d'une âme excessivement aimante et dévouée. Tout Pen-Hoël voyait d'ailleurs Brigaut, nommé respectueusement *le major*, grade qu'il avait eu dans les armées catholiques, passant ses journées et ses soirées dans la salle auprès de la veuve du major impérial. Vers les derniers temps, le curé de Pen-Hoël s'était permis quelques représentations à la vieille dame Lorrain : il l'avait priée de décider sa belle-fille à épouser Brigaut, en promettant de faire nommer le major juge de paix du canton de Pen-Hoël par la protection du vicomte de Kergarouët. La mort de la pauvre jeune femme rendit la proposition inutile. Pierrette resta chez ses grands-parens, qui lui devaient quatre cents francs d'intérêt par an, naturellement appliqués à son entretien. Ces vieilles gens, de plus en plus impropres au commerce, eurent un concurrent actif et ingénieux contre lequel ils disaient des injures sans rien tenter pour se défendre. Le major, leur conseil et leur ami, mourut six mois après son amie, peut-être de douleur et peut-être de ses blessures : il en avait reçu vingt-sept. En bon commerçant, le mauvais voisin voulut ruiner ses adversaires afin d'éteindre toute concurrence. Il fit prêter de l'argent aux Lorrain sur leur signature, en prévoyant qu'ils ne pourraient rembourser, et les força dans leurs vieux jours à déposer leur bilan. L'hypothèque de Pierrette fut primée par l'hypothèque légale de sa grand'mère, qui s'en tint à ses droits pour conserver un morceau de pain à son mari. La maison de Nantes fut vendue neuf mille cinq cents francs, et il y eut pour quinze cents francs de frais. Les huit mille francs restant revinrent à madame Lorrain, qui les plaça sur hypothèque afin de pouvoir vivre à Nantes dans une espèce de béguinage semblable à celui de Sainte-Périne de Paris et nommé Saint-Jacques, où ces deux vieillards eurent le vivre et le couvert moyennant une modique pension. Dans l'impossibilité de garder avec eux leur petite-fille ruinée, les vieux Lorrain se souvinrent de son oncle et de sa tante Rogron, auxquels ils écrivirent. Les Rogron de Provins étaient morts. La lettre des Lorrain au Rogron semblait donc devoir être perdue. Mais, si quelque chose ici-bas peut suppléer la Providence, n'est-ce pas la Poste aux lettres? L'esprit de la Poste, incomparablement au-dessus de l'esprit public, qui ne rapporte pas d'ailleurs autant, dépasse en invention l'esprit des plus habiles romanciers. Quand la Poste possède une lettre, valant pour elle de trois à dix sous, sans trouver immédiatement celui ou celle à qui elle doit le remettre, elle déploie une sollicitude financière dont l'analogue ne se rencontre chez les créanciers les plus intrépides. La Poste va, vient, furette dans les 86 départemens. Les difficultés surexcitent le génie des employés, qui souvent sont des gens de lettres, et qui se mettent alors à la recherche de l'Inconnu avec l'ardeur des mathématiciens du Bureau des Longitudes : ils fouillent tout le royaume. A la moindre lueur d'espérance, les bureaux de Paris se remettent en mouvement. Souvent il vous arrive de rester stupéfait en reconnaissant les gribouillages qui zèbrent le dos et le ventre de la lettre, glorieuses attestations de la persistance administrative avec laquelle la Poste s'est remuée. Si un homme entreprenait ce que la Poste vient d'accomplir, il aurait perdu dix mille francs en voyages, en temps, en argent, pour recouvrer douze sous. La Poste a décidément encore plus d'esprit qu'elle n'en porte. La lettre des Lorrain, adressée à monsieur Rogron de Provins, décédé depuis une année, fut envoyée par la Poste à monsieur Rogron, son fils, mercier, rue Saint-Denis, à Paris. En ceci éclate l'esprit de la Poste. Un héritier est toujours plus ou moins tourmenté de savoir s'il a bien tout ramassé d'une succession, s'il n'a pas oublié des créances ou des guenilles. Le Fisc devine tout, même les caractères. Une lettre adressée au vieux Rogron de Provins mort devait piquer la curiosité de Rogron fils, à Paris, ou de mademoiselle Rogron, sa sœur, ses héritiers. Aussi le Fisc eut-il ses soixante centimes.

Les Rogron, vers lesquels les vieux Lorrain, au désespoir de se séparer de leur petite-fille, tendaient des mains suppliantes, devaient donc être les arbitres de la destinée de Pierrette Lorrain. Il est alors indispensable d'expliquer leurs antécédens et leur caractère.

Le père Rogron, cet aubergiste de Provins à qui le vieil Auffray avait donné la fille de son premier lit, était un personnage à figure enflammée, à nez veineux, et sur les joues duquel Bacchus avait appliqué ses pampres rougis et bulbeux. Quoique gros, court et ventripotent, à jambes grasses et à mains épaisses, il était doué de la finesse des aubergistes de Suisse, auxquels il ressemblait. Sa figure représentait vaguement un vaste vignoble grêlé. Certes, il n'était pas beau, mais sa femme lui ressemblait. Jamais couple ne fut mieux assorti. Rogron aimait la bonne chère et à se faire servir par de jolies filles. Il appartenait à la secte des égoïstes dont l'allure est brutale, qui s'adonnent à leurs vices et font leurs volontés à la face d'Israël. Avide, intéressé, peu délicat, obligé de pourvoir à ses fantaisies, il mangea ses gains jusqu'au jour où les dents lui manquèrent. L'avarice resta. Sur ses vieux jours, il vendit son auberge, ramassa, comme on l'a vu, presque toute la succession de son beau-père, et se retira dans la petite maison de la place, achetée pour un morceau de pain à la veuve du père Auffray, la grand'mère de Pierrette. Rogron et sa femme possédaient environ deux mille francs de rente, provenant de la location de vingt-sept pièces de terre situées autour de Provins, et les intérêts du prix de leur auberge, vendue vingt mille francs. La maison du bonhomme Auffray, quoique en fort mauvais état, fut habitée telle quelle par ces anciens aubergistes qui se gardèrent, comme de la peste, d'y toucher : les vieux rats aiment les lézardes et les ruines. L'ancien aubergiste, qui prit goût au jardinage, employa ses économies à l'augmentation du jardin : il le poussa jusqu'au bord de la rivière, il en fit un carré long, encaissé entre deux murailles et terminé par un empierrement où la nature aquatique, abandonnée à elle-même déployait les richesses de sa Flore. Au début de leur mariage, ces Rogron avaient eu, de deux en deux ans, une fille et un fils : tout dégénère, leurs enfans furent affreux. Mis en nourrice à la campagne et à bas prix, ces malheureux enfans revinrent avec l'horrible éducation du village, ayant crié longtemps et souvent après le sein de leur nourrice qui allait aux champs, et qui, pendant ce temps, les enfermait dans une de ces chambres noires, humides et basses qui servent d'habitation au paysan français. A ce métier, les traits de ces enfans grossirent, leur voix s'altéra ; ils flattèrent médiocrement l'amour-propre de la mère, qui tenta de les corriger de leurs mauvaises habitudes par une rigueur que celle du père convertissait en tendresse. On les laissa couailler dans les cours, écuries et dépendances de l'auberge, ou trotter par la ville; on les fouettait quelquefois; quelquefois on les envoyait chez leur grand-père Auffray, qui les aimait très peu. Cette injustice fut une des raisons qui encouragèrent les Rogron à se faire une large part dans la succession de ce *vieux scélérat*. Cependant le père Rogron mit son fils à l'école, il acheta un homme, un de ses charretiers, afin de le sauver de la Réquisition. Dès que sa fille Sylvie eut treize ans, il la dirigea sur Paris en qualité d'apprentie dans une maison de commerce. Deux ans après, il expédia son fils Jérôme-Denis par la même voie. Quand ses amis, les rouliers ou ses habitués lui demandaient ce qu'il comptait faire de ses enfans, le père Rogron expliquait son système avec une brièveté qui avait, sur celui de la plupart des pères, le mérite de la franchise.

— Quand ils seront en âge de me comprendre, je leur donnerai un coup de pied, vous savez où? en leur disant : « Va faire fortune ! » répondait-il en buvant ou s'essuyant les lèvres du revers de sa main. Puis il regardait son interlocuteur en clignant les yeux d'un air fin : — Hé! hé! ils ne sont pas plus bêtes que moi, ajoutait-il. — Mon père m'a donné trois coups de pied, je ne leur en donnerai qu'un; il m'a mis un louis dans la main, je leur en mettrai dix : ils seront donc plus heureux que moi. Voilà la bonne manière. Eh bien ! après moi, ce qui restera, restera ; les notaires sauront bien le leur trouver. Ce serait drôle de se gêner pour ses enfans?... Les miens me doivent la vie, je les ai nourris, je ne leur demande rien ; ils ne sont pas quittes, eh ! voisin? J'ai commencé par être charretier, et ça ne m'a pas empêché d'épouser la fille à ce vieux scélérat de père Auffray !

Sylvie Rogron fut envoyée à cent écus de pension en apprentissage rue Saint-Denis, chez des négocians nés à Provins. Deux ans après, elle était au pair : si elle ne gagnait rien, ses parens ne payaient plus rien pour son logis et pour sa nourriture. Voilà ce qu'on appelle *être au pair*, rue Saint-Denis. Deux ans après, pendant lesquels sa mère lui envoya cent francs pour son entretien, Sylvie eut cent écus d'appointemens. Ainsi, dès l'âge de dix-neuf ans, mademoiselle Sylvie Rogron obtint son indépendance. A vingt ans, elle était la seconde demoiselle de la maison Julliard, marchand de soie en botte, au *Ver-Chinois*, rue Saint-Denis. L'histoire de la sœur fut celle du frère. Le petit Jérôme-Denis Rogron entra chez un des plus forts marchands merciers de la rue Saint-Denis, la maison Guépin, aux *Trois-Quenouilles*. Si à vingt et un ans Sylvie était première demoiselle à mille francs d'appointemens, Jérôme-Denis, mieux servi par les circonstances, se trouvait à dix-huit ans premier commis à douze cents francs, chez les Guépin, autres Provinois. Le frère et la sœur se voyaient tous les dimanches et les jours de fête ; ils les passaient en divertissemens économiques, ils dînaient hors Paris, ils allaient voir Saint-Cloud, Meudon, Belleville, Vincennes. Vers la fin de l'année 1815, ils réunirent leurs capitaux amassés à la sueur de leurs fronts, environ vingt mille francs, et achetèrent de madame Guenée le célèbre fonds de la *Sœur-de-Famille*, une des plus fortes maisons de détail en mercerie. La sœur tint la caisse, le comptoir et les écritures. Le frère fut à la fois le maître et le premier commis, comme Sylvie fut pendant quelque temps sa propre première demoiselle. En 1821, après cinq ans d'exploitation, la concurrence devint si vive et si animée dans la mercerie, que le frère et la sœur avaient à peine pu solder leur fonds et soutenir sa vieille réputation. Quoique Sylvie Rogron n'eût alors que quarante ans, la laideur, ses travaux constans et un certain air rechigné que lui donnait la disposition de ses traits autant que les soucis, la faisaient ressembler à une femme de cinquante ans. A trente-huit ans, Jérôme-Denis Rogron offrait la physionomie la plus niaise que jamais un comptoir ait présentée à des chalands. Son front écrasé, déprimé par la fatigue, était marqué de trois sillons arides. Ses petits cheveux gris, coupés ras, exprimaient l'indéfinissable stupidité des animaux à sang froid. Le regard de ses yeux bleuâtres ne jetait ni flamme ni pensée. Sa figure ronde et plate n'excitait aucune sympathie et n'amenait même pas le rire sur les lèvres de ceux qui se livrent à l'examen des variétés du Parisien : elle attristait. Enfin s'il était, comme son père, gros et court, ses formes, dénuées du brutal embonpoint de l'aubergiste, accusaient dans les moindres détails un affaissement ridicule. La coloration excessive de son père était remplacée chez lui par la flasque lividité particulière aux gens qui vivent en des arrière-boutiques sans air, dans des cabanes grillées appelées *Caisses*, toujours pliant et dépliant du fil, payant ou recevant, harcelant des commis ou répétant les mêmes choses aux chalands. Le peu d'esprit du frère et de la sœur avait été entièrement absorbé par l'entente de leur commerce, par le Doit et Avoir, par la connaissance des lois spéciales et des usages de la place de Paris. Le fil, les aiguilles, les rubans, les épingles, les boutons, les fournitures de tailleur, enfin, l'immense quantité d'articles qui composent la mercerie parisienne, avaient employé leur mémoire. Les lettres à écrire et à répondre, les factures, les inventaires, avaient pris toute leur capacité. En dehors de leur partie, ils ne savaient absolument rien, ils ignoraient même Paris. Pour eux, Paris était quelque chose d'étalé autour de la rue Saint-Denis. Leur caractère étroit avait eu pour champ leur boutique. Ils savaient admirablement tracasser leurs commis, leurs demoiselles, et les trouver en faute. Leur bonheur consistait à voir toutes les mains agitées comme les pattes de souris sur les comptoirs, maniant la marchandise ou occupées à replier les articles. Quand ils entendaient sept ou huit voix de demoiselles et de jeunes gens déginant les phrases consacrées par lesquelles les commis répondent aux observations des acheteurs, la journée était belle, il faisait beau ! Quand le bleu de l'éther avivait à Paris, quand les Parisiens se promenaient en ne s'occupant que de la mer-

cerie qu'ils portaient : — Mauvais temps pour la vente ! disait l'imbécile patron. La grande science qui rendait Rogron l'objet de l'admiration des apprentis était son art de ficeler, déficeler, reficeler et confectionner un paquet. Rogron pouvait faire un paquet et regarder, ce qui se passait dans la rue ou surveiller son magasin dans toute sa profondeur, il avait tout vu quand en le présentant à la pratique il disait : — Voilà, madame ; ne vous faut-il *rien d'autre ?* Sans sa sœur, ce crétin eût été ruiné. Sylvie avait du bon sens et le génie de la vente. Elle dirigeait son frère dans ses achats en fabrique et l'envoyait sans pitié jusqu'au fond d'une article. La finesse que possède plus ou moins toute femme n'étant pas au service de son cœur, elle l'avait portée dans la spéculation. Un fonds à payer ! cette pensée était le piston qui faisait jouer cette machine et lui communiquait une épouvantable activité. Rogron était resté premier commis, il ne comprenait pas l'ensemble de ses affaires : l'intérêt personnel, le plus grand véhicule de l'esprit, ne lui avait pas fait faire un pas. Il restait souvent ébahi quand sa sœur ordonnait de vendre un article à perte, en prévoyant la fin de sa mode ; et plus tard il admirait niaisement sa sœur Sylvie. Il ne raisonnait ni bien ni mal, il était incapable de raisonnement ; mais il avait la raison de se subordonner à sa sœur, et il se subordonnait par une considération prise en dehors du commerce : — Elle est mon aînée, disait-il. Peut-être une vie constamment solitaire, réduite à la satisfaction des besoins, dénuée d'argent et de plaisirs pendant la jeunesse, expliquerait-elle aux physiologistes et aux penseurs la brute expression de ce visage, la laideur de cerveau, l'attitude niaise de ce mercier. Sa sœur l'avait constamment empêché de se marier, en craignant peut-être de perdre son influence dans la maison, en voyant une cause de dépense et de ruine dans une femme infailliblement plus jeune et sans aucun doute moins laide qu'elle.

La bêtise a deux manières d'être : elle se tait ou elle parle. La bêtise muette est supportable, mais la bêtise de Rogron était parleuse. Ce détaillant avait pris l'habitude de gourmander ses commis, de leur expliquer les minuties du commerce de la mercerie en demi-gros, en les ornant des plates plaisanteries qui constituent le *bagout* des boutiques. Ce mot, qui désignait autrefois l'esprit de repartie stéréotypée, a été détrôné par le mot soldatesque de *blague*. Rogron forcément écouté par un petit monde domestique, Rogron content de lui-même, avait fini par se faire une phraséologie à lui. Ce bavard se croyait orateur. La nécessité d'expliquer aux chalands ce qu'ils veulent, de sonder leurs désirs, de leur donner envie de ce qu'ils ne veulent pas, délie la langue du détaillant. Le petit commerçant finit par avoir la faculté de débiter des phrases où les mots ne présentent aucune idée et qui ont du succès. Enfin, il explique aux chalands des procédés peu connus ; de là, lui vient je ne sais quelle supériorité momentanée sur sa pratique ; mais une fois sorti de ses mille et une explications que nécessitent ses mille et un articles, il est, relativement à la pensée, comme un poisson sur la paille et au soleil.

Rogron et Sylvie, ces deux mécaniques subrepticement baptisées, n'avaient en germe ni en action, les sentimens qui donnent au cœur sa vie propre. Aussi ces deux natures étaient-elles excessivement filandreuses et sèches endurcies par le travail, par les privations, par le souvenir de leurs douleurs pendant un long et rude apprentissage. Ni l'un ni l'autre ils ne plaignaient aucun malheur. Ils étaient non pas implacables, mais intraitables à l'égard des gens embarrassés. Pour eux, la vertu, l'honneur, la loyauté, tous les sentimens humains consistaient à payer régulièrement ses billets. Tracassiers, sans âme et d'une économie sordide, le frère et la sœur jouissaient d'une horrible réputation dans le commerce de la rue Saint-Denis. Sans leurs relations avec Provins, où ils allaient trois fois par an aux époques où ils pouvaient fermer leur boutique pendant deux ou trois jours, ils eussent manqué de commis et de filles de boutique. Mais le père Rogron expédiait à ses enfans tous les malheureux voués au commerce par leurs parens, il faisait pour eux la traite des apprentis et des apprenties dans Provins, où il vantait par vanité la fortune de ses enfants. Chacun, appâté par la perspective de savoir sa fille ou son fils bien instruit et bien surveillé, par la chance de le voir succédant un jour aux *fils Rogron*, envoyait l'enfant, qui le gênait au logis, dans une maison tenue par ces deux célibataires. Mais dès que l'apprenti et l'apprentie à cent écus de pension trouvaient moyen de quitter cette galère, ils s'enfuyaient avec un bonheur qui accroissait la terrible célébrité des Rogron. L'infatigable aubergiste leur découvrait toujours de nouvelles victimes. Depuis l'âge de quinze ans, Sylvie Rogron, habituée à se grimer pour la vente, avait deux masques : la physionomie aimable de la vendeuse, et la physionomie naturelle aux vieilles filles ratatinées. Sa physionomie acquise était d'une mimique merveilleuse : en elle tout souriait, sa voix devenue douce et pateline jetait un charme commercial à la pratique. Sa vraie figure était celle qui s'est montrée entre les deux persiennes entre-bâillées, elle eût fait fuir le plus déterminé des cosaques de 1815, qui cependant aimaient toute espèce de Françaises.

Quand la lettre des Lorrain arriva, les Rogron, en deuil de leur père, avaient hérité de la maison à peu près volée à la grand'mère de Pierrette, puis des terres acquises par l'ancien aubergiste ; enfin de certains capitaux provenus de prêts usuraires hypothéqués sur des acquisitions faites par des paysans que le vieil ivrogne espérait exproprier. Leur inventaire annuel venait d'être terminé. Le fonds de la Sœur-de-Famille était payé. Les Rogron possédaient environ soixante mille francs de marchandises en magasin, une quarantaine de mille francs en caisse ou dans le portefeuille, et la valeur de leur fonds. Assis sur la banquette en velours d'Utrecht vert rayé de bandes unies, et plaquée dans une niche carrée derrière le comptoir, en face duquel se trouvait un comptoir semblable pour leur première demoiselle, le frère et la sœur se consultaient sur leurs intentions. Tout marchand aspire à la bourgeoisie. En réalisant leur fonds de commerce, le frère et la sœur devaient avoir environ cent cinquante mille francs, sans comprendre la succession paternelle. En plaçant sur le Grand-Livre les capitaux disponibles, chacun d'eux aurait trois ou quatre mille livres de rentes, même en destinant à la restauration de la maison paternelle la valeur de leur fonds qui leur serait payé sans doute à terme. Ils pouvaient donc aller vivre ensemble à Provins dans une maison à eux. Leur première demoiselle était la fille d'un riche fermier de Donnemarie, chargé de neuf enfans ; il avait dû les pourvoir chacun d'un état, car sa fortune, divisée en neuf parts, était peu de chose pour chacun d'eux. En cinq années, ce fermier avait perdu sept de ses enfans, cette première demoiselle était donc devenue un être si intéressant, que Rogron avait tenté, mais inutilement, d'en faire sa femme. Cette demoiselle manifestait pour son patron une aversion qui déconcertait toute manœuvre. D'ailleurs mademoiselle Sylvie s'y prêtait peu, s'opposait même au mariage de son frère, et voulait faire successeur d'une fille si rusée. Elle ajournait le mariage de Rogron après leur établissement à Provins.

Personne, parmi les passans, ne peut comprendre le mobile des existences cryptogamiques de certains boutiquiers ; on les regarde, on se demande : — De quoi, pourquoi vivent-ils ? que deviennent-ils ? d'où viennent-ils ? on se perd dans les riens en voulant se les expliquer. Pour découvrir le peu de poésie qui germe dans ces têtes, et vivifie ces existences, il est nécessaire de les creuser ; mais on a bientôt trouvé le tuf sur lequel tout repose. Le boutiquier parisien se nourrit d'une espérance plus ou moins réalisable et sans laquelle il périrait évidemment : celui-ci rêve de bâtir ou d'administrer un théâtre, celui-là tend aux honneurs de la mairie ; tel a sa maison de campagne à trois lieues de Paris, un soi-disant parc où il plante des statues en plâtre colorié, où il dispose des jets d'eau qui

ressemblent à un bout de fil, et où il dépense des sommes folles ; tel autre rêve les commandemens supérieurs de la garde nationale. Provins, ce paradis terrestre, excitait chez les deux merciers le fanatisme que toutes les jolies villes de France inspirent à leurs habitans. Disons-le à la gloire de la Champagne : cet amour est légitime. Provins, une des plus charmantes villes de France, rivalise le Frangistan et la vallée de Cachemire ; non-seulement elle contient la poésie de Saadi, l'Homère de la Perse, mais encore elle offre des vertus pharmaceutiques à la science médicale. Des Croisés rapportèrent les roses de Jéricho dans cette délicieuse vallée, où, par hasard, elles prirent des qualités nouvelles, sans rien perdre de leurs couleurs. Provins n'est pas seulement la Perse française, elle pourrait encore être Bade, Aix, Bath : elle a des eaux ! Voici le paysage revu d'année en année, qui, de temps en temps, apparaissait aux deux merciers sur le pavé boueux de la rue Saint-Denis.

Après avoir traversé les plaines grises qui se trouvent entre La Ferté-Gaucher et Provins, vrai désert, mais productif, un désert de froment, vous parvenez à une colline. Tout à coup vous voyez à vos pieds une ville arrosée par deux rivières : au bas du rocher s'étale une vallée verte, pleine de lignes heureuses, d'horizons fuyans. Si vous venez de Paris, vous prenez Provins en long, vous avez cette éternelle grande route de France, qui passe au bas de la côte en la tranchant, et douée de son aveugle, de ses mendians, lesquels vous accompagnent de leurs voix lamentables quand vous avez assez d'examiner ce pittoresque pays inattendu. Si vous venez de Troyes, vous entrez par le pays plat. Le château, la vieille ville et ses anciens remparts sont étagés sur la colline. La jeune ville s'étale en bas. Il y a le haut et le bas Provins : d'abord, une ville aérée, à rues rapides, à beaux aspects, environnée de chemins creux, ravinés, meublés de noyers, et qui criblent de leurs vastes ornières la vive arête de la colline ; ville silencieuse, proprette, solennelle, dominée par les ruines imposantes du château ; puis une ville à moulins, arrosée par la Voulzie et le Durtain, deux rivières de Brie, menues, lentes et profondes ; une ville d'auberges, de commerce, de bourgeois retirés, sillonnée par les diligences, les calèches et le roulage. Ces deux villes ou cette ville, avec ses souvenirs historiques, la mélancolie de ses ruines, la gaîté de sa vallée, ses délicieuses ravines pleines de haies échevelées et de fleurs, sa rivière crénelée de jardins, excite si bien l'amour de ses enfans, qu'ils se conduisent comme les Auvergnats, les Savoyards et les Français : s'ils sortent de Provins pour aller chercher fortune, ils y reviennent toujours. Le proverbe : Mourir au gîte, fait pour les lapins et les gens fidèles, semble être la devise des Provinois.

Aussi les deux Rogron ne pensaient-ils qu'à leur cher Provins ! En vendant du fil, le frère revoyait la haute ville. En enliassant des papiers chargés de boutons, il contemplait la vallée. En roulant ou déroulant du padoux, il suivait le cours brillant des rivières. En regardant ses casiers, il remontait les chemins creux où jadis il fuyait la colère de son père pour venir y manger des noix, y gober des mûrons. La petite place de Provins occupait surtout sa pensée : il songeait à embellir sa maison, il rêvait à la façade qu'il y voulait reconstruire, aux chambres, au salon, à la salle de billard, à la salle à manger et au jardin anglais avec boulingrins, grottes, jets d'eau, statues, etc. Les chambres où dormaient le frère et la sœur au deuxième de la maison à trois croisées et à six étages, haute et jaune comme il y en a tant rue Saint-Denis, étaient sans autre mobilier que le strict nécessaire ; mais personne à Paris ne possédait un plus riche mobilier que ce mercier. Quand il allait par la ville, il restait dans l'attitude des teriakis, regardant les beaux meubles exposés, examinant les draperies dont il emplissait sa maison. Au retour, il disait à sa sœur : — J'ai vu dans telle boutique un meuble de salon qui nous irait bien ! Le lendemain il en achetait un autre, et toujours ! Il regorgeait le mois courant les meubles du mois dernier. Le budget n'aurait pas payé ses remaniemens d'architecture : il voulait tout, et donnait toujours la préférence aux dernières inventions. Quand il contemplait les balcons des maisons nouvellement construites, quand il étudiait les timides essais de l'ornementation extérieure, il trouvait les moulures, les sculptures, les dessins déplacés. — Ah ! se disait-il, ces belles choses feraient bien mieux à Provins que là ! Lorsqu'il ruminait son déjeuner sur le pas de sa porte, adossé à sa devanture, l'œil hébété, le mercier voyait une maison fantastique dorée par le soleil de son rêve ; il se promenait dans son jardin, il y écoutait son jet d'eau retombant en perles brillantes sur une table ronde en pierre de liais. Il jouait à son billard, il plantait des fleurs ! Si sa sœur était la plume à la main, réfléchissant et oubliant de gronder les commis, elle se contemplait recevant les bourgeois de Provins, elle se mirait ornée de bonnets merveilleux dans les glaces de son salon. Le frère et la sœur commençaient à trouver l'atmosphère de la rue Saint-Denis malsaine ; et l'odeur des boues de la Halle leur faisait désirer le parfum des roses de Provins. Ils avaient à la fois une nostalgie et une monomanie contrariées par la nécessité de vendre leurs derniers bouts de fil, leurs bobines de soie et leurs boutons. La terre promise de la vallée de Provins attirait d'autant plus ces Hébreux, qu'ils avaient réellement souffert pendant longtemps et traversé, haletans, les déserts sablonneux de la Mercerie.

La lettre des Lorrain vint au milieu d'une méditation inspirée par ce bel avenir. Les merciers connaissaient à peine leur cousine Pierrette Lorrain. L'affaire de la succession Auffray, traitée depuis longtemps par le vieil aubergiste, avait eu lieu pendant leur établissement, et Rogron causait très peu sur ses capitaux. Envoyés de bonne heure à Paris, le frère et la sœur se souvenaient à peine de leur tante Lorrain. Une heure de discussions généalogiques leur fut nécessaire pour se remémorer leur tante, fille du second lit de leur grand-père Auffray, sœur consanguine de leur mère. Ils retrouvèrent la mère de madame Lorrain dans madame Néraud, morte de chagrin. Ils jugèrent alors que le second mariage de leur grand-père avait été pour eux chose funeste ; son résultat était le partage de la succession Auffray entre les deux lits. Ils avaient d'ailleurs entendu quelques récriminations de leur père, toujours un peu goguenard et aubergiste. Les deux merciers examinèrent la lettre de Lorrain à travers des souvenirs peu favorables à la cause de Pierrette. Se charger d'une orpheline, d'une fille, d'une cousine qui, malgré tout, serait leur héritière en cas où ni l'un ni l'autre ne se marierait, il y avait là matière à discussion. La question fut étudiée sous toutes ses faces. D'abord ils n'avaient jamais vu Pierrette. Puis ce serait un ennui que d'avoir une jeune fille à garder. Ne prendraient-ils pas des obligations avec elle ? il serait impossible de la renvoyer si elle ne leur convenait pas ; enfin ne faudrait-il pas la marier ? Et si Rogron trouvait chaussure à son pied parmi les héritières de Provins, ne valait-il pas mieux réserver toute leur fortune pour ses enfans ? Selon Sylvie, une chaussure au pied de son frère était une fille bête, riche et laide, qui se laisserait gouverner par elle. Les deux marchands se décidèrent à refuser. Sylvie se chargea de la réponse. Le courant des affaires fut assez considérable pour retarder cette lettre, qui ne semblait pas urgente, et à laquelle la vieille fille ne pensa plus dès que leur première demoiselle consentit à traiter du fonds de la Sœur-de-Famille. Sylvie Rogron et son frère partirent de Provins quatre ans avant le jour où la venue de Brigaut allait jeter tant d'intérêt dans la vie de Pierrette. Mais les œuvres de ces deux personnes en province exigent une explication aussi nécessaire que celle sur leur existence à Paris, car Provins ne devait pas moins être funeste à Pierrette que les antécédens commerciaux de ses cousins.

Quand le petit négociant venu de province à Paris retourne de Paris en province, il y rapporte toujours quelques idées ; puis il les perd dans les habitudes de la vie de province où il s'enfonce, et où ses velléités de rénovation s'abîment. De là, ces petits changemens lents, successifs, par lesquels Paris finit par égratigner la surface des villes départementales, et qui marquent essentiellement la transition de l'ex-boutiquier au provincial renforcé. Cette transition constitue une véritable maladie. Aucun détaillant ne passe impunément de son bavardage continuel au silence, de son activité parisienne à l'immobilité provinciale. Quand ces braves gens ont gagné quelque fortune, ils en dépensent une certaine partie à leur passion longtemps couvée, et y déversent les dernières oscillations d'un mouvement qui ne saurait s'arrêter à volonté. Ceux qui n'ont pas caressé d'idée fixe, voyagent, ou se jettent dans les occupations politiques de la municipalité. Ceux-ci vont à la chasse ou pêchent, tracassent leurs fermiers ou leurs locataires. Ceux-là deviennent usuriers comme le père Rogron, ou actionnaires comme tant d'inconnus. Le thème du frère et de la sœur, vous le connaissez : ils avaient à satisfaire leur royale fantaisie de manier la truelle, à se construire leur charmante maison. Cette idée fixe valut à la place du bas Provins la façade que venait d'examiner Brigaut, les distributions intérieures de cette maison et son luxueux mobilier. L'entrepreneur ne mit pas un clou sans consulter les Rogron, sans leur faire signer les dessins et les devis, sans leur expliquer longuement, en détail, la nature de l'objet en discussion, où il se fabriquait, et ses différens prix. Quant aux choses extraordinaires, elles avaient été employées chez monsieur Tiphaine, ou chez madame Julliard la jeune, ou chez monsieur Garceland, le maire. Une similitude quelconque avec un des riches bourgeois de Provins finissait toujours le combat à l'avantage de l'entrepreneur.

— Du moment où monsieur Garceland a cela chez lui, mettez ! disait mademoiselle Rogron. Cela doit être bien, il a bon goût.

— Sylvie, il nous propose des oves dans la corniche du corridor ?

— Vous appelez cela des oves ?

— Oui, mademoiselle.

— Et pourquoi ? quel singulier nom ! je n'en ai jamais entendu parler.

— Mais vous en avez vu !

— Oui.

— Savez-vous le latin ?

— Non.

— Hé bien ! cela veut dire œufs, les oves sont des œufs.

— Comme vous êtes drôles, vous autres architectes ! s'écriait Sylvie. C'est sans doute pour cela que vous ne donnez pas vos coquilles ?

— Peindrons-nous le corridor ? disait l'entrepreneur.

— Ma foi, non, s'écriait Sylvie, encore cinq cents francs !

— Oh ! le salon et l'escalier sont trop jolis pour ne pas décorer le corridor, disait l'entrepreneur. La petite madame Lesourd a fait peindre le sien l'année dernière.

— Cependant son mari, comme procureur du roi, peut ne pas rester à Provins.

— Oh ! il sera quelque jour président du tribunal, disait l'entrepreneur.

— Hé bien ! et que faites-vous donc alors de monsieur Tiphaine ?

— Monsieur Tiphaine, il a une jolie femme, je ne suis pas embarrassé de lui : monsieur Tiphaine ira à Paris.

— Peindrons-nous le corridor ?

— Oui, les Lesourd verront du moins que nous les valons bien ! disait Rogron.

La première année de l'établissement des Rogron à Provins fut entièrement occupée par ces délibérations, par le plaisir de voir travailler les ouvriers, par les étonnemens et les enseignemens de tout genre qui en résultaient, et par les tentatives que firent le frère et la sœur pour se lier avec les principales familles de Provins.

Les Rogron n'étaient jamais allés dans aucun monde, ils n'étaient pas sortis de leur boutique; ils ne connaissaient absolument personne à Paris, ils avaient soif des plaisirs de la société. A leur retour, les émigrés retrouvèrent d'abord monsieur et madame Julliard du Ver-Chinois avec leurs enfans et petits-enfans; puis la famille des Guépin, ou mieux le clan des Guépin, dont le petit-fils tenait encore les Trois-Quenouilles; enfin madame Guénée qui leur avait vendu la Sœur-de-Famille, et dont les trois filles étaient mariées à Provins. Ces trois grandes races, les Julliard, les Guépin et les Guénée, s'étendaient dans la ville comme du chiendent sur une pelouse. Le maire, monsieur Garceland, était gendre de monsieur Guépin. Le curé, monsieur l'abbé Péroux, était le propre frère de madame Julliard, qui était une Péroux. Le président du tribunal, monsieur Tiphaine, était le frère de madame Guénée, qui signe née Tiphaine.

La reine de la ville était la belle madame Tiphaine la jeune, la fille unique de madame Roguin, la riche femme d'un ancien notaire de Paris, de qui l'on ne parlait jamais. Délicate, jolie et spirituelle, mariée en province exprès par sa mère qui ne la voulait point près d'elle et l'avait tirée de son pensionnat quelques jours avant son mariage, Mélanie Roguin se considérait comme en exil à Provins, et s'y conduisait admirablement bien. Richement dotée, elle avait encore de belles espérances. Quant à monsieur Tiphaine, son vieux père avait fait à sa fille aînée, madame Guénée, de tels avancemens d'hoirie, qu'une terre de huit mille livres de rente, située à cinq lieues de Provins, devait revenir au président. Ainsi les Tiphaine, mariés avec vingt mille livres de rente, sans compter la place ni la maison du président, devaient un jour réunir vingt autres mille livres de rente. — Ils n'étaient pas malheureux, disait-on. La grande, la seule affaire de la belle madame Tiphaine était de faire nommer monsieur Tiphaine député. Le député deviendrait juge à Paris; et du tribunal, elle se promettait de le faire monter promptement à la cour royale. Aussi ménageait-elle tous les amours-propres, s'efforçait-elle de plaire. Mais, chose plus difficile! elle y réussissait. Deux fois par semaine, elle recevait toute la bourgeoisie de Provins dans sa belle maison de la ville haute. Cette jeune femme de vingt-deux ans n'avait point encore fait un seul pas de clerc sur le terrain glissant où elle s'était placée. Elle satisfaisait tous les amours-propres, caressait les dadas de chacun : grave avec les gens graves, jeune fille avec les jeunes filles, essentiellement mère avec les mères, gaie avec les jeunes femmes et disposée à les servir, gracieuse pour tous; enfin une perle, un trésor, l'orgueil de Provins. Elle n'en avait pas dit encore un mot, mais tous les électeurs de Provins attendaient que leur cher président eût l'âge requis pour le nommer. Chacun d'eux, sûr de ses talens, en faisait son homme, son protecteur. Ah! monsieur Tiphaine arriverait, il serait garde des sceaux, il s'occuperait de Provins!

Voici par quels moyens l'heureuse madame Tiphaine était parvenue à régner sur la petite ville de Provins. Madame Guénée, sœur de monsieur Tiphaine, après avoir marié sa première fille à monsieur Lesourd, procureur du roi, la seconde à monsieur Martener le médecin, la troisième à monsieur Auffray le notaire, avait épousé en secondes noces monsieur Galardon, le receveur des contributions. Mesdames Lesourd, Martener, Auffray et leur mère, madame Galardon, virent dans le Président Tiphaine l'homme le plus riche et le plus capable de la famille. Le procureur du roi, neveu par alliance de monsieur Tiphaine, avait tout intérêt à pousser son oncle à Paris pour devenir président à Provins. Aussi ces quatre dames (madame Galardon adorait son frère), formèrent-elles une cour à madame Tiphaine, de qui elles prenaient les avis et les conseils en toute chose. Monsieur Julliard fils aîné, qui avait épousé la fille unique d'un riche fermier, se prit d'une belle passion, subito, secrète et désintéressée, pour la présidente, cet ange descendu des cieux parisiens. La rusée Mélanie, incapable de s'embarrasser d'un Julliard, très capable de le maintenir à l'état d'Amadis et d'exploiter sa sottise, lui donna le conseil d'entreprendre un journal auquel elle servît d'Égérie. Depuis deux ans, Julliard, doublé de sa passion romantique, avait donc entrepris une feuille et une diligence publiques pour Provins. Le journal, appelé LA RUCHE, journal de Provins, contenait des articles littéraires, archéologiques et médicaux faits en famille. Les Annonces de l'arrondissement payaient les frais. Les abonnés, au nombre de deux cents, étaient le bénéfice. Il y paraissait des stances mélancoliques, incompréhensibles en Brie, et adressées : « A ELLE !!! » sur ces trois points. Ainsi le jeune ménage Julliard, qui chantait les mérites de madame Tiphaine, avait réuni le clan de Julliard à celui des Guénée. Dès lors le salon du Président était naturellement devenu le premier de la ville. Le peu d'aristocratie qui se trouve à Provins forme un seul salon dans la ville haute, chez la vieille comtesse de Bréautey.

Pendant les six premiers mois de leur transplantation, favorisés par leurs anciennes relations avec les Julliard, les Guépin, les Guénée, et, après s'être appuyés de leur parenté avec monsieur Auffray le notaire, arrière-petit-neveu de leur grand-père, les Rogron furent reçus d'abord par madame Julliard la mère et par madame Galardon; puis ils arrivèrent avec assez de difficulés dans le salon de la belle madame Tiphaine. Chacun voulut étudier les Rogron avant de les admettre. Il était difficile de ne pas accueillir des commerçans de la rue Saint-Denis, nés à Provins et revenant y manger leurs revenus. Néanmoins, le but de toute société sera toujours d'amalgamer des gens de fortune, d'éducation, de mœurs, de connaissances et de caractères semblables. Or, les Guépin, les Guénée et les Julliard étaient des personnes plus haut placées, plus anciennes de bourgeoisie que les Rogron, fils d'un aubergiste usurier qui avait eu quelques reproches à se faire jadis et sur sa conduite privée et relativement à la succession Auffray. Le notaire Auffray, le gendre de madame Galardon née Tiphaine, savait à quoi s'en tenir : les affaires s'étaient arrangées chez son prédécesseur. Ces anciens négocians, revenus depuis douze ans, s'étaient mis au niveau de l'instruction, du savoir-vivre et des façons de cette société, à laquelle madame Tiphaine imprimait un certain cachet d'élégance, un certain vernis parisien; tout y était homogène : on s'y comprenait, chacun savait s'y tenir et y parler de manière à être agréable à tous. Ils connaissaient tous leurs caractères et s'étaient habitués les uns aux autres. Une fois reçus chez monsieur Garceland le maire, les Rogron se flattèrent d'être en peu de temps au mieux avec la meilleure société de la ville. Sylvie apprit alors à jouer le boston. Rogron, incapable de jouer à aucun jeu, tournait ses pouces et avalait ses phrases une fois qu'il avait parlé de sa maison; mais ses phrases étaient comme une médecine; elles paraissaient le tourmenter beaucoup, il se levait, il avait l'air de vouloir parler, il était intimidé, se rasseyait, étavait de comiques convulsions dans les lèvres. Sylvie développa naïvement son caractère au jeu. Tracassière, geignant toujours quand elle perdait, d'une joie insolente quand elle gagnait, processive, taquine, elle impatienta ses adversaires, ses partenaires, et devint le fléau de la société. Dévorés d'une envie niaise et franche, Rogron et sa sœur eurent la prétention de jouer un rôle dans une ville sur laquelle douze familles étendaient un filet à mailles serrées, où tous les intérêts, tous les amours-propres formaient comme un parquet sur lequel de nouveaux venus devaient si bien se tenir pour n'y rien heurter ou pour n'y pas glisser. En supposant que la restauration de leur maison coûtât trente mille francs, le frère et la sœur réunissaient dix mille livres de rente. Ils se crurent très-riches, assommèrent cette société de leur luxe futur, et laissèrent prendre la mesure de leur petitesse, de leur ignorance crasse, de leur sotte jalousie. Le soir où ils furent présentés à la belle madame Tiphaine, qui déjà les avait observés chez madame Garceland, chez sa belle-sœur Galardon et chez madame Julliard la mère, la reine de la ville dit confidentiellement à Julliard fils, qui resta quelques instans après tout le monde en tête-à-tête avec elle et le Président : — Vous êtes donc tous bien coiffés de ces Rogron?

— Moi, dit l'Amadis de Provins, ils ennuient ma mère, ils excèdent ma femme ; et quand mademoiselle Sylvie a été mise en apprentissage, il y a trente ans, chez mon père, il ne pouvait déjà pas la supporter.

— Mais j'ai fort envie, dit la jolie Présidente en mettant son petit pied sur la barre de son garde-cendres, de faire comprendre que mon salon n'est pas une auberge.

Julliard leva les yeux au plafond comme pour dire : — Mon Dieu ! combien d'esprit, quelle finesse !

— Je veux que ma société soit choisie ; et si j'admettais des Rogron, certes elles ne le seraient pas.

— Ils sont sans cœur, sans esprit ni manières, dit le Président. Quand, après avoir vendu du fil pendant vingt ans, comme ils l'ont fait sa sœur, par exemple...

— Mon ami, votre sœur ne serait déplacée dans aucun salon, dit en parenthèse madame Tiphaine.

— Si l'on a la bêtise de demeurer encore mercier, dit le Président en continuant, si l'on ne se décrasse pas, si l'on prend les comtes de Champagne pour des mémoires de vin fourni, comme ces Rogron l'ont fait ce soir, on doit rester chez soi.

— Ils sont puants, dit Julliard. Il semble qu'il n'y ait qu'une maison dans Provins. Ils veulent nous écraser tous. Après tout à peine ont-ils de quoi vivre.

— S'il n'y avait que le frère, reprit madame Tiphaine, on le souffrirait, il n'est pas gênant. En lui donnant un casse-tête chinois, il resterait dans un coin bien tranquillement. Il en aurait pour tout un hiver à trouver une combinaison. Mais mademoiselle Sylvie, quelle voix d'hyène enrhumée ! quelles pattes de homard ! Ne dites rien de ceci, Julliard.

Quand Julliard fut parti, la petite femme dit à son mari :

— Mon ami, j'ai déjà bien assez des indigènes que je suis obligée de recevoir, ces deux de plus me feraient mourir ; et, si tu le permets, nous nous en priverons.

— Tu es bien la maîtresse chez toi, dit le Président ; mais nous nous ferons des ennemis. Les Rogrons se jetteront dans l'Opposition, qui jusqu'à présent n'a pas encore de consistance à Provins. Ce Rogron hante déjà le baron Gouraud et l'avocat Vinet.

— Hé ! dit en souriant Mélanie, ils te rendront alors service. Là où il n'y a pas d'ennemis il n'y a pas de triomphes. Une conspiration libérale, une association illégale, une lutte quelconque te mettraient en évidence.

Le Président regarda sa jeune femme avec une sorte d'admiration craintive.

Le lendemain chacun se dit à l'oreille chez madame Garceland que les Rogron n'avaient pas réussi chez madame Tiphaine, dont le mot : l'auberge eut un immense succès. Madame Tiphaine fut un mois à rendre sa visite à mademoiselle Sylvie. Cette insolence est très-remarquée en province. Sylvie eut, au boston chez madame Tiphaine, avec la respectable madame Julliard la mère, une scène désagréable à propos d'une Misère superbe que son ancienne patronne lui fait perdre, disait-elle, méchamment et à dessein. Jamais Sylvie, qui aimait à jouer de mauvais tours aux autres, ne concevait qu'on lui rendît la pareille. Madame Tiphaine donna l'exemple de composer les parties avant l'arrivée des Rogron, en sorte que Sylvie fut réduite à errer de table en table en regardant jouer les autres, qui la regardaient en dessous d'un air narquois. Chez madame Julliard la mère on se mit à jouer le whist, jeu que ne savait pas Sylvie. La vieille fille finit par comprendre sa mise hors la loi, sans en comprendre les raisons. Elle se crut l'objet de la jalousie de tout le monde. Les Rogron ne furent bientôt plus priés chez personne ; mais ils persistèrent à passer leurs soirées en ville. Les gens spirituels se moquèrent d'eux, sans fiel, doucement, en leur faisant dire de grosses balourdises sur les oves de leur maison, sur une certaine cave à liqueurs qui n'avait pas sa pareille à Provins. Cependant la maison des Rogron s'acheva. Naturellement ils donnèrent quelques somptueux

dîners, autant pour rendre les politesses reçues que pour exhiber leur luxe. On vint seulement par curiosité. Le premier dîner fut offert aux principaux personnages, à monsieur et madame Tiphaine, chez lesquels les Rogron n'avaient cependant pas mangé une seule fois ; à monsieur et madame Julliard père et fils, mère et belle-fille ; monsieur Lesourd, monsieur le curé, monsieur et madame Galardon. Ce fut un de ces dîners de province où l'on tient la table depuis cinq jusqu'à neuf heures. Madame Tiphaine importait à Provins les grandes façons de Paris, où les gens comme il faut quittent le salon après le café pris. Elle avait soirée chez elle, et voulut s'évader ; mais les Rogron suivirent le ménage jusque dans la rue, et quand ils revinrent, stupéfaits de n'avoir pu retenir monsieur le Président et madame la Présidente, les autres convives lui expliquèrent le bon goût de madame Tiphaine en l'imitant avec une célérité cruelle en province.

— Ils ne verront pas notre salon allumé, dit Sylvie, et la lumière est son fard.

Les Rogron avaient voulu ménager une surprise à leurs hôtes. Personne n'avait été admis à voir cette maison devenue célèbre. Aussi tous les habitués du salon de madame Tiphaine attendaient-ils avec impatience son arrêt sur les merveilles du palais Rogron.

— Eh bien ! lui dit la petite madame Martener, vous avez vu le Louvre, racontez-nous-en bien tout ?

— Mais tout, ce sera comme le dîner, pas grand'chose.

— Comment est-ce ?

— Eh bien ! cette porte bâtarde de laquelle nous avons dû nécessairement admirer les croisillons en fonte dorée que vous connaissez, dit madame Tiphaine, donne entrée sur un long corridor qui partage assez inégalement la maison, puisqu'à droite il n'y a qu'une fenêtre sur la rue, tandis qu'il s'en trouve deux à gauche. Du côté du jardin, ce couloir ouvre par la porte vitrée du perron qui descend sur une pelouse, pelouse ornée d'un socle où s'élève le plâtre de Spartacus, peint en bronze. Derrière la cuisine, l'entrepreneur a ménagé sous la cage de l'escalier une petite chambre aux provisions, de laquelle on ne nous a pas fait grâce. Cet escalier, entièrement peint en marbre porter, consiste en une rampe évidée tournant sur elle-même comme celles qui, dans les cafés, mènent du rez-de-chaussée aux cabinets de l'entresol. Ce colifichet en bois de noyer, d'une légèreté dangereuse, à balustrade ornée de cuivre, nous a été donné pour une des sept nouvelles merveilles du monde. La porte des caves est dessous. De l'autre côté du couloir, sur la rue, se trouve la salle à manger, qui communique par une porte à deux battants avec un salon d'égale dimension dont les fenêtres offrent la vue du jardin.

— Ainsi, point d'antichambre? dit madame Auffray.

— L'antichambre est sans doute ce long couloir où l'on est entre deux airs, répondit madame Tiphaine. Nous avons eu la pensée éminemment nationale, libérale, constitutionnelle et patriotique, de n'employer que des bois de France, reprit-elle. Ainsi, dans la salle à manger, le parquet est en bois de noyer et façonné en point de Hongrie. Les buffets, la table et les chaises sont également en noyer. Aux fenêtres, des rideaux en calicot blanc encadrés de bandes rouges, attachés par de vulgaires embrasses rouges sur des patères exagérées, à rosaces découpées, dorées au mat, et dont le champignon ressort par un ton rougeâtre. Ces rideaux magnifiques glissent sur des bâtons terminés par des palmettes extravagantes, où les fixent des griffes de lion en cuivre estampé, disposées en haut de chaque pli. Au-dessus d'un des buffets, on voit un cadran de café suspendu par une espèce de serviette en bronze doré. Ces idées qui plaisent singulièrement aux Rogron. Ils ont voulu me faire admirer cette trouvaille ; je n'ai rien trouvé de mieux à leur dire que, si jamais on a dû mettre une serviette autour d'un cadran, c'était bien dans une salle à manger. Il y a sur ce buffet deux grandes lampes semblables à celles qui parent le comptoir des célèbres restaurans. Au-dessus de l'autre se trouve un baromètre excessivement orné, qui paraît devoir jouer un grand rôle dans leur existence ; le Rogron le regarde comme il regarderait sa prétendue. Entre les deux fenêtres, l'ordonnateur du logis a placé un poêle en faïence blanche dans une niche horriblement riche. Sur les murs brille un magnifique papier rouge et or, comme il s'en trouve dans ces mêmes restaurans, et que le Rogron y a sans doute choisi sur place. Le dîner nous a été servi dans un service de porcelaine blanc et or, avec son dessert bleu barbeau à fleurs vertes ; mais on nous a ouvert un des buffets pour nous faire voir un autre service en terre de pipe pour tous les jours. En face de chaque buffet une grande armoire contient le linge. Tout cela est verni, propre, neuf, plein de tons criards. J'admettrais encore cette salle à manger : elle a son caractère ; quelque désagréable qu'il soit, il peint très bien celui des maîtres de la maison ; mais il n'y a pas moyen de tenir à cinq de ces gravures noires contre lesquelles le Ministère de l'Intérieur devrait présenter une loi, et qui représentent Poniatowski sautant dans l'Elster, la Défense de la barrière de Clichy, Napoléon pointant lui-même un canon, et les deux Mazeppa, toutes encadrées dans des cadres dorés dont le vulgaire modèle convient à ces gravures, capables de faire prendre les succès en haine! Oh! combien j'aime mieux les pastels de madame Julliard, qui représentent des fruits, ces excellens pastels faits sous Louis XV, et qui sont en harmonie avec cette bonne vieille salle à manger, à boiseries grises et un peu vermoulues, mais qui certes ont le caractère de la province, et vont avec la grosse argenterie de famille, avec la porcelaine antique et nos habitudes. La province est la province ; elle est ridicule quand elle veut singer Paris. Vous me direz peut-être : Vous êtes orfèvre, monsieur Josse ; mais je préfère le vieux salon que voici, de monsieur Tiphaine le père, avec ses gros rideaux de lampasse vert et blanc, avec sa cheminée Louis XV, ses trumeaux contournés, ses vieilles glaces à perles et ses vénérables tables à jouer ; mes vases de vieux Sèvres, en vieux bleu, montés en vieux cuivre ; ma pendule à fleurs impossibles, mon lustre rococo, et mon meuble en tapisserie, à toutes les splendeurs de leur salon.

— Comment est-il? dit monsieur Martener très-heureux de l'éloge que la belle Parisienne venait de faire si adroitement de la province.

— Quant au salon, il est d'un beau rouge, le rouge de mademoiselle Sylvie quand elle se fâche de perdre une Misère !

— Le rouge-Sylvie, dit le Président dont le mot resta dans le vocabulaire de Provins.

— Les rideaux des fenêtres ?... rouges ! les meubles ?... rouges ! la cheminée ?... marbre rouge porfir ! les candélabres et la pendule ?... marbre rouge porfir, montés en bronze d'un dessin commun, lourd ; des culs-de-lampe romains soutenus par des branches à feuillages grecs. Du haut de la pendule, vous êtes regardés à la manière des Rogron, d'un air niais, par ce gros lion bon enfant appelé lion d'ornement, et qui nuira pendant longtemps aux vrais lions. Ce lion roule sous une de ses pattes une grosse boule, un détail des mœurs du lion d'ornement ; il passe sa vie à tenir une grosse boule noire, absolument comme un Député de la Gauche. Peut-être est-ce un mythe constitutionnel. Le cadran de cette pendule est bizarrement travaillé. La glace de la cheminée offre cet encadrement à pâtes appliquées, d'un effet mesquin, vulgaire quoique nouveau. Mais le génie du tapissier éclate dans les plis rayonnans d'une étoffe rouge qui partent d'une patère mise au centre du devant de cheminée, un poème romantique composé tout exprès pour les Rogron, qui s'extasient en vous le montrant. Au milieu du plafond pend un lustre soigneusement enveloppé dans un suaire de percaline verte, et avec raison : il est du plus mauvais goût ; le bronze, d'un ton aigre, a pour ornemens des filets plus détestables en or ou bruni. Dessous, une table à thé, ronde, à marbre plus que jamais porfir, offre un plateau moiré métallique où reluisent des tasses en porcelaine peinte, quelles peintures ! et

groupées autour d'un sucrier en cristal taillé si crânement que nos petites filles ouvriront de grands yeux en admirant et les cercles de cuivre doré qui le bordent, et ces côtes taillardées comme un pourpoint du moyen-âge, et la pince à prendre le sucre, de laquelle on ne se servira probablement jamais. Ce salon a pour tenture un papier rouge qui joue le velours, encadré par panneaux dans des baguettes de cuivre agrafées aux quatre coins par des palmettes énormes. Chaque panneau est surorné d'une lithochromie encadrée dans des cadres surchargés de festons en pâte qui simulent nos belles sculptures en bois. Le meuble, en casimir et en racine d'orme, se compose classiquement de deux canapés, deux bergères, six fauteuils et six chaises. La console est embellie d'un vase en albâtre dit à la Médicis, mis sous verre, et de cette magnifique cave à liqueurs si célèbre. Nous avons été suffisamment prévenus *qu'il n'en existe pas une seconde à Provins !* Chaque embrasure de fenêtre où sont drapés de magnifiques rideaux en soie rouge doublés de rideaux en tulle, contient une table à jouer, Le tapis est d'Aubusson. Les Rogron n'ont pas manqué de mettre la main sur ce fond rouge à rosaces fleuries, le plus vulgaire des dessins communs. Ce salon n'a pas l'air d'être habité : vous n'y voyez ni livres ni gravures, ni ces menus objets qui meublent les tables, dit-elle en regardant sa table chargée d'objets à la mode, d'albums, des jolies choses qu'on lui donnait. Il n'y a ni fleurs ni aucun de ces riens qui se renouvellent. C'est froid et sec comme mademoiselle Sylvie. Buffon a raison, le style est l'homme, et certes les salons ont un style !

La belle madame Tiphaine continua sa description épigrammatique. D'après cet échantillon, chacun se figurera facilement l'appartement que la sœur et le frère occupaient au premier étage et qu'ils montrèrent à leurs hôtes ; mais personne ne saurait inventer les sottes recherches auxquelles le spirituel entrepreneur avait entraîné les Rogron, les moulures des portes, les volets intérieurs façonnés, les pâtes d'ornement dans les corniches, les jolies peintures, les mains en cuivre doré, les sonnettes, les intérieurs de cheminée à systèmes fumivores, les inventions pour éviter l'humidité, les tableaux de marqueterie figurés par la peinture dans l'escalier, la vitrerie, la serrurerie superfines ; enfin tous ces colifichets, qui renchérissent une construction et qui plaisent aux bourgeois, avaient été prodigués outre mesure.

Personne ne voulut aller aux soirées des Rogron, dont les prétentions avortèrent. Les raisons de refus ne manquaient pas : tous les jours étaient acquis à madame Garceland, à madame Galardon, aux dames Julliard, à madame Tiphaine, au sous-préfet, etc. Pour se faire une société, les Rogron crurent qu'il suffirait de donner à dîner : ils eurent des jeunes gens assez moqueurs, et les dîneurs qui se trouvent dans tous les pays du monde ; mais les personnes graves cessèrent toutes de les voir. Effrayée par la porte sèche de quarante mille francs engloutis sans profit dans la maison, qu'elle appelait sa chère maison, Sylvie voulut regagner cette somme par des économies. Elle renonça donc promptement à des dîners qui coûtaient trente à quarante francs, sans les vins, et qui ne réalisaient point son espérance d'avoir une société, création aussi difficile en province qu'à Paris. Sylvie renvoya sa cuisinière et prit une fille de campagne pour les gros ouvrages. Elle fit sa cuisine elle-même *pour son plaisir*.

Quatorze mois après leur arrivée, le frère et la sœur tombèrent donc dans une vie solitaire et sans occupation. Son bannissement du monde avait engendré dans le cœur de Sylvie une haine effroyable contre les Tiphaine, les Julliard, les Auffray, les Garceland, enfin contre la société de Provins qu'elle nommait *la clique*, et avec laquelle ses rapports devinrent excessivement froids. Elle aurait bien voulu leur opposer une seconde société ; mais la bourgeoisie inférieure était entièrement composée de petits commerçans, libres seulement les dimanches et les jours de fête ; ou de gens tarés comme l'avocat Vinet et le médecin Néraud, des bonapartistes inadmissibles comme le colonel baron Gouraud, avec lesquels Rogron se lia d'ailleurs très inconsidérément, et contre lesquels la haute bourgeoisie avait essayé vainement de le mettre en garde. Le frère et la sœur furent donc obligés de rester au coin de leur poêle, dans leur salle à manger, en se remémorant leurs affaires, les figures de leurs pratiques, et autres choses aussi agréables. Le second hiver ne se termina pas sans que l'ennui pesât sur eux effroyablement. Ils avaient mille peines à employer le temps de leur journée. En allant se coucher le soir, ils disaient : — Encore une de passée! Ils traînassaient le matin en se levant, restaient au lit, s'habillaient lentement. Rogron se faisait lui-même la barbe tous les jours, il s'examinait la figure, il entretenait sa sœur des changemens qu'il croyait y apercevoir; il avait des discussions avec la servante sur la température de son eau chaude; il allait au jardin, regardait si les fleurs avaient poussé; il s'aventurait au bord de l'eau, où il avait fait construire un kiosque; il observait la menuiserie de sa maison : avait-elle joué? le tassement avait-il fendillé quelque tableau? les peintures se soutenaient-elles? Il revenait parler de ses craintes sur une poule malade ou sur un endroit où l'humidité laissait subsister des taches, à sa sœur qui faisait l'affairée en mettant le couvert, en tracassant la servante. Le baromètre était le meuble le plus utile à Rogron : il le consultait sans cause, il le tapait familièrement comme un ami, puis il disait : « Il fait vilain! » Sa sœur lui répondait : « Bah! il fait le temps de la saison. » Si quelqu'un venait le voir, il vantait l'excellence de cet instrument. Le déjeuner prenait encore un peu de temps. Avec quelle lenteur ces deux êtres mastiquaient chaque bouchée! Aussi leur digestion était-elle parfaite, ils n'avaient pas à craindre de cancer à l'estomac. Ils gagnaient midi par la lecture de la *Ruche* et du *Constitutionnel*. L'abonnement du journal parisien était supporté par tiers avec l'avocat Vinet et le colonel Gouraud. Rogron allait porter lui-même les journaux au colonel qui logeait sur la place, dans la maison de monsieur Martener, et dont les longs récits lui faisaient un plaisir énorme. Aussi Rogron se demandait-il en quoi le colonel était dangereux. Il eut la sottise de lui parler de l'ostracisme prononcé contre lui, de lui rapporter les dires de la clique. Dieu sait comme le colonel, aussi redoutable au pistolet qu'à l'épée, et qui ne craignait personne, arrangea la Tiphaine et son Julliard, et les ministériels de la haute ville, gens vendus à l'étranger, capables de tout pour avoir des places, lisant aux bulletins les noms à leur fantaisie sur les bulletins, etc. Vers deux heures, Rogron entreprenait une petite promenade. Il était bien heureux quand un boutiquier sur le pas de sa porte l'arrêtait en lui disant : — Comment va, père Rogron! Il causait et demandait des nouvelles de la ville, il écoutait et colportait les commérages, les petits bruits de Provins. Il montait jusqu'à la haute ville et allait dans les chemins creux selon le temps. Parfois, il rencontrait des vieillards en promenade comme lui. Ces rencontres étaient d'heureux événemens. Il se trouvait à Provins des gens désabusés de la vie parisienne, des savans modestes vivant avec leurs livres. Jugez de l'attitude de Rogron en écoutant un juge-suppléant nommé Desfondrilles, plus archéologue que magistrat, disant à l'homme instruit, le vieux monsieur Martener le père, en lui montrant la vallée : — Expliquez-moi pourquoi les oisifs de l'Europe vont à Spa, plutôt qu'à Provins, quand les eaux de Provins ont une supériorité reconnue par la médecine française, une action, une martialité dignes des propriétés médicales de nos roses?

— Que voulez-vous! répliquait l'homme instruit, c'est un de ces caprices du Caprice, inexplicable comme lui. Le vin de Bordeaux était inconnu il y a cent ans : le maréchal de Richelieu, l'une des plus grandes figures du dernier siècle, l'Alcibiade français, est nommé gouverneur de la Guyenne; il avait la poitrine délabrée, et l'univers sait pourquoi il le vin du pays le restaure, le rétablit. Bordeaux acquiert alors cent millions de rente, et le maréchal recule le territoire de Bordeaux jusqu'à Angoulême, jusqu'à Ca-

hors, enfin à quarante lieues à la ronde! Qui sait où s'arrêtent les vignobles de Bordeaux? Et le maréchal n'a pas de statue équestre à Bordeaux!

— Ah! s'il arrive un événement de ce genre à Provins, dans un siècle ou dans un autre, on y verra, je l'espère, reprenait alors monsieur Desfondrilles, soit sur la petite place de la basse ville, soit au château, dans la ville haute, quelque bas-relief en marbre blanc représentant la tête de monsieur Opoix, le restaurateur des eaux minérales de Provins!

— Mon cher monsieur, peut-être la réhabilitation de Provins est-elle impossible, disait le vieux monsieur Martener le père. Cette ville a fait faillite.

Ici Rogron ouvrait de grands yeux et s'écriait : — Comment?

— Elle a jadis été une capitale qui luttait victorieusement avec Paris au douzième siècle, quand les comtes de Champagne y avaient leur cour, comme le roi René tenait la sienne en Provence, répondait l'homme instruit. En ce temps, la civilisation, la joie, l'élégance, les femmes, enfin, toutes les splendeurs sociales n'étaient pas exclusivement à Paris. Les villes se relèvent aussi difficilement des maisons de commerce de leur ruine : il ne nous reste de Provins que le parfum de notre gloire historique, celui de nos roses, et une sous-préfecture.

— Ah! que serait la France si elle avait conservé toutes ses capitales féodales! disait Desfondrilles. Les sous-préfets peuvent-ils remplacer la race poétique, galante et guerrière des Thibault, qui avaient fait de Provins ce que Ferrare était en Italie, ce que fut Weymar en Allemagne, et ce que voudrait être aujourd'hui Munich?

— Provins a été une capitale! s'écriait Rogron.

— D'où venez-vous donc? répondait l'archéologue Desfondrilles.

Le juge-suppléant frappait alors de sa canne le sol de la ville haute, et s'écriait : — Mais ne savez-vous donc pas que toute cette partie de Provins est bâtie sur des cryptes?

— Cryptes!

— Hé bien! oui, des cryptes d'une hauteur et d'une étendue inexplicables. C'est comme les nefs des cathédrales, il y a des piliers.

— Monsieur fait un grand ouvrage archéologique dans lequel il compte expliquer ces singulières constructions, disait le vieux Martener qui voyait le juge enfourcher son dada.

Rogron revenait enchanté de savoir sa maison construite dans la vallée. Les cryptes de Provins employèrent cinq à six journées en explorations, et défrayèrent pendant plusieurs soirées la conversation des deux célibataires. Rogron apprenait toujours ainsi quelque chose sur le vieux Provins, sur les alliances des familles, ou de vieilles nouvelles politiques qu'il renarrait à sa sœur. Aussi disait-il cent fois dans sa promenade, en revenant plusieurs fois à la même personne : — Hé bien! que dit-on? — Hé bien! qu'y a-t-il de neuf? Revenu dans sa maison, il se jetait sur un canapé du salon en homme harassé de fatigue, mais éreinté seulement de son propre poids. Il arrivait à l'heure du dîner en allant vingt fois du salon à la cuisine, examinant l'heure, ouvrant et fermant les portes. Tant que le frère et la sœur eurent des soirées en ville, ils atteignirent à leur coucher; mais quand ils furent réduits à leur intérieur, la soirée fut un désert à traverser. Quelquefois les personnes qui revenaient chez elles sur la petite place, après avoir passé la soirée en ville, entendaient des cris chez les Rogron, comme si le frère assassinait la sœur; on reconnut les horribles bâillemens d'un mercier aux abois. Ces deux mécaniques n'avaient rien à broyer entre leurs rouages rouillés, elles criaient. Le frère parla de se marier, mais en désespoir de cause. Il se sentait vieilli, fatigué : une femme l'effrayait. Sylvie, qui comprit la nécessité d'avoir un tiers au logis, se souvint alors de leur pauvre cousine, de laquelle personne ne leur avait demandé des nouvelles, car à Provins chacun croyait la petite madame Lorrain et sa fille mortes toutes deux. Sylvie Rogron ne perdait rien, elle était trop vieille fille pour égarer quoi que ce soit ! elle eut l'air d'avoir retrouvé la lettre des Lorrain, afin de parler tout naturellement de Pierrette à son frère, qui fut presque heureux de la possibilité d'avoir une petite fille au logis. Sylvie écrivit moitié commercialement moitié affectueusement aux vieux Lorrain, en rejetant le retard de sa réponse sur la liquidation des affaires, sur sa transplantation à Provins et sur son établissement. Elle parut désireuse de prendre sa cousine avec elle, en donnant à entendre que Pierrette devait un jour avoir un héritage de douze mille livres de rente, si monsieur Rogron ne se mariait pas. Il faudrait avoir été, comme Nabuchodonosor, quelque peu bête sauvage et enfermé dans une cage du Jardin des Plantes, sans autre proie que la viande de boucherie apportée par le gardien, ou négociant retiré sans commis à tracasser, pour savoir avec quelle impatience le frère et la sœur attendirent leur c usine Lorrain. Aussi, trois jours après que la lettre fut partie, le frère et la sœur se demandaient-ils déjà quand leur cousine arriverait. Sylvie aperçut dans sa prétendue bienfaisance envers sa cousine pauvre un moyen de faire revenir la société de Provins sur son compte. Elle alla chez madame Tiphaine, qui les avait frappés de sa réprobation, et qui voulait créer à Provins une première société, comme à Genève, y tambouriner l'arrivée de leur cousine Pierrette, la fille du colonel Lorrain, en déplorant ses malheurs, et se posant en femme heureuse d'avoir une belle et jeune héritière à offrir au monde.

— Vous l'avez découverte bien tard, répondit ironiquement madame Tiphaine qui trônait sur son sofa au coin de son feu.

Par quelques mots dits à voix basse pendant une donne de cartes, madame Garceland rappela l'histoire de la succession du vieil Auffray. Le notaire expliqua les iniquités de l'aubergiste.

— Où est-elle, cette pauvre petite ? demanda poliment le président Tiphaine.

— En Bretagne, dit Rogron.

— Mais la Bretagne est grande, fit observer monsieur Lesourd, le procureur du roi.

— Son grand-père et sa grand'mère Lorrain nous ont écrit. Quand donc, la bonne ? fit Rogron.

Sylvie, occupée à demander à madame Garceland où elle avait acheté l'étoffe de sa robe, ne prévit pas l'effet de sa réponse et dit : — Avant la vente de notre fond.

—Et vous avez répondu il y a trois jours, mademoiselle, s'écria le notaire.

Sylvie devint rouge comme les charbons les plus ardens du feu.

— Nous avons écrit à l'établissement Saint-Jacques, reprit Rogron.

— Il s'y trouve en effet une espèce d'hospice pour les vieillards, dit un juge qui avait été juge-suppléant à Nantes ; mais elle ne peut pas être là, car on n'y reçoit que des gens qui ont passé soixante ans.

— Elle y est avec sa grand'mère Lorrain, dit Rogron.

— Elle avait une petite fortune, les huit mille francs que votre père... non, je veux dire votre grand-père lui avait laissés, dit le notaire qui fit exprès de se tromper.

— Ah ! s'écria Rogron d'un air bête sans comprendre cette épigramme.

— Vous ne connaissez donc ni la fortune ni la situation de votre cousine-germaine ? demanda le président.

— Si monsieur l'avait connue, il ne la laisserait pas dans une maison qui n'est qu'un hôpital honnête, dit sévèrement le juge. Je me souviens maintenant d'avoir vu vendre à Nantes, par expropriation, une maison appartenant à madame Lorrain, et mademoiselle Lorrain a perdu sa créance, car j'étais commissaire de l'ordre.

Le notaire parla du colonel Lorrain, qui, s'il vivait, serait bien étonné de savoir sa fille dans un établissement comme celui de Saint-Jacques. Les Rogron firent alors leur retraite en se disant que le monde était bien méchant. Sylvie comprit le peu de succès que sa nouvelle avait ob-

tenu : elle s'était perdue dans l'esprit de chacun, il lui était dès lors interdit de frayer avec la haute société de Provins. A compter de ce jour, les Rogron ne cachèrent plus leur haine contre les grandes familles bourgeoises de Provins et leurs adhérens. Le frère dit alors à la sœur toutes les chansons libérales que le colonel Gouraud et l'avocat Vinet lui avaient serinées sur les Tiphaine, les Guénée, les Garceland, les Guépin et les Julliard.

— Dis donc, Sylvie, mais je ne vois pas pourquoi madame Tiphaine renie le commerce de la rue Saint-Denis, le plus beau de son nez en est fait. Madame Roguin sa mère est la cousine des Guillaume du Chat-qui-Pelote, et qui ont cédé leur fonds à Joseph Lebas, leur gendre. Son père est ce notaire, ce Roguin qui a manqué en 1819 et ruiné la maison Birotteau. Ainsi la fortune de madame Tiphaine est du bien volé, car qu'est-ce qu'une femme de notaire qui tire son épingle du jeu, et laisse faire à son mari une banqueroute frauduleuse ? C'est du propre ! Ah ! je vois : elle a marié sa fille à Provins, rapport à ses relations avec le banquier du Tillet. Et ces gens-là font les fiers ; mais... Enfin voilà le monde.

Le jour où Denis Rogron et sa sœur Sylvie se mirent à déblatérer contre la clique, ils devinrent sans le savoir des personnages, et furent en voie d'avoir une société : leur salon allait devenir le centre d'intérêts qui cherchaient un théâtre. Ici l'ex-mercier prit des proportions historiques et politiques : car il donna, toujours sans le savoir, de la force et de l'unité aux élémens jusqu'alors flottans du parti libéral à Provins. Voici comment. Les débuts des Rogron furent curieusement observés par le colonel Gouraud et par l'avocat Vinet, que leur isolement et leurs idées avaient rapprochés. Ces deux hommes professaient le même patriotisme par les mêmes raisons ; ils voulaient devenir des personnages. Mais s'ils étaient disposés à se faire chefs, ils manquaient de soldats. Les libéraux de Provins se composaient d'un vieux soldat devenu limonadier ; d'un aubergiste ; de monsieur Cournant, notaire, compétiteur de monsieur Auffray ; du médecin Néraud, l'antagoniste de monsieur Martener ; de quelques gens indépendans, de fermiers épars dans l'arrondissement, et d'acquéreurs de biens nationaux. Le colonel et l'avocat, heureux d'attirer à eux un imbécile dont la fortune pouvait aider leurs manœuvres, qui souscrirait à leurs souscriptions, qui, dans certains cas, attacherait le grelot, et dont la maison servirait d'hôtel de ville au parti, profitèrent de l'inimitié des Rogron contre les aristocrates de la ville. Le colonel, l'avocat et Rogron avaient un léger lien dans leur abonnement commun au *Constitutionnel*, il ne devait pas être difficile au colonel Gouraud de faire un libéral de l'ex-mercier, quoique Rogron sût si peu de chose en politique qu'il ne connaissait pas les exploits du sergent Mercier : il le prenait pour un confrère. La prochaine arrivée de Pierrette hâta de faire éclore les pensées cupides inspirées par l'ignorance et par la sottise des deux célibataires. En voyant toute chance d'établissement perdue pour Sylvie dans la société Tiphaine, le colonel eut une arrière-pensée. Les vieux militaires ont contemplé tant d'horreurs et tant de pays, tant de cadavres nus grimaçant sur tant de champs de bataille, qu'ils ne s'effraient plus d'aucune physionomie, et Gouraud coucha en joue la fortune de la vieille fille. Ce colonel, gros homme court, portait d'énormes boucles à ses oreilles, cependant déjà garnies d'une énorme touffe de poils. Ses favoris épars et grisonnans s'appelaient en 1799 des nageoires. Sa bonne grosse figure rougeaude était un peu tannée comme celles de tous ceux échappés de la Bérésina. Son gros ventre pointu décrivait en dessous cet angle droit qui caractérise le vieil officier de cavalerie. Gouraud avait commandé le deuxième hussards. Ses moustaches grises cachaient une énorme bouche *blagueuse*, s'il est permis d'employer ce mot soldatesque, le seul qui puisse peindre ce gouffre : il n'avait pas mangé, mais dévoré ! Un coup de sabre avait tronqué son nez. Sa parole y gagnait d'être devenue sourde et profondément nasillarde comme celle attribuée aux capucins. Ses petites mains, courtes et larges, étaient bien celles qui font dire aux femmes : « Vous avez les mains d'un fameux mauvais sujet. » Ses jambes paraissaient grêles sous son torse. Dans ce gros corps agile, s'agitait un esprit délié, la plus complète expérience des choses de la vie, cachée sous l'insouciance apparente des militaires, et un mépris entier des conventions sociales. Le colonel Gouraud avait la croix d'officier de la Légion d'honneur, et deux mille quatre cents francs de retraite, en tout mille écus de pension pour fortune.

L'avocat, long et maigre, avait ses opinions libérales pour tout talent, et pour seul revenu les produits assez minces de son cabinet. A Provins, les avoués plaident eux-mêmes leurs causes. A raison de ses opinions, le tribunal écoutait d'ailleurs peu favorablement maître Vinet. Aussi les fermiers les plus libéraux, en cas de procès, prenaient-ils préférablement à l'avocat Vinet un avoué qui avait la confiance du tribunal. Cet homme avait suborné, disait-on, aux environs de Coulommiers, une fille riche, et forcé les parens à la lui donner. Sa femme appartenait aux Chargebœuf, vieille famille noble de la Brie dont le nom vient de l'exploit d'un écuyer à l'expédition de saint Louis en Egypte. Elle avait encouru la disgrâce de ses père et mère, qui s'arrangeaient, au su de Vinet, de manière à laisser toute leur fortune à leur fils aîné, sans doute à la charge d'en remettre une partie aux enfans de sa sœur. Ainsi la première tentative ambitieuse de cet homme avait manqué. Bientôt poursuivi par la misère, et honteux de ne pouvoir donner à sa femme des dehors convenables, l'avocat avait fait de vains efforts pour entrer dans la carrière du ministère public ; mais la branche riche de la famille Chargebœuf refusa de l'appuyer. En gens moraux, ces royalistes désapprouvaient un mariage forcé ; d'ailleurs leur prétendu parent s'appelait Vinet : comment protéger un roturier ? L'avocat fut donc éconduit de branche en branche quand il voulut se servir de sa femme auprès de ses parens. Madame Vinet ne trouva d'intérêt que chez une Chargebœuf, pauvre veuve chargée d'une fille, et qui toutes deux vivaient à Troyes. Aussi Vinet se souvint-il un jour de l'accueil fait par cette Chargebœuf à sa femme. Repoussé par le monde entier, plein de haine contre la famille de sa femme, contre le gouvernement qui lui refusait une place, contre la société de Provins qui ne voulait pas l'admettre, Vinet accepta sa misère. Ce fiel s'accrut et lui donna de l'énergie pour résister. Il devint libéral en devinant que sa fortune était liée au triomphe de l'opposition, et végéta dans une mauvaise petite maison de la ville haute, d'où sa femme sortait peu. Cette jeune fille, promise à de meilleures destinées, était absolument seule dans son ménage avec un enfant. Il est des misères noblement acceptées et gaiement supportées ; mais Vinet, rongé d'ambition, se sentant en faute envers une jeune fille séduite, cachait une sombre rage : sa conscience s'élargit et admit tous les moyens pour parvenir. Son jeune visage s'altéra. Quelques personnes étaient parfois effrayées au tribunal en voyant sa figure vipérine à tête plate, à bouche fendue, ses yeux éclatans à travers des lunettes ; en entendant sa petite voix aigre, persistante, et qui attaquait les nerfs. Son teint brouillé, plein de teintes maladives, jaunes et vertes par places, annonçait son ambition rentrée, ses continuels mécomptes et ses misères cachées. Il savait ergoter, parler ; il ne manquait ni de trait ni d'images ; il était instruit, retors. Accoutumé à tout concevoir par son désir de parvenir, il pouvait devenir un homme politique. Un homme qui ne recule devant rien, pourvu que tout soit légal, est bien fort : la force de Vinet venait de là. Ce futur athlète des débats parlementaires, un de ceux qui devaient proclamer la royauté de la maison d'Orléans, eut une horrible influence sur le sort de Pierrette. Pour le moment, il voulait se procurer une arme en fondant un journal à Provins. Après avoir étudié de loin, le colonel aidant, les deux célibataires, l'avocat avait fini par compter sur Rogron. Cette fois, il comptait avec son hôte, et sa misère devait cesser, après sept années douloureuses

où plus d'un jour sans pain avait crié chez lui. Le jour où Gouraud annonça sur la petite place à Vinet que les Rogron rompaient avec l'aristocratie bourgeoise et ministérielle de la ville haute, l'avocat lui pressa le flanc d'un coup de coude significatif.

— Une femme ou une autre, belle ou laide, vous est bien indifférente, dit-il ; vous devriez épouser mademoiselle Rogron, et nous pourrions alors organiser quelque chose ici...

— J'y pensais, mais ils font venir la fille du pauvre colonel Lorrain, leur héritière, dit le colonel.

— Vous vous ferez donner leur fortune par testament. Ah ! vous auriez une maison bien montée.

— D'ailleurs, cette petite, eh bien ! nous la verrons, dit le colonel d'un air goguenard et profondément scélérat, qui montrait à un homme de la trempe de Vinet combien une petite fille était peu de chose aux yeux de ce soudard.

Depuis l'entrée de ses parens dans l'espèce d'hospice où ils achevaient tristement leur vie, Pierrette, jeune et fière, souffrait si horriblement d'y vivre par charité, qu'elle fut heureuse de se savoir des parens riches. En apprenant son départ, Brigaut, le fils du major, son camarade d'enfance, devenu garçon menuisier à Nantes, vint lui offrir la somme nécessaire pour faire le voyage en voiture, soixante francs, tout le trésor de ses pour-boire d'apprenti péniblement amassés, accepté par Pierrette avec la sublime indifférence des amitiés vraies, et qui révèle que, dans un cas semblable, elle se fût offensée d'un remercîment. Brigaut était accouru tous les dimanches à Saint-Jacques y jouer avec Pierrette, et la consoler. Le vigoureux ouvrier avait déjà fait le délicieux apprentissage de la protection entière et dévouée que l'objet fortement choisi de nos affections. Déjà plus d'une fois Pierrette et lui, le dimanche, assis dans un coin du jardin, avaient brodé sur le voile de l'avenir leurs projets enfantins : l'apprenti menuisier, à cheval sur son rabot, courait le monde, y faisait fortune pour Pierrette qui l'attendait. Vers le mois d'octobre de l'année 1824, époque à laquelle s'achevait sa onzième année, Pierrette fut donc confiée par les deux vieillards et par le jeune ouvrier, tous horriblement mélancoliques, au conducteur de la diligence de Nantes à Paris, avec prière de la mettre à Paris dans la diligence de Provins, et de bien veiller sur elle. Pauvre Brigaut ! il courut comme un chien en suivant la diligence et regardant sa chère Pierrette tant qu'il le put. Malgré les signes de la petite Bretonne, il courut pendant une lieue en dehors de la ville ; et, quand il fut épuisé, ses yeux jetèrent un dernier regard mouillé de larmes à Pierrette, qui pleura quand elle ne le vit plus. Pierrette mit la tête à la portière et retrouva son ami planté sur ses deux jambes, regardant fuir la lourde voiture. Les Lorrain et Brigaut ignoraient si bien la vie, que la Bretonne n'avait plus un sou en arrivant à Paris. Le conducteur, à qui l'enfant parlait de ses parens riches, paya pour elle la dépense de l'hôtel, à Paris, se fit rembourser par le conducteur de la voiture de Troyes en le chargeant de remettre Pierrette dans sa famille, et d'y suivre le remboursement, absolument comme pour une caisse de roulage. Quatre jours après son départ de Nantes, vers neuf heures, un lundi, un très gros vieux conducteur des Messageries royales prit Pierrette par la main, et, pendant qu'on déchargeait dans la Grand'rue, les articles et les voyageurs destinés au bureau de Provins, il la mena, sans autre bagage que deux robes, deux paires de bas et deux chemises, chez mademoiselle Rogron, dont la maison lui fut indiquée par le directeur du bureau.

— Bonjour, mademoiselle et la compagnie, dit le conducteur, je vous amène une cousine à vous, voici : elle est, ma foi ! bien gentille. Vous avez quarante-sept francs à me donner, quoique votre petite n'en ait pas lourd avec elle : signez ma feuille.

Mademoiselle Sylvie et son frère se livrèrent à leur joie et à leur étonnement.

— Pardon, dit le conducteur, ma voiture attend, signez

ma feuille, donnez-moi quarante-sept francs soixante centimes... et ce que vous voudrez pour le conducteur de
Nantes et pour moi, qui avons eu soin de la petite comme
de notre propre enfant. Nous avons avancé son coucher,
sa nourriture, sa place de Provins, et quelques petites
choses.

— Quarante-sept francs douze sous !... dit Sylvie.

— N'allez-vous pas marchander ? s'écria le conducteur.

— Mais la facture ? dit Rogron.

— La facture ? voyez la feuille.

— Quand tu feras tes narrés, paye donc ! dit Sylvie à son
frère ; tu vois bien qu'il n'y a qu'à payer.

Rogron alla chercher quarante-sept francs douze sous.

— Et nous n'avons rien pour nous, mon camarade et
moi ! dit le conducteur.

Sylvie tira quarante sous des profondeurs de son vieux
sac en velours où foisonnaient ses clefs.

— Merci ! gardez, dit le conducteur. Nous aimons mieux
avoir eu soin de la petite pour elle-même. Il prit sa feuille
et sortit en disant à la grosse servante : — En voilà une baraque ! Il y a pourtant des crocodiles comme ça autre part
qu'en Egypte !

— Ces gens-là sont bien grossiers, dit Sylvie qui entendit le propos.

— Dame ! s'ils ont eu soin de la petite, répondit Adèle
en mettant ses poings sur ses hanches.

— Nous ne sommes pas destinés à vivre avec lui, dit
Rogron.

— Où que vous la coucherez ? dit la servante.

Telle fut l'arrivée et la réception de Pierrette Lorrain
chez son cousin et sa cousine, qui la regardaient d'un air
hébété ; chez lesquels elle fut jetée comme un paquet, sans
aucune transition entre la déplorable chambre où elle vivait à Saint-Jacques auprès de ses grands-parens et la salle
à manger de ses cousins, qui lui parut être celle d'un palais. Elle y était interdite et honteuse. Pour tout autre que
pour les ex-merciers, la petite Bretonne eût été adorable
dans sa jupe de bure bleu grossière, avec son tablier de
percaline rose, ses gros souliers, ses bas bleus, son fichu
blanc, les mains rouges enveloppées de mitaines en tricot
de laine rouge bordées de blanc, que le conducteur lui
avait achetées. Vraiment ! son petit bonnet breton qu'on
lui avait blanchi à Paris (il s'était fripé dans le trajet de
Nantes) faisait comme une auréole à son gai visage. Ce
bonnet national, en fine baptiste, garni d'une dentelle roide
et plissée par grands tuyaux aplatis, mériterait une description, tant il est coquet et simple. La lumière, tamisée
par la toile et la dentelle produit une pénombre, un
demi-jour doux sur le teint ; il lui donne cette grâce virgi-
nale que cherchent les peintres sur leurs palettes, et que
Léopold Robert a su trouver pour la figure raphaélique de
la femme qui tient un enfant dans le tableau des *Moisson-
neurs.* Sous ce cadre festonné de lumière, brillait une figure blanche et rosée, naïve, animée par la santé la plus
vigoureuse. La chaleur de la salle y amena le sang qui
borda de feu les deux mignonnes oreilles, les lèvres, le
bout du nez si fin, et qui, par opposition, fit paraître le
teint vivace plus blanc encore.

— Eh bien ! tu ne nous dis rien ? dit Sylvie. Je suis ta
cousine Rogron, et voilà ton cousin.

— Veux-tu manger ? lui demanda Rogron.

— Quand es-tu partie de Nantes ? demanda Sylvie.

— Elle est muette, dit Rogron.

— Pauvre petite, elle n'est guère nippée ! s'écria la grosse
Adèle en ouvrant le paquet fait avec un mouchoir au vieux
Lorrain.

— Embrasse donc ton cousin, dit Sylvie.

Pierrette embrassa Rogron.

— Embrasse donc ta cousine, dit Rogron.

Pierrette embrassa Sylvie.

— Elle est ahurie par le voyage, cette petite ; elle a
peut-être besoin de dormir, dit Adèle.

Pierrette éprouva soudain pour ses deux parens une invincible répulsion, sentiment que personne encore ne lui

avait inspiré. Sylvie et sa servante allèrent coucher la petite Bretonne dans celle des chambres au second étage où
Brigaut avait vu le rideau de calicot blanc. Il s'y trouvait
un lit de pensionnaire à flèche peinte en bleu d'où pendait
un rideau en calicot, une commode en noyer sans dessus
de marbre, une petite table en noyer, un miroir, un poyer,
gaire table de nuit sans porte, et trois méchantes chaises.
Les murs, mansardés sur le devant, étaient tendus d'un
mauvais papier bleu semé de fleurs noires. Le carreau, mis
en couleur et frotté, glaçait les pieds. Il n'y avait pas d'autre tapis qu'une maigre descente de lit en lisières. La cheminée en marbre commun était ornée d'une glace, de
deux chandeliers en cuivre doré, d'une vulgaire coupe d'albâtre où buvaient deux pigeons pour figurer les anses et
que Sylvie avait à Paris dans sa chambre.

— Seras-tu bien là, ma petite ? lui dit sa cousine.

— Oh ! c'est bien beau, répondit l'enfant de sa voix ar-
gentine.

— Elle n'est pas difficile, dit la grosse Briarde en murmurant. Ne faut-il pas lui bassiner son lit ? demanda-t-
elle.

— Oui, dit Sylvie, les draps peuvent être humides.

Adèle apporta l'un de ses serre-tête en apportant la bassinoire, et Pierrette, qui jusqu'alors avait couché dans des
draps de grosse toile bretonne, fut surprise de la finesse et
de la douceur des draps de coton. Quand la petite fut ins-
tallée et couchée, Adèle, en descendant, ne put s'empêcher
de s'écrier : — Son butin ne vaut pas trois francs, mademoiselle.

Depuis l'adoption de son système économique, Sylvie
faisait rester dans la salle à manger sa servante, afin qu'il
n'y eût qu'une lumière et qu'un seul feu. Mais quand le
colonel Gouraud et Vinet venaient, Adèle se retirait dans
sa cuisine. L'arrivée de Pierrette anima le reste de la
soirée.

— Il faudra dès demain lui faire un trousseau, dit Sylvie,
elle n'a que les gros souliers qu'elle a aux pieds, et
qui pèsent une livre, dit Adèle.

— Elle n'a que les gros souliers qu'elle a aux pieds, et
qui pèsent une livre, dit Adèle.

— Dans ce pays-là c'est comme ça, dit Rogron.

— Comme elle regardait sa chambre, qui n'est déjà pas
si belle pour être celle d'une cousine à vous, mademoiselle !

— C'est bon, taisez-vous, dit Sylvie, vous voyez bien
qu'elle en est enchantée.

— Mon Dieu, quelles chemises ! ça doit lui gratter la
peau ; mais rien de ça ne peut servir, dit Adèle en vidant
le paquet de Pierrette.

Maître, maîtresse et servante furent occupés jusqu'à dix
heures à décider en quelle percale et de quel prix les chemises, combien de paires de bas ; en quelle étoffe, en quel
nombre les jupons de dessous, et à supputer le prix de la
garderobe de Pierrette.

— Tu n'en seras pas quitte à moins de trois cents francs,
dit à sa sœur Rogron, qui retenait le prix de chaque chose
et les additionnait de mémoire par suite de sa vieille habitude.

— Trois cents francs ! s'écria Sylvie.

— Oui, trois cents francs ! calcule.

Le frère et la sœur recommencèrent et trouvèrent trois
cents francs sans se façons.

— Trois cents francs d'un seul coup de filet ! dit Sylvie
en se couchant sur l'idée assez ingénieusement exprimée
par cette expression proverbiale.

Pierrette était un de ces enfans de l'amour, que l'amour
a doués de sa tendresse, de sa vivacité, de sa gaieté, de sa
noblesse, de son dévouement ; rien n'avait encore altéré
ni froissé son cœur d'une délicatesse presque sauvage, et
l'accueil de ses deux parens le comprima douloureusement. Si, pour elle, la Bretagne avait été pleine de misère,
elle avait été pleine d'affection. Si les vieux Lorrain furent
les commerçans les plus inhabiles, ils étaient les gens les
plus aimans, les plus francs, les plus caressans du monde,
comme tous les gens sans calcul.

À Pen-Hoël, leur petite-fille n'avait pas eu d'autre éducation que celle de la nature. Pierrette allait à sa guise en bateau sur les étangs, elle courait par le bourg et par les champs en compagnie de Jacques Brigaut, son camarade, absolument comme Paul et Virginie. Fêtés, caressés tous deux par tout le monde, libres comme l'air, ils couraient après les mille joies de l'enfance : en été, ils allaient voir pêcher, prenaient des insectes, cueillaient des bouquets et jardinaient ; en hiver, ils faisaient des glissoires, ils fabriquaient de joyeux palais, de bonshommes, ou des boules de neige avec lesquelles ils se battaient. Toujours les bienvenus, ils recueillaient partout des sourires. Quand vint le temps d'apprendre, les désastres arrivèrent. Sans ressources après la mort de son père, Jacques fut mis par ses parens en apprentissage chez un menuisier, nourri par charité, comme plus tard Pierrette le fut à Saint-Jacques. Mais, jusque dans cet hospice particulier, la gentille Pierrette avait encore été choyée, caressée et protégée par tout le monde. Cette petite, accoutumée à tant d'affection, ne retrouvait pas chez ses parens tant désirés, chez ses parens si riches, cet air, cette parole, ces regards, ces façons que tout le monde, même les étrangers et les conducteurs de diligence, avaient eu pour elle. Aussi son étonnement, déjà grand, fut-il compliqué par le changement de l'atmosphère morale où elle entrait. Le cœur a subitement froid ou chaud comme le corps. Sans savoir pourquoi, la pauvre enfant eut envie de pleurer : elle était fatiguée, elle dormit. Habituée à se lever de bonne heure, comme tous les enfans élevés à la campagne, Pierrette s'éveilla le lendemain deux heures avant la cuisinière. Elle s'habilla, piétina dans sa chambre au-dessus de sa cousine, regarda la petite place, essaya de descendre, fut stupéfaite de la beauté de l'escalier ; elle l'examina dans ses détails, les patères, les cuivres, les ornemens, les peintures, etc. Puis elle descendit, elle ne put ouvrir la porte du jardin, remonta, redescendit quand Adèle fut éveillée, et sauta dans le jardin ; elle en prit possession, elle courut jusqu'à la rivière, s'ébahit du kiosque, entra dans le kiosque ; elle eut à voir et à s'étonner de ce qu'elle voyait jusqu'au lever de sa cousine Sylvie. Pendant le déjeuner, sa cousine lui dit : — C'est donc toi, mon petit chou, qui trottais dès le jour dans l'escalier, et qui faisais ce tapage ? Tu m'as si bien réveillée que je n'ai pas pu me rendormir. Il faudra être bien sage, bien gentille, et t'amuser sans bruit. Ton cousin n'aime pas le bruit.

— Tu prendras garde aussi à tes pieds, dit Rogron. Tu es entrée avec tes souliers crottés dans le kiosque, et tu y as laissé tes pas écrits sur le parquet. Ta cousine aime bien la propreté. Une grande fille comme toi doit être propre. Tu n'étais donc pas propre en Bretagne ? Mais c'est vrai, quand j'y allais acheter du fil, ça faisait pitié de les voir, ces sauvages-là ! En tout cas, elle a bon appétit, dit Rogron en regardant sa sœur, on dirait qu'elle n'a pas mangé depuis trois jours.

Ainsi, dès le premier moment, Pierrette fut blessée par les observations de sa cousine et de son cousin, blessée sans savoir pourquoi. Sa droite et franche nature, jusqu'alors abandonnée à elle-même, ignorait la réflexion. Incapable de trouver en quoi péchaient son cousin et sa cousine, elle devait être lentement éclairée par ses souffrances. Après le déjeuner, sa cousine et son cousin, heureux de l'étonnement de Pierrette et pressés d'en jouir, lui montrèrent leur beau salon pour lui apprendre à en respecter les somptuosités. Par suite de leur isolement, et poussés par une nécessité morale de s'intéresser à quelque chose, les célibataires sont conduits à remplacer les affections naturelles par des affections factices, à aimer des chiens, des chats, des serins, leur servante ou leur directeur. Ainsi Rogron et Sylvie étaient arrivés à un amour immodéré pour leur mobilier et pour leur maison, qui leur avaient coûté si cher. Sylvie avait fini, le matin, par aider Adèle en trouvant qu'elle ne savait pas nettoyer les meubles, les brosser et maintenir dans leur neuf. Ce nettoyage fut bientôt une occupation pour elle. Aussi, loin de perdre de leur valeur, les meubles gagnaient-ils ! S'en servir sans les user, sans les tacher, sans égratigner le bois, sans effacer le vernis, tel était le problème. Cette occupation devint bientôt une manie de vieille fille. Sylvie eut dans une armoire des chiffons de laine, de la cire, du vernis, des brosses, elle apprit à les manier aussi bien qu'un ébéniste ; elle avait ses plumeaux, ses serviettes à essuyer ; enfin elle frottait sans courir aucune chance de se blesser, elle était si forte ! Le regard de son œil bleu, froid et rigide comme de l'acier, se glissait jusque sous les meubles à tout moment ; aussi eussiez-vous plus facilement trouvé dans son cœur une corde sensible qu'un *mouton* sous une bergère.

Après ce qui s'était dit chez madame Tiphaine, il fut impossible à Sylvie de reculer devant les trois cents francs. Pendant la première semaine, Sylvie fut donc entièrement occupée, et Pierrette incessamment distraite par les robes à commander, à essayer, par les chemises, les jupons de dessous à tailler, à faire coudre par des ouvrières à la journée. Pierrette ne savait pas coudre.

— Elle a été joliment élevée ! dit Rogron. Tu ne sais donc rien faire, ma petite biche ?

Pierrette, qui ne savait qu'aimer, fit pour toute réponse un joli geste de petite fille.

— À quoi passais-tu donc le temps en Bretagne ? lui demanda Rogron.

— Je jouais, répondit-elle naïvement. Tout le monde jouait avec moi. Ma grand'mère et grand-papa, chacun me racontait des histoires. Ah ! l'on m'aimait bien.

— Ah ! répondait Rogron. Ainsi *tu faisais du plus aisé*.

Pierrette ne comprit pas cette plaisanterie de la rue Saint-Denis, elle ouvrit de grands yeux.

— Elle est sotte comme un panier, dit Sylvie à mademoiselle Borain, la plus habile ouvrière de Provins.

— C'est si jeune ! dit l'ouvrière en regardant Pierrette dont le petit museau fin était tendu vers elle d'un air rusé.

Pierrette préférait les ouvrières à ses deux parens ; elle était coquette pour elles, elle les regardait travaillant, elle leur disait ces jolis mots, les fleurs de l'enfance, que comprimaient déjà Rogron et Sylvie par la peur, car ils aimaient à imprimer aux subordonnés une terreur salutaire. Les ouvrières étaient enchantées de Pierrette. Cependant le trousseau ne se complétait pas sans de terribles interjections.

— Cette petite fille va nous coûter les yeux de la tête ! disait Sylvie à son frère.

— Tiens-toi donc, ma petite ! Que diable, c'est pour toi, ce n'est pas pour moi, disait-elle à Pierrette quand on lui prenait mesure de quelque ajustement.

— Laisse donc travailler mademoiselle Borain, ce n'est pas toi qui paiera sa journée ! disait-elle en lui voyant demander quelque chose à la première ouvrière.

— Mademoiselle, disait mademoiselle Borain, faut-il coudre ceci en points arrière ?

— Oui, faites solidement ; je n'ai pas envie de recommencer encore un pareil trousseau tous les jours.

Il en fut de la cousine comme du cousin. Pierrette dut être mise aussi bien que la petite de madame Garceland. Elle eut des brodequins à la mode, en peau bronzée, comme avait la petite Tiphaine. Elle eut des bas de coton très fin, un corset de la meilleure faiseuse, une robe de reps bleu, une jolie pèlerine doublée de taffetas blanc, toujours pour lutter avec la petite de madame Julliard la jeune. Aussi le dessous fut-il en harmonie avec le dessus, tant Sylvie avait peur de l'examen et du coup-d'œil des mères de famille. Pierrette eut de jolies chemises en madapolam. Mademoiselle Borain dit que les petites de madame la sous-préfète avaient des pantalons en percale brodés et garnis, le dernier genre enfin. Pierrette eut des pantalons à manchettes. On lui commanda une charmante capote de velours bleu doublée de satin blanc, semblable à celle de la petite Martener. Pierrette fut ainsi la plus délicieuse petite fille de tout Provins. Le dimanche, à l'église, au sortir de la messe, toutes les dames l'embrassèrent. Mesdames Tiphaine, Garceland, Galardon, Auffray, Lesourd, Martener,

Guépin, Julliard, raffolèrent de la charmante bretonne. Cette émeute flatta l'amour-propre de la vieille Sylvie, qui dans sa bienfaisance voyait moins Pierrette qu'un triomphe de vanité. Cependant Sylvie devait finir par s'offenser des succès de sa cousine, et voici comment : on lui demanda Pierrette ; et, toujours pour triompher de ces dames, elle accorda Pierrette. On venait chercher Pierrette, qui fit des parties de jeu, des dînettes avec les petites filles de ces dames. Pierrette réussit infiniment mieux que les Rogron. Mademoiselle Sylvie se choqua de voir Pierrette demandée chez les autres sans que les autres vinssent trouver Pierrette. La naïve enfant ne dissimula point les plaisirs qu'elle goûtait chez mesdames Tiphaine, Martener, Galardon, Julliard, Lesourd, Auffray, Garceland, dont les amitiés contrastaient étrangement avec les tracasseries de sa cousine et de son cousin. Une mère eût été très heureuse du bonheur de son enfant, mais les Rogron avaient pris Pierrette pour eux et non pour elle : leurs sentiments, loin d'être paternels, étaient entachés d'égoïsme et d'une sorte d'exploitation commerciale.

Le beau trousseau, les belles robes des dimanches et les robes de tous les jours commencèrent le malheur de Pierrette. Comme tous les enfants libres de leurs amusements et habitués à suivre les inspirations de leur fantaisie, elle usait effroyablement vite ses souliers, ses brodequins, ses robes, et surtout ses pantalons à manchettes. Une mère, en réprimandant son enfant, ne pense qu'à lui ; sa parole est douce, elle ne la grossit que poussée à bout et quand l'enfant a des torts ; mais, dans la grande question des habillements, les écus des deux cousins était la première raison : il s'agissait d'eux et non de Pierrette. Les enfants ont le flair de la race canine pour les torts de ceux qui les gouvernent : ils sentent admirablement s'ils sont aimés ou tolérés. Les cœurs purs sont plus choqués par les nuances que par les contrastes : un enfant ne comprend pas encore le mal, mais il sait quand on froisse le sentiment du beau que la nature a mis en lui. Les conseils que s'attirait Pierrette sur la tenue des jeunes filles bien élevées, sur la modestie et sur l'économie, était le corolaire de ce thème principal : *Pierrette nous ruine !* Ces gronderies, qui eurent un funeste résultat pour Pierrette, ramenèrent les deux célibataires vers l'ancienne ornière commerciale d'où leur établissement à Provins les avait divertis, et où leur nature allait s'épanouir et fleurir. Habitués à régenter, à faire des observations, à commander, à reprendre vertement leurs commis, Rogron et sa sœur périssaient faute de victimes. Les petits esprits ont besoin de despotisme pour le jeu de leurs nerfs, comme les grandes âmes ont soif d'égalité pour l'action du cœur. Or les êtres étroits s'étendent aussi bien par la persécution que par la bienfaisance ; ils peuvent s'attester leur puissance par un empire ou cruel ou charitable sur autrui, mais ils vont du côté où les pousse leur tempérament. Ajoutez le véhicule de l'intérêt, et vous aurez l'énigme de la plupart des choses sociales. Dès lors Pierrette devint extrêmement nécessaire à l'existence de ses cousins. Depuis son arrivée, les Rogron avaient été très occupés par le trousseau, puis retenus par le neuf de la commensalité. Toute chose nouvelle, un sentiment et même une domination, a ses plis à prendre. Sylvie commença par dire à Pierrette *ma petite*, elle quitta *ma petite* pour *Pierrette* tout court. Les réprimandes, d'abord aigres-douces, devinrent vives et dures. Dès qu'ils entrèrent dans cette voie, le frère et la sœur y firent de rapides progrès : ils ne s'ennuyaient plus ! Ce ne fut pas le complot d'êtres méchants et cruels, ce fut l'instinct d'une tyrannie imbécile. Le frère et la sœur se crurent utiles à Pierrette, comme jadis ils se croyaient utiles à leurs apprentis. Pierrette, dont la sensibilité vraie, noble, excessive, était l'antipode de la sécheresse des Rogron, avait les reproches en horreur ; elle était atteinte si vivement que deux larmes mouillaient aussitôt ses beaux yeux purs. Elle eut beaucoup à combattre avant de réprimer son adorable vivacité qui plaisait tant au dehors, elle la déployait chez les mères de ses petites amies ; mais au logis, vers la fin

du premier mois, elle commençait à demeurer passive, et Rogron lui demanda si elle était malade. A cette étrange interrogation, elle bondit au bout du jardin pour y pleurer au bord de la rivière, où ses larmes tombèrent comme un jour elle devait tomber elle-même dans le torrent social. Un jour, malgré ses soins, l'enfant fit un accroc à sa belle robe de reps chez madame Tiphaine, où elle était allée jouer par une belle journée. Elle fondit en pleurs aussitôt, en prévoyant la cruelle réprimande qui l'attendait au logis. Questionnée, il lui échappa quelques paroles au milieu de ses larmes. La belle madame Tiphaine avait du reps pareil, elle remplaça le lez elle-même. Mademoiselle Rogron apprit le tour que, suivant son expression, lui avait joué cette satanée petite fille. Dès ce moment, elle ne voulut plus donner Pierrette à *ces dames*.

La nouvelle vie qu'allait mener Pierrette à Provins devait se scinder en trois phases bien distinctes. La première, celle où elle eut une espèce de bonheur mélangé par les caresses froides des deux célibataires et par des gronderies, ardentes pour elle, dura trois mois. La défense d'aller voir ses petites amies, appuyée sur la nécessité de commencer à apprendre tout ce que devait savoir une jeune fille bien élevée, termina la première phase de la vie de Pierrette à Provins, le seul temps où l'existence lui parut supportable.

Ces mouvements intérieurs produits chez les Rogron par le séjour de Pierrette furent étudiés par Vinet et par le colonel avec la précaution de renards se proposant d'entrer dans un poulailler, et inquiets d'y voir un être nouveau. Tous deux venaient de loin en loin pour ne pas effaroucher mademoiselle Sylvie ; ils causaient avec Rogron sous divers prétextes, et s'impatronisaient avec une réserve et des façons que le grand Tartuffe eût admirées. Le colonel et l'avocat passèrent la soirée chez les Rogron, le jour même où Sylvie avait refusé de donner Pierrette à la belle madame Tiphaine en termes très amers. En apprenant ce refus, le colonel et l'avocat se regardèrent en gens à qui Provins était connu.

— Elle a positivement voulu vous faire une sottise, dit l'avocat. Il y a longtemps que nous avons prévenu Rogron de ce qui vous est arrivé. Il n'y a rien de bon à gagner avec ces gens-là.

— Qu'attendre du parti anti-national ! s'écria le colonel en refrisant ses moustaches et interrompant l'avocat. Si nous avions cherché à vous détourner d'eux, vous auriez pensé que nous avions des motifs de haine pour vous parler ainsi. Mais pourquoi, mademoiselle, si vous aimez à faire votre petite partie, le soir, chez vous ? Est-il donc impossible de remplacer des crétins comme ces Julliard ? Vinet et moi nous savons le boston, nous finirons par trouver un quatrième. Vinet peut vous présenter sa femme, elle est gentille, et, de plus, c'est une Chargebœuf. Vous ne ferez pas comme ces guenons de la haute ville, vous ne demanderez pas des toilettes de duchesse à une bonne petite femme de ménage que l'infamie de sa famille oblige à tout faire chez elle, et qui unit le courage d'un lion à la douceur d'un agneau.

Sylvie Rogron montra ses longues dents jaunes en souriant au colonel, qui soutint très bien ce phénomène horrible et prit même un air flatteur.

— Si nous ne sommes que quatre, le boston n'aura pas lieu tous les soirs, répondit-elle.

— Que voulez-vous que fasse un vieux grognard comme moi qui n'ai plus qu'à manger mes pensions ? L'avocat est toujours libre le soir. D'ailleurs vous aurez du monde, je vous en promets, ajouta-t-il d'un air mystérieux.

— Il suffirait, dit Vinet, de vous poser franchement contre les ministériels de Provins et de leur tenir tête ; vous verriez combien l'on vous aimerait dans Provins, vous auriez bien du monde pour vous. Vous feriez enrager les Tiphaine en leur opposant votre salon. Eh bien ! nous rions des autres, si les autres rient de nous. La Clique ne se gêne d'ailleurs guère à votre égard !

— Comment? dit Sylvie.

En province, il existe plus d'une soupape par laquelle les commérages s'échappent d'une société dans l'autre. Vinet avait su tous les propos tenus sur les Rogron dans les salons d'où les deux merciers étaient définitivement bannis. Le juge suppléant, l'archéologue Desfondrilles, n'était d'aucun parti. Ce juge, comme quelques autres personnes indépendantes, racontait tout ce qu'il entendait dire par suite des habitudes de la province, et Vinet avait fait son profit de ces bavardages. Ce malicieux avocat envenima les plaisanteries de madame Tiphaine en les répétant. En révélant les mystifications auxquelles Rogron et Sylvie s'étaient prêtés, il alluma la colère et réveilla l'esprit de vengeance chez ces deux natures sèches qui voulaient un aliment pour leurs petites passions.

Quelques jours après, Vinet amena sa femme, personne bien élevée, timide, ni laide ni jolie, très douce et sentant vivement son malheur. Madame Vinet était blonde, un peu fatiguée par les soins de son pauvre ménage, et très simplement mise. Aucune femme ne pouvait plaire davantage à Sylvie. Madame Vinet supporta les airs de Sylvie et plia sous elle en femme accoutumée à plier. Il y avait sur son front bombé, sur ses joues de rose du Bengale, dans son regard lent et tendre, les traces de ces méditations profondes, de cette pensée perspicace que les femmes habituées à souffrir ensevelissent dans un silence absolu. L'influence du colonel, qui déployait pour Sylvie des grâces courtisanesques arrachées en apparence à sa brusquerie militaire, et celle de l'adroit Vinet, atteignirent bientôt Pierrette. Renfermée au logis ou ne sortant plus qu'en compagnie de sa vieille cousine, Pierrette, ce joli écureuil, fut à tout moment atteinte par : « Ne touche pas à cela, Pierrette ! » et par ses sermons continuels sur la manière de se tenir. Pierrette se courbait la poitrine et tendait le dos, sa cousine la voulait droite comme elle qui ressemblait à un soldat présentant les armes à son colonel ; elle lui appliquait parfois de petites tapes dans le dos pour la redresser. La libre et joyeuse fille du Marais apprit à réprimer ses mouvemens, à imiter un automate.

Un soir, qui marqua le commencement de la seconde période, Pierrette, que les trois habitués n'avaient pas vue au salon pendant la soirée, vint embrasser ses parens et saluer la compagnie avant de s'aller coucher. Sylvie avança froidement sa joue à cette charmante enfant, comme pour se débarrasser de son baiser. Le geste fut si cruellement significatif, que les larmes de Pierrette jaillirent.

— T'es-tu piquée, ma petite Pierrette? lui dit l'atroce Vinet.

— Qu'avez-vous donc ? lui demanda sévèrement Sylvie.

— Rien, dit la pauvre enfant en allant embrasser son cousin.

— Rien? reprit Sylvie. On ne pleure pas sans raison.

— Qu'avez-vous, ma petite belle? lui dit madame Vinet.

— Ma cousine riche ne me traite pas si bien que ma pauvre grand'mère !

— Votre grand'mère vous a pris votre fortune, dit Sylvie, et votre cousine vous laissera la sienne.

Le colonel et l'avocat se regardèrent à la dérobée.

— J'aime mieux être volée et aimée, dit Pierrette.

— Eh bien ! l'on vous renverra d'où vous venez.

— Mais qu'a-t-elle donc fait, cette chère petite? dit madame Vinet.

Vinet jeta sur sa femme ce terrible regard, fixe et froid, des gens qui exercent une domination absolue. La pauvre ilote, incessamment punie de n'avoir pas eu la seule chose qu'on voulût d'elle, une fortune, reprit ses cartes.

— Ce qu'elle a fait ? s'écria Sylvie en relevant la tête par un mouvement si brusque que les giroflées jaunes de son bonnet s'agitèrent. Elle ne sait quoi s'inventer pour nous [...] contre pour en connaî[...]

tre le mécanisme, elle a touché la roue et a cassé le grand ressort. Mademoiselle n'écoute rien. Je suis toute la journée à lui recommander de prendre garde à tout, et c'est comme si je parlais à cette lampe.

Pierrette, honteuse d'être réprimandée en présence des étrangers, sortit tout doucement.

— Je me demande comment dompter la turbulence de cette enfant, dit Rogron.

— Mais elle est assez âgée pour aller en pension, dit madame Vinet.

Un nouveau regard de Vinet imposa silence à sa femme, à laquelle il s'était bien gardé de confier ses plans et ceux du colonel sur les deux célibataires.

— Voilà ce que c'est que de se charger des enfans d'autrui ! s'écria le colonel. Vous pouviez encore en avoir à vous, vous ou votre frère ; pourquoi ne vous mariez-vous pas l'un ou l'autre?

Sylvie regarda très agréablement le colonel : elle rencontrait pour la première fois de sa vie un homme à qui l'idée qu'elle aurait pu se marier ne paraissait pas absurde.

— Mais, madame Vinet a raison ! s'écria Rogron, ça ferait tenir Pierrette tranquille. Un maître ne coûtera pas grand'chose !

Le mot du colonel préoccupait tellement Sylvie qu'elle ne répondit pas à Rogron.

— Si vous vouliez faire seulement le cautionnement du journal d'opposition dont nous parlions, vous trouveriez un maître pour votre petite cousine dans l'éditeur responsable ; nous prendrions ce pauvre maître d'école victime des envahissemens du clergé. Ma femme a raison : Pierrette est un diamant brut qu'il faut polir, dit Vinet à Rogron.

— Je croyais que vous étiez baron, dit Sylvie au colonel durant une donne et après une longue pause pendant laquelle chaque joueur resta pensif.

— Oui ; mais, nommé en 1814 après la bataille de Nangis, où mon régiment a fait des miracles, ai-je eu l'argent et les protections nécessaires pour me mettre en règle à la chancellerie? Il en sera de la baronnie comme du grade de général que j'ai eu en 1815 : il faut une révolution pour me les rendre.

— Si vous pouviez garantir le cautionnement par une hypothèque, répondit enfin Rogron, je pourrais le faire.

— Mais cela peut s'arranger avec Cournant, répliqua Vinet. Le journal amènera le triomphe du colonel et rendrait votre salon plus puissant que celui des Tiphaine et consorts.

— Comment cela? dit Sylvie.

Au moment où, pendant que sa femme donnait les cartes, l'avocat expliquait l'importance de Rogron, le colonel et lui, Vinet, acquerraient par la publication d'une feuille indépendante pour l'arrondissement de Provins, Pierrette fondait en larmes ; son cœur et son intelligence étaient d'accord : elle trouvait sa cousine beaucoup plus en faute qu'elle. L'enfant du Marais comprenait instinctivement combien la Charité, la Bienfaisance doivent être absolues. Elle haïssait ses belles robes et tout ce qui se faisait pour elle. On lui vendait les bienfaits trop cher. Elle pleurait de dépit d'avoir donné prise sur elle, et prenait la résolution de se conduire de façon à réduire ses parens au silence, pauvre enfant ! Elle pensait alors combien Brigaut avait été grand en lui donnant ses économies. Elle croyait son malheur au comble et ne savait pas qu'en ce moment il se décidait au salon une nouvelle infortune pour elle. En effet quelques jours après Pierrette eut un maître d'écriture. Elle dut apprendre à lire, à écrire et à compter. L'éducation de Pierrette produisit d'énormes dégâts dans la maison des Rogron. Ce fut l'encre sur les tables, sur le meubles, sur les vêtemens ; puis les cahiers d'écriture, les plumes égarées partout, la poudre sur les étoffes, les livres déchirés, écornés, pendant qu'elle apprenait ses leçons. On lui parlait déjà, et dans quels termes ! de la nécessité de gagner son pain, de n'être à charge à personne. En écoutant ces horribles avis, Pierrette sentait une douleur dans sa gorge : il s'y faisait une contraction violente, son cœur battait à coups précipités. Elle était obligée de retenir ses pleurs, car on lui demandait compte de ses larmes comme d'une offense envers la bonté de ses magnanimes parens. Rogron avait trouvé la vie qui lui était propre : il grondait Pierrette comme autrefois ses commis ; il allait la chercher au milieu de ses jeux pour la contraindre à étudier, il lui faisait répéter ses leçons, il était le féroce maître d'études de cette pauvre enfant. Sylvie de son côté regardait comme un devoir d'apprendre à Pierrette le peu qu'elle savait des ouvrages de femme. Ni Rogron ni sa sœur n'avaient de douceur dans le caractère. Ces esprits étroits, qui d'ailleurs éprouvaient un plaisir réel à taquiner cette pauvre petite, passèrent insensiblement de la douceur à la plus excessive sévérité. Leur sévérité fut amenée par la prétendue mauvaise volonté de cette enfant, qui, commencée trop tard, avait l'entendement dur. Ses maîtres ignoraient l'art de donner aux leçons une forme appropriée à l'intelligence de l'élève, ce qui marque la différence de l'éducation particulière à l'éducation publique. Aussi la faute était-elle bien moins celle de Pierrette que celle de ses parens. Elle mit donc un temps infini pour apprendre les élémens. Pour un rien, elle était appelée bête et stupide, sotte et maladroite. Pierrette, incessamment maltraitée en paroles, ne rencontra chez ses deux parens que des regards froids. Elle prit l'attitude hébétée des brebis : elle n'osa plus rien faire en voyant ses actions mal jugées, mal accueillies, mal interprétées. En toute chose elle attendit le bon plaisir, les ordres de sa cousine, garda ses pensées pour elle, et se renferma dans une obéissance passive. Ses brillantes couleurs commencèrent à s'éteindre. Elle se plaignit parfois de souffrir. Quand sa cousine lui demanda : — Où ? la pauvre petite, qui ressentait des douleurs générales, répondit : — Partout.

— A-t-on jamais vu souffrir partout ? Si vous souffriez partout, vous seriez déjà morte ! répondit Sylvie.

— On souffre à la poitrine, disait Rogron l'épilogueur, on a mal aux dents, à la tête, aux pieds, au ventre ; mais on n'a jamais vu avoir mal partout ! Qu'est-ce que cela partout ? Avoir mal partout, c'est n'avoir mal nune part. Sais-tu ce que tu fais ? tu parles pour ne rien dire.

Pierrette finit par se taire en voyant ses naïves observations de jeune fille, les fleurs de son esprit naissant, accueillies par des lieux communs que son bon sens lui signalait comme ridicules.

— Tu te plains, et tu as un appétit de moine ! lui disait Rogron.

La seule personne qui ne blessait point cette chère fleur si délicate était la grosse servante, Adèle. Adèle allait bassiner le lit de cette petite fille, mais en cachette où, surprise à donner cette douceur à la jeune héritière de ses maîtres, elle fut grondée par Sylvie.

— Il faut élever les enfans à la dure, on leur fait ainsi des tempéramens forts. Est-ce que nous nous en sommes plus mal portés mon frère et moi ? dit Sylvie. Vous feriez de Pierrette une picheline, mot du vocabulaire Rogron pour peindre les gens souffreteux et pleurards.

Les expressions caressantes de cette ange étaient reçues comme des grimaces. Les roses d'affection qui s'élevaient si fraîches, si gracieuses dans cette jeune âme, et qui voulaient s'épanouir au dehors, étaient impitoyablement écrasées. Pierrette recevait les coups les plus durs aux endroits tendres de son cœur. Si elle essayait d'adoucir ces deux féroces natures par des chatteries, elle était accusée de se livrer à sa tendresse par intérêt.

— Dis-moi tout de suite ce que tu veux ? s'écriait brutalement Rogron, tu ne me câlines certes pas pour rien.

Ni la sœur ni le frère n'admettaient l'affection, et Pierrette était tout affection. Le colonel Gouraud, jaloux de plaire à mademoiselle Rogron, lui donnait raison en tout ce qui concernait Pierrette ; il attribuait tous les prétendus méfaits de cette ange à l'entêtement du caractère breton,

et prétendait qu'aucune puissance, aucune volonté n'en venait à bout. Rogron et sa sœur étaient adulés avec une finesse excessive par ces deux courtisans, qui avaient fini par obtenir de Rogron le cautionnement du journal *le Courrier de Provins*, et de Sylvie cinq mille francs d'actions. Le colonel et l'avocat se mirent en campagne. Ils placèrent cent actions de cinq cents francs parmi les électeurs propriétaires de biens nationaux à qui les journaux libéraux faisaient concevoir des craintes ; parmi les fermiers et parmi les gens indépendans. Ils finirent même par étendre leurs ramifications dans le département, et au-delà dans quelques communes limitrophes. Chaque actionnaire fut naturellement abonné. Puis les annonces judiciaires et autres se divisèrent entre *la Ruche* et *le Courrier*. Le premier numéro du journal fit un pompeux éloge de Rogron. Rogron était présenté comme le Laffitte de Provins. Quand l'esprit public eut une direction, il fut facile de voir que les prochaines élections seraient vivement disputées. La belle madame Tiphaine fut au désespoir.

— J'ai, disait-elle en lisant un article dirigé contre elle et contre Julliard, j'ai malheureusement oublié qu'il y a toujours un fripon non loin d'une dupe, et que la sottise attire toujours un homme d'esprit de l'espèce des renards. Dès que le journal flamba dans un rayon de vingt lieues, Vinet eut un habit neuf, des bottes, un gilet et un pantalon décens. Il arbora le fameux chapeau gris des Libéraux, et laissa voir son linge. Sa femme prit une servante et parut mise comme devait l'être la femme d'un homme influent ; elle eut de jolis bonnets. Par calcul, Vinet fut reconnaissant. L'avocat et son ami Cournant, le notaire des Libéraux et l'antagoniste d'Auffray, devinrent les conseils des Rogron, auxquels ils rendirent deux grands services. Les beaux faits par Rogron père en 1815, dans des circonstances malheureuses, allaient expirer. L'horticulture et les cultures maraîchères avaient pris d'énormes développemens autour de Provins. L'avocat et le notaire se mirent en mesure de procurer aux Rogron une augmentation de quatorze cents francs dans leurs revenus par les nouvelles locations. Vinet gagna trois procès relatifs à des plantations d'arbres contre deux Communes, et dans lesquels il s'agissait de cinq cents peupliers. L'argent des peupliers, celui des économies des Rogron, qui depuis trois ans plaçaient annuellement six mille francs à gros intérêts, fut employé très-habilement à l'achat de plusieurs enclaves. Enfin Vinet entreprit et mit à fin l'expropriation de quelques-uns des paysans à qui Rogron père avait prêté son argent, et qui s'étaient tués à cultiver et amender leurs terres pour pouvoir payer, mais vainement. L'échec de la construction de la maison au capital des Rogron fut donc largement réparé. Leurs biens, situés autour de Provins, choisis par leur père comme savent choisir les aubergistes, divisés en petites cultures dont la plus considérable n'était pas de cinq arpens, loués à des gens extrêmement solvables presque tous possesseurs de quelques morceaux de terre, et avec hypothèque pour sûreté des fermages, rapportèrent à la Saint-Martin de novembre 1826 cinq mille francs. Les impôts étaient à la charge des fermiers, et il n'y avait aucun bâtiment à réparer ou à assurer contre l'incendie. Le frère et la sœur possédaient chacun quatre mille six cents francs en cinq pour cent, et, comme cette valeur dépassait le pair, l'avocat les prêcha pour en opérer le remplacement en terres, leur promettant, à l'aide du notaire, de ne pas leur faire perdre un liard d'intérêt au change.

A la fin de cette seconde période, la vie fut si dure pour Pierrette, l'indifférence des habitués de la maison et la sottise grondeuse, le défaut d'affection de ses parens, devinrent si corrosifs, elle sentit si bien souffler sur elle le froid humide de la tombe, qu'elle médita le projet hardi de s'en aller à pied, sans argent, en Bretagne, y retrouver sa grand-mère et son père Lorrain. Deux événemens l'en empêchèrent. Le bonhomme Lorrain mourut, Rogron nommé tuteur de sa cousine par un Conseil de Famille tenu à Provins. Si la grand-mère eût succombé la première, il est à croire que Rogron, conseillé par Vinet, eût redomandé les huit mille francs de Pierrette, et réduit le grand-père à l'indigence.

— Mais vous pouvez hériter de Pierrette, lui dit Vinet avec un affreux sourire. On ne sait ni qui vit ni qui meurt !

Éclairé par ce mot, Rogron ne laissa en repos la veuve Lorrain, débitrice de sa petite-fille, qu'après lui avoir fait assurer à Pierrette la nu-propriété des huit mille francs par une donation entre vifs dont les frais furent payés par lui.

Pierrette fut étrangement saisie par ce deuil. Au moment où elle recevait ce coup horrible, il fut question de lui faire faire sa première communion : autre événement dont les obligations retinrent Pierrette à Provins. Cette cérémonie nécessaire et si simple allait amener de grands changements chez les Rogron. Sylvie apprit que monsieur le curé Péroux instruisait les petites Julliard, Lesourd, Garceland et autres. Elle se piqua d'honneur, et voulut avoir pour Pierrette le propre vicaire de l'abbé Péroux, monsieur Habert, un homme qui passait pour appartenir à la Congrégation, très-zélé pour les intérêts de l'Église, très-redouté dans Provins, et qui cachait une grande ambition sous une sévérité de principes absolus. La sœur de ce prêtre, une vieille fille d'environ trente ans, tenait une pension de demoiselles dans la ville. Le frère et la sœur se ressemblaient : tous deux maigres, jaunes, à cheveux noirs, atrabilaires. En Bretonne bercée dans les pratiques et la poésie du catholicisme, Pierrette ouvrit son cœur et ses oreilles à la parole de ce prêtre imposant. Les souffrances disposent à la dévotion, et presque toutes les jeunes filles, poussés par une tendresse instinctive, inclinent au mysticisme, le côté profond de la religion. Le prêtre sema donc le grain de l'Évangile et les dogmes de l'Église dans un terrain exellent. Il changea complètement les dispositions de Pierrette. Pierrette aima Jésus-Chist présenté dans la Communion aux jeunes filles comme un céleste fiancé ; ses souffrances physiques et morales eurent un sens, elle fut instruite à voir en toute chose le doigt de Dieu. Son âme, si cruellement frappée dans cette maison sans qu'elle pût accuser ses parens, se réfugia dans cette sphère où montent tous les malheureux, soutenus sur les ailes des trois Vertus théologales. Elle abandonna donc les idées de fuite. Sylvie, étonnée de la métamorphose opérée en Pierrette par monsieur Habert, fut prise de curiosité. Dès lors, tout en préparant Pierrette à faire sa première communion, monsieur Habert conquit à Dieu l'âme, jusqu'alors égarée, de mademoiselle Sylvie. Sylvie tomba dans la dévotion. Denis Rogron, sur lequel le prétendu jésuite ne put mordre, car alors l'esprit de S. M. Libérale feu le Constitutionnel Ier était plus fort sur certains niais que l'esprit de l'Église, Denis resta fidèle au colonel Gouraud, à Vinet et au libéralisme.

Mademoiselle Rogron fit naturellement la connaissance de mademoiselle Habert, avec laquelle elle sympathisa parfaitement. Les deux filles s'aimèrent comme deux sœurs qui s'aiment. Mademoiselle Habert offrit de prendre Pierrette chez elle, d'éviter à Sylvie les ennuis et les embarras d'une éducation ; mais le frère et la sœur répondirent que l'absence de Pierrette leur ferait un trop grand vide à la maison. L'attachement des Rogron à leur petite cousine parut excessif. En voyant l'entrée de mademoiselle Habert dans la maison, le colonel Gouraud et l'avocat Vinet prêtèrent à l'ambitieux vicaire, dans l'intérêt de sa sœur, le plan matrimonial formé par le colonel.

— Votre sœur veut vous marier, dit l'avocat à l'ex-mercier.

— A l'encontre de qui ? fit Rogron.

— Avec cette vieille sibylle d'institutrice ! s'écria le vieux colonel en caressant ses moustaches grises.

— Elle ne m'en a rien dit, répondit naïvement Rogron.

Une fille absolue comme l'était Sylvie devait faire des progrès dans la voie du salut. L'influence du prêtre allait grandir dans cette maison, appuyée par Sylvie qui disposait de son frère. Les deux libéraux, qui s'effrayèrent justement, comprirent que si le prêtre avait résolu de marier

sa sœur avec Rogron, union infiniment plus sortable que celle de Sylvie et du colonel, il pousserait Sylvie aux pratiques les plus violentes de la religion, et ferait mettre Pierrette au couvent. Ils pouvaient donc perdre le prix de dix-huit mois d'efforts, de lâchetés et de flatteries. Ils furent saisis d'une effroyable et sourde haine contre le prêtre et sa sœur ; et, néanmoins, ils sentirent la nécessité, pour les suivre pied à pied, de bien vivre avec eux. Monsieur et mademoiselle Habert, qui savaient le whist et le boston, vinrent tous les soirs. L'assiduité des uns excita l'assiduité des autres. L'avocat et le colonel se sentirent en tête des adversaires aussi fort qu'eux, pressentiment que partagèrent monsieur et mademoiselle Habert. Cette situation respective était déjà un combat. De même que le colonel faisait goûter à Sylvie les douceurs inespérées d'une recherche en mariage, car elle avait fini par voir un homme digne d'elle dans Gouraud, de même mademoiselle Habert enveloppa l'ex-mercier de la ouate de ses attentions, de ses paroles et de ses regards. Aucun des deux partis ne pouvait se dire ce grand mot de haute politique :—Partageons ? Chacun voulait sa proie. L'assiduité des uns excita l'assiduité des autres. Ces deux femmes possédaient environ deux milles livres de rente, et vivaient péniblement à Troyes. Mademoiselle Bathilde de Chargebœuf était une de ces magnifiques créatures qui croient aux mariages par amour et changent d'opinion vers leur vingt-cinquième année en se trouvant toujours filles. Vinet sut persuader à madame de Chargebœuf de joindre ses deux mille francs avec les mille écus qu'il gagnait depuis l'établissement du journal, et de venir vivre en famille à Provins, où Bathilde épouserait, dit-il, un imbécile nommé Rogron, et pourrait, spirituelle comme elle était, rivaliser avec la madame Tiphaine. L'accession de madame et de mademoiselle de Chargebœuf au ménage et aux idées de Vinet donna la plus grande consistance au parti libéral. Cette jonction consterna l'aristocratie de Provins et le parti des Tiphaine. Madame de Bréautey, désespérée de voir deux femmes nobles ainsi égarées, les pria de venir chez elle. Elle gémit des fautes commises par les Royalistes, et devint furieuse contre ceux de Troyes en apprenant la situation de la mère et de la fille.

— Comment ! il ne s'est pas trouvé quelque vieux gentilhomme campagnard pour épouser cette chère petite, faite pour devenir une châtelaine ? disait-elle. Ils l'ont laissée monter en graine, et elle va se jeter à la tête d'un Rogron.

Elle remua tout le Département sans pouvoir y trouver un seul gentilhomme capable d'épouser une fille dont la mère n'avait que deux mille livres de rente. Le parti des Tiphaine et le Sous-préfet se mirent aussi, mais trop tard, à la recherche de cet inconnu. Madame de Bréautey porta de terribles accusations contre l'égoïsme qui dévorait la France, fruit du matérialisme et de l'empire accordé par les lois à l'argent : la noblesse n'était plus rien ! la beauté n'était rien ! Des Rogron, des Vinet livraient combat au roi de France !

Bathilde de Chargebœuf n'avait pas seulement sur sa rivale l'avantage incontestable de la beauté, mais encore celui de la toilette. Elle était d'une blancheur éclatante. A vingt-cinq ans, ses épaules entièrement développées, ses belles formes, avaient une plénitude exquise. La rondeur de son cou, la pureté de ses attaches, la richesse de sa chevelure d'un blond élégant, la grâce de son sourire, la forme distinguée de sa tête, le port et la coupe de sa figure, ses beaux yeux bien placés sous un front bien taillé, ses mouvemens nobles et de bonne compagnie, et sa taille, encore svelte, tout en elle s'harmonisait. Elle avait une belle main et le pied étroit. Sa santé lui donnait peut-être l'air d'une belle fille d'auberge « — mais ce ne devait pas être un défaut aux yeux d'un Rogron », dit la belle madame Tiphaine. Mademoiselle de Chargebœuf parut la première fois assez simplement mise. Sa robe de mérinos brun festonnée d'une broderie verte était décolletée ; mais un fichu de tulle, bien tendu par des cordons intérieurs, couvrait ses épaules, son dos et le corsage, en s'entr'ouvrant néanmoins par-devant, quoique le fichu fût fermé par une *sévigné*. Sous ce délicat réseau, les beautés de Bathilde étaient encore plus coquettes, plus séduisantes. Elle ôta son chapeau de velours et son châle en arrivant, et montra ses jolies oreilles ornées de pendeloques en or. Elle avait une petite jeannette en velours qui brillait sur son cou comme l'anneau noir que la fantasque nature met à la queue d'un angora blanc. Elle savait toutes les malices des filles à marier : agiter ses mains en relevant des boucles qui ne se sont pas dérangées, faire voir ses poignets en priant Rogron de lui rattacher une manchette ; ce à quoi le malheureux ébloui se refusait brutalement, cachant ainsi ses émotions sous une fausse indifférence. La timidité du seul amour que ce mercier devait éprouver dans sa vie eut toutes les allures de la haine. Sylvie autant que Céleste Habert s'y méprirent, mais non l'avocat, l'homme supérieur de cette société stupide, et qui n'avait que le prêtre pour adversaire, car le colonel fut longtemps son allié.

De son côté, le colonel se conduisit dès lors envers Sylvie comme Bathilde envers Rogron. Il mit du linge blanc tous les soirs, il eut des cols de velours sur lesquels se détachait bien sa martiale figure relevée par les deux bouts du col blanc de sa chemise ; il adopta le gilet de piqué blanc et se fit faire une redingote neuve en drap bleu, où brillait sa rosette rouge, le tout sous prétexte de faire honneur à la belle Bathilde. Il ne fuma plus passé deux heures. Ses cheveux grisonnans furent rabattus en ondes sur son crâne à ton d'ocre. Il prit enfin l'extérieur et l'attitude d'un chef de parti, d'un homme qui se disposait à mener les ennemis de la France, les Bourbons enfin, tambour battant.

Le satanique avocat et le rusé colonel jouèrent à monsieur et à mademoiselle Habert un tour encore plus cruel que la présentation de la belle mademoiselle de Chargebœuf, jugée par le parti libéral et chez les Bréautey comme dix fois plus belle que la belle madame Tiphaine. Ces deux grands politiques de petite ville firent croire de proche en proche que monsieur Habert entrait dans toutes leurs idées. Provins parla bientôt de lui comme d'un prêtre libéral. Mandé promptement à l'évêché, monsieur Habert fut forcé de renoncer à ses soirées chez les Rogron ; mais sa sœur y alla toujours. Le salon Rogron fut dès lors constitué et devint une puissance.

Aussi vers le milieu de cette année, les intrigues politiques ne furent-elles pas moins vives dans le salon des Rogron que les intrigues matrimoniales. Si les intérêts enfouis dans les cœurs, se livrèrent des combats acharnés, la lutte publique eut une fatale célébrité. Chacun sait que le ministère Villèle fut renversé par les élections de 1826. Au collège de Provins, Vinet, candidat libéral, à qui monsieur Cournant avait procuré le cens par l'acquisition d'un domaine dont le prix restait dû, faillit l'emporter sur monsieur Tiphaine. Le Président n'eut que deux voix de majorité. A mesdames Vinet et de Chargebœuf, au colonel, se joignirent quelquefois monsieur Cournant et sa femme ; puis le médecin Néraud, un homme dont la jeunesse avait été bien orageuse, mais qui voyait sérieusement la vie ; il s'était adonné, disait-on, à l'étude, et avait, à entendre les libéraux, beaucoup plus de moyens que monsieur Martener. Les Rogron ne comprenaient pas plus leur triomphe qu'ils n'avaient compris leur ostracisme.

La belle Bathilde de Chargebœuf, à qui Vinet montra Pierrette comme son ennemie, était horriblement dédaigneuse pour elle. L'intérêt général exigeait l'abaissement de cette pauvre victime. Madame Vinet ne pouvait rien pour cette enfant broyée entre des intérêts implacables qu'elle avait fini par comprendre. Sans le vouloir impérieux de son mari, elle ne serait pas venue chez les Rogron, elle y

souffrait trop de voir maltraiter cette jolie petite créature qui se serrait près d'elle en devinant une protection secrète, et qui lui demandait de lui apprendre tel ou tel point, de lui enseigner une broderie. Pierrette montrait ainsi que, traitée doucement, elle comprenait et réussissait à merveille. Madame Vinet n'était plus utile, elle ne vint plus. Sylvie, qui caressait encore l'idée du mariage, vit enfin dans Pierrette un obstacle : Pierrette avait près de quatorze ans, sa blancheur maladive, dont les symptômes étaient négligés par cette ignorante vieille fille, la rendait ravissante. Sylvie conçut alors la belle idée de compenser les dépenses qui lui causait Pierrette en en faisant une servante. Vinet comme ayant-cause des Chargebœuf, mademoiselle Habert, Gouraud, tous les habitués influens engagèrent Sylvie à renvoyer la grosse Adèle. Pierrette ne ferait-elle pas la cuisine et ne soignerait-elle par la maison ? Quand il y aurait trop d'ouvrage, elle serait quitte pour prendre la femme de ménage du colonel, une personne très-entendue, et l'un des cordons bleus de Provins. Pierrette devait savoir faire la cuisine, frotter, dit le sinistre avocat, balayer, tenir une maison propre, aller au marché, apprendre le prix des choses. La pauvre petite, dont le dévouement égalait la générosité, s'offrit elle-même, heureuse d'acquitter ainsi le pain si dur qu'elle mangeait dans cette maison. Adèle fut renvoyée. Pierrette perdit ainsi la seule personne qui l'eût peut-être protégée. Malgré sa force, elle fut dès ce moment accablée physiquement et moralement. Ces deux célibataires eurent pour elle bien moins d'égards que pour une domestique, elle leur appartenait ! Aussi fut-elle grondée pour des riens, pour un peu de poussière oubliée sur le marbre de la cheminée ou sur un globe de verre. Ces objets de luxe s'offrit qu'elle avait tant admirés lui devinrent odieux. Malgré son désir de bien faire, son inexorable cousine trouvait toujours à reprendre dans ce qu'elle avait fait. En deux ans, Pierrette ne reçut pas un compliment, n'entendit pas une parole affectueuse. Le bonheur pour elle était de ne pas être grondée. Elle supportait avec une patience angélique les humeurs noires de ces deux célibataires, à qui les sentimens doux étaient entièrement inconnus, et qui tous les jours lui faisaient sentir sa dépendance. Cette vie où la jeune fille se trouvait, entre ces deux merciers, comme pressée entre les deux lèvres d'un étau, augmenta sa maladie. Elle éprouva des troubles intérieurs si violens, des chagrins secrets si subits dans leurs explosions, que ses développemens furent irrémédiablement contrariés. Pierrette arriva donc lentement par des douleurs épouvantables, mais cachées, à l'état où la vit son ami d'enfance en la saluant, sur la petite place, de sa romance bretonne.

Avant d'entrer dans le drame domestique que la venue de Brigaut détermina dans la maison Rogron, il est nécessaire, pour ne pas l'interrompre, d'expliquer l'établissement du Breton à Provins, car il fut en quelque sorte un personnage muet de cette scène. En se sauvant, Brigaut fut non-seulement effrayé par le geste de Pierrette, mais encore du changement de sa jeune amie : à peine l'eût-il reconnue, sans la voix, les yeux et les gestes qui lui rappelèrent sa petite camarade si vive, si gaie et néanmoins si tendre. Quand il fut loin de la maison, ses jambes tremblèrent sous lui ; il eut chaud dans le dos ! Il avait vu l'ombre de Pierrette et non Pierrette. Il grimpa dans la haute ville, pensif, inquiet, jusqu'à ce qu'il eût trouvé un endroit d'où il pouvait apercevoir la place et la maison de Pierrette ; il la contempla douloureusement, perdu dans des pensées infinies, comme un malheur dans lequel on entre sans savoir où il s'arrête. Pierrette souffrait, elle n'était pas heureuse, elle regrettait la Bretagne ! qu'avait-elle ? Toutes ces questions passèrent et repassèrent dans le cœur de Brigaut en le déchirant, et lui révélèrent à lui-même l'étendue de son affection pour sa petite sœur d'adoption. Il est extrêmement rare que les passions entre enfans de sexes différens subsistent. Le charmant roman de Paul et Virginie, pas plus que celui de Pierrette et de Brigaut, ne tranchent la question que soulève ce fait moral, si étrange. L'histoire moderne n'offre que l'illustre exception de la sublime marquise de Pescaire et de son mari : destinés l'un à l'autre par leurs parens dès l'âge de quatorze aus, ils s'adorèrent et se marièrent ; leur union donna le spectacle au seizième siècle d'un amour conjugal infini, sans nuages. Devenue veuve à trente-quatre ans, la marquise, belle, spirituelle, universellement adorée, refusa des rois, et s'enterra dans un couvent où elle ne vit, n'entendit plus que les religieuses. Cet amour si complet se développa soudain dans le cœur du pauvre ouvrier breton. Pierrette et lui s'étaient si souvent protégés l'un l'autre, il avait été si content de lui apporter l'argent de son voyage, il avait failli mourir pour avoir suivi la diligence, et Pierrette n'en avait rien su! Ce souvenir avait souvent réchauffé les heures froides de sa pénible vie durant ces trois années. Il s'était perfectionné pour Pierrette, il avait appris son état pour Pierrette. Il était venu pour Pierrette à Paris en se proposant d'y faire fortune pour elle. Après y avoir passé quinze jours, il n'avait pas tenu à l'idée de la voir, il avait marié depuis le samedi soir jusqu'à ce lundi matin, il comptait retourner à Paris ; mais la touchante apparition de sa petite amie le clouait à Provins. Un admirable magnétisme, encore contesté malgré tant de preuves, agissait sur lui à son insu : des larmes lui roulaient dans les yeux pendant que des larmes obscurcissaient ceux de Pierrette. Si, pour elle, il était la Bretagne et la plus heureuse enfance, pour lui, Pierrette était la vie! A seize ans, Brigaut ne savait encore ni dessiner ni profiler une corniche, il ignorait bien des choses ; mais, à ses pièces, il avait gagné quatre à cinq francs par jour. Il pouvait donc vivre à Provins, il serait à portée de Pierrette, il achèverait d'apprendre son état en choisissant pour maître le meilleur menuisier de la ville, et veillerait sur Pierrette. En un moment le parti de Brigaut fut pris. L'ouvrier courut à Paris, fit ses comptes, reprit son livret, son bagage et ses outils. Trois jours après, il était compagnon chez monsieur Frappier, le premier menuisier de Provins. Les ouvriers actifs, rangés, ennemis du bruit et du cabaret, sont assez rares pour que les maîtres tiennent à un jeune homme comme Brigaut. Pour terminer l'histoire du Breton sur ce point, au bout d'une quinzaine il devint maître compagnon, fut logé, nourri chez Frappier, qui lui montra le calcul et le dessin linéaire. Ce menuisier demeure dans la Grand'rue, à une centaine de pas de la petite place longue au bout de laquelle était la maison de Rogron. Brigaut enterra son amour dans son cœur et ne commit pas la moindre indiscrétion. Il se fit conter par madame Frappier l'histoire des Rogron ; elle lui dit la manière dont s'y était pris le vieil aubergiste pour avoir la succession du bonhomme Auffray. Brigaut eut des renseignemens sur le caractère du mercier Rogron et de sa sœur. Il surprit Pierrette au marché le matin avec sa cousine, et frissonna de la voir au bras un panier plein de provisions. Il alla revoir Pierrette le dimanche à l'église, où la Bretonne se montrait dans ses atours. Là, pour la première fois, Brigaut vit que Pierrette était mademoiselle Lorrain. Pierrette aperçut son ami, mais elle lui fit un signe mystérieux pour l'engager demeurer bien caché. Il y eut un monde de choses dans ce geste, comme dans celui par lequel, quinze jours auparavant, elle l'avait engagé à se sauver. Quelle fortune ne devait-il pas faire en dix ans pour pouvoir épouser sa petite amie d'enfance, à qui les Rogron devaient laisser une maison, cent arpens de terre et douze mille livres de rente, sans compter leurs économies ! Le persévérant Breton ne voulut pas tenter fortune sans avoir acquis les connaissances qui lui manquaient. S'instruire à Paris ou s'instruire à Provins, tant qu'il ne s'agissait que de théorie, il préféra rester près de Pierrette, à laquelle d'ailleurs il voulait expliquer et ses projets et l'espèce de protection sur laquelle elle pouvait compter. Enfin il ne voulait pas la quitter sans avoir pénétré le mystère de cette pâleur qui atteignait déjà la vie dans l'organe qu'elle décèle en dernier, les yeux ; sans savoir d'où venaient ces souffrances qui lui donnaient l'air d'une fille courbée sous la faux de la mort, et près de tomber. Ces deux signes

touchans, qui ne démentaient pas leur amitié, mais qui recommandaient la plus grande réserve, jetèrent la terreur dans l'âme du Breton. Évidemment Pierrette lui commandait de l'attendre et de ne pas chercher à la voir ; autrement il y avait, danger, péril pour elle. En sortant de l'église, elle put lui lancer un regard, et Brigaut vit les yeux de Pierrette pleins de larmes. Le Breton aurait trouvé la quadrature du cercle avant de deviner ce qui s'était passé dans la maison des Rogron depuis son arrivée.

Ce ne fut pas sans de vives appréhensions que Pierrette descendit de sa chambre, le matin où Brigaut avait surgi dans son rêve matinal comme un autre rêve. Pour se lever, pour ouvrir la fenêtre, mademoiselle Rogron avait dû entendre ce chant et ces paroles assez compromettantes aux oreilles d'une vieille fille ; mais Pierrette ignorait les faits qui rendaient sa cousine si alerte. Sylvie avait de puissantes raisons pour se lever et pour accourir à sa fenêtre. Depuis environ huit jours, d'étranges événemens secrets, de cruels sentimens agitaient les principaux personnages du salon Rogron. Ces événemens inconnus, cachés soigneusement de part et d'autre, allaient retomber comme une froide avalanche sur Pierrette. Ce monde de choses mystérieuses, et qu'il faudrait nommer les immondices du cœur humain, gisent à la base des plus grandes révolutions politiques, sociales ou domestiques ; mais en les disant, peut-être est-il extrêmement utile d'expliquer que leur traduction algébrique, quoique vraie, est infidèle sous le rapport de la forme. Ces calculs profonds ne parlent pas aussi brutalement que l'histoire les exprime. Vouloir rendre les circonlocutions, les précautions oratoires, les longues conversations où l'esprit obscurcit à dessein la lumière qu'il y porte, où la parole mielleuse délaie le venin de certaines intentions, ce serait tenter un livre aussi long que le magnifique poème appelé Clarisse Harlowe. Mademoiselle Habert et mademoiselle Sylvie avaient une égale envie de se marier ; mais l'une était de dix ans moins âgée que l'autre, et les probabilités permettaient à Céleste Habert de penser que ses enfans auraient toute la fortune des Rogron. Sylvie arrivait à quarante-deux ans, âge auquel le mariage peut offrir des dangers. En se confiant leurs idées pour se demander l'une à l'autre une approbation, Céleste Habert, mise en œuvre par l'abbé vindicatif, avait éclairé Sylvie sur les prétendus périls de sa position. Le colonel, homme violent, d'une santé militaire, gros garçon de quarante-cinq ans, devait pratiquer la morale de tous les contes de fées : Ils furent heureux et eurent beaucoup d'enfans. Ce bonheur fit trembler Sylvie, elle eut peur de mourir, idée qui ravage de fond en comble les célibataires. Mais le ministère Martignac, cette seconde victoire de la chambre qui renversa le ministère Villèle, était nommé. Le parti Vinet marchait la tête haute dans Provins. Vinet, maintenant le premier avocat de la Brie, gagnait tout ce qu'il voulait, selon un mot populaire. Vinet était un personnage. Les libéraux prophétisaient son avènement, il serait certainement député, procureur général. Quant au colonel, il deviendrait maire de Provins. Ah! régner comme régnait madame Garceland, être la femme du maire, Sylvie ne tint pas contre cette espérance, elle voulut consulter un médecin, quoiqu'une consultation pût la couvrir de ridicule. Ces deux filles, l'une victorieuse de l'autre et sûre de la mener en laisse, inventèrent un de ces traquenards que les femmes conseillées par un prêtre savent si bien apprêter. Consulter monsieur Néraud, le médecin des libéraux, l'antagoniste de monsieur Martener, était une faute. Céleste Habert offrit à Sylvie de la cacher dans son cabinet de toilette, et de consulter pour elle-même, sur ce chapitre, monsieur Martener, le médecin de son pensionnat. Complice ou non de Céleste, Martener répondit à sa cliente que le danger existait déjà, quoique faible, chez une fille de trente ans. — Mais votre constitution, lui dit-il en terminant, vous permet de ne rien craindre.

— Et pour une femme de quarante ans passés ? dit mademoiselle Céleste Habert.

— Une femme de quarante ans, mariée et qui a eu des enfans, n'a rien à redouter.

— Mais une fille sage, très sage, comme mademoiselle Rogron, par exemple?

— Sage! il n'y a plus de doute, dit monsieur Martener. Un accouchement heureux est alors un de ces miracles que Dieu se permet, mais rarement.

— Et pourquoi? dit Céleste Habert.

Le médecin répondit par une description pathologique effrayante; il expliqua comment l'élasticité donnée par la nature dans la jeunesse aux muscles, aux os, n'existait plus à un certain âge, surtout chez les femmes que leur profession avait rendues sédentaires pendant longtemps comme mademoiselle Rogron.

— Ainsi, passé quarante ans, une fille vertueuse ne doit plus se marier?

— Ou attendre, répondit le médecin; mais alors ce n'est plus le mariage, c'est une association d'intérêts; autrement, que serait-ce?

Enfin il résulta de cet entretien, clairement, sérieusement, scientifiquement et raisonnablement, que, passé quarante ans, une fille vertueuse ne devait pas trop se marier. Quand monsieur Martener fut parti, mademoiselle Céleste Habert trouva mademoiselle Rogron verte et jaune, les pupilles dilatées, enfin dans un état effrayant.

— Vous aimez donc bien le colonel? lui dit-elle.

— J'espérais encore, répondit la vieille fille.

— Eh bien! attendez! s'écria jésuitiquement mademoiselle Habert, qui savait bien que le temps ferait justice du colonel.

Cependant la moralité de ce mariage était douteuse. Sylvie alla sonder sa conscience au fond du confessionnal. Le sévère directeur expliqua les opinions de l'Eglise, qui ne voit dans le mariage que la propagation de l'humanité, qui réprouve les secondes noces et flétrit les passions sans but social. Les perplexités de Sylvie Rogron furent extrêmes. Ces combats intérieurs donnèrent une force étrange à sa passion, et lui prêtèrent l'inexplicable attrait que depuis Eve les choses défendues offrent aux femmes. Le trouble de mademoiselle Rogron ne put échapper à l'œil clairvoyant de l'avocat.

Un soir, après la partie, Vinet s'approcha de sa chère amie Sylvie, la prit par la main, et alla s'asseoir avec elle sur un des canapés.

— Vous avez quelque chose, lui dit-il à l'oreille.

Elle inclina tristement la tête. L'avocat laissa partir Rogron, resta seul avec la vieille fille et lui tira les vers du cœur.

Bien joué, l'abbé! mais tu as joué pour moi, s'écriat-il en lui-même, après avoir entendu toutes les consultations secrètes faites par Sylvie, et dont la dernière était la plus effrayante.

Ce rusé renard judiciaire fut plus terrible encore que le médecin ses explications; il conseilla le mariage, mais dans une dizaine d'années seulement, pour plus de sécurité. L'avocat jura que toute la fortune des Rogron appartiendrait à Bathilde. Il se frotta les mains, son museau s'affina, tout en courant après madame et mademoiselle de Chargebœuf, qu'il avait laissées en route avec leur domestique armée d'une lanterne. L'influence qu'exerçait monsieur Habert, médecin de l'âme, Vinet, le médecin de la bourse, la contre-balançait parfaitement. Rogron était fort peu dévot; ainsi l'Homme d'Eglise et l'Homme de Loi, ces deux robes noires, se montraient manche à manche. En apprenant la victoire remportée par mademoiselle Habert, qui croyait épouser Rogron, sur Sylvie hésitant entre la peur de mourir et la joie d'être baronne, l'avocat aperçut la possibilité de faire disparaître le colonel du champ de bataille. Il connaissait assez Rogron pour trouver un moyen de le marier avec la belle Bathilde. Rogron n'avait pu résister aux attaques de mademoiselle de Chargebœuf. Vinet savait que la première fois que Rogron serait seul avec Bathilde et lui, leur mariage serait décidé. Rogron en était venu au point d'attacher les yeux sur

mademoiselle Habert, tant il avait peur de regarder Bathilde. Vinet venait de voir à quel point Sylvie aimait le colonel. Il comprit l'étendue d'une pareille passion chez une vieille fille, également rongée de dévotion; et il eut bientôt trouvé le moyen de perdre à la fois Pierrette et le colonel, espérant d'être débarrassé de l'un par l'autre.

Le lendemain matin, après l'audience, il rencontra, selon leur habitude quotidienne, le colonel en promenade avec Rogron.

Quand ces trois hommes allaient ensemble, leur réunion faisait toujours causer la ville. Ce triumvirat, en horreur au sous-préfet, à la magistrature, au parti des Tiphaine, était un tribunal dont les libéraux de Provins tiraient vanité. Vinet rédigeait le *Courrier* à lui seul, il était la tête du parti; le colonel, gérant responsable du journal, était le bras; Rogron était le nerf avec son argent, il était censé le lien entre le Comité-directeur de Provins et le Comité-directeur de Paris. A écouter les Tiphaine, ces trois hommes étaient toujours à machiner quelque chose contre le gouvernement, tandis que les libéraux les admiraient comme les défenseurs du peuple. Lorsque l'avocat vit Rogron revenant vers la place, ramené au logis par l'heure du dîner, il empêcha le colonel, et lui prenant le bras, d'accompagner l'ex-mercier.

— Eh bien! colonel, lui dit-il, je vais vous ôter un grand poids de dessus les épaules; vous épouserez mieux que Sylvie: en vous y prenant bien, vous pouvez épouser dans deux ans la petite Pierrette Lorrain.

Et il lui raconta les effets de la manœuvre du jésuite.

— Quelle botte secrète, et comme elle tirée de longueur! dit le colonel.

— Colonel, reprit gravement Vinet, Pierrette est une charmante créature, vous pouvez être heureux le reste de vos jours, et vous avez une si belle santé que le mariage n'aura pas pour vous les inconvéniens habituels des unions disproportionnées; mais ne croyez pas facile cet échange d'un sort affreux contre un sort agréable. Faire passer votre amante à l'état de confidente est une opération aussi périlleuse que, dans votre métier, le passage d'une rivière sous le feu de l'ennemi. Fin comme un colonel de cavalerie que vous êtes, vous étudierez la position et vous manœuvrerez avec la supériorité que nous avons eue jusqu'à présent et qui nous a valu notre situation actuelle. Si je suis procureur général un jour, vous pouvez commander le département. Ah! si vous aviez été électeur! nous serions plus avancés, j'eusse acheté les deux voix de ces deux employés en les désintéressant de la perte de leurs places, et nous aurions eu la majorité. Je siégerais auprès des Dupin, des Casimir Périer, etc...

Le colonel avait pensé depuis longtemps à Pierrette, mais il cachait cette pensée avec une profonde dissimulation; aussi sa brutalité envers Pierrette n'était-elle qu'apparente. L'enfant ne s'expliquait pas pourquoi le prétendu camarade de son père la traitait si mal, quand il lui passait la main sous le menton et lui faisait une caresse paternelle en la rencontrant seule. Depuis la confidence de Vinet relativement à la terreur que le mariage causait à mademoiselle Sylvie, Gouraud avait cherché les occasions de trouver Pierrette seule, et le rude colonel était alors doux comme un chat: il lui disait combien Lorrain était brave, et quel malheur pour elle qu'il fût mort!

Quelques jours avant l'arrivée de Brigaut, Sylvie avait surpris Gouraud et Pierrette. La jalousie était donc entrée dans ce cœur avec une violence monastique. La jalousie, passion éminemment crédule, soupçonneuse, est celle où la fantaisie a le plus d'action; mais elle ne donne pas d'esprit, elle en ôte; et, chez Sylvie, cette passion devait amener d'étranges idées. Sylvie imagina que l'homme qui venait de prononcer ce mot *madame la mariée* à Pierrette était le colonel. En attribuant ce rendez-vous au colonel, Sylvie croyait avoir raison, car, depuis une semaine, les manières de Gouraud lui semblaient changées. Cet homme était le seul qui, dans la solitude où elle avait vécu, se fût occupé d'elle, elle l'observait donc de tous ses yeux, de tout son entendement ; et à force de se livrer à des espérances, tour à tour florissantes ou détruites, elle en avait fait une chose d'une si grande étendue, qu'elle y éprouvait les effets d'un mirage moral. Selon une belle expression vulgaire, à force de regarder, elle n'y voyait souvent plus rien. Elle repoussait et combattait victorieusement et tour à tour la supposition de cette rivalité chimérique. Elle faisait un parallèle entre elle et Pierrette : elle avait quarante ans et des cheveux gris ; Pierrette était une petite fille délicieuse de blancheur, avec des yeux d'une tendresse à réchauffer un cœur mort. Elle avait entendu dire que les hommes de cinquante ans aimaient les petites filles dans le genre de Pierrette. Avant que le colonel se rangeât et fréquentât la maison Rogron, Sylvie avait écouté dans le salon Tiphaine d'étranges choses sur Gouraud et sur ses mœurs. Les vieilles filles ont en amour les idées platoniques exagérées que professent les jeunes filles de vingt ans, elles ont conservé des doctrines absolues comme tous ceux qui n'ont pas expérimenté la vie, éprouvé combien les forces majeures sociales modifient, écornent et font faillir ces belles et nobles idées. Pour Sylvie, être trompée par ce colonel était une pensée qui lui martelait la cervelle. Depuis ce temps que tout célibataire oisif passe au lit entre son réveil et son lever, la vieille fille s'était donc occupée d'elle, de Pierrette et de la romance qui l'avait réveillée par le mot de mariage. En fille sotte, au lieu de regarder l'amoureux entre ses persiennes, elle avait ouvert sa fenêtre sans penser que Pierrette l'entendrait. Si elle avait eu le vulgaire esprit de l'espion, elle aurait vu Brigaut, et le drame fatal alors commencé n'aurait pas eu lieu.

Pierrette, malgré sa faiblesse, ôta les barres de bois qui maintenaient les volets de la cuisine, les ouvrit et les accrocha, puis elle alla ouvrir également la porte du corridor donnant sur le jardin. Elle prit les différens balais nécessaires à balayer le tapis, la salle à manger, le corridor, les escaliers, enfin pour tout nettoyer, avec un soin, une exactitude qu'aucune servante, fût-elle hollandaise, ne mettrait à son ouvrage : elle haïssait tant les réprimandes ! Pour elle, le bonheur consistait à voir les petits yeux bleus, pâles et froids de sa cousine, non pas satisfaits, ils ne le paraissaient jamais, mais seulement calmes, après qu'elle avait jeté partout son regard de propriétaire, ce regard inexplicable qui voit ce qui échappe aux yeux les plus observateurs. Pierrette avait déjà la peau moite quand elle revint à la cuisine y tout mettre en ordre, allumer les fourneaux afin de pouvoir porter du feu chez son cousin et sa cousine en leur apportant à chacun de l'eau chaude pour leur toilette, elle qui n'en avait pas pour la sienne ! Elle mit le couvert pour déjeuner et chauffa le poêle de la salle. Pour ces différens services, elle allait quelquefois à la cave chercher de petits fagots, et quittait un lieu frais pour un lieu chaud, un lieu chaud pour un lieu froid et humide. Ces transitions subites, accomplies avec l'entraînement de la jeunesse, souvent pour éviter un mot dur, pour obéir à un ordre, causaient des aggravations sans remède dans l'état de sa santé. Pierrette ne se savait pas malade. Cependant elle commençait à souffrir ; elle avait des appétits étranges, elle les cachait ; elle aimait les salades crues et les dévorait en secret. L'innocente enfant ignorait complétement que sa situation constituait une maladie grave et voulait les plus grandes précautions. Avant l'arrivée de Brigaut, si ce Néraud, qui pouvait se reprocher la mort de la grand'mère, eût révélé ce danger mortel à la petite-fille, Pierrette eût souri : elle trouvait trop d'amertume à la vie pour ne pas sourire à la mort. Mais depuis quelques instans, elle qui joignait à ses souffrances corporelles les souffrances de la nostalgie bretonne, maladie morale si connue que les colonels d'ont égard pour les Bretons qui se trouvent dans leurs régimens, elle aimait Provins ! La vue de cette fleur d'or, ce chant, la présence de son ami d'enfance, l'avaient ranimée, comme une plante depuis longtemps sans eau reverdit après une longue pluie. Elle voulait vivre, elle

croyait ne pas avoir souffert ! Elle se glissa timidement chez sa cousine, y fit le feu, y laissa la bouilloire, échangea quelques paroles, alla réveiller son tuteur, et descendit prendre du lait, le pain et toutes les provisions que les fournisseurs apportaient. Elle resta pendant quelque temps sur le seuil de la porte, espérant que Brigaut aurait l'esprit de revenir ; mais Brigaut était déjà sur la route de Paris. Elle avait arrangé la salle, elle était occupée à la cuisine, quand elle entendit sa cousine descendre l'escalier. Mademoiselle Sylvie Rogron apparut dans sa robe de chambre de taffetas couleur carmélite, un bonnet de tulle orné de coques sur sa tête, son tour de faux cheveux assez mal mis, sa camisole par-dessus sa robe, les pieds dans ses pantoufles traînantes. Elle passa tout en revue, et vint trouver sa cousine qui l'attendait pour savoir de quoi se composerait le déjeuner.

— Ah ! vous voilà donc, mademoiselle l'amoureuse ? dit Sylvie à Pierrette d'un ton moitié gai, moitié railleur.

— Plaît-il, ma cousine ?

— Vous êtes entrée chez moi comme une sournoise et vous en êtes sortie de même ; vous deviez cependant bien savoir que j'avais à vous parler.

— Moi...

— Vous avez eu ce matin une sérénade, ni plus ni moins qu'une princesse.

— Une sérénade ? s'écria Pierrette.

— Une sérénade ! reprit Sylvie en l'imitant. Et vous avez un amant.

— Ma cousine ? qu'est-ce qu'un amant ?

Sylvie évita de répondre et lui dit : — Osez dire, mademoiselle, qu'il n'est pas venu sous nos fenêtres un homme vous parler de mariage !

La persécution avait appris à Pierrette les ruses nécessaires aux esclaves, elle répondit hardiment : — Je ne sais pas ce que vous voulez dire.

— Mon chien ? dit aigrement la vieille fille.

— Ma cousine, reprit humblement Pierrette.

— Vous ne vous êtes pas levée non plus, et vous n'êtes pas allée non plus nu-pieds à votre fenêtre, ce qui vous vaudra quelque bonne maladie. Attrape ! Ce sera bien fait pour vous. Et vous n'avez peut-être pas parlé à votre amoureux ?

— Non, ma cousine.

— Je vous connaissais bien des défauts, mais je ne vous savais pas celui de mentir. Pensez-y bien, mademoiselle ! il faut nous dire et nous expliquer, à votre cousin et à moi, la scène de ce matin, sans quoi votre tuteur verra à prendre des mesures rigoureuses.

La vieille fille, dévorée de jalousie et de curiosité, procédait par intimidation. Pierrette fit comme les gens qui souffrent au delà de leurs forces, elle garda le silence. Ce silence est, pour tous les êtres attaqués, le seul moyen de triompher : il lasse les charges cosaques des envieux, les sauvages escarmouches des ennemis ; il donne une victoire écrasante et complète. Quoi de plus complet que le silence ? Il est absolu, n'est-ce pas une des manières d'être de l'infini ? Sylvie examina Pierrette à la dérobée. L'enfant rougissait, mais sa rougeur, au lieu d'être générale, se divisait par plaques inégales aux pommettes, par taches ardentes, et d'un ton significatif. En voyant ces symptômes de maladie, une mère eût aussitôt changé de ton, elle aurait pris cette enfant sur ses genoux, elle l'eût questionnée, elle aurait déjà depuis longtemps admiré mille preuves de la complète, de la sublime innocence de Pierrette, elle aurait deviné sa maladie et compris que les humeurs et le sang détournés de leur voie se jetaient sur les poumons après avoir troublé les fonctions digestives. Ces taches éloquentes lui eussent appris l'imminence d'un danger mortel. Mais une vieille fille chez qui les sentiments que nourrit la famille n'avaient jamais été réveillés, à qui les besoins de l'enfance, les précautions voulues pour l'adolescence étaient inconnus, ne pouvait avoir aucune des indulgences et des compatissances inspirées par les mille événemens de la vie ménagère conjugale. Les souffrances

24   DE BALZAC.

de la misère, au lieu de lui attendrir le cœur, y avaient fait des calus.

— Elle rougit, elle est en faute! se dit Sylvie. Le silence de Pierrette fut donc interprété dans le plus mauvais sens.

— Pierrette, dit-elle, avant que votre cousin ne descende, nous allons causer. Venez, dit-elle d'un ton plus doux. Fermez la porte de la rue. Si quelqu'un vient, on sonnera, nous entendrons bien.

Malgré le brouillard humide qui s'élevait au-dessus de la rivière, Sylvie emmena Pierrette par l'allée sablée qui serpentait à travers les gazons jusqu'au bord de la terrasse en rochers rocaillés, quai pittoresque, meublé d'iris et de plantes d'eau. La vieille cousine changea de système; elle voulut essayer de prendre Pierrette par la douceur. L'hyène allait se faire chatte.

— Pierrette, lui dit-elle, vous n'êtes plus un enfant, vous allez bientôt mettre le pied dans votre quinzième année, et il n'y aurait rien d'étonnant à ce que vous eussiez un amant.

— Mais, ma cousine, dit Pierrette en levant les yeux avec une douceur angélique vers le visage aigre et froid de sa cousine qui avait pris son air de vendeuse, qu'est-ce qu'un amant?

Il fut impossible à Sylvie de définir avec justesse et décence un amant à la pupille de son frère. Au lieu de voir dans cette question l'effet d'une adorable innocence, elle y vit de la fausseté.

— Un amant, Pierrette, est un homme qui nous aime et qui veut nous épouser.

— Ah! dit Pierrette. Quand on est d'accord en Bretagne, nous appelons alors ce jeune homme un prétendu!

— Hé bien! songez qu'en avouant vos sentimens pour un homme, il n'y a pas le moindre mal, ma petite. Le mal est dans le secret. Avez-vous plu par hasard à quelques-uns des hommes qui viennent ici?

— Je ne le crois pas.

— Vous n'en aimez aucun?

— Aucun!

— Bien sûr?

— Bien sûr.

— Regardez-moi, Pierrette?

Pierrette regarda sa cousine.

— Un homme vous a cependant appelée sur la place ce matin.

Pierrette baissa les yeux.

— Vous êtes allée à votre fenêtre, vous l'avez ouverte et vous avez parlé.

— Non, ma cousine, j'ai voulu savoir quel temps il faisait, et j'ai vu sur la place un paysan.

— Pierrette, depuis votre première communion, vous avez beaucoup gagné, vous êtes obéissante et pieuse, vous aimez vos parens et Dieu; je suis contente de vous, je ne vous le disais point pour ne pas enfler votre orgueil...

Cette horrible fille prenait l'abattement, la soumission, le silence de la misère pour des vertus! Une des plus douces choses qui puissent consoler les Souffrans, les Martyrs, les Artistes au fort de la Passion divine que leur impose l'Envie et la Haine, est de trouver l'éloge là où ils ont toujours trouvé la censure et la mauvaise foi. Pierrette leva donc sur sa cousine des yeux attendris et se sentit près de lui pardonner toutes les douleurs qu'elle lui avait faites.

— Mais si tout cela n'est qu'hypocrisie, si je dois voir en vous un serpent que j'aurai réchauffé dans mon sein, vous seriez une infâme, une horrible créature!

— Je ne crois pas avoir de reproches à me faire, dit Pierrette en éprouvant une horrible contraction au cœur par le passage subit de cette louange inespérée au terrible accent de l'hyène.

— Vous savez qu'un mensonge est un péché mortel?

— Oui, ma cousine.

— Hé bien! vous êtes devant Dieu! dit la vieille fille en lui montrant par un geste solennel les jardins et le ciel, jurez-moi que vous ne connaissiez pas ce paysan.

— Je ne jurerai pas, dit Pierrette.

— Ah! ce n'était pas un paysan, petite vipère!

Pierrette se sauva comme une biche effrayée à travers le jardin, épouvantée de cette question morale. Sa cousine l'appela d'une voix terrible.

— On sonne, répondit-elle.

— Ah! quelle petite sournoise, se dit Sylvie, elle a l'esprit retors, et maintenant je suis sûre que cette petite couleuvre entortille le colonel. Elle nous a entendus dire qu'il était baron. Être baronne! petite sotte! Oh! je me débarrasserai d'elle en la mettant en apprentissage, et tôt.

Sylvie resta si bien perdue dans ses pensées, qu'elle ne vit pas son frère descendant l'allée et regardant les désastres produits par la gelée sur ses dahlias.

— Eh bien! Sylvie, à quoi penses-tu donc là? j'ai cru que tu regardais les poissons! quelquefois il y en a qui sautent hors de l'eau.

— Non, dit-elle.

— Eh bien! comment as-tu dormi? Et il se mit à lui raconter ses rêves de la nuit. Ne me trouves-tu pas le teint mâchuré? Autre mot du vocabulaire Rogron.

Depuis que Rogron aimait, ne profanons pas ce mot, désirait mademoiselle de Chargebœuf, il s'inquiétait beaucoup de son air et de lui-même. Pierrette descendit en ce moment le perron et annonça de loin que le déjeuner était prêt. En voyant sa cousine, le teint de Sylvie se plaqua de vert et jaunit : toute sa bile se mit en mouvement. Elle regarda le corridor et trouva que Pierrette aurait dû l'avoir frotté.

— Je frotterai si vous le voulez, répondit cet ange en ignorant le danger auquel ce travail exposait une jeune fille.

La salle à manger était irréprochablement arrangée. Sylvie s'assit et affecta pendant tout le déjeuner d'avoir besoin de choses auxquelles elle n'aurait pas songé dans un état calme et qu'elle demanda pour faire lever Pierrette en saisissant le moment où la pauvre petite se remettait à manger. Mais une tracasserie ne suffisait pas, elle cherchait un sujet de reproche, elle se colérait intérieurement de n'en pas trouver. S'il y avait eu des œufs frais, elle aurait eu certes à se plaindre de la cuisson du sien. Elle répondait à peine aux sottes questions de son frère, et cependant elle ne regardait que lui. Ses yeux évitaient Pierrette. Pierrette était éminemment sensible à ce manège. Pierrette apporta le café de sa cousine comme celui de son cousin, dans un grand gobelet d'argent où elle faisait chauffer le lait mélangé de crème au bain-marie. Le frère et la sœur y mêlaient eux-mêmes le café noir fait par Sylvie, en doses convenables. Quand elle eut minutieusement préparé sa jouissance, elle aperçut une légère poussière de café; elle la saisit avec affectation dans le tourbillon jaune, la regarda, se pencha pour la mieux voir. L'orage éclata.

— Qu'est-ce que tu as? dit Rogron.

— J'ai... que mademoiselle a mis de la cendre dans mon café. Comme c'est agréable de prendre du café à la cendre?... Hé! ce n'est pas étonnant : on ne fait jamais deux choses à la fois. Elle pensait bien au café! Un merle aurait pu voler par sa cuisine, elle n'y aurait pas pris garde ce matin! comment aurait-elle pu voler voler le cendre! Et puis le café de sa cousine! Ah! cela lui est bien égal.

Elle parla sur ce ton pendant qu'elle mettait sur le bord de l'assiette la poudre de café passée à travers le filtre, quelques grains de sucre qui ne fondaient pas.

— Mais, ma cousine, c'est du café, dit Pierrette.

— Ah! c'est moi qui mens! s'écria Sylvie en regardant Pierrette et la foudroyant par une effroyable lueur que son œil dégageait en colère.

Ces organisations que la passion n'a point ravagées ont à leur service une grande abondance de fluide vital. Ce phénomène de l'excessive clarté de l'œil dans les momens de colère s'était d'autant mieux établi chez mademoiselle

Rogron, que jadis, dans sa boutique, elle avait eu lieu d'u-ser de la puissance de son regard, en ouvrant démesuré-ment ses yeux, toujours pour imprimer une terreur salu-taire à ses inférieurs.

— Je vous conseille de me donner des démentis, reprit-elle, vous qui mériteriez de sortir de table et d'aller man-ger seule à la cuisine.

— Qu'avez-vous donc toutes deux? s'écria Rogron, vous êtes comme des crins, ce matin.

— Mademoiselle sait ce que j'ai contre elle. Je lui laisse le temps de prendre une décision avant de t'en parler, car j'aurai pour elle plus de bontés qu'elle n'en mérite!

Pierrette regardait sur la place, à travers les vitres, afin d'éviter de voir les yeux de sa cousine qui l'effrayaient.

— Elle n'a pas plus l'air de m'écouter que si je parlais à ce sucrier! Elle a cependant l'oreille fine, elle cause du haut d'une maison et répond à quelqu'un qui se trouve en bas... Elle est d'une perversité, ta pupille! d'une perversité sans nom, et tu ne dois t'attendre à rien de bon d'elle, en-tends-tu, Rogron?

— Qu'a-t-elle fait de si grave? demanda le frère à la sœur.

— A son âge! c'est commencer de bonne heure, s'écria la vieille fille enragée.

Pierrette se leva pour desservir afin d'avoir une conte-nance, elle ne savait comment se tenir. Quoique ce langage ne fût pas nouveau pour elle, elle n'avait jamais pu s'y ha-bituer. La colère de sa cousine lui faisait croire à quelque crime. Elle se demanda quelle serait sa fureur si elle sa-vait l'escapade de Brigaut. Peut-être lui ôterait-on Bri-gaut. Elle eut à la fois les mille pensées de l'esclave, si ra-pides, si profondes, et résolut d'opposer un silence absolu sur un fait où sa conscience ne lui signalait rien de mau-vais. Elle eut à entendre des paroles si dures, si âpres, des suppositions si blessantes, qu'en entrant dans la cuisine elle fut prise d'une contraction à l'estomac et d'un vomis-sement affreux. Elle n'osa se plaindre, elle n'était pas sûre d'obtenir des soins. Elle revint pâle, blême, dit qu'elle ne se trouvait pas bien, et monta se coucher en se tenant de marche en marche à la rampe, et croyant l'heure de sa mort arrivée.

— Pauvre Brigaut! se disait-elle.

— Elle est malade! dit Rogron.

— Elle, malade! Mais c'est des giries! répondit à haute voix Sylvie et de manière à être entendue. Elle n'était pas malade ce matin, va!

Ce dernier coup atterra Pierrette, qui se coucha dans ses larmes en demandant à Dieu de la retirer de ce monde.

Depuis environ un mois, Rogron n'allait plus à porter le *Constitutionnel* chez Gouraud; le colonel venait obséquieu-sement chercher le journal, faire la conversation, et emme-nait Rogron quand le temps était beau. Sûre de voir le colonel et de pouvoir le questionner, Sylvie s'habilla co-quettement. La vieille fille croyait être coquette en mettant une robe verte et un petit châle de cachemire jaune à bor-dure rouge, un chapeau blanc à maigres plumes grises. Vers l'heure où le colonel devait arriver, Sylvie stationna dans le salon avec son frère, qu'elle avait contraint à rester en pantoufles et en robe de chambre.

— Il fait beau, colonel? dit Rogron en entendant le pas pesant de Gouraud; mais je ne suis pas habillé, ma sœur voulait peut-être sortir, elle m'a fait garder la maison, at-tendez-moi.

Rogron laissa Sylvie seule avec le colonel.

— Où voulez-vous donc aller? vous voilà mise comme une divinité, demanda Gouraud qui remarquait un certain air solennel sur l'ample visage grêlé de la vieille fille.

— Je voulais sortir; mais comme la petite n'est pas bien, je reste.

— Qu'a-t-elle donc?

— Je ne sais, elle a demandé à se coucher.

La prudence, pour ne pas dire la méfiance, de Gouraud était incessamment éveillée par les résultats d'une al-liance avec Vinet. Évidemment la plus belle part était celle

de l'avocat. L'avocat rédigeait le journal, il y régnait en maître, il en appliquait les revenus à sa rédaction; tandis que le colonel, éditeur responsable, y gagnait peu de chose. Vinet et Cournant avaient rendu d'énormes services aux Rogron, le colonel en retraite ne pouvait rien pour eux. Qui serait député? Vinet. Qui était le grand électeur? Vinet. Qui consultait-on? Vinet. Enfin il connaissait pour le moins aussi bien que Vinet l'étendue et la profondeur de la pas-sion allumée chez Rogron par la belle Bathilde de Charge-bœuf. Cette passion devenait insensée, comme les dernières passions des hommes. La voix de Bathilde faisait tressaillir le célibataire. Absorbé par ses désirs, Rogron les cachait, il n'osait espérer une pareille alliance. Pour son-der le mercier, le colonel s'était avisé de lui dire qu'il al-lait demander la main de Bathilde; Rogron avait pâli de se voir un rival si redoutable, il était devenu froid pour Gou-raud et presque haineux. Ainsi Vinet régnait de toute ma-nière au logis, tandis que lui, colonel, ne s'y rattachai que par les liens hypothétiques d'une affection menteuse de sa part, et qui chez Sylvie ne s'était pas encore déclarée. Quand l'avocat lui avait révélé la manœuvre du prêtre en lui conseillant de rompre avec Sylvie et de se retourner vers Pierrette, Vinet avait flatté le penchant de Gouraud; mais en analysant le sens intime de cette ouverture, en examinant bien le terrain autour de lui, le colonel crut apercevoir chez son allié l'espoir de le brouiller avec Sylvie et de profiter de la peur de la vieille fille pour faire tomber toute la fortune des Rogron dans les mains de mademoi-selle de Chargebœuf. Aussi quand Rogron l'eut laissé seul avec Sylvie, la perspicacité du colonel s'empara-t-elle des légers indices qui trahissaient une pensée inquiète chez Sylvie. Il aperçut en elle le plan formé de se trouver sous les armes et pendant un moment seule avec lui. Le colo-nel, qui déjà soupçonnait véhémentement Vinet de lui jouer quelque mauvais tour, attribua cette conférence à quelque secrète insinuation de ce singe judiciaire; il se mit en garde comme quand il faisait une reconnaissance en pays enne-mi, tenant l'œil sur la campagne, attentif au moindre bruit, l'esprit tendu, la main sur ses armes. Le colonel avait le défaut de ne jamais croire un seul mot de ce que disaient les femmes; et quand la vieille fille mit Pierrette sur le tapis, et la lui dit couchée à midi, le colonel pensa que Sylvie l'avait simplement mise en pénitence dans sa chambre et par jalousie.

— Elle devient très gentille, cette petite, dit-il d'un air dégagé.

— Elle sera jolie, répondit mademoiselle Rogron.

— Vous devriez maintenant l'envoyer à Paris dans un magasin, ajouta le colonel. Elle y ferait fortune. On veut de très jolies filles aujourd'hui chez les modistes.

— Est-ce bien là votre avis? demanda Sylvie d'une voix troublée.

— Bon! j'y suis, pensa le colonel. Vinet aura conseillé de nous marier un jour, Pierrette et moi, pour me perdre dans l'esprit de cette vieille sorcière. — Mais, dit-il à haute voix, qu'en voulez-vous faire? Ne voyez-vous pas une fille d'une incomparable beauté, Bathilde de Chargebœuf, une fille noble, bien apparentée, réduite à coiffer sainte Cathe-rine: personne n'en veut. Pierrette n'a rien, elle ne se marierait jamais. Croyez-vous que la jeunesse et la beauté puissent être quelque chose pour moi, par exemple; moi qui, capitaine de cavalerie dans la Garde Impériale, dès que l'Empereur a eu sa Garde, ai mis mes bottes dans tou-tes les capitales et connu plus jolies femmes de ces mêmes capitales? La jeunesse et la beauté, c'est diablement commun et sot!... ne m'en parlez plus. A quarante-huit ans, dit-il en se vieillissant, quand on a subi la déroute de Moscou, quand on a fait la terrible campagne de France, on a les reins un peu cassés, je suis un vieux bonhomme. Une femme comme vous me soignerait, me dorloterait; et sa fortune, jointe à mes pauvres mille écus de pension, me donnerait pour mes vieux jours un bien-être convenable, et je la préférerais à une mijaurée qui me causerait bien des désagréments, qui aurait trente ans et des passions quand 'aurais soixante ans et des rhumatismes. A mon âge, on calcule. Tenez, entre nous soit dit, je ne voudrais pas avoir d'enfant si je me mariais.

Le visage de Sylvie avait été clair pour le colonel pendant cette tirade, et son exclamation acheva de convaincre le colonel de la perfidie de Vinet.

— Ainsi, dit-elle, vous n'aimez pas Pierrette !

— Ah ça ! êtes-vous folle, ma chère Sylvie ? s'écria le colonel. Est-ce quand on n'a plus de dents qu'on essaie de casser des noisettes ? Dieu merci ! je suis dans mon bon sens et je me connais.

Sylvie ne voulut pas se mettre alors en jeu, elle se crut très fine en faisant parler son frère.

— Mon frère, dit-elle, avait eu l'idée de vous marier.

— Mais votre frère ne saurait avoir une idée si incongrue. Il y a quelques jours, pour savoir son secret, je lui ai dit que j'aimais Bathilde, il est devenu blanc comme votre collerette.

— Il aime Bathilde ? dit Sylvie.

— Comme un fou ! Et certes Bathilde n'en veut qu'à son argent (Attrape, Vinet ! pensa le colonel). Comment alors aurait-il parlé de Pierrette ? Non, Sylvie, dit-il en lui prenant la main et la lui serrant d'une certaine façon, puisque vous m'avez mis sur ce chapitre... Il se rapprocha de Sylvie. Eh bien !... (il lui baisa la main, il était colonel de cavalerie, il avait donné des preuves de courage) sachez-le, je ne veux pas avoir d'autre femme que vous. Quoique ce mariage ait l'air d'être un mariage de convenance, de mon côté, je me sens de l'affection pour vous.

— Mais c'est moi qui *voulais* vous marier à Pierrette. Et si je lui donnais ma fortune... Hein ! colonel !

— Mais je ne veux pas être malheureux dans mon intérieur, et dans dix ans y voir un jeune freluquet, comme Julliard, tournant autour de ma femme, et lui adressant des vers dans le journal. Je suis un peu trop homme sur ce point ! Je ne ferai jamais un mariage disproportionné sous le rapport de l'âge.

— Eh bien ! colonel, nous causerons de tout cela sérieusement, dit Sylvie en lui jetant un regard qu'elle crut plein d'amour et qui ressemblait assez à celui d'une ogresse. Ses lèvres froides et d'un violet cru se tirèrent sur ses dents jaunes, et elle croyait sourire.

— Me voilà ! dit Rogron en emmenant le colonel qui salua courtoisement la vieille fille.

Gouraud résolut de presser son mariage avec Sylvie et de devenir ainsi maître au logis, en se promettant de se débarrasser, par l'influence qu'il acquerrait sur Sylvie pendant la lune de miel, de Bathilde et de Céleste Habert. Aussi pendant cette promenade dit-il à Rogron qu'il s'était amusé de lui l'autre jour : il n'avait aucune prétention sur le cœur de Bathilde, il n'était pas assez riche pour épouser une femme sans dot ; puis il lui confia son projet, il avait choisi sa sœur depuis longtemps, à cause de ses bonnes qualités, il aspirait enfin à l'honneur de devenir son beau-frère.

— Ah ! colonel ! ah ! baron ! s'il ne faut que mon consentement, ce sera fait dans les délais voulus par la loi ! s'écria Rogron heureux de se voir débarrassé de ce terrible rival.

Sylvie passa toute sa matinée dans son appartement à examiner s'il y avait place pour un ménage. Elle résolut de bâtir pour son frère un second étage, et de faire arranger convenablement le premier pour elle et son mari ; elle se promit aussi, selon la fantaisie de toute vieille fille, de soumettre le colonel à quelques épreuves pour juger de son cœur et de ses mœurs, avant de se décider. Elle conservait des doutes et voulait être sûre que Pierrette n'avait aucune accointance avec le colonel.

Pierrette descendit à l'heure du dîner pour mettre le couvert. Sylvie avait été obligée de faire la cuisine, et avait taché sa robe en s'écriant : — Maudite Pierrette ! Il était évident que si Pierrette avait préparé le dîner, Sylvie n'eût pas attrapé cette tache de graisse sur sa robe de soie.

— Vous voilà, la belle picheline ? Vous êtes comme le chien du maréchal, que le bruit des casseroles réveille, et qui dort sous la forge ! Ah ! vous voulez qu'on vous croie malade, petite menteuse !

Cette idée : « Vous ne m'avez pas avoué la vérité sur ce qui s'est passé ce matin sur la place, donc vous mentez dans tout ce que vous dites, » fut comme un marteau avec lequel Sylvie allait frapper sans relâche sur le cœur et sur la tête de Pierrette.

Au grand étonnement de Pierrette, Sylvie l'envoya s'habiller pour la soirée, après le dîner. L'imagination la plus alerte est encore au-dessous de l'activité que donne le soupçon à l'esprit d'une vieille fille. Dans ce cas, la vieille fille l'emporte sur les politiques, les avoués et les notaires, sur les escompteurs et les avares. Sylvie se promit de consulter Vinet, après avoir tout examiné autour d'elle. Elle voulut avoir Pierrette auprès d'elle afin de savoir par la contenance de la petite si le colonel avait dit vrai. Mesdames de Chargebœuf vinrent les premières. D'après le conseil de son cousin Vinet, Bathilde avait redoublé d'élégance. Elle était vêtue d'une délicieuse robe bleue en velours de coton, toujours le fichu clair, des grappes de raisins en grenat et or aux oreilles, les cheveux en *ringlet*, la jeannette astucieuse, de petit souliers en satin noir, des bas de soie gris, et des gants de Suède ; puis des airs de reine et des coquetteries de jeune fille à prendre tous les Rogron de la rivière. La mère, calme et digne, conservait comme sa fille une certaine impertinence aristocratique avec laquelle ces deux femmes sauvaient tout et où perçait l'esprit de leur caste. Bathilde était douée d'un esprit supérieur que Vinet seul avait su deviner après deux mois de séjour des dames de Chargebœuf chez lui. Quand il eut mesuré la profondeur de cette fille froissée par l'inutilité de sa jeunesse et de sa beauté, éclairée par le mépris que lui inspiraient les hommes d'une époque où l'argent était leur seule idole, Vinet surpris s'écria : —Si c'était moi, que j'eusse épousée, Bathilde, je serais aujourd'hui en passe d'être Garde des Sceaux. Je me serais appelé Vinet de Chargebœuf, et je siégerais à droite !

Bathilde ne portait dans son désir de mariage aucune idée vulgaire, elle ne se mariait pas pour être mère, elle ne se mariait pas pour avoir un mari, elle se mariait pour être libre, pour avoir un éditeur responsable, pour s'appeler madame, et pouvoir agir comme agissent les hommes. Rogron était un nom pour elle, elle comptait faire quelque chose de cet imbécile, un Député votant dont elle serait l'âme ; elle avait à se venger de sa famille qui ne s'était point occupée d'une fille pauvre. Vinet avait beaucoup étendu, fortifié ses idées en les admirant et les approuvant.

— Chère cousine, lui disait-il en lui expliquant quelle influence avaient les femmes, et lui montrant la sphère d'action qui leur était propre, croyez-vous que Tiphaine, un homme de la dernière médiocrité, arrive par lui-même au Tribunal de Première Instance à Paris ! Mais c'est madame Tiphaine qui l'a fait nommer Député, c'est elle qui le pousse à Paris. Sa mère, madame Roguin, est une fine commère qui fait ce qu'elle veut du fameux banquier du Tillet, l'un des compères de Nucingen, tous deux liés avec les Keller, et ces trois maisons rendent des services ou au gouvernement ou à ses hommes les plus dévoués. Les Bureaux sont au mieux avec ces loups-cerviers de la Banque, et ces gens-là connaissent tout Paris. Il n'y a pas de raison pour que Tiphaine n'arrive pas à être Président de quelque Cour Royale. Épousez Rogron, nous en ferons un Député de Provins quand j'aurai conquis pour moi un autre collége de Seine-et-Marne. Vous aurez alors une Recette Générale, une de ces places où Rogron n'aura qu'à signer. Nous serons de l'Opposition si elle triomphe, mais si les Bourbons restent, ah ! comme nous inclinerons tout doucement vers le Centre ! D'ailleurs, Rogron ne vivra pas éternellement, et vous épouserez un homme titré plus tard. Enfin, soyez dans une belle position, et les Chargebœuf nous serviront. Votre misère comme la mienne vous aura donné sans doute la mesure de ce que valent les hommes ;

il faut le servir d'eux comme on se sert des chevaux de poste. Un homme ou une femme nous amène de telle à telle étape.

Vinet avait fait de Bathilde une petite Catherine de Médicis. Il laissait sa femme au logis heureuse avec ses deux enfants, et il accompagnait toujours mesdames de Chargebœuf chez les Rogron. Il arriva dans toute sa gloire de tribun champenois. Il avait alors de jolies besicles à branches d'or, un gilet de soie, une cravate blanche, un pantalon noir, des bottes fines et un habit noir fait à Paris, une montre d'or, une chaîne. Au lieu de l'ancien Vinet pâle et maigre, hargneux et sombre, il montrait dans le Vinet actuel une tenue d'homme politique ; il marchait, sûr de sa fortune avec la sécurité particulière à l'homme du Palais qui connaît les cavernes du Droit. Sa petite tête rusée était si bien peignée, son menton bien rasé lui donnait un air si mignard quoique froid, qu'il paraissait agréable dans le genre de Roberspierre. Certes il pouvait être un délicieux Procureur-Général à l'éloquence élastique, dangereuse et meurtrière, ou un orateur d'une finesse à la Benjamin-Constant. L'aigreur et la haine qui l'animaient naguère avaient tourné en une douceur perfide. Le poison s'était changé en médecine.

— Bonjour, ma chère, comment allez-vous ? dit madame de Chargebœuf à Sylvie.

Bathilde alla droit à la cheminée, ôta son chapeau, se mira dans la glace, et mit son joli pied sur la barre du garde-cendre pour le montrer à Rogron.

— Qu'avez vous donc, monsieur ? lui dit-elle en le regardant, vous ne me saluez pas ? Ah bien ! on mettra pour vous des robes de velours !...

Elle coupa Pierrette pour aller porter sur un fauteuil son chapeau que la petite fille lui prit des mains, et qu'elle lui laissa prendre comme si la Bretonne était une femme de chambre. Les hommes passent pour être bien féroces, et les tigres aussi ; mais ni les tigres, ni les vipères, ni les diplomates, ni les gens de justice, ni les bourreaux, ni même, ne peuvent, dans leurs plus grandes atrocités, approcher des cruautés douces, des douceurs empoisonnées, des mépris sauvages des demoiselles entre elles quand les unes se croient supérieures aux autres en naissance, en fortune, en grâce, et qu'il s'agit de mariage, de préséance, enfin les mille rivalités de femme. Le : « Merci, mademoiselle, » que dit Bathilde à Pierrette, était un poëme en douze chants.

Elle s'appelait Bathilde et l'autre Pierrette. Elle était Chargebœuf, l'autre une Lorrain ! Pierrette était petite et souffrante, Bathilde était grande et pleine de vie ! Pierrette était nourrie par charité, Bathilde et sa mère avaient leur indépendance ! Pierrette portait une robe de stoff à guimpe, Bathilde faisait onduler le velours bleu de la sienne ! Bathilde avait les riches épaules du département, un bras de reine ; Pierrette avait des omoplates et des bras maigres ! Pierrette était Cendrillon, Bathilde était la fée ! Bathilde allait se marier, Pierrette allait mourir fille ! Bathilde était adorée, Pierrette n'était aimée de personne ! Bathilde avait une ravissante coiffure, elle avait du goût ! Pierrette cachait ses cheveux sous un petit bonnet et ne connaissait rien à la mode ! Épilogue : Bathilde était tout, Pierrette n'était rien. La fière Bretonne comprenait bien cet horrible poëme.

— Bonjour, ma petite, lui dit madame de Chargebœuf, du haut de sa grandeur et avec l'accent que lui donnait son nez pincé du bout.

Vinet mit le comble à ces sortes d'injures en regardant Pierrette et disant :—Oh ! oh ! oh ! sur trois tons. Que nous sommes belle, Pierrette, ce soir !

— Belle, dit la pauvre enfant, ce n'est pas à moi, mais à votre cousine qu'il faut adresser ce mot.

— Oh ! ma cousine l'est toujours, répondit l'avocat. N'est-ce pas, père Rogron ? dit-il en se tournant vers le maître du logis et lui frappant dans la main.

— Oui, répondit Rogron.

— Pourquoi le faire parler contre sa pensée ? Il ne m'a jamais trouvée de son goût, reprit Bathilde en se tenant devant Rogron. N'est-il pas vrai ? Regardez-moi.

Rogron la contempla des pieds à la tête, et ferma doucement les yeux comme un chat à qui l'on gratte le crâne.

— Vous êtes trop belle, dit-il, trop dangereuse à voir.

— Pourquoi ?

Rogron regarda les tisons et garda le silence. En ce moment mademoiselle Habert entra suivie du colonel. Céleste Habert, devenue l'ennemi commun, ne complait que Sylvie pour elle ; mais chacun lui témoignait d'autant plus d'égards, de politesses et d'aimables attentions que chacun la sapait, en sorte qu'elle était entre ces preuves d'intérêt et la défiance que son frère éveillait en elle. Le vicaire, quoique loin du théâtre de la guerre, y devinait tout. Aussi, quand il comprit que les espérances de sa sœur étaient mortes, devint-il un des plus terribles antagonistes des Rogron. Chacun se peindra mademoiselle Habert sur-le-champ, quand on saura que, si elle n'avait pas été maîtresse et archimaîtresse de pension, elle aurait toujours eu l'air d'être une institutrice. Les institutrices ont une manière à elles de mettre leurs bonnets. De même que les vieilles Anglaises ont acquis le monopole des turbans, les institutrices ont le monopole de ces bonnets ; la carcasse y domine les fleurs, les fleurs en sont plus qu'artificielles ; longtemps gardé dans les armoires, ce bonnet est toujours neuf et toujours vieux, même le premier jour. Ces filles font consister leur honneur à imiter les mannequins des peintres ; elles sont assises sur leurs hanches et non sur leurs chaises. Quand on leur parle, elles tournent en bloc sur leur buste au lieu de ne tourner que leur tête ; et, quand leurs robes crient, on est tenté de croire que les ressorts de ces espèces de mécanismes sont dérangés. Mademoiselle Habert, l'idéal de ce genre, avait l'œil sévère, la bouche grimée, et sous son menton rayé de rides les brides de son bonnet, flasques et flétries, allaient et venaient au gré de ses mouvemens. Elle avait un petit agrément dans deux signes un peu forts, un peu bruns, ornés de poils, qu'elle laissait croître comme des clématites échevelées. Enfin elle prenait du tabac et le prenait sans grâce. On se mit au travail du boston. Sylvie eut en face d'elle mademoiselle Habert, le colonel fut mis à côté, devant madame de Chargebœuf, Bathilde resta près de sa mère et de Rogron. Sylvie plaça Pierrette entre elle et le colonel. Rogron déploya l'autre table, au cas où messieurs Néraud, Courant et sa femme viendraient. Vinet et Bathilde savaient jouer le whist, que jouaient monsieur et madame Cournant. Depuis que ces dames de Chargebœuf, comme disaient les gens de Provins, venaient chez les Rogron, les deux lampes brillaient sur la cheminée entre les candélabres et la pendule, et les tables étaient éclairées en bougies à quarante sous la livre, payées d'ailleurs par le prix des cartes.

— Eh bien ! Pierrette, prends donc ton ouvrage, ma fille, dit Sylvie à sa cousine avec une perfide douceur en la voyant regarder le jeu du colonel.

Elle affectait de toujours très bien traiter Pierrette en public. Cette infâme tromperie irritait la loyale Bretonne et lui faisait mépriser sa cousine. Pierrette prit sa broderie ; mais, en tirant ses points, elle continuait à regarder dans le jeu de Gouraud. Gouraud n'avait pas l'air de savoir qu'il y eût une petite fille à côté de lui. Sylvie l'observait et commençait à trouver cette indifférence excessivement suspecte. Il y eut un moment de la soirée où la vieille fille entreprit une grande Misère en cœur, le panier était plein de fiches et contenait en outre vingt-sept sous. Les Courant et Néraud étaient venus. Le vieux Juge-suppléant Desfondrilles, à qui le Ministère de la Justice trouvait la capacité d'un juge en le chargeant des fonctions de Juge d'Instruction, mais qui n'avait jamais assez de talent dès qu'il s'agissait d'être jugé en pied, et qui, depuis deux mois, abandonnait le parti des Tiphaine et se tournait vers le parti Vinet, se tenait devant la cheminée, le dos au feu, les basques de son habit relevées. Il regardait ce magnifique salon où brillait mademoiselle de Chargebœuf, car il semblait que cette décoration rouge eût été faite exprès pour rehausser les beautés de cette magnifique personne. Le silence régnait, Pierrette regardait jouer la Misère, et l'attention de Sylvie avait été détournée par l'intérêt du coup.

— Jouez là, dit Pierrette au colonel en lui indiquant cœur.

Le colonel entame une séquence de cœur ; les cœurs étaient entre Sylvie et lui ; le colonel atteint l'as, quoiqu'il fût gardé chez Sylvie par cinq petites cartes.

— Le coup n'est pas loyal ; Pierrette a vu mon jeu, et le colonel s'est laissé conseiller par elle.

— Mais, mademoiselle, dit Céleste, le jeu du colonel était de continuer cœur, puisqu'il vous en trouvait !

Cette phrase fit sourire monsieur Desfondrilles, homme fin et qui avait fini par s'amuser de tous les intérêts en jeu dans Provins, où il jouait le rôle de Rigaudin de *la Maison en loterie* de Picard.

— C'est le jeu du colonel, dit Cournant sans savoir de quoi il s'agissait.

Sylvie jeta sur mademoiselle Habert un de ces regards de vieille fille à vieille fille, atroce et doucereux.

— Pierrette, vous avez vu mon jeu, dit Sylvie en fixant ses yeux sur sa cousine.

— Non, ma cousine.

— Je vous regardais tous, dit le juge archéologue, je puis certifier que la petite n'a vu que le colonel.

— Bah ! les petites filles, dit Gouraud épouvanté, savent joliment couler leurs yeux en douceur.

— Ah ! fit Sylvie.

— Oui, reprit Gouraud, elle a pu voir dans votre jeu pour vous jouer une malice. N'est-ce pas, ma petite belle ?

— Non, dit la loyale Bretonne, j'en suis incapable, et je me serais dans ce cas intéressée au jeu de ma cousine.

— Vous savez bien que vous êtes une menteuse, et de plus une petite sotte, dit Sylvie. Comment peut-on, depuis ce qui s'est passé ce matin, ajouter la moindre foi à vos paroles ? Vous êtes une...

Pierrette ne laissa pas sa cousine achever en sa présence ce qu'elle allait dire. En devinant un torrent d'injures, elle se leva, sortit sans lumière et monta chez elle. Sylvie devint pâle de rage et dit entre ses dents : — Elle me le payera.

— Payez-vous la Misère ? dit madame de Chargebœuf.

En ce moment la pauvre Pierrette se cogna le front à la porte du corridor que le juge avait laissée ouverte.

— Bon, c'est bien fait ! s'écria Sylvie.

— Que lui arrive-t-il ? demanda Desfondrilles.

— Rien qu'elle ne mérite, répondit Sylvie.

— Elle a reçu quelque mauvais coup, dit mademoiselle Habert.

Sylvie essaya de ne pas payer sa Misère en se levant pour aller voir ce qu'avait fait Pierrette, mais madame de Chargebœuf l'arrêta.

— Payez-nous d'abord, lui dit-elle en riant, car vous ne vous souviendriez plus de rien en revenant.

Cette proposition, fondée sur la mauvaise foi que l'ex-mercière mettait dans ses dettes de jeu ou dans ses chicanes, obtint l'assentiment général. Sylvie se rassit, ne pensa plus à Pierrette, et cette indifférence n'étonna personne. Pendant toute la soirée, Sylvie eut une préoccupation constante. Quand le boston fut fini, vers neuf heures et demie, elle se plongea dans une bergère au coin de sa cheminée, et ne se leva que pour les salutations et les adieux. Le colonel la mettait à la torture, elle ne savait plus que penser de lui.

— Les hommes sont si faux ! dit-elle en s'endormant.

Pierrette s'était donné un coup affreux dans le champ de la porte, qu'elle avait heurtée avec sa tête à la hauteur de l'oreille, à l'endroit où les jeunes filles séparent de leurs cheveux cette portion qu'elles mettent en papillotes. Le lendemain, il s'y trouva de fortes ecchymoses.

— Dieu vous a punie, lui dit sa cousine le lendemain au déjeuner, vous m'avez désobéi, vous avez manqué au respect que vous me devez en ne m'écoutant pas et en vous en allant au milieu de ma phrase, vous n'avez que ce que vous méritez.

— Cependant, dit Rogron, il faudrait y mettre une compresse d'eau et de sel.

— Bah ! ce ne sera rien, mon cousin, dit Pierrette.

La pauvre enfant en était arrivée à trouver une preuve d'intérêt dans l'observation de son tuteur.

La semaine s'acheva comme elle avait commencé, dans des tourmens continuels. Sylvie devint ingénieuse, et poussa les raffinemens de sa tyrannie jusqu'aux recherches les plus sauvages. Les Illinois, les Chérokées, les Mohicans auraient pu s'instruire avec elle. Pierrette n'osa pas se plaindre des souffrances vagues, des douleurs qu'elle sentit à la tête. La source du mécontentement de sa cousine était la non-révélation relativement à Brigaut, et, par un entêtement breton, Pierrette s'obstinait à garder un silence très-explicable. Chacun comprendra maintenant quel fut le regard que l'enfant jeta sur Brigaut, qu'elle crut perdu pour elle s'il était découvert, et que, par instinct, elle voulait avoir près d'elle, heureuse de le savoir à Provins. Quelle joie pour elle d'apercevoir Brigaut ! L'aspect de son camarade d'enfance était comparable au regard que jette un exilé de loin sur sa patrie, au regard du martyr sur le ciel où ses yeux armés d'une seconde vue ont la puissance de pénétrer pendant les ardeurs du supplice. Le doux regard de Pierrette avait été si parfaitement compris par le fils du major, que, tout en rabotant ses planches, en ouvrant son compas, prenant ses mesures et ajustant ses bois, il se creusait la cervelle pour pouvoir correspondre avec Pierrette. Brigaut finit par arriver à cette machination d'une excessive simplicité. A une certaine heure de la nuit, Pierrette déroulerait une ficelle au bout de laquelle il attacherait une lettre. Au milieu de ces souffrances horribles que causait à Pierrette sa double maladie, un dépôt qui se formait à sa tête et le dérangement de sa constitution, elle était soutenue par la pensée de correspondre avec Brigaut. Un même désir agitait ces deux cœurs ; séparés, ils s'entendaient ! A chaque coup reçu dans le cœur, à chaque élancement de la tête, Pierrette se disait : — Brigaut est ici ! Et alors elle souffrait sans se plaindre.

Au premier marché qui suivit leur première rencontre à l'église, Brigaut guetta sa petite amie. Quoiqu'il la vît tremblant et pâle comme une feuille de novembre près de quitter son rameau, sans perdre la tête, il marchanda des fruits à la marchande avec laquelle la terrible Sylvie marchandait sa provision. Brigaut put glisser un billet à Pierrette, et Brigaut le glissa naturellement en plaisantant la marchande et avec l'aplomb d'un roué, comme s'il n'avait jamais fait que ce métier, tant il mit de sang-froid à son action, malgré le sang chaud qui sifflait à ses oreilles et qui sortait bouillonnant de son cœur en lui brisant les veines et les artères. Il eut la résolution d'un vieux forçat au dehors, et au dedans les tremblemens de l'innocence, absolument comme certaines mères dans leurs crises mortelles où elles sont prises entre deux dangers, entre deux précipices. Pierrette éprouvèrent de part et d'autre, à leur insu, des sensations à défrayer dix amours vulgaires. Ce moment leur laissa dans l'âme une source vive d'émotions. Sylvie, qui ne connaissait pas l'accent breton, ne pouvait voir un amoureux dans Brigaut, et Pierrette revint au logis avec son trésor.

Les lettres de ces deux pauvres enfans devaient servir de pièces dans un horrible débat judiciaire ; car sans ces fatales circonstances, elles n'eussent jamais été connues. Voici donc ce que Pierrette lut le soir dans sa chambre :

« Ma chère Pierrette, à minuit, à l'heure où chacun
» dort, mais où je veillerai pour toi, je serai toutes les
» nuits au bas de la fenêtre de la cuisine. Tu peux descen-
» dre par ta croisée une ficelle assez longue pour qu'elle
» arrive jusqu'à moi, ce qui ne fera pas de bruit, et tu y
» attacheras ce que tu auras à m'écrire. Je te répondrai
» par le même moyen. J'ai su qu'*ils* t'avaient appris à lire

» et à écrire, ces misérables parens qui te devaient faire
» tant de bien, et qui te font tant de mal! Toi, Pierrette,
» fille d'un colonel mort pour la France, réduite par ces
» monstres à faire leur cuisine?... Voilà donc où sont en
» allées tes jolies couleurs et ta belle santé! Qu'est deve-
» nue ma Pierrette? qu'en ont-ils fait? Je vois bien que tu
» n'es pas à ton aise. Oh! Pierrette, retournons en Breta-
» gne. Je puis gagner de quoi te donner tout ce qui te
» manque: tu pourras avoir trois francs par jour; car j'en
» gagne de quatre à cinq, et trente sous me suffisent. Ah!
» Pierrette, comme j'ai prié le bon Dieu pour toi depuis
» que je t'ai revue! Je lui ai dit de me donner toutes tes
» souffrances et de te départir tous tes plaisirs. Que fais-tu
» donc avec eux, qu'ils te gardent? Ta grand'mère est plus
» qu'eux. Ces Rogron sont venimeux, ils t'ont ôté ta gaieté.
» Tu ne marches plus à Provins comme tu te mouvais en
» Bretagne. Retournons en Bretagne! Enfin, je suis là pour
» te servir, pour faire tes commandemens, et tu me diras
» ce que tu veux. Si tu as besoin d'argent, j'ai à nous
» soixante écus, et j'aurai la douleur de te les envoyer par
» la ficelle au lieu de baiser avec respect tes chères mains
» en les y mettant. Ah! voilà bien du temps, ma pauvre
» Pierrette, que le bleu du ciel s'est brouillé pour moi. Je
» n'ai pas eu deux heures de plaisir depuis que je t'ai mise
» dans cette diligence de malheur; et quand je t'ai revue
» comme une ombre, cette sorcière de parente a troublé
» notre heur. Enfin nous aurons la consolation tous les di-
» manches de prier Dieu ensemble, il nous écoutera peut-
» être mieux. Sans adieu, ma chère Pierrette, et à cette
» nuit. »

Cette lettre émut tellement Pierrette qu'elle demeura plus
d'une heure à la relire et à la regarder; mais elle pensa non
sans douleur qu'elle n'avait rien pour écrire. Elle entreprit
donc le difficile voyage de sa mansarde à la salle à manger, où elle pouvait trouver de l'encre, une plume, du papier, et put l'accomplir sans avoir réveillé sa terrible
cousine. Quelques instans avant minuit elle avait écrit
cette lettre, qui fut également citée au procès.

« Mon ami, oh! oui, mon ami; car il n'y a que toi, Jac-
» ques, et ma grand'mère qui m'aimiez. Que Dieu me le
» pardonne, mais vous êtes aussi les deux seules personnes
» que j'aime l'une comme l'autre, ni plus ni moins. J'étais
» trop petite pour avoir pu connaître ma petite maman;
» mais toi, Jacques, et ma grand'mère, mon grand-père
» aussi, Dieu lui donne le ciel, car il a bien souffert de sa
» ruine, qui a été la mienne, enfin vous deux qui êtes res-
» tés, je vous aime autant que je suis malheureuse! Aussi,
» pour connaître combien je vous aime, faudrait-il que vous
» sachiez combien je souffre; et je ne le désire pas, cela
» vous ferait trop de peine. On me parle comme nous ne
» parlons pas; on me traite comme la dernière
» des dernières! et j'ai beau m'examiner comme si j'étais
» devant Dieu, je ne me trouve pas de fautes envers eux.
» Avant que tu ne me chantes le chant des mariées, je re-
» connaissais la bonté de Dieu dans mes douleurs; car,
» comme je le priais de me retirer de ce monde, et que je
» me sentais bien malade, je me disais: Dieu m'entend!
» Mais, Brigaut, puisque te voilà, je veux nous en aller en
» Bretagne retrouver ma grand'maman qui m'aime, quoi-
» qu'ils m'aient dit qu'elle m'avait volé huit mille francs.
» Est-ce que je puis posséder huit mille francs, Brigaut?
» S'ils sont à moi, peux-tu les avoir? Mais c'est des men-
» songes; si nous avions huit mille francs, ma grand'mère
» ne serait pas à Saint-Jacques. Je n'ai pas voulu troubler
» ses derniers jours, à cette bonne sainte femme, par le ré-
» cit de mes tourmens: elle serait pour en mourir. Ah! si
» elle savait qu'on fait laver la vaisselle à sa petite-fille,
» elle qui me disait: «Laisse ça, ma mignonne, quand dans
» ses malheurs je voulais l'aider; laisse, laisse, mon mi-
» gnon, tu gâterais tes jolies menottes.» Ah bien! j'ai les
» ongles propres, va! La plupart du temps je ne puis por-
» ter le panier aux provisions, qui me scie le bras en reve-

nant du marché. Cependant, je ne crois pas que mon
» cousin et ma cousine soient méchans; mais c'est leur
» idée de toujours gronder, et il paraît que je ne puis pas
» les quitter. Mon cousin est mon tuteur. Un jour où j'ai
» voulu m'enfuir par trop de mal, et que je le leur ai dit,
» ma cousine Sylvie m'a répondu que la gendarmerie irait
» après moi, que la loi était pour mon tuteur, et j'ai bien
» compris que les cousins ne remplaçaient pas plus notre
» père ou notre mère que les saints ne remplacent le bon
» Dieu. Que veux-tu, mon pauvre Jacques, que je fasse
» de ton argent? Garde-le pour notre voyage. Oh! comme
» je pensais à toi, et à Pen-Hoël, et au grand étang! C'est là
» que nous avons mangé notre pain blanc en premier, car
» il me semble que je vais à mal. Je suis bien malade,
» Jacques! J'ai dans la tête des douleurs à crier, et dans
» les os, dans le dos, puis je ne sais quoi aux reins qui me
» tue, et je n'ai d'appétit que pour de vilaines choses, des
» racines, des feuilles; enfin, j'aime à sentir l'odeur des
» papiers imprimés. Il y a des momens où je pleurerais si
» j'étais seule, car on ne me laisse rien faire à ma guise,
» et je n'ai même pas la permission de pleurer. Il faut me
» cacher pour offrir mes larmes à celui de qui nous tenons
» ces grâces que nous nommons nos afflictions. N'est-ce
» pas lui qui t'a donné la bonne pensée de venir chanter
» sous mes fenêtres le chant des mariées? Ah! Jacques,
» ma cousine, qui t'a entendu, m'a dit que j'avais un
» amant. Si tu veux être mon amant, aime-moi bien; je
» te promets de t'aimer toujours comme par le passé et
» d'être ta fidèle servante.

» Pierrette Lorrain.

» Tu m'aimeras toujours, n'est-ce pas? »

La Bretonne avait pris dans la cuisine une croûte de pain,
où elle fit un trou pour mettre la lettre et donner de l'aplomb
à son fil. A minuit, après avoir ouvert sa fenêtre avec des
précautions excessives, elle descendit sa lettre et la pain,
qui ne pouvait faire aucun bruit en heurtant le mur ou les
persiennes. Elle sentit le fil tiré par Brigaut qui le coupa,
puis il s'éloigna lentement à pas de loup. Quand il fut au
milieu de la place, elle put le voir indistinctement à la
clarté des étoiles; mais lui la contemplait dans la zone lumineuse de la lumière projetée par la chandelle. Ces deux
enfans demeurèrent ainsi pendant une heure, Pierrette lui
faisant signe de s'en aller, lui partant, elle restant, et lui
revenant prendre son poste, et Pierrette lui commandant
de nouveau de quitter la place. Ce manège eut lieu plusieurs fois jusqu'à ce que la petite fermât sa fenêtre, se
couchât et soufflât sa lumière. Une fois au lit, elle s'endormit heureuse, quoique souffrante: elle avait la lettre
de Brigaut sous son chevet. Elle dormit comme dorment
les persécutés, d'un sommeil embelli par les anges, ce
sommeil aux atmosphères d'or et d'outre-mer, pleines d'a-
rabesques divines entrevues et rendues par Raphaël.
La nature morale avait tant d'empire sur cette délicate
nature physique, que le lendemain Pierrette se leva joyeuse
et légère comme une alouette radieuse et gaie. Un pareil
changement ne pouvait échapper à l'œil de sa cousine,
qui, cette fois, au lieu de la gronder, se mit à l'observer
avec l'attention d'une pie. D'où lui vient tant de bonheur?
fut une pensée de jalousie et non de tyrannie. Si le colonel
n'eût pas occupé Sylvie, elle aurait dit à Pierrette comme
autrefois: — Pierrette, vous êtes bien turbulente ou bien
insouciante de ce que l'on vous dit! La vieille fille résolut
d'espionner Pierrette comme les vieilles filles savent espionner. Cette journée fut sombre et muette comme le moment qui précède un orage.
— Vous ne souffrez donc plus, mademoiselle? dit Sylvie
au dîner. Quand je te disais qu'elle fait tout cela pour nous
tourmenter! s'écria-t-elle en s'adressant à son frère, sans
attendre la réponse de Pierrette.
— Au contraire, ma cousine, j'ai comme la fièvre.
— La fièvre de quoi? Vous êtes gaie comme pinson. Vous
avez peut-être revu quelqu'un?

Pierrette frissonna et baissa les yeux sur son assiette.

— Tartufe! s'écria Sylvie. A quatorze ans! déjà! quelles dispositions! Mais vous serez donc une malheureuse?

— Je ne sais pas ce que vous voulez dire, reprit Pierrette en levant ses beaux yeux bruns lumineux sur sa cousine.

— Aujourd'hui, dit-elle, vous resterez dans la salle à manger avec une chandelle, à travailler. Vous êtes de trop au salon, et je ne veux pas que vous regardiez dans mon jeu pour conseiller vos favoris.

Pierrette ne sourcilla pas.

— Dissimulée! s'écria Sylvie en sortant.

Rogron, qui ne comprenait rien aux paroles de sa sœur, dit à Pierrette : — Qu'avez-vous donc ensemble? Tâche de plaire à ta cousine, Pierrette ; elle est bien indulgente, bien douce, et, si tu lui donnes de l'humeur, assurément tu dois avoir tort. Pourquoi vous chamaillez-vous? Moi, j'aime à vivre tranquille. Regarde mademoiselle Bathilde, tu devrais te modeler sur elle.

Pierrette pouvait tout supporter. Brigaut viendrait sans doute à minuit lui apporter une réponse, et cette espérance était le viatique de sa journée. Mais elle usait ses dernières forces! Elle ne dormit pas, elle resta debout, écoutant sonner les heures aux pendules et craignant de faire du bruit. Enfin minuit sonna, elle ouvrit doucement sa fenêtre, et cette fois elle usa d'une corde qu'elle s'était procurée en attachant plusieurs bouts de ficelle les uns aux autres. Elle avait entendu les pas de Brigaut ; et, quand elle retira sa corde, elle lut la lettre suivante qui la combla de joie.

— « Ma chère Pierrette , si tu souffres tant, il ne faut
» pas te fatiguer à m'attendre. Tu m'entendras bien crier
» comme criaient les *chuins* (les chouans). Heureusement
» mon père m'a appris à imiter leur cri. Donc, je crierai
» trois fois, tu sauras alors que je suis là et qu'il faut me
» tendre la corde ; mais je ne viendrai pas avant quelques
» jours. J'espère t'annoncer une bonne nouvelle. Oh! Pier-
» rette, mourir! mais, Pierrette, y penses-tu? Tout mon
» cœur a tremblé ; je me suis cru mort moi-même à cette
» idée. Non, ma Pierrette, tu ne mourras pas, tu vivras
» heureuse et tu seras bientôt délivrée de tes persécuteurs.
» Si je ne réussissais pas dans ce que j'entreprends pour
» te sauver, j'irais parler à la justice, et je dirais à la face
» du ciel et de la terre comment te traitent d'indignes pa-
» rens. Je suis certain que tu n'as plus que quelques jours
» à souffrir : prends patience, Pierrette! Brigaut veille sur
» toi comme au temps où nous allions glisser sur l'étang
» et que je t'ai retirée du grand trou où nous avons man-
» qué périr ensemble. Adieu, ma chère Pierrette, dans
» quelques jours nous serons heureux, si Dieu le veut. Hé-
» las! je n'ose te dire la seule chose qui s'opposerait à no-
» tre réunion. Mais Dieu nous aime! Dans quelques jours
» je pourrai donc voir ma chère Pierrette en liberté, sans
» soucis, sans qu'on m'empêche de te regarder, car j'ai bien
» faim de te voir, ô Pierrette! Pierrette qui daignes m'ai-
» mer et me le dire. Oui, Pierrette, je serai ton amant, mais
» quand j'aurai gagné la fortune que tu mérites, et jusque-
» là je ne veux être pour toi qu'un dévoué serviteur de la
» vie duquel tu peux disposer. Adieu.
    » JACQUES BRIGAUT. »

Voici ce que le fils du major ne disait pas à Pierrette. Brigaut avait écrit la lettre suivante à madame Lorrain, à Nantes :

» Madame Lorrain, votre petite-fille va mourir, accablée
» de mauvais traitemens, si vous ne venez pas la réclamer ;
» j'ai eu de la peine à la reconnaître, et, pour vous mettre
» à même de juger de les choses, je vous joins à la présente
» la lettre que j'ai reçue de Pierrette. Vous passez ici pour
» avoir la fortune de votre petite-fille, et vous devez vous
» justifier de cette accusation. Enfin, si vous le pouvez,
» venez vite, nous pouvons encore être heureux, et plus
» tard vous trouveriez Pierrette morte.
    » Je suis avec respect votre dévoué serviteur,
        » JACQUES BRIGAUT.

» Chez monsieur Frappier, menuisier, Grand'rue à Provins. »

Brigaut avait peur que la grand'mère de Pierrette ne fût morte.

Quoique la lettre de celui que dans son innocence elle nommait son amant fût presque une énigme pour la Bretonne, elle y crut avec sa vierge foi. Son cœur éprouva la sensation que les voyageurs du désert ressentent en apercevant de loin les palmiers autour du puits. Dans peu de jours son malheur cesserait, Brigaut le lui disait, elle dormit sur la promesse de son ami d'enfance ; et, cependant, en joignant cette lettre à l'autre, elle eut une affreuse pensée affreusement exprimée.

— Pauvre Brigaut, se dit-elle, il ne sait pas dans quel trou j'ai mis les pieds.

Sylvie avait entendu Pierrette, elle avait également entendu Brigaut sous sa fenêtre, elle se leva, se précipita pour examiner la place à travers les persiennes, et vit, au clair de la lune, un homme s'éloignant vers la maison où demeurait le colonel et en face de laquelle Brigaut resta. La vieille fille ouvrit tout doucement sa porte, monta, et, stupéfaite de voir de la lumière chez Pierrette, regarda par le trou de la serrure et ne put rien voir.

— Pierrette, dit-elle, êtes-vous malade?

— Non, ma cousine, répondit Pierrette surprise.

— Pourquoi donc avez-vous de la lumière à minuit? Ouvrez. Je dois savoir ce que vous faites.

Pierrette vint ouvrir, nu-pieds, et sa cousine vit la ficelle amassée que Pierrette n'avait pas eu le soin de serrer, n'imaginant point être surprise. Sylvie sauta dessus.

— A quoi cela vous sert-il?

— A rien, ma cousine.

— A rien? dit-elle. Bon! toujours mentir. Vous n'irez pas ainsi en paradis. Recouchez-vous, vous avez froid.

Elle n'en demanda pas plus et se retira laissant Pierrette frappée de terreur par cette clémence. Au lieu d'éclater, Sylvie avait soudain résolu de surprendre le colonel et Pierrette, de saisir les lettres et de confondre les deux amans qui la trompaient. Pierrette, inspirée par son danger, doubla son corset avec ses deux lettres et les recouvrit de calicot.

Là finirent les amours de Pierrette et de Brigaut.

Pierrette fut bien heureuse de la détermination de son ami, car les soupçons de sa cousine allaient être déjoués en ne trouvant plus d'aliment. En effet, Sylvie passa trois nuits sur ses jambes et trois soirées à épier l'innocent colonel, sans voir ni chez Pierrette, ni dans la maison, ni dehors, rien qui décelât leur intelligence. Elle envoya Pierrette à confesse et prit ce moment pour tout fouiller chez cette enfant, avec l'habitude, la perspicacité des espions et des commis de barrières de Paris. Elle ne trouva rien. La fureur atteignit à l'apogée des sentimens humains. Si Pierrette avait été là, certes elle l'eût frappée sans pitié. Pour une fille de cette trempe, la jalousie était moins un sentiment qu'une occupation : elle vivait, elle sentait battre son cœur, elle avait des émotions jusqu'alors complètement inconnues pour elle : le moindre mouvement la tenait éveillée, elle écoutait les plus légers bruits, elle observait Pierrette avec une sombre préoccupation.

— Cette petite misérable me tuera! disait-elle.

Les sévérités de Sylvie envers sa cousine arrivèrent à la cruauté la plus raffinée et empirèrent la situation déplorable où Pierrette se trouvait. La pauvre petite avait régulièrement la fièvre, et ses douleurs à la tête devinrent intolérables. En huit jours, elle offrit aux habitués de la maison Rogron une figure de souffrance qui certes eût attendri des intérêts moins cruels ; mais le médecin Néraud, conseillé peut-être par Vinet, resta plus d'une semaine à venir. Le colonel, soupçonné par Sylvie, eut peur de faire manquer son mariage en marquant la plus légère sollicitude pour Pierrette. Bathilde expliquait le changement de cette enfant par une crise prévue, naturelle et sans danger. Enfin, un dimanche soir où Pierrette était au salon, alors plein de monde, elle ne put résister à tant de douleurs, elle s'évanouit complétement ; et le colonel, qui s'aperçut le premier de l'évanouissement, alla la prendre et la porta sur l'un des canapés.

— Elle l'a fait exprès, dit Sylvie en regardant mademoiselle Habert et ceux qui jouaient avec elle.

— Je vous assure que votre cousine est fort mal, dit le colonel.

— Elle était très bien dans vos bras, dit Sylvie au colonel avec un affreux sourire.

— Le colonel a raison, dit madame de Chargebœuf, vous devriez faire venir un médecin. Ce matin, à l'église, chacun parlait en sortant de l'état de mademoiselle Lorrain qui est visible.

— Je meurs, dit Pierrette.

Desfondrilles appela Sylvie et lui dit de défaire la robe de sa cousine. Sylvie accourut en disant : — C'est des giries ! Elle défit la robe, elle allait toucher au corset, Pierrette alors trouva des forces surhumaines, elle se redressa et s'écria : — Non ! non ! j'irai me coucher.

Sylvie avait tâté le corset, et sa main y avait senti des papiers. Elle laissa Pierrette se sauver, en disant à tout le monde : — Eh bien ! que dites-vous de sa maladie ? c'est des frimes ! Vous ne sauriez imaginer la perversité de cette enfant.

Après la soirée, elle retint Vinet ; elle était furieuse, elle voulait se venger ; elle fut grossière avec le colonel quand il lui fit ses adieux. Le colonel jeta sur Vinet un certain regard qui le menaçait jusque dans le ventre, et semblait y marquer la place d'une balle. Sylvie pria Vinet de rester. Quand ils furent seuls, la vieille fille lui dit : — Jamais, ni de ma vie, ni de mes jours, je n'épouserai le colonel !

— Maintenant que vous en avez pris la résolution, je puis parler. Le colonel est mon ami, mais je suis plus le vôtre que le sien : Rogron m'a rendu des services que je n'oublierai jamais. Je suis aussi bien ami qu'implacable ennemi. Certes, une fois à la Chambre, on verra jusqu'où je saurai parvenir, et Rogron sera receveur général de ma façon. Eh bien ! jurez-moi de ne jamais rien répéter de notre conversation. Sylvie fit un signe affirmatif. — D'abord ce brave colonel est joueur comme les cartes.

— Ah ! fit Sylvie.

— Sans les embarras où sa passion l'a mis, il eût été maréchal de France peut-être, reprit l'avocat. Ainsi, quelle fortune il pourrait la dévorer ! mais c'est un homme profond. Ne croyez pas que les époux ont ou n'ont pas d'enfans à volonté : Dieu donne les enfans, vous savez ce qui vous arriverait. Non, si vous voulez vous marier, attendez que je sois à la Chambre, et vous pourrez épouser ce vieux Desfondrilles, qui sera président du tribunal. Pour vous venger, mariez votre frère à mademoiselle de Chargebœuf, je me charge d'obtenir son consentement ; elle aura deux mille francs de rente, et vous serez alliés aux Chargebœuf comme je le suis. Croyez-le, les Chargebœuf nous tiendront un jour pour cousins.

— Gouraud aime Pierrette, fut la réponse de Sylvie.

— Il en est bien capable, dit Vinet, et capable de l'épouser après votre mort.

— Un joli petit calcul, dit-elle.

— Je vous l'ai dit, c'est un homme rusé comme le diable ! Mariez votre frère en annonçant que vous voulez rester fille pour laisser votre bien à vos neveux ou nièces, vous atteignez d'un seul coup Pierrette et Gouraud, et vous verrez quelle mine il vous fera.

— Ah ! c'est vrai, s'écria la vieille fille, je les tiens. Elle ira dans un magasin et n'aura rien. Elle est sans le sou ; qu'elle fasse comme nous, qu'elle travaille !

Vinet sortit après avoir fait entrer son plan dans la tête de Sylvie, dont l'entêtement lui était connu. La vieille fille devait finir par venir à son plan d'elle-même. Vinet trouva sur la place le colonel fumant un cigare, et qui l'attendait.

— Halte ! lui dit Gouraud. Vous m'avez démoli, mais il y a dans la démolition assez de pierres pour vous enterrer.

— Colonel !

— Il n'y a pas de colonel, je vais vous mener bon train ; et, d'abord, vous ne serez jamais député...

— Colonel !

— Je dispose de dix voix, et l'élection dépend de...

— Colonel, écoutez-moi donc. N'y a-t-il que la vieille Sylvie ? Je viens d'essayer de vous justifier ; vous êtes atteint et convaincu d'écrire à Pierrette ; elle vous a vu sortant de chez vous à minuit pour venir sous ses fenêtres...

— Bien trouvé !

— Elle va marier son frère à Bathilde, et réserver sa fortune à leurs enfans.

— Rogron en aura-t-il ?

— Oui, dit Vinet. Mais je vous promets de vous trouver une jeune et agréable personne avec cent cinquante mille francs. Etes-vous fou ? pouvons-nous nous brouiller ? Les choses ont, malgré moi, tourné contre vous ; mais vous ne me connaissez pas.

— Eh bien ! il faut se connaître, reprit le colonel. Faites-moi épouser une femme de cinquante mille écus avant les élections, sinon votre serviteur. Je n'aime pas les mauvais coucheurs, et vous avez tiré à vous toute la couverture. Bonsoir.

— Vous verrez, dit Vinet en serrant affectueusement la main au colonel.

Vers une heure du matin, les trois cris clairs et nets d'une chouette, admirablement bien imités, retentirent sur la place ; Pierrette les entendit dans son sommeil fiévreux ; elle se leva toute moite, ouvrit sa fenêtre, vit Brigaut, et lui jeta un peloton de soie auquel il attacha une lettre. Sylvie, agitée par les événemens de la soirée et par ses irrésolutions, ne dormait pas ; elle crut à la chouette.

— Ah ! quel oiseau de mauvais augure ! Mais, tiens ! Pierrette se lève ! Qu'a-t-elle ?

En entendant ouvrir la fenêtre de la mansarde, Sylvie alla précipitamment à sa fenêtre, et entendit le long de ses persiennes le frôlement du papier de Brigaut. Elle serra les cordons de sa camisole, et monta lestement chez Pierrette, qu'elle trouva détortillant la soie et dégageant la lettre.

— Ah ! je vous y prends ! s'écria la vieille fille en allant à la fenêtre, et voyant Brigaut qui se sauvait à toutes jambes. Vous allez me donner cette lettre.

— Non, ma cousine, dit Pierrette, qui, par une de ces immenses inspirations de la jeunesse, et soutenue par son âme, s'éleva jusqu'à la grandeur de la résistance que nous admirons dans l'histoire chez quelques peuples réduits au désespoir.

— Ah ! vous ne voulez pas ! s'écria Sylvie en s'avançant vers sa cousine, et lui montrant un horrible masque plein de haine et grimaçant de fureur.

Pierrette se recula pour avoir le temps de mettre sa lettre dans sa main, qu'elle tint serrée par une force invincible. En voyant cette manœuvre, Sylvie empoigna dans ses pattes de homard la délicate, la blanche main de Pierrette, et voulut la lui ouvrir. Ce fut un combat terrible, un combat infâme, comme tout ce qui attente à la pensée, seul trésor que Dieu mette hors de toute puissance, et garde comme un lien secret entre les malheureux et lui. Ces deux femmes, l'une mourante et l'autre pleine de vigueur, se regardaient fixement. Les yeux de Pierrette lançaient à son bourreau ce regard du Templier recevant dans la poitrine des coups de balancier en présence de Philippe le Bel, qui ne put soutenir ce rayon terrible, et quitta la place foudroyé. Sylvie, femme et jalouse, répondait à ce regard magnétique par des éclairs sinistres. Un horrible silence régnait. Les doigts serrés de la Bretonne opposaient aux tentatives de sa cousine une résistance égale à celle d'un bloc d'acier. Sylvie torturait le bras de Pierrette ; elle essayait d'ouvrir les doigts, et n'obtenant rien, elle plantait inutilement ses ongles dans la chair. Enfin, la rage s'en mêlant, elle porta ce poing à ses dents pour essayer de mordre les doigts et de vaincre Pierrette par la douleur. Pierrette la défiait toujours par le terrible regard de l'innocence. La fureur de la vieille fille s'accrut à un tel point qu'elle arriva jusqu'à l'aveuglement ; elle prit le bras de Pierrette, et se mit à frapper le poing sur l'appui de la fenêtre, sur le marbre de la cheminée, comme quand on veut casser une noix pour en avoir le fruit.

— Au secours ! au secours ! cria Pierrette, on me tue !

— Ah ! tu cries, et je te prends avec un amoureux au milieu de la nuit !...

Et elle frappait sans pitié.

— Au secours ! cria Pierrette qui avait le poing en sang.

En ce moment des coups furent violemment frappés à la porte. Également lassées, les deux cousines s'arrêtèrent.

Rogron, éveillé, inquiet, ne sachant ce dont il s'agissait, se leva, courut chez sa sœur et ne la vit pas ; il eut peur, descendit, ouvrit, et fut comme renversé par Brigaut, suivi d'une espèce de fantôme. En ce moment même les yeux de Sylvie aperçurent le corset de Pierrette ; elle se souvint d'y avoir senti des papiers ; elle sauta dessus comme un tigre sur sa proie, entortilla le corset autour de son poing, et le lui montra en lui souriant comme un Iroquois sourit à son ennemi avant de le scalper.

— Ah ! je meurs ! dit Pierrette en tombant sur ses genoux. Qui me sauvera ?

— Moi ! s'écria une femme en cheveux blancs qui offrit à Pierrette un vieux visage de parchemin où brillaient deux yeux gris.

— Ah ! grand'mère, tu arrives trop tard ! s'écria la pauvre enfant en fondant en larmes.

Pierrette alla tomber sur son lit, abandonnée par ses forces et tuée par l'abattement qui, chez une malade, suivit une lutte si violente. Le grand fantôme desséché prit Pierrette dans ses bras comme les bonnes prennent les enfans, et sortit suivi de Brigaut sans dire un seul mot à Sylvie, à laquelle elle lança la plus majestueuse accusation par un regard tragique. L'apparition de cette auguste vieille dans son costume breton, encapuchonnée de sa coiffe, qui est une sorte de pelisse en drap noir, accompagnée du terrible Brigaut, épouvanta Sylvie : elle crut avoir vu la Mort. La vieille fille descendit, entendit la porte se fermer, et se trouva nez à nez avec son frère, qui lui dit : — Ils ne t'ont donc pas tuée ?

— Couche-toi, dit Sylvie. Demain matin nous verrons ce que nous devons faire.

Elle se remit au lit, défit le corset, et lut les deux lettres de Brigaut, qui la confondirent. Elle s'endormit dans la plus étrange perplexité, ne se doutant pas de la terrible action à laquelle sa conduite devait donner lieu.

Les lettres envoyées par Brigaut à madame veuve Lorrain l'avaient trouvée dans une joie ineffable, et que leur lecture troubla. Cette pauvre septuagénaire mourait de chagrin de vivre sans Pierrette auprès d'elle ; elle se consolait de l'avoir perdue en croyant s'être sacrifiée aux intérêts de sa petite-fille. Elle avait un de ces cœurs toujours jeunes que soutient et anime l'idée du sacrifice. Son vieux mari, dont la seule joie était cette petite fille, avait regretté Pierrette ; tous les jours il l'avait cherchée autour de lui. Ce fut une douleur de vieillard de laquelle les vieillards vivent et finissent par mourir. Chacun peut alors juger du bonheur que dut éprouver cette pauvre vieille confinée dans un hospice en apprenant une de ces actions rares, mais qui cependant arrivent encore en France.

Après ses désastres, François-Joseph Collinet, chef de la maison Collinet, était parti pour l'Amérique avec ses enfans. Il avait trop de cœur pour demeurer ruiné, sans crédit, à Nantes, au milieu des malheurs que sa faillite y causait. De 1814 à 1824, ce courageux négociant, aidé par ses enfans et par son caissier, qui lui resta fidèle et lui donna les premiers fonds, avait recommencé courageusement une autre fortune. Après des travaux inouïs couronnés par le succès, il vint, vers la onzième année, se faire réhabiliter à Nantes en laissant son fils aîné à la tête

de sa maison transatlantique. Il trouva madame Lorrain de Pen-Hoël à Saint-Jacques, et fut témoin de la résignation avec laquelle la plus malheureuse de ses victimes y supportait sa misère.

— Dieu vous pardonne ! lui dit la vieille, puisque sur le bord de ma tombe vous me donnez les moyens d'assurer le bonheur de ma petite-fille ; mais moi, je ne pourrai jamais faire réhabiliter mon pauvre homme !

Monsieur Collinet apportait à sa créancière capital et intérêts au taux du commerce, environ quarante-deux mille francs. Ses autres créanciers, commerçans actifs, riches, intelligens, s'étaient soutenus ; tandis que le malheur des Lorrain paraut irrémédiable au vieux Collinet, qui promit à la veuve de faire réhabiliter la mémoire de son mari, dès qu'il ne s'agissait que d'une quarantaine de mille francs de plus. Quand la Bourse de Nantes apprit ce trait de générosité réparatrice, on y voulut recevoir Collinet avant l'arrêt de la cour royale de Rennes ; mais le négociant refusa cet honneur et se soumit à la rigueur du code de commerce. Madame Lorrain avait donc reçu quarante-deux mille francs la veille du jour où la poste lui apporta les lettres de Brigaut. En donnant sa quittance, son premier mot fut : — Je pourrai donc vivre avec ma Pierrette et la marier à ce pauvre Brigaut, qui fera sa fortune avec mon argent ! Elle ne tenait pas en place, elle s'agitait, elle voulait partir pour Provins. Aussi, quand elle eut lu les fatales lettres, s'élança-t-elle dans la ville comme une folle, en demandant les moyens d'aller à Provins avec la rapidité de l'éclair. Elle partit par la malle quand on lui eut expliqué la célérité gouvernementale de cette voiture. A Paris, elle avait pris la voiture de Troyes ; elle venait d'arriver à onze heures et demie chez Frappier, où Brigaut, à l'aspect du sombre désespoir de la vieille Bretonne, lui promit aussitôt de lui amener sa petite-fille, en lui disant en peu de mots l'état de Pierrette. Ce peu de mots effraya tellement la grand'mère qu'elle ne put vaincre son impatience ; elle courut sur la place. Quand Pierrette cria, la Bretonne eut le cœur atteint par ce cri tout aussi vivement que le fut celui de Brigaut. A eux deux, ils eussent sans doute réveillé tous les habitans, si, par crainte, Rogron ne leur eût ouvert. Le cri d'une jeune fille aux abois donna soudain à sa grand'mère autant de force que d'épouvante ; elle porta sa chère Pierrette jusque chez Frappier, dont la femme avait arrangé à la hâte la chambre de Brigaut pour la grand'mère de Pierrette. Ce fut donc dans ce pauvre logement, sur un lit à peine fait, que la malade fut déposée : elle s'y évanouit, tenant encore son poing fermé, meurtri, sanglant, les ongles enfoncés dans la chair. Brigaut, Frappier, sa femme et la vieille contemplèrent Pierrette en silence, tous en proie à un étonnement indicible.

— Pourquoi sa main est-elle en sang ? fut le premier mot de la grand'mère.

Pierrette, vaincue par le sommeil qui suit les grands déploiemens de force, et se sachant à l'abri de toute violence, déplia ses doigts. La lettre de Brigaut tomba comme une réponse.

— On a voulu lui prendre ma lettre, dit Brigaut en tombant à genoux et ramassant le mot qu'il avait écrit pour dire à sa petite amie de quitter tout doucement la maison des Rogron. Il baisa pieusement la main de cette martyre.

Il y eut alors quelque chose qui fit frémir les menuisiers, ce fut de voir la vieille Lorrain, ce spectre sublime, debout au chevet de son enfant. La terreur et la vengeance glissaient leurs flamboyantes expressions dans les milliers de rides qui fronçaient sa peau d'ivoire jauni. Ce front couvert de cheveux gris épars exprimait la colère divine. Elle lisait, avec cette puissance d'intuition départie aux vieillards près de la tombe, toute la vie de Pierrette, à laquelle elle avait d'ailleurs pensé pendant son voyage. Elle devina la maladie de sa jeune fille qui menaçait de mort son enfant chéri ! Deux grosses larmes péniblement nées dans ses yeux blancs et gris auxquels les chagrins avaient arraché les cils et les sourcils, deux perles de douleur se formèrent, leur communiquèrent une épouvantable fraîcheur, grossirent et roulèrent sur les joues desséchées sans les mouiller.

— Ils me l'ont tuée! dit-elle enfin en joignant les mains.

Elle tomba sur ses genoux, qui frappèrent deux coups secs sur le carreau; elle se mit à faire sans doute un vœu à sainte Anne d'Auray, la plus puissante des madones de la Bretagne.

— Un médecin de Paris! dit-elle à Brigaut. Cours-y, Brigaut, va!

Elle le prit par l'épaule et le fit marcher par un geste de commandement despotique.

— J'allais venir, mon Brigaut, je suis riche, tiens! s'écria-t-elle en le rappelant. Elle défit le cordon qui nouait les deux vestes de son casaquin sur sa poitrine, elle en tira un papier où quarante-deux billets de banque étaient enveloppés, et lui dit : Prends ce qu'il te faut! Ramène le plus grand médecin de Paris.

— Gardez, dit Frappier, il ne pourra pas changer un billet en ce moment; j'ai de l'argent, la diligence va passer, il y trouvera une place; mais auparavant ne vaudrait-il pas mieux consulter monsieur Martener, qui nous indiquerait un médecin à Paris? La diligence ne vient que dans une heure, nous avons le temps.

Brigaut alla réveiller monsieur Martener. Il amena ce médecin, qui ne fut pas peu surpris de savoir mademoiselle Lorrain chez Frappier. Brigaut lui expliqua la scène qui venait d'avoir lieu chez les Rogron. Le bavardage d'un amant au désespoir éclaira ce drame domestique au médecin, sans qu'il en soupçonnât l'horreur ni l'étendue. Martener donna l'adresse du célèbre Horace Bianchon à Brigaut, qui partit sur son cheval, en entendant le bruit de la diligence. Monsieur Martener s'assit, examina d'abord les ecchymoses et les blessures de la main, qui pendait en dehors du lit.

— Elle ne s'est pas fait elle-même ces blessures! dit-il.

— Non, l'horrible fille à qui j'ai eu le malheur de la confier m'a massacrée, dit la grand'mère. Ma pauvre Pierrette criait : « Au secours! je meurs! » à fendre le cœur à un bourreau.

— Mais pourquoi? dit le médecin en prenant le pouls de Pierrette. Elle est bien malade, reprit-il en approchant une lumière du lit. Ah! nous la sauverons difficilement, dit-il après avoir vu la face. Elle a dû bien souffrir, et je ne comprends pas comment on ne l'a pas soignée.

— Mon intention, dit la grand'mère, est de me plaindre à la justice. Des gens qui m'ont demandé ma petite-fille par une lettre, en se disant riches de douze mille livres de rentes, avaient-ils le droit d'en faire leur cuisinière, de lui faire faire des services au-dessus de ses forces?

— Ils n'ont donc pas voulu voir la plus visible des maladies auxquelles les jeunes filles sont parfois sujettes et qui exigeait les plus grands soins! s'écria monsieur Martener.

Pierrette fut réveillée et par la lumière que madame Frappier tenait pour lui éclairer le visage, et par les horribles souffrances que la réaction morale de sa lutte lui causait à la tête.

— Ah! monsieur Martener, je suis bien mal, dit-elle de sa jolie voix.

— D'où souffrez-vous, ma petite amie? dit le médecin.

— Là, fit-elle en montrant le haut de sa tête au-dessus de l'oreille gauche.

— Il y a un dépôt! s'écria le médecin après avoir pendant longtemps palpé la tête et questionné Pierrette sur ses souffrances. Il faut tout nous dire, mon enfant, pour que nous puissions vous guérir. Pourquoi votre main est-elle ainsi? Ce n'est pas vous qui vous êtes fait de semblables blessures.

Pierrette raconta naïvement son combat avec sa cousine Sylvie.

— Faites-la causer, dit le médecin à la grand'mère, et sachez bien tout. J'attendrai l'arrivée du médecin de Paris, et nous nous adjoindrons le chirurgien en chef de l'hôpital pour consulter : tout ceci me paraît bien grave. Je vais vous faire envoyer une potion calmante que vous donnerez à mademoiselle pour qu'elle dorme : elle a besoin de sommeil.

Restée seule avec sa petite-fille, la vieille Bretonne se fit tout révéler en usant de son ascendant sur elle, en lui apprenant qu'elle était assez riche pour eux trois, et lui promettant que Brigaut resterait avec elles. La pauvre enfant confessa son martyre en ne devinant pas à quel procès elle allait donner lieu. Les monstruosités de ces deux êtres sans affection et qui ne savaient rien de la Famille découvraient à la vieille femme des mondes de douleur aussi loin de sa pensée qu'ont pu l'être les mœurs des races sauvages de celle des premiers voyageurs qui pénétrèrent dans les savanes de l'Amérique. L'arrivée de sa grand'mère, la certitude d'être à l'avenir avec elle et riche, endormirent la pensée de Pierrette comme la potion lui endormit le corps. La vieille Bretonne veilla sa petite-fille en lui baisant le front, les cheveux et les mains, comme les saintes femmes durent baiser Jésus en le mettant au tombeau.

Dès neuf heures du matin, monsieur Martener alla chez le président auquel il raconta la scène de nuit entre Sylvie et Pierrette, puis les tortures morales et physiques, les services de tous genres que les Rogron avaient déployés sur leur pupille, et les deux maladies mortelles qui s'étaient développées par suite de ces mauvais traitemens. Le président envoya chercher le notaire Auffray, l'un des parens de Pierrette dans la ligne maternelle.

En ce moment, la guerre entre le parti Vinet et le parti Tiphaine était à son apogée. Les propos que les Rogron et leurs adhérens faisaient courir dans Provins sur la liaison connue de madame Roguin avec le banquier du Tillet, sur les circonstances de la banqueroute du père de madame Tiphaine, un faussaire, disait-on, atteignirent d'autant plus vivement le parti des Tiphaine que c'était de la médisance et non de la calomnie. Ces blessures allaient à fond de cœur, elles attaquaient les intérêts au vif. Ces discours, redits aux partisans des Tiphaine par les mêmes bouches qui communiquaient aux Rogron les plaisanteries de la belle madame Tiphaine et de ses amies, alimentaient les haines, désormais combinées de l'élément politique. Les irritations que causait alors en France l'esprit de parti, dont les violences furent excessives, se liaient partout, comme à Provins, à des intérêts menacés, à des individualités blessées et militantes. Chacune de ces coteries saisissait avec ardeur ce qui pouvait nuire à la coterie rivale. L'animosité des partis se mêlait autant que l'amour propre aux moindres affaires, qui souvent allaient fort loin. Une ville se passionnait pour certaines luttes et les étendait de toute la grandeur du débat politique. Ainsi le président vit dans la cause entre Pierrette et les Rogron un moyen d'abattre, de déconsidérer, de déshonorer les maîtres de ce salon où s'élaboraient des plans contre la monarchie, où le journal de l'opposition avait pris naissance. Le procureur du roi fut mandé. Monsieur Lesourd, monsieur Auffray le notaire, subrogé-tuteur de Pierrette, et le président, examinèrent alors dans le plus grand secret avec monsieur Martener la marche à suivre. Monsieur Martener se chargea de dire à la grand'mère de Pierrette de venir porter plainte au subrogé-tuteur. Le subrogé-tuteur convoquerait le conseil de famille, et, armé de la consultation des trois médecins, demanderait d'abord la destitution du tuteur. L'affaire ainsi posée arriverait au tribunal, et monsieur Lesourd verrait alors à porter l'affaire au criminel en provoquant une instruction. Vers midi, tout Provins était soulevé par l'étrange nouvelle de ce qui s'était passé pendant la nuit dans la maison Rogron. Les cris de Pierrette avaient été vaguement entendus sur la place, mais ils avaient peu duré; personne ne s'était levé, seulement chacun s'était demandé : « Avez-vous entendu du bruit et des cris sur les une heure? qu'était-ce? » Les propos et les commentaires avaient si singulièrement grossi

ce drame horrible que la foule s'amassa devant la boutique de Frappier, à qui chacun demanda des renseignemens, et le brave menuisier peignit l'arrivée chez lui de la petite, le poing ensanglanté, les doigts brisés. Vers une heure après midi, la chaise de poste du docteur Bianchon, auprès de qui se trouvait Brigaut, s'arrêta devant la maison de Frappier, dont la femme alla prévenir à l'hôpital monsieur Martener et le chirurgien en chef. Ainsi les propos de la ville reçurent une sanction. Les Rogron furent accusés d'avoir maltraité leur cousine à dessein et de l'avoir mise en danger de mort. La nouvelle atteignit Vinet au palais de justice, il quitta tout et alla chez les Rogron. Rogron et sa sœur achevaient de déjeuner. Sylvie hésitait à dire à son frère sa déconvenue de la nuit, et se laissait presser de questions sans y répondre autrement que par :
— Cela ne te regarde pas. Elle allait et venait de sa cuisine à la salle à manger pour éviter la discussion. Elle était seule quand Vinet apparut.
— Vous ne savez donc pas ce qui se passe ? dit l'avocat.
— Non, dit Sylvie.
— Vous allez avoir un procès criminel sur le corps, à la manière dont vont les choses à propos de Pierrette.
— Un procès criminel ! dit Rogron qui survint. Pourquoi ? comment ?
— Avant tout, s'écria l'avocat en regardant Sylvie, expliquez-moi sans détour ce qui a eu lieu cette nuit, et comme si vous étiez devant Dieu, car on parle de couper le poing à Pierrette. Sylvie devint blême et frissonna. — Il y a donc eu quelque chose ? dit Vinet.
Mademoiselle Rogron raconta la scène en voulant s'excuser ; mais, pressée de questions, elle avoua les faits graves de cette horrible lutte.
— Si vous lui avez seulement fracassé les doigts, vous n'irez qu'en police correctionnelle ; mais, s'il faut lui couper la main, vous pouvez aller en cour d'assises : les Tiphaine feront tout pour vous y mener jusque-là.
Sylvie, plus morte que vive, avoua sa jalousie, et, ce qui fut plus cruel à dire, combien ses soupçons se trouvaient erronés.
— Quel procès ! dit Vinet. Vous et votre frère vous pouvez y périr, vous serez abandonnés par bien des gens, même en le gagnant. Si vous ne triomphez pas, il faudra quitter Provins.
— Oh ! mon cher monsieur Vinet, vous qui êtes un si grand avocat, dit Rogron épouvanté, conseillez-nous, sauvez-nous !
L'adroit Vinet porta la terreur de ces deux imbéciles au comble, et déclara positivement que madame et mademoiselle de Chargebœuf hésiteraient à revenir chez eux. Être abandonnés par ces dames serait une terrible condamnation. Enfin, après une heure de magnifiques manœuvres, il fut reconnu que, pour déterminer Vinet à sauver les Rogron, il devait avoir aux yeux de tout Provins un intérêt majeur à les défendre. Dans la soirée, le mariage de Rogron avec mademoiselle de Chargebœuf serait donc annoncé. Les bans seraient publiés dimanche. Le contrat se ferait immédiatement chez Courtnant, et mademoiselle Rogron y paraîtrait pour, en considération de cette alliance, abandonner par donation entre-vifs la nue-propriété de ses biens à son frère. Vinet avait fait comprendre à Rogron et à sa sœur la nécessité d'avoir un contrat de mariage minuté deux ou trois jours avant cet événement, afin de compromettre madame et mademoiselle de Chargebœuf aux yeux du public et leur donner un motif de persister à venir dans la maison Rogron.
— Signez ce contrat, et je prends sur moi l'engagement de vous tirer d'affaire, dit l'avocat. Ce sera sans doute une terrible lutte, mais je m'y mettrai tout entier, *et vous me devrez encore un fameux cierge !*
— Ah ! oui, dit Rogron.
À onze heures et demie, l'avocat eut plein pouvoir et pour le contrat et pour la conduite du procès. À midi, le président fut saisi d'un référé intenté par Vinet contre Brigaut et madame veuve Lorrain, pour avoir détourné la mineure Lorrain du domicile de son tuteur. Ainsi le hardi Vinet se posait comme agresseur et mettait Rogron dans la position d'un homme irréprochable. Aussi en parlait-il dans ce sens au palais. Le président remit à quatre heures à entendre les parties. Il est inutile de dire à quel point la petite ville de Provins était soulevée par ces événemens. Le président savait qu'à trois heures la consultation des médecins serait terminée ; il voulait que le subrogé-tuteur, parlant pour l'aïeule, se présentât armé de cette pièce. L'annonce du mariage de Rogron avec la belle Bathilde de Chargebœuf et des avantages que Sylvie faisait au contrat aliéna soudain deux personnes aux Rogron : mademoiselle Habert et le colonel, qui tous deux virent leurs espérances anéanties. Céleste Habert et le colonel restèrent ostensiblement attachés aux Rogron, mais pour leur nuire plus sûrement. Ainsi, dès que monsieur Martener révéla l'existence d'un dépôt à la tête de la pauvre victime des deux merciers, Céleste et le colonel parlèrent du coup que Pierrette s'était donné en voulant s'évader, Sylvie l'avait contrainte à quitter le salon, et rappelèrent les cruelles et barbares exclamations de mademoiselle Rogron. Ils racontèrent les preuves d'insensibilité données par cette vieille fille envers sa pupille souffrante. Ainsi les amis de la maison admirent des torts graves en paraissant défendre Sylvie et son frère. Vinet avait prévu cet orage ; mais la fortune des Rogron allait être acquise à mademoiselle de Chargebœuf, et il se promettait dans quelques semaines de lui voir habiter la jolie maison de la place et de régner avec elle sur Provins, car il méditait déjà des fusions avec les Bréautey dans l'intérêt de ses ambitions. Aussi mal jusqu'à quatre heures, toutes les femmes du parti Tiphaine, les Garceland, les Guépin, les Julliard, Galardon, Guénée, la sous-préfète, envoyèrent savoir des nouvelles de mademoiselle Lorrain. Pierrette ignorait entièrement le tapage fait en ville à son sujet. Elle éprouvait, au milieu de ses vives souffrances, un ineffable bonheur à se trouver entre sa grand'mère et Brigaut, les objets de ses affections. Brigaut avait constamment les yeux pleins de larmes, et la grand'mère cajolait sa chère petite-fille. Dieu sait si l'aïeule fit grâce aux trois hommes de science d'aucun des détails qu'elle avait obtenus de Pierrette sur sa vie dans la maison Rogron. Horace Bianchon exprima son indignation en termes véhémens. Épouvanté d'une semblable barbarie, il exigea que les autres médecins de la ville fussent mandés, en sorte que monsieur Néraud fût présent et invité, comme ami de Rogron, à contredire, s'il y avait lieu, les terribles conclusions de la consultation, qui, malheureusement pour les Rogron, fut rédigée à l'unanimité. Néraud, qui déjà passait pour avoir fait mourir de chagrin la grand'mère de Pierrette, était dans une fausse position de laquelle profita l'adroit Martener, enchanté d'accabler les Rogron et de compromettre en ceci monsieur Néraud, son antagoniste. Il est inutile de donner le texte de cette consultation, qui fut encore une des pièces du procès. Si les termes de la médecine de Molière étaient barbares, ceux de la médecine moderne ont l'avantage d'être si clairs que l'explication de la maladie de Pierrette, quoique naturelle et malheureusement commune, effraierait les oreilles. Cette consultation était d'ailleurs péremptoire, appuyée par un nom aussi célèbre que celui d'Horace Bianchon. Après l'audience, le président resta sur son siège en voyant arriver la litière de Pierrette accompagnée de monsieur Auffray, de Brigaut et d'une foule nombreuse. Vinet était seul. Ce contraste frappa l'audience, qui fut grossie d'un grand nombre de curieux. Vinet, qui avait gardé sa robe, leva vers le président sa face froide en assurant ses besicles sur ses yeux verts, puis, de sa voix grêle et persistante, il exposa que des étrangers s'étaient introduits nuitamment chez monsieur et mademoiselle Rogron, et y avaient enlevé la mineure Lorrain. Force devait rester au tuteur, qui réclamait sa pupille. Monsieur Auffray se leva, comme subrogé-tuteur, et demanda la parole.

•

— Si monsieur le président, dit-il, veut prendre communication de cette consultation émanée d'un des plus savans médecins de Paris et de tous les médecins et chirurgiens de Provins, il comprendra combien la réclamation du sieur Rogron est insensée, et quels motifs graves portaient l'aïeule de la mineure à l'enlever immédiatement à ses bourreaux. Voici le fait : une consultation délibérée à l'unanimité par un illustre médecin de Paris mandé en toute hâte, et par tous les médecins de cette ville, attribue l'état presque mortel où se trouve la mineure aux mauvais traitemens qu'elle a reçus des sieur et demoiselle Rogron. En droit, le conseil de famille sera convoqué dans le plus bref délai, et consulté sur la question de savoir si le tuteur doit être destitué de sa tutelle. Nous demandons que la mineure ne rentre pas au domicile de son tuteur et soit confiée au membre de la famille qu'il plaira à monsieur le président de désigner.

Vinet voulut répliquer en disant que la consultation devait lui être communiquée, afin de la contredire.

— Non pas la partie de Vinet, dit sévèrement le président, mais peut-être à monsieur le procureur du roi. La cause est entendue.

Le président écrivit au bas de la requête l'ordonnance suivante :

« Attendu que, d'une consultation délibérée à l'unanimité par les médecins de cette ville et par le docteur Bianchon, de la Faculté de médecine de Paris, il résulte que la mineure Lorrain, réclamée par Rogron, son tuteur, est dans un état de maladie extrêmement grave, amené par de mauvais traitemens et des sévices exercés sur elle au domicile du tuteur et par sa sœur,

» Nous, président du tribunal de première instance de Provins, •

» Statuant sur la requête, ordonnons que, jusqu'à délibération du conseil de famille, qui, suivant la déclaration du subrogé-tuteur, sera convoqué, la mineure ne réintégrera pas le domicile pupillaire et sera transférée dans la maison du subrogé-tuteur ;

» Subsidiairement, attendu l'état où se trouve la mineure et les traces de violence qui, d'après la consultation des médecins, existent sur sa personne, commettons le médecin en chef et le chirurgien en chef de l'hôpital de Provins pour la visiter ; et, dans le cas où les sévices seraient constans, faisons toute réserve de l'action du ministère public, et ce, sans préjudice de la voie civile prise par Auffray, subrogé-tuteur. »

Cette terrible ordonnance fut prononcée par le président Tiphaine à haute et intelligible voix.

— Pourquoi pas les galères tout de suite ? dit Vinet. Et tout ce bruit pour une petite fille qui entretenait une intrigue avec un garçon menuisier. Si l'affaire marche ainsi, s'écria-t-il insolemment, nous demanderons d'autres juges pour cause de suspicion légitime.

Vinet quitta le palais et alla chez les principaux organes de son parti expliquer la situation de Rogron, qui n'avait jamais donné une chiquenaude à sa cousine, et dans qui le tribunal voyait, dit-il, moins le tuteur de Pierrette que le grand électeur de Provins.

À l'entendre, les Tiphaine faisaient grand bruit de rien. La montagne accoucherait d'une souris. Sylvie, fille éminemment sage et religieuse, avait découvert une intrigue entre la pupille de son frère et un petit ouvrier menuisier, un Breton nommé Brigaut. Ce drôle savait très bien que la petite fille allait avoir une fortune de sa grand'mère, il voulait la suborner. (Vinet osait parler de subornation !) Mademoiselle Rogron, qui tenait des lettres où éclatait la perversité de cette petite fille, n'était pas aussi blâmable que les Tiphaine voulaient le faire croire. Au cas où elle se serait permis une violence pour obtenir une lettre, ce qu'il expliquait d'ailleurs par l'irritation que l'entêtement breton avait causée à Sylvie, en quoi Rogron était-il répréhensible ?

L'avocat fit alors de ce procès une affaire de parti et sut lui donner une couleur politique. Aussi, dès cette soirée, y eut-il des divergences dans l'opinion publique.

— Qui n'entend qu'une cloche n'a qu'un son, disaient les gens sages. Avez-vous écouté Vinet ? Vinet explique très bien les choses.

La maison de Frappier avait été jugée inhabitable pour Pierrette, à cause des douleurs que le bruit y causerait à la tête. Le transport de là chez le subrogé-tuteur était aussi nécessaire médicalement que judiciairement. Ce transport se fit avec des précautions inouïes et calculées pour produire un grand effet. Pierrette fut mise sur un brancard avec force matelas, portée par deux hommes ; accompagnée d'une Sœur Grise qui avait à la main un flacon d'éther, suivie de sa grand'mère, de Brigaut, de madame Auffray et de sa femme de chambre. Il y eut du monde aux fenêtres et sur les portes pour voir passer ce cortège. Certes l'état dans lequel était Pierrette, sa blancheur de mourante, tout donnait d'immenses avantages au parti contraire aux Rogron. Les Auffray tinrent à prouver à toute la ville combien le président avait eu raison de rendre son ordonnance. Pierrette et sa grand'mère furent installées au second étage de la maison de monsieur Auffray. Le notaire et sa femme leur prodiguèrent les soins de l'hospitalité la plus large, ils y mirent du faste. Pierrette eut sa grand'mère pour garde-malade, et monsieur Martener vint la visiter avec le chirurgien le soir même.

Dès cette soirée, les exagérations commencèrent donc de part et d'autre. Le salon des Rogron fut plein. Vinet avait travaillé le parti libéral à ce sujet. Les deux dames de Chargebœuf dînèrent chez les Rogron, car le contrat devait y être signé le soir. Dans la matinée, Vinet avait fait afficher les bans à la mairie. Il traita de misère l'affaire relative à Pierrette. Si le tribunal de Provins y portait de la passion, la cour royale saurait apprécier les faits, disait-il, et les Auffray feraient bien avant de se jeter dans un pareil procès. L'alliance de Rogron avec les Chargebœuf fut une considération énorme aux yeux d'un certain monde. Chez eux, les Rogron étaient blancs comme neige, et Pierrette était une petite fille excessivement perverse, un serpent réchauffé dans leur sein. Dans le salon de madame Tiphaine, on se vengeait des horribles médisances que le parti Vinet avait dites depuis deux ans : les Rogron étaient des monstres, et le tuteur irait en cour d'assises. Sur la place, Pierrette se portait à merveille ; dans la haute ville, elle mourait infailliblement ; chez Rogron, elle avait des égratignures au poignet ; chez madame Tiphaine, elle avait les doigts brisés, on allait lui en couper un. Le lendemain, le Courrier de Provins contenait un article extrêmement adroit, bien écrit, un chef-d'œuvre d'insinuations mêlées de considérations judiciaires, et qui mettait déjà Rogron hors de cause. La Ruche, qui d'abord paraissait deux jours après, ne pouvait répondre sans tomber dans la diffamation ; mais on y répliqua que, dans une affaire semblable, le mieux était de laisser son cours à la justice.

Le conseil de famille fut composé par le juge de paix du canton de Provins, président légal, premièrement de Rogron et des deux messieurs Auffray, les plus proches parens ; puis de monsieur Ciprey, neveu de la grand'mère maternelle de Pierrette. Il leur adjoignit monsieur Habert, le confesseur de Pierrette, et le colonel Gouraud, qui s'était toujours donné pour un camarade du colonel Lorrain. On applaudit beaucoup à l'impartialité du juge de paix, qui comprenait dans le conseil de famille monsieur Habert et le colonel Gouraud, que tout Provins croyait très amis des Rogron. Dans la circonstance grave où se trouvait Rogron, il demanda l'assistance de maître Vinet au conseil de famille. Par cette manœuvre, évidemment conseillée par Vinet, Rogron obtint que le conseil de famille ne s'assemblerait que vers la fin du mois de décembre. À cette époque, le président et sa femme furent établis à Paris chez madame Roguin, à cause de la convocation des chambres. Ainsi le parti ministériel se trouva sans son chef. Vinet avait déjà sourdement pratiqué le bonhomme Desfondrilles, le juge d'instruction, au cas où l'affaire prendrait le caractère correctionnel ou criminel que le président avait essayé de lui donner. Vinet plaida l'affaire pendant trois heures devant le conseil de famille : il y établit une intrigue entre Brigaut et Pierrette afin de justifier les sévérités de mademoiselle Rogron ; il démontra combien le tuteur avait agi naturellement en laissant sa pupille sous le gouvernement d'une femme ; il appuya sur la non-participation de son client à la manière dont l'éducation de Pierrette était entendue par Sylvie. Malgré les efforts de Vinet, le conseil fut à l'unanimité d'avis de retirer la tutelle à Rogron. On désigna pour tuteur monsieur Auffray, et monsieur Ciprey pour subrogé-tuteur. Le conseil de famille entendit Adèle, la servante, qui chargea ses anciens maîtres ; mademoiselle Habert, qui raconta les propos cruels tenus par mademoiselle Rogron dans la soirée où Pierrette s'était donné le furieux coup entendu par tout le monde, et l'observation faite sur la santé de Pierrette par madame de Chargebœuf. Brigaut produisit la lettre qu'il avait reçue de Pierrette et qui prouvait leur mutuelle innocence. Il fut démontré que l'état déplorable dans lequel se trouvait la mineure venait d'un défaut de soin du tuteur, responsable de tout ce qui concernait sa pupille. La maladie de Pierrette avait frappé tout le monde, et même les personnes de la ville étrangères à la famille. L'accusation de sévices fut donc maintenue contre Rogron. L'affaire allait devenir publique.

Conseillé par Vinet, Rogron se rendit opposant à l'homologation de la délibération du conseil de famille par le tribunal. Le ministère public intervint, attendu la gravité croissante de l'état pathologique où se trouvait Pierrette Lorrain. Ce procès curieux, quoique promptement mis au rôle, ne vint en ordre utile que vers le mois de mars 1828.

Le mariage de Rogron avec mademoiselle de Chargebœuf s'était alors célébré. Sylvie habitait le deuxième étage de sa maison, où des dispositions avaient été faites pour la loger ainsi que madame de Chargebœuf, car le premier étage fut entièrement affecté à madame Rogron. La belle madame Rogron succéda dès lors à la belle madame Tiphaine. L'influence de ce mariage fut énorme. On ne vint plus dans le salon de mademoiselle Sylvie, mais chez la belle madame Rogron.

Soutenu par sa belle-mère et appuyé par les banquiers royalistes du Tillet et Nucingen, le président Tiphaine eut occasion de rendre service au ministère, il fut un des orateurs du centre les plus estimés, devint juge au tribunal de première instance de la Seine, et fit nommer son neveu, Lesourd, président du tribunal de Provins. Cette nomination froissa beaucoup le juge Desfondrilles, toujours archéologue et plus que jamais suppléant. Le garde des sceaux envoya l'un de ses protégés à la place de Lesourd. L'avancement de monsieur Tiphaine n'en produisit donc aucun dans le tribunal de Provins. Vinet exploita très habilement ces circonstances. Il avait toujours dit aux gens de Provins qu'ils serviraient de marchepied aux grandeurs de la rusée madame Tiphaine. Le président se jouait de ses amis. Madame Tiphaine méprisait in petto les gens de Provins, et n'y reviendrait jamais. Monsieur Tiphaine père mourut, son fils hérita de la terre du Fay, et vendit sa belle maison de la ville haute à monsieur Julliard. Cette vente prouva combien il comptait peu revenir à Provins. Vinet eut raison, Vinet avait été prophète. Ces faits eurent une grande influence sur le procès relatif à la tutelle de Rogron.

Ainsi l'épouvantable martyre exercé brutalement sur Pierrette par deux imbéciles tyrans, et qui, dans ses conséquences médicales, mettait monsieur Martener, approuvé par le docteur Bianchon, dans le cas d'ordonner la terrible opération du trépan ; ce drame horrible, réduit aux proportions judiciaires, tombait dans le gâchis immonde qui s'appelle au palais *la forme*. Ce procès traînait dans les délais, dans le lacis inextricable de la procédure, arrêté par les ambages d'un odieux avocat ; tandis que Pierrette calomniée languissait et souffrait les plus épouvantables douleurs connues en médecine. Ne fallait-il pas expliquer ces singuliers revirements de l'opinion publique et la marche lente de la justice, avant de revenir dans la chambre où elle vivait, où elle mourait ?

Monsieur Martener, de même que la famille Auffray, fut en peu de jours séduit par l'adorable caractère de Pierrette, et par la vieille Bretonne dont les sentiments, les idées, les façons étaient empreintes d'une antique couleur romaine. Cette matrone du Marais ressemblait à une femme de Plutarque. Le médecin voulut disputer cette proie à la mort, car dès le premier jour le médecin de Paris et le médecin de province regardèrent Pierrette comme perdue. Il y eut entre le mal et le médecin, soutenu par la jeunesse de Pierrette, un de ces combats que les médecins seuls connaissent et dont la récompense, en cas de succès, n'est jamais ni dans le prix vénal des soins ni chez le malade ; elle se trouve dans la douce satisfaction de la conscience et dans je ne sais quelle palme idéale et invisible recueillie par les vrais artistes après le contentement que leur cause la certitude d'avoir fait une belle œuvre. Le médecin tend au bien comme l'artiste tend au beau, poussé par un admirable sentiment que nous nommons la vertu. Ce combat de tous les jours avait éteint chez cet homme de province les mesquines irritations de la lutte engagée entre le parti Vinet et le parti des Tiphaine, ainsi qu'il arrive aux hommes qui se trouvent tête à tête avec une grande misère à vaincre.

Monsieur Martener avait commencé par vouloir exercer son état à Paris ; mais l'atroce activité de cette ville, l'insensibilité que finissent par donner au médecin le nombre effrayant de malades, et la multiplicité des graves, avaient épouvanté son âme douce et faite pour la vie de province. Il était d'ailleurs sous le joug de sa patrie. Aussi revint-il à Provins s'y marier, s'y établir, et soigner presque affectueusement une population qu'il pouvait considérer comme une grande famille. Il affecta, pendant tout le temps que dura la maladie de Pierrette, de ne point parler de sa malade. Sa répugnance à répondre quand chacun lui demandait des nouvelles de la pauvre petite était si visible, qu'on cessa de le questionner à ce sujet. Pierrette fut pour lui ce qu'elle devait être, un de ces poëmes mystérieux et profonds, vastes en douleurs, comme il s'en trouve dans la terrible existence des médecins. Il éprouvait pour cette délicate jeune fille une admiration dans le secret de laquelle il ne voulut mettre personne.

Ce sentiment du médecin pour sa malade s'était, comme tous les sentiments vrais, communiqué à monsieur et madame Auffray, dont la maison devint, tant que Pierrette y fut, douce et silencieuse. Les enfans, qui jadis avaient fait de si bonnes parties de jeu avec Pierrette, s'entendirent avec la grâce de l'enfance pour n'être ni bruyans ni importuns. Ils mirent leur honneur à être bien sages, parce que Pierrette était malade. La maison de monsieur Auffray se trouve dans la ville haute, au-dessous des ruines du château, où elle est bâtie dans une des marges de terrain produites par le bouleversement des anciens remparts. De là, les habitans ont la vue de la vallée en se promenant dans un petit jardin fruitier enclos de gros murs, d'où l'on plonge sur la ville. Les toits des autres maisons arrivent au cordon extérieur du mur qui soutient ce jardin. Le long de cette terrasse une allée qui aboutit à la porte-fenêtre du cabinet de monsieur Auffray. Au bout s'élèvent un berceau de vigne et un figuier, sous lesquels il y a une table ronde, un banc et des chaises peints en verts. On avait donné à Pierrette une chambre au-dessus du cabinet de son nouveau tuteur. Madame Lorrain y couchait sur un lit de sangle auprès de sa petite-fille. De sa fenêtre, Pierrette pouvait donc voir la magnifique vallée de Provins qu'elle connaissait à peine, elle était sortie si rarement de la fatale maison des Rogron ! Quand il faisait beau temps, elle aimait à se traîner au bras de sa grand'mère jusqu'à ce berceau. Brigaut, qui ne faisait plus rien, venait voir sa petite amie trois fois par jour ; il était dévoré par une douleur qui le rendait sourd à la vie, il guettait avec la finesse d'un chien de chasse monsieur Martener, il l'accompagnait toujours et sortait avec lui. Vous imagineriez difficilement les folies que chacun faisait pour la chère petite malade. Ivre de désespoir, la grand'mère cachait son désespoir ; elle montrait à sa petite-fille le visage riant qu'elle avait à Pen-Hoël. Dans son désir de se faire illusion, elle lui arrangeait et lui mettait le bonnet national avec lequel Pierrette était arrivée à Provins. La jeune malade lui paraissait ainsi se mieux ressembler à elle-même : elle était délicieuse à voir, le visage entouré de cette auréole de batiste bordée de dentelles empesées. Sa tête, blanche de la blancheur du biscuit, son front auquel la souffrance imprimait un semblant de pensée profonde, la pureté des lignes amaigries par la maladie, la lenteur du regard et la fixité des yeux par instans, tout faisait de Pierrette un admirable chef-d'œuvre de mélancolie. Aussi l'enfant était-elle servie avec une sorte de fanatisme. On la voyait si douce, si tendre et si aimante ! Madame Martener avait envoyé son piano chez sa sœur, madame Auffray, dans la pensée d'amuser Pierrette, à qui la musique causa des ravissemens. C'était un poème que de la regarder écoutant un morceau de Weber, de Beethoven ou d'Hérold, les yeux levés, silencieuse, et regrettant sans doute la vie qu'elle sentait lui échapper. Le curé Péroux et monsieur Habert, ses deux consolateurs religieux, admiraient sa pieuse résignation. N'est-ce pas un fait remarquable et digne également de l'attention des philosophes et de celle des indifférens, que la perfection séraphique des jeunes filles et des jeunes gens marqués en rouge par la Mort dans la foule, comme de jeunes arbres dans une forêt ? Qui a vu l'une de ces morts sublimes ne saurait rester ou devenir incrédule. Ces êtres exhalent comme un parfum céleste, leurs regards parlent de Dieu, leur voix est éloquente dans les plus indifférens discours, et souvent elle sonne comme un instrument divin, exprimant les secrets de l'avenir ! Quand monsieur Martener félicitait Pierrette d'avoir accompli quelque difficile prescription, cet ange disait, en présence de tous, et avec quels regards ! — Je désire vivre, cher monsieur Martener, moins pour moi que pour ma grand'mère, pour mon Brigaut, et pour vous tous, que ma mort affligerait.

La première fois qu'elle se promena dans le mois de novembre, par le beau soleil de la Saint-Martin, accompagnée de toute la maison, et que madame Auffray lui demanda si elle était fatiguée : — Maintenant que je n'ai plus à supporter d'autres souffrances que celles envoyées par Dieu, je puis y suffire. Je trouve dans le bonheur d'être aimée la force de souffrir.

Ce fut la seule fois que d'une manière détournée elle rappela son horrible martyre chez les Rogron, desquels elle ne parlait point, et leur souvenir devait lui être si pénible que personne ne parlait d'eux.

— Chère madame Auffray, lui dit-elle un jour, à midi, sur la terrasse, en contemplant la vallée éclairée par un beau soleil, et parée des belles teintes rousses de l'automne, mon agonie chez vous m'aura donné plus de bonheur que ces trois dernières années.

Madame Auffray regarda sa sœur, madame Martener, et lui dit à l'oreille : — Comme elle aurait aimé ! En effet, l'accent, le regard de Pierrette donnaient à sa phrase une indicible valeur.

Monsieur Martener entretenait une correspondance avec le docteur Bianchon, et ne tentait rien de grave sans ses approbations. Il espérait d'abord établir le cours voulu par la nature, puis faire dériver le dépôt à la tête par l'oreille. Plus vives étaient les douleurs de Pierrette, plus il concevait d'espérances. Il obtint de légers succès sur le premier point, et ce fut un grand triomphe. Pendant quelques jours l'appétit de Pierrette revint et se satisfit de mets substantiels pour lesquels sa maladie lui donnait jusqu'a-

lors une répugnance caractéristique ; la couleur de son teint changea, mais l'état de la tête était horrible. Aussi le docteur supplia-t-il le grand médecin, son conseil, de venir. Bianchon vint, resta deux jours à Provins, et décida une opération ; il épousa toutes les sollicitudes du pauvre Martener, et alla chercher lui-même le célèbre Desplein. Ainsi l'opération fut faite par le plus grand chirurgien des temps anciens et modernes ; mais ce terrible haruspice dit à Martener en s'en allant avec Bianchon, son élève le plus aimé : — Vous ne la sauverez que par un miracle. Comme vous l'a dit Horace, la carie des os est commencée. A cet âge, les os sont encore si tendres !

L'opération avait eu lieu dans le commencement du mois de mars 1828. Pendant tout le mois, effrayé des douleurs épouvantables que souffrait Pierrette, monsieur Martener fit plusieurs voyages à Paris ; il y consultait Desplein et Bianchon, auxquels il alla jusqu'à proposer une opération dans le genre de celle de la lithotritie, et qui consistait à introduire dans la tête un instrument creux à l'aide duquel on essaierait l'application d'un remède héroïque pour arrêter les progrès de la carie. L'audacieux Desplein n'osa pas tenter ce coup de main chirurgical que le désespoir avait inspiré à Martener. Aussi quand le médecin revint de son dernier voyage à Paris parut-il à ses amis chagrin et morose. Il dut annoncer par une fatale soirée à la famille Auffray, à madame Lorrain, au confesseur et à Brigaut réunis, que la science ne pouvait plus rien pour Pierrette, dont le salut était seulement dans la main de Dieu. Ce fut une horrible consternation. La grand'mère fit un vœu et pria le curé de dire tous les matins, au jour, avant le lever de Pierette, une messe à laquelle elle et Brigaut assistèrent.

Le procès se plaidait. Pendant que la victime des Rogron se mourait, Vinet la calomniait au tribunal. Le tribunal homologua la délibération du conseil de famille, et l'avocat interjeta sur-le-champ appel. Le nouveau procureur du roi fit un réquisitoire qui détermina une instruction. Rogron et sa sœur furent obligés de donner caution pour ne pas aller en prison. L'instruction exigeait l'interrogatoire de Pierrette. Quand monsieur Desfondrilles vint chez Auffray, Pierrette était à l'agonie ; elle avait son confesseur à son chevet, elle allait être administrée. Elle suppliait en ce moment même la famille assemblée de pardonner à son cousin et à sa cousine, ainsi qu'elle le faisait elle-même, en disant avec un admirable bon sens que le jugement de ces choses appartenait à Dieu seul.

— Grand'mère, dit-elle, laisse tout ton bien à Brigaut (Brigaut fondait en larmes). — Et, dit Pierrette en continuant, donne mille francs à cette bonne Adèle qui me bassinait mon lit en cachette. Si elle était restée chez mes cousins, je vivrais...

Ce fut à trois heures, le mardi de Pâques, par une belle journée, que ce petit ange cessa de souffrir. Son héroïque grand'mère voulut la garder pendant la nuit avec les prêtres, et la coudre de ses vieilles mains raides dans le linceul. Vers le soir, Brigaut quitta la maison Auffray, descendit chez Frappier.

— Je n'ai pas besoin, mon pauvre garçon, de te demander des nouvelles, lui dit le menuisier.

— Père Frappier, oui, c'est fini pour elle, et non pas pour moi.

L'ouvrier jeta sur tout le bois de la boutique des regards à la fois sombres et perspicaces.

— Je te comprends, Brigaut, dit le bonhomme Frappier. Tiens, voilà ce qu'il te faut.

Et il lui montra des planches en chêne de deux pouces.

— Ne m'aidez pas, monsieur Frappier, dit le Breton ; je veux tout faire moi-même.

Brigaut passa la nuit à raboter et ajuster la bière de Pierrette, et plus d'une fois il enleva d'un seul coup de rabot un ruban de bois humide de ses larmes. Le bonhomme Frappier le regardait faire en fumant. Il ne lui dit que ces deux mots quand son premier garçon assembla les quatre morceaux : — Fais donc le couvercle à coulisse : ces pauvres parens ne l'entendront pas clouer.

Au jour, Brigaut alla chercher le plomb nécessaire pour doubler la bière. Par un hasard extraordinaire, les feuilles de plomb coûtèrent exactement la somme qu'il avait donnée à Pierrette pour son voyage de Nantes à Provins. Ce courageux Breton, qui avait résisté à l'horrible douleur de faire lui-même la bière de sa chère compagne d'enfance, en doublant ces funèbres planches de tous ses souvenirs, ne tint pas à ce rapprochement : il défaillit et ne put empêcher le plomb ; le plombier l'accompagna en lui offrant d'aller avec lui pour souder la quatrième feuille une fois que le corps serait mis dans le cercueil. Le Breton brûla le rabot et tous les outils qui lui avaient servi ; il fit ses comptes avec Frappier et lui dit adieu. L'héroïsme avec lequel ce pauvre garçon s'occupait, comme la grand'mère, à rendre les derniers devoirs à Pierrette, le fit intervenir dans la scène suprême qui couronna la tyrannie des Rogron.

Brigaut et le plombier arrivèrent assez à temps chez monsieur Auffray pour décider par leur force brutale une infâme et horrible question judiciaire. La chambre mortuaire, pleine de monde, offrit aux deux ouvriers un singulier spectacle. Les Rogron s'étaient dressés hideux auprès du cadavre de leur victime pour la torturer encore après sa mort. Le corps sublime de beauté de la pauvre enfant gisait sur le lit de sangle de sa grand'mère. Pierrette avait les yeux fermés, les cheveux en bandeau, le corps cousu dans un gros drap de coton.

Devant ce lit, les cheveux en désordre, à genoux, les mains étendues, le visage en feu, la vieille Lorrain criait : — Non, non, cela ne se fera pas !

Au pied du lit étaient le tuteur, monsieur Auffray, le curé Péroux et monsieur Habert. Les cierges brûlaient encore.

Devant la grand'mère étaient le chirurgien de l'hospice et monsieur Néraud, appuyés de l'épouvantable et doucereux Vinet. Il y avait un huissier. Le chirurgien de l'hospice était revêtu de son tablier de dissection. Un de ses aides avait défait sa trousse, et lui présentait un couteau à disséquer.

Cette scène fut troublée par le bruit du cercueil, que Brigaut et le plombier laissèrent tomber ; car Brigaut, qui marchait le premier, fut saisi d'épouvante à l'aspect de la vieille mère Lorrain qui pleurait.

— Qu'y a-t-il ? demanda Brigaut en se plaçant à côté de la vieille grand'mère et serrant convulsivement un ciseau qu'il apportait.

— Il y a, dit la vieille, il y a, Brigaut, qu'ils veulent ouvrir le corps de mon enfant, lui fendre la tête, lui crever le cœur après sa mort comme pendant sa vie.

— Qui ? fit Brigaut d'une voix à briser le tympan des gens de justice.

— Les Rogron.

— Par le saint nom de Dieu !...

— Un moment, Brigaut ! dit monsieur Auffray en voyant le Breton brandissant son ciseau.

— Monsieur Auffray, dit Brigaut pâle autant que la jeune morte, je vous écoute parce que vous êtes monsieur Auffray ; mais en ce moment je n'écouterais pas...

— La justice ! dit Auffray.

— Est-ce qu'il y a une justice ! s'écria le Breton. La justice, la voilà ! dit-il en menaçant l'avocat, le chirurgien et l'huissier de son ciseau qui brillait au soleil.

— Mon ami, dit le curé, la justice a été invoquée par l'avocat de monsieur Rogron, qui est sous le coup d'une accusation grave, et il est impossible de refuser à un inculpé les moyens de se justifier. Selon l'avocat de monsieur Rogron, si la pauvre enfant que voici succombe à un abcès dans la tête, son ancien tuteur ne saurait être inquiété ; car il est prouvé que Pierrette a caché pendant longtemps le coup qu'elle s'était donné...

— Assez ! dit Brigaut.

— Mon client... dit Vinet.

— Ton client, s'écria le Breton, ira dans l'enfer et moi sur l'échafaud ! car, si quelqu'un de vous fait mine de toucher à cette qui l'ont tuée, et si le carabin ne rentre pas son outil, je le tue net.

— Il y a rébellion, dit Vinet, nous allons en instruire le juge.

Les cinq étrangers se retirèrent.

— Oh ! mon fils ! dit la vieille en se dressant et sautant au cou de Brigaut, ensevelissons-la bien vite, ils reviendront !...

— Une fois le plomb scellé, dit le plombier, ils n'oseront peut-être plus.

Monsieur Auffray courut chez son beau-frère, monsieur Lesourd, pour tâcher d'arranger cette affaire. Vinet ne voulait pas autre chose. Une fois Pierrette morte, le procès relatif à la tutelle, qui n'était pas jugé, se trouvait éteint sans que personne pût en arguer pour ou contre les Rogron : la question demeurait indécise. Aussi l'adroit Vinet avait-il bien prévu l'effet que sa requête allait produire.

A midi, monsieur Desfondrilles fit son rapport au tribunal sur l'instruction relative à Rogron, et le tribunal rendit un jugement de non-lieu parfaitement motivé.

Rogron n'osa pas se montrer à l'enterrement de Pierrette, auquel assista toute la ville. Vinet avait voulu l'y entraîner ; mais l'ancien mercier eut peur d'exciter une horreur universelle.

Brigaut quitta Provins après avoir vu combler la fosse où Pierrette fut enterrée, et alla de son pied à Paris. Il écrivit une pétition à la Dauphine pour, en considération du nom de son père, entrer dans la garde royale, où il fut aussitôt admis. Quand se fit l'expédition d'Alger ; il écrivit encore à la Dauphine pour obtenir d'être employé. Il était sergent, le maréchal Bourmont le nomma sous-lieutenant dans la ligne. Le fils du major se conduisit en homme qui voulait mourir. La mort a jusqu'ici respecté Jacques Brigaut, qui s'est distingué dans toutes les expéditions récentes sans y trouver une blessure. Il est aujourd'hui chef de bataillon dans la ligne. Aucun officier n'est plus taciturne ni meilleur. Hors le service, il reste presque muet, se promène seul et vit mécaniquement. Chacun devine et respecte une douleur inconnue. Il possède quarante-six mille francs qui lui ont été légués par la vieille madame Lorrain, morte à Paris en 1829.

Aux élections de 1830, Vinet fut nommé député ; les services qu'il a rendus au nouveau gouvernement lui ont valu la place de procureur général. Maintenant son influence est telle qu'il sera toujours nommé député. Rogron est receveur général dans la ville même où Vinet remplit ses fonctions ; et, par un hasard surprenant, monsieur Tiphaine y est premier président de la cour royale, car le justicier s'est rattaché sans hésitation à la dynastie de Juillet. L'ex-belle madame Tiphaine vit en bonne intelligence avec la belle madame Rogron. Vinet est au mieux avec le président Tiphaine.

Quand il parle à l'imbécile Rogron, il dit des mots comme celui-ci : — Louis-Philippe ne sera vraiment roi que quand il pourra faire des nobles !

Ce mot n'est évidemment pas de lui. Sa santé chancelante fait espérer à madame Rogron de pouvoir épouser dans peu de temps le général marquis de Montriveau, pair de France, qui commande le département, et qui lui rend des soins. Vinet demande très proprement des têtes ; il ne croit jamais à l'innocence d'un accusé. Ce procureur général par-sang passe pour un des hommes les plus aimables du ressort, et il n'a pas moins de succès à Paris et à la Chambre ; à la cour, il est un délicieux courtisan.

Selon la promesse de Vinet, le général baron Gouraud, ce noble débris de nos glorieuses armées, a épousé une demoiselle Matifat de Luzarches, âgée de vingt-cinq ans, fille d'un droguiste de la rue des Lombards, et dont la dot était de cinquante mille écus. Il commande, comme l'avait prophétisé Vinet, un département voisin de Paris. Il a été nommé pair de France à cause de sa conduite dans les émeutes sous le ministère de Casimir Périer. Le baron

Gouraud fut un des généraux qui prirent l'église Saint-Merry, heureux de *taper sur les péquins* qui les avaient vexés pendant quinze ans, et son ardeur a été récompensée par le grand cordon de la Légion d'honneur.

Aucun des personnages qui ont trempé dans la mort de Pierrette n'a le moindre remords. Monsieur Desfondrilles est toujours archéologue ; mais, dans l'intérêt de son élection, le procureur général Vinet a eu soin de le faire nommer président du tribunal. Sylvie a une petite cour et administre les biens de son frère ; elle prête à gros intérêts et ne dépense pas douze cents francs par an.

De temps en temps, sur cette petite place, quand un enfant de Provins y arrive de Paris pour s'y établir, et sort de chez mademoiselle Rogron, un ancien partisan des Tiphaine dit : — Les Rogron ont eu dans les temps une triste affaire à cause d'une pupille...

— Affaire de parti, répond le président Desfondrilles. On a voulu faire croire à des monstruosités. Cette Pierrette était une petite fille assez gentille et sans fortune ; par bonté d'âme ils l'ont prise avec eux ; au moment de se former, elle eut une intrigue avec un garçon menuisier ; elle venait pieds nus à sa fenêtre y causer avec ce garçon, qui se tenait là, voyez-vous ? Les deux amans s'envoyaient des billets doux au moyen d'une ficelle. Vous comprenez que dans son état, aux mois d'octobre et de novembre, il n'en fallait pas davantage pour faire aller à mal une fille qui avait les pâles couleurs. Les Rogron se sont admirablement bien conduits : ils n'ont pas réclamé leur part de l'héritage de cette petite, ils ont tout abandonné à sa grand'mère. La morale de cela, mes amis, est que le diable nous punit toujours d'un bienfait.

— Ah ! mais, c'est bien différent ; le père Frappier me racontait cela tout autrement.

— Le père Frappier consulte plus sa cave que sa mémoire, dit alors un habitué du salon de mademoiselle Rogron.

— Mais le vieux monsieur Habert...

— Oh ! celui-là, vous savez son affaire ?

— Non.

— Eh bien ! il voulait faire épouser sa sœur à monsieur Rogron, le receveur général.

Deux hommes se souviennent chaque jour de Pierrette : le médecin Martener et le major Brigaut, qui seuls connaissent l'épouvantable vérité.

Pour donner à ceci d'immenses proportions, il suffit de rappeler qu'en transportant la scène au moyen-âge et à Rome sur ce vaste théâtre, une jeune fille sublime, Béatrix Cenci, fut conduite au supplice par des raisons et par des intrigues presque analogues à celles qui menèrent Pierrette au tombeau. Béatrix Cenci n'eut pour tout défenseur qu'un artiste, un peintre. Aujourd'hui l'histoire et les vivans, sur la foi du portrait de Guido Reni, condamnent le pape, et font de Béatrix une des plus touchantes victimes des passions infâmes et des factions.

Convenons entre nous que la Légalité serait, pour les friponneries sociales, une belle chose si Dieu n'existait pas.

Novembre 1839.

FIN DE PIERRETTE.

Paris. — Typ. Morris et Comp., 64, rue Amelot.

Scènes de la Vie de Province.

—

LES CÉLIBATAIRES.

—

LE CURÉ DE TOURS.

————

A DAVID, STATUAIRE.

La durée de l'œuvre sur laquelle j'inscris votre nom, deux fois illustre dans ce siècle, est très problématique ; tandis que vous gravez le mien sur le bronze qui survit aux nations, ne fût-il frappé que par le vulgaire marteau du monnayeur. Les numismates ne seront-ils pas embarrassés de tant de têtes couronnées dans votre atelier, quand ils retrouveront parmi les cendres de Paris ces existences par vous perpétuées au delà de la vie des peuples, et dans lesquelles ils voudront voir des dynasties ? A vous donc ce divin privilége, à moi la reconnaissance.

HONORÉ DE BALZAC.

————

Au commencement de l'automne de l'année 1826, l'abbé Birotteau, principal personnage de cette histoire, fut surpris par une averse en revenant de la maison où il était allé passer la soirée. Il traversait donc aussi promptement que son embonpoint pouvait le lui permettre, la petite place déserte nommée le *Cloître*, qui se trouve derrière le chevet de Saint-Gatien, à Tours.

L'abbé Birotteau, petit homme court, de constitution apoplectique, âgé d'environ soixante ans, avait déjà subi plusieurs attaques de goutte. Or, entre toutes les petites misères de la vie humaine, celle pour laquelle le bon prêtre éprouvait le plus d'aversion, était le subit arrosement de ses souliers à larges agrafes d'argent et l'immersion de leurs semelles. En effet, malgré les chaussons de flanelle dans lesquels il s'empaquetait en tout temps les pieds avec le soin que les ecclésiastiques prennent d'eux-mêmes, il y gagnait toujours un peu d'humidité ; puis, le lendemain, la goutte lui donnait infailliblement quelques preuves de sa constance. Néanmoins, comme le pavé du Cloître est toujours sec, que l'abbé Birotteau avait gagné trois livres dix sous au whist chez madame de Listomère, il endura la pluie avec résignation depuis le milieu de la place de l'Archevêché, où elle avait commencé à tomber en abondance. En ce moment, il caressait d'ailleurs sa chimère, un désir déjà vieux de douze ans, un désir de prêtre ! un désir qui,

formé tous les soirs, paraissait alors près de s'accomplir ; enfin, il s'enveloppait trop bien dans l'aumusse d'un canonicat vacant pour sentir les intempéries de l'air : pendant la soirée, les personnes habituellement réunies chez madame de Listomère lui avaient presque garanti sa nomination à la place de chanoine, alors vacante au Chapitre métropolitain de Saint-Gatien, en lui prouvant que personne ne la méritait mieux que lui, dont les droits longtemps méconnus étaient incontestables. S'il eût perdu au jeu, s'il eût appris que l'abbé Poirel, son concurrent, passait chanoine, le bonhomme eût alors trouvé la pluie bien froide. Peut-être eût-il médit de l'existence. Mais il se trouvait dans une de ces rares circonstances de la vie où d'heureuses sensations font tout oublier. En hâtant le pas, il obéissait à un mouvement machinal, et la vérité, si essentielle dans une histoire des mœurs, oblige à dire qu'il ne pensait ni à l'averse, ni à la goutte.

Jadis il existait dans le Cloître, du côté de la Grand'-Rue, plusieurs maisons réunies par une clôture, appartenant à la Cathédrale et où logeaient quelques dignitaires du Chapitre. Depuis l'aliénation des biens du clergé, la ville a fait du passage qui sépare ces maisons une rue, nommée rue de la *Psalette*, et par laquelle on va du Cloître à la Grand'Rue. Ce nom indique suffisamment que là demeurait autrefois le grand Chantre, ses écoles et ceux qui vivaient sous sa dépendance. Le côté gauche de cette rue est rempli par une seule maison dont les murs sont traversés par les arcs-boutans de Saint-Gatien qui sont implantés dans son petit jardin étroit, de manière à laisser en doute si la Cathédrale fut bâtie avant ou après cet antique logis. Mais en examinant les arabesques et la forme des fenêtres, le cintre de la porte, et l'extérieur de cette maison brunie par le temps, un archéologue voit qu'elle a toujours fait partie du monument magnifique avec lequel elle est mariée. Un antiquaire, s'il y en avait à Tours, une des villes les moins littéraires de France, pourrait même reconnaître, à l'entrée du passage dans le Cloître, quelques vestiges de l'arcade qui formait jadis le portail de ces habitations ecclésiastiques et qui devait s'harmonier au caractère général de l'édifice. Située au nord de Saint-Gatien, cette maison se trouve continuellement dans les ombres projetées par cette grande cathédrale sur laquelle le temps a jeté son manteau noir, imprimé ses rides, semé son froid humide, ses mousses et ses hautes herbes. Aussi cette habitation est-elle toujours enveloppée dans un profond silence, interrompu seulement par le bruit des cloches, par le chant des offices qui franchit les murs de l'église, ou par les cris des choucas nichés dans le sommet des clochers. Cet endroit est un désert de pierres, une solitude pleine de physionomie, et qui ne peut être habité que par des êtres arrivés à une nullité complète ou doués d'une force d'âme prodigieuse. La maison dont il s'agit avait toujours été occupée par des abbés, et appartenait à une vieille fille nommée mademoiselle Gamard. Quoique ce bien eût été acquis de la nation, pendant la Terreur, par le père de mademoiselle Gamard, comme depuis vingt ans cette vieille fille y logeait des prêtres, personne ne s'avisait de trouver mauvais, sous la Restauration, qu'une dévote conservât un bien national : peut-être les gens religieux lui supposaient-ils l'intention de le léguer au Chapitre, et les gens du monde n'en voyaient-ils pas la destination changée.

L'abbé Birotteau se dirigeait donc vers cette maison, où il demeurait depuis deux ans. Son appartement avait été, comme l'était alors le canonicat, l'objet de son envie et son *hoc erat in votis* pendant une douzaine d'années. Être le pensionnaire de mademoiselle Gamard, et devenir chanoine, furent les deux grandes affaires de sa vie ; et peut-être résument-elles exactement l'ambition d'un prêtre, qui, se considérant comme en voyage vers l'éternité, ne peut souhaiter en ce monde qu'un bon gîte, une bonne table, des vêtemens propres, des souliers à agrafes d'argent, choses suffisantes pour les besoins de la bête, et un canonicat pour satisfaire l'amour-propre, ce sentiment indicible qui nous suivra, dit-on, jusqu'auprès de Dieu, puisqu'il y a des grades parmi les saints. Mais la convoitise de l'appartement alors habité par l'abbé Birotteau, ce sentiment minime aux yeux des gens du monde, avait été pour lui toute une passion, passion pleine d'obstacles, et, comme les plus criminelles passions, pleine d'espérances, de plaisirs et de remords.

La distribution intérieure et la contenance de sa maison n'avaient pas permis à mademoiselle Gamard d'avoir plus de deux pensionnaires logés. Or, environ douze ans avant le jour où Birotteau devint le pensionnaire de cette fille, elle s'était chargée d'entretenir en joie et en santé monsieur l'abbé Troubert et monsieur l'abbé Chapeloud. L'abbé Troubert vivait. L'abbé Chapeloud était mort, et Birotteau lui avait immédiatement succédé.

Feu monsieur l'abbé Chapeloud, en son vivant chanoine de Saint-Gatien, avait été l'ami intime de l'abbé Birotteau. Toutes les fois que le vicaire était entré chez le chanoine, il en avait admiré constamment l'appartement, les meubles et la bibliothèque. De cette admiration naquit un jour l'envie de posséder ces belles choses. Il avait été impossible à l'abbé Birotteau d'étouffer ce désir, qui souvent le fit horriblement souffrir quand il venait à penser que la mort de son meilleur ami pouvait seule satisfaire cette cupidité cachée, mais qui allait toujours croissant. L'abbé

Chapeloud et son ami Birotteau n'étaient pas riches. Tous deux fils de paysans, ils n'avaient rien autre chose que les faibles émolumens accordés aux prêtres, et leurs minces économies furent employées à passer les temps malheureux de la Révolution. Quand Napoléon rétablit le culte catholique, l'abbé Chapeloud fut nommé chanoine de Saint-Gatien, et Birotteau devint vicaire de la Cathédrale. Chapeloud se mit alors en pension chez mademoiselle Gamard. Lorsque Birotteau vint visiter le chanoine dans sa nouvelle demeure, il trouva l'appartement parfaitement bien distribué ; mais il n'y vit rien autre chose. Le début de cette concupiscence mobilière fut semblable à celui d'une passion vraie, qui, chez un jeune homme, commence quelquefois par une froide admiration pour la femme que plus tard il aimera toujours.

Cet appartement, desservi par un escalier en pierres, se trouvait dans un corps de logis à l'exposition du midi. L'abbé Troubert occupait le rez-de-chaussée, et mademoiselle Gamard le premier étage, du principal bâtiment situé sur la rue. Lorsque Chapeloud entra dans son logement, les pièces étaient nues et les plafonds noircis par la fumée. Les chambranles des cheminées en pierre assez mal sculptée n'avaient jamais été peints. Pour tout mobilier, le pauvre chanoine y mit d'abord un lit, une table, quelques chaises, et le peu de livres qu'il possédait. L'appartement ressemblait à une belle femme en haillons. Mais, deux ou trois ans après, une vieille dame ayant laissé deux mille francs à l'abbé Chapeloud, il employa cette somme à l'emplette d'une bibliothèque en chêne, provenant de la démolition d'un château dépecé par la Bande Noire, et remarquable par des sculptures dignes de l'admiration des artistes. L'abbé fit cette acquisition, séduit moins par le bon marché que par la parfaite concordance qui existait entre les dimensions de ce meuble et celles de la galerie. Ses économies lui permirent alors de restaurer entièrement la galerie jusque là pauvre et délaissée. Le parquet fut soigneusement frotté, le plafond blanchi, et les boiseries furent peintes de manière à figurer les teintes et les nœuds du chêne. Une cheminée de marbre remplaça l'ancienne. Le chanoine eut assez de goût pour chercher et pour trouver de vieux fauteuils en bois de noyer sculpté. Puis une longue table en ébène et deux meubles de Boule achevèrent de donner à cette galerie une physionomie pleine de caractère. Dans l'espace de deux ans, les libéralités de plusieurs personnes dévotes, et les legs de ses pieuses pénitentes, quoique légers, remplirent de livres les rayons de la bibliothèque alors vide. Enfin, un oncle de Chapeloud, ancien Oratorien, lui légua en mourant une collection complète in-folio des Pères de l'Église, et plusieurs autres grands ouvrages précieux pour un ecclésiastique. Birotteau, surpris de plus en plus par les transformations successives de cette galerie jadis nue, arriva par degrés à une involontaire convoitise. Il souhaita posséder ce cabinet, si bien en rapport avec la gravité des mœurs ecclésiastiques. Cette passion s'accrut de jour en jour. Occupé pendant des journées entières à travailler dans cet asile, le vicaire put en apprécier le silence et la paix, après en avoir primitivement admiré l'heureuse distribution. Pendant les années suivantes, l'abbé Chapeloud fit de la cellule un oratoire que ses dévotes amies se plurent à embellir. Plus tard encore, une dame offrit au chanoine pour sa chambre un meuble en tapisserie qu'elle avait faite elle-même pendant longtemps sous les yeux de cet homme aimable sans qu'il en soupçonnât la destination. Il en fut alors de la chambre à coucher comme de la galerie, elle éblouit le vicaire. Enfin, trois ans avant sa mort, l'abbé Chapeloud avait complété le comfortable de son appartement en en décorant le salon. Quoique simplement garni de velours d'Utrecht rouge, le meuble avait séduit Birotteau. Depuis le jour où le camarade du chanoine vit les rideaux de lampas rouge, les meubles d'acajou, le tapis d'Aubusson qui ornaient cette vaste pièce peinte à neuf, l'appartement de Chapeloup devint pour lui l'objet d'une monomanie secrète. Y demeurer, se coucher dans le lit à grands rideaux de soie où couchait le chanoine, et trouver toutes ses aises autour de lui, comme les trouvait Chapeloud, fut pour Birotteau le bonheur complet : il ne voyait rien au delà. Tout ce que les choses du monde font naître d'envie et d'ambition dans le cœur des autres hommes se concentra chez l'abbé Birotteau dans le sentiment secret et profond avec lequel il désirait un intérieur semblable à celui que s'était créé l'abbé Chapeloud. Quand son ami tombait malade, il venait certes chez lui conduit par une sincère affection ; mais, en apprenant l'indisposition du chanoine, ou en lui tenant compagnie, il s'élevait, malgré lui, dans le fond de son âme, mille pensées dont la formule la plus simple était toujours : — Si Chapeloud mourait, je pourrais avoir son logement. Cependant, comme Birotteau avait un cœur excellent, des idées étroites et une intelligence bornée, il n'allait pas jusqu'à concevoir les moyens de se faire léguer la bibliothèque et les meubles de son ami.

L'abbé Chapeloud, égoïste aimable et indulgent, devina la passion de son ami, ce qui n'était pas difficile, et la lui pardonna, ce qui peut sembler moins facile chez un prêtre. Mais aussi le vicaire, dont l'amitié resta toujours la même, ne cessa-t-il pas de se promener avec son ami tous les jours dans la même allée du mail de Tours, sans lui faire tort un seul moment du temps consacré depuis vingt années à cette promenade. Birotteau, qui considérait ses vœux involontaires comme des fautes, eût été capable, par contrition, du plus grand dévoûment pour l'abbé Chapeloud. Celui-ci paya sa dette envers une fraternité si naïvement sincère en disant, quelques jours avant sa mort au vicaire, qui lui lisait la Quotidienne : — Pour cette fois, tu auras l'appartement. Je sens que tout est fini pour moi. En effet, par son testament, l'abbé Chapeloud légua sa bibliothèque et son mobilier à Birotteau. La possession de ces choses, si vivement désirées, et la perspective d'être pris en pension par mademoiselle Gamard, adoucirent beaucoup la douleur que causait à Birotteau la perte de son ami le chanoine : il ne l'aurait peut-être pas ressuscité, mais il le pleura. Pendant quelques jours il fut comme Gargantua, dont la femme étant morte en accouchant de Pantagruel, ne savait s'il devait se réjouir de la naissance de son fils, ou se chagriner d'avoir enterré sa bonne Badbec, et qui se trompait en se réjouissant de la mort de sa femme, et déplorant la naissance de Pantagruel.

L'abbé Birotteau passa les premiers jours de son deuil à vérifier les ouvrages de *sa* bibliothèque, à se servir de *ses* meubles, à les examiner, en disant d'un ton qui, malheureusement, n'a pu être noté : — Pauvre Chapeloud ! Enfin sa joie et sa douleur l'occupaient tant qu'il ne ressentit aucune peine de voir donner à un autre la place de chanoine, dans laquelle feu Chapeloud espérait avoir Birotteau pour successeur. Mademoiselle Gamard ayant pris avec plaisir le vicaire en pension, celui-ci participa dès lors à toutes les félicités de la vie matérielle que lui vantait le défunt chanoine. Incalculables avantages ! A entendre feu l'abbé Chapeloud, aucun de tous les prêtres qui habitaient la ville de Tours ne pouvait être, sans en excepter l'Archevêque, l'objet de soins aussi délicats, aussi minutieux, que ceux prodigués par mademoiselle Gamard à ses deux pensionnaires. Les premiers mots que disait le chanoine à son ami, en se promenant sur le Mail, avaient presque toujours trait au succulent dîner qu'il venait de faire, et il était bien rare que, pendant les sept promenades de la semaine, il ne lui arrivât pas de dire au moins quatorze fois : — Cette excellente fille a certes pour vocation le service ecclésiastique.

— Pensez donc, disait l'abbé Chapeloud à Birotteau, pendant douze années consécutives, linge blanc, aubes, surplis, rabats, rien ne m'a jamais manqué. Je trouve toujours chaque chose en place, en nombre suffisant, et sentant l'iris. Mes meubles sont frottés, et toujours si bien essuyés que, depuis longtemps, je ne connais plus la poussière. En avez-vous vu un seul grain chez moi ? Jamais ! Puis le bois de chauffage est bien choisi, les moindres choses sont excellentes ; bref, il semble que mademoiselle Gamard ait sans cesse un œil dans ma chambre. Je ne me

souviens pas d'avoir sonné deux fois, en dix ans, pour demander quoi que ce fût. Voilà vivre ! N'avoir rien à chercher, pas même ses pantoufles. Trouver toujours bon feu, bonne table. Enfin, mon soufflet m'impatientait, il avait le larynx embarrassé, je ne m'en suis pas plaint deux fois. Brst, le lendemain mademoiselle m'a donné un très joli soufflet, et cette paire de badines avec lesquelles vous me voyez tisonnant.

Birotteau, pour toute réponse, disait : — Sentant l'iris ! Ce *sentant l'iris* le frappait toujours. Les paroles du chanoine accusaient un bonheur fantastique pour le pauvre vicaire, à qui ses rabats et ses aubes faisaient tourner la tête ; car il n'avait aucun ordre, et oubliait assez fréquemment de commander son dîner. Aussi, soit en quêtant, soit en disant la messe, quand il apercevait mademoiselle Gamard à Saint-Gatien, ne manquait-il jamais de lui jeter un regard doux et bienveillant, comme sainte Thérèse pouvait en jeter au ciel. Le bien-être que désire toute créature, et qu'il avait si souvent rêvé, lui était donc échu. Cependant, comme il est difficile à tout le monde, même à un prêtre, de vivre sans un dada, depuis dix-huit mois, l'abbé Birotteau avait remplacé ses deux passions satisfaites par le souhait d'un canonicat. Le titre de chanoine était devenu pour lui ce que doit être la pairie pour un ministre plébéien. Aussi la probabilité de sa nomination, les espérances qu'on venait de lui donner chez madame de Listomère, lui tournaient-elles si bien la tête qu'il ne se rappela y avoir oublié son parapluie qu'en arrivant à son domicile. Peut-être même, la pluie qui tombait alors à torrens, ne s'en serait-il pas souvenu, tant il était absorbé par le plaisir avec lequel il rabâchait en lui-même tout ce qui lui avaient dit, au sujet de sa promotion, les personnes de la société de madame de Listomère, vieille dame chez laquelle il passait la soirée du mercredi. Le vicaire sonna vivement comme pour être à la servante de lui le faire attendre. Puis il se serra dans le coin de la porte, afin de se laisser arroser le moins possible ; mais l'eau qui tombait du toit coula précisément sur le bout de ses souliers, et le vent poussa par momens sur lui certaines bouffées de pluie assez semblables à des douches. Après avoir calculé le temps nécessaire pour sortir de la cuisine et venir tirer le cordon placé sous la porte, il resonna encore de manière à produire un carillon très significatif. — Ils ne peuvent pas être sortis, se dit-il en n'entendant aucun mouvement dans l'intérieur. Et pour la troisième fois il recommença sa sonnerie, qui retentit si aigrement dans la maison, et fut si bien répétée par tous les échos de la Cathédrale, qu'à ce factieux tapage il était impossible de ne pas se réveiller. Aussi, quelques instans après, entendit-il pas sans un certain plaisir mêlé d'humeur les sabots de la servante qui claquaient sur le petit pavé cailloutaux. Néanmoins le malaise du podagre ne finit pas aussitôt qu'il le croyait. Au lieu de tirer le cordon, Marianne fut obligée d'ouvrir la serrure de la porte avec la grosse clef et de défaire les verrous.

— Comment me laissez-vous sonner trois fois par un temps pareil ? dit-il à Marianne.

— Mais, monsieur, vous voyez bien que la porte était fermée. Tout le monde est couché depuis longtemps, les trois quarts de dix heures sont sonnés. Mademoiselle aura cru que vous n'étiez pas sorti.

— Mais vous m'avez bien vu partir, vous ! D'ailleurs mademoiselle sait bien que je vais chez madame de Listomère tous les mercredis.

— Ma foi ! monsieur, j'ai fait ce que mademoiselle m'a commandé de faire, répondit Marianne en fermant la porte.

Ces paroles portèrent à l'abbé Birotteau un coup qui lui fut d'autant plus sensible que sa rêverie l'avait rendu plus complètement heureux. Il se tut, suivit Marianne à la cuisine pour prendre son bougeoir, qu'il supposait y avoir mis. Mais au lieu d'entrer dans la cuisine, Marianne mena l'abbé chez lui, où le vicaire aperçut son bougeoir sur une table qui se trouvait à la porte du salon rouge, dans une espèce d'antichambre formée par le palier de l'escalier auquel le défunt chanoine avait adapté une grande clôture vitrée. Muet de surprise, il entra promptement dans sa chambre, n'y vit pas de feu dans la cheminée, et appela Marianne qui n'avait pas encore eu le temps de descendre.

— Vous n'avez donc pas allumé de feu? dit-il.

— Pardon, monsieur l'abbé, répondit-elle. Il se sera éteint.

Birotteau regarda de nouveau le foyer, et s'assura que le feu était resté couvert depuis le matin.

— J'ai besoin de me sécher les pieds, reprit-il, faites-moi du feu.

Marianne obéit avec la promptitude d'une personne qui avait envie de dormir. Tout en cherchant lui-même ses pantoufles, qu'il ne trouvait pas au milieu de son tapis de lit, comme elles y étaient jadis, l'abbé fit, sur la manière dont Marianne était habillée, certaines observations par lesquelles il lui fut démontré qu'elle ne sortait pas de son lit comme elle le lui avait dit. Il se souvint alors que, depuis environ quinze jours, il était sevré de tous ces petits soins qui, pendant dix-huit mois, lui avaient rendu la vie si douce à porter. Or, comme la nature des esprits étroits les porte à deviner les minuties, il se livra soudain à de très grandes réflexions sur ces quatre événemens, imperceptibles pour tout autre, mais qui pour lui constituaient quatre catastrophes. Il s'agissait évidemment de la perte entière de son bonheur, dans l'oubli des pantoufles, dans le mensonge de Marianne relativement au feu, dans le transport insolite de son bougeoir sur la table de l'antichambre, et dans la station forcée qu'on lui avait ménagée, par la pluie, sur le seuil de la porte.

Quand la flamme eut brillé dans le foyer, quand la lampe de nuit fut allumée, et que Marianne l'eut quitté sans lui demander, comme elle le faisait jadis : — Monsieur a-t-il encore besoin de quelque chose? l'abbé Birotteau se laissa doucement aller dans la belle et ample bergère de son défunt ami; mais le mouvement par lequel il y tomba eut quelque chose de triste. Le bonhomme était accablé sous le pressentiment d'un affreux malheur. Ses yeux se tournèrent successivement sur le beau cartel, sur la commode, sur les siéges, les rideaux, les tapis, le lit en tombeau, le bénitier, le crucifix, sur une Vierge du Valentin, sur un Christ de Lebrun, enfin sur tous les accessoires de cette chambre; et l'expression de sa physionomie révéla les douleurs du plus tendre adieu qu'un amant ait jamais fait à sa première maîtresse, ou un vieillard à ses derniers arbres plantés. Le vicaire venait de reconnaître, un peu tard à la vérité, les signes d'une persécution sourde exercée sur lui depuis environ trois mois par mademoiselle Gamard, dont les mauvaises intentions eussent sans doute été beaucoup plus tôt devinées par un homme d'esprit. Les vieilles filles n'ont-elles pas toutes un certain talent pour accentuer les actions et les mots que la haine leur suggère? Elles égratignent à la manière des chats. Puis, non seulement elles blessent, mais elles éprouvent du plaisir à blesser, et à faire voir à leur victime qu'elles l'ont blessée. Là où un homme du monde ne se serait pas laissé griffer deux fois, le bon Birotteau avait besoin de plusieurs coups de patte dans la figure avant de croire à une intention méchante.

Aussitôt, avec cette sagacité questionneuse que contractent les prêtres habitués à diriger les consciences et à creuser des riens au fond du confessionnal, l'abbé Birotteau se mit à établir, comme s'il s'agissait d'une controverse religieuse, la proposition suivante : — En admettant que mademoiselle Gamard n'ait plus songé à la soirée de madame de Listomère, que Marianne ait oublié de faire mon feu, que l'on m'ait cru rentré; attendu que j'ai descendu ce matin, et moi-même! *mon bougeoir !!!* il est impossible que mademoiselle Gamard, en le voyant dans son salon, ait pu me supposer couché. *Ergo*, mademoiselle Gamard a voulu me laisser à la porte par la pluie; et, en faisant remonter mon bougeoir chez moi, elle a eu l'intention de me faire connaître... — Quoi! dit-il tout haut, emporté par la gravité des circonstances, en se levant

pour quitter ses habits mouillés, prendre sa robe de chambre et se coiffer de nuit. Puis il alla de son lit à la cheminée, en gesticulant et lançant sur des tons différens les phrases suivantes, qui toutes furent terminées d'une voix de fausset, comme pour remplacer des points d'interjection.

— Que diantre lui ai-je fait? Pourquoi m'en veut-elle? Marianne n'a pas dû oublier mon feu! C'est mademoiselle qui lui aura dit de ne pas l'allumer! Il faudrait être un enfant pour ne pas s'apercevoir, au ton et aux manières qu'elle prend avec moi, que j'ai eu le malheur de lui déplaire. Jamais il n'est arrivé rien de pareil à Chapeloud! Il me sera impossible de vivre au milieu des tourmens que... A mon âge...

Il se coucha dans l'espoir d'éclaircir le lendemain matin la cause de la haine qui détruisait à jamais ce bonheur dont il avait joui pendant deux ans, après l'avoir si longtemps désiré. Hélas! les secrets motifs du sentiment que mademoiselle Gamard lui portait devaient lui être éternellement inconnus, non qu'ils fussent difficiles à deviner, mais parce que le pauvre homme manquait de cette bonne foi avec laquelle les grandes âmes et les fripons savent réagir sur eux-mêmes et se juger. Un homme de génie ou un intrigant seuls se disent : — J'ai eu tort. L'intérêt et le talent sont les seuls conseillers consciencieux et lucides. Or, l'abbé Birotteau, dont la bonté allait jusqu'à la bêtise, dont l'instruction n'était en quelque sorte que plaqué à force de travail, qui n'avait aucune expérience du monde ni de ses mœurs, et qui vivait entre la messe et le confessionnal, grandement occupé de décider les cas de conscience les plus légers, en sa qualité de confesseur des pensionnats de la ville et de quelques belles âmes qui l'appréciaient, l'abbé Birotteau pouvait être considéré comme un grand enfant, à qui la majeure partie des pratiques sociales était complétement étrangère. Seulement, l'égoïsme naturel à toutes les créatures humaines, renforcé par l'égoïsme particulier au prêtre, et par celui de la vie étroite que l'on mène en province, s'était insensiblement développé chez lui, sans qu'il s'en doutât. Si quelqu'un eût pu trouver assez d'intérêt à fouiller l'âme du vicaire pour lui démontrer que, dans les infiniment petits détails de sa vie privée et dans les devoirs minimes de sa vie privée, il manquait essentiellement de ce dévouement dont il croyait faire profession, il se serait puni lui-même, et se serait mortifié de bonne foi. Mais ceux que nous offensons, même à notre insu, nous tiennent peu de compte de notre innocence, ils veulent et savent se venger. Donc Birotteau, quelque faible qu'il fût, dut être soumis aux effets de cette grande Justice distributive, qui va toujours chargeant le monde d'exécuter ses arrêts, nommés par certains niais *les malheurs de la vie.*

Il y eut cette différence entre feu l'abbé Chapeloud et le vicaire, que l'un était un égoïste adroit et spirituel, et l'autre un franc et maladroit égoïste. Lorsque l'abbé Chapeloud vint se mettre en pension chez mademoiselle Gamard, il sut parfaitement juger le caractère de son hôtesse. Le confessionnal lui avait appris à connaître tout ce que le malheur de se trouver en dehors de la société met d'amertume au cœur d'une vieille fille, il calcula donc sagement sa conduite chez mademoiselle Gamard. L'hôtesse, n'ayant guère alors que trente-huit ans, gardait encore quelques prétentions, qui, chez ces discrètes personnes, se changent plus tard en une haute estime d'elles-mêmes. Le chanoine comprit que, pour bien vivre avec mademoiselle Gamard, il devait lui toujours accorder les mêmes attentions et les mêmes soins, être plus infaillible que ne l'est le pape. Pour obtenir ce résultat, il ne laissa s'établir entre elle et lui que les points de contact strictement ordonnés par la politesse, et ceux qui existent nécessairement entre des personnes vivant sous le même toit. Ainsi, quoique l'abbé Troubert et lui fissent régulièrement trois repas par jour, il s'était abstenu de partager le déjeuner commun, en habituant mademoiselle Gamard à lui envoyer dans son lit une tasse de café à la crème. Puis, il avait évité les ennuis du souper en prenant tous les soirs du thé dans les maisons où il allait passer ses soirées. Il voyait ainsi rarement son hôtesse à un autre moment de la journée que celui du dîner ; mais il venait toujours quelques instans avant l'heure fixée. Durant cette espèce de visite polie, il lui avait adressé, pendant les douze années qu'il passa sous son toit, les mêmes questions, en obtenant d'elle les mêmes réponses. La manière dont avait dormi mademoiselle Gamard durant la nuit, son appétit, les petits événemens domestiques, l'air de son visage, l'hygiène de sa personne, le temps qu'il faisait, la durée des offices, les incidens de la messe, enfin la santé de tel ou tel prêtre, faisaient tous les frais de cette conversation périodique. Pendant le dîner, il procédait toujours par des flatteries indirectes, allant sans cesse de la qualité d'un poisson, du bon goût des assaisonnemens ou des qualités d'une sauce, aux qualités de la maîtresse de maison. Il était sûr de caresser toutes les vanités de la vieille fille en vantant l'art avec lequel étaient faits ou préparés ses confitures, ses cornichons, ses conserves, ses pâtés, et autres inventions gastronomiques. Enfin, jamais le rusé chanoine n'était sorti du salon jaune de son hôtesse sans dire que, dans aucune maison de Tours, on ne prenait du café aussi bon que celui qu'il venait d'y déguster. Grâce à cette parfaite entente du caractère de mademoiselle Gamard, et à cette science d'existence professée pendant douze années par le chanoine, il n'y eut jamais entre eux matière à discuter le moindre point de discipline intérieure. L'abbé Chapeloud avait tout d'abord reconnu les angles, les aspérités, le rêche de cette vieille fille, et réglé l'action des tangentes inévitables entre leurs personnes, de manière à obtenir d'elle toutes les concessions nécessaires au bonheur et à la tranquillité de sa vie. Aussi, mademoiselle Gamard disait-elle que l'abbé Chapeloud était un homme très aimable, extrêmement facile à vivre, et de beaucoup d'esprit.

Quant à l'abbé Troubert, la dévote n'en disait absolument rien. Complétement entré dans le mouvement de sa vie comme un satellite dans l'orbite de sa planète, Troubert était pour elle une sorte de créature intermédiaire entre les individus de l'espèce humaine et ceux de l'espèce canine ; il se trouvait classé dans son cœur immédiatement avant la place destinée aux amis et celle occupée par un gros carlin poussif qu'elle aimait tendrement ; elle le gouvernait entièrement, et la promiscuité de leurs intérêts devint si grande, que bien des personnes, parmi celles de la société de mademoiselle Gamard, pensaient que l'abbé Troubert avait des vues sur la fortune de la vieille fille, se l'attachait insensiblement par une continuelle patience, et la dirigeait d'autant mieux qu'il paraissait lui obéir, sans laisser apercevoir en lui le moindre désir de la mener.

Lorsque l'abbé Chapeloud mourut, la vieille fille, qui voulait un pensionnaire de mœurs douces, pensa naturellement au vicaire. Le testament du chanoine n'était pas encore connu, que déjà mademoiselle Gamard méditait de donner le logement du défunt à son bon abbé Troubert, qu'elle trouvait mal au rez-de-chaussée. Mais quand l'abbé Birotteau vint stipuler avec la vieille fille les conventions chirographaires de sa pension, elle le vit si fort épris de cet appartement pour lequel il avait nourri si longtemps des désirs dont la violence pouvait alors être avouée, qu'elle n'osa lui parler d'un échange, et fit céder l'affection aux exigences de l'intérêt. Pour consoler le bien-aimé chanoine, mademoiselle remplaça les larges briques blanches de Château-Regnault qui formaient le carrelage de l'appartement par un parquet en point de Hongrie, et reconstruisit une cheminée qui fumait.

L'abbé Birotteau avait vu pendant douze ans son ami Chapeloud, sans avoir jamais eu la pensée de chercher d'où procédait l'extrême circonspection de ses rapports avec mademoiselle Gamard. En venant demeurer chez cette sainte fille, il se trouvait dans la situation d'un amant sur le point d'être heureux. Quand il n'aurait pas été déjà naturellement aveugle d'intelligence, ses yeux étaient trop

éblouis par le bonheur pour qu'il lui fût possible de juger mademoiselle Gamard, et de réfléchir sur la mesure à mettre dans ses relations journalières avec elle.

Mademoiselle Gamard, vue de loin et à travers le prisme des félicités matérielles que le vicaire rêvait de goûter près d'elle, lui semblait une créature parfaite, une chrétienne accomplie, une personne essentiellement charitable, la femme de l'Évangile, la vierge sage, décorée de ces vertus humbles et modestes qui répandent sur la vie un céleste parfum. Aussi, avec tout l'enthousiasme d'un homme qui parvient à un but longtemps souhaité, avec la candeur d'un enfant et la niaise étourderie d'un vieillard sans expérience mondaine, entra-t-il dans la vie de mademoiselle Gamard, comme une mouche se prend dans la toile d'une araignée. Ainsi, le premier jour où il vint dîner et coucher chez la vieille fille, il fut retenu dans son salon par le désir de faire connaissance avec elle, aussi bien que par cet inexplicable embarras qui gêne souvent les gens timides, et leur fait craindre d'être impolis en interrompant une conversation pour sortir. Il y resta donc pendant toute la soirée.

Une autre vieille fille, amie de Birotteau, nommée mademoiselle Salomon de Villenoix, vint le soir. Mademoiselle Gamard eut alors la joie d'organiser chez elle une partie de boston. Le vicaire trouva, en se couchant, qu'il avait passé une très agréable soirée. Ne connaissant encore que fort légèrement mademoiselle Gamard et l'abbé Troubert, il n'aperçut que la superficie de leurs caractères. Peu de personnes montrent tout d'abord leurs défauts à nu. Généralement, chacun tâche de se donner une écorce attrayante. L'abbé Birotteau conçut donc le charmant projet de consacrer ses soirées à mademoiselle Gamard, au lieu d'aller les passer au dehors. L'hôtesse avait, depuis quelques années, enfanté un désir qui se reproduisait plus fort de jour en jour. Ce désir, que forment les vieillards et même les jolies femmes, était devenu chez elle une passion semblable à celle de Birotteau pour l'appartement de son ami Chapeloud, et tenait au cœur de la vieille fille par les sentimens d'orgueil et d'égoïsme, d'envie et de vanité, qui préexistent chez les gens du monde. Cette histoire est de tous les temps : il suffit d'étendre un peu le cercle étroit au fond duquel vont agir ces personnages pour trouver la raison coefficiente des événemens qui arrivent dans les sphères les plus élevées de la société.

Mademoiselle Gamard passait alternativement ses soirées dans six ou huit maisons différentes. Soit qu'elle regrettât d'être obligée d'aller chercher le monde et se crût en droit, à son âge, d'en exiger quelque retour ; soit que son amour-propre eût été froissé de ne point avoir de société à elle ; soit enfin que sa vanité désirât les complimens et les avantages dont elle voyait jouir ses amies, toute son ambition était de rendre son salon le point d'une réunion vers laquelle chaque soir un certain nombre de personnes se dirigeassent *avec plaisir*. Quand Birotteau et son amie mademoiselle Salomon eurent passé quelques soirées chez elle, en compagnie du fidèle et patient abbé Troubert ; un soir, en sortant de Saint-Gatien, mademoiselle Gamard dit aux bonnes amies, de qui elle se considérait comme l'esclave jusqu'alors, que les personnes qui voulaient la voir pouvaient bien une fois par semaine chez elle, où elle réunissait un nombre d'amis suffisant pour faire une partie de boston ; elle ne devait pas laisser seul Birotteau, son nouveau pensionnaire ; mademoiselle Salomon n'avait pas encore manqué une seule soirée de la semaine ; elle appartenait à ses amis, et que... et que... etc... Ses paroles furent d'autant plus humblement altières et abondamment doucereuses, que mademoiselle Salomon de Villenoix tenait à la société la plus aristocratique de Tours. Quoique mademoiselle Salomon vînt uniquement par amitié pour le vicaire, mademoiselle Gamard triomphait de l'avoir dans son salon, et se vit, grâce à l'abbé Birotteau, sur le point de faire réussir son grand dessein de former un cercle qui dût devenir aussi nombreux, aussi agréable que l'étaient ceux de mademoiselle Merlin de La Blottière et autres dévotes en possession de recevoir la société pieuse de Tours.

Mais, hélas! l'abbé Birotteau fit avorter l'espoir de mademoiselle Gamard. Or, si tous ceux qui dans leur vie sont parvenus à jouir d'un bonheur souhaité longtemps, ont compris la joie que put avoir le vicaire en se couchant dans le lit de Chapeloud, ils devront aussi prendre une légère idée du chagrin que mademoiselle Gamard ressentit au renversement de son plan favori. Après avoir pendant six mois accepté son bonheur assez patiemment, Birotteau déserta le logis, entraînant avec lui mademoiselle Salomon. Malgré des efforts inouïs, l'ambitieuse Gamard avait à peine recruté cinq en vertu de l'arrêt, dont l'assiduité fut très problématique, et il fallait au moins quatre gens fidèles pour constituer un boston. Elle fut donc forcée de faire amende honorable et de retourner chez ses anciennes amies, car les vieilles filles se trouvent en trop mauvaise compagnie avec elles-mêmes pour ne pas rechercher les agrémens équivoques de la société.

La cause de cette désertion est facile à concevoir. Quoique le vicaire fût un de ceux auxquels le paradis doit un jour appartenir en vertu de l'arrêt : *Bienheureux les pauvres d'esprit!* il ne pouvait, comme beaucoup de sots, supporter l'ennui que lui causaient d'autres sots. Les gens sans esprit ressemblent aux mauvaises herbes qui se plaisent dans les bons terrains, et ils aiment d'autant plus être amusés qu'ils s'ennuient eux-mêmes. L'incarnation de l'ennui dont ils sont victimes, jointe au besoin qu'ils éprouvent de divorcer perpétuellement avec eux-mêmes, produit cette passion pour le mouvement, cette nécessité d'être toujours là où ils ne sont pas, qui les distingue, ainsi que les êtres dépourvus de sensibilité, et ceux dont la destinée est manquée, ou qui souffrent par leur faute.

Sans trop sonder le vide, la nullité de mademoiselle Gamard, ni sans s'expliquer la petitesse de ses idées, le pauvre abbé Birotteau s'aperçut un peu tard, pour son malheur, des défauts qu'elle partageait avec toutes les vieilles filles et de ceux qui lui étaient particuliers. Le mal, chez autrui, tranche si vigoureusement sur le leur, qu'il nous frappe presque toujours la vue avant de nous blesser. Ce phénomène moral justifierait, au besoin, la pente qui nous porte plus ou moins vers la médisance. Il est, socialement parlant, si naturel de se moquer des imperfections d'autrui, que nous devrions pardonner le bavardage railleur que nos ridicules autorisent, et ne nous étonner que de la calomnie. Mais les yeux du bon vicaire n'étaient jamais à ce point d'optique qui permet aux gens du monde de voir et d'éviter promptement les aspérités du voisin ; il fut donc obligé, pour reconnaître les défauts de son hôtesse, de subir l'avertissement que donne la nature à toutes ses créations, la douleur !

Les vieilles filles n'ayant pas fait plier leur caractère et leur vie à une autre vie ni à d'autres caractères, comme l'exige la destinée de la femme, ont, pour la plupart, la manie de vouloir tout faire plier autour d'elles. Chez mademoiselle Gamard, ce sentiment dégénérait en despotisme ; mais ce despotisme ne pouvait se prendre qu'à de petites choses. Ainsi, entre mille exemples, le panier de fiches et de jetons posé sur la table de boston pour l'abbé Birotteau devait rester à la place où elle l'avait mis ; et l'abbé la contrariait vivement en le dérangeant, ce qui arrivait presque tous les soirs. D'où procédait cette susceptibilité stupidement portée sur des riens, et quel en était le but ? Personne n'eût pu le dire, mademoiselle Gamard ne le savait pas elle-même. Quoique très mouton de sa nature, le nouveau pensionnaire n'aimait cependant pas plus que les brebis à sentir trop souvent la houlette, surtout quand elle est armée de pointes. Sans s'expliquer la haute patience de l'abbé Troubert, Birotteau voulut se soustraire au bonheur que mademoiselle Gamard prétendait lui assaisonner à sa manière, car elle croyait qu'il en était du bonheur comme de ses confitures ; mais le malheureux s'y prit assez maladroitement, par suite de la naïveté de son caractère. Cette séparation n'eut donc pas lieu sans bien des tiraille-

mens et des picoteries auxquels l'abbé Birotteau s'efforça de ne pas se montrer sensible.

À l'expiration de la première année qui s'écoula sous le toit de mademoiselle Gamard, le vicaire avait repris ses anciennes habitudes en allant passer deux soirées par semaine chez madame de Listomère, trois chez mademoiselle Salomon, et les deux autres chez mademoiselle Merlin de La Blottière. Ces personnes appartenaient à la partie aristocratique de la société tourangelle, où mademoiselle Gamard n'était point admise. Aussi l'hôtesse fut-elle vivement outragée par l'abandon de l'abbé Birotteau, qui lui faisait sentir son peu de valeur : toute espèce de choix impliquait un mépris pour l'objet refusé.

— Monsieur Birotteau ne nous a pas trouvés assez aimables, dit l'abbé Troubert aux amis de mademoiselle Gamard lorsqu'elle fut obligée de renoncer à ses soirées. C'est un homme d'esprit, un gourmet ! Il lui faut du beau monde, du luxe, des conversations à saillies, les médisances de la ville.

Ces paroles amenaient toujours mademoiselle Gamard à justifier l'excellence de son caractère aux dépens de Birotteau.

— Il n'a pas déjà tant d'esprit, disait-elle. Sans l'abbé Chapeloud, il n'aurait jamais été reçu chez madame de Listomère. Oh! j'ai bien perdu en perdant l'abbé Chapeloud. Quel homme aimable et facile à vivre ! Enfin, pendant douze ans, je n'ai pas eu la moindre difficulté ni le moindre désagrément avec lui.

Mademoiselle Gamard fit de l'abbé Birotteau un portrait si peu flatteur, que l'innocent pensionnaire passa dans cette société bourgeoise, secrètement ennemie de la société aristocratique, pour un homme essentiellement difficultueux et très difficile à vivre. Puis la vieille fille eut, pendant quelques semaines, le plaisir de s'entendre plaindre par ses amies, qui, sans penser un mot de ce qu'elles disaient, ne cessèrent de lui répéter : — Comment vous, si douce et si bonne, avez-vous inspiré de la répugnance... Ou : — Consolez-vous, ma chère mademoiselle Gamard, vous êtes si bien connue que... etc.

Mais, enchantées d'éviter une soirée par semaine dans le Cloître, l'endroit le plus désert, le plus sombre et le plus éloigné du centre qu'il y ait à Tours, toutes bénissaient le vicaire.

Entre personnes sans cesse en présence, la haine et l'amour vont toujours croissant : on trouve à tout moment des raisons pour s'aimer ou se haïr mieux. Aussi l'abbé Birotteau devint-il insupportable à mademoiselle Gamard. Dix-huit mois après son prise en pension, au moment où le bonhomme croyait voir la paix du contentement dans le silence de la haine, et s'applaudissait d'avoir su *très bien corder* avec la vieille fille, pour se servir de son expression, il fut pour elle l'objet d'une persécution sourde et d'une vengeance froidement calculée. Les quatre circonstances capitales de la porte fermée, des pantoufles oubliées, du manque de feu, du bougeoir porté chez lui, pouvaient seules lui révéler cette inimitié terrible dont les dernières conséquences ne devaient le frapper qu'au moment où elles seraient irréparables. Tout en s'endormant, le bon vicaire se creusait donc, mais inutilement, la cervelle, et certes il en sentait bien vite le fond, pour s'expliquer la conduite singulièrement impolie de mademoiselle Gamard. En effet, ayant agi jadis très logiquement en obéissant aux lois naturelles de son égoïsme, il lui était impossible de deviner ses torts envers son hôtesse.

Si les choses grandes sont simples à comprendre, faciles à exprimer, les petitesses de la vie veulent beaucoup de détails. Les événemens qui constituent en quelque sorte l'avant-scène de ce drame bourgeois, mais où les passions se retrouvent tout aussi violentes que si elles étaient excitées par de grands intérêts, exigeaient cette longue introduction, et il eût été difficile à un historien exact d'en resserrer les minutieux développemens.

Le lendemain matin, en s'éveillant, Birotteau pensa si fortement à son canonicat qu'il ne songeait plus aux quatre circonstances dans lesquelles il avait aperçu, la veille, les sinistres pronostics d'un avenir plein de malheurs. Le vicaire n'était pas homme à se lever sans feu, il sonna pour avertir Marianne de son réveil et la faire venir chez lui : puis il resta, selon son habitude, plongé dans les rêvasseries somnolescentes pendant lesquelles la servante avait coutume, en lui embrasant la cheminée, de l'arracher doucement à ce dernier sommeil par les bourdonnemens de ses interpellations et de ses allures, espèce de musique qui lui plaisait. Une demi-heure se passa sans que Marianne eût paru. Le vicaire, à moitié chanoine, allait sonner de nouveau, quand il laissa le cordon de sa sonnette en entendant le bruit d'un pas d'homme dans l'escalier. En effet, l'abbé Troubert, après avoir discrètement frappé à la porte, entra sur l'invitation de Birotteau.

Cette visite, que les deux abbés se faisaient assez régulièrement une fois par mois l'un à l'autre, ne surprit point le vicaire. Le chanoine s'étonna, dès l'abord, que Marianne n'eût pas encore allumé le feu de son quasi-collègue. Il ouvrit une fenêtre, appela Marianne d'une voix rude, lui dit de venir chez Birotteau ; puis, se retournant vers son frère : — Si mademoiselle apprenait que vous n'avez pas de feu, elle gronderait Marianne.

Après cette phrase, il s'enquit de la santé de Birotteau, et lui demanda d'une voix douce s'il avait quelques nouvelles récentes qui lui fissent espérer d'être nommé chanoine. Le vicaire lui expliqua ses démarches, et lui dit naïvement quelles étaient les personnes auprès desquelles madame de Listomère agissait, ignorant que Troubert n'avait jamais su pardonner à cette dame de ne pas l'avoir admis chez elle, lui, l'abbé Troubert, déjà deux fois désigné pour être vicaire-général du diocèse.

Il était impossible de rencontrer deux figures qui offrissent autant de contrastes qu'en présentaient celles de ces deux abbés. Troubert, grand et sec, avait un teint jaune et bilieux, tandis que le vicaire était ce qu'on appelle familièrement grassouillet. Ronde et rougeaude, la figure de Birotteau peignait une bonhomie sans idées ; tandis que celle de Troubert, longue et creusée par des rides profondes, contractait en certains momens une expression pleine d'ironie ou de dédain : mais il fallait cependant l'examiner avec attention pour y découvrir ces deux sentimens. Le chanoine restait habituellement dans un calme parfait, en tenant ses paupières presque toujours baissées sur deux yeux orangés dont le regard devenait à son gré clair et perçant. Des cheveux roux complétaient cette sombre physionomie, sans cesse obscurcie par le voile que de graves méditations jettent sur les traits. Plusieurs personnes avaient pu d'abord le croire absorbé par une haute et profonde ambition ; mais celles qui prétendaient le mieux connaître avaient fini par détruire cette opinion en le montrant hébété par le despotisme de mademoiselle Gamard, ou fatigué par de trop longs jeûnes. Il parlait rarement et ne riait jamais. Quand il lui arrivait d'être agréablement ému, il lui échappait un sourire faible qui se perdait dans les plis de son visage. Birotteau était, au contraire, tout expansion, tout franchise, aimait les bons morceaux, et s'amusait à cette bagatelle de la simplicité d'un homme sans fiel ni malice. L'abbé Troubert causait, à la première vue, un sentiment de terreur involontaire, tandis que le vicaire arrachait un sourire doux à ceux qui le voyaient. Quand, à travers les arcades et les nefs de Saint-Gatien, le haut chanoine marchait d'un pas solennel, le front incliné, l'œil sévère, il excitait le respect : sa figure cambrée était en harmonie avec les voussures jaunes de la cathédrale, les plis de sa soutane avaient quelque chose de monumental, digne de la statuaire. Mais le bon vicaire y circulait sans gravité, trottait, piétinait en paraissant rouler sur lui-même. Ces deux hommes avaient néanmoins une ressemblance. De même que l'air ambitieux de Troubert, en donnant lieu de le redouter, avait contribué peut-être à le faire condamner au rôle insignifiant de simple chanoine, le caractère et la tournure de Birotteau semblaient le vouer éternellement au vicariat de la cathédrale. Cependant l'abbé Troubert, arrivé à l'âge de cinquante ans, avait tout à fait dissipé, par la mesure de sa conduite, par l'apparence d'un manque total d'ambition, et par sa vie toute sainte, les craintes que sa capacité soupçonnée et son terrible extérieur avaient inspirées à ses supérieurs. Sa santé s'étant même gravement altérée depuis un an, sa prochaine élévation au vicariat-général de l'archevêché paraissait probable. Ses compétiteurs eux-mêmes souhaitaient sa nomination, afin de pouvoir mieux préparer la leur pendant le peu de jours qui lui seraient accordés par une maladie devenue chronique. Loin d'offrir les mêmes espérances, le triple menton de Birotteau présentait aux concurrens qui lui disputaient son canonicat les symptômes d'une santé florissante, mais secrètement et avec beaucoup d'esprit, à l'élévation de l'abbé Troubert ; il lui avait même très adroitement interdit l'accès de tous les salons où se réunissait la meilleure société de Tours, quoique pendant sa vie Troubert l'eût traité sans cesse avec un grand respect, en lui témoignant en toute occasion la plus haute déférence. Cette constante soumission n'avait pu changer l'opinion du défunt chanoine qui, pendant sa dernière promenade, disait encore à Birotteau : — Défiez-vous de ce grand sec de Troubert ! C'est Sixte-Quint réduit aux proportions de l'Évêché. Tel était l'ami, le commensal de mademoiselle Gamard, qui venait, le lendemain même du jour où elle avait pour ainsi dire déclaré la guerre au pauvre Birotteau, le visiter et lui donner des marques d'amitié.

— Il faut excuser Marianne, dit le chanoine en la voyant entrer. Je pense qu'elle a commencé par venir chez moi. Mon appartement est très humide, et j'ai beaucoup toussé pendant toute la nuit. Vous êtes très sainement ici, ajouta-t-il en regardant les corniches.

— Oh ! je suis ici en chanoine, répondit Birotteau en souriant.

— Et moi en vicaire, répliqua l'humble prêtre.

— Oui, mais vous logerez bientôt à l'Archevêché, dit le bon prêtre qui voulait que tout le monde fût heureux.

— Oh ! ou dans le cimetière. Mais que la volonté de Dieu soit faite ! Et Troubert leva les yeux au ciel par un mouvement de résignation. — Je venais, ajouta-t-il, vous prier de me prêter le *Pouillé* des évêques. Il n'y a que vous à Tours qui ayez cet ouvrage.

— Prenez-le dans ma bibliothèque, répondit Birotteau que la dernière phrase du chanoine fit ressouvenir de toutes les jouissances de sa vie.

Le grand chanoine passa dans la bibliothèque, et y resta pendant le temps que le vicaire mit à s'habiller. Bientôt la cloche du déjeuner se fit entendre, et le goutteux pensant que, sans la visite de Troubert, il n'aurait pas eu de feu pour se lever, se dit : — C'est un bon homme !

Les deux prêtres descendirent ensemble, armés chacun d'un énorme in-folio, qu'ils posèrent sur une des consoles de la salle à manger.

— Qu'est-ce que c'est que ça ? demanda d'une voix aigre mademoiselle Gamard en s'adressant à Birotteau. J'espère que vous n'allez pas encombrer ma salle à manger de vos bouquins.

— C'est des livres dont j'ai besoin, répondit l'abbé Troubert, monsieur le vicaire a la complaisance de me les prêter.

— J'aurais dû deviner cela, dit-elle en laissant échapper un sourire de dédain. Monsieur Birotteau ne lit pas souvent dans ces gros livres-là.

— Comment vous portez-vous, mademoiselle ? reprit le pensionnaire d'une voix flûtée.

— Mais pas très bien, répondit-elle sèchement. Vous êtes cause que j'ai été réveillée hier pendant mon premier sommeil, et toute ma nuit s'en est ressentie. En s'asseyant, mademoiselle Gamard ajouta : — Messieurs le lait va se refroidir.

Stupéfait d'être si aigrement accueilli par son hôtesse quand il en attendait des excuses, mais effrayé, comme le sont les gens timides, par la perspective d'une discussion, surtout quand ils en sont l'objet, le pauvre vicaire s'assit en silence. Puis, en reconnaissant dans le visage de mademoiselle Gamard les symptômes d'une mauvaise humeur apparente, il resta constamment en guerre avec sa raison, qui lui ordonnait de ne pas souffrir le manque d'égards de son hôtesse, tandis que son caractère le portait à éviter une querelle. En proie à cette angoisse intérieure, Birotteau commença par examiner sérieusement les grandes hachures vertes peintes sur le gros taffetas ciré que, par un usage immémorial, mademoiselle Gamard laissait pendant le déjeuner sur la table, sans avoir égard ni aux bords usés ni aux nombreuses cicatrices de cette couverture. Les deux pensionnaires se trouvaient établis, chacun dans un fauteuil de canne, en face l'un de l'autre, à chaque bout de cette table royalement carrée, dont le centre était occupé par l'hôtesse, et qu'elle dominait du haut de sa chaise à patins, garnie de coussins et adossée au poêle de la salle à manger. Cette pièce et le salon commun étaient situés au rez-de-chaussée, sous la chambre et le salon de l'abbé Birotteau. Lorsque le vicaire eut reçu de mademoiselle Gamard sa tasse de café sucrée, il fut glacé du profond silence dans lequel il allait accomplir l'acte si habituellement gai de son déjeuner. Il n'osait regarder ni la figure aride de Troubert, ni le visage menaçant de la vieille fille, et se tourna par contenance vers un gros carlin chargé d'embonpoint, qui, couché sur un coussin près du poêle, n'en bougeait jamais, trouvant toujours à sa gauche un petit plat rempli de friandises, et à sa droite un bol plein d'eau claire.

— Eh bien ! mon mignon, lui dit-il, tu attends ton café ? Ce personnage, l'un des plus importans au logis, mais peu gênant en ce qu'il n'aboyait plus et laissait la parole à sa maîtresse, leva sur Birotteau ses petits yeux perdus sous les plis formés dans son masque par la graisse, puis il les referma sournoisement. Pour comprendre la souffrance du pauvre vicaire, il est nécessaire de dire que, doué d'une loquacité vide et sonore comme le retentissement d'un ballon, il prétendait, sans avoir jamais pu donner aux médecins une seule raison de sa doctrine, que les paroles favorisaient la digestion. Mademoiselle, qui partageait cette doctrine hygiénique, n'avait pas encore manqué, malgré leur mésintelligence, à causer pendant les repas : mais, depuis plusieurs matinées, le vicaire avait usé vainement son intelligence à lui faire des questions insidieuses pour parvenir à lui délier la langue. Si les bornes étroites dans lesquelles se renferme cette histoire avaient permis de rapporter une seule de ces conversations, qui excitaient presque toujours le sourire amer et sardonique de l'abbé Troubert, elle eût offert une peinture achevée de la vie béotienne des provinciaux. Quelques gens d'esprit n'apprendraient peut-être pas sans plaisir les étranges développemens que l'abbé Birotteau et mademoiselle Gamard donnaient à leurs opinions personnelles sur la politique, la religion et la littérature. Il y aurait certes quelque chose de comique à exposer : soit les raisons qu'ils avaient tous deux de douter sérieusement, en 1826, de la mort de Napoléon ; soit les conjectures qui les faisaient croire à l'existence de Louis XVII, sauvé dans le creux d'une grosse bûche. Qui n'eût pas ri de les entendre établissant, par des raisons bien évidemment à eux, que le roi de France disposait seul des impôts, que les Chambres étaient assemblées pour détruire le clergé, qu'il était mort plus de treize cent mille personnes sur l'échafaud pendant la Révolution ? Puis, ils parlaient de la Presse sans connaître le nombre des journaux, sans avoir la moindre idée de ce qu'était cet instrument moderne. Enfin, monsieur Birotteau écoutait avec attention mademoiselle Gamard, quand elle disait qu'un homme nourri d'un œuf chaque matin devait infailliblement mourir à la fin de l'année, et que

cela s'était vu ; qu'un petit pain mollet, mangé sans boire pendant quelques jours, guérissait de la sciatique ; que tous les ouvriers qui avaient travaillé à la démolition de l'abbaye Saint-Martin étaient morts dans l'espace de six mois ; que certain préfet avait fait tout son possible, sous Bonaparte, pour ruiner les tours de Saint-Gatien, et mille autres contes absurdes.

Mais en ce moment Birotteau se sentit la langue morte, il se résigna donc à manger sans entamer la conversation. Bientôt il trouva ce silence dangereux pour son estomac, et dit hardiment : — Voilà du café excellent ! Cet acte de courage fut complétement inutile. Après avoir regardé le ciel par le petit espace qui séparait, au-dessus du jardin, les deux arcs-boutans noirs de Saint-Gatien, le vicaire eut encore le courage de dire : — Il fera plus beau aujourd'hui qu'hier...

A ce propos, mademoiselle Gamard se contenta de jeter la plus gracieuse de ses œillades à l'abbé Troubert, et reporta ses yeux empreints d'une sévérité terrible sur Birotteau, qui heureusement avait baissé les siens.

Nulle créature du genre féminin n'était plus capable que mademoiselle Sophie Gamard de formuler la nature élégiaque de la vieille fille ; mais, pour bien peindre un être dont le caractère prête un intérêt immense aux petits événemens de ce drame, et à la vie antérieure des personnages qui en sont les acteurs, peut-être faut-il résumer ici les idées dont l'expression se trouve chez la vieille fille : la vie habituelle fait l'âme, et l'âme fait la physionomie. Si tout, dans la société comme dans le monde, doit avoir une fin, il y a certes ici-bas quelques existences dont le but et l'utilité sont inexplicables. La morale et l'économie politique repoussent également l'individu qui consomme sans produire, qui tient une place sur terre sans répandre autour de lui ni bien ni mal ; car le mal est sans doute un bien dont les résultats ne se manifestent pas immédiatement. Il est rare que les vieilles filles ne se rangent pas d'elles-mêmes dans la classe de ces êtres improductifs. Or, si la conscience du son travail donne à l'être agissant un sentiment de satisfaction qui l'aide à supporter la vie, la certitude d'être à charge ou même inutile doit produire un effet contraire, et inspirer pour lui-même à l'être inerte le mépris qu'il excite chez les autres. Cette dure réprobation sociale est une des causes qui, à l'insu des vieilles filles, contribuent à mettre dans leurs âmes le chagrin qu'expriment leurs figures. Un préjugé dans lequel il y a du vrai peut-être jette constamment partout, et en France encore plus qu'ailleurs, une grande défaveur sur la femme avec laquelle personne n'a voulu ni partager les biens ni supporter les maux de la vie. Or, il arrive pour les filles un âge où le monde, à tort ou à raison, les condamne sur le dédain dont elles sont victimes. Laides, la bonté de leur caractère devait racheter les imperfections de la nature ; jolies, leur malheur a dû être fondé sur des causes graves. On ne sait lesquelles, des unes ou des autres, sont les plus dignes de rebut. Si leur célibat a été raisonné, s'il est un vœu d'indépendance, ni les hommes, ni les mères ne leur pardonnent d'avoir menti au dévouement de la femme, en s'étant refusées aux passions qui rendent leur sexe si touchant : renoncer à ses douleurs, c'est en abdiquer la poésie, et ne plus mériter les douces consolations auxquelles une mère a toujours d'incontestables droits. Puis les sentimens généreux, les qualités exquises de la femme ne se développent que par leur constant exercice ; en restant fille, une créature du sexe féminin n'est plus qu'un non-sens : égoïste et froide, elle fait horreur. Cet arrêt implacable est malheureusement trop juste pour que les vieilles filles en ignorent les motifs. Ces idées germent dans leur cœur aussi naturellement que les effets de leur triste vie se reproduisent dans leurs traits. Donc elles se flétrissent, parce que l'expansion constante ou le bonheur qui épanouit la figure des femmes et jette tant de mollesse dans leurs mouvemens n'a jamais existé chez elles. Puis elles deviennent âpres et chagrines, parce qu'un être qui a manqué sa vocation est malheureux ; il souffre, et la souffrance engendre la méchanceté. En effet, avant de s'en rendre à elle-même de son isolement, une fille en accuse longtemps le monde. De l'accusation à un désir de vengeance, il n'y a qu'un pas. Enfin, la mauvaise grâce répandue sur leurs personnes est encore un résultat nécessaire de leur vie. N'ayant jamais senti le besoin de plaire, l'élégance, le bon goût leur restent étrangers. Elles ne voient qu'elles en elles-mêmes. Ce sentiment les porte insensiblement à choisir les choses qui leur sont commodes, au détriment de celles qui peuvent être agréables à autrui. Sans se bien rendre compte de leur dissemblance avec les autres femmes, elles finissent par l'apercevoir et par en souffrir. La jalousie est un sentiment indélébile dans les cœurs féminins. Les vieilles filles sont donc jalouses à vide, et ne connaissent que les malheurs de la seule passion que les hommes pardonnent au beau sexe parce qu'elle les flatte. Ainsi, torturées dans tous leurs vœux, obligées de se refuser aux développemens de leur nature, les vieilles filles éprouvent toujours une gêne intérieure à laquelle elles ne s'habituent jamais. N'est-il pas dur à tout âge, surtout pour une femme, de lire sur les visages un sentiment de répulsion, quand il est dans sa destinée de n'éveiller autour d'elle, dans les cœurs, que des sensations gracieuses? Aussi le regard d'une vieille fille est-il toujours oblique, moins par modestie que par peur et honte. Ces êtres ne pardonnent pas à la société leur position fausse, parce qu'ils ne se la pardonnent pas à eux-mêmes. Or, il est impossible à une personne perpétuellement en guerre avec elle, ou en contradiction avec la vie, de laisser les autres en paix, et de ne pas envier leur bonheur. Ce monde d'idées tristes était tout entier dans les yeux gris et ternes de mademoiselle Gamard; et le large cercle noir par lequel ils étaient bordés accusait les longs combats de sa vie solitaire. Toutes les rides de son visage étaient droites. La charpente de son front, de sa tête et de ses joues, avait les caractères de la rigidité, de la sécheresse. Elle laissait pousser, sans aucun souci, les poils jadis bruns de quelques signes parsemés sur son menton. Ses lèvres minces couvraient à peine des dents trop longues qui ne manquaient pas de blancheur. Brune, ses cheveux jadis noirs avaient été blanchis par d'affreuses migraines. Cet accident la contraignait à porter un tour; mais ne sachant pas le mettre de manière à en dissimuler la naissance, il existait souvent de légers interstices entre le bord de son bonnet et le cordon noir qui soutenait cette demi-perruque assez mal bouclée. Sa robe, de taffetas en été, de mérinos en hiver, mais toujours de couleur carmélite, serrait un peu trop sa taille disgracieuse et ses bras maigres. Sans cesse rabattue, sa collerette laissait voir un cou dont la peau rougeâtre était aussi artistement rayée que peut l'être une feuille de chêne vue dans la lumière. Son origine expliquait assez bien les malheurs de sa conformation. Elle était fille d'un marchand de bois, espèce de paysan parvenu. A dix-huit ans, elle avait pu être fraîche et grasse, mais il ne lui restait aucune trace ni de la blancheur de teint ni des jolies couleurs qu'elle se vantait d'avoir eues. Les tons de sa chair avaient contracté la teinte blafarde assez commune chez les dévotes. Son nez aquilin était celui de tous les traits de sa figure qui contribuait le plus à exprimer le despotisme de ses idées, de même que la forme plate de son front trahissait l'étroitesse de son esprit. Ses mouvemens avaient une soudaineté bizarre qui excluait toute grâce; et rien qu'à la voir tirant son mouchoir de son sac pour se moucher à grand bruit, vous eussiez deviné son caractère et ses mœurs. D'une taille assez élevée, elle se tenait très droit, et justifiait l'observation d'un naturaliste qui a physiquement expliqué la démarche de toutes les vieilles filles en prétendant que leurs jointures se soudent. Elle marchait sans que le mouvement se distribuât également dans sa personne de manière à produire ces ondulations si gracieuses, si attrayantes chez les femmes; elle allait, pour ainsi dire, d'une seule pièce, en paraissant surgir à chaque pas comme la statue du Commandeur. Dans ses momens de bonne humeur, elle donnait à entendre, comme

le font toutes les vieilles filles, qu'elle aurait bien pu se marier, mais elle s'était heureusement aperçue à temps de la mauvaise foi de son amant, et faisait ainsi, sans le savoir, le procès à son cœur en faveur de son esprit de calcul.

Cette figure typique du genre *vieille fille* était très bien encadrée par les grotesques inventions d'un papier verni représentant des paysages turcs qui ornaient les murs de la salle à manger. Mademoiselle Gamard se tenait habituellement dans cette pièce décorée de deux consoles et d'un baromètre. A la place adoptée par chaque abbé se trouvait un petit coussin en tapisserie dont les couleurs étaient passées. Le salon commun où elle recevait était digne d'elle. Il sera bientôt connu en faisant observer qu'il se nommait *le salon jaune :* les draperies en étaient jaunes, le meuble et la tenture jaunes; sur la cheminée, garnie d'une glace à cadre doré, des flambeaux et une pendule en cristal jetaient un éclat dur à l'œil. Quant au logement particulier de mademoiselle Gamard, il n'avait été permis à personne d'y pénétrer. L'on pouvait seulement conjecturer qu'il était rempli de ces chiffons, de ces meubles usés, de ces espèces de haillons dont s'entourent toutes les vieilles filles, et auxquels elles tiennent tant.

Telle était la personne destinée à exercer la plus grande influence sur les derniers jours de l'abbé Birotteau.

Faute d'exercer selon les vœux de la nature l'activité donnée à la femme, et par la nécessité où elle était de la dépenser, cette vieille fille l'avait transportée dans les intrigues mesquines, les caquetages de province, et les combinaisons égoïstes dont finissent par s'occuper exclusivement toutes les vieilles filles. Birotteau, pour son malheur, avait développé chez Sophie Gamard les seuls sentimens qu'il fût possible à cette pauvre créature d'éprouver, ceux de la haine qui, latens jusqu'alors, par suite du calme et de la monotonie d'une vie provinciale dont pour elle l'horizon s'était encore rétréci, devaient acquérir d'autant plus d'intensité qu'ils allaient s'exercer sur de petites choses et au milieu d'une sphère étroite. Birotteau était de ces gens qui sont prédestinés à tout souffrir, parce que, ne sachant rien voir, ils ne peuvent rien éviter : tout leur arrive.

— Oui, il fera beau, répondit après un moment le chanoine qui parut sortir de sa rêverie et vouloir pratiquer les lois de la politesse.

Birotteau, effrayé du temps qui s'écoula entre la demande et la réponse, car il avait, pour la première fois de sa vie, pris son café sans parler, quitta la salle à manger où son cœur était serré comme un étau. Sentant sa tasse de café pesante sur son estomac, il alla se promener tristement dans les petites allées étroites et bordées de buis qui dessinaient une étoile dans le jardin. Mais, en se retournant, après le premier tour qu'il y fit, il vit sur le seuil de la porte du salon mademoiselle Gamard et l'abbé Troubert plantés silencieusement : lui, les bras croisés, et immobile comme la statue d'un tombeau; elle, appuyée sur la porte-persienne. Tous deux semblaient, en le regardant, compter le nombre de ses pas. Rien n'est déjà plus gênant pour une créature naturellement timide que d'être l'objet d'un examen curieux; mais s'il est fait par les yeux de la haine, l'espèce de souffrance qu'il cause se change en un martyre intolérable. Bientôt l'abbé Birotteau s'imagina qu'il empêchait mademoiselle Gamard et le chanoine de se promener. Cette idée, inspirée tout à la fois par la crainte et par la bonté, prit un tel accroissement qu'elle lui fit abandonner la place. Il s'en alla, ne pensant déjà plus à son canonicat, tant il était absorbé par la désespérante tyrannie de la vieille fille. Il trouva par hasard, et heureusement pour lui, beaucoup d'occupation à Saint-Gatien, où il y eut plusieurs enterremens, un mariage et deux baptêmes. Il put alors oublier ses chagrins. Quand son estomac lui annonça l'heure du dîner, il ne tira pas sa montre sans effroi en voyant quatre heures et quelques minutes. Il connaissait la ponctualité de mademoiselle Gamard, il se hâta donc de se rendre au logis.

Il aperçut dans la cuisine le premier service desservi.

Puis, quand il arriva dans la salle à manger, la vieille fille lui dit d'un son de voix où se peignaient également l'aigreur d'un reproche et la joie de trouver son pensionnaire en faute : — Il est quatre heures et demie, monsieur Birotteau. Vous savez que nous ne devons pas nous attendre.

Le vicaire regarda le cartel de la salle à manger, et la manière dont était posée l'enveloppe de gaze destinée à le garantir de la poussière lui prouva que son hôtesse l'avait remonté pendant la matinée, en se donnant le plaisir de le faire avancer sur l'horloge de Saint-Gatien. Il n'y avait pas d'observation possible. L'expression verbale du soupçon conçu par le vicaire eût causé la plus terrible et la mieux justifiée des explosions éloquentes que mademoiselle Gamard sût, comme toutes les femmes de sa classe, faire jaillir en pareil cas. Les mille et une contrariétés qu'une servante peut faire subir à son maître, ou une femme à son mari dans les habitudes privées de la vie, furent devinées par mademoiselle Gamard, qui en accabla son pensionnaire. La manière dont elle se plaisait à ourdir ses conspirations contre le bonheur domestique du pauvre prêtre portèrent l'empreinte du génie le plus profondément malicieux. Elle s'arrangea pour ne jamais paraître avoir tort.

Huit jours après le moment où ce récit commence, l'habitation de cette maison, et les relations que l'abbé Birotteau avait avec mademoiselle Gamard, lui révélèrent une trame ourdie depuis six mois. Tant que la vieille fille avait sourdement exercé sa vengeance, et que le vicaire avait pu s'entretenir volontairement dans l'erreur, en refusant de croire à des intentions malveillantes, le mal moral avait fait peu de progrès chez lui. Mais, depuis l'affaire du bougeoir remonté, de la pendule avancée, Birotteau ne pouvait plus douter qu'il ne vécût sous l'empire d'une haine dont l'œil était toujours ouvert sur lui. Il arriva dès lors rapidement au désespoir, en apercevant, à toute heure, les doigts crochus et effilés de mademoiselle Gamard prêts à s'enfoncer dans son cœur. Heureuse de vivre par un sentiment aussi fertile en émotions que l'est celui de la vengeance, la vieille fille se plaisait à planer, à peser sur le vicaire, comme un oiseau de proie plane et pèse sur un mulot avant de le dévorer. Elle avait conçu depuis longtemps un plan que le prêtre abasourdi ne pouvait deviner, et qu'elle ne tarda pas à dérouler, en montrant le génie que savent déployer, dans les petites choses, les personnes solitaires dont l'âme, inhabile à sentir les grandeurs de la piété vraie, s'est jetée dans les minuties de la dévotion. Dernière mais affreuse aggravation de peine ! La nature de ses chagrins interdisait à Birotteau, homme d'expansion, aimant à être plaint et consolé, la petite douceur de les raconter à ses amis. Le peu de tact qu'il devait à sa timidité lui faisait redouter de paraître ridicule en s'occupant de pareilles niaiseries. Et cependant ces niaiseries composaient toute son existence, sa chère existence pleine d'occupations dans le vide et de vide dans les occupations ; vie terne et grise où les sentiments trop forts étaient des malheurs, où l'absence de toute émotion était une félicité. Le paradis du pauvre prêtre se changea donc subitement en enfer. Enfin, ses souffrances devinrent intolérables. La terreur que lui causait la perspective d'une explication avec mademoiselle Gamard s'accrut de jour en jour ; et le malheur secret qui flétrissait les heures de sa vieillesse altéra sa santé. Un matin, en mettant ses bas bleus chinés, il reconnut une perte de huit lignes dans la circonférence de son mollet. Stupéfait de ce diagnostic si cruellement irrécusable, il résolut de faire une tentative auprès de l'abbé Troubert, pour le prier d'intervenir officieusement entre mademoiselle Gamard et lui.

En se trouvant en présence de l'imposant chanoine, qui, pour le recevoir dans une chambre nue, quitta promptement un cabinet plein de papiers où il travaillait sans cesse, et où ne pénétrait personne, le vicaire eut presque honte de parler des taquineries de mademoiselle Gamard à un homme qui lui paraissait si sérieusement occupé. Mais après avoir subi toutes les angoisses de ces délibérations

intérieures que les gens humbles, indécis ou faibles éprouvent même pour des choses sans importance, il se décida, non sans avoir le cœur grossi par des pulsations extraordinaires, à expliquer sa position à l'abbé Troubert. Le chanoine écouta d'un air grave et froid, essayant, mais en vain, de réprimer certains sourires qui, peut-être, eussent révélé les émotions d'un contentement intime à des yeux intelligents. Une flamme parut s'échapper de ses paupières lorsque Birotteau lui peignit, avec l'éloquence que donnent les sentiments vrais, la constante amertume dont il était abreuvé ; mais Troubert mit la main au-dessus de ses yeux par un geste assez familier aux penseurs, et garda l'attitude de dignité qui lui était habituelle. Quand le vicaire eut cessé de parler, il aurait été bien embarrassé s'il avait voulu chercher sur la figure de Troubert, alors marbrée par des taches plus jaunes encore que ne l'était ordinairement son teint bilieux, quelques traces des sentiments qu'il avait dû exciter chez ce prêtre mystérieux. Après être resté pendant un moment silencieux, le chanoine fit une de ces réponses dont toutes les paroles devaient être longtemps étudiées pour que leur portée fût entièrement mesurée, mais qui, plus tard, prouvaient aux gens réfléchis l'étonnante profondeur de son âme et la puissance de son esprit. Enfin, il accabla Birotteau en lui disant : que « ces choses l'étonnaient d'autant plus, qu'il ne s'en serait jamais aperçu sans la confession de son frère ; il attribuait ce défaut d'intelligence à ses occupations sérieuses, à ses travaux, et à la tyrannie de certaines pensées élevées qui ne lui permettaient pas de regarder aux détails de la vie. » Il lui fit observer, mais sans avoir l'air de vouloir censurer la conduite d'un homme dont l'âge et les connaissances méritaient son respect, que « jadis les solitaires songeaient rarement à leur nourriture, à leur abri, au fond des thébaïdes où ils se livraient à de saintes contemplations, » et que, « de nos jours, le prêtre pouvait par la pensée se faire partout une thébaïde. » Puis, revenant à Birotteau, il ajouta : que « ces discussions étaient toutes nouvelles pour lui. Pendant douze années, rien de semblable n'avait eu lieu entre mademoiselle Gamard et le vénérable abbé Chapeloud. Quant à lui, sans doute, il pouvait bien, ajouta-t-il, devenir l'arbitre entre le vicaire et leur hôtesse, parce que son amitié pour elle ne dépassait pas les bornes imposées par les lois de l'Église à ses fidèles serviteurs ; mais alors la justice exigeait qu'il entendît aussi mademoiselle Gamard. » — Que, d'ailleurs, il ne trouvait rien de changé en elle ; qu'il l'avait toujours vue ainsi ; qu'il s'était volontiers soumis à quelques-uns de ses caprices, sachant que cette respectable demoiselle était la bonté, la douceur même ; qu'il fallait attribuer les légers changements de son humeur aux souffrances causées par une pulmonie dont elle ne parlait pas, à laquelle elle se résignait en vraie chrétienne.. Il finit en disant au vicaire, que « pour peu qu'il restât encore quelques années auprès de mademoiselle, il saurait mieux l'apprécier, et reconnaître les trésors de cet excellent caractère. »

L'abbé Birotteau sortit confondu. Dans la nécessité fatale où il se trouvait de ne prendre conseil que de lui-même, il jugea mademoiselle Gamard d'après lui. Le bonhomme crut, en s'absentant pendant quelques jours, éteindre, faute d'aliment, la haine que lui portait cette fille. Donc il résolut d'aller, comme jadis, passer plusieurs jours à une campagne où madame de Listomère se rendait à la fin de l'automne, époque à laquelle le ciel est ordinairement pur et doux en Touraine. Pauvre homme ! il accomplissait précisément les vœux secrets de sa terrible ennemie, dont les projets ne pouvaient être déjoués que par une patience de moine ; mais, ne devinant rien, ne sachant point ses propres affaires, il devait succomber, comme un agneau sous le premier coup du boucher.

Située sur la levée qui se trouve entre la ville de Tours et les hauteurs de Saint-Georges, exposée au midi, entourée de rochers, la propriété de madame de Listomère offrait les agréments de la campagne et tous les plaisirs de la ville. En effet, il ne fallait pas plus de dix minutes pour venir du pont de Tours à la porte de cette maison, nommée l'*Alouette*; avantage précieux dans un pays où personne ne veut se déranger pour quoi que ce soit, même pour aller chercher un plaisir. L'abbé Birotteau était à l'Alouette depuis environ dix jours, lorsqu'un matin, au moment du déjeuner, le concierge vint lui dire que monsieur Caron désirait lui parler. Monsieur Caron était un avocat chargé des affaires de mademoiselle Gamard. Birotteau ne s'en souvenant pas et ne se connaissant aucun point litigieux à démêler avec qui que ce fût au monde, quitta la table en proie à une sorte d'anxiété pour chercher l'avocat : il le trouva modestement assis sur la balustrade d'une terrasse.

— L'intention où vous êtes de ne plus loger chez mademoiselle Gamard étant devenue évidente... dit l'homme d'affaires.

— Eh! monsieur, s'écria l'abbé Birotteau en interrompant, je n'ai jamais pensé à la quitter.

— Cependant, monsieur, reprit l'avocat, il faut bien que vous soyez expliqué à cet égard avec mademoiselle, puisqu'elle m'envoie à la fin de savoir si vous restez longtemps à la campagne. Le cas d'une longue absence n'ayant pas été prévu dans vos conventions, peut donner matière à contestation. Or, mademoiselle Gamard entend que votre pension...

— Monsieur, dit Birotteau surpris et interrompant encore l'avocat, je ne croyais pas qu'il fût nécessaire d'employer des voies presque judiciaires pour...

— Mademoiselle Gamard, qui veut prévenir toute difficulté, dit monsieur Caron, m'a envoyé pour m'entendre avec vous.

— Eh bien! si vous voulez avoir la complaisance de revenir demain, reprit encore l'abbé Birotteau, j'aurai consulté de mon côté.

— Soit, dit Caron en saluant.

Et le ronge-papiers se retira. Le pauvre vicaire, épouvanté de la persistance avec laquelle mademoiselle Gamard le poursuivait, rentra dans la salle à manger de madame de Listomère, en offrant une figure bouleversée. A son aspect, chacun de lui demander : — Que vous arrive-t-il donc, monsieur Birotteau?...

L'abbé, désolé, s'assit sans répondre, tant il était frappé par les vagues images de son malheur. Mais, après le déjeuner, quand plusieurs de ses amis furent réunis dans le salon devant un bon feu, Birotteau leur raconta naïvement les détails de son aventure. Ses auditeurs, qui commençaient à s'ennuyer de leur séjour à la campagne, s'intéressèrent vivement à cette intrigue, si bien en harmonie avec la vie de province. Chacun prit parti pour l'abbé contre la vieille fille.

— Comment! lui dit madame de Listomère, ne voyez-vous pas clairement que l'abbé Troubert veut votre logement?

Ici, l'historien serait en droit de crayonner le portrait de cette dame; mais il a pensé que ceux mêmes auxquels le système de *cognomologie* de Sterne est inconnu ne pourraient pas prononcer ces trois mots : MADAME DE LISTOMÈRE! sans se la peindre noble, digne, tempérant les rigueurs de la piété par la vieille élégance des mœurs monarchiques et classiques, par des manières polies; bonne, mais un peu raide; légèrement nasillarde; se permettant la lecture de la Nouvelle Héloïse, la comédie, et se coiffant encore en cheveux.

— Il ne faut pas que l'abbé Birotteau cède à cette vieille tracassière! s'écria monsieur de Listomère, lieutenant de vaisseau venu en congé chez sa tante. Si le vicaire a du cœur et veut suivre mes avis, il aura bientôt conquis sa tranquillité.

Enfin, chacun se mit à analyser les actions de mademoiselle Gamard avec la perspicacité particulière aux gens de province, auxquels on ne peut refuser le talent de savoir mettre à nu les motifs les plus secrets des actions humaines.

— Vous n'y êtes pas, dit un vieux propriétaire qui connaissait le pays : il y a là-dessous quelque chose de grave

que je ne saisis pas encore. L'abbé Troubert est trop profond pour être deviné si promptement. Notre cher Birotteau n'est qu'au commencement de ses peines. D'abord, sera-t-il heureux et tranquille, même en cédant son logement à Troubert? J'en doute. — Si Caron est venu vous dire, ajouta-t-il en se tournant vers le prêtre ébahi, que vous aviez l'intention de quitter mademoiselle Gamard, sans doute mademoiselle Gamard a l'intention de vous mettre hors de chez elle... Eh bien! vous en sortirez bon gré mal gré. Ces sortes de gens ne hasardent jamais rien, et ne jouent qu'à coup sûr.

Ce vieux gentilhomme, nommé monsieur de Bourbonne, résumait toutes les idées de la province aussi complétement que Voltaire a résumé l'esprit de son époque. Ce vieillard sec et maigre professait en matière d'habillement toute l'indifférence d'un propriétaire dont la valeur territoriale est cotée dans le département. Sa physionomie, tannée par le soleil de la Touraine, était moins spirituelle que fine. Habitué à peser ses paroles, à combiner ses actions, il cachait sa profonde circonspection sous une simplicité trompeuse. Aussi l'observation la plus légère suffisait-elle pour apercevoir qu'il avait, semblable à un paysan de Normandie, toujours l'avantage dans toutes les affaires. Il était très supérieur en œnologie, la science favorite des Tourangeaux. Il avait su arrondir les prairies d'un de ses domaines aux dépens des lais de la Loire, en évitant tout procès avec l'État. Ce bon tour le faisait passer pour un homme de talent. Si, charmé par la conversation de monsieur de Bourbonne, vous eussiez demandé sa biographie à quelque Tourangeau : — Oh! c'est *un vieux malin*! eût été la réponse proverbiale de tous ses jaloux, et il en avait beaucoup. En Touraine, la jalousie forme, comme dans la plupart des provinces, *le fond de la langue*.

L'observation de monsieur de Bourbonne occasionna momentanément un silence pendant lequel les personnes qui composaient ce petit comité parurent réfléchir. Sur ces entrefaites, mademoiselle Salomon de Villenoix fut annoncée. Amenée par le désir d'être utile à Birotteau, elle arrivait de Tours, et les nouvelles qu'elle en apportait changèrent complétement la face des affaires. Au moment de son arrivée, chacun, sauf monsieur de Bourbonne, conseillait à Birotteau de guerroyer contre Troubert et Gamard, sous les auspices de la société aristocratique qui devait le protéger.

— Le vicaire-général, auquel le travail du personnel est remis, dit mademoiselle Salomon, vient de tomber malade, et l'archevêque a commis à sa place monsieur l'abbé Troubert. Maintenant, la nomination au canonicat dépend donc entièrement de lui. Or, hier, chez mademoiselle de La Blottière, l'abbé Poirel a parlé des désagréments que l'abbé Birotteau causait à mademoiselle Gamard, de manière à vouloir justifier la disgrâce dont sera frappé notre bon abbé : « L'abbé Birotteau est un homme auquel l'abbé Chapeloud était bien nécessaire, disait-il; et depuis la mort de ce vertueux chanoine, il a été prouvé que... » Les suppositions, les calomnies, se sont succédé. Vous comprenez?

— Troubert sera vicaire-général, dit solennellement monsieur de Bourbonne.

— Voyons! s'écria madame de Listomère en regardant Birotteau, que préférez-vous : être chanoine, ou rester chez mademoiselle Gamard?

— Être chanoine! fut un cri général.

— Eh bien! reprit madame de Listomère, il faut donner gain de cause à l'abbé Troubert et à mademoiselle Gamard. Ne vous font-ils pas savoir indirectement, par la visite de Caron, que si vous consentez à les quitter vous serez chanoine? Donnant, donnant!

Chacun se récria sur la finesse et la sagacité de madame de Listomère, excepté le baron de Listomère son neveu, qui dit d'un ton comique à monsieur de Bourbonne :

— J'aurais voulu le combat entre la *Gamard* et le *Birotteau*.

Mais, pour le malheur du vicaire, les forces n'étaient pas égales entre les gens du monde et la vieille fille soutenue par l'abbé Troubert. Le moment arriva bientôt où la lutte devait se dessiner plus franchement, s'agrandir, et prendre des proportions énormes. Sur l'avis de madame de Listomère et de la plupart de ses adhérens, qui commençaient à se passionner pour cette intrigue jetée dans le vide de leur vie provinciale, un valet fut expédié à monsieur Caron. L'homme d'affaires revint avec une célérité remarquable, et qui n'effraya que monsieur de Bourbonne.

— Ajournons toute décision jusqu'à plus ample informé, fut l'avis de ce Fabius en robe de chambre auquel de profondes réflexions révélaient les hautes combinaisons de l'Échiquier tourangeau.

Il voulut éclairer Birotteau sur les dangers de sa position. La sagesse du *vieux malin* ne servait pas les passions du moment : il n'obtint qu'une légère attention. La conférence entre l'avocat et Birotteau dura peu. Le vicaire rentra tout effaré, disant :

— Il me demande un écrit qui constate mon *retrait.*

— Quel est ce mot effroyable? dit le lieutenant de vaisseau.

— Qu'est-ce que cela veut dire? s'écria madame de Listomère.

— Cela signifie simplement que l'abbé doit déclarer vouloir quitter la maison de mademoiselle Gamard, répondit monsieur de Bourbonne en prenant une prise de tabac.

— N'est-ce que cela? dit madame de Listomère en regardant Birotteau. Si vous êtes décidé sérieusement à sortir de chez elle, il n'y a aucun inconvénient à constater votre volonté.

La volonté de Birotteau !

— Cela est juste, dit monsieur de Bourbonne en fermant sa tabatière par un geste sec dont la signification est impossible à rendre, car c'était tout un langage. — Mais il est toujours dangereux d'écrire, ajouta-t-il en posant sa tabatière sur la cheminée d'un air à épouvanter le vicaire.

Birotteau se trouvait tellement hébété par le renversement de toutes ses idées, par la rapidité des événemens qui le surprenaient sans défense, par la facilité avec laquelle ses amis traitaient les affaires les plus chères de sa vie solitaire, qu'il restait immobile, comme perdu dans la lune, ne pensant à rien, mais écoutant et cherchant à comprendre le sens des rapides paroles que tout le monde prodiguait. Il prit l'écrit de monsieur Caron et le lut, comme si le *libellé* de l'avocat allait être l'objet de son attention ; mais ce fut un mouvement machinal. Et il signa cette pièce, par laquelle il reconnaissait renoncer volontairement à demeurer chez mademoiselle Gamard, comme à y être nourri suivant les conventions faites entre eux. Quand le vicaire eut achevé d'apposer sa signature, le sieur Caron reprit l'acte et lui demanda dans quel endroit sa cliente devait faire remettre les choses à lui appartenant. Birotteau indiqua la maison de madame de Listomère. Par un signe, cette dame consentit à recevoir l'abbé pour quelques jours, ne doutant pas qu'il ne fût bientôt nommé chanoine. Le vieux propriétaire voulut voir cette espèce d'acte de renonciation, et monsieur Caron le lui apporta.

— Eh bien! demanda-t-il au vicaire après l'avoir lu, il existe donc entre vous et mademoiselle Gamard des conventions écrites? où sont-elles? quelles en sont les stipulations?

— L'acte est chez moi, répondit Birotteau.

— En connaissez-vous la teneur? demanda le propriétaire à l'avocat.

— Non, monsieur, dit monsieur Caron en tendant la main pour reprendre le papier fatal.

— Ah! se dit en lui-même le vieux propriétaire, toi, monsieur l'avocat, tu sais sans doute tout ce que cet acte contient; mais tu n'es pas payé pour nous le dire.

Et monsieur de Bourbonne rendit la renonciation à l'avocat.

— Où vais-je mettre tous mes meubles? s'écria Birotteau, et mes livres, ma belle bibliothèque, mes beaux tableaux, mon salon rouge, enfin tout mon mobilier!

Et le désespoir du pauvre homme, qui se trouvait déplanté pour ainsi dire, avait quelque chose de si naïf; il

peignait si bien la pureté de ses mœurs, son ignorance des choses du monde, que madame de Listomère et mademoiselle Salomon lui dirent pour le consoler, en prenant le ton employé par les mères quand elles promettent un jouet à leurs enfans : — N'allez-vous pas vous inquiéter de ces niaiseries-là? Mais nous vous trouverons toujours bien une maison moins froide, moins noire que celle de mademoiselle Gamard. S'il ne se rencontre pas de logement qui vous plaise, eh bien! l'une de nous vous prendra chez elle en pension. Allons, faisons un trictrac. Demain vous irez voir monsieur l'abbé Troubert pour lui demander un appui, et vous verrez comme vous serez bien reçu par lui !

Les gens faibles se rassurent aussi facilement qu'ils se sont effrayés. Donc le pauvre Birotteau, ébloui par la perspective de demeurer chez madame de Listomère, oublia la ruine, consommée sans retour, du bonheur qu'il avait si longtemps désiré, dont il avait si délicieusement joui. Mais le soir, avant de s'endormir, et avec la douleur d'un homme pour qui le tracas d'un déménagement et de nouvelles habitudes étaient la fin du monde, il se tortura l'esprit à chercher où il pourrait retrouver pour sa bibliothèque un emplacement aussi commode que l'était sa galerie. En voyant ses livres errans, ses meubles disloqués et son ménage en désordre, il se demandait mille fois pourquoi la première année passée chez mademoiselle Gamard avait été si douce, et la seconde si cruelle. Et toujours son aventure était un puits sans fond où tombait sa raison. Le canonicat ne lui semblait plus une compensation suffisante à tant de malheurs, et il comparait sa vie à un bas dont une seule maille échappée faisait déchirer toute la trame. Mademoiselle Salomon lui restait. Mais, en perdant ses vieilles illusions, le pauvre prêtre n'osait plus croire à une jeune amitié.

Dans la *citta dolente* des vieilles filles, il s'en rencontre beaucoup, surtout en France, dont la vie est un sacrifice noblement offert tous les jours à de nobles sentimens. Les unes demeurent fièrement fidèles à un cœur que la mort leur a trop promptement ravi : martyres de l'amour, elles trouvent le secret d'être femmes par l'âme. Les autres obéissent à un orgueil de famille, qui, chaque jour, déchoit à notre honte, et se dévouent à la fortune d'un frère, ou à des neveux orphelins : celles-là se font mères en restant vierges. Ces vieilles filles atteignent au plus haut héroïsme de leur sexe, en consacrant tous les sentimens féminins au culte du malheur. Elles idéalisent la figure de la femme, en renonçant aux récompenses de sa destinée et n'en acceptant que les peines. Elles vivent alors entourées de la splendeur de leur dévouement, et les hommes inclinent respectueusement la tête devant leurs traits flétris. Mademoiselle de Sombreuil n'a été ni femme ni fille; elle fut et sera toujours une vivante poésie. Mademoiselle Salomon appartenait à ces créatures héroïques. Son dévouement était religieusement sublime, en ce qu'il devait être sans gloire, après avoir été une souffrance de tous les jours. Belle, jeune, elle fut aimée, elle aima ; son prétendu perdit la raison. Pendant cinq années, elle eut le courage de l'amour, consacrée au bonheur mécanique de ce malheureux, de qui elle avait si bien épousé la folie qu'elle ne le croyait point fou. C'était, du reste, une personne simple de manières, franche en son langage, et dont le visage pâle ne manquait pas de physionomie, malgré la régularité de ses traits. Elle ne parlait jamais des événemens de sa vie. Seulement, parfois, les tressaillemens soudains qui lui échappaient en entendant le récit d'une aventure affreuse, ou triste, révélaient en elle les belles qualités que développent les grandes douleurs. Elle était venue habiter Tours après avoir perdu le compagnon de sa vie. Elle ne pouvait y être appréciée à sa juste valeur, et passait pour une *bonne personne.* Elle faisait beaucoup de bien, et s'attachait, par goût, aux êtres faibles. A ce titre, le pauvre vicaire lui avait inspiré naturellement un profond intérêt.

Mademoiselle de Villenoix, qui allait à la ville dès le matin, y emmena Birotteau, le mit sur le quai de la Cathédrale, et le laissa s'acheminant vers le Cloître où il avait grand désir d'arriver pour sauver au moins le canonicat du naufrage, et veiller à l'enlèvement de son mobilier. Il ne sonna pas sans éprouver de violentes palpitations de cœur à la porte de cette maison où il avait l'habitude de venir depuis quatorze ans, qu'il avait habitée, et d'où il devait s'exiler à jamais, après avoir rêvé d'y mourir en paix, à l'imitation de son ami Chapeloud. Marianne parut surprise de voir le vicaire. Il lui dit qu'il venait parler à l'abbé Troubert, et se dirigea vers le rez-de-chaussée où demeurait le chanoine; mais Marianne lui cria :

— L'abbé Troubert n'est plus là, monsieur le vicaire, il est dans votre ancien logement.

Ces mots causèrent un affreux saisissement au vicaire qui comprit enfin le caractère de Troubert, et la profondeur d'une vengeance si lentement calculée, en le trouvant établi dans la bibliothèque de Chapeloud, assis dans le beau fauteuil gothique de Chapeloud, couchant sans doute dans le lit de Chapeloud, jouissant des meubles de Chapeloud, logé au cœur de Chapeloud, annulant le testament de Chapeloud, et déshéritant enfin l'ami de ce Chapeloud, qui, pendant si longtemps, l'avait parqué chez mademoiselle Gamard, en lui interdisant tout avancement et lui fermant les salons de Tours.

Par quel coup de baguette magique cette métamorphose avait-elle eu lieu? Tout cela n'appartenait-il donc plus à Birotteau? Certes, en voyant l'air sardonique avec lequel Troubert contemplait cette bibliothèque, le pauvre Birotteau jugea que le vicaire-général était sûr de posséder toujours la dépouille de ceux qu'il avait si cruellement haïs, Chapeloud comme un ennemi, et Birotteau, parce qu'en lui se retrouvait encore Chapeloud. Mille idées se levèrent, à cet aspect, dans le cœur du bonhomme, et le plongèrent dans une sorte de songe. Il resta immobile et comme fasciné par l'œil de Troubert, qui le regardait fixement.

— Je ne pense pas monsieur, dit enfin Birotteau, que vous vouliez me priver des choses qui m'appartiennent. Si mademoiselle Gamard a pu être impatiente de vous mieux loger, elle doit se montrer cependant assez juste pour me laisser le temps de reconnaître mes livres et d'enlever mes meubles.

— Monsieur, dit froidement l'abbé Troubert en ne laissant paraître sur son visage aucune marque d'émotion, mademoiselle Gamard m'a instruit hier de votre départ, dont la cause m'est encore inconnue. Si elle m'a installé ici, ce fut par nécessité. Monsieur l'abbé Poirel a pris mon appartement. J'ignore si les choses qui sont dans ce logement appartiennent ou non à mademoiselle; mais, si elles sont à vous, vous connaissez sa bonne foi : la sainteté de sa vie est une garantie de sa probité. Quant à moi, vous n'ignorez pas la simplicité de mes mœurs. J'ai couché pendant quinze années dans une chambre nue sans faire attention à l'humidité qui m'a tué à la longue. Cependant, si vous vouliez habiter de nouveau cet appartement, je vous le céderais volontiers.

En entendant ces mots terribles, Birotteau oublia l'affaire du canonicat, il descendit avec la promptitude d'un jeune homme pour chercher mademoiselle Gamard, et la rencontra au bas de l'escalier sur le large palier dallé qui unissait les deux corps de logis.

— Mademoiselle, dit-il en la saluant et sans faire attention ni au sourire aigrement moqueur qu'elle avait sur les lèvres ni à la flamme extraordinaire qui donnait à ses yeux la clarté de ceux des tigres, je ne m'explique pas comment vous n'avez pas attendu que j'aie enlevé mes meubles, pour...

— Quoi! lui dit-elle en l'interrompant. Est-ce que tous vos effets n'auraient pas été remis chez madame de Listomère?

— Mais, mon mobilier?

— Vous n'avez donc pas lu votre acte? dit la vieille fille d'un ton qu'il faudrait pouvoir écrire musicalement pour faire comprendre combien la haine sut mettre de nuances dans l'accentuation de chaque mot.

Et mademoiselle Gamard parut grandir, et ses yeux brillèrent encore, et son visage s'épanouit, et toute sa personne frissonna de plaisir. L'abbé Troubert ouvrit une fenêtre pour lire plus distinctement dans un volume in-folio, Birotteau resta comme foudroyé. Mademoiselle Gamard lui cornait aux oreilles, d'une voix aussi claire que le son d'une trompette, les phrases suivantes :

— N'est-il pas convenu, au cas où vous sortiriez de chez moi, que votre mobilier m'appartiendrait, pour m'indemniser de la différence qui existait entre la quotité de pension et celle du respectable abbé Chapeloud? Or, monsieur l'abbé Poirel ayant été nommé chanoine...

En entendant ces derniers mots, Birotteau s'inclina faiblement, comme pour prendre congé de la vieille fille; puis il sortit précipitamment. Il avait peur, en restant plus longtemps, de tomber en défaillance, et de donner ainsi un trop grand triomphe à de si implacables ennemis. Marchant comme un homme ivre, il gagna la maison de madame de Listomère, où il trouva dans une salle basse son linge, ses vêtements et ses papiers contenus dans une malle. A l'aspect des débris de son mobilier, le malheureux prêtre s'assit, et se cacha le visage dans ses mains pour dérober aux gens la vue de ses pleurs. L'abbé Poirel était chanoine! Lui, Birotteau, se voyait sans asile, sans fortune et sans mobilier! Heureusement, mademoiselle Salomon vint à passer en voiture. Le concierge de la maison, qui comprit le désespoir du pauvre homme, fit un signe au cocher. Puis, après quelques mots échangés entre la vieille fille et le concierge, le vicaire se laissa conduire demi-mort près de sa fidèle amie, à laquelle il ne put dire que des mots sans suite. Mademoiselle Salomon, effrayée du dérangement momentané d'une tête déjà si faible, l'emmena sur-le-champ à l'Alouette, en attribuant ce commencement d'aliénation mentale à l'effet qu'avait dû produire sur lui la nomination de l'abbé Poirel. Elle ignorait les conventions du prêtre avec mademoiselle Gamard, par l'excellente raison qu'il en ignorait lui-même l'étendue. Et comme il est dans la nature que le comique se trouve mêlé parfois aux choses les plus pathétiques, les étranges réponses de Birotteau firent presque sourire mademoiselle Salomon.

— Chapeloud avait raison, disait-il. C'est un monstre!

— Qui? demandait-elle.

— Chapeloud. Il m'a tout pris.

— Poirel donc?

— Non, Troubert.

Enfin, ils arrivèrent à l'Alouette, où les amis du prêtre lui prodiguèrent des soins si empressés, que, vers le soir, ils le calmèrent, et purent obtenir de lui le récit de ce qui s'était passé pendant la matinée.

Le flegmatique propriétaire demanda naturellement à voir l'acte qui, depuis la veille, lui paraissait contenir le mot de l'énigme. Birotteau tira le fatal papier timbré de sa poche, le tendit à monsieur de Bourbonne, qui le lut rapidement et arriva bientôt à une clause ainsi conçue :

« *Comme il se trouve une différence de huit cents* » *francs par an entre la pension que payait feu monsieur* » *Chapeloud et celle pour laquelle ladite Sophie Gamard* » *consent à prendre chez elle, aux conditions ci-dessus sti-* » *pulées, ledit François Birotteau; attendu que le soussigné* » *François Birotteau reconnaît surabondamment être hors* » *d'état de donner pendant plusieurs années le prix payé* » *par les pensionnaires de la demoiselle Gamard, et notam-* » *ment par l'abbé Troubert; enfin, eu égard à diverses* » *avances faites par ladite Sophie Gamard soussignée, ledit* » *Birotteau s'engage à lui laisser à titre d'indemnité le mo-* » *bilier dont il se trouvera possesseur à son décès, ou lors-* » *que, par quelque cause que ce puisse être, il viendrait à* » *quitter volontairement, et à quelque époque que ce soit,* » *les lieux à lui présentement loués, et à ne plus profiter des* » *avantages stipulés dans les engagements pris par made-* » *mademoiselle Gamard envers lui, ci-dessus...* »

— Tudieu, quelle grosse! s'écria le propriétaire, et de quelles griffes est armée ladite Sophie Gamard !

Le pauvre Birotteau, n'imaginant dans sa cervelle d'enfant aucune cause qui pût le séparer un jour de mademoiselle Gamard, comptait mourir chez elle. Il n'avait aucun souvenir de cette clause, dont les termes ne furent pas même discutés jadis, tant elle lui avait semblé juste, lorsque, dans son désir d'appartenir à la vieille fille, il aurait signé tous les parchemins qu'on lui aurait présentés. Cette innocence était si respectable, et la conduite de mademoiselle Gamard si atroce; le sort de ce pauvre sexagénaire avait quelque chose de si déplorable, et sa faiblesse le rendait si touchant, que, dans un premier moment d'indignation, madame de Listomère s'écria :

— Je suis cause de la signature de l'acte qui vous a ruiné, je dois vous rendre le bonheur dont je vous ai privé.

— Mais, dit le vieux gentilhomme, l'acte constitue un dol, et il y a matière à procès...

— Eh bien! Birotteau plaidera. S'il perd à Tours, il gagnera à Orléans. S'il perd à Orléans, il gagnera à Paris, s'écria le baron de Listomère.

— S'il veut plaider, reprit froidement monsieur de Bourbonne, je lui conseille de se démettre d'abord de son vicariat.

— Nous consulterons des avocats, reprit madame de Listomère, et nous plaiderons s'il faut plaider. Mais cette affaire est trop honteuse pour mademoiselle Gamard, et peut devenir trop nuisible à l'abbé Troubert, pour que nous n'obtenions pas quelque transaction.

Après mûre délibération, chacun promit son assistance à l'abbé Birotteau dans la lutte qui allait s'engager entre lui et tous les adhérens de ses antagonistes. Un sûr pressentiment, un instinct provincial indéfinissable forçait chacun à unir les deux noms de Gamard et Troubert. Mais aucun de ceux qui se trouvaient alors chez madame de Listomère, excepté le vieux malin, n'avait une idée bien exacte de l'importance d'un semblable combat. Monsieur de Bourbonne attira dans un coin le pauvre abbé.

— Des quatorze personnes qui sont ici, lui dit-il à voix basse, il n'y en aura pas une pour vous dans quinze jours. Si vous avez besoin d'appeler quelqu'un à votre secours, vous ne trouverez peut-être alors que moi d'assez hardi pour oser prendre votre défense, parce que je connais la province, les hommes, les choses, et, mieux encore, les intérêts! Mais tous vos amis, quoique pleins de bonnes intentions, vous mettent dans un mauvais chemin d'où vous ne pourrez vous tirer. Écoutez mon conseil. Si vous voulez vivre en paix, quittez le vicariat de Saint-Gatien, quittez Tours. Ne dites pas où vous irez, mais allez chercher quelque cure éloignée où Troubert ne puisse pas vous rencontrer.

— Abandonner Tours? s'écria le vicaire avec un effroi indescriptible.

C'était pour lui une sorte de mort. N'était-ce pas briser toutes les racines par lesquelles il s'était planté dans le monde. Les célibataires remplacent les sentimens par des habitudes. Lorsqu'à ce système moral, qui les fait moins vivre que traverser la vie, se joint un caractère faible, les choses extérieures prennent sur eux un empire étonnant. Aussi Birotteau était-il devenu semblable à quelque végétal : le transplanter, c'était en risquer l'innocente fructification. De même que, pour vivre, un arbre doit retrouver à toute heure les mêmes sucs, et toujours avoir ses chevelus dans le même terrain, Birotteau devait toujours trotter dans Saint-Gatien, toujours piétiner dans l'endroit du Mail où il se promenait habituellement, sans cesse parcourir les rues par lesquelles il passait, et continuer d'aller dans les trois salons où il jouait, pendant chaque soirée, au whist ou au trictrac.

— Ah! je n'y pensais pas, répondit monsieur de Bourbonne en regardant le prêtre avec une espèce de pitié.

Tout le monde sut bientôt, dans la ville de Tours, que madame la baronne de Listomère, veuve d'un lieutenant-général, recueillait l'abbé Birotteau, vicaire de Saint-Gatien. Ce fait, que beaucoup de gens révoquaient en doute, trancha nettement toutes les questions, et dessina les partis, surtout lorsque mademoiselle Salomon osa, la première, parler de dol et de procès. Avec la vanité subtile qui distingue les vieilles filles, et le fanatisme de personnalité qui les caractérise, mademoiselle Gamard se trouva fortement blessée du parti que prenait madame de Listomère. La baronne était une femme de haut rang, élégante dans ses mœurs, et dont le bon goût, les manières polies, la piété ne pouvaient être contestés. Elle donnait, en recueillant Birotteau, le démenti le plus formel à toutes les assertions de mademoiselle Gamard, en censurait indirectement la conduite, et semblait sanctionner les plaintes du vicaire contre son ancienne hôtesse.

Il est nécessaire, pour l'intelligence de cette histoire, d'expliquer ici tout ce que le discernement et l'esprit d'analyse avec lequel les vieilles femmes se rendent compte des actions d'autrui prêtaient de force à mademoiselle Gamard, et quelles étaient les ressources de son parti. Accompagnée du silencieux abbé Troubert, elle allait passer ses soirées dans quatre ou cinq maisons où se réunissaient une douzaine de personnes toutes liées entre elles par les mêmes goûts, et par l'analogie de leur situation. C'était un ou deux vieillards qui épousaient les passions et les caquetages de leurs servantes; cinq ou six vieilles filles qui passaient toute leur journée à tamiser les paroles, à scruter les démarches de leurs voisins et des gens placés au-dessus ou au-dessous d'elles dans la société; puis, enfin, plusieurs femmes âgées, exclusivement occupées à distiller les médisances, à tenir un registre exact de toutes les fortunes, à contrôler les actions des autres : elles pronostiquaient les mariages et blâmaient la conduite de leurs amies aussi aigrement que celle de leurs ennemies. Ces personnes, logées toutes dans la ville de manière à figurer les vaisseaux capillaires d'une plante, aspiraient, avec la soif d'une feuille pour la rosée, les nouvelles, les secrets de chaque ménage, les pompaient et les transmettaient machinalement à l'abbé Troubert, comme les feuilles communiquent à la tige la fraîcheur qu'elles ont absorbée. Donc, pendant chaque soirée de la semaine, excitées par ce besoin d'émotion qui se retrouve chez tous les individus, ces bonnes dévotes dressaient un bilan exact de la situation de la ville, avec une sagacité digne du conseil des Dix, et faisaient la police armée de cette espèce d'espionnage à coup sûr que créent les passions. Puis, quand elles avaient deviné la raison secrète d'un événement, leur amour-propre les portait à s'approprier la sagesse de leur sanhédrin, pour donner le ton du bavardage dans leurs zones respectives. Cette congrégation oisive et agissante, invisible et voyant tout, muette et parlant tout, possédait alors une influence que sa nullité rendait en apparence peu nuisible, mais qui cependant devenait terrible quand elle était animée par un intérêt majeur. Or, il y avait bien longtemps qu'il ne s'était présenté dans la sphère de leurs existences un événement aussi grave et aussi généralement important pour chacune d'elles que l'était la lutte de Birotteau, soutenu par madame de Listomère, contre l'abbé Troubert et mademoiselle Gamard.

En effet, les trois salons de mesdames de Listomère, Merlin de la Blottière et de Villenoix étant considérés comme ennemis par ceux où allait mademoiselle Gamard, il y avait au fond de cette querelle l'esprit de corps et ses vanités. C'était le combat du peuple et du sénat romain dans une taupinière, ou une tempête dans un verre d'eau, comme l'a dit Montesquieu en parlant de la république de Saint-Marin, dont les charges publiques ne duraient qu'un jour, tant la tyrannie y était facile à saisir. Mais cette tempête développait néanmoins dans les âmes autant de passions qu'il en aurait fallu pour diriger les plus grands intérêts sociaux. N'est-ce pas une erreur de croire que le temps ne soit rapide que pour les cœurs en proie aux vastes projets qui troublent la vie et la font bouillonner? Les heures de l'abbé Troubert coulaient aussi animées, s'enfuyaient chargées de pensées tout aussi soucieuses, étaient ridées par des désespoirs et des espérances aussi profondes que pouvaient l'être les heures cruelles de l'ambitieux, du joueur et de l'amant. Dieu seul est dans le secret de l'énergie que nous coûtent les triomphes occultement remportés sur les hommes, sur les choses et sur nous-mêmes. Si nous ne savons pas toujours où nous allons, nous connaissons bien les fatigues du voyage. Seulement, s'il est permis à l'historien de quitter le drame qu'il raconte pour prendre pendant un moment le rôle des critiques, s'il vous convie à jeter un coup d'œil sur les existences de ces vieilles filles et des deux abbés, afin d'y chercher la cause du malheur qui le viciait dans leur essence ; il vous sera peut-être démontré qu'il est nécessaire à l'homme d'éprouver certaines passions pour développer chez lui des qualités qui donnent à sa vie de la noblesse, en étendent le cercle, et assoupissent l'égoïsme naturel à toutes les créatures.

Madame de Listomère revint en ville sans savoir que, depuis cinq ou six jours, plusieurs de ses amis étaient obligés de réfuter une opinion, accréditée sur elle, dont elle aurait ri si elle l'eût connue, et qui supposait à son affection pour son neveu des causes presque criminelles. Elle mena l'abbé Birotteau chez son avocat, à qui le procès ne parut pas chose facile. Les amis du vicaire, animés par le sentiment que donne la justice d'une bonne cause, ou paresseux pour un procès qui ne leur était pas personnel, avaient remis le commencement de l'instance au jour où ils reviendraient à Tours. Les amis de mademoiselle Gamard purent donc prendre les devans, et surent raconter l'affaire peu favorablement pour l'abbé Birotteau.

Donc l'homme de loi, dont la clientèle se composait exclusivement des gens pieux de la ville, étonna beaucoup madame de Listomère en lui conseillant de ne pas s'embarquer dans un semblable procès, et il termina la conférence en disant : que, d'ailleurs, il ne s'en chargerait pas, parce que, aux termes de l'acte, mademoiselle Gamard avait raison en Droit ; qu'en Équité, c'est-à-dire en dehors de la justice, l'abbé Birotteau paraîtrait, aux yeux du tribunal et à ceux des honnêtes gens, manquer au caractère de paix, de conciliation et à la mansuétude qu'on lui avait supposés jusqu'alors ; que mademoiselle Gamard, connue pour une personne douce et facile à vivre, avait obligé Birotteau en lui prêtant l'argent nécessaire pour payer les droits successifs auxquels avait donné lieu le testament de Chapeloud, en lui demandant le reçu ; que Birotteau n'était pas d'âge et de caractère à signer un acte sans savoir ce qu'il contenait, ni sans en connaître l'importance ; et que s'il avait quitté mademoiselle Gamard après deux ans d'habitation, quand son ami Chapeloud était resté chez elle pendant douze ans, et Troubert pendant quinze, ce ne pouvait être qu'en vue d'un projet à lui connu ; que le procès serait donc jugé comme un acte d'ingratitude, etc.

Après avoir laissé Birotteau marcher en avant vers l'escalier, elle prit madame de Listomère à part, en la reconduisant, et l'engagea, au nom de son repos, à ne pas se mêler de cette affaire.

Cependant, le soir, le pauvre vicaire, qui se tourmentait autant qu'un condamné à mort dans le cabanon de Bicêtre quand il y attend le résultat de son pourvoi en cassation, ne put s'empêcher d'apprendre à ses amis le résultat de sa visite au moment où, avant l'heure de faire les parties, le cercle se formait devant la cheminée de madame de Listomère.

— Excepté l'avoué des Libéraux, je ne connais à Tours aucun homme de chicane qui voulût se charger de ce procès sans avoir l'intention de vous le faire perdre, s'écria monsieur de Bourbonne, et je ne vous conseille pas de vous y embarquer.

— Hé bien ! c'est une infamie, dit le lieutenant de vaisseau. Moi, je conduirai l'abbé chez cet avoué.

— Allez-y lorsqu'il fera nuit, dit monsieur de Bourbonne en l'interrompant.

— Et pourquoi ?

— Je viens d'apprendre que l'abbé Troubert est nommé vicaire général, à la place de celui qui est mort avant-hier.

— Je me moque bien de l'abbé Troubert !

Malheureusement, le baron de Listomère, homme de trente-six ans, ne vit pas le signe que lui fit monsieur de Bourbonne, pour lui recommander de peser ses paroles, en lui montrant un conseiller de préfecture, ami de Troubert. Le lieutenant de vaisseau ajouta donc :

— Si monsieur l'abbé Troubert est un fripon...

— Oh ! dit monsieur de Bourbonne en l'interrompant, pourquoi mettre l'abbé Troubert dans une affaire à laquelle il est complètement étranger ?...

— Mais, reprit le baron, ne jouit-il pas des meubles de l'abbé Birotteau ? Je me souviens d'être allé chez Chapeloud, et d'y avoir vu deux tableaux de prix. Supposez qu'ils valent dix mille francs ?... Croyez-vous que monsieur Birotteau ait eu l'intention de donner, pour deux ans d'habitation chez cette Gamard, dix mille francs, quand déjà la bibliothèque et les meubles valent à peu près cette somme ?

L'abbé Birotteau ouvrit de grands yeux en apprenant qu'il avait possédé un capital si énorme.

Et le baron, poursuivant avec chaleur, ajouta :

— Par Dieu ! monsieur Salmon, l'ancien expert du Musée de Paris, est venu voir ici sa belle-mère. Je vais y aller ce soir même, avec l'abbé Birotteau, pour le prier d'estimer les tableaux. De là je le mènerai chez l'avoué.

Deux jours après cette conversation, le procès avait pris consistance. L'avoué des Libéraux, devenu celui de Birotteau, jetait beaucoup de défaveur sur la cause du vicaire. Les gens opposés au gouvernement, et ceux qui étaient connus pour ne pas aimer les prêtres ou la religion, deux choses que beaucoup de gens confondent, s'emparèrent de cette affaire, et toute la ville en parla. L'ancien expert du Musée avait estimé onze mille francs la Vierge du Valentin et le Christ de Lebrun, morceaux d'une beauté capitale. Quant à la bibliothèque et aux meubles gothiques, le goût dominant qui croissait de jour en jour à Paris pour ces sortes de choses leur donnait momentanément une valeur de douze mille francs. Enfin, l'expert, vérification faite, évalua le mobilier entier à dix mille écus. Or, il était évident que Birotteau n'ayant pas entendu donner à mademoiselle Gamard cette somme énorme pour le peu d'argent qu'il pouvait lui devoir en vertu de la soulte stipulée, il y avait, judiciairement parlant, lieu à réformer leurs conventions ; autrement la vieille fille eût été coupable d'un dol volontaire. L'avoué des Libéraux entama donc l'affaire en lançant un exploit introductif d'instance à mademoiselle Gamard. Quoique très acerbe, cette pièce, fortifiée par des citations d'arrêts souverains, et corroborée par quelques articles du Code, n'en était pas moins un chef-d'œuvre de logique judiciaire, et condamnait si évidemment la vieille fille que trente ou quarante copies en furent méchamment distribuées dans la ville par l'Opposition.

Quelques jours après le commencement des hostilités entre la vieille fille et Birotteau, le baron de Listomère, qui espérait être compris, en qualité de capitaine de corvette dans la première, promotion annoncée depuis quelque temps au Ministère de la marine, reçut une lettre par laquelle l'un de ses amis lui annonçait qu'il était question dans les bureaux de le mettre lui-même hors du cadre d'activité. Étrangement surpris de cette nouvelle, il partit immédiatement pour Paris, et vint à la première soirée du ministre, qui en parut fort étonné lui-même, et se prit à rire en apprenant les craintes dont lui fit part le baron de Listomère. Le lendemain, nonobstant la parole du ministre, le baron consulta les Bureaux. Par une indiscrétion que certains chefs commettent assez ordinairement pour leurs amis, un secrétaire lui montra un travail tout préparé, mais que la maladie d'un directeur avait empêché jusqu'alors d'être soumis au ministre, et qui confirmait la fatale nouvelle. Aussitôt, le baron de Listomère alla chez un de ses oncles, lequel, en sa qualité de député, pouvait voir immédiatement le ministre à la chambre, et il le pria de sonder les dispositions de Son Excellence, car il s'agissait pour lui de la perte de son avenir. Aussi attendit-il avec la plus vive anxiété, dans la voiture de son oncle, la fin de la séance. Le député sortit bien avant la clôture, et dit à son neveu pendant le chemin qu'il fit en se rendant à son hôtel :

— Comment, diable! vas-tu te mêler de faire la guerre aux prêtres? Le ministre a commencé par m'apprendre que tu t'étais mis à la tête des Libéraux à Tours! Tu as des opinions détestables, tu ne suis pas la ligne du gouvernement, etc. Ses phrases étaient aussi entortillées que s'il parlait encore à la Chambre. Alors je lui ai dit : — Ah! çà, entendons-nous? Son Excellence a fini par m'avouer que tu étais mal avec la Grande-Aumônerie. Bref, en demandant quelques renseignemens à mes collègues, j'ai su que tu parlais fort légèrement d'un certain abbé Troubert, simple vicaire général, mais le personnage le plus important de la province, où il représente la congrégation. J'ai répondu de toi corps pour corps au ministre. Monsieur mon neveu, si tu veux faire ton chemin, ne te crée aucune inimitié sacerdotale. Va vite à Tours, fais-y ta paix avec ce diable de vicaire-général. Apprends que les vicaires-généraux sont des hommes avec lesquels il faut toujours vivre en paix. Morbleu! lorsque nous travaillons tous à rétablir la religion, il est stupide à un lieutenant de vaisseau, qui veut être capitaine, de déconsidérer les prêtres. Si tu ne te raccommodes pas avec l'abbé Troubert, ne compte plus sur moi : je te renierai. Le ministre des Affaires Ecclésiastiques m'a parlé tout à l'heure de cet homme comme d'un futur évêque. Si Troubert prenait notre famille en haine, il pourrait m'empêcher d'être compris dans la prochaine fournée des pairs. Comprends-tu?

Ces paroles expliquèrent au lieutenant de vaisseau les secrètes occupations de Troubert, de qui Birotteau disait niaisement :

— Je ne sais pas à quoi lui sert de passer les nuits.

La position du chanoine au milieu du sénat femelle qui faisait si subtilement la police de la province, et sa capacité personnelle, l'avaient fait choisir par la Congrégation, entre tous les ecclésiastiques de la ville, pour être le proconsul inconnu de la Touraine. Archevêque, général, préfet, grands et petits, étaient sous son occulte domination. Le baron de Listomère eut bientôt pris son parti.

— Je ne veux pas, dit-il à son oncle, recevoir une seconde bordée ecclésiastique dans mes œuvres-vives.

Trois jours après cette conférence diplomatique entre l'oncle et le neveu, le marin, subitement revenu par la malle-poste à Tours, révélait à sa tante, le soir même de son arrivée, les dangers que couraient les plus chères espérances de la famille de Listomère, s'ils s'obstinaient l'un et l'autre à soutenir *cet imbécile de Birotteau*. Le baron avait retenu monsieur de Bourbonne au moment où le vieux gentilhomme prenait sa canne et son chapeau pour s'en aller après la partie de wisth. Les lumières du vieux malin étaient indispensables pour éclairer les écueils dans lesquels se trouvaient engagés les Listomère, et le vieux malin n'avait prématurément cherché sa canne et son chapeau que pour se faire dire à l'oreille : — Restez, nous avons à causer.

Le prompt retour du baron, son air de contentement, en désaccord avec la gravité peinte en certains momens sur sa figure, avaient accusé vaguement à monsieur de Bourbonne quelques échecs reçus par le lieutenant dans sa croisière contre Gamard et Troubert. Il ne marqua point de suprise en entendant le baron proclamer le secret pouvoir du vicaire-général congréganiste.

— Je le savais, dit-il.

— Hé bien! s'écria la baronne, pourquoi ne pas nous avoir avertis?

— Madame, répondit-il vivement, oubliez que j'ai deviné l'invisible influence de ce prêtre, et j'oublierai que vous la connaissez également. Si nous ne nous gardions pas le secret, nous passerions pour ses complices : nous serions redoutés et haïs. Imitez-moi : feignez d'être une dupe; mais sachez bien où vous mettez les pieds. Je vous en avais assez dit, vous ne me compreniez point, et je ne voulais pas me compromettre.

— Comment devons-nous maintenant nous y prendre? dit le baron.

Abandonner Birotteau n'était pas une question, et ce fut une première condition sous-entendue par les trois conseillers.

— Battre en retraite avec les honneurs de la guerre a toujours été le chef-d'œuvre des plus habiles généraux, répondit monsieur de Bourbonne. Pliez devant Troubert : si sa haine est moins forte que sa vanité, vous vous en ferez un allié; mais si vous pliez trop, il vous marchera sur le ventre; car

Abîme tout plutôt, c'est l'esprit de l'Église,

a dit Boileau. Faites croire que vous quittez le service, vous lui échappez, monsieur le baron. Renvoyez le vicaire, madame, vous donnerez gain de cause à la Gamard. Demandez chez l'archevêque à l'abbé Troubert s'il sait le wisth, il vous dira *oui*. Priez-le de venir faire une partie de salon, où il veut être reçu; certes, il y viendra. Vous êtes femme, sachez mettre ce prêtre dans vos intérêts. Quand le baron sera capitaine de vaisseau, son oncle pair de France, Troubert évêque, vous pourrez faire Birotteau chanoine tout à votre aise. Jusque-là pliez; mais pliez avec grâce et en menaçant. Votre famille peut prêter à Troubert autant d'appui qu'il vous en donnera; vous vous entendrez à merveille. D'ailleurs, marchez la sonde en main, marin!

— Ce pauvre Birotteau! dit la baronne.

— Oh! entamez-le promptement, répliqua le propriétaire en s'en allant. Si quelque libéral adroit s'emparait de cette tête vide, il vous causerait des chagrins. Après tout, les tribunaux prononceraient en sa faveur, et Troubert doit avoir peur du jugement. Il peut encore vous pardonner d'avoir entamé le combat; mais, après une défaite, il serait implacable. J'ai dit.

Il fit claquer sa tabatière, alla mettre ses doubles souliers, et partit.

Le lendemain matin, après le déjeuner, la baronne resta seule avec le vicaire, et lui dit, non sans un visible embarras : — Mon cher monsieur Birotteau, vous allez trouver mes demandes bien injustes et bien inconséquentes; mais il faut, pour vous et pour nous, d'abord éteindre votre procès contre mademoiselle Gamard en vous désistant de vos prétentions, puis quitter ma maison. En entendant ces mots le pauvre prêtre pâlit. — Je suis, reprit-elle, la cause innocente de vos malheurs, et sais que sans mon neveu vous n'eussiez pas intenté le procès qui maintenant fait votre chagrin et le nôtre. Mais écoutez?

Elle lui déroula succinctement l'immense étendue de cette affaire et lui expliqua la gravité des ses suites. Ses méditations lui avaient fait deviner pendant la nuit les antécédens probables de la vie de Troubert : elle put alors, sans se tromper, démontrer à Birotteau la trame dans laquelle l'avait enveloppé cette vengeance si habilement ourdie, lui révéler la haute capacité, le pouvoir de son ennemi en lui dévoilant la haine, en lui apprenant les causes, en le lui montrant couché durant douze années devant Chapeloud, et dévorant Chapeloud, et persécutant encore Chapeloud dans son ami. L'innocent Birotteau joignit ses mains comme pour prier et pleura de chagrin à l'aspect d'horreurs humaines que son âme pure n'avait jamais soupçonnées. Aussi effrayé que s'il se fût trouvé sur le bord d'un abîme, il écoutait, les yeux fixes et humides, mais sans exprimer aucune idée, le discours de sa bienfaitrice, qui lui dit en terminant : — Je sais tout ce qu'il y a de mal à vous abandonner; mais, mon cher abbé, les devoirs de famille passent avant ceux de l'amitié. Cédez, comme je le fais, à cet orage, et je vous en prouverai toute ma reconnaissance. Je ne vous parle pas de vos intérêts, je m'en charge. Vous serez hors de toute inquiétude pour votre existence. Par l'entremise de Bourbonne, qui saura sauver les apparences, je ferai en sorte que rien ne vous manque. Mon ami, donnez-moi le droit de vous trahir. Je resterai votre amie, tout en me conformant aux maximes du monde. Décidez.

Le pauvre abbé stupéfait s'écria : — Chapeloud avait donc raison en disant que, si Troubert pouvait tenir le tirer par les pieds dans la tombe, il le ferait ! Il couche dans le lit de Chapeloud.

— Il ne s'agit pas de se lamenter, dit madame de Listomère, nous avons peu de temps à nous. Voyons !

Birotteau avait trop de bonté pour ne pas obéir, dans les grandes crises, au dévouement irréfléchi du premier moment. Mais d'ailleurs sa vie n'était déjà plus qu'une agonie. Il dit, en jetant à sa protectrice un regard désespérant qui la navra : — Je me confie à vous. Je ne suis plus qu'un *bourrier* de la rue !

Ce mot tourangeau n'a pas d'autre équivalent possible que le mot brin de paille. Mais il y a de jolis brins de paille, jaunes, polis, rayonnans, qui font le bonheur des enfans ; tandis que le bourrier est le brin de paille décoloré, boueux, roulé dans les ruisseaux, chassé par la tempête, tordu par les pieds du passant.

— Mais, madame, je ne voudrais pas laisser à l'abbé Troubert le portrait de Chapeloud ; il a été fait pour moi, il m'appartient, obtenez qu'il me soit rendu, j'abandonnerai tout le reste.

— Eh bien ! dit madame de Listomère, j'irai chez mademoiselle Gamard. Ces mots furent dits d'un ton qui révéla l'effort extraordinaire que faisait la baronne de Listomère en s'abaissant à flatter l'orgueil de la vieille fille. — Et, ajouta-t-elle, je tâcherai de tout arranger. A peine osé-je l'espérer. Allez voir monsieur de Bourbonne, qu'il minute votre désistement en bonne forme, apportez m'en l'acte bien en règle ; puis, avec le secours de monseigneur l'archevêque, peut-être pourrons-nous en finir.

Birotteau sortit épouvanté. Troubert avait pris à ses yeux les dimensions d'une pyramide d'Égypte. Les mains de cet homme étaient à Paris et ses coudes dans le cloître Saint-Gatien.

— Lui, se dit-il, empêcher monsieur le marquis de Listomère de devenir pair de France ?... *Et peut-être, avec le secours de monseigneur l'archevêque, pourra-t-on en finir !*

En présence de si grands intérêts, Birotteau se trouvait comme un ciron : il se faisait justice.

La nouvelle du déménagement de Birotteau fut d'autant plus étonnante que la cause en était impénétrable. Madame de Listomère disait que, son neveu voulant se marier et quitter le service, elle avait besoin, pour agrandir son appartement, de celui du vicaire. Personne ne connaissait encore le désistement de Birotteau. Ainsi les instructions de monsieur de Bourbonne étaient sagement exécutées. Ces deux nouvelles, en parvenant aux oreilles du grand vicaire, devaient flatter son amour-propre en lui apprenant que, si elle ne capitulait pas, la famille de Listomère restait au moins neutre, et reconnaissait tacitement le pouvoir occulte de la Congrégation : le reconnaître, n'était-ce pas s'y soumettre ? Mais le procès demeurait tout entier *sub judice*. N'était-ce pas à la fois plier et menacer ?

Les Listomère avaient donc pris dans cette lutte une attitude exactement semblable à celle du grand-vicaire : ils se tenaient en dehors et pouvaient tout diriger. Mais un événement grave survint et rendit encore plus difficile la réussite des desseins médités par monsieur de Bourbonne et par les Listomère pour apaiser le parti Gamard et Troubert. La veille, mademoiselle Gamard avait pris du froid en sortant de la cathédrale, s'était mise au lit et passait pour être dangereusement malade. Toute la ville retentissait de plaintes excitées par une fausse commisération. « La sen-
» sibilité de mademoiselle Gamard n'avait pu résister au
» scandale de ce procès. Malgré son bon droit, elle allait
» mourir de chagrin. Birotteau tuait sa bienfaitrice..... »
Telle était la substance des phrases jetées en avant par les tuyaux capillaires de grand conciliabule femelle, et complaisamment répétées par la ville de Tours.

Madame de Listomère eut la honte d'être venue chez la vieille fille sans recueillir le fruit de sa visite. Elle demanda

fort poliment à parler à monsieur le vicaire général. Flatté peut-être de recevoir dans la bibliothèque de Chapeloud, et au coin de cette cheminée ornée des deux fameux tableaux contestés, une femme par laquelle il avait été méconnu, Troubert fit attendre la baronne un moment ; puis il consentit à lui donner audience. Jamais courtisan ni diplomate ne mirent dans la discussion de leurs intérêts particuliers, ou dans la conduite d'une négociation nationale, plus d'habileté, de dissimulation, de profondeur que n'en déployèrent la baronne et l'abbé dans le moment où ils se trouvèrent tous deux en scène.

Semblable au parrain qui, dans le moyen-âge, armait le champion et en fortifiait la valeur par d'utiles conseils, au moment où il entrait en lice, le vieux malin avait dit à la baronne : — N'oubliez pas votre rôle, vous êtes conciliatrice et non partie intéressée. Troubert est également un médiateur. Pesez vos mots ! étudiez les inflexions de la voix du vicaire-général. S'il se caresse le menton, vous l'aurez séduit.

Quelques dessinateurs se sont amusés à représenter en caricature le contraste fréquent qui existe entre *ce que l'on dit* et *ce que l'on pense*. Ici, pour bien saisir l'intérêt du duel de paroles qui eut lieu entre le prêtre et la grande dame, il est nécessaire de dévoiler les pensées qu'ils cachèrent mutuellement sous des phrases en apparence insignifiantes. Madame de Listomère commença par témoigner le chagrin que lui causait le procès de Birotteau, puis elle parla du désir qu'elle avait de voir terminer cette affaire à la satisfaction des deux parties.

— Le mal est fait, madame, dit l'abbé d'une voix grave, la vertueuse mademoiselle Gamard se meurt. (Je ne m'intéresse pas plus à cette sotte fille qu'au Prêtre-Jean, pensait-il ; mais je voudrais bien vous mettre sa mort sur le dos, et vous en inquiéter la conscience, si vous êtes assez niais pour en prendre du souci.)

— En apprenant sa maladie, monsieur, lui répondit la baronne, j'ai exigé de monsieur le vicaire un désistement que j'apportais à cette sainte fille. (Je te devine, rusé coquin ! pensait-elle ; mais nous voilà mis à l'abri de tes calomnies. Quant à toi, si tu prends le désistement, tu t'enferreras, tu avoueras ainsi ta complicité.)

Il se fit un moment de silence.

— Les affaires temporelles de mademoiselle Gamard ne me concernent pas, dit enfin le prêtre en abaissant ses larges paupières sur ses yeux d'aigle pour voiler ses émotions. (Oh ! oh ! vous ne me compromettrez pas ! Mais Dieu soit loué ! les damnés avocats ne plaideront pas une affaire qui pouvait me salir. Que veulent donc les Listomère, pour se faire ainsi mes serviteurs ?)

— Monsieur, répondit la baronne, les affaires de monsieur Birotteau me sont aussi étrangères que vous le sont les intérêts de mademoiselle Gamard ; mais malheureusement la religion peut souffrir de leurs débats, et je ne vois en vous qu'un médiateur, là où moi-même j'agis en conciliatrice... (Nous ne nous abuserons ni l'un ni l'autre, monsieur Troubert, pensait-elle. Sentez-vous le tour épigrammatique de cette réponse ?)

— La religion souffrir, madame ? dit le grand-vicaire. La religion est trop haut située pour que les hommes puissent y porter atteinte. (La religion, c'est moi, pensait-il.) — Dieu nous jugera sans erreur, madame, ajouta-t-il, je ne reconnais que son tribunal.

— Hé bien ! monsieur, répondit-elle, tâchons d'accorder les jugemens des hommes avec les jugemens de Dieu. (Oui, la religion, c'est toi.)

L'abbé Troubert changea de ton : — Monsieur votre neveu n'est-il pas allé à Paris ? (Vous avez eu là de mes nouvelles, pensait-il. Je puis vous écraser, vous qui m'avez méprisé. Vous venez capituler.)

— Oui, monsieur, je vous remercie de l'intérêt que vous prenez à lui. Il retourne ce soir à Paris, il est mandé par le ministre, qui est parfait pour nous, et voudrait ne pas lui voir quitter le service. (Jésuite, tu ne nous écraseras pas, pensait-elle, et la plaisanterie est comprise.) Un moment de silence. — Je ne trouve pas sa conduite convenable dans cette affaire, reprit-elle, mais il faut pardonner à un marin de ne pas se connaître en Droit. — (Faisons alliance, pensait-elle. Nous ne gagnerons rien à guerroyer.)

Un léger sourire de l'abbé se perdit dans les plis de son visage :

— Il nous aura rendu le service de nous apprendre la valeur de ces deux peintures, dit-il en regardant les tableaux, elles seront un bel ornement pour la chapelle de la Vierge. (Vous m'avez lancé une épigramme, pensait-il ; en voici deux, nous sommes quittes, madame.)

— Si vous les donniez à Saint-Gatien, je vous demanderais de me laisser offrir à l'église des cadres dignes du lieu et de l'œuvre. (Je voudrais bien te faire avouer que tu convoitais les meubles de Birotteau, pensait-elle.)

— Elles ne m'appartiennent pas, dit le prêtre en se tenant toujours sur ses gardes.

— Mais voici, dit madame de Listomère, un acte qui éteint toute discussion, et les rend à mademoiselle Gamard. Elle posa le désistement sur la table. (Voyez, monsieur, pensait-elle, combien j'ai de confiance en vous.) — Il est digne de vous, monsieur, ajouta-t-elle, digne de votre beau caractère, de réconcilier deux chrétiens ; quoique je prenne maintenant peu d'intérêt à monsieur Birotteau...

— Mais il est votre pensionnaire, dit-il en l'interrompant.

— Non, monsieur, il n'est plus chez moi. (La pairie de mon beau-frère et le grade de mon neveu me font faire bien des lâchetés, pensait-elle.)

L'abbé demeura impassible, mais son attitude calme était l'indice des émotions les plus violentes. Monsieur de Bourbonne avait seul deviné le secret de cette paix apparente. Le prêtre triomphait !

— Pourquoi êtes-vous donc chargée de son désistement ? demanda-t-il excité par un sentiment analogue à celui qui pousse une femme à se faire répéter des complimens.

— Je n'ai pu me défendre d'un mouvement de compassion. Birotteau, dont le caractère faible doit vous être connu, m'a suppliée de voir mademoiselle Gamard, afin d'obtenir pour prix de sa renonciation à...

L'abbé fronça ses sourcils.

— ... A des *droits* reconnus par des avocats distingués, le portrait...

Le prêtre regarda madame de Listomère.

— ... Le portrait de Chapeloud, dit-elle en continuant. Je vous laisse le juge de sa prétention... (Tu serais condamné si tu voulais plaider, pensait-elle.)

L'accent que prit la baronne pour prononcer les mots *avocats distingués* fit voir au prêtre qu'elle connaissait le fort et le faible de l'ennemi. Madame de Listomère montra tant de talent à ce connaisseur émérite dans le cours de cette conversation, qu'il se maintint longtemps sur ce ton, que l'abbé descendit chez mademoiselle Gamard pour aller chercher sa réponse à la transaction proposée.

Il revint bientôt.

— Madame, voici les paroles de la pauvre mourante : « Monsieur l'abbé Chapeloud m'a témoigné trop d'amitié, » m'a-t-elle dit, pour que je me sépare de son portrait. » Quant à moi, reprit-il, s'il m'appartenait, je ne le céderais à personne. J'ai porté des sentimens trop constans au cher défunt pour ne pas me croire le droit de disputer son image à tout le monde.

— Monsieur, ne *nous brouillons* pas pour une mauvaise peinture. (Je m'en moque autant que vous vous en moquez vous-même, pensait-elle.) — Gardez-la, nous en ferons faire une copie. Je m'applaudis d'avoir assoupi ce triste et déplorable procès, et j'y aurai personnellement gagné le plaisir de vous connaître. J'ai entendu parler de votre talent au whist. Vous pardonnerez à une femme d'être curieuse, dit-elle en souriant. Si vous voulez venir jouer quelquefois chez moi, vous ne pouvez pas douter de l'accueil que vous y recevrez.

Troubert se caressa le menton.

(Il est pris ! Bourbonne avait raison, pensait-elle, il a sa dose de vanité.)

En effet, le grand-vicaire éprouvait en ce moment la sensation délicieuse contre laquelle Mirabeau ne savait pas se défendre, quand, aux jours de sa puissance, il voyait ouvrir devant sa voiture la porte cochère d'un hôtel autrefois fermé pour lui.

— Madame, répondit-il, j'ai de trop grandes occupations pour aller dans le monde : mais pour vous, que ne ferais-tu pas ? (La vieille fille va crever, j'entamerai les Listomère, et les servirai s'ils me servent ! pensait-il. Il vaut mieux les avoir pour amis que pour ennemis.)

Madame de Listomère retourna chez elle, espérant que l'archevêque consommerait une œuvre de paix si heureusement commencée. Mais Birotteau ne devait pas même profiter de son désistement. Madame de Listomère apprit le lendemain la mort de mademoiselle Gamard. Le testament de la vieille fille ouvert, personne ne fut surpris en apprenant qu'elle avait fait l'abbé Troubert son légataire universel. Sa fortune était estimée à cent mille écus. Le vicaire-général envoya deux billets d'invitation pour le service et le convoi de son amie chez madame de Listomère : l'un pour elle, l'autre pour son neveu.

— Il faut y aller, dit-elle.

— Ça ne veut pas dire autre chose, s'écria monsieur de Bourbonne. C'est une épreuve par laquelle monseigneur Troubert veut vous juger. Baron, allez jusqu'au cimetière, ajouta-t-il en se tournant vers le lieutenant de vaisseau qui, pour son malheur, n'avait pas quitté Tours.

Le service eut lieu, et fut d'une grande magnificence ecclésiastique. Une seule personne y pleura. Ce fut Birotteau, qui, seul dans une chapelle écartée, et sans être vu, se crut coupable de cette mort, et pria sincèrement pour l'âme de la défunte, en déplorant avec amertume de n'avoir pas obtenu d'elle le pardon de ses torts.

L'abbé Troubert accompagna le corps de son amie jusqu'à la fosse où elle devait être enterrée. Arrivé sur le bord, il prononça un discours où, grâce à son talent, le tableau de la vie étroite menée par la testatrice prit des proportions monumentales. Les assistans remarquèrent ces paroles dans la péroraison :

« Cette vie pleine de jours acquis à Dieu et à sa religion, cette vie que décorent tant de belles actions faites dans le silence, tant de vertus modestes et ignorées, fut brisée par une douleur que nous appellerions imméritée, si, au bord de l'éternité, nous pouvions oublier que toutes nos afflictions nous sont envoyées par Dieu. Les nombreux amis de cette sainte fille, connaissant la noblesse et la candeur de son âme, prévoyaient qu'elle pouvait tout supporter, hormis des soupçons qui flétrissaient sa vie entière. Aussi, peut-être la Providence l'a-t-elle emmenée au sein de Dieu, pour l'enlever à nos misères. Heureux ceux qui peuvent reposer ici-bas, en paix avec eux-mêmes, comme Sophie repose maintenant au séjour des bienheureux dans sa robe d'innocence ! »

— Quand il eut achevé ce pompeux discours, reprit monsieur de Bourbonne qui raconta les circonstances de l'enterrement à madame de Listomère au moment où, les parties finies et les portes fermées, ils furent seuls avec le baron ; figurez-vous, si cela est possible, ce Louis XI en soutane, donnant ainsi le dernier coup de goupillon chargé d'eau bénite.

Monsieur de Bourbonne prit la pincette, et imita si bien le geste de l'abbé Troubert, que le baron et sa tante ne purent s'empêcher de sourire.

— Là seulement, reprit le vieux propriétaire, il s'est démenti. Jusqu'alors, sa contenance avait été parfaite ; mais il lui a sans doute été impossible, en calfeutrant pour toujours cette vieille fille qu'il méprisait souverainement et haïssait peut-être autant qu'il a détesté Chapeloup, de ne pas laisser percer sa joie dans un geste.

Le lendemain matin, mademoiselle Salomon vint déjeuner chez madame de Listomère, et, en arrivant, lui dit tout émue : — Notre pauvre abbé Birotteau a reçu tout à l'heure un coup affreux, qui annonce les calculs les plus étudiés de la haine. Il est nommé curé de Saint-Symphorien.

Saint-Symphorien est un faubourg de Tours situé au-delà du pont. Ce pont, un des plus beaux monumens de l'architecture française, a dix-neuf cents pieds de long, et les deux places qui le terminent à chaque bout sont absolument pareilles.

— Comprenez-vous? reprit-elle après une pause, et tout étonnée de la froideur que marquait madame de Listomère en apprenant cette nouvelle. L'abbé Birotteau sera là comme à cent lieues de Tours, de ses amis, de tout. N'est-ce pas un exil d'autant plus affreux qu'il est arraché à une ville que ses yeux verront tous les jours et où il ne pourra plus guère venir? Lui qui, depuis ses malheurs, peut à peine marcher, serait obligé de faire une lieue pour nous voir. En ce moment, le malheureux est au lit, il a la fièvre. Le presbytère de Saint-Symphorien est froid, humide et la paroisse n'est pas assez riche pour le réparer. Le pauvre vieillard va donc se trouver enterré dans un véritable sépulcre. Quelle atroce combinaison!

Maintenant il nous suffira peut-être, pour achever cette histoire, de rapporter simplement quelques événemens, et d'esquisser un dernier tableau.

Cinq mois après, le vicaire-général fut nommé évêque. Madame de Listomère était morte, et laissait quinze cents francs de rente par testament à l'abbé Birotteau. Le jour où le testament de la baronne fut connu, monseigneur Hyacinthe, évêque de Troyes, était sur le point de quitter la ville de Tours pour aller résider dans son diocèse; mais il retarda son départ. Furieux d'avoir été joué par une femme à laquelle il avait donné la main tandis qu'elle tendait secrètement la sienne à un homme qu'il regardait comme son ennemi, Troubert menaça de nouveau l'avenir du baron et la pairie du marquis de Listomère. Il dit en pleine assemblée, dans le salon de l'archevêque, un de ces mots ecclésiastiques gros de vengeance et pleins de mielleuse mansuétude. L'ambitieux marin vint voir ce prêtre implacable, qui lui dicta sans doute de dures conditions, car la conduite du ba .... testa le plus entier dévouement aux volontés du terrible congréganiste. Le nouvel évêque rendit, par un acte authentique, la maison de mademoiselle Gamard au chapitre de la cathédrale, il donna la bibliothèque et les livres de Chapeloup au petit séminaire, il dédia les deux tableaux contestés à la chapelle de la Vierge; mais il garda le portrait de Chapeloup. Personne ne s'expliqua cet abandon presque total de la succession de mademoiselle Gamard. Monsieur de Bourbonne supposa que l'évêque en conservait secrètement la partie liquide, afin d'être à même de tenir avec honneur son rang à Paris, s'il était porté au banc des Évêques dans la chambre haute. Enfin, la veille du départ de monseigneur Troubert, le *vieux malin* finit par deviner le dernier calcul que cachait cette action, coup de grâce donné par la plus persistante de toutes les vengeances à la plus faible de toutes les victimes. Le legs de madame de Listomère à Birotteau fut attaqué par le baron de Listomère sous prétexte de captation! Quelques jours après l'exploit introductif d'instance, le baron fut nommé capitaine de vaisseau. Par une mesure disciplinaire, le curé de Saint-Symphorien était interdit. Les supérieurs ecclésiastiques jugeaient le procès par avance. L'assassin de feu Sophie Gamard était donc un fripon! Si monseigneur Troubert avait conservé la succession de la vieille fille, il eût été difficile de faire censurer Birotteau.

Au moment où monseigneur Hyacinthe, évêque de Troyes, venait en chaise de poste, le long du quai Saint-Symphorien, pour se rendre à Paris, le pauvre abbé Birotteau avait été mis dans un fauteuil, au soleil, au-dessus d'une terrasse. Ce curé frappé par l'archevêque était pâle et maigre. Le chagrin, empreint dans tous ses traits, décomposait entièrement ce visage qui jadis était si doucement gai. La maladie jetait sur ses yeux, naïvement animés autrefois par les plaisirs de la bonne chère et dénués d'idées pesantes, un voile qui simulait une pensée. Ce n'était plus que le squelette du Birotteau qui roulait, un an auparavant, si vide mais si content, à travers le Cloître. L'évêque lui lança un regard de mépris et de pitié; puis, il consentit à l'oublier, et passa.

Nul doute que Troubert n'eût été en d'autres temps Hildebrandt ou Alexandre VI. Aujourd'hui l'Église n'est plus une puissance politique, et n'absorbe plus les forces des gens solitaires. Le célibat offre donc alors ce vice capital que, faisant converger les qualités de l'homme sur une seule passion, l'égoïsme, il rend les célibataires ou nuisibles ou inutiles. Nous vivons à une époque où le défaut des gouvernemens est d'avoir moins fait la Société pour l'Homme, que l'Homme pour la Société. Il existe un combat perpétuel entre l'individu contre le système qui veut l'exploiter et qu'il tâche d'exploiter à son profit; tandis que jadis l'homme réellement plus libre se montrait plus généreux pour la chose publique. Le cercle au milieu duquel s'agitent les hommes s'est insensiblement élargi; l'âme qui peut en embrasser la synthèse ne sera jamais qu'une magnifique exception; car, habituellement, en morale comme en physique, le mouvement perd en intensité ce qu'il gagne en étendue. La Société ne doit pas se baser sur des exceptions. D'abord, l'homme fut purement et simplement père, et son cœur battit chaudement, concentré dans le rayon de sa famille. Plus tard, il vécut pour un clan ou pour une petite république; de là, les grands dévouemens historiques de la Grèce ou de Rome. Puis, il fut l'homme d'une caste ou d'une religion pour les grandeurs de laquelle il se montra souvent sublime; mais là, le champ de ses intérêts s'augmenta de toutes les régions intellectuelles. Aujourd'hui, sa vie est attachée à celle d'une immense patrie; bientôt, sa famille sera, dit-on, le monde entier. Ce cosmopolitisme moral, espoir de la Rome chrétienne, ne serait-il pas une sublime erreur? Il est si naturel de croire à la réalisation d'une noble chimère, à la fraternité des hommes! Mais, hélas! la machine humaine n'a pas de si divines proportions. Les âmes assez vastes pour épouser une sentimentalité réservée aux grands hommes ne seront jamais celles des simples citoyens, ni des pères de famille. Certains physiologistes pensent que lorsque le cerveau s'agrandit ainsi, le cœur doit se resserrer. Erreur! L'égoïsme apparent des hommes qui portent une science, une nation, ou des lois dans leur sein, n'est-il pas la plus noble des passions, et en quelque sorte, la maternité des masses: pour enfanter des peuples neufs ou pour produire des idées nouvelles, ne doivent-ils pas unir dans leurs puissantes têtes les mamelles de la femme à la force de Dieu? L'histoire des Innocent III, des Pierre-le-Grand, et de tous les meneurs de siècle ou de nation, prouverait au besoin, dans un ordre très élevé, cette immense pensée que Troubert représentait au fond du cloître Saint-Gatien.

Saint-Firmin, avril 1822.

FIN DU CURÉ DE TOURS.

Paris. — Typ. Morris et Comp., 64, rue Amelot.

Scènes de la Vie de Province

LES CÉLIBATAIRES.

UN MÉNAGE DE GARÇON.

A MONSIEUR CHARLES NODIER,
Membre de l'Académie française, bibliothécaire de l'Arsenal.

Voici, mon cher Nodier, un ouvrage plein de ces faits soustraits à l'action des lois par le huis-clos domestique ; mais où le doigt de Dieu, si souvent appelé le hasard, supplée à la justice humaine, et où la morale, pour être dite par un personnage moqueur, n'en est pas moins instructive et frappante. Il en résulte, à mon sens, de grands enseignemens et pour la famille et pour la maternité. Nous nous apercevrons peut-être trop tard des effets produits par la diminution de la puissance paternelle, qui ne cessait autrefois qu'à la mort du père, qui constituait le seul tribunal humain où ressortissaient les crimes domestiques, et qui, dans les grandes occasions, avait recours au pouvoir royal pour faire exécuter ses arrêts. Quelque tendre et bonne que soit la mère, elle ne remplace pas plus cette royauté patriarcale que la femme ne remplace un roi sur le trône ; et si cette exception arrive, il en résulte un être monstrueux. Peut-être n'ai-je pas dessiné de tableau qui montre plus que celui-ci combien le mariage indissoluble est indispensable aux sociétés européennes, quels sont les malheurs de la faiblesse féminine, et quels dangers comporte l'intérêt personnel quand il est sans frein. Puisse une société basée uniquement sur le pouvoir de l'argent frémir en apercevant l'impuissance de la justice sur les combinaisons d'un système qui déifie le succès en en graciant tous les moyens ! Puisse-t-elle recourir promptement au catholicisme pour purifier les masses par le sentiment religieux et par une éducation autre que celle d'une université laïque. Assez de beaux caractères, assez de grands et nobles dévouemens brilleront dans les Scènes de la Vie militaire, pour qu'il m'ait été permis d'indiquer ici combien de dépravation causent les nécessités de la guerre chez certains esprits, qui dans la vie privée osent agir comme sur les champs de bataille.

Vous avez jeté sur notre temps un sagace coup d'œil dont la philosophie se trahit dans plus d'une amère réflexion qui perce à travers vos pages élégantes, et vous avez mieux que personne apprécié les dégâts produits dans l'esprit de notre pays par quatre systèmes politiques différens. Aussi ne pouvais-je mettre cette histoire sous la protection d'une autorité plus compétente. Peut-être votre nom défendra-t-il cet ouvrage contre des accusations qui ne lui manqueront pas : où est le malade qui reste muet quand le chirurgien lui enlève l'appareil de ses plaies les plus vives ? Au plaisir de vous dédier cette Scène se joint l'orgueil de trahir votre bienveillance pour celui qui se dit ici

Un de vos sincères admirateurs,

DE BALZAC.

En 1792, la bourgeoisie d'Issoudun jouissait d'un médecin nommé Rouget, qui passait pour un homme profondément malicieux. Au dire de quelques gens hardis, il rendait sa femme assez malheureuse, quoique ce fut la plus belle femme de la ville. Peut-être cette femme était-elle un peu sotte. Malgré l'inquisition des amis, le commérage des indifférens et les médisances des jaloux, l'intérieur de ce ménage fut peu connu. Le docteur Rouget était un de ces hommes de qui l'on dit familièrement : « Il n'est pas commode. » Aussi, pendant sa vie, garda-t-on le silence sur lui, et lui fit-on bonne mine. Cette femme, une demoiselle Descoings, assez malingre déjà quand elle était fille (ce fut, disait-on, une raison pour le médecin de l'épouser), eut d'abord un fils, puis une fille, qui, par hasard, vint dix ans après le frère, et à laquelle, disait-on toujours, le docteur ne s'attendait point, quoique médecin. Cette fille tard venue, se nommait Agathe. Ces petits faits sont si simples, si ordinaires, que rien ne semble justifier un historien de les placer en tête d'un récit ; mais, s'ils n'étaient pas connus, un homme de la trempe du docteur Rouget serait jugé comme un monstre, comme un père dénaturé ; tandis qu'il obéissait tout bonnement à de mauvais penchans que beaucoup de gens abritent sous ce terrible axiome : *Un homme doit avoir du caractère !* Cette mâle sentence a causé le malheur de bien des femmes. Les Descoings, beau-père et belle-mère du docteur, commissionnaires en laine, se chargeaient également de vendre pour les propriétaires ou d'acheter pour les marchands les toisons d'or du Berry, et tiraient des deux côtés un droit de commission. A ce métier, ils devinrent riches et furent avares : morale de bien des existences. Descoings le fils, le cadet de madame Rouget, ne se plut pas à Issoudun. Il alla chercher fortune à Paris, et s'y établit épicier dans la rue Saint-Honoré. Ce fut sa perte. Mais, que voulez-vous? l'épicier est entraîné vers son commerce par une force attractive égale à la force de répulsion qui en éloigne les artistes. On n'a pas assez étudié les forces sociales qui constituent les diverses vocations. Il serait curieux de savoir ce qui détermine un homme à se faire papetier plutôt que boulanger, du moment où les fils ne succèdent pas forcément au métier de leur père comme chez les Égyptiens. L'amour avait aidé la vocation chez Descoings. Il s'était dit : « Et moi aussi, je serai épicier ! » en se disant autre chose à l'aspect de sa patronne, fort belle créature de laquelle il devint éperdument amoureux. Sans autre aide que la patience, et un peu d'argent que lui envoyèrent ses père et mère, il épousa la veuve du sieur Bixiou, son prédécesseur. En 1792. Descoings passait pour faire d'excellentes affaires. Les vieux Descoings vivaient encore à cette époque. Sortis des laines, ils employaient leurs fonds à l'achat des biens nationaux : autre toison d'or ! Leur gendre, à peu près sûr d'avoir bientôt à pleurer sa femme, envoya sa fille à Paris, chez son beau-frère, autant pour lui faire voir la capitale que par une pensée matoise. Descoings n'avait pas d'enfans. Madame Descoings, de douze ans plus âgée que son mari, se portait fort bien ; mais elle était grasse comme une grive après la vendange, et le rusé Rouget savait assez de médecine pour prévoir que monsieur et madame Descoings, contrairement à la morale des contes de fées, seraient toujours heureux et n'auraient point d'enfans. Ce ménage pourrait se passionner pour Agathe. Or le docteur Rouget voulait déshériter sa fille, et se flattait d'arriver à ses fins en la dépaysant. Cette jeune personne, alors la plus belle fille d'Issoudun, ne ressemblait ni à son père, ni sa mère. Sa naissance avait été la cause d'une brouille éternelle entre le docteur Rouget et son ami intime, monsieur Lousteau, l'ancien Subdélégué qui venait de quitter Issoudun. Quand une famille s'expatrie, les naturels d'un pays aussi séduisant que l'est Issoudun ont le droit de chercher les raisons d'un acte si exorbitant. Au dire de quelques fines langues, monsieur Rouget, homme vindicatif, s'était écrié que Lousteau ne mourrait que de sa main. Chez un médecin, le mot avait la portée d'un boulet de canon. Quand l'Assemblée Nationale eut supprimé les Subdélégués, Lousteau partit et ne revint jamais à Issoudun. Depuis le départ de cette famille, madame Rouget passa tout son temps chez la propre sœur de l'ex-Subdélégué, madame Hochon, la marraine de sa fille et la seule personne à qui elle confiât ses peines. Aussi le peu que la ville d'Issoudun sut de la belle madame Rouget fut-il dit par cette bonne dame et toujours après la mort du docteur.

Le premier mot de madame Rouget, quand son mari lui parla d'envoyer Agathe à Paris, fut :

— Je ne reverrai plus ma fille !

— Elle a eu tristement raison, disait alors la respectable madame Hochon.

La pauvre mère devint alors jaune comme un coing, et son état ne démentit point les dires de ceux qui prétendaient que Rouget la tuait à petit feu. Les façons de son grand niais de fils devaient contribuer à rendre malheureuse cette mère injustement accusée. Peu retenu, mais peut-être encouragé par son père, ce garçon stupide, en tout point, n'avait ni les attentions ni les respects qu'un fils doit à sa mère. Jean-Jacques Rouget ressemblait à son père, mais en mal, et le docteur n'était pas déjà très-bien ni au moral ni au physique.

L'arrivée de la charmante Agathe Rouget ne porta point bonheur à son oncle Descoings. Dans la semaine, ou plutôt dans la décade (la République était proclamée), il fut incarcéré sur un mot de Roberspierre à Fouquier-Tinville. Descoings, qui eut l'imprudence de croire la famine factice, eut la sottise de communiquer son opinion (il pensait que les opinions étaient libres) à plusieurs de ses clients et clientes, tout en les servant. La citoyenne Duplay, femme du menuisier chez qui demeurait Roberspierre et qui faisait le ménage de ce grand citoyen, honorait, par malheur pour Descoings, le magasin de ce Berrichon de sa pratique. Cette citoyenne regarda la croyance de l'épicier comme insultante pour Maximilien Ier. Déjà peu satisfaite des manières du ménage Descoings, cette illustre tricoteuse du club des Jacobins regardait la beauté de la citoyenne Descoings comme une sorte d'aristocratie. Elle envenima les propos des Descoings en les répétant à son bon et doux maître. L'épicier fut arrêté sous la vulgaire accusation d'*accaparement*. Descoings en prison, sa femme s'agita pour le faire mettre en liberté ; mais ses démarches furent si maladroites, qu'un observateur qui l'eût écoutée parlant aux arbitres de cette destinée aurait pu croire qu'elle voulait honnêtement se défaire de lui. Madame Descoings connaissait Bridau, l'un des secrétaires de Roland, Ministre de l'Intérieur, le bras droit de tous ceux qui se succédèrent à ce ministère. Elle mit en campagne Bridau pour sauver l'épicier. Le très-incorruptible Chef de Bureau, l'une de ces vertueuses dupes toujours si admirables de désintéressement, se garda bien de corrompre ceux de qui dépendait le sort de Descoings : il essaya de les éclairer ? Éclairer les gens de ce temps-là, autant aurait valu les prier de rétablir les Bourbons. Le ministre girondin, qui luttait alors contre Roberspierre, dit à Bridau : « De quoi te mêles-tu? » Tous ceux que l'honnête chef sollicita lui répétèrent cette phrase atroce : « De quoi te mêles-tu? » Bridau conseilla sagement à madame Descoings de se tenir tranquille ; mais, au lieu de se concilier l'estime de la femme de ménage de Roberspierre, elle jeta feu et flamme contre cette dénonciatrice ; elle alla voir un conventionnel, qui tremblait pour lui-même, et qui lui dit : « J'en parlerai à Roberspierre. » La belle épicière s'endormit sur cette parole, et naturellement ce protecteur garda le plus profond silence. Quelques pains de sucre, quelques bouteilles de bonnes liqueurs données à la citoyenne Duplay, auraient sauvé Descoings. Ce petit accident prouve qu'en révolution, il est aussi dangereux d'employer à son salut des honnêtes gens que des coquins ; on ne doit compter que sur soi-même. Si Descoings périt, il eut du moins la gloire d'aller à l'échafaud en compagnie d'André de Chénier. Là, sans doute, l'Épicerie et la Poésie s'embrassèrent pour la première fois en personne, car elles avaient alors et auront toujours des relations secrètes. La mort de Descoings produisit beaucoup plus de sensation que celle d'André de Chénier. Il a fallu trente ans pour reconnaître que la France avait perdu plus à la mort de Chénier qu'à celle de Descoings. La mesure de Roberspierre eut cela de bon que, jusqu'en 1830, les épiciers effrayés ne se mêlèrent plus de politique. La boutique de Descoings était à cent pas du logement de Roberspierre. Le successeur de l'épicier y fit de mauvaises affaires. César Birotteau, le célèbre parfumeur, s'établit à cette place. Mais, comme si l'échafaud eût mis l'inexplicable contagion du malheur, l'inventeur de la *Double pâte des sultanes* et de l'*Eau carminative* s'y ruina. La solution de ce problème regarde les Sciences Occultes.

Pendant les quelques visites que le chef de bureau fit à la femme de l'infortuné Descoings, il fut frappé de la beauté calme, froide, candide, d'Agathe Rouget. Lorsqu'il vint consoler la veuve, qui fut assez inconsolable pour ne pas continuer le commerce de son second défunt, il finit par épouser cette charmante fille dans la décade, et après l'arrivée du père qui ne se fit pas attendre. Le médecin, ravi de voir les choses succédant au vœu de ses souhaits, puisque sa femme devenait seule héritière des Descoings, accourut à Paris, moins pour assister au mariage d'Agathe que pour faire rédiger le contrat à sa guise. Le désintéressement et l'amour excessif du citoyen Bridau laissèrent carte blanche à la perfidie du médecin, qui exploita l'aveuglement de son gendre, comme la suite de cette histoire vous le démontrera. Madame Rouget, ou plus exactement le docteur, hérita donc de tous les biens meubles et immeubles de monsieur et de madame Descoings père et mère, qui moururent à deux ans l'un de l'autre. Puis Rouget finit par avoir raison de sa femme qui mourut au commencement de l'année 1799. Et il eut des vignes, et il acheta des fermes, et il acquit des forges, et il eut des laines à vendre ! Son fils bien-aimé ne savait rien faire ; mais il le destinait à l'état de propriétaire, il le laissa croître en richesse et en sottise, sûr que cet enfant en saurait toujours autant que les plus savans en se laissant vivre et mourir. Dès 1799 les calculateurs d'Issoudun donnaient déjà trente mille livres de rente au père Rouget. Après la mort de sa femme, le docteur mena toujours une vie débauchée ; mais il la régla pour ainsi dire et la réduisit au huis-clos du chez soi. Ce médecin, plein de caractère, mourut en 1805. Dieu sait alors combien la bourgeoisie d'Issoudun parla sur le compte de cet homme, et combien d'anecdotes il circula sur son horrible vie privée. Jean-Jacques Rouget, que son père avait fini par tenir sévèrement en reconnaissant la sottise, resta garçon par des raisons graves dont l'explication forme une partie importante de cette histoire. Son célibat fut en partie causé par la faute du docteur, comme on le verra plus tard.

Maintenant il est nécessaire d'examiner les effets de la vengeance exercée par le père sur une fille qu'il ne regardait pas comme la sienne, et qui, croyez-le bien, lui appartenait légitimement. Personne à Issoudun n'avait remarqué l'un de ces accidens bizarres qui font de la génération un abîme où la science se perd. Agathe ressemblait à la mère du docteur Rouget. De même que, selon une observation vulgaire, la goutte saute par-dessus une génération, et va d'un grand-père à un petit-fils, de même il n'est pas rare de voir la ressemblance se comportant comme la goutte.

Ainsi, l'aîné des enfans d'Agathe, qui ressemblait à sa mère, eut tout le moral du docteur Rouget, son grand-père. Léguons la solution de cet autre problème au vingtième siècle avec une belle nomenclature d'animalcules microscopiques, et nos neveux écriront peut-être autant de sottises que nos Corps Savans en ont écrit déjà sur cette question ténébreuse.

Agathe Rouget se recommandait à l'admiration publique par une de ces figures destinées, comme celle de Marie, mère de Notre-Seigneur, à rester toujours vierges, même après le mariage. Son portrait, qui existe encore dans l'atelier de Bridau, montre un ovale parfait, une blancheur inaltérée et sans le moindre grain de rousseur, malgré sa chevelure d'or. Plus d'un artiste, en observant ce front pur, cette bouche discrète, ce nez fin, de jolies oreilles, de longs cils aux yeux, et des yeux d'un bleu foncé d'une tendresse infinie, enfin cette figure empreinte de placidité, demande aujourd'hui à notre grand peintre : « Est-ce la copie d'une tête de Raphaël ? » Jamais homme ne fut mieux inspiré que le Chef de bureau en épousant cette jeune fille. Agathe réalisa l'idéal de la ménagère élevée en province, et qui n'a jamais quitté sa mère. Pieuse sans être dévote, elle n'avait d'autre instruction que celle donnée aux femmes par l'Église. Aussi fut-elle une épouse accomplie dans le sens vulgaire, car son ignorance des choses de la vie engendra plus d'un malheur. L'épitaphe d'une célèbre Romaine : « *Elle fit de la tapisserie et garda la maison,* » rend admirablement compte de cette existence pure, simple et tranquille. Dès le Consulat, Bridau s'attacha fanatiquement à Napoléon, qui le nomma Chef de division en 1804, un an avant la mort de Rouget. Riche de douze mille francs d'appointemens et receveur de belles gratifications, Bridau fut très insouciant des honteux résultats de la liquidation qui se fit à Issoudun, et par laquelle Agathe n'eut rien. Six mois avant sa mort, le père Rouget avait vendu à son fils une portion de ses biens dont le reste fut attribué à Jean-Jacques, tant à titre de donation par préférence qu'à titre d'héritier. Une avance d'hoirie de cent mille francs, faite à Agathe dans son contrat de mariage, représentait sa part dans la succession de sa mère et de son père. Idolâtre de l'Empereur, Bridau servit avec un dévouement de séide les puissantes conceptions de ce demi-dieu moderne, qui, trouvant tout détruit en France, y voulut tout organiser. Jamais le Chef de division ne disait : Assez. Projets, mémoires, rapports, études, il ac-

cepta les plus lourds fardeaux, tant il était heureux de seconder l'Empereur ; il l'aimait comme homme, il l'adorait comme souverain, et ne souffrait pas la moindre critique sur ses actes ni sur ses projets. De 1804 à 1808, le Chef de division se logea dans un grand et bel appartement sur le quai Voltaire, à deux pas de son Ministère et des Tuileries. Une cuisinière et un valet de chambre composèrent tout le domestique du ménage au temps de la splendeur de madame Bridau. Agathe, toujours levée la première, allait à la Halle accompagnée de sa cuisinière. Pendant que le domestique faisait l'appartement, elle veillait au déjeuner. Bridau ne se rendait jamais au ministère que sur les onze heures. Tant que dura leur union, sa femme éprouva le même plaisir à lui préparer un exquis déjeuner, seul repas que Bridau fît avec plaisir. En toute saison, quelque temps qu'il fît lorsqu'il partait, Agathe regardait son mari allant au Ministère, et ne rentrait la tête que quand il avait tourné la rue du Bac. Elle desservait alors elle-même, donnait son coup d'œil à l'appartement ; puis elle s'habillait, jouait avec ses enfans, les promenait ou recevait ses visites en attendant le retour de Bridau. Quand le Chef de division rapportait des travaux urgens, elle s'installait auprès de sa table, dans son cabinet, muette comme une statue, et tricotant en le voyant travailler, veillant tant qu'il veillait, et se couchant quelques instans avant lui. Quelquefois les époux allaient au spectacle dans les loges du Ministère. Ces jours-là, le ménage dînait ch z un restaurateur ; et le spectacle que présentait le restaurant causait toujours à madame Bridau ce vif plaisir qu'il donne aux personnes qui n'ont pas vu Paris. Forcée souvent d'accepter de ces grands dîners priés qu'on offrait au Chef de division qui menait une portion du ministère de l'intérieur, et que Bridau rendait honorablement, Agathe obéissait au luxe des toilettes d'alors ; mais elle quittait au retour avec joie cette richesse d'apparat, en reprenant dans son ménage sa simplicité de provinciale. Une fois par semaine, le jeudi, Bridau recevait ses amis. Enfin il donnait un grand bal le mardi gras. Ce peu de mots met l'histoire de toute cette vie conjugale qui n'eut que trois grands événemens : la naissance de deux enfans, nés à trois ans de distance, et la mort de Bridau, qui périt, en 1808, tué par ses veilles, au moment où l'Empereur allait le nommer Directeur général, comte, et Conseiller d'État. En ce temps, Napoléon s'adonnait spécialement aux affaires de l'intérieur ; il accabla Bridau de travail, et acheva de ruiner la santé de ce bureaucrate intrépide. Napoléon, à qui Bridau n'avait jamais rien demandé, s'était enquis de ses mœurs et de sa fortune. En apprenant que cet homme dévoué ne possédait rien que sa place, il reconnut une de ces âmes incorruptibles qui rehaussaient, qui moralisaient son administration, et il voulut surprendre Bridau par d'éclatantes récompenses. Le désir de terminer un immense travail avant le départ de l'Empereur pour l'Espagne tua le Chef de division, qui mourut d'une fièvre inflammatoire. À son retour, l'Empereur, qui vint préparer en quelques jours à Paris sa campagne de 1809, dit en apprenant cette perte : « Il y a des hommes qu'on ne remplace jamais ! » Frappé du dévouement qui n'attendait aucun de ces brillans témoignages réservés à ses soldats, l'Empereur résolut de créer un Ordre richement rétribué pour le civil comme il avait créé la Légion d'honneur pour le militaire. L'impression produite sur lui par la mort de Bridau lui fit imaginer l'Ordre de la R union ; mais il n'out pas le temps d'achever cette création aristocratique, dont le souvenir est si bien aboli qu'au n m de cet Ordre éphémère la plupart des lecteurs se demanderont quel en était l'insigne : il se portait avec un ruban bleu. L'Empereur appela cet Ordre la Réunion dans la pensée de confondre l'ordre de la Toison-d'Or et l'ordre d'Espagne avec l'ordre de la Toison-d'Or de la cour d'Autriche. « La Providence, a dit un diplomate prussien, a su empêcher cette profanation. » L'Empereur se fit rendre compte de la situation de madame Bridau. Les deux enfans eurent chacun une bourse entière au lycée impérial, et l'Empereur mit tous les frais de leur éducation à la charge de sa cassette. Puis il inscrivit madame Bridau pour une pension de quatre mille francs, en se réservant sans doute de veiller à la fortune des deux fils. Depuis son mariage jusqu'à la mort de son mari, madame Bridau n'eut pas la moindre relation avec Issoudun. Elle était sur le point d'accoucher de son second fils au moment où elle perdit sa mère. Quand son père, de qui elle se savait peu aimée, mourut, il s'agissait du sacre de l'Empereur, et le couronnement donna tant de travail à Bridau qu'il ne voulut pas quitter son mari. Jean Jacques Rouget, son frère, ne lui avait pas écrit un mot depuis son départ d'Issoudun. Tout en s'affligeant de la tacite répudiation de sa famille, Agathe finit par penser très rarement à ceux qui ne pensaient point à elle. Elle recevait tous les ans une lettre de sa marraine, madame Hochon, à laquelle elle répondait des banalités, sans étudier les avis que cette excellente et pieuse femme lui donnait à mots couverts. Quelque temps avant la mort du docteur Rouget, madame Hochon écrivit à sa filleule qu'elle n'aurait rien de son père si elle n'envoyait sa procuration à monsieur Hochon. Agathe eut de la répugnance à tourmenter son frère. Soit que Bridau comprît que la spoliation était conforme au Droit et à la Coutume du Berry, soit que cet homme pur et juste partageât la grandeur d'âme et l'indifférence de sa femme en matière d'intérêt, il ne voulut point écouter Roguin, son notaire, qui lui conseillait de profiter de sa position pour contester les actes par lesquels le père avait réussi à priver sa fille de sa part légitime. Les époux approuvèrent ce qui se fit alors à Issoudun. Cependant, en ces circonstances, Roguin avait fait réfléchir le Chef de division sur les intérêts compromis de sa femme. Cet homme supérieur pensa que, s'il mourait, Agathe se trouverait sans fortune. Il voulut alors examiner l'état de ses affaires ; il trouva que, de 1793 à 1805, sa femme et lui avaient été forcés de prendre environ trente mille francs sur les cinquante mille francs effectifs que le vieux Rouget avait donnés à sa fille, et il plaça les vingt mille francs restant sur le Grand-Livre. Les fonds étaient alors à quarante. Agathe eut donc environ deux mille livres de rente sur l'État. Veuve, madame Bridau pouvait donc vivre honorablement avec six mille livres de rente. Toujours femme de province, elle voulut renvoyer le domestique de Bridau, ne garder que sa cuisinière, et changer d'appartement ; mais son amie intime, qui persistait à se dire sa tante, madame Descoings, vendit son mobilier, quitta son appartement, et vint demeurer avec Agathe, en faisant du cabinet de feu Bridau une chambre à coucher. Ces deux veuves réunirent leurs revenus, et se virent à la tête de douze mille livres de rente. Cette conduite semble simple et naturelle. Mais rien dans la vie n'exige plus d'attention que les choses qui paraissent naturelles ; on se défie toujours assez de l'extraordinaire ; aussi voyez-vous les hommes d'expérience, les avoués, les juges, les médecins, les prêtres, attachant une énorme importance aux affaires simples : on les trouve méticuleux. Le serpent sous les fleurs est un des plus beaux mythes que l'Antiquité nous ait légués pour la conduite de nos affaires. Combien de fois les sots, pour s'excuser à leurs propres yeux et à ceux des autres, s'écrient : — « C'était si simple que tout le monde y aurait été pris ! »

En 1809, madame Descoings, qui ne disait point son âge, avait soixante-cinq ans. Nommée dans son temps la belle épicière, elle était une de ces femmes si rares que le temps respecte, et devait à une excellente constitution le privilège de garder une beauté qui néanmoins ne soutenait pas un examen sérieux. De moyenne taille, grasse, fraîche, elle avait de belles épaules, un teint légèrement rosé. Ses cheveux blonds, qui tiraient sur le châtain, n'offraient pas, malgré la catastrophe de Descoings, le moindre changement de couleur. Excessivement friande, elle aimait à se faire de bons petits plats ; mais, quoiqu'elle parût beaucoup penser à la cuisine, elle adorait aussi le spectacle et cultivait un vice enveloppé par elle dans le plus profond mystère : elle mettait à la loterie ! Ne serait-ce pas cet abîme que la mythologie nous a signalé par le tonneau des Danaïdes ? La Descoings, on doit nommer ainsi une femme qui jouait à la loterie, dépensait peut-être un peu trop en toilette, comme toutes les femmes qui ont le bonheur de rester jeunes longtemps ; mais, hormis ces légers défauts, elle était la femme la plus agréable à vivre. Toujours de l'avis de tout le monde, ne contrariant personne, elle plaisait par une gaîté douce et communicative. Elle possédait surtout une qualité parisienne qui séduit les commis retraités et les vieux négociants : elle entendait la plaisanterie ! .. Si elle ne se remaria pas en troisièmes noces, ce fut sans doute la faute de l'époque. Durant les guerres de l'Empire, les gens à marier trouvaient trop facilement des jeunes filles belles et riches pour s'occuper des femmes de soixante ans. Madame Descoings voulut égayer madame Bridau, la fit aller souvent au spectacle et en voiture, elle lui composa d'excellens petits dîners, elle essaya même de la marier avec son fils Bixiou. Hélas ! elle lui avoua le terrible secret profondément gardé par elle, par défunt Descoings et par son notaire. La jeune, l'élégante Descoings, qui se donnait trente-six ans, avait un fils de trente-cinq ans nommé Bixiou, déjà veuf, major au 21e de ligne, qui périt colonel à Dresde en laissant un fils unique. La Descoings, qui ne voyait jamais que son petit-fils Bixiou, le faisait passer pour le fils d'une première femme de son mari. Sa confidence fut un acte de prudence : le fils du colonel, élevé au lycée impérial avec les deux fils Bridau, y eut une demi-bourse. Ce garçon, déjà fin et malicieux au lycée, s'est fait plus tard une grande réputation comme dessinateur et comme homme d'esprit. Agathe n'aimait plus rien au monde que ses enfans, et ne voulait plus vivre que pour eux ; elle se refusa à secondes noces et par raison et par fidélité. Mais il est plus facile d'être bonne épouse que d'être bonne mère. Une veuve a deux tâches dont les obligations se contredisent : elle est mère et doit exercer la puissance paternelle. Peu de femmes sont assez fortes pour comprendre et jouer ce double rôle. Aussi la pauvre Agathe, malgré ses vertus, fut-elle la cause innocente de bien des malheurs. Par suite de son peu d'esprit et de la confiance à laquelle s'habituent les belles âmes, Agathe fut la victime de madame Descoings, qui la plongea dans un effroyable malheur. La Descoings nourrissait des ternes, et la loterie ne faisait pas crédit à ses actionnaires. En gouvernant la maison, elle put employer à ses mises l'argent destiné au ménage qu'elle endetta progressivement, dans l'espoir d'enrichir son petit-fils Bixiou, sa chère Agathe et le petit Bridau. Quand les dettes arrivèrent à dix mille francs, elle fit de plus fortes mises en espérant que son terne favori, qui n'était pas sorti depuis neuf ans, comblerait l'abîme du déficit. La dette monta dès lors rapidement. Arrivée au chiffre de vingt mille francs, la Descoings perdit la tête et ne gagna pas le terne. Elle voulut alors engager sa fortune pour rembourser sa nièce ; mais Roguin, son notaire, lui démontra l'impossibilité de cet honnête dessein. Feu Rouget, à la mort de son beau-frère Descoings, en avait pris la succession en désintéressant madame Descoings par un usufruit qui grevait les biens de Jean-Jacques Rouget. Aucun usurier ne voudrait prêter vingt mille francs à une femme de soixante-sept ans sur un usufruit d'environ quatre mille francs, dans une époque où les placemens à dix pour cent abondaient. Un matin la Descoings alla se jeter aux pieds de sa nièce, et, tout en sanglotant, avoua l'état des choses : madame Bridau ne lui fit aucun reproche, elle renvoya le domestique et la cuisinière, vendit le superflu de son mobilier, vendit les trois quarts de son inscription sur le Grand-Livre, paya tout, et donna congé de son appartement.

Un des plus horribles coins de Paris est certainement la portion de la rue Mazarine, à partir de la rue Guénégaud jusqu'à l'endroit où elle se réunit à la rue de Seine, derrière le palais de l'Institut. Les hautes murailles grises du collège et de la bibliothèque que le cardinal Mazarin offrit à la ville de Paris, et où devait un jour se loger l'Académie française, jettent des ombres glaciales sur ce coin de rue; le soleil s'y montre rarement, la bise du nord y souffle. La pauvre veuve ruinée vint se loger au troisième étage d'une des maisons situées dans ce coin humide, noir et froid. Devant cette maison s'élèvent les bâtimens de l'Institut, où se trouvaient alors les loges des animaux féroces connus sous le nom d'artistes par les bourgeois et sous le nom de rapins dans les ateliers. On y entrait rapin, on pouvait en sortir élève du gouvernement à Rome. Cette opération ne se faisait pas sans des tapages extraordinaires aux époques de l'année où l'on enfermait les concurrens dans ces loges. Pour être lauréats, ils devaient avoir fait, dans un temps donné, qui sculpteur, le modèle en terre glaise d'une statue; qui peintre, l'un des tableaux que vous pouvez voir à l'école des Beaux-Arts; qui musicien, une cantate; qui architecte, un projet de monument. Au moment où ces lignes sont écrites, cette ménagerie a été transportée de ces bâtimens sombres et froids dans l'élégant palais des Beaux-Arts, à quelques pas de là. Des fenêtres de madame Bridau, l'œil plongeait sur ces loges grillées, vue profondément triste. Au nord, la perspective est bornée par le dôme de l'Institut. En remontant la rue, les yeux ont pour toute récréation la file de fiacres qui stationnent dans le haut de la rue Mazarine. Aussi la veuve finit-elle par mettre sur ses fenêtres trois caisses pleines de terre où elle cultiva l'un de ces jardins aériens que menacent les ordonnances de police, et dont les végétations raréfient le jour et l'air. Cette maison, adossée à une autre qui donne rue de Seine, a nécessairement peu de profondeur, l'escalier y tourne sur lui-même. Ce troisième étage est le dernier. Trois fenêtres, trois pièces : une salle à manger, un petit salon, une chambre à coucher; et en face, de l'autre côté du palier, une petite cuisine au-dessus, deux chambres de garçon et un immense grenier sans destination. Madame Bridau choisit ce logement pour trois raisons : la modicité, il coûtait quatre cents francs, aussi fit-elle un bail de neuf ans; la proximité du collège, elle était à peu de distance du lycée Impérial; enfin elle restait dans le quartier où elle avait pris ses habitudes. L'intérieur de l'appartement fut en harmonie avec la maison. La salle à manger, tendue d'un petit papier jaune à fleurs vertes, et dont le carreau rouge ne fut pas frotté, n'eut que le strict nécessaire : une table, deux buffets, six chaises, le tout provenant de l'appartement quitté. Le salon fut orné d'un tapis d'Aubusson donné à Bridau lors du renouvellement du mobilier au Ministère. La veuve y mit un de ces meubles communs, en acajou, à têtes égyptiennes, que Jacob Desmalter fabriquait par grosses en 1806, et garni d'une étoffe en soie verte à rosaces blanches. Au-dessus du canapé, le portrait de Bridau fait au pastel par une main amie attirait aussitôt les regards. Quoique l'art pût y trouver à reprendre, on reconnaissait bien sur le front la fermeté de ce grand citoyen obscur. La sérénité de ses yeux, à la fois doux et fiers, y était bien rendue. La sagacité, de laquelle ses lèvres prudentes témoignaient, et le souvenir franc, l'air de cet homme de qui l'Empereur disait : *Justum et tenacem* avaient été saisis, sinon avec talent, du moins avec exactitude. En considérant ce portrait, on voyait que l'homme avait toujours fait son devoir. Sa physionomie exprimait cette incorruptibilité qu'on accorde à plusieurs hommes employés sous la République, et le souvenir franc. En regard et au-dessus d'une table à jeu brillait le portrait de l'Empereur colorié, fait par Vernet, et où Napoléon passe rapidement à cheval, suivi de son escorte. Agathe se donna deux grandes cages d'oiseaux, l'une pleine de serins, l'autre d'oiseaux des Indes. Elle s'adonnait à ce goût enfantin depuis la perte, irréparable pour elle comme pour beaucoup de monde, qu'elle avait faite. Quant à la chambre de la veuve, elle fut, au bout de trois mois, ce qu'elle devait être jusqu'au jour néfaste où elle fut obligée de la quitter, un fouillis qu'aucune description ne pourrait mettre en ordre. Les chats y faisaient leur domicile sur les bergères; les serins, mis parfois en liberté, y laissaient des virgules sur tous les meubles. La pauvre bonne veuve y posait pour eux du millet

et du mouron en plusieurs endroits. Les chats y trouvaient des friandises dans des soucoupes écornées. Les hardes traînaient. Cette chambre sentait la province et la fidélité. Tout ce qui avait appartenu à feu Bridau y fut soigneusement conservé. Ses ustensiles de bureau obtinrent les soins qu'autrefois la veuve d'un paladin eût donnés à ses armes. Chacun comprendra le culte touchant de cette femme d'après un seul détail. Elle avait enveloppé, cacheté une plume, et mis cette inscription sur l'enveloppe : « Dernière plume dont se soit servi mon cher mari. » La tasse dans laquelle il avait bu sa dernière gorgée était sous verre sur la cheminée. Les bonnets et les faux cheveux trônèrent plus tard sur les globes de verre qui recouvraient ces précieuses reliques. Depuis la mort de Bridau, il n'y avait plus chez cette jeune veuve de trente-cinq ans ni trace de coquetterie ni soin de femme. Séparée du seul homme qu'elle eût connu, estimé, aimé, qui ne lui avait pas donné le moindre chagrin, elle ne s'était plus sentie femme, tout lui fut indifférent; elle ne s'habilla plus. Jamais rien ne fut ni plus simple ni plus complet que cette démission du bonheur conjugal et de la coquetterie. Certains êtres reçoivent de l'amour la puissance de transporter leur *moi* dans un autre; et quand il leur est enlevé, la vie leur est plus possible. Agathe, qui ne pouvait plus exister que pour ses enfans, éprouvait une tristesse infinie en voyant combien de privations sa ruine allait leur imposer. Depuis son emménagement rue Mazarine, elle eut dans sa physionomie une teinte de mélancolie qui la rendait touchante. Elle comptait bien un peu sur l'Empereur, mais l'Empereur ne pouvait rien faire de plus que ce qu'il faisait pour le moment : sa cassette donnait par an six cents francs pour chaque enfant, outre la bourse.

Quant à la brillante Descoings, elle occupa, au second, un appartement pareil à celui de sa nièce. Elle avait fait à madame Bridau une délégation de mille écus à prendre par préférence sur son usufruit. Roguin le notaire avait mis madame Bridau en règle à cet égard, mais il fallait environ sept ans pour que ce lent remboursement eût réparé le mal. Roguin, chargé de rétablir les quinze cents francs de rente, encaissait à mesure les sommes ainsi retenues. La Descoings, réduite à douze cents francs, vivait petitement avec sa nièce. Ces deux honnêtes, mais faibles créatures, prirent pour les matin seulement une femme de ménage. La Descoings, qui aimait à cuisiner, faisait le dîner. Le soir, quelques amis, des employés du Ministère autrefois placés par Bridau, venaient faire la partie avec les deux veuves. La Descoings nourrissait toujours son terne, qui s'entêtait, disait-elle, à ne pas sortir. Elle espérait rendre d'un seul coup ce qu'elle avait emprunté forcément à sa nièce. Elle aimait les deux petits Bridau plus que ne son petit-fils Bixiou, tant elle avait le sentiment de ses torts envers eux, et tant elle admirait la bonté de sa nièce qui, dans ses plus grandes souffrances, ne lui adressa jamais le moindre reproche. Aussi croyez que Joseph et Philippe étaient choyés par la Descoings. Semblable à toutes les personnes qui ont un vice à se faire pardonner, la vieille actionnaire de la loterie impériale de France leur arrangeait de petits dîners chargés de friandises. Plus tard, Joseph et Philippe pouvaient extraire avec la plus grande facilité de sa poche quelque argent, le cadet pour des fusins, des crayons, du papier, des estompes; l'aîné pour des chaussons aux pommes, des billes, des ficelles et des couteaux. Sa passion l'avait amenée à se contenter de cinquante francs par mois pour toutes ses dépenses, afin de pouvoir jouer le reste.

De son côté, madame Bridau, par amour maternel, ne laissait pas sa dépense s'élever à une somme plus considérable. Pour se punir de sa confiance, elle se retranchait héroïquement ses petites jouissances. Comme chez beaucoup d'esprits timides et d'intelligence bornée, un seul sentiment froissé et sa défiance réveillée l'amenaient à déployer si largement un défaut, qu'il prenait la consistance d'une vertu. «L'Empereur pouvait oublier, se disait-elle, il pouvait périr dans une bataille, sa pension cesserait avec elle. » Elle frémissait en voyant des chances pour que ses enfans restassent sans aucune fortune au monde. Incapable de comprendre les calculs de Roguin quand il essayait de lui démontrer qu'en sept ans une retenue de trois mille francs sur l'usufruit de madame Descoings lui rétablirait les rentes vendues, elle ne croyait ni au notaire, ni à sa tante, ni à l'État, elle ne comptait plus que sur elle-même et sur ses privations. En mettant chaque année de côté mille écus sur sa pension, elle aurait trente mille francs au bout de dix ans, avec lesquels elle constituerait déjà quinze cents francs de rentes pour un de ses enfans. A trente-six ans, elle avait assez le droit de croire pouvoir vivre encore vingt ans; et, en suivant ce système, elle devait donner à chacun d'eux le strict nécessaire. Ainsi ces deux veuves étaient passées d'une fausse opulence à une misère volontaire, l'une sous la conduite d'un vice, et l'autre sous les enseignes de la vertu la plus pure. Rien de toutes ces choses si menues n'est inutile à l'enseignement profond qui résultera de cette histoire prise aux intérêts les plus ordinaires de la vie, mais dont la portée n'en sera peut-être que plus étendue. La vue des loges, le frétillement des rapins dans la rue, la nécessité de regarder le ciel pour se consoler des effroyables perspectives qui cernent ce coin toujours humide, l'aspect de ce portrait encore plein d'âme et de grandeur malgré le faire du peintre amateur, le spectacle des couleurs riches, mais vieillies et harmonieuses, de cet intérieur doux et calme, la végétation des jardins aériens, la pauvreté de ce ménage, la préférence de la mère pour son aîné, son opposition aux goûts du cadet, enfin l'ensemble de faits et de circonstances qui sert de préambule à cette histoire contient peut-être les causes génératrices auxquelles nous devons Joseph Bridau, l'un des grands peintres de l'École française actuelle.

Philippe, l'aîné des deux enfans de Bridau, ressemblait d'une manière frappante à sa mère. Quoique ce fût un garçon blond aux yeux bleus, il avait un air tapageur qui se prenait facilement pour de la vivacité, pour du courage. Le vieux Claparon, entré au Ministère en même temps que Bridau, et l'un des fidèles amis qui venaient le soir faire la partie des deux veuves, disait deux ou trois fois par mois à Philippe, en lui donnant une tape sur la joue. « Voilà un petit gaillard qui n'aura pas froid aux yeux ! » L'enfant stimulé prit, par fanfaronnade, une sorte de résolution. Cette pente une fois donnée à son caractère, il devint adroit à tous les exercices corporels. A force de tomber au lycée, il contracta cette hardiesse et ce mépris de la douleur qui engendre la valeur militaire : mais naturellement il contracta la plus grande aversion pour l'étude, car l'éducation publique ne résoudra jamais le problème difficile du développement simultané du corps et de l'intelligence. Agathe concluait de sa ressemblance purement physique avec Philippe à une concordance morale, et croyait fermement retrouver un jour en lui sa délicatesse de sentimens agrandie par la force de l'homme. Philippe avait quinze ans au moment où sa mère vint s'établir dans le triste appartement de la rue Mazarine, et la gentillesse des enfans de cet âge confirmait alors les croyances maternelles. Joseph, de trois ans moins âgé, ressemblait à son père, mais en mal. D'abord, son abondante chevelure noire était toujours mal peignée quoi qu'on fît; tandis que, malgré sa vivacité, son frère restait toujours joli. Puis, sans qu'on sût par quelle fatalité, mais une fatalité trop constante devient une habitude, Joseph ne pouvait conserver aucun vêtement propre : habillé de vêtemens neufs, il en faisait aussitôt de vieux habits. L'aîné, par amour-propre, avait soin de ses affaires. Insensiblement, la mère s'accoutumait à gronder Joseph et à lui donner son frère pour exemple. Agathe ne montrait donc pas toujours le même visage à ses deux enfans; et, quand elle le allait chercher, elle disait de Joseph : — Dans quel état m'aura-t-il mis ses affaires? Ces petites choses poussaient son cœur dans l'abîme de la préférence maternelle. Personne, parmi les êtres extrêmement ordinaires qui formaient la société des deux veuves, ni le père du Bruel, ni le vieux Claparon, ni Desro-

ches le père, ni même l'abbé Loraux, le confesseur d'Agathe, ne remarqua la pente de Joseph vers l'observation. Dominé par son goût, le futur coloriste ne faisait attention à rien de ce qui le concernait; et, pendant son enfance, cette disposition ressembla si bien à de la torpeur, que son père avait eu des inquiétudes sur lui. La capacité extraordinaire de la tête, l'étendue du front, avaient tout d'abord fait craindre que l'enfant ne fût hydrocéphale. Sa figure si tourmentée, et dont l'originalité peut passer pour de la laideur aux yeux de ceux qui ne connaissent pas la valeur morale d'une physionomie, fut pendant sa jeunesse assez renfrognée. Les traits, qui plus tard se développèrent, semblaient être contractés, et la profonde attention que l'enfant prêtait aux choses les crispait encore. Philippe flattait donc toutes les vanités de sa mère à qui Joseph n'attirait pas le moindre compliment. Il échappait à Philippe de ces mots heureux, de ces réparties qui font croire aux parens que leurs enfans seront des hommes remarquables, tandis que Joseph restait taciturne et songeur. La mère espérait des merveilles de Philippe, elle ne comptait point sur Joseph. La prédisposition de Joseph pour l'Art fut développée par le fait le plus ordinaire. En 1812, aux vacances de Pâques, en revenant de se promener aux Tuileries avec son frère et madame Descoings, il vit un élève faisant sur le mur la caricature de quelque professeur, et l'admiration le cloua sur le pavé devant ce trait à la craie qui pétillait de malice. Le lendemain, il se mit à la fenêtre, observa l'entrée des élèves par la porte de la rue Mazarine, descendit furtivement et se coula dans la longue cour de l'Institut, où il aperçut les statues, les bustes, les marbres commencés, les terres cuites, les plâtres qu'il contempla fiévreusement. Son instinct se révélait, sa vocation l'agitait. Il entra dans une salle basse dont la porte était entr'ouverte, et y vit une dizaine de jeunes gens dessinant une statue. Son petit cœur palpita, mais il fut aussitôt l'objet de mille plaisanteries.

— Petit, petit ! fit le premier qui l'aperçut en prenant de la mie de pain et la lui jetant émiettée.

— A qui l'enfant ?

— Dieu ! qu'il est laid !

Enfin, pendant un quart d'heure, Joseph essuya les charges de l'atelier du grand statuaire Chaudet; mais, après s'être bien moqué de lui, les élèves furent frappés de sa persistance, de sa physionomie, et lui demandèrent ce qu'il voulait. Joseph répondit qu'il avait bien envie de savoir dessiner; et, là-dessus, chacun de l'encourager. L'enfant, pris au ton d'amitié, raconta comme quoi il était le fils de madame Bridau.

— Oh ! dès que tu es le fils de madame Bridau ! s'écriat-on dans tous les coins de l'atelier, tu peux devenir un grand homme. Vive le fils à madame Bridau ! Est-elle jolie, ta mère ? S'il faut en juger sur l'échantillon de ta boule, elle doit être un peu chique !

— Ah ! tu veux être artiste, dit le plus âgé des élèves en quittant sa place et venant à Joseph pour lui faire une charge; mais sais-tu bien qu'il faut être crâne et supporter de grandes misères ? Oui, il y a des épreuves à vous casser bras et jambes. Tous ces crapauds que tu vois, eh bien ! il n'y en a pas un qui n'ait passé par les épreuves. Celui-là, tiens, il est resté sept jours sans manger ! Voyons si tu peux être un artiste ?

Il lui prit un bras et le lui éleva droit en l'air; puis il plaça l'autre comme si Joseph avait à donner un coup de poing.

— Nous appelons cela l'épreuve du télégraphe, reprit-il. Si tu restes ainsi, sans baisser ni changer la position de tes membres, pendant un quart d'heure, eh bien ! tu auras donné la preuve d'être un fier crâne.

— Allons, petit, du courage, dirent les autres. Ah, dame ! il faut souffrir pour être artiste.

Joseph, dans sa bonne foi d'enfant de treize ans, demeura immobile pendant environ cinq minutes, et tous les élèves le regardaient sérieusement.

— Oh ! tu baisses, disait l'un.

— Eh ! tiens-toi, saperlotte ! disait l'autre. L'empereur Napoléon est bien resté pendant un mois comme tu le vois là, dit un élève en montrant la belle statue de Chaudet.

L'empereur, debout, tenait le sceptre impérial, et cette statue fut abattue en 1814 de la colonne qu'elle couronnait si bien. Au bout de dix minutes, la sueur brillait en perles sur le front de Joseph. En ce moment, un petit homme chauve, pâle et maladif, entra. Le plus respectueux silence régna dans l'atelier.

— Eh bien ! gamins, que faites-vous ? dit-il en regardant le martyr de l'atelier.

— C'est un petit bonhomme qui pose, dit le grand élève qui avait disposé Joseph.

— N'avez-vous pas honte de torturer un pauvre enfant ainsi ? dit Chaudet en abaissant les deux membres de Joseph. Depuis quand es-tu là ? demanda-t-il à Joseph en lui donnant sur la joue une petite tape d'amitié.

— Depuis un quart d'heure.

— Et qui t'amène ici ?

— Je voudrais être artiste.

— Et d'où sors-tu, d'où viens-tu ?

— De chez maman.

— Oh ! maman ! crièrent les élèves.

— Silence dans les cartons ! cria Chaudet. Que fait ta maman ?

— C'est madame Bridau. Mon papa, qui est mort, était un ami de l'Empereur. Aussi l'Empereur, si vous voulez m'apprendre à dessiner, payera-t-il tout ce que vous demanderez.

— Son père était chef de division au ministère de l'intérieur, s'écria Chaudet frappé d'un souvenir. Et tu veux être artiste ?

— Oui, monsieur.

— Viens ici tant que tu voudras, et l'on t'y amusera ! Donnez-lui un carton, du papier, des crayons, et laissez-le faire. Apprenez, drôles, dit le sculpteur, que son père m'a obligé. Tiens, Corde-à-Puits, va chercher des gâteaux, des friandises et des bonbons, dit-il en donnant de la monnaie à l'élève qui avait abusé de Joseph. Nous verrons bien si tu es un artiste à la manière dont tu chiqueras les légumes, reprit Chaudet en caressant le menton de Joseph.

Puis il passa les travaux de ses élèves en revue, accompagné de l'enfant qui regardait, écoutait et tâchait de comprendre. Les friandises arrivèrent. Tout l'atelier, le sculpteur lui-même et l'enfant donnèrent leur coup de dent. Joseph fut alors caressé tout aussi bien qu'il avait été mystifié. Cette scène, où la plaisanterie et le cœur des artistes se révélaient, et qu'il comprit instinctivement, fit une prodigieuse impression sur l'enfant. L'apparition de Chaudet, sculpteur enlevé par une mort prématurée, et que la protection de l'Empereur signalait à la gloire, fut pour Joseph comme une vision. L'enfant ne dit rien à sa mère de cette escapade, mais il passa les dimanches et tous les jeudis, il passa trois heures à l'atelier de Chaudet. La Descoings, qui favorisait les fantaisies des deux chérubins, donna dès lors à Joseph des crayons, de la sanguine, des estompes et du papier à dessiner. Au Lycée impérial, le futur artiste croquait ses maîtres, il dessinait ses camarades, il charbonnait les dortoirs, et fut d'une étonnante assiduité à la classe de dessin. Lemire, professeur du Lycée impérial, frappé non-seulement des dispositions, mais des progrès de Joseph, vint avertir madame Bridau de la vocation de son fils. Agathe, en femme de province qui comprenait aussi peu les arts qu'elle comprenait le ménage, fut saisie de terreur. Lemire parti, la veuve se mit à pleurer.

— Ah ! dit-elle quand la Descoings vint, je suis perdue ! Joseph, de qui je voulais faire un employé, qui avait sa route toute tracée au ministère de l'intérieur où, protégé par l'ombre de son père, il serait devenu chef de bureau à vingt-cinq ans, eh bien ! il veut se mettre peintre, un état de va-nu-pieds. Je prévoyais bien que cet enfant-là ne me donnerait que des chagrins !

Madame Descoings avoua que, depuis plusieurs mois, elle encourageait la passion de Joseph, et couvrait, le dimanche et le jeudi, ses évasions à l'Institut. Au Salon, où elle l'avait conduit, l'attention profonde que le petit bonhomme donnait aux tableaux tenait du miracle.

— S'il comprend la peinture à treize ans, ma chère, dit-elle, votre Joseph sera un homme de génie.

— Oui, voyez où le génie a conduit son père ! à mourir usé par le travail à quarante ans.

Dans les derniers jours de l'automne, au moment où Joseph allait entrer dans sa quatorzième année, Agathe descendit, malgré les instances de la Descoings, chez Chaudet, pour s'opposer à ce qu'on lui débauchât son fils. Elle trouva Chaudet, en sarrau bleu, modelant sa dernière statue : il reçut presque mal la veuve de l'homme qui jadis l'avait servi dans une circonstance assez critique ; mais, attaqué déjà dans sa vie, il se débattait avec cette fougue à laquelle on doit de faire en quelques momens ce qu'il est difficile d'exécuter en quelques mois ; il rencontrait une chose longtemps cherchée, il maniait son ébauchoir et sa glaise par des mouvements saccadés qui parurent à l'ignorante Agathe être ceux d'un maniaque. En toute autre disposition, Chaudet se fût mis à rire ; mais, en entendant cette mère maudire les arts, se plaindre de la destinée qu'on imposait à son fils, et demander qu'on ne le reçût plus à son atelier, il entra dans une sainte fureur.

— J'ai des obligations à défunt votre mari, je voulais m'acquitter en encourageant son fils, en veillant aux premiers pas de votre petit Jos ph dans la plus grande de toutes les carrières ! s'écria-t-il. Oui, madame, apprenez, si vous ne le savez pas, qu'un grand artiste est un roi, plus qu'un roi : d'abord il est plus heureux, il est indépendant, il vit à sa guise ; puis il règne dans le monde de la fantaisie. Or, votre fils a le plus bel avenir ! des dispositions comme les siennes sont rares, elles ne se sont dévoilées de si bonne heure que chez les Giotto, les Raphaël, les Titien, les Rubens, les Murillo ; car il me semble devoir être plutôt peintre que sculpteur. Jour de Dieu ! si j'avais un fils semblable, je serais aussi heureux que l'Empereur l'est de s'être donné le roi de Rome ! Enfin, vous êtes maîtresse du sort de votre enfant. Allez, madame ! faites-en un imbécile, un homme qui ne fera que marcher en marchant, un misérable gratte-papier : vous aurez commis un meurtre. J'espère bien que, malgré vos efforts, il sera toujours artiste. La vocation est plus forte que tous les obstacles par lesquels on s'oppose à ses effets ! La vocation, le mot veut dire l'appel, eh ! c'est l'élection par Dieu ! Seulement vous rendrez votre enfant malheureux ! Il jeta dans un baquet avec violence la glaise dont il n'avait plus besoin, et dit alors à son modèle . — Assez pour aujourd'hui.

Agathe leva les yeux et vit une femme non assise sur une escabelle dans un coin de l'atelier où son regard ne s'était pas encore porté ; et ce spectacle la fit sortir avec horreur.

— Vous ne recevrez plus ici le petit Bridau, vous autres, dit Chaudet à ses élèves. Cela contrarie madame sa mère.

— Hue ! crièrent les élèves quand Agathe ferma la porte.

— Et Joseph allait là ! se dit la pauvre mère effrayée de ce qu'elle avait vu et entendu.

Dès que les élèves en sculpture et en peinture apprirent que madame Bridau ne voulait pas que son fils devînt un artiste, tout leur bonheur fut d'attirer Joseph chez eux. Malgré la promesse que sa mère tira de lui de ne plus aller à l'Institut, Joseph se glissa souvent dans l'atelier que Regnauld y avait, et on l'y encouragea à barbouiller des toiles. Quand la veuve voulut se plaindre, les élèves de Chaudet lui dirent que monsieur Regnauld n'était pas Chaudet ; elle ne leur avait pas d'ailleurs donné monsieur son fils à garder, et mille autres plaisanteries. Ces atroces rapins composèrent et chantèrent une chanson sur madame Bridau, en cent trente-sept couplets.

Le soir de cette triste journée, Agathe refusa de jouer, et resta dans la bergère en proie à une si profonde tristesse que parfois elle eut des larmes dans ses beaux yeux.

— Qu'avez-vous, madame Bridau ? lui dit le vieux Claparon.

— Elle croit que son fils mendiera son pain parce qu'il a la bosse de la peinture, dit la Descoings ; mais moi je n'ai pas le plus léger souci pour l'avenir de mon beau-fils, le petit Bixiou, qui, lui aussi, a la fureur de dessiner. Les hommes sont faits pour percer.

— Madame a raison, dit le sec et dur Desroches qui n'avait jamais pu, malgré ses talens, devenir sous-chef. Moi je n'ai qu'un fils, heureusement ; car avec mes dix-huit cents francs et une femme qui gagne à peine douze cents francs avec son bureau de papier timbré, que serais-je devenu ? J'ai mis mon gars petit-clerc chez un avoué. Il a vingt-cinq francs par mois et le déjeuner, je lui en donne autant ; il dîne et il couche à la maison : voilà tout, il faut bien qu'il aille, et il fera son chemin ! Je taille à mon gaillard plus de besogne que s'il était au collège, et il sera quelque jour avoué ; quand je lui paye un spectacle, il est heureux comme un roi, il m'embrasse, oh ! je le tiens raide, il me rend compte de l'emploi de son argent. Vous êtes trop bonne pour vos enfans. Si votre fils veut manger de la vache enragée, laissez-le faire ! il deviendra quelque chose.

— Moi, dit du Bruel, vieux chef de division qui venait de prendre sa retraite, le mien n'a que seize ans, sa mère l'adore ; mais je n'écouterais pas une vocation qui se déclarerait de si bonne heure. C'est pure fantaisie, un goût qui doit passer ! Selon moi, les garçons ont besoin d'être **dirigés**...

— Vous, monsieur, vous êtes un homme et vous n'avez qu'un fils, dit Agathe.

— Ma foi ! reprit Claparon, les enfans sont nos tyrans (*en cœur*). Le mien me fait enrager, il m'a mis sur la paille, j'ai fini par ne plus m'en occuper du tout (*indépendance*). Eh bien ! il en est plus heureux, et moi aussi. Le drôle est cause en partie de la mort de sa pauvre mère. Il s'est fait commis-voyageur, et il a bien trouvé son lot ; il n'était pas plutôt à la maison qu'il en voulait sortir, il ne tenait jamais en place, il n'a rien voulu apprendre ; tout ce que je demande à Dieu, c'est que je meure sans lui avoir vu déshonorer mon nom ! Ceux qui n'ont pas d'enfans ignorent bien des plaisirs, mais ils évitent aussi bien des souffrances.

— Voilà les pères ! se dit Agathe en pleurant de nouveau.

— Ce que je vous en dis, ma chère madame Bridau, c'est pour vous faire voir qu'il faut laisser votre enfant devenir peintre ; autrement, vous perdriez votre temps...

— Si vous étiez capable de le morigéner, reprit l'âpre Desroches, je vous dirais de vous opposer à ses goûts ; mais, faible comme je vous vois avec eux, laissez-le barbouiller, crayonner.

— Perdu ! dit Claparon.

— Comment, perdu ? s'écria la pauvre mère.

— Eh ! oui, *mon indépendance en cœur*... cette allumette de Desroches me fait toujours perdre.

— Consolez-vous, Agathe, dit la Descoings, Joseph sera un grand homme.

Après cette discussion, qui ressemble à toutes les discussions humaines, les amis de la veuve se réunirent au même avis, et cet avis ne mettait pas de terme à ses perplexités. On lui conseilla de laisser Joseph suivre sa vocation.

— Si ce n'est pas un homme de génie, lui dit du Bruel qui courtisait Agathe, vous pourrez toujours le mettre dans l'administration.

Sur le haut de l'escalier, la Descoings, en reconduisant les trois vieux employés, les nomma des *sages de la Grèce*.

— Elle se tourmente trop, dit du Bruel.

— Elle est trop heureuse que son fils veuille faire quelque chose, dit encore Claparon.

— Si Dieu nous conserve l'Empereur, dit Desroches,

Joseph sera protégé d'ailleurs ! ainsi de quoi s'inquiète-t-elle ?

— Elle a peur de tout, quand il s'agit de ses enfans, répondit la Descoings. — Eh bien ! bonne petite, reprit-elle en rentrant, vous voyez, ils sont unanimes, pourquoi pleurez-vous encore ?

— Ah ! s'il s'agissait de Philippe, je n'aurais aucune crainte. Vous ne savez pas ce qui se passe dans ces ateliers ! Les artistes y ont des femmes nues.

— Mais ils y font du feu, j'espère, dit la Descoings.

Quelques jours après, les malheurs de la déroute de Moscou éclatèrent. Napoléon revint pour organiser de nouvelles forces et demander de nouveaux sacrifices à la France. La pauvre mère fut alors livrée à bien d'autres inquiétudes. Philippe, à qui le lycée déplaisait, voulut absolument servir l'Empereur. Une revue aux Tuileries, la dernière qu'y fit Napoléon, et à laquelle Philippe assista, l'avait fanatisé. Dans ce temps-là, la splendeur militaire, l'aspect des uniformes, l'autorité des épaulettes, exerçaient d'irrésistibles séductions sur certains jeunes gens. Philippe se crut pour le service les dispositions que son frère manifestait pour les arts. A l'insu de sa mère, il écrivit à l'Empereur une pétition ainsi conçue :

« Sire, je suis fils de votre Bridau, j'ai dix-huit ans,
» cinq pieds six pouces, de bonnes jambes, une bonne con-
» stitution, et le désir d'être un de vos soldats. Je réclame
» votre protection pour entrer dans l'armée, etc. »

L'Empereur envoya Philippe du lycée Impérial à Saint-Cyr dans les vingt-quatre heures ; et, six mois après, en novembre 1813, il le fit sortir sous-lieutenant dans un régiment de cavalerie. Philippe resta pendant une partie de l'hiver au dépôt ; mais, dès qu'il sut monter à cheval, il partit plein d'ardeur. Durant la campagne de France, il devint lieutenant par une affaire d'avant-garde où son impétuosité sauva son colonel. L'Empereur nomma Philippe capitaine à la bataille de La Fère-Champenoise, où il le prit pour officier d'ordonnance. Stimulé par un pareil avancement, Philippe gagna la croix à Montereau. Témoin des adieux de Napoléon à Fontainebleau, et fanatisé par ce spectacle, le capitaine Philippe refusa de servir les Bourbons. Quand il revint chez sa mère, en juillet 1814, il la trouva ruinée. On supprima la bourse de Joseph aux vacances, et madame Bridau, dont la pension était servie par la cassette du feu Empereur sollicita vainement pour la faire inscrire au Ministère de l'Intérieur. Joseph, plus peintre que jamais, enchanté de ces événemens, demandait à sa mère de le laisser aller chez monsieur Regnauld, et promettait de pouvoir gagner sa vie. Il se disait assez fort élève de Seconde pour se passer de sa Rhétorique. Capitaine à dix-neuf ans et décoré, Philippe, après avoir servi d'aide de camp à l'Empereur sur deux champs de bataille, flattait énormément l'amour-propre de sa mère ; aussi, quoique grossier, tapageur, et en réalité sans autre mérite que celui de la vulgaire bravoure du sabreur, fut-il aimé de l'homme de génie ; tandis que Joseph, petit, maigre, souffreteux, au front sauvage, aimant la paix, la tranquillité, rêvant la gloire de l'artiste, ne devait lui donner, selon elle, que des tourmens et des inquiétudes. L'hiver de 1814 à 1815 fut favorable à Joseph. qui, secrètement protégé par la Descoings et par Bixiou, l'élève de Gros, alla travailler dans ce célèbre atelier, d'où sortirent tant de talens différens, et où il se lia très-étroitement avec Schinner. Le 20 mars éclata, le capitaine Bridau, qui rejoignit l'Empereur à Lyon et l'accompagna aux Tuileries, fut nommé chef d'escadron aux Dragons de la Garde. Après la bataille de Waterloo, à laquelle il fut blessé, mais légèrement, et où il gagna la croix d'officier de la Légion-d'Honneur, il se trouva près du maréchal Davoust à Saint-Denis et ne fit point partie de l'armée de la Loire ; aussi, par la protection du maréchal Davoust, sa croix d'officier et son grade lui furent-ils maintenus ; mais on le mit en demi-solde. Joseph, inquiet de l'avenir, étudia durant cette période avec une ardeur qui plusieurs

fois le rendit malade au milieu de cet ouragan d'événemens.

— C'est l'odeur de la peinture, disait Agathe à madame
Descoings. il devrait bien quitter un état si contraire à sa
santé.

Toutes les anxiétés d'Agathe étaient alors pour son fils
le lieutenant colonel ; elle le revit en 1816, tombé de neuf
mille francs environ d'appointemens que recevait un commandant des Dragons de la Garde Impériale à une demi-
solde de trois cents francs par mois ; elle lui fit arranger la
mansarde au-dessus de la cuisine, et y employa quelques
économies. Philippe fut un des bonapartistes les plus assi-
dus du café Lemblin, véritable Béotie constitutionnelle ; il
y prit les habitudes, les manières, le style et la vie des officiers à demi-solde ; et comme eût fait tout jeune homme
de vingt et un ans, il les outra, voua sérieusement une
haine mortelle aux Bourbons, ne se rallia point, et refusa
même les occasions qui se présentèrent d'être employé
dans la Ligne avec son grade de lieutenant-colonel. Aux
yeux de sa mère, Philippe parut déployer un grand caractère.

— Le père n'eût pas mieux fait, disait-elle.

La demi-solde suffisait à Philippe, il ne coûtait rien à la
maison, tandis que Joseph était entièrement à la charge
des deux veuves. Dès ce moment, la prédilection d'Agathe
pour Philippe se trahit. Jusque-là cette préférence fut un
secret ; mais la persécution exercée sur un fidèle soldat de
l'Empereur, le souvenir de la blessure reçue par ce fils
chéri, son courage dans l'adversité, qui, bien que volontaire, était pour elle une noble adversité, firent éclater la
tendresse d'Agathe. Ce mot : — Il est malheureux ! justifiait tout. Joseph, dont le caractère avait cette simplesse
qui surabonde au début de la vie, dans l'âme des artistes,
élevé d'ailleurs dans une certaine admiration de son grand
frère, loin de se choquer de la préférence de sa mère, la
justifiait en partageant ce culte pour un brave qui avait
porté les ordres de Napoléon dans deux batailles, pour un
blessé de Waterloo. Comment mettre en doute la supériorité de ce grand frère qu'il avait vu dans le bel uniforme
vert et or des Dragons de la Garde, commandant son escadron au Champ-de-Mai ! Malgré sa préférence, Agathe se
montra d'ailleurs excellente mère : elle aimait Joseph, mais
sans aveuglement ; elle ne le comprenait pas, voilà tout.
Joseph adorait sa mère, tandis que Philippe se laissait ado-
rer par elle. Cependant le dragon adoucissait pour elle sa
brutalité soldatesque ; mais il ne dissimulait guère son
mépris pour Joseph, tout en l'exprimant d'une manière
amicale. En voyant ce frère dominé par une puissante tête
et maigri par un travail opiniâtre, tout chétif et malingre
à dix-sept ans, il l'appelait : « Moutard ! » Ses manières
toujours protectrices eussent été blessantes sans l'insouciance de l'artiste qui croyait à la bonté fraternelle
chez les soldats sous leur air brutal. Joseph ne savait pas
encore, le pauvre enfant, que les militaires d'un vrai talent
sont doux et polis envers les autres gens supérieurs. Le
génie est en toute chose semblable à lui-même.

— Pauvre garçon ! disait Philippe à sa mère, il ne faut
pas le tracasser, laissez-le s'amuser.

Ce dédain, aux yeux de la mère, semblait une preuve
de tendresse fraternelle.

— Philippe aimera toujours son frère et le protégera,
pensait-elle.

En 1816, Joseph obtint de sa mère la permission de convertir en atelier le grenier contigu à sa mansarde, et la
Descoings lui donna quelque argent pour avoir les choses
indispensables au métier de peintre ; car, dans le ménage
des deux veuves, la peinture n'était qu'un métier. Avec
l'esprit et l'ardeur qui accompagnent la vocation, Joseph
disposa tout lui-même dans son pauvre atelier. Le propriétaire, sollicité par madame Descoings, fit ouvrir le toit, et
y plaça un châssis. Ce grenier devint une vaste mur-
par Joseph en couleur chocolat ; il accrocha sur les murs
quelques esquisses ; Agathe y mit, non sans regret, un
petit poêle en fonte, et Joseph put travailler chez lui, sans

négliger néanmoins l'atelier de Gros ni celui de Schinner.
Le parti constitutionnel, soutenu surtout par les officiers
en demi-solde et par le parti bonapartiste, fit alors des
émeutes autour de la Chambre au nom de la Charte, de
laquelle personne ne voulait, et ourdit plusieurs conspirations. Philippe, qui s'y fourra, fut arrêté, puis relâché faute
de preuves ; mais le Ministre de la Guerre lui supprima sa
demi-solde en le mettant dans un cadre qu'on pourrait appeler de discipline. La France n'était plus tenable, Philippe
finirait par donner dans quelque piége tendu par les agens
provocateurs. On parlait beaucoup alors des agens provocateurs. Pendant que Philippe jouait au billard dans les
cafés suspects, y perdait son temps, et s'y habituait à hu-
mer des petits verres de différentes liqueurs, Agathe était
dans des transes mortelles sur le grand homme de la famille. Les trois sages de la Grèce s'étaient trop habitués à
faire le même chemin tous les soirs, à monter l'escalier des
deux veuves, à les trouver les attendant et prêtes à leur
demander leurs impressions du jour pour jamais les quitter,
ils venaient toujours faire leur partie dans ce petit salon
vert. Le Ministère de l'Intérieur, livré aux épurations de
1816, avait conservé Claparon, un de ces trembleurs qui
donnent à mi-voix les nouvelles du *Moniteur* en ajoutant :
« Ne me compromettez pas ! » Desroches, mis à la retraite
quelque temps après le vieux du Bruel, disputait encore
sa pension. Ces trois amis, témoins du désespoir d'Agathe,
lui donnèrent le conseil de faire voyager le colonel.

— On parle de conspirations, et votre fils, du caractère
dont il est, sera victime de quelque affaire, car il y a toujours des traîtres.

— Que diable ! Il est du bois dont son Empereur faisait
les maréchaux, dit du Bruel à voix basse en regardant autour de lui, et il ne doit pas abandonner son état. Qu'il aille
servir dans l'Orient, aux Indes...

— Et sa santé ? dit Agathe.

— Pourquoi ne prend-il pas une place ? dit le vieux Desroches, il se forme tant d'administrations particulières !
Moi, je vais entrer chef de bureau dans une Compagnie
d'Assurances, dès que ma pension de retraite sera réglée.

— Philippe est un soldat, il n'aime que la guerre, dit la
belliqueuse Agathe.

— Il devrait alors être sage et demander à servir...

— Ceux-ci ? s'écria la veuve. Oh ! ce n'est pas moi qui le
lui conseillerai jamais.

— Vous avez tort, reprit du Bruel. Mon fils vient d'être
placé par le duc de Navarreins. Les Bourbons sont excellens pour ceux qu'ils se rallient sincèrement. Votre fils serait
nommé lieutenant-colonel à quelque régiment.

— On ne veut que des nobles dans la cavalerie, et il ne
sera jamais colonel, s'écria le Descoings.

Agathe effrayée supplia Philippe de passer à l'étranger
et de s'y mettre au service d'une puissance quelconque qui
accueillerait toujours avec faveur un officier d'ordonnance
de l'Empereur.

— Servir les étrangers !... s'écria Philippe avec horreur.

Agathe embrassa son fils avec effusion en disant : — C'est
tout son père.

— Il a raison, dit Joseph, le Français est trop fier de sa
Colonne pour aller s'encolonner ailleurs. Napoléon reviendra d'ailleurs peut-être encore une fois !

Pour complaire à sa mère, Philippe eut alors la magnifique idée de rejoindre le général Lallemand aux États-Unis,
et de coopérer à la fondation du Champ-d'Asile, une des
plus terribles mystifications connues sous le nom de Souscriptions Nationales. Agathe donna dix mille francs pris sur
ses économies, et dépensa mille francs pour aller conduire
et embarquer son fils au Havre. A la fin de 1817, Agathe sut
vivre avec les six cents francs qui lui restaient de son inscription sur le Grand-livre ; puis, par une heureuse inspira-
tion, elle plaça le champ les dix mille francs qui lui
restaient de ses économies, et dont elle eut sept cents autres
francs de rente. Joseph voulut coopérer à cette œuvre de dévouement : il alla mis comme un recors ; il porta de grossou-

liers, des bas bleus ; il se refusa des gants et brûla du charbon de terre ; il vécut de pain, de lait, de fromage de Brie. Le pauvre enfant ne recevait d'encouragemens que de la vieille Descoings et de Bixiou, son camarade de collége et son camarade d'atelier, qui fit alors ses admirables caricatures, tout en remplissant une petite place dans un ministère.

— Avec quel plaisir j'ai vu venir l'été de 1818 ! a dit souvent Bridau en racontant ses misères d'alors. Le soleil m'a dispensé d'acheter du charbon.

Déjà tout aussi fort que Gros en fait de couleur, il ne voyait plus son maître que pour le consulter ; il méditait alors de rompre en visière aux classiques, de briser les conventions grecques et les lisières dans lesquelles on renfermait un art à qui la nature appartient comme elle est, dans la toute-puissance de ses créations et de ses fantaisies. Joseph se préparait à sa lutte qui, dès le jour où il apparut au Salon, en 1823, ne cessa plus. L'année fut terrible ; Roguin, le notaire de madame Descoings et de madame Bridau, disparut en emportant les retenues faites depuis sept ans sur l'usufruit, et qui devaient déjà produire deux mille francs de rente. Trois jours après ce désastre, arriva de New-York une lettre de change de mille francs tirée par le colonel Philippe sur sa mère. Le pauvre garçon, abusé comme tant d'autres, avait tout perdu au Champ-d'Asile. Cette lettre, qui fit fondre en larmes Agathe, la Descoings et Joseph, parlait de dettes contractées à New-York, où des camarades d'infortune cautionnaient le colonel.

— C'est pourtant moi qui l'ai forcé de s'embarquer ! s'écria la pauvre mère ingénieuse à justifier les fautes de Philippe.

— Je ne vous conseille pas, dit la vieille Descoings à sa nièce, de lui faire souvent faire des voyages de ce genre-là.

Madame Descoings était héroïque. Elle donnait toujours mille écus à madame Bridau, mais elle nourrissait aussi toujours un même terne qui, depuis 1799, n'était pas sorti. Vers ce temps, elle commençait à douter de la bonne foi de l'administration. Elle accusa le gouvernement, et le crut très-capable de supprimer les trois numéros dans l'urne afin de provoquer les mises furieuses des actionnaires. Après un rapide examen des ressources, il parut impossible de faire mille francs sans vendre une portion de rente. Les deux femmes parlèrent d'engager l'argenterie, une partie du linge ou le surplus du mobilier. Joseph, effrayé de ces propositions, alla trouver Gérard, lui exposa sa situation, et le grand peintre lui obtint au Ministère de la Maison du Roi deux copies du portrait de Louis XVIII à raison de cinq cents francs chacune. Quoique peu donnant, Gros mena son élève chez son marchand de couleurs, auquel il dit de mettre sur son compte les fournitures nécessaires à Joseph. Mais les mille francs ne devaient être payés que les copies livrées. Joseph fit alors quatre tableaux de chevalet en dix jours, les vendit à des marchands, et apporta les mille francs à sa mère qui put solder la lettre de change. Huit jours après, vint une autre lettre, par laquelle le colonel avisait sa mère de son départ sur un paquebot dont le capitaine le prenait sur sa parole. Philippe annonçait avoir besoin d'au moins mille autres francs en débarquant au Havre.

— Bon, dit Joseph à sa mère, j'aurai fini mes copies, tu lui porteras mille francs.

— Cher Joseph ! s'écria tout en larmes Agathe en l'embrassant, Dieu te bénira. Tu l'aimes donc, ce pauvre persécuté ? il est notre gloire et notre avenir. Si jeune, si brave et si malheureux ! tout est contre lui, soyons au moins tous trois pour lui.

— Tu vois bien que la peinture sert à quelque chose ! s'écria Joseph heureux d'obtenir enfin de sa mère la permission d'être un grand artiste.

Madame Bridau courut au-devant de son bien-aimé fils le colonel Philippe. Une fois au Havre, elle alla tous les jours au delà de la tour ronde bâtie par François 1er, attendant le paquebot américain, et concevant de jour en jour

de plus cruelles inquiétudes. Les mères seules savent combien ces sortes de souffrances raniment la maternité. Le paquebot arriva par une belle matinée du mois d'octobre 1819, sans avaries, sans avoir eu le moindre grain. Chez l'homme le plus brute, l'air de la patrie et la vue d'une mère produisent toujours un certain effet, surtout après un voyage plein de misères. Philippe se livra donc à une effusion de sentimens qui fit penser à Agathe : « Ah ! comme il m'aime, lui ! » Hélas ! l'officier n'aimait plus qu'une seule personne au monde, et cette personne était le colonel Philippe. Ses malheurs au Texas, son séjour à New-York, pays où la spéculation et l'individualisme sont portés au plus haut degré, où la brutalité des intérêts arrive au cynisme, où l'homme, essentiellement isolé, se voit contrain de marcher dans sa force et de se faire à chaque instant juge dans sa propre cause où la politesse n'existe pas ; enfin, les moindres événemens de ce voyage avaient développé chez Philippe les mauvais penchans du soudard : il était devenu brutal, buveur, fumeur, personnel, impoli ; la misère et les souffrances physiques l'avaient déravé. D'ailleurs, le colonel se regardait comme persécuté. L'effet de cette opinion est de rendre les gens sans intelligence persécuteurs et intolérans. Pour Philippe, l'univers commençait à sa tête et finissait à ses pieds, le soleil ne brillait que pour lui. Enfin, le spectacle de New-York, interprété par cet homme d'action, lui avait enlevé les moindres scrupules en fait de moralité. Chez les êtres de cette espèce, il n'y a que deux manières d'être : ou ils croient, ou ils ne croient pas ; ou ils ont toutes les vertus de l'honnête homme, ou ils s'abandonnent à toutes les exigences de la nécessité ; puis ils s'habituent à ériger leurs moindres intérêts et chaque vouloir momentané de leurs passions en nécessité. Avec ce système, on peut aller loin. Le colonel avait conservé, dans l'apparence seulement, la rondeur, la franchise, le laisser-aller du militaire. Aussi était-il excessivement dangereux, il semblait ingénu comme un enfant ; mais, n'ayant à penser qu'à lui, jamais il ne faisait rien sans avoir réfléchi à ce qu'il devait faire, autant qu'un rusé procureur réfléchit à quelque tour de maître Gonin ; les paroles ne lui coûtaient rien, il en donnait autant qu'on en voulait croire. Si, par malheur, quelqu'un s'avisait de ne pas accepter les explications par lesquelles il justifiait les contradictions entre sa conduite et son langage, le colonel, qui tirait supérieurement le pistolet, qui pouvait défier le plus habile maître d'armes, et qui possédait le sang-froid de tous ceux auxquels la vie est indifférente, était prêt à vous demander raison de la moindre parole aigre ; mais, en attendant, il paraissait homme à se livrer à des voies de fait, après lesquelles aucun arrangement n'est possible. Sa stature imposante avait pris de la rotondité, son visage s'était bronzé pendant son séjour au Texas, il conservait son parler bref et le ton tranchant de l'homme obligé de se faire respecter au milieu de la population de New-York. Ainsi fait, simplement vêtu, le corps visiblement endurci par ses récentes misères, Philippe apparut à sa pauvre mère comme un héros ; mais il était tout simplement devenu ce que le peuple nomme assez énergiquement un chenapan. Effrayée du dénûment de son fils chéri, madame Bridau lui fit au Havre une garde-robe complète ; et, en écoutant le récit de ses malheurs, elle n'eut pas la force de l'empêcher de boire, de manger et de s'amuser comme devait boire et s'amuser un homme qui revenait du Champ d'Asile. Certes, ce fut une belle conception que celle de la conquête du Texas par les restes de l'armée impériale ; mais elle manqua moins par les choses que par les hommes, puisqu'aujourd'hui le Texas est une république pleine d'avenir. Cette expérience du libéralisme sous la Restauration prouve énergiquement que ses intérêts étaient purement égoïstes, et nullement nationaux, autour du pouvoir et non ailleurs. Ni les hommes, ni les lieux, ni l'idée, ni le dévouement ne firent faute ; mais bien les écus et les secours de cet hypocrite parti qui disposait de sommes énormes, et qui ne donna rien quand il s'agissait d'un empire à retrouver. Les ménagères du genre d'Agathe ont un bon sens qui leur fait deviner ces sortes de tromperies politiques. La pauvre mère entrevit alors la vérité d'après les récits de son fils ; car, dans l'intérêt du proscrit, elle avait écouté pendant son absence les pompeuses réclames des journaux constitutionnels, et suivi le mouvement de cette fameuse souscription qui produisit à peine cinquante mille francs lorsqu'il aurait fallu cinq à six millions. Les chefs du libéralisme s'étaient promptement aperçus qu'ils faisaient les affaires de Louis XVIII en exportant de France les glorieux débris de nos armées, et ils abandonnèrent les plus dévoués, les plus ardens, les plus enthousiastes, ceux qui s'avancèrent les premiers. Jamais Agathe ne put expliquer à son fils comment il était beaucoup plus une dupe qu'un homme persécuté. Dans sa croyance en son idole, elle s'accusa d'ignorance et déplora le malheur des temps qui frappait Philippe. En effet, jusqu'alors, dans toutes ces misères, il était moins fautif que victime de son beau caractère, de son énergie, de la chute de l'Empereur, de la duplicité des Libéraux, et de l'acharnement des Bourbons contre les Bonapartistes. Elle n'osa pas, durant cette semaine passée au Havre, semaine horriblement coûteuse, lui proposer de se réconcilier avec le gouvernement royal, et de se présenter au ministre de la Guerre, où la vie est horriblement chère, et de le ramener à Paris quand elle n'eut plus que l'argent du voyage. La Descoings et Joseph, qui attendaient le proscrit à son débarquer dans la cour des Messageries royales, furent frappés de l'altération du visage d'Agathe.

— La mère a pris dix ans en deux mois, dit la Descoings à Joseph au milieu des embrassades et pendant qu'on déchargeait les deux malles.

— Bonjour, mère Descoings, fut le mot de tendresse du colonel pour la vieille épicière que Joseph appelait affectueusement maman Descoings.

— Nous n'avons pas d'argent pour le fiacre, dit Agathe d'une voix dolente.

— J'en ai, lui répondit le jeune peintre. Mon frère est d'une superbe couleur ! s'écria-t-il à l'aspect de Philippe.

— Oui, je me suis culotté comme une pipe. Mais, toi, tu n'es pas changé, petit.

Alors âgé de vingt et un ans, et d'ailleurs apprécié par quelques amis qui le soutinrent dans ses jours d'épreuves, Joseph sentait sa force et avait la conscience de son talent ; il représentait la peinture dans un Cénacle formé par des jeunes gens dont la vie était adonnée aux sciences, aux lettres, à la politique et la philosophie ; il fut donc blessé par l'expression de mépris que son frère marqua encore par un geste : Philippe lui tortilla l'oreille comme à un enfant. Agathe observa l'espèce de froideur qui succédait chez la Descoings et chez Joseph à l'effusion de leur tendresse ; mais elle répara tout en leur parlant des souffrances endurées par Philippe pendant son exil. La Descoings, qui voulait faire un jour de fête du retour de l'enfant qu'elle nommait prodigue, mais tout bas, avait préparé le meilleur dîner possible, auquel étaient conviés le vieux Claparon et Desroches le père. Tous les amis de la maison devaient venir, et vinrent le soir. Joseph avait averti Léon Giraud, d'Arthez, Michel Chrestien, Fulgence Ridal et Bianchon, ses amis du Cénacle. La Descoings dit à Bixiou, son prétendu beau-fils, qu'on ferait entre jeunes gens un écarté. Desroches le fils, devenu par la roide volonté de son père licencié en Droit, tout aussi de la soirée. Du Bruel, Claparon, Desroches et l'abbé Loraux étudièrent le proscrit dont les manières et la contenance grossières, et l'usage des liqueurs, la phraséologie populaire et le regard les effrayèrent. Aussi, pendant que Joseph arrangeait les tables de jeu, les plus dévoués entourèrent-ils Agathe en lui disant :

— Que comptez-vous faire de Philippe ?

— Je ne sais pas, répondit-elle ; mais il ne veut toujours pas servir les Bourbons.

— Il est bien difficile de lui trouver une place en France. S'il ne rentre pas dans l'armée, il ne se casera pas de sitôt dans l'administration, dit le vieux du Bruel. Certes, il suffit de l'entendre pour voir qu'il n'aura pas, comme mon fils, la ressource de faire fortune avec des pièces de théâtre.

Au mouvement d'yeux par lequel Agathe répondit, chacun comprit combien l'avenir de Philippe l'inquiétait ; et, comme aucun de ses amis n'avait de ressources à lui présenter, tous gardèrent le silence. Le proscrit, Desroches fils et Bixiou jouèrent à l'écarté, jeu qui faisait alors fureur.

— Maman Descoings, mon frère n'a pas d'argent pour jouer, vint dire Joseph à l'oreille de la bonne et excellente femme.

L'actionnaire de la Loterie Royale alla chercher vingt francs et les remit à l'artiste, qui les glissa secrètement dans la main de son frère. Tout le monde arriva. Il y eut deux tables de boston, et la soirée s'anima. Philippe se montra mauvais joueur. Après avoir d'abord gagné beaucoup, il perdit ; puis, vers onze heures, il devait cinquante francs à la table d'écarté. Le tapage et les disputes de la table d'écarté résonnèrent plus d'une fois aux oreilles des paisibles joueurs de boston, qui observèrent Philippe à la dérobée. Le proscrit donna des preuves d'une si mauvaise nature que, dans sa dernière querelle où Desroches fils, qui n'était pas non plus très bon, se trouvait mêlé, Desroches père, quoique son fils eût raison, lui donna tort et lui défendit de jouer. Madame Descoings en fit autant avec son petit-fils, qui commençait à lancer des mots si spirituels que Philippe ne les comprit pas, mais qui pouvaient mettre ce cruel railleur en péril au cas où l'une de ses flèches barbelées fût entrée dans l'épaisse intelligence du colonel.

— Tu dois être fatigué, dit Agathe à l'oreille de Philippe, viens te coucher.

— Les voyages forment la jeunesse, dit Bixiou en souriant quand le colonel et madame Bridau furent sortis.

Joseph, qui se levait au jour et se couchait de bonne heure, ne vit pas la fin de cette soirée. Le lendemain matin, Joseph et la Descoings, en préparant le déjeuner dans la première pièce, ne purent s'empêcher de penser que les soirées seraient excessivement chères, si Philippe continuait à jouer ce jeu-là, selon l'expression de la Descoings. Cette vieille femme, alors âgée de soixante-seize ans, proposa de vendre son mobilier, de rendre son appartement au second étage au propriétaire qui ne demandait pas mieux que de le reprendre, de faire sa chambre du salon d'Agathe, et de convertir la première pièce en un salon où l'on mangerait. On économiserait ainsi sept cent francs par an. Ce retranchement dans la dépense permettrait de donner cinquante francs par mois à Philippe en attendant qu'il se plaçât. Agathe accepta ce sacrifice. Lorsque le colonel descendit, quand sa mère lui eût demandé s'il s'était trouvé bien dans sa petite chambre, les deux veuves lui exposèrent la situation de la famille. Madame Descoings et Agathe possédaient, en réunissant leurs revenus, cinq mille trois cents francs de rentes, dont les quatre mille de la Descoings étaient viagères. La Descoings faisait six cents francs de pension à Bixiou, qu'elle avouait pour son petit-fils depuis six mois, et six cents francs à Joseph ; le reste de son revenu passait, ainsi que celui d'Agathe, au ménage et à leur entretien. Toutes les économies avaient été dévorées.

— Soyez tranquilles, dit le lieutenant colonel, je vais chercher une place, je ne serai pas à votre charge, je ne demande pour le moment que la pâtée et la niche.

Agathe embrassa son fils, et la Descoings glissa cent francs dans la main de Philippe pour payer la dette du jeu faite la veille. En dix jours la vente du mobilier, la remise de l'appartement et le changement intérieur de celui d'Agathe se firent avec cette célérité qui ne se voit qu'à Paris. Pendant ces dix jours, Philippe décampa régulièrement après le déjeuner, revint pour dîner, sortit le soir, et ne rentra se coucher que vers minuit. Voici les habitudes que ce militaire réformé contracta presque machinalement et qui s'enracinèrent : il faisait cirer ses bottes sur le Pont-Neuf pour les deux sous qu'il eût donnés en prenant par le pont des Arts pour gagner le Palais-Royal, où il consommait deux petits verres d'eau-de-vie en lisant les journaux, occupation qui le menait jusqu'à midi; vers cette heure, il cheminait par la rue Vivienne et se rendait au café Minerve où se brassait alors la politique libérale et où il jouait au billard avec d'anciens officiers. Tout en gagnant ou perdant, Philippe avalait toujours trois ou quatre petits verres de diverses liqueurs, et fumait dix cigares de la régie en allant, revenant et flânant par les rues. Après avoir fumé quelques pipes le soir à l'Estaminet Hollandais, il montait au jeu vers dix heures, le garçon de salle lui donnait une carte et une épingle; il s'enquérait auprès de quelques joueurs émérites de l'état de la Rouge et de la Noire, et jouait dix francs au moment le plus opportun, sans jouer jamais plus de trois coups, perte ou gain. Quand il avait gagné, ce qui arrivait presque toujours, il consommait n b l de punch et regagnait sa mansarde ; mais il parlait alors d'assommer les Ultras, les Gardes-du-corps, et chantait dans les escaliers : *Veillons au salut de l'Empire!* Sa pauvre mère, en l'entendant, disait : — Il est gai ce soir, Philippe; et elle montait l'embrasser, sans se plaindre des odeurs fétides du punch, des petits verres et du tabac.

— Tu dois être contente de moi, ma chère mère! lui dit-il vers la fin de janvier, je mène la vie la plus régulière du monde.

Philippe avait dîné cinq fois au restaurant avec d'anciens camarades. Ces vieux soldats s'étaient communiqué l'état de leurs affaires en parlant des espérances que donnait la construction d'un bateau sous-marin pour la délivrance de l'Empereur. Parmi ses anciens camarades retrouvés, Philippe affectionna particulièrement un vieux capitaine des Dragons de la Garde, nommé Giroudeau, dans la compagnie duquel il avait débuté. Cet ancien dragon fut cause que Philippe compléta ce que Rabelais appellerait l'équipage du diable, en ajoutant au petit verre, au cigare et au jeu, une quatrième roue. Un soir, au commencement de février, Giroudeau emmena Philippe, après dîner, à la Gaîté, dans une loge donnée à un petit journal de théâtre appartenant à son neveu Finot, où il tenait la caisse, les écritures, pour lequel il faisait et vérifiait les bandes. Vêtus, selon la mode des officiers bonapartistes appartenant à l'opposition constitutionnelle, d'une ample redingote à collet carré, boutonnée jusqu'au menton, tombant sur les talons et décorée de la rosette, armés d'un jonc à pomme plombée qu'ils tenaient par un cordon de cuir tressé, les deux anciens troupiers s'étaient, pour employer une de leurs expressions, *donné une culotte*, et s'ouvraient mutuellement leurs cœurs en entrant dans la loge. A travers les vapeurs d'un certain nombre de bouteilles et de petits verres de diverses liqueurs, Giroudeau montra sur la scène à Philippe une petite, grasse et agile figurante nommée Florentine dont les bonnes grâces et l'affection lui venaient, ainsi que la loge, par la toute-puissance du journal.

— Mais, dit Philippe, jusqu'où vont ces bonnes grâces pour un vieux troupier gris-pommelé comme toi?

— Dieu merci, répondit Giroudeau, je n'ai pas abandonné les vieilles doctrines de notre glorieux uniforme! Je n'ai jamais dépensé deux liards pour une femme.

— Comment! s'écria Philippe en se mettant un doigt sur l'œil gauche.

— Oui, répondit Giroudeau. Mais, entre nous, le journal y est pour beaucoup. Demain, dans deux lignes, nous conseillerons à l'administration de faire danser un pas à mademoiselle Florentine. Ma foi! mon cher enfant, je suis très heureux, dit Giroudeau.

— Eh! pensa Philippe, si ce respectable Giroudeau, malgré son crâne poli comme mon genou, ses quarante-huit ans, son gros ventre, sa figure de vigneron et son nez en forme de pomme de terre, est l'ami d'une figurante, je dois être celui de la première actrice de Paris. Où ça se trouve-t-il? dit tout haut à Giroudeau.

— Je te ferai voir ce soir le ménage de Florentine. Quoique ma Dulcinée n'ait que cinquante francs par mois au

théâtre, grâce à un ancien marchand de soieries nommé Cardot, qui lui offre cinq cents francs par mois. elle est encore assez bien ficelée!

— Eh! mais?... dit le jaloux Philippe.

— Bah! fit Giroudeau. le véritable amour est aveugle.

Après le spectacle, Giroudeau mena Philippe chez mademoiselle Florentine, qui demeurait à deux pas du Théâtre, rue de Crussol.

— Tenons-nous bien, lui dit Giroudeau. Florentine a sa mère; tu comprends que je n'ai pas les moyens de lui en payer une, et que la bonne femme est sa vraie mère. Cette femme fut portière, mais elle ne manque pas d'intelligence, et se nomme Cabirolle, appelle-la madame, elle y tient.

Florentine avait ce soir-là chez elle une amie, une certaine Marie Godeschal, belle comme un ange, froide comme une danseuse, et d'ailleurs élève de Vestris qui lui prédisait les plus hautes destinées chorégraphiques. Mademoiselle Godeschal, qui voulait alors débuter au Panorama-Dramatique sous le nom de Mariette, comptait sur la protection d'un Premier Gentilhomme de la Chambre, à qui Vestris devait la présenter depuis longtemps. Vestris, encore vert à cette époque, ne trouvait pas son élève encore suffisamment savante. L'ambitieuse Marie Godeschal rendit fameux son pseudonyme de Mariette; mais son ambition fut d'ailleurs très louable. Elle avait un frère, clerc chez Derville. Orphelins et misérables, mais s'aimant tous deux, le frère et la sœur avaient vu la vie comme elle est à Paris : l'un voulait devenir avoué pour établir sa sœur, et vivait avec dix sous par jour; l'autre avait résolu froidement de devenir danseuse, et de profiter autant de sa beauté que de ses jambes pour acheter une Étude à son frère. En dehors de leurs sentiments l'un pour l'autre, de leurs intérêts et de leur vie commune, tout, pour eux, était, comme autrefois pour les Romains et pour les Hébreux, barbare, étranger, ennemi. Cette amitié si belle, et que rien ne devait altérer, expliquait Mariette à ceux qui la connaissaient intimement. Le frère et la sœur demeuraient alors au huitième étage d'une maison de la Vieille rue du Temple. Mariette s'était mise à l'étude dès l'âge de dix ans, et comptait alors seize printemps. Hélas! faute d'un peu de toilette, sa beauté trotte-menu, cachée sous un cachemire de poil de lapin, montée sur des patins en fer, vêtue d'indienne et mal tenue, ne pouvait être devinée que par les Parisiens adonnés à la chasse des grisettes et à la piste des beautés malheureuses. Philippe devint amoureux de Mariette. Mariette vit en Philippe le commandant aux Dragons de la Garde, l'officier d'ordonnance de l'Empereur, le jeune homme de vingt-sept ans, et le plaisir de se montrer supérieure à Florentine par l'évidente supériorité de Philippe sur Giroudeau. Florentine et Giroudeau, lui pour faire le bonheur de son camarade, elle pour donner un protecteur à son amie, poussèrent Mariette et Philippe à faire un mariage *en détrempe*. Cette expression du langage parisien équivaut à celle de *mariage morganatique* employée pour les rois et les reines. Philippe, en sortant, confia sa misère à Giroudeau; mais le vieux roué le rassura beaucoup.

— Je parlerai de toi à mon neveu Finot, lui dit Giroudeau. Vois-tu, Philippe, le règne des péquins et des phrases est arrivé, soumettons-nous. Aujourd'hui l'écriture fait tout. L'encre remplace la poudre, et la parole remplace la balle. Après tout, ces petits crapauds de rédacteurs sont très ingénieux et assez bons enfants. Viens me voir demain au journal, j'aurai dit deux mots de ta position à mon neveu. Dans quelque temps, tu auras une place dans un journal quelconque. Mariette, qui, dans ce moment (ne t'abuse pas), te prend parce qu'elle n'a rien, ni engagement, ni possibilité de débuter, et à qui j'ai dit que tu allais être comme moi dans un journal, Mariette te prouvera qu'elle t'aime pour toi-même, et tu le croiras! Fais comme moi, maintiens-la figurante tant que tu pourras! J'étais si amoureux que, dès que Florentine a voulu danser son pas, j'ai prié Finot de demander son début; mais mon neveu m'a dit : « Elle a du talent, n'est-ce pas? Eh bien!

le jour où elle aura dansé son pas elle te fera passer celui de sa porte. » Oh! mais voilà Finot. Tu verras un gars bien dégourdi.

Le lendemain, sur les quatre heures, Philippe se trouva rue du Sentier, dans un petit entresol où il aperçut Giroudeau encagé comme un animal féroce dans une espèce de poulailler à chatière où se trouvaient un petit poêle, une petite table, deux petites chaises, et de petites bûches. Cet appareil était relevé par ces mots magiques : *Bureau d'abonnement*, imprimés à la porte en lettres noires, et par le mot *Caisse* écrit à la main et attaché au-dessus du grillage. Le long du mur qui faisait face à l'établissement du capitaine s'étendait une banquette où déjeunait alors un invalide amputé d'un bras, appelé par Giroudeau Coloquinte, sans doute à cause de la couleur égyptienne de sa figure.

— Joli! dit Philippe en examinant cette pièce. Que fais-tu là, toi qui as été de la charge du pauvre colonel Chabert à Eylau? Nom de nom! Mille noms de nom, des officiers supérieurs!...

— Eh bien! oui! — broum! broum! — un officier supérieur faisant des quittances de journal, dit Giroudeau qui raffermit son bonnet de soie noire, et, de plus, je suis l'éditeur responsable de ces farces-là, dit-il en montrant le journal.

— Et moi qui suis allé en Égypte, je vais maintenant au Timbre, dit l'invalide.

— Silence, Coloquinte, dit Giroudeau, tu es devant un brave qui a porté les ordres de l'Empereur à la bataille de Montmirail.

— Présent! dit Coloquinte, j'y ai perdu le bras qui me manque.

— Coloquinte, garde la boutique, je monte chez mon neveu.

Les deux anciens militaires allèrent au quatrième étage, dans une mansarde, au fond d'un corridor, et trouvèrent un jeune homme à l'œil vif et froid, couché sur un mauvais canapé. Le péquin ne se dérangea pas, tout en offrant des cigares à son oncle et à l'ami de son oncle.

— Mon ami, lui dit d'un ton doux et humble Giroudeau, voilà ce brave chef d'escadron de la Garde impériale de qui je t'ai parlé.

— Eh bien! dit Finot en toisant Philippe qui perdit toute son énergie comme Giroudeau devant le diplomate de la presse.

— Mon cher enfant, dit Giroudeau qui tâchait de se poser en oncle, le colonel revient du Texas.

— Ah! vous avez donné dans le Texas, dans le Champ-d'Asile. Vous étiez cependant encore bien jeune pour vous faire *Soldat Laboureur*.

L'acerbité de cette plaisanterie ne peut être comprise que de ceux qui se souviennent du déluge de gravures, de paravents, de pendules, de bronze et de plâtres auxquels donna l'idée du Soldat Laboureur, grande image du sort de Napoléon et de ses braves qui a fini par engendrer plusieurs vaudevilles. Cette idée a produit au moins un million. Vous trouvez encore des Soldats laboureurs sur des papiers de tenture, au fond des provinces. Si ce jeune homme n'eût pas été le neveu de Giroudeau, Philippe lui aurait appliqué une paire de soufflets.

— Oui, j'ai donné là-dedans, j'y ai perdu douze mille francs et mon temps, reprit Philippe en essayant de grimacer un sourire.

— Et vous aimez toujours l'Empereur? dit Finot.

— Il est mon Dieu, reprit Philippe Bridau.

— Vous êtes libéral?

— Je serai toujours de l'Opposition constitutionnelle. Oh! Foy! oh! Manuel! oh! Laffitte! voilà des hommes! Ils nous débarrasseront de ces misérables revenus à la suite de l'étranger!

— Eh bien! reprit froidement Finot, il faut tirer parti de votre malheur, car vous êtes une victime des Libéraux, mon cher! Restez libéral si vous tenez à votre opinion; mais menacez les Libéraux de dévoiler les sottises du Texas.

Vous n'avez pas eu deux liards de la souscription nationale, n'est-ce pas? Eh bien! vous êtes dans une belle position, demandez compte de la souscription. Voici ce qui vous arrivera : il se crée un nouveau journal d'Opposition, sous le patronage des Députés de la Gauche; vous en serez le caissier, à mille écus d'appointemens, une place éternelle. Il suffit de vous procurer vingt mille francs de cautionnement; trouvez-les, vous serez casé dans huit jours. Je donnerai le conseil de se débarrasser de vous en vous faisant offrir la place; mais criez, et criez fort!

Giroudeau laissa descendre quelques marches à Philippe, qui se confondait en remercîmens, et dit à son neveu : — Eh bien! tu es encore drôle, toi!... tu me gardes ici à douze cents francs.

— Le journal ne tiendra pas un an, répondit Finot. J'ai mieux que cela pour toi.

— Nom de nom! dit Philippe à Giroudeau, ce n'est pas une ganache, ton neveu! Je n'avais pas songé à tirer, comme il le dit, parti de ma position.

Le soir, au café Lemblin, au café Minerve, le colonel Philippe déblatéra contre le parti libéral qui faisait des souscriptions, qui vous envoyait au Texas, qui parlait hypocritement des Soldats laboureurs, qui laissait les braves sans secours, dans la misère, après leur avoir mangé des vingt mille francs et les avoir promenés pendant deux ans.

— Je vais demander compte de la souscription pour le Champ-d'Asile, dit-il à l'un des habitués du café Minerve qui le redit à des journalistes de la Gauche.

Philippe ne rentra pas rue Mazarine, il alla chez Mariette lui annoncer la nouvelle de sa coopération future à un journal qui devait avoir dix mille abonnés, et où ses prétentions chorégraphiques seraient chaudement appuyées. Agathe et la Descoings attendirent Philippe se mourant de peur, car le duc de Berry venait d'être assassiné. Le lendemain, le colonel arriva quelques instans après le déjeuner; quand sa mère lui témoigna les inquiétudes que son absence lui avait causées, il se mit en colère, il demanda s'il était majeur.

— Nom de nom! je vous apporte une bonne nouvelle, et vous avez l'air de catafalque. Le duc de Berry est mort, eh bien! tant mieux! c'est un de moins. Moi, je vais être caissier d'un journal à mille écus d'appointemens, et vous voilà tirées d'embarras pour ce qui me concerne.

— Est-ce possible? dit Agathe.

— Oui, si vous pouvez me faire vingt mille francs de cautionnement; il ne s'agit que de déposer votre inscription de treize cents francs de rente, vous toucherez tout de même vos semestres.

Depuis près de deux mois, les deux veuves, qui se tuaient à chercher comment et où ils pourraient placer Philippe, furent si heureuses de cette perspective, qu'elles ne pensèrent plus aux diverses catastrophes du moment. Le soir, le vieux du Bruel, Claparon que se mourait, et l'inflexible Desroches père, ces sages de la Grèce furent unanimes : ils conseillèrent tous à la veuve de cautionner son fils. Le journal, constitué très heureusement avant l'assassinat du duc de Berry, évita le coup qui fut alors porté par monsieur Decaze à la Presse. L'inscription de treize cents francs de rente de la veuve Bridau fut affectée au cautionnement de Philippe, nommé caissier. Ce bon fils promit aussitôt de donner cent francs par mois aux deux veuves pour son logement, pour sa nourriture, et fut proclamé le meilleur des enfans. Ceux qui avaient mal auguré de lui félicitèrent Agathe.

— Nous l'avions mal jugé, dirent-ils.

Le pauvre Joseph, pour ne pas rester en arrière de son frère, essaya de se suffire à lui-même, et y parvint. Trois mois après, le colonel, qui mangeait et buvait comme quatre, qui faisait de difficile et entraînait, sous prétexte de sa pension, les deux veuves à des dépenses de table, n'avait pas encore donné deux liards. Ni sa mère, ni la Descoings ne voulaient, par délicatesse, lui rappeler sa promesse. L'année se passa sans qu'une seule de ces pièces, si énergiquement appelés par Léon Gozlan *un tigre à cinq griffes*, eût passé de la poche de Philippe dans le ménage. Il est vrai qu'à cet égard le colonel avait calmé les scrupules de sa conscience : il dînait rarement à la maison.

— Enfin il est heureux, dit sa mère, il est tranquille, il a une place !

Par l'influence du feuilleton que rédigeait Vernou, l'un des amis de Bixiou, de Finot et de Giroudeau, Mariette débuta, non pas au Panorama-Dramatique, mais à la Porte-Saint-Martin, où elle eut du succès à côté de la Bégrand. Parmi les directeurs de ce théâtre, se trouvait alors un riche et fastueux général amoureux d'une actrice, et qui s'était fait *impresario* pour elle. A Paris, il se rencontre toujours des gens épris d'actrices, de danseuses ou de cantatrices qui se mettent directeurs de théâtres par amour. Cet officier général connaissait Philippe et Giroudeau. Le petit journal de Finot et celui de Philippe y aidant, le début de Mariette fut une affaire d'autant plus promptement arrangée entre les trois officiers, qu'il semble que les passions soient toutes solidaires en fait de folies. Le malicieux Bixiou apprit bientôt à sa grand'mère et à la dévote Agathe que le caissier Philippe, le brave des braves, aimait Mariette, la célèbre danseuse de la Porte-Saint-Martin. Cette vieille nouvelle fut comme un coup de foudre pour les deux veuves : d'abord les sentimens religieux d'Agathe lui faisaient regarder les femmes de théâtre comme des tisons d'enfer ; puis il leur semblait à toutes deux que ces femmes vivaient d'or, buvaient des perles, et ruinaient les plus grandes fortunes.

— Eh bien ! dit Joseph à sa mère, croyez-vous que mon frère soit assez imbécile pour donner de l'argent à sa Mariette ? Ces femmes-là ne ruinent que les riches.

— On parle déjà d'engager Mariette à l'Opéra, dit Bixiou. Mais n'ayez pas peur, madame Bridau, le corps diplomatique se montre à la Porte-Saint-Martin, cette belle fille ne sera pas longtemps avec votre fils. On parle d'un ambassadeur amoureux-fou de Mariette. Autre nouvelle ! Le père Claparon est mort, on l'enterre demain, et son fils, devenu banquier, qui roule sur l'or et sur l'argent, a commandé un convoi de dernière classe. Ça ne se passe pas ainsi en Chine !

Philippe proposa, dans une pensée cupide, à la danseuse de l'épouser ; mais, à la veille d'entrer à l'Opéra, mademoiselle Godeschal le refusa, soit qu'elle eût deviné les intentions du colonel, soit qu'elle eût compris combien son indépendance était nécessaire à sa fortune. Pendant le reste de cette année, Philippe vint tout au plus voir sa mère deux fois par mois. Où était-il ? A sa caisse, au théâtre ou chez Mariette. Aucune lumière sur sa conduite ne transpira dans le ménage de la rue Mazarine. Giroudeau, Finot, Bixiou, Vernou, Lousteau, lui voyaient mener une vie de plaisirs. Philippe était de toutes les parties de Tullia, l'un des premiers sujets de l'Opéra, de Florentine qui remplaça Mariette à la Porte-Saint-Martin, de Florine et de Matifat, de Coralie et de Camusot. A partir de quatre heures, moment où il quittait sa caisse, il s'amusait jusqu'à minuit ; car il y avait toujours une partie de liée la veille, un bon dîner donné par quelqu'un, une soirée de jeu, un souper. Philippe vécut alors comme dans son élément. Ce carnaval, qui dura dix-huit mois, n'alla pas sans quelques nuages. La belle Mariette, lors de son début à l'Opéra, en janvier **1821**, soumit à sa loi l'un des ducs les plus brillans de la cour de Louis XVIII. Philippe essaya de lutter contre le duc ; mais, malgré quelque bonheur au jeu, au renouvellement du mois d'avril il fut obligé par sa passion de puiser dans la caisse du journal. Au mois de mai, il devait onze mille francs. Dans ce mois fatal, Mariette partit pour Londres y exploiter les lords pendant le temps qu'on bâtissait la salle provisoire de l'Opéra, dans l'hôtel Choiseul, rue Lepelletier. Le malheureux Philippe en était arrivé, comme cela se pratique, à aimer Mariette malgré ses patentes infidélités ; mais elle n'avait jamais vu dans ce garçon qu'un militaire brutal et sans esprit, un premier échelon sur lequel elle ne voulait pas longtemps rester. Aussi,

prévoyant le moment où Philippe n'aurait plus d'argent, la danseuse avait-elle su conquérir des appuis dans le journalisme qui la dispensaient de conserver Philippe ; néanmoins, elle eut la reconnaissance particulière à ces sortes de femmes pour celui qui, le premier, leur a pour ainsi dire aplani les difficultés de l'horrible carrière du théâtre.

Forcé de laisser aller sa terrible maîtresse à Londres sans l'y suivre, Philippe reprit ses quartiers d'hiver, pour employer ses expressions, et revint rue Mazarine dans sa mansarde ; il y fit de sombres réflexions en se couchant et se levant. Il sentit en lui-même l'impossibilité de vivre autrement qu'il n'avait vécu depuis un an. Le luxe qui régnait chez Mariette, les dîners et les soupers, la soirée dans les coulisses, l'entrain des gens d'esprit et des journalistes, l'espèce de bruit qui se faisait autour de lui, toutes les caresses qui en résultaient pour les sens et pour la vanité ; cette vie, qui ne se trouve d'ailleurs qu'à Paris, et qui offre chaque jour quelque chose de neuf, était devenu plus qu'une habitude pour Philippe : elle constituait une nécessité comme son tabac et ses petits verres. Aussi reconnut-il qu'il ne pouvait pas vivre sans ces continuelles jouissances. L'idée du suicide lui passa par la tête, non pas à cause du déficit qu'on allait reconnaître dans sa caisse, mais à cause de l'impossibilité de vivre avec Mariette et dans l'atmosphère de plaisirs où il se chatouillait depuis un an. Plein de ces sombres idées, il vint pour la première fois dans l'atelier de son frère qu'il trouva travaillant, en blouse bleue, à copier un tableau pour un marchand.

— Voici donc comment se font les tableaux ? dit Philippe pour entrer en matière.

— Non, répondit Joseph, mais voilà comment ils se copient.

— Combien te paye-t-on cela ?

— Hé ! jamais assez, deux cent cinquante francs ; mais j'étudie la manière des maîtres, j'y gagne de l'instruction, je surprends les secrets du métier. Voilà l'un de mes tableaux, lui dit-il en lui indiquant du bout de sa brosse une esquisse dont les couleurs étaient encore humides.

— Et que mets-tu dans ton sac par année, maintenant ?

— Malheureusement je ne suis encore connu que des peintres. Je suis appuyé par Schinner, qui doit me procurer des travaux au château de Presles, où j'irai vers octobre faire des arabesques, des encadremens, des ornemens très bien payés par le comte de Sérizy. Avec ces *brocantes-là*, avec les commandes des marchands, je pourrai désormais faire dix-huit cents à deux mille francs, tous frais payés. Bah ! à l'Exposition prochaine, je présenterai ce tableau-là ; s'il est goûté, mon affaire sera faite : mes amis en sont contens.

— Je ne m'y connais pas, dit Philippe d'une voix douce qui força Joseph à le regarder.

— Qu'as-tu ? demanda l'artiste en trouvant son frère pâli.

— Je voudrais savoir en combien de temps tu ferais mon portrait.

— Mais en travaillant toujours, si le temps est clair, en trois ou quatre jours j'aurai fini.

— C'est trop de temps, je n'ai que la journée à te donner. Ma pauvre mère m'aime tant que je voulais lui laisser ma ressemblance. N'en parlons plus.

— Eh bien ! est-ce que tu t'en vas encore ?

— Je m'en vais pour ne plus revenir, dit Philippe d'un air faussement gai.

— Ah çà ! Philippe, mon ami, qu'as-tu ? Si c'est quelque chose de grave, je suis un homme, je ne suis pas un niais ; je m'apprête à de rudes combats ; et, s'il faut de la discrétion, j'en aurai.

— Est-ce sûr ?

— Sur mon honneur !

— Tu ne diras rien à qui que ce soit au monde ?

— A personne.

— Eh bien ! je vais me brûler la cervelle.

— Toi ! tu vas donc te battre ?

— Je vais me tuer.

— Et pourquoi ?

— J'ai pris onze mille francs dans ma caisse, et je dois rendre mes comptes demain, mon cautionnement sera diminué de moitié ; notre pauvre mère sera réduite à six cents francs de rente. Ça ! ce n'est rien, je pourrais lui rendre plus tard une fortune ; mais je suis déshonoré ! Je ne veux pas vivre dans le déshonneur.

— Tu ne seras pas déshonoré pour avoir restitué, mais tu perdras ta place ; il ne te restera plus que les cinq cents francs de ta croix, et avec cinq cents francs on peut vivre.

— Adieu ! dit Philippe qui descendit rapidement et ne voulut rien entendre.

Joseph quitta son atelier et descendit chez sa mère pour déjeuner, à la confidence de Philippe lui avait ôté l'appétit. Il prit la Descoings à part, et lui dit l'affreuse nouvelle. La vieille femme fit une épouvantable exclamation, laissa tomber un poêlon de lait qu'elle avait à la main, et se jeta sur une chaise. Agathe accourut. D'exclamations en exclamations, la fatale vérité fut avouée à la mère.

— Lui ! manquer à l'honneur ! le fils de Bridau prendre dans la caisse qui lui est confiée !

La veuve trembla de tous ses membres, ses yeux s'agrandirent, devinrent fixes, elle s'assit et fondit en larmes.

— Où est-il ? s'écria-t-elle au milieu de ses sanglots. Peut-être s'est-il jeté dans la Seine !

— Il ne faut pas vous désespérer, dit la Descoings, parce que le pauvre garçon a rencontré une mauvaise femme, et qu'elle lui a fait faire des folies. Mon Dieu ! cela se voit souvent. Philippe a eu jusqu'à son retour tant d'infortunes, et il a eu si peu d'occasions d'être heureux et aimé, qu'il ne faut pas s'étonner de sa passion pour cette créature. Toutes les passions mènent à des excès ! J'ai dans ma vie un reproche de ce genre à me faire, et je me crois cependant une honnête femme ! Une seule faute ne fait pas le vice ! Et puis, après tout, il n'y a que ceux qui ne font rien qui ne se trompent pas !

Le désespoir d'Agathe l'accablait tellement que la Descoings et Joseph furent obligés de diminuer la faute de Philippe en lui disant que dans toutes les familles il arrivait de ces sortes d'affaires.

— Mais à vingt-huit ans, s'écriait Agathe, et ce n'est plus un enfant !

Mot terrible, et qui révèle combien la pauvre femme pensait à la conduite de son fils.

— Ma mère, je t'assure qu'il ne songeait qu'à la peine et au tort qu'il te fait, lui dit Joseph.

— Oh mon Dieu ! qu'il revienne ! qu'il vive, et je lui pardonne tout ! s'écria la pauvre mère, à l'esprit de laquelle s'offrit l'horrible tableau de Philippe retiré mort de l'eau.

Un sombre silence régna pendant quelques instans. La journée se passa dans les plus cruelles alternatives. Tous les trois ils s'élançaient à la fenêtre du salon au moindre bruit, et se livraient à une foule de conjectures. Pendant le temps où sa famille se désolait, Philippe mettait tranquillement tout en ordre à sa caisse. Il eut l'audace de rendre ses comptes en disant que, craignant quelque malheur, il avait les onze mille francs chez lui. Le drôle sortit à quatre heures en prenant cinq cents francs de plus à sa caisse, et monta froidement au jeu, où il n'était pas allé depuis qu'il occupait sa place, car il avait bien compris qu'un caissier ne peut pas hanter les maisons de jeu. Ce garçon ne manquait pas de calcul. Sa conduite postérieure prouvera d'ailleurs qu'il tenait plus de son aïeul Rouget que de son vertueux père. Peut-être eût-il fait un bon général ; mais, dans sa vie privée, il fut un de ces profonds scélérats qui abritent leurs entreprises et leurs mauvaises actions derrière le paravent de la légalité et sous le tôt discret de la famille. Philippe garda tout son sangfroid dans cette suprême entreprise. Il gagna d'abord et alla jusqu'à une masse de six mille francs ; mais il se laissa éblouir par le désir de terminer son incertitude d'un coup. Il quitta le

Trente-et-quarante en apprenant qu'à la Roulette la Noire venait de passer seize fois ; il alla jouer cinq mille francs sur la Rouge, et la Noire sortit encore une dix-septième fois. Le colonel mit alors son billet de mille francs sur la Noire et gagna. Malgré cette étonnante entente du hasard, il avait la tête fatiguée ; et, quoiqu'il le sentît, il voulut continuer ; mais le sens divinatoire qu'écoutent les joueurs et qui procède par éclairs était altéré déjà. Vinrent des intermittences qui sont la perte des joueurs. La lucidité, de même que les rayons du soleil, n'a d'effet que par la fixité de la ligne droite ; elle ne devine qu'à la condition de ne pas rompre son regard ; elle se trouble dans les sautillemens de la chance. Philippe perdit tout. Après de si fortes épreuves, l'âme la plus insouciante comme la plus intrépide s'affaisse. Aussi, en revenant chez lui, Philippe pensait-il d'autant moins à sa promesse de suicide qu'il n'avait jamais voulu se tuer. Il ne songeait plus ni à sa place perdue, ni à son cautionnement entamé, ni à sa mère, ni à Mariette, la cause de sa ruine ; il allait machinalement. Quand il entra, sa mère en pleurs, la Descoings et son frère lui sautèrent au cou, l'embrassèrent, et le portèrent avec joie au coin du feu.

— Tiens ! pensa-t-il, l'annonce a fait son effet.

Ce monstre prit alors d'autant mieux une figure de circonstance que la séance au jeu l'avait profondément ému. En voyant son atroce Benjamin pâle et défait, la pauvre mère se mit à ses genoux, lui baisa les mains, se les mit sur le cœur, et le regarda longtemps les yeux pleins de larmes.

— Philippe, lui dit-elle d'une voix étouffée, promets-moi de ne pas te tuer, nous oublierons tout !

Philippe regarda son frère attendri, la Descoings qui avait la larme à l'œil ; il se dit à lui-même : — C'est de bonnes gens ! Il prit alors sa mère, la releva, l'assit sur ses genoux, la pressa sur son cœur, et lui dit à l'oreille en l'embrassant : — Tu me donnes une seconde fois la vie !

La Descoings trouva le moyen de servir un excellent dîner, d'y joindre deux bouteilles de vieux vin, et un peu de liqueur des îles, trésor provenant de son ancien fonds.

— Agathe, il faut lui laisser fumer ses cigares ! dit-elle au dessert. Et elle offrit des cigares à Philippe.

Les deux pauvres créatures avaient imaginé qu'en laissant prendre toutes ses aises à ce garçon, il aimerait la maison et s'y tiendrait, et toutes deux essayèrent de s'habituer à la fumée du tabac qu'elles exécraient. Cet immense sacrifice ne fut pas même aperçu par Philippe. Le lendemain Agathe avait vieilli de dix ans. Une fois ses inquiétudes calmées, la réflexion vint, et la pauvre femme ne put fermer l'œil pendant cette horrible nuit. Elle allait être réduite à six cents francs de revenu. Comme toutes les femmes grasses et friandes, la Descoings, douée d'une toux catarrhale opiniâtre, devenait lourde ; son pas, dans les escaliers, retentissait comme des coups de bûche ; elle pouvait donc mourir du moment en moment : avec elle disparaîtraient quatre mille francs. N'était-il pas ridicule de compter sur cette ressource ? Que faire ? que devenir ? Décidée à se mettre à garder des malades plutôt que d'être à charge à ses enfans, Agathe ne songeait pas à elle. Mais que ferait Philippe réduit aux cinq cents francs de sa croix d'officier de la Légion d'honneur ? Depuis onze ans, la Descoings, en donnant mille écus chaque année, avait payé presque deux fois sa dette, et continuait à immoler les intérêts de son petit-fils à ceux de la famille Bridau. Quoique tous les sentimens probes et rigoureux d'Agathe fussent froissés au milieu de ce désastre horrible, elle se disait : — Pauvre garçon, ce n'est pas sa faute ? il est fidèle à ses sermens. Moi, j'ai eu tort de ne pas le marier. Si je lui avais trouvé une femme, il ne se serait pas lié avec cette danseuse. Il est si fortement constitué !...

La vieille commerçante avait aussi réfléchi, pendant la nuit, à la manière de sauver l'honneur de la famille. Au jour, elle quitta son lit et vint dans la chambre de son amie.

— Ce n'est ni à vous ni à Philippe à traiter cette affaire délicate, lui dit-elle. Si nos deux vieux amis, Claparon et du Bruel sont morts, il nous reste le père Desroches qui a une bonne judiciaire, et je vais aller chez lui ce matin. Desroches dira que Philippe a été victime de sa confiance dans un ami ; que sa faiblesse en ce genre le rend tout tout à fait impropre à gérer une caisse. Ce qui lui arrive aujourd'hui pourrait recommencer. Philippe préférera donner sa démission : il ne sera donc pas renvoyé.

Agathe, en voyant par ce mensonge officieux l'honneur de son fils mis à couvert, au moins aux yeux des étrangers, embrassa la Descoings, qui sortit arranger cette horrible affaire. Philippe avait dormi du sommeil des justes.

— Elle est rusée, la vieille ! dit-il en souriant quand Agathe apprit à son fils pourquoi leur déjeuner était retardé.

Le vieux Desroches, le dernier ami de ces deux pauvres femmes, et qui, malgré la dureté de son caractère, se souvenait toujours d'avoir été placé par Bridau, s'acquitta, en diplomate consommé, de la mission délicate que lui confia la Descoings. Il vint dîner avec la famille, avertir Agathe d'aller signer le lendemain au Trésor, rue Vivienne, le transfert de la partie de la rente vendue, et de retirer le coupon de six cents francs qui lui restait. Le vieil employé ne quitta pas cette maison désolée sans avoir obtenu de Philippe de signer une pétition au ministre de la guerre par laquelle il demandait sa réintégration dans les cadres de l'armée. Desroches promit aux deux femmes de suivre la pétition dans les bureaux de la guerre, et de profiter du triomphe du duc sur Philippe chez la danseuse pour obtenir protection de ce grand seigneur.

— Avant trois mois, il sera lieutenant colonel dans le régiment du duc de Maufrigneuse, et vous serez débarrassées de lui.

Desroches s'en alla comblé des bénédictions des deux femmes et de Joseph. Quant au journal, deux mois après, selon les prévisions de Finot, il cessa de paraître. Ainsi la faute de Philippe n'eut dans le monde aucune portée. Mais la maternité d'Agathe avait reçu la plus profonde blessure. Sa croyance en son fils une fois ébranlée, elle vécut dès lors en des transes perpétuelles, mêlées de satisfactions quand elle le voyait sans de sinistres appréhensions trompées.

Lorsque les hommes doués du courage physique, mais lâches et ignobles au moral comme l'était Philippe, ont vu la nature des choses reprenant son cours autour d'eux après une catastrophe où leur moralité s'est à peu près perdue, cette complaisance de la famille ou des amitiés est pour eux une prime d'encouragement. Ils comptent sur l'impunité : leur esprit faussé, leurs passions satisfaites, les portent à étudier comment ils ont réussi à tourner les lois sociales, et ils deviennent alors horriblement adroits. Quinze jours après, Philippe, redevenu l'homme oisif, ennuyé, reprit sa vie de café, ses stations embellies de petits verres, ses longues parties de billard au punch, sa séance de nuit au jeu, où il risquait à propos une faible mise, et réalisait un petit gain qui suffisait à l'entretien de son désordre. En apparence économe, pour mieux tromper sa mère et la Descoings, il portait un chapeau presque crasseux, pelé sur le tour et aux bords, des bottes rapiécées, une redingote râpée où brillait à peine sa rosette rouge, brunie par un long séjour à la boutonnière, et salie par des gouttes de liqueur ou de café. Ses gants verdâtres en peau de daim lui duraient longtemps. Enfin il n'abandonnait un col de satin qu'au moment où il ressemblait à de la bourre. Mariette fut le seul amour de ce garçon ; aussi la trahison de cette danseuse lui endurcit-elle beaucoup le cœur. Quand par hasard il réalisait des gains inespérés, ou s'il soupait avec son vieux camarade Giroudeau, Philippe s'adressait à la Vénus des carrefours pour une sorte de dédain brutal pour le sexe entier. Régulier d'ailleurs, il déjeunait, dînait au logis, et rentrait toutes les nuits vers une heure. Trois mois de

cette vie horrible rendirent quelque confiance à la : œuvre Agathe. Quant à Joseph, qui travaillait au tableau magnifique auquel il dut sa réputation, il vivait dans son atelier. Sur la foi de son petit-fils, la Descoings, qui croyait à la gloire de Joseph, prodiguait au peintre des soins maternels ; elle lui portait à déjeuner le matin, elle faisait ses courses, elle lui nettoyait ses bottes. Le peintre ne se montrait guère qu'au dîner, et ses soirées appartenaient à ses amis du Cénacle. Il lisait d'ailleurs beaucoup, il se donnait cette profonde et sérieuse instruction que l'on ne tient que de soi-même, et à laquelle tous les gens de talent se sont livrés entre vingt et trente ans. Agathe, voyant peu Joseph, et sans inquiétude sur son compte, n'existait que par Philippe, qui seul lui donnait les alternatives de craintes soulevées, et de terreurs apaisées, qui sont un peu la vie des sentiments, et tout aussi nécessaires à la maternité qu'à l'amour. Desroches, qui venait environ une fois par semaine voir la veuve de son ancien chef et ami, lui donnait des espérances : le duc de Maufrigneuse avait demandé Philippe dans son régiment, le ministre de la guerre se faisait faire un rapport ; et, comme le nom de Bridau ne se trouvait sur aucune liste de police, que aucun dossier de palais, dans les premiers mois de l'année prochaine Philippe recevrait sa lettre de service et de réintégration. Pour réussir, Desroches avait mis toutes ses connaissances en mouvement ; ses informations à la préfecture de police lui apprirent alors que Philippe allait tous les soirs au jeu, et il jugea nécessaire de confier ce secret à la Descoings seulement, en l'engageant à surveiller le futur lieutenant colonel, car un éclat pouvait tout perdre ; pour le moment, le ministre de la guerre n'irait pas rechercher si Philippe était joueur. Or, une fois sous les drapeaux, le lieutenant colonel abandonnerait une passion née de son désœuvrement. Agathe, qui le soir n'avait plus personne, lisait ses prières au coin de son feu pendant que la Descoings se tirait les cartes, s'expliquait ses rêves, et appliquait les règles de la *cabale* à ses mises. Cette joueuse obstinée ne manquait jamais un tirage : elle poursuivait son terne, qui n'était pas encore venu. Ce terne allait avoir vingt et un ans, il atteignait à sa majorité. La vieille actionnaire fondait beaucoup d'espoir sur cette puérile circonstance. L'un des numéros était resté au fond de toutes les roues depuis la création de la loterie ; aussi la Descoings chargeait-elle énormément les combinaisons de ces trois chiffres. Le dernier matelas de son lit servait de dépôt aux économies de la pauvre vieille ; elle le décousait, y mettait la pièce d'or conquise sur ses besoins, bien enveloppée de laine, et le recousait après. Elle voulait, au dernier tirage de Paris, risquer toutes ses économies sur les combinaisons de son terne chéri. Cette passion, si universellement condamnée, n'a jamais été étudiée. Personne n'y a vu l'opium de la misère. La loterie, la plus puissante fée du monde, ne développait-elle pas des espérances magiques ? Le coup de roulette qui faisait voir aux joueurs des masses d'or et de jouissances ne durait que ce que dure un éclair. Quelle est aujourd'hui la puissance sociale qui peut, pour quarante sous, vous rendre heureux pendant cinq jours, et livrer idéalement tous les bonheurs de la civilisation ? Le tabac, impôt mille fois plus immoral que le jeu, détruit le corps, attaque l'intelligence ; il hébète une nation, tandis que la loterie ne causait pas le moindre malheur de ce genre. Cette passion était d'ailleurs forcée de se régler, et par la distance qui séparait les tirages, et par la roue que chaque joueur affectionnait. La Descoings ne mettait que sur la roue de Paris. Dans l'espoir de voir triompher ce terne nourri depuis vingt ans, elle s'était soumise à d'énormes privations pour pouvoir faire en toute liberté sa mise du dernier tirage de l'année. Quand elle avait de ses rêves cabalistiques, car tous les rêves ne correspondaient point aux nombres de la loterie, elle allait les raconter à Joseph, car il était le seul être qui l'écoutât, non seulement sans la gronder, mais en lui disant de ces douces paroles par lesquelles les artistes consolent les folies de l'esprit. Tous les grands talens respectent et comprennent les passions vraies, ils se les expliquent et en retrouvent les racines dans le cœur ou dans la tête. Selon Joseph, son frère aimait le tabac et les liqueurs, sa vieille maman Descoings aimait les ternes, sa mère aimait Dieu, Desroches fils aimait les procès, Desroches père aimait la pêche à la ligne ; tout le monde, disait-il, aimait quelque chose. Il aimait, lui, le beau idéal en tout ; il aimait la poésie de Byron, la peinture de Géricault, la musique de Rossini, les romans de Walter Scott. — Chacun son goût, maman ! s'écria-t-il. Seulement, votre terne lanterne beaucoup.

— Il sortira, tu seras riche, et mon petit Bixiou aussi !

— Donnez tout à votre petit-fils, s'écriait Joseph. Au surplus, faites comme vous voudrez !

— Hé ! s'il sort, j'en aurai assez pour tout le monde. Toi, d'abord, tu auras un bel atelier, tu ne te priveras pas d'aller aux Italiens pour payer tes modèles et ton marchand de couleurs. Sais-tu, mon enfant, lui dit-elle, que tu ne me fais pas jouer un beau rôle dans ce tableau-là ?

Par économie, Joseph avait fait poser la Descoings dans son magnifique tableau d'une jeune courtisane amenée par une vieille femme chez un sénateur vénitien. Ce tableau, un des chefs-d'œuvre de la peinture moderne, pris par Gros lui-même pour un Titien, prépara merveilleusement les jeunes artistes à reconnaître et à proclamer la supériorité de Joseph au salon de 1823.

— Ceux qui vous connaissent savent bien qui vous êtes, lui répondit-il gaîment, et pourquoi vous inquiéteriez-vous de ceux qui ne vous connaissent pas ?

Depuis une dizaine d'années, la Descoings avait pris les tons mûrs d'une pomme de reinette à Pâques. Ses rides s'étaient formées dans la plénitude de sa chair, devenue froide et douillette. Ses yeux, pleins de vie, semblaient animés par une pensée jeune et vivace qui pouvait d'autant mieux passer pour une pensée de cupidité qu'il y a toujours quelque chose de cupide chez le joueur. Son visage grassouillet offrait les traces d'une dissimulation profonde et d'une arrière-pensée enterrée au fond du cœur. Sa passion exigeait le secret. Elle avait le mouvement des lèvres quelques indices de gourmandise. Aussi, quoique ce fût la probe et excellente femme que vous connaissez, l'œil pouvait-il s'y tromper. Elle présentait un admirable modèle de la vieille femme que Bridan voulait peindre. Coralie, jeune actrice d'une beauté sublime, morte à la fleur de l'âge, la maîtresse d'un jeune poète, un ami de Bridau, Lucien de Rubempré, lui avait donné l'idée de ce tableau. On accusa cette belle toile d'être un pastiche, quoiqu'elle fût une splendide mise en scène de trois portraits. Michel Chrestien, un des jeunes gens du Cénacle, avait prêté sa tête au sénateur sa tête républicaine, sur laquelle Joseph jeta quelques tons de maturité, de même qu'il força l'expression du visage de la Descoings. Ce grand tableau qui devait faire tant de bruit, et qui suscita tant de haines, tant de jalousies et d'admiration à Joseph, était ébauché ; mais contraint d'en interrompre l'exécution pour faire des travaux de commande afin de vivre, il copiait les tableaux des vieux maîtres en se pénétrant de leurs procédés ; aussi sa brosse est-elle une des plus savantes. Son bon sens d'artiste lui avait suggéré l'idée de cacher à la Descoings et à sa mère les gains qu'il commençait à récolter, en leur voyant à l'une et à l'autre une cause de ruine dans Philippe et dans la loterie. L'espèce de sang-froid déployé par le soldat dans sa catastrophe, le calcul caché sous le prétendu suicide, et que Joseph découvrit, le souvenir des fautes commises dans une carrière qu'il n'aurait pas dû abandonner, enfin les moindres détails de la conduite de son frère, avaient fini par dessiller les yeux de Joseph. Cette perspicacité manque rarement aux peintres : occupés pendant des journées entières, dans le silence de leurs ateliers, à des travaux qui laissent jusqu'à un certain point la pensée libre, ils ressemblent un peu aux femmes ; leur esprit peut tourner autour des petits faits de la vie et en pénétrer le sens caché. Joseph avait acheté un de ces bahuts magnifiques, alors ignorés de la mode, pour en dé-

corer un coin de son atelier où se portait la lumière, qui papillottait dans les bas-reliefs en donnant tout son lustre à ce chef-d'œuvre des artisans du seizième siècle. Il y reconnut l'existence d'une cachette, et y accumulait un pécule de prévoyance. Avec la confiance naturelle aux vrais artistes, il mettait habituellement l'argent qu'il s'accordait pour la dépense du mois dans une tête de mort placée sur une des cases du bahut. Depuis le retour de son frère au logis, il trouvait un désaccord constant entre le chiffre de ses dépenses et celui de cette somme. Les cent francs du mois disparaissaient avec une incroyable vitesse. En ne trouvant rien, après avoir dépensé que quarante à cinquante francs, il se dit une première fois : « Il paraît que mon argent a pris la poste ! » Une seconde fois, il fit attention à ses dépenses ; mais il eut beau compter, comme Robert-Macaire, seize et cinq font vingt-trois, il ne s'y retrouva point. En s'apercevant, pour la troisième fois, d'une plus forte erreur, il communiqua ce sujet de peine à la vieille Descoings, par laquelle il se sentait aimé de cet amour maternel, tendre, confiant, crédule, enthousiaste qui manquait à sa mère, quelque bonne qu'elle fût, et tout aussi nécessaire aux commencemens de l'artiste que les soins de la poule à ses petits jusqu'à ce qu'ils aient des plumes. A elle seule il pouvait confier ses horribles soupçons. Il était sûr de ses amis comme de lui-même, la Descoings ne lui prenait certes rien pour mettre à la loterie ; et, à cette idée qu'il exprima, la pauvre femme se tordit les mains ; Philippe seul pouvait donc commettre ce petit vol domestique.

— Pourquoi ne me demande-t-il pas ce dont il a besoin ? s'écria Joseph en prenant de la couleur sur sa palette et brouillant tous les tons sans s'en apercevoir. Lui refuserais-je de l'argent ?

— Mais c'est dépouiller un enfant ! s'écria la Descoings dont le visage exprima la plus profonde horreur.

— Non, reprit Joseph, il le peut, il est mon frère, ma bourse est la sienne ; mais il devrait m'avertir.

— Mets ce matin une somme fixe en monnaie et n'y touche pas, lui dit la Descoings, je saurai qui vient à ton atelier ; et, s'il n'y a que lui qui y soit entré, tu auras une certitude.

Le lendemain même, Joseph eut ainsi la preuve des emprunts forcés que lui faisait son frère. Philippe entrait dans l'atelier quand Joseph n'y était pas, et y prenait les petites sommes qui lui manquaient. L'artiste trembla pour son petit trésor.

— Attends ! attends ! je vais te pincer, mon gaillard, dit-il à la Descoings en riant.

— Et tu feras bien ; nous devons le corriger, car je ne suis pas sans trouver quelquefois du déficit dans ma bourse. Mais le pauvre garçon, il lui faut du tabac, il en a l'habitude.

— Pauvre garçon, pauvre garçon, reprit l'artiste, je suis un peu de l'avis de Fulgence et de Bixiou : Philippe nous tire constamment aux jambes ; tantôt il se fourre dans les émeutes et il faut l'envoyer en Amérique, il coûte alors douze mille francs à notre mère ; il ne sait rien trouver dans les forêts du Nouveau-Monde, il n'a pas la mine d'un homme à ne pas être au mieux partout ! On trouve à mon gaillard une excellente place, il mène une vie de Sardanapale avec une fille d'Opéra, mange la grenouille d'un journal, et coûte encore douze mille francs à notre mère. Certes, pour ce qui me regarde, je m'en bats l'œil ; mais Philippe mettra la pauvre femme sur la paille. Il me regarde comme rien du tout, parce que je n'ai pas été dans les Dragons de la Garde ! Et c'est peut-être moi qui ferai vivre cette bonne chère mère dans ses vieux jours, tandis que, s'il continue, ce soudard finira je ne sais comment. Bixiou me disait : « C'est un fameux farceur, ton frère ! »

Eh ! bien, votre petit-fils a raison : Philippe inventera quelque frasque où l'honneur de la famille sera compromis, et il faudra trouver encore des dix ou douze mille francs! Il joue tous les soirs, il laisse tomber sur l'escalier, quand il rentre soûl comme un templier, des cartes piquées qui lui ont servi à marquer les tours de la Rouge et de la Noire. Le père Desroches se remue pour faire rentrer Philippe dans l'armée, et moi je crois qu'il serait, ma parole d'honneur ! au désespoir de reservir. Auriez-vous cru qu'un garçon qui a de si beaux yeux bleus, si limpides, et un air de chevalier Bayard, tournerait au sacripan?

Malgré la sagesse et le sang-froid avec lesquels Philippe jouait ses masses le soir, il éprouvait de temps en temps ce que les joueurs appellent des *lessives*. Poussé par l'irrésistible désir d'avoir l'enjeu de sa soirée, dix francs, il faisait alors main-basse dans le ménage sur l'argent de son frère, sur celui que la Descoings laissait traîner, ou sur celui d'Agathe. Une fois déjà la pauvre veuve avait eu, dans son premier sommeil, une épouvantable vision : Philippe était entré dans sa chambre, il y avait pris dans la poche de sa robe tout l'argent qui s'y trouvait. Agathe avait feint de dormir, mais elle avait passé le reste de la nuit à pleurer. Elle voyait clair. « Une faute n'est pas le vice », avait dit la Descoings; mais, après de constantes récidives, le vice fut visible. Agathe n'en pouvait plus douter, son fils le plus aimé n'avait ni délicatesse ni honneur. Le lendemain de cette affreuse vision, après le déjeuner, avant que Philippe ne partît, elle l'avait attiré dans sa chambre pour le prier, avec le ton de la supplication, de lui demander l'argent qui lui serait nécessaire. Les demandes se renouvelèrent alors si souvent que, depuis quinze jours, Agathe avait épuisé toutes ses économies. Elle se trouvait sans un liard, elle pensait à travailler ; elle avait pendant plusieurs soirées discuté avec la Descoings les moyens de gagner de l'argent par son travail. Déjà la pauvre mère était allé demander de la tapisserie à remplir au *Père de Famille*, ouvrage qui donne environ vingt sous par jour. Malgré la profonde discrétion de sa nièce, la Descoings avait bien deviné le motif de cette envie de gagner de l'argent par un travail de femme. Les changemens de la physionomie d'Agathe étaient d'ailleurs assez éloquens : son frais visage se desséchait, la peau se collait aux tempes, aux pommettes, et le front se ridait ; les yeux perdaient de leur limpidité ; évidemment quelque feu intérieur la consumait, elle pleurait pendant la nuit; mais ce qui causait le plus de ravages était la nécessité de taire ses douleurs, ses souffrances, ses appréhensions. Elle ne s'endormait jamais avant que Philippe ne fût rentré, elle l'attendait dans la rue, elle avait étudié les variations de sa voix, de sa démarche, le langage de sa canne traînée sur le pavé. Elle n'ignorait rien : elle savait à quel degré d'ivresse Philippe était arrivé, elle tremblait en l'entendant trébucher dans les escaliers, elle y avait une nuit ramassé des pièces d'or à l'endroit où il s'était laissé tomber ; quand il avait bu et gagné, sa voix était enrouée, sa canne traînait ; mais quand il avait perdu, sa voix avait quelque chose de sec, de net, de furieux ; il chantonnait d'une voix claire, et tenait sa canne en l'air, au port d'armes ; au déjeuner, quand il avait gagné, sa contenance était gaie et presque affectueuse ; il badinait avec grossièreté, mais il badinait avec la Descoings, avec Joseph et avec sa mère ; sombre, au contraire, quand il avait perdu, sa parole brève et saccadée, son regard dur, sa tristesse effrayaient. Cette vie de débauche et l'habitude des liqueurs changeaient de jour en jour cette physionomie jadis si belle. Les veines du visage étaient injectées de sang, les traits grossissaient, les yeux perdaient leurs cils et se desséchaient. Enfin, peu soigneux de sa personne, Philippe exhalait les miasmes de l'estaminet, une odeur de bottes boueuses qui, pour un étranger, eût semblé le sceau de la crapule.

— Vous devriez bien, dit la Descoings à Philippe dans les premiers jours de décembre, vous faire faire des vêtemens neufs de la tête aux pieds.

— Et qui les payera ? répondit-il d'une voix aigre. Ma pauvre mère n'a plus le sou ; moi j'ai cinq cents francs par an. Il faudrait un an de ma pension pour avoir des habits, et j'ai engagé ma pension pour trois ans...

— Et pourquoi? dit Joseph.

— Une dette d'honneur. Giroudeau avait pris mille francs à Florentine pour me les prêter... Je ne suis pas flambant, c'est vrai ; mais quand on pense que Napoléon est à Sainte-Hélène et vend son argenterie pour vivre, les soldats qui lui sont fidèles peuvent bien marcher sur leurs tiges, dit-il en montrant ses bottes sans talons. Et il sortit.

— Ce n'est pas un mauvais garçon, dit Agathe, il a de bons sentimens.

— On peut aimer l'Empereur et faire sa toilette, dit Joseph. S'il avait soin de lui-même et de ses habits, il n'aurait pas l'air d'un va-nu-pieds !

— Joseph, il faut avoir de l'indulgence pour ton frère, dit Agathe. Tu fais ce que tu veux, toi ! tandis qu'il n'est certes pas à sa place.

— Pourquoi l'a-t-il quittée ? demanda Joseph. Qu'importe qu'il y ait les punaises de Louis XVIII ou le coucou de Napoléon sur les drapeaux, si ces chiffons sont français? La France est la France ! Je peindrais pour le diable, moi ! Un soldat doit se battre, s'il est soldat, pour l'amour de l'art. Et s'il était resté tranquillement à l'armée, il serait général aujourd'hui...

— Vous êtes injustes pour lui, dit Agathe. Ton père, qui adorait l'Empereur, l'eût approuvé. Mais enfin il consent à rentrer dans l'armée ! Dieu connaît le chagrin que cause à ton frère ce qu'il regarde comme une trahison.

Joseph se leva pour monter à son atelier ; mais Agathe le prit par la main, et lui dit : — Sois bon pour ton frère, il est si malheureux !

Quand l'artiste revint à son atelier, suivi par la Descoings qui lui disait de ménager la susceptibilité de sa mère, en lui faisant observer combien elle changeait, et combien de souffrances intérieures ce changement révélait, ils y trouvèrent Philippe, à leur grand étonnement.

— Joseph, mon petit, lui dit-il d'un air dégagé, j'ai bien besoin d'argent. Nom d'une pipe ! je dois aujourd'hui trente francs de cigares à mon bureau de tabac, et je n'ose point passer devant cette maudite boutique sans les payer. Voici dix fois que je les promets.

— Eh bien ! j'aime mieux cela, répondit Joseph, prends dans la tête.

— Mais j'ai tout pris, hier soir, après le dîner.

— Il y avait quarante-cinq francs...

— Eh ! oui, c'est bien mon compte, répondit Philippe, je les ai trouvés. Ai-je mal fait? reprit-il.

— Non, mon ami, non, répondit l'artiste. Si tu étais riche, je ferais comme toi; seulement, avant de prendre, je te demanderais si cela te convient.

— C'est bien humiliant de demander, reprit Philippe. J'aimerais mieux te voir prenant comme moi, sans rien dire : il y a plus de confiance. A l'armée, un camarade meurt, il a une bonne paire de bottes, on en a une mauvaise, on change avec lui.

— Oui, mais on ne la lui prend pas quand il est vivant.

— Oh ! des petitesses, reprit Philippe en haussant les épaules. Ainsi, tu n'as pas d'argent ?

— Non, dit Joseph qui ne voulait pas montrer sa cachette.

— Dans quelques jours nous serons riches, dit la Descoings.

— Oui, vous, vous croyez que votre terne sortira le 25, au tirage de Paris. Il faudra que vous fassiez une fameuse mise si vous voulez nous enrichir tous.

— Un terne sec de deux cents francs donne trois millions, sans compter les ambes et les extraits déterminés.

— A quinze mille fois la mise, oui, c'est juste deux cents francs qu'il vous faut ! s'écria Philippe.

La Descoings se mordit les lèvres, elle avait dit un mot imprudent. En effet, Philippe se demandait dans l'escalier : — Où cette vieille sorcière peut-elle cacher l'argent de sa mise ? C'est de l'argent perdu, je l'emploierais si bien !

Avec quatre masses de cinquante francs on peut gagner deux cent mille francs! Et c'est un peu plus sûr que la réussite d'un terne! Il cherchait en lui-même la cachette probable de la Descoings. La veille des fêtes, Agathe allait à l'église et y restait longtemps. elle se confessait sans doute et se préparait à communier. On était à la veille de Noël, la Descoings devait nécessairement aller acheter quelques friandises pour le réveillon ; mais aussi peut-être ferait-elle en même temps sa mise. La loterie avait un tirage de cinq en cinq jours, aux roues de Bordeaux, de Lyon, de Lille, de Strasbourg et de Paris. La loterie de Paris se tirait le 25 de chaque mois, et les listes se fermaient le 24 à minuit. Le soldat étudia toutes ces circonstances et se mit en observation. Vers midi, Philippe revint au logis, d'où la Descoings était sortie ; mais elle en avait emporté la clef. Ce ne fut pas une difficulté. Philippe feignit d'avoir oublié quelque chose, et pria la portière d'aller chercher elle-même un serrurier qui demeurait à deux pas, rue Guénégaud, et qui vint ouvrir la porte. La première pensée du soudard se porta sur le lit : il le défit, tâta les matelas avant d'interroger le bois ; et, au dernier matelas, il palpa les pièces d'or enveloppées de papier. Il eut bientôt décousu la toile, ramassé vingt napoléons ; puis, sans prendre la peine de recoudre la toile, il refit le lit avec assez d'habileté pour que la Descoings ne s'aperçût de rien.

Le joueur détala d'un pied agile, en se proposant de jouer à trois reprises différentes, de trois louis en trois louis, chaque fois pendant dix minutes seulement. Les vrais joueurs, depuis 1786, époque à laquelle les jeux publics furent inventés, les grands joueurs que l'administration redoutait, et qui ont mangé, selon l'expression des tripots, de l'argent à la banque, ne jouèrent jamais autrement, mais avant d'obtenir cette expérience, on perdait des fortunes. Toute la philosophie des fermiers et leur gain venaient de l'impossibilité de leur caisse, des coups égaux appelés le refait, dont la moitié restait acquise à la Banque, et de l'insigne mauvaise foi autorisée par le gouvernement qui consistait à ne tenir, à ne payer que facultativement les enjeux des joueurs. En un mot, le jeu, qui refusait la partie du joueur riche et de sang-froid, dévorait la fortune du joueur assez sottement entêté pour se laisser griser par le rapide mouvement de cette machine. Les tailleurs du Trente-et-Quarante allaient presque aussi vite que la Roulette. Philippe avait fini par acquérir ce sang-froid de général en chef qui permet de conserver l'œil clair et l'intelligence nette au milieu du tourbillon des choses. Il était arrivé à cette haute politique du jeu qui, disons-le en passant, faisait vivre à Paris un millier de personnes assez fortes pour contempler tous les soirs un abîme sans avoir le vertige. Avec ses quatre cents francs, Philippe résolut de faire fortune dans cette journée. Il mit en réserve deux cents francs dans ses bottes, et garda deux cents francs dans sa poche. A trois heures, il vint au salon maintenant occupé par le théâtre du Palais-Royal, où les banquiers tenaient de plus fortes sommes. Il sortit une demi-heure après riche de sept mille francs. Il alla voir Florentine, à laquelle il devait cinq cents francs, il les lui rendit, et lui proposa de souper au Rocher-de-Cancale après le spectacle. En revenant, il passa rue du Sentier, au bureau du journal, prévenir son ami Giroudeau du gala projeté. A six heures, Philippe gagna vingt-cinq mille francs, et sortit au bout de dix minutes en se tenant parole. Le soir, à dix heures, il avait gagné soixante-quinze mille francs. Après le souper, qui fut magnifique, ivre et confiant, Philippe revint au jeu vers minuit. A l'encontre de la loi qu'il s'était imposée, il joua pendant une heure, et doubla sa fortune. Les banquiers à qui, par sa manière de jouer, il avait extirpé cent cinquante mille francs, le regardaient avec curiosité.

— Sortira-t-il, restera-t-il ? se disaient-ils par un regard. S'il reste, il est perdu.

Philippe crut être dans une veine de bonheur, et resta. Vers trois heures du matin, les cent cinquante mille francs

étaient rentrés dans la caisse des jeux. L'officier, qui avait considérablement bu du grog en jouant, sortit dans un état d'ivresse que le froid par lequel il fut saisi porta au plus haut degré ; mais un garçon de salle le suivit, le ramassa, et le conduisit dans une de ces horribles maisons à la porte desquelles se lisent ces mots sur un réverbère : Ici, on loge à la nuit. Le garçon paya pour le joueur ruiné, qui fut mis tout habillé sur un lit, où il demeura jusqu'au soir de Noël. L'administration des jeux avait des égards pour ses habitués et pour les grands joueurs. Philippe ne s'éveilla qu'à sept heures, la bouche pâteuse, la figure enflée, et en proie à une fièvre nerveuse. La force de son tempérament lui permit de gagner à pied la maison paternelle, où il avait, sans le vouloir, mis le deuil, la désolation, la misère et la mort.

La veille, lorsque son dîner fut prêt, la Descoings et Agathe attendirent Philippe pendant environ deux heures. On ne se mit à table qu'à sept heures. Agathe se couchait presque toujours à dix heures ; mais comme elle voulait assister à la messe de minuit, elle alla se coucher aussitôt après le dîner. La Descoings et Joseph restèrent seuls au coin du feu, dans ce petit salon qui servait à tout, et la vieille femme le pria de lui calculer sa fameuse mise, sa mise monstre, sur le célèbre terne. Elle voulait jouer les ambes et les extraits déterminés, enfin réunir toutes les chances. Après avoir bien savouré la poésie de ce coup, avoir versé les deux cornes d'abondance aux pieds de son enfant d'adoption, et lui avoir raconté ses rêves en démontrant la certitude du gain, en ne s'inquiétant que de la difficulté de soutenir un pareil bonheur, de l'attendre depuis minuit jusqu'au lendemain dix heures, Joseph, qui ne voyait pas les quatre cents francs de la mise, s'avisa d'en parler. La vieille femme sourit et l'emmena dans l'ancien salon, devenu sa chambre.

— Tu vas voir ! dit-elle.

La Descoings défit assez précipitamment son lit, et chercha ses ciseaux pour découdre le matelas, elle prit ses lunettes, examina la toile, la vit défaite et lâcha le matelas. En entendant jeter à cette vieille femme un soupir venu des profondeurs de la poitrine et comme étranglé par le sang qui se porta au cœur, Joseph tendit instinctivement les bras à la vieille actionnaire de la Loterie, et la mit sur un fauteuil évanouie en criant à sa mère de venir. Agathe se leva, mit sa robe de chambre, accourut ; et, à la lueur d'une chandelle, elle fit à sa tante évanouie les remèdes vulgaires : de l'eau de Cologne aux tempes, de l'eau froide au front ; elle lui brûla une plume sous le nez, et la vit enfin revenir à la vie.

— Ils y étaient ce matin ; mais il les a pris, le monstre !

— Quoi ? dit Agathe.

— J'avais vingt louis dans mon matelas, mes économies de deux ans, Philippe seul a pu les prendre...

— Mais quand ? s'écria la pauvre mère accablée, il n'est pas revenu depuis le déjeuner.

— Je voudrais bien me tromper, s'écria la vieille. Mais, ce matin, dans l'atelier de Joseph, quand j'ai parlé de ma mise, j'ai eu un pressentiment ; j'ai eu tort de ne pas descendre prendre mon petit saint-frusquin pour faire ma mise à l'instant. Je le voulais, et je ne sais plus ce qui m'en a empêchée. Oh ! mon Dieu ! je suis allée lui acheter des cigares !

— Mais, dit Joseph, l'appartement était fermé. D'ailleurs c'est si infâme que je ne puis y croire. Philippe vous aurait espionnée, il aurait décousu votre matelas, il aurait prémédité... non !

— Je les ai sentis ce matin en faisant mon lit, après le déjeuner, répéta la Descoings.

Agathe épouvantée descendit, demanda si Philippe était revenu pendant la journée, et la portière lui raconta le roman de Philippe. La mère, frappée au cœur, revint entièrement changée. Aussi blanche que la percale de sa chemise, elle marchait comme on se figure que doivent marcher les spectres, sans bruit, lentement, et par l'effet d'une puissance surhumaine et cependant presque mécanique,

Elle tenait un bougeoir à la main qui l'éclairait en plein, et montra ses yeux fixes d'horreur. Sans qu'elle le sût, ses cheveux s'étaient éparpillés par un mouvement de ses mains sur son front; et cette circonstance la rendait si belle d'horreur, que Joseph resta cloué par l'apparition de ce remords, par la vision de cette statue de l'Épouvante et du Désespoir.

— Ma tante, dit-elle, prenez mes couverts, j'en ai six, cela fait votre somme, car je l'ai prise pour Philippe, j'ai cru pouvoir la remettre avant que vous ne vous en aperçussiez. Oh! j'ai bien souffert.

Elle s'assit. Ses yeux secs et fixes vacillèrent alors un peu.

— C'est lui qui a fait le coup, dit la Descoings tout bas à Joseph.

— Non, non, reprit Agathe. Prenez mes couverts, vendez-les, ils me sont inutiles, nous mangeons avec les vôtres.

Elle alla dans sa chambre, prit la boîte à couverts, la trouva légère, l'ouvrit, et y vit une reconnaissance du Mont-de-Piété. La pauvre mère jeta un horrible cri. Joseph et la Descoings accoururent, regardèrent la boîte, et le sublime mensonge de la mère devint inutile. Tous trois restèrent silencieux en évitant de se jeter un regard. En ce moment, par un geste presque fou, Agathe se mit un doigt sur les lèvres pour recommander le secret que personne ne voulait divulguer. Tous trois ils revinrent devant le feu dans le salon.

— Tenez, mes enfans, s'écria la Descoings, je suis frappée au cœur : mon terne sortira, j'en suis sûre. Je ne pense plus à moi, mais à vous deux ! Philippe, dit-elle à sa nièce, est un monstre; il ne vous aime point malgré tout ce que vous faites pour lui. Si vous ne prenez pas de précautions contre lui, le misérable vous mettra sur la paille. Promettez-moi de vendre vos rentes, d'en réaliser le capital et de le placer en viager. Joseph a un bon état qui le fera vivre. En prenant ce parti, ma petite, vous ne serez jamais à la charge de Joseph. Monsieur Desroches veut établir son fils. Le petit Desroches (il avait alors vingt-six ans) a trouvé une Étude, il vous prendra vos douze mille francs à rente viagère.

Joseph saisit le bougeoir de sa mère et monta précipitamment à son atelier, il en revint avec trois cents francs :

— Tenez, maman Descoings, dit-il en lui offrant son pécule, nous n'avons pas à rechercher ce que vous faites de votre argent, nous vous devons celui qui vous manque, et le voici presque en entier !

— Prendre ton pauvre petit magot, le fruit de tes privations qui me font tant souffrir ! Es-tu fou, Joseph ? s'écria la vieille actionnaire de la loterie royale de France visiblement partagée entre sa foi brutale en son terne et cette action qui lui semblait un sacrilège.

— Oh ! faites-en ce que vous voudrez, dit Agathe que le mouvement de son vrai fils ému aux larmes.

La Descoings prit Joseph par la tête et le baisa sur le front :

— Mon enfant, ne me tente pas. Tiens, je perdrais encore. C'est des bêtises, la loterie !

Jamais rien de plus héroïque n'a été dit dans les drames inconnus de la vie privée. Et, en effet, n'est-ce pas l'affection triomphant d'un vice invétéré ? En ce moment, les cloches de la messe de minuit sonnèrent.

— Et puis il n'est plus temps, reprit la Descoings.

— Oh ! dit Joseph, voilà vos calculs de cabale.

Le généreux artiste sauta sur les numéros, s'élança dans l'escalier et courut faire la mise. Quand Joseph ne fut plus là, Agathe et la Descoings fondirent en larmes.

— Il y va, le cher amour, s'écriait la joueuse. Mais ce sera tout pour lui, car c'est son argent !

Malheureusement Joseph ignorait entièrement la situation des bureaux de loterie que, dans ce temps, les habitués connaissaient dans Paris comme aujourd'hui les fumeurs connaissent les débits de tabac. Le peintre alla comme un fou regardant les lanternes. Lorsqu'il demanda à des passans de lui enseigner un bureau de loterie, on lui répondit qu'ils étaient fermés, mais que celui du Perron au Palais-Royal restait quelquefois ouvert un peu plus tard. Aussitôt l'artiste vola vers le Palais-Royal, où il trouva le bureau fermé.

— Deux minutes de moins et vous auriez pu faire votre mise, lui dit un des crieurs de billets qui stationnaient au bas du Perron en vociférant ces singulières paroles : — Douze cents francs pour quarante sous! et offrant des billets tout faits.

A la lueur du réverbère et des lumières du café de la Rotonde, Joseph examina si par hasard il y aurait sur ces billets quelques-uns des numéros de la Descoings; mais il n'en vit pas un seul, et revint avec la douleur d'avoir fait en vain tout ce qui dépendait de lui pour satisfaire la vieille femme, à laquelle il raconta ses disgrâces. Agathe et sa tante allèrent ensemble à la messe de minuit à Saint-Germain-des-Prés. Joseph se coucha. Le réveillon n'eut pas lieu. La Descoings avait perdu la tête, Agathe avait au cœur un deuil éternel. Les deux femmes se levèrent tard. Dix heures sonnèrent quand la Descoings essaya de se remuer pour faire le déjeuner, qui ne fut prêt qu'à onze heures et demie. Vers cette heure, les cadres oblongs appendus au-dessus de la porte des bureaux de loterie contenaient les numéros sortis. Si la Descoings avait eu son billet, elle serait allée à neuf heures et demie rue Neuve-des-Petits-Champs savoir son sort, qui se décidait dans un hôtel contigu au Ministère des Finances, et dont la place est maintenant occupée par le théâtre et la place Ventadour. Tous les jours de tirage, les curieux pouvaient admirer à la porte de cet hôtel un attroupement de vieilles femmes, de cuisinières et de vieillards, qui, dans ce temps, formait un spectacle aussi curieux que celui de la queue des rentiers le jour du payement des rentes au Trésor.

— Eh bien ! vous voilà richissime ! s'écria le vieux Desroches en entrant au moment où la Descoings savourait sa dernière gorgée de café.

— Comment? s'écria la pauvre Agathe.

— Son terne est sorti, dit-il en présentant la liste des numéros écrits sur un petit papier et que les buralistes mettaient par centaines dans une sébile sur leurs comptoirs. Joseph lut la liste. Agathe lut la liste. La Descoings ne lut rien, elle fut renversée comme par un coup de foudre; au changement de son visage, au cri qu'elle jeta, le vieux Desroches et Joseph la portèrent sur son lit. Agathe alla chercher un médecin. L'apoplexie foudroyait la pauvre femme, qui ne reprit sa connaissance que vers les quatre heures du soir; le vieil Haudry, son médecin, annonça que, malgré ce mieux, elle devait penser à ses affaires et à son salut. Elle n'avait prononcé qu'un seul mot : — Trois millions !...

Desroches le père, mis au fait des circonstances, mais avec les réticences nécessaires, par Joseph, cita plusieurs exemples de joueurs à qui la fortune avait échappé le jour où ils avaient par fatalité oublié de faire leurs mises; mais il comprit combien un pareil malheur devait être mortel quand il arrivait après vingt ans de persévérance. A cinq heures, au moment où le plus profond silence régnait dans ce petit appartement et où la malade, gardée par Joseph et par sa mère, assis l'un au pied, l'autre au chevet du lit, attendait son petit-fils que le vieux Desroches était allé chercher, le bruit des pas de Philippe et celui de sa canne retentirent dans l'escalier.

— Le voilà ! s'écria la Descoings qui se mit sur son séant et put remuer sa langue paralysée.

Agathe et Joseph furent impressionnés par le mouvement d'horreur qui agitait si vivement la malade. Leur pénible attente fut entièrement justifiée par le spectacle de la figure bleuâtre et décomposée de Philippe, par sa démarche chancelante, par l'état triste de ses yeux profondément cernés, ternes, et néanmoins hagards; il avait un violent frisson de fièvre, ses dents claquaient.

— Misère en Prusse! s'écria-t-il. Ni pain ni pâte, et j'ai le gosier en feu. Eh bien! qu'y a-t-il? Le diable se mêle toujours de nos affaires. Ma vieille Descoings est au lit et me fait des yeux grands comme des soucoupes. .

— Taisez-vous, monsieur, lui dit Agathe en se levant, et respectez au moins le malheur que vous avez causé.

— Oh! *monsieur?...* dit-il en regardant sa mère. Ma chère petite mère, ce n'est pas bien, vous n'aimez donc plus votre garçon?

— Etes-vous digne d'être aimé? ne vous souvenez vous plus de ce que vous avez fait hier? Aussi pensez à chercher un appartement, vous ne demeurerez plus avec nous. A compter de demain, reprit-elle, car, dans l'état où vous êtes, il est bien difficile...

— De me chasser, n'est-ce pas? reprit-il. Ah! vous jouez ici le mélodrame du *Fils banni?* Tiens! tiens! voilà comment vous prenez les choses! Eh bien! vous êtes tous de jolis cocos. Qu'ai-je donc fait de mal? J'ai pratiqué sur les matelas de la vieille un petit nettoyage. L'argent ne se met pas dans la laine, que diable! Et où est le crime? Ne vous a-t-elle pas pris vingt mille francs, elle! Ne sommes-nous pas ses créanciers? Je me suis remboursé d'autant. Et voilà!...

— Mon Dieu! mon Dieu! cria la mourante en joignant les mains et priant.

— Tais-toi! s'écria Joseph en sautant sur son frère et lui mettant la main sur la bouche.

— Quart de conversion, par le flanc gauche, moutard de peintre! répliqua Philippe en mettant sa forte main sur l'épaule de Joseph qu'il fit tourner et tomber sur une bergère. On ne touche pas comme ça à la moustache d'un chef d'escadron aux Dragons de la Garde Impériale.

— Mais elle m'a rendu tout ce qu'elle me devait, s'écria Agathe en se levant et montrant à son fils un visage irrité. D'ailleurs cela ne regarde que moi, vous la tuez. Sortez, mon fils, dit-elle en faisant un geste qui usa ses forces, et ne reparaissez jamais devant moi. Vous êtes un monstre.

— Je la tue?

— Mais son terne est sorti, cria Joseph, et tu lui as volé l'argent de sa mise.

— Si elle crève d'un terne rentré, ce n'est donc pas moi qui la tue, répondit l'ivrogne.

— Mais sortez donc, dit Agathe, vous me faites horreur. Vous avez tous les vices! Mon Dieu! est-ce mon fils?

Un râle sourd, parti du gosier de la Descoings, avait accru l'irritation d'Agathe.

— Je vous aime bien encore, vous, ma mère, qui êtes la cause de tous mes malheurs, dit Philippe. Vous me mettez à la porte, un jour de Noël, jour de naissance de... comment s'appelle-t-il?... Jésus! Qu'aviez-vous fait à grand-papa Rouget, à votre père, pour qu'il vous chassât et vous déshéritât? Si vous ne lui aviez pas déplu, nous aurions été riches et je n'aurais pas été réduit à la dernière des misères. Qu'avez-vous fait à votre père, vous qui êtes une bonne femme? Vous voyez bien que je puis être un bon garçon et tout de même être mis à la porte; moi, la gloire de la famille!

— La honte! cria la Descoings.

— Tu sortiras ou tu me tueras! s'écria Joseph qui s'élança sur son frère avec une fureur de lion.

— Mon Dieu! mon Dieu! dit Agathe en se levant et voulant séparer les deux frères.

En ce moment Bixiou et Haudry le médecin entrèrent. Joseph avait terrassé son frère et l'avait couché par terre.

— C'est une vraie bête féroce! dit-il. Ne parle pas, où je te...

— Je me souviendrai de cela, beuglait Philippe.

— Une explication en famille? dit Bixiou.

— Relevez-le, dit le médecin, il est aussi malade que la bonne femme, déshabillez-le, couchez-le, et tirez-lui ses bottes.

— C'est facile à dire, s'écria Bixiou; mais il faut les lui couper, ses jambes sont trop enflées..

Agathe prit une paire de ciseaux. Quand elle eut fendu les bottes, qui dans ce temps se portaient par-dessus des

pantalons collans, dix pièces d'or roulaient sur le carreau.

— Le voilà, son argent, dit Philippe en murmurant. Satané bête que je suis, j'ai oublié la réserve. Et moi aussi j'ai raté la fortune!

Le délire d'une horrible fièvre saisit Philippe, qui se mit à extravaguer. Joseph, aidé par Desroches père qui survint, et par Bixiou, put donc transporter ce malheureux dans sa chambre. Le docteur Haudry fut obligé d'écrire un mot pour demander à l'hôpital de la Charité une camisole de force, car le délire s'accrut au point de faire craindre que Philippe ne se tuât : il devint furieux. A neuf heures, le calme se rétablit dans le ménage. L'abbé Loraux et Desroches essayaient de consoler Agathe qui ne cessait de pleurer au chevet de sa tante, elle écoutait en secouant la tête, et gardait un silence obstiné; Joseph et la Descoings connaissaient seuls la profondeur et l'étendue de sa plaie intérieure.

— Il se corrigera, ma mère, dit enfin Joseph quand Desroches père et Bixiou furent partis.

— Oh! s'écria la veuve, Philippe a raison : mon père m'a maudite. Je n'ai pas le droit de... Le voilà, l'argent, dit-elle à la Descoings en réunissant les trois cents francs de Joseph et les deux cents francs trouvés sur Philippe. Va voir s'il ne faut pas à boire à ton frère, dit-elle à Joseph.

— Tiendrez-vous une promesse faite à un lit de mort? dit la Descoings qui sentait son intelligence près de lui échapper.

— Oui, ma tante.

— Eh bien! jurez-moi de donner vos fonds en viager au petit Desroches. Ma rente va vous manquer, et, d'après ce que je vous entends dire, vous vous laisseriez gruger jusqu'au dernier sou par ce misérable...

— Je vous le jure, ma tante.

La vieille épicière mourut le 31 décembre, cinq jours après avoir reçu l'horrible coup que le vieux Desroches lui avait innocemment porté. Les cinq cents francs, le seul argent qu'il y eût dans le ménage, suffirent à peine à payer les frais de l'enterrement de la veuve Descoings. Elle ne laissait qu'un peu d'argenterie et de mobilier, dont la valeur fut donnée au son petit-fils par madame Bridau. Réduite à huit cents francs de rente viagère que lui fit Desroches fils qui traita définitivement d'un titre nu, c'est-à-dire d'une charge sans clientèle, et qui prit alors ce capital de douze mille francs, Agathe rendit au propriétaire son appartement au troisième étage, et vendit tout le mobilier inutile. Quand, au bout d'un mois, le malade entra en convalescence, Agathe lui expliqua froidement que les frais de la maladie ayant absorbé tout l'argent comptant, elle serait désormais obligée de travailler pour vivre, elle l'engagea donc de la manière la plus affectueuse à reprendre du service et à suffire à lui-même.

— Vous auriez pu vous épargner ce sermon, dit Philippe en regardant sa mère d'un œil qu'une complète indifférence rendait froid. J'ai bien vu que ni vous ni mon fils ne m'aimez plus. Je suis maintenant seul au monde : j'aime mieux cela!

— Rendez-vous digne d'affection, répondit la pauvre mère atteinte jusqu'au fond du cœur, et nous vous rendrons la nôtre.

— Des bêtises! s'écria-t-il en l'interrompant.

Il prit son vieux chapeau pelé sur les bords, sa canne, se mit le chapeau sur l'oreille et descendit les escaliers en sifflant.

— Philippe! où vas-tu sans argent? lui cria sa mère qui ne put réprimer ses larmes. Tiens...

Elle lui tendit cent francs en or enveloppés d'un papier, Philippe remonta les marches qu'il avait descendues et prit l'argent.

— Eh bien! tu ne m'embrasses pas? dit-elle en fondant en larmes.

Il serra sa mère sur son cœur, mais sans cette effusion de sentiment qui donne seule du prix à un baiser.

— Et où vas-tu? lui dit Agathe.

— Chez Florentine, la maîtresse à Giroudeau. En voilà, des amis ! répondit-il brutalement.

Il descendit. Agathe rentra, les jambes tremblantes, les yeux obscurcis, le cœur serré. Elle se jeta à genoux, pria Dieu de prendre cet enfant dénaturé sous sa protection, et abdiqua sa pesante maternité.

En février 1822, madame Bridau s'était établie dans la chambre précédemment occupée par Philippe, et située au-dessus de la cuisine de son ancien appartement. L'atelier et la chambre du peintre se trouvaient en face, de l'autre côté de l'escalier. En voyant sa mère réduite à ce point, Joseph avait voulu du moins qu'elle fût le mieux possible. Après le départ de son frère, il se mêla de l'arrangement de la mansarde, à laquelle il imprima le cachet des artistes. Il y mit un tapis. Le lit, disposé simplement, mais avec un goût exquis, eut un caractère de simplicité monastique. Les murs, tendus d'une percaline à bon marché, bien choisie, d'une couleur en harmonie avec le mobilier remis à neuf, rendirent cet intérieur élégant et propre. Il ajouta sur le carré une double porte et à l'intérieur une portière. La fenêtre fut cachée par un store qui donnait un jour doux. Si la vie de cette pauvre mère se re-treignait à la plus simple expression que puisse prendre à Paris la vie d'une femme, Agathe fut du moins mieux que qui que ce soit dans une situation pareille, grâce à son fils. Pour éviter à sa mère les ennuis les plus cruels des mé-nages parisiens, Joseph l'emmena tous les jours dîner à une table d'hôte de la rue de Beaune où se trouvaient des femmes comme il faut, des députés, des gens titrés, et qui, pour chaque personne, coûtait quatre-vingt-dix francs par mois. Chargée uniquement du déjeuner, Agathe reprit pour le fils l'habitude que jadis elle avait pour le père. Malgré les pieux mensonges de Joseph, elle finit par savoir que son dîner coûtait environ cent francs par mois. Épouvantée par l'énormité de cette dépense, et n'imaginant pas que son fils pût gagner beaucoup d'argent à faire des femmes nues, elle obtint, grâce à l'abbé Loraux, son con-fesseur, une place de sept cents francs par an dans un bu-reau de loterie appartenant à la comtesse de Bauvan, la veuve d'un chef de chouans. Les bureaux de loterie, le lot des veuves protégées, faisaient assez ordinairement vivre une famille qui s'employait à la gérance. Mais, sous la Restauration, la difficulté de récompenser, dans les limites du gouvernement constitutionnel, tous les services ren-dus, fit donner à des femmes titrées malheureuses, non pas un, mais deux bureaux de loterie, dont les recettes va-laient de six à dix mille francs. Dans ce cas, la veuve du général ou du noble ainsi protégée ne tenait pas ses bu-reaux elle-même, elle avait des gérans intéressés. Quand ces gérans étaient garçons, ils ne pouvaient se dispenser d'avoir avec eux un employé : car le bureau devait toujours rester ouvert depuis le matin jusqu'à minuit, et les écritures exigées par le ministère des finances étaient d'ailleurs consi-dérables. La comtesse de Bauvan, à qui l'abbé Loraux ex-pliqua la position de la veuve Bridau, promit, au cas où son gérant s'en irait, la survivance pour Agathe ; mais en attendant, elle stipula pour la veuve six cents francs d'ap-pointements. Obligée d'être au bureau dès dix heures du matin, la pauvre Agathe eût à peine le temps de dîner. Elle revenait à sept heures du soir au bureau, d'où elle ne sortait pas avant minuit. Jamais Joseph, pendant deux ans, ne faillit un seul jour à venir chercher sa mère le soir pour la ramener rue Mazarine, et souvent il l'allait prendre pour dîner ; ses amis lui virent quitter l'Opéra, les Italiens et les plus brillans salons, pour se trouver avant minuit rue Vivienne.

Agathe contracta bientôt cette monotone régularité d'existence dans laquelle les personnes atteintes par des cha-grins violens trouvent un point d'appui. Le matin, après avoir fini sa chambre, où il n'y avait plus ni chats ni petits oiseaux, et préparé le déjeuner au coin de sa cheminée, elle le portait dans l'atelier où elle déjeunait avec son fils. Elle arrangeait la chambre de Joseph, éteignait le feu chez elle, venait travailler dans l'atelier près du petit poêle en fonte, et sortait dès qu'il venait un camarade ou des modèles. Quoiqu'elle ne comprît rien à l'Art ni à ses moyens, le silence profond de l'atelier lui convenait. Sous ce rapport, elle ne fit pas un progrès, elle n'y mettait au-cune hypocrisie, elle s'étonnait naïvement de voir l'im-portance qu'on attachait à la couleur, à la composi-tion, au dessin. Quand un des amis du Cénacle ou quel-que peintre ami de Joseph, comme Schinner, Pierre Grassou, Léon de Lora, très jeune rapin qu'on appelait alors Mistigris, discutaient, elle venait regarder avec at-tention, et ne découvrait rien de ce qui donnait lieu à ces grands mots et à ces chaudes disputes. Elle faisait le linge de son fils, lui raccommodait ses bas, ses chaussettes ; elle arriva jusqu'à lui nettoyer sa palette, à lui ramasser des linges pour essuyer ses brosses, à tout mettre en ordre dans l'atelier. En voyant sa mère avoir l'intelligence de ces petits détails, Joseph la comblait de soins. Si la mère et le fils ne s'entendaient point en fait d'Art, ils s'unirent admi-rablement par la tendresse. La mère avait son projet. Quand Agathe eut amadoué Joseph, un matin, pendant qu'il esquissait un immense tableau, réalisé plus tard et qui ne fut pas compris, elle se hasarda à dire tout haut :
— Mon Dieu ! que fait-il ?
— Qui ?
— Philippe !
— Ah dame ! ce garçon-là mange de la vache enragée. Il se formera.
— Mais il a déjà connu la misère, et peut-être est-ce la misère qui nous l'a changé. S'il était heureux, il serait bon...
— Tu crois, ma chère mère, qu'il a souffert dans son voyage ! Mais tu te trompes, il a fait le carnaval à New-Yorck comme il le fait encore ici...
— S'il souffrait cependant près de nous, ce serait af-freux.
— Oui, répondit Joseph. Quant à ce qui me regarde, je donnerais volontiers de l'argent, mais je ne veux pas le voir : il a tué la pauvre Descoings.
— Ainsi, reprit Agathe, tu ne ferais pas son portrait ?
— Pour toi, ma mère, je souffrirais le martyre. Je puis bien ne me souvenir d'une chose, c'est qu'il est mon frère.
— Son portrait en capitaine de dragons à cheval ?
— Oui, j'ai là un beau cheval d'après Gros, et je ne sais à quoi l'utiliser.
— Eh bien ! va donc savoir chez son ami ce qu'il de-vient.
— J'irai.

Agathe se leva : ses ciseaux, tout tomba par terre ; elle vint embrasser Joseph sur la tête, et cacha deux larmes dans ses cheveux.
— C'est ta passion, à toi, ce garçon ! dit-il, et nous avons tous notre passion malheureuse.

Le soir Joseph alla rue du Sentier, et y trouva, vers quatre heures, son frère qui remplaçait Giroudeau. Le vieux capitaine de dragons était passé caissier d'un journal hebdomadaire entrepris par son neveu. Quoique Finot restât propriétaire du petit journal qu'il avait mis en ac-tions, et dont toutes les actions étaient entre ses mains, le propriétaire et le rédacteur en chef visible était un de ses amis nommé Lousteau, précisément le fils du subdé-légué d'Issoudun de qui le grand-père de Bridau avait voulu se venger, et conséquemment le neveu de madame Hochon. Pour être agréable à son oncle, Finot lui avait donné Philippe pour remplaçant, en diminuant toutefois de moitié les appointemens. Puis, tous les jours, à cinq heures, Giroudeau vérifiait la caisse et emportait l'argent de la recette journalière. Coloquinte, l'invalide qui servait de garçon de bureau et qui faisait les courses, surveillait un peu le capitaine Philippe. Philippe se comportait bien d'ailleurs. Six cents francs d'appointemens et cinq cents francs de sa croix le faisaient d'autant mieux vivre, que, chauffé pendant la journée et passant ses soirées aux théâtres où il allait gratis, il n'avait qu'à penser à sa nourriture et à son logement. Coloquinte partait avec du papier timbré sur la tête, et Philippe brossait ses fausses manches en toile verte quand Joseph entra.

— Tiens, voilà le moutard, dit Philippe. Eh bien ! nous allons dîner ensemble, tu viendras à l'Opéra. Florine et Florentine ont une loge. J'y vais avec Giroudeau, tu en seras, et tu feras connaissance avec Nathan.

Il prit sa canne plombée et mouilla son cigare.

— Je ne puis pas profiter de ton invitation, j'ai notre mère à conduire ; nous dînons à table d'hôte.

— Eh bien ! comment va-t-elle, cette pauvre bonne femme ?

— Mais elle ne va pas mal, répondit le peintre. J'ai refait le portrait de notre père et celui de notre tante Descoings. J'ai fini le mien, et je voudrais donner à notre mère le tien en uniforme des dragons de la garde impériale.

— Bien !

— Mais il faut venir poser...

— Je suis tenu d'être, tous les jours, dans cette cage à poulet depuis neuf heures jusqu'à cinq heures...

— Deux dimanches suffiront.

— Convenu, petit, reprit l'ancien officier d'ordonnance de Napoléon en allumant son cigare à la lampe du portier.

Quand Joseph expliqua la position de Philippe à sa mère en allant dîner rue de Beaune, il lui sentit trembler le bras sur le sien, la joie illumina ce visage passé ; la pauvre femme respira comme une personne débarrassée d'un poids énorme. Le lendemain elle eut pour Joseph des attentions que son bonheur et la reconnaissance lui inspirèrent, elle lui garnit son atelier de fleurs et lui acheta deux jardinières. Le premier dimanche pendant lequel Philippe dut venir poser, Agathe eut soin de préparer dans l'atelier un déjeuner exquis. Elle mit tout sur la table, sans oublier un flacon d'eau-de-vie qui n'était qu'à moitié plein. Elle resta derrière un paravent auquel elle fit un trou. L'ex-dragon avait envoyé la veille son uniforme, qu'elle ne put s'empêcher d'embrasser. Quand Philippe posa tout habillé sur un de ces chevaux empaillés qu'ont les selliers et que Joseph avait loué, Agathe fut obligée, pour ne pas se trahir, de confondre le léger bruit de ses larmes avec la conversation des deux frères. Philippe posa deux heures avant et deux heures après le déjeuner. A trois heures après midi, le dragon reprit ses habits ordinaires, et, tout en fumant un cigare, il proposa pour la seconde fois à son frère d'aller dîner ensemble au Palais-Royal. Il fit sonner de l'or dans son gousset.

— Non, répondit Joseph, tu m'effraies quand je te vois de l'or.

— Ah çà ! vous aurez donc toujours mauvaise opinion de moi ici ? s'écria le lieutenant-colonel d'une voix tonnante. On ne peut donc pas faire des économies ?

— Non, non, répondit Agathe en sortant de sa cachette et venant embrasser son fils. Allons dîner avec lui, Joseph.

Joseph n'osa pas gronder sa mère, il s'habilla, et Philippe les mena vers la rue Montorgueil, au Rocher-de-Cancale, où il leur donna un dîner splendide dont la carte s'éleva jusqu'à cent francs.

— Diantre ! dit Joseph inquiet, avec onze cents francs d'appointemens, tu fais, comme Ponchard dans la *Dame blanche*, des économies à pouvoir acheter des terres.

— Bah ! je suis en veine, répondit le dragon qui avait énormément bu.

En entendant ce mot dit sur le pas de la porte et avant de monter en voiture pour aller au spectacle, car Philippe menait sa mère au Cirque-Olympique, seul théâtre où son confesseur lui permît d'aller, Joseph serra le bras de sa mère qui feignit aussitôt d'être indisposée, et qui refusa le spectacle. Philippe reconduisit alors sa mère et son frère rue Mazarine, où, quand elle se trouva seule avec Joseph dans sa mansarde, elle resta profondément silencieuse. Le dimanche suivant, Philippe vint poser. Cette fois sa mère assista visiblement à la séance. Elle servit le déjeuner et put questionner le dragon. Elle apprit alors que le neveu de la vieille madame Rochon, l'amie de sa mère, jouait

un certain rôle dans la littérature. Philippe et son ami Giroudeau se trouvaient dans une société de journalistes, d'actrices, de libraires, et y étaient considérés en qualité de caissiers. Philippe, qui buvait toujours du kirsch en posant après le déjeuner, eut la langue déliée. Il se vanta de redevenir un personnage avant peu de temps. Mais, sur une question de Joseph relative à ses moyens pécuniaires, il garda le silence. Par hasard il n'y avait pas de journal le lendemain à cause d'une fête, et Philippe, pour en finir, proposa de venir poser le lendemain. Joseph lui représenta que l'époque du Salon approchait : il n'avait pas l'argent des deux cadres pour ses tableaux, et ne pouvait se le procurer qu'en achevant la copie d'un Rubens que voulait avoir un marchand de tableaux nommé Magus. L'original appartenait à un riche banquier suisse qui ne l'avait prêté que pour dix jours ; la journée de demain était la dernière, il fallait donc absolument remettre la séance au prochain dimanche.

— C'est ça ? dit Philippe en regardant le tableau de Rubens posé sur un chevalet.

— Oui, répondit Joseph. Cela vaut vingt mille francs. Voilà ce que peut le génie. Il y a des morceaux de toile qui valent des cent mille francs.

— Moi, j'aime mieux ta copie, dit le dragon.

— Elle est plus jeune, dit Joseph en riant ; mais ma copie ne vaut que mille francs. Il me faut demain pour lui donner tous les tons de l'original et la vieillir afin qu'on ne les reconnaisse pas.

— Adieu, ma mère, dit Philippe en embrassant Agathe. A dimanche prochain.

Le lendemain, Élie Magus devait venir chercher sa copie. Un ami de Joseph, qui travaillait pour ce marchand, Pierre Grassou, voulut voir cette copie finie. Pour lui jouer un tour, en l'entendant frapper, Joseph Bridau mit sa copie vernie avec un vernis particulier à la place de l'original, et plaça l'original sur son chevalet. Il mystifia complètement Pierre Grassou de Fougères, qui fut émerveillé de ce tour de force.

— Tromperais-tu le vieil Élie Magus ? lui dit Pierre Grassou.

— Nous allons voir, dit Joseph.

Le marchand ne vint pas. Il était tard ; Agathe dînait chez madame Desroches qui venait de perdre son mari. Joseph proposa donc à Pierre Grassou de venir à sa table d'hôte. En descendant il laissa, suivant ses habitudes, la clef de son atelier à la portière.

— Je dois poser ce soir, dit Philippe à la portière une heure après le départ de son frère. Joseph va revenir, et je vais l'attendre dans l'atelier.

La portière donna la clef, Philippe monta, prit la copie en croyant prendre le tableau, puis il redescendit, remit la clef à la portière en paraissant avoir oublié quelque chose, et alla vendre le Rubens trois mille francs. Il avait eu la précaution de prévenir Élie Magus de la part de son frère de ne venir que le lendemain. Le soir, quand Joseph, qui ramenait sa mère de chez madame veuve Desroches, rentra, le portier lui parla de la lubie de son frère, qui était aussitôt sorti qu'entré.

— Je suis perdu s'il n'a pas eu la délicatesse de ne prendre que la copie ! s'écria le peintre en devinant le vol. Il monta rapidement les trois étages, se précipita dans son atelier, et dit : — Dieu soit loué ! il a été ce qu'il sera toujours, un vil coquin !

Agathe, qui avait suivi Joseph, ne comprenait rien à cette parole ; mais quand son fils le lui eût expliquée, elle resta debout sans larmes aux yeux.

— Je n'ai donc plus qu'un fils, dit-elle d'une voix faible.

— Nous n'avons pas voulu le déshonorer aux yeux des étrangers, reprit Joseph ; mais maintenant il faut le consigner chez le portier. Désormais nous garderons nos clefs. J'achèverai sa maudite figure de mémoire, il y manque peu de chose.

— Laisse-la comme elle est, il me ferait trop de mal à

voir, répondit la mère atteinte au fond du cœur, et stupéfaite de tant de lâcheté.

Philippe savait à quoi devait servir l'argent de cette copie, il connaissait l'abîme où il plongeait son frère, et n'avait rien respecté. Depuis ce dernier crime, Agathe ne parla plus de Philippe. Sa figure prit l'expression d'un désespoir amer, froid et concentré ; une pensée la tuait.

— Quelque jour, se disait-elle, nous verrons Bridau devant les tribunaux !

Deux mois après, au moment où Agathe allait entrer dans son bureau de loterie, un matin, il se présenta, pour voir madame Bridau, qui déjeunait avec Joseph, un vieux militaire se disant l'ami de Philippe et amené par une affaire urgente.

Quand Giroudeau se nomma, la mère et le fils tremblèrent d'autant plus que l'ex-dragon avait une physionomie de vieux loup de mer peu rassurante. Ses deux yeux gris éteints, sa moustache pie, ses restes de chevelure ébouriffés autour de son crâne couleur beurre frais, offraient je ne sais quoi d'éraillé, de libidineux. Il portait une vieille redingote gris de fer ornée de la rosette d'officier de la Légion d'honneur, et qui croisait difficilement sur un ventre de cuisinier en harmonie avec sa bouche fendue jusqu'aux oreilles, avec de fortes épaules. Son torse reposait sur de petites jambes grêles. Enfin il montrait un teint enluminé aux pommettes qui révélait une vie joyeuse. Le bas des joues, fortement ridé, débordait un col de velours noir usé. Entre autres enjolivemens, l'ex-dragon avait d'énormes boucles d'or aux oreilles.

— Quel noceur ! se dit Joseph en employant une expression populaire passée dans les ateliers.

— Madame, dit l'oncle et le caissier de Finot, votre fils se trouve dans une situation si malheureuse, qu'il est impossible à ses amis de ne pas vous prier de partager les charges assez lourdes qu'il leur impose ; il ne peut plus remplir sa place au journal, et mademoiselle Florentine de la Porte-Saint-Martin le loge chez elle, rue de Vendôme, dans une pauvre mansarde. Philippe est mourant ; si son frère et vous vous ne pouvez payer le médecin et les remèdes, nous allons être forcés, dans l'intérêt même de sa guérison, de le faire transporter aux Capucins ; tandis que pour trois cents francs nous le garderions : il lui faut absolument une garde, il sort le soir pendant que mademoiselle Florentine est au théâtre ; il prend alors des choses irritantes, contraires à sa maladie et à son traitement ; et comme nous l'aimons, il nous rend vraiment malheureux. Ce pauvre garçon a engagé sa pension pour trois ans, il est remplacé provisoirement au journal et n'a plus rien ; mais il va se tuer, madame, si nous ne le mettons pas à la maison de santé du docteur Dubois. Cet hospice décent coûtera dix francs par jour. Nous ferons, Florentine et moi, la moitié d'un mois, faites l'autre ?... Allez ! il n'en aura guère que pour deux mois !

— Monsieur, il est difficile qu'une mère ne vous soit pas éternellement reconnaissante de ce que vous faites pour son fils, répondit Agathe ; mais ce fils est retranché de mon cœur ; et, quant à de l'argent, je n'en ai point. Pour ne pas être à la charge de mon fils, que voici, qui travaille nuit et jour, qui se tue et qui mérite tout l'amour de sa mère, j'entre dans un bureau de loterie comme sous-gérante. A mon âge !

— Et vous, jeune homme, dit le vieux dragon à Joseph, voyons ? Ne ferez-vous pas pour votre frère ce que font une pauvre danseuse de la Porte-Saint-Martin et un vieux militaire ?...

— Tenez, voulez-vous, dit Joseph impatienté, que je vous exprime en langage d'artiste l'objet de votre visite ? Eh bien ! vous venez nous tirer une carotte.

— Demain, donc, votre frère ira à l'hôpital du Midi.

— Il y sera très bien, reprit Joseph. Si jamais j'étais en pareil cas, j'irais, moi.

Giroudeau se retira très désappointé, mais aussi très sérieusement humilié d'avoir à mettre aux Capucins un homme qui avait porté les ordres de l'Empereur pendant

la bataille de Montereau. Trois mois après, vers la fin du mois de juillet, un matin, en allant à son bureau de loterie, Agathe, qui prenait par le Pont-Neuf pour éviter de donner le sou du pont des Arts, aperçut le long des boutiques du quai de l'École, où elle longeait le parapet, un homme portant la livrée de la misère du second ordre et qui lui causa un éblouissement : elle lui trouva quelque ressemblance avec Philippe. Il existe en effet à Paris trois ordres de misère. D'abord, la misère de l'homme qui conserve les apparences et à qui l'avenir appartient : misère des jeunes gens, des artistes, des gens du monde momentanément atteints. Les indices de cette misère ne sont visibles qu'au microscope de l'observateur le plus exercé. Ces gens constituent l'ordre équestre de la misère, ils vont encore en cabriolet. Dans le second ordre se trouvent les vieillards à qui tout est indifférent, qui mettent au mois de juin la croix de la Légion d'honneur sur une redingote d'alpaga. C'est la misère des vieux rentiers, des vieux employés qui vivent à Sainte-Périne, et qui du vêtement extérieur ne se soucient guère. Enfin la misère en haillons, la misère du peuple, la plus poétique d'ailleurs, et que Callot, qu'Hogarth, que Murillo, Charlet, Raffet, Gavarni, Meissonnier, que l'Art adorent et cultivent, au carnaval surtout ! L'homme en qui la pauvre Agathe crut reconnaître son fils était à cheval sur les deux derniers ordres. Elle aperçut un col horriblement usé, un chapeau galeux, des bottes éculées et rapiécées, une redingote filandreuse à boutons sans moule, dont les capsules béantes ou recroquevillées étaient en parfaite harmonie avec des poches usées et un collet crasseux. Des vestiges de duvet disaient assez que, si la redingote contenait quelque chose, ce ne pouvait être que de la poussière. L'homme sortit des mains aussi noires que celles d'un ouvrier, d'un pantalon gris de fer, décousu. Enfin, sur la poitrine, un gilet de laine tricotée, bruni par l'usage, qui débordait les manches, qui passait au-dessus du pantalon, se voyait partout et tenait sans doute lieu de linge. Philippe portait un garde-vue en taffetas vert et en fil d'archal. Sa tête presque chauve, son teint, sa figure hâve, disaient assez qu'il sortait du terrible hôpital du Midi. Sa redingote bleue, blanchie aux lisières, était toujours décorée de la rosette. Aussi les passans regardaient-ils ce brave, sans doute une victime du gouvernement, avec une curiosité mêlée de pitié ; car la rosette inquiétait le regard et jetait l'ultra le plus féroce en des doutes honorables pour la Légion d'honneur. En ce temps, quoiqu'on eût essayé de déconsidérer cet Ordre par des promotions sans frein, il n'y avait pas en France cinquante-trois mille personnes décorées. Agathe sentit tressaillir son être intérieur. S'il lui était impossible d'aimer ce fils, elle pouvait encore beaucoup souffrir par lui. Atteinte par un dernier rayon de maternité, elle pleura quand elle vit faire au brillant officier d'ordonnance de l'Empereur le geste d'entrer dans un débit de tabac pour y acheter un cigare, et s'arrêter sur le seuil : il avait fouillé dans sa poche et n'y trouvait rien. Agathe traversa rapidement le quai, prit sa bourse, la mit dans la main de Philippe, et se sauva comme si elle venait de commettre un crime. Elle resta deux jours sans pouvoir rien prendre, elle avait toujours devant les yeux l'horrible figure de son fils mourant de faim dans Paris.

— Après avoir épuisé l'argent de ma bourse, qui lui en donnera ? pensait-elle. Giroudeau ne nous trompait pas : Philippe sort de l'hôpital.

Elle ne voyait plus l'assassin de sa pauvre tante, le fléau de la famille, le voleur domestique, le joueur, le buveur, le débauché de bas étage ; elle voyait un convalescent mourant de faim, un fumeur sans tabac. Elle devint, à quarante-sept ans, comme une femme de soixante-dix ans. Ses yeux se ternirent alors dans les larmes et la prière. Mais ce ne fut pas le dernier coup que ce fils devait lui porter, et sa prévision la plus horrible fut réalisée. On découvrit alors une conspiration d'officiers au sein de l'armée, et l'on cria par les rues l'extrait du Moniteur qui contenait les détails sur les arrestations.

Agathe entendit du fond de sa cage, dans le bureau de

loterie de la rue Vivienne, le nom de Philippe Bridau. Elle s'évanouit, et le gérant, qui comprit sa peine et la nécessité de faire des démarches, lui donna un congé de quinze jours.

— Ah ! mon ami, c'est nous, avec notre rigueur, qui l'avons poussé là, dit-elle à Joseph en se mettant au lit.

— Je vais aller voir Desroches, lui répondit Joseph.

Pendant que l'artiste confiait les intérêts de son frère à Desroches, qui passait pour le plus madré, le plus astucieux des avoués de Paris, et qui d'ailleurs rendait des services à plusieurs personnages, entre autres à des Lupeaulx, alors secrétaire général d'un ministère, Giroudeau se présentait chez la veuve, qui, cette fois, eut confiance en lui.

— Madame, lui dit-il, trouvez douze mille francs, et votre fils sera mis en liberté, faute de preuves. Il s'agit d'acheter le silence de deux témoins.

— Je les aurai, dit la pauvre mère sans savoir où ni comment.

Inspirée par le danger, elle écrivit à sa marraine, la vieille madame Hochon, de les demander à Jean-Jacques Rouget, pour sauver Philippe. Si Rouget refusait, elle pria madame Hochon de les lui prêter en s'engageant à les lui rendre en deux ans. Courrier par courrier, elle reçut la lettre suivante :

« Ma petite, quoique votre frère ait, bel et bien, qua-
» rante mille livres de rentes, sans compter l'argent éco-
» nomisé depuis dix-sept années, que monsieur Hochon
» estime à plus de six cent mille francs, il ne donnera pas
» deux liards pour des neveux qu'il n'a jamais vus. Quant
» à moi, vous ignorez que je ne disposerai pas de six li-
» vres tant que mon mari vivra. Hochon est le plus grand
» avare d'Issoudun, j'ignore ce qu'il fait de son argent, il
» ne donne pas vingt francs par an à ses petits-enfans ;
» pour emprunter, j'aurais besoin de son autorisation, et
» il me la refuserait. Je n'ai pas même tenté de faire par-
» ler à votre frère, qui a chez lui une concubine de la-
» quelle il est le très humble serviteur. C'est pitié que de
» voir comment se pauvre homme est traité chez lui,
» quand il a une sœur et des neveux. Je vous ai fait sous-
» entendre à plusieurs reprises que votre présence à Is-
» soudun pouvait sauver votre frère, et arracher pour vos
» enfans, des griffes de cette vermine, une fortune de
» quarante et quelques soixante mille livres de rentes ;
» mais vous ne me répondez pas ou vous paraissez ne
» m'avoir jamais comprise. Aussi suis-je obligée de vous
» écrire aujourd'hui sans aucune précaution épistolaire.
» Je prends bien part au malheur qui vous arrive, mais je
» ne puis que vous plaindre, ma chère mignonne. Voici
» pourquoi je ne puis vous être bonne à rien : à quatre-
» vingt-cinq ans, Hochon fait ses quatre repas, mange de
» la salade avec des œufs durs le soir, et court comme un
» lapin. J'aurai passé ma vie entière, car il fera mon épi-
» taphe, sans avoir vu vingt livres dans ma bourse. Si vous
» voulez venir à Issoudun combattre l'influence de la con-
» cubine sur votre frère, comme il y a des raisons pour
» que Rouget ne vous reçoive pas chez lui, j'aurai déjà
» bien de la peine à obtenir de mon mari la permission de
» vous avoir chez moi. Mais vous pouvez y venir, il m'o-
» béira sur ce point. Je connais un moyen d'obtenir ce que
» je veux de lui, c'est de lui parler de mon testament. Cela
» me semble si horrible que je n'y ai jamais eu recours ;
» mais j'espère que je ferai l'impossible. J'espère que
» Philippe s'en tirera, surtout si vous prenez un bon avo-
» cat ; mais arrivez le plus tôt possible à Issoudun. Songez
» qu'à cinquante-sept ans votre imbécile de frère est plus
» chétif et plus vieux que monsieur Hochon. Ainsi, la chose
» presse. On parle déjà d'un testament qui vous priverait
» de la succession ; mais, au dire de monsieur Hochon, il
» est toujours temps de le faire révoquer. Adieu, ma petite
» Agathe, que Dieu vous aide ! et comptez aussi sur votre
» marraine qui vous aime.

» MAXIMILIENNE HOCHON, née LOUSTEAU.

» P.-S. Mon neveu Etienne, qui écrit dans les journaux
» et qui s'est lié, dit-on, avec votre fils Philippe, est-il
» venu vous rendre ses devoirs ? Mais venez, nous cause-
» rons de lui. »

Cette lettre occupa fortement Agathe, elle la montra nécessairement à Joseph, à qui elle fut forcée de raconter la proposition de Giroudeau. L'artiste, qui devenait prudent dès qu'il s'agissait d'argent, fit remarquer à sa mère qu'elle devait tout communiquer à Desroches.

Frappés de la justesse de cette observation, le fils et la mère allèrent le lendemain matin, dès six heures, trouver Desroches, rue de Bussy. Cet avoué, sec comme défunt son père, à la voix aigre, au teint âpre, aux yeux implacables, à visage de fouine, qui lèche les lèvres du sang des poulets, bondit comme un tigre en apprenant la visite et la proposition de Giroudeau.

— Ah ça ! mère Bridau, s'écria-t-il de sa petite voix cassée, jusqu'à quand serez-vous la dupe de votre maudit brigand de fils ? Ne donnez pas deux liards ! Je vous réponds de Philippe, c'est pour sauver son avenir que je tiens à le laisser juger par la Cour des Pairs. Vous avez peur de le voir condamné, mais Dieu veuille que son avocat laisse obtenir une condamnation contre lui. Allez à Issoudun, sauvez la fortune de vos enfans. Si vous n'y parvenez pas, si votre frère a fait un testament en faveur de cette femme, et si vous ne savez pas le faire révoquer... eh bien ! rassemblez au moins les élémens d'un procès en captation, je le mènerai. Mais vous êtes trop honnête femme pour savoir trouver les bases d'une instance de ce genre ! Aux vacances, j'irai, moi, à Issoudun... si je puis.

Ce : « J'irai, moi ! » fit trembler l'artiste dans sa peau. Desroches cligna de l'œil pour dire à Joseph de laisser aller sa mère un peu en avant, et il la garda pendant un moment seul.

— Votre frère est un grand misérable, il est volontairement ou involontairement la cause de la découverte de la conspiration, car le drôle est si fin qu'on ne peut pas savoir la vérité là-dessus. Entre niais ou traître, choisissez-lui un rôle. Il sera sans doute mis sous la surveillance de la haute police, voilà tout. Soyez tranquille, il n'y a que moi qui sache ce secret. Courez à Issoudun pour sauver votre mère, vous avez de l'esprit, tâchez de sauver cette succession.

— Allons, ma pauvre mère, Desroches a raison, dit-il en rejoignant Agathe dans l'escalier ; j'ai vendu mes deux tableaux, partons pour le Berry, puisque tu as quinze jours à toi.

Après avoir écrit à sa marraine pour lui annoncer son arrivée, Agathe et Joseph se mirent en route le lendemain soir pour Issoudun, abandonnant Philippe à sa destinée. La diligence passa par la rue d'Enfer pour prendre la route d'Orléans. Quand Agathe aperçut le Luxembourg où Philippe avait été transféré, elle ne put s'empêcher de dire :

— Sans les Alliés, il ne serait pourtant pas là !

Bien des enfans auraient fait un mouvement d'impatience, auraient souri de pitié ; mais l'artiste, qui se trouvait seul avec sa mère dans le coupé, la pressa contre son cœur, en disant : — O mère ! tu es mère comme Raphaël était peintre ! Et tu seras toujours une imbécile de mère !

Bientôt arrachée à ses chagrins par les distractions de la route, madame Bridau fut contrainte à songer au but de son voyage. Naturellement, elle relut la lettre de madame Hochon qui avait si fort ému l'avoué Desroches. Frappée alors des mots concubine et vermine que la plume d'une septuagénaire aussi pieuse que respectable avait employés pour désigner la femme en train de dévorer la fortune de Jean-Jacques Rouget traité lui-même d'imbécile, elle se demanda comment elle pouvait, par sa présence à Issoudun, sauver une succession. Joseph, ce pauvre artiste si désintéressé, savait peu de choses du Code, et l'exclamation de sa mère le préoccupa.

— Avant de nous envoyer sauver une succession, notre

ami Desroches aurait bien dû nous expliquer les moyens par lesquels on s'en empare, s'écria-t-il.

— Autant ma tête, étourdie encore à l'idée de savoir Philippe en prison, sans tabac peut-être, sur le point de comparaître à la Cour des Pairs, me laisse de mémoire, reprit Agathe, il me semble que le jeune Desroches nous a dit de rassembler les élémens d'un procès en captation, pour le cas où mon frère aurait fait un testament en faveur de cette... cette... femme.

— Il est bon là, Desroches !... s'écria le peintre. Bah ! si nous n'y comprenons rien, je le prierai d'y aller.

— Ne nous cassons pas la tête inutilement, dit Agathe. Quand nous serons à Issoudun, ma marraine nous guidera.

Cette conversation, tenue au moment où, après avoir changé de voiture à Orléans, madame Bridau et Joseph entraient en Sologne, indique assez l'incapacité du peintre et de sa mère à jouer le rôle auquel le terrible maître Desroches les destinait. Mais en revenant à Issoudun après trente ans d'absence, Agathe allait y trouver de tels changemens dans les mœurs qu'il est nécessaire de tracer en peu de mots un tableau de cette ville. Sans cette peinture, on comprendrait difficilement l'héroïsme que déployait madame Hochon en secourant sa filleule, et l'étrange situation de Jean-Jacques Rouget. Quoique le docteur eût fait considérer Agathe comme une étrangère à son fils, il y avait, pour un frère, quelque chose d'un peu trop extraordinaire à rester trente ans sans donner signe de vie à sa sœur. Ce silence reposait évidemment sur des circonstances bizarres que des parens autres que Joseph et Agathe auraient depuis longtemps voulu connaître. Enfin il existait entre l'état de la ville et les intérêts des Bridau certains rapports qui se reconnaîtront dans le cours même du récit.

N'en déplaise à Paris, Issoudun est une des plus vieilles villes de France. Malgré les préjugés historiques qui font de l'empereur Probus le Noé des Gaules, César a parlé de l'excellent vin de Champ-Fort (de Campo Forti), un des meilleurs clos d'Issoudun. Rigord s'exprime sur le compte de cette ville en termes qui ne laissent aucun doute sur sa grande population et sur son immense commerce. Mais ces deux témoignages assigneraient un âge assez médiocre à cette ville en comparaison de sa haute antiquité. En effet, des fouilles récemment opérées par un savant archéologue de cette ville, M. Armand Pérémet, ont fait découvrir sous la célèbre tour d'Issoudun une basilique du cinquième siècle, la seule probablement qui existe en France. Cette église garde, dans ses matériaux même, la signature d'une civilisation antérieure, car ses pierres proviennent d'un antique temple romain qu'elle a remplacé. Ainsi, d'après les recherches de cet antiquaire, Issoudun comme toutes les villes de France dont la terminaison ancienne ou moderne comporte le DUN (dunum), offrirait dans son nom le certificat d'une existence autochtone. Ce mot Dun, l'apanage de toute éminence consacrée par le culte druidique, annoncerait un établissement militaire et religieux des Celtes. Les Romains auraient bâti sous le Dun des Gaulois un temple à Isis. De là, selon Chaumeau, le nom de la ville : Is-sous-Dun ! Is serait l'abréviation d'Isis. Richard Cœur-de-Lion a bien certainement bâti la fameuse tour où il a frappé monnaie, au-dessus d'une basilique du cinquième siècle, le troisième monument de la troisième religion de cette vieille ville. Il s'est servi de cette église comme d'un point d'arrêt nécessaire à l'exhaussement de son rempart, et l'a conservée en la couvrant de ses fortifications féodales comme d'un manteau. Issoudun était alors le siége de la puissance éphémère des Routiers et des Cottereaux, condottieri que Henri II opposa à son fils Richard, lors de sa révolte comme comte de Poitou. L'histoire de l'Aquitaine, qui n'a pas été faite par les Bénédictins, ne se fera sans doute point, car il n'y a plus de Bénédictins. Aussi ne saurait-on trop plonger ces ténèbres archéologiques dans l'histoire de nos mœurs, toutes les fois que l'occasion s'en présente. Il existe un autre témoignage de l'antique puissance d'Issoudun dans la canalisation de la Tournemine, petite rivière exhaussée de plusieurs mètres sur une grande étendue de pays au-dessus du niveau de la Théols, la rivière qui entoure la ville. Cet ouvrage est dû, sans aucun doute, au génie romain. Enfin le faubourg qui s'étend du Château vers le nord est traversé par une rue nommée, depuis plus de deux mille ans, la rue de Rome. Le faubourg lui-même s'appelle faubourg de Rome. Les habitans de ce faubourg, dont la race, le sang, la physionomie, ont d'ailleurs un cachet particulier, se disent descendans des Romains. Ils sont presque tous vignerons et d'une remarquable raideur de mœurs, due sans doute à leur origine, et peut-être à leur victoire sur les Cottereaux et les Routiers, qu'ils ont exterminés au douzième siècle dans la plaine de Charost. Après l'insurrection de 1830, la France fut trop agitée pour avoir donné son attention à l'émeute des vignerons d'Issoudun, qui fut terrible, dont les détails n'ont pas été d'ailleurs publiés, et pour cause. D'abord, les bourgeois d'Issoudun ne permirent point aux troupes d'entrer en ville. Ils voulurent répondre eux-mêmes de leur cité, selon les us et coutumes de la bourgeoisie au Moyen-Age. L'autorité fut obligée de céder à des gens appuyés par six ou sept mille vignerons qui avaient brûlé toutes les archives et les bureaux des Contributions indirectes, et qui traînaient de rue en rue un employé de l'Octroi, disant à chaque réverbère : « C'est là que faut le pendre ! » Le pauvre homme fut arraché à ces furieux par la garde nationale, qui lui sauva la vie en le conduisant en prison, sous prétexte de lui faire son procès. Le général n'entra qu'en vertu d'une capitulation faite avec les vignerons, et il y eut du courage à pénétrer leurs masses ; car, au moment où il parut à l'Hôtel-de-Ville, un homme du faubourg de Rome lui passa son volant au cou (le volant est cette grosse serpe attachée à une perche qui sert à tailler les arbres), et lui cria : « Pu d' coumis, ou y a rin de fait ! » Ce vigneron aurait abattu la tête à celui que seize ans de guerre avaient respecté, sans la rapide intervention d'un des chefs de la révolte à qui l'on promit de demander aux Chambres la suppression des rats de cave !..

Au quatorzième siècle, Issoudun avait encore seize à dix-sept mille habitans, reste d'une population double au temps de Rigord. Charles VII y possédait un hôtel qui subsiste, et connu jusqu'au dix-huitième siècle sous le nom de Maison du Roy. Cette ville, alors le centre du commerce des laines, en approvisionnait une partie de l'Europe, et fabriquait sur une grande échelle des draps, des chapeaux, et d'excellens gants de chevreautin. Sous Louis XIV, Issoudun, à qui l'on dut Baron et Bourdaloue, était toujours cité comme une ville d'élégance, de beau langage et de bonne société. Dans son histoire de Sancerre, le curé Poupart prétendait les habitans d'Issoudun remarquables entre tous les Berrichons par leur finesse et par leur esprit naturel. Aujourd'hui cette belle splendeur et cet esprit ont disparu complètement. Issoudun, dont l'étendue atteste l'ancienne importance, se donne douze mille âmes de population en y comprenant les vignerons de quatre énormes faubourgs : ceux de Saint-Paterne, de Vilatte, de Rome et des Alouettes, qui sont de petites villes. La bourgeoisie, comme celle de Versailles, est au large dans les rues. Issoudun conserve encore le marché des laines du Berry, commerce menacé par les améliorations de la race ovine qui s'introduisent partout et que le Berry n'adopte point. Les vignobles d'Issoudun produisent un vin qui se boit dans deux départemens, et qui, s'il se fabriquait comme la Bourgogne et la Gascogne, fabriquait le leur, deviendrait l'un des meilleurs vins de France. Hélas ! faire comme faisaient nos pères, ne rien innover, telle est la loi du pays. Les vignerons continuent donc à laisser la râpe pendant la fermentation, ce qui rend détestable un vin qui pourrait être la source de nouvelles richesses et un objet d'activité pour le pays. Grâce à l'âpreté que la râpe lui communique et qui, dit-on, se modifie avec l'âge, ce vin traverse un siècle. Cette raison donnée par le Vignoble est assez importante en œnologie pour être publiée. Guillaume le Breton a d'ailleurs célébré dans sa *Philippide* cette propriété par quelque vers.

La décadence d'Issoudun s'explique donc par l'esprit d'immobilisme poussé jusqu'à l'ineptie et qu'un seul fait fera comprendre. Quand on s'occupa de la route de Paris à Toulouse, il était naturel de la diriger de Vierzon sur Châteauroux, par Issoudun. La route eût été plus courte qu'en la dirigeant, comme elle l'est, par Vatan. Mais les notabilités du pays et le conseil municipal d'Issoudun, dont la délibération existe, dit-on, demandèrent la direction par Vatan, en objectant que, si la grande route traversait leur ville, les vivres augmenteraient de prix, et que l'on serait exposé à payer les poulets trente sous. On ne trouve l'analogue d'un pareil acte que dans les contrées les plus sauvages de la Sardaigne, pays si peuplé, si riche autrefois, aujourd'hui si désert. Qand le roi Charles Albert, dans une louable pensée de civilisation, voulut joindre Sassari, seconde capitale de l'île, à Cagliari par une belle et magnifique route, la seule qui existe dans cette savane appelée la Sardaigne, le tracé direct exigeait qu'elle passât par Bonorva, district habité par des gens insoumis, d'autant plus comparables à nos tribus arabes qu'ils descendent des Maures. En se voyant sur le point d'être gagnés par la civilisation, les sauvages de Bonorva, sans prendre la peine de délibérer, signifièrent leur opposition au tracé. Le gouvernement ne tint aucun compte de cette opposition. Le premier ingénieur qui vint planter le premier jalon reçut une balle dans la tête et mourut sur son jalon. On ne fit aucune recherche à ce sujet, et la route décrit une courbe qui l'allonge de huit lieues

A Issoudun, l'avilissement croissant du prix des vins qui se consomment sur place, en satisfaisant ainsi le désir de la bourgeoisie de vivre à bon marché, prépare la ruine des vignerons, de plus en plus accablés des frais de culture et par l'impôt ; de même que la ruine du commerce des laines et du pays est préparée par l'impossibilité d'améliorer la race ovine. Les gens de la campagne ont une horreur profonde pour toute espèce de changement, même pour celui qui leur paraît utile à leurs intérêts. Un Parisien trouve dans la campagne un ouvrier qui mangeait à dîner une énorme quantité de pain, de fromage et de légumes ; il lui prouve que, s'il substituait à cette nourriture une portion de viande, il se nourrirait mieux, à meilleur marché, qu'il travaillerait davantage, et n'userait pas si promptement son capital d'existence. Le Berrichon reconnaît la justesse de ce calcul. — Mais les *disettes* ! monsieur, répondit-il. — Quoi, les *disettes ?* . . — Eh bien ! quoi, qu'on dirait ? — Il serait le fabl de tout le pays, fit observer le propriétaire sur les terres de qui la scène avait lieu, on le croirait riche comme un bourgeoi, il a enfin peur de l'opinion publique, il a peur d'être montré au doigt, de passer pour un homme faible ou malade. . Voilà comme nous sommes dans ce pays-ci ! Beaucoup de bourgeois disent cette dernière phrase avec un sentiment d'orgueil caché. Si l'ignorance et la routine sont invincibles dans les campagnes où l'on abandonne les paysans à eux-mêmes, la ville d'Issoudun est arrivée à une complète stagnation sociale. Obligée de combattre la dégénérescence des fortunes par une économie sordide, chaque famille vit chez soi. D'ailleurs, la société s'y trouve à jamais privée de l'antagonisme qui donne du ton aux mœurs. La ville ne connaît plus cette opposition de deux forces à laquelle on a dû la vie des États italiens au moyen-âge. Issoudun n'a plus de nobles. Les Cottereaux, les Routiers, la Jacquerie, les guerres de religion et la Révolution y ont totalement supprimé la noblesse. La ville est très-fière de ce triomphe. Issoudun a constamment refusé, toujours pour maintenir le bon marché des vivres, d'avoir une garnison. Elle a perdu ce moyen de communication avec le siècle en perdant aussi les profits qui se font avec la troupe. Avant 1756, Issoudun était une des plus agréables villes de garnison. Un drame judiciaire qui occupa toute la France, l'affaire du lieutenant général au Bailliage contre le marquis de Chapt, dont le fils, officier de dragons, fut, à propos de galanterie, justement peut-être mais traîtreusement mis à mort,

priva la ville de garnison à partir de cette époque. Le séjour de la 44e demi-brigade, imposé durant la guerre civile, ne fut pas de nature à réconcilier les habitans avec la gent militaire. Bourges, dont la population décroît tous les dix ans, est atteinte de la même maladie sociale. La vitalité déserte ces grands corps. Certes, l'administration est coupable de ces malheurs. Le devoir d'un gouvernement est d'apercevoir ces tâches sur le corps politique, et d'y remédier en envoyant des hommes énergiques dans ces localités malades pour y changer la face des choses. Hélas ! loin de là, on s'applaudit de cette funeste et funèbre tranquillité. Puis, comment envoyer de nouveaux administrateurs ou des magistrats capables ? Qui de nos jours est soucieux d'aller s'enterrer en des arrondissemens où le bien à faire est sans éclat ? Si, par hasard, on y case des ambitieux étrangers au pays, ils sont bientôt par la force gagnés d'inertie, et se mettent au diapason de cette atroce vie de province. Issoudun aurait engourdi Napoléon. Par suite de cette situation particulière, l'arrondissement d'Issoudun était, en 1822, administré par des hommes appartenant tous au Berry. L'autorité s'y trouvait donc annulée ou sans force, excepté dans les cas, naturellement très rares, où la Justice est forcée d'agir à cause de leur gravité patente. Le Procureur du Roi, monsieur Mouilleron, était le cousin de tout le monde, et son Substitut appartenait à une famille de la ville. Le Président du Tribunal, avant d'arriver à cette dignité, se rendit célèbre par un de ces mots qui en province coiffent pour toute sa vie un homme d'un bonnet d'âne. Après avoir terminé l'instruction d'un procès criminel qui devait entraîner la peine de mort, il dit à l'accusé : — « Mon pauvre Pierre, ton affaire est claire, tu auras le cou coupé. Que cela te serve de leçon. » Le commissaire de police, commissaire depuis la Restauration, avait des parens dans tout l'arrondissement. Enfin, non seulement l'influence de la religion était nulle, mais le curé ne jouissait d'aucune considération. Cette bourgeoisie, libérale, taquine et ignorante, racontait des histoires plus ou moins comiques sur les relations de ce pauvre homme avec sa servante. Les enfans n'en allaient pas moins au catéchisme, et n'en faisaient pas moins leur première communion ; il n'y avait pas moins un collége ; on disait bien la messe, on fêtait toujours les fêtes ; on payait les contributions, seule chose que Paris veuille de la province ; enfin le maire y prenait des arrêtés ; mais ces actes de la vie sociale s'accomplissaient par routine. Ainsi, la mollesse de l'administration concordait admirablement à la situation intellectuelle et morale du pays. Les événemens de cette histoire peindront d'ailleurs les effets de cet état de choses qui n'est pas si singulier qu'on pourrait le croire. Beaucoup de villes en France, et particulièrement dans le Midi, ressemblent à Issoudun. L'état dans lequel le triomphe de la Bourgeoisie a mis ce Chef-lieu d'arrondissement est celui qui attend toute la France et même Paris, si la Bourgeoisie continue à rester maîtresse de la politique extérieure et intérieure du pays.

Maintenant, un mot de la topographie. Issoudun s'étale du nord au sud sur un coteau qui s'arrondit vers la route de Châteauroux. Au bas de cette montagne, on a jadis pratiqué pour les besoins des fabriques, ou pour inonder les douves des remparts quand il y florissait la draperie, un canal appelé maintenant la *Rivière-Forcée*, et dont les eaux sont prises à la Théols. La Rivière-Forcée forme un bras artificiel qui se décharge dans la rivière naturelle, au delà du faubourg de Rome, au point où s'y jettent aussi la Tournemine et quelques autres courans. Ces petits cours d'eau vive, et les deux rivières, arrosent des prairies assez étendues que cerclent de toutes parts des collines jaunâtres ou blanches parsemées de points noirs. Tel est l'aspect des vignobles d'Issoudun pendant sept mois de l'année. Les vignerons, recépant la vigne tous les ans, et ne laissent qu'un moignon hideux sans échalas au milieu d'un entonnoir. Aussi quand on arrive de Vierzon, de Vatan ou de Châteauroux l'œil attristé par des plaines monotones est-il agréablement surpris à la vue des prairies d'Issoudun, l'oasis de cette partie du Berry, qui fournit de légumes le pays à dix lieues à la ronde. Au-dessous du faubourg de Rome, s'étend un vaste marais entièrement cultivé en potagers et divisé en deux régions qui portent le nom de bas et de haut Baltan. Une vaste et longue avenue, ornée de deux contre-allées de peupliers, mène de la ville au travers des prairies à un ancien couvent nommé Frapesle, dont les jardins anglais, uniques dans l'arrondissement, ont reçu le nom ambitieux de Tivoli. Le dimanche, les couples amoureux se font par là leurs confidences. Nécessairement les traces de l'ancienne grandeur d'Issoudun se révèlent à un observateur attentif, et les plus marquantes sont les divisions de la ville. Le Château, qui formait autrefois à lui seul une ville avec ses murailles et ses douves, constitue un quartier distinct où l'on ne pénètre aujourd'hui que par les anciennes portes, d'où l'on ne sort que par trois points jetés sur les bras des deux rivières, et qui seul a la physionomie d'une vieille ville. Les remparts montrent encore de place en place leurs formidables assises sur lesquelles s'élèvent des maisons. Au-dessus du Château se dresse la Tour, qui en était la forteresse. Le maître de la ville, étalée autour de ces deux points fortifiés, avait à prendre et la Tour et le Château. La possession du Château ne donnait pas encore celle de la Tour. Le faubourg de Saint-Paterne, qui décrit comme une palette au-delà de la Tour en mordant sur la prairie, est trop considérable pour ne pas avoir été dans les temps les plus reculés la ville elle-même. Depuis le moyen-âge, Issoudun, comme Paris, aura gravi sa colline, et se sera groupée au delà de la Tour et du Château. Cette opinion tirait, en 1822, une sorte de certitude de l'existence de la charmante église de Saint-Paterne, récemment démolie par l'héritier de celui qui l'acheta de la Nation. Cette église, un des plus jolis *specimen* d'église romane que possédât la France, a péri sans que personne ait pris le dessin du portail, dont la conservation était parfaite. La seule voix qui s'éleva pour sauver le monument ne trouva d'écho nulle part, ni dans la ville, ni dans le département. Quoique le Château d'Issoudun ait le caractère d'une vieille ville avec ses rues étroites et ses vieux logis, la ville proprement dite, qui fut prise et brûlée plusieurs fois à différentes époques, notamment durant la Fronde où elle brûla tout entière, a un aspect moderne. Des rues spacieuses relativement à l'état des autres villes, et des maisons bien bâties, forment avec l'aspect du Château un contraste assez frappant qui vaut à Issoudun, dans quelques géographies, le nom de Jolie.

Dans une ville ainsi constituée, sans aucune activité même commerciale, sans goût pour les arts, sans occupations savantes, où chacun reste dans son intérieur, il devait arriver et il arriva, sous la Restauration, en 1816, quand la guerre eut cessé, que, parmi les jeunes gens de la ville, plusieurs n'eurent aucune carrière à suivre, et ne surent que faire en attendant leur mariage ou la succession de leurs parens. Ennuyés au logis, ces jeunes gens se trouvèrent sans aucun élément de distraction intérieur; et, comme, suivant un mot du pays, *il faut que jeunesse jette sa gourme*, ils firent leurs farces aux dépens de la ville même. Il leur fut bien difficile d'opérer en plein jour, ils eussent été reconnus; et, la coupe de leurs crimes une fois comblée, ils auraient fini par être traduits, à la première peccadille un peu trop forte, en police correctionnelle; ils choisirent donc assez judicieusement la nuit pour faire leurs mauvais tours. Ainsi, dans ces vieux restes de tant de civilisations diverses disparues, brilla comme une dernière flammèche un vestige de l'esprit de drôlerie qui distinguait les anciennes mœurs. Ces jeunes gens s'amusèrent comme jadis s'amusaient Charles IX et ses courtisans, Henri V et ses compagnons, et comme on s'amusa jadis dans beaucoup de villes de province. Une fois confédérés par la nécessité de s'entr'aider, et de se défendre, et d'inventer des tours plaisans, il se développa chez eux, par le choc des idées, cette somme de malignité que comporte la jeunesse et qui s'observe jusque dans les animaux. La confédération leur donna de plus les petits plaisirs que procure le mystère d'une conspi-

ration permanente. Ils se nommèrent les *Chevaliers de la Désœuvrance*. Pendant le jour, ces jeunes singes étaient de petits saints, ils affectaient tous d'être extrêmement tranquilles; et, d'ailleurs, ils dormaient assez tard après les nuits pendant lesquelles ils avaient accompli quelque méchante œuvre. Les Chevaliers de la Désœuvrance commencèrent par des farces vulgaires, comme de décrocher et de changer les enseignes, de sonner aux portes, de précipiter avec fracas un tonneau oublié par quelqu'un à sa porte dans la cave du voisin, alors réveillé par un bruit qui faisait croire à l'explosion d'une mine. A Issoudun comme dans beaucoup de villes, on descend à la cave par une trappe dont la bouche placée à l'entrée de la maison est recouverte d'une forte planche à charnières, avec un gros cadenas pour fermeture. Ces nouveaux Mauvais-Garçons n'étaient pas encore sortis, vers la fin de 1816, des plaisanteries que font dans toutes les provinces les gamins et les jeunes gens. Mais, en janvier 1817, l'Ordre de la Désœuvrance eut un Grand-Maître, et se distingua par des tours qui, jusqu'en 1823, répandirent une sorte de terreur dans Issoudun, ou du moins en tinrent les artisans et la bourgeoisie en de continuelles alarmes.

Ce chef fut un certain Maxence Gilet, appelé plus simplement Max, que ses antécédens, son moins que sa bravoure et sa jeunesse, destinaient à ce rôle. Maxence Gilet passait dans Issoudun pour être le fils naturel de ce Subdélégué, monsieur Lousteau, dont la galanterie a laissé beaucoup de souvenirs, le frère de madame Hochon, et qui s'était attiré, comme vous l'avez vu, la haine du vieux docteur Rouget, à propos de la naissance d'Agathe. Mais l'amitié qui liait ces deux hommes avant leur brouille fut tellement étroite, que, selon une expression du pays et du temps, ils passaient volontiers par les mêmes chemins. Aussi prétendait-on que Max pouvait tout aussi bien être le fils du docteur que celui du Subdélégué; mais il n'appartenait ni à l'un ni à l'autre, car son père fut un charmant officier de dragons en garnison à Bourges. Néanmoins, par suite de leur inimitié, fort heureusement pour l'enfant, le docteur et le Subdélégué se disputèrent constamment cette paternité. La mère de Max, femme d'un pauvre sabotier du faubourg de Rome, était, pour la perdition de son âme, d'une beauté surprenante, une beauté de Trastéverine, seul bien qu'elle transmit à son fils. Madame Gilet, grosse de Max en 1788, avait pendant longtemps désiré cette bénédiction du ciel, qu'on eut la méchanceté d'attribuer à la galanterie des deux amis, sans doute pour les animer l'un contre l'autre. Gilet, vieil ivrogne à triple broc, favorisait les désordres de sa femme par une collusion et une complaisance qui ne sont pas sans exemple dans la classe inférieure. Pour éclairer les protecteurs à son fils, la Gilet se garda bien d'éclairer les pères postiches. A Paris, elle eût été millionnaire; à Issoudun, elle vécut tantôt à l'aise, tantôt misérablement, et à la longue méprisée. Madame Hochon, sœur de monsieur Lousteau, donna quelque dix écus par an pour que Max allât à l'école. Cette libéralité que madame Hochon était hors d'état de se permettre, par suite de l'avarice de son mari, fut naturellement attribuée à son frère, alors à Sancerre. Quand le docteur Rouget, qui n'était pas heureux en garçon, eut remarqué la beauté de Max, il paya jusqu'en 1805 la pension au collège de celui qu'il appelait *le jeune drôle*. Comme le Subdélégué mourut en 1800, et qu'en payant pendant cinq ans la pension de Max, le docteur paraissait obéir à un sentiment d'amour-propre, la question de paternité resta toujours indécise. Maxence Gilet, texte de mille plaisanteries fut d'ailleurs bientôt oublié. Voici comment. En 1806, un an après la mort du docteur Rouget, ce garçon, qui semblait avoir été créé pour une vie hasardeuse, doué d'ailleurs d'une force et d'une agilité remarquables, se permettait une foule de méfaits plus ou moins dangereux à commettre. Il s'entendait déjà avec les petits-fils de monsieur Hochon pour faire enrager les épiciers de la ville, il récoltait leurs fruits avant les propriétaires, ne se gênant point pour escalader les murailles. Ce démon n'avait pas son pareil aux exercices violens, il jouait aux barres en perfection, il aurait attrapé les lièvres à la course. Doué d'un coup d'œil digne de celui de Bas-de-Cuir, il aimait déjà la chasse avec passion. Au lieu d'étudier, il passait son temps à tirer à la cible. Il employait l'argent soustrait au vieux docteur à acheter de la poudre et des balles pour un mauvais pistolet que le père Gilet, le sabotier, lui avait donné. Or, pendant l'automne de 1806, Max, alors âgé de dix-sept ans, commit un meurtre involontaire en effrayant, à la tombée de la nuit, une jeune femme grosse qu'il surprit dans son jardin où il allait voler des fruits. Menacé de la guillotine par son père le sabotier, qui voulait sans doute se défaire de lui, Max se sauva d'une seule traite jusqu'à Bourges, y rejoignit un régiment en route pour l'Espagne, et s'y engagea. L'affaire de la jeune femme morte n'eut aucune suite.

Un garçon du caractère de Max devait se distinguer, et il se distingua si bien qu'en trois campagnes il devint capitaine, car le peu d'instruction qu'il avait reçue le servit puissamment. En 1809, en Portugal, il fut laissé pour mort dans une batterie anglaise où sa compagnie avait pénétré. Max, pris par les Anglais, fut envoyé sur les pontons espagnols de Cabrera, les plus horribles de tous. On demanda bien pour lui la croix de la Légion d'Honneur et le grade de chef de bataillon ; mais l'Empereur était alors en Autriche, il réservait ses faveurs aux actions d'éclat qui se faisaient sous ses yeux ; il n'aimait pas ceux qui se laissaient prendre, et fut d'ailleurs assez mécontent des affaires de Portugal. Max resta sur les pontons de 1810 à 1814. Pendant ces quatre années, il s'y démoralisa complètement, car les pontons étaient le bagne, moins le crime et l'infamie. D'abord, pour conserver son libre arbitre et se défendre de la corruption qui ravageait ces ignobles prisons, indignes d'un peuple civilisé, le jeune et beau capitaine tua en duel (on s'y battait en duel dans un espace de six pieds carrés) sept bretteurs ou tyrans, dont il débarrassa son ponton, à la grande joie des victimes. Max régna sur son ponton, grâce à l'habileté prodigieuse qu'il acquit dans le maniement des armes, à sa force corporelle et son adresse. Mais il commit à son tour des actes arbitraires, il eut des complaisans qui travaillèrent pour lui, qui se firent ses courtisans. Dans cette école de douleur, où les caractères aigris ne rêvaient que vengeance, où les sophismes éclos dans ces cervelles entassées légitimaient les pensées mauvaises, Max se dépravait tout à fait. Il écouta les opinions de ceux qui rêvaient la fortune à tout prix, sans reculer devant les résultats d'une action criminelle, pourvu qu'elle fût accomplie sans preuves. Enfin, à la paix, il sortit perverti quoique innocent, capable d'être un grand politique dans une haute sphère, et un misérable dans la vie privée, selon les circonstances de sa destinée. De retour à Issoudun, il apprit la déplorable fin de son père et de sa mère. Comme tous les gens qui se livrent à leurs passions et qui font, selon le proverbe, la vie courte et bonne, les Gilet étaient morts dans la plus affreuse indigence, à l'hôpital. Presque aussitôt la nouvelle du débarquement de Napoléon à Cannes se répandit par toute la France. Max n'eut alors rien de mieux à faire que d'aller demander à Paris son grade de chef de bataillon et sa croix. Le maréchal qui eut alors le portefeuille de la guerre se souvint de la belle conduite du capitaine Gilet en Portugal ; il le plaça dans la Garde comme capitaine, ce qui lui donnait, dans la Ligne, le grade de chef de bataillon, mais il ne put lui obtenir la croix. « L'Empereur a dit que vous sauriez bien la gagner à la première affaire, lui dit le maréchal. » En effet, l'Empereur nota le bravo capitaine pour être décoré le soir du combat de Fleurus, où Gilet fut très remarqué. Après la bataille de Waterloo, Max se retira sur la Loire. Au licenciement, le maréchal Feltre ne reconnut à Gilet ni son grade ni sa croix. Le soldat de Napoléon revint à Issoudun dans un état d'exaspération assez facile à concevoir, il ne voulait servir qu'avec la croix et le grade de chef de bataillon. Les Bureaux trouvèrent ces conditions exorbitantes chez un jeune homme de vingt-cinq ans, sans nom, et qui pouvait devenir ainsi colonel à trente ans. Max envoya donc sa démission.

Le commandant, car entre eux les Bonapartistes se reconnurent les grades acquis en 1815, perdit ainsi le maigre traitement appelé la demi-solde, qui fut alloué aux officiers de l'armée de la Loire. En voyant ce beau jeune homme, dont tout l'avoir consistait en vingt napoléons, on s'émut à Issoudun en sa faveur, et le maire lui donna une place de six cents francs d'appointemens à la Mairie. Max, qui remplit cette place pendant six mois environ, la quitta de lui-même, et fut remplacé par un capitaine nommé Carpentier, resté comme lui fidèle à Napoléon. Déjà Grand-Maître de l'Ordre de la Désœuvrance, Gilet avait pris un genre de vie qui lui fit perdre la considération des premières familles de la ville, sans qu'on le lui témoignât d'ailleurs ; car il était violent et redouté par tout le monde, même par les officiers de l'ancienne armée qui refusèrent comme lui de servir, et qui revinrent planter leurs choux en Berry. Le peu d'affection des gens nés Bonapartistes pour les Bourbons n'a rien de surprenant d'après le tableau qui précède. Aussi, relativement à son peu d'importance, y eut-il dans cette petite ville plus de Bonapartistes que partout ailleurs. Les Bonapartistes se firent, comme on sait, presque tous Libéraux. On comptait à Issoudun ou dans les environs une douzaine d'officiers dans la position de Maxence, et qui le prirent pour chef, tant il leur plut : à l'exception cependant de ce Carpentier, son successeur, et d'un certain monsieur Mignonnet, ex-capitaine d'artillerie dans la Garde. Carpentier, officier de cavalerie parvenu, se maria tout d'abord, et appartint à l'une des familles les plus considérables de la ville, les Borniche-Héreau. Mignonnet, élevé à l'École Polytechnique, servit dans un corps qui s'attribue une espèce de supériorité sur les autres. Il y eut, dans les armées impériales, deux nuances chez les militaires. Une grande partie eut pour le bourgeois, pour le péquin, un mépris égal à celui des nobles pour les vilains, du conquérant pour le conquis. Ceux-là n'observaient pas toujours les lois de l'honneur dans leurs relations avec le Civil, ou ne blâmaient pas trop ceux qui sabraient le bourgeois. Les autres, et surtout l'Artillerie, par suite de son républicanisme peut-être, n'adoptèrent pas cette doctrine, qui ne tendait à rien moins qu'à faire deux Frances : une France militaire et une France civile. Si donc le commandant Potel et le capitaine Renard, deux officiers du faubourg de Rome dont les opinions sur les péquins ne varièrent pas, furent les amis quand même de Maxence Gilet, le commandant Mignonnet et le capitaine Carpentier se rangèrent du côté de la bourgeoisie, en trouvant la conduite de Max indigne d'un homme d'honneur. Le commandant Mignonnet, petit homme sec, plein de dignité, s'occupa des problèmes que la machine à vapeur offrait à résoudre, et vécut modestement en faisant sa société de monsieur et de madame Carpentier. Ses mœurs douces et ses occupations scientifiques lui méritèrent la considération de toute la ville. Aussi disait-on que messieurs Mignonnet et Carpentier étaient de tout autres gens que le commandant Potel et les capitaines Renard, Maxence et autres habitués du café Militaire, qui conservaient les mœurs soldatesques et les erreurs de l'Empire.

Au moment où madame Bridau revenait à Issoudun, Max était donc exclus du monde bourgeois. Ce garçon se rendait d'ailleurs lui-même justice en ne se présentant point à la Société dite le Cercle, et ne se plaignait jamais de la triste réprobation dont il était l'objet, quoiqu'il fût le jeune homme le plus élégant, le mieux mis de tout Issoudun, qu'il y fît une grande dépense, et qu'il eût, par exception, un cheval, chose aussi étrange à Issoudun que celui de lord Byron à Venise. On va voir comment Max, sans ressources, fut mis en état d'être le fashionable d'Issoudun ; car les moyens infâmes qui lui valurent le mépris des gens timorés ou religieux tiennent aux intérêts qui amenaient Agathe et Joseph à Issoudun. A l'audace de son maintien, à l'expression de sa physionomie, Max paraissait se soucier fort peu de l'opinion publique ; il comptait sans doute prendre un jour sa revanche, et régner sur ceux-là mêmes qui le méprisaient. D'ailleurs si la bourgeoisie mésestimait Max, l'admiration que son caractère excitait parmi le peuple formait un contrepoids à cette opinion ; son courage, sa prestance, sa décision, devaient plaire à la masse, à qui sa dépravation fut d'ailleurs inconnue, et que les bourgeois ne soupçonnaient même point dans toute son étendue, Max jouait à Issoudun un rôle presque semblable à celui du Forgeron dans la *Jolie fille de Perth*, il y était le champion du Bonapartisme et de l'Opposition. On comptait sur lui comme les bourgeois de Perth comptaient sur Smith dans les grandes occasions. Une affaire mit surtout en relief le héros et la victime des Cent-Jours.

En 1819, un bataillon commandé par des officiers royalistes, jeunes gens sortis de la Maison Rouge, passa par Issoudun en allant à Bourges y tenir garnison. Ne sachant que faire dans une ville aussi constitutionnelle qu'Issoudun, les officiers allèrent passer le temps au Café Militaire. Dans toutes les villes de province, il existe un Café Militaire. Celui d'Issoudun, bâti dans un coin du rempart sur la place d'Armes, et tenu par la veuve d'un ancien officier, servait naturellement de club aux Bonapartistes de la ville, aux officiers en demi-solde, ou à ceux qui partageaient les opinions de Max, et à qui l'esprit de la ville permettait l'expression de leur culte pour l'Empereur. Dès 1816, il se fit à Issoudun, tous les ans, un repas pour fêter l'anniversaire du couronnement de Napoléon. Les trois premiers royalistes qui vinrent demandèrent les journaux, et entre autres la *Quotidienne*, le *Drapeau blanc*. Les opinions d'Issoudun, celles du Café Militaire surtout, ne comportaient point de journaux royalistes. Le café n'avait que le *Commerce*, nom que le *Constitutionnel*, supprimé par un arrêt, fut forcé de prendre pendant quelques années. Mais comme, en paraissant pour la première fois sous ce titre, il commença son premier-Paris par ces mots : *Le Commerce est essentiellement Constitutionnel*, on continuait à l'appeler le *Constitutionnel*. Tous les abonnés saisirent le calembour plein d'opposition et de malice par lequel on les priait de ne pas faire attention à l'enseigne, le vin devant être toujours le même. Du haut de son comptoir, la grosse dame répondit aux Royalistes qu'elle n'avait pas les journaux demandés. — Quels journaux recevez-vous donc ? fit un des officiers, un capitaine. Le garçon, un petit jeune homme en veste de drap bleu, et orné d'un tablier de grosse toile, apporta le *Commerce*. — Ah ! c'est là votre journal, en avez-vous un autre ? — Non, dit le garçon, c'est le seul. Le capitaine déchire la feuille de l'Opposition, la jette en morceaux et crache dessus en disant : — Des dominos ! En dix minutes, la nouvelle de l'insulte faite à l'Opposition constitutionnelle et au libéralisme dans la personne du sacro-saint journal qui attaquait les prêtres avec le courage et l'esprit que vous savez, courut par les rues, se répandit comme la lumière dans les maisons ; on se la conta de place en place. Le même mot fut à la fois dans toutes les bouches : « Avertissons Max ! » Max sut bientôt l'affaire. Les officiers n'avaient pas fini leur partie de dominos que Max, accompagné du commandant Potel et du capitaine Renard, suivi de trente jeunes gens curieux de voir la fin de cette aventure, et qui presque tous restèrent groupés sur la place d'Armes, entra dans le café. Le café fut bientôt plein. — Garçon, mon *Commerce* ! dit Max d'une voix douce. On joua une petite comédie. La grosse femme, d'un air craintif et conciliateur, dit : — Capitaine, je l'ai prêté. — Allez le chercher, s'écria un des amis de Max. — Ne pouvez-vous pas vous passer du journal ? dit le garçon, nous ne l'avons plus. Les jeunes officiers riaient et jetaient des regards en coulisse sur les bourgeois. — On l'a déchiré ! s'écria un jeune homme de la ville en regardant aux pieds du jeune capitaine royaliste. — Qui donc s'est permis de déchirer le journal ? dit Max d'une voix tonnante, les yeux enflammés, et se levant les bras croisés. — Et nous avons craché dessus, répondirent les trois jeunes officiers en se levant et regardant Max. — Vous avez insulté toute la ville, dit Max devenu blême. — Eh bien !

après ?... demanda le plus jeune officier. Avec une adresse, une audace et une rapidité que ces jeunes gens ne pouvaient prévoir, Max appliqua deux soufflets au premier officier qui se trouvait en ligne, et lui dit : — Comprenez-vous le français ? On alla se battre dans l'allée de Frapesle, trois contre trois. Potel et Renard ne voulurent jamais permettre que Maxence Gilet fît raison à lui seul aux officiers. Max tua son homme. Le commandant Potel blessa si grièvement le sien que le malheureux, un fils de famille, mourut le lendemain à l'hôpital où il fut transporté. Quant au troisième, il en fut quitte pour un coup d'épée, et blessa le capitaine Renard, son adversaire. Le bataillon partit pour Bourges dans la nuit. Cette affaire, qui eut du retentissement en Berry, posa définitivement Maxence Gilet en héros.

Les chevaliers de la Désœuvrance, tous jeunes, le plus âgé n'avait pas vingt-cinq ans, admiraient Maxence. Quelques-uns d'entre eux, loin de partager la pruderie, la rigidité de leurs familles à l'égard de Max, enviaient sa position et le trouvaient bien heureux. Sous un tel chef, l'Ordre fit des merveilles. A partir du mois de janvier 1817, il ne se passa pas de semaine que la ville ne fût mise en émoi par un nouveau tour. Max, par point d'honneur, exigea des chevaliers certaines conditions. On promulgua des statuts. Ces diables devinrent alertes comme des élèves d'Amoros, hardis comme des milans, habiles à tous les exercices, forts et adroits comme des malfaiteurs. Ils se perfectionnèrent dans le métier de grimper sur les toits, d'escalader les maisons, de sauter, de marcher sans bruit, de gâcher du plâtre et de condamner une porte. Ils avaient un arsenal de cordes, d'échelles, d'outils, de déguisemens. Aussi les chevaliers de la Désœuvrance arrivèrent-ils au beau idéal de la malice, non-seulement dans l'exécution mais encore dans la conception de leurs tours. Ils finirent par avoir ce génie du mal qui réjouissait tant Panurge, qui provoque le rire et qui rend la victime si ridicule qu'elle n'ose se plaindre. Ces fils de famille avaient d'ailleurs dans les maisons des intelligences qui leur permettaient d'obtenir les renseignemens utiles à la perpétration de leurs attentats.

Par un grand froid, ces diables incarnés transportaient très bien un poêle de la salle dans la cour, le bourraient de bois de manière à ce que le feu durât encore au matin. On apprenait alors par la ville que monsieur un tel (un avare !) avait essayé de chauffer sa cour.

Ils se mettaient quelquefois tous en embuscade dans la Grand'-Rue où dans la rue Basse, deux rues qui sont comme les deux artères de la ville, et où débouchent beaucoup de petites rues transversales. Tapis chacun à l'angle d'un mur, au coin d'une de ces petites rues, au vent, au milieu du premier sommeil de chaque ménage, ils criaient d'une voix effarée, de porte en porte, d'un bout de la ville à l'autre : « Eh bien ! qu'est-ce ?... qu'est-ce ? » Ces demandes répétées éveillaient les bourgeois, qui se montraient en chemise et en bonnet de coton, une lumière à la main, en s'interrogeant tous, en faisant les plus étranges colloques et les plus curieuses faces du monde.

Il y avait un pauvre relieur, très vieux, qui croyait aux démons. Comme presque tous les artisans de province, il travaillait dans une petite boutique basse. Les chevaliers, déguisés en diables, envahissaient sa boutique à la nuit, le mettaient dans son coffre aux rognures, et le laissaient criant à lui seul comme trois brûlés. Le pauvre homme réveillait les voisins, auxquels il racontait les apparitions de Lucifer, et les voisins ne pouvaient guère le détromper : le relieur faillit devenir fou.

Au milieu d'un rude hiver, les chevaliers démolirent la cheminée du cabinet du receveur des contributions, et la lui rebâtirent en une nuit, parfaitement semblable, sans faire de bruit, sans avoir laissé la moindre trace de leur travail. Cette cheminée était intérieurement arrangée de manière à enfumer l'appartement. Le receveur fut deux mois à souffrir avant de reconnaître pourquoi sa cheminée, qui allait si bien, de laquelle il était si content, lui jouait de pareils tours, et il fut obligé de la reconstruire.

Ils mirent un jour trois bottes de paille soufrées et des papiers huilés dans la cheminée d'une vieille dévote, amie de madame Hochon. Le matin, en allumant son feu, la pauvre femme, une femme tranquille et douce, crut avoir allumé un volcan. Les pompiers arrivèrent, la ville entière accourut, et comme parmi les pompiers il se trouvait quelques chevaliers de la Désœuvrance, ils inondèrent la maison de la vieille femme à laquelle ils firent peur de la noyade après lui avoir donné la terreur du feu. Elle fut malade de frayeur.

Quand ils voulaient faire passer à quelqu'un la nuit tout entière en armes et dans de mortelles inquiétudes, ils lui écrivaient une lettre anonyme pour le prévenir qu'il devait être volé ; puis ils allaient un à un le long de ses murs ou de ses croisées, en s'appelant par des coups de sifflet.

Un de leurs plus jolis tours, dont s'amusa longtemps la ville, où il se raconte encore, fut d'adresser à tous les héritiers d'une vieille dame fort avare, et qui devait laisser une belle succession, un petit mot qui leur annonçait sa mort en les invitant à être exacts pour l'heure où les scellés seraient mis. Quatre-vingts personnes environ arrivèrent de Vatan, de Saint-Florent, de Vierzon et des environs, tous en grand deuil, mais assez joyeux, les uns avec leurs femmes, les veuves avec leurs fils, les enfants avec leurs pères, qui dans une carriole, qui dans un cabriolet d'osier, qui dans une méchante charrette. Imaginez les scènes entre la servante de la vieille dame et les premiers arrivés ! puis les consultations chez les notaires !... Ce fut comme une émeute dans Issoudun.

Enfin, un jour, le sous-préfet s'avisa de trouver cet ordre de choses d'autant plus intolérable qu'il était impossible de savoir qui se permettait ces plaisanteries. Les soupçons pesaient bien sur les jeunes gens ; mais comme la garde nationale était alors purement nominale à Issoudun, qu'il n'y avait point de garnison, que le lieutenant de gendarmerie n'avait pas plus de huit gendarmes avec lui, qu'il ne se faisait pas de patrouilles, il était impossible d'avoir des preuves. Le sous-préfet fut mis à *l'Ordre de nuit*, et pris aussitôt pour *bête noire*. Ce fonctionnaire avait l'habitude de déjeuner de deux œufs frais. Il nourrissait des poules dans sa cour, et joignait la manie de manger des œufs frais celle de vouloir les faire cuire lui-même. Ni sa femme, ni sa servante, ni personne, selon lui, ne savait cuire un œuf comme il faut ; il regardait à sa montre, et se vantait de l'emporter en ce point sur tout le monde. Il cuisait ses œufs depuis deux ans avec un succès qui lui méritait mille plaisanteries. On enleva pendant un mois, toutes les nuits, les œufs de ses poules, auxquels on en substitua de durs. Le sous-préfet y perdit son latin et sa réputation de *sous-préfet à l'œuf*. Il finit par déjeuner autrement. Mais il ne soupçonna point les Chevaliers de la Désœuvrance, dont le tour était trop bien fait. Max inventa de lui graisser les tuyaux de ses poêles, toutes les nuits, d'une huile saturée d'odeurs si fétides, qu'il était impossible de tenir chez lui. Ce ne fut pas assez : un jour, sa femme, en voulant aller à la messe, trouva son châle intérieurement collé par une substance si tenace, qu'elle fut obligée de s'en passer. Le sous-préfet demanda un changement. La couardise et la soumission de ce fonctionnaire établirent définitivement l'autorité drôlatique et occulte des Chevaliers de la Désœuvrance.

Entre la rue des Minimes et la place Misère, il existait alors une portion de quartier encadrée par le bras de la rivière Forcée vers le bas, et en haut par le rempart, à partir de la place d'Armes jusqu'au marché à la Poterie. Cette espèce de carré informe était rempli par des maisons d'un aspect misérable, pressées les unes contre les autres et divisées par des rues si étroites, qu'il est impossible d'y passer deux à la fois. Cet endroit de la ville, espèce de cour des Miracles, était occupé par des gens pauvres ou exerçant des professions peu lucratives, logés dans ces taudis et dans des logis si pittoresquement appelés, en langage familier, des maisons borgnes. A toutes les époques, ce fut sans doute un quartier maudit, repaire des gens de mauvaise vie, car une de ces rues se nomme *la rue du Bourriau*. Il est constant que le bourreau de la ville y eut sa maison *à porte rouge* pendant plus de cinq siècles. L'aide du bourreau de Châteauroux y demeure encore, s'il faut en croire le bruit public, car la bourgeoisie ne le voit jamais. Les vignerons entretiennent seuls des relations avec cet être mystérieux qui a hérité de ses prédécesseurs le don de guérir les fractures et les plaies. Jadis les filles de joie, quand la ville se peuplait, y tenaient leurs assises. Il y avait des revendeurs de choses qui semblent ne pas devoir trouver d'acheteurs, puis des fripiers dont l'étalage empeste, enfin cette population apocryphe qui se rencontre dans un lieu semblable en presque toutes les villes, et où dominent une race de juifs. Au coin d'une de ces rues sombres, du côté le plus vivant de ce quartier, il exista de 1815 à 1823, et peut-être plus tard, un bouchon tenu par une femme appelée la mère Cognette. Ce bouchon consistait en une maison assez bien bâtie en chaînes de pierre blanche, dont les entre-deux étaient remplis de moellons et de mortier, élevée d'un étage et d'un grenier. Au-dessus de la porte, brillait cette énorme branche de pin semblable à du bronze de Florence. Comme si ce symbole ne parlait pas assez, l'œil était saisi par le bleu d'une affiche collée au chambranle, et où se voyait au-dessous de ces mots : BONNE BIÈRE DE MARS, un soldat offrant à une femme très décolletée un jet de mousse, qui se rend du cruchon au verre qu'elle tend en décrivant une arche de pont, le tout d'une couleur à faire évanouir Delacroix. Le rez-de-chaussée se composait d'une immense salle servant à la fois de cuisine et de salle à manger, aux solives de laquelle pendaient accrochées à des clous les provisions nécessaires à l'exploitation de ce commerce. Derrière cette salle, un escalier de meunier menait à l'étage supérieur : mais au pied de cet escalier s'ouvrait une porte donnant dans une petite pièce longue, éclairée sur une de ces cours de province qui ressemblent à un tuyau de cheminée, tant elles sont étroites, noires et hautes. Cachée par un appentis et dérobée à tous les regards de la rue, cette petite salle servait aux Mauvais-Garçons d'Issoudun à tenir leur cour plénière. Ostensiblement le père Cognet hébergeait les gens de la campagne aux jours de marché ; mais secrètement il était l'hôtelier des Chevaliers de la Désœuvrance. Ce père Cognet, jadis palefrenier dans quelque maison riche, avait fini par épouser la Cognette, une ancienne cuisinière de bonne maison. Le faubourg de Rome continue, comme en Italie et en Pologne, à féminiser, à la manière latine, le nom du mari pour la femme. En réunissant leurs économies, le père Cognet et sa femme avaient acheté cette maison pour s'y établir cabaretiers. La Cognette, femme d'environ quarante ans, de haute taille, grassouillette, ayant le nez à la Roxelane, le teint bistré, les cheveux d'un noir de jais, les yeux bruns, ronds et vifs, un air intelligent et rieur, fut choisie par Maxence Gilet pour l'être de l'Ordre, à cause de son caractère et de ses talents en cuisine. Le père Cognet pouvait avoir cinquante-six ans, il était trapu, soumis à sa femme, et, selon la plaisanterie incessamment répétée par elle, il ne pouvait voir les choses que d'un bon œil, car il était borgne. En sept ans, de 1816 à 1823, ni le mari ni la femme ne commirent la plus légère indiscrétion sur ce qui se manifestait nuitamment chez eux ou sur ce qui s'y complotait, ils eurent toujours la plus vive affection pour tous les Chevaliers ; quant à leur dévouement, il était absolu ; mais peut-être le trouvera-t-on moins beau, si l'on vient à songer que leur intérêt cautionnait leur silence et leur affection. A quelque heure de nuit que les Chevaliers tombassent chez la Cognette, en frappant d'une certaine manière, le père Cognet, averti par ce signal, se levait, allumait le feu et des chandelles, ouvrait la porte, allait chercher à la cave des vins achetés exprès pour l'Ordre, et la Cognette leur cuisinait un exquis souper, soit avant, soit après les expéditions résolues ou la veille, ou pendant la journée.

Pendant que madame Bridau voyageait d'Orléans à Issoudun, les Chevaliers de la Désœuvrance préparèrent un de leurs meilleurs tours. Un vieil Espagnol, ancien prisonnier de guerre, et qui, lors de la paix, était resté dans le pays, où il faisait un petit commerce de grains, vint de bonne heure et laissa sa charrette vide au bas de la Tour d'Issoudun. Maxence, arrivé le premier au rendez-vous indiqué pour cette nuit au pied de la Tour, fut interpellé par cette question faite à voix basse :

— Que ferons-nous cette nuit ?

— La charrette au père Fario est là, répondit-il, j'ai failli me casser le nez dessus, montons-la d'abord sur la butte de la Tour, nous verrons après.

Quand Richard construisit la Tour d'Issoudun, il la planta, comme il a été dit, sur les ruines de la basilique assise à la place du temple romain et du Dun celtique. Ces ruines, qui représentaient chacune une longue période de siècles, formèrent une montagne grosse des monumens de trois âges. La tour de Richard-Cœur-de-Lion se trouve donc au sommet d'un cône dont la pente est de toutes parts également raide, et que l'on ne parvient que par escalade. Pour bien peindre en peu de mots l'attitude de cette tour, on peut la comparer à l'obélisque de Luxor sur son piédestal. Le piédestal de la Tour d'Issoudun, qui recélait alors tant de trésors archéologiques inconnus, a du côté de la ville quatre-vingts pieds de hauteur. En une heure, la charrette fut démontée, hissée pièce à pièce sur la butte au pied de la tour par un travail semblable à celui des soldats qui portèrent l'artillerie au passage du mont Saint-Bernard. On remit la charrette en état, et l'on fit disparaître toutes les traces du travail avec un tel soin qu'elle semblait avoir été transportée là par le diable ou par la baguette d'une fée. Après ce haut fait, les Chevaliers, ayant faim et soif, revinrent tous chez la Cognette, et se virent bientôt attablés dans la petite salle basse, où ils riaient par avance de la figure que ferait le Fario, quand, vers les dix heures, il chercherait sa charrette.

Naturellement les Chevaliers ne faisaient pas leurs farces toutes les nuits. Le génie des Sganarelle, des Mascarille et des Scapins réunis, n'eût pas suffi à trouver trois cent soixante mauvais tours par année. D'abord les circonstances ne s'y prêtaient pas toujours : il faisait un trop beau clair de lune, le dernier tour avait trop irrité les gens sages ; puis tel ou tel refusait son concours quand il s'agissait d'un parent. Mais si les drôles ne se voyaient pas toutes les nuits chez la Cognette, ils se rencontraient pendant la journée, et se livraient ensemble aux plaisirs permis de la chasse ou des vendanges en automne, ou du patin en hiver. Dans cette réunion de vingt jeunes gens de la ville qui protestaient ainsi contre sa somnolence sociale, il s'en trouva quelques-uns plus étroitement liés que les autres avec Max, ou qui firent de lui leur idole. Un pareil caractère fanatise souvent la jeunesse. Or, les deux petits-fils de madame Hochon, François Hochon et Baruch Borniche, étaient les séides de Max. Ces deux garçons regardaient Max presque comme leur cousin, en admettant l'opinion du pays sur sa parenté de la main gauche avec les Lousteau. Max prêtait d'ailleurs généreusement à ces deux jeunes gens l'argent que leur grand-père Hochon refusait à leurs plaisirs ; il les emmenait à la chasse, il les formait ; il exerçait enfin sur eux une influence bien supérieure à celle de la famille. Orphelins tous deux, ces deux jeunes gens restaient, quoique majeurs, sous la tutelle de monsieur Hochon, leur grand-père, à cause de circonstances qui seront expliquées au moment où le fameux monsieur Hochon paraîtra dans cette scène.

En ce moment, François et Baruch (nommons-les par leurs prénoms pour la clarté de cette histoire) étaient, l'un à droite, l'autre à gauche de Max, au milieu de la table assez mal éclairée par la lueur fuligineuse de quatre chandelles des huit à la livre. On avait bu douze à quinze bouteilles de vins différens, car la réunion ne comptait pas

plus de onze Chevaliers. Baruch, dont le prénom indique assez un restant de calvinisme à Issoudun, dit à Max, au moment où le vin avait délié toutes les langues : — Tu vas te trouver menacé dans ton centre...

— Qu'entends-tu par ces paroles ? demanda Max.

— Mais, ma grand-mère a reçu de madame Bridau, sa filleule, une lettre par laquelle elle lui annonce son arrivée et celle de son fils. Ma grand'mère a fait arranger hier deux chambres pour les recevoir.

— Eh ! qu'est-ce que cela me fait ? dit Max en prenant son verre, le vidant d'un trait, et le remettant sur la table par un geste comique.

Max avait alors trente-quatre ans. Une des chandelles placées près de lui projetait sa lueur sur sa figure martiale, illuminait bien son front et faisait admirablement ressortir son teint blanc, ses yeux de feu, ses cheveux noirs un peu crépus, et d'un brillant de jais. Cette chevelure se retroussait vigoureusement d'elle-même au-dessus du front et aux tempes, en dessinant ainsi nettement cinq langues noires que nos ancêtres appelaient les cinq pointes. Malgré ces brusques oppositions de blanc et de noir, Max avait une physionomie très douce qui tirait son charme d'une coupe semblable à celle que Raphaël donne à ses figures de vierge, d'une bouche bien modelée et sur les lèvres de laquelle errait un sourire gracieux, espèce de contenance que Max avait fini par prendre. Le riche coloris qui nuance les figures berrichonnes ajoutait encore à son air de bonne humeur. Quand il riait vraiment, il montrait trente-deux dents dignes de parer la bouche d'une petite-maîtresse. D'une taille de cinq pieds quatre pouces, Max était admirablement bien proportionné, ni gras ni maigre. Si ses mains soignées étaient blanches et assez belles, ses pieds rappelaient le faubourg de Rome et le fantassin de l'Empire. Il eût certes fait un magnifique général de division ; il avait des épaules à porter une fortune de maréchal de France, et une poitrine assez large pour tous les Ordres de l'Europe. L'intelligence animait ses mouvemens. Enfin, né gracieux, comme presque tous les enfans de l'amour, la noblesse de son vrai père éclatait en lui.

— Tu ne sais donc pas, Max, lui cria du bout de la table le fils d'un ancien chirurgien-major appelé Goddet, le meilleur médecin de la ville, que la filleule de madame Hochon est la sœur de Rouget ? Si elle vient avec son fils, c'est sans doute pour t'ravoir la succession du bonhomme, et adieu ta vendange...

Max fronça les sourcils. Puis, par un regard qui courut de visage en visage autour de la table, il examina l'effet produit par cette apostrophe sur les esprits, et il répondit encore : — Qu'est-ce que ça me fait ?

— Mais, reprit François, il me semble que si le vieux Rouget révoquait son testament, dans le cas où il en aurait fait un au profit de la Rabouilleuse...

Ici Max coupa la parole à son séide par ces mots : — Quand, en venant ici, je vous ai entendu nommer un des cinq Hochons, suivant le calembour qu'on faisait sur vos noms depuis trente ans, j'ai fermé le bec à celui qui l'appelait ainsi, mon cher François, et d'une si verte manière, que, depuis, personne à Issoudun n'a répété cette niaiserie, devant moi du moins ! Et voilà comment tu t'acquittes avec moi : tu te sers d'un surnom méprisant pour désigner une femme à laquelle on me sait attaché.

Jamais Max n'en avait tant dit sur ses relations avec la personne à qui François venait de donner le surnom sous lequel elle était connue à Issoudun. L'ancien prisonnier des pontons avait assez d'expérience, le commandant des grenadiers de la garde savait assez ce qu'est l'honneur, pour deviner d'où venait la mésestime de la ville. Aussi n'avait-il jamais laissé qui que ce fût lui dire un mot au sujet de mademoiselle Flore Brazier, cette servante-maîtresse de Jean-Jacques Rouget si énergiquement appelée vermine par la respectable madame Hochon. D'ailleurs chacun connaissait Max trop chatouilleux pour lui parler à ce sujet sans qu'il commençât, et il n'avait jamais commencé. Enfin, il était trop dangereux d'encourir la colère de Max ou de le fâcher pour que ses meilleurs amis plaisantassent de la Rabouilleuse. Quand on s'entretint de la liaison de Max avec cette fille devant le commandant Potel et le capitaine Renard, les deux officiers avec lesquels il vivait sur un pied d'égalité, Potel avait répondu : — S'il est le frère naturel de Jean-Jacques Rouget, pourquoi ne voulez-vous pas qu'il y demeure ? — D'ailleurs, après tout, reprit le capitaine Renard, cette fille est un morceau de roi, et quand il l'aimerait, où est le mal ?.. Est-ce que le fils Goddet n'aime pas madame Fichet pour avoir la fille en récompense de cette corvée ?

Après cette semonce méritée, François ne retrouva plus le fil de ses idées ; mais il le retrouva bien moins encore quand Max lui dit avec douceur : — Continue...

— Ma foi non ! s'écria François.

— Tu te fâches à tort, Max, cria le fils Goddet. N'est-il pas convenu que chez la Cognette on peut tout se dire ? Ne serions-nous pas tous les ennemis mortels de celui d'entre nous qui se souviendrait hors d'ici de ce qui s'y dit, de ce qui s'y pense ou de ce qui s'y fait ? Toute la ville désigne Flore Brazier par le surnom de la Rabouilleuse ; si ce surnom a par mégarde échappé à François, est-ce un crime contre la *Désœuvrance* ?

— Non, dit Max, mais contre notre amitié particulière. La réflexion m'est venue, j'ai pensé que nous étions en *désœuvrance*, et je lui ai dit : Continue...

Un profond silence s'établit. La pause fut si gênante pour tout le monde, que Max s'écria : — Je vais continuer pour lui (sensation), pour vous tous (étonnement)!... et vous dire ce que vous pensez (profonde sensation)! Vous pensez de Flore, la Rabouilleuse, la Brazier, la gouvernante au père Rouget, car on l'appelle le père Rouget, ce vieux garçon qui n'aura jamais d'enfans ! vous pensez, dis-je, que cette femme fournit, depuis mon retour d'Issoudun, à tous mes besoins. Si je puis jeter par les fenêtres trois cents francs par mois, vous régaler souvent comme je le fais ce soir, et vous prêter de l'argent à tous, je prends les écus dans la bourse de mademoiselle Brazier ? Eh bien ! oui ! (profonde sensation) Sacrebleu, oui ! mille fois oui !.... Oui, mademoiselle Brazier a couché en joue la succession de ce vieillard...

— Elle l'a bien gagnée de père en fils, dit le fils Goddet dans son coin.

— Vous croyez, continua Max après avoir souri du mot du fils Goddet, que j'ai conçu le plan d'épouser Flore après la mort du père Rouget, et qu'alors cette sœur et son fils, de qui j'entends parler pour la première fois, vont mettre mon avenir en péril.

— C'est cela ! s'écria François.

— Voilà ce que pensent tous ceux qui sont autour de la table, dit Baruch.

— Eh bien ! soyez calme, mes amis, répondit Max, un homme averti en vaut deux! Maintenant, je m'adresse aux Chevaliers de la Désœuvrance. Si, pour renvoyer ces Parisiens, j'ai besoin de l'Ordre, me prêtera-t-on la main ?... Oh ! dans la limite que nous nous sommes imposée pour faire nos farces, ajouta-t-il vivement en apercevant un mouvement général. Croyez-vous que je veuille les tuer, les empoisonner ?... Dieu merci ! je ne suis pas un imbécile. Si Bridau réussiraient, Flore n'aurait que ce qu'elle a, je m'en contenterais, entendez-vous ? Je l'aime assez pour la préférer à mademoiselle Fichet, si mademoiselle Fichet voulait de moi !...

Mademoiselle Fichet était la plus riche héritière d'Issoudun, et la main de la fille entrait pour beaucoup dans la passion du fils Goddet pour la mère. La franchise a tant de prix, que les onze Chevaliers se levèrent comme un seul homme.

— Tu es un brave garçon, Max !

— Voilà parler, Max, nous serons les Chevaliers de la Délivrance.

— Bran pour les Bridau !

— Nous les briderons, les Bridau !

— Après tout, on s'est vu trois épouser des bergères !

— Que diable ! le père Lousteau a bien aimé madame Rouget, n'y a-t-il pas moins de mal à aimer une gouvernante libre et sans fers ?

— Et si défunt Rouget est un peu le père de Max, ça se passe en famille.

— Les opinions sont libres !

— Vive Max !

— A bas les hypocrites !

— Buvons à la santé de la belle Flore ?

Telles furent les onze réponses, acclamations ou toast que poussèrent les Chevaliers de la Désœuvrance, et autorisés, disons-le, par leur morale excessivement relâchée. On voit quel intérêt avait Max en se faisant le grand-maître de l'Ordre de la Désœuvrance. En inventant des farces, en obligeant les jeunes gens des principales familles, Max voulait s'en faire des appuis pour le jour de sa réhabilitation. Il se leva gracieusement, brandit son verre plein de vin de Bordeaux, et l'on attendit son allocution.

— Pour le mal que je vous veux, je vous souhaite à tous une femme qui vaille la belle Flore ! Quant à l'invasion des parens, je n'ai pour le moment aucune crainte ; et pour l'avenir, nous verrons !...

— N'oublions pas la charrette à Fario !...

— Parbleu ! elle est une farce, dit le fils Goddet.

— Oh ! je me charge de finir cette farce-là, s'écria Max. Soyez au marché de bonne heure, et venez m'avertir quand le bonhomme cherchera sa brouette...

On entendit sonner trois heures et demie du matin. Les Chevaliers sortirent alors en silence pour rentrer chacun chez eux en serrant les murailles sans faire le moindre bruit, chaussés qu'ils étaient de chaussons de lisières. Max regagna lentement la place Saint-Jean, située dans la partie haute de la ville, entre la porte Saint-Jean et la porte Villate, le quartier des riches bourgeois. Le commandant Gilet avait déguisé ses craintes ; mais cette nouvelle l'atteignait au cœur. Depuis son séjour sur ou sous les pontons, il était devenu d'une dissimulation égale en profondeur à sa corruption. D'abord, et avant tout, les quarante mille livres de rente en fonds de terre que possédait le père Rouget, constituaient la passion de Gilet pour Flore Brazier, croyez-le bien. A la manière dont il se conduisait, il est facile d'apercevoir combien de sécurité la Rabouilleuse avait su lui inspirer sur l'avenir financier qu'elle devait à la tendresse du vieux garçon. Néanmoins, la nouvelle de l'arrivée des héritiers légitimes était de nature à ébranler la foi de Max dans le pouvoir de Flore. Les économies faites depuis dix-sept ans étaient encore placées au nom de Rouget. Or, si le testament, que Flore disait avoir été fait depuis longtemps en sa faveur, se révoquait, ces économies pouvaient du moins être sauvées en les faisant mettre au nom de mademoiselle Brazier.

— Cette imbécile de fille ne m'a pas dit, en sept ans, un mot des neveux et de la sœur ! s'écria Max en tournant de la rue Marmouse dans la rue l'Avenier. Sept cent cinquante mille francs placés dans dix ou onze douze études différentes, à Bourges, à Vierzon, à Châteauroux, ne peuvent ni se réaliser ni se placer sur l'État en une semaine, et sans qu'on le sache dans un pays à *disettes* ! Avant tout, il faut se débarrasser de la sœur ! Mais une fois que nous en serons délivrés, nous nous dépêcherons de réaliser cette fortune. Enfin, j'y songerai...

Max était fatigué. A l'aide de son passe-partout, il rentra chez le père Rouget, et se coucha sans faire de bruit, en se disant : — Demain, mes idées seront nettes.

Il n'est pas inutile de dire d'où venait à la sultane de la place Saint-Jean ce surnom de Rabouilleuse, et comment elle s'était impatronisée dans la maison Rouget.

En avançant en âge, le vieux médecin, père de Jean-Jacques et de madame Bridau, s'aperçut de la nullité de son fils ; il le tint alors assez durement, afin de le jeter dans une routine qui lui servît de sagesse ; mais il le préparait ainsi, sans le savoir, à subir le joug de la première tyrannie qui pourrait lui passer un licou. Un jour, en revenant de sa tournée, ce malicieux et vicieux vieillard aperçut une petite fille ravissante au bord des prairies dans l'avenue de Tivoli. Au bruit du chêval, l'enfant se dressa du fond d'un des ruisseaux qui, vus du haut d'Issoudun, ressemblent à des rubans d'argent au milieu d'une robe verte. Semblable à une naïade, la petite montra soudain au docteur une des plus belles têtes de vierge que jamais un peintre ait pu rêver. Le vieux Rouget, qui connaissait tout le pays, ne connaissait pas ce miracle de beauté. La fille, quasi nue, portait une méchante jupe courte trouée et déchiquetée, en mauvaise étoffe de laine alternativement rayée de bistre et de blanc. Une feuille de gros papier attachée par un brin d'osier lui servait de coiffure. Dessous ce papier plein de bâtons et d'O, qui justifiait bien son nom de papier-écolier, était tordue et rattachée, par un peigne à peigner la queue des chevaux, la plus belle chevelure blonde qu'ait pu souhaiter une fille d'Ève. Sa jolie poitrine hâlée, son cou à peine couvert par un fichu en loques, qui jadis fut un madras, montrait des places blanches au-dessous du hâle. La jupe, passée entre les jambes, relevée à mi-corps et attachée par une grosse épingle, faisait assez l'effet d'un caleçon de nageur. Les pieds, les jambes, que l'eau claire permettait d'apercevoir, se recommandaient par une délicatesse digne de la statuaire au moyen-âge. Ce charmant corps exposé au soleil avait un ton rougeâtre qui ne manquait pas de grâce. Le col et la poitrine méritaient d'être enveloppés de cachemire et de soie. Enfin, cette nymphe avait des yeux bleus garnis de cils dont le regard eût fait tomber à genoux un peintre et un poëte. Le médecin, assez anatomiste pour reconnaître une taille délicieuse, comprit tout ce que les arts perdraient si ce charmant modèle se détruisait au travail des champs.

— D'où es-tu, ma petite? Je ne t'ai jamais vue, dit le vieux médecin alors âgé de soixante-dix ans.

Cette scène se passait au mois de septembre de l'année 1799.

— Je suis de Vatan, répondit la fille.

En entendant la voix d'un bourgeois, un homme de mauvaise mine, placé à deux cents pas de là, dans le cours supérieur du ruisseau, leva la tête.

— Eh! bien, qu'as-tu donc, Flore? cria-t-il, tu causes au lieu de *rabouiller*, la marchandise s'en ira!

— Et que viens-tu faire de Vatan, ici? demanda le médecin sans s'inquiéter de l'apostrophe.

— Je *rabouille* pour mon oncle Brazier que voilà.

Rabouiller est un mot berrichon qui peint admirablement ce qu'il veut exprimer : l'action de troubler l'eau d'un ruisseau en la faisant bouillonner à l'aide d'une grosse branche d'arbre dont les rameaux sont disposés en forme de raquette. Les écrevisses, effrayées par cette opération dont le sens leur échappe, remontent précipitamment le cours d'eau, et dans leur trouble se jettent au milieu des engins où le pêcheur a placés à une distance convenable. Flore Brazier tenait à la main son *rabouilloir* avec la grâce naturelle à l'innocence.

— Mais ton oncle a-t-il la permission de pêcher des écrevisses?

— Eh, bien! ne sommes-nous plus sous la République une et indivisible? cria la place l'oncle Brazier.

— Nous sommes sous le Directoire, dit le médecin, et je ne connais pas de loi qui permette à un homme de Vatan de venir pêcher sur le territoire de la commune d'Issoudun. As-tu ta mère, ma petite?

— Non, monsieur, et mon père est à l'hospice de Bourges; il est devenu fou à la suite d'un coup de soleil qu'il a reçu dans les champs, sur la tête...

— Que gagnes-tu?

— Cinq sous par jour pendant toute la saison du rabouillage, j'allons rabouiller jusque dans la Braisne. Durant la moisson, je glane. L'hiver, je file.

— Tu vas sur douze ans...

— Oui, monsieur...

— Veux-tu venir avec moi? tu seras bien nourrie, bien habillée, et tu auras de jolis souliers...

— Non, non, ma nièce doit rester avec moi, j'en suis chargé devant Dieu et devant *léz-houmes*, dit l'oncle Brazier qui s'était rapproché de sa nièce et du médecin. Je suis son tuteur, voyez-vous!

Le médecin retint un sourire et garda son air grave qui, certes, eût échappé à tout le monde à l'aspect de l'oncle Brazier. Ce tuteur avait sur la tête un chapeau de paysan rongé par la pluie et par le soleil, découpé comme une feuille de chou sur laquelle auraient vécu plusieurs chenilles, et rapetassé en fil blanc. Sous le chapeau se dessinait une figure noire et creusée, où la bouche, le nez et les yeux formaient quatre points noirs. Sa méchante veste ressemblait à un morceau de tapisserie, et son pantalon était en toile à torchons.

— Je suis le docteur Rouget, dit le médecin ; et puisque tu es le tuteur de cette enfant, amène-la chez moi, place Saint-Jean, tu n'auras pas fait une mauvaise journée, ni elle non plus...

Et sans attendre un mot de réponse, sûr de voir arriver chez lui l'oncle Brazier, le docteur Rouget piqua des deux vers Issoudun. En effet, au moment où le médecin se mettait à table, sa cuisinière lui annonça le citoyen et la citoyenne Brazier.

— Asseyez-vous, dit le médecin à l'oncle et à la nièce.

Flore et son tuteur, toujours pieds nus, regardaient la salle du docteur avec des yeux hébétés. Voici pourquoi.

La maison que Rouget avait héritée des Descoings occupe le milieu de la place Saint-Jean, espèce de carré long et très étroit, planté de quelques tilleuls malingres. Les maisons en cet endroit sont mieux bâties que partout ailleurs, et celle des Descoings est une des plus belles. Cette maison, située en face de celle de monsieur Hochon, a trois croisées de façade au premier étage, et au rez-de-chaussée une porte cochère qui donne entrée dans une cour au delà de laquelle s'étend un jardin. Sous la voûte de la porte cochère se trouve la porte d'une vaste salle éclairée par deux croisées sur la rue. La cuisine est derrière la salle, mais séparée par un escalier qui conduit au premier étage et aux mansardes situées au-dessus. En retour de la cuisine, s'étendent un bûcher, un hangar où l'on faisait la lessive, une écurie pour deux chevaux, et une remise, au-dessus desquels il y a de petits greniers pour l'avoine, le foin, la paille, et où couchait alors le domestique du docteur. La salle si fort admirée par la petite paysanne et par son oncle avait pour décoration une boiserie sculptée comme on sculptait sous Louis XV et peinte en gris, une belle cheminée en marbre, au-dessus de laquelle Flore se mirait dans une grande glace sans trumeau supérieur et dont la bordure sculptée était dorée. Sur cette boiserie, de distance en distance, se voyaient quelques tableaux, dépouilles des abbayes de Déols, de Saint-Gildas, de la Prée, de Chézal-Benoît, de Saint-Sulpice, des, couvens de Bourges et d'Issoudun, que la libéralité de nos rois et des fidèles avaient enrichis de dons précieux et des plus belles œuvres dues à la Renaissance. Aussi dans les tableaux conservés par les Descoings et passés aux Rouget, se trouvait-il une *Sainte Famille* de l'Albane, un *Saint Jérôme* du Dominiquin, une tête de *Christ* de Jean Bellin, une *Vierge* de Léonard de Vinci, un *Portement de Croix* du Titien qui venait du marquis de Belabre, celui qui soutint un siège et eut la tête tranchée sous Louis XIII ; un *Lazare* de Paul Véronèse, un *Mariage de la Vierge* du prêtre génois, deux tableaux d'église de Rubens et une copie d'un tableau du Pérugin faite par le Pérugin ou par Raphaël ; enfin, deux Corrège et un André del Sarto. Les Descoings avaient trié ces richesses dans trois cents tableaux d'église, sans en connaître la valeur, et en les choisissant uniquement d'après leur conservation. Plusieurs avaient non-seulement des cadres magnifiques, mais encore quelques uns étaient sous verre. Ce fut à cause de la beauté des cadres et de la valeur que les *vitres* semblaient annoncer que les Descoings gardèrent ces toiles. Les meubles de cette salle ne manquaient donc pas de ce luxe tant prisé de nos jours, mais alors sans aucun prix à Issoudun. L'horloge, placée sur la cheminée entre deux superbes chandeliers d'argent à six branches, se recommandait par une magnificence abbatiale qui annonçait Boulle. Les fauteuils en bois de chêne sculpté, garnis tous en tapisserie due à la dévotion de quelques femmes du haut rang, eussent été prisés haut aujourd'hui, car ils étaient tous surmontés de couronnes et d'armes. Entre les deux croisées, il existait une riche console venue d'un château, et sur le marbre de laquelle s'élevait un immense pot de la Chine, où le médecin mettait son tabac. Ni le médecin, ni son fils, ni la cuisinière, ni le domestique n'avaient soin de ces richesses. On crachait sur un foyer d'une exquise délicatesse dont les moulures dorées étaient jaspées de vert-de-gris. Un joli lustre moitié cristal, moitié en fleurs de porcelaine, était criblé, comme le plafond d'où il pendait, de points noirs qui attestaient la liberté dont jouissaient les mouches. Les Descoings avaient drapé aux fenêtres des rideaux en brocatelle arrachés au lit de quelque abbé commendataire. A gauche de la porte, un bahut, d'une valeur de quelques milliers de francs, servait de buffet.

— Voyons, Fanchette, dit le médecin à sa cuisinière, deux verres?... Et donnez-nous du chenu.

Fanchette, grosse servante berrichonne qui passait avant la Cognette pour être la meilleure cuisinière d'Issoudun, accourut avec une prestesse qui décelait le despotisme du médecin, et aussi quelque curiosité chez elle...

— Que vaut un arpent de vigne dans ton pays? dit le médecin en versant un verre au grand Brazier.

— Cent écus en argent...

— Eh, bien! laisse-moi ta nièce comme servante, elle aura cent écus de gages, et, en ta qualité de tuteur, tu toucheras les cent écus...

— Tous les eins ?... fit Brazier en ouvrant des yeux qui devinrent grands comme des soucoupes.

— Je laisse la chose à ta conscience, répondit le docteur, elle est orpheline. Jusqu'à dix-huit ans, Flore n'a rien à voir aux recettes.

— A va su douze eins, ça ferait donc six arpens de vigne, dit l'oncle. Mê all èt ben gentille, douce coume un igneau, ben faite, et ben agile, et ben oïeïssante... la pôur' criature, all était la joie edz'yeux de meiu pôvr'freire !

— Et je paye une année d'avance, fit le médecin.

— Ah ma toi ! dit alors l'oncle, mettez deux eins, et je vous la lairrons, car all sera mieux chez vous que chez nous, que ma fâme la bat. all ne peut ne pas la souffri... il n'y a que moi qui la prouïégeon, ect sainte criatura qu'est innocinte coume l'infant qui vient de nettre.

En entendant cette dernière phrase, le médecin, frappé par ce mot d'innocinte, fit un signe à l'oncle Brazier et sortit avec lui dans la cour et de là dans le jardin, laissant la Rabouilleuse devant la table servie entre Fanchette et Jean-Jacques qui la questionnèrent, et à qui elle raconta naïvement sa rencontre avec le docteur.

— Allons, chère petite mignonne, adieu, fit l'oncle Brazier en revenant embrasser Flore au front, tu peux bien dire que j'ai fê ton bonheur en te plaçant chez le brave et digne père des indigens, faut lui obéir coume à mé... sois ben sage, ben-gentille, et fê tout ce qui voudra.

— Vous arrangerez la chambre au-dessus de la mienne, dit le médecin à Fanchette. Cette petite Flore, qui certes est bien nommée, y couchera dès ce soir. Demain, nous ferons venir pour elle le cordonnier et la couturière. Mettez lui sur-le-champ un couvert, elle va nous tenir compagnie.

Le soir, dans tout Issoudun, il ne fut question que de l'établissement d'une petite rabouilleuse chez le docteur Rouget. Ce surnom resta dans un pays de moquerie à mademoiselle Brazier, avant, pendant et après sa fortune.

Le médecin voulait sans doute faire en petit pour Flore Brazier ce que Louis XV fit en grand pour mademoiselle de Romans ; mais il s'y prenait trop tard : Louis XV était encore jeune, tandis que le docteur se trouvait à la fleur de la vieillesse. De douze à quatorze ans, la charmante Rabouilleuse connut un bonheur sans mélange. Bien mise et beaucoup mieux nippée que la plus riche fille d'Issoudun, elle portait une montre d'or et des bijoux que le docteur lui donna pour encourager ses études ; car elle eut un maître chargé de lui apprendre à lire, à écrire et à compter. Mais la vie presque animale des paysans avait mis en Flore de telles répugnances pour le vase amer de la science que le docteur en resta là de cette éducation. Ses desseins à l'égard de cette enfant, qu'il décrassait, instruisait et formait avec des soins d'autant plus touchans qu'on le croyait incapable de tendresse, furent diversement interprétés par la caqueteuse bourgeoisie de la ville, dont les disettes accréditaient, comme à propos de la naissance de Max et d'Agathe, de fatales erreurs. Il n'est pas facile au public des petites villes de démêler la vérité dans les mille conjectures, au milieu des commentaires contradictoires, et à travers toutes les suppositions auxquelles un fait y donne lieu. La Province, comme autrefois les politiques de la petite Provence aux Tuileries, veut tout expliquer, et finit par tout savoir. Mais chacun tient à la face qu'il affectionne dans l'événement ; il y voit le vrai, le démontre, et tient sa version pour la seule bonne. La vérité, malgré la vie à jour et l'espionnage des petites villes, est donc souvent obscurcie, et veut, pour être reconnue, ou le temps après lequel la vérité devient indifférente, ou l'impartialité que l'historien et l'homme supérieur prennent en se plaçant à un point de vue élevé.

— Que voulez-vous que ce vieux singe fasse à son âge d'une petite fille de quinze ans? disait-on deux ans après l'arrivée de la Rabouilleuse.

— Vous avez raison, répondait-on, il y a longtemps qu'il's sont passés, ses jours de fête...

— Mon cher, le docteur est révolté de la stupidité de son fils, et il persiste dans sa haine contre sa fille Agathe ; dans cet embarras, peut-être n'a-t-il vécu si sagement depuis deux ans que pour épouser cette petite, s'il peut avoir d'elle un beau garçon agile et découplé, bien vivant comme Max. faisait observer une tête forte.

— Laissez-nous donc tranquilles, est-ce qu'après avoir mené la vie que Lousteau et Rouget ont faite de 1770 à 1787, on peut avoir des enfans à soixante-douze ans? Tenez. ce vieux scélérat a lu l'ancien Testament, ne fût-ce que comme médecin, et il y a vu comment le roi David réchauffait sa vieillesse... Voilà tout, bourgeois !

— On dit que Brazier, quand il est gris, se vante, à Vatan. de l'avoir volé, s'écriait un de ces gens qui croient plus particulièrement au mal.

— Eh mon Dieu ! voisin, que ne dit-on pas à Issoudun ?

De 1800 à 1805. pendant cinq ans, le docteur eut les plaisirs de l'éducation de Flore, sans les ennuis que l'ambition et les prétentions de mademoiselle de Romans donnèrent, dit-on, à Louis le Bien-Aimé. La petite Rabouilleuse était si contente, en comparant sa situation chez le docteur à la vie qu'elle eût menée avec son oncle Brazier, qu'elle se plia sans doute aux exigences de son maître, comme eût fait une esclave en Orient. N'en déplaise aux faiseurs d'idylles ou aux philanthropes, les gens de la campagne ont peu de notions sur certaines vertus ; et, chez eux, les scrupules viennent d'une pensée intéressée, et non d'un sentiment du bien ou du beau ; élevés en vue de la pauvreté, du travail constant, de la misère, cette perspective leur fait considérer tout ce qui peut les tirer de l'enfer de la faim et du labeur éternel comme permis, surtout quand la loi ne s'y oppose point. S'il y a des exceptions, elles sont rares. La vertu, socialement parlant, est la compagne du bien-être, et commence à l'instruction. Aussi la Rabouilleuse était-elle un objet d'envie pour toutes les filles à dix lieues à la ronde, quoique sa conduite fût, aux yeux de la religion, souverainement répréhensible. Flore , née en 1787, fut élevée au milieu des saturnales de 1793 et de 1798, dont les reflets éclairèrent ces campagnes privées de prêtres, de culte, d'autels, de cérémonies religieuses, où le mariage était un accouplement légal, et où les maximes révolutionnaires laissèrent de profondes empreintes, à Issoudun surtout, pays où la révolte est traditionnelle. En 1802, le culte catholique était à peine rétabli. Ce fut pour l'Empereur une œuvre difficile que de trouver des prêtres. En 1806, bien des paroisses en France étaient encore veuves, tant la réunion d'un Clergé décimé par l'échafaud fut lente, après une si violente dispersion. En 1802, rien ne pouvait donc blâmer Flore, si ce n'est sa conscience. La conscience ne devait-elle pas être plus faible que l'intérêt chez la pupille de l'oncle Brazier ? Si, comme tout le fit supposer, le cynique docteur fut forcé par son âge de respecter une enfant de quinze ans, la Rabouilleuse n'en passa pas moins pour une fille très *délurée*, un mot du pays. Néanmoins, quelques personnes voulurent voir pour elle un certificat d'innocence dans la cessation des soins et des attentions du docteur, qui lui marqua pendant les deux dernières années de sa vie plus que du refroidissement.

Le vieux Rouget avait assez tué de monde pour savoir prévoir sa fin ; or, en le trouvant drapé sur son lit de mort dans le manteau de la philosophie encyclopédiste, son notaire le pressa de faire quelque chose en faveur de cette jeune fille, alors âgée de dix-sept ans.

— Eh bien ! émancipons-la, dit-il.

Ce mot peint ce vieillard, qui ne manquait jamais de tirer ses sarcasmes de la profession même de celui à qui il répondait. En couvrant d'esprit ses mauvaises actions, il se les faisait pardonner dans un pays où l'esprit a toujours raison, surtout quand il s'appuie sur l'intérêt personnel bien entendu. Le notaire vit dans ce mot le cri de la haine concentrée d'un homme chez qui la nature avait trompé les calculs de la débauche, une vengeance contre l'innocent objet d'un impuissant amour. Cette opinion fut en quelque sorte confirmée par l'entêtement du docteur, qui ne laissa rien à la Rabouilleuse, et qui dit avec un sourire amer : « Elle est bien assez riche de sa beauté ! » quand le notaire insista pour la faire son sujet.

Jean-Jacques Rouget ne pleura point son père que Flore pleurait. Le vieux médecin avait rendu son fils très malheureux, surtout depuis sa majorité, et Jean-Jacques fut majeur en 1791 ; tandis qu'il avait donné à la petite paysanne le bonheur matériel, qui, pour les gens de la campagne, est l'idéal du bonheur. Quand, après l'enterrement du défunt, Fanchette dit à Flore : « Eh bien ! qu'allez-vous devenir maintenant que monsieur n'est plus ? » Jean-Jacques eut des rayons dans les yeux, et pour la première fois sa figure immobile s'anima, parut s'éclairer aux rayons d'une pensée, et peignit un sentiment.

— Laissez-nous, dit-il à Fanchette qui desservait alors la table.

A dix-sept ans, Flore conservait encore cette finesse de taille et de traits, cette distinction de beauté qui séduisit le docteur, et que les femmes du monde savent conserver, mais qui se fanent chez les paysannes aussi rapidement que la fleur des champs. Cependant, cette tendance à l'embonpoint qui gagne toutes les belles campagnardes quand elles ne mènent pas aux champs leur vie de travail et de privations, se faisait déjà remarquer en elle. Son corsage était développé. Ses épaules grasses et blanches dessinaient des plans riches et harmonieusement rattachés à son cou qui se plissait déjà. Mais le contour de sa figure restait pur, et le menton était encore fin.

— Flore, dit Jean-Jacques d'une voix émue, vous êtes bien habituée à cette maison ?...

— Oui, monsieur Jean...

Au moment de faire sa déclaration, l'héritier se sentit la langue glacée par le souvenir du mort enterré si fraîchement, il se demanda jusqu'où la bienfaisance de son père était allée. Flore, qui regarda son nouveau maître sans pouvoir en soupçonner la simplicité, attendit pendant quelque temps que Jean-Jacques reprît la parole ; mais elle le quitta en ne sachant que penser du silence obstiné qui le garda. Quelle que fût l'éducation que la Rabouilleuse tenait du docteur, il devait se passer plus d'un jour avant qu'elle

connût le caractère de Jean-Jacques, dont voici l'histoire en peu de mots.

A la mort de son père, Jacques, âgé de trente-sept ans, était aussi timide et soumis à la discipline paternelle que peut l'être un enfant de douze ans. Cette timidité doit expliquer son enfance, sa jeunesse et sa vie à ceux qui ne voudraient pas admettre ce caractère, ou les faits de cette histoire, hélas ! bien communs partout, même chez les princes, car Sophie Dawes fut prise par le dernier des Condé dans une situation pire que celle de la Rabouilleuse. Il y a deux timidités : la timidité d'esprit, la timidité de nerfs ; une timidité physique, et une timidité morale. L'une est indépendante de l'autre. Le corps peut avoir peur et trembler, pendant que l'esprit reste calme et courageux, et *vice versâ*. Ceci donne la clef de bien des bizarreries morales. Quand les deux timidités se réunissent chez un homme, il sera nul pendant toute sa vie. Cette timidité complète est celle des gens dont nous disons : « C'est un imbécile. » Il se cache souvent dans cet imbécile de grandes qualités comprimées. Peut-être devons-nous à cette double infirmité quelques moines qui ont vécu dans l'extase. Cette malheureuse disposition physique et morale est produite aussi bien par la perfection des organes et par celle de l'âme que par des défauts encore inobservés. La timidité de Jean-Jacques venait d'un certain engourdissement de ses facultés, qu'un grand instituteur, ou un chirurgien comme Desplein, eussent réveillées. Chez lui, comme chez les crétins, le sens de l'amour avait hérité de la force et de l'agilité qui manquait à l'intelligence, quoiqu'il lui restât encore assez de sens pour se conduire dans la vie. La violence de sa passion, dénuée de l'idéal où elle s'épanche chez tous les jeunes gens, augmentait encore sa timidité. Jamais il ne put se décider, selon l'expression familière, à faire la cour à une femme à Issoudun. Or, ni les jeunes filles, ni les bourgeoises ne pouvaient faire les avances à un jeune homme de moyenne taille, d'attitude pleine de honte et de mauvaise grâce, à figure commune, que deux gros yeux d'un vert pâle et saillants eussent rendue assez laide si déjà les traits écrasés et un teint blafard ne la vieillissaient avant le temps. La compagnie d'une femme annulait en effet ce pauvre garçon, qui se sentait poussé par la passion aussi violemment qu'il était retenu par le peu d'idées dû à son éducation. Immobile entre deux forces égales, il ne savait que dire, et tremblait d'être interrogé, tant il avait peur d'être obligé de répondre ! Le désir, qui délie si promptement la langue, lui glaçait la sienne. Jean-Jacques resta donc solitaire et rechercha la solitude en ne s'y trouvant pas gêné. Le docteur aperçut, trop tard pour y remédier, les ravages produits par ce tempérament et par ce caractère. Il aurait bien voulu marier son fils ; mais, comme il s'agissait de le livrer à une domination qui deviendrait absolue, il dut hésiter. N'était-ce pas abandonner le maniement de sa fortune à une étrangère, à une fille inconnue ? Or, il savait combien il est difficile d'avoir des prévisions exactes sur le moral d'une femme, en étudiant la jeune fille. Aussi, tout en cherchant une personne dont l'éducation ou les sentiments lui offrissent des garanties, essaya-t-il de jeter son fils dans la voie de l'avarice. A défaut d'intelligence, il espérait ainsi donner à ce niais une sorte d'instinct. Il l'habitua d'abord à une vie mécanique, et lui légua des idées arrêtées pour le placement de ses revenus ; puis il lui évita les principales difficultés de l'administration d'une fortune territoriale, en lui laissant des terres en bon état et louées par de longs baux. Le fait qui devait dominer la vie de ce pauvre être échappa cependant à la perspicacité de ce vieillard si fin. La timidité ressemble à la dissimulation, elle en a toute la profondeur. Jean-Jacques aima passionnément la Rabouilleuse. Rien de plus naturel d'ailleurs. Flore fut la seule femme qui restât près de ce garçon, la seule qu'il pût voir à son aise, en la contemplant en secret, en l'étudiant à toute heure ; Flore illumina de ses feux la maison paternelle, elle seule donna sans le savoir à Jean-Jacques les seuls plaisirs qui dorèrent sa jeunesse. Loin d'être ja-

loux de son père, il fut enchanté de l'éducation qu'il donnait à Flore; ne lui fallait-il pas une femme facile, et avec laquelle il n'y eût pas de cour à faire? La passion qui remarquez-le, porte son esprit avec elle, peut donner aux niais,
aux sots, aux idiots, une sorte d'intelligence, surtout
pendant la jeunesse. Chez l'homme le plus brute, il se rencontre toujours l'instinct animal dont la persistance ressemble à une pensée.

Le lendemain, Flore, à qui le silence de son maître avait
fait faire des réflexions, s'attendit à quelque communication importante; mais, quoiqu'il tournât autour d'elle et la
regardât sournoisement avec des expressions de concupiscence, Jean-Jacques ne put rien trouver à dire. Enfin,
au moment du dessert, le maître recommença la scène de
la veille.

— Vous vous trouvez bien ici? dit-il à Flore.

— Oui, monsieur Jean.

— Eh bien! restez-y.

— Merci, monsieur Jean.

Cette situation étrange dura trois semaines. Par une nuit
où nul bruit ne troublait le silence, Flore, qui se réveilla
par hasard, entendit le souffle égal d'une respiration humaine à sa porte, et fut effrayée en reconnaissant sur le
palier Jean-Jacques couché comme un chien, et qui, sans
doute, avait fait lui-même un trou par en bas pour voir
dans la chambre.

— Il m'aime, pensa-t-elle; mais il attrapera des rhumatismes à ce métier-là.

Le lendemain, Flore regarda son maître d'une certaine
façon. Cet amour muet et presque instinctif l'avait émue,
elle ne trouva plus si laid ce pauvre niais dont les tempes
et le front chargés de boutons semblables à des ulcères
portaient cette horrible couronne, attribut des sangs gâtés.

— Vous ne voudriez pas retourner aux champs, n'est-
ce pas? lui dit Jean-Jacques quand ils se trouvèrent seuls.

— Pourquoi me demandez-vous cela? dit-elle en le regardant.

— Pour le savoir, fit Rouget en devenant de la couleur
des homards cuits.

— Est-ce que vous voulez m'y renvoyer? demanda-t-
elle.

— Non, mademoiselle.

— Eh bien! que voulez-vous donc savoir? Vous avez
une raison?...

— Oui, je voudrais savoir...

— Quoi? dit Flore.

— Vous ne me le diriez pas! fit Rouget.

— Si, foi d'honnête fille!..

— Ah! voilà, reprit Rouget effrayé. Vous êtes une honnête fille...

— Pardé!

— Là, vrai?...

— Quand je vous le dis...

— Voyons? Êtes-vous la même que quand vous étiez là,
pieds nus, amenée par votre oncle?

— Belle question! ma foi! répondit Flore en rougissant.

L'héritier atterré baissa la tête et ne la releva plus.
Flore, stupéfaite de voir une réponse si flatteuse pour un
homme accueillie par une semblable consternation, se retira.

Trois jours après, au même moment, car l'un et l'autre
ils semblaient se désigner le dessert comme leur champ de
bataille, Flore dit la première à son maître: — Est-ce que
vous avez quelque chose contre moi?...

— Non, mademoiselle, répondit-il, non... (une pause).
Au contraire.

— Vous avez paru contrarié hier de savoir que j'étais
une honnête fille...

— Non, je voulais seulement savoir... (autre pause). Mais
vous ne me le direz pas...

— Ma foi! reprit-elle, je vous dirai toute la vérité...

— Toute la vérité sur... mon père... demanda-t-il d'une
voix étranglée.

— Votre père, dit-elle en plongeant son regard dans les
yeux de son maître, était un brave homme. Il aimait à
rire... quoi!.. un brin... mais, pauvre cher homme!..
c'était pas la bonne volonté qui lui manquait... Enfin, rapport à je ne sais quoi contre vous, il avait des intentions...
oh! de tristes intentions. Souvent il me faisait rire, quoi!...
Voilà!... Après?...

— Eh bien! Flore, dit l'héritier en prenant la main de
la Rabouilleuse, puisque mon père ne vous était de rien...

— Et de quoi voulez-vous qu'il me fût?... s'écria-t-elle
en fille offensée d'une supposition injurieuse.

— Eh bien! écoutez donc?

— Il était mon bienfaiteur, voilà tout. Ah! il aurait bien
voulu que je fus sa femme... mais...

— Mais, dit Rouget en reprenant la main que Flore lui
avait retirée, puisqu'il ne vous a rien été, vous pourriez
rester ici avec moi?...

— Si vous voulez, répondit-elle en baissant les yeux.

— Non, non, si vous voulez, vous, reprit Rouget. Oui,
vous pouvez être... la maîtresse. Tout ce qui est ici sera
pour vous, vous y prendrez soin de ma fortune, elle sera
quasiment la vôtre... car je vous aime, et vous ai toujours
aimée depuis le moment où vous êtes entrée ici, là,
pieds nus.

Flore ne répondit pas. Quand le silence devint gênant,
Jean-Jacques inventa cet argument horrible: — Voyons,
cela ne vaut-il pas mieux que de retourner aux champs?
lui demanda-t-il avec une visible ardeur.

— Dame! monsieur Jean, comme vous voudrez, répondit-elle.

Néanmoins, malgré ce comme vous voudrez! le pauvre
Rouget ne se trouva pas plus avancé. Les hommes de ce
caractère ont besoin de certitude. L'effort qu'ils font en
avouant leur amour est si grand et leur coûte tant, qu'ils
se savent hors d'état de le recommencer. De là vient leur
attachement à la première femme qui les accepte. On ne
peut présumer les événements que par le résultat. Dix mois
après la mort de son père, Jean-Jacques changea complètement: son visage pâle et plombé, dégradé par des boutons aux tempes et au front, s'éclaircit, se nettoya, se co-
lora de teintes rosées. Enfin sa physionomie respira le
bonheur. Flore exigea que son maître prît des soins minutieux de sa personne, elle mit son amour-propre à ce qu'il
fût bien mis; elle le regardait s'en allant à la promenade
en restant sur le pas de la porte, jusqu'à ce qu'elle ne le
vît plus. Toute la ville remarqua ces changements, qui firent de Jean-Jacques un tout autre homme.

— Savez-vous la nouvelle? se disait-on dans Issoudun.

— Eh bien! quoi?

— Jean-Jacques a tout hérité de son père, même la Rabouilleuse...

— Est-ce que vous ne croyez pas feu le docteur assez
malin pour avoir laissé une gouvernante à son fils?

— C'est un trésor pour Rouget, c'est vrai, fut le cri général.

— C'est une finaude! elle est bien belle, elle se fera
épouser.

— Cette fille-là a-t-elle eu de la chance!

— C'est une chance qui n'arrive qu'aux belles filles.

— Ah bah! vous croyez cela, mais j'ai eu mon oncle
Borniche-Héreau. Eh bien! vous avez entendu parler de
mademoiselle Ganivet, elle était laide comme les sept péchés capitaux, elle n'en a pas moins eu de lui mille écus
de rente...

— Bah! c'était en 1778!

— C'est égal, Rouget a tort, son père lui laisse quarante
bonnes mille livres de rente, il aurait pu se marier avec
mademoiselle Héreau...

— Le docteur a essayé, elle n'en a pas voulu, Rouget est
trop bête...

— Trop bête! les femmes sont bien heureuses avec les
gens de cet acabit.

— Votre femme est-elle heureuse?

Tel fut le sens des propos qui coururent dans Issoudun. Si l'on commença, selon les us et coutumes de la province, par rire de ce quasi-mariage, on finit par louer Flore de s'être dévouée à ce pauvre garçon. Voilà comment Flore Brazier parvint au gouvernement de la maison Rouget, de père en fils, selon l'expression du fils Goddet. Maintenant il n'est pas inutile d'esquisser l'histoire de ce gouvernement pour l'instruction des célibataires.

La vieille Fanchette fut la seule dans Issoudun à trouver mauvais que Flore Brazier devint la reine chez Jean-Jacques Rouget, elle protesta contre l'immoralité de cette combinaison, et prit le parti de la morale outragée, il est vrai qu'elle se trouvait humiliée, à son âge, d'avoir pour maîtresse une rabouilleuse, une petite fille venue pieds nus dans la maison. Fanchette possédait trois cents francs de rente dans les fonds, car le docteur lui avait fait ainsi placer ses économies ; feu monsieur venait de lui léguer cent écus de rente viagère, elle pouvait donc vivre à son aise, et quitta la maison neuf mois après l'enterrement de son vieux maître, le 15 avril 1806. Cette date n'indique-t-elle pas aux gens perspicaces l'époque à laquelle Flore cessa d'être une honnête fille ?

La Rabouilleuse, assez fine pour prévoir la défection de Fanchette, car il n'y a rien comme l'exercice du pouvoir pour vous apprendre la politique, avait résolu de se passer de servante. Depuis six mois elle étudiait, sans en avoir l'air, les procédés culinaires qui faisaient de Fanchette un cordon bleu digne de servir un médecin. En fait de gourmandise, on peut mettre les médecins au même rang que les évêques. Le docteur avait perfectionné Fanchette. En province, le défaut d'occupation et la monotonie de la vie attirent l'activité de l'esprit sur la cuisine. On ne dîne pas aussi luxueusement en province qu'à Paris, mais on y dîne mieux ; les plats y sont médités, étudiés. Au fond des provinces, il existe des Carême en jupon, génies ignorés, qui savent rendre un simple plat de haricots digne du hochement de tête par lequel Rossini accueille une chose parfaitement réussie. En prenant ses degrés à Paris, le docteur y avait suivi les cours de chimie de Rouelle, et il lui en était resté des notions qui tournèrent au profit de la chimie culinaire. Il est célèbre à Issoudun par plusieurs améliorations peu connues en dehors du Berry. Il a découvert que l'omelette était beaucoup plus délicate quand on ne battait pas le blanc et le jaune des œufs ensemble avec la brutalité que les cuisinières mettent à cette opération. On devait, selon lui, faire arriver le blanc à l'état de mousse, y introduire peu à peu le jaune, et ne pas se servir d'une poêle, mais d'un *cagnard* en porcelaine ou de faïence. Le cagnard est une espèce de plat épais qui a quatre pieds, afin que, mis sur le fourneau, l'air, en circulant, empêche le feu de le faire éclater. En Touraine, le cagnard s'appelle un cauquemarre. Rabelais, je crois, parle de ce *cauquemarre* à cuire les cocquesigrues, ce qui démontre la haute antiquité de cet ustensile. Le docteur avait aussi trouvé le moyen d'empêcher l'âcreté des *roux ;* mais ce secret, que par malheur il restreignit à sa cuisine, a été perdu.

Flore, née fruitière et rôtisseuse, les deux qualités qui ne peuvent s'acquérir ni par l'observation ni par le travail, surpassa Fanchette en peu de temps. En devenant cordon bleu, elle pensait au bonheur de Jean-Jacques ; mais elle était aussi, disons-le, passablement gourmande. Hors d'état, comme les personnes sans instruction, de s'occuper par la cervelle, elle déploya son activité dans le ménage. Elle frotta les meubles, leur rendit leur lustre, et tint tout au logis dans une propreté digne de la Hollande. Elle dirigea ces avalanches de linge sale et ces déluges qu'on appelle les lessives, et qui, selon l'usage des provinces, ne se font que trois fois par an. Elle observa le linge d'un œil de ménagère, et le raccommoda. Puis, jalouse de s'initier par degrés aux secrets de la fortune, elle s'assimila le peu de science des affaires que savait Rouget, et l'augmenta par des entretiens avec le notaire du feu docteur, monsieur Héron. Aussi donna-t-elle d'excellents conseils à son petit Jean-Jacques. Sûre d'être toujours la maîtresse, elle eut pour les intérêts de ce garçon autant de tendresse et d'a-

vidité que s'il s'agissait d'elle même. Elle n'avait pas à craindre les exigences de son oncle. Deux mois avant la mort du docteur, Brazier était mort d'une chute en sortant du cabaret où, depuis sa fortune, il passait sa vie. Flore avait également perdu son père. Elle servit donc son maître avec toute l'affection que devait avoir une orpheline heureuse de se faire une famille et de trouver un intérêt dans la vie.

Cette époque fut le paradis pour le pauvre Jean-Jacques, qui prit les douces habitudes d'une vie animale embellie par une espèce de régularité monastique. Il dormait la grasse matinée. Flore, qui, dès le matin, allait à la provision ou faisait le ménage, éveillait son maître de façon à ce qu'il trouvât le déjeuner prêt quand il avait fini sa toilette. Après le déjeuner, sur les onze heures, Jean-Jacques se promenait, causait avec ceux qu'il rencontraient, et revenait à trois heures pour lire les journaux, celui du département et un journal de Paris qu'il recevait trois jours après leur publication, gras des trente mains par lesquelles ils avaient passé, salis par les nez à tabac qui s'y étaient oubliés, brunis par toutes les tables sur lesquelles ils avaient traîné. Le célibataire atteignait ainsi l'heure de son dîner, et il y employait le plus de temps possible. Flore lui racontait les histoires de la ville, les caquetages qui couraient et qu'elle avait récoltés. Vers huit heures, les lumières s'éteignaient. Aller au lit de bonne heure est une économie de chandelle et de feu très pratiquée en province, mais qui contribue à l'hébétement des gens par les abus du lit. Trop de sommeil alourdit et encrasse l'intelligence.

Telle fut la vie de ces deux êtres pendant neuf ans, vie à la fois pleine et vide, où les grands événemens firent quelques voyages à Bourges, à Vierzon, à Châteauroux, ou plus loin quand ni les notaires de ces villes, ni monsieur Héron n'avaient de placemens hypothécaires. Rouget prêtait son argent à cinq pour cent par première hypothèque, avec subrogation dans les droits de la femme quand le prêteur était marié. Jamais il ne donnait plus du tiers de la valeur réelle des biens, et il se faisait faire des billets à son ordre qui représentaient un supplément d'intérêt de deux et demi pour cent échelonnés pendant la durée du prêt. Telles étaient les lois que son père lui avait dit de toujours observer. L'usure, ce rémora mis sur l'ambition des paysans, dévore les campagnes. Ce taux de sept et demi pour cent paraissait donc si raisonnable, que Jean-Jacques Rouget choisissait les affaires ; car les notaires, qui se faisaient allouer de belles commissions par les gens auxquels ils procuraient de l'argent à si bon compte, prévenaient le vieux garçon.

Durant ces neuf années, Flore prit à la longue, insensiblement et sans le vouloir, un empire absolu sur son maître. Elle traita d'abord Jean-Jacques très familièrement : puis, sans lui manquer de respect, elle le prima par tant de supériorité, d'intelligence et de force, qu'il finit par devenir son servateur de sa servante. Ce grand enfant alla de lui-même au-devant de cette domination, en se laissant rendre tant de soins, que Flore fut avec lui comme une mère est avec son fils. Aussi Jean-Jacques finit-il par avoir pour Flore le sentiment qui rend nécessaire à un enfant la protection maternelle. Mais il y eut entre eux des nœuds bien autrement serrés ! D'abord, Flore faisait les affaires et conduisait la maison. Jean-Jacques se reposait si bien sur elle de toute espèce de gestion, que sans elle la vie lui eût paru, non pas difficile, mais impossible. Puis cette femme était devenue un besoin de son existence, elle caressait toutes ses fantaisies, elle les connaissait si bien ! Il aimait à voir cette figure heureuse qui lui souriait toujours, la seule qui lui eût souri, la seule où devait se trouver un sourire pour lui ! Ce bonheur, purement matériel, exprimé par des mots vulgaires qui sont le fond de la langue dans les ménages berrichons, et peint sur cette figure magnifique physionomie, était en quelque sorte le reflet de son bonheur à lui. L'état dans lequel fut Jean-Jacques lorsqu'il vit Flore assombrie par quelques contrariétés révéla l'étendue de son pouvoir à cette fille, qui, pour s'en assurer, voulut en user. User, chez les femmes de cette sorte, veut toujours dire abuser. La Rabouilleuse fit sans doute jouer à son maître quelques-unes de ces scènes ensevelies dans les mystères de la vie privée, et dont Otway a donné le modèle au milieu de sa tragédie de *Venise sauvée*, entre le Sénateur et Aquilina, scène qui réalise le magnifique et l'horrible ! Flore se vit alors si certaine de son empire, qu'elle ne songea pas, malheureusement pour elle et pour ce célibataire, à se faire épouser.

Vers la fin de 1815, à vingt-sept ans, Flore était arrivée à l'entier développement de sa beauté. Grasse et fraîche, blanche comme une fermière du Bessin, elle offrait bien l'idéal de ce que nos ancêtres appelaient *une belle commère*. Sa beauté, qui tenait de celle d'une superbe fille d'auberge, agrandie et nourrie, la faisait ressembler, noblesse impériale à part, à mademoiselle Georges dans son beau temps. Flore avait ces beaux bras ronds éclatans, cette plénitude de formes, cette pulpe satinée, ces contours attrayans, mais moins sévères que ceux de l'actrice. L'expression de Flore était la tendresse et la douceur. Son regard ne commandait pas le respect comme celui de la plus belle Agrippine qui, depuis celle de Racine, ait foulé les planches du Théâtre-Français, il invitait à la grosse joie.

En 1816, le Rabouilleuse vit Maxence Gilet, et s'éprit de lui à la première vue. Elle reçut à travers le cœur cette flèche mythologique, admirable expression d'un effet naturel que les Grecs devaient ainsi représenter, eux qui ne concevaient point l'amour chevaleresque, idéalement mélancolique, enfanté par le Christianisme. Flore était alors trop belle pour que Max dédaignât cette conquête. La Rabouilleuse connut donc à vingt-huit ans le véritable amour, l'amour idolâtre, infini, cet amour qui comporte toutes les manières d'aimer, celle de Gulnare et celle de Médora. Dès que l'officier sans fortune apprit la situation respective de Flore et de Jean-Jacques Rouget, il vit mieux qu'une amourette dans une liaison avec la Rabouilleuse. Aussi, pour bien assurer son avenir, ne demanda-t-il pas mieux que de loger chez Rouget, en reconnaissant la débile nature de ce garçon. La passion de Flore influa nécessairement sur la vie et sur l'intérieur de Jean-Jacques. Pendant un mois, le célibataire, devenu craintif outre mesure, vit terrible, morne et maussade, le visage si riant et si amical de Flore. Il subit les éclats d'une mauvaise humeur calculée, absolument comme un homme marié dont l'épouse médite une infidélité. Quand, au milieu des plus cruelles rebuffades, le pauvre garçon s'enhardit à demander à Flore la cause de ce changement, elle eut dans le regard des flammes chargées de haine, et dans la voix des tons agressifs et méprisans que le pauvre Jean-Jacques n'avait jamais entendus ni reçus.

— Parbleu ! dit-elle, vous n'avez ni cœur ni âme. Voilà seize ans que je demeure ici ma jeunesse, et je ne m'étais pas aperçue que vous aviez une pierre, là... fit-elle en se frappant sur le cœur. Depuis deux mois, vous voyez venir ici ce brave commandant, une victime des Bourbons, qui était fait pour être général, et qu'est dans la débine, acculé dans un trou de pays où la fortune n'a pas de quoi se promener. Il est obligé de rester sur une chaise toute une journée, à la Municipalité, pour gagner... quoi ?... six cents misérables francs, la belle poussée! Et vous, qu'avez six cent cinquante-neuf mille livres de placées, soixante mille francs de rente, et qui, grâce à moi, ne dépensez pas plus de mille écus par an, tout compris, même mes jupes, enfin tout, vous ne pensez pas à lui offrir un logis ici, où tout le deuxième est vide ! Vous aimez mieux que les souris et les rats y dansent plutôt que d'y mettre un humain enfin un garçon que votre père a toujours pris pour son fils !... Voulez-vous savoir ce que vous êtes? Je vais vous le dire : Vous êtes un fratricide ! Après cela, je sais bien pourquoi ! Vous avez vu que je lui porte intérêt, et ça vous chicane ! Quoique vous paraissiez bête, vous avez plus de malice que les autres dans ce que vous êtes... Eh bien ! oui, je lui porte intérêt, et un vif encore...

— Mais, Flore...

— Oh ! il n'y a pas de *mais Flore* qui tienne. Ah ! vous pouvez bien en chercher une autre Flore (si vous en trouvez une!), car je veux que ce verre de vin me serve de poison si je ne laisse pas là votre baraque de maison ! Je ne vous aurai, Dieu merci ! rien coûté pendant les douze ans que j'y suis restée, et vous aurez eu de l'agrément à bon marché. Partout ailleurs j'aurais bien gagné ma vie à tout faire comme ici : savonner, repasser, veiller aux lessives, aller au marché, faire la cuisine, prendre vos intérêts en toutes choses, m'exterminer du matin au soir... Eh bien ! voilà ma récompense..

— Mais, Flore...

— Oui, Flore, vous en aurez des Flore, à cinquante et un ans que vous avez, et que vous portez très mal, et que vous baissez que c'en est effrayant, je le sais bien ! Puis, avec ça que vous n'êtes pas amusant...

— Mais, Flore...

— Laissez-moi tranquille !

Elle sortit en fermant la porte avec une violence qui fit retentir la maison et parut l'ébranler sur ses fondemens. Jean-Jacques Rouget ouvrit tout doucement la porte, et alla plus doucement encore dans la cuisine, où Flore grommelait toujours.

— Mais, Flore, dit ce mouton, voilà la première nouvelle que j'ai de ton désir, comment sais-tu si je le veux ou si je ne le veux pas...

— D'abord, reprit-elle, il y a besoin d'un homme dans la maison. On sait que vous avez des dix, des quinze, des vingt mille francs; et si l'on venait vous voler, on nous assassinerait. Moi, je ne me soucie pas du tout de me réveiller un beau matin coupée en quatre morceaux, comme on a fait de cette pauvre servante qu'a eu la bêtise de défendre son maître ! Eh bien ! si l'on nous voit chez nous un homme brave comme César, et qui ne se mouche pas du pied... Max avalerait trois voleurs, le temps de le dire... eh bien ! je dormirais plus tranquille. On vous dira peut-être des bêtises... que je l'aime par-ci, que je l'adore par-là !... Savez-vous ce que vous direz ?... eh bien ! vous répondrez que vous le savez, mais que votre père vous avait recommandé son pauvre Max à son lit de mort. Tout le monde se taira, car les pavés d'Issoudun vous diront qu'il lui payait sa pension au collège, na! Voilà neuf ans que je mange votre pain...

— Flore, Flore...

— Il y en a eu par la ville plus d'un qui m'a fait la cour, da! On m'offrait des chaînes d'or par-ci, des montres par-là... « Ma petite Flore, si tu veux quitter cet imbécile de père Rouget... » car voilà ce qu'on me disait de vous. «Moi, le quitter? ah bien ! disais-je souvent, un imbécile comme ça! qué qu'il deviendrait ? » ai-je toujours répondu. Non, non, où la chèvre est attachée, il faut qu'elle broute...

— Oui, Flore, je n'ai que toi au monde, et je suis trop heureux... Si ça te fait plaisir, mon enfant, et bien ! nous aurons ici Maxence Gilet, il mangera avec nous...

— Parbleu ! je l'espère bien...

— La, la, ne te fâche pas...

— Quand il y a pour un, il y a bien pour deux, répondit-elle en riant. Mais si vous êtes gentil, savez-vous ce que vous ferez, mon bichon?... Vous irez vous promener aux environs de la mairie, à quatre heures, et vous vous arrangerez pour rencontrer monsieur le commandant Gilet, que vous inviterez à dîner. S'il fait des façons, vous lui direz que ça me fera plaisir; il est trop galant pour refuser. Pour lors, entre la poire et le fromage, s'il vous parle de ses malheurs, des pontons, que vous aurez bien l'esprit de le mettre là-dessus, vous lui offrirez de demeurer ici... S'il trouve quelque chose à redire, soyez tranquille, je saurai bien le déterminer...

En se promenant avec lenteur sur le boulevard Baron, le célibataire réfléchit, autant qu'il le pouvait, à cet événement. S'il se séparait de Flore... (à cette idée, il n'y voyait plus clair) quelle autre femme retrouverait-il ?... Se marier?... A son âge, il serait épousé pour sa fortune, et encore plus cruellement exploité par sa femme légitime que par Flore. D'ailleurs, la pensée d'être privé de cette tendresse, fût-elle illusoire, lui causait une horrible angoisse. Il fut donc pour le commandant Gilet aussi charmant qu'il pouvait l'être. Ainsi que Flore le désirait, l'invitation fut faite devant témoins, afin de ménager l'honneur de Maxence.

La réconciliation se fit entre Flore et son maître ; mais, depuis cette journée, Jean-Jacques aperçut des nuances qui prouvaient un chang ment complet dans l'affection de la Rabouilleuse. Flore Brazier se plaignit pendant une quinzaine de jours, chez les fournisseurs, au marché, près des commères avec lesquelles elle bavardait, de la tyrannie de mon ieur Rouget, qui s'avisait de prendre son soi-disant frère naturel chez lui. Mais personne ne fut la dupe de cette comédie, et Flore fut regardée comme une creature excessivement fine et retorse.

Le père Rouget se trouva très heureux de l'impatronisation de Max au logis, car il eut une personne qui fut aux petits soins pour lui, mais sans servilité cependant. Gilet causait, politiquait, chez la patronne et se promenait quelquefois avec le père Rouget. Dès que l'officier fut installé, Flore ne voulut plus être cuisinière. La cuisine, dit elle, lui gâtait les mains. Sur le désir du grand-maître de l'Ordre, la Cognette indiqua l'une de ses parentes, une vieille fille dont le maître, un curé, venait de mourir sans lui rien laisser, une excellente cuisinière, qui serait dévouée à la vie à la mort à Flore et à Max. D'ailleurs, la Cognette promit à sa parente, au nom de ses deux puissances, u e rente de trois cents livres, après dix ans de bons, loyaux, discrets et probes services. Agée de soixante ans, la Védie était remarquable par une figure ravagée par la petite vérole, et d'une laideur convenable. Après l'entrée en fonctions de la Védie, la Rabouilleuse devint madame Brazier. Elle porta des corsets, elle eut des robes en soie, en belles étoffes de laine et de coton suivant les saisons ! Elle eut des collerettes, des fichus très chers, des bonnets brodés, des gorgerettes de dentelles, se chaussa de brodequins, et se maintint dans une élégance et une richesse de mise qui la rajeunit. Elle fut comme un diamant brut, taillé, monté par le bijoutier pour valoir tout son prix. Elle voulait faire honneur à Max. A la fin de la première année, en 1817, elle fit venir de Bourges un cheval, dit anglais, pour le pauvre commandant, ennuyé de se promener à pied. Max avait racolé dans les environs d'Issoudun un lancier de la garde i périale, un Polonais nommé Kouski, tombé dans la misère, qui ne demanda pas mieux que d'entrer chez monsieur Rouget en qualité de domestique du commandant. Max fut l'idole de Kouski, surtout après le duel des trois royalistes. A compter de 1817, la maison du père Rouget fut donc composée de cinq personnes, dont trois maîtres, et la depense s'éleva environ à huit mille francs par an.

Au moment où madame Bridau revenait à Issoudun pour, selon l'expression de maître Desroches, sauver une succession si sérieusement compromise, le père Rouget était arrivé par degrés à un état quasi végétatif. D'abord, dès l'impatronisation de Max, mademoiselle Brazier mit la table sur un pied épiscopal. Rouget, jeté dans la voie de la bonne chère, mange a toujours davantage, emporté par les excellens plats que faisait la Védie. Malgré cette exquise et abondante nourriture, il engraissa peu. De jour en jour, il s'affaissa comme un homme fatigué, par ses digestions peut-être, et ses yeux se cernèrent fortement. Mais si, pendant ses promenades, des bourgeois l'interrogeaient sur sa santé : « Jamais, disait-il, il ne s'était mieux porté. » Comme il avait toujours passé pour d'une intelligence excessivement bornée, on ne remarqua point la dépression constante de ses facultés. Son amour pour Flore était le seul sentiment qui le faisait vivre, il n'existait que par elle ; sa faiblesse avec elle n'avait point alors de bornes, il obéissait à un regard, il guettait les mouvemens de cette creature comme un chien guette les moindres gestes de son maître. Enfin, selon l'expression de madame Hochon, à cinquante-sept ans, le père Rouget semblait être plus vieux que monsieur Hochon, alors octogénaire.

Chacun imagine avec raison que l'appartement de Max était digne de ce charmant garçon. En effet, en six ans le commandant avait, d'année en année, perfectionné le confort, embelli les moindres détails de son logement, autant pour lui-même que pour Flore. Mais ce n'était que le confort d'Issoudun : des carreaux mis en couleur, des papiers de tenture assez élégans, des meubles en acajou, des glaces à bordure dorée, des rideaux en mousseline ornés de bandes rouges, un lit à couronne et à rideaux disposés comme les arrangent les tapissiers de province pour une riche mariée, et qui paraît le comble de la magnificence, mais qui se voit dans les vulgaires gravures de modes, et si commun que les détaillans de Paris n'en veulent plus pour leurs noces. Il y avait, chose monstrueuse et qui fit causer dans Issoudun, des nattes de jonc dans l'escalier, sans doute pour assourdir le bruit des pas ; aussi, en rentrant au petit jour, Max n'avait-il éveillé personne. Rouget ne soupçonna jamais la complicité de son hôte dans les œuvres nocturnes des Chevaliers de la Désœuvrance.

Vers les huit heures, Flore, vêtue d'une robe de chambre en jolie étoffe de coton à mille raies roses, coiffée d'un bonnet de dentelles, les pieds dans des pantoufles fourrées, ouvrit doucement la porte de la chambre de Max. mais, en le voyant endormi, elle resta debout devant le lit.

— Il est rentré si tard, dit-elle, à trois heures et demie. Il faut avoir un fier tempérament pour résister à ces amusemens-la. Est-il fort, cet amour d'homme ! ... Qu'auront-ils fait cette nuit ?

— Tiens! te voilà, ma petite Flore, dit Max en s'éveillant à la manière des militaires accoutumés par les événemens de la guerre à trouver leurs idées au complet et leur sang-froid au réveil, quelque subit qu'il soit.

— Tu dors, je m'en vais ..

— Non, reste, il y a des choses graves...

— Vous avez fait quelque sottise cette nuit ?...

— Ah ! ouin ! ... Il s'agit de nous et de cette vieille bête. Ah ça, tu ne m'avais jamais parlé de sa famille.. Eh bien ! elle arrive ici, la famille, sans doute pour nous tailler des croupières...

— Ah ! je m'en vais le secouer, dit Flore.

— Mademoiselle Brazier, dit gravement Max, il s'agit de choses trop sérieuses pour y aller à l'étourdie. Envoie-moi mon café, je le prendrai dans mon lit, où je vais songer à la conduite que nous devons tenir.. Reviens à neuf heures, nous causerons. En attendant, fais comme si tu ne savais rien.

Saisie par cette nouvelle, Flore laissa Max et alla lui préparer son café ; mais, un quart d'h ure après, Baruch entra précipitamment, et dit au grand-maître : — Fario cherche sa brouette !...

En cinq minutes, Max fut habillé, descendit, et, tout en ayant l'air de flâner, il gagna le bas de la tour, où il vit un rassemblement assez considérable.

— Qu'est-ce ? fit Max en perçant la foule et pénétrant jusqu'à l'Espagnol.

Fario, petit homme sec, était d'une laideur comparable à celle d'un grand d'Espagne. Des yeux de feu comme percés avec une vrille, et très rapprochés du nez, l'eussent fait passer à Naples pour un jeteur de sorts. Ce petit homme paraissait doux parce qu'il était grave, calme, lent dans ses mouvemens. Aussi le nommait-on le bon-homme Fario. Mais son teint couleur de pain d'épice et sa douceur déguisaient aux ignorans et anno çaient à l'observateur le caractère à demi mauritain d'un paysan de Grenade que rien n'avait encore fait sortir de son flegme et de sa paresse.

— Êtes-vous sûr ? lui dit Max après avoir écouté les doléances du marchand de grains, d'avoir amené votre voiture ? car il n'y a, Dieu merci ! pas de voleurs à Issoudun...

— Elle était là...

— Si le cheval est resté attelé, ne peut-il pas avoir emmené la voiture ?

— Le voilà, mon cheval, dit Fario en montrant sa bête harnachée à trente pas de là.

Max alla gravement à l'endroit où se trouvait le cheval, afin de pouvoir, en levant les yeux, voir le pied de la tour, car le rassemblement était au bas. Tout le monde suivit Max, et c'est ce que le drôle voulait.

— Quelqu'un a-t-il mis par distraction une voiture dans ses poches ? cria François.

— Allons, fouillez-vous ! dit Baruch.

Des éclats de rire partirent de tous côtés. Fario jura. Chez un Espagnol, des jurons annoncent le dernier degré de la colère.

— Est-elle légère, ta voiture ? dit Max.

— Légère !... répondit Fario. Si ceux qui rient de moi l'avaient sur les pieds, leurs cors ne leur feraient plus mal.

— Il faut cependant qu'elle soit diablement, répondit Max en montrant la tour, car elle a volé sur la butte.

A ces mots tous les yeux se levèrent, et il y eut un instant comme une émeute au marché. Chacun se montrait cette voiture-fée. Toutes les langues étaient en mouvement.

— Le diable protège les aubergistes qui se damnent tous, dit le fils Goddet au marchand stupéfait, il a voulu t'apprendre à ne pas laisser traîner de charrettes dans les rues, au lieu de les remiser à l'auberge.

A cette apostrophe, des huées partirent de la foule, car Fario passait pour avare.

— Allons, mon brave homme, dit Max, il ne faut pas perdre courage. Nous allons monter à la tour pour savoir comment la brouette est venue là. Nom d'un canon ! nous te donnerons un coup de main. Viens-tu, Baruch ? — Toi, dit-il à François en lui parlant dans l'oreille, fais ranger le monde, et qu'il n'y ait personne au bas de la butte quand tu nous y verras.

Fario, Max, Baruch et trois autres Chevaliers montèrent à la Tour. Pendant cette ascension assez périlleuse, Max constatait avec Fario qu'il n'existait ni dégâts ni traces qui indiquassent le passage de la charrette. Aussi Fario croyait-il à quelque sortilège, il avait la tête perdue. Arrivés tous au sommet, et examinant les choses, le fait parut sérieusement impossible.

— Comment que j'allons la descendre ?... dit l'Espagnol dont les yeux noirs exprimaient pour la première fois l'épouvante, et dont la figure jaune et creuse, qui paraissait ne devoir jamais changer de couleur, pâlit.

— Comment ! dit Max, mais cela ne me paraît pas difficile...

Et, profitant de la stupéfaction du marchand de grains, il maniait de ses bras robustes la charrette par les deux brancards, de manière à la lancer ; puis, au moment où elle devait lui échapper, il cria d'une voix tonnante :

— Gare là-dessous !...

Mais il ne pouvait y avoir aucun inconvénient : le rassemblement, averti par Baruch et pris de curiosité, s'était retiré sur la place à la distance nécessaire pour voir ce qui se passerait sur la butte. La charrette se brisa de la manière la plus pittoresque en un nombre infini de morceaux.

— La voilà descendue, dit Baruch.

— Ah ! brigands ! ah ! canailles ! s'écria Fario, c'est peut-être vous autres qui l'avez montée ici...

Max, Baruch et leurs trois compagnons se mirent à rire des injures de l'Espagnol.

— On a voulu te rendre service, dit froidement Max, j'ai failli, en manœuvrant ta damnée charrette, être emporté avec elle, et voilà comment tu nous remercies?... De quel pays es-tu donc?...

— Je suis d'un pays où l'on ne pardonne pas, répliqua Fario qui tremblait de rage. Ma charrette vous servira de cabriolet pour aller au diable !... à moins, dit-il en devenant doux comme un mouton, que vous ne vouliez me la remplacer par une neuve ?

— Parlons de cela, dit Max en descendant.

Quand ils furent au bas de la Tour, et en rejoignant les premiers groupes de rieurs, Max prit Fario par un bouton de sa veste et lui dit :

— Oui, mon brave père Fario, je te ferai cadeau d'une magnifique charrette, si tu veux me donner deux cent cinquante francs ; mais je ne garantis pas qu'elle sera, comme celle-ci, faite aux tours.

Cette dernière plaisanterie trouva Fario froid comme s'il s'agissait de conclure un marché.

— Dame ! répliqua-t-il, vous me donneriez de quoi me remplacer ma pauvre charrette, que vous n'auriez jamais mieux employé l'argent du père Rouget.

Max pâlit, il leva son redoutable poing sur Fario ; mais Baruch, qui savait qu'un pareil coup ne frapperait pas seulement sur l'Espagnol, enleva Fario comme une plume et dit tout bas à Max :

— Ne va pas faire des bêtises !

Le commandant, rappelé à l'ordre, se mit à rire et répondit à Fario :

— Si je t'ai par mégarde, fracassé ta charrette, tu essaies de me calomnier, nous sommes quittes.

— Pas core ! dit en murmurant Fario. Mais je suis bien aise de savoir ce que valait ma charrette !

— Ah ! Max, tu trouves à qui parler ! dit un témoin de cette scène qui n'appartenait pas à l'Ordre de la Désœuvrance.

— Adieu, monsieur Gilet, je ne vous remercie pas encore de votre coup de main, fit le marchand de grains en enfourchant son cheval et disparaissant au milieu d'un hourra.

— On vous gardera le fer des cercles !... lui cria un charron venu pour contempler l'effet de cette chute.

Un des limons s'était planté droit comme un arbre. Max restait pâle et pensif, atteint au cœur par la phrase de l'Espagnol. On parla pendant cinq jours à Issoudun de la charrette à Fario. Elle était destinée à voyager, comme dit le fils Goddet, car elle fit le tour du Berry où l'on se raconta les plaisanteries de Max et de Baruch. Ainsi, ce qui fut le plus sensible à l'Espagnol, il était encore huit jours après l'événement la fable de trois Départements, et le sujet de toutes les disettes. Max et la Rabouilleuse, à propos des terribles réponses du vindicatif Espagnol, furent aussi le sujet de mille commentaires qu'on se disait à l'oreille dans Issoudun, mais tout haut à Bourges, à Vatan, à Vierzon et à Châteauroux. Maxence Gilet connaissait assez le pays pour deviner combien ces propos devaient être envenimés.

— On ne pourra pas les empêcher de causer, pensait-il. Ah ! j'ai fait là un mauvais coup.

— Hé bien ! Max, lui dit François en lui prenant le bras, ils arrivent ce soir...

— Qui ?...

— Les Bridau ! Ma grand'mère vient de recevoir une lettre de sa filleule.

— Écoute, mon petit, lui dit Max à l'oreille, j'ai réfléchi profondément à cette affaire. Flore ni moi, nous ne devons pas paraître en vouloir aux Bridau. Si les héritiers quittent Issoudun, c'est vous autres, les Hochon, qui devez les renvoyer. Examine bien ces Parisiens ; et, quand je les aurai toisés, demain, chez la Cognette, nous verrons ce que nous pourrons leur faire et comment les mettre mal avec ton grand-père?...

— L'Espagnol a trouvé le défaut de la cuirasse à Max, dit Baruch à son cousin François en rentrant chez monsieur Hochon et regardant leur ami qui rentrait chez lui.

Pendant que Max faisait son coup, Flore, malgré les recommandations de son commensal, n'avait pu contenir sa colère ; et, sans savoir si elle se servait ou si elle dérangeait les plans, elle éclatait contre le pauvre célibataire. Quand Jean-Jacques encourut la colère de sa bonne, on lui supprimait tout d'un coup les soins et les chatteries vulgaires qui faisaient sa joie. Enfin, Flore mettant son maître en pénitence. Ainsi, plus de ces petits mots d'affection dont elle ornait la conversation avec des tonalités différentes et des regards plus ou moins tendres : — mon petit chat, — mon gros bichon, — mon bibi, — mon chou, — mon rat, etc .. Un *vous* sec et froid, ironiquement respectueux, entrait alors dans le cœur du malheureux garçon comme une lame de couteau. Ce *vous* servait de déclaration de guerre. Puis, au lieu d'assister au lever du bonhomme, de lui donner ses affaires, de prévoir ses désirs, de le regarder avec cette espèce d'admiration que toutes les femmes savent exprimer, et qui, plus elle est grossière, plus elle charme, en lui disant : — Vous êtes frais comme une rose ! — Allons, vous vous portez à merveille. — Que tu es beau, vieux Jean ! — enfin au lieu de le régaler pendant son lever des drôleries et des gaudrioles qui l'amusaient, Flore le laissait s'habiller tout seul. S'il appelait la Rabouilleuse, elle répondait du bas de l'escalier : — Eh ! je ne puis pas tout faire à la fois, veiller à votre déjeuner, et vous servir dans votre chambre. N'êtes-vous pas assez grand garçon pour vous habiller tout seul ?

— Mon Dieu ! que lui ai-je fait ? se demanda le vieillard en recevant une de ces rebuffades au moment où il demanda de l'eau pour se faire la barbe.

— Védie, montez de l'eau chaude à monsieur, cria Flore.

— Védie ?... fit le bonhomme hébété par l'appréhension de la colère qui pesait sur lui, Védie, qu'a donc madame ce matin ?

Flore Brazier se faisait appeler madame par son maître, par Védie, par Kouski et par Max.

— Elle aurait, à ce qu'il paraît, appris quelque chose de vous qui ne serait pas beau, répondit Védie en prenant un air profondément affecté. Vous avez tort, monsieur. Tenez, je ne suis qu'une pauvre servante, et je n'ai que faire de fourrer le nez dans vos affaires ; mais vous chercheriez parmi toutes les femmes de la terre, comme ce roi de l'Ecriture Sainte, vous ne trouveriez pas la pareille à madame. Vous devriez baiser la marque de ses pas par où elle passe... Dame ! si vous lui donnez du chagrin, c'est vous percer le cœur à vous-même ! Enfin elle en avait les larmes aux yeux.

Védie laissa le pauvre homme atterré, il tomba sur un fauteuil, regarda dans l'espace comme un fou mélancolique, et oublia de faire sa barbe. Ces alternatives de tendresse et de froideur opéraient sur cet être faible, qui ne vivait que par la fibre amoureuse, les effets morbides produits sur le corps par le passage subit d'une chaleur tropicale à un froid polaire. C'étaient autant de pleurésies morales qui l'usaient comme autant de maladies. Flore, seule au monde, pouvait agir ainsi sur lui ; car, uniquement pour elle, il était aussi bon qu'il était niais.

— Hé bien ! vous n'avez pas fait votre barbe ? dit-elle en se montrant sur la porte.

Elle causa le plus violent sursaut au père Rouget qui, de pâle et défait, devint rouge pour un moment sans oser se plaindre de cet assaut.

— Votre déjeuner vous attend ! Mais vous pouvez bien descendre en robe de chambre et en pantoufles, allez, vous déjeunerez seul.

Et, sans attendre de réponse, elle disparut. Laisser le bonhomme déjeuner seul était celle de ses pénitences qui lui causait le plus de chagrin : il aimait à causer en mangeant. En arrivant au bas de l'escalier, Rouget fut pris par une quinte, car l'émotion avait réveillé son catarrhe.

— Tousse ! tousse ! dit Flore dans la cuisine, sans s'inquiéter d'être ou non entendue par son maître. Pardè, le vieux scélérat est assez fort pour résister aussi qu'on puisse s'inquiéter de lui. S'il tousse jamais son âme, celui-là, ce ne sera qu'après nous...

Telles étaient les aménités que la Rabouilleuse adressait à Rouget en ses momens de colère. Le pauvre homme s'assit dans une profonde tristesse, au milieu de la salle, au coin de la table, et regarda ses vieux meubles, ses vieux tableaux d'un air désolé.

— Vous auriez bien pu mettre une cravate, dit Flore

en entrant. Croyez-vous que c'est agréable à voir un cou comme le vôtre qu'est plus rouge, plus ridé que celui d'un dindon.

— Mais que vous ai-je fait ? demanda-t-il en levant ses gros yeux vert-clair pleins de larmes vers Flore en affrontant sa mine froide.

— Ce que vous avez fait ?. . dit-elle. Vous ne le savez pas ! En voilà un hypocrite !... Votre sœur Agathe, qui est votre sœur comme je suis celle de la Tour d'Issoudun, à entendre votre père, et qui ne vous est de rien du tout, arrive de Paris avec son fils, ce méchant peintre de deux sous, et viennent vous voir...

— Ma sœur et mes neveux viennent à Issoudun ?... dit-il tout stupéfait.

— Oui, jouez l'étonné, pour me faire croire que vous ne leur avez pas écrit de venir ? C'te malice cousue de fil blanc ! Soyez tranquille, nous ne troublerons point vos Parisiens, car, n'avant qu'ils n'aient mis les pieds ici, les nôtres n'y feront plus de poussière. Max et moi nous serons partis pour ne jamais revenir. Quant à votre testament, je le déchirerai en quatre morceaux, à votre nez et à votre barbe, entendez-vous... Vous laisserez votre bien à votre famille, puisque nous ne sommes pas votre famille. Après, vous verrez si vous êtes aimé pour vous-même par des gens qui ne vous ont pas vu depuis trente ans, qui ne vous ont même jamais vu ! C'est pas votre sœur qui me remplacera ! Une dévote à trente-six carats !

— N'est-ce que cela, ma petite Flore ? dit le vieillard, je ne recevrai ni ma sœur, ni mes neveux... Je te jure que voilà la première nouvelle que j'ai de leur arrivée, et c'est un coup monté par madame Hochon, la vieille dévote...

Max, qui put entendre la réponse du père Rouget, se montra tout à coup en disant d'un ton de maître :

— Qu'y a-t-il ?...

— Mon bon Max, reprit le vieillard heureux d'acheter la protection du soldat, qui par une convention faite avec Flore prenait toujours le parti de Rouget, je jure par ce qu'il y a de plus sacré que je viens d'apprendre la nouvelle. Je n'ai jamais écrit à ma sœur : mon père m'a fait promettre de ne lui rien laisser de mon bien, de le donner plutôt à l'église... Enfin, je ne recevrai ni ma sœur Agathe, ni ses fils.

— Votre père avait tort, mon cher Jean-Jacques, et madame a plus tort encore, répondit Max. Votre père avait ses raisons, il est mort, sa haine doit mourir avec lui... Votre sœur est votre sœur, vos neveux sont vos neveux. Vous vous devez vous-même de les bien accueillir, et à nous aussi. Que dirait-on dans Issoudun ?... S... tonnerre ! j'en ai assez sur le dos, il ne manquerait plus que de m'entendre dire que nous vous séquestrons, que nous n'êtes pas libre, que nous vous avons animé contre vos héritiers, que nous captons votre succession... Que le diable m'emporte si je ne déserte pas le camp à la seconde calomnie ! Et c'est assez d'une ! Déjeunons.

Flore, redevenue douce comme une hermine, aida la Védie à mettre le couvert. Le père Rouget, plein d'admiration pour Max, le prit par les mains, l'emmena dans l'embrasure d'une des croisées, et lui dit à voix basse :

— Ah ! Max, j'aurais un fils, je ne l'aimerais pas autant que je t'aime. Et Flore avait raison : à vous deux, vous êtes ma famille... Tu es de l'honneur, Max, et tout ce que tu viens de dire est très bien.

— Vous devez fêter votre sœur et votre neveu, mais ne rien changer à vos dispositions, lui dit alors Max en l'interrompant. Vous satisferez ainsi votre père et le monde...

— Eh bien ! mes chers petits amours, s'écria Flore d'un ton gai, le salmis va se refroidir. Tiens, mon vieux rat, voilà une aile, dit-elle en souriant à Jean-Jacques Rouget.

A ce mot, la figure chevaline du bonhomme perdit ses teintes cadavéreuses ; il eut, sur ses lèvres pendantes, un sourire de thériaki ; mais la toux le reprit, car le bonheur de rentrer en grâce lui donnait une émotion aussi violente que celle d'être en pénitence. Flore se leva, s'arracha de dessus les épaules un petit châle de cachemire, et le mit en cravate au cou du vieillard en lui disant :

— C'est bête de se faire du mal comme ça pour des riens. Tenez, vieil imbécile ! ça vous fera du bien, c'était sur mon cœur...

— Quelle bonne créature ! dit Rouget à Max pendant que Flore alla chercher un bonnet de velours noir pour en couvrir la tête presque chauve du célibataire.

— Aussi bonne que belle, répondit Max, mais elle est vive, comme ceux qui ont le cœur sur la main.

Peut-être blâmera-t-on la crudité de cette peinture, et trouvera-t-on les éclats du caractère de la Rabouilleuse empreints de ce vrai que le peintre doit laisser dans l'ombre ? Hé bien ! cette scène, cent fois recommencée avec d'épouvantables variantes, est, dans sa forme grossière et dans son horrible véracité, le type de celles que jouent toutes les femmes, à quelque bâton de l'échelle sociale qu'elles soient perchées, quand un intérêt quelconque les a diverties de leur ligne d'obéissance et qu'elles ont saisi le pouvoir. Comme chez les grands politiques, à leurs yeux tous les moyens sont légitimés par la fin. Entre Flore Brazier et la duchesse, entre la duchesse et la plus riche bourgeoise, entre la bourgeoise et la femme la plus splendidement entretenue, il n'y a de différences que celles dues à l'éducation qu'elles ont reçue et aux milieux où elles vivent. Les bouderies de la grande dame remplacent les violences de la Rabouilleuse. A tout étage, les amères plaisanteries, les moqueries spirituelles, un froid dédain, les plaintes hypocrites, de fausses querelles, obtiennent le même succès que les propos populaciers de cette madame Everard d'Issoudun.

Max se mit à raconter si drôlement l'histoire de Fario, qu'il fit rire le bonhomme. Védie et Kouski, venus pour entendre ce récit, éclatèrent dans le couloir. Quant à Flore, elle fut prise du fou-rire. Après le déjeuner, pendant que Jean-Jacques lisait les journaux, car on s'était abonné au *Constitutionnel* et à la *Pandore*, Max emmena Flore chez lui.

— Es-tu sûre que, depuis qu'il t'a instituée son héritière, il n'a pas fait quelque autre testament ?

— Il n'a pas de quoi écrire, répondit elle.

— Il a pu en dicter un à quelque notaire, fit Max. S'il ne l'a pas fait, il faut prévoir ce cas-là. Donc, accueillons à merveille les Bridau, mais tâchons de réaliser, et promptement, tous les placements hypothécaires. Nos notaires ne demanderont pas mieux que de faire des transports : ils y trouvent à boire et à manger. Les rentes montent tous les jours ; on va conquérir l'Espagne, et délivrer Ferdinand VII de ses Cortès : ainsi, l'année prochaine, les rentes dépasseront peut-être le pair. C'est donc une bonne affaire que de mettre les sept cent cinquante mille francs du bonhomme sur le Grand-livre à 89 !... Seulement essaie de les faire mettre en ton nom. Ce sera toujours cela de sauvé !

— Une fameuse idée, dit Flore.

— Et, comme on aura cinquante mille francs de rentes pour huit cent quatre-vingt-dix mille francs, il faudrait lui faire emprunter cent quarante mille francs pour deux ans, à rendre par moitié. En deux ans, nous toucherons cent mille francs de Paris, et quatre-vingt-dix ici, nous ne risquons donc rien.

— Sans toi, mon beau Max, que serions-nous devenus ? dit-elle.

— Oh ! demain soir, chez la Cognette, après avoir vu les Parisiens, je trouverai les moyens de les faire congédier par les Hochon eux-mêmes.

— As-tu de l'esprit, mon ange ! Tiens, tu es un amour d'homme.

La place Saint-Jean est située au milieu d'une rue appelée Grande-Narette dans sa partie supérieure, et Petite-Narette dans l'inférieure. En Berry, le mot Narette exprime la même situation de terrain que le mot génois *salita*, c'est-à-dire une rue en pente raide. La Narette est très rapide de la place Saint-Jean à la porte Vilatte. La maison du

vieux monsieur Hochon est en face de celle où demeurait Jean-Jacques Rouget. Souvent on voyait, par celle des fenêtres de la salle où se tenait madame Hochon, ce qui se passait chez le père Rouget, et *vice versâ*, quand les rideaux étaient tirés ou que les portes restaient ouvertes. La maison de monsieur Hochon ressemble tant à celle de Rouget, que ces deux édifices furent sans doute bâtis par le même architecte. Hochon, jadis receveur des Tailles à Selles en Berry, né d'ailleurs à Issoudun, était revenu s'y marier avec la sœur du Subdélégué, le galant Lousteau, en échangeant sa place de Selles contre la recette d'Issoudun. Déjà retiré des affaires en 1786, il évita les orages de la Révolution, aux principes de laquelle il adhéra d'ailleurs pleinement, comme tous les *honnêtes gens* qui hurlent avec les vainqueurs. Mais ne serait-ce pas s'exposer à des redites que de le peindre ? Un des traits d'avarice qui le rendirent célèbre suffira sans doute pour vous expliquer monsieur Hochon tout entier.

Lors du mariage de sa fille, alors morte, et qui épousait un Borniche, il fallut donner à dîner à la famille Borniche. Le prétendu, qui devait hériter d'une grande fortune, mourut de chagrin d'avoir fait de mauvaises affaires, et surtout du refus de ses père et mère qui ne voulurent pas l'aider. Ces vieux Borniche vivaient encore en ce moment, heureux d'avoir vu monsieur Hochon se chargeant de la tutelle, à cause de la dot de sa fille qu'il se fit fort de sauver. Le jour de la signature du contrat, les grands parents des deux familles étaient réunis dans la salle, les Hochon d'un côté, les Borniche de l'autre, tous endimanchés. Au milieu de la lecture du contrat que faisait gravement le jeune notaire Héron, la cuisinière entre et demande à monsieur Hochon de la ficelle pour ficeler un dinde, partie essentielle du repas. L'ancien receveur des Tailles tire du fond de la poche de sa redingote un bout de ficelle qui sans doute avait déjà servi à quelque paquet, il le donna ; mais avant que la servante eût atteint la porte, il lui cria :

— Gritte, tu me le rendras !...

Gritte est en Berry l'abréviation usitée de Marguerite.

Vous comprenez dès lors et monsieur Hochon et la plaisanterie faite par la ville sur cette famille composée du père, de la mère et de trois enfans : les cinq Hochon !

D'année en année, le vieil Hochon était devenu plus vétilleux, plus soigneux, et il avait en ce moment quatre-vingt-cinq ans ! Il appartenait à ce genre d'hommes qui se baissent au milieu d'une rue, par une conversation animée, qui ramassent une épingle en disant : « Voilà la journée d'une femme ! » et qui piquent l'épingle au parement de leur manche. Il se plaignait très bien de la mauvaise fabrication des draps modernes, en faisant observer que sa redingote ne lui avait duré que dix ans. Grand, sec, maigre, à teint jaune, parlant peu, lisant peu, ne se fatiguant point, observateur des formes comme un Oriental, il maintenait au logis un régime d'une grande sobriété, mesurant le boire et le manger à sa famille, d'ailleurs assez nombreuse, et composée de sa femme, née Lousteau, de son petit-fils Baruch et de sa sœur Adolphine, héritiers des vieux Borniche, enfin de son autre petit-fils François Hochon.

Hochon, son fils aîné, pris en 1813 par cette réquisition d'enfans de famille échappés à la conscription et appelés *les gardes d'honneur*, avait péri au combat d'Hanau. Cet héritier présomptif avait épousé de très bonne heure une femme riche, afin de ne pas être repris par une conscription quelconque ; mais alors il mangea toute sa fortune en prévoyant sa fin. Sa femme, qui suivit de loin l'armée française, mourut à Strasbourg en 1814, y laissant des dettes que le vieil Hochon ne paya point, en opposant aux créanciers cet axiome de l'ancienne jurisprudence : *Les femmes sont des mineurs.*

On pouvait donc toujours dire les cinq Hochon, puisque cette maison se composait encore de trois petits enfans et des deux grands parents. Aussi la plaisanterie durait-elle toujours, car aucune plaisanterie ne vieillit en province. Gritte alors âgée de soixante ans, suffisait à tout.

La maison. quoique vaste, avait peu de mobilier. Néanmoins on pouvait très bien loger Joseph et madame Bridau dans deux chambres au deuxième étage. Le vieil Hochon se repentit alors d'y avoir conservé deux lits accompagnés chacun d'eux d'un vieux fauteuil en bois naturel et garni en tapisserie, d'une table en noyer sur laquel e figurait un pot à eau du genre dit Gueulard, dans sa cuvette bordée de bleu. Le vieillard mettait sa récolte de pommes et de poires d'hiver, de nèfles et de coings sur de la paille dans ces deux chambres où dansaient les rats et les souris : aussi exhalaient-elles une odeur de fruit et de souris. Madame Hochon y fit tout nettoyer : le papier décollé par places fut recollé au moyen de pains à cacheter, elle orna les fenêtres de petits rideaux qu'elle tailla dans de vieux *fourreaux* de mousseline à elle. Puis, sur le refus de son mari d'acheter de petits tapis en lisière, elle donna *sa descente de lit* à sa petite Agathe, en di ant de cette mère de quarante-sept ans sonnés : pauvre petite ! Madame Hochon emprunta deux tables de nuit aux Borniche, et loua très audacieusement chez un fripier, le voi·in de la Cognette, deux vieilles commodes à poignées de cuivre. Elle conservait deux pai res de flambeaux en bois précieux, tournées par son propre père qui avait la manie du *tour*. De 1770 à 1780, ce fut un ton chez les gens riches d'apprendre un métier, et mon-sieur Lousteau le père, ancien premier commis des aides, fut tourneur, comme Louis XVI fut serrurier. Ses flam-beaux avaient pour garnitures des cercles en racines de ro-sier, de pêcher, d'abricotier. Madame Hochon risqua ces précieuses rel ques !... Ces préparatifs et ce sacrifice redou-blèrent la gravité de monsieur Hochon, qui ne croyait pas encore à l'arrivée de monsieur Bridau.

Le matin même de cette journée illustrée par le tour fait à Fario. madame Hochon dit après le déjeuner à son mari : — J'espère, Hochon, que vous recevrez comme il faut madame Bridau, ma filleule. Puis, après s'être assurée que ses petits-enfans étaient partis, elle ajouta : — Je suis maîtresse de mon bien, ne me contraignez pas à dédom-mager Agathe dans mon testament de quelque mauvais accueil.

— Croyez-vous, madame, répondit Hochon d'une voix douce, qu'à mon âge je ne connaisse pas la civilité puérile et honnête.

— Vous savez bien ce que je veux dire, vieux sournois. Soyez aimable pour nos hôtes, et souvenez-vous combien j'aime Agathe...

— Vous aimiez aussi Maxence Gillet, qui a dévoré une succession due à votre chère Agathe !.. Ah ! vous avez réchauffé là un serpent dans votre sein ; mais, après tout, l'argent des Rouget devait appartenir à un Lousteau quel-conque.

Après cette allusion à la naissance présumée d'Agathe et de Max, Hochon voulut sortir ; mais la vieille madame Hochon, femme encore droite et sèche, coiffée d'un bon-net rond à coques et poudrée, ayant une jupe de taffetas gorge de pigeon, à manches justes, et les pieds dans des mules, posa sa tabatière sur sa petite table, et dit : — En vérité, comment un homme d'esprit comme vous, mon-sieur Hochon, peut-il répéter des niaiseries qui, malheu-reusement, ont coûté le repos à ma pauvre amie et la for-tune de son père à ma pauvre filleule ? Max Gilet n'est pas le fils de mon frère, à qui j'ai bien conseillé dans le temps d'épargner ses écus. Enfin, vous savez aussi bien que moi que madame Rouget était la vertu même...

— Et la fille est digne de la mère, car elle me paraît bien bête. Après avoir perdu toute sa fortune, elle a si bien élevé ses enfans, qu'en voilà un en prison sous le coup d'un procès criminel à la Cour des Pairs, pour le fait d'une conspiration à la Berton Quant à l'autre, il est dans une situation pire, il est peintre !... si vos protégés restent ici jusqu'à ce qu'ils aient dépétré cet imbécile de Rouget des griffes de la Rabouilleuse et de Gilet nous mangerons plus d'un minot de sel avec eux.

— Assez, monsieur Hochon, souhaitez qu'ils en tirent pied ou aile...

Monsieur Hochon prit son chapeau, sa canne à pomme d'ivoire, et sortit pétrifié par cette terrible phrase, car il ne croyait pas à tant de résolution chez sa femme. Ma-dame Hochon, elle, prit son livre de prières pour lire l'Or-dinaire de la Messe, car son grand âge l'empêchait d'aller tous les jours à l'église : elle avait de la peine à s'y rendre les dimanches et les jours fériés. Depuis qu'elle avait reçu la réponse d'Agathe, elle ajoutait à ses prières habituelles une prière pour supplier Dieu de dessiller les yeux à Jean-Jacques Rouget, de bénir Agathe, et de faire réussir l'entre-prise à laquelle elle l'avait poussée. En se cachant de ses deux petits enfans, à qui elle reprochait d'être des *par-paillots*, elle avait prié le curé de dire, pour ce succès, des messes pendant une neuvaine accomplie par sa petite fille Adolphine Borniche, qui s'acquittait des prières à l'église par procuration.

Adolphine, alors âgée de dix-huit ans, et qui, depuis sept ans, travaillait aux côtés de sa grand'mère dans cette froide maison à mœurs méthodiques et monotones, fit d'au-tant plus vo ontiers la neuvaine qu'elle souhaitait inspirer quelque sentiment à Joseph Bridau, cet artiste incompris par madame Hochon, dont elle prenait le mépris si vif in-térêt à cause des monstruosités que son grand-père prêtait à ce jeune Parisien.

Les vieillards, les gens sages, la tête de la ville, les pè-res de famille, approuvaient d'ailleurs la conduite de ma-dame Hochon ; et leurs vœux en faveur de sa filleule et de ses enfans étaient d'accord avec le mépris secret que leur inspirait depuis longtemps la conduite de Maxence Gilet. Ainsi la nouvelle de l'arrivée de la sœur et du ne-veu du père Rouget produisit deux partis dans Issoudun : celui de la haute et vieille bourgeoisie, qui devait se con-tenter de faire des vœux et de regarder les événemens sans y aider ; celui des Chevaliers de la Désœuvrance et des partisans de Max, qui malheureusement étaient capables de commettre bien des malices à l'encontre des Parisiens.

Ce jour-là donc, Agathe et Joseph débarquèrent sur la place Mi-ère, au bureau des Messageries, à trois heures. Quoique fatiguée, madame Bridau se sentit rajeunie à l'as-pect de son pays natal, où elle reprenait à chaque pas ses souvenirs et ses impressions de jeunesse. Dans les condi-tions où se trouvait alors la ville d'Issoudun, l'arrivée des Parisiens fut sue dans toute la ville à la fois en dix minutes. Madame Hochon alla sur le pas de sa porte pour recevoir sa filleule, et l'embrassa comme si c'eût été sa fille. Après avoir parcouru pendant soixante-douze ans une carrière à la fois vide et monotone où, en se retournant, elle comp-tait les cercueils de ses trois enfans, morts tous malheu-reux, elle s'était fait une sorte de maternité factice pour une jeune personne qu'elle avait vue, selon une ex-pres-sion, dans ses poches pendant seize ans. Dans les ténèbres de la province, elle avait caressé cette vieille amitié, cette enfance et ses souvenirs, comme si Agathe eût été pré-sente ; aussi s'était-elle passionnée pour les intérêts des Bridau. Agathe fut menée en triomphe dans la salle où le digne monsieur Hochon resta froid comme un four miné.

— Voilà monsieur Hochon, comment le trouves-tu ? la marraine à sa filleule.

— Mais absolument comme quand je l'ai quitté, dit la Parisienne.

— Ah ! l'on voit que vous venez de Paris, vous êtes complimenteuse, dit le vieillard.

Les présentations eurent lieu ; celle du petit Baruch Bor-niche, grand jeune homme de vingt-deux ans ; celle du petit François Hochon, âgé de vingt-quatre ans, et celle de la petite Adolphine, qui rougissait, ne savait que faire de ses bras et surtout de ses yeux ; car elle ne voulait pas avoir l'air de regarder Joseph Bridau, curieusement obser-vé par les deux jeunes gens et par le vieux Hochon, mais à des points de vue différens. L'avare se disait : — Il sort de l'hôpital, il doit avoir faim comme un convalescent. Les deux jeunes gens se disaient : — Quel brigand ! quelle tête ! il nous donnera bien du fil à retordre.

— Voir mon fils le peintre, mon bon Joseph ! dit enfin Agathe en montrant l'artiste.

Il y eut dans l'accent du mot *bon* un effort où se révélait tout le cœur d'Agathe qui pensait à la prison du Luxembourg.

— Il a l'air malade, s'écria madame Hochon, il ne te ressemble pas.

— Non, madame, reprit Joseph avec la brutale naïveté de l'artiste, je ressemble à mon père, et en laid encore.

Madame Hochon serra la main d'Agathe qu'elle tenait, et lui jeta un regard. Ce geste, ce regard voulaient dire : — Ah ! je conçois bien, mon enfant, que tu lui préfères ce mauvais sujet de Philippe.

— Je n'ai jamais vu votre père, mon cher enfant, répondit hâu e voix madame Hochon ; mais il vous suffit d'être le fils de votre mère pour que je vous aime. D'ailleurs vous avez du talent, à ce que m'écrivait feu madame Descoings, la seule de la maison qui me donnait de vos nouvelles dans les derniers temps.

— Du talent ! fit l'artiste, pas encore ; mais, avec le temps et la patience, peut-être pourrai-je gagner à la fois gloire et fortune.

— En peignant ?... dit monsieur Hochon avec une profonde ironie.

— Allons, Adolphine, dit madame Hochon, va voir au dîner.

— Ma mère, dit Joseph, je vais faire placer nos malles qui arrivent.

— Hochon, montre les chambres à monsieur Bridau, dit la grand'mère à François.

Comme le dîner se servait à quatre heures et qu'il était trois heures et demie, Baruch alla dans la ville donner des nouvelles de la famille Bridau, peindre la toilette d'Agathe, et surtout Joseph, dont la figure ravagée, maladive, et si caractérisée ressemblait au portrait idéal que l'on se fait d'un brigand. Dans tous les ménages, ce jour-là, Joseph défraya la conversation.

— Il paraît que la sœur du père Rouget a eu pendant sa grossesse un regard de quelque singe, disait-on ; son fils ressemble à un macaque. — Il a une figure de brigand, et des yeux de basilic. — On dit qu'il est curieux à voir, effrayant. — Tous les artistes à Paris sont comme cela. — Ils sont méchants comme des ânes rouges, et malicieux comme des singes. — C'est même dans leur état. — Je viens de voir monsieur Beaussier, qui dit qu'il ne voudrait pas le rencontrer la nuit au coin d'un bois ; il l'a vu à la diligence. Il a dans la figure des salières comme un cheval, et il fait des gestes de fou. Ce garçon-là paraît être capable de tout ; c'est lui qui peut-être est cause que son frère, qui était un grand bel homme, a mal tourné. — La pauvre madame Bridau n'a pas l'air d'être heureuse avec lui. — Si nous profitions de ce qu'il est ici pour *faire tirer* nos portraits.

Il résulta de ces opinions, semées comme par le vent dans la ville, une excessive curiosité. Tous ceux qui avaient le droit d'aller voir les Hochon se promirent de leur faire visite le soir même pour examiner les Parisiens. L'arrivée de ces deux personnages équivalait comme à Issoudun à la solive tombée au milieu des grenouilles.

Après avoir mis les effets de sa mère et les siens dans les deux chambres en mansarde et les avoir examinés, Joseph observa cette maison silencieuse où les murs, l'escalier, les boiseries, étaient sans ornement et dit étaient si froid, où il n'y avait en tout que le strict nécessaire. Il fut alors saisi de ce brusque transport du poétique Paris au muette et sèche province. Mais quand, en descendant, il aperçut monsieur Hochon coupant lui-même pour chacun des tranches de pain, il comprit, pour la première fois de sa vie, Harpagon de Molière.

— Nous aurions mieux fait d'aller à l'auberge, se dit-il en lui-même.

L'aspect du dîner confirma ses appréhensions. Après une soupe dont le bouillon clair annonçait qu'on tenait plus à la quantité qu'à la qualité, on servit un bouilli triomphalement entouré de persil. Les légumes, mis à part dans un plat, comptaient dans l'ordonnance du repas. Ce bouilli trônait au milieu de la table, accompagné de trois autres plats : des œufs durs sur de l'oseille placés en face des légumes ; puis une salade tout accommodée à l'huile de noix en face de petits pots de crème où la vanille était remplacée par de l'avoine brûlée, et qui ressemble à la vanille comme le café de chicorée ressemble au moka. Du beurre et des radis dans deux plateaux aux deux extrémités, des raids noirs et des cornichons complétaient ce service, qui eut l'approbation de madame Hochon. La bonne vieille fit un signe de tête en femme heureuse de voir que son mari, pour le premier jour du moins, avait bien fait les choses. Le vieillard répondit par une œillade et un mouvement d'épaules facile à traduire : — Voilà les folies que vous me faites faire !...

Immédiatement après avoir été comme disséqué par monsieur Hochon en tranches semblables à des semelles d'escarpins, le bouilli fut remplacé par trois pigeons. Le vin du cru fut du vin de 1811. Par un conseil de sa grand'-mère, Adolphine avait orné de deux bouquets les bouts de la table.

— A la guerre comme à la guerre, pensa l'artiste en contemplant la table.

Et il se mit à manger en homme qui avait déjeuné à Vierzon, à six heures du matin, d'une exécrable tasse de café. Quand Joseph eut avalé son pain, et qu'il en redemanda, monsieur Hochon se leva, chercha lentement une clef dans le fond de la poche de sa redingote, ouvrit une armoire derrière lui, brandit le chanteau d'un pain de douze livres, en coupa cérémonieusement une autre rouelle, la fendit en deux, la posa sur une assiette et passa l'assiette à travers la table au jeune peintre avec le silence et le sang-froid d'un vieux soldat qui se dit au commencement d'une bataille : « Allons, aujourd'hui, je puis être tué. » Joseph prit la moitié de cette rouelle, et comprit qu'il ne devait plus redemander de pain. Aucun membre de la famille ne s'étonna de cette scène si monstrueuse pour Joseph. La conversation allait son train. Agathe apprit que la maison où elle était née, la maison de son père avant qu'il eût été aux Descoings, avait été achetée par les Borniche, elle manifesta le désir de la revoir.

— Sans doute, lui dit sa marraine, les Borniche viendront ce soir, car nous aurons tout la ville, qui voudra vous examiner, dit-elle à Joseph, et ils vous inviteront à venir chez eux.

La servante apporta pour dessert le fameux fromage mou de la Touraine et du Berry, fait avec du lait de chèvre et qui reproduit si bien en miettes les dessins des feuilles de vigne sur lesquelles on le sert, qu'aurait dû faire inventer la gravure en Touraine. De chaque côté de ces petits fromages, Gritte mit avec une sorte de cérémonie des noix et des biscuits immeubles.

— Allons donc, Gritte, du fruit ? dit madame Hochon.

— Mais, madame, n'y en a plus de pourri, répondit Gritte.

Joseph partit d'un éclat de rire comme s'il était dans son atelier avec ses camarades, car il comprit tout à coup que la précaution de commencer par les fruits attaqués était dégénérée en habitude.

— Bah ! nous les mangerons tout de même, répondit-il avec l'entrain de gaîté d'un homme qui prend son parti.

— Mais va donc, monsieur Hochon ! s'écria la vieille dame.

Monsieur Hochon, très scandalisé du mot de l'artiste, rapporta des pêches de vigne, des poires et des prunes de Sainte-Catherine.

— Adolphine, va nous cueillir du raisin, dit madame Hochon à sa petite-fille.

Joseph regarda les deux jeunes gens d'un air qui disait

— Est-ce à ce régime-là que vous devez vos figures prospères ?...

Baruch comprit ce coup d'œil incisif et se prit à sourire, car son cousin Hochon et lui s'étaient montrés discrets. La vie au logis était assez indifférente à des gens qui soupaient trois fois par semaine chez la Cognette. D'ailleurs, avant le dîner, Baruch avait reçu l'avis que le grand-maître convoquait l'ordre au complet à minuit pour le traiter avec magnificence en demandant un coup de main. Ce repas de bienvenue offert à ses hôtes par le vieil Hochon, explique combien les festoiemens nocturnes chez la Cognette étaient nécessaires à l'alimentation de ces deux grands garçons bien endentés qui n'en manquaient pas un.

— Nous prendrons la liqueur au salon, dit madame Hochon en se levant et demandant par un geste le bras de Joseph. En sortant la première, elle put dire au peintre :

— Eh bien ! mon pauvre garçon, ce dîner ne te donnera pas d'indigestion ; mais j'ai eu bien de la peine à te l'obtenir. Tu feras carême ici, tu ne mangeras que ce qu'il faut pour vivre, et voilà tout. Ainsi prends la table en patience...

La bonhomie de cette excellente vieille qui se faisait ainsi son procès à elle-même plut à l'artiste.

— J'aurai vécu cinquante ans avec cet homme-là, sans avoir entendu vingt écus *ballant* dans ma bourse ! Oh ! s'il ne s'agissait pas de vous sauver une fortune, je ne vous aurais jamais attirés, ta mère et toi, dans ma prison.

— Mais comment vivez-vous encore ? dit naïvement le peintre avec cette gaieté qui n'abandonne jamais les artistes français.

— Ah ! voilà, reprit-elle. Je prie.

Joseph eut un léger frisson en entendant ce mot, qui lui grandissait tellement cette vieille femme qu'il se recula de trois pas pour contempler sa figure ; il la trouva radieuse, empreinte d'une sérénité si tendre qu'il lui dit :

— Je ferai votre portrait !...

— Non, non, dit-elle, je me suis trop ennuyée sur la terre pour vouloir y rester en peinture !

En disant gaiement cette triste parole, elle tirait d'une armoire une fiole contenant du cassis, une liqueur de ménage faite par elle, car elle en avait eu la recette de ces si célèbres religieuses auxquelles on doit le gâteau d'Issoudun, l'une des plus grandes créations de la confiturerie française, et qu'aucun chef d'office, cuisinier, pâtissier et confiturier n'a pu contrefaire. Monsieur de Rivière, ambassadeur à Constantinople, en demandait tous les ans d'énormes quantités pour le sérail de Mahmoud. Adolphine tenait une assiette de laque pleine de ces vieux petits verres à pans gravés et dont le bord est doré ; puis, à mesure que sa grand'mère en remplissait un, elle allait l'offrir.

— A la ronde, mon père en aura ! s'écria gaiement Agathe à qui cette immuable cérémonie rappela sa jeunesse.

— Hochon va tout à l'heure à sa société lire les journaux, nous aurons un petit moment à nous, lui dit tout bas la vieille dame.

En effet, dix minutes après, les trois femmes et Joseph se trouvèrent seuls dans ce salon dont le parquet n'était jamais frotté, mais seulement balayé ; dont les tapisseries encadrées dans des cadres de chêne à gorges et à moulures, dont tout le mobilier simple et presque sombre apparut à madame Bridau dans l'état où elle l'avait laissé. La Monarchie, la Révolution, l'Empire, la Restauration, qui respectèrent peu de chose, avaient respecté cette salle où leurs splendeurs et leurs désastres ne laissaient pas la moindre trace.

— Ah ! ma marraine, ma vie a été cruellement agitée en comparaison de la vôtre, s'écria madame Bridau surprise de retrouver jusqu'à un serin, qu'elle avait connu vivant, empaillé entre la cheminée et la vieille pendule, les vieux bras de cuivre et des flambeaux d'argent.

— Ah ! mon enfant, répondit la vieille femme, les orages sont dans le cœur. Plus nécessaire et grande fut la ré-

signation, plus nous avons eu de luttes avec nous-mêmes. Ne parlons pas de moi, parlons de vos affaires. Vous êtes précisément en face de l'ennemi, reprit-elle en montrant la salle de la maison Rouget.

— Ils se mettent à table, dit Adolphine.

Cette jeune fille, quasi recluse, regardait toujours par les fenêtres espérant saisir quelque lumière sur les énormités imputées à Maxence Gilet, à la Rabouilleuse, à Jean-Jacques, et dont quelques mots arrivaient à ses oreilles quand on la renvoyait pour parler d'eux. La vieille dame dit à sa petite-fille de la laisser seule avec monsieur et madame Bridau jusqu'à ce qu'une visite arrivât.

— Car, dit-elle en regardant les deux Parisiens, je sais mon Issoudun par cœur, nous aurons ce soir dix à douze fournées de curieux.

A peine madame Hochon avait-elle pu raconter aux deux Parisiens les événemens et les détails relatifs à l'étonnant empire conquis sur Jean-Jacques Rouget par la Rabouilleuse et par Maxence Gilet, à prendre la méthode synthétique avec laquelle ils viennent d'être présentés, mais en y joignant les mille commentaires, les descriptions et les hypothèses dont ils étaient ornés par les bonnes et par les méchantes langues de la ville, qu'Adolphine vint annoncer les Borniche, les Beaussier, les Lousteau-Prangin, les Fichet, les Goddet-Héreau, en tout quatorze personnes qui se dessinaient dans le lointain.

— Vous voyez, ma petite, dit, en terminant la vieille dame, que ce n'est pas une petite affaire que de retirer cette fortune de la gueule du loup...

— Cela me semble si difficile avec un gredin comme vous venez de nous le dépeindre, et une commère comme cette luronne-là, que ce doit être impossible, répondit Joseph. Il nous faudrait rester à Issoudun au moins une année pour combattre leur influence et renverser leur empire sur mon oncle... La fortune ne vaut pas ces tracas-là, sans compter qu'il faut s'y déshonorer en faisant mille bassesses. Ma mère n'a que quinze jours de congé, sa place est sûre, elle ne doit pas la compromettre. Moi, j'ai dans le mois d'octobre des travaux importans que Schinner m'a procurés chez un pair de France... Et, voyez-vous, madame, ma fortune à moi est dans mes pinceaux !...

Ce discours fut accueilli par une profonde stupéfaction. Madame Hochon, quoique supérieure relativement à la ville où elle vivait, ne croyait pas à la peinture. Elle regarda sa filleule, et lui serra de nouveau la main.

— Ce Maxence est le second tome de Philippe, dit Joseph à l'oreille de sa mère ; mais avec plus de politique, avec plus de tenue que n'en a Philippe. — Allons, madame ! s'écria-t-il tout haut, nous ne contrarierons pas pendant longtemps monsieur Hochon par notre séjour ici !

— Ah ! vous êtes jeune, vous ne savez rien du monde, dit la vieille dame. En quinze jours, avec un peu de politique, on peut obtenir quelques résultats ; écoutez mes conseils, et conduisez-vous d'après mes avis.

— Oh ! bien volontiers, répondit Joseph, je me sens d'une incapacité mirobolante en fait de politique domestique ; et je ne sais pas, par exemple, ce que Desroches lui-même nous dirait de faire si, demain, mon oncle refuse de nous voir ?

Mesdames Borniche, Goddet-Héreau, Beaussier, Lousteau-Prangin et Fichet, ornées de leurs époux, entrèrent. Après les complimens d'usage, quand ces quatorze personnes furent assises, madame Hochon ne put se dispenser de leur présenter sa filleule Agathe et Joseph. Joseph resta sur un fauteuil occupé sournoisement à étudier les soixante figures qui, de cinq heures et demie à neuf heures, vinrent poser devant lui *gratis*, comme il le dit à sa mère. L'attitude de Joseph pendant cette soirée en face des patriciens d'Issoudun ne fit pas changer l'opinion de la petite ville sur son compte : chacun s'en alla saisi de ses regards moqueurs, inquiet de ses sourires, ou effrayé de cette figure, sinistre pour des gens qui ne savaient pas reconnaître l'étrangeté du génie.

A dix heures, quand tout le monde se coucha, la marraine garda sa filleule dans sa chambre jusqu'à minuit. Sûres d'être seules, ces deux femmes, en se contiant les chagrins de leur vie, échangèrent alors leurs douleurs. En reconnaissant l'immensité du désert où s'était perdue la force d'un belle âme inconnue, en écoutant les derniers retontissemens de cet esprit dont la destinée fut manquée, en apprenant les souffrances de ce cœur essentiellement généreux et charitable, dont la générosité, dont la charité ne s'étaient jamais exercées, Agathe ne se regarda plus comme la plus malheureuse en voyant combien de distractions et de petits bonheurs l'existence parisienne avait apportés aux amertunies envoyés par Dieu.

— Vous qui êtes pieuse, ma marraine, expliquez-moi mes fautes, et dites-moi ce que Dieu punit en moi?...

— Il nous prépare, mon enfant, répondit la vieille dame au moment où minuit sonna.

A minuit, les Chevaliers de la Désœuvrance se rendaient un à un comme des ombres sous les arbres du boulevard Baron, et s'y promenaient en causant à voix basse.

— Que va-t-on faire? fut la première parole de chacun en s'abordant.

— Je crois, dit François, que l'intention de Max est tout bonnement de nous régaler.

— Non, les circonstances sont graves pour la Rabouilleuse et pour lui. Sans doute, il aura conçu quelque farce contre les Parisiens...

— Ce serait assez gentil de les renvoyer.

— Mon grand-père, dit Baruch, déjà très effrayé d'avoir deux bouches de plus dans la place, saisirait avec joie un prétexte...

— Eh bien! chevaliers! s'écria doucement Max en arrivant, pourquoi regarder les étoiles? elles ne nous distilleront pas du kirsch. Allons! à la Cognette! à la Cognette!

— A la Cognette!

Ce cri poussé en commun produisit une clameur horrible qui passa sur la ville comme un hourra de troupes à l'assaut ; puis, le plus profond silence régna. Le lendemain, plus d'une personne dut dire à sa voisine : — Avez-vous entendu cette nuit, vers une heure, des cris affreux? j'ai cru que le feu était quelque part.

Un souper digne de la Cognette égaya les regards des vingt-deux convives, car l'Ordre fut au grand complet. A deux heures, au moment où l'on commençait à *siroter*, mot du dictionnaire de la Désœuvrance et qui peint au juste l'action de boire à petites gorgées en dégustant le vin, Max prit la parole.

— Mes chers enfans, ce matin, à propos du tour mémorable que nous avons fait avec la charrette de Fario, votre Grand-Maître a été si fortement atteint dans son honneur par ce vil marchand de grains, et de plus Espagnol!... (oh! les pontons !...), que j'ai résolu de faire sentir le poids de ma vengeance d'une si drôle, tout en restant dans les conditions de nos amusemens. Après y avoir réfléchi pendant toute la journée, j'ai trouvé le moyen de mettre à exécution une excellente farce, une farce capable de le rendre fou. Tout en vengeant l'Ordre atteint en ma personne, nous nourrirons des animaux vénérés par les Égyptiens, de petites bêtes qui sont après tout les créatures de Dieu, et que les hommes persécutent injustement. Le bien est fils du mal, et le mal est fils du bien ; telle est la loi suprême! Je vous ordonne donc à tous, sous peine de déplaire à votre très-humble Grand-Maître, de vous procurer le plus clandestinement possible chacun vingt rats, vingt rats pleines, si Dieu le permet. Ayez réuni votre contingent dans l'espace de trois jours. Si vous pouvez en prendre davantage, le surplus sera bien reçu. Gardez ces intéressans rongeurs sans leur rien donner, car il est essentiel que ces chères petites bêtes aient une faim dévorante. Remarquez que j'accepte pour rats, les souris et les mulots. Si nous multiplions vingt-deux par vingt nous aurons quatre cent et tant de complices qui, lâchés dans la vieille église des Capucins où Fario a mis tous les grains qu'il vient d'acheter, en consommeront une certaine quantité. Mais soyons agiles! Fario doit livrer une forte partie de grains dans

huit jours ; or, je veux que mon Espagnol, qui voyage aux environs pour ses affaires, trouve un effroyable déchet. Messieurs, je n'ai pas le mérite de cette invention, dit-il en apercevant les marques d'une admiration géné ale. Rendons à César ce qui appartient à César, et à Dieu ce qui est à Dieu. Ceci est une contrefaçon des renards de Samson dans la Bible. Mais Samson fut incendiaire, et conséquemment peu philanthrope ; tandis que semblables aux Brahmes, nous sommes les protecteurs des races persécutées. Mademoiselle Flore Brazier a déjà tendu tou es ses souricières, et Kou-ki, mon bras droit, est à la chasse des mulots. J'ai dit.

— Je sais, dit le fils Goddet, où trouver un animal qui vaudra quarante rats à lui seul.

— Quoi?

— Un écureuil.

— Et moi, j'offre un petit singe, lequel se grisera de blé, fit un novice.

— Mauvais! fit Max. On saurait d'où viennent ces animaux.

— On peut y amener pendant la nuit, dit le fils Beaussier, un pigeon pris à chacun des pigeonniers des fermes voisines, en le faisant passer par une trouée ménagée dans la couverture, et il y aura bientôt plusieurs milliers de pigeons.

— Donc, pendant une semaine, le magasin à Fario est à l'Ordre de Nuit, s'écria Gilet en souriant au grand Beaussier fils. Vous savez qu'on se lève de bonne heure à Saint-Paterne. Que personne n'y aille sans avoir mis au rebours les semelles de ses chaussons de lisière. Le chevalier Beaussier, inventeur des pigeons, en a la direction. Quant à moi, je prendrai le soin de signer mon nom dans les tas de blé. Soyez, vous, les marécaux des logis de messieurs les rats. Si le garçon de magasin couche aux Capucins, il faudra le faire griser par des camarades, et adroitement, afin de l'emmener loin du théâtre de cette orgie offerte aux animaux rongeurs.

— Tu ne nous dis rien des Parisiens? demanda le fils Goddet.

— Oh! fit Max, il faut les étudier. Néanmoins, j'offre mon beau fusil de chasse qui vient de l'Empereur, un chef-d'œuvre de la manufacture de Versailles, il vaut deux mille francs, à quiconque trouvera les moyens de jouer un tour à ces Parisiens qui les mette si mal avec monsieur et madame Hochon, qu'ils soient renvoyés par ces deux vieillards, ou qu'ils s'en aillent d'eux mêmes, sans, bien entendu, nuire par trop aux ancêtres de mes deux amis Baruch et François.

— Ça va! j'y songerai, dit le fils Goddet, qui aimait la chasse à la passion.

— Si l'auteur de la farce ne veut pas de mon fusil, il aura mon cheval! fit observer Maxence.

Depuis ce souper, vingt cerveaux se mirent à la torture pour ourdir une trame contre Agathe et son fils, en se conformant à ce programme. Mais le diable seul ou le hasard pouvait réussir, tant les conditions imposées rendaient la chose difficile.

Le lendemain matin, Agathe et Joseph descendirent un moment avant le second déjeuner, qui se faisait à dix heures. On donnait le nom de premier déjeuner à une tasse de lait accompagnée d'une tartine de pain beurrée qui se prenait au lit ou au sortir du lit. En attendant madame Hochon, qui malgré son âge accomplissait minutieusement toutes les cérémonies que les duchesses du temps de Louis XV faisaient à leur toilette. Joseph vit sur la porte de la maison en face Jean-Jacques Rouget planté sur ses deux pieds; il le montra naturellement à sa mère qui ne put reconnaître son frère, tant il ressemblait si peu à ce qu'il était quand elle l'avait quitté.

— Voilà votre frère, dit Adolphine qui donnait le bras à sa grand'mère.

— Quel crétin! s'écria Joseph.

Agathe joignit les mains et leva les yeux au ciel : — Dans

quel état l'a-t-on mis ? Mon Dieu ! est-ce là un homme de cinquante-sept ans ?

Elle voulut regarder attentivement son frère, et vit derrière le vieillard Flore Brazier coiffée en cheveux, laissant voir sous la gaze d'un fichu garni de dentelles un dos de neige et une poitrine éblouissante, soignée comme une courtisane riche, portant une robe à corset en grenadine, une étoffe de soie alors de mode, à manches dites à gigot, et terminées au poignet par des bracelets superbes. Une chaîne d'or ruisselait sur le corsage de la Rabouilleuse, qui apportait à Jean-Jacques son bonnet de soie noire afin qu'il ne s'enrhumât pas : une scène évidemment calculée.

— Voilà, s'écria Joseph, une belle femme ! et c'est rare !... Elle est faite, comme on dit, à peindre ! Quelle carnation ! Oh ! les beaux tons ! quels méplats, quelles rondeurs, et des épaules !... C'est une magnifique Cariatide ! Ce serait un fameux modèle à peur une Vénus-Titien.

Adolphine et madame Hochon crurent entendre parler grec ; mais Agathe, en arrière de son fils, leur fit un signe comme pour leur dire qu'elle était habituée à cet idiome.

— Vous trouvez belle une fille qui vous enlève une fortune ? dit madame Hochon.

— Ça ne l'empêche pas d'être un beau modèle ! précisément assez grasse, sans que les hanches et les formes soient gâtées...

— Mon ami, tu n'es pas dans ton atelier, dit Agathe, et Adolphine est là...

— C'est vrai, j'ai tort ; mais aussi, depuis Paris jusqu'ici, sur toute la route, je n'ai vu que des guenons...

— Mais, ma chère marraine, dit Agathe, comment pourrais-je voir mon frère ?... car s'il est avec cette créature...

— Bah ! dit Joseph, j'irai le voir, moi ! Je ne le trouve plus si crétin du moment où il a l'esprit de se réjouir les yeux par une Vénus du Titien.

— S'il n'était pas imbécile, dit monsieur Hochon qui survint, il se serait marié tranquillement, il aurait eu des enfans et vous n'auriez pas la chance d'avoir sa succession. A quelque chose malheur est bon.

— Votre fils a eu là une bonne idée, il ira le premier rendre visite à son oncle, dit madame Hochon ; il lui fera entendre que vous, il faut vous présenter, il doit être seul.

— Et vous froisserez mademoiselle Brazier ? dit monsieur Hochon. Non, non, madame, avalez cette douleur... Si vous n'avez pas la succession, tâchez d'avoir au moins un petit legs.

Les Hochon n'étaient pas de force à lutter avec Maxence Gilet. Au milieu du déjeuner, le Polonais apporta, de la part de son maître, monsieur Rouget, une lettre adressée à sa sœur madame Bridau. Voici cette lettre, que madame Hochon fit lire à son mari :

« Ma chère sœur,

» J'apprends par des étrangers votre arrivée à Issoudun.
» Je devine le motif qui vous a fait préférer la maison de
» monsieur et madame Hochon à la mienne ; mais, si
» vous venez me voir, vous serez reçue chez moi comme
» vous devez l'être. Je serais allé le premier vous faire vi-
» site si ma santé ne me contraignait en ce moment à res-
» ter au logis. Je vous présente mes affectueux regrets.
» Je serai charmé de voir mon neveu, que j'invite à dîner
» avec moi aujourd'hui ; car les jeunes gens sont moins
» susceptibles que les femmes sur la compagnie. Aussi me
» fera-t-il plaisir en venant accompagné de messieurs Ba-
» ruch Borniche et François Hochon.

» Votre affectionné frère,

» J.-J. ROUGET. »

— Dites que nous sommes à déjeuner, que madame Bridau répondra tout à l'heure, et que les invitations sont acceptées, dit monsieur Hochon à sa servante.

Et le vieillard se mit un doigt sur les lèvres pour imposer silence à tout le monde. Quand la porte de la rue fut fermée, monsieur Hochon, incapable de soupçonner l'amitié qui liait ses deux petits-fils à Maxence, jeta sur sa femme et sur Agathe un de ses plus fins regards : — Il a aussi cela comme je suis en état de donner vingt-cinq louis... c'est le soldat avec qui nous correspondons.

— Qu'est-ce que cela veut dire ? demanda madame Hochon. N'importe, nous répondrons. Quant à vous, monsieur, ajouta-t-elle en regardant le peintre, allez-y dîner ; mais si.....

La vieille dame s'arrêta sous un regard de son mari. En reconnaissant combien était vive l'amitié de sa femme pour Agathe, le vieil Hochon craignit de lui voir faire quelques legs à sa filleule, dans le cas où celle-ci perdrait toute la succession de Rouget. Quoique plus âgé de deux ans que sa femme, cet avare espérait hériter d'elle, et voir un jour à la tête de tous les biens. Cette espérance était une idée fixe. Aussi madame Hochon avait-elle bien dû né le moyen d'obtenir de son mari quelques concessions, en le menaçant de faire un testament. Monsieur Hochon prit donc parti pour ses hôtes. Il s'agissait d'ailleurs d'une succession énorme ; et, par un esprit de justice sociale, il voulait la voir aller aux héritiers naturels au lieu d'être pillée par des étrangers indignes d'estime. Enfin, plus cette question serait vidée, plus tôt ses hôtes partiraient. Depuis que le combat entre les capteurs de la succession et les héritiers, jusqu'alors en projet dans l'esprit de sa femme, se réalisait, l'activité d'esprit de monsieur Hochon, endormie par la vie de province, se réveilla. Madame Hochon fut assez agréablement surprise quand, le matin même, elle s'aperçut, à quelques mots d'affection dits par le vieil Hochon à sa filleule, que cet auxiliaire si compétent et si subtil était acquis aux Bridau.

Vers midi, les intelligences réunies de monsieur et madame Hochon, d'Agathe et de Joseph assez étonnés de voir les deux vieillards si scrupuleux dans le choix de leurs mots, avaient accouché de la réponse suivante, faite uniquement pour Flore et Maxence.

« Mon cher frère,

» Si je suis restée trente ans sans revenir ici, sans y en-
» tretenir de relations avec qui que ce soit, pas même
» avec la faune et non-seulement aux étranges
» et fausses idées que mon père m'avait données contre moi,
» mais encore aux malheurs, et aussi au bonheur de ma
» vie à Paris ; car si Dieu fit la femme heureuse, il a bien
» frappé la mère. Vous n'ignorez point que mon fils, votre
» neveu Philippe, est sous le coup d'une accusation capi-
» tale, à cause de son dévouement à l'Empereur. Ainsi,
» vous ne serez pas étonné d'apprendre qu'une veuve,
» obligée pour vivre d'accepter un modique emploi dans
» un bureau de loterie, soit venue chercher des consola-
» tions et des secours auprès de ceux qui l'ont vue naître.
» L'état embrassé par celui de mes fils qui m'accompagne
» est un de ceux qui veulent le plus de talent, le plus de
» sacrifices, le plus d'études avant d'offrir des résultats.
» La gloire y précède la fortune. N'est-ce pas vous dire
» que quand Joseph illustrera notre famille, il sera pauvre
» encore. Votre sœur, mon cher Jean-Jacques, aurait sup-
» porté silencieusement les effets de l'injustice paternelle ;
» mais pardonnez à la mère de vous rappeler que vous
» avez deux neveux, dont l'un portait les ordres de l'Empe-
» reur à la bataille de Montereau, qui servait dans la Garde
» impériale à Waterloo, et qui maintenant est en prison ;
» l'autre qui, depuis l'âge de treize ans, est entraîné par
» la vocation dans une carrière difficile, mais glorieuse.
» Aussi vous remercié-je de votre lettre, mon frère, avec
» une vive effusion de cœur, et pour mon compte, et pour
» celui de Joseph, qui se rendra certainement à votre in-
» vitation. La maladie excuse tout, mon cher Jean-Jac-
» ques, j'irai donc vous voir chez vous. Une sœur est tou-
» jours bien chez son frère, quelle que soit la vie qu'il ait
» adoptée. Je vous embrasse avec tendresse.

» AGATHE ROUGET. »

— Voilà l'affaire engagée. Quand vous irez, dit monsieur Hochon à la Parisienne, vous pourrez lui parler nettement de ses neveux.

La lettre fut portée par Gritte, qui revint dix minutes après rendre compte à ses maîtres de tout ce qu'elle avait appris ou pu voir, selon l'usage de la province.

— Madame, dit-elle, on a, depuis hier au soir, approprié toute la maison que madame laissait...

— Qui, madame? demanda le vieil Hochon.

— Mais on appelle ainsi dans la maison la Rabouilleuse, répondit Gritte. Elle laissait la salle et tout ce qui regardait monsieur Rouget dans un état à faire pitié; mais, depuis hier, la maison est redevenue ce qu'elle était avant l'arrivée de monsieur Maxence. On s'y mirerait. La Védie m'a raconté que Kouski est monté à cheval ce matin à cinq heures; il est revenu sur les neuf heures, apportant des provisions. Enfin, il y aura le meilleur dîner, un dîner comme pour l'archevêque de Bourges. On met les petits pois dans les grands, et tout est par places dans la cuisine : « Je veux fêter mon neveu, » qu'il dit le bonhomme en se faisant rendre compte de tout! Il paraît que les Rouget ont été très flattés de la lettre. Madame est venue me le dire... Oh! elle a fait une toilette!... une toilette! Je n'ai rien vu de plus beau, quoi! Madame a deux diamans aux oreilles, deux diamans de chacun mille écus, m'a dit la Védie, et des dentelles! et des anneaux dans les doigts, et des bracelets que vous diriez une vraie châsse, et une robe de soie belle comme un devant d'autel!... Pour lors, qu'elle me dit : « Monsieur est charmé de savoir sa sœur si bonne enfant, et j'espère qu'elle nous permettra de la fêter comme elle le mérite. Nous comptons sur la bonne opinion qu'elle aura de nous d'après l'accueil que nous ferons à son fils... Monsieur est très impatient de voir son neveu. Madame avait des petits souliers de satin noir et des b.s... » Non, c'est des merveilles! Il y a comme des fleurs dans la soie et des trous que vous diriez une dentelle, on voit la chair rose à travers, enfin elle est sur ses cinquante et un! avec un petit tablier si gentil devant elle, que la Védie m'a dit que ce tablier il valait deux ans des de nos gages...

— Allons, il faut se ficeler, dit en souriant l'artiste.

— Eh bien! à quoi penses-tu, monsieur Hochon?... dit la vieille dame quand Gritte fut partie.

Madame Hochon montrait à sa filleule son mari la tête dans ses mains, le coude sur le bras de son fauteuil et plongé dans ses réflexions.

— Vous avez affaire à un maître Gonin! dit le vieillard. Avec vos idées, jeune homme, ajouta-t-il en regardant Joseph, vous n'êtes pas de force à lutter contre un gaillard trempé comme l'est Maxence. Quoi que je vous dise, vous ferez des sottises; mais au moins racontez-moi bien ce soir tout ce que vous aurez vu, entendu et fait. Allez!... A la grâce de Dieu! Tâchez de vous trouver seul avec votre oncle. Si, malgré tout votre esprit, vous n'y parvenez point, ce sera déjà quelque lumière sur leur plan; mais si vous êtes un instant seul avec lui, seul, sans être écouté, dame!... il faut lui tirer les vers du nez sur sa situation qui n'est pas heureuse, et plaider la cause de votre mère...

A quatre heures, Joseph passa le détroit qui séparait la maison Hochon de la maison Rouget, cette espèce d'allée de tilleuls, longue de deux cents pieds et large comme la grande Narette. Quand le neveu se présenta, Kouski, en bottes cirées, en pantalon de drap noir, en gilet blanc et en habit noir, le précéda pour l'annoncer. La table était déjà mise dans la salle, et Joseph, qui distingua facilement son oncle, alla droit à lui, l'embrassa, salua Flore et Maxence.

— Nous ne nous sommes point vus depuis que j'existe, mon cher oncle, dit gaiement le peintre; mais vaut mieux tard que jamais.

— Vous êtes le bienvenu, mon ami, dit le vieillard en regardant son neveu d'un air hébété.

— Madame, dit Joseph à Flore avec l'entrain d'un artiste, j'enviais, ce matin, à mon oncle le plaisir qu'il a de pouvoir vous admirer tous les jours!

— N'est-ce pas qu'elle est belle? dit le vieillard dont les yeux ternes devinrent presque brillans.

— Belle à pouvoir servir de modèle à un peintre.

— Mon neveu, dit le père Rouget que Flore poussa par le coude, voici monsieur Maxence Gilet, un homme qui a servi l'Empereur, comme ton frère, dans la Garde impériale.

Joseph se leva, s'inclina.

— Monsieur votre frère était dans les dragons, je crois, et moi j'étais dans les pousse-cailloux, dit Maxence.

— A cheval ou à pied, dit Flore, on n'en risquait pas moins sa peau!

Joseph observa Max autant que Max observait Joseph. Max était mis comme les jeunes gens élégans se mettaient alors; car il se faisait habiller à Paris. Un pantalon de drap bleu de ciel, à gros plis très amples, faisait valoir ses pieds en ne laissant voir que le bout de sa botte ornée d'éperons. Sa taille était pincée par son gilet blanc à boutons d'or façonné, et lacé par derrière pour lui servir de ceinture. Ce gilet boutonné jusqu'au col dessinait bien sa large poitrine, et son col en satin noir l'obligeait à tenir la tête haute, à la façon des militaires. Il portait un petit habit noir très bien coupé. Une jolie chaîne d'or pendait de la poche de son gilet, où paraissait à peine une montre plate. Il jouait avec cette clef dite à cliquet, que Bréguet venait d'inventer.

— Ce garçon est très bien, se dit Joseph en admirant comme peintre la figure vive et les yeux gris spirituels que Max tenait de son père le gentilhomme. Mon oncle doit être bien embêtant, cette belle fille a cherché des compensations, et ils font ménage à trois. Ça se voit!

En ce moment Baruch et François arrivèrent.

— Vous n'êtes pas encore allé voir la Tour d'Issoudun? demanda Flore à Joseph. Si vous vouliez faire une petite promenade en attendant le dîner, qui ne sera servi que dans une heure, nous vous montrerions la grande curiosité de la ville?...

— Volontiers? dit l'artiste incapable d'apercevoir en ceci le moindre inconvénient.

Pendant que Flore alla mettre son chapeau, ses gants et son châle de cachemire, Joseph se leva soudain à la vue des tableaux, comme si quelque enchanteur l'eût touché de sa baguette.

— Ah! vous avez des tableaux, mon oncle? dit-il en examinant celui qui l'avait frappé.

— Oui, répondit le bonhomme, ça nous vient des Descoings qui, pendant la Révolution, ont acheté la défroque des maisons religieuses et des églises du Berry.

Joseph ne l'écoutait plus, il admirait chaque tableau.

— Magnifique! s'écriait-il. Oh! mais voilà une toile! Celui-là ne les gâtait pas! Allons, de plus fort en plus fort, comme chez Nicolet...

— Il y en a sept ou huit très grands qui sont dans le grenier, et qu'on a gardé à cause des cadres, dit Gilet.

— Allons les voir! fit l'artiste que Maxence conduisit dans le grenier.

Joseph redescendit enthousiasmé. Max dit un mot à l'oreille de la Rabouilleuse, qui prit le bonhomme Rouget dans l'embrasure de la croisée, et Joseph entendit cette phrase dite à voix basse, mais de manière qu'elle ne fût pas perdue pour lui :

— Votre neveu est peintre, vous ne ferez rien de ces tableaux, soyez donc gentil pour lui, donnez-les-lui.

— Il paraît, dit le bonhomme qui s'appuya sur le bras de Flore pour venir à l'endroit où son neveu se trouvait en extase devant un Albane, que tu es peintre?...

— Je ne suis encore qu'un rapin, dit Joseph...

— Qué c'est que ça? dit Flore.

— Un commençant, répondit Joseph.

— Eh bien! dit Jean-Jacques, si ces tableaux peuvent te servir à quelque chose dans ton état, je te les donne... Mais sans les cadres. Oh! les cadres sont dorés, et puis ils sont drôles; j'y mettrai...

— Parbleu! mon oncle, s'écria Joseph enchanté, vous

y mettrez les copies que je vous enverrai et qui seront de la même dimension...

— Mais cela vous prendra du temps, et il faudra des toiles, des couleurs, dit Flore. Vous dépenserez de l'argent... Voyons, père Rouget, offrez à votre neveu cent francs par tableau, vous en avez là vingt-sept... il y en a, je crois, onze dans le grenier qui sont énormes et qui doivent être payés double.. mettez pour le tout quatre mille francs... Oui, votre oncle peut bien vous payer les copies quatre mille francs. puisqu'il garde les cadres! Enfin, il vous faudra d s c dres, et on dit que les cadres valent p us que les tableaux; il y a de l'or!... Dites donc, monsieur, reprit Flore en remuant le bras du bonhomme. Hein?... ce n'est pas cher, votre neveu vous fera payer quatre mille francs des tableaux tout neufs à la place de vos vieux... C'est, lui dit-elle à l'oreille, une manière honnête de lui donner quatre mille francs, il ne me paraît pas très calé...

— Eh bien! mon neveu, je te payerai quatre mille francs pour les copies...

— Non, non, dit l'honnête Joseph, quatre mille francs et les tableaux, c'est trop ; car, voyez-vous, les tableaux ont de la valeur.

— Mais acceptez donc, godiche! lui dit Flore, puisque c'est votre oncle...

— Eh bien! j'accepte, dit Joseph étourdi de l'affaire qu'il venait de faire, car il reconnaissait un tableau du Pérugin.

Aussi l'artiste eut-il un air joyeux en sortant et en donnant le bras à la Rabouilleuse, ce qui servit admirablement les desseins de Maxence. Ni Flore, ni Rouget, ni Max, ni personne à Issoudun ne pouvait connaître la valeur des tableaux, et le rusé Max crut avoir acheté pour une bagatelle le triomphe de Flore. qui se promena très orgueilleusement au bras du neveu de son maître, en bonne intelligence avec lui, devant toute la ville ébahie. On se mit aux portes pour voir le triomphe de la Rabouilleuse sur la famille. Ce fait exorbitant fit une sensation profonde sur laquelle Max comptait. Aussi, quand l'oncle et le neveu rentrèrent vers cinq heures, on ne parlait dans tous les ménages que de l'accord parfait de Max et de Flore avec le neveu du père Rouget. Enfin, l'anecdote du cadeau des tableaux et des quatre mille francs circulait déjà. Le dîner, auquel assista Lousteau, l'un des juges du tribunal, et le maire d'Issoudun, fut splendide. Ce fut un de ces dîners de province qui durent cinq heures. Les vins les exquis animèrent la conversation. Au dessert, à neuf heures, le peintre, assis entre Flore et Max vis-à-vis son oncle, était devenu quasi-camarade avec l'officier, qu'il trouvait le meilleur enfant de la terre. Joseph revint à onze heures à peu près gris. Quant au bonhomme Rouget, Kouski le porta dans son lit ivre-mort, il avait mangé comme un acteur forain et bu comme les sables du désert.

— Hé bien! dit Max un intime à minuit avec Flore, ceci ne vaut-il pas mieux que de leur faire la moue? Les Bridau seront bien reçus, ils auront de petits cadeaux, et, comblés de faveurs, ils ne pourront que chanter nos louanges ; ils s'en iront bien tranquilles en nous laissant tranquilles aussi. Demain matin, à nous deux Kouski, nous déferons toutes ces toiles, nous les enverrons au peintre pour qu'il les ait à son réveil, nous mettrons les cadres au grenier, et nous renouvellerons la tenture de la salle en y tendant de ces papiers vernis où il y a des scènes de Télémaque, comme j'en ai vu chez monsieur Mouilleron.

— Tiens! ce sera bien joli! s'écria Flore.

Le lendemain, Joseph ne s'éveilla pas avant midi. De son lit, il aperçut les toiles mises les unes sur les autres, et apportées sans qu'il eût rien entendu. Pendant qu'il examinait de nouveau les tableaux et qu'il y reconnaissait des chefs-d'œuvre en étudiant la manière des peintres et recherchant leurs signatures, sa mère était allée remercier son frère et le voir, poussée par le vieil Hochon, sachant toutes les sottises commises la veille par le peintre, désespérait de la cause des Bridau.

— Vous avez pour adversaires de fines mouches. Dans

toute ma vie je n'ai pas vu pareille tenue à celle de ce soldat : il paraît que la guerre forme les jeunes gens. Joseph s'est laissé pincer! Il s'est promené donnant le bras à la Rabouilleuse! On lui a sans doute fermé la bouche avec du vin, de n échantes toiles, et quatre mille francs. Votre artiste n'a pas coûté cher à Maxence!

Le perspicace vieillard avait tracé la conduite à tenir à la filleule de sa femme. en lui disant d'entrer dans les idées de Maxence, et de cajoler Flore, afin d'arriver à une espèce d'intimité avec elle. pour obtenir de petits momens d'entretien avec Jean-Jacques. Madame Bridau fut reçue à merveille par son frère à qui Flore avait fait la leçon. Le vieillard était au lit, malade des excès de la veille. Comme dans les premiers momens Agathe ne pouvait pas aborder de questions sérieuses, Max avait jugé convenable et magnanime de laisser seuls le frère et la sœur. Ce fut un calcul juste. La pauvre Agathe trouva son frère si mal qu'elle ne voulut pas le priver des soins de madame Brazier.

— Je veux, d'ailleurs, dit-elle au vieux garçon, connaître une personne à qui je suis redevable du bonheur de mon frère.

Ces paroles firent un plaisir évident au bonhomme, qui sonna pour demander madame Brazier. Flore n'était pas loin, comme on peut le penser. Les deux antagonistes femelles se saluèrent. La Rabouilleuse déploya les soins de la plus servile, de la plus attentive tendresse; elle trouva que monsieur avait la tête trop bas, elle replaça les oreillers, elle fut comme une épouse d'hier. Aussi le vieux garçon eut-il une explosion de sensibilité.

— Nous vous devons, mademoiselle, dit Agathe, beaucoup de reconnaissance pour les marques d'attachement que vous avez données à mon frère depuis si longtemps, et pour la manière dont vous veillez à son bonheur.

— C'est vrai, ma chère Agathe, dit le bonhomme, elle m'a fait connaître le bonheur, et c'est d'ailleurs une femme pleine d'excellentes qualités.

— Aussi, mon frère, sauriez-vous trop en récompenser mademoiselle, vous auriez dû en faire votre femme. Oui! je suis trop pieuse pour ne pas souhaiter de vous voir obéir aux préceptes de la religion. Vous seriez l'un et l'autre plus tranquilles en ne vous mettant pas en guerre avec les lois et la morale. Je suis venue, mon frère, vous demander secours au milieu d'une grande affliction, mais ne croyez point que nous pensions à vous faire la moindre observation sur la manière dont vous disposerez de votre fortune...

— Madame, dit Flore, nous savons que monsieur votre père fut injuste envers vous. Monsieur votre frère peut vous le dire, fit-elle en regardant fixement sa victime, les seules querelles que nous ayons eues, c'est à votre sujet. Je soutiens à monsieur qu'il vous doit la part de fortune dont vous a fait tort mon pauvre bienfaiteur, car il a été mon bienfaiteur, votre père (elle prit un ton larmoyant), je m'en souviendrai toujours... Mais votre frère, madame, a entendu raison...

— Oui, dit le bonhomme Rouget, quand je ferai mon testament, vous ne serez pas oubliés...

— Ne parlons point de tout ceci, mon frère, vous ne connaissez pas encore quel est mon caractère.

D'après ce début, on imaginera facilement comment se passa cette première visite. Rouget invita sa sœur à dîner pour le surlendemain.

Pendant ces trois jours, les Chevaliers de la Désœuvrance prirent une immense quantité de rats, de souris et de mulots, qui, par une belle nuit, furent mis en plein grain et affamés, au nombre de quatre cent trente-six, dont plusieurs mères pleines. Non contens d'avoir procuré ces pensionnaires à Fario, les Chevaliers troublèrent la couverture de l'église des Capucins, et y mirent une dizaine de pigeons pris en dix fermes différentes. Ces animaux firent d'autant plus tranquillement noces et festins que le garçon de magasin de Fario fut débauché par un mauvais drôle, avec lequel il se grisa du matin jusqu'au soir, sans prendre aucun soin des grains de son maître.

Madame Bridau, contrairement à l'opinion du vieil Hochon, crut que son frère n'avait pas encore fait son testament ; elle comptait lui demander quelles étaient ses intentions à l'égard de mademoiselle Brazier, au premier moment où elle pourrait se promener seule avec lui, car Flore et Maxence la leurraient de cet espoir qui devait toujours être déçu.

Quoique les Chevaliers cherchassent tous un moyen de mettre les deux Parisiens en fuite, ils ne trouvaient que des folies impossibles.

Après une semaine, la moitié du temps que les Parisiens devaient rester à Issoudun, ils ne se trouvaient donc pas plus avancés que le premier jour.

— Votre avoué ne connaît pas la province, dit le vieil Hochon à madame Bridau. Ce que vous venez y faire ne se fait ni en quinze jours ni en quinze mois ; il faudrait ne pas quitter votre frère, et pouvoir lui inspirer des idées religieuses. Vous ne contreminerez les fortifications de Flore et de Maxence que par la sape du prêtre. Voilà mon avis, et il est temps de s'y prendre.

— Vous avez, dit madame Hochon à son mari, de singulières idées sur le clergé.

— Oh ! s'écria le vieillard, vous voilà, vous autres dévotes !

— Dieu ne bénirait pas une entreprise qui reposerait sur un sacrilège, dit madame Bridau. Faire servir la religion à de pareils... Oh ! mais nous serions plus criminelles que Flore.

Cette conversation avait eu lieu pendant le déjeuner, et François aussi bien que Baruch écoutaient de toutes leurs oreilles.

— Sacrilège ! s'écria le vieil Hochon. Mais si quelque bon abbé, spirituel comme j'en ai connu quelques-uns, savait en quel embarras vous êtes, il ne verrait point de sacrilège à faire revenir à Dieu l'âme égarée de votre frère, à lui inspirer un vrai repentir de ses fautes, à lui faire renvoyer la femme qui cause le scandale, tout en lui assurant un sort ; à lui démontrer qu'il aurait la conscience en repos en donnant quelques mille livres de rente pour le petit séminaire de l'archevêque, et laissant sa fortune à ses héritiers naturels...

L'obéissance passive que le vieil avare avait obtenue dans sa maison de la part de ses enfans et transmise à ses petits-enfans, soumis d'ailleurs à sa tutelle et auxquels il amassait une belle fortune, en faisant, disait-il, pour eux comme il faisait pour lui, ne permit pas à Baruch et à François la moindre marque d'étonnement ni de désapprobation ; mais ils échangèrent un regard significatif si en se disant ainsi combien ils trouvaient cette idée nuisible et fatale aux intérêts de Max.

— Le fait est, madame, dit Baruch, que si vous voulez avoir la succession de votre frère, voilà le seul et vrai moyen ; il faut rester à Issoudun tout le temps nécessaire pour l'employer...

— Ma mère, dit Joseph, vous feriez bien d'écrire à Desroches sur tout ceci. Quant à moi, je ne prétends rien de plus de mon oncle que ce qu'il a bien voulu me donner...

Après avoir reconnu la grande valeur des trente-neuf tableaux, Joseph les avait soigneusement décloués, il avait appliqué du papier dessus en l'y collant avec de la colle ordinaire ; il les avait superposés les uns aux autres, avait assujetti leur masse dans une immense boîte, et l'avait adressée par le roulage à Desroches, à qui il se proposait d'écrire une lettre d'avis. Cette précieuse cargaison était partie la veille.

— Vous êtes content à bon marché, dit monsieur Hochon.

— Mais je ne serais pas embarrassé de trouver cent cinquante mille francs de ces tableaux.

— Idée de peintre ! fit monsieur Hochon en regardant Joseph d'une certaine manière.

— Écoute, dit Joseph en s'adressant à sa mère, je vais écrire à Desroches en lui expliquant l'état des choses ici. Si

Desroches te conseille de rester, tu resteras. Quant à ta place, nous en trouverons toujours l'équivalent.

— Mon cher, dit madame Hochon à Joseph en sortant de table, je ne sais pas ce que sont les tableaux de votre oncle, mais ils doivent être bons, à en juger par les endroits d'où ils viennent. S'ils valent seulement quarante mille francs, mille francs par tableau, n'en dites rien à personne. Quoique mes petits-enfans soient discrets et bien élevés, ils pourraient sans y entendre malice parler de cette prétendue trouvaille, tout Issoudun le saurait, et il ne faut pas que nos adversaires s'en doutent. Vous vous conduisez comme un enfant !...

En effet, à midi, bien des personnes dans Issoudun, et surtout Maxence Gilet, furent instruits de cette opinion, qui eut pour effet de faire rechercher tous les vieux tableaux auxquels on ne songeait pas, et de faire mettre en évidence des croûtes exécrables. Max se repentit d'avoir poussé le vieillard à donner les tableaux, et sa rage contre les héritiers, en apprenant le plan du vieil Hochon, s'accrut de ce qu'il appela sa bêtise. L'influence religieuse sur un être faible était la seule chose à craindre. Aussi l'avis donné par ses deux amis confirma-t-il Maxence Gilet dans sa résolution de capitaliser tous les contrats de Rouget, et d'emprunter sur ses propriétés afin d'opérer le plus promptement possible un placement dans la rente ; mais il regarda comme plus urgent encore de renvoyer les Parisiens. Or le génie des Mascarille et des Scapin n'eût pas facilement résolu ce problème.

Flore, conseillée par Max, prétendit que monsieur se fatiguait beaucoup trop dans ses promenades à pied, il devait à son âge aller en voiture. Ce prétexte fut nécessité par l'obligation de se rendre, à l'insu du pays, à Bourges, à Vierzon, à Châteauroux, à Vatan, dans tous les endroits où le projet de réaliser les placemens du bonhomme forcerait Rouget. Flore et Max n'y songeaient donc pas à se transporter. A la fin de cette semaine donc, tout Issoudun fut surpris en apprenant que le bonhomme Rouget était allé chercher une voiture à Bourges, circonstance que les Chevaliers de la Désœuvrance dans un sens favorable à la Rabouilleuse. Flore et Rouget achetèrent un effroyable berlingot à vitrages fallacieux, à rideaux de cuir crevassés, âgé de vingt-deux ans et de neuf campagnes, provenant d'une vente après le décès d'un colonel ami du grand-maréchal Bertrand, qui, pendant l'absence de ce fidèle compagnon de l'Empereur, s'était chargé d'en surveiller les propriétés en Berry. Ce berlingot, peint en gros vert, ressemblait assez à une calèche, mais le brancard avait été modifié de manière à pouvoir y atteler un seul cheval. Il appartenait donc à ce genre de voitures que la diminution des fortunes a si fort mis à la mode, et qui s'appelait alors honnêtement une demi-fortune, car à leur origine on nomma ces voitures des seringues.

Le drap de cette demi-fortune, vendue pour calèche, était rongé par les vers ; ses passementeries ressemblaient à des chevrons d'invalide, elle sonnait la ferraille ; mais elle ne coûta que quatre cent cinquante francs ; et Max acheta du régiment alors en garnison à Bourges une grosse jument réformée pour la traîner. Il fit repeindre la voiture en brun foncé, eut un assez bon harnais d'occasion, et toute la ville d'Issoudun fut remuée de fond en comble en attendant l'équipage au père Rouget ! La première fois que le bonhomme se servit de sa calèche, le bruit fit sortir tous les ménages sur leurs portes, et il n'y eut pas de croisée qui ne fût garnie de curieux. La seconde fois, le célibataire alla jusqu'à Bourges, où, pour s'éviter les soins de l'opération conseillée, ou, si vous voulez, ordonnée par Flore Brazier, il signa chez un notaire une procuration à Maxence Gilet, à l'effet de transporter tous les contrats qui furent désignés dans la procuration. Flore se réserva de liquider avec monsieur les placemens faits à Issoudun et dans les cantons environnans. Le principal notaire de Bourges reçut la visite de Rouget, qui le pria de lui trouver cent quarante mille francs à emprunter sur ses propriétés. On ne sut rien à Issoudun de ces démarches si discrètement et si habilement faites. Maxence, en bon cavalier, pouvait aler à Bourges et en revenir de cinq heures du matin à cinq heures du soir, avec son cheval, et Flore ne quitta plus le vieux garçon. Le père Rouget avait consenti sans difficulté à l'opération que Flore lui soumit ; mais il voulut que l'inscription de cinquante mille francs de rente fût au nom de mademoiselle Brazier comme usufruit, et en son nom, à lui Rouget, comme nue propriété. La ténacité que le vieillard déploya dans la lutte intérieure que cette affaire souleva causa des inquiétudes à Max, qui crut y entrevoir déjà des réflexions inspirées par la vue des héritiers naturels.

Au milieu de ces grands mouvemens, que Maxence voulait dérober aux yeux de la ville, il oublia le marchand de grains. Fario se mit en devoir d'opérer ses livraisons, après des manœuvres et des voyages qui avaient eu pour but de faire hausser le prix des céréales. Or, le lendemain de son arrivée, il aperçut le toit de l'église des capucins noir de pigeons, car il demeurait en face. Il se maudit lui-même pour avoir négligé de faire visiter la couverture, et alla promptement à son magasin, où il trouva la moitié de son grain dévoré. Des milliers de crottes de souris, de rats et de mulots éparpillées lui révélèrent une seconde cause de ruine. L'église était une arche de Noé. Mais la fureur rendit l'Espagnol blanc comme de la batiste quand, en essayant de reconnaître l'étendue de ses pertes et du déflât, il remarqua tout le grain de dessous quasi germé par une certaine quantité de pois d'eau que Max avait eu l'idée d'introduire, au moyen d'un tube en ferblanc, au cœur des tas de blé. Les pigeons, les rats, s'expliquaient par l'instinct animal ; mais la main de l'homme se révélait dans ce dernier trait de perversité. Fario s'assit sur la marche d'un autel dans une chapelle, et resta la tête dans ses mains. Après une demi-heure de réflexions espagnoles, il vit l'écureuil que le fils Goddet avait tenu à lui donner pour pensionnaire jouant au long de la poutre transversale sur le milieu de laquelle reposait l'arbre du toit. L'Espagnol se leva froidement en montrant à son garçon de magasin une figure calme comme celle d'un Arabe. Fario ne se plaignit pas : il rentra dans sa maison, il alla louer quelques ouvriers pour ensacher le bon grain, étendre au soleil les blés mouillés afin d'en sauver le plus possible ; puis il s'occupa de ses livraisons, après avoir estimé sa perte à un trois cinquièmes. Mais ses manœuvres ayant opéré une hausse, il perdit encore en rachetant les trois cinquièmes manquans ; ainsi sa perte fut de plus de moitié. L'Espagnol, qui n'avait pas d'ennemis, attribua, sans se tromper, cette vengeance à Gilet. Il lui fut prouvé que Max et quelques autres, les seuls auteurs des farces nocturnes, avaient bien certainement monté sur la Tour, et s'étaient amusés à le ruiner : il s'agissait en effet de mille écus, presque tout le capital péniblement gagné par Fario depuis la paix. Inspiré par la vengeance, cet homme déploya la persistance et la finesse d'un espion à qui l'on a promis une forte récompense. Embusqué la nuit dans Issoudun, il finit par acquérir la preuve des déportemens des Chevaliers de la Désœuvrance : il les vit, il les compta, il épia leurs rendez-vous et leurs banquets chez la Cognette ; puis il se cacha pour être le témoin d'un de leurs tours, et se mit au fait de leurs mœurs nocturnes.

Malgré ses courses et ses préoccupations, Maxence ne voulait pas négliger les affaires de nuit, d'abord pour ne pas laisser pénétrer le secret de la grande opération qui se pratiquait sur la fortune du père Rouget, puis pour toujours tenir ses amis en haleine. Or, les Chevaliers étaient convenus de faire un de ces tours dont on parlait pendant des années entières. Ils devaient donner, dans une seule nuit, des boulettes à tous les chiens de garde de la ville et des faubourgs : Fario les entendit, au sortir du bouchon à la Cognette, s'applaudissant par avance du succès qu'obtiendrait cette farce, et du deuil général que causerait ce nouveau massacre des Innocens. Puis quelle appréhension ne causerait pas cette exécution en annonçant des desseins sinistres sur les maisons privées de leurs gardiens ?

— Cela fera peut-être oublier la charrette à Fario! dit le fils Goddet.

Fario n'avait déjà plus besoin de ce mot qui confirmait ses soupçons ; et d'ailleurs son parti était pris.

Agathe, après trois semaines de séjour, reconnaissait, ainsi que madame Hochon, la vérité des réflexions du vieil avare : il fallait plusieurs années pour détruire l'influence acquise sur son frère par la Rabouilleuse et par Max. Agathe n'avait fait aucun progrès dans la confiance de Jean-Jacques, avec qui jamais elle n'avait pu se trouver seule. Au contraire, mademoiselle Brazier triomphait des héritiers en menant promener Agathe dans la calèche, assise au fond près d'elle, ayant monsieur Rouget et son neveu sur le devant. La mère et le fils attendaient avec impatience une réponse à la lettre confidentielle écrite à Desroches. Or, la veille du jour où les chiens devaient être empoisonnés, Joseph, qui s'ennuyait à périr à Issoudun, reçut deux lettres, la première du grand peintre Schinner dont l'âge lui permettait une liaison plus étroite, plus intime, qu'avec Gros, leur maître, et la seconde de Desroches.

Voici la première, timbrée de Beaumont-sur-Oise :

« Mon cher Joseph, j'ai achevé pour le comte de Sérizy
» les principales peintures du château de Presle. J'ai
» laissé les encadremens, les peintures d'ornement ; et je
» t'ai si bien recommandé, soit au comte, soit à Grindot
» l'architecte, que tu n'as qu'à prendre tes brosses et à
» venir. Les prix sont faits de manière à te contenter. Je
» pars pour l'Italie avec ma femme, tu peux donc prendre
» Mistigris qui t'aidera. Ce jeune drôle a du talent, je l'ai
» mis à la disposition. Il frétille déjà comme un pierrot en
» pensant à s'amuser au château de Presle. Adieu, mon
» cher Joseph ; si je suis absent, à l'Exposition prochaine, tu me
» remplaceras ! Oui, cher Jojo,
» ton tableau, j'en ai la certitude, est un chef-d'œuvre ;
» mais un chef-d'œuvre qui fera crier au romantisme, et tu
» t'apprêtes une existence de diable dans un bénitier.
» Après tout, comme dit ce farceur de Mistigris, qui re-
» tourne ou calembourdisa tous les proverbes, la vie est
» un qu'on bat. Que fais-tu donc à Issoudun ? Adieu.

» Ton ami,
» SCHINNER. »

Voici celle de Desroches :

« Mon cher Joseph, ce monsieur Hochon me semble un
» vieillard plein de sens, et tu m'as donné une haute
» idée de ses moyens : il a complètement raison. Aussi,
» mon avis, puisque tu me le demandes, est-il que ta mère
» reste à Issoudun chez madame Hochon, en y payant une
» modique pension, comme quatre cents francs par an,
» pour indemniser ses hôtes de sa nourriture. Madame
» Bridau doit, selon moi, s'abandonner aux conseils de
» monsieur Hochon. Mais ton excellente mère aura bien
» des scrupules en présence de gens qui n'ont pas du
» tout, et dont la conduite est un chef-d'œuvre de politi-
» que. Ce Maxence est dangereux, et tu as bien raison : je
» vois en lui un homme autrement fort que Philippe. Ce
» drôle fait servir ses vices à sa fortune, et ne s'amuse pas
» gratis, comme ton frère, dont les folies n'avaient rien
» d'utile. Tout ce que tu me dis m'épouvante, car je ne
» ferais pas grand'chose en allant à Issoudun. Monsieur
» Hochon, caché derrière ta mère, vous sera plus utile
» que moi. Quant à toi, tu peux revenir, tu n'es bon à
» rien dans une affaire qui réclame une attention conti-
» nuelle, une observation minutieuse, des attentions ser-
» viles, une discrétion dans la parole et une dissimulation
» dans les gestes tout à fait antipathiques aux artistes. Si
» l'on vous a dit qu'il n'y avait pas de testament de fait, ils
» en ont un depuis longtemps, croyez-le bien. Mais les
» testamens sont révocables, et tant que ton imbécile d'on-

» cle vivra, certes il est susceptible d'être travaillé par les
» remords et par la religion. Votre fortune sera le résul-
» tat d'un combat entre l'Église et la Rabouilleuse. Il vien-
» dra certainement un moment où cette femme sera sans
» force sur le bonhomme, et où la religion sera toute
» puissante. Tant que ton oncle n'aura pas fait de dona-
» tion entre-vifs, ni changé la nature de ses biens, tout
» sera possible à l'heure où la religion aura le dessus.
» Aussi dois-tu prier monsieur Hochon de surveiller, au-
» tant qu'il le pourra, la fortune de ton oncle. Il s'agit de
» savoir si les propriétés sont hypothéquées, comment et
» au nom de qui sont faits les placements. Il est si facile
» d'inspirer à un vieillard des craintes sur sa vie, au cas
» où il se dépouille de ses biens en faveurs d'étrangers,
» qu'un héritier tant soit peu rusé pourrait arrêter une
» spoliation dès son commencement. Mais est-ce mère
» avec son ignorance du monde, son désintéressement, ses
» idées religieuses, qui saura mener une semblable ma-
» chine?... Enfin, je ne puis que vous éclairer. Tout ce
» que vous avez fait jusqu'à présent a dû donner l'alar-
» me ! et peut-être vos antagonistes se mettent-ils en
» règle !... »

— Voilà ce que j'appelle une consultation en bonne forme, s'écria monsieur Hochon fier d'être apprécié par un
avoué de Paris.

— Oh ! Desroches est un fameux gars, répondit Joseph.

— Il ne serait pas inutile de faire lire cette lettre à ces
deux femmes, reprit le vieil avare.

— La voici, dit l'artiste en remettant la lettre au vieillard. Quant à moi, je veux partir dès demain, et vais aller
faire mes adieux à mon oncle.

— Ah ! dit monsieur Hochon, monsieur Desroches vous
prie, par *post-scriptum*, de brûler la lettre.

— Vous la brûlerez après l'avoir montrée à ma mère,
dit le peintre.

Joseph Bridau s'habilla, traversa la petite place et se présenta chez son oncle, qui précisément achevait son déjeuner. Max et Flore étaient à table.

— Ne vous dérangez pas, mon cher oncle, je viens vous
faire mes adieux.

— Vous partez? fit Max en échangeant un regard avec
Flore.

— Oui, j'ai des travaux au château de monsieur de Sérizy, je suis d'autant plus pressé d'y aller qu'il a les bras
assez longs pour rendre service à mon pauvre frère, à la
Chambre des Pairs.

— Eh bien ! travaille, dit d'un air niais le bonhomme
Rouget qui parut à Joseph extraordinairement changé.
Faut travailler... je suis fâché que vous vous en alliez...

— Oh ! ma mère reste encore quelque temps, reprit Joseph.

Max fit un mouvement de lèvres que remarqua la gouvernante et qui signifiait : — Ils vont suivre le plan dont
m'a parlé Baruch.

— Je suis bien heureux d'être venu, dit Joseph, car j'ai
eu le plaisir de faire connaissance avec vous, et vous avez
enrichi mon atelier...

— Oui, dit la Rabouilleuse, au lieu d'éclairer votre oncle
sur la valeur de ses tableaux qu'on estime à plus de cent
mille francs, vous les avez lestement envoyés à Paris... Pauvre cher homme, c'est comme un enfant!... On
vient de nous dire à Bourges qu'il y a un petit poulet,
comment donc? un Poussin qui était avant la Révolution
dans le chœur de la cathédrale, et qui vaut à lui seul trente
mille francs...

— Ça n'est pas bien, mon neveu, dit le vieillard à un
signe de Max que Joseph ne put apercevoir.

— Là, franchement, reprit le soldat en riant ; sur votre
honneur ! que croyez-vous que valent vos tableaux ? Parbleu ! vous avez tiré une carotte à votre oncle, vous étiez
dans votre droit, un oncle est fait pour être pillé ! La nature m'a refusé une connaissance pareille ; mais, sacrebleu ! si j'en avais
eu, je ne les aurais pas épargnés.

— Saviez-vous, monsieur, dit Flore à Rouget, ce que
vos tableaux valaient... Combien avez-vous dit, monsieur
Joseph ?

— Mais, répondit le peintre qui devint rouge comme une
betterave, les tableaux valent quelque chose.

— On dit que vous les avez estimés à cent cinquante
mille francs à monsieur Hochon, dit Flore. Est-ce vrai?

— Oui, dit le peintre qui avait une loyauté d'enfant.

— Et aviez vous l'intention, dit Flore au bonhomme, de
donner cent cinquante mille francs à votre neveu !...

— Jamais, jamais! répondit le vieillard que Flore avait
regardé fixement.

— Il y a une manière d'arranger tout cela, dit le peintre, c'est de vous les rendre, mon oncle !...

— Non, non, gardez-les, dit le vieillard.

— Je vous les renverrai, mon oncle, répondit Joseph
blessé du silence offensant de Maxence Gilet et de Flore
Brazier. J'ai dans mon pinceau de quoi faire ma fortune,
sans avoir rien à personne, pas même à mon oncle... Je
vous salue, mademoiselle, bien le bonjour, monsieur...

Et Joseph traversa la place dans un état d'irritation que
les artistes peuvent se peindre. Toute la famille Hochon
était alors dans le salon. En voyant Joseph qui gesticulait
et se parlait à lui-même, on lui demanda ce qu'il avait.
Devant Baruch et François, le peintre, franc comme l'osier,
raconta la scène qu'il venait d'avoir, et qui, dans deux
heures, devint la conversation de toute la ville, où chacun
la broda de circonstances plus ou moins drôles. Quelques-
uns soutenaient que le peintre avait été malmené par Max,
d'autres qu'il s'était mis mal avec mademoiselle Brazier, et que Max l'avait mis à la porte.

— Quel enfant que votre enfant!... disait Hochon à madame Bridau. Le nigaud a été la dupe de la scène qu'on
lui réservait pour le jour de ses adieux. Il y a quinze jours
que Max et la Rabouilleuse savaient la valeur des tableaux
quand il a eu la sottise de le dire ici devant mes petits-en-
fants, qui n'ont eu rien de plus chaud que d'en parler à
tout le monde. Votre artiste aurait dû partir à l'improviste.

— Mon fils fait bien de rendre les tableaux s'ils ont tant
de valeur, dit Agathe.

— S'ils valent, selon lui, deux cent mille francs, dit le
vieil Hochon, c'est une bêtise que de s'être mis dans le cas
de les rendre ; car vous auriez du moins eu cela de cette
succession, tandis qu'à la manière dont vont les choses
vous n'en aurez rien !... Et voilà presque une raison pour
votre frère de ne plus vous voir...

Entre minuit et une heure, les Chevaliers de la Désœuvrance commencèrent leur distribution gratuite de comes-
tibles aux chiens de la ville. Cette mémorable expédition ne
fut terminée qu'à trois heures du matin, heure à laquelle
ces mauvais drôles allèrent souper chez la Cognette. A quatre heures et demie, au crépuscule, ils rentrèrent chez
eux. Au moment où Max tournait la rue de l'Avenir pour
entrer dans la Grand'rue, Fario, qui se tenait en embuscade dans un renfoncement, lui porta un coup de couteau,
droit au cœur, retira la lame, et se sauva par les fossés de
Villatte où il essuya son couteau dans une herbe. L'Espagnol alla laver son mouchoir à la Rivière-Forcée, et revint tranquillement à Saint-Paterne où il se recoucha, en
escaladant une fenêtre qu'il avait laissée entr'ouverte, et
il fut réveillé par son nouveau garçon qui le trouva dormant du plus profond sommeil.

En tombant, Max jeta un cri terrible, auquel personne
ne pouvait se méprendre. Lousteau-Prangin, le fils d'un
juge, parent éloigné de la famille de l'ancien Subdélégué,
et le fils Goddet qui demeurait dans le bas de la Grand'rue,
remontèrent au pas de course en se disant : « On tue Max!...
au secours ! » Mais aucun chien n'aboya, et personne, au
fait des ruses des coureurs de nuit, ne se leva. Quand les
deux Chevaliers arrivèrent, Max était évanoui. Il fallut aller
éveiller monsieur Goddet le père. Max avait bien reconnu
Fario ; mais quand, à cinq heures du matin, il eut bien repris ses sens, qu'il se vit entouré de plusieurs personnes
qu'il sentit que sa blessure n'était pas mortelle, il pensa

tout à coup à tirer parti de cet assassinat, et, d'une voix lamentable, il s'écria :

— J'ai cru voir les yeux et la figure de ce maudit peintre !...

Là-dessus, Lousteau-Prangin courut chez son père le juge d'instruction. Max fut transporté chez lui par le père Cognet, par le fils Goddet, et par deux personnes qu'on fit lever. La Cognette et Goddet père étaient aux côtés de Max couché sur un matelas qui reposait sur deux bâtons. Monsieur Goddet ne voulait rien faire que Max ne fût au lit. Ceux qui portaient le blessé regardèrent naturellement la porte de monsieur Hochon pendant que Kouski se levait, et virent la servante de monsieur Hochon qui balayait. Chez le bonhomme comme dans la plupart des maisons de province, on ouvrait la porte de très bonne heure. Le seul mot prononcé par Max avait éveillé les soupçons, et monsieur Goddet père cria :

— Gritte, monsieur Joseph Bridau est-il couché ?

— Ah bien ! dit-elle, il est sorti dès quatre heures et demie, il s'est promené toute la nuit dans sa chambre, je ne sais pas ce qui le tenait.

Cette naïve réponse excita des murmures d'horreur et des exclamations qui firent venir cette fille, assez curieuse de savoir ce qu'on amenait chez le père Rouget.

— Eh bien ! il est propre, votre peintre ! lui dit-on.

Et le cortége entra, laissant la servante ébahie : elle avait vu Max étendu sur les matelas, sa chemise ensanglantée, et mourant.

Ce qui tenait Joseph et l'avait agité pendant toute la nuit, les artistes le devinent : il se voyait la fable des bourgeois d'Issoudun, on le prenait pour un tire-laine, pour tout autre chose que ce qu'il voulait être, un loyal garçon, un brave artiste ! Ah ! il aurait donné son tableau pour pouvoir voler comme une hirondelle à Paris, et jeter au nez de Max les tableaux de son oncle. Être le spolié, passer pour le spoliateur !... quelle dérision ! Aussi dès le matin s'était-il lancé dans l'allée de peupliers qui mène à Tivoli pour donner carrière à son agitation. Pendant que cet innocent jeune homme se promettait, comme consolation, de ne jamais revenir dans ce pays, Max lui préparait une avanie horrible pour les âmes délicates. Quand monsieur Goddet père eut sondé la plaie et reconnu que le couteau, détourné par un petit portefeuille, avait heureusement dévié, tout en faisant une affreuse blessure, il fit ce que font tous les médecins et particulièrement les chirurgiens de province ; il se donna de l'importance *en ne répondant pas encore* de Max ; puis il sortit après avoir pansé le malicieux soudard. L'arrêt de la science avait été communiqué par Goddet père à la Rabouilleuse, à Jean-Jacques Rouget, à Kouski et à la Védie. La Rabouilleuse revint chez son cher Max, tout en larmes, pendant que Kouski et la Védie apprenaient aux gens rassemblés sous la porte que le commandant était à peu près condamné. Cette nouvelle eut pour résultat de faire venir environ deux cents personnes groupées sur la place Saint-Jean et dans les deux Narettes.

— Je n'en ai pas pour un mois à rester au lit, et je sais qui a fait le coup, dit Max à la Rabouilleuse. Nous allons profiter de cela pour nous débarrasser des Parisiens. J'ai déjà dit que je croyais avoir reconnu le peintre ainsi supposez que je vais mourir, et tâchez que Joseph Bridau soit arrêté, nous lui ferons manger de la prison pendant deux jours. Je crois connaître assez la mère, pour être sûre qu'elle s'en ira d'arre d'arre à Paris avec son peintre. Ainsi, nous n'aurons plus à craindre les prêtres qu'on avait l'intention de lancer sur notre imbécile.

Quand Flore Brazier descendit, elle trouva la foule très disposée à suivre les impressions qu'elle voulait lui donner ; elle se montra les larmes aux yeux, et fit observer en sanglotant que le peintre, *qui avait une figure à ça d'ailleurs*, s'était la veille disputé chaudement avec Max à propos des tableaux qu'il avait *chippés* au père Rouget.

— Ce brigand, car il n'y a qu'à le regarder pour en être sûr, croit que si Max n'existait plus son oncle lui laisserait sa fortune ; comme si, dit-elle, un frère ne nous était pas

plus proche parent qu'un neveu ! Max est le fils du docteur Rouget. *Le vieux me l'a dit navant de mourir !...*

— Ah ! il aura voulu faire ce coup-là en s'en allant, il a bien combiné son affaire, il part aujourd'hui, dit un des Chevaliers de la Désœuvrance.

— Max n'a pas un seul ennemi à Issoudun, dit un autre.

— D'ailleurs, Max a reconnu le peintre, dit la Rabouilleuse.

— Où est-il, ce sacré Parisien ?... Trouvons-le !... cria-t-on.

— Le trouver ?... répondit-on, il est sorti dès ce monsieur Hochon au petit jour.

Un Chevalier de la Désœuvrance courut aussitôt chez monsieur Mouilleron. La foule augmentait toujours, et le bruit des voix devenait menaçant. Des groupes animés occupaient toute la grande Narette. D'autres stationnaient devant l'église Saint-Jean. Un rassemblement occupait la porte Villate, endroit où finit la petite Narette. On ne pouvait plus passer au-dessus et au-dessous de la place Saint-Jean. Vous eussiez dit la queue d'une procession. Aussi messieurs Lousteau-Prangin et Mouilleron, le commissaire de police, le lieutenant de gendarmerie et son brigadier accompagné de deux gendarmes, eurent-ils quelque peine à se rendre à la place Saint-Jean, où ils arrivèrent entre deux haies de gens dont les exclamations et les cris pouvaient et devaient les prévenir contre le Parisien si injustement accusé, mais contre qui les circonstances plaidaient.

Après une conférence entre Max et les magistrats, monsieur Mouilleron détacha le commissaire de police et le brigadier avec un gendarme pour examiner ce que dans la langue du Ministère public on nomme *le théâtre du crime.* Puis messieurs Mouilleron et Lousteau-Prangin, accompagnés du lieutenant de gendarmerie, passèrent de chez le père Rouget à la maison Hochon, qui fut gardée au bout du jardin par deux gendarmes et par deux autres à la porte. La foule croissait toujours. Toute la ville était en émoi dans la Grand'rue.

Gritte s'était déjà précipitée chez son maître tout effarée et lui avait dit :

— Monsieur, on va vous piller !... Toute la ville est en révolution, monsieur Maxence Gilet est assassiné, il va trépasser !... et l'on dit que c'est monsieur Joseph qui a fait le coup !

Monsieur Hochon s'habilla promptement et descendit ; mais, devant une populace furieuse, il était rentré subitement en verrouillant sa porte. Après avoir questionné Gritte, il sut que son hôte était sorti depuis le petit jour, s'était promené toute la nuit dans une grande agitation, et ne rentrait pas. Effrayé, il alla chez madame Hochon que le bruit venait d'éveiller, et à laquelle il apprit l'effroyable nouvelle qui, vraie ou fausse, ameutait tout Issoudun sur la place Saint-Jean.

— Il est certainement innocent ! dit madame Hochon.

— Mais, en attendant que son innocence soit reconnue, on peut entrer ici, nous piller, dit monsieur Hochon devenu blême (il avait de l'or dans sa cave).

— Et Agathe ?

— Elle dort comme une marmotte !

— Ah ! tant mieux, dit madame Hochon, je voudrais qu'elle dormît pendant le temps que cette affaire s'éclaircira. Un pareil assaut tuerait cette pauvre petite !

Mais Agathe s'éveilla, descendit à peine habillée, car les réticences de Gritte qu'elle questionna lui avaient bouleversé la tête et le cœur. Elle trouva madame Hochon pâle et les yeux pleins de larmes à l'une des fenêtres de la salle, avec son mari.

— Du courage, ma petite, Dieu nous envoie nos afflictions, dit la vieille femme. On accuse Joseph !...

— De quoi ?

— D'une mauvaise action qu'il ne peut pas avoir commise, répondit madame Hochon.

En entendant ce mot et en voyant entrer le lieutenant de gendarmerie, messieurs Mouilleron et Lousteau-Prangin, Agathe s'évanouit.

— Tenez, dit monsieur Hochon à sa femme et à Gritte,

emmenez madame Bridau, les femmes ne peuvent être que gênantes dans de pareilles circonstances. Retirez-vous toutes les deux avec elle dans votre chambre. Asseyez-vous, messieurs, fit le vieillard. La méprise qui nous vaut votre visite ne tardera pas, je l'espère, à s'éclaircir.

— Quand il y aurait méprise, dit monsieur Mouilleron, l'exaspération est si forte dans cette foule, et les têtes sont tellement montées, que je crains pour l'inculpé... Je voudrais le tenir au Palais et donner satisfaction aux esprits.

—Qui se serait douté de l'affection que monsieur Maxence Gilet a inspirée ?... dit Lousteau-Prangin.

— Il débouche en ce moment douze cents personnes du faubourg de Rome, vient de me dire un de mes hommes, fit observer le lieutenant de gendarmerie, et ils poussent des cris de mort.

— Où donc est votre hôte ? dit monsieur Mouilleron à monsieur Hochon.

— Il est allé se promener dans la campagne, je crois...

— Rappelez Gritte, dit gravement le juge d'instruction, j'espérais que monsieur Bridau n'avait pas quitté la maison. Vous n'ignorez pas sans doute que le crime a été commis à quelques pas d'ici, au petit jour ?

Pendant que monsieur Hochon alla chercher Gritte, les trois fonctionnaires échangèrent des regards significatifs.

— La figure de ce peintre ne m'est jamais revenue, dit le lieutenant à monsieur Mouilleron.

— Ma fille, demanda le juge à Gritte en la voyant entrer, vous avez vu, dit-on, sortir, ce matin, monsieur Joseph Bridau ?

— Oui, monsieur, répondit-elle en tremblant comme une feuille.

— A quelle heure ?

— Dès que je me suis levée, car il s'est promené pendant la nuit dans sa chambre, et il était habillé quand je suis descendue.

— Faisait-il jour ?

— Petit jour.

— Il avait l'air agité ?...

— Oui, dame ! il m'a paru tout chose.

— Envoyez chercher chez moi mon greffier par un de vos hommes, dit Lousteau-Prangin au lieutenant, et qu'il vienne avec des mandats de...

— Mon Dieu ! ne vous pressez pas, dit monsieur Hochon. L'agitation de ce jeune homme est explicable autrement que par la préméditation d'un crime : il part aujourd'hui pour Paris, à cause d'une affaire où Gilet et mademoiselle Flore Brazier avaient suspecté sa probité.

— Oui, l'affaire des tableaux, dit monsieur Mouilleron. Ce fut hier le sujet d'une querelle fort vive, et les artistes ont, comme on dit, la tête bien près du bonnet.

— Qui, dans tout Issoudun, avait intérêt à tuer Maxence ? demanda Lousteau. Personne ; ni mari jaloux, ni qui que ce soit, car ce garçon n'a jamais fait de tort à quelqu'un.

— Mais que faisait donc monsieur Gilet à quatre heures et demie dans les rues d'Issoudun ? dit monsieur Hochon.

— Tenez, monsieur Hochon, laissez-nous faire notre métier, répondit Mouilleron, vous ne savez pas tout : Max a reconnu votre peintre...

En ce moment, une clameur partit d'un bout de la ville et grandit en suivant le cours de la grande Narette, comme le bruit d'un coup de tonnerre.

— Le voilà ! Le voilà... il est arrêté !...

Ces mots se détachaient nettement sur la basse-taille d'une effroyable rumeur populaire. En effet, le pauvre Joseph Bridau, qui revenait tranquillement par le moulin de Landrôle pour se trouver à l'heure du déjeuner, fut aperçu, quand il atteignit la place Misère, par tous les groupes à la fois. Heureusement pour lui, deux gendarmes arrivèrent au pas de course pour l'arracher aux gens du faubourg de Rome qui l'avaient déjà pris sans ménagement par les bras, en poussant des cris de mort.

— Place ! place ! dirent les gendarmes qui appelèrent deux autres de leurs compagnons pour en mettre un en avant et un en arrière de Bridau.

— Voyez-vous, monsieur, dit au peintre un de ceux qui le tenaient, il s'agit, en ce moment de notre peau comme de la vôtre. Innocent ou coupable, il faut que nous vous protégions contre l'émeute que cause l'assassinat du commandant Gilet ; et ce peuple ne s'en tient pas à vous en accuser, il vous croit le meurtrier, dur comme fer. Monsieur Gilet est adoré de ces gens-là, qui, regardez-les, ont bien la mine de vouloir se faire justice eux-mêmes. Ah ! nous les avons vus travaillant en 1830 le casaquin aux employés des Contributions, qui n'étaient pas à la noce, allez !

Joseph Bridau devint pâle comme un mourant, et rassembla ses forces pour pouvoir marcher.

— Après tout, dit-il, je suis innocent, marchons !...

Et il eut son portement de croix, l'artiste ! Il recueillit des huées, des injures, des menaces de mort, en faisant l'horrible trajet de la place Misère à la place Saint-Jean. Les gendarmes furent obligés de tirer le sabre contre la foule furieuse qui leur jeta des pierres. On faillit blesser les gendarmes, et quelques projectiles atteignirent les jambes, les épaules et le chapeau de Joseph.

— Nous voilà ! dit l'un des gendarmes en entrant dans la salle de monsieur Hochon, et ce n'est pas sans peine, mon lieutenant.

— Maintenant, il s'agit de dissiper ce rassemblement, et je ne vois qu'une manière, messieurs, dit l'officier aux magistrats. Ce serait de conduire au Palais monsieur Bridau en le mettant au milieu de vous ; moi et tous mes gendarmes nous vous entourerons. On ne peut répondre de rien quand on se trouve en présence de six mille furieux...

— Vous avez raison, dit monsieur Hochon qui tremblait toujours pour son or.

— Si c'est la meilleure manière de protéger l'innocence à Issoudun, répondit Joseph, je vous en fais mon compliment. J'ai déjà failli être lapidé...

— Voulez-vous voir prendre d'assaut et piller la maison de votre hôte ? dit le lieutenant. Est-ce avec nos sabres que nous résisterons à un flot de monde poussé par une queue de gens irrités, et qui ne connaissent pas les formes de la justice ?...

— Oh ! allons, messieurs, nous nous expliquerons après, dit Joseph qui recouvra tout son sang-froid.

— Place ! mes amis, dit le lieutenant, il est arrêté, nous le conduisons au Palais !

— Respect à la justice ! mes amis, dit monsieur Mouilleron.

— N'aimerez-vous pas mieux le voir guillotiner ? disait un des gendarmes à un groupe menaçant.

— Oui ! oui, fit un furieux, on le guillotinera.

— On va le guillotiner, répétèrent des femmes.

Au bout de la grande Narette, on se disait « — On l'emmène pour le guillotiner, on lui a trouvé le couteau ! — Oh ! le gredin ! — Voilà les Parisiens. — Celui-là portait bien le crime sur sa figure ! »

Quoique Joseph eût tout le sang à la tête, il fit le trajet de la place Saint-Jean au Palais en gardant un calme et un aplomb remarquables. Néanmoins, il fut assez heureux de se trouver dans le cabinet de monsieur Lousteau-Prangin.

— Je n'ai pas besoin, je crois, messieurs, de vous dire que je suis innocent, dit-il en s'adressant à monsieur Mouilleron, à monsieur Lousteau-Prangin et au greffier. Je ne puis que vous prier de m'aider à prouver mon innocence. Je ne sais rien de l'affaire...

Quand le juge eut déduit à Joseph toutes les présomptions qui pesaient sur lui, en terminant par la déclaration de Max, Joseph fut atterré.

— Mais, dit-il, je suis sorti de la maison après cinq heures ; j'ai pris par la Grand'-Rue, et à cinq heures et demie je regardais la façade de votre paroisse de Saint-Cyr. J'y ai causé avec le sonneur qui venait sonner l'angelus, en lui demandant des renseignements sur l'édifice qui me semble bizarre et inachevé. Puis j'ai traversé le marché aux Légumes où il y avait des femmes. De là, par la place

Misère, j'ai gagné, par le pont aux Anes, le moulin de Landrôle, où j'ai regardé tranquillement des canards pendant cinq à six minutes, et les garçons meuniers ont dû me remarquer. J'ai vu des femmes allant au lavoir, elles doivent y être encore; elles se sont mises à rire de moi, en disant que je n'étais pas beau; je leur ai répondu que dans les grimaces il y avait des bijoux. De là, je me suis promené par la grande allée jusqu'à Tivoli, où j'ai causé avec le jardinier... Faites vérifier ces faits, et ne me mettez même pas en état d'arrestation, car je vous donne ma parole de rester dans votre cabinet jusqu'à ce que vous soyez convaincus de mon innocence.

Ce discours sensé, dit sans aucune hésitation et avec l'aisance d'un homme sûr de son affaire, fit quelque impression sur les magistrats.

— Allons, il faut citer tous ces gens-là, les trouver, dit monsieur Mouilleron, mais ce n'est pas l'affaire d'un jour. Résolvez-vous donc, dans votre intérêt, à rester au secret au Palais.

— Pourvu que je puisse écrire à ma mère afin de la rassurer, la pauvre femme... Oh! vous lirez la lettre.

Cette demande était trop juste pour ne pas être accordée, et Joseph écrivit ce petit mot :

« N'aie aucune inquiétude, ma chère mère, l'erreur dont
» je suis victime sera facilement reconnue, et j'en ai donné
» les moyens. Demain, ou peut-être ce soir, je serai libre.
» Je t'embrasse, et dis à monsieur et madame Hochon com-
» bien je suis peiné de ce trouble dans lequel je ne suis
» pour rien, car il est l'ouvrage d'un hasard que je ne com-
» prends pas encore. »

Quand la lettre arriva, madame Bridau se mourait dans une attaque nerveuse; et les potions que monsieur Goddet essayait de lui faire prendre par gorgées étaient impuissantes. Aussi la lecture de cette lettre fut-elle comme un baume. Après quelques secousses, Agathe tomba dans l'abattement qui suit de pareilles crises. Quand monsieur Goddet revint voir sa malade, il la trouva regrettant d'avoir quitté Paris.

— Dieu m'a punie, disait-elle les larmes aux yeux. Ne devais-je pas me confier à lui, ma chère marraine, et attendre de sa bonté la succession de mon frère !...

— Madame, si votre fils est innocent, Maxence est un profond scélérat, lui dit à l'oreille monsieur Hochon, et nous ne serons pas les plus forts dans cette affaire; ainsi, retournez à Paris.

— Eh bien! dit madame Hochon à monsieur Goddet, comment va monsieur Gilet?

— Mais, quoique grave, la blessure n'est pas mortelle. Après un mois de soins, ce sera fini. Je l'ai laissé écrivant à monsieur Mouilleron pour lui demander la mise en liberté de votre fils, madame, dit-il à sa malade. Oh! Max est un brave garçon. Je lui ai dit dans quel état vous étiez, il s'est alors rappelé une circonstance du vêtement de son assassin qui lui a prouvé que ce ne pouvait pas être votre fils : le meurtrier portait des chaussons de lisière, et il est bien certain que monsieur votre fils est sorti en bottes...

— Ah! que Dieu lui pardonne le mal qu'il m'a fait!...

A la nuit, un homme avait apporté pour Gilet une lettre écrite en caractères moulés et ainsi conçue :

« Le capitaine Gilet ne devrait pas laisser un innocent
» entre les mains de la justice. Celui qui a fait le coup
» promet de ne plus recommencer, si monsieur Gilet dé-
» livre monsieur Joseph Bridau sans désigner le cou-
» pable. »

Après avoir lu cette lettre et l'avoir brûlée, Max écrivit à monsieur Mouilleron une lettre qui contenait l'observation rapportée par monsieur Goddet, en le priant de mettre Joseph en liberté, et de venir le voir afin qu'il lui expliquât l'affaire. Au moment où cette lettre parvint à monsieur Mouilleron, Lousteau-Prangin avait déjà pu recon-

naître, par les dépositions du sonneur, d'une vendeuse de légumes, des blanchisseuses, des garçons meuniers du moulin de Landrôle, et du jardinier de Frapesle, la véracité des explications données par Joseph. La lettre de Max achevait de prouver l'innocence de l'inculpé, que monsieur Mouilleron reconduisit alors lui-même chez monsieur Hochon. Joseph fut accueilli par sa mère avec une effusion de si vive tendresse, que ce pauvre enfant méconnu rendit grâce au hasard, comme le mari de la fable de Lafontaine au voleur, d'une contrariété qui lui valait ces preuves d'affection.

— Oh! dit monsieur Mouilleron d'un air capable, j'ai bien vu tout de suite, à la manière dont vous regardiez la populace irritée, que vous étiez innocent; mais, malgré ma persuasion, voyez-vous, quand on connaît Issoudun, le meilleur moyen de vous protéger était de vous emmener comme nous l'avons fait. Ah! vous aviez une fière contenance.

— Je pensais à autre chose, répondit simplement l'artiste. Je connais un officier qui m'a raconté qu'en Dalmatie, il fut arrêté dans ces circonstances presque semblables, en arrivant de la promenade un matin, par une populace en émoi... Ce rapprochement m'occupait, et je regardais toutes ces têtes avec l'idée de peindre une émeute de 1793... Enfin je me disais : « Gredin! tu n'as que ce que tu mérites en venant chercher une succession au lieu d'être à peindre dans ton atelier... »

— Si vous voulez me permettre de vous donner un conseil, dit le procureur du roi, vous prendrez ce soir à onze heures une voiture que vous prêtera le maître de poste, et vous retournerez à Paris par la diligence de Bourges.

— C'est aussi mon avis, dit monsieur Hochon qui brûlait du désir de voir partir son hôte.

— Et mon plus vif désir est de quitter Issoudun, où cependant je laisse ma seule amie, répondit Agathe en prenant et baisant la main de madame Hochon. Et quand vous reverrai-je?...

— Ah! ma petite, nous ne nous reverrons plus que là-haut!... Nous avons, lui dit-elle à l'oreille, assez souffert ici-bas pour que Dieu nous prenne en pitié.

Un instant après, quand monsieur Mouilleron eut causé avec Max, Gritte étonna beaucoup madame et monsieur Hochon, Agathe, Joseph et Adolphine, en annonçant la visite de monsieur Rouget. Jean-Jacques venait dire adieu à sa sœur et lui offrir sa calèche pour aller à Bourges.

— Ah! vos tableaux nous ont fait bien du mal! lui dit Agathe.

— Gardez-les, ma sœur, répondit le bonhomme, qui ne croyait pas encore à la valeur des tableaux.

— Mon voisin, dit monsieur Hochon, nos meilleurs amis, nos plus sûrs défenseurs sont nos parens, surtout quand ils ressemblent à votre sœur Agathe et à votre neveu Joseph!

— C'est possible, répondit le vieillard hébété.

— Il faut penser à finir chrétiennement sa vie, dit madame Hochon.

— Ah! Jean-Jacques, fit Agathe, quelle journée!

— Acceptez-vous ma voiture? demanda Rouget.

— Non, mon frère, répondit madame Bridau, je vous remercie et vous souhaite une bonne santé.

Rouget se laissa embrasser par sa sœur et par son neveu, puis il sortit après leur avoir dit un adieu sans tendresse. Sur un mot de son grand-père, Baruch était allé promptement à la poste. A onze heures du soir, les deux Parisiens, nichés dans un cabriolet d'osier attelé d'un cheval et mené par un postillon, quittèrent Issoudun. Adolphine et madame Hochon avaient des larmes aux yeux. Elles seules regrettaient Agathe et Joseph.

— Ils sont partis, dit François Hochon en entrant avec la Rabouilleuse dans la chambre de Max.

— Hé bien! le tour est fait, répondit Max abattu par la fièvre.

— Mais qu'as-tu dit au père Mouilleron? lui demanda François.

— Je lui ai dit que j'avais presque donné le droit à mon assassin de m'attendre au coin d'une rue, que cet homme était de caractère, si l'on poursuivait l'affaire, à me tuer comme un chien avant d'être arrêté. En conséquence, j'ai prié Mouilleron et Prangin de se livrer ostensiblement aux plus actives recherches, mais de laisser mon assassin tranquille, à moins qu'ils ne voulussent me voir tuer.

— J'espère, Max, dit Flore, que pendant quelque temps vous allez vous tenir tranquille la nuit.

— Enfin, nous sommes délivrés des Parisiens! s'écria Max. Celui qui m'a frappé ne savait guère nous rendre un si grand service.

Le lendemain, à l'exception des personnes excessivement tranquilles et réservées qui partageaient les opinions de monsieur et madame Hochon, le départ des Parisiens, quoique dû à une déplorable méprise, fut célébré par toute la ville comme une victoire de la province contre Paris. Quelques amis de Max s'exprimèrent assez durement sur le compte des Bridau.

— Eh bien! ces Parisiens s'imaginaient que nous sommes des imbéciles, et qu'il n'y a qu'à tendre son chapeau pour qu'il y pleuve des successions!...

— Ils étaient venus chercher de la laine, mais ils s'en retournent tondus; car le neveu n'est pas du goût de l'oncle.

— Et, s'il vous plaît, ils avaient pour conseil un avoué de Paris...

— Ah! ils avaient formé un plan?

— Mais oui, le plan de se rendre maîtres du père Rouget; mais les Parisiens ne se sont pas trouvés de force, et l'avoué ne se moquera pas des Berrichons...

— Savez-vous que c'est abominable?...

— Voilà les gens de Paris!...

— La Rabouilleuse s'est vue attaquée, elle s'est défendue.

— Et elle a joliment bien fait...

Pour toute la ville, les Bridau étaient des Parisiens, des étrangers : on leur préférait Max et Flore.

On peut imaginer la satisfaction avec laquelle Agathe et Joseph rentrèrent dans leur petit logement de la rue Mazarine, après cette campagne. L'artiste avait repris en voyage sa gaieté troublée par la scène de son arrestation et par vingt heures de mise au secret ; mais il ne put distraire sa mère. Agathe se remit d'autant moins facilement de ses émotions, que la Cour des Pairs allait commencer le procès de la conspiration militaire. La conduite de Philippe, malgré l'habileté de son défenseur conseillé par Desroches, excitait des soupçons peu favorables à son caractère. Aussi, dès qu'il eut mis Desroches au fait de ce qui se passait à Issoudun, Joseph emmena-t-il promptement Mistigris au château du de Sérizy, pour ne point entendre parler de ce procès qui dura vingt jours.

Il est inutile de revenir ici sur des faits acquis à l'histoire contemporaine. Soit qu'il eût joué quelque rôle convenu, soit qu'il fût un des révélateurs, Philippe resta sous le poids d'une condamnation à cinq années de surveillance sous la haute police, et obligé de partir le jour même de sa mise en liberté pour Autun, ville que le directeur général de la police du royaume lui désigna pour lieu de séjour pendant les cinq années. Cette peine équivalait à une détention semblable à celle des prisonniers sur parole à qui l'on donne une ville pour prison. En apprenant que le comte de Sérizy, l'un des pairs désignés par la Chambre pour faire l'instruction du procès, employait Joseph à l'ornement de son château de Presle, Desroches sollicita de ce ministre d'État une audience, et trouva le comte de Sérizy dans les meilleures dispositions pour Joseph, avec qui par hasard il avait fait connaissance. Desroches expliqua la position financière des deux frères en rappelant les services rendus par leur père, et l'oubli qu'en avait fait la Restauration.

— De telles injustices, monseigneur, dit l'avoué, sont des causes permanentes d'irritation et de mécontentement !

Vous avez connu le père, mettez au moins les enfans dans le cas de faire fortune !

Et il peignit succinctement la situation des affaires de la famille à Issoudun, en demandant au tout puissant vice-président du conseil d'État de faire une démarche auprès du directeur général de la police, afin de changer d'Autun à Issoudun la résidence de Philippe. Enfin il parla de la détresse horrible de Philippe en sollicitant un secours de soixante francs par mois que le ministère de la guerre devait donner, par pudeur, à un ancien lieutenant colonel.

— J'obtiendrai tout ce que vous me demandez, car tout me semble juste, dit le ministre d'État.

Trois jours après, Desroches, muni des autorisations nécessaires, alla prendre Philippe à la prison de la Cour des Pairs, et l'emmena chez lui, rue de Béthizy. Là, le jeune avoué fit à l'affreux soudard un de ces sermons sans réplique dans lesquels les avoués jugent les choses à leur véritable valeur, en se servant de termes crus pour estimer la conduite, pour analyser et réduire à leur plus simple expression les sentimens des cliens auxquels ils s'intéressent assez pour les sermonner. Après avoir aplati l'officier d'ordonnance de l'Empereur en lui reprochant ses dissipations insensées, les malheurs de sa mère et la mort de la vieille Descoings, il lui expliqua l'état des choses à Issoudun, en les lui éclairant à sa manière, et pénétrant à fond dans le plan et dans le caractère de Maxence Gilet et de la Rabouilleuse.

Doué d'une compréhension très alerte en ce genre, le condamné politique écouta beaucoup mieux cette partie de la mercuriale de Desroches que la première.

— Cela étant, dit l'avoué, vous pouvez réparer ce qui est réparable dans les torts que vous avez faits à votre excellente famille, car vous ne pouvez rendre la vie à la pauvre femme à qui vous avez donné le coup de la mort ; mais vous seul pouvez...

— Et comment faire? demanda Philippe.

— J'ai obtenu de vous faire donner Issoudun pour résidence au lieu d'Autun.

Le visage de Philippe si amaigri, devenu presque sinistre, labouré par les maladies, par les souffrances et par les privations, fut rapidement illuminé par un éclair de joie.

— Vous seul pouvez, dis-je, rattraper la succession de votre oncle Rouget, déjà peut-être à moitié dans la gueule de ce loup nommé Gilet, reprit Desroches. Vous connaissez tous les détails, je vous ai maintenant d'agir en conséquence. Je ne vous trace point de plan, je n'ai pas d'idée à ce sujet ; d'ailleurs, tout se modifie sur le terrain. Vous avez affaire à forte partie, le gaillard est plein d'astuce, et la manière dont il voulait rattraper les tableaux donnés par votre oncle à Joseph, l'audace avec laquelle il a mis un crime sur le dos de votre pauvre frère, annoncent un adversaire capable de tout. Ainsi, soyez prudent, et tâchez d'être sage par calcul, si vous ne pouvez pas l'être par tempérament. Sans en rien dire à Joseph dont la fierté d'artiste se serait indignée, j'ai renvoyé les tableaux à monsieur Hochon en lui écrivant de ne les remettre qu'à vous. Ce Maxence Gilet est brave...

— Tant mieux, dit Philippe, je compte bien sur le courage de ce drôle pour réussir, car un lâche s'en irait d'Issoudun.

— Hé bien! pensez à votre mère qui, pour vous, est d'une adorable tendresse, à votre frère de qui vous avez fait votre vache à lait...

— Ah! il vous a parlé de ces bêtises!... s'écria Philippe.

— Allons, ne suis-je pas l'ami de la famille, et n'en sais-je pas plus qu'eux sur vous?...

— Que savez-vous? dit Philippe.

— Vous avez trahi vos camarades...

— Moi! s'écria Philippe. Moi! l'officier d'ordonnance de l'Empereur! La chatte!... Nous avons mis dedans la Chambre des Pairs, la Justice, le Gouvernement et toute la sacrée boutique. Les gens du Roi n'y ont vu que du feu!..

— Très bien, si c'est ainsi, répondit l'avoué ; mais, voyez-vous, les Bourbons ne peuvent pas être renversés, ils ont l'Europe pour eux, et vous devriez songer à faire votre paix avec le ministre de la guerre... oh ! vous la ferez quand vous vous trouverez riche. Pour vous enrichir, vous et votre frère, emparez-vous de votre oncle. Si vous voulez mener à bien une affaire qui exige tant d'habileté, de discrétion, de patience, vous avez de quoi travailler pendant vos cinq ans...

— Non, non, dit Philippe, il faut aller vite en besogne, ce Gilet pourrait dénaturer la fortune de mon oncle, la mettre au nom de cette fille, et tout serait perdu.

— Enfin, monsieur Hochon est un homme de bon conseil et qui voit juste, consultez-le. Vous avez votre feuille de route, votre place est retenue à la diligence d'Orléans pour sept heures et demie, votre malle est faite, venez dîner ?

— Je ne possède que ce que je porte, dit Philippe en ouvrant son affreuse redingote bleue ; mais il me manque trois choses que vous prierez Giroudeau, l'oncle de Finot, mon ami, de m'envoyer : c'est mon sabre, mon épée et mes pistolets !...

— Il vous manque bien autre chose, dit l'avoué qui frémit en contemplant son client. Vous recevrez une indemnité de trois mois pour vous vêtir décemment.

— Tiens, te voilà, Godeschal ! s'écria Philippe en reconnaissant le premier clerc de Desroches le frère de Mariette.

— Oui, je suis avec monsieur Desroches depuis deux mois.

— Il y restera, j'espère, s'écria Desroches, jusqu'à ce qu'il traite d'une Charge.

— Et Mariette ! dit Philippe ému par ses souvenirs.

— Elle attend l'ouverture de la nouvelle salle.

— Ça lui coûterait bien peu, dit Philippe, de faire lever ma consigne... Elle voudra !

Après le maigre dîner offert à Philippe par Desroches qui nourrissait son premier clerc, les deux praticiens mirent le condamné politique en voiture et lui souhaitèrent bonne chance.

Le 2 novembre, le jour des Morts, Philippe Bridau se présenta chez le commissaire de police d'Issoudun pour faire viser sur sa feuille le jour de son arrivée ; puis il alla se loger, d'après les avis de ce fonctionnaire, rue de l'Avenir. Aussitôt la nouvelle de la déportation d'un des officiers compromis dans la dernière conspiration se répandit à Issoudun, et y fit d'autant plus de sensation qu'on apprit que cet officier était le frère du peintre si injustement accusé. Maxence Gilet, alors entièrement guéri de sa blessure, avait terminé l'opération si difficile de la réalisation des fonds hypothécaires du père Rouget, et leur placement en une inscription sur le Grand-Livre. L'emprunt de cent quarante mille francs fait par ce vieillard sur ses propriétés produisait une grande sensation, car tout se sait en province. Dans l'intérêt des Bridau, monsieur Hochon, ému de ce désastre, questionna le vieux monsieur Héron, le notaire de Rouget, sur l'objet de ce mouvement de fonds.

— Les héritiers du père Rouget, si le père Rouget change d'avis, me devront une belle chandelle ! s'écria monsieur Héron. Sans moi, le bonhomme aurait laissé mettre les cinquante mille francs de rentes au nom de Maxence Gilet... J'ai dit à mademoiselle Brazier qu'elle devait s'en tenir au testament, sous peine d'avoir un procès en spoliation, vu les preuves nombreuses que les différens transports faits de tous côtés donneraient de leurs manœuvres. J'ai conseillé, pour gagner du temps, à Maxence et à sa maîtresse de faire oublier ce changement si subit dans les habitudes du bonhomme.

— Soyez l'avocat et le protecteur des Bridau, car ils n'ont rien, dit à monsieur Héron monsieur Hochon qui ne pardonnait pas à Gilet les angoisses qu'il avait eues en craignant le pillage de sa maison.

Maxence Gilet et Flore Brazier, hors de toute atteinte, plaisantèrent donc en apprenant l'arrivée du second neveu du père Rouget. A la première inquiétude que leur donnerait Philippe, ils savaient pouvoir, en faisant signer une procuration au père Rouget, transférer l'inscription, soit à Maxence, soit à Flore. Si le testament se révoquait, cinquante mille livres de rente étaient une assez belle fiche de consolation, surtout après avoir grevé les biens-fonds d'une hypothèque de cent quarante mille francs.

Le lendemain de son arrivée, Philippe se présenta sur les dix heures pour faire une visite à son oncle, il tenait à se présenter dans son horrible costume. Aussi, quand l'échappé de l'hôpital du Midi, quand le prisonnier du Luxembourg entra dans la salle, Flore Brazier éprouva-t-elle comme un frisson au cœur à ce repoussant aspect. Gilet sentit également en lui-même cet ébranlement dans l'intelligence et dans la sensibilité par lequel la nature nous avertit d'une inimitié latente ou d'un danger à venir.

Si Philippe devait je ne sais quoi de sinistre dans la physionomie à ses derniers malheurs, son costume ajoutait encore à cette expression. Sa lamentable redingote bleue restait boutonnée militairement jusqu'au col par de tristes raisons, mais elle montrait ainsi beaucoup trop ce qu'elle avait la prétention de cacher. Le bas du pantalon, usé comme un habit d'invalide, exprimait une misère profonde. Les bottes laissaient des traces humides en jetant de l'eau boueuse par les semelles entrebâillées. Le chapeau gris que le colonel tenait à la main offrait aux regards une coiffe horriblement grasse. La canne en jonc, dont le vernis avait disparu, devait avoir stationné dans tous les coins des cafés de Paris et reposé son bout tordu dans bien des fanges. Sur un col de velours qui laissait voir son carton, se dressait une tête presque semblable à celle que se fait Frédérick Lemaître au dernier acte de *la vie d'un Joueur*, et où l'épuisement d'un homme encore vigoureux se trahit par un teint cuivré, verdi de place en place. On voit ces teintes dans la figure des débauchés qui ont passé beaucoup de nuits au jeu : les yeux sont cernés par un cercle charbonné, les paupières sont plutôt rougies que rouges ; enfin, le front est menaçant par toutes les ruines qu'il accuse. Chez Philippe, à peine remis de son traitement, les joues étaient presque rentrées et rugueuses. Il montrait un crâne sans cheveux, où quelques mèches restées derrière la tête se mouraient aux oreilles. Le bleu si pur de ses yeux si brillans avait pris les teintes froides de l'acier.

— Bonjour, mon oncle, dit-il d'une voix enrouée, je suis votre neveu Philippe Bridau. Voilà comment les Bourbons traitent un lieutenant colonel, un vieux de la vieille, celui qui portait les ordres de l'Empereur à la bataille de Montereau. Je serais honteux si ma redingote s'entr'ouvrait à cause de mademoiselle. Après tout, c'est la loi du jeu. Nous avons voulu recommencer la partie, et nous avons perdu ! J'habite votre ville par ordre de la police, avec une haute paye de soixante francs par mois. Ainsi les bourgeois n'ont à craindre que je ne fasse augmenter le prix des consommations. Je vois que vous êtes en bonne et belle compagnie.

— Ah ! tu es mon neveu, dit Jean-Jacques...

— Mais invitez donc monsieur le colonel à déjeuner, dit Flore.

— Non, madame, merci, répondit Philippe ; j'ai déjeuné. D'ailleurs je me couperais plutôt la main que de demander un morceau de pain ou un centime à mon oncle, après ce qui s'est passé dans cette ville à propos de mon frère et de ma mère... Seulement il ne me paraît pas convenable que je reste à Issoudun sans lui tirer ma révérence de temps en temps. Vous pouvez bien d'ailleurs, dit-il en offrant à son oncle sa main dans laquelle Rouget mit la sienne qu'il secoua, vous pouvez faire tout ce qui vous plaira : je n'y trouverai jamais rien à redire, pourvu que l'honneur des Bridau soit sauf...

Gilet pouvait regarder le lieutenant colonel à son aise, car Philippe évitait de jeter les yeux sur lui avec une affectation visible. Quoique le sang lui bouillonnât dans les veines, Max avait un trop grand intérêt à se conduire avec cette prudence des grands politiques, qui ressemble parfoisà la lâcheté, pour prendre feu comme un jeune homme ; il resta donc calme et froid.

— Ce ne sera pas bien, monsieur, dit Flore, de vivre avec soixante francs par mois à la barbe de votre oncle qui a quarante mille livres de rente, et qui s'est déjà si bien conduit avec monsieur le commandant Gilet, son parent par nature, que voilà...

— Oui, Philippe, reprit le bonhomme, nous verrons cela...

Sur la présentation faite par Flore, Philippe échangea un salut presque craintif avec Gilet.

— Mon oncle, j'ai des tableaux à vous rendre, ils sont chez monsieur Hochon; vous me ferez le plaisir de venir les reconnaître un jour ou l'autre.

Après avoir dit ces dit ces derniers mots d'un ton sec, le lieutenant-colonel Philippe Bridau sortit. Cette visite laissa dans l'âme de Flore et aussi chez Gilet une émotion plus grave encore que leur saisissement à la première vue de cet effroyable soudard. Dès que Philippe eut tiré la porte avec une violence d'héritier dépouillé, Flore et Gilet se cachèrent dans les rideaux pour le regarder allant de chez son oncle chez les Hochon.

— Quel *chenapan* ! dit Flore en interrogeant Gilet par un coup d'œil.

— Oui, par malheur, il s'en est trouvé quelques-uns comme ça dans les armées de l'Empereur ; j'en ai descendu sept sur les pontons, répondit Gilet.

— J'espère bien, Max, que vous ne chercherez pas dispute à celui-ci, dit mademoiselle Brazier.

— Oh ! celui-là répondit Max, est un chien galeux qui veut un os, reprit-il en s'adressant au père Rouget. Si mon oncle a confiance en moi, il s'en débarrassera par quelque donation ; car il ne vous laissera pas tranquille, papa Rouget.

— Il sentait bien le tabac, fit le vieillard.

— Il sentait vos écus aussi, fit Flore d'un ton péremptoire. Mon avis est qu'il faut vous dispenser de le recevoir.

— Je ne demande pas mieux, répondit Rouget.

— Monsieur, dit Gritte en entrant dans la chambre où toute la famille Hochon se trouvait après déjeuner, voici le monsieur Bridau dont vous parliez.

Philippe fit son entrée avec politesse, au milieu d'un profond silence causé par la curiosité générale. Madame Hochon frémit de la tête aux pieds en apercevant l'auteur de tous les chagrins d'Agathe et l'assassin de la femme Descoings. Adolphine eut aussi quelque effroi. Baruch et François échangèrent un regard de surprise. Le vieil Hochon conserva son sang-froid et offrit un siège au fils de madame Bridau.

— Je viens, monsieur, dit Philippe, me recommander à vous ; car j'ai besoin de prendre mes mesures de façon à vivre dans ce pays-ci, pendant cinq ans, avec soixante francs par mois que me donne la France.

— Cela se peut, répondit l'octogénaire.

Philippe parla de choses indifférentes en se tenant parfaitement bien. Il présenta comme un aigle le journaliste, Lousteau, neveu de la vieille dame, dont les bonnes grâces lui furent acquises quand elle l'entendit annoncer que le nom de Lousteau deviendrait célèbre. Puis il n'hésita point à reconnaître les fautes de sa vie. A un reproche amical qui lui adressa madame Hochon à voix basse, il dit avoir fait bien des réflexions dans la prison, et lui promit d'être à l'avenir un tout autre homme.

Sur un mot que lui dit Philippe, monsieur Hochon sortit avec lui. Quand l'avare et le soldat furent sur le boulevard Baron, à une place où personne ne pouvait les entendre, le colonel dit au vieillard : — Monsieur, si vous voulez me croire, nous ne parlerons jamais d'affaires ni des personnes autrement qu'en nous promenant dans la campagne, ou dans des endroits où nous pourrons causer sans être entendus. Maître Desroches m'a très bien expliqué l'influence des commérages dans une petite ville. Je ne veux donc pas que vous soyez soupçonné de m'aider de vos conseils, quoique Desroches m'ait dit de vous les demander, et que

je vous prie de ne pas me les épargner. Nous avons un ennemi puissant en tête, il ne faut négliger aucune précaution pour parvenir à s'en défaire. Et, d'abord, excusez-moi, si je ne vais plus vous voir. Un peu de froideur entre nous vous laissera net de toute influence dans ma conduite. Quand j'aurai besoin de vous consulter, je passerai sur la place à neuf heures et demie, au moment où vous sortez de déjeuner. Si vous me voyez tenant ma canne au port d'armes, cela voudra dire qu'il faut nous rencontrer, par hasard, en un lieu de promenade que vous m'indiquerez.

— Tout cela me semble d'un homme prudent et qui veut réussir, dit le vieillard.

— Et je réussirai, monsieur. Avant tout, indiquez-moi les militaires de l'ancienne armée revenus ici, qui ne sont point du parti de ce Maxence Gilet, et avec lesquels je puisse me lier.

— Il y a d'abord un capitaine d'artillerie de la Garde, monsieur Mignonnet, un homme sorti de l'École polytechnique, âgé de quarante ans, et qui vit modestement ; il est plein d'honneur, et s'est prononcé contre Max dont la conduite lui semble indigne d'un vrai militaire.

— Bon ! fit le lieutenant colonel.

— Il n'y a pas beaucoup de militaires de cette trempe, reprit monsieur Hochon, car je ne vois plus ici qu'un ancien capitaine de cavalerie.

— C'est mon arme, dit Philippe. Était-il dans la Garde ?

— Oui, reprit monsieur Hochon. Carpentier était en 1810 maréchal-des-logis-chef dans les dragons ; il en est sorti pour entrer sous-lieutenant dans la ligne, et il y est devenu capitaine.

— Giroudeau le connaîtra peut-être, se dit Philippe.

— Ce monsieur Carpentier a pris la place dont n'a pas voulu Maxence, à la Mairie, et il est l'ami du commandant Mignonnet.

— Que puis-je faire ici pour gagner ma vie ?...

— On va, je crois, établir une sous-direction pour l'Assurance mutuelle du département du Cher, et vous pourriez y trouver une place ; mais ce sera tout au plus cinquante francs par mois...

— Cela me suffira.

Au bout d'une semaine, Philippe eut une redingote, un pantalon et un gilet neufs en bon drap bleu d'Elbeuf, achetés à crédit et payables à tant par mois, ainsi que des bottes, des gants de daim et un chapeau. Il reçut de Paris, par Giroudeau, du linge, ses armes, et une lettre pour Carpentier, qui avait servi sous les ordres de l'ancien capitaine des dragons. Cette lettre valut à Philippe le dévouement de Carpentier, qui présenta Philippe au commandant Mignonnet comme un homme du plus haut mérite et du plus beau caractère. Philippe capta l'admiration de ces deux dignes officiers par quelques confidences sur la conspiration jugée, qui fut, comme on sait, la dernière tentative de l'ancienne armée contre les Bourbons, car le procès des sergens de La Rochelle appartint à un autre ordre d'idées.

A partir de 1822, éclairés par le sort de la conspiration du 19 août 1820, par les affaires Berton et Caron, les militaires se contentèrent d'attendre les événements. Cette dernière conspiration, la cadette du 19 août, fut la même, reprise avec de meilleurs élémens. Comme l'autre, elle resta complètement inconnue au gouvernement royal. Encore une fois découverts, les conspirateurs eurent l'esprit de réduire leur vaste entreprise aux proportions mesquines d'un complot de caserne. Cette conspiration, à laquelle adhéraient plusieurs régimens de cavalerie, d'infanterie et d'artillerie, avait le nord de la France pour foyer. On devait prendre d'un seul coup les places fortes de la frontière. En cas de succès, les traités de 1815 eussent été brisés par une fédération subite de la Belgique, enlevée à la Sainte-Alliance, grâce à un pacte militaire fait entre soldats. Deux trônes s'abîmaient en un moment dans ce rapide ouragan. Au lieu de ce formidable plan conçu par de fortes têtes, je ne veux peindre bien des personnages, on ne livra qu'un détail à la Cour des Pairs. Philippe Bridau consentit à couvrir ces chefs, qui disparaissaient au moment où les complots se découvraient, soit par quelque trahison, soit par un effet du hasard, et qui, siégeant dans les Chambres, ne promettaient leur coopération que pour compléter la réussite au cœur du gouvernement. Dire le plan que, depuis 1830, les aveux des Libéraux ont déployé dans toute sa profondeur et dans ses ramifications immenses dérobées aux initiés inférieurs, ce serait empiéter sur le domaine de l'histoire et se jeter dans une trop longue digression ; cet aperçu suffit à faire comprendre le double rôle accepté par Philippe. L'ancien officier d'ordonnance de l'Empereur devait diriger un mouvement projeté dans Paris, uniquement pour masquer la véritable conspiration, et occuper le gouvernement au cœur quand elle éclaterait dans le nord. Philippe fut alors chargé de rompre la trame entre les deux complots en ne livrant que les secrets d'un ordre secondaire ; l'effroyable dénûment dont témoignaient son costume et son état de santé, servit puissamment à déconsidérer, à rétrécir l'entreprise aux yeux du pouvoir. Ce rôle convenait à la situation précaire de ce joueur sans principes. En se sentant à cheval sur deux partis, le rusé Philippe fit le bon apôtre avec le gouvernement royal, et conserva l'estime des gens haut placés de son parti ; mais en se promettant bien de se jeter plus tard dans celle des deux voies où il trouverait le plus d'avantages.

Ces révélations sur la portée immense du véritable complot, sur la participation de quelques-uns des juges, firent de Philippe, aux yeux de Carpentier et de Mignonnet, un homme de la plus haute distinction, car son dévouement révélait une politique digne des beaux jours de la Convention. Aussi le rusé bonapartiste devint-il en quelques jours l'ami des deux officiers dont la considération dut rejaillir sur lui. Il eut aussitôt, par la recommandation de messieurs Mignonnet et Carpentier, la place indiquée par le vieil Hochon à l'Assurance mutuelle du département du Cher. Chargé de tenir des registres comme chez un percepteur, de remplir de noms et de chiffres des lettres tout imprimées et de les expédier, de faire des polices d'assurance, il ne fut pas occupé plus de trois heures par jour. Mignonnet et Carpentier firent admettre l'hôte d'Issoudun à leur Cercle, où son attitude et ses manières, en harmonie d'ailleurs avec la haute opinion que Mignonnet et Carpentier donnaient de ce chef de complot, lui méritèrent le respect qu'on accorde à des dehors souvent trompeurs.

Philippe, dont la conduite fut profondément méditée, avait réfléchi pendant sa prison sur les inconvéniens d'une vie débraillée. Il n'avait donc pas eu besoin de la semonce de Desroches pour comprendre la nécessité de se concilier l'estime du monde par une vie honnête, décente et rangée. Charmé de faire la satire de Max en se conduisant à la Mignonnet, il voulait endormir Maxence en le trompant sur son caractère. Il tenait à se faire prendre pour un niais en se montrant généreux et désintéressé, tout en enveloppant son adversaire et convoitant la succession de son oncle ; tandis que sa mère et son frère, si réellement désintéressés, généreux et grands, avaient été taxés de calcul en agissant avec une naïve simplicité. La cupidité de Philippe s'était allumée en raison de la fortune de son oncle, que monsieur Hochon lui avait détaillée. Dans la première conversation qu'il eut secrètement avec l'octogénaire, ils étaient tous deux tombés d'accord sur l'obligation où se trouvait Philippe de ne pas éveiller la défiance de Max ; car tout serait perdu si Flore et Max emmenaient leur victime, seulement à Bourges. Une fois par semaine, le colonel dîna chez le capitaine Mignonnet, une autre fois chez Carpentier, et le jeudi chez monsieur Hochon. Bientôt invité dans deux ou trois maisons, après trois mois de séjour, il n'avait guère que son déjeuner à payer. Nulle part il ne parla ni de son oncle, ni de la Rabouilleuse, ni de Gilet, à moins qu'il ne fût question d'apprendre quelque chose relativement au séjour de son frère et de sa mère. Enfin les trois officiers, les seuls qui fussent décorés, et parmi lesquels Philippe avait l'avantage de la rosette, ce qui lui donnait aux yeux de tous une supériorité très remarquée en province, se promenaient ensemble à la même heure, avant le dîner, en faisant, selon une expression vulgaire, *bande à part*. Cette attitude, cette réserve, cette tranquillité produisirent un excellent effet dans Issoudun. Tous les adhérens du Max virent en Philippe *un sabreur*, expression par laquelle les militaires accordent le plus vulgaire des courages aux officiers supérieurs, et leur refusent les capacités exigées pour le commandement.

— C'est un homme bien honorable, disait Goddet père à Max.

— Bah ! répondit le commandant Gilet, sa conduite à la Cour des Pairs annonce une dupe ou un mouchard ; et il est, comme vous le dites, assez niais pour avoir été la dupe des gros joueurs.

Après avoir obtenu sa place, Philippe, au fait des *disettes* du pays, voulut dérober le plus possible la connaissance de certaines choses à la ville ; il se logea donc dans une maison située à l'extrémité du faubourg Saint-Paterne, et à laquelle attenait un très grand jardin. Il put y faire, dans le plus grand secret, des armes avec Carpentier, qui avait été maître d'armes dans la Ligne avant de passer dans la garde. Après avoir ainsi secrètement repris son ancienne supériorité, Philippe apprit de Carpentier des secrets qui lui permirent de ne pas craindre un adversaire de la première force. Il se mit alors à tirer le pistolet avec Mignonnet et Carpentier, mais par distraction, mais pour faire croire à Maxence qu'il ne comptait, en cas de duel, sur cette arme.

Quand Philippe rencontrait Gilet, il en attendait un salut, et répondait en soulevant le bord de son chapeau d'une façon cavalière, comme fait un colonel qui répond au salut d'un soldat. Maxence Gilet ne donnait aucune marque d'impatience ni de mécontentement ; il ne lui était jamais échappé la moindre parole à ce sujet chez la Cognette, où il se faisait encore des soupers ; car, depuis le coup de couteau de Fario, les mauvais tours avaient été provisoirement suspendus. Au bout d'un certain temps, le mépris du lieutenant-colonel Bridau pour le chef de bataillon Gilet fut un fait avéré dont s'entretinrent entre eux quelques-uns des Chevaliers de la Désœuvrance qui n'étaient pas aussi étroitement liés avec Maxence que Baruch, que François et trois ou quatre autres. On s'étonna généralement de voir le violent, le fougueux Max se conduisant avec une pareille réserve. Aucune personne à Issoudun, pas même Potel ou Renard, n'osa traiter ce point délicat avec Gilet. Potel, assez affecté de cette mésintelligence publique entre deux braves de la Garde impériale, présentait Max comme très capable d'ourdir quelque chose de neuf, après ce que Max avait fait pour chasser le frère et la mère, car l'affaire de Fario n'était plus un mystère. Monsieur Hochon n'avait pas manqué d'expliquer aux vieilles têtes de la ville la ruse atroce de Gilet. D'ailleurs Monsieur Mouilleron, le héros d'une *disette bourgeoise*, avait dit en confidence le nom de l'assassin de Gilet, ne fût-ce que pour rechercher les causes de l'inimitié de Fario contre Max, afin de tenir la justice éveillée sur des événemens futurs.

En causant sur la situation du lieutenant-colonel vis-à-vis de Max, et en cherchant à deviner ce qui jaillirait de cet antagonisme, la ville les posa donc, par avance, en adversaires. Philippe, qui recherchait avec sollicitude les détails de l'arrestation de son frère, les antécédens de Gilet et ceux de la Rabouilleuse, finit par entrer en relations assez intimes avec Fario, son voisin. Après avoir bien étudié l'Espagnol, Philippe crut pouvoir se fier à un homme de cette trempe. Tous deux ils trouvèrent leur haine si bien à l'unisson, que Fario se mit à la disposition de Philippe en lui racontant tout ce qu'il savait sur les Chevaliers de la Désœuvrance. Philippe, dans le cas où il réussirait à prendre sur son oncle l'empire qu'exerçait Gilet, promit à Fario de l'indemniser de ses pertes, et s'en fit ainsi un séide.

Maxence avait donc en face un ennemi redoutable; il trouvait, selon le mot du pays, à qui parler. Animée par ses *disettes*, la ville d'Issoudun présentait un combat entre ces personnages qui, remarquez-le, se méprisaient mutuellement.

Vers la fin de novembre, un matin, dans la grande allée de Frapesle, vers midi, Philippe, en rencontrant monsieur Hochon, lui dit : — J'ai découvert que vos deux petits-fils Baruch et François sont les amis intimes de Maxence Gilet. Les drôles participent la nuit à toutes les farces qui se font en ville. Aussi Maxence a-t-il su par eux tout ce qui se disait chez vous quand mon frère et ma mère y séjournaient.

— Et comment avez-vous eu la preuve de ces horreurs ?...

— Je les ai entendus causant pendant la nuit au sortir d'un cabaret. Vos deux petits-fils doivent chacun mille écus à Maxence. Le misérable a dit à ces pauvres enfans de tâcher de découvrir quelles sont nos intentions ; en leur rappelant que vous aviez trouvé le moyen de cerner mon oncle par la prêtraille, il leur a dit que vous seul étiez capable de me diriger, car il me prend heureusement pour un sabreur.

— Comment, mes petits-enfans !...

— Guettez-les, reprit Philippe, vous les verrez revenant sur la place Saint-Jean, à deux ou trois heures du matin, gris comme des bouchons de vin de Champagne, et en compagnie de Maxence...

— Voilà donc pourquoi mes drôles sont si sobres, dit monsieur Hochon.

— Fario m'a donné des renseignemens sur leur existence nocturne, reprit Philippe ; car, sans lui, je ne l'aurais jamais devinée. Mon oncle est sous le poids d'une oppression horrible, à en juger par le peu de paroles que mon Espagnol a entendu dire par Max à vos enfans. Je soupçonne Max et la Rabouilleuse d'avoir formé le plan de *chipper* les cinquante mille francs de rente sur le Grand-Livre, de s'en aller se marier je ne sais où, après avoir tiré cette aile du pigeon. Il est grand temps de savoir ce qui se passe dans le ménage de mon oncle ; mais je ne sais comment faire.

— J'y penserai, dit le vieillard.

Philippe et monsieur Hochon se séparèrent en voyant venir quelques personnes.

Jamais, en aucun moment de sa vie, Jean-Jacques Rouget ne souffrit autant que depuis la première visite de son neveu Philippe. Flore épouvantée avait le pressentiment d'un danger qui menaçait Maxence. Lasse de son maître, et craignant qu'il ne vécût très vieux, en le voyant résister si longtemps à ses criminelles pratiques, elle inventa le plan très simple de quitter le pays et d'aller épouser Max à Paris, après s'être fait donner l'inscription de cinquante mille livres de rente sur le Grand-Livre. Le vieux garçon, guidé, non point par intérêt pour ses héritiers ni par avarice personnelle, mais par sa passion, se refusait à donner l'inscription à Flore, en lui objectant qu'elle était son unique héritière. Le malheureux savait à quel point Flore aimait Maxence, et il se voyait abandonné dès qu'elle serait assez riche pour se marier. Quand Flore, après avoir employé les cajoleries les plus tendres, se vit refusée, elle déploya ses rigueurs : elle ne parlait plus à son maître, elle le faisait servir par la Védie qui vit ce vieillard, un matin, les yeux tout rouges d'avoir pleuré pendant la nuit. Depuis une semaine, le père Rouget déjeunait seul, et Dieu sait comme !

Or, le lendemain de sa conversation avec monsieur Hochon, Philippe, qui voulut faire une seconde visite à son oncle, le trouva très changé. Flore resta près du vieillard, lui jeta des regards affectueux, lui parla tendrement, et joua si bien la comédie, que Philippe devina le péril de la situation par tant de sollicitude déployée en sa présence. Gilet, dont la politique consistait à fuir toute espèce de collision avec Philippe, ne se montra point. Après avoir observé le père Rouget et Flore d'un œil perspicace, le colonel jugea nécessaire de frapper un grand coup.

— Adieu, mon cher oncle, dit-il en se levant par un geste qui trahissait l'intention de sortir.

— Oh ! ne t'en va pas encore, s'écria le vieillard à qui la fausse tendresse de Flore faisait du bien. Dîne avec nous, Philippe ?

— Oui, si vous voulez venir vous promener une heure avec moi.

— Monsieur est bien malingre, dit mademoiselle Brazier. Il n'a pas voulu tout à l'heure sortir en voiture, ajouta-t-elle en se tournant vers le bonhomme qu'elle regarda de cet œil fixe par lequel on dompte les fous.

Philippe prit Flore par le bras, la contraignit à le regarder, et la regarda tout aussi fixement qu'elle venait de regarder sa victime.

— Dites donc, mademoiselle, lui demanda-t-il, est-ce que, par hasard, mon oncle ne serait pas libre de se promener seul avec moi ?

— Mais si, monsieur, répondit Flore qui ne pouvait guère répondre autre chose.

— Hé bien ! venez, mon oncle ? Allons, mademoiselle, donnez-lui sa canne et son chapeau...

— Mais, habituellement, il ne sort pas sans moi, n'est-ce pas, monsieur ?

— Oui, Philippe, oui, j'ai toujours bien besoin d'elle...

— Il vaudrait mieux aller en voiture, dit Flore.

— Oui, allons en voiture, s'écria le vieillard dans son désir de mettre ses deux tyrans d'accord.

— Mon oncle, vous viendrez à pied et avec moi, ou je ne reviens plus ; car alors la ville d'Issoudun aurait raison : vous seriez sous la domination de mademoiselle Flore Brazier. Que mon oncle vous aime, très-bien ! reprit-il en arrêtant sur Flore Brazier un regard de plomb. Que vous n'aimiez pas mon oncle, c'est encore dans l'ordre. Mais que vous rendiez le bonhomme malheureux ?... halte là ! Quand on veut une succession, il faut la gagner. Venez-vous, mon oncle ?...

Philippe vit alors une hésitation cruelle se peignant sur la figure de ce pauvre imbécile dont les yeux allaient de Flore à son neveu.

— Ah ! c'est comme cela, reprit le lieutenant-colonel. Eh bien ! adieu, mon oncle. Quant à vous, mademoiselle, je vous baise les mains.

Il se retourna vivement quand il fut à la porte, et surprit encore une fois un geste de menace de Flore à son oncle.

— Mon oncle, dit-il, si vous voulez venir vous promener avec moi, je vous trouverai à votre porte ; je vais faire à monsieur Hochon une visite de dix minutes... Si nous ne nous promenons pas, je me charge d'envoyer promener bien du monde...

Et Philippe traversa la place Saint-Jean pour aller chez les Hochon.

Chacun doit pressentir la scène que la révélation faite par Philippe à monsieur Hochon avait préparée dans cette famille. À neuf heures, le vieux monsieur Héron se présenta, muni de papiers, et trouva dans la salle du feu que le vieillard avait fait allumer contre son habitude. Habillée à cette heure indue, madame Hochon occupait son fauteuil au coin de la cheminée. Les deux petits-fils, prévenus par Adolphine d'un orage amassé depuis la veille sur leurs têtes, avaient été consignés au logis. Mandés par Gritte, ils furent saisis de l'espèce d'appareil déployé par leurs grands-parens, dont la froideur et la colère grondaient sur eux depuis vingt-quatre heures.

— Ne vous levez pas pour eux, dit l'octogénaire à monsieur Héron, car vous voyez, deux misérables indignes de pardon.

— Oh ! grand-papa ! dit François.

— Taisez-vous, reprit le solennel vieillard, je connais votre vie nocturne et vos liaisons avec monsieur Maxence Gilet ; mais vous n'irez plus le retrouver chez la Cognette à une heure du matin, car vous ne sortirez d'ici tous deux

que pour vous rendre à vos destinations respectives. Ah !
vous avez ruiné Fario ! Ah ! vous avez plusieurs fois failli
aller en Cour d'assises... Taisez-vous, dit-il en voyant Baruch ouvrant la bouche. Vous devez tous deux de l'argent
à monsieur Maxence, qui, depuis six ans, vous en donne
pour vos débauches. Écoutez chacun les comptes de ma
tutelle, et nous causerons après. Vous verrez d'après ces
actes si vous pouvez vous jouer de moi, vous jouer de la
famille et de ses lois en trahissant les secrets de ma maison, en rapportant à un monsieur Maxence Gilet ce qui se
dit et ce qui se fait ici... Pour mille écus vous devenez espions, à dix mille écus vous assassineriez sans doute?...
Mais n'avez-vous pas déjà presque tué madame Bridau !
car monsieur Gilet savait très bien que Fario lui avait
donné le coup de couteau, quand il a rejeté cet assassinat
sur mon hôte, Joseph Bridau. Si ce gibier de potence a
commis ce crime, c'est pour avoir appris par vous l'intention
où était madame Agathe de rester ici. Vous ! mes petits-
fils, les espions d'un tel homme ! Vous, des maraudeurs !...
Ne saviez-vous pas que votre digne chef, au début de son
métier, a déjà tué en 1806 une pauvre jeune créature ? Je
ne veux pas avoir des assassins ou des voleurs dans ma
famille ; vous ferez vos paquets, et vous irez vous faire
pendre ailleurs !

Les deux jeunes gens devinrent blancs et immobiles
comme des statues de plâtre.

— Allez, monsieur Héron, dit l'avare au notaire.

Le vieillard lut un compte de tutelle d'où il résultait que
la fortune claire et liquide des deux enfans Borniche était
de soixante-dix mille francs, somme qui représentait la
dot de leur mère ; mais monsieur Hochon avait fait prêter
à sa fille des sommes assez fortes, et se trouvait, sous le
nom des prêteurs, maître d'une portion de la fortune de
ses petits-enfans Borniche. La moitié revenant à Baruch
se soldait par vingt mille francs.

— Te voilà riche, dit le vieillard, prends ta fortune, et
marche tout seul ! Moi, je reste maître de donner mon
bien et celui de madame Hochon, qui partage en ce moment toutes mes idées, à qui je veux, à notre chère Adolphine ; oui, nous lui ferons épouser le fils d'un pair de
France, si nous le voulons, car elle aura tous nos capitaux !...

— Une très-belle fortune ! dit monsieur Héron.

— Monsieur Maxence Gilet vous indemnisera, dit madame Hochon.

— Amassez donc des pièces de vingt sous pour de pareils garnemens !... s'écria monsieur Hochon.

— Pardon ! dit Baruch en balbutiant.

— Pardon, et ferai plus, répéta railleusement le vieillard
en imitant la voix des enfans. Si je vous pardonne, vous
irez prévenir monsieur Maxence de ce qui vous arrive,
pour qu'il se tienne sur ses gardes... Non, non, mes petits messieurs. J'ai les moyens de savoir comment vous
vous conduirez. Comme vous ferez, je ferai. Ce ne sera
point par une bonne conduite d'un jour ni celle d'un mois
que je vous jugerai, mais par celle de plusieurs années !...
J'ai bon pied, bon œil, bonne santé. J'espère vivre encore
assez pour savoir dans quel chemin vous mettrez les pieds.
Et d'abord, à vous, François Hochon, vous irez, vous, monsieur le capitaliste, à Pa-
ris étudier la banque chez monsieur Mongenod. Malheur
à vous, si vous n'allez pas droit : on y aura l'œil sur vous.
Vos fonds sont chez messieurs Mongenod et fils ; voici sur
eux un bon de pareille somme. Ainsi, libérez-moi, en signant votre compte de tutelle qui se termine par une quittance, dit-il en prenant le compte des mains de Héron, et
le tendant à Baruch.

— Quant à vous, François Hochon, vous me redevez de
l'argent au lieu d'en avoir à toucher, dit le vieillard en regardant son autre petit-fils. Monsieur Héron, lisez-lui
son compte, il est clair... très clair.

La lecture se fit par un profond silence.

— Vous irez avec six cents francs par an à Poitiers faire
votre Droit, dit le grand-père quand le notaire eut fini.
Je vous préparais une belle existence ; maintenant, il faut

vous faire avocat pour gagner votre vie. Ah ! mes drôles,
vous m'avez attrapé pendant six ans? apprenez qu'il ne me
fallait qu'une heure, à moi, pour vous rattraper : j'ai des
bottes de sept lieues.

Au moment où le vieux monsieur Héron sortait en emportant les actes signés, Gritte annonça monsieur le colonel Philippe Bridau. Madame Hochon sortit en emmenant ses deux petits-fils dans sa chambre afin de les con-
fesser, selon l'expression du vieil Hochon, et savoir quel
effet cette scène avait produit sur eux.

Philippe et le vieillard se mirent dans l'embrasure d'une
fenêtre, et parlèrent à voix basse.

— J'ai bien réfléchi à la situation de vos affaires, dit
monsieur Hochon en montrant la maison Rouget. Je viens
d'en causer avec monsieur Héron. L'inscription de cinquante mille francs de rente ne peut être vendue que par
le titulaire lui-même ou par un mandataire ; or, depuis
votre séjour ici, votre oncle n'a signé de procuration dans
aucune étude ; et, comme il n'est pas sorti d'Issoudun, il
n'en a pas pu signer ailleurs. S'il donne une procuration
ici, nous le saurons à l'instant ; s'il en donne une dehors,
nous le saurons également, car il faut l'enregistrer, et le
digne monsieur Héron a les moyens d'en être averti. Si
donc le bonhomme quitte Issoudun, faites-le suivre, sachez où il est allé, nous trouverons les moyens d'apprendre
ce qu'il aura fait.

— La procuration n'est pas donnée, dit Philippe, on la
veut, mais j'espère pouvoir empêcher qu'elle ne se donne ;
et—elle—ne—se—don—ne—ra—pas, s'écria le soudard
en voyant son oncle sur le pas de sa porte et le montrant à monsieur Hochon, à qui il expliqua succinctement
les événemens, si petits et à la fois si grands, de sa visite.

— Maxence a peur de moi, mais il ne peut m'éviter. Mignonnet m'a dit que tous les officiers de la vieille armée
fêtaient chaque année à Issoudun l'anniversaire du couronnement de l'Empereur ; eh bien ! dans deux jours,
Maxence et moi, nous nous verrons.

— S'il a la procuration le premier décembre au matin,
il prendra la poste pour aller à Paris, et laissera très-bien
l'anniversaire...

— Bon, il s'agit de chambrer mon oncle ; mais j'ai le
regard qui plombe les imbéciles, dit Philippe en faisant
trembler monsieur Hochon par un coup d'œil atroce.

— S'ils l'ont laissé se promener avec vous, Maxence aura
sans doute découvert un moyen de gagner la partie, fit observer le vieil avare.

— Oh ! Fario veille, répliqua Philippe, et il n'est pas
seul à veiller. Cet Espagnol m'a découvert aux environs
de Vatan un de mes anciens soldats à qui j'ai rendu service. Sans qu'on le sache, Benjamin Bourdet est aux
ordres de mon Espagnol, qui lui-même a mis un de ses
chevaux à la disposition de Benjamin.

— Si vous tuez ce monstre qui m'a perverti mes petits-
enfans, vous ferez certes une bonne action.

— Aujourd'hui, grâce à moi, l'on sait dans tout Issoudun ce que monsieur Maxence a fait la nuit depuis six
ans, répondit Philippe. Et les disettes, selon votre expression, vont leur train sur lui. Moralement, il est perdu !...

Dès que Philippe sortit de chez son oncle, Flore entra
dans la chambre de Maxence pour lui raconter les moindres détails de la visite que venait de faire l'audacieux
neveu.

— Que faire ? dit-elle.

— Avant d'arriver au dernier moyen, qui sera de me
battre avec ce grand cadavre-là, répondit Maxence, il faut
jouer quitte ou double en essayant un grand coup. Laisse
aller notre imbécile avec son neveu !

— Mais ce grand mâtin-là ne va pas par quatre chemins, s'écria Flore : il lui nommera les choses par leur
nom.

— Écoute-moi donc, dit Maxence d'un son de voix strident. Crois-tu que je n'aie pas écouté aux portes et réfléchi à notre position? Demande un cheval et un char-à-
bancs au père Cognet, il les faut à l'instant ! tout doit être

paré en cinq minutes. Mets là-dedans toutes tes affaires, emmène la Védie, et cours à Vatan. Installe-toi là comme une femme qui veut y demeurer ; emporte les vingt mille francs qu'il a dans son secrétaire. Si je le mène le bonhomme à Vatan, tu ne consentiras à revenir ici qu'après la signature de la procuration. Moi, je filerai sur Paris pendant que vous retournerez à Issoudun. Quand, au retour de sa promenade, Jean-Jacques ne te trouvera plus, il perdra la tête, il voudra courir après toi... Eh bien ! moi, je me charge alors de lui parler...

Pendant ce complot, Philippe emmenait son oncle bras dessus bras dessous, et allait se promener avec lui sur le boulevard Baron.

— Voilà deux grands politiques aux prises, se dit le vieil Hochon en suivant des yeux le colonel qui tenait son oncle. Je suis curieux de voir la fin de cette partie dont l'enjeu est de quatre-vingt-dix mille livres de rente.

— Mon cher oncle, dit au père Rouget Philippe dont la phraséologie se ressentait de ses liaisons à Paris, vous aimez cette fille, et vous avez diablement raison : elle est sacrement belle ! Au lieu de vous chouchoûter, elle vous a fait aller comme un valet, c'est encore tout simple ; elle voudrait vous voir à six pieds sous terre, afin d'épouser Maxence, qu'elle adore....

— Oui, je sais cela, Philippe, mais je l'aime tout de même.

— Eh bien ! par les entrailles de ma mère ! qui est bien votre sœur, reprit Philippe, j'ai juré de vous rendre votre Rabouilleuse souple comme mon gant, et telle qu'elle devait être avant que ce polisson, indigne d'avoir servi dans la garde impériale, ne vînt se caser dans votre ménage...

— Oh ! si tu faisais cela ! dit le vieillard.

— C'est bien simple, répondit Philippe en coupant la parole à son oncle, je vous tuerai Maxence comme un chien... Mais... à une condition, fit le soudard.

— Laquelle ? demanda le vieux Rouget en regardant son neveu d'un air hébété.

— Ne signez pas la procuration qu'on vous demande avant le 3 décembre, traînez jusque-là. Ces deux carcans veulent la permission de vendre vos cinquante mille francs de rente uniquement pour s'en aller se marier à Paris, et y faire la noce avec votre million...

— J'en ai bien peur, répondit Rouget.

— Hé bien ! quoi qu'on vous fasse, remettez la procuration à la semaine prochaine.

— Oui, mais quand Flore me parle, elle me remue l'âme à me faire perdre la raison. Tiens, quand elle me regarde d'une certaine façon, ses yeux bleus me semblent le paradis, et je ne suis plus mon maître, surtout quand il y a quelques jours qu'elle me tient rigueur.

— Hé bien ! si elle fait la sucrée, contentez-vous de lui promettre la procuration, et prévenez-moi la veille de la signature. Ça me suffira : Maxence ne sera pas votre mandataire, ou bien il m'aura tué. Si je le tue, vous me prendrez chez vous à sa place, je vous ferai marcher alors cette jolie fille au doigt et à l'œil. Oui, Flore vous aimera, tonnerre de Dieu ! ou si vous n'êtes pas content d'elle, je la cravacherai.

— Oh ! je ne souffrirai jamais cela. Un coup frappé sur Flore m'atteindrait au cœur.

— Mais c'est pourtant la seule manière de gouverner les femmes et les chevaux. Un homme se fait ainsi craindre, aimer et respecter. Voilà ce que je voulais vous dire dans le tuyau de l'oreille. — Bonjour, messieurs, dit-il à Mignonnet et à Carpentier, je promène mon oncle, comme vous voyez, je le tâche de le former, car nous sommes dans un siècle où les enfans sont obligés de faire l'éducation de leurs grands-parens.

On se salua respectivement.

— Vous voyez dans mon cher oncle les effets d'une passion malheureuse, reprit le colonel. On veut le dépouiller de sa fortune, et le laisser là comme Baba ; vous savez de qui je veux parler. Le bonhomme n'ignore pas le complot,

et il n'a pas la force de se passer de nanan pendant quelques jours pour le déjouer.

Philippe expliqua net la situation dans laquelle se trouvait son oncle.

— Messieurs, dit-il en terminant, vous voyez qu'il n'y a pas deux manières de délivrer mon oncle ; il faut que le colonel Bridau tue le commandant Gilet ou que le commandant Gilet tue le colonel Bridau. Nous fêtons le couronnement de l'Empereur après-demain, je compte sur vous pour arranger les places au banquet de manière à ce que je sois en face du commandant Gilet. Vous me ferez, je l'espère, l'honneur d'être mes témoins.

— Nous vous nommerons président, et nous serons à vos côtés. Max, comme vice-président, sera votre vis-à-vis, dit Mignonnet.

— Oh ! ce drôle aura pour lui le commandant Potel et le capitaine Renard, dit Carpentier. Malgré ce qui se dit en ville sur ses incursions nocturnes, ces deux braves gens ont été déjà ses seconds, ils lui seront fidèles...

— Vous voyez, mon oncle, dit Philippe, comme cela se mitonne ; ainsi ne signez rien avant le 3 décembre, car le lendemain vous serez libre, heureux, aimé de Flore, et sans votre Cour des Aides.

— Tu ne le connais pas, mon neveu, dit le vieillard épouvanté. Maxence a tué neuf hommes en duel.

— Oui, mais il ne s'agissait pas de cent mille francs de rente à voler, répondit Philippe.

— Une mauvaise conscience gâte la main, dit sentencieusement Mignonnet.

— Dans quelques jours d'ici, reprit Philippe, vous et la Rabouilleuse, vous vivrez ensemble comme des cœurs à la fleur d'orange, une fois son deuil passé ; car elle se tortillera comme un ver, elle jappera, elle fondra en larmes ; mais... laissez couler l'eau !

Les deux militaires appuyèrent l'argumentation de Philippe et s'efforcèrent de donner du cœur au père Rouget, avec lequel ils se promenèrent pendant environ deux heures. Enfin, Philippe ramena son oncle, auquel il dit :— Ne prenez aucune détermination sans moi. Je connais les femmes, j'en ai payé une qui m'a coûté plus cher que Flore ne vous coûtera jamais !... Aussi m'a-t-elle appris à me conduire comme il faut pour le reste de mes jours avec le beau sexe. Les femmes sont des enfans méchans, c'est des bêtes inférieures à l'homme, et il faut s'en faire craindre, car la pire condition pour nous est d'être gouvernés par ces brutes-là !

Il était environ deux heures après midi quand le bonhomme rentra chez lui. Kouski vint ouvrir la porte en pleurant, ou du moins, d'après les ordres de Maxence, il avait l'air de pleurer.

— Qu'y a-t-il ? demanda Jean-Jacques.

— Ah ! monsieur, madame est partie avec la Védie !

— P...artie ?... dit le vieillard d'un son de voix étranglé.

Le coup fut si violent que Rouget s'assit sur une des marches de son escalier. Un moment après, il se releva, regarda dans la salle, dans la cuisine, monta dans son appartement, alla dans toutes les chambres, revint dans la salle, se jeta dans un fauteuil et se mit à fondre en larmes.

— Où est-elle ? criait-il en sanglotant. Où est-elle ? Où est Max ?

— Je ne sais pas, répondit Kouski, le commandant est sorti sans me rien dire.

Gilet, en très habile politique, avait jugé nécessaire d'aller flâner par la ville. En laissant le vieillard seul à son désespoir, il lui faisait sentir son abandon et le rendait par là docile à ses conseils. Mais pour empêcher que Philippe n'assistât son oncle dans cette crise, Max avait recommandé à Kouski de n'ouvrir la porte à personne. Flore absente, le vieillard était sans frein ni mors, et la situation devenait alors excessivement critique. Pendant sa tournée en ville, Maxence Gilet fut évité par beaucoup de gens qui, la veille, eussent été très empressés à venir lui serrer la main. Une réaction générale se faisait contre lui.

Les œuvres des Chevaliers de la Désœuvrance occupaient toutes les langues. L'histoire de l'arrestation de Joseph Bridau, maintenant éclaircie, déshonorait Max, dont la vie et les œuvres recevaient en un jour tout leur prix. Gilet rencontra le commandant Potel qui le cherchait et qu'il vit hors de lui.

— Qu'as-tu, Potel ?

— Mon cher, la Garde impériale est polissonnée dans toute la ville !... Les *péquins* t'embêtent, et, par contre-coup, ça me touche à fond de cœur.

— De quoi se plaignent-ils ? répondit Max.

— De ce que tu leur faisais les nuits.

— Comme si l'on ne pouvait pas s'amuser un petit peu ?...

— Ceci n'est rien, dit Potel.

Potel appartenait à ce genre d'officiers qui répondaient à un bourguemestre : « Eh ! on vous la payera, votre ville, si on la brûle ! » Aussi s'émouvait-il fort peu des farces de la Désœuvrance.

— Quoi, encore ? dit Gilet.

— La Garde est contre la Garde ! voilà ce qui me crève le cœur. C'est Bridau qui a déchaîné tous ces bourgeois sur toi. La Garde contre la Garde !... non, ça n'est pas bien ! Tu ne peux pas reculer, Max, et il faut s'aligner avec Bridau. Tiens, j'avais envie de chercher querelle à cette grande canaille-là, et il n'y a pas là de péquins pour se moquer d'eux. Non, ce grand drôle n'a jamais servi dans la Garde. Un homme de la Garde ne doit pas se conduire ainsi, devant des bourgeois, contre un autre homme de la Garde ! Ah ! la Garde est embêtée, et à Issoudun, encore ! où elle était honorée !...

— Allons, Potel, ne t'inquiète de rien, répondit Maxence. Quand même tu ne me verrais pas au banquet de l'anniversaire...

— Tu ne serais pas chez Lacroix après demain ?... s'écria Potel en interrompant son ami. Mais tu veux donc passer pour un lâche, avoir l'air de fuir Bridau ? Non, non. Les grenadiers à pied de la Garde ne doivent pas reculer devant les dragons de la Garde. Arrange tes affaires autrement, et sois là !...

— Encore un à mettre à l'ombre, dit Max. Allons, je pense que je puis m'y trouver et faire aussi mes affaires ! Car, se dit-il en lui-même, il ne faut pas que la procuration soit à mon nom. Comme l'a dit le vieux Hérou, ça prendrait trop la tournure d'un vol.

Ce lion, empêtré dans les filets ourdis par Philippe Bridau, frémit entre ses dents ; il évita les regards de tous ceux qu'il rencontrait, et revint par le boulevard Vilatte en se parlant à lui-même : « Avant de me battre, j'aurai les rentes, se disait-il. Si je meurs, au moins cette inscription ne sera pas à Philippe, je l'aurai fait mettre au nom de Flore. D'après mes instructions, l'enfant ira droit à Paris, et pourra, si elle le veut, épouser le fils de quelque maréchal de l'Empire qui sera dégommé. Je ferai donner la procuration au nom de Baruch, qui ne transférera l'inscription que sur mon ordre. »

Max, il faut lui rendre cette justice, n'était jamais plus calme en apparence que quand son sang et ses idées bouillonnaient. Aussi jamais ne vit-on à un si haut degré, réunies chez un militaire, les qualités qui font le grand général. S'il n'eût pas été arrêté dans sa carrière par la captivité, certes, l'empereur aurait eu dans ce garçon un de ces hommes si nécessaires à de vastes entreprises. En entrant dans la salle où pleurait toujours la victime de toutes ces scènes à la fois comiques et tragiques, Max demanda la cause de cette désolation : il fit l'étonné, il ne savait rien, il apprit avec une surprise bien jouée le départ de Flore, il questionna Kouski pour obtenir quelques lumières sur le but de ce voyage inexplicable.

— Madame m'a dit comme ça, fit Kouski, de dire à monsieur qu'elle avait pris dans le secrétaire les vingt mille francs en or qui s'y trouvaient, en pensant que monsieur ne lui refuserait pas cette somme pour ses gages, depuis vingt-deux ans.

— Ses gages ?... dit Rouget.

— Oui, reprit Kouski. — « Ah ! je ne reviendrai plus, » qu'elle s'en allait disant à la Védie (car la pauvre Védie, qui est bien attachée à monsieur, faisait des représentations à madame). « Non ! non ! qu'elle disait, il n'a pas pour moi la moindre affection, il a laissé son neveu me traiter comme la dernière des dernières ! » Et elle pleurait !... à chaudes larmes.

— Eh ! je me moque bien de Philippe ! s'écria le vieillard que Maxence observait. Où est Flore ? Comment peut-on savoir où elle est ?

— Philippe, de qui vous suivez les conseils, vous aidera, répondit froidement Maxence.

— Philippe, dit le vieillard, que peut-il sur cette pauvre enfant ?... Il n'y a que toi, mon bon Max, qui sauras trouver Flore, elle te suivra, tu me la ramèneras...

— Je ne veux pas être en opposition avec monsieur Bridau, dit Max.

— Parbleu ! s'écria Rouget, si c'est ça qui te gêne, il m'a promis de te tuer.

— Ah ! s'écria Gilet en riant, nous verrons...

— Mon ami, dit le vieillard, retrouve Flore, et dis-lui que je ferai tout ce qu'elle voudra !...

— On l'aura bien vue passer quelque part en ville, dit Maxence à Kouski ; sers-nous à dîner, mets tout sur la table, et va t'informer, de place en place, afin de pouvoir nous dire au dessert quelle route a prise mademoiselle Brazier.

Cet ordre calma pour un moment le pauvre homme qui gémissait comme un enfant qui a perdu sa bonne. En ce moment, Maxence, que Rouget haïssait comme la cause de tous ses malheurs, lui semblait un ange. Une passion comme celle de Rouget pour Flore ressemble étonnamment à l'enfance. A six heures, le Polonais, qui s'était tout bonnement promené, revint et annonça que la Rabouilleuse avait suivi la route de Vatan.

— Madame retourne dans son pays, c'est clair, dit Kouski.

— Voulez-vous venir ce soir à Vatan ? dit Max au vieillard, la route est mauvaise, mais Kouski sait conduire, et vous ferez mieux votre raccommodement ce soir à huit heures que demain matin.

— Partons ! s'écria Rouget.

— Mets tout doucement les chevaux, et tâche que la ville ne sache rien de ces bêtises-là, pour l'honneur de monsieur Rouget. Selle mon cheval, j'irai devant, dit-il à l'oreille de Kouski.

Monsieur Hochon avait déjà fait savoir le départ de mademoiselle Brazier à Philippe Bridau, qui se leva de table chez monsieur Mignonnet pour courir à la place Saint-Jean ; car il devina parfaitement le but de cette habile stratégie. Quand Philippe se présenta pour entrer chez son oncle, Kouski lui répondit par une croisée du premier étage que monsieur Rouget ne pouvait recevoir personne.

— Fario, dit Philippe à l'Espagnol qui se promenait dans la grande Narette, va dire à Benjamin de monter à cheval ; il est urgent que je sache ce que deviendront mon oncle et Maxence.

— On attelle le cheval au berlingot, dit Fario qui surveillait la maison de Rouget.

— S'ils vont à Vatan, répondit Philippe, trouve-moi un second cheval, et reviens avec Benjamin chez monsieur Mignonnet.

— Que comptez-vous faire ? dit monsieur Hochon qui sortit de sa maison en voyant Philippe et Fario sur la place.

— Le talent d'un général, mon cher monsieur Hochon, consiste, non-seulement à bien observer les mouvemens de l'ennemi, mais encore à deviner ses intentions par ses mouvemens, et à toujours modifier son plan à mesure que l'ennemi le dérange par une marche imprévue. Tenez, si mon oncle et Maxence sortent ensemble dans le berlingot, ils vont à Vatan ; Maxence lui a promis de le réconcilier avec Flore, qui *fugit ad salices !* car cette manœuvre est du général Virgile. Si cela se joue ainsi, je ne sais pas ce que je ferai ; mais j'aurai la nuit à moi, car mon oncle ne signera pas de procuration à dix heures du soir, les notaires sont couchés. Si, comme les piaffemens du second cheval me l'annoncent, Max va donner à Flore des instructions en précédant mon oncle, ce qui paraît nécessaire et vraisemblable, le drôle est perdu ! Vous allez voir comment nous prenons une revanche au jeu de la succession, nous autres vieux soldats... Et, comme pour ce dernier coup de la partie il me faut un second, je retourne chez Mignonnet, afin de m'y entendre avec mon ami Carpentier.

Après avoir serré la main à monsieur Hochon, Philippe descendit la petite Narette pour aller chez le commandant Mignonnet. Dix minutes après, monsieur Hochon vit partir Maxence au grand trot, et sa curiosité de vieillard fut alors si puissamment excitée, qu'il resta debout à la fenêtre de la salle, attendant le bruit de la vieille demi-fortune, qui ne se fit pas attendre. L'impatience de Jean-Jacques lui fit suivre Maxence à vingt minutes de distance. Kouski, sans doute sur l'ordre de son vrai maître, allait au pas, au moins dans la ville.

— S'ils s'en vont à Paris, tout est perdu, se dit monsieur Hochon.

En ce moment, un petit gars du faubourg de Rome arriva chez monsieur Hochon, il apportait une lettre pour Baruch. Les deux petits-fils du vieillard, penauds depuis le matin, s'étaient consignés d'eux-mêmes chez leur grand-père. En réfléchissant à leur avenir, ils avaient reconnu combien ils devaient ménager leurs grands parens. Baruch ne pouvait guère ignorer l'influence qu'exerçait son grand-père Hochon sur son grand-père et sa grand'mère Borniche ; monsieur Hochon ne manquerait pas de faire avantager Adolphine de tous les capitaux des Borniche, si sa conduite les autorisait à reporter leurs espérances dans le grand mariage dont on l'avait menacé le matin même. Plus riche que François, Baruch avait beaucoup à perdre ; il fut donc pour une soumission absolue, en n'y mettant pas d'autres conditions que le payement des dettes contractées avec Max. Quant à François, son avenir était entre les mains de son grand-père ; il n'espérait de fortune que de lui, puisque, d'après le compte de tutelle, il devenait son débiteur. De solennelles promesses furent alors faites par les deux jeunes gens dont le repentir fut stimulé par leurs intérêts compromis, et madame Hochon les rassura sur leurs dettes envers Maxence.

— Vous avez fait des sottises, leur dit-elle, réparez-les par une conduite sage, et monsieur Hochon s'apaisera.

Aussi, quand François eut la lettre par-dessus l'épaule de Baruch, lui dit-il à l'oreille : — Demande conseil à grand-papa ?

— Tenez, fit Baruch en apportant la lettre au vieillard.

— Lisez-la moi, je n'ai pas mes lunettes.

« Mon cher ami,

» J'espère que tu n'hésiteras pas, dans les circonstances graves où je me trouve, à me rendre service en acceptant d'être le fondé de pouvoir de monsieur Rouget. Ainsi, sois à Vatan demain à neuf heures. Je t'enverrai sans doute à nuit tranquille, je te rejoindrai l'argent du voyage et te rejoindrai promptement, car je suis à peu près sûr d'être forcé de quitter Issoudun le 3 décembre. Adieu, je compte sur ton amitié, compte sur celle de ton ami

« MAXENCE. »

— Dieu soit loué ! fit monsieur Hochon, la succession de cet imbécile est sauvée des griffes de ces diables-là !

— Cela sera si vous le dites, dit madame Hochon, et j'en remercie Dieu, qui sans doute aura exaucé mes prières. Le triomphe des méchans est toujours passager.

— Vous irez à Vatan, vous accepterez la procuration de monsieur Rouget, dit le vieillard à Baruch. Il s'agit de mettre cinquante mille francs de rente au nom de mademoiselle Brazier. Vous partirez bien pour Paris ; mais vous resterez à Orléans, où vous attendrez un mot de moi. Ne faites savoir à qui que ce soit où vous logerez, et logez-vous dans la dernière auberge du faubourg Bannier, fût-ce une auberge de roulier...

— Ah bien ! fit François que le bruit d'une voiture dans la grande Narette avait se précipiter à la fenêtre, voici du nouveau : le père Rouget et monsieur Philippe Bridau reviennent ensemble dans la calèche, Benjamin et Carpentier les suivent à cheval !...

— J'y vais ! s'écria monsieur Hochon dont la curiosité l'emporta sur tout autre sentiment.

Monsieur Hochon trouva le vieux Rouget écrivant dans sa chambre cette lettre que son neveu lui dictait :

« Mademoiselle,

» Si vous ne partez pas, aussitôt cette lettre reçue, pour
» revenir chez moi, votre conduite marquera tant d'ingra-
» titude pour mes bontés, que je révoquerai le testament
» fait en votre faveur en donnant ma fortune à mon neveu
» Philippe. Vous comprenez aussi que monsieur Gilet ne
» doit plus être mon commensal, dès qu'il se trouve avec
» vous à Vatan. Je charge monsieur le capitaine Carpen-
» tier de vous remettre la présente, et j'espère que vous
» écouterez ses conseils, car il vous parlera comme le
» ferait votre affectionné,

« J.-J. ROUGET. »

— Le capitaine Carpentier et moi nous avons *rencontré* mon oncle qui faisait la sottise d'aller à Vatan retrouver mademoiselle Brazier et le commandant Gilet, dit avec une profonde ironie Philippe à monsieur Hochon. J'ai fait comprendre à mon oncle qu'il courait tête baissée dans un piège : ne sera-t-il pas abandonné par cette fille dès qu'il lui aura signé la procuration qu'elle demande pour se vendre à elle-même une inscription de cinquante mille livres de rentes ! En écrivant cette lettre, ne verra-t-il pas revenir cette nuit, sous son toit, la belle fuyarde ?... Je promets de rendre mademoiselle Brazier souple comme un jonc pour le reste de ses jours, si mon oncle veut me laisser prendre la place de monsieur Gilet, que je trouve plus que déplacé ici. Ai-je raison ?... Et mon oncle se lamente !

— Mon voisin, dit monsieur Hochon, vous avez pris le meilleur moyen pour avoir la paix chez vous. Si vous m'en croyez, vous supprimerez votre testament, et vous verrez Flore redevenir pour vous ce qu'elle était dans les premiers jours.

— Non, car elle ne me pardonnera pas la peine que je vais lui faire, dit le vieillard en pleurant, elle ne m'aimera plus.

— Elle vous aimera, et dru, je m'en charge, dit Philippe.

— Mais ouvrez donc les yeux ? fit monsieur Hochon à Rouget. On veut vous dépouiller et vous abandonner...

— Ah ! si j'en étais sûr !... s'écria l'imbécile.

— Tenez, voici donc ce que Maxence a écrit à mon petit-fils Borniche, dit le vieil Hochon. Lisez !

— Quelle horreur ! s'écria Carpentier en entendant la lecture de la lettre que mon oncle Rouget fit en pleurant.

— Est-ce assez clair, mon oncle ? demanda Philippe. Allez, tenez-moi cette fille par l'intérêt, et vous serez adoré... comme vous pouvez l'être : moitié fil, moitié coton.

— Elle aime trop Maxence, elle me quittera, fit le vieillard en paraissant épouvanté.

— Mais, mon oncle, Maxence ou moi, nous ne laisserons pas après demain la marque de nos pieds sur les chemins d'Issoudun...

— Eh bien ! allez, monsieur Carpentier, reprit le bonhomme, si vous me promettez qu'elle reviendra, allez !

Vous êtes un honnête homme, dites-lui tout ce que vous croirez devoir dire en mon nom...

— Le capitaine Carpentier lui soufflera dans l'oreille que je fais venir de Paris une femme dont la jeunesse et la beauté sont un peu mignonnes, dit Philippe Bridau, et la drôlesse reviendra ventre à terre !

Le capitaine partit en conduisant lui-même la vieille calèche, il fut accompagné de Benjamin à cheval, car on ne trouva plus Kouski. Quoique menacé par les deux officiers d'un procès et de la perte de sa place, le Polonais venait de s'enfuir à Vatan sur un cheval de louage, afin d'annoncer à Maxence et à Flore le coup de main de leur adversaire. Après avoir accompli sa mission, Carpentier, qui ne voulait pas revenir avec la Rabouilleuse, devait prendre le cheval de Benjamin.

En apprenant la fuite de Kouski, Philippe dit à Benjamin :

— Tu remplaceras ici, dès ce soir, le Polonais. Ainsi tâche de grimper derrière la calèche à l'insu de Flore, pour te trouver ici en même temps qu'elle.—Ça se dessine, papa Hochon ! fit le lieutenant colonel. Après-demain le banquet sera jovial.

— Vous allez vous établir ici, dit le vieil avare.

— Je viens de dire à Fario de m'y envoyer toutes mes affaires. Je coucherai dans la chambre dont la porte est sur le palier de l'appartement de Gilet, mon oncle y consent.

— Qu'arrivera-t-il de tout ceci ? dit le bonhomme épouvanté.

— Il vous arrivera mademoiselle Flore Brazier dans quatre heures d'ici, douce comme une peau de pêche, répondit monsieur Hochon.

— Dieu le veuille ! fit le bonhomme en essuyant ses larmes.

— Il est sept heures, dit Philippe, la reine de votre cœur sera vers onze heures et demie ici. Vous n'y verrez plus Gilet, ne serez-vous pas heureux comme un pape ? Si vous voulez que je triomphe, ajouta Philippe à l'oreille de monsieur Hochon, restez avec nous jusqu'à l'arrivée de cette singesse, vous m'aiderez à maintenir le bonhomme dans sa résolution ; puis, à nous deux, nous ferons comprendre à mademoiselle la Rabouilleuse ses vrais intérêts.

Monsieur Hochon tint compagnie à Philippe en reconnaissant la justesse de sa demande ; mais ils eurent tous deux fort à faire, car le père Rouget se livrait à des lamentations d'enfant qu'on ne cédèrent que devant ce raisonnement répété dix fois par Philippe :

— Mon oncle, si Flore revient, et qu'elle soit tendre pour vous, vous reconnaîtrez que j'ai eu raison. Vous serez choyé, vous garderez vos rentes, vous vous conduirez désormais par mes conseils, et tout ira comme le Paradis.

Quand, à onze heures et demie, on entendit le bruit du berlingot dans la grande Narette, la question fut de savoir si la voiture revenait pleine ou vide. Le visage de Rouget offrit alors l'expression d'une horrible angoisse, qui fut remplacée par l'abattement d'une joie excessive lorsqu'il aperçut les deux femmes au moment où la voiture tourna pour entrer.

— Kouski, dit Philippe en donnant la main à Flore pour descendre, vous n'êtes plus au service de monsieur Rouget, vous ne coucherez pas ici ce soir, ainsi faites vos paquets ; Benjamin, que voici, vous remplace.

— Vous êtes donc le maître ? dit Flore avec ironie.

— Avec votre permission, répondit Philippe en serrant la main de Flore dans la sienne comme dans un étau. Venez ? nous devons nous *rabouiller* le cœur, à nous deux.

Philippe emmena cette femme stupéfaite à quelques pas de là, sur la place Saint-Jean.

— Ma toute belle, après-demain Gilet sera mis à l'ombre par ce bras, dit le soudard en tendant la main droite, ou le sien m'aura fait descendre la garde. Si je meurs, vous serez la maîtresse chez mon pauvre imbécile d'oncle : *benè sit !* Si je reste sur mes quilles, marchez droit,

et servez-lui du bonheur premier numéro. Autrement, je connais à Paris des Rabouilleuses qui sont, sans vous faire tort, plus jolies que vous, car elles n'ont que dix-sept ans ; elles rendront mon oncle excessivement heureux, et seront dans mes intérêts. Commencez votre service dès ce soir, car si demain le bonhomme n'est pas gai comme un pinson, je ne vous dis qu'une parole, écoutez-la bien ? Il n'y a qu'une seule manière de tuer un homme sans que la justice ait le plus petit mot à dire, c'est de se battre en duel avec lui ; mais j'en connais trois pour me débarrasser d'une femme. Voilà, ma biche !

Pendant cette allocution, Flore trembla comme une personne prise par la fièvre.

— Tuer Max ?... dit-elle en regardant Philippe à la lueur de la lune.

— Allez, tenez, voilà mon oncle...

En effet, le père Rouget, quoi que pût lui dire monsieur Hochon, vint dans la rue prendre Flore par la main, comme un avare eût fait pour son trésor ; il rentra chez lui, l'emmena dans sa chambre et s'y enferma.

— C'est aujourd'hui la Saint-Lambert, qui quitte sa place la perd, dit Benjamin au Polonais.

— Mon maître vous fermera le bec à tous, répondit Kouski en allant rejoindre Max qui s'établit à l'hôtel de la Poste.

Le lendemain, de neuf heures à onze heures, les femmes causaient entre elles à la porte des maisons. Dans toute la ville, il n'était bruit que de l'étrange révolution accomplie la veille dans le ménage du père Rouget. Le résumé de ces conversations fut le même partout.

— Que va-t-il se passer demain, au banquet du couronnement, entre Max et le colonel Bridau ?

Philippe dit à la Védie deux mots : « Six cents francs de rente viagère, ou chassée ! » qui la rendirent neutre pour le moment entre deux puissances aussi formidables que Philippe et Flore.

En sachant la vie de Max en danger, Flore devint plus aimable avec le vieux Rouget qu'aux premiers jours de leur ménage. Hélas ! en amour, une tromperie intéressée est supérieure à la vérité, voilà pourquoi tant d'hommes payent si cher d'habiles trompeuses. La Rabouilleuse ne se montra qu'au moment du déjeuner, en descendant avec Rouget à qui elle donnait le bras. Elle eut des larmes dans les yeux en voyant à la place de Max le terrible soudard à l'œil d'un bleu sombre, à la figure froidement sinistre.

— Qu'avez-vous, mademoiselle ? dit-il après avoir souhaité le bonjour à son oncle.

— Elle a, mon neveu, qu'elle ne supporte pas l'idée de savoir que tu peux te battre avec le commandant Gilet.

— Je n'ai pas la moindre envie de tuer ce Gilet, répondit Philippe, il n'a qu'à s'en aller d'Issoudun, s'embarquer pour l'Amérique avec une pacotille, je serai le premier à vous conseiller de lui donner de quoi s'acheter les meilleures marchandises possibles, et à lui souhaiter bon voyage ! Il fera fortune, et ce sera beaucoup plus honorable que de faire les cent coups à Issoudun la nuit, et le diable dans votre maison.

— Eh bien ! c'est gentil, cela ! dit Rouget en regardant Flore.

— En A...mé...é...ri...ique !... répondit-elle en sanglotant.

— Il vaut mieux jouer des jambes à New-York que de pourrir dans une redingote de sapin en France... Après cela, vous me direz qu'il est adroit : il peut me tuer ! fit observer le colonel.

— Voulez-vous me laisser lui parler ? dit Flore d'un ton humble et soumis en implorant Philippe.

— Certainement, il peut bien venir chercher ses affaires ; je resterai cependant avec mon oncle pendant ce temps-là, car je ne quitte plus le bonhomme, répondit Philippe.

— Védie, cria Flore, cours à la Poste, ma fille, et dis au commandant que je le prie de...

— De venir prendre toutes ses affaires, dit Philippe en coupant la parole à Flore.

— Oui, oui, Védie. Ce sera le prétexte le plus honnête pour me voir, je veux lui parler...

La terreur comprimait tellement la haine chez cette fille, le saisissement qu'elle éprouvait en rencontrant une nature forte et impitoyable, elle qui jusqu'alors était adulée, fut si grand, qu'elle s'accoutumait à plier devant Philippe comme le pauvre Rouget s'était accoutumé à plier devant elle ; elle attendit avec anxiété le retour de la Védie ; mais la Védie revint avec un refus formel de Max, qui priait mademoiselle Brazier de lui envoyer ses effets à l'hôtel de la Poste.

— Me permettez-vous d'aller les lui porter ? dit-elle à Jean-Jacques Rouget.

— Oui, mais tu reviendras, fit le vieillard.

— Si mademoiselle n'est pas revenue à midi, vous me donnerez à une heure votre procuration pour vendre vos rentes, dit Philippe en regardant Flore. Allez avec la Védie pour sauver les apparences, mademoi-elle. Il faut désormais avoir soin de l'honneur de mon oncle.

Flore ne put rien obtenir de Maxence. Le commandant, au désespoir de s'être laissé débusquer d'une position ignoble aux yeux de toute la ville, avait trop de fierté pour fuir devant Philippe. La Rabouilleuse combattit cette raison en proposant à son ami de s'enfuir ensemble en Amérique ; mais Gilet, qui ne voulait pas Flore sans la fortune du père Rouget, et qui ne voulait pas montrer le fond de son cœur à cette fille, persista dans son intention de tuer Philippe.

— Nous avons commis une lourde sottise, dit-il. Il fallait aller tous les trois à Paris, y passer l'hiver ; mais comment imaginer, dès que nous avons vu ce grand cadavre, que les choses tourneraient ainsi ? Il y a dans le cours des événements une rapidité qui grise. J'ai pris le colonel pour un de ces sabreurs qui n'ont pas deux idées : voilà ma faute. Puisque je n'ai pas su tout d'abord faire un crochet de lièvre, maintenant je serais un lâche si je rompais d'une semelle devant le colonel ; il m'a perdu dans l'opinion de la ville, je ne puis me réhabiliter que par sa mort...

— Pars donc l'Amérique avec quarante mille francs, je saurai me débarrasser de ce sauvage-là, je te rejoindrai, ce sera bien plus sage...

— Que penserait-on de moi ? s'écria-t-il poussé par le préjugé des *disettes*. Non. D'ailleurs, j'en ai déjà enterré neuf. Ce garçon-là ne me paraît pas devoir être très fort : il est sorti de l'École pour aller à l'armée, il s'est toujours battu jusqu'en 1815, il a voyagé depuis en Amérique ; ainsi, mon mâtin n'a jamais mis le pied dans une salle d'armes, tandis que je suis sans égal au sabre ! Le sabre est son arme, j'aurai l'air généreux en le lui faisant offrir, car je tâcherai d'être l'insulté, et je l'enfoncerai. Décidément cela vaut mieux. Rassure-toi : nous serons les maîtres après-demain.

Ainsi le point d'honneur fut chez Max plus fort que la saine politique. Revenue à une heure chez elle, Flore s'enferma dans sa chambre pour y pleurer à son aise. Pendant toute cette journée, les *disettes* allèrent leur train dans Issoudun, où l'on regardait comme inévitable un duel entre Philippe et Maxence.

— Ah ! monsieur Hochon, dit Mignonnet accompagné de Carpentier qui rencontrèrent le vieillard sur le boulevard Baron, nous sommes très inquiets, car Gilet est bien fort à toute arme.

— N'importe, répondit le vieux diplomate de province, Philippe a bien mené cette affaire... et je n'aurais pas cru que ce gros sans-gêne aurait si promptement réussi. Ces deux gaillards ont roulé l'un vers l'autre comme deux orages...

— Oh ! fit Carpentier, Philippe est un homme profond, sa conduite à la Cour des Pairs est un chef-d'œuvre de diplomatie.

— Eh bien ! capitaine Renard, disait un bourgeois, on

disait qu'entre eux les loups ne se mangeaient point, mais il paraît que Max va en découdre avec le colonel Bridau. Ça sera sérieux entre gens de la vieille Garde.

— Vous riez de cela, vous autres. Parce que ce pauvre garçon s'amusait la nuit, vous lui en voulez, dit le commandant Potel. Mais Gilet est un homme qui ne pouvait guère rester dans un trou comme Issoudun sans s'occuper à quelque chose !

— Enfin, messieurs, disait un quatrième, Max et le colonel ont joué leur jeu. Le colonel ne devait-il pas venger son frère Joseph ? Souvenez-vous de la traîtrise de Max à l'égard de ce pauvre garçon.

— Bah ! un artiste, dit Renard.

— Mais il s'agit de la succession du père Rouget. On dit que monsieur Gilet allait s'emparer de cinquante mille livres de rentes, au moment où le colonel s'est établi chez son oncle.

— Gilet, voler des rentes à quelqu'un !... Tenez, ne dites pas cela, monsieur Ganivet, ailleurs qu'ici, s'écria Potel, ou nous vous ferions avaler votre langue, et sans sauce !

Dans toutes les maisons bourgeoises on fit des vœux pour le digne colonel Bridau.

Le lendemain, vers quatre heures, les officiers de l'ancienne armée qui se trouvaient à Issoudun ou dans les environs se promenaient sur la place du Marché, devant un restaurateur nommé Lacroix, en attendant Philippe Bridau. Le banquet qui devait avoir lieu pour fêter le couronnement était indiqué pour cinq heures, heure militaire. On causait de l'affaire de Maxence et de son renvoi de chez le père Rouget dans tous les groupes, car les simples soldats avaient imaginé d'avoir une réunion chez un marchand de vins sur la Place. Parmi les officiers, Potel et Renard furent les seuls qui essayèrent de défendre leur ami.

— Est-ce que nous devons nous mêler de ce qui se passe entre deux héritiers, disait Renard.

— Max est faible avec les femmes, faisait observer le cynique Potel.

— Il y aura des sabres dégaînés sous peu, dit un ancien sous-lieutenant qui cultivait un marais dans le Haut-Baltan. Si monsieur Maxence Gilet a commis la sottise de venir demeurer chez le bonhomme Rouget, il serait un lâche de se laisser chasser comme un valet sans demander raison.

— Certes, répondit sèchement Mignonnet. Une sottise qui ne réussit pas devient un crime.

Max, qui vint rejoindre les vieux soldats de Napoléon, fut alors accueilli par un silence assez significatif. Potel, Renard, prirent leur ami chacun par un bras, et allèrent à quelques pas causer avec lui. En ce moment, on vit venir de loin Philippe en grande tenue, il traînait sa canne d'un air imperturbable qui contrastait avec la profonde attention que Max était forcé d'accorder aux discours de ses deux derniers amis. Philippe reçut les poignées de main de Mignonnet, de Carpentier et de quelques autres. Cet accueil, si différent de celui qu'on venait de faire à Maxence, acheva de dissiper dans l'esprit de ce garçon quelques idées de couardise, de sagesse si vous voulez, que les instances de Max et surtout les tendresses de Flore avaient fait naître, une fois qu'il s'était trouvé seul avec lui-même.

— Nous nous battrons, dit-il au capitaine Renard, et à mort ! Ainsi, ne me parlez plus de rien, laissez-moi bien jouer mon rôle.

Après ce dernier mot prononcé d'un ton fébrile, les trois bonapartistes revinrent se mêler au groupe des officiers. Max, le premier, salua Philippe Bridau, qui lui rendit son salut en échangeant avec lui le plus froid regard.

— Allons, messieurs, à table, fit le commandant Potel.

— Buvons à la gloire impérissable du petit Tondu, qui maintenant est dans le paradis des Braves, s'écria Renard.

En sentant que la contenance serait moins embarrassante à table, chacun comprit l'intention du petit capitaine de voltigeurs. On se précipita dans la longue salle basse du restaurant Lacroix, dont les fenêtres donnaient sur le marché. Chaque convive se plaça promptement à table, où, comme l'avait demandé Philippe, les deux adversaires se trouvèrent en face l'un de l'autre. Plusieurs jeunes gens de la ville, et surtout des ex-Chevaliers de la Désœuvrance, assez inquiets de ce qui devait se passer à ce banquet, se promenèrent en s'entretenant de la situation critique où Philippe avait se mettre Maxence Gilet. On déplorait cette collision, tout en regardant le duel comme nécessaire.

Tout alla bien jusqu'au dessert, quoique les deux athlètes conservassent, malgré l'entrain apparent du dîner, une espèce d'attention assez semblable à de l'inquiétude. En attendant la querelle que, l'un et l'autre, ils devaient méditer, Philippe parut d'un admirable sang-froid, et Max d'une étourdissante gaieté ; mais, pour les connaisseurs, chacun d'eux jouait un rôle.

Quand le dessert fut servi, Philippe dit : — Remplissez vos verres, mes amis ? Je réclame la permission de porter la première santé.

— Il a dit *mes amis*, ne remplis pas ton verre, dit Renard à l'oreille de Max.

Max se versa du vin.

— A la Grande-Armée ! s'écria Philippe avec un enthousiasme véritable.

— A la Grande-Armée ! fut répété comme une seule acclamation par toutes les voix.

En ce moment, on vit apparaître sur le seuil de la salle onze simples soldats, parmi lesquels se trouvaient Benjamin et Kouski, qui répétèrent : — A la Grande-Armée !

— Entrez, mes enfants ! on va boire à *sa* santé ! dit le commandant Potel.

Les vieux soldats entrèrent et se placèrent tous debout derrière les officiers.

— Tu vois bien qu'*il* n'est pas mort ! dit Kouski à un ancien sergent qui sans doute avait déploré l'agonie de l'Empereur enfin terminée.

— Je réclame le second toast, fit le commandant Mignonnet.

On fourragea quelques plats de dessert par contenance. Mignonnet se leva.

— A ceux qui ont tenté de rétablir *son* fils ! dit-il.

Tous, moins Maxence Gilet, saluèrent Philippe Bridau en lui tendant leurs verres.

— A moi, dit Max qui se leva.

— C'est Max ! c'est Max ! disait-on au dehors.

Un profond silence régna dans la salle et sur la place, car le caractère de Gilet fit croire à une provocation.

— Puissions-nous *tous* nous retrouver à pareil jour, l'an prochain !

Et il salua Philippe avec ironie.

— Ça se masse, dit Kouski à son voisin.

— La police à Paris ne vous laissait pas faire des banquets comme celui-ci, dit le commandant Potel à Philippe.

— Pourquoi, diable ! vas-tu parler de police au colonel Bridau ? dit insolemment Maxence Gilet.

— Le commandant Potel n'y entendait pas malice, *lui !...* dit Philippe en souriant avec amertume.

Le silence devint si profond, qu'on aurait entendu voler des mouches, s'il y en avait eu.

— La police me redoute assez, reprit Philippe, pour m'avoir envoyé à Issoudun, pays où j'ai eu le plaisir de retrouver de vieux lapins ; mais, avouons-le ? il n'y a pas ici de grands divertissemens. Pour un homme qui ne haïssait pas la bagatelle, je suis assez privé. Enfin, je ferai des économies avec ces demoiselles, car je ne suis pas de ceux à qui les lits de plume donnent des rentes, et Mariette du grand Opéra m'a coûté des sommes folles.

— Est-ce pour moi que vous dites cela, mon cher colonel ? demanda Max en dirigeant sur Philippe un regard qui fut comme un courant électrique.

— Prenez-le comme vous le voudrez, commandant Gilet, répondit Philippe.

— Colonel, mes deux amis que voici, Renard et Potel, iront s'entendre demain, avec...

— Avec Mignonnet et Carpentier, répondit Philippe en coupant la parole à Gilet et montrant ses deux voisins.

— Maintenant, dit Max, continuons les santés !

Chacun des deux adversaires n'était pas sorti du ton ordinaire de la conversation, il n'y eut de solennel que le silence dans lequel on les écouta.

— Ah, çà ! vous autres, dit Philippe en jetant un regard sur les simples soldats, songez que nos affaires ne regardent pas les bourgeois !... Pas un mot sur ce qui vient de se passer. Ça doit rester entre la vieille garde.

— Ils observeront la consigne, colonel, dit Renard, j'en réponds.

— Vive son petit ! Puisse-t-il régner sur la France ! s'écria Potel.

— Mort à l'Anglais ! s'écria Carpentier.

Ce toast eut un succès prodigieux.

— Honte à Hudson-Lowe ! dit le capitaine Renard.

Le dessert se passa très bien, les libations furent très amples. Les deux antagonistes et leurs quatre témoins mirent leur honneur à ce que ce duel, où il s'agissait d'une immense fortune et qui regardait deux hommes si distingués par leur courage, n'eût rien de commun avec les disputes ordinaires. Deux *gentlemen* ne se seraient pas mieux conduits que Max et Philippe. Aussi l'attente des jeunes gens et des bourgeois groupés sur la place fut-elle trompée. Tous les convives, en vrais militaires, gardèrent le plus profond secret sur l'épisode du dessert.

A dix heures, chacun des deux adversaires apprit que l'arme convenue était le sabre. Le lieu choisi pour le rendez-vous fut le chevet de l'église des Capucins, à huit heures du matin. Goddet, qui faisait partie du banquet en sa qualité d'ancien chirurgien-major, avait été prié d'assister à l'affaire. Quoi qu'il arrivât, les témoins décidèrent que le combat ne durerait pas plus de dix minutes.

A onze heures du soir, à la grande surprise du colonel, monsieur Hochon amena sa femme chez Philippe au moment où il allait se coucher.

— Nous savons ce qui se passe, dit la vieille dame les yeux pleins de larmes, et je viens vous supplier de ne pas sortir demain sans faire vos prières... Élevez votre âme à Dieu.

— Oui, madame, répondit Philippe à qui le vieil Hochon fit un signe en se tenant derrière sa femme.

— Ce n'est pas tout ! dit la marraine d'Agathe, je me mets à la place de votre pauvre mère, et je me suis dessaisi de ce que j'avais de plus précieux, tenez !... Elle tendit à Philippe une dent fixée sur un velours noir bordé d'or, auquel elle avait cousu deux rubans verts, et la remit dans un sachet après le lui avoir montrée. — C'est une relique de sainte Solange, la patronne du Berry ; je l'ai sauvée à la Révolution ; gardez cela sur votre poitrine demain matin.

— Est-ce que cela peut préserver des coups de sabre ? demanda Philippe.

— Oui, répondit la vieille dame.

— Je ne peux pas plus avoir de fourniment-là sur moi qu'une cuirasse ! s'écria le fils d'Agathe.

— Que dit-il ? demanda madame Hochon à son mari.

— Il dit que ce n'est pas de jeu, répondit le vieil Hochon.

— Eh bien ! n'en parlons plus, fit la vieille dame. Je prierai pour vous.

— Mais, madame, une prière et un bon coup de pointe, ça ne peut pas nuire, dit le colonel en faisant le geste de percer le cœur à monsieur Hochon.

La vieille dame voulut embrasser Philippe sur le front. Puis en descendant, elle donna dix écus, tout ce qu'elle possédait d'argent, à Benjamin, pour obtenir de lui qu'il cousît la relique dans le gousset du pantalon de son maître. Ce que fit Benjamin, non qu'il crût à la vertu de cette dent, car il dit que son maître en avait une bien meilleure contre Gilet ; mais parce qu'il devait s'acquitter d'une commission si chèrement payée. Madame Hochon se retira pleine de confiance en sainte Solange.

A huit heures, le lendemain, 3 décembre, par un temps gris, Max, accompagné de ses deux témoins et du Polonais, arriva sur le petit pré qui entourait alors le chevet de l'ancienne église des Capucins. Ils y trouvèrent Philippe et les siens, avec Benjamin. Potel et Mignonnet mesurèrent vingt-quatre pieds. A chaque bout de cette distance, les deux soldats tracèrent deux lignes à l'aide d'une bêche. Sous peine de lâcheté, les adversaires ne pouvaient reculer au delà de leurs lignes respectives; chacun d'eux devait se tenir sur sa ligne, et s'avancer à volonté quand les témoins auraient dit : — Allez !

— Mettons-nous habit bas? dit froidement Philippe à Gilet.

— Volontiers, colonel, répondit Maxence avec une sécurité de bretteur.

Les deux adversaires ne gardèrent que leurs pantalons, leur chair s'entrevit alors en rose sous la percale des chemises. Chacun, armé d'un sabre d'ordonnance choisi de même poids, environ trois livres, et de même longueur, trois pieds, se campa, tenant la pointe en terre, et attendant le signal. Ce fut si calme de part et d'autre, que, malgré le froid, les muscles ne tressaillirent pas plus que s'ils eussent été de bronze. Goddet, les quatre témoins et les deux soldats eurent une sensation involontaire.

— C'est de fiers mâtins!

Cette exclamation s'échappa de la bouche du commandant Potel.

Au moment où le signal : « Allez ! » fut donné, Maxence aperçut la tête sinistre de Fario qui les regardait par le trou que les Chevaliers avaient fait au toit de l'église pour introduire les pigeons dans son magasin. Ces deux yeux, d'où jaillirent comme deux douches de feu, de haine et de vengeance, éblouirent Max. Le colonel alla droit à son adversaire, en se mettant en garde de manière à saisir l'avantage. Les experts dans l'art de tuer savent que, de deux adversaires, le plus habile peut prendre le haut du pavé, pour employer une expression qui rende par une image l'effet de la garde haute. Cette pose, qui permet en quelque sorte de voir venir, annonce si bien un duelliste du premier ordre, que le sentiment de son infériorité pénétra dans l'âme de Max, et y produisit ce désarroi de forces qui démoralise un joueur alors que, devant un maître ou devant un homme heureux, il se trouble ou joue plus mal qu'à l'ordinaire.

— Ah ! le lascar, se dit Max, il est de première force, je suis perdu !

Max essaya d'un moulinet en manœuvrant son sabre avec une dextérité de bâtoniste; il voulait étourdir Philippe et rencontrer son sabre, afin de le désarmer ; mais il s'aperçut au premier choc que le colonel avait un poignet de fer, et flexible comme un ressort d'acier. Maxence dut songer à autre chose, et il voulait réfléchir, le malheureux ! tandis que Philippe, dont les yeux lui jetaient des éclairs aussi vifs que ceux de ses sabres, parait toutes les attaques avec le sang-froid d'un maître garni de son plastron dans une salle.

Entre des hommes aussi forts que les deux combattans, il se passe un phénomène à peu près semblable à celui qui a lieu entre les gens du peuple au terrible combat dit de la savate. La victoire dépend d'un faux mouvement, d'une erreur de ce calcul, rapide comme l'éclair, auquel on doit se livrer instinctivement. Pendant un temps aussi court pour les spectateurs qu'il semble long aux adversaires, la lutte consiste en une observation où s'absorbent les forces de l'âme et du corps, cachée sous des feintes dont la lenteur et l'apparente prudence semblent faire croire qu'aucun des deux antagonistes ne veut se battre. Ce moment, suivi d'une lutte rapide et décisive, est terrible pour les connaisseurs. A une mauvaise parade de Max, le colonel lui fit sauter le sabre des mains.

— Ramassez-le! dit-il en suspendant le combat, je ne suis pas homme à tuer un ennemi désarmé.

Ce fut le sublime de l'atroce. Cette grandeur annonçait tant de supériorité, qu'elle fut prise pour le plus adroit de tous les calculs par les spectateurs. En effet, quand Max se remit en garde, il avait perdu son sang-froid, et se trouva nécessairement encore sous le coup de cette garde haute qui vous menace tout en couvrant l'adversaire. Il voulut réparer sa honteuse défaite par une hardiesse. Il ne songea plus à se garder, il prit son sabre à deux mains et fondit rageusement sur le colonel pour le blesser à mort en lui laissant prendre sa vie. Si le colonel reçut un coup de sabre, qui lui coupa le front et une partie de la figure, il fendit obliquement la tête de Max par un terrible retour du moulinet qu'il opposa pour amortir le coup d'assommoir que Max lui destinait. Ces deux coups enragés terminèrent le combat à la neuvième minute. Fario descendit et vint se repaître de la vue de son ennemi dans les convulsions de la mort, car, chez un homme de la force de Max, les muscles du corps remuèrent effroyablement. On transporta Philippe chez son oncle.

Ainsi périt un de ces hommes destinés à faire de grandes choses, s'il était resté dans le milieu qui lui était propice; un homme traité par la nature en enfant gâté, car elle lui donna le courage, le sang-froid, et le sens politique à la César Borgia. Mais l'éducation ne lui avait pas communiqué cette noblesse d'idées et de conduite, sans laquelle rien n'est possible dans aucune carrière. Il ne fut pas regretté, par suite de la perfidie avec laquelle son adversaire, qui valait moins que lui, avait su le déconsidérer. Sa fin mit un terme aux exploits de l'Ordre de la Désœuvrance, au grand contentement de la ville d'Issoudun. Aussi Philippe ne fut-il pas inquiété à raison du duel, qui parut d'ailleurs un effet de la vengeance divine, et dont les circonstances se racontèrent dans toute la contrée avec d'unanimes éloges accordés aux deux adversaires.

— Ils auraient dû se tuer tous les deux, dit monsieur Mouilleron, c'eût été un bon *débarras* pour le gouvernement.

La situation de Flore Brazier eût été très embarrassante, sans la crise aiguë dans laquelle la mort de Max la fit tomber, elle fut prise d'un transport au cerveau, combiné d'une inflammation dangereuse occasionnée par les péripéties de ces trois journées ; si elle eût joui de sa santé, peut-être aurait-elle fui de la maison où gisait au-dessus d'elle, dans l'appartement de Max et dans les draps de Max, le meurtrier de Max. Elle fut entre la vie et la mort pendant trois mois, soignée par monsieur Goddet qui soignait également Philippe.

Dès que Philippe put tenir une plume, il écrivit les lettres suivantes :

» A Monsieur Desroches, avoué.

» J'ai déjà tué la plus venimeuse des deux bêtes ; ça n'a » pas été sans me faire ébrécher la tête par un coup de sa- » bre, mais le drôle y allait heureusement de main-morte. » Il reste une autre vipère avec laquelle je vais tâcher de » m'entendre, car mon oncle y tient autant que je gé- » sier. J'avais peur que cette Rabouilleuse, qui est diable- » ment belle, car mon oncle l'aurait suivie ; » mais le saisissement qui l'a prise en un moment grave » l'a clouée dans son lit. Si Dieu voulait me protéger, il » rappellerait cette âme à lui pendant qu'elle se repent de » ses erreurs. En attendant, j'ai pour moi, grâce à mon- » sieur Hochon (ce vieux va bien!), le médecin, un nom- » mé Goddet, bon apôtre qui conçoit que les héritages des » oncles sont mieux placés dans la main des neveux que » dans celle de ces drôlesses. Monsieur Hochon a d'ailleurs » de l'influence sur un certain papa Fichet dont la fille est » riche, et que Goddet voudrait pour femme à son fils; en » sorte que le billet de mille francs qu'on lui a fait entre- » voir pour la guérison de ma caboche entre pour peu de » chose dans son dévouement. Ce Goddet, ancien chirur- » gien-major au 3e régiment de ligne, a été cham- » bré par mes amis, deux braves officiers, Mignonnet et » Carpentier ; en sorte qu'il *cafarde* avec sa malade.

» — Il y a un Dieu après tout, mon enfant, voyez-vous!
» lui dit-il en lui tâtant le pouls. Vous avez été la cause
» d'un grand malheur, il faut le réparer. Le doigt de Dieu
» est dans ceci (c'est inconcevable tout ce qu'on fait faire
» au doigt de Dieu!). La religion est la religion ; soumet-
» tez-vous, résignez-vous, ça vous calmera d'abord, ça
» vous guérira presque autant que mes drogues. Surtout
» restez ici, soignez votre maître. Enfin, oubliez, pardon-
» nez, c'est la loi chrétienne.

» Ce Goddet m'a promis de tenir la Rabouilleuse pen-
» dant trois mois au lit. Insensiblement, cette fille s'habi-
» tuera peut-être à ce que nous vivions sous le même toit.
» J'ai mis la cuisinière dans mes intérêts. Cette abomina-
» ble vieille a dit à sa maîtresse que Max lui aurait rendu
» la vie bien dure. Elle a, dit-elle, entendu dire au défunt
» qu'à la mort du bonhomme, s'il était obligé d'épouser
» Flore, il ne comptait pas entraver son ambition par une
» fille. Et cette cuisinière est arrivée à insinuer à sa maî-
» tresse que Max se serait défait d'elle. Ainsi tout va bien.
» Mon oncle, conseillé par le père Hochon, a déchiré son
» testament. »

« A Monsieur Giroudeau (aux soins de mademoiselle
» Florentine), rue de Vendôme, au Marais.

» Mon vieux camarade,

» Informe-toi si ce petit rat de Césarine est occupée,
» et tâche qu'elle soit prête à venir à Issoudun dès que je
» la demanderai. La luronne arrivera alors courrier par
» courrier. Il s'agirait d'avoir une tenue honnête, de sup-
» primer tout ce qui sent les coulisses ; car il faut se
» présenter dans le pays comme la fille d'un brave mili-
» taire mort au champ d'honneur. Ainsi, beaucoup de
» mœurs, des vêtemens de pensionnaire, et de la vertu
» première qualité : tel sera l'ordre. Si j'ai besoin de Cé-
» sarine, et si elle réussit, à la mort de mon oncle il y
» aura cinquante mille francs pour elle. Si elle est occu-
» pée, explique mon affaire à Florentine, et à vous deux
» trouvez-moi quelque figurante capable de jouer le rôle.
» J'ai eu le crâne écorné dans mon duel avec mon man-
» geur de succession, qui a tortillé de l'œil. Je le raconterai
» ce coup-là. Ah ! vieux, nous reverrons de beaux jours,
» et nous nous amuserons encore, ou l'Autre ne serait pas
» l'Autre. Si tu peux m'envoyer cinq cents cartouches, on
» les déchirera. Adieu, mon lapin, et allume ton cigare
» avec ma lettre. Il est bien entendu que la fille de l'officier
» viendra de Châteauroux, et aura l'air de demander des
» secours. J'espère cependant ne pas avoir besoin de re-
» courir à ce moyen dangereux. Remets-moi sous les yeux
» de Mariette et de tous nos amis. »

Agathe, instruite par une lettre de madame Hochon, ac-
court à Issoudun, et fut reçue par son frère qui lui donna
l'ancienne chambre de Philippe. Cette pauvre mère, qui
retrouva pour son fils maudit toute sa maternité, compta
quelques jours heureux en entendant la bourgeoisie de la
ville lui faire l'éloge du colonel.

— Après tout, ma petite, lui dit madame Hochon le jour
de son arrivée, il faut que jeunesse se passe. Les légèretés
des militaires du temps de l'Empereur ne peuvent pas être
celles des fils de famille surveillés par leurs pères. Ah ! si
vous saviez tout ce que ce misérable Max se permettait ici,
la nuit !... Issoudun, grâce à votre fils, respire et dort en
paix. La raison est arrivée à Philippe un peu tard, mais
elle est venue ; comme il nous le disait, trois mois de prison au Luxembourg mettent du plomb dans la tête. Enfin,
sa conduite ici enchante monsieur Hochon, et il jouit de
la considération générale. Si votre fils peut rester quelque
temps loin des tentations de Paris, il finira par vous donner bien du contentement.

En entendant ces consolantes paroles, Agathe laissa
voir à sa marraine des yeux pleins de larmes heureuses.

Philippe fit le bon apôtre avec sa mère, il avait besoin
d'elle. Ce fin politique ne voulait recourir à Césarine que

dans le cas où il serait un objet d'horreur pour mademoiselle Brazier. En reconnaissant dans Flore un admirable
instrument façonné par Maxence, une habitude prise par
son oncle, il voulait s'en servir préférablement à une Parisienne, capable de se faire épouser par le bonhomme. De
même que Fouché dit à Louis XVIII de se coucher dans
les draps de Napoléon au lieu de donner une Charte, Philippe désirait rester couché dans les draps de Gilet ; mais
il lui répugnait aussi de porter atteinte à la réputation
qu'il venait de se faire en Berry. Or, continuer Max auprès
de la Rabouilleuse serait tout aussi odieux de la part de
cette fille que de la sienne. Il pouvait sans se déshonorer
vivre chez son oncle et aux dépens de son oncle, en vertu
des lois du népotisme ; mais il ne pouvait avoir Flore que
réhabilitée. Au milieu de tant de difficultés, stimulé par
l'espoir de s'emparer de la succession, il conçut l'admirable
plan de faire sa tante de la Rabouilleuse. Aussi, dans ce
dessein caché, dit-il à sa mère d'aller voir cette fille, et de
lui témoigner quelque affection en la traitant comme une
belle-sœur.

— J'avoue, ma chère mère, fit-il en prenant un air cafard, et regardant monsieur et madame Hochon qui venaient tenir compagnie à la chère Agathe, que la façon de
vivre de mon oncle est peu convenable, et il lui suffirait
de la régulariser pour obtenir à mademoiselle Brazier la
considération de la ville. Ne vaut-il pas mieux pour elle
être madame Rouget que la servante-maîtresse d'un vieux
garçon ? N'est-il pas plus simple d'acquérir par un contrat
de mariage des droits définis que de menacer une famille
d'exhérédation ? Si vous, si monsieur Hochon, si quelque
bon prêtre voulaient parler de cette affaire, on ferait cesser
un scandale qui afflige les honnêtes gens. Puis, mademoiselle Brazier serait heureuse en se voyant accueillie
par vous comme une sœur, et par moi comme une
tante.

Le lit de mademoiselle Flore fut entouré le lendemain
par Agathe et par madame Hochon, qui révélèrent à la
malade et à Rouget les admirables sentimens de Philippe.
On parla du colonel dans tout Issoudun comme d'un homme
excellent et d'un beau caractère, à cause surtout de sa conduite avec Flore. Pendant un mois, la Rabouilleuse entendit Goddet père, son médecin, cet homme si puissant sur
l'esprit d'un malade, la respectable madame Hochon, mue
par l'esprit religieux, Agathe si douce et si pieuse, lui
présentant tous les avantages de son mariage avec Rouget.
Quand, séduite à l'idée d'être madame Rouget, une digne
et honnête bourgeoise, elle désira vivement se rétablir
pour célébrer ce mariage, il ne fut pas difficile de lui faire
comprendre qu'elle ne pouvait pas entrer dans la vieille
famille des Rouget en mettant Philippe à la porte.

— D'ailleurs, lui dit un jour Goddet père, n'est-ce pas à
lui que vous devez cette haute fortune ? Max ne vous aurait
jamais laissée vous marier avec le père Rouget. Puis, lui
dit-il à l'oreille, si vous avez des enfans, ne vengerez-vous
pas Max ? car les Bridau seront déshérités.

Deux mois après le fatal événement, en février 1823, la
malade, conseillée par tous ceux qui l'entouraient, priée
par Rouget, reçut donc Philippe, dont la cicatrice la fit
pleurer, mais dont les manières adoucies et presque affec-
tueuses la calmèrent. D'après le désir de Philippe, on la laissa seule avec sa future tante.

— Ma chère enfant, lui dit le soldat, c'est moi qui, dès
le principe, ai conseillé votre mariage avec mon oncle ; et,
si vous y consentez, il aura lieu dès que vous serez
rétablie...

— On me l'a dit, répondit-elle.

— Il est naturel que, si les circonstances m'ont contraint
à vous faire du mal, je veuille vous faire le plus de bien
possible. La fortune, la considération et une famille, valent
mieux que ce que vous avez perdu. Mon oncle mort, vous
n'eussiez pas été longtemps la femme de ce garçon, car j'ai
su de ses amis qu'il ne vous réservait pas un beau sort. Tenez, ma chère petite, entendons, nous vivrons tous heureux. Vous serez ma tante, et *rien que ma tante* ; vous au-

rez soin que mon oncle ne m'oublie pas dans son testament ; de mon côté, vous verrez comme je vous ferai traiter dans votre contrat de mariage... Calmez-vous, pensez à cela, nous en reparlerons. Vous le voyez, les gens les plus sensés, toute la ville, vous conseille de faire cesser une position illégale, et personne ne vous en veut de me recevoir. On comprend que dans la vie les intérêts passent avant les sentiments. Vous serez, le jour de votre mariage, plus belle que vous n'avez jamais été. Votre indisposition, en vous pâlissant, vous a rendu de la distinction. Si mon oncle ne vous aimait pas follement, parole d'honneur! dit-il en se levant et lui baisant la main, vous seriez la femme du colonel Bridau.

Philippe quitta la chambre en laissant dans l'âme de Flore ce dernier mot pour y réveiller une vague idée de vengeance qui sourit à cette fille, presque heureuse d'avoir vu ce personnage effrayant à ses pieds. Philippe venait de jouer en petit la scène que joue Richard III avec la reine qu'il vient de rendre veuve. Le sens de cette scène montre que le calcul caché sous un sentiment entre bien avant dans le cœur et y dissipe le deuil le plus saint. Voilà comment dans la vie privée la Nature se permet ce qui, dans les œuvres du génie, est le comble de l'Art; son moyen, à elle, est *l'intérêt*, qui est le génie de l'argent.

Au commencement du mois d'avril 1823, la salle de Jean-Jacques Rouget offrit donc, sans que personne s'en étonnât, le spectacle d'un superbe dîner donné pour la signature du contrat de mariage de mademoiselle Flore Brazier avec le vieux célibataire. Les convives étaient monsieur Héron; les quatre témoins, messieurs Mignonnet, Carpentier, Hochon et Goddet père; le maire et le curé; puis Agathe Bridau, madame Hochon et son amie madame Borniche, c'est-à-dire les deux vieilles femmes qui faisaient autorité dans Issoudun. Aussi la future épouse fut-elle très sensible à cette concession obtenue par Philippe de ces dames, qui y virent une marque de protection nécessaire à donner à une fille repentie. Flore fut d'une éblouissante beauté. Le curé, qui depuis quinze jours instruisait l'ignorante Rabouilleuse, devait lui faire faire le lendemain sa première communion. Ce mariage fut l'objet de cet article religieux publié dans le *Journal du Cher* à Bourges, et dans le *Journal de l'Indre* à Châteauroux.

« Issoudun.

« Le mouvement religieux fait du progrès en Berry. Tous
» les amis de l'Église et les honnêtes gens ont été témoins
» hier d'une cérémonie par laquelle un des principaux pro-
» priétaires du pays a mis fin à une situation scandaleuse
» et qui remontait à l'époque où la religion était sans force
» dans nos contrées. Ce résultat, dû au zèle éclairé des
» ecclésiastiques de notre ville, aura, nous l'espérons, des
» imitateurs, et fera cesser les abus des mariages non cé-
» lébrés, contractés aux époques les plus désastreuses du
» régime révolutionnaire.
» Il y a cela de remarquable dans le fait dont nous
» parlons, qu'il a été provoqué par les instances d'un co-
» lonel appartenant à l'ancienne armée, envoyé dans notre
» ville par l'arrêt de la Cour des Pairs, et à qui ce ma-
» riage peut faire perdre la succession de son oncle. Ce
» désintéressement est assez rare de nos jours pour qu'on
» lui donne de la publicité. »

Par le contrat, Rouget reconnaissait à Flore cent mille francs de dot, et il lui assurait un douaire viager de trente mille francs. Après la noce, qui fut somptueuse, Agathe retourna, la plus heureuse des mères, à Paris, où elle apprit à Joseph et à Desroches ce qu'elle appela de bonnes nouvelles.

— Votre fils est un homme trop profond pour ne pas mettre la main sur cette succession, lui répondit l'avoué quand il eut écouté madame Bridau. Aussi vous et ce pauvre Joseph n'aurez-vous jamais un liard de la fortune de votre frère.

— Vous serez donc toujours, vous comme Joseph, injuste envers ce pauvre garçon, dit la mère; sa conduite à la Cour des Pairs est celle d'un grand politique : il a réussi à sauver bien des têtes !... Les erreurs de Philippe viennent de l'inoccupation où restaient ses grandes facultés; mais il a reconnu combien le défaut de conduite nuisait à un homme qui veut parvenir, et il a de l'ambition, j'en suis sûre. Aussi ne suis-je pas la seule à prévoir son avenir. Monsieur Hochon croit fermement que Philippe a de belles destinées.

— Oh ! s'il veut appliquer son intelligence profondément perverse à faire fortune, il arrivera, car il est capable de tout, et ces gens-là vont vite, dit Desroches.

— Pourquoi n'arriverait-il pas par des moyens honnêtes? demanda madame Bridau.

— Vous verrez! fit Desroches. Heureux ou malheureux, Philippe sera toujours l'homme de la rue Mazarine, l'assassin de madame Descoings, le voleur domestique; mais, soyez tranquille, il paraîtra très honnête à tout le monde !

Le lendemain du mariage, après le déjeuner, Philippe prit madame Rouget par le bras quand son oncle se fut levé pour aller s'habiller, car ces nouveaux époux étaient descendus, Flore en peignoir, le vieillard en robe de chambre.

— Ma belle tante, dit-il, en l'emmenant dans l'embrasure de la croisée, vous êtes maintenant de la famille. Grâce à moi, tous les notaires y ont passé. Ah ça ! pas de farces. J'espère que nous jouerons franc jeu. Je connais les tours que vous pourriez me faire, et vous serez gardée par moi mieux que par une duègne. Ainsi, vous ne sortirez jamais sans me donner le bras, et vous ne me quitterez point. Quant à ce qui peut se passer à la maison, je m'y tiendrai, sacrebleu ! comme une araignée au centre de sa toile. Voici qui vous prouvera que je le pouvais, pendant que vous étiez dans votre lit, hors d'état de remuer ni pied ni patte, vous faire mettre à la porte sans un sou. Lisez.

Et il tendit la lettre suivante à Flore stupéfaite :

« Mon cher enfant, Florentine, qui vient enfin de dé-
» buter à l'Opéra, dans la nouvelle salle, par un pas de
» trois avec Mariette et Tullia, n'a pas cessé de penser à
» toi, ainsi que Florine, qui définitivement a lâché Lous-
» teau pour prendre Nathan. Ces deux matoises m'ont
» trouvé la plus délicieuse créature du monde, une pe-
» tite fille de dix-sept ans, belle comme une Anglaise, l'air
» sage comme une lady qui fait ses farces, rusée comme
» Desroches, fidèle comme Godeschal; et Mariette l'a sty-
» lée en te souhaitant bonne chance. Il n'y a pas de femme
» qui puisse tenir contre ce petit ange sous lequel se cache
» un démon : elle saura jouer tous les rôles, empaumer
» ton oncle, et le rendre fou d'amour. Elle a l'air céleste
» de la pauvre Coralie, elle sait pleurer, elle a une voix
» qui vous tire un billet de mille francs du cœur le plus
» granitique, et la luronne sable mieux que nous le vin de
» Champagne. C'est un sujet précieux; elle a des obliga-
» tions à Mariette, et désire s'acquitter avec elle. Après
» avoir lampé la fortune de deux Anglais, d'un Russe, et
» d'un prince romain, mademoiselle Esther se trouve dans
» la plus affreuse gêne; tu lui donneras dix mille francs,
» elle sera contente. Elle vient de dire en riant : « Tiens,
» je n'ai jamais fricassé de bourgeois, ça me fera la main.»
» Elle est bien connue de Finot, de Bixiou, de des Lu-
» peaulx, de tout notre monde enfin. Ah ! s'il y avait des
» fortunes en France, ce serait la plus grande courtisane
» des temps modernes. Ma rédaction met Nathan, Bixiou,
» Finot, qui sont à faire leurs bêtises avec cette susdite
» Esther, dans le plus magnifique appartement qu'on
» puisse voir, et qui vient d'être arrangé à Florine par le
» vieux lord Dudley, le vrai père de de Marsay, que la
» spirituelle actrice a *fait*, grâce au costume de son nou-
» veau rôle. Tullia est toujours avec le duc de Rhétoré.
» Mariette est toujours avec le duc de Maufrigneuse; ainsi,

» à elles deux, elles t'obtiendront une remise de ta sur-
» veillance à la fête du Roi. Tâche d'avoir enterré l'oncle
» sous les roses pour la prochaine Saint-Louis, reviens
» avec l'héritage, et tu en mangeras quelque chose avec
» Esther et tes vieux amis, qui signent en masse pour se
» rappeler à ton souvenir :

» NATHAN, FLORINE, BIXIOU, FINOT, MARIETTE,
» FLORENTINE, GIROUDEAU, TULLIA. »

La lettre, en tremblotant dans les mains de madame
Rouget, accusait l'effroi de son âme et de son corps. La
tante n'osa regarder son neveu, qui fixait sur elle deux
yeux d'une expression terrible.

— J'ai confiance en vous, dit-il, vous le voyez ; mais je
veux du retour. Je vous ai faite ma tante pour pouvoir
vous épouser un jour. Dans un an d'ici, nous devons être à Paris, le
seul pays où la beauté puisse vivre. Vous y amuserez
un peu mieux qu'ici, car c'est un carnaval perpétuel. Moi,
je rentrerai dans l'armée, je deviendrai général, et vous
serez alors une grande dame. Voilà votre avenir, travaillez-
y... Mais je veux un gage de notre alliance. Vous me ferez
donner, d'ici à un mois, la procuration générale de mon
oncle, sous prétexte de vous débarrasser ainsi que lui des
soins de la fortune. Je veux, un mois après, une procuration spéciale pour transférer son inscription. Une fois l'inscription en mon nom, nous aurons un intérêt égal à nous
épouser un jour. Tout cela, ma belle tante, est net et clair.
Entre nous, il ne faut pas d'ambiguïté. Je puis épouser ma
tante après un an de veuvage, tandis que je ne pouvais pas
épouser une fille déshonorée.

Il quitta la place sans attendre de réponse. Quand, un
quart d'heure après, la Védie entra pour desservir, elle
trouva sa maîtresse pâle et en moiteur, malgré la saison.
Flore éprouvait la sensation d'une femme tombée au fond
d'un précipice, elle ne voyait que ténèbres dans son avenir ; et, sur ces ténèbres se dessinaient, comme dans un
lointain profond, des choses monstrueuses, indistinctement aperçues, et qui l'épouvantaient. Elle sentait le froid
humide des souterrains. Elle avait instinctivement peur de
cet homme, et une voix lui criait qu'elle méritait de l'avoir pour maître. Elle ne pouvait rien contre sa
destinée : Flore Brazier avait par décence un appartement
chez le père Rouget ; mais madame Rouget devait appartenir à son mari, elle se voyait ainsi privée du précieux
libre arbitre que conserve une servante-maîtresse. Dans
l'horrible situation où elle se trouvait, elle conçut l'espoir
d'avoir un enfant ; mais, durant ces cinq dernières années,
elle avait rendu Jean-Jacques le plus caduc des vieillards. Ce mariage devait avoir pour la pauvre homme l'effet du second mariage de Louis XII. D'ailleurs la surveillance d'un homme tel que Philippe, qui n'avait rien à
faire, car il quitta sa place, rendit toute vengeance impossible. Benjamin était un espion innocent et dévoué. La Védie tremblait devant Philippe. Flore se voyait seule et sans
secours ! Enfin, elle craignait de mourir ; sans savoir comment Philippe arriverait à la tuer, elle devinait qu'une
grossesse suspecte serait son arrêt de mort : le son de cette
voix, l'éclat voilé de ce regard de joueur, les moindres
mouvements de ce soldat, qui la traitait avec la brutalité la
plus polie, la faisaient frissonner. Quant à la procuration
demandée par ce féroce colonel, qui pour tout Issoudun
était un héros, il l'eut dès qu'il la lui fallut ; car Flore
tomba sous la domination de cet homme comme la France
était tombée sous celle de Napoléon. Semblable au pa-
pillon qui s'est pris les pattes dans la cire incandescente
d'une bougie, Rouget dissipa rapidement ses dernières
forces.

En présence de cette agonie, le neveu restait impassible
et froid comme les diplomates, en 1814, pendant les convulsions de la France impériale.

Philippe, qui ne croyait guère en Napoléon II, écrivit
alors au ministre de la guerre la lettre suivante que Mariette fit remettre par le duc de Maufrigneuse :

« Monseigneur,

« Napoléon n'est plus, j'ai voulu lui rester fidèle après
» lui avoir engagé mes sermens ; maintenant je suis libre
» d'offrir mes services à Sa Majesté. Si Votre Excellence
» daigne expliquer ma conduite à Sa Majesté, le roi pen-
» sera qu'elle est conforme aux lois de l'honneur, sinon à
» celles du royaume. Le roi, qui a trouvé naturel que son
» aide de camp, le général Rapp, pleurât son ancien maî-
» tre, aura sans doute de l'indulgence pour moi ; Napo-
» léon fut mon bienfaiteur.

» Je supplie donc Votre Excellence de prendre en consi-
» dération la demande que je lui adresse d'un emploi dans
» mon grade, en l'assurant ici de mon entière soumission.
» C'est assez vous dire, Monseigneur, que le roi trouvera
» en moi le plus fidèle sujet.

» Daignez agréer l'hommage du respect avec lequel j'ai
» l'honneur d'être,

» De Votre Excellence,
» Le très soumis et très humble serviteur,

» PHILIPPE BRIDAU,

Ancien chef d'escadron aux dragons de la garde,
officier de la Légion d'honneur, en surveillance
sous la haute police à Issoudun. »

A cette lettre était jointe une demande en permission de
séjour à Paris pour affaires de famille, à laquelle monsieur
Mouilleron annexa des lettres du maire, du sous-préfet et
du commissaire de police d'Issoudun, qui tous donnaient
les plus grands éloges à Philippe, en s'appuyant sur l'article fait à propos du mariage de son oncle.

Quinze jours après, au moment de l'Exposition, Philippe reçut la permission demandée, et une lettre où le ministre de la guerre lui annonçait que, d'après les ordres du
roi, il était, pour première grâce, rétabli comme lieutenant colonel dans les cadres de l'armée.

Philippe vint à Paris avec sa tante et le vieux Rouget,
qu'il mena, trois jours après son arrivée, au Trésor, y signer le transfert de l'inscription, qui devint alors sa propriété. Ce moribond fut, ainsi que la Rabouilleuse, plongé
par leur neveu dans les joies excessives de la société si dangereuse des infatigables actrices, des journalistes, des artistes et des femmes équivoques où Philippe avait déjà dépensé
sa jeunesse, et où le vieux Rouget trouva des Rabouilleuses
à en mourir. Giroudeau se chargea de procurer au père
Rouget l'agréable mort illustrée plus tard, dit-on, par un
maréchal de France. Lolotte, une des plus belles marcheuses
de l'Opéra, fut l'aimable assassin de ce vieillard. Rouget
mourut après un souper splendide donné par Florentine, il
fut donc assez difficile de savoir qui du souper, qui de mademoiselle Lolotte avait achevé ce vieux Berrichon. Lolotte rejeta cette mort sur une tranche de pâté de foie gras ;
et, comme l'œuvre de Strasbourg ne pouvait répondre, il
passa pour constant que le bonhomme est mort d'indigestion. Madame Rouget se trouva dans ce monde excessivement décolleté comme son élément ; mais Philippe
lui donna pour chaperon Mariette, qui ne laissa pas faire
de sottises à cette veuve, dont le deuil fut orné de quelques
galanteries.

En octobre 1823, Philippe revint à Issoudun muni de la
procuration de sa tante, pour liquider la succession de son
oncle, opération qu'il se fit rapidement, car il était à Paris
en janvier 1824 avec seize cent mille francs, produit net
et liquide des biens de défunt son oncle, sans compter les
précieux tableaux qui n'avaient jamais quitté la maison du
vieil Hochon. Philippe mit ses fonds dans la maison Mongenod et fils, où se trouvait le jeune Baruch-Borniche, et
sur la solvabilité, sur la probité de laquelle le vieil Hochon
lui avait donné des renseignemens satisfaisans. Cette maison prit les seize cent mille francs à six pour cent d'intérêt par an, avec la condition d'être prévenue trois mois
d'avance en cas de retrait des fonds.

Un beau jour, Philippe vint prier sa mère d'assister à

son mariage, qui eut pour témoins Giroudeau, Finot, Nathan et Bixiou. Par le contrat, madame veuve Rouget, dont l'apport consistait en un million de francs, faisait donation à son futur époux de ses biens dans le cas où elle décéderait sans enfans. Il n'y eut ni billets de faire part, ni fête, ni éclat, car Philippe avait ses desseins : il logea sa femme rue Saint-Georges, dans un appartement que Lolotte lui vendit tout meublé, que madame Bridau la jeune trouva délicieux, et où l'époux mit rarement les pieds. A l'insu de tout le monde, Philippe acheta pour deux cent cinquante mille francs, rue de Clichy, dans un moment où personne ne soupçonnait la valeur que ce quartier devait un jour acquérir, un magnifique hôtel sur le prix duquel il donna cinquante mille écus de ses revenus, en prenant deux ans pour payer le surplus. Il y dépensa des sommes énormes en arrangemens intérieurs et en mobilier, car il y consacra ses revenus pendant deux ans. Les superbes tableaux restaurés, estimés à trois cent mille francs, y brillèrent de tout leur éclat.

L'avènement de Charles X avait mis encore plus en faveur qu'auparavant la famille du duc de Chaulieu, dont le fils aîné, le duc de Rhétoré, voyait souvent Philippe chez Tullia. Sous Charles X, la branche aînée de la maison de Bourbon se crut définitivement assise sur le trône, et suivit le conseil que le maréchal Gouvion-Saint-Cyr avait précédemment donné de s'attacher les militaires de l'Empire. Philippe, qui sans doute fit de précieuses révélations sur les complots de 1820 et 1822, fut nommé lieutenant colonel dans le régiment du duc de Maufrigneuse. Ce charmant grand seigneur se regardait comme obligé de protéger un homme à qui il avait enlevé Mariette. Le corps de ballet ne fut pas étranger à cette nomination. On avait d'ailleurs décidé dans la sagesse du conseil secret de Charles X de faire prendre à Monseigneur le Dauphin une légère couleur de libéralisme. Mons Philippe, devenu quasiment le menin du duc de Maufrigneuse, fut donc présenté non-seulement au Dauphin, mais encore à la Dauphine, à qui ne déplaisaient pas les caractères rudes et les militaires connus par leur fidélité. Philippe jugea très bien le rôle du Dauphin, et il profita de la première mise en scène de ce libéralisme postiche pour se faire nommer aide de camp d'un maréchal très bien en cour.

En janvier 1827, Philippe, qui passa dans la Garde royale lieutenant colonel au régiment que le duc de Maufrigneuse y commandait alors, sollicita la faveur d'être anobli. Sous la Restauration, l'anoblissement devint un quasi-droit pour les roturiers qui servaient dans la Garde. Le colonel Bridau, qui venait d'acheter la terre de Brambourg, demanda la faveur de l'ériger en majorat au titre de comte. Il obtint cette grâce en mettant à profit ses liaisons dans la société la plus élevée, où il se produisait avec un faste de voitures et de livrées, enfin dans une tenue de grand seigneur. Dès que Philippe, lieutenant colonel du plus beau régiment de cavalerie de la Garde, se vit désigné dans l'Almanach sous le nom de comte de Brambourg, il hanta beaucoup la maison du lieutenant général d'artillerie comte de Soulanges, en faisant la cour à la plus jeune fille, mademoiselle Amélie de Soulanges. Insatiable et appuyé par les maîtresses de tous les gens influens, Philippe sollicitait l'honneur d'être un des aides de camp de Monseigneur le Dauphin. Il eut l'audace de dire à la Dauphine « qu'un vieil officier blessé sur plusieurs champs de bataille, et qui connaissait la grande guerre, ne serait pas, dans l'occasion, inutile à Monseigneur. » Philippe, qui sut prendre le ton de toutes les courtisaneries, fut dans ce monde supérieur ce qu'il devait être, comme il avait su se faire Mignonnet à Issoudun. Il eut d'ailleurs un train magnifique, il donna des fêtes et des dîners splendides, en n'admettant dans son hôtel aucun de ses anciens amis dont la position eût pu compromettre son avenir. Aussi fut-il impitoyable pour les compagnons de ses débauches. Il refusa même à Bixiou de parler en faveur de Giroudeau, qui voulut reprendre du service quand Florentine le lâcha.

— C'est un homme sans mœurs ! dit Philippe.

— Ah ! voilà ce qu'il a répondu de moi, s'écria Giroudeau, moi qui l'ai débarrassé de son oncle !

— Nous le repincerons, dit Bixiou.

Philippe voulait épouser mademoiselle Amélie de Soulanges, devenir général, et commander un des régimens de la Garde royale. Il demanda tant de choses, que, pour le faire taire, on le nomma commandeur de la Légion d'honneur et commandeur de Saint-Louis. Un soir, Agathe et Joseph, revenant à pied par un temps de pluie, virent Philippe passant en uniforme, chamarré de ses cordons, campé dans le coin de son beau coupé garni de soie jaune, dont les armoiries étaient surmontées d'une couronne de comte, allant à une fête de l'Elysée-Bourbon ; il éclaboussa sa mère et son frère en les saluant d'un geste protecteur.

— Va-t-il, va-t-il, ce drôle-là ? dit Joseph à sa mère. Néanmoins il devrait bien nous envoyer autre chose que de la boue au visage.

— Il est dans une si belle position, si haute, qu'il ne faut pas lui en vouloir de nous oublier, dit madame Bridau. En montant une côte si rapide, il a tant d'obligations à remplir, il a tant de sacrifices à faire, qu'il peut bien ne pas venir nous voir, tout en pensant à nous.

— Mon cher, dit un soir le duc de Maufrigneuse au nouveau comte de Brambourg, je suis sûr que votre demande sera prise en bonne part ; mais pour épouser Amélie de Soulanges, il faudrait que vous fussiez libre. Qu'avez-vous fait de votre femme ?...

— Ma femme !... dit Philippe avec un geste, un regard et un accent qui furent devinés plus tard par Frédérick Lemaître dans un de ses plus terribles rôles. Hélas ! j'ai la triste certitude de ne pas la conserver. Elle n'a pas huit jours à vivre. Ah ! mon cher mon, vous ignorez ce qu'est une mésalliance ! une femme qui était cuisinière, qui a les goûts d'une cuisinière et qui me déshonore, car je suis bien à plaindre. Mais j'ai eu l'honneur d'expliquer ma position à madame la Dauphine. Il s'est agi, dans le temps, de sauver un million que mon oncle avait laissé par testament à cette créature. Heureusement ma femme a donné dans les liqueurs ; à sa mort, je deviens maître d'un million confié à la maison Mongenod ; j'ai de plus trente mille francs dans le cinq, et mon majorat qui vaut quarante mille livres de rente. Si, comme tout le fait supposer, monsieur de Soulanges a le bâton de maréchal, je suis en mesure, avec le titre de comte de Brambourg, de devenir général et pair de France. Ce sera la retraite d'un aide de camp du Dauphin.

Après le Salon de 1823, le premier peintre du roi, l'un des plus excellens hommes de ce temps, avait obtenu pour la mère de Joseph un bureau de loterie aux environs de la Halle. Plus tard, Agathe put fort heureusement permuter, sans avoir de soulte à payer, avec le titulaire d'un bureau situé rue de Seine, dans une maison où Joseph prit son atelier. A son tour, la veuve eut un gérant et ne coûta plus rien à son fils. Or, en 1828, quoique directrice d'un excellent bureau de loterie qu'elle devait à la gloire de Joseph, madame Bridau ne croyait pas encore à cette gloire, excessivement contestée comme le sont toutes les vraies gloires. Le grand peintre, toujours aux prises avec ses passions, avait d'énormes besoins ; il ne gagnait pas assez pour soutenir le luxe auquel l'obligeaient ses relations dans le monde aussi bien que sa position distinguée dans la jeune École. Quoique puissamment soutenu par ses amis du Cénacle, par mademoiselle des Touches, il ne plaisait pas au Bourgeois. Cet être, de qui vient l'argent aujourd'hui, ne délie jamais les cordons de sa bourse pour le talens mis en question, et Joseph voyait contre lui les classiques, l'Institut, et les critiques qui relevaient de ces deux puissances. Enfin, le comte de Brambourg faisait l'étonné quand on lui parlait de Joseph. Ce courageux artiste, quoique appuyé par Gros et par Gérard, qui lui firent donner la croix au Salon de 1827, avait peu de commandes. Si le ministère de l'intérieur et la maison du roi prenaient difficilement ses grandes toiles, les marchands et les riches étrangers s'en embarrassaient encore moins. D'ailleurs, Joseph s'abandonne, comme on sait, un peu trop à la fantaisie, et il en résulte des inégalités dont profitent ses ennemis pour nier son talent.

— La grande peinture est bien malade, lui disait son ami Pierre Grassou, qui faisait des croûtes au goût de la Bourgeoisie, dont les appartemens se refusent aux grandes toiles.

— Il te faudrait toute une cathédrale à peindre, lui répétait Schinner ; tu réduiras la critique au silence par une grande œuvre.

Ces propos effrayans pour la bonne Agathe corroboraient le jugement qu'elle avait porté tout d'abord sur Joseph et sur Philippe. Les faits donnaient raison à cette femme restée provinciale : Philippe, son enfant préféré, n'était-il pas enfin le grand homme de la famille ? elle voyait dans les premières fautes de ce garçon les écarts du génie ; Joseph, de qui les productions la trouvaient insensible, car elle les voyait trop dans leurs langes pour les admirer achevées, ne lui paraissait pas plus avancé en 1828 qu'en 1816. Le pauvre Joseph devait de l'argent, il pliait sous le poids de ses dettes, *il avait pris un état ingrat, qui ne rapportait rien*. Enfin, Agathe ne concevait pas pourquoi l'on avait donné la décoration à Joseph. Philippe devenu comte, Philippe assez fort pour ne plus aller au jeu, l'invité des fêtes de Madame, brillant colonel qui, dans les revues ou dans les cortéges défilait revêtu d'un magnifique costume et chamarré de deux cordons rouges, réalisait les rêves maternels d'Agathe. Un jour de cérémonie publique, Philippe avait effacé l'odieux spectacle de sa misère sur le quai de l'École, en passant devant sa mère au même endroit, en avant du Dauphin, avec des aigrettes à son schapska, avec un dolman brillant d'or et de fourrures ! Devenue pour l'artiste une espèce de sœur grise dévouée, Agathe ne se sentait mère que pour l'audacieux aide de camp de Son Altesse royale Monseigneur le Dauphin ! Fière de Philippe, elle lui devrait bientôt l'aisance, elle oubliait que le bureau de loterie dont elle vivait lui venait de Joseph.

Un jour, Agathe vit son pauvre artiste si tourmenté par le total du mémoire de son marchand de couleurs, que, tout en maudissant les Arts, elle voulut le libérer de ses dettes. La pauvre femme, qui tenait la maison avec les gains de son bureau de loterie, se gardait bien de jamais demander un liard à Joseph. Aussi n'avait-elle pas d'argent ; mais elle comptait sur le bon cœur et sur la bourse de Philippe. Elle attendait, depuis trois ans, de jour en jour, la visite de son fils ; elle le voyait lui apportant une somme énorme, et jouissait par avance du plaisir qu'elle aurait à la donner à Joseph, dont l'opinion sur Philippe était toujours aussi invariable que celle de Desroches.

A l'insu de Joseph, elle écrivit donc à Philippe la lettre suivante :

A MONSIEUR LE COMTE DE BRAMBOURG.

« Mon cher Philippe, tu n'as pas accordé le plus petit » souvenir à ta mère en cinq ans ! Ce n'est pas bien. Tu » devrais te rappeler un peu le passé, ne fût-ce qu'à cause » de ton excellent frère. Aujourd'hui, Joseph est dans le » besoin, tandis que tu nages dans l'opulence ; il travaille » pendant que tu voles de fêtes en fêtes. Tu possèdes à toi » seul la fortune de mon frère. Enfin, tu aurais, à enten-» dre le petit Borniche, deux cent mille livres de rentes. » Eh bien ! viens voir Joseph ? Pendant ta visite, mets dans » la tête de mort une vingtaine de billets de mille francs : » tu nous les dois, Philippe ; néanmoins, ton frère se croira » ton obligé, sans compter le plaisir que tu feras à ta » mère

» Agathe BRIDAU, née Rouget. »

Deux jours après, la servante apporta dans l'atelier, où la pauvre Agathe venait de déjeuner avec Joseph, la terrible lettre suivante :

« Ma chère mère, on n'épouse pas mademoiselle Amé-» lie de Soulanges en lui apportant des coquilles de noix, » quand, sous le nom de comte de Brambourg, il y a ce-» lui de

» Votre fils,   « PHILIPPE BRIDAU. »

En se laissant aller presque évanouie sur le divan de l'atelier, Agathe lâcha la lettre. Le léger bruit que fit le papier en tombant, et la sourde mais horrible exclamation d'Agathe, causèrent un sursaut à Joseph qui, dans ce moment, avait oublié sa mère, car il brossait avec rage une esquisse, il pencha la tête en dehors de sa toile pour voir ce qui arrivait. A l'aspect de sa mère étendue, le peintre lâcha palette et brosses, et alla relever une espèce de cadavre ! Il prit Agathe dans ses bras, la porta sur son lit dans son appartement, et envoya chercher son ami Bianchon par la servante. Aussitôt que Joseph put questionner sa mère, elle lui avoua sa lettre à Philippe et la réponse qu'elle avait reçue de lui. L'artiste alla ramasser cette réponse dont la concise brutalité venait de briser le cœur délicat de cette pauvre mère, en y renversant le pompeux édifice élevé par sa préférence maternelle. Joseph, revenu près du lit de sa mère, eut l'esprit de se taire. Il ne parla point de son frère pendant les trois semaines que dura, non pas la maladie, mais l'agonie de cette pauvre femme. En effet, Bianchon, qui vint tous les jours et soigna la malade avec le dévouement d'un ami véritable, avait éclairé Joseph dès le premier jour.

— A cet âge, lui dit-il, et dans les circonstances où ta mère va se trouver, il ne faut songer qu'à lui rendre la mort la moins amère possible.

Agathe se sentit d'ailleurs si bien appelée par Dieu qu'elle réclama, le lendemain même, les soins religieux du vieil abbé Loraux, son confesseur depuis vingt-deux ans. Aussitôt qu'elle fut seule avec lui, quand il eut versé dans ce cœur tous ses chagrins, elle redit ce qu'elle avait dit à sa marraine et ce qu'elle disait toujours.

— En quoi donc ai-je pu déplaire à Dieu ? Ne l'aimé-je pas de toute mon âme ? N'ai-je pas marché dans le chemin du salut ? Quelle est ma faute ? Et si je suis coupable d'une faute que j'ignore, ai-je encore le temps de la réparer ?

— Non, dit le vieillard d'une voix douce. Hélas ! votre vie paraît être pure et votre âme semble être sans tache ; mais l'œil de Dieu, pauvre créature affligée ! est plus pénétrant que celui de ses ministres. J'y vois clair un peu trop tard, car vous m'avez abusé moi-même.

En entendant ces mots prononcés par une bouche qui n'avait eu jusqu'alors que des paroles de paix et de miel pour elle, Agathe se dressa sur son lit en ouvrant des yeux pleins de terreur et d'inquiétude.

— Dites, dites ! s'écria-t-elle.

— Consolez-vous ! reprit le vieux prêtre. A la manière dont vous êtes punie, on peut prévoir le pardon. Dieu n'est sévère ici-bas que pour ses élus. Malheur à ceux dont les méfaits trouvent des hasards favorables, ils seront repétris dans l'Humanité jusqu'à ce qu'ils soient durement punis à leur jour pour de simples erreurs, quand ils arriveront à la maturité des fruits célestes. Votre vie, ma fille, n'a été qu'une longue faute. Vous tombez dans la fosse que vous vous êtes creusée, car nous ne manquons que par le côté que nous avons affaibli en nous. Vous avez donné votre cœur à un monstre en qui vous avez vu votre gloire, et vous avez méconnu celui de vos enfans en qui est votre gloire véritable ! Vous avez été si profondément injuste que vous n'avez pas remarqué ce contraste si frappant : vous tenez votre existence de Joseph, tandis que votre autre fils vous a constamment pillée. Le fils pauvre, qui vous aime sans être récompensé par une tendresse égale, vous apporte votre pain quotidien ; tandis que le riche, qui n'a jamais songé à vous et qui vous méprise, souhaite votre mort.

— Oh ? pour cela !... dit-elle.

— Oui, reprit le prêtre, vous gênez par votre humble

condition les espérances de son orgueil... Mère, voilà vos crimes ! Femme, vos souffrances et vos tourmens vous annoncent que vous jouirez de la paix du Seigneur. Votre fils Joseph est si grand que sa tendresse n'a jamais été diminuée par les injustices de votre préférence maternelle, aimez-le donc bien ! donnez-lui tout votre cœur pendant ces derniers jours ; enfin, priez pour lui, moi je vais aller prier pour vous.

Dessillés par de si puissantes mains, les yeux de cette mère embrassèrent par un regard rétrospectif le cours de sa vie. Eclairée par ce trait de lumière, elle aperçut ses torts involontaires et fondit en larmes. Le vieux prêtre se sentit tellement ému par le spectacle de ce repentir d'une créature en faute uniquement par ignorance, qu'il sortit pour ne pas laisser voir sa pitié. Joseph rentra dans la chambre de sa mère environ deux heures après le départ du confesseur. Il était allé chez un de ses amis emprunter l'argent nécessaire au payement de ses dettes les plus pressées, et il rentra sur la pointe du pied, en croyant Agathe endormie. Il put donc se mettre dans son fauteuil sans être vu de la malade.

Un sanglot entrecoupé par ces mots : — Me pardonnera-t-il ? fit lever Joseph qui eut la sueur dans le dos, car il crut sa mère en proie au délire qui précède la mort.

— Qu'as-tu, ma mère ? lui dit-il effrayé de voir les yeux rougis de pleurs et la figure accablée de la malade.

— Ah ! Joseph ! me pardonneras-tu, mon enfant ? s'écria-t-elle.

— Eh ! quoi ? dit l'artiste.

— Je ne t'ai pas aimé comme tu méritais de l'être.

— En voilà une charge ? s'écria-t-il. Vous ne m'avez pas aimé ?... Depuis sept ans ne vivons-nous pas ensemble ? Depuis sept ans n'es-tu pas ma femme de ménage ? Est-ce que je ne te vois pas tous les jours ? Est-ce que je n'entends pas ta voix ? Est-ce que tu n'es pas la douce et l'indulgente compagne de ma vie misérable ? Tu ne comprends pas la peinture ?... Eh ! mais ça ne se donne pas ! Et moi qui disais hier à Grassou : « Ce qui me console au milieu de mes luttes, c'est d'avoir une bonne mère ; elle est ce que doit être la femme d'un artiste, elle a soin de tout, elle veille à mes besoins matériels sans faire le moindre embarras... »

— Non, Joseph, non, tu m'aimais, toi ! et je ne te rendais pas tendresse pour tendresse. Ah ! comme je voudrais vivre !... donne-moi ta main ?...

Agathe prit la main de son fils, la baisa, la garda sur son cœur, et le contempla pendant long-temps en lui montrant l'azur de ses yeux resplendissant de la tendresse qu'elle avait réservée jusqu'alors à Philippe. Le peintre, qui se connaissait en expression, fut si frappé de ce changement, il vit si bien que le cœur de sa mère s'ouvrait pour lui, qu'il la prit dans ses bras, la tint pendant quelques instans serrée, en disant comme un insensé : — O ma mère ! ma mère !

— Ah ! je me sens pardonnée ! dit-elle. Dieu doit confirmer le pardon d'un enfant à sa mère !

— Il te faut du calme, ne te tourmente pas, voilà qui est dit : je me sens aimé pendant ce moment pour tout le passé, s'écria Joseph en replaçant sa mère sur l'oreiller.

Pendant les deux semaines que dura le combat entre la vie et la mort chez cette sainte créature, elle eut pour Joseph des regards, des mouvemens d'âme et des gestes où éclatait tant d'amour qu'il semblait que, dans chacune de ses effusions, il y eût toute une vie.... La mère ne pensait plus qu'à son fils, elle se comptait pour rien ; et, soutenue par son amour, elle ne sentait plus ses souffrances. Elle eut de ces mots naïfs comme en ont les enfans. D'Arthez, Michel Chrestien, Fulgence Ridal, Pierre Grassou, Bianchon, venaient tenir compagnie à Joseph, et discutaient souvent à voix basse dans la chambre de la malade.

— Oh ! comme je voudrais savoir ce que c'est que la couleur ! s'écria-t-elle un soir en entendant une discussion sur un tableau.

De son côté, Joseph fut sublime pour sa mère ; il ne quitta pas la chambre, il dorlotait Agathe dans son cœur, il répondait à cette tendresse par une tendresse égale. Ce fut pour les amis de ce grand peintre un de ces beaux spectacles qui ne s'oublient jamais. Ces hommes qui tous offraient l'accord d'un vrai talent et d'un grand caractère furent pour Joseph et pour sa mère ce qu'ils devaient être : des anges qui priaient, qui pleuraient avec lui, non pas en disant des prières et répandant des pleurs, mais en s'unissant à lui par la pensée et par l'action. En artiste aussi grand par le sentiment que par le talent, Joseph devina, par quelques regards de sa mère, un désir enfoui dans ce cœur, et dit un jour à d'Arthez : — Elle a trop aimé ce brigand de Philippe pour ne pas vouloir le revoir avant de mourir...

Joseph pria Bixiou qui se trouvait lancé dans le monde bohémien que fréquentait parfois Philippe, d'obtenir de cet infâme parvenu qu'il jouât, par pitié, la comédie d'une tendresse quelconque afin d'envelopper le cœur de cette pauvre mère dans un linceul brodé d'illusions. En sa qualité d'observateur et de railleur misanthrope, Bixiou ne demanda pas mieux que de s'acquitter d'une semblable mission. Quand il eut exposé la situation d'Agathe au comte de Brambourg, qui le reçut dans une chambre à coucher tendue en damas de soie jaune, le colonel se mit à rire.

— Eh ! que diable veut-tu que j'aille faire là ? s'écria-t-il. Le seul service que puisse me rendre la bonne femme est de crever le plus tôt possible, car elle ferait une triste figure à mon mariage avec mademoiselle de Soulanges. Moins j'aurai de famille, meilleure sera ma position. Tu comprends très-bien que je voudrais enterrer le nom de Bridau sous tous les monuments funéraires du Père-Lachaise !... Mon frère m'assassine en produisant mon nom au grand jour ! Tu as trop d'esprit pour ne pas être à la hauteur de ma situation, toi ! Voyons ?... si tu devenais député, tu as une fière *platine*, tu serais craint comme Chauvelin, et tu pourrais être fait comte Bixiou, Directeur des Beaux-Arts. Arrivé là, serais-tu content, si ta grand'mère Descoings vivait encore, d'avoir à tes côtés cette brave femme qui ressemblait à une madame Saint-Léon ? lui donnerais-tu ton bras aux Tuileries ? la présenterais-tu à la famille noble où tu tâchererais alors d'entrer ? Tu souhaiterais, sacrebleu ! la voir à six pieds sous terre, calfeutrée dans une chemise de plomb. Tiens, déjeune avec moi, et parlons d'autre chose. Je suis un parvenu, mon cher, je le sais. Je ne veux pas laisser voir mes langes !... Mon fils, lui, sera plus heureux que moi, il sera grand seigneur. Le drôle souhaitera ma mort, je m'y attends bien, ou il ne sera pas mon fils.

Il sonna, vint le valet de chambre auquel il dit : — Mon ami déjeune avec moi, sers-nous un petit déjeuner fin.

— Le beau monde ne te verrait pourtant pas dans la chambre de ta mère, reprit Bixiou. Qu'est-ce que cela te coûterait d'avoir l'air d'aimer la pauvre femme pendant quelques heures ?...

— Ouitch ! dit Philippe en clignant de l'œil, tu viens de leur part. Je suis un vieux chameau qui se connaît en génuflexions. Ma mère veut, à propos de son dernier soupir, me tirer une carotte pour Joseph !... Merci.

Quand Bixiou raconta cette scène à Joseph, le pauvre peintre eut froid jusque dans l'âme.

— Philippe sait-il que je suis malade ? dit Agathe d'une voix dolente le soir même du jour où Bixiou rendit compte de sa mission.

Joseph sortit étouffé par ses larmes. L'abbé Loraux, qui se trouvait au chevet de sa pénitente, lui prit la main, la lui serra, puis lui répondit : — Hélas ! mon enfant, vous n'avez jamais eu qu'un fils !...

En entendant ce mot qu'elle comprit, Agathe eut une crise par laquelle commença son agonie. Elle mourut vingt heures après.

Dans le délire qui précéda sa mort, ce mot : — De qui donc Philippe tient-il ?... lui échappa.

Joseph mena seul le convoi de sa mère. Philippe était allé, pour affaire de service, à Orléans, chassé de Paris par la lettre suivante que Joseph lui écrivit au moment où leur mère rendait le dernier soupir :

« Monstre, ma pauvre mère est morte du saisissement
» que ta lettre lui a causé ; prends le deuil, mais fais-toi
» malade : je ne veux pas que son assassin soit à mes cô-
» tés devant son cercueil.
                                                    » JOSEPH B. »

Le peintre, qui ne se sentit plus le courage de peindre, quoique peut-être sa profonde douleur exigeât l'espèce de distraction mécanique apportée par le travail, fut entouré de ses amis qui s'entendirent pour ne jamais le laisser seul. Donc, Bixiou, qui aimait Joseph autant qu'un railleur peut aimer quelqu'un, faisait, quinze jours après le convoi, partie des amis groupés dans l'atelier. En ce moment, la servante entra brusquement et remit à Joseph cette lettre apportée, dit-elle, par une vieille femme qui attendait une réponse chez le portier.

« Monsieur,
» Vous à qui je n'ose donner le nom de frère, je dois
» m'adresser à vous , ne fût-ce qu'à cause du nom que je
» porte... »

Joseph tourna la page et regarda la signature au bas du dernier recto. Ces mots : *comtesse Flore de Brambourg*, le firent frissonner, car il pressentit quelque horreur inventée par son frère.

— Ce brigand-là, dit-il, *ferait* le diable *au même !* Et ça passe pour un homme d'honneur ! Et ça se met un tas de coquillages autour du cou ! Et ça fait la roue à la Cour au lieu d'être étendu sur la roue ! Et ce roué se nomme monsieur le comte !

— Et il y en a beaucoup comme ça ? dit Bixiou.

— Après ça ! cette Rabouilleuse mérite bien d'être rabouillée à son tour, reprit Joseph, elle ne vaut pas la gale, elle m'aurait fait couper le cou comme à un poulet, sans dire « Il est innocent !.. »

Au moment où Joseph jetait la lettre, Bixiou la rattrapa lestement et la lut à haute voix.

» Est-il convenable que madame la comtesse Bridau de
» Brambourg, quels que puissent être ses torts, aille mou-
» rir à l'hôpital ! Si tel est mon destin, si telle est la volon-
» té de monsieur le comte et la vôtre, qu'elle s'accomplis-
» se ; mais alors, vous qui êtes l'ami du docteur Bianchon,
» obtenez-moi sa protection pour entrer dans un hôpital.
» La personne qui vous apportera cette lettre, monsieur,
» est allée onze jours de suite à l'hôtel de Brambourg, rue
» de Clichy, sans pouvoir obtenir un secours de mon ma-
» ri. L'état dans lequel je suis ne me permet pas de faire
» appeler un avoué afin d'entreprendre d'obtenir judiciai-
» rement ce qui m'est dû pour mourir en paix. D'ailleurs,
» rien ne peut me sauver, je le sais. Aussi, dans le cas où
» vous ne voudriez pas vous occuper de votre malheureu-
» se belle-sœur, donnez-moi l'argent nécessaire pour avoir
» de quoi mettre fin à mes jours ; car, je le vois, monsieur
» votre frère veut ma mort, il l'a toujours voulue. Quoi-
» qu'il m'ait dit qu'il avait trois moyens sûrs pour tuer une
» femme, je n'ai pas eu l'intelligence de prévoir celui dont
» il s'est servi.
» Dans le cas où vous voudriez m'honorer d'un secours,
» et juger par vous-même de la misère où je suis, je de-
» meure rue du Houssay, au coin de la rue Chantereine, au
» cinquième. Si demain je ne paye pas mes loyers arriérés,
» il faut sortir ! Et où aller, monsieur ?.. Puis-je me dire

» Votre belle-sœur,
» Comtesse FLORE DE BRAMBOURG. »

— Quelle fosse pleine d'infamies ! dit Joseph, qu'est-ce qu'il y a là-dessous ?

— Faisons d'abord venir la femme, ça doit être une fameuse préface de l'histoire, dit Bixiou.

Un instant après, apparut une femme que Bixiou désigna par ces mots : » des guenilles qui marchent ! » C'était, en effet, un tas de linge et de vieilles robes les unes sur les autres, bordées de boue à cause de la saison, tout cela monté sur de grosses jambes à pieds épais, mal enveloppés de bas rapiécés et de souliers qui dégorgeaient l'eau par leurs lézardes. Au-dessus de ce monceau de guenilles s'élevait une de ces têtes que Charlet a données à ses balayeuses, et caparaçonnée d'un affreux foulard usé jusque dans ses plis.

— Votre nom ? dit Joseph pendant que Bixiou croquait la femme appuyée sur un parapluie de l'an II de la République.

— Madame Gruget, pour vous servir. J'ai *évu* des rentes, mon petit monsieur, dit-elle à Bixiou dont le rire sournois l'offensa. Si ma pôv'fille n'avait pas eu l'accident d'aimer trop quelqu'un, je serais autrement que me voilà. Elle s'est jetée à l'eau, sous votre respect, ma pôv'Ida ! J'ai donc *évu* la bêtise de nourrir un quaterne ; c'est pourquoi, mon cher monsieur, à soixante-dix-sept ans, je garde les malades à raison de dix sous par jour, et nourrie...

— Pas habillée ! dit Bixiou. Ma grand'mère s'habillait, elle ! en nourrissant son petit bonhomme de terne.

— Mais, sur mes dix sous, il faut payer un garni...

— Qu'est-ce qu'elle a, la dame que vous gardez ?

— Elle n'a rien, monsieur, en fait de monnaie, s'entend ! car elle a une maladie à faire trembler les médecins... Elle me doit soixante jours, voilà pourquoi je continue à la garder. Le mari, qui est un comte, car elle est comtesse, me payera sans doute mon mémoire quand elle sera morte, *pour lorsse*, je lui ai donc avancé tout ce que j'avais... mais je n'ai plus rien : j'ai mis tous mes effets au *mau pi-é-té !.*. Elle me doit quarante-sept francs douze sous, outre mes trente francs de garde ; et, comme elle veut se faire périr avec du charbon : « Ça n'est pas bien, que je lui dis... » *même* que j'ai dit à la portière de la veiller pendant que je m'absente, parce qu'elle est *capable* de se jeter par la croisée.

— Mais qu'a-t-elle ? dit Joseph.

— Ah ! monsieur, le médecin des sœurs est venu, mais rapport à la maladie, fit madame Gruget en prenant un air pudibond, il a dit qu'il fallait la porter à l'hospice... le cas est mortel.

— Nous y allons, fit Bixiou.

— Tenez, dit Joseph, voilà dix francs.

Après avoir plongé dans la fameuse tête de mort pour prendre toute sa monnaie, le peintre alla rue Mazarine, monta dans un fiacre, et se rendit chez Bianchon, qu'il trouva très heureusement chez lui ; pendant que, de son côté, Bixiou courait rue de Bussy chercher leur ami Desroches. Les quatre amis se retrouvèrent une heure après rue du Houssay.

— Ce Méphistophélès à cheval nommé Philippe Bridau, dit Bixiou à ses trois amis en montant l'escalier, a drôlement mené sa barque pour se débarrasser de sa femme. Vous savez que notre ami Lousteau, très heureux de recevoir un billet de mille francs par mois de Philippe, a maintenu madame Bridau dans la société de Florine, de Mariette, de Tullia, de la Val-Noble. Quand Philippe a vu sa Rabouilleuse habituée à la toilette et aux plaisirs coûteux, il ne lui a plus donné d'argent, et l'a laissée s'en procurer... vous comprenez comment ? Philippe, au bout de dix-huit mois, a fait ainsi descendre sa femme, de trimestre en trimestre, toujours un peu plus bas ; enfin, au moyen d'un jeune sous-officier superbe, il lui a donné le goût des liqueurs. A mesure qu'il s'élevait, sa femme descendait, et la comtesse est maintenant dans la boue. Cette fille, née aux champs, a la vie dure, je ne sais pas comment Philippe s'y est pris pour se débarrasser d'elle. Je suis curieux d'étudier ce petit drame-là, car j'ai à me venger du camarade. Hélas ! mes amis ! dit Bixiou d'un ton qui laissait ses trois compagnons dans le doute s'il plaisantait ou s'il parlait sérieusement, il suffit de livrer un homme à un vice pour se défaire de lui. *Elle aimait trop le bal et c'est qui l'a tué !.*.. a dit Hugo. Voilà ! Ma grand'mère aimait la loterie et Philippe l'a tuée par la loterie! Le père Rouget aimait la gaudriole et Lolotte l'a tué! Madame Bridau, pauvre femme, aimait Philippe, elle a péri par lui!... Le Vice! le Vice! mes amis!... Savez-vous ce qu'est le Vice? c'est le Bonneau de la Mort!

— Tu mourras donc d'une plaisanterie! dit en souriant Desroches à Bixiou.

A partir du quatrième étage, les jeunes gens montèrent un de ces escaliers droits qui ressemblent à des échelles, et par lesquels on grimpe à certaines mansardes dans les maisons de Paris. Quoique Joseph, qui avait vu Flore si belle, s'attendît à quelque affreux contraste, il ne pouvait pas imaginer le hideux spectacle qui s'offrit à ses yeux d'artiste. Sous l'angle aigu d'une mansarde, sans papier de tenture, et sur un lit de sangle dont le maigre matelas était rempli de bourre peut-être, les trois jeunes gens aperçurent une femme, verte comme une noyée de deux jours, et maigre comme l'est une étique deux heures avant sa mort. Ce cadavre infect avait une méchante rouennerie à carreaux sur sa tête dépouillée de cheveux. Le tour des yeux caves était rouge, et les paupières étaient comme des pellicules d'œuf. Quant à ce corps, jadis si ravissant, il n'en restait qu'une ignoble ostéologie. A l'aspect des visiteurs, Flore serra sur sa poitrine un lambeau de mousseline qui avait dû être un petit rideau de croisée, car il était bordé de rouille par le fer de la tringle. Les jeunes gens virent pour tout mobilier deux chaises, une méchante commode sur laquelle une chandelle était fichée dans une pomme de terre, des plats épars sur le carreau, et un fourneau de terre dans le coin d'une cheminée sans feu. Bixiou remarqua le reste du cahier de papier acheté chez l'épicier pour écrire la lettre que les deux femmes avaient sans doute ruminée en commun. Le mot dégoûtant ne serait que le positif dont le superlatif n'existe pas et avec lequel il faudrait exprimer l'impression causée par cette misère. Quand la moribonde aperçut Joseph, deux grosses larmes roulèrent sur ses joues.

— Elle peut encore pleurer! dit Bixiou. Voilà un spectacle un peu drôle : des larmes sortant d'un jeu de dominos! Ça nous explique le miracle de Moïse.

— Est-elle assez desséchée?... dit Joseph.

— Au feu du repentir, dit Flore. Eh! je ne peux pas avoir de prêtre, je n'ai rien, pas même un crucifix pour voir l'image de Dieu!... Ah! monsieur, s'écria-t-elle en levant ses bras qui ressemblaient à deux morceaux de bois sculpté, je suis bien coupable, mais Dieu n'a jamais puni personne comme je le suis!... Philippe a tué Max qui m'avait conseillé de choses horribles, et il me tue aussi. Dieu se sert de lui comme d'un fléau!... Conduisez-vous bien, car nous avons tous notre Philippe.

— Laissez-moi seul avec elle, dit Bianchon, que je sache si la maladie est guérissable.

— Si on la guérissait, Philippe Bridau crèverait de rage, dit Desroches : aussi vais-je faire constater l'état dans lequel se trouve sa femme; il ne l'a pas fait condamner comme adultère, elle jouit de tous ses droit d'épouse; il aura le scandale d'un procès. Nous allons d'abord faire transporter madame la comtesse dans la maison de santé du docteur Dubois, rue du Faubourg-Saint-Denis; elle y sera soignée avec luxe. Puis, je vais assigner le comte en réintégration du domicile conjugal.

— Bravo, Desroches! s'écria Bixiou. Quel plaisir d'inventer du bien qui fera tant de mal!

Dix minutes après, Bianchon descendit et dit à ses deux amis :

— Je cours chez Desplein, il peut sauver cette femme par une opération. Ah! il va bien la faire soigner, car l'abus des liqueurs a développé chez elle une magnifique maladie qu'on croyait perdue.

— Farceur de médecin, va! Est-ce qu'il n'y a qu'une maladie? demanda Bixiou.

Mais Bianchon était déjà dans la cour, tant il avait hâte d'annoncer à Desplein cette grande nouvelle. Deux heures après, la malheureuse belle-sœur de Joseph fut conduite dans l'hospice décent créé par le docteur Dubois, et qui fut

plus tard acheté par la Ville de Paris. Trois semaines après, la *Gazette des Hôpitaux* contenait le récit d'une des plus audacieuses tentatives de la chirurgie moderne sur une malade désignée par les initiales F. B. Le sujet succomba, bien plus à cause de l'état de faiblesse où l'avait mis la misère que par les suites de l'opération. Aussitôt, le colonel comte de Brambourg alla voir le comte de Soulanges, en grand deuil, et l'instruisit de la *perte douloureuse* qu'il venait de faire. On se dit à l'oreille dans le grand monde que le comte de Soulanges mariait sa fille à un parvenu de grand mérite qui devait être nommé maréchal-de-camp et colonel d'un régiment de la Garde Royale. De Marsay donna cette nouvelle à Rastignac, qui en causa dans un souper au Rocher-de-Cancale où se trouvait Bixiou.

— Cela ne se fera pas! se dit en lui-même le spirituel artiste.

Si, parmi les amis que Philippe méconnut, quelques-uns, comme Giroudeau, ne pouvaient se venger, il avait eu la maladresse de blesser Bixiou, qui, grâce à son esprit, était reçu partout, et qui ne pardonnait guère. En plein Rocher-de-Cancale, devant des gens sérieux qui soupaient, Philippe avait dit à Bixiou qui lui demandait à venir à l'hôtel de Brambourg : — Tu viendras chez moi quand tu seras ministre!...

— Faut-il me faire protestant pour aller chez toi? répondit Bixiou en badinant; mais il se dit en lui-même : — Si tu es un Goliath, j'ai ma fronde, et je ne manque pas de cailloux.

Le lendemain, le mystificateur s'habilla chez un acteur de ses amis, et fut métamorphosé par la toute-puissance du costume en un prêtre à lunettes vertes qui se serait sécularisé; puis, il prit un remise et se fit conduire à l'hôtel de Soulanges. Bixiou, traité de farceur par Philippe, voulait lui jouer une farce. Admis par monsieur de Soulanges, sur son insistance à vouloir parler d'une affaire grave, Bixiou joua le personnage d'un homme vénérable chargé de secrets importans. Il raconta d'un son de voix factice l'histoire de la maladie de la comtesse morte, dont l'horrible secret lui avait été confié par Bianchon, l'histoire de la mort d'Agathe, l'histoire de la mort du bonhomme Rouget dont s'était vanté le comte de Brambourg, l'histoire de la mort de la Descoings, l'histoire de l'emprunt fait à la caisse du journal et l'histoire des mœurs de Philippe dans ses mauvais jours.

— Monsieur le comte, ne lui donnez votre fille qu'après avoir pris tous vos renseignemens; interrogez ses anciens camarades, Bixiou, le capitaine Giroudeau, etc.

Trois mois après, le colonel comte de Brambourg donnait à souper chez lui à du Tillet, à Nucingen, à Rastignac, à Maxime de Trailles et à de Marsay. L'amphitryon acceptait très-insouciamment les propos à demi consolateurs que ses hôtes lui adressaient sur sa rupture avec la maison de Soulanges.

— Tu peux trouver mieux, lui disait Maxime.

— Quelle fortune faudrait-il pour épouser une demoiselle de Grandlieu? demanda Philippe à de Marsay.

— A vous?... on ne donnerait pas la plus laide des six à moins de dix millions, répondit insolemment de Marsay.

— Bah! dit Rastignac, avec deux cent mille livres de rente, vous auriez mademoiselle de Langeais, la fille du marquis; elle est laide, elle a trente ans, et pas un sou de dot: ça doit vous aller.

— J'aurai dix millions dans deux ans d'ici, répondit Philippe Bridau.

— Nous sommes au 16 janvier 1829? s'écria du Tillet en souriant. Je travaille depuis dix ans, et je ne les ai pas, moi!

— Nous nous conseillerons l'un et l'autre, et vous verrez comment j'entends les finances, répondit Bridau.

— Que possédez-vous, en tout? demanda Nucingen.

— En vendant mes rentes, en exceptant ma terre et mon hôtel que je ne puis et ne veux pas risquer, car ils sont compris dans mon majorat, je ferai bien une masse de trois millions...

Nucingen et du Tillet se regardèrent; puis, après ce fin regard, du Tillet dit à Philippe :

— Mon cher comte, nous travaillerons ensemble si vous voulez.

De Marsay surprit le regard que du Tillet avait lancé à Nucingen et qui signifiait : — A nous les millions.

En effet, ces deux personnages de la haute banque étaient placés au cœur des affaires politiques de manière à pouvoir jouer à la Bourse, dans un temps donné, comme à coup sûr, contre Philippe, quand toutes les probabilités lui sembleraient être en sa faveur, tandis qu'elles seraient pour eux. Et le cas arriva. En juillet 1830, du Tillet et Nucingen avaient déjà fait gagner quinze cent mille francs au comte de Brambourg, qui ne se défia plus d'eux en les trouvant loyaux et de bon conseil. Philippe, parvenu par la faveur de la Restauration, trompé surtout par son profond mépris pour les *Péquins*, crut à la réussite des ordonnances et voulut jouer à la hausse ; tandis que Nucingen et du Tillet, qui crurent à une révolution, jouèrent à la baisse contre lui. Ces deux fins compères abondèrent dans le sens du colonel comte de Brambourg, et eurent l'air de partager ses convictions, ils lui donnèrent l'espoir de doubler ses millions, et se mirent en mesure de les lui gagner. Philippe se battit comme un homme pour qui la victoire valait quatre millions. Son dévouement fut si remarqué, qu'il reçut l'ordre de revenir à Saint-Cloud avec le duc de Maufrigneuse pour y tenir conseil. Cette marque de faveur sauva Philippe ; car il voulait, le 28 juillet, faire un charge pour balayer les boulevards, et il eût sans doute reçu quelque balle envoyée par son ami Giroudeau, qui commandait une division d'assaillans.

Un mois après, le colonel Bridau ne possédait plus de son immense fortune que son hôtel, sa terre, ses tableaux et son mobilier. Il commit de plus, dit-il, la sottise de croire au rétablissement de la branche aînée, à laquelle il fut fidèle jusqu'en 1834. En voyant Giroudeau colonel, une jalousie assez compréhensible fit reprendre du service à Philippe, qui, malheureusement, obtint en 1835 un régiment dans l'Algérie où il resta trois ans au poste le plus périlleux, espérant obtenir les épaulettes de général ; mais une influence malicieuse, celle du général Giroudeau, le laissait là. Devenu dur, Philippe outra la sévérité du service, et fut détesté, malgré sa bravoure à la Murat. Au commencement de la fatale année 1839, en faisant un retour offensif sur les Arabes pendant une retraite devant des forces supérieures, il s'élança contre l'ennemi, suivi seulement d'une compagnie d'Arabes. Le combat fut sanglant, affreux, d'homme à homme, et les cavaliers français ne se débarrassèrent qu'en petit nombre. En s'apercevant que leur colonel était cerné, ceux qui se trouvèrent à distance ne jugèrent pas à propos de périr inutilement en essayant de le dégager. Ils entendirent ces mots : « *Votre colonel ! à moi ! un colonel de l'Empire !* » suivis de hurlemens affreux, mais ils rejoignirent le régiment. Philippe eut une mort horrible, car on lui coupa la tête quand il tomba presque haché par les yatagans.

Joseph, marié vers ce temps par la protection du comte de Sérizy à la fille d'un ancien fermier millionnaire, hérita de l'hôtel et de la terre de Brambourg, dont n'avait pu disposer son frère, qui tenait cependant à le priver de sa succession. Ce qui fit le plus de plaisir au peintre, fut la belle collection de tableaux. Joseph, à qui son beau-père, espèce de Hochon rustique, amasse tous les jours des écus, possède déjà soixante mille francs de rente. Quoiqu'il peigne de magnifiques toiles et rende de grands services aux artistes, il n'est pas encore membre de l'Institut. Par suite d'une clause de l'érection du majorat, il se trouve comte de Brambourg, ce qui le fait souvent pouffer de rire au milieu de ses amis, dans son atelier.

— *Les bons comtes ont les bons habits,* lui dit alors son ami Léon de Lora, qui, malgré sa célébrité comme peintre de paysage, n'a pas renoncé à sa vieille habitude de retourner les proverbes, et qui répondit à Joseph à propos de la modestie avec laquelle il avait reçu les faveurs de la destinée : « Bah ! *la pépie vient en mangeant* . »

Paris, novembre 1851.

FIN D'UN MÉNAGE DE GARÇON.

Paris. — Typ. Morris et Comp., 64, rue Amelot.

H. de Balzac.

—

LA
MUSE DU DÉPARTEMENT.

—

A MONSIEUR LE COMTE FERDINAND DE GRAMONT.

Mon cher Ferdinand, si les hasards (habent sua fata libelli) du monde littéraire font de ces lignes un long souvenir, ce sera certainement peu de chose en comparaison des peines que vous vous êtes données, vous le d'Hozier, le Chérin, le roi d'armes des ÉTUDES DE MOEURS ; vous à qui les Navarreins, les Cadignan, les Langeais, les Bla-mont-Chauvry, les d'Arthez, les Chaulieu, les d'Esgrignon, les Mortsauf, les Valois, les cent maisons nobles qui constituent l'aristocratie de la COMÉDIE HUMAINE, doivent leurs belles devises et leurs armoiries si spirituelles. Aussi L'ARMORIAL DES ÉTUDES DE MOEURS INVENTÉ PAR FERDINAND DE GRAMONT, GENTILHOMME, est-il une histoire complète du blason français, où vous n'avez rien oublié, pas même les armes de l'Empire, et que je conserverai comme un monument de patience bénédictine et d'amitié. Quelle connaissance du vieux langage féodal dans le : Pulchre sedens, melius agens ! des Beauséant ! dans le : Des partem leonis ! des d'Espard ! dans le : Ne se vend ! des Vandenesse ! Enfin, quelle coquetterie dans les mille détails de cette savante iconographie, qui montrera jusqu'où la fidélité sera poussée dans mon entreprise, à laquelle vous, poëte, vous aurez aidé

Votre vieil ami ,

DE BALZAC.

—

Sur la lisière du Berry se trouve, au bord de la Loire, une ville qui par sa situation attire infailliblement l'œil du voyageur. Sancerre occupe le point culminant d'une chaîne de petites montagnes, dernière ondulation des mouvements de terrain du Nivernais. La Loire inonde les terres au bas de ces collines, en y laissant un limon jaune qui les fertilise, quand il ne les ensable pas à jamais par une de ces terribles crues également familières à la Vistule, cette Loire du Nord. La montagne au sommet de laquelle sont groupées les maisons de Sancerre, s'élève à une assez grande distance du fleuve pour que le petit port de Saint-Thibault puisse vivre de la vie de Sancerre. Là s'embarquent les vins, là se débarque le merrain, enfin toutes les provenances de la Haute et de la Basse Loire.

A l'époque où cette histoire eut lieu, le pont de Cosne et celui de Saint-Thibault, deux ponts suspendus, étaient construits. Les voyageurs venant de Paris à Sancerre par la route d'Italie ne traversaient plus la Loire de Cosne à Saint-Thibault dans un bac, n'est-ce pas assez vous dire que le chassez-croisez de 1830 avait eu lieu ; car la maison d'Orléans a partout choyé les intérêts matériels, mais à peu près comme ces maris qui font des cadeaux à leurs femmes avec l'argent de la dot.

Excepté la partie de Sancerre qui occupe le plateau, les rues sont plus ou moins en pente, et la ville est enveloppée de rampes, dites les grands remparts, nom qui vous indique assez les grands chemins de la ville, au delà de ce rempart s'étend une ceinture de vignobles. Le vin forme la principale industrie et le plus considérable commerce du pays, qui possède plusieurs crus de vins généreux, pleins de bouquet, et assez semblables aux produits de la Bourgogne pour qu'à Paris les palais vulgaires s'y trompent. Sancerre trouve donc dans les cabarets parisiens une rapide consommation, assez nécessaire d'ailleurs à des vins qui ne peuvent pas se garder plus de sept à huit ans. Au-dessous de la ville, sont assis quelques villages, Fontenay, Saint-Satur, qui ressemblent à des faubourgs, et dont la situation rappelle les gais vignobles de Neufchâtel en Suisse. La ville a conservé quelques traits de son ancienne physionomie, ses rues sont étroites et pavées en cailloux pris au lit de la Loire. On y voit encore de vieilles maisons. La tour, ce reste de la force militaire et de l'époque féodale, rappelle l'un des siéges les plus terribles de nos guerres de religion, et pendant lequel les calvinistes ont bien surpassé les farouches Caméroniens de Walter Scott.

La ville de Sancerre, riche d'un illustre passé, veuve de sa puissance militaire, est en quelque sorte vouée à un avenir infertile, car le mouvement commercial appartient à la rive droite de la Loire. La rapide description que vous venez de lire prouve que l'isolement de Sancerre ira croissant, malgré les deux ponts qui la rattachent à Cosne. San-

(Extrait de la *Comédie humaine*.)

cerre, l'orgueil de la rive gauche, a tout au plus trois mille cinq cents âmes, tandis qu'on en compte aujourd'hui plus de six mille à Cosne. Depuis un demi-siècle, le rôle de ces deux villes assises en face l'une de l'autre a complètement changé. Cependant l'avantage de la situation appartient à la ville historique, où de toutes parts l'on jouit d'un spectacle enchanteur, où l'air est d'une admirable pureté, la végétation magnifique, et où les habitans, en harmonie avec cette riante nature, sont affables, bons compagnons, et sans puritanisme, quoique les deux tiers de la population soient restés calvinistes.

Dans un pareil état de choses, si l'on subit les inconvéniens de la vie des petites villes, si l'on se trouve sous le coup de cette surveillance officieuse qui fait de la vie privée une vie quasi publique; en revanche, le patriotisme de localité, qui ne remplacera jamais l'esprit de famille, se déploie à un haut degré. Aussi la ville de Sancerre est-elle très-fière d'avoir vu naître une des gloires de la médecine moderne, Horace Bianchon, et un auteur du second ordre, Etienne Lousteau, l'un des feuilletonistes les plus distingués. L'arrondissement de Sancerre, choqué de se voir soumis à sept ou huit grands propriétaires, les haut barons de l'élection, essaya de secouer le joug électoral de la doctrine, qui en a fait son bourg-pourri. Cette conjuration de quelques amours-propres froissés échoua par la jalousie que causait aux coalisés l'élévation future d'un des conspirateurs. Quand le résultat eut montré le vice radical de l'entreprise, on voulut y remédier en prenant l'un des deux hommes qui représentent glorieusement Sancerre à Paris pour champion du pays aux prochaines élections.

Cette idée était extrêmement avancée pour notre pays, où, depuis 1830, la nomination des notabilités de clocher a fait de tels progrès, que les hommes d'Etat deviennent de plus en plus rares à la chambre élective. Aussi ce projet, d'une réalisation assez hypothétique, fut-il conçu par la femme supérieure de l'arrondissement, *dux femina facti*, mais dans une pensée d'intérêt personnel. Cette pensée avait tant de racines dans le passé de cette femme, et embrassait si bien son avenir, que, sans un vif et succinct récit de sa vie antérieure, on la comprendrait difficilement. Sancerre s'enorgueillissait alors d'une femme supérieure, longtemps incomprise, mais qui, vers 1836, jouissait d'une assez jolie renommée départementale. Cette époque fut aussi le moment où les noms des deux Sancerrois atteignirent, à Paris, chacun dans leur sphère, au plus haut degré l'un de sa gloire, l'autre de la mode. Etienne Lousteau, l'un des collaborateurs des Revues, signait le feuilleton d'un journal à huit mille abonnés; et Bianchon, déjà premier médecin d'un hôpital, officier de la Légion d'honneur et membre de l'Académie des sciences, venait d'obtenir sa chaire.

Si ce mot ne devait pas, pour beaucoup de gens, comporter une espèce de blâme, on pourrait dire que George Sand a créé le *sandisme*, tant il est vrai que, moralement parlant, le bien est presque toujours double d'un mal. Cette lèpre sentimentale a gâté beaucoup de femmes qui, sans leurs prétentions au génie, eussent été charmantes. Le sandisme a cependant cela de bon que la femme qui en est attaquée faisant porter ses prétendues supériorités sur des sentimens méconnus, elle est en quelque sorte le *bas-bleu* du cœur : il en résulte alors moins d'ennui, l'amour neutralisant un peu la littérature. Or, l'illustration de George Sand a eu pour principal effet de faire reconnaître que la France possède un nombre exorbitant de femmes supérieures, assez généreuses pour laisser jusqu'à présent le champ libre à la petite-fille du maréchal de Saxe.

La femme supérieure de Sancerre demeurait à la Baudraye, maison de ville et de campagne à la fois, située à dix minutes de la ville, dans le village, ou, si vous voulez, le faubourg de Saint-Satur. Les la Baudraye d'aujourd'hui, comme il est arrivé pour beaucoup de maisons nobles, se sont substitués aux la Baudraye dont le nom brille aux croisades et se mêle aux grands événemens de l'histoire berruyère. Ceci veut une explication.

Sous Louis XIV, un certain échevin nommé Milaud, dont les ancêtres furent d'enragés calvinistes, se convertit lors de la révocation de l'édit de Nantes. Pour encourager ce mouvement dans l'un des sanctuaires du calvinisme, le roi nomma celui Milaud à un poste élevé dans les eaux et forêts, lui donna des armes et le titre de sire de la Baudraye en lui faisant présent du fief des vrais la Baudraye. Les héritiers du fameux capitaine la Baudraye tombèrent, hélas! dans l'un des pièges tendus aux hérétiques par les ordonnances, et furent pendus, traitement indigne du grand roi. Sous Louis XV, Milaud de la Baudraye de simple écuyer devint chevalier, et eut assez de crédit pour placer son fils cornette dans les mousquetaires. Le cornette mourut à Fontenoy, laissant un enfant à qui le roi Louis XVI accorda plus tard un brevet de fermier général, en mémoire du cornette mort sur le champ de bataille.

Ce financier, bel esprit occupé de charades, de bouts rimés, de bouquets à Chloris, vécut dans le beau monde, hanta la société du duc de Nivernois, et se crut obligé de suivre la noblesse en exil; mais il eut soin d'emporter ses capitaux. Aussi le riche émigré soutint-il alors plus d'une grande maison noble. Fatigué d'espérer et peut-être aussi de prêter, il revint à Sancerre en 1800, et racheta la Baudraye par un sentiment d'amour-propre et de vanité nobiliaire explicable chez un petit-fils d'échevin, mais qui, sous le Consulat, avait d'autant moins d'avenir, que l'ex-fermier général comptait peu sur son héritier pour continuer les nouveaux la Baudraye. Jean-Athanase-Melchior Milaud de la Baudraye, unique enfant du financier, plus que chétif, était bien le fruit d'un sang épuisé de bonne heure par les plaisirs exagérés auxquels se livrent tous les gens riches qui se marient à l'aurore d'une vieillesse prématurée, et finissent ainsi par abâtardir les sommités sociales.

Pendant l'émigration, madame de la Baudraye, jeune fille sans aucune fortune et qui fut épousée à cause de sa noblesse, avait eu la patience d'élever cet enfant jaune et malingre auquel elle portait l'amour excessif que les mères ont dans le cœur pour les avortons. La mort de cette femme, une demoiselle de Castéran la Tour, contribua beaucoup à la rentrée en France de monsieur de la Baudraye. Ce Lucullus des Milaud mourut en léguant à son fils le fief sans lods et ventes, mais orné de girouettes à ses armes, mille louis d'or, somme assez considérable en 1802, et ses créances sur les plus illustres émigrés, contenues dans le portefeuille de ses poésies avec cette inscription : *Vanitas vanitatum et omnia vanitas !*

Si le jeune la Baudraye vécut, il le dut à des habitudes d'une régularité monastique, à cette économie de mouvement que Fontenelle prêchait comme la religion des valétudinaires, et surtout à l'air de Sancerre, à l'influence de ce site admirable d'où se découvre un panorama de quarante lieues dans le val de la Loire. De 1802 à 1815, le petit la Baudraye augmenta son ex-fief de plusieurs clos, et s'adonna beaucoup à la culture des vignes. Au début, la Restauration lui parut si chancelante, qu'il n'osa pas trop aller à Paris y faire ses réclamations; mais après la mort de Napoléon il essaya de monnayer la poésie de son père, car il ne comprit pas la profonde philosophie accusée par ce mélange des créances et des charades. Le vigneron perdit tant de temps à se faire reconnaître de messieurs les ducs de Navarreins et autres (telle était son expression), qu'il revint à Sancerre, appelé par ses chères vendanges, sans avoir rien obtenu que des offres de services. La Restauration rendit assez de lustre à la noblesse pour que la Baudraye désirât donner un sens à son ambition en se donnant un héritier. Ce bénéfice conjugal lui paraissait assez problématique; autrement, il n'eût pas tant tardé; mais, vers la fin de 1823, en se voyant encore sur ses jambes à quarante-trois ans, âge qu'aucun médecin, astrologue ou sage-femme n'eût osé lui prédire, il espéra trouver la récompense de sa vertu forcée. Néanmoins, son choix indiqua, relativement à sa chétive constitution, un si grand défaut de prudence, qu'il fut impossible de n'y pas voir un profond calcul.

À cette époque, Son Eminence monseigneur l'archevêque de Bourges venait de convertir au catholicisme une jeune personne appartenant à l'une de ces familles bourgeoises qui furent les premiers appuis du calvinisme, et qui, grâce à leur position obscure, ou à des accommodemens qui furent les premiers appuis du calvinisme, et échappèrent au ciel, échappèrent aux persécutions de Louis XIV. Artisans au seizième siècle, les Piédefer, dont le nom révèle un de ces surnoms bizarres que se donnèrent les soldats de la Réforme, étaient devenus d'honnêtes drapiers. Sous le règne de Louis XVI, Abraham Piédefer fit de si mauvaises affaires, qu'il laissa, vers 1786, époque de sa mort, ses deux enfans dans un état voisin de la misère. L'un des deux, Tobie Piédefer partit pour les Indes en abandonnant le modique héritage à son aîné. Pendant la Révolution, Moïse Piédefer acheta des biens nationaux, abattit des abbayes et des églises à l'instar de ses ancêtres, et se maria, chose étrange, avec une catholique, fille unique d'un conventionnel mort sur l'échafaud. Cet ambitieux Piédefer mourut en 1819, laissant à sa femme une fortune compromise par des spéculations agricoles, et une petite fille de douze ans, d'une beauté surprenante. Elevée dans la religion calviniste, cette enfant avait été nommée Dinah, suivant l'usage en vertu duquel les religionnaires prenaient leurs noms dans la Bible, pour n'avoir rien de commun avec les saints de l'Eglise romaine.

Mademoiselle Dinah Piédefer, mise par sa mère dans un des meilleurs pensionnats de Bourges, celui des demoiselles Chamarolles, y devint aussi célèbre par les qualités de son esprit que par sa beauté ; mais elle s'y trouva primée par des jeunes filles nobles, riches, qui devaient plus tard jouer dans le monde un rôle beaucoup plus beau que celui d'une roturière pour qui les résultats de la liquidation Piédefer. Après avoir su s'élever momentanément au-dessus de ses compagnes, Dinah voulut aussi se trouver de plain-pied avec elles dans la vie. Elle inventa donc d'abjurer le calvinisme, en espérant que le cardinal protégerait sa conquête spirituelle et s'occuperait de son avenir. Vous pouvez juger déjà de la supériorité de mademoiselle Dinah, qui, dès l'âge de dix-sept ans, se convertissait uniquement par ambition. L'archevêque, imbu de l'idée que Dinah Piédefer devait faire l'ornement du monde, essaya de la marier. Toutes les familles auxquelles s'adressa le prélat s'effrayèrent d'une fille douée d'une prestance de princesse, qui passait pour la plus spirituelle des jeunes personnes élevées chez les demoiselles de Chamarolles, et qui, dans les solennités un peu théâtrales des distributions de prix, jouait toujours les premiers rôles. Assurément mille écus de rentes, que pouvait rapporter le domaine de la Hautoy, indivis entre la fille et la mère, étaient peu de chose en comparaison des dépenses auxquelles les avantages personnels d'un créature si spirituelle entraîneraient un mari.

Dès que le petit Melchior de la Baudraye apprit ces détails, dont parlaient toutes les sociétés du département du Cher, il se rendit à Bourges, au moment où madame Piédefer, dévote à grandes heures, était à peu près déterminée, ainsi que sa fille, à prendre, selon l'expression du Berry, le premier chien coiffé venu. Si le cardinal fut très-heureux de rencontrer monsieur de la Baudraye, monsieur de la Baudraye fut encore plus heureux d'accepter une femme de la main du cardinal. Le petit homme exigea de Son Eminence la promesse formelle de sa protection auprès du président du conseil, à cette fin de palper les créances sur les ducs de Navarreins et autres en saisissant leurs indemnités. Ce moyen parut un peu trop vif à l'habile ministre du pavillon Marsan, il fit savoir au vigneron qu'on s'occuperait de lui en temps et lieu. Chacun peut se figurer le tapage produit dans le Sancerrois par le mariage insensé de monsieur la Baudraye.

— Cela s'explique, dit le président Boirouge, le petit homme aurait, m'a-t-on dit, été très-choqué d'avoir entendu, sur le Mail, le beau monsieur Milaud, le substitut de Nevers, disant à monsieur de Clagny, en lui montrant les tourelles de la Baudraye :

— Cela me reviendra !

— Mais, a répondu notre procureur du roi, il peut se marier et avoir des enfans.

— Ça lui est défendu ! Vous pouvez imaginer la haine qu'un avorton comme le petit la Baudraye a dû vouer à ce colosse de Milaud.

Il existait à Nevers une branche roturière des Milaud, qui s'était assez enrichie dans le commerce de la coutellerie pour que le représentant de cette branche eût abordé la carrière du ministère public, dans laquelle il fut protégé par feu Marchangy.

Peut-être convient-il d'écheniller cette histoire, où le moral joue un grand rôle, des vils intérêts matériels dont se préoccupait exclusivement monsieur de la Baudraye, en racontant avec brièveté les résultats de ses négociations à Paris. Ceci d'ailleurs expliquera plusieurs parties mystérieuses de l'histoire contemporaine, et les difficultés sous-jacentes que rencontraient les ministres, pendant la Restauration, sur le terrain politique. Les promesses ministérielles eurent si peu de réalité, que monsieur de la Baudraye se rendit à Paris au moment où le cardinal y fut appelé par la session des Chambres.

Voici comment le duc de Navarreins, le premier créancier menacé par monsieur de la Baudraye, se tira d'affaire. Le Sancerrois vit arriver un matin à l'hôtel de Mayence, où il s'était logé rue Saint-Honoré, près de la place Vendôme, un confident des ministres qui se connaissait en liquidations. Cet élégant personnage, sorti d'un élégant cabriolet, et vêtu de la façon la plus élégante, fut obligé de monter au numéro 37, c'est-à-dire au troisième étage, dans une petite chambre où il surprit le provincial se cuisinant au feu de sa cheminée une tasse de café.

— Est-ce à monsieur Milaud de la Baudraye que j'ai l'honneur...

— Oui, répondit le petit homme en se drapant dans sa robe de chambre.

Après avoir lorgné ce produit incestueux d'un ancien pardessus chiné de madame Piédefer et d'une robe de feu madame de la Baudraye, le négociateur trouva l'homme, la robe de chambre et petit fourneau de terre où bouillait le lait dans une casserole de ferblanc, si caractéristiques, qu'il jugea les finasseries inutiles.

— Je parie, monsieur, dit-il audacieusement, que vous dînez à quarante sous, chez Hurbain, au Palais-Royal.

— Et pourquoi?...

— Oh ! je vous reconnais pour vous y avoir vu, répliqua le Parisien en gardant son sérieux. Tous les créanciers des princes y dînent. Vous savez qu'on trouve à peine dix pour cent des créances sur les plus grands seigneurs... Je ne vous donnerais pas cinq pour cent d'une créance sur le feu duc d'Orléans... et même sur... (il baissa la voix) sur Monsieur...

— Vous venez m'acheter mes titres... dit le vigneron, qui se crut spirituel.

— Acheter!... fit le négociateur, pour qui me prenez-vous?... Je suis monsieur Des Lupeaulx, maître des requêtes, secrétaire général du ministère, et je viens vous proposer une transaction.

— Laquelle?

— Vous n'ignorez pas, monsieur, la position de votre débiteur...

— De mes débiteurs...

— Eh bien! monsieur, vous connaissez la situation de vos débiteurs, ils sont dans les bonnes grâces du roi, mais ils sont sans argent, et obligés à une grande représentation... Vous n'ignorez pas les difficultés de la politique : l'aristocratie est à reconstruire, en présence d'un tiers-état formidable. La pensée du roi, que la France juge très mal, est de créer dans la pairie une institution nationale, analogue à celle de l'Angleterre. Pour réaliser cette grande pensée, il nous faut des années et des millions... Noblesse oblige : le duc de Navarreins, qui, vous le savez, est premier gentilhomme de la chambre, ne nie pas sa dette, mais il ne peut pas... (soyez raisonnable! Jugez la politique ! Nous sortons de l'abîme des révolutions. Vous êtes noble aussi !) donc il ne peut pas vous payer...

— Monsieur...

— Vous êtes vif, dit Des Lupeaulx ; écoutez... il ne peut pas vous payer en argent ; eh bien ! en homme d'esprit que vous êtes, payez-vous en faveurs... royales ou ministérielles.

— Quoi ! mon père aura donné en 1793 cent mille...

— Mon cher monsieur, ne récriminez pas ! Écoutez une proposition d'arithmétique politique : La recette de Sancerre est vacante, un ancien payeur général des armées y a droit, mais il n'a pas de chances ; vous avez des chances et vous n'y avez aucun droit ; vous obtiendrez la recette. Vous exercerez pendant un trimestre, vous donnerez votre démission, et monsieur Gravier vous donnera vingt mille francs. De plus, vous serez décoré de l'ordre royal de la Légion d'honneur.

— C'est quelque chose, dit le vigneron, beaucoup plus appâté par la somme que par le ruban.

— Mais, reprit Des Lupeaulx, vous reconnaîtrez les bontés de Son Excellence en rendant à Sa Seigneurie le duc de Navarreins tous vos titres...

Le vigneron revint à Sancerre en qualité de receveur des contributions. Six mois après, il fut remplacé par monsieur Gravier, qui passait pour l'un des hommes les plus aimables de la finance sous l'Empire, et qui naturellement fut présenté par monsieur de la Baudraye à sa femme.

Dès qu'il ne fut plus receveur, monsieur de la Baudraye revint à Paris s'expliquer avec d'autres débiteurs. Cette fois, il fut nommé référendaire au sceau, baron, et officier de la Légion d'honneur. Après avoir vendu la charge de référendaire au sceau, le baron de la Baudraye fit quelques visites à ses derniers débiteurs, et reparut à Sancerre avec le titre de maître des requêtes, avec une place de commissaire du roi près d'une compagnie anonyme établie en Nivernais, aux appointemens de six mille francs, une vraie sinécure. Le bonhomme la Baudraye, qui passa pour avoir fait une folie, financièrement parlant, fit donc une excellente affaire en épousant sa femme.

Grâce à sa sordide économie, à l'indemnité qu'il reçut pour les biens de son père nationalement vendus en 1793, le petit homme réalisa, vers 1827, le rêve de toute sa vie !... En donnant quatre cent mille francs comptant et prenant des engagemens qui le condamnaient à vivre pendant six ans, selon son expression, de l'air du temps, et qui auront achetér, sur les bords de la Loire, à deux lieues au-dessus de Sancerre, la terre d'Anzy, dont le magnifique château bâti par Philibert de Lorme est l'objet de la juste admiration des connaisseurs. Il fut enfin compté parmi les grands propriétaires du pays ! Il n'est pas sûr que la joie causée par l'érection d'un majorat composé de la terre d'Anzy, du fief de la Baudraye et du domaine de la Hautoy, en vertu de lettres patentes en date de décembre 1829, ait compensé les chagrins de Dinah, qui se vit alors réduite à une secrète indigence jusqu'en 1835. Le prudent la Baudraye ne permit pas à sa femme d'habiter Anzy et d'y faire le moindre changement avant le dernier paiement du prix.

Ce coup d'œil sur la politique du premier baron de la Baudraye explique l'homme en entier. Ceux à qui les manies des gens de province sont familières, reconnaîtront en lui *la passion de la terre*, passion dévorante, passion exclusive, espèce d'avarice étalée au soleil, et qui souvent mène à la ruine par un défaut d'équilibre entre les intérêts hypothécaires et les produits territoriaux. Les gens qui, de 1802 à 1827, se moquaient du petit la Baudraye en le voyant trotter à Saint-Thibault, et s'y occuper de ses affaires avec l'âpreté d'un bourgeois vivant de sa vigne, ceux qui ne comprenaient pas son dédain de la faveur à laquelle il avait dû ses places aussitôt quittées qu'obtenues, eurent enfin le mot de l'énigme quand ce formica-léo sauta sur sa proie, après avoir attendu le moment où les prodigalités de la duchesse de Maufrigneuse amenèrent la vente de cette terre magnifique, depuis trois cents ans dans la maison d'Uxelles.

Madame Piédefer vint vivre avec sa fille. Les fortunes réunies de monsieur de la Baudraye et de sa belle-mère, qui s'était contentée d'une rente viagère de douze mille francs en abandonnant à son gendre le domaine de la Hautoy, composèrent un revenu visible d'environ quinze mille francs.

Pendant les premiers jours de son mariage, Dinah obtint des changemens qui rendirent la Baudraye une maison très agréable. Elle fit un jardin anglais d'une cour immense en y abattant des celliers, des pressoirs et des communs ignobles. Elle ménagea derrière le manoir, petite construction à tourelles et à pignons qui ne manquait pas de caractère, un second jardin à massifs, à fleurs, à gazons, et le sépara des vignes par un mur qu'elle cacha sous des plantes grimpantes. Enfin, elle introduisit dans la vie intérieure autant de comfort que l'exiguïté des revenus le permit. Pour ne pas se laisser dévorer par une jeune personne aussi supérieure que Dinah paraissait l'être, monsieur de la Baudraye eut l'adresse de se taire sur les recouvremens qu'il faisait à Paris. Ce profond secret gardé sur ses intérêts donna je ne sais quoi de mystérieux à son caractère, et le grandit aux yeux de sa femme pendant les premières années de son mariage, tant le silence a de majesté !...

Les changemens opérés à la Baudraye inspirèrent un désir d'autant plus vif de voir la jeune mariée, que Dinah ne voulut pas se montrer, ni recevoir, avant d'avoir conquis toutes ses aises, étudié le pays, et surtout le silencieux la Baudraye. Quand, par une matinée de printemps, en 1825, on vit, sur le Mail, la belle madame de la Baudraye en robe de velours bleu, sa mère en robe de velours noir, une grande clameur s'éleva dans Sancerre. Cette toilette confirma la supériorité de cette jeune femme, élevée dans la capitale du Berry. On craignit, en recevant ce phénix berruyer, de ne pas dire des choses assez spirituelles, et naturellement on se gourma devant madame de la Baudraye, qui produisit une espèce de terreur parmi la gent femelle. Lorsqu'on admira dans le salon de la Baudraye un tapis façonné comme un cachemire, un meuble pompadour à bois dorés, des rideaux de brocatelle aux fenêtres, et sur une table ronde un cornet japonais plein de fleurs au milieu de quelques livres nouveaux ; lorsqu'on entendit la belle Dinah jouant à livre ouvert sans exécuter la moindre cérémonie pour se mettre au piano, l'idée qu'on se faisait de sa supériorité prit de grandes proportions. Pour ne jamais se laisser gagner par l'incurie et par le mauvais goût, Dinah avait résolu de se tenir au courant des modes et des moindres révolutions du luxe, en entretenant une active correspondance avec Anna Grossetête, son amie de cœur au pensionnat Chamarolles. Fille unique du receveur général de Bourges, Anna, grâce à sa fortune, avait épousé le troisième fils du comte de Fontaine. Les femmes, en venant à la Baudraye, étaient constamment blessées par la priorité que Dinah sut s'attribuer en fait de modes ; et, quoi qu'elles fissent, elles se virent toujours en arrière, ou, quant aux amateurs de courses, *distancées*. Si toutes ces petites choses causèrent une maligne envie chez les femmes de Sancerre, la conversation et l'esprit de Dinah engendrèrent une véritable aversion. Dans le désir d'entretenir son intelligence au niveau du mouvement parisien, madame de la Baudraye ne souffrit chez personne ni propos vides, ni galanterie arriérée, ni phrases sans valeur ; elle se refusa net au clabaudage des petites nouvelles, à cette médisance ou bas étage qui fait le fond de la langue en province. Aimant à parler des découvertes dans la science ou dans les arts, des œuvres fraîchement écloses au théâtre, en poésie, elle parut remuer ses pensées en remuant les mots à la mode.

L'abbé Duret, curé de Sancerre, vieillard de l'ancien clergé de France, homme de bonne compagnie à qui le jeu ne déplaisait pas, n'osait se livrer à son penchant dans un pays aussi libéral que Sancerre ; il fut donc très heureux de l'arrivée de madame de la Baudraye, avec laquelle il s'entendit admirablement. Le sous-préfet, un vicomte de

Chargebœuf, fut enchanté de trouver dans le salon de madame de la Baudraye une espèce d'oasis où l'on faisait trêve à la vie de province. Quant à monsieur de Clagny, le procureur du roi, son admiration pour la belle Dinah le cloua dans Sancerre. Ce passionné magistrat refusa tout avancement, et se mit à aimer pieusement cet ange de grâce et de beauté. C'était un grand homme sec, à figure patibulaire ornée de deux yeux terribles, à orbites charbonnées, surmontées de deux sourcils énormes, et dont l'éloquence, bien différente de son amour, ne manquait pas de mordant.

Monsieur Gravier était un petit homme gros et gras qui, sous l'Empire, chantait admirablement la romance, et qui dut à ce talent le poste éminent de payeur général d'armée. Mêlé à de grands intérêts en Espagne avec certains généraux en chef appartenant alors à l'opposition, il sut mettre à profit ces liaisons parlementaires auprès du ministre, qui, par égard à sa position perdue, lui promit la recette de Sancerre, et finit par la lui laisser acheter. L'esprit léger, le ton du temps de l'Empire s'était alourdi chez monsieur Gravier, il ne comprit pas, ou ne voulut pas comprendre, la différence énorme qui sépara les mœurs de la Restauration de celles de l'Empire ; mais il se croyait bien supérieur à monsieur de Clagny, sa tenue était de meilleur goût, il suivait les modes, il se montrait en gilet jaune, en pantalon gris, en petites redingotes serrées, il avait au cou des cravates de soieries à la mode ornées de bagues à diamans, tandis que le procureur du roi ne sortait pas de l'habit, du pantalon et du gilet noirs, souvent râpés.

Ces quatre personnages s'extasièrent, les premiers, sur l'instruction, le bon goût, la finesse de Dinah, et la proclamèrent une femme de la plus haute intelligence. Les femmes se dirent alors entre elles : « Madame de la Baudraye doit joliment se moquer de nous... » Cette opinion, plus ou moins juste, eut pour résultat d'empêcher les femmes d'aller à la Baudraye. Atteinte et convaincue de pédantisme parce qu'elle parlait correctement, Dinah fut surnommée la Sapho de Saint-Satur. Chacun finit par se moquer effrontément des prétendues grandes qualités de celle qui devint ainsi l'ennemie des Sancerroises. Enfin, on alla jusqu'à nier une supériorité, purement relative d'ailleurs, qui relevait les ignorances et ne leur pardonnait point. Quand tout le monde est bossu, la belle taille devient la monstruosité ; Dinah fut donc regardée comme monstrueuse et dangereuse, et le désert se fit autour d'elle. Étonnée de ne voir les femmes, malgré ses avances, qu'à de longs intervalles et pendant des visites de quelques minutes, Dinah demanda la raison de ce phénomène à monsieur de Clagny.

— Vous êtes une femme trop supérieure pour que les autres femmes vous aiment, répondit le procureur du roi.

Monsieur Gravier, que la pauvre délaissée interrogea, se fit énormément prier pour lui dire :

— Mais, belle dame, vous ne vous contentez pas d'être charmante, vous avez de l'esprit, vous êtes instruite, vous êtes au fait de tout ce qui s'écrit, vous aimez la poésie, vous êtes musicienne, et vous avez une conversation ravissante : les femmes ne pardonnent pas tant de supériorités !...

Les hommes dirent à monsieur de la Baudraye :

— Vous, qui avez une femme supérieure, vous êtes bien heureux... Et il finit par dire :

— Moi, qui ai une femme supérieure, je suis bien, etc.

Madame Piédefer, flattée dans sa fille, se permit aussi de dire des choses dans ce genre :

— Ma fille, qui est une femme très supérieure, écrivait hier à madame de Fontaine telles, telles choses.

Pour qui connaît le monde, la France, Paris, n'est-il pas vrai que beaucoup de célébrités se sont établies ainsi ?

Au bout de deux ans, vers la fin de l'année 1825, Dinah de la Baudraye fut accusée de ne vouloir recevoir que des hommes ; puis, on lui fit un crime de son éloignement pour les femmes. Pas une de ses démarches, même la plus indifférente, ne passait sans être critiquée ou dénaturée.

Après avoir fait tous les sacrifices qu'une femme bien élevée pouvait faire, et avoir mis les procédés de son côté, madame de la Baudraye eut le tort de répondre à une fausse amie qui vint déplorer son isolement :

— J'aime mieux mon écuelle vide que rien dedans !

Cette phrase produisit des effets terribles dans Sancerre, et fut plus tard cruellement retournée contre la Sapho de Saint-Satur, quand, en la voyant sans enfans après cinq ans de mariage, on se moqua du petit la Baudraye.

Pour faire comprendre cette plaisanterie de province, il est nécessaire de rappeler au souvenir de ceux qui l'ont connu le bailli de Ferrette, de qui l'on disait qu'il était l'homme le plus courageux de l'Europe parce qu'il osait marcher sur ses deux jambes, et qu'on accusait aussi de mettre du plomb dans ses souliers pour ne pas être emporté par le vent. Monsieur de la Baudraye, petit homme jaune et quasi diaphane, eût été pris par le bailli de Ferrette pour premier gentilhomme de sa chambre, si ce diplomate eût été quelque peu grand-duc de Bade au lieu d'être l'envoyé. Monsieur de la Baudraye, dont les jambes étaient si grêles qu'il mettait par décence de faux mollets, dont les cuisses ressemblaient aux bras d'un homme bien constitué, dont le torse figurait assez bien le corps d'un hanneton, eût été pour le bailli de Ferrette une plaisanterie perpétuelle. En marchant, le petit vigneron retournait souvent ses mollets sur le tibia, tant il en faisait peu de mystère, et remerciait ceux qui l'avertissaient de ce léger contre-sens. Il conserva les culottes courtes, les bas de soie noirs et le gilet blanc jusqu'en 1824. Après son mariage, il porta des pantalons bleus et des bottes à talons, ce qui fit dire à tout Sancerre qu'il s'était donné deux pouces pour atteindre au menton de sa femme. On lui vit pendant dix ans la même petite redingote vert-bouteille, à grands boutons de métal blanc, et une cravate noire qui faisait ressortir sa figure froide et chafouine, éclairée par des yeux d'un gris bleu, fins et calmes comme des yeux de chat. Doux comme tous les gens qui suivent un plan de conduite, il paraissait rendre sa femme très heureuse en ayant l'air de ne jamais la contrarier, il lui laissait la parole, et se contentait d'agir avec la lenteur mais avec la ténacité d'un insecte.

Adorée pour sa beauté sans rivale, admirée pour son esprit par les hommes les plus comme il faut de Sancerre, Dinah entretint cette admiration par des conversations auxquelles, dit-on plus tard, elle se préparait. En se voyant écoutée avec extase, elle s'habitua par degrés à s'écouter aussi, prit plaisir à pérorer, et finit par regarder ses amis comme autant de confidens de tragédie destinés à lui donner la réplique. Elle se procura d'ailleurs une fort belle collection de phrases et d'idées, soit par ses lectures, soit en s'assimilant les pensées de ses habitués, et devint ainsi une espèce de serinette dont les airs partaient dès qu'un accident de la conversation en accrochait la détente. Altérée de savoir, rendons-lui cette justice, Dinah lisait tout, jusqu'à des livres de médecine, de statistique, de science, de jurisprudence, car elle ne savait à quoi employer ses matinées, après avoir passé ses fleurs en revue et donné ses ordres au jardinier. Douée d'une belle mémoire, et de ce talent avec lequel certaines femmes se servent du mot propre, elle pouvait parler sur toute chose avec la lucidité d'un style étudié. Aussi, de Cosne, de la Charité, de Nevers sur la rive droite, et de Léré, de Vailly, d'Argent, de Blancafort, d'Aubigny sur la rive gauche, venait-on se faire présenter à madame de la Baudraye, comme en Suisse on se faisait présenter à madame de Staël. Ceux qui n'entendaient qu'une seule fois les airs de cette tabatière suisse, s'en allaient étourdis, et disaient de Dinah des choses merveilleuses qui rendirent les femmes jalouses à dix lieues à la ronde.

Il existe dans l'admiration qu'on inspire, ou dans l'action d'un rôle joué, je ne sais quelle griserie morale qui ne permet pas à la critique d'arriver à l'idole. Une atmosphère produite peut-être par une constante dilatation nerveuse, fait comme un nimbe à travers lequel on voit le monde au-dessous de soi. Comment expliquer autrement la perpétuelle bonne foi qui préside à tant de nouvelles représentations des mêmes effets, et la continuelle méconnaissance du conseil que donnent ou les enfans, si terribles pour leurs parens, ou les maris si familiarisés avec les innocentes roueries de leurs femmes ? Monsieur de la Baudraye avait la candeur d'un homme qui déploie un parapluie aux premières gouttes tombées : quand sa femme entamait la question de la traite des nègres, ou l'amélioration du sort des forçats, il prenait sa petite casquette bleue et s'évadait sans bruit, avec la certitude de pouvoir aller à Saint-Thibault surveiller une livraison de poinçons, et revenir une heure après en retrouvant la discussion à peu près mûrie. S'il n'avait rien à faire, il allait se promener sur le Mail, d'où se découvre l'admirable panorama de la vallée de la Loire, et prenait un bain d'air pendant que sa femme exécutait une sonate de paroles et des duos de dialectique.

Une fois posée en femme supérieure, Dinah voulut donner des gages visibles de son amour pour les créations les plus remarquables de l'art, car elle s'associa vivement aux idées de l'école romantique, en comprenant dans l'art la poésie et la peinture, la page et la statue, le meuble et l'opéra. Aussi devint-elle moyen-âgiste. Elle s'enquit des curiosités qui pouvaient dater de la Renaissance, et fit de ses fidèles autant de commissionnaires dévoués. Elle acquit ainsi, dans les premiers jours de son mariage, le mobilier des Rouget à Issoudun, lors de la vente qui eut lieu vers le commencement de 1824. Elle acheta de fort belles choses en Nivernais et dans la Haute-Loire. Aux étrennes, ou le jour de sa fête, ses amis ne manquaient jamais à lui offrir quelques raretés. Ces fantaisies trouvèrent grâce aux yeux de monsieur de la Baudraye, il eut l'air de sacrifier quelques écus au goût de sa femme ; mais, en réalité, l'homme aux terres songeait à son château d'Anzy. Ces *antiquités* coûtaient alors beaucoup moins que des meubles modernes. Au bout de cinq ou six ans, l'antichambre, la salle à manger, les deux salons et le boudoir que Dinah s'était arrangés au rez-de-chaussée de la Baudraye, tout, jusqu'à la cage de l'escalier, regorgea de chefs-d'œuvre triés dans les quatre départemens environnans. Cet entourage, qualifié d'étrange dans le pays, fut en harmonie avec Dinah. Ces merveilles, sur le point de revenir à la mode, frappaient l'imagination des gens présentés, ils s'attendaient à des conceptions bizarres, et ils trouvaient leur attente surpassée en voyant à travers un monde de fleurs ces catacombes de vieilleries disposées comme chez feu Du Sommerard, cet *Old Mortality* des meubles ! Ces trouvailles étaient d'ailleurs autant de ressorts qui, sur une question, faisaient jaillir les tirades sur Jean Goujon, sur Michel Columb, sur Germain Pilon, sur Boulle, sur Van-Huysium, sur Boucher, ce grand peintre berrichon ; sur Clodion, le sculpteur en bois, sur les placages vénitiens, sur Brustolone, ténor italien, le Michel-Ange des cadres ; sur les treizième, quatorzième, quinzième, seizième et dix-septième siècles, sur les émaux de Bernard de Palissy, sur ceux de Petitot, sur les gravures d'Albrecht Durer, (elle prononçait *Dur*), sur les vélins enluminés, sur le gothique fleuri, flamboyant, orné, pur, à renverser les vieillards et et à enthousiasmer les jeunes gens.

Animée du désir de vivifier Sancerre, madame de la Baudraye tenta d'y former une société dite littéraire. Le président du tribunal, monsieur Boirouge, qui se trouvait alors sur les bras une maison à jardin provenant de la succession Popinot-Chandier, favorisa la création de cette société. Ce rusé magistrat vint s'entendre sur les statuts avec madame de la Baudraye, il voulut être un des fondateurs, et loua sa maison pour quinze ans à la société littéraire. Dès la seconde année, on y jouait aux dominos, au billard, à la bouillotte, en buvant du vin chaud sucré, du punch et des liqueurs. On y fit quelques petits soupers fins, et l'on y donna des bals masqués au carnaval. En fait de littérature, on y lut les journaux, l'on y parla politique, et l'on y causa d'affaires. Monsieur de la Baudraye y allait

assidûment, à cause de sa femme, disait-il plaisamment. Ces résultats navrèrent cette femme supérieure, qui désespéra de Sancerre, et concentra dès lors dans son salon tout l'esprit du pays. Néanmoins, malgré la bonne volonté de messieurs de Chargebœuf, Gravier, de Clagny, de l'abbé Duret, des premier et second sub-tituts, d'un jeune médecin, d'un jeune juge suppléant, aveugles admirateurs de Dinah, il y eut des momens où, de guerre lasse, on se permit des excursions dans le domaine des agréables futilités qui composent le fonds commun des conversations du monde. Monsieur Gravier appelait cela *passer du grave au doux*. Le whist de l'abbé Duret faisait une utile diversion aux quasi-monologues de la divinité. Les trois rivaux, fatigués de tenir leur esprit tendu sur des *discussions de l'ordre le plus élevé*, car ils caractérisaient ainsi leurs conversations, mais n'osant témoigner la moindre satiété, se tournaient parfois d'un air câlin vers le vieux prêtre.

— Monsieur le curé meurt d'envie de faire sa petite partie, disaient-ils.

Le spirituel curé se prêtait assez bien à l'hypocrisie de ses complices, il résistait, il s'écriait ; — Nous perdrions trop à ne pas écouter notre belle inspirée ! Et il stimulait la générosité de Dinah, qui finissait par avoir pitié de son cher curé.

Cette manœuvre hardie inventée par le sous-préfet fut pratiquée avec tant d'astuce, que Dinah ne soupçonna jamais l'évasion de ses forçats dans le préau de la table à jouer. On lui laissait alors le jeune substitut ou le médecin à géhenner. Un jeune propriétaire, le dandy de Sancerre, perdit les bonnes grâces de Dinah pour quelques imprudentes démonstrations. Après avoir sollicité l'honneur d'être admis dans ce cénacle, en se flattant d'en enlever la fleur aux autorités constituées qui la cultivaient, il eut le malheur de bâiller pendant une explication que Dinah daignait lui donner, pour la quatrième fois, il est vrai, de la philosophie de Kant. Monsieur de la Thaumassière, le petit-fils de l'historien de Berry, fut regardé comme un homme complètement dépourvu d'intelligence et d'âme.

Les trois amoureux en titre se soumettaient à ces exorbitantes dépenses d'esprit et d'attention, dans l'espoir du plus doux des triomphes, au moment où Dinah s'humaniserait, car aucun d'eux n'eut l'audace de penser qu'elle perdrait son innocence conjugale avant d'avoir perdu ses illusions. En 1826, époque à laquelle Dinah se vit entourée d'hommages, elle atteignait à sa vingtième année, et l'abbé Duret la maintenait dans une espèce de ferveur catholique ; les adorateurs de Dinah se contentaient donc de l'accabler de petits soins, de la combiaient de services, d'attentions, heureux d'être pris pour les chevaliers d'honneur de cette reine par les gens présentés qui passaient une ou deux soirées à la Baudraye.

— Madame de la Baudraye est un fruit qu'il faut laisser mûrir, telle était l'opinion de monsieur Gravier, qui attendait.

Quant au magistrat, il écrivait des lettres de quatre pages auxquelles Dinah répondait par des paroles calmantes en tournant après le dîner autour du son boulingrin, en s'appuyant sur le bras de son adorateur. Gardée par ces trois passions, madame de la Baudraye, d'ailleurs accompagnée de sa dévote mère, évita tous les malheurs de la médisance. Il fut si patent dans Sancerre qu'aucun de ces trois hommes n'en laissait un seul près de madame de la Baudraye, que leur jalousie y donnait la comédie. Pour aller de la porte César à Saint-Thibault, il existe un chemin beaucoup plus court que celui des Grands-Remparts, et que dans les pays de montagnes on appelle *une coursière*, mais qui se nomme à Sancerre *le casse-cou*. Ce nom indique assez un sentier tracé sur la pente la plus raide de la montagne, encombré de pierres et encaissé par les talus des clos de vignes. En prenant le casse-cou, l'on abrège la route de Sancerre à la Baudraye. Les femmes, jalouses de la Sapho de Saint-Satur, se promenaient sur le Mail pour regarder ce Longchamps des autorités, que souvent elles arrêtaient en engageant dans quelques conversations tantôt le sous-préfet, tantôt le procureur du roi, qui donnaient alors les marques d'une visible impatience ou d'une impertinente distraction. Comme du Mail on découvre les tourelles de la Baudraye, plus d'un jeune homme y venait contempler la demeure de Dinah en enviant le privilége des dix ou douze habitués qui passaient la soirée auprès de la reine du Sancerrois. Monsieur de la Baudraye eut bientôt remarqué l'ascendant que sa qualité de mari lui donnait sur les galans de sa femme, et il se servit d'eux avec la plus entière candeur, il obtint des dégrèvemens de contribution, et gagna deux procillons. Dans tous ses litiges, il fit pressentir l'autorité du procureur du roi de manière à ne plus se rien voir contester, et il était difficultueux et processif en affaires comme tous les nains, mais toujours avec douceur.

Néanmoins, plus l'innocence de madame de la Baudraye éclatait, moins sa situation devenait possible aux yeux curieux des femmes. Souvent, chez la présidente Boirouge, les dames d'un certain âge discutaient pendant des soirées entières, entre elles bien entendu, sur le ménage la Baudraye. Toutes pressentaient un de ces mystères dont le secret intéresse vivement les femmes à qui la vie est connue. Il se jouait en effet à la Baudraye une de ces longues et monotones tragédies conjugales qui demeureraient éternellement inconnues, si l'avide scalpel du dix-neuvième siècle n'allait pas, conduit par la nécessité de trouver du nouveau, fouiller les coins les plus obscurs du cœur, ou, si vous voulez, ceux que la pudeur des siècles précédens avait respectés. Et ce drame domestique explique assez bien la vertu de Dinah pendant les premières années de son mariage.

Une jeune fille dont le succès au pensionnat Chamarolles avaient eu l'orgueil pour ressort, dont le premier calcul avait été récompensé par une première victoire, ne devait pas s'arrêter en si beau chemin. Quelque chétif que parût être monsieur de la Baudraye, il fut pour mademoiselle Dinah Piédefer un parti vraiment inespéré. Quelle pouvait être l'arrière-pensée de ce vigneron en se mariant à quarante-quatre ans avec une jeune fille de dix-sept ans, et quel parti sa femme pouva t-elle tirer de lui? Tel fut le premier texte des méditations de Dinah. Le petit homme trompa perpétuellement l'observation de sa femme. Ainsi, tout d'abord, il laissa prendre les deux précieux hectares perdus en agrément autour de la Baudraye, et il donna presque généreusement les sept à huit mille francs nécessaires aux arrangemens intérieurs dirigés par Dinah, qui put acheter à Issoudun le mobilier Rouget, et eut eprendre chez elle le système de ses décorations moyen-âge, Louis XIV, et Pompadour. La jeune mariée eut alors peine à croire que monsieur de la Baudraye fût avare, comme on le lui disait, ou elle put penser avoir conquis un peu d'ascendent sur lui. Cette erreur dura dix-huit mois. Après le second voyage de monsieur de la Baudraye à Paris, Dinah reconnut chez lui la froideur polaire des avares de province en tout ce qui concernait l'argent. A la première demande de capitaux, elle joua la plus gracieuse de ces comédies dont le secret vient d'Eve; mais le petit homme expliqua nettement à sa femme qu'il lui donnait deux cents francs par mois pour sa dépense personnelle, qu'il servait douze cents francs de rente viagère à madame Piédefer pour le domaine de La Hautoy, qu'ainsi les mille écus de la dot étaient dépassés d'une somme de deux cents francs par an.

— Je ne vous parle pas des dépenses de notre maison, dit-il en terminant, je vous laisse offrir des brioches et du thé à vos amis, car il faut que vous vous amusiez; mais, moi qui ne dépensais pas quinze cents francs par an avant mon mariage, je dépense aujourd'hui six mille francs, y compris les impositions, les réparations, et c'est un peu trop, eu égard à la nature de nos biens. Un vigneron n'est jamais sûr que de sa dépense: les façons, les impôts, les tonneaux; tandis que la recette dépend d'un coup de soleil ou d'une gelée. Les petits propriétaires comme nous, dont les revenus sont loin d'être fixes, doivent *tabler* sur leur minimum, car ils n'ont aucun moyen de réparer un excédant de dépense ou une perte. Que deviendrions-nous, si un marchand de vin faisait faillite? Aussi, pour moi, des billets à toucher sont-ils des feuilles de chou. Pour vivre comme nous vivons, nous devons donc avoir sans cesse une année de revenus devant nous, et ne compter que sur les deux tiers de nos rentes.

Il suffit d'une résistance quelconque pour qu'une femme désire la vaincre, et Dinah se heurta contre une âme de bronze cotonnée des manières les plus douces. Elle essaya d'inspirer des craintes et de la jalousie à ce petit homme, mais elle le trouva cantonné dans la tranquillité la plus insolente. Il quittait Dinah pour aller à Paris avec la certitude qu'aurait eu Médor de la fidélité d'Angélique. Quand elle se fit froide et dédaigneuse, pour piquer au vif cet avorton par le mépris que les courtisanes emploient envers leurs protecteurs et qui agit sur eux avec la précision d'une vis de pressoir, monsieur de la Baudraye attacha sa femme ses yeux fixes comme ceux d'un chat qui, devant un trouble domestique, attend la menace d'un coup avant de quitter la place. L'espèce d'inquiétude inexplicable qui perçait à travers cette muette indifférence épouvanta presque cette jeune femme de vingt ans, elle ne comprit pas tout d'abord l'égoïste tranquillité de cet homme comparable à un pot fêlé, qui, pour vivre, avait réglé les mouvemens de son existence avec la précision fatale que les horlogers donnent à leurs pendules. Aussi le petit homme échappait-il sans cesse à sa femme: elle le combattait toujours à dix pieds au-dessus de la tête.

Il est plus facile de comprendre que de dépeindre les rages auxquelles se livra Dinah quand elle se vit condamnée à ne pas sortir de la Baudraye, ni de Sancerre, elle qui rêvait le maniement de la fortune et la direction de ce nain, à qui, dès l'abord, géante, elle aurait obéi pour commander. Dans l'espoir de débuter un jour sur le grand théâtre de Paris, elle acceptait le vulgaire encens de ses chevaliers d'honneur, elle voulait faire sortir le nom de monsieur de la Baudraye de l'urne électorale, car elle lui crut de l'ambition en le voyant revenir par trois fois de Paris après avoir gravi chaque fois un nouveau bâton de l'échelle sociale. Mais, quand elle interrogea le cœur de cet homme, elle frappa comme sur du marbre! L'ex-receveur, l'ex-référendaire, le maître des requêtes, l'officier de la Légion d'honneur, le commissaire royal était une taupe occupée à tracer ses souterrains autour d'une pièce de vigne! Quelques élégies furent alors versées dans le cœur du procureur du roi, du sous-préfet, et même de monsieur Gravier, qui tous en devinrent plus attachés à cette sublime victime; mais elle se garda bien, comme toutes les femmes d'ailleurs, de parler de ses calculs; comme toutes les femmes aussi, en se voyant hors d'état de spéculer, elle honnit la spéculation.

Dinah, battue par ces tempêtes intérieures, atteignit, indécise, à l'année 1827, où, vers la fin de l'automne, éclata la nouvelle de l'acquisition de la terre d'Anzy par le baron de la Baudraye. Le petit vieux eut alors un mouvement de joie orgueilleuse qui changea pour quelques mois les idées de sa femme; elle crut à je ne sais quoi de grand chez lui en lui voyant solliciter l'érection d'un majorat. Dans son triomphe, le petit baron s'écria: — Dinah, vous serez comtesse un jour! Il se fit alors, entre les deux époux, de ces repiatrages qui ne tiennent pas, et qui devaient fatiguer autant qu'humilier une femme dont les supériorités apparentes étaient fausses, et dont les supériorités cachées étaient réelles. Ce contre-sens bizarre est plus fréquent qu'on ne le pense. Dinah, qui se rendait ridicule par les travers de son esprit, était grande par les qualités de son âme; mais les circonstances ne mettaient pas ses forces rares en lumière, tandis que la vie de province adultérait de jour en jour la petite monnaie de son esprit. Par un phénomène contraire, monsieur de la Baudraye, sans force, sans âme et sans esprit, devait paraître un jour avoir un grand caractère en suivant tranquillement un plan de conduite d'où sa débilité ne lui permettait pas de sortir.

Ceci fut, dans cette existence, une première phase qui dura six ans, et pendant laquelle Dinah devint, hélas! une femme de province. A Paris, il existe plusieurs espèces de femmes; il y a la duchesse et la femme du financier, l'ambassadrice et la femme du consul, la femme du ministre qui est ministre, la femme de celui qui ne l'est plus; il y a la femme comme il faut de la rive droite et celle de la rive gauche de la Seine; mais en province il n'y a qu'une femme, et cette pauvre femme est la femme de province. Cette observation indique une des grandes plaies de notre société moderne. Sachons-le bien ! La France au dix-neuvième siècle est partagée en deux grandes zones : Paris et la province; la province jalouse de Paris, Paris ne pensant à la province que pour lui demander de l'argent. Autrefois, Paris était la première ville de province, la cour primait la ville; maintenant Paris est toute la cour, la province est toute la ville. Quelque grande, quelque belle, quelque forte que soit à son début une jeune fille née dans un département quelconque; si, comme Dinah Piédefer, elle se marie en province et si elle y reste, elle devient bientôt femme de province. Malgré ses projets arrêtés, les lieux communs, la médiocrité des idées, l'insouciance de la toilette, l'horticulture des vulgarités envahissent l'être sublime caché dans cette âme neuve, et tout est dit : la belle plante dépérit. Comment en serait-il autrement ? Dès leur bas âge, les jeunes filles de province ne voient que des gens de province autour d'elles, elles n'inventent pas mieux, elles n'ont à choisir qu'entre des médiocrités, les pères de province ne marient leurs filles qu'à des garçons de province; personne n'a l'idée de croiser les races, l'esprit s'abâtardit nécessairement; aussi, dans beaucoup de villes, l'intelligence est-elle devenue aussi rare que le sang y est laid. L'homme s'y rabougrit sous les deux espèces, car la sinistre idée des convenances de fortune y domine toutes les conventions matrimoniales. Les gens de talent, les artistes, les hommes supérieurs, tout coq à plumes éclatantes s'envolent à Paris. Inférieure comme femme, une femme de province est encore inférieure par son mari. Vivez donc heureuse avec ces pensées écrasantes ! Mais l'infériorité conjugale et l'infériorité radicale de la femme de province sont aggravées d'une troisième et terrible infériorité qui contribue à rendre cette figure sèche et sombre, à la rétrécir, à l'amoindrir, à la grimer fatalement. L'une des plus agréables flatteries que les femmes s'adressent à elles-mêmes n'est-elle pas la certitude d'être pour quelque chose dans la vie d'une homme supérieur choisi par elles en connaissance de cause, comme pour prendre leur revanche du mariage où leurs goûts ont été peu consultés? Or, en province, s'il n'y a point de supériorité chez les maris, il en existe encore moins chez les célibataires. Aussi, quand la femme de province commet sa petite faute, s'est-elle toujours éprise d'un prétendu bel homme ou d'un dandy indigène, d'un garçon qui porte des gants, qui passe pour savoir monter à cheval; mais, au fond de son cœur, elle sait que ses vœux poursuivent un lieu commun plus ou moins bien vêtu. Dinah fut préservée de ce danger par l'idée qu'on lui avait donnée de sa supériorité. Elle n'eût pas été, pendant les premiers jours de son mariage, aussi bien gardée qu'elle le fut par sa mère, dont la présence ne lui fut importune qu'au moment où elle eut intérêt à l'écarter, elle aurait été gardée par son orgueil, et par la hauteur à laquelle elle plaçait ses destinées. Assez flattée de se voir entourée d'admirateurs, elle ne vit pas d'amant parmi eux. Aucun homme ne réalisa le poétique idéal qu'elle avait jadis crayonné de concert avec Anna Grossetête. Quand, vaincue par les tentations involontaires que les hommages éveillaient en elle, elle se dit : « Qui choisirais-je, s'il fallait absolument se donner? » elle se sentit une préférence pour monsieur de Chargebœuf, gentilhomme de bonne maison dont la personne et les manières lui plaisaient, mais dont l'esprit froid, dont l'égoïsme, dont l'ambition bornée à une préfecture et à un bon mariage, la révoltaient. Au premier mot de sa famille, qui craignit de lui voir perdre sa vie pour une intrigue, le vicomte avait déjà laissé sans remords dans sa première sous-préfecture une femme adorée. Au contraire, la personne de monsieur de Clagny, le seul dont l'esprit parlât à celui de Dinah, dont l'ambition avait l'amour pour principe et qui savait aimer, lui déplaisait souverainement. Quand elle fut condamnée à rester encore six ans à

la Baudraye, elle allait accepter les soins de monsieur le vicomte de Chargebœuf; mais il fut nommé préfet et quitta le pays. Au grand contentement du procureur du roi, le nouveau sous-préfet fut un homme marié dont la femme devint intime avec Dinah. Monsieur de Clagny n'eut plus à combattre d'autre rivalité que celle de monsieur Gravier. Or, monsieur Gravier était le type du quadragénaire dont se servent et dont se moquent les femmes, dont les espérances sont savamment et sans remords entretenues par elles comme on a soin d'une bête de somme. En six ans, parmi tous les gens qui lui furent présentés de vingt lieues à la ronde, il ne s'en trouva pas un seul à l'aspect de qui Dinah ressentit cette commotion que cause la beauté, la croyance au bonheur, le choc d'une âme supérieure, ou le pressentiment d'un amour quelconque, même malheureux. Aucune des précieuses facultés de Dinah ne put donc se développer, elle dévora les blessures faites à son orgueil constamment opprimé par son mari, qui se promenait si paisiblement et en comparse sur la scène de sa vie. Obligée d'enterrer les trésors de son amour, elle ne livra que des dehors à sa société. Par momens, elle se secouait, elle voulait prendre un résolution virile; mais elle était tenue en lisière par la question d'argent. Ainsi, lentement et malgré les protestations ambitieuses, malgré les récriminations élégiaques de son esprit, elle subissait les transformations provinciales qui viennent d'être décrites. Chaque jour emportait un lambeau de ses premières résolutions. Elle s'était écrit un programme de soins de toilette que par degrés elle abandonna. Si d'abord elle suivit les modes, elle fut tant au courant des petites inventions du luxe, elle fut forcée de restreindre ses achats au chiffre de sa pension. Au lieu de quatre chapeaux, de six bonnets, de six robes, elle se contenta d'une robe par saison. On la trouva si jolie dans un certain chapeau, qu'elle fit servir le chapeau l'année suivante. Il en fut de tout ainsi. Souvent elle immola les exigences de sa toilette au désir d'avoir un meuble gothique. Elle en arriva, dès la septième année, à trouver commode de faire faire sous ses yeux ses robes du matin par la plus habile couturière du pays. Sa mère, son mari, ses amis, la trouvèrent charmante ainsi. Comme elle n'avait sous les yeux aucun terme de comparaison, elle tomba dans les pièges tendus aux femmes de province. Si une Parisienne n'a pas les hanches assez bien dessinées, son esprit inventif et l'envie de plaire lui font trouver quelque remède héroïque; si elle a quelque vice, quelque grain de laideur, une tare quelconque, elle est capable d'en faire un agrément, cela se voit souvent : mais la femme de province, jamais ! Si sa taille est trop courte, si son embonpoint se place mal, eh bien ! elle en prend son parti, et ses adorateurs, sous peine de ne pas l'aimer, doivent l'accepter comme elle est, tandis que la Parisienne veut toujours être prise pour ce qu'elle n'est pas. De là ces tournures grotesques, ces maigreurs effrontées, ces ampleurs ridicules, ces lignes disgracieuses offertes avec ingénuité, auxquelles toute une ville s'est habituée, et qui étonnent quand une femme de province se produit à Paris ou devant des Parisiens. Dinah, dont la taille était svelte, la fit valoir à outrance, et ne s'aperçut point du moment où elle devint ridicule, où, l'ennui l'ayant maigri, elle parut être un squelette habillé. Ses amis, en la voyant tous les jours, ne remarquaient point les changemens insensibles de sa personne. Ce phénomène est un des résultats naturels de la vie de province. Malgré le mariage, une jeune fille reste encore pendant quelque temps belle, la ville en est fière; mais chacun la voit tous les jours, l'observation se blase. Si, comme madame de la Baudraye, elle perd un peu de son éclat, on s'en aperçoit à peine. Il y a mieux, une petite rougeur, on la comprend, on s'y intéresse. Une petite négligence est adorée. D'ailleurs la physionomie est si bien étudiée, si bien comprise, que les légères altérations sont à peine remarquées, et peut-être finit-on par les regarder comme des grains de beauté. Quand Dinah ne renouvela plus sa toilette par saisons, elle parut avoir fait une concession à la philosophie du pays.

Il en est du parler, des façons du langage et des idées,

comme du sentiment : l'esprit se rouille aussi bien que le corps s'il ne se renouvelle pas dans le milieu parisien ; mais ce en quoi la vie de province se signale le plus est le geste, la démarche, les mouvemens, qui perdent cette agilité que Paris communique incessamment. La femme de province est habituée à marcher, à se mouvoir dans une sphère sans accidens, sans tarnsitions; elle n'a rien à éviter, elle va comme les recrues dans Paris, en ne se doutant pas qu'il y ait des obstacles ; car il ne s'en trouve pas pour elle dans sa province, où elle est connue, où elle est toujours à sa place, et où tout le monde lui fait place. La femme perd alors le charme de l'imprévu. Enfin, avez-vous remarqué le singulier phénomène de la réaction que produit sur l'homme la vie en commun ? Les êtres tendent, par le sens indélébile de l'imitation simiesque, à se modeler les uns sur les autres. On prend, sans s'en apercevoir, les gestes, les façons de parler, les attitudes, les airs, le visage les uns des autres. En six ans, Dinah se mit au diapason de sa société. En prenant les idées de monsieur de Clagny, elle en prit le son de voix ; elle imita, sans s'en apercevoir, les manières masculines en ne voyant que des hommes : elle crut se garantir de tous leurs ridicules en s'en moquant ; mais comme il arrive à certains railleurs, il resta quelques teintes de cette moquerie dans sa nature. Une Parisienne a trop d'exemples de bon goût pour que le phénomène contraire n'arrive pas. Ainsi, les femmes de Paris attendent l'heure et le moment de se faire valoir ; tandis que madame de la Baudraye, habituée à se mettre en scène, contracta je ne sais quoi de théâtral et de dominateur, un air de *prima donna* entrant en scène, que des sourires moqueurs eussent bientôt réformé à Paris.

Quand elle eut acquis son fonds de ridicules, et que, trompée par ses adorateurs enchantés, elle crut avoir acquis des grâces nouvelles, elle eut un odorant de réveil terrible qui fut comme l'avalanche tombé de la montagne. Dinah fut ravagée en un jour par une affreuse comparaison.

En 1828, après le départ de monsieur de Chargebœuf, elle fut agitée par l'attente d'un petit bonheur : elle allait revoir a baronne de Fontaine. A la mort de son père, le mari d'Anna, devenu directeur général au ministère des finances, mit à profit un congé pour mener sa femme en Italie pendant son deuil. Anna voulut s'arrêter un jour à Sancerre chez son amie d'enfance. Cette entrevue eut je ne sais quoi de funeste. Anna, beaucoup moins belle au pensionnat Chamarolles que Dinah, parut en baronne de Fontaine mille fois plus belle que la baronne de la Baudraye, malgré sa fatigue et son costume de route. Anna descendit d'un charmant coupé de voyage chargé des cartons de la Parisienne : elle avait avec elle une femme de chambre dont l'élégance effraya Dinah. Toutes les différences qui distinguent la Parisienne de la femme de province éclatèrent aux yeux intelligens de Dinah. elle se vit alors telle qu'elle paraissait à son amie, qui la trouva méconnaissable. Anna dépensait six mille francs par an pour elle, le total de ce que coûtait la maison de monsieur de la Baudraye. En vingt-quatre heures, les deux amies échangèrent bien des confidences ; et la Parisienne, se trouvant supérieure au phénix du pensionnat Chamarolles, eut pour son amie de province de ces bontés, de ces attentions, en lui expliquant certaines choses, qui firent de bien autres blessures à Dinah : car la provinciale reconnut que les supériorités de la Parisienne étaient en surface ; tandis que les siennes étaient à jamais enfouies.

Après le départ d'Anna, madame de la Baudraye, alors âgée de vingt-deux ans, tomba dans un désespoir sans bornes.

— Qu'avez-vous? lui dit monsieur de Clagny en la voyant si abattue.

— Anna apprenait à vivre, dit-elle, pendant que j'apprenais à souffrir...

Il se jouait, en effet, dans le ménage de madame de la Baudraye, une tragi-comédie en harmonie avec ses luttes relativement à la fortune, avec ses transformations successives, et dont, après l'abbé Duret, monsieur Clagny seul eut connaissance, lorsque Dinah, par désœuvrement, par vanité peut-être, lui livra le secret de sa gloire anonyme.

Quoique l'alliance des vers et de la prose soit vraiment monstrueuse dans la littérature française, il est néanmoins des exceptions à cette règle. Cette histoire offrira donc une des deux violations qui, dans ces Etudes, seront commises envers la charte du conte ; car, pour faire entrevoir les luttes intimes qui peuvent excuser Dinah sans l'absoudre, il est nécessaire d'analyser un poëme, le fruit de son profond désespoir.

Mise à bout de sa patience et de sa résignation par le départ du vicomte de Chargebœuf, Dinah suivit le conseil du bon abbé Duret, qui lui dit de convertir ses mauvaises pensées en poésie ; ce qui peut-être explique certains poëtes.

— Il vous arrivera, comme à ceux qui riment des épitaphes ou des élégies sur les êtres qu'ils ont perdus : la douleur se calme au cœur à mesure que les alexandrins bouillonnent dans la tête.

Ce poëme étrange mit en révolution les départemens de l'Allier, de la Nièvre et du Cher, heureux de posséder un poëte capable de lutter avec les illustrations parisiennes. PAQUITA LA SÉVILLANE, par JAN DIAZ, fut publié dans l'*Echo du Morvan*, espèce de Revue qui lutta pendant dix-huit mois contre l'indifférence provinciale. Quelques gens d'esprit prétendirent à Nevers que Jan Diaz avait voulu se moquer de la jeune école, qui produisait alors ces poésies excentriques, pleines de verve et d'image, où l'on obtint de grands effets en violant la muse sous prétexte de fantaisies allemandes, anglaises et romanes.

Le poëme commençait par ce chant :

Si vous connaissiez l'Espagne,
Son odorant campagne,
Ses jours chauds aux soirs si frais;
D'amour, de ciel, de patrie
Triste fille de Neustrie,
Vous ne parleriez jamais.

C'est que là sont d'autres hommes
Qu'au froid pays où nous sommes !
Ah ! là, du soir au matin,
On entend sur la pelouse
Danser la vive Andalouse
En pantoufles de satin.

Vous rougiriez les premières
De vos danses si grossières,
De votre laid carnaval
Dont le froid bleuit les joues,
Et qui saute dans les boues,
Chaussé de peau de cheval.

C'est dans un bouge obscur, c'est à de pâles filles
Que Paquita redit ses chants ;
Dans ce Rouen si noir, dont les frêles aiguilles
Mâchent l'orage avec leurs dents;
Dans ce Rouen si laid, si bruyant, si colère...
. . . .

Une magnifique description de Rouen, où jamais Dinah n'était allée. faite avec cette brutalité postiche qui dicta plus tard tant de poésies juvéniles, opposait la vie des cités industrielles à la vie nonchalante de l'Espagne, l'amour du ciel et des beautés humaines au culte des machines, enfin la poésie à la spéculation. Et Jan Diaz expliquait l'horreur de Paquita pour la Normandie en disant :

Paquita, voyez-vous, naquit dans la Séville
Au bleu ciel, aux soirs embaumés;
Elle était, à treize ans, la reine de sa ville,
Et tous voulaient en être aimés.
Oui, trois toréados se firent tuer pour elle;
Car le prix du vainqueur était
Un seul baiser à prendre aux lèvres de la belle
Que tout Séville convoitait.
. . . .

Le ponsif du portrait de la jeune Espagnole a servi depuis à tant de courtisanes dans tant de prétendus poëmes, qu'il serait fastidieux de reproduire ici les cent vers dont il se compose. Mais, pour juger des hardiesses auxquelles Dinah s'était abandonnée, il suffit d'en donner la conclusion. Selon l'ardente madame de la Baudraye, Paquita fut si bien créée pour l'amour, qu'elle pouvait difficilement rencontrer des cavaliers dignes d'elle ; car,

> . . . . dans sa volupté vive,
> On les eût vus succomber,
> Quand au festin d'amour, dans son humeur lascive,
> Elle n'eût fait que s'attabler.
> . . . .

> Elle a pourtant quitté Séville la joyeuse,
> Ses bois et ses champs d'orangers,
> Pour un soldat normand qui la fit amoureuse
> Et l'entraîna dans ses foyers.

> Elle ne pleurait rien de son Andalousie,
> Ce soldat était son bonheur !
> . . . .
> Mais il fallut un jour partir pour Russie
> Sur les pas du grand empereur.

Rien de plus délicat que la peinture des adieux de l'Espagnole et du capitaine d'artillerie normand, qui, dans le délire d'une passion rendue avec un sentiment digne de Byron, exigeait de Paquita une promesse de fidélité absolue, dans la cathédrale de Rouen, à l'autel de la Vierge, qui

> Quoique vierge est femme, et jamais ne pardonne
> Aux traîtres en sermens d'amour.

Une grande portion du poëme était consacrée à la peinture des souffrances de Paquita seule dans Rouen, attendant la fin de la campagne ; elle se tordait aux barreaux de ses fenêtres en voyant passer de joyeux couples, elle contenait l'amour dans son cœur avec une énergie qui la dévorait, elle vivait de narcotiques, elle se dépensait en rêves !

> Elle faillit mourir, mais elle fut fidèle
> Quand son soldat fut de retour,
> A la fin de l'année il retrouva la bêle
> Digne encor de tout son amour.
> Mais lui, pâle et glacé par la froide Russie
> Jusque dans la moelle des os,
> Accueillit tristement sa languissante amie...
> . . . .

Le poëme avait été conçu pour cette situation exploitée avec une verve, une audace qui donnait un peu trop raison à l'abbé Duret. Paquita, en reconnaissant les limites où finissait l'amour, ne se jetait pas, comme Héloïse et Julie, dans l'infini, dans l'idéal ; non, elle allait, ce qui peut-être est atrocement naturel, dans la voie du vice, mais sans aucune grandeur, faute d'élémens, car il est difficile de trouver à Rouen des gens assez passionnés pour mettre une Paquita dans son milieu de luxe et d'élégance. Cette affreuse réalité, relevée par une sombre poésie, avait dicté quelques-unes de ces pages dont abuse la poésie moderne, et un peu trop semblables à ce que les peintres appellent des écorchés. Par un retour empreint de philosophie, le poëte, après avoir dépeint l'infâme maison où l'Andalouse achevait ses jours, revenait au chant du début :

> Paquita maintenant, est vieille est ridée,
> Et c'était elle qui chantait :
> « Si vous connaissiez l'Espagne,
> » Son odorante, etc. »

La sombre énergie empreinte en ce poëme d'environ six cents vers, et qui, s'il est permis d'emprunter ce mot à la peinture, faisait un vigoureux repoussoir à deux séguidilles semblables à celle qui commence et termine l'œuvre, cette mâle expression d'une douleur indicible épouvanta la femme que trois départemens admiraient sous le frac noir de l'anonyme. Tout en savourant les enivrantes délices du succès, Dinah craignit les méchancetés de la province, où plus d'une femme, en cas d'indiscrétion, voudrait voir des rapports entre l'auteur et Paquita. Puis la réflexion vint, Dinah frémit de honte à l'idée d'avoir exploité quelques-unes de ses douleurs.

— Ne faites plus rien, lui dit l'abbé Duret, vous ne seriez plus une femme, vous seriez un poëte.

On chercha Jan Diaz à Moulins, à Nevers, à Bourges ; mais Dinah fut impénétrable. Pour ne pas laisser d'elle une mauvaise idée, dans le cas où quelque hasard fatal révélerait son nom, elle fit un charmant poëme en deux chants sur le Chêne de la Messe, une tradition du Nivernais que voici.

Un jour les gens de Nevers et ceux de Saint-Saulge, en guerre les uns contre les autres, vinrent à l'aurore pour se livrer une bataille mortelle aux uns ou aux autres, et se rencontrèrent dans la forêt de Faye. Entre les deux partis se dressa de dessous un chêne un prêtre dont l'attitude, au soleil levant, eut quelque chose de si frappant, que les deux partis, écoutant ses ordres, entendirent la messe, qui fut dite sous un chêne, et à la voix de l'Evangile ils se réconcilièrent. On montre encore un chêne quelconque dans le bois de Faye.

Ce poëme, infiniment supérieur à Paquita la Sévillane, eut beaucoup moins de succès. Depuis ce double essai, madame de la Baudraye, en se sachant poëte, eut des éclairs soudains sur le front, dans les yeux, qui la rendirent plus belle qu'autrefois. Elle jetait les yeux sur Paris, elle aspirait à la gloire, et retombait dans son trou de la Baudraye, dans ses chicanes journalières avec son mari, dans son cercle où les caractères, les intentions, le discours, étaient trop connus pour ne pas être devenus à la longue ennuyeux. Si elle trouva dans ses travaux littéraires une distraction à ses malheurs ; si, dans le vide de sa vie, la poésie eut de grands retentissemens, si elle occupa ses forces, la littérature lui fit prendre en haine la grise et lourde atmosphère de province.

Quand, après la révolution de 1830, la gloire de George Sand rayonna sur le Berry, beaucoup de villes envièrent à la Châtre le privilège d'avoir vu naître une rivale à madame de Staël, à Camille Maupin, et furent assez disposées à honorer les moindres talens féminins. Aussi vit-on alors beaucoup de dixièmes muses en France, jeunes femmes détournées d'une vie paisible par un semblant de gloire ! D'étranges doctrines se publiaient alors sur le rôle que les femmes devaient jouer dans la société. Sans que le bon sens qui fait le fond de l'esprit en France en fût perverti, l'on passait aux femmes d'exprimer des idées, de professer des sentimens qu'elles n'eussent pas avoués quelques années auparavant. Monsieur de Clagny profita de cet instant de licence pour réunir en un petit volume in-18 qui fut imprimé par Desroziers, à Moulins, les œuvres de Jan Diaz. Il composa sur ce jeune écrivain, ravi si prématurément aux lettres, une notice spirituelle pour ceux qui savaient le mot de l'énigme, mais qui n'avait pas alors en littérature le mérite de la nouveauté. Ces plaisanteries, excellentes quand l'incognito se garde, deviennent un peu froides quand, plus tard, l'auteur se montre. Mais, sous ce rapport, la notice sur Jan Diaz, fils d'un prisonnier espagnol et né vers 1807, à Bourges, a des chances pour tromper un jour les faiseurs de Biographies universelles. Rien n'y manque, ni les noms des professeurs du collège de Bourges, ni ceux des condisciples du poëte mort, tels que Lousteau, Bianchon, et autres célèbres berruyers qui sont censés l'avoir connu rêveur, mélancolique, annonçant de précoces dispositions pour la poésie. Une élégie intitulée Tristesse, faite au collège, les deux poëmes de Paquita la Sévillane et du Chêne de la Messe, trois sonnets, une description de la cathédrale de Bourges et de l'hôtel de Jacques Cœur, enfin une nouvelle intitulée Carola, donnée comme l'œuvre pendant laquelle il avait été surpris par la mort, formaient le bagage littéraire du défunt, dont les derniers instans pleins de misère et de désespoir devaient serrer le cœur des êtres sensibles de la Nièvre, du Bourbonnais, du Cher et du Morvan, où il avait expiré, près de Château-Chinon, inconnu de tous, même de celle qu'il aimait !...

Ce petit volume jaune fut tiré à deux cents exemplaires, dont cent cinquante se vendirent, environ cinquante par département. Cette moyenne des âmes sensibles poétiques dans trois départemens de la France, est de nature à rafraîchir l'enthousiasme des auteurs sur la *furia francese*, qui, de nos jours, se porte beaucoup plus sur les intérêts que sur les livres. Les libéralités de monsieur de Clagny faites, car il avait signé la notice, Dinah garda sept ou huit exemplaires enveloppés dans les journaux torains qui rendirent compte de cette publication. Vingt exemplaires envoyés aux journaux de Paris se perdirent dans le gouffre des bureaux de rédaction. Nathan, pris pour dupe, ainsi que plusieurs Berrichons, fit sur le grand homme un article où il lui trouva toutes les qualités qu'on accorde aux gens enterrés. Lousteau, rendu prudent par ses camarades de collège, qui ne se rappelaient point Jan Diaz, attendit des nouvelles de Sancerre, et apprit que Jan Diaz était le pseudonyme d'ue femme. On se passionna, dans l'arrondissement de Sancerre pour madame de la Baudraye, en qui l'on voulut voir la future rivale de George Sand. Depuis Sancerre jusqu'à Bourges, on exaltait, on vantait le poëme, qui, dans un autre temps, eût été bien certainement honni. Le public de province, comme tous les publics français peut-être, adopte peu la passion du roi des Français, le juste-milieu : il vous met aux nues ou vous plonge dans la fange.

A cette époque, le bon vieil abbé Duret, le conseil de madame de la Baudraye, était mort ; autrement il l'eût empêchée de se livrer à la publicité. Mais trois ans de travail et d'incognito pesaient au cœur de Dinah, qui substitua le tapage de la gloire à toutes ses ambitions trompées. La poésie et les rêves de la célébrité, qui depuis son entrevue avec Anna Grossetête avaient endormi ses douleurs, ne suffisaient plus, après 1830, à l'activité de ce cœur malade. L'abbé Duret, qui parlait du monde quand la voix de la religion était impuissante, l'abbé Duret qui comprenait Dinah, qui lui peignait un bel avenir en lui disant que Dieu récompensait toutes les souffrances noblement supportées, cet aimable vieillard ne pouvait plus s'interposer entre une faute à commettre et sa belle pénitente, qu'il nommait sa fille. Ce vieux et savant prêtre avait plus d'une fois tenté d'éclairer Dinah sur le caractère de monsieur de la Baudraye, en lui disant que cet homme savait haïr ; mais les femmes ne sont pas disposées à reconnaître une force à des êtres faibles, et la haine est une trop constante action pour ne pas être une force vive. En trouvant son mari profondément indifférent en amour, Dinah lui refusait la faculté de haïr.

— Ne confondez pas la haine et la vengeance, lui disait l'abbé, c'est deux sentimens bien différens, l'un est celui des petits esprits, l'autre est l'effet d'un loi à laquelle obéissent les grandes âmes. Dieu se venge et ne hait pas. La haine est le vice des âmes étroites, elles l'alimentent de toutes leurs petitesses, elles en font le prétexte de leurs basses tyrannies. Aussi gardez-vous de blesser monsieur de la Baudraye ; il vous pardonnerait une faute, car il y trouverait un profit, mais il serait doucement implacable si vous le touchiez à l'endroit où l'a si cruellement atteint monsieur Milaud de Nevers, et la vie ne serait plus possible pour vous.

Or, au moment où le Nivernais, le Sancerrois, le Morvan, le Berry, s'enorgueillissaient de madame de la Baudraye, et la célébraient sous le nom de Jan Diaz, le petit la Baudraye recevait un coup mortel de cette gloire. Lui seul savait les secrets du poëme de *Paquita la Sévillane.* Quand on parlait de cette œuvre terrible, tout le monde disait de Dinah : «Pauvre femme ! pauvre femme !» Les femmes étaient heureuses de pouvoir plaindre celle qui les avait tant opprimées, et jamais Dinah ne parut plus grande qu'alors aux yeux du pays. Le petit vieillard, devenu plus jaune, plus ridé,

plus débile que jamais, ne témoigna rien ; mais Dinah surprit parfois, de lui sur elle, des regards d'une froideur venimeuse qui démentaient ses redoublemens de politesse et de douceur avec elle. Elle finit par deviner ce qu'elle crut être une simple brouille de ménage ; mais en s'expliquant avec son insecte, comme le nommait monsieur Gravier, elle sentit le froid, la dureté, l'impassibilité de l'acier : elle s'emporta, elle lui reprocha sa vie depuis onze ans ; elle fit, avec intention de la faire, ce que les femmes appellent une scène ; mais le petit la Baudraye se tint sur un fauteuil, les yeux fermés, en écoutant sans perdre son calme. Et le nain eut, comme toujours, raison de sa femme. Dinah comprit qu'elle avait eu tort d'écrire : elle se promit de ne jamais faire un vers, et se tint parole. Aussi fut-ce une désolation dans tout le Sancerrois.

— Pourquoi madame de la Baudraye ne compose-t-elle plus de vers (*verse*) ? fut le mot de tout le monde.

A cette époque, madame de la Baudraye n'avait plus d'ennemis, on affluait chez elle, il ne se passait pas de semaines qu'il n'y eût de nouvelles présentations. La femme du président du tribunal, une auguste bourgeoise née Popinot-Chandier, avait dit à son fils, jeune homme de vingt-deux ans, d'aller à la Bandraye à sa cour, et se flattait de voir son Gatien dans les bonnes grâces de cette femme supérieure. Le mot *femme supérieure* avait remplacé le grotesque surnom de Sapho de Saint-Satur. La présidente, qui pendant neuf ans avait dirigé l'opposition contre Dinah, fut si heureuse d'avoir vu son fils agréé, qu'elle dit un bien infini de la muse de Sancerre.

— Après tout, s'écria-t-elle en répondant à une tirade de madame de Clagny, qui haïssait à la mort la prétendue maîtresse de son mari, c'est la plus belle femme et la plus spirituelle de tout le Berry !

Après avoir roulé dans tant de halliers, s'être élancée en mille voies diverses, avoir rêvé l'amour dans sa splendeur, avoir aspiré les souffrances des drames les plus noirs en en trouvant les sombres plaisirs achetés à bon marché, tant la monotonie de sa vie était fatigante, un jour Dinah tomba dans la fosse qu'elle avait juré d'éviter. En voyant monsieur de Clagny se sacrifiant toujours et qui refusa d'être avocat général à Paris, où l'appelait sa famille, elle se dit :

— Il m'aime ! Elle vainquit sa répugnance et parut vouloir couronner tant de constance. Ce fut à ce mouvement de générosité chez elle que Sancerre dut la coalition qui se fit aux élections en faveur de monsieur de Clagny. Madame de la Baudraye avait rêvé de suivre à Paris le député de Sancerre. Mais, malgré de solennelles promesses, les cent cinquante voix données à l'adorateur de la belle Dinah, qui voulait faire revêtir la simarre du garde des sceaux à ce défenseur de la veuve et de l'orphelin, se changèrent en une *imposante minorité* de cinquante voix. La jalousie du président Boirouge, la haine de monsieur Gravier, qui crut à la prépondérance du candidat sur le cœur de Dinah, furent exploitées par un jeune sous-préfet que, pour ce fait, les doctrinaires firent nommer préfet.

— Je ne me consolerai jamais, dit-il à un de ses amis en quittant Sancerre, de ne pas avoir su plaire à madame de la Baudraye, mon triomphe eût été complet.

Cette vie, intérieurement si tourmentée, offrait un ménage calme, deux êtres mal assortis mais résignés, je ne sais quoi de rangé, de décent, un mensonge que veut la société, mais qui faisait à Dinah comme un harnais insupportable. Pourquoi voulait-elle quitter son masque après l'avoir porté pendant douze ans ? D'où venait cette lassitude quand chaque jour augmentait son espoir d'être veuve ? Si l'on a suivi toutes les phases de cette existence, on comprendra très-bien les différentes déceptions auxquelles Dinah, comme beaucoup de femmes, d'ailleurs, s'était laissée prendre. Du désir de dominer monsieur de la Baudraye, elle était passée à l'espoir d'être mère. Entre les discussions du ménage et la triste connaissance de son sort, il s'était écoulé toute une période. Puis, quand elle avait voulu se consoler, le consolateur, monsieur de Chargebœuf, était parti. L'entraînement qui cause les fautes de la plupart des emmes lui avait donc jusqu'alors manqué. S'il est enfin des femmes qui vont droit à une faute, n'en est-il pas beaucoup qui s'accrochent à bien des espérances et qui n'y arrivent qu'après avoir erré dans un dédale de malheurs secrets ! Telle fut Dinah. Elle était si peu disposée à manquer à ses devoirs, qu'elle n'aima pas assez monsieur de Clagny pour lui pardonner son insuccès. Son installation dans le château d'Anzy, l'arrangement de ses collections, de ses curiosités, qui reçurent une valeur nouvelle du cadre magnifique et grandiose que Philibert de Lorme semblait avoir bâti pour ce musée, l'occupèrent pendant quelques mois et lui permirent de méditer une de ces résolutions qui surprennent le public, à qui les motifs sont cachés, mais qui souvent le trouve à force de causeries et de suppositions.

La réputation de Lousteau, qui passait pour un homme à bonnes fortunes à cause de ses liaisons avec des actrices, frappa madame de la Baudraye ; elle voulut le connaître, elle lut ses ouvrages et se passionna pour lui, moins peut-être à cause de son talent qu'à cause de ses succès auprès des femmes ; elle inventa, pour l'amener dans le pays, l'obligation pour Sancerre d'élire, aux prochaines élections, une des deux célébrités du pays. Elle fit écrire à l'illustre médecin par Gatien Boirouge, qui se disait cousin de Bianchon par les Popinot, puis elle obtint d'un vieil ami de feu madame Lousteau de réveiller l'ambition du feuilletoniste en lui faisant part des intentions où quelques personnes de Sancerre se trouvaient de choisir leur député parmi les gens célèbres de Paris. Fatiguée de son médiocre entourage, madame de la Baudraye allait enfin voir des hommes vraiment supérieurs, elle pourrait ennoblir sa faute de tout l'éclat de la gloire. Ni Lousteau ni Bianchon ne répondirent ; peut-être attendaient-ils les vacances. Bianchon, qui, l'année précédente, avait obtenu sa chaire après un brillant concours, ne pouvait quitter son enseignement.

Au mois de septembre, en pleines vendanges, les deux Parisiens arrivèrent dans leur pays natal, et le trouvèrent plongé dans les tyranniques occupations de la récolte de 1836 ; il n'y eut donc aucune manifestation de l'opinion publique en leur faveur.

— *Nous faisons four*, dit Lousteau en parlant à son compatriote la langue des coulisses.

En 1836, Lousteau, fatigué par seize années de luttes à Paris, usé, tout autant par le plaisir que par la misère, par les travaux et les mécomptes, paraissait avoir quarante-huit ans, quoiqu'il n'en eût que trente-sept. Déjà chauve, il avait pris un air byronien en harmonie avec ses ruines anticipées, avec les ravins tracés sur sa figure par l'abus du vin de Champagne. Il mettait les stigmates de la débauche sur le compte de la vie littéraire ; en accusant la presse d'être meurtrière, il faisait entendre qu'elle dévorait de grands talens et qu'il payait de son prix à sa lassitude. Il crut nécessaire d'outrer dans sa patrie et son faux dédain de la vie et sa misanthropie postiche. Néanmoins, parfois ses yeux jetaient encore des flammes, comme ces volcans qu'on croit éteints : et il essaya de remplacer par l'élégance de la mise tout ce qui pouvait lui manquer de jeunesse aux yeux d'une femme.

Horace Bianchon, décoré de la Légion d'honneur, gros et gras comme un médecin en faveur, avait un air patriarcal, de grands cheveux longs, un front bombé, la carrure du travailleur, et le calme du penseur. Cette physionomie assez peu poétique faisait ressortir admirablement son léger compatriote.

Ces deux illustrations restèrent inconnues pendant toute une matinée à l'auberge où elles étaient descendues, et monsieur de Clagny n'apprit leur arrivée que par hasard. Madame de la Baudraye, au désespoir, envoya Gatien Boirouge, qui n'avait point de vignes, inviter les deux Parisiens à venir pour quelques jours au château d'Anzy. Depuis un an, Dinah faisait la châtelaine, et ne passait plus que les hivers à la Baudraye. Monsieur Gravier, le procureur du roi, le président et Gatien Boirouge, offrirent aux deux hommes célèbres un banquet auquel assistèrent les personnes les plus littéraires de la ville. En apprenant que

la belle madame de la Baudraye était Jan Diaz, les deux Parisiens se laissèrent conduire pour trois jours au château d'Anzy, dans un char à bancs que Gatien mena lui-même. Ce jeune homme, plein d'illusions, donna madame de la Baudraye aux deux Parisiens non-seulement comme la plus belle femme du Sancerrois, comme une femme supérieure et capable d'inspirer de l'inquiétude à George Sand, mais encore comme une femme qui produirait à Paris la plus profonde sensation. Aussi l'étonnement du docteur Bianchon et du goguenard feuilletoniste fut-il étrange, quoique réprimé, quand ils aperçurent au perron d'Anzy la châtelaine vêtue d'une robe en léger casimir noir, à guimpe, semblable à une amazone sans queue ; car ils reconnurent des prétentions énormes dans cette excessive simplicité. Dinah portait un béret de velours noir à la Raphaël, d'où ses cheveux s'échappaient en grosses boucles. Ce vêtement mettait en relief une assez jolie taille, de beaux yeux, de belles paupières presque flétries par les ennuis de la vie qui vient d'être esquissée. Dans le Berry, l'étrangeté de cette mise *artiste* déguisait les romanesques affectations de la femme supérieure. En voyant les minauderies de leur trop aimable hôtesse, qui étaient en quelque sorte des minauderies d'âme et de pensée, les deux amis échangèrent un regard, et prirent une attitude profondément sérieuse pour écouter madame de la Baudraye, qui leur fit une allocution étudiée en les remerciant d'être venus rompre la monotonie de sa vie. Dinah promena ses hôtes autour du boulingrin orné de corbeilles de fleurs qui s'étalait devant la façade d'Anzy.

— Comment, demanda Lousteau le mystificateur, une femme aussi belle que vous l'êtes, qui paraît si supérieure, a-t-elle pu rester en province ? Comment faites-vous pour résister à cette vie ?

— Ah ! voilà, dit la châtelaine. On n'y résiste pas. Un profond désespoir ou une stupide résignation, ou l'un ou l'autre, il n'y a pas de choix, tel est le tuf sur lequel repose notre existence et où s'arrêtent mille pensées stagnantes qui, sans féconder le terrain, y nourrissent les fleurs étiolées de nos âmes désertes. Ne croyez pas à l'insouciance ! L'insouciance tient au désespoir ou à la résignation. Chaque femme s'adonne alors à ce qui, selon son caractère, lui paraît un plaisir. Quelques-unes se jettent dans les confitures et dans les lessives, dans l'économie domestique, dans les plaisirs ruraux de la vendange ou de la moisson, dans la conservation des fruits, dans la broderie des fichus, dans les soins de la maternité, dans les intrigues de petite ville. D'autres tracassent un piano inamovible qui sonne comme un chaudron au bout de la septième année, et qui finit ses jours asthmatiques au château d'Anzy. Quelques dévotes s'entretiennent des différens crus de la parole de Dieu : l'on compare l'abbé Fritaud à l'abbé Guinard. On joue aux cartes le soir, on danse pendant douze années avec les mêmes personnes, dans les mêmes salons, aux mêmes époques. Cette belle vie est entremêlée de promenades solennelles sur le Mail, de visites d'étiquette entre femmes qui vous demandent où vous achetez vos étoffes. La conversation est bornée au sud de l'intelligence par les observations sur les intrigues cachées au fond de l'eau dormante de la vie de province, au nord par les mariages sur le tapis, à l'ouest par les jalousies, à l'est par les petits mots piquans. Aussi le voyez-vous, dit-elle en se posant, une femme a des rides à vingt-neuf ans, dix ans avant le temps fixé par les ordonnances du docteur Bianchon, elle se couperose aussi très-promptement, et jaunit comme un coing quand elle doit jaunir, nous en connaissons qui verdissent. Quand nous en arrivons là, nous voulons justifier notre état normal. Nous attaquons alors, de nos dents acérées comme des dents de mulot, les terribles passions de Paris. Nous avons ici des puritaines à contre-cœur qui déchirent les dentelles de la coquetterie et rongent la poésie de vos beautés parisiennes, qui entament le bonheur d'autrui en vantant leurs noix et leur lard rance, en exaltant leur trou de souris économes, les couleurs grises et les parfums monastiques de notre belle ville sancerroise.

— J'aime ce courage, madame, dit Bianchon. Quand on éprouve de tels malheurs, il faut avoir l'esprit d'en faire des vertus.

Stupéfait de la brillante manœuvre par laquelle Dinah livrait la province à ses hôtes, dont les sarcasmes étaient ainsi prévenus, Gatien Boirouge poussa le coude à Lousteau en lui lançant un regard et un sourire qui disaient : Hein ! vous ai-je trompés ?

— Mais, madame, dit Lousteau, vous nous prouvez que que nous sommes encore à Paris ; je vous volerai cette tartine, elle me vaudra dix francs dans mon feuilleton...

— Oh ! monsieur, répliqua-t-elle, défiez-vous des femmes de province.

— Et pourquoi ? dit Lousteau.

Madame de la Baudraye eut la rouerie, assez innocente d'ailleurs, de signaler à ces deux Parisiens entre lesquels elle voulait choisir un vainqueur le piége où il se prendrait, en pensant qu'au moment où il ne le verrait plus elle serait la plus forte.

— On se moque d'elles en arrivant, puis, quand on a perdu le souvenir de l'éclat parisien, en voyant la femme de province dans sa sphère, on lui fait la cour, ne fût-ce que par passe-temps. Vous que vos passions ont rendu célèbre, vous serez l'objet d'une attention qui vous flattera... prenez garde ! s'écria Dinah en faisant un geste coquet et s'élevant par ces réflexions sarcastiques au-dessus des ridicules de la province et de Lousteau. Quand une pauvre petite provinciale conçoit une passion excentrique pour une supériorité, pour un Parisien égaré en province, elle en fait quelque chose de plus qu'un sentiment, elle y trouve une occupation et l'étend sur toute sa vie. Il n'y a rien de plus dangereux que l'attachement d'une femme de province : elle compare, elle étudie, elle réfléchit, elle rêve, elle n'abandonne point son rêve, elle pense à celui qu'elle aime quand celui qu'elle aime ne pense plus à elle. Or, une des fatalités qui pèsent sur la femme de province est ce dénoûment brusque des passions, qui se remarque souvent en Angleterre. En province, la vie à l'état d'observation indienne force une femme à marcher droit dans son rail ou à en sortir vivement comme une machine à vapeur qui rencontre un obstacle. Les combats stratégiques de la passion, les coquetteries, qui sont la moitié de la Parisienne, rien de tout cela n'existe ici.

— C'est vrai, dit Lousteau. Il y a dans le cœur d'une femme de province des *surprises* comme dans certains joujoux.

— Oh ! mon Dieu, reprit Dinah, une femme vous a parlé trois fois pendant un hiver, elle vous a serré dans son cœur à son insu ; vient une partie de campagne, une promenade, tout est dit, ou, si vous voulez, tout est fait. Cette conduite, bizarre pour ceux qui n'observent pas, a quelque chose de très naturel. Au lieu de calomnier la femme de province en la croyant dépravée, un poëte comme moi, un philosophe, un observateur comme le docteur Bianchon, sauraient deviner les merveilleuses poésies inédites, enfin toutes les pages de ce beau roman dont le dénoûment profite à quelque heureux sous-lieutenant, à quelque grand homme de province.

— Les femmes de province que j'ai vues à Paris, dit Lousteau, étaient en effet assez enlevantes.

— Dame ! elles sont curieuses, fit la châtelaine en commentant son mot par un petit geste d'épaules.

— Elles ressemblent à ces amateurs qui vont aux secondes représentations, sûrs que la pièce ne tombera pas, répliqua le journaliste.

— Quelle est donc la cause de vos maux ? demanda Bianchon.

— Paris est le monstre qui fait nos chagrins, répondit la femme supérieure. Le mal a sept lieues de tour et afflige le pays tout entier. La province n'existe pas par elle-même. Là seulement où la nation est divisée en cinquante petits États, là chacun peut avoir une physionomie, et une femme reflète alors l'éclat de la sphère où elle règne. Ce phénomène social se voit encore, m'a-t-on dit, en Italie, en Suisse et en Allemagne ; mais en France, comme dans tous les pays à capitale unique, l'aplatissement des mœurs sera la conséquence forcée de la centralisation.

— Les mœurs, selon vous, ne prendraient alors du ressort et de l'originalité que par une fédération d'États français formant un même empire ? dit Lousteau.

— Ce n'est peut-être pas à désirer, car la France aurait encore à conquérir trop de pays, dit Bianchon.

— L'Angleterre ne connaît pas ce malheur, s'écria Dinah. Londres n'y exerce pas la tyrannie que Paris fait peser sur la France, et à laquelle le génie français finira par remédier ; mais elle a quelque chose de plus horrible dans son atroce hypocrisie, qui est un bien autre mal !

— L'aristocratie anglaise, reprit le journaliste, qui prévit une tartine byronienne et qui se hâta de prendre la parole, a sur la nôtre l'avantage de s'assimiler toutes les supériorités, elle vit dans ses magnifiques parcs, elle ne vient à Londres que pendant deux mois, ni plus ni moins ; elle vit en province, elle y fleurit et la fleurit.

— Oui, dit madame de la Baudraye, Londres est la capitale des boutiques et des spéculations, on y fait le gouvernement. L'aristocratie s'y recorde seulement pendant soixante jours, elle y prend ses mots d'ordre, elle donne son coup d'œil à sa cuisine gouvernementale, elle passe la revue de ses filles à marier et des équipages à vendre, elle se dit bonjour, et s'en va promptement : elle est si peu amusante, qu'elle ne se supporte pas elle-même plus que les quelques jours nommés *la saison*.

— Aussi, dans la perfide Albion du *Constitutionnel*, s'écria Lousteau pour réprimer par une épigramme cette prestesse de langue, y a-t-il chance de rencontrer de charmantes femmes sous les points du royaume.

— Mais de charmantes femmes anglaises, répliqua madame de la Baudraye en souriant. Voici ma mère, à laquelle je vais vous présenter, dit-elle en voyant venir madame Piédefer.

Une fois la présentation des deux lions faite à ce squelette ambitieux du nom de femme, qui s'appelait madame Piédefer, grand corps sec, à visage couperosé, à dents suspectes, aux cheveux teints, Dinah laissa les Parisiens libres pendant quelques instants.

— Eh bien ! dit Gatien à Lousteau, qu'en pensez-vous ?

— Je pense que la femme la plus spirituelle de Sancerre en est tout bonnement la plus bavarde, répliqua le feuilletoniste.

— Une femme qui veut vous faire nommer député !... s'écria Gatien, un ange !

— Pardon, j'oubliais que vous l'aimez, reprit Lousteau. Vous excuserez le cynisme d'un vieux drôle comme moi. Demandez à Bianchon, je n'ai plus d'illusions, je dis les choses comme elles sont. Cette femme a bien certainement fait sécher sa mère comme une perdrix exposée à un trop grand feu...

Gatien Boirouge trouva moyen de dire à madame de la Baudraye le mot du feuilletoniste, pendant le dîner, qui fut plantureux, sinon splendide, pendant lequel la châtelaine eut soin de peu parler. Cette langueur dans la conversation révéla l'indiscrétion de Gatien. Étienne essaya de rentrer en grâce, mais toutes les prévenances de Dinah furent pour Bianchon. Néanmoins, au milieu de la soirée, la baronne redevint gracieuse pour Lousteau. N'avez-vous pas remarqué combien de grandes lâchetés sont commises pour de petites choses ? Ainsi, cette noble Dinah, qui ne voulait pas se donner à des sots, qui menait, au fond de sa province, une épouvatable vie de luttes, de révoltes réprimées, de poésies inédites, et qui venait de gravir, pour s'éloigner de Lousteau, la roche la plus haute et la plus escarpée de ses dédains, qui n'en serait pas descendue en voyant ce faux Byron à ses pieds, lui demandant merci, dégringola soudain de cette hauteur en pensant à son album. Madame de la Baudraye avait donné dans la manie des autographes : elle possédait un volume oblong, qui méritait d'autant mieux son nom que les deux tiers des feuillets étaient blancs. La baronne de Fontaine, à qui elle l'avait envoyé pendant trois mois, obtint avec beaucoup de peine une ligne de Rossini, six mesures de Meyerbeer, les quatre vers que Victor Hugo met sur tous les albums, une strophe de Lamartine, un mot de Béranger, *Calypso ne pouvait se consoler du départ d'U-lysse* écrit par George Sand, les fameux vers sur le para-pluie, par Scribe, une phrase de Charles Nodier, une ligne d'horizon de Jules Dupré, la signature de David d'Angers, trois notes d'Hector Berlioz. Monsieur de Clagny récolta, pendant un séjour à Paris, une chanson de Lacenaire, auto-graphe très-recherché, deux lignes de Fieschi, et une lettre excessivement courte de Napoléon, qui toutes trois étaient collées sur le vélin de l'album. Monsieur Gravier, pendant un voyage, avait fait écrire sur cet album mesdemoiselles Mars, Georges, Taglioni et Grisi, les premiers artistes, comme Frédérick-Lemaître, Monrose, Bouffé, Rubini, Lablache, Nourrit et Arnal ; car il connaissait une société de vieux garçons *nourris*, selon leur expression, *dans le sérail*, qui lui procurèrent ces faveurs. Ce commencement de collection fut d'autant plus précieux à Dinah, qu'elle était seule à dix lieues à la ronde à posséder un album.

Depuis deux ans, beaucoup de jeunes personnes avaient des albums sur lesquels elles faisaient écrire des phrases plus ou moins grotesques par leurs amis et connaissances.

O vous! qui passez votre vie à recueillir des autographes, gens heureux et primitifs, Hollandais à tulipes, vous excu-serez alors Dinah, quand, craignant de ne pas garder ses hôtes plus de deux jours, elle pria Bianchon d'enrichir son trésor par quelques lignes en le lui présentant.

Le médecin fit sourire Lousteau en lui montrant cette pensée sur la première page :

» Ce qui rend le peuple si dangereux, c'est qu'il a pour » tous ses crimes une absolution dans ses poches. »

      J.-B. DE CLAGNY.

— Appuyons cet homme assez courageux pour plaider la cause de la monarchie, dit à l'oreille de Lousteau le savant élève de Desplein. Et Bianchon écrivit au-dessous :

» Ce qui distingue Napoléon d'un porteur d'eau n'est » sensible que pour la société, cela ne fait rien à la nature. » Aussi, la démocratie, qui se refuse à l'inégalité des con-» ditions, en appelle-t-elle sans cesse à la nature.

      H. BIANCHON.

— Voilà les riches! s'écria Dinah stupéfaite, ils tirent de leur bourse une pièce d'or comme les pauvres en tirent un liard... Je ne sais, dit-elle en se tournant vers Lousteau, si ce ne sera pas abuser de l'hospitalité que de vous demander quelques stances...

— Ah! madame, vous me flattez, Bianchon est un grand homme; mais moi, je suis trop obscur !... Dans vingt ans d'ici, mon nom serait plus difficile à expliquer que celui de monsieur le procureur de roi, dont la pensée inscrite sur votre album indiquera certainement un Montesquieu mé-connu. D'ailleurs, il me faudrait au moins vingt-quatre heures pour improviser quelque méditation bien amère; car je ne sais peindre que ce que je ressens...

— Je voudrais vous voir me demander quinze jours, dit gracieusement madame de la Baudraye en tendant son album, je vous garderais plus longtemps.

Le lendemain, à onze heures du matin, les hôtes du châ-teau d'Anzy furent sur pied. Le petit la Baudraye avait or-ganisé pour les Parisiens une chasse; moins pour leur plaisir que par vanité de propriétaire, il était bien aise de leur faire arpenter ses bois et de leur faire traverser les douze cents hectares de landes qu'il rêvait de mettre en culture, entreprise qui voulait quelque cent mille francs, mais qui pouvait porter de trente à soixante mille francs les revenus de la terre d'Anzy.

— Savez-vous pourquoi le procureur du roi n'a pas voulu venir chasser avec nous? dit Gatien Boirouge à monsieur Gravier.

— Mais il nous l'a dit, il doit tenir l'audience aujourd'hui,

car le tribunal juge correctionnellement, répondit le rece-veur des contributions.

— Et vous croyez cela! s'écria Gatien. Eh bien! mon papa m'a dit :

— Vous n'aurez pas monsieur Lebas de bonne heure, car monsieur de Clagny a prié son substitut de tenir l'audience.

— Ah! ah! fit Gravier, dont la physionomie changea, et monsieur de la Baudraye qui part pour la Charité!

— Mais pourquoi vous mêlez-vous de ces affaires? dit Horace Bianchon à Gatien.

— Horace a raison, dit Lousteau. Je ne comprends pas comment vous occupez autant les uns des autres; vous perdez votre temps à des riens.

Horace Bianchon regarda Étienne Lousteau comme pour lui dire que les malices de feuilleton, les bons mots de petit journal étaient incompris à Sancerre. En atteignant un fourré, monsieur Gravier laissa les deux hommes célèbres et Gatien s'y engager, sous la conduite du garde, dans un pli de terrain.

— Eh bien! attendons le financier, dit Bianchon, quand les chasseurs arrivèrent à une clairière.

— Ah bien! si vous êtes un grand homme en médecine, répliqua Gatien, vous êtes un ignorant en fait de vie de province. Vous attendez monsieur Gravier !... mais il court comme un lièvre, malgré son petit ventre rondelet; il est maintenant à vingt minutes d'Anzy... (Gatien tira sa mon-tre.) Bien! il arrivera juste à temps.

— Où?...

— Au château, pour le déjeuner, répondit Gatien. Cro-yez-vous que je serais à mon aise si madame de la Baudraye restait seule avec monsieur de Clagny ? Les voilà deux, ils se surveilleront, Dinah sera bien gardée.

— Ah ça! madame de la Baudraye en est donc encore à faire un choix? dit Lousteau.

— Maman le croit, mais, moi, j'ai peur que monsieur de Clagny n'ait fini par fasciner madame de la Baudraye: s'il a pu lui montrer dans la députation quelques chances de revêtir la simarre des sceaux, il a bien pu changer en agré-mens d'Adonis sa peau de taupe, ses yeux terribles, sa crinière ébouriffée, sa voix d'huissier enroué, sa maigreur de poëte crotté. Si Dinah voit monsieur de Clagny procureur général, elle peut le voir joli garçon. L'éloquence a de grands priviléges. D'ailleurs, madame de la Baudraye est pleine d'ambition, Sancerre lui déplaît, elle rêve les gran-deurs parisiennes.

— Mais quel intérêt avez-vous à cela, dit Lousteau, car si elle aime le procureur du roi. Ah! vous croyez qu'elle ne l'aimera pas longtemps, et vous espérez lui succéder.

— Vous autres, dit Gatien, vous rencontrez à Paris au-tant de femmes différentes qu'il y a de jours dans l'année. Mais à Sancerre, où il ne s'en trouve pas six, et où de ces six femmes, cinq ont des prétentions désordonnées à la vertu; quand la plus belle vous tient à une distance énor-me par des regards dédaigneux, comme si elle était prin-cesse de sang royal, il est bien permis à un jeune homme de vingt-deux ans de chercher à deviner les secrets de cette femme: car alors elle sera forcée d'avoir des égards pour lui.

— Cela s'appelle ici des égards, dit le journaliste en sou-riant.

— J'accorde à madame de la Baudraye trop de bon goût pour croire qu'elle s'occupe de ce vilain singe, dit Horace Bianchon.

— Horace, dit le journaliste, voyons, savant interprète de la nature humaine, tendons un piége à loup au procu-reur du roi, nous rendrons service à notre ami Gatien, et nous rirons. Je n'aime pas les procureurs du roi.

— Tu as un juste pressentiment de ta destinée, dit Ho-race. Mais que faire?

— Eh bien! racontons, après le dîner, quelques histoires de femmes surprises par leurs maris, et qui soient tuées, assassinées avec des circonstances terrifiantes. Nous verrons la mine que feront madame de la Baudraye et monsieur de Clagny.

— Pas mal, dit Bianchon, il est difficile que l'un où l'autre ne se trahisse pas par un geste ou par une réflexion.

— Je connais, reprit le journaliste en s'adressant à Gatien, un directeur de journal qui, dans le but d'éviter une triste destinée, n'admet que ces histoires où les amans sont brûlés, hachés, pilés, disséqués; ou les femmes sont bouillies, frites, cuites; il apporte alors ces effroyables récits à sa femme, en espérant qu'elle lui sera fidèle par peur; il se contente de ce pis-aller, le modeste mari. « Vois-tu, ma mignonne, où conduit la plus petite faute! » lui dit-il en traduisant le discours d'Arnolphe à Agnès.

— Madame de la Baudraye est parfaitement innocente, ce jeune homme a la berlue, dit Bianchon. Madame Piédefer me paraît être beaucoup trop dévote pour inviter au château d'Anzy l'amant de sa fille. Madame de la Baudraye aurait à tromper sa mère, son mari, sa femme de chambre et celle de sa mère; c'est trop d'ouvrage, je l'acquitte.

— D'autant plus que son mari ne la quitte pas, dit Gatien en riant de son calembour.

— Nous nous souviendrons bien d'une ou deux histoires à faire trembler Dinah, dit Lousteau. Jeune homme, et toi, Bianchon, je vous demande une tenue sévère, montrez-vous diplomates, ayez un laisser-aller sans affectation, épiez, sans en avoir l'air, la figure des deux criminels, vous savez?... en dessous, ou dans la glace, à la dérobée. Ce matin nous chasserons le lièvre, ce soir nous chasserons le procureur du roi.

La soirée commença triomphalement pour Lousteau, qui remit à la châtelaine son album, où elle trouva cette élégie.

SPLEEN.

Des vers de moi, chétif et perdu dans la foule
De ce monde égoïste où tristement je roule,
    Sans m'attacher à rien;
Qui ne vis s'accomplir jamais une espérance,
Et dont l'œil, affaibli par la morne souffrance,
    Voit le mal sans le bien!

Cet album, feuilleté par les doigts d'une femme,
Ne doit pas s'assombrir aux reflets de mon âme.
    Chaque chose en son lieu:
Pour une femme, il faut parler d'amour, de joie,
De bals resplendissans, de vêtemens de soie,
    Et même un peu de Dieu.

Ce serait exercer sanglante raillerie
Que de me dire à moi, fatigué de la vie:
    « Dépeins-nous le bonheur. »
Au pauvre aveugle-né vante-t-on la lumière,
A l'orphelin pleurant parle-t-on d'une mère,
    Sans leur briser le cœur?

Quand le froid désespoir vous prend jeune en ce monde,
Quand on n'y peut trouver un cœur qui vous réponde,
    Il n'est plus d'avenir.
Si personne ne vous aime quand vous pleurez ou pleure,
Quand il n'est pas aimé, s'il faut qu'un homme meure,
    Bientôt je dois mourir.

Plaignez-moi! plaignez-moi! car souvent je blasphème
Jusqu'au nom saint de Dieu, me disant en moi-même:
    Il n'a pour moi rien fait.
Pourquoi le bénirai-je, et que lui dois-je en somme?
Il eût pu me créer beau, riche, gentilhomme,
    Et je suis pauvre et laid?

        ÉTIENNE LOUSTEAU.

Septembre 1836, château d'Anzy.

— Et vous avez composé ces vers depuis hier!... s'écria le procureur du roi d'un ton défiant.

— Oh! mon Dieu! oui, tout en chassant, mais cela ne se voit que trop! J'aurais voulu faire mieux pour madame.

— Ces vers sont ravissans, fit Dinah en levant les yeux au ciel.

— C'est l'expression d'un sentiment malheureusement trop vrai, répondit Lousteau d'un air profondément triste.

Chacun devine que le journaliste gardait ces vers dans sa mémoire depuis au moins dix ans, car ils lui furent inspirés sous la Restauration par la difficulté de parvenir. Madame de la Baudraye regarda le journaliste avec la pitié que les malheurs du génie inspirent, et monsieur de Clagny, qui surprit ce regard, éprouva de la haine pour ce faux génie malade. Il se mit au trictrac avec le curé de Sancerre. Le fils du président eut l'excessive complaisance d'apporter la lampe aux deux joueurs, de manière que la lumière tombât d'aplomb sur madame de la Baudraye, qui prit son ouvrage; elle garnissait de laine l'osier d'une corbeille à papier. Les trois conspirateurs se groupèrent auprès de ces personnages.

— Pour qui faites-vous donc cette jolie corbeille, madame? dit le journaliste. Pour quelque loterie de bienfaisance?

— Non, dit-elle, je trouve beaucoup trop d'affectation dans la bienfaisance faite à son de trompe.

— Vous êtes bien indiscret, dit monsieur Gravier.

— Y a-t-il de l'indiscrétion, dit Lousteau, à demander quel est l'heureux mortel chez qui se trouvera la corbeille de madame.

— Il n'y a pas d'heureux mortel, reprit Dinah, elle est pour monsieur de la Baudraye.

Le procureur du roi regarda sournoisement madame de la Baudraye et la corbeille comme s'il se fût dit intérieurement: « Voilà ma corbeille à papiers perdue! »

— Comment, madame, vous ne voulez pas que nous le disions heureux d'avoir une jolie femme, heureux de ce qu'elle lui fait de si charmantes choses sur ses corbeilles à papier? Le dessin est rouge et noir, à la Robin des bois. Si je me marie, je souhaite qu'après douze ans de ménage les corbeilles que brodera ma femme soient pour moi.

— Pourquoi ne seraient-elles pas pour vous? dit madame de la Baudraye en levant sur Etienne son bel œil gris plein de coquetterie.

— Les Parisiens ne croient à rien, dit le procureur du roi d'un ton amer. La vertu des femmes est surtout mise en question avec une effrayante audace. Oui, depuis quelque temps, les livres que vous faites, messieurs les écrivains, vos Revues, vos pièces de théâtre, toute votre infâme littérature repose sur l'adultère...

— Eh! monsieur le procureur du roi, reprit Etienne en riant, je vous laissais jouer tranquillement, je ne vous attaquais point, et voilà que vous faites un réquisitoire contre moi. Foi de journaliste! j'ai broché plus de cent articles contre les auteurs de qui vous parlez; mais j'avoue que, si je les ai attaqués, c'était pour dire quelque chose qui ressemblât à de la critique. Soyons justes: si vous les condamnez, il faut condamner Homère et son Iliade, qui roule sur la belle Hélène; il faut condamner le Paradis perdu de Milton: Eve et le serpent me paraissent un gentil petit adultère symbolique. Il faut supprimer les Psaumes de David, inspirés par les amours excessivement adultères de ce Louis XIV hébreu. Il faut jeter au feu Mithridate, le Tartufe, l'École des femmes, Phèdre, Andromaque, le Mariage de Figaro, l'Enfer de Dante, les Sonnets de Pétrarque, tout Jean-Jacques Rousseau, les romans du moyen-âge, l'Histoire de France, l'Histoire romaine, etc., etc. Je ne crois pas, hormis l'Histoire des Variations de Bossuet et les Provinciales de Pascal, qu'il y ait beaucoup de livres à lire, si vous voulez en retrancher ceux où il est question de femmes aimées à l'encontre des lois.

— Le beau malheur! dit monsieur de Clagny.

Etienne, piqué de l'air magistral que prenait monsieur de Clagny, voulut le faire enrager par une de ces froides mystifications qui consistent à défendre des opinions auxquelles on ne tient pas, dans le but de rendre furieux un pauvre homme de bonne foi, véritable plaisanterie de journaliste.

— En nous plaçant au point de vue politique où vous êtes forcé de vous mettre, dit-il en continuant sans relever l'exclamation du magistrat, en revêtant la robe du procureur général à toutes les époques, car tous les gouverne-

mœurs ont leur ministère public, eh bien ! la religion catho-
tique se trouve infectée dans sa source d'une violente illé-
galité conjugale. Aux yeux du roi Hérode, à ceux de Pilate
qui défendait le gouvernement romain, la femme de Joseph pouvait paraître adultère, puisque, de son propre
aveu, Joseph n'était pas le père du Christ. Le juge païen
n'admettait pas plus l'immaculée conception que vous
n'admettriez un miracle semblable, si quelque religion se
produisait aujourd'hui en s'appuyant sur un mystère de ce
genre. Croyez-vous qu'un tribunal de police correctionnelle reconnaîtrait une nouvelle opération du Saint-Es-
prit? Or, qui peut oser dire que Dieu ne viendra pas racheter encore l'humanité? est-elle meilleure aujourd'hui que
sous Tibère ?

— Votre raisonnement est un sacrilége, répondit le procureur du roi.

— D'accord, dit le journaliste, mais je ne le fais pas
dans une mauvaise intention. Vous ne pouvez supprimer
les faits historiques. Selon moi, Pilate condamnant Jésus-
Christ; Anytus, organe du parti aristocratique d'Athènes et
demandant la mort de Socrate, représentaient des sociétés
établies, se croyant légitimes, revêtues de pouvoirs consen-
tis, obligées de se défendre. Pilate et Anytus étaient alors
aussi logiques que les procureurs généraux qui demandaient la tête des sergens de la Rochelle et qui font tomber
aujourd'hui la tête des républicains armés contre le trône
de Juillet, et celle des novateurs dont le but est de renverser à leur profit les sociétés sous prétexte de les mieux organiser. En présence des grandes familles d'Athènes et de
l'empire romain, Socrate et Jésus étaient criminels; pour
ces vieilles aristocraties, leurs opinions ressemblaient à
celles de la Montagne ; supposez leurs sectateurs triom-
phans, ils eussent fait un léger 93 dans l'empire romain ou
dans l'Attique.

— Où voulez-vous en venir, monsieur ? dit le procureur
du roi.

— A l'adultère ! Ainsi, monsieur, un bouddhiste en fumant sa pipe peut parfaitement dire que la religion des
chrétiens est fondée sur l'adultère; comme nous croyons
que Mahomet est un imposteur, que son Coran est une
réimpression de la Bible et de l'Evangile, et que Dieu n'a
jamais eu la moindre intention de faire de ce conducteur
de chameaux son prophète.

— S'il y avait en France beaucoup d'hommes comme
vous, et il y en a malheureusement trop, tout gouvernement y serait impossible.

— Et il n'y aurait pas de religion, dit madame Piédefer
dont le visage avait fait d'étranges grimaces pendant cette
discussion.

— Tu leur causes une peine infinie, dit Bianchon à l'o-
reille d'Etienne, ne parle pas religion, tu leur dis des choses à les renverser.

— Si j'étais écrivain ou romancier, dit monsieur Gravier, je prendrais le parti des maris malheureux. Moi qui
ai vu beaucoup de choses et d'étranges choses, je sais que
dans le nombre des maris trompés il s'en trouve dont l'attitude ne manque point d'énergie, et qui, dans la crise,
sont très dramatiques, pour employer un de vos mots,
monsieur, dit-il en regardant Etienne.

— Vous avez raison, mon cher monsieur Gravier, dit
Lousteau, je n'ai jamais trouvé ridicules les maris trompés ; au contraire, je les aime...

— Ne trouvez-vous pas un mari sublime de confiance?
dit alors Bianchon, il croit en sa femme, il ne la soupçonne
point, il a la foi du charbonnier. S'il a la faiblesse de se
confier à sa femme, vous vous en moquez ; s'il est défiant
et jaloux, vous le haïssez ; dites-moi quel est le moyen
terme pour un homme d'esprit?

— Si monsieur le procureur du roi ne venait pas de se
prononcer si ouvertement contre l'immoralité des récits où
la charte conjugale est violée, je vous raconterais une vengeance de mari, dit Lousteau.

Monsieur de Clagny jeta ses dés d'une façon convulsive,
et ne regarda point le journaliste.

— Comment donc, mais une narration de vous, s'écria
madame de la Baudraye, à peine aurais-je osé vous la demander...

— Elle n'est pas de moi, madame, je n'ai pas tant de talent; elle me fut, et avec quel charme ! racontée par un
de nos écrivains les plus célèbres, le plus grand musicien
littéraire que nous ayons, Charles Nodier.

— Eh bien ! dites, reprit Dinah, puisque je n'ai jamais entendu monsieur Nodier, vous n'avez pas de comparaison à
craindre.

— Peu de temps après le 18 brumaire, dit Lousteau,
vous savez qu'il y eut une levée de boucliers en Bretagne
et dans la Vendée. Le premier consul, empressé de pacifier
la France, entama des négociations avec les principaux
chefs, et déploya les plus vigoureuses mesures militaires ;
mais, tout en combinant des plans de campagne avec les
séductions de sa diplomatie italienne, il mit en jeu les ressorts machiavéliques de la police, alors confiée à Fouché.
Rien de tout cela ne fut inutile pour étouffer la guerre allumée dans l'Ouest. A cette époque, un jeune homme appartenant à la famille de Maillé fut envoyé par les chouans,
de Bretagne à Saumur, afin d'établir des intelligences entre certaines personnes de la ville ou des environs et les
chefs de l'insurrection royaliste. Instruite de ce voyage, la
police de Paris dépêcha des agens chargés de s'emparer du jeune émissaire à son arrivée à Saumur. Effectivement, l'ambassadeur fut arrêté le jour même de son débarquement ; car il vint en bateau, sous un déguisement de maître marinier. Mais, en homme d'exécution,
il avait calculé toutes les chances de son entreprise ; son
passeport, ses papiers étaient si bien en règle, les gens
envoyés pour se saisir de lui craignirent de se tromper. Le
chevalier de Beauvoir, je me rappelle maintenant son nom,
avait bien médité son rôle : il se réclama de sa famille
d'emprunt, allégua son faux domicile, et soutint si hardiment son interrogatoire, qu'il aurait été mis en liberté
sans l'espèce de croyance aveugle que les espions eurent
en leurs instructions, malheureusement trop précises. Dans
le doute, ces alguazils aimèrent mieux commettre un acte
arbitraire que de laisser échapper un homme à la capture
duquel le ministre paraissait attacher une grande importance. Dans ces temps de liberté, les agens du pouvoir national se souciaient fort peu de ce que nous nommons la
légalité. Le chevalier fut donc provisoirement emprisonné,
jusqu'à ce que les autorités supérieures eussent pris une
décision à son égard. Cette sentence bureaucratique ne se
fit pas attendre. La police ordonna de garder étroitement le prisonnier, malgré ses dénégations. Le chevalier de
Beauvoir fut alors transféré, suivant de nouveaux ordres,
au château de l'Escarpe, dont le nom indique assez la situation. Cette forteresse, assise sur des rochers d'une grande
élévation, a pour fossé des précipices; on y arrive de tous
côtés par des pentes rapides et dangereuses; comme dans
tous les anciens châteaux, la porte principale est à pont-
levis et défendue par une large douve. Le commandant de
cette prison, charmé d'avoir à garder un homme de distinction, dont les manières étaient fort agréables, qui s'exprimait à merveille et paraissait instruit, qualités rares à cette
époque, accepta le chevalier comme un bienfait de la Providence ; il lui proposa d'être à l'Escarpe sur parole, et de
faire cause commune avec lui contre l'ennui. Le prisonnier
ne demanda pas mieux. Beauvoir était un loyal gentilhomme, mais c'était aussi par malheur un fort joli garçon. Il
avait une figure attrayante, l'air résolu, la parole enga-
geante, une force prodigieuse. Leste, bien découplé, en-
treprenant, aimant le danger, il eût fait un excellent chef
de partisans ; il les faut ainsi. Le commandant assigna le
plus commode des appartemens à son prisonnier, l'admit
à sa table, et n'eut d'abord qu'à se louer du Vendéen. Ce
commandant était Corse et marié ; sa femme, jolie et agréable, lui semblait peut-être difficile à garder ; bref, il était
jaloux en sa qualité de Corse et de militaire assez mal
tourné. Beauvoir plut à la dame, il la trouva fort à son
goût ; peut-être s'aimèrent-ils ! en prison l'amour va si

vite ! Commirent-ils quelque imprudence ? Le sentiment qu'ils eurent l'un pour l'autre dépassa-t-il les bornes de cette galanterie superficielle, qui est presque un de nos devoirs envers les femmes ? Beauvoir ne s'est jamais franchement expliqué sur ce point assez obscur de son histoire; mais toujours est-il constant que le commandant se crut en droit d'exercer des rigueurs extraordinaires sur son prisonnier. Beauvoir, mis au donjon, fut nourri de pain noir, abreuvé d'eau claire, et enchaîné suivant le perpétuel programme des divertissemens prodigués aux captifs. La cellule située sous la plate-forme était voûtée en pierre dure, les murailles avaient une épaisseur désespérante, la tour donnait sur le précipice. Lorsque le pauvre Beauvoir eut reconnu l'impossibilité d'une évasion, il tomba dans ces rêveries qui sont tout ensemble le désespoir et la consolation des prisonniers. Il s'occupa de ces riens qui deviennent de grandes affaires : il compta les heures et les jours, il fit l'apprentissage du triste *état de prisonnier*, se replia sur lui-même, et apprécia la valeur de l'air et du soleil; puis, après une quinzaine de jours, il eut cette maladie terrible, cette fièvre de liberté qui pousse les prisonniers à ces sublimes entreprises dont les prodigieux résultats nous semblent inexplicables quoique réels, et que mon ami le docteur (il se tourna vers Bianchon) attribuerait sans doute à des forces inconnues, le désespoir de son analyse physiologique, mystères de la volonté humaine dont la profondeur épouvanta la science (Bianchon fit un signe négatif). Beauvoir se rongeait le cœur, car la mort seule pouvait le rendre libre. Un matin le porte-clefs chargé d'apporter la nourriture du prisonnier, au lieu de s'en aller après lui avoir donné sa maigre pitance, resta devant lui les bras croisés, et le regarda singulièrement. Entre eux, la conversation se réduisait ordinairement à peu de chose, et jamais le gardien ne la commençait. Aussi le chevalier fut-il très étonné lorsque celui-ci lui dit : — Monsieur, vous avez sans doute votre idée en vous faisant toujours appeler monsieur Lebrun ou citoyen Lebrun. Cela ne me regarde pas, mon affaire n'est point de vérifier votre nom. Que vous vous nommiez Pierre ou Paul, cela m'est bien indifférent. A chacun son métier, les vaches seront bien gardées. Cependant je sais, dit-il en clignant de l'œil, que vous êtes monsieur Charles-Félix-Théodore, chevalier de Beauvoir et cousin de madame la duchesse de Maillé... — Hein ! ajouta-t-il d'un air de triomphe après un moment de silence en regardant son prisonnier. Beauvoir, se voyant incarcéré fort et ferme, ne crut pas que sa position pût empirer par l'aveu de son véritable nom. — Eh bien ! quand je serais le chevalier de Beauvoir, qu'y gagnerais-tu ? lui dit-il. — Oh ! tout est gagné, répliqua le porte-clefs à voix basse. Écoutez-moi. J'ai reçu de l'argent pour faciliter votre évasion ; mais un instant ! Si j'étais soupçonné de la moindre chose, je serais fusillé tout bellement. J'ai donc dit que je tremperais dans cette affaire juste pour gagner mon argent. Tenez, monsieur, voici une clef, dit-il en sortant de sa poche une petite lime. Avec cela, vous scierez un de vos barreaux. Dame ! ce ne sera pas commode, reprit-il en montrant l'ouverture étroite par laquelle le jour entrait dans le cachot. C'était une espèce de baie pratiquée au-dessus du cordon qui couronnait extérieurement le donjon, entre ces grosses pierres saillantes destinées à figurer les supports des créneaux. — Monsieur, dit le geôlier, il faudra scier le fer assez près pour que vous puissiez passer.—Oh ! sois tranquille ! j'y passerai, dit le prisonnier. — Et assez haut pour qu'il vous reste de quoi attacher votre corde, reprit le porte-clefs. — Où est-elle ? demanda Beauvoir. — La voici, répondit le guichetier en lui jetant une corde à nœuds. Elle a été fabriquée avec du linge afin de faire supposer que vous l'avez confectionnée vous-même, et elle est de longueur suffisante. Quand vous serez au dernier nœud, laissez-vous couler tout doucement, le reste est votre affaire. Vous trouverez probablement dans les environs une voiture tout attelée et des amis qui vous attendent. Mais je ne sais rien, moi ! Je n'ai pas besoin de vous dire qu'il y a une sentinelle au *dret* de la tour. Vous saurez

bien choisir une nuit noire, et guetter le moment où le soldat de faction dormira. Vous risquerez peut-être d'attraper un coup de fusil; mais... — C'est bon ! c'est bon ! je ne pourrirai pas ici ! s'écria le chevalier. — Ah ! ça se pourrait bien tout de même, répliqua le geôlier d'un air bête. Beauvoir prit cela pour une de ces réflexions niaises que font ces gens-là. L'espoir d'être bientôt libre le rendait si joyeux, qu'il ne pouvait guère s'arrêter aux discours de cet homme, espèce de paysan renforcé. Il se mit à l'ouvrage aussitôt, et la journée lui suffit pour scier les barreaux. Craignant une visite du commandant, il cacha son travail, en bouchant les fentes avec la mie de pain roulée dans de la rouille, afin de lui donner la couleur du fer. Il serra sa corde, et se mit à épier quelque nuit favorable, avec cette impatience concentrée et cette profonde agitation d'âme qui dramatisent la vie des prisonniers. Enfin, par une nuit grise, une nuit d'automne, il acheva de scier les barreaux, attacha solidement sa corde, s'accroupit à l'extérieur sur le support de pierre, en se cramponnant d'une main au bout de fer qui restait dans la baie. Puis il attendit ainsi le moment le plus obscur de la nuit et l'heure à laquelle les sentinelles doivent dormir. C'est vers le matin, à peu près. Il connaissait la durée des factions, l'instant des rondes, toutes choses dont s'occupent les prisonniers, même involontairement. Il guetta le moment où l'une des sentinelles serait aux deux tiers de sa faction et retirée dans sa guérite, à cause du brouillard. Certain d'avoir réuni toutes les chances favorables à son évasion, il se mit alors à descendre, nœud à nœud, suspendu entre le ciel et la terre, et tenant sa corde avec une force de géant. Tout alla bien. A l'avant-dernier nœud, au moment de se laisser couler à terre, il s'avisa, par une pensée prudente, de chercher le sol avec ses pieds, et ne trouva pas de sol. Le cas était assez embarrassant pour un homme en sueur, fatigué, perplexe, et dans une situation où il s'agissait de jouer sa vie à pair ou non. Il allait s'élancer. Une raison frivole l'en empêcha : son chapeau venait de tomber, heureusement il écouta le bruit que sa chute devait produire, et il n'entendit rien ! Le prisonnier conçut de vagues soupçons sur sa position ; il se demanda si le commandant ne lui avait pas tendu quelque piège : mais dans quel intérêt ? En proie à ces incertitudes, il songea presque à remettre la partie à une autre nuit. Provisoirement, il résolut d'attendre les clartés indécises du crépuscule, heure qui ne serait peut-être pas tout à fait défavorable à sa fuite. Sa force prodigieuse lui permit de grimper vers son donjon ; mais il était presque épuisé au moment où il se remit sur le support extérieur, guettant tout comme un chat sur le bord d'une gouttière. Bientôt, à la faible clarté de l'aurore, il aperçut, en faisant flotter sa corde, une petite distance de cent pieds entre le dernier nœud et les rochers pointus du précipice. — Merci, commandant ! dit-il avec le sang-froid qui le caractérisait. Puis, après avoir pensé quelque peu réfléchi à cette habile vengeance, il jugea nécessaire de rentrer dans son cachot. Il mit sa défroque en évidence sur son lit, laissa la corde en dehors pour faire croire à sa chute ; il se tapit tranquillement derrière la porte, et attendit l'arrivée du perfide guichetier en tenant à la main une des barres de fer qu'il avait sciées. Le guichetier, qui ne manqua pas de venir plus tôt qu'à l'ordinaire pour recueillir la succession du mort, ouvrit la porte en sifflant ; mais, quand il fut à une distance convenable, Beauvoir lui asséna sur le crâne un si furieux coup de barre, que le traître tomba comme une masse, sans jeter un cri : la barre lui avait brisé la tête. Le chevalier déshabilla promptement le mort, prit ses habits, imita son allure, et, grâce à l'heure matinale et au peu de défiance des sentinelles de la porte principale, il s'évada.

Ni le procureur du roi, ni madame de la Baudraye ne parurent croire qu'il y eût dans ce récit la moindre prophétie qui les concernât. Les intéressés se jetèrent des regards interrogatifs, en gens surpris de la parfaite indifférence des deux prétendus amans.

— Bah ! j'ai mieux à vous raconter, dit Bianchon,

— Voyons, dirent les auditeurs à un signe que fit Lousteau pour dire que Bianchon avait sa petite réputation de conteur.

Dans les histoires dont se composait son fonds de narration, car tous les gens d'esprit ont une certaine quantité d'anecdotes comme madame de la Baudraye avait sa collection de phrases, l'illustre docteur choisit celle connue sous le nom de la Grande Bretèche, et devenue si célèbre qu'on en a fait, au Gymnase-Dramatique, un vaudeville intitulé : *Valentine.* Aussi est-il parfaitement inutile de répéter ici cette aventure, quoiqu'elle fût du fruit nouveau pour les habitans du château d'Anzy. Ce fut d'ailleurs la même perfection dans les gestes, dans les intonations, qui valut tant d'éloges au docteur chez mademoiselle des Touches, quand il la raconta pour la première fois. Le dernier tableau du grand d'Espagne mourant de faim et debout dans l'armoire où l'a muré le mari de madame de Merret, et le dernier mot de ce mari répondant à une dernière prière de sa femme : « Vous avez juré sur le crucifix qu'il n'y avait là personne ! » produisit tout son effet. Il y eut un moment de silence assez flatteur pour Bianchon.

— Savez-vous, messieurs, dit alors madame de la Baudraye, que l'amour doit être une chose immense pour engager une femme à se mettre en de pareilles situations ?

— Moi qui certes ai vu d'étranges choses dans ma vie, dit monsieur Gravier, j'ai été quasi témoin en Espagne d'une aventure de ce genre-là.

— Vous venez de grands acteurs, lui dit madame de la Baudraye en fêtant les deux Parisiens par un regard coquet, n'importe, allez.

— Quelque temps après son entrée à Madrid, dit le receveur des contributions, le grand-duc de Berg invita les principaux personnages de cette ville à une fête offerte par l'armée française à la capitale nouvellement conquise. Malgré la splendeur du gala, les Espagnols n'y furent pas très rieurs, leurs femmes dansèrent peu, la plupart des conviés se mirent à jouer. Les jardins du palais étaient illuminés assez splendidement pour que les dames pussent s'y promener avec autant de sécurité qu'elles l'eussent fait en plein jour. La fête était impérialement belle. Rien ne fut épargné dans le but de donner aux Espagnols une haute idée de l'empereur, s'ils voulaient le juger d'après ses lieutenans. Dans un bosquet assez voisin du palais, entre une heure et deux du matin, plusieurs militaires français s'entretenaient des chances de la guerre, et de l'avenir peu rassurant que pronostiquait l'attitude des Espagnols présens à cette pompeuse fête. — Ma foi ! dit le chirurgien en chef du corps d'armée où j'étais payeur général, hier j'ai formellement demandé mon rappel au prince Murat. Sans avoir précisément peur de laisser mes os dans la Péninsule, je préfère aller panser les blessures faites par nos bons voisins les Allemands ; leurs armes ne vont pas si avant dans le torse que les poignards castillans. Puis, la crainte de l'Espagne est, chez moi, comme une superstition. Dès mon enfance, j'ai lu des livres espagnols, un tas d'aventures sombres et mille histoires de ce pays, qui m'ont vivement prévenu contre ses mœurs. Eh bien ! depuis notre entrée à Madrid, il m'est arrivé d'être déjà, sinon le héros, du moins le complice de quelque périlleuse intrigue, aussi noire, aussi obscure que peut l'être un roman de lady Radcliffe. J'écoute volontiers mes pressentimens, et, dès demain, je détale. Murat ne me refusera certes pas mon congé, car, grâce aux services que nous rendons, nous avons des protections toujours efficaces. — Puisque tu tires ta crampe, dis-nous ton événement, répondit un colonel, vieux républicain qui du beau langage et des courtisaneries impériales ne se souciait guère. Le chirurgien en chef regarda soigneusement autour de lui comme pour reconnaître les figures de ceux qui l'environnaient, et, sûr qu'aucun Espagnol n'était dans le voisinage, il dit : — Nous ne sommes ici que des Français, volontiers, colonel Hulot. Il y a six jours, je revenais tranquillement à mon logis, vers onze heures du soir, après avoir quitté le général Moncornet, dont l'hôtel se trouve à quelques pas du mien. Nous

sortions tous les deux de chez l'ordonnateur en chef, où nous avions fait une bouillotte assez animée. Tout à coup, au coin d'une petite rue, deux inconnus, ou plutôt deux diables, se jettent sur moi, m'entortillent la tête et les bras dans un grand manteau. Je criai, vous devez me croire, comme un chien fouetté ; mais le drap étouffait ma voix, et je fus transporté dans une voiture avec la plus rapide dextérité. Lorsque mes deux compagnons me débarrassèrent du manteau, j'entendis de désolantes paroles prononcées par une voix de femme, en mauvais français : — Si vous criez, ou si vous faites mine de vous échapper, si vous vous permettez le moindre geste équivoque, le monsieur qui est devant vous est capable de vous poignarder sans scrupule. Tenez-vous donc tranquille. Maintenant je vais vous apprendre la cause de votre enlèvement. Si vous voulez vous donner la peine d'étendre votre main vers moi, vous trouverez entre nous deux vos instrumens de chirurgie, que nous avons envoyé chercher chez vous de votre part : ils vous seront nécessaires ; nous vous emmenons dans une maison pour sauver l'honneur d'une dame sur le point d'accoucher d'un enfant qu'elle veut donner à ce gentilhomme sans que son mari le sache. Quoique monsieur quitte peu madame, de laquelle il est toujours passionnément épris, et qu'il surveille avec toute l'attention de la jalousie espagnole, elle a pu lui cacher sa grossesse, il la croit malade. Vous allez donc faire l'accouchement. Les dangers de l'entreprise ne vous concernent pas : seulement obéissez-nous ; autrement, l'amant, qui est en face de vous dans la voiture, et qui ne sait pas un mot de français, vous poignarderait à la moindre imprudence. — Et qui êtes-vous ? lui dis-je en cherchant la main de mon interlocutrice, dont le bras était enveloppé dans la manche d'un habit d'uniforme. — Je suis la camériste de madame, sa confidente, et toute prête à vous récompenser par moi-même, si vous vous prêtez galamment aux exigences de notre situation. — Volontiers, dis-je en me voyant embarqué de force dans une aventure dangereuse. A la faveur de l'ombre, je vérifiai si la figure et les formes de cette fille étaient en harmonie avec les idées que la qualité de sa voix m'avait inspirées. Cette bonne créature s'était sans doute soumise par avance à tous les hasards de ce singulier enlèvement, car elle garda le plus complaisant silence, et la voiture n'eut pas roulé pendant plus de dix minutes dans Madrid qu'elle reçut et me rendit un baiser satisfaisant. L'amant que j'avais en vis-à-vis ne s'offensa point de quelque coups de pied dont je le gratifiai fort involontairement mais comme il n'entendait pas le français, je présume qu'il n'y fit pas attention. — Je ne puis être votre maîtresse qu'à une seule condition, me dit la camériste en réponse aux bêtises que je lui débitais, emporté par la chaleur d'une passion improvisée à laquelle tout faisait obstacle. — Et laquelle ? — Vous ne chercherez jamais à savoir à qui j'appartiens. Si je viens chez vous, ce serait de nuit, et vous me recevrez sans lumière. — Bon, lui dis-je. Notre conversation en était là quand la voiture arriva près d'un mur de jardin. — Laissez-moi vous bander les yeux, me dit la femme de chambre, vous vous appuyerez sur mon bras, et je vous conduirai moi-même. Elle me serra sur les yeux un mouchoir qu'elle noua fortement derrière ma tête. J'entendis le bruit d'une clef mise avec précaution dans la serrure d'une petite porte par le silencieux amant que j'avais eu pour vis-à-vis. Bientôt la femme de chambre au corps cambré, et qui avait du *meného* dans son allure...

— C'est, dit le receveur en prenant un petit ton de supériorité, un mot de la langue espagnole, un idiotisme qui peint les torsions que les femmes savent imprimer à une certaine partie de leur robe quand vous la deviniez...

— La femme de chambre (je reprends le récit du chirurgien en chef) me conduisit, à travers les allées sablées d'un grand jardin, jusqu'à un certain endroit où elle s'arrêta. Par le bruit que nos pas firent dans l'air, je présumai que nous étions devant la maison. — Silence, maintenant, me dit-elle à l'oreille, et veillez bien sur vous-même ! Ne perdez pas de vue un seul de mes signes, je ne pourrai plus vous parler sans danger pour nous deux, et il s'agit en ce moment de vous sauver la vie. Puis, elle ajouta, mais à haute voix : — Madame est dans une chambre au rez-de-chaussée ; pour y arriver, il nous faudra passer dans la chambre et devant le lit de son mari ; ne toussez pas, marchez doucement, et suivez-moi bien de peur de heurter quelque meuble, ou de mettre les pieds hors du tapis que j'ai arrangé. Ici l'amant grogna sourdement, comme un homme impatienté de tant de retards. La camériste se tut, j'entendis ouvrir une porte, je sentis l'air chaud d'un appartement, et nous allâmes à pas de loup, comme des voleurs en expédition. Enfin, la douce main de la fille m'ôta mon bandeau. Je me trouvai dans une grande chambre, haute d'étage, et mal éclairée par une lampe fumeuse. La fenêtre était ouverte, mais elle avait été garnie de gros barreaux de fer par le jaloux mari. J'étais jeté là comme au fond d'un sac. A terre, sur une natte, une femme dont la tête était couverte d'un voile de mousseline, mais à travers lequel ses yeux pleins de larmes brillaient de tout l'éclat des étoiles, serrait avec force sur sa bouche un mouchoir, et le mordait si vigoureusement que ses dents y entraient ; jamais je n'ai vu si beau corps, mais ce corps se tordait sous la douleur comme une corde de harpe jetée au feu. La malheureuse avait fait deux arcs-boutans de ses jambes, en les appuyant sur une espèce de commode ; puis de ses deux mains, elle se tenait aux bâtons d'une chaise en tendant ses bras, dont toutes les veines étaient horriblement gonflées. Elle ressemblait ainsi à un criminel dans les angoisses de la question. Pas un cri d'ailleurs, pas d'autre bruit que le sourd craquement de ses os. Nous étions là, tous trois, muets et immobiles. Les ronflemens du mari retentissaient avec une consolante régularité. Je voulus examiner la camériste, mais elle avait remis le masque dont elle s'était sans doute débarrassée pendant la route, et je ne pus voir que deux yeux noirs et des formes agréablement prononcées. L'amant jeta sur-le-champ des serviettes sur les jambes de sa maîtresse, et replia en double sur la figure un voile de mousseline. Lorsque j'eus soigneusement observé cette femme, je reconnus, à certains symptômes jadis remarqués dans une bien triste circonstance de ma vie, que l'enfant était mort. Je me penchai vers la fille pour l'instruire de cet événement. En ce moment, le défiant inconnu tira son poignard ; mais j'eus le temps de tout dire à la femme de chambre, qui lui cria deux mots à voix basse. En entendant mon arrêt, l'amant eut un léger frisson qui passa sur lui des pieds à la tête comme un éclair ; il me sembla voir pâlir sa figure sous son masque de velours noir. La camériste saisit un moment où cet homme au désespoir regardait la mourante qui devenait violette, et me montra sur une table des verres de limonade tout préparés, en me faisant un signe négatif. Je compris qu'il fallait m'abstenir de boire, malgré l'horrible chaleur qui me desséchait le gosier. L'amant eut soif ; il prit un verre vide, l'emplit de limonade et but. En ce moment, la dame eut une convulsion violente qui m'annonça l'heure favorable à l'opération. Je m'armai de courage, et je pus, après une heure de travail, extraire l'enfant par morceaux. L'Espagnol ne pensa plus à m'empoisonner en comprenant que je venais de sauver sa maîtresse. De grosses larmes roulaient par instant sur son manteau. La femme ne jeta pas un cri, mais elle tressaillait comme une bête fauve surprise, et suait à grosses gouttes. Dans un instant horriblement critique, elle fit un geste pour montrer la chambre de son mari ; le mari venait de se retourner ; de nous quatre elle seule avait entendu le froissement des draps, le bruissement du lit ou des rideaux. Nous nous arrêtâmes, et, à travers les trous de leurs masques, la camériste et l'amant se jetèrent des regards de feu comme pour se dire : — Le tuerons-nous s'il s'éveille? J'étendis alors la main pour prendre le verre de limonade que l'inconnu avait entamé. L'Espagnol crut que j'allais boire un des verres pleins ; il bondit comme un chat, posa son poignard sur les deux verres empoisonnés, et me laissa le sien en me faisant signe de boire le reste. Il y avait tant

d'idées, tant de sentiment dans ce signe et dans son vif mouvement, que je lui pardonnai les atroces combinaisons méditées pour me tuer et ensevelir ainsi toute mémoire de cet événement. Après deux heures de soins et de craintes, la camériste et moi nous recouchâmes sa maîtresse. Cet homme, jeté dans une entreprise si aventureuse, avait pris, en prévision d'une fuite, des diamans sur papier ; il les mit à mon insu dans ma poche. Par parenthèse, comme j'ignorais le somptueux cadeau de l'Espagnol, mon domestique m'a volé ce trésor le surlendemain, et s'est enfui nanti d'une vraie fortune. Je dis à l'oreille de la femme de chambre les précautions qui restaient à prendre, et je voulus décamper. La camériste resta près de sa maîtresse, circonstance qui ne me rassura pas excessivement ; mais je résolus de me tenir sur mes gardes. L'amant fit un paquet de l'enfant mort et des linges où la femme de chambre avait reçu le sang de sa maîtresse ; il le serra fortement, le cacha sous son manteau, me passa la main sur les yeux comme pour me dire de les fermer, et sortit le premier en m'invitant par un geste à tenir le pan de son habit. J'obéis, non sans donner un dernier regard à ma maîtresse de hasard. La camériste arracha son masque en voyant l'Espagnol dehors, et me montra la plus délicieuse figure du monde. Quand je me trouvai dans le jardin, en plein air, j'avoue que je respirai comme si l'on m'eût ôté un poids énorme de dessus la poitrine. Je marchais à une distance respectueuse de mon guide, en veillant sur ses moindres mouvemens avec la plus grande attention. Arrivée à la petite porte, il me prit par la main, m'appuya sur les lèvres un cachet monté en bague que je lui avais vu à un doigt de la main gauche, et je lui fis entendre que je comprenais ce signe éloquent. Nous nous trouvâmes dans la rue, où deux chevaux nous attendaient ; nous montâmes chacun le nôtre, mon Espagnol s'empara de ma bride, la tint dans sa main gauche, prit entre ses dents les guides de sa monture, car il avait son paquet sanglant dans sa main droite, et nous partîmes avec la rapidité de l'éclair. Il me fut impossible de remarquer le moindre objet qui pût me servir à me faire reconnaître la route que nous parcourions. Au petit jour je me trouvai près de ma porte, et l'Espagnol s'enfuit en se dirigeant vers la porte d'Atocha. — Et vous n'avez rien aperçu qui puisse vous faire soupçonner à quelle femme vous aviez affaire ? dit le colonel au chirurgien. — Une seule chose, reprit-il. Quand je disposai l'inconnue, je remarquai sur son bras, à peu près au milieu, une petite envie, grosse comme une lentille et environnée de poils bruns. En ce moment l'indiscret chirurgien pâlit ; tous les yeux fixés sur les siens en suivirent la direction : nous vîmes alors un Espagnol dont le regard brillait dans une touffe d'orangers. En se voyant l'objet de notre attention, cet homme disparut avec une légèreté de sylphe. Un capitaine s'élança vivement à sa poursuite. — Sarpejeu, mon ami ! s'écria le chirurgien, cet œil de basilic m'a glacé. J'entends sonner les cloches dans mes oreilles ! Recevez mes adieux, vous m'enterrerez ici ! — Es-tu bête? dit le colonel Hulot. Falcon s'est mis à la piste de l'Espagnol qui nous écoutait, il saura bien nous en rendre raison. — Eh bien ! s'écrièrent les officiers en voyant revenir le capitaine tout essoufflé. — Au diable ! répondit Falcon, il a passé, je crois, à travers les murailles. Comme je ne pense pas qu'il soit sorcier, il est sans doute de la maison ! il en connaît les passages, les détours, et m'a facilement échappé. — Je suis perdu ! dit le chirurgien d'une voix sombre. — Allons, tiens-toi calme, Béga (il s'appelait Béga), lui répondis-je, nous nous casernerons à tour de rôle chez toi jusqu'à ton départ. Ce soir nous t'accompagnerons. En effet, trois jeunes officiers qui avaient perdu leur argent au jeu reconduisirent le chirurgien à son logement, et l'un de nous s'offrit à rester chez lui. Le surlendemain Béga avait obtenu son renvoi en France, il faisait tous ses préparatifs pour partir avec une dame à laquelle Murat donnait une forte escorte ; il achevait de dîner en compagnie de ses amis, lorsque son domestique vint le prévenir qu'une jeune dame voulait lui parler. Le chirurgien et les trois officiers

descendirent aussitôt en craignant quelque piége. L'inconnue ne put que dire à son amant : — Prenez garde ! et
tomba morte. Cette femme était la camériste, qui, se sentant empoisonnée, espérait arriver à temps pour sauver le
chirurgien. — Diable ! diable ! s'écria le capitaine Falcon,
voilà ce qui s'appelle aimer ! une Espagnole est la seule
femme au monde qui puisse trotter avec un monstre de
poison dans le bocal. Béga resta singulièrement pensif.
Pour noyer les sinistres pressentimens qui le tourmentaient,
il se remit à table, et but immodérément, ainsi que ses
compagnons. Tous, à moitié ivres, se couchèrent de bonne
heure. Au milieu de la nuit, le pauvre Béga fut réveillé
par le bruit aigu que firent les anneaux de se rideaux violemment tirés sur les tringles. Il se mit sur son séant, on
proie à la trépidation mécanique qui nous saisit au moment
d'un semblable réveil. Il vit alors, debout devant lui, un
Espagnol enveloppé dans son manteau, et qui lui jetait le
même regard brûlant parti du buisson pendant la fête.
Béga cria : — Au secours ! à moi, mes amis ! A ce cri de
détresse, l'Espagnol répondit par un rire amer. —L'opium
croît pour tout le monde, répondit-il. Cette espèce de sentence dite, l'inconnu montra les trois amis profondément
endormis, tira de dessous son manteau un bras de femme
récemment coupé, le présenta vivement à Béga en lui faisant voir un signe semblable à celui qu'il avait si imprudemment décrit. — Est-ce bien le même? demanda-t-il.
A la lueur d'une lanterne posée sur le lit, Béga reconnut
le bras et répondit par sa stupeur. Sans plus amples informations, le mari de l'inconnue lui plongea son poignard
dans le cœur.

— Il faut raconter cela, dit le journaliste, à des charbon-
niers, car il faut une foi robuste. Pourriez-vous m'expliquer qui, du mort où de l'Espagnol, a causé ?

— Monsieur, répondit le receveur des contributions, j'ai
soigné ce pauvre Béga, qui mourut cinq jours après dans
d'horribles souffrances. Ce n'est pas tout. Lors de l'expédition entreprise pour rétablir Ferdinand VII, je fus nommé
à un poste en Espagne, et fort heureusement je n'allai pas
plus loin qu'à Tours, car on me fit alors espérer la recette
de Sancerre. La veille de mon départ, j'étais à un bal
chez madame de Listomère, où devaient se trouver plusieurs Espagnols de distinction. En quittant la table d'é-
carté, j'aperçus un Grand d'Espagne, un *Afrancesado* en
exil, arrivé depuis quinze jours en Touraine. Il était venu
fort tard à ce bal, où il apparaissait pour la première fois
dans le monde, et visitait les salons accompagné de sa
femme, dont le bras droit était absolument immobile. Nous
nous séparâmes en silence pour laisser passer ce couple, que
nous ne vîmes pas sans émotion. Imaginez un vivant tableau de Murillo. Sous des orbites creusés et noircis, l'homme montrait des yeux de feu qui restaient fixes ; sa face
était desséchée, son crâne sans cheveux offrait des tons
ardens, et son corps effrayait le regard, tant il était maigre. La femme ! imaginez-la ; non, vous ne la feriez pas
vraie. Elle avait cette admirable taille qui a fait créer le
mot de *meného* dans la langue espagnole ; quoique pâle,
elle était belle encore ; son teint, par un privilége inouï
pour une Espagnole, éclatait de blancheur ; mais son regard, plein du soleil de l'Espagne, tombait sur vous comme
un jet de plomb fondu. — Madame, demandai-je à la marquise vers la fin de la soirée, par quel événement avez-
vous donc perdu le bras ? — Dans la guerre de l'indépendance, me répondit-elle.

— L'Espagne est un singulier pays, dit madame de la
Baudraye, il y reste quelque chose des mœurs arabes.

— Oh ! dit le journaliste en riant, cette manie de couper
les bras y est fort ancienne, elle reparaît à certaines époques comme quelques-uns de nos *canards* dans les journaux, car ce sujet avait déjà fourni des pièces au théâtre
espagnol, dès 1570.

— Me croyez-vous donc capable d'inventer une histoire !
dit monsieur Gravier piqué de l'air impertinent de Lousteau.

— Vous en êtes incapable, répondit le journaliste.

— Bah ! dit Bianchon, les inventions des romanciers et
des dramaturges sautent aussi souvent de leurs livres et de
leurs pièces dans la vie réelle que les événemens de la vie
réelle montent sur le théâtre et se prélassent dans les livres. J'ai vu se réaliser sous mes yeux la comédie de *Tartuffe*, à l'exception du dénoûment : on n'a jamais pu dessiller les yeux à Orgon.

— Croyez-vous qu'il puisse encore arriver en France des
aventures comme celle que vient de nous raconter monsieur Gravier ? dit madame de la Baudraye.

— Eh ! mon Dieu ! s'écria le procureur du roi, *sur les dix
ou douze crimes saillans qui se commettent* par année en
France, il s'en trouve la moitié dont les circonstances sont
au moins aussi extraordinaires que celles de vos aventures,
et qui très-souvent les surpassent en romanesque. Cette vérité n'est-elle pas d'ailleurs prouvée par la publication de
la *Gazette des Tribunaux*, à mon sens l'un des plus grands
abus de la presse. Ce journal, qui ne date que de 1826 ou
1827, n'existait donc pas lors de mon début dans la carrière du ministère public, et les détails du crime dont je vais
vous parler n'ont pas été connus au delà du département
où il fut perpétré. Dans le faubourg Saint-Pierre-des-Corps
à Tours, une femme, dont le mari avait disparu lors du licenciement de l'armée de la Loire en 1816 et qui naturellement fut pleuré beaucoup, se fit remarquer par une excessive dévotion. Quand les missionnaires parcoururent les
villes de province pour y replanter les croix abattues et y
effacer les traces des impiétés révolutionnaires, cette veuve
fut une des plus ardentes prosélytes, elle porta la croix, et
y cloua son cœur en argent traversé d'une flèche, et, longtemps après la mission, elle allait tous les soirs faire sa
prière au pied de la croix qui fut plantée derrière le chevet
de la cathédrale. Enfin, vaincue par ses remords, elle se
confessa d'un crime épouvantable. Elle avait égorgé son
mari comme on avait égorgé Fualdès, en le saignant, elle
l'avait salé, mis dans deux vieux poinçons, en morceaux,
absolument comme s'il se fût agi d'un porc. Et pendant
fort longtemps, tous les matins, elle en coupait un morceau, et l'allait jeter dans la Loire. Le confesseur consulta
ses supérieurs, et avertit sa pénitente qu'il devait prévenir
le procureur du roi. La femme attendit la descente de la
justice. Le procureur du roi, le juge d'instruction en visi-
tant la cave y trouvèrent encore la tête du mari dans un sel
et dans un des poinçons. — Mais, malheureuse, dit le juge
d'instructions à l'*inculpée*, puisque vous avez eu la barbarie de jeter ainsi dans la rivière le corps de votre mari,
pourquoi n'avez-vous pas fait disparaître aussi la tête, il n'y
aurait plus eu de preuves. — Je l'ai bien souvent essayé,
monsieur, dit-elle ; mais je l'ai toujours trouvée trop
lourde.

— Eh bien ! qu'a-t-on fait de la femme ?... s'écrièrent les
deux Parisiens.

— Elle a été condamnée et exécutée à Tours, répondit le
magistrat, mais son repentir et sa religion avaient fini par attirer l'intérêt sur elle, malgré l'énormité du crime.

— Eh ! sait-on, dit Bianchon, toutes les tragédies qui se
jouent derrière le rideau du ménage que le public ne soulève jamais ? Je trouve la justice humaine mal venue à
juger des crimes entre époux ; elle a tout droit comme
police, mais elle n'y entend rien dans ses prétentions à l'é-
quité.

— Bien souvent la victime a été pendant si longtemps le
bourreau, répondit naïvement madame de la Baudraye,
que le crime paraîtrait quelquefois excusable si les accusés
osaient tout dire.

Cette réponse provoquée par Bianchon, et l'histoire racontée par le procureur du roi, rendirent les deux Parisiens
très perplexes sur la situation de Dinah ! Aussi, lorsque
l'heure du coucher fut arrivée, y eut-il un de ces concilia-
bules qui se tiennent dans les corridors de ces vieux châteaux où les garçons restent tous, leur bougeoir à la main,
à causer mystérieusement. Monsieur Gravier apprit alors le
but de cette amusante soirée où l'innocence de madame de
la Baudraye avait été mise en lumière.

— Après tout, dit Louteau, l'impassibilité de notre châtelaine indiquerait aussi bien une profonde dépravation que la candeur la plus enfantine... Le procureur du roi m'a eu l'air de proposer de mettre le petit la Baudraye en salade...

— Il ne revient que demain, qui sait ce qui se passera cette nuit? dit Gatien.

— Nous le saurons ! s'écria monsieur Gravier.

La vie de château comporte une infinité de mauvaises plaisanteries, parmi lesquelles il en est qui sont d'une horrible perfidie. Monsieur Gravier, qui avait vu tant de choses, proposa de mettre les scellés à la porte de madame de la Baudraye et celle du procureur du roi. Les canards accusateurs du poëte Ibicus ne sont rien en comparaison du cheveu que les espions de la vie de château fixent sur l'ouverture d'une porte par deux petites boules de cire aplaties, placées si bas ou si haut qu'il est impossible de se douter de ce piége. Le galant sort-il et ouvre-t-il l'autre porte soupçonnée, la coïncidence des cheveux arrachés dit tout. Quand chacun fut censé endormi, le médecin, le journaliste, le receveur des contributions et Gatien vinrent pieds nus, en vrais voleurs, condamner mystérieusement les deux portes, et se promirent de venir à cinq heures du matin vérifier l'état des scellés. Jugez de leur étonnement et du plaisir de Gatien, lorsque tous quatre, un bougeoir à la main, à peine vêtus, vinrent examiner les cheveux et trouvèrent celui du procureur du roi et celui de madame de la Baudraye dans un satisfaisant état de conservation.

— Est-ce la même cire ? dit monsieur Gravier.

— Est-ce les mêmes cheveux ? demanda Lousteau.

— Oui, dit Gatien.

— Ceci change tout ! s'écria Lousteau, vous aurez battu les buissons pour Robin-des-Bois.

Le receveur des contributions et le fils du président s'interrogèrent par un coup d'œil qui voulait dire : » N'y a-t-il pas dans cette phrase quelque chose de piquant pour nous? devons-nous rire ou nous fâcher? »

— Si, dit le journaliste à l'oreille de Bianchon, Dinah est vertueuse, elle vaut bien la peine que je cueille le fruit de son premier amour.

L'idée d'emporter en quelques instans une place qui résistait depuis neuf ans aux Sancerrois, sourit alors à Lousteau. Dans cette pensée, il descendit le premier dans le jardin, espérant y rencontrer la châtelaine. Ce hasard arriva d'autant mieux que madame de la Baudraye avait aussi le désir de s'entretenir avec son critique. La moitié des hasards sont cherchés.

— Hier, vous avez chassé, monsieur, dit madame de la Baudraye. Ce matin, je suis assez embarrassée de vous offrir quelque nouvel amusement : à moins que vous ne vouliez venir à la Baudraye, où vous pourriez observer la province un peu mieux qu'ici : car vous n'avez fait qu'une bouchée de mes ridicules ; mais le proverbe sur la plus belle fille du monde regarde aussi la pauvre femme de province.

— Ce petit sot de Gatien, répondit Lousteau, vous a répété sans doute une phrase dite par moi pour lui faire avouer qu'il vous adorait. Votre silence, avant-hier, pendant le dîner et pendant toute la soirée, m'a suffisamment révélé l'une de ces indiscrétions qui ne se commettent jamais à Paris. Que voulez-vous ! je ne me flatte pas d'être intelligible. Ainsi, j'ai complété de faire raconter toutes ces histoires hier uniquement pour savoir si nous vous causerions, à vous et à monsieur de Clagny, quelque remords... Oh ! rassurez-vous, nous avons la certitude de votre innocence. Si vous aviez eu la moindre faiblesse pour ce vertueux magistrat, vous eussiez perdu tout votre prix à mes yeux... J'aime ce qui est complet. Vous n'aimez pas, vous ne pouvez pas aimer ce froid, ce petit, ce sec, ce muet usurier en poinçons et en terres, qui vous plante là pour vingt-cinq centimes à gagner sur des regains ! Oh ! j'ai bien reconnu l'identité de monsieur de la Baudraye avec nos escompteurs de Paris: c'est la même nature. Vingt-huit ans, belle, sage, sans enfans... tenez, madame, je n'ai jamais rencontré le

problème de la vertu mieux posé... L'auteur de *Paquita la Sévillane* doit avoir rêvé bien des rêves !... Je puis vous parler de toutes ces choses sans l'hypocrisie de paroles que les jeunes gens y mettent, je suis vieux avant le temps. Je n'ai plus d'illusions, en conserve-t-on au métier que j'ai fait ?...

En débutant ainsi, Lousteau supprimait toute la carte du pays de Tendre, dans laquelle les passions vraies font de si longues patrouilles, il allait doit au but et se mettait en position de se faire offrir ce que les femmes se font demander pendant des années, témoin le pauvre procureur du roi, pour qui la dernière faveur consistait à serrer un peu plus coîtement qu'à l'ordinaire le bras de Dinah sur son cœur en marchant, l'heureux homme ! Aussi, pour pas mentir à son renom de femme supérieure, madame de la Baudraye essaya-t-elle de consoler le Manfred du feuilleton en lui prophétisant tout un avenir d'amour auquel il n'avait pas songé.

— Vous avez cherché le plaisir, mais vous n'avez pas encore aimé, dit-elle. Croyez-moi, l'amour véritable arrive souvent à contre-sens de la vie. Voyez monsieur de Gentz tombant, dans sa vieillesse, amoureux de Fanny Ellsler, et abandonnant les révolutions de Juillet pour les répétitions de cette danseuse.

— Cela me semble difficile, répondit Lousteau. Je crois à l'amour, mais je ne crois plus à la femme... Il y a sans doute en moi des défauts qui m'empêchent d'être aimé, car j'ai souvent été quitté. Peut-être ai-je trop le sentiment de l'idéal... comme tous ceux qui ont creusé la réalité...

Madame de la Baudraye entendit enfin parler un homme qui, jeté dans le milieu parisien le plus spirituel, en rapportait les axiomes hardis, les dépravations presque naïves, les convictions avancées, et qui, s'il n'était pas supérieur, jouait au moins très-bien la supériorité. Etienne eut auprès de Dinah tout le succès d'une première représentation. Paquita la Sancerroise aspira les tempêtes de Paris, l'air de Paris. Elle passa l'une des journées les plus agréables de sa vie entre Etienne et Bianchon, qui lui racontèrent les anecdotes curieuses sur les grands hommes du jour, les traits d'esprit qui seront l'ana de notre siècle ; mots et faits vulgaires à Paris, mais tout nouveaux pour elle. Naturellement Lousteau dit beaucoup de mal de la grande célébrité féminine du Berry, mais dans l'évidente intention de flatter madame de la Baudraye et de l'amener sur le terrain des confidences littéraires en lui faisant considérer cet écrivain comme sa rivale. Cette louange enivra madame de la Baudraye, qui parut à monsieur de Clagny, au receveur des contributions et à Gatien plus affectueuse que la veille avec Etienne. Ces amans de Dinah regrettèrent bien d'être allés tous à Sancerre, où ils avaient tambouriné la soirée d'Anzy. Jamais, à les entendre, rien de si spirituel ne s'était dit. Les heures s'étaient envolées sans qu'on pût en voir les pieds légers. Les deux Parisiens furent célébrés par eux comme deux prodiges.

Ces exagérations trompettées sur le Mail eurent pour effet de faire arriver seize personnes le soir au château d'Anzy, les unes en cabriolet de famille, les autres en char à bancs et quelques célibataires sur des chevaux de louage. Vers sept heures, ces provinciaux firent plus ou moins bien leur entrée dans l'immense salon d'Anzy, que Dinah, prévenue de cette invasion, avait éclairé largement, auquel elle avait donné tout son lustre en dépouillant ses beaux meubles de leurs housses grises, car elle regarda cette soirée comme un de ses grands jours. Lousteau, Bianchon et Dinah échangèrent des regards pleins de finesse en examinant les poses, en écoutant les phrases des visiteurs alléchés par la curiosité. Combien de rubans invalides, de dentelles héréditaires, de vieilles fleurs plus artificieuses qu'artificielles, se présentèrent audacieusement sur des bonnets bisannuels ! La présidente Boirouge, cousine de Bianchon, échangea quelques phrases avec le docteur, de qui elle obtint une consultation gratuite en lui expliquant de prétendues douleurs nerveuses à l'estomac dans lesquelles il reconnut des indigestions périodiques.

— Prenez tout bonnement du thé tous les jours, une heure après votre dîner, comme les Anglais, et vous serez guérie, car ce que vous éprouvez est une maladie anglaise, répondit gravement Bianchon.

— C'est décidément un bien grand médecin, dit la présidente en revenant auprès de madame de Clagny, de madame Popinot-Chandier et de madame Gorju, la femme du maire.

— On dit, répliqua sous son éventail madame de Clagny, que Dinah l'a fait venir bien moins pour les élections que pour savoir d'où provient sa stérilité.

Dans le premier moment de leur succès, Lousteau présenta le savant médecin comme le seul candidat possible aux prochaines élections, mais Bianchon, au grand contentement du nouveau sous-préfet, fit observer qu'il lui paraissait presque impossible d'abandonner la science pour la politique.

— Il n'y a, dit-il, que des médecins sans clientèle qui puissent se faire nommer députés. Nommez donc des hommes d'Etat, des penseurs, des gens dont les connaissances soient universelles, et qui sachent se mettre à la hauteur où doit être un législateur ; voilà ce qui manque dans nos Chambres et ce qu'il faut à notre pays !

Deux ou trois jeunes personnes, quelques jeunes gens et les femmes examinaient Lousteau comme si c'eût été un faiseur de tours.

— Monsieur Gatien Boirouge prétend que monsieur Lousteau gagne vingt mille francs par an à écrire, dit la femme du maire à madame de Clagny ; le croyez-vous ?

— Est-ce possible ? puisqu'on ne le paye que mille écus un procureur du roi...

— Monsieur Gatien, dit madame Chandier, faites donc parler tout haut monsieur Lousteau, je ne l'ai pas encore entendu...

— Quelles jolies bottes il a, dit mademoiselle Chandier à son frère, et comme elles reluisent !

— Bah ! c'est du vernis !

— Pourquoi n'en as-tu pas !

Lousteau finit par trouver qu'il *posait* un peu trop, et reconnut dans l'attitude des Sancerrois les indices du désir qui les avait amenés.—Quelle charge pourrait-on leur faire pensa-t-il.

En ce moment, le prétendu valet de chambre de monsieur de la Baudraye, un valet de ferme vêtu d'une livrée, apporta les lettres, les journaux, et remit un paquet d'épreuves que le journaliste laissa prendre à Bianchon, car madame de la Baudraye lui dit en voyant le paquet dont la forme et les ficelles étaient assez typographiques :

— Comment ! la littérature vous poursuit jusqu'ici !

— Non pas la littérature, répondit-il, mais la Revue, où j'achève une nouvelle, et qui paraît dans dix jours. Je suis venu sous le coup de : *La fin à la prochaine livraison*, et j'ai dû donner mon adresse à l'imprimeur. Ah ! nous mangeons un pain bien chèrement vendu par les spéculateurs en papier noirci ! Je vous peindrai l'espèce curieuse des directeurs de Revue.

— Quand la conversation commencera-t-elle ? dit alors à Dinah madame de Clagny, comme on demande : A quelle heure le feu d'artifice ?

— Je croyais, dit madame Popinot-Chandier à sa cousine, la présidente Boirouge, que nous aurions des histoires.

En ce moment où, sous un parterre impatient, les Sancerrois faisaient entendre des murmures, Lousteau vit Bianchon perdu dans une rêverie inspirée par l'enveloppe des épreuves.

— Qu'as-tu ? lui dit Etienne.

— Mais voici le plus joli roman du monde contenu dans une maculature qui enveloppait tes épreuves. Tiens, lis : *Olympia ou les vengeances romaines.*

— Voyons, dit Lousteau en prenant le fragment de maculature que lui tendit le docteur, et il lut à haute voix ceci :

caverne. Rinaldo, s'indignant de la lâcheté de ses compagnons, qui n'avaient de courage qu'en plein air et n'osaient s'aventurer dans Rome, jeta sur eux un regard de mépris.

— Je suis donc seul !.. leur dit-il.

Il parut penser, puis il reprit :

— Vous êtes des misérables ! j'irai seul, et j'aurai seul cette riche proie. Vous m'entendez !... Adieu.

— Mon capitaine ,... dit Lamberti, et si vous étiez pris sans avoir réussi ?...

— Dieu me protége !... reprit Rinaldo en montrant le ciel.

A ces mots, il sortit, et rencontra sur la route l'intendant de Bracciano

— La page est finie, dit Lousteau, que tout le monde avait religieusement écouté.

— Il nous lit son ouvrage, dit Gatien au fils de madame Popinot-Chandier.

— D'après les premiers mots, il est évident, mesdames, reprit le journaliste en saisissant cette occasion de mystifier les Sancerrois, que les brigands sont dans une caverne. Quelle négligence mettaient alors les romanciers dans les détails, aujourd'hui si curieusement, si longuement observés sous prétexte de couleur locale ; Si les voleurs sont dans une caverne, au lieu de : *en montrant le ciel*, il aurait fallu : *en montrant la voûte*. Malgré cette incorrection, *Rinaldo* me semble un homme d'exécution, et son apostrophe à Dieu sent l'Italie. Il y avait dans ce roman un soupçon de couleur locale. Peste ! des brigands, une caverne, un Lamberti qui sait calculer... Je vois tout un vaudeville dans cette page. Ajoutez à ces premiers élémens un bout d'intrigue, une jeune paysanne à chevelure relevée, à jupes courtes, et une centaine de couplets détestable... oh ! mon Dieu ! le public viendra. Et puis, Rinaldo... comme ce nom-là convient à Lafont ! En lui supposant des favoris noirs, un pantalon collant, un manteau, des moustaches, un pistolet et un chapeau pointu ; si le directeur du Vaudeville a le courage de payer quelques articles de journaux, voilà cinquante représentations acquises au Vaudeville et six mille francs de droits d'auteur, si je veux dire du bien de la pièce dans mon feuilleton. Continuons.

OU LES VENGEANCES ROMAINES. 177

La duchesse de Bracciano retrouva son gant. Certes, Adolphe, qui l'avait ramenée au bosquet d'orangers, put croire qu'il y avait de la coquetterie dans cet oubli ; car alors le bosquet était désert. Si le bruit de la fête retentissait vaguement au loin. Les *fantoccini* annoncés avaient attiré tout le monde dans la galerie. Jamais Olympia ne parut plus belle à son amant. Leurs regards, animés du même feu, se comprirent. Il y eut un moment de silence délicieux pour leurs âmes et impossible à rendre. Ils s'assirent sur le même banc où ils s'étaient trouvés en présence du chevalier de Paluzzi et des rieurs

— Malepeste ! je ne vois plus notre Rinaldo ! s'écria Lousteau. Mais quels progrès dans la compréhension de l'intrigue un homme littéraire ne fera-t-il pas à cheval sur cette page ! La duchesse Olympia est une femme *qui pouvait oublier à dessein ses gants dans un bosquet désert !*

— A moins d'être placé entre l'huître et le sous-chef de bureau, les deux créations les plus voisines du marbre dans le règne zoologique, il est impossible de ne pas reconnaître dans Olympia *une femme de trente ans !* dit madame de la Baudraye. Adolphe en a dès lors vingt-deux, car une Italienne de trente ans est comme une Parisienne de quarante ans.

— Avec ces deux suppositions, le roman peut se reconstruire, reprit Lousteau. Et ce chevalier de Paluzzi! hein!... quel homme! Dans ces deux pages le style est faible, l'auteur était peut-être un employé des Droits-Réunis, il aura fait le roman pour payer son tailleur...

— A cette époque, dit Bianchon, il y avait une censure, et il faut être aussi indulgent pour l'homme qui passait sous les ciseaux de 1805 que pour ceux qui allaient à l'échafaud en 1793.

— Comprenez-vous quelque chose? demanda timidement madame Gorju, la femme du maire, à madame de Clagny.

La femme du procureur du roi, qui, selon l'expression de monsieur Gravier, aurait pu mettre en fuite un jeune Cosaque en 1814, se raffermit sur ses hanches comme un cavalier sur ses étriers, et fit une moue à sa voisine qui voulait dire: « On nous regarde! sourions comme si nous comprenions. »

— C'est charmant! dit la mairesse à Gatien. De grâce, monsieur Lousteau, continuez!

Lousteau regarda les deux femmes, deux vraies pagodes indiennes, et put tenir son sérieux. Il jugea nécessaire de s'écrier: Attention! en reprenant ainsi:

OU LES VENGEANCES ROMAINES. 209

robe frôla dans le silence. Tout à coup le cardinal Borborigano parut aux yeux de la duchesse. Il avait un visage sombre; son front semblait chargé de nuages, et un sourire amer se dessinait dans ses rides.

— Madame, dit-il, vous êtes soupçonnée. Si vous êtes coupable, fuyez; si vous ne l'êtes pas, fuyez encore: parce que, vertueuse ou criminelle, vous serez de loin bien mieux en état de vous défendre...

— Je remercie Votre Éminence de sa sollicitude, dit-elle, le duc de Bracciano reparaîtra quand je jugerai nécessaire de faire voir qu'il existe

— Le cardinal Borborigano! s'écria Bianchon. Par les clefs du pape! si on ne m'accordait pas qu'il se trouve une magnifique création seulement dans le nom, si vous ne voyez pas à ces mots: *robe frôla dans le silence!* toute la poésie du rôle de *Schedoni* inventé par madame Radcliffe dans le *Confessionnal des Pénitens noirs,* vous êtes indigne de lire des romans...

— Pour moi, reprit Dinah, qui eut pitié des dix-huit figures qui regardaient Lousteau, la fable marché. Je connais tout: je suis à Rome, je vois le cadavre d'un mari assassiné, dont la femme, audacieuse et perverse, a établi son lit sur un cratère. A chaque nuit, à chaque plaisir, elle se dit: « Tout va se découvrir!... »

— La voyez-vous, s'écria Lousteau, étreignant ce monsieur Adolphe; elle le serre, elle veut mettre toute sa vie dans un baiser!... Adolphe me fait l'effet d'être un jeune homme parfaitement bien fait, mais sans esprit, un de ces jeunes gens comme il en faut aux Italiennes. Rinaldo plane sur l'intrigue que nous ne connaissons pas, mais qui doit être corsée comme celle d'un mélodrame de Pixérécourt. Nous pouvons nous figurer d'ailleurs que Rinaldo passe dans le fond du théâtre, comme un personnage des drames de Victor Hugo.

— Et c'est le mari peut-être, s'écria madame de la Baudraye.

— Comprenez-vous quelque chose à tout cela! demanda madame Piédefer à la présidente.

— C'est ravissant, dit madame de la Baudraye à sa mère.

Tous les gens de Sancerre ouvraient des yeux grands comme des pièces de cent sous.

— Continuez, de grâce, fit madame de la Baudraye. Lousteau continua.

216 OLYMPIA.

— Votre clef!...
— L'auriez-vous perdue?...
— Elle est dans le bosquet...
— Courons...
— Le cardinal l'aurait-il prise?...
— Non... La voici...
— De quel danger nous sortons!

Olympia regarda la clef, elle crut reconnaître la sienne; mais Rinaldo l'avait changée: ses ruses avaient réussi, il possédait la véritable clef. Moderne Cartouche, il avait autant d'habileté que de courage, et, soupçonnant que des trésors considérables pouvaient seuls obliger une duchesse à toujours porter à sa ceinture

— Cherche!... s'écria Lousteau, La page qui faisait le recto suivant n'y est pas, il n'y a plus pour nous tirer d'inquiétude que la page 212.

212 OLYMPIA.

— Si la clef avait été perdue!
— Il serait mort...
— Mort! ne devriez-vous pas accéder à la dernière prière qu'il vous a faite, et lui donner la liberté aux conditions qu'il...
— Vous ne le connaissez pas...
— Mais...
— Tais-toi, Je t'ai pris pour amant, et non pour confesseur.

Adolphe garda le silence.

— Puis voilà un amour sur une chèvre au galop, une vignette dessinée par *Normand,* gravée par *Duplat*... Oh! les noms y sont, dit Lousteau.

— Eh bien! la suite? dirent ceux des auditeurs qui comprenaient.

— Mais le chapitre est fini, répondit Lousteau. La circonstance de la vignette change totalement mes opinions sur l'auteur. Pour avoir obtenu, sous l'Empire, des vignettes sur bois, l'auteur devait être un conseiller d'État ou madame Barthélemy-Hadot, feu Deforges ou Sewrin.

— *Adolphe garda le silence!...* Ah! dit Bianchon, la duchesse a moins de trente ans.

— S'il n'y a plus rien, inventez une fin! dit madame de la Baudraye.

— Mais, dit Lousteau, la maculature n'a été tirée que d'un seul côté. En style typographique, le côté de *seconde,* ou, pour vous mieux faire comprendre, tenez, le revers qui aurait dû être imprimé, se trouve avoir reçu un nombre incommensurable d'empreintes diverses, elle appartient à la classe des feuilles dites de *mise en train.* Comme il serait horriblement long de vous apprendre en quoi consistent les déréglemens d'une feuille de *mise en train* sachez qu'elle ne peut pas plus garder trace des douze premières pages que les pressiers y ont imprimées, que vous ne pourriez garder un souvenir quelconque du premier coup de bâton qu'on vous eût donné, si quelque pacha vous eût condamnée à en recevoir cent cinquante sur la plante des pieds.

— Je suis comme une folle, dit madame Popinot-Chandier à monsieur Gravier; je tâche de m'expliquer le conseiller d'État, le cardinal, la clef et cette maculat...

— Vous n'avez pas la clef de cette plaisanterie, dit monsieur Gravier, eh bien! ni moi non plus, belle dame, rassurez-vous.

— Mais il y a une autre feuille, dit Bianchon, qui regarde sur la table où se trouvaient les épreuves.

— Bon, dit Lousteau, elle est saine et entière! Elle est signée IV; J, 2ᵉ *édition*. Mesdames, le IV indique le quatrième volume, le J, dixième lettre de l'alphabet, la dixième feuille. Il me paraît dès lors prouvé que, sauf les ruses du libraire, *les Vengeances romaines* ont eu du succès, puisqu'elles auraient eu deux éditions. Lisons et déchiffrons cette énigme!

OU LES VENGEANCES ROMAINES. 217

corridor; mais se sentant poursuivi par les gens de la duchesse, Rinaldo

— Va te promener!

— Oh! dit madame de la Baudraye, il y a eu des événemens importans entre votre fragment de maculature et cette page.

— Dites, madame, cette précieuse *bonne feuille!* Mais la maculature où la duchesse a oublié ses gants dans le bosquet appartient-elle au quatrième volume? Au diable! continuons:

ne trouva pas d'asile plus sûr que d'aller sur-le-champ dans le souterrain où devaient être les trésors de la maison de Bracciano. Léger comme la Camille du poëte latin, il courut vers l'entrée mystérieuse des Bains de Vespasien. Déjà les torches éclairaient les murailles, lorsque l'adroit Rinaldo, découvrant, avec la perspicacité dont l'avait doué la nature, la porte cachée dans le mur, disparut promptement. Une horrible réflexion sillonna l'âme de Rinaldo comme la foudre quand elle déchire les nuages. Il s'était emprisonné!... Il tâta le

— Oh! cette bonne feuille et le fragment de *maculature* se suivent! La dernière page du fragment est la 212, et nous avons ici 217! Et, en effet, si, *dans la maculature*, Rinaldo, qui a volé la clef des trésors de la duchesse Olympia en lui en substituant une à peu près semblable, se trouve, *dans cette bonne feuille*, au palais des ducs de Bracciano, le roman me paraît marcher à une conclusion quelconque. Je souhaite que ce soit aussi clair pour vous que cela le devient pour moi... Pour moi, la fête est finie, les deux amans sont revenus au palais Bracciano, il est nuit, il est une heure du matin. Rinaldo va faire un bon coup!

— Et Adolphe?... dit le président Boirouge, qui passait pour être un peu leste en paroles.

— Et quel style! dit Bianchon: *Rinaldo qui trouve l'asile d'aller!*

—Évidemment, ni Maradan, ni les Treuttel et Wurtz, ni Doguereau, n'ont imprimé ce roman-là, dit Lousteau; car ils avaient des correcteurs à leurs gages, qui revoyaient leurs épreuves: un luxe que nos éditeurs actuels devraient bien se donner, les auteurs d'aujourd'hui s'en trouveraient bien... Ce sera quelque pacotilleur du quai...

— Quel quai? dit une dame à sa voisine. On parlait de bains...

— Continuez, dit madame de la Baudraye.

— En tout cas, ce n'est pas d'un conseiller d'État, dit Bianchon.

— C'est peut-être de madame Hadot, dit Lousteau.

— Pourquoi fourrent-ils là-dedans madame Hadot de la Charité? demanda la présidente à son fils.

— Cette madame Hadot, ma chère présidente, répondit la châtelaine, était une femme auteur qui vivait sous le consulat...

— Les femmes écrivaient donc sous l'empereur? demanda madame Popinot-Chandier.

— Et madame de Genlis, et madame de Staël? fit le procureur du roi piqué pour Dinah de cette observation.

— Ah!

— Continuez, de grâce, dit madame de la Baudraye à Lousteau.

Lousteau reprit la lecture en disant: — Page 218!

218　　　　OLYMPIA.

mur avec une inquiète précipitation, et jeta un cri de désespoir quand il eut vainement cherché les traces de la serrure à secret. Il lui fut impossible de se refuser à reconnaître l'affreuse vérité. La porte, habilement construite pour servir les vengeances de la duchesse, ne pouvait pas s'ouvrir en dedans. Rinaldo colla sa joue à divers endroits, et ne sentit nulle part l'air chaud de la galerie. Il espérait rencontrer une fente qui lui indiquerait l'endroit où finissait le mur, mais rien, rien!... la paroi semblait être d'un seul bloc de marbre. Alors il lui échappa un sourd rugissement d'hyène...

— Eh bien! nous croyions avoir récemment inventé les cris de hyène? dit Lousteau, la littérature de l'Empire les connaissait déjà, les mettait même en scène avec un certain talent d'histoire naturelle; ce que prouve le mot *sourd*.

— Ne faites plus de réflexions, monsieur dit madame de la Baudraye.

— Vous y voilà, s'écria Bianchon, l'*intérêt*, ce monstre romantique, vous a mis la main au collet comme à moi tout à l'heure.

— Lisez! cria le procureur du roi, je comprends!

— Le fat! dit le président à l'oreille de son voisin le sous-préfet.

— Il veut flatter madame de la Baudraye, répondit le nouveau sous-préfet.

— Eh bien! je lis de suite, dit solennellement Lousteau. On écouta le journaliste dans le plus profond silence.

OU LES VENGEANCES ROMAINES. 219

Un gémissement profond répondit au cri de Rinaldo; mais, dans son trouble, il le prit pour un écho, tant ce gémissement était faible et creux! il ne pouvait pas sortir d'une poitrine humaine.

— Santa Maria!

— Si je quitte cette place, je ne saurai plus la retrouver! pensa Rinaldo quand il reprit son sang-froid accoutumé. Frapper, je serai reconnu: que faire?

— Qui donc est là? demanda la voix.

— Hein! dit le brigand, les crapauds parleraient-ils, ici?

— Je suis le duc de Bracciano. Qui

220　　　　OLYMPIA.

que vous soyez, si vous n'appartenez pas à la duchesse, venez, au nom de tous les saints, venez à moi...

— Il faudrait savoir où tu es, monseigneur le duc, répondit Rinaldo avec l'importance d'un homme qui se voit nécessaire.

— Je te vois, mon ami, car mes yeux sont accoutumés à l'obscurité. Écoute, marche droit... bien... tourne à gauche... viens... ici... Nous voilà réunis.

Rinaldo, mettant ses mains en avant par prudence, rencontra des barres de fer.

— On me trompe! cria le bandit.

— Non, tu as touché ma cage....

OU LES VENGEANCES ROMAINES. 221

Assieds - toi sur un fût de porphyre
qui est là.
— Comment le duc de Bracciano
peut-il être dans une cage? demanda
le bandit.
— Mon ami, j'y suis depuis trente
mois, debout, sans avoir pu m'asseoir... Mais qui es-tu, toi ?
— Je suis Rinaldo, le prince de la
campagne , le chef de quatre-vingts
braves que les lois nomment à tort
des scélérats, que toutes les dames
admirent et que les juges pendent par
une vieille habitude.
— Dieu soit loué! je suis sauvé !...
Un honnête homme aurait eu peur ;
tandis que je suis sûr de pouvoir très

222   OLYMPIA.

bien m'entendre avec toi! s'écria le
duc. O mon cher libérateur, tu dois
être armé jusqu'aux dents.
— E verissimo !
— Aurais-tu des...
— Oui, des limes, des pinces... Cor-
po di Bacco ! je venais emprunter
indéfiniment les trésors des Bracciani.
— Tu en auras légitimement une
bonne part, mon cher Rinaldo , et
peut-être irai-je faire la chasse aux
hommes en ta compagnie.
— Vous m'étonnez, Excellence!...
— Ecoute-moi, Rinaldo ! Je ne te
parlerai pas du désir de vengeance
qui me ronge le cœur : je suis là depuis trente mois — tu es Italien — tu

OU LES VENGEANCES ROMAINES. 223

me comprendras ! Ah ! mon ami, ma
fatigue et mon épouvantable captivité
ne sont rien en comparaison du mal
qui me ronge le cœur. la duchesse
de Bracciano est encore une des plus
belles femmes de Rome , je l'aimais
assez pour en être jaloux...
— Vous, son mari !...
— Oui, j'avais tort, peut-être !
— Certes , cela ne se fait pas ,
dit Rinaldo.
— Ma jalousie fut excitée par la
conduite de la duchesse, reprit le duc.
L'événement a prouvé que j'avais raison. Un jeune Français aimait Olympia, il était aimé d'elle, j'eus des
preuves de leur mutuelle affection...

Mille pardons, mesdames! dit Lousteau; mais, voyez-
vous, il m'est impossible de ne pas vous faire observer
combien la littérature de l'Empire allait droit au fait sans
aucun détail, ce qui me semble le caractère des temps primitifs. La littérature de cette époque tenait le milieu entre
le sommaire des chapitres de Télémaque et les réquisitoires
du ministère public. Elle avait des idées, mais elle ne les
exprimait pas, la dédaigneuse! elle observait, mais elle ne
faisait part de ses observations à personne, l'avare ! il n'y
avait que Fouché qui fît part de ses observations à quelqu'un. La littérature se contentait alors, suivant l'expression d'un des plus niais critiques de la Revue des Deux-Mondes, d'une assez pure esquisse et du contour bien net de toutes
les figures à l'antique; elle ne dansait pas sur les périodes !
Je le crois bien, elle n'avait pas de périodes, elle n'avait pas
de mots à faire chatoyer; elle vous disait :«Lubin aimait Toinette, Toinette n'aimait pas Lubin; Lubin tua Toinette et les
gendarmes prirent Lubin, qui fut mis en prison, mené à la
cour d'assises et guillotiné. » Forte esquisse, contour net

Quel beau drame ! Eh bien ! aujourd'hui, les barbares font
chatoyer les mots.
— Et quelquefois les morts, dit monsieur de Clagny.
— Ah ! répliqua Lousteau, vous vous donnez de ces R!
— Que veut-il dire ? demanda madame de Clagny, que
ce calembour inquiéta.
— Il me semble que je marche dans un four, répondit
la maîtresse.
— Sa plaisanterie perdrait à être expliquée, fit observer
Gatien.
— Aujourd'hui, reprit Lousteau, les romanciers dessinent
des caractères ; et, au lieu du contour net, ils vous dévoilent
le cœur humain, ils vous intéressent soit à Toinette, soit à
Lubin.
— Moi, je suis effrayé de l'éducation du public en fait de
littérature, dit Bianchon. Comme les Russes battus par
Charles XII, qui ont fini par savoir la guerre, le lecteur a
fini par apprendre l'art. Jadis on ne demandait que de l'intérêt au roman; quant au style, personne n'y tenait, pas
même l'auteur; quant à des idées, zéro; quant à la couleur
locale, néant. Insensiblement le lecteur a voulu du style,
de l'intérêt, du pathétique, des connaissances positives; il
a exigé les cinq sens littéraires : l'invention, le style, la pensée, le savoir, le sentiment; puis la critique est venue, bro-
chant sur le tout. Le critique, incapable d'inventer autre
chose que des bêtises, a prétendu que toute œuvre qui
n'émanait pas d'un cerveau complet était boiteuse. Quelques
charlatans, comme Walter Scott, qui pouvaient réunir les
cinq sens littéraires, s'étant alors montrés, ceux qui n'avaient
que de l'esprit, que du savoir, que du style ou que du sentiment, ces éclopés, ces acéphales, ces manchots, ces borgnes littéraires, se sont mis à crier que tout était perdu, ils
ont prêché des croisades contre les gens qui gâtaient le
métier, ou ils en ont nié les œuvres.
— C'est l'histoire de vos dernières querelles littéraires,
fit observer Dinah.
— De grâce ! s'écria monsieur de Clagny, revenons au
duc de Bracciano.
Au grand désespoir de l'assemblée, Lousteau reprit la
lecture de la bonne feuille.

224   OLYMPIA.

Alors je voulus m'assurer de mon
malheur, afin de pouvoir me venger
sous l'aile de la Providence et de la
loi. La duchesse avait deviné mes
projets. Nous nous combattions par la
pensée avant de nous combattre par le
poison à la main. Nous voulions nous
imposer mutuellement une confiance
que nous n'avions pas ; moi pour lui
faire prendre un breuvage, elle pour
s'emparer de moi. Elle était femme,
elle l'emporta; car les femmes ont un
piège de plus que nous autres à tendre, et j'y tombai : je fus heureux ;
mais le lendemain matin je me réveil-
lai dans une cage de fer. Je rugis
pendant toute la journée dans l'obs-

OU LES VENGEANCES ROMAINES. 225

curité de cette cave, située sous la
chambre à coucher de la duchesse. Le
soir, enlevé par un contre-poids habilement ménagé, je traversai les
planchers, et vis dans les bras de son
amant la duchesse, qui me jeta un
morceau de pain, ma pitance de tous
les soirs. Voilà ma vie depuis trente
mois ! Dans cette prison de marbre,
mes cris ne peuvent parvenir à aucune oreille. Pas de hasard pour moi. Je
n'espérais plus ! En effet, la chambre
de la duchesse est au fond du palais,

et ma voix, quand j'y monte, ne peut être entendue de personne. Chaque fois que je vois ma femme, elle me montre le poison que j'avais préparé

226 OLYMPIA.

pour elle et pour son amant; je le demande pour moi, mais elle me refuse la mort, elle me donne du pain et je mange! J'ai bien fait de manger, de vivre, j'avais compté sans les bandits!...

— Oui, Excellence, quand ces imbéciles d'honnêtes gens sont endormis, vous veillons, nous...

— Ah! Rinaldo, tous mes trésors sont à toi, nous les partagerons en frères, et je voudrais te donner tout, jusqu'à mon duché...

— Excellence, obtenez-moi du pape une absolution *in articulo mortis*, cela me vaudra mieux pour faire mon état.

OU LES VENGEANCES ROMAINES. 227

— Tout ce que tu voudras; mais lime les barreaux de ma rage et prête-moi ton poignard... Nous n'avons guère de temps, va vite... Ah! si mes dents étaient des limes... J'ai essayé de mâcher ce fer...

— Excellence, dit Rinaldo en écoutant les dernières paroles du duc, j'ai déjà scié un barreau.

— Tu es un dieu!

— Votre femme était à la fête de la princesse Villaviciosa; elle était revenue avec son petit Français, elle est ivre d'amour, nous avons donc le temps.

— As-tu fini?

— Oui.

228 OLYMPIA.

— Ton poignard? demanda vivement le duc au bandit.

— Le voici.

— Bien.

— J'entends le bruit du ressort.

— Ne m'oubliez pas! dit le bandit qui se connaissait en reconnaissance.

— Pas plus que mon père, dit le duc.

— Adieu! lui dit Rinaldo. Tiens, comme il s'envole! ajouta le bandit en voyant disparaître le duc. *Pas plus que son père*, se dit-il, si c'est ainsi qu'il compte se se souvenir de moi... Ah! j'avais pourtant fait le serment de ne jamais nuire aux femmes... Mais laissons, pour un moment, le

OU LES VENGEANCES ROMAINES. 229

bandit livré à ses réflexions, et montons comme le duc dans les appartemens du palais.

— Encore une vignette, un Amour sur un colimaçon! Puis la 230 est une page blanche, dit le journaliste. Voici deux autres pages blanches prises par ce titre si délicieux à écrire quand on a l'heureux malheur de faire des romans: *Conclusion!*

CONCLUSION.

Jamais la duchesse n'avait été si jolie; elle sortit de son bain vêtue comme une déesse, et voyant Adol-

230 OLYMPIA.

phe couché voluptueusement sur des piles de coussins.

— Tu es bien beau! lui dit-elle.

— Et toi, Olympia!...

— Tu m'aimes toujours?

— Toujours mieux, dit-il.

— Ah! il n'y a que les Français qui sachent aimer! s'écria la duchesse. M'aimeras-tu bien ce soir?

— Oui...

— Viens donc!

Et, par un mouvement de haine et d'amour, soit que le cardinal Borborigano lui eût remis plus vivement au cœur son mari, soit qu'elle se sentît plus d'amour à lui montrer, elle fit partir le ressort, et tendit les brs à

— Voilà tout! s'écria Lousteau, car le prote a déchiré le reste en enveloppant mon épreuve; mais c'est bien assez pour nous prouver que l'auteur donnait des espérances.

— Je n'y comprends rien, dit Gatien Boirouge, qui rompit le premier le silence que gardaient les Sancerrois.

— Ni moi non plus, répondit monsieur Gravier.

— C'est cependant un roman fait sous l'Empire, lui dit Lousteau.

— Ah! dit monsieur Gravier, à la manière dont l'auteur fait parler le bandit, on voit qu'il ne connaissait pas l'Italie. Les bandits ne se permettent pas de pareils *concetti*

Madame Gorju vint à Bianchon, qu'elle vit rêveur, et lui dit en lui montrant Euphémie Gorju, sa fille, douée d'une assez belle dot: — Quel galimatias! Les ordonnances que vous écrivez valent mieux que ces choses-là.

La mairesse avait profondément médité cette phrase, qui, selon elle, annonçait un esprit fort.

— Ah! madame, il faut être indulgent, car nous n'avons que vingt pages sur mille, répondit Bianchon en regardant mademoiselle Gorju, dont la taille menaçait de tourner à la première grossesse.

— Eh bien! monsieur de Clagny, dit Lousteau, nous parlions hier des vengeances inventées par les maris, que dites-vous de celles qu'inventent les femmes?

— Je pense, répondit le procureur du roi, que le roman n'est pas d'un conseiller d'Etat, mais d'une femme. En conceptions bizarres, l'imagination des femmes va plus loin que celle des hommes, témoin le *Frankenstein* de mistriss Shelley, le *Leone Leoni* de George Sand, les œuvres d'Anne Radcliffe, et le *Nouveau Prométhée* de Camille Maupin.

Dinah regarda fixement monsieur de Clagny en lui faisant comprendre par une expression qui le glaça, que, malgré tant d'illustres exemples, elle prenait cette réflexion pour *Paquita la Sévillane*.

— Bah! dit le petit la Baudraye, le duc de Bracciano, que sa femme a mis en cage, et à qui elle se fait voir tous les soirs dans les bras de son amant, va la tuer... Vous appelez cela une vengeance?... Nos tribunaux et la société sont bien plus cruels...

— En quoi? fit Lousteau.

— Eh bien! voilà le petit la Baudraye qui parle! dit le prséident Boirouge à sa femme.

— Mais on laisse vivre la femme avec une maigre pension, le monde lui tourne alors le dos; elle n'a plus ni toilette, ni considération, deux choses qui, selon moi, sont toute la femme, dit le petit vieillard.

— Mais elle a le bonheur! répondit fastueusement madame de la Baudraye.

— Non, répliqua l'avorton en allumant son bougeoir pour aller se coucher, car elle a un amant...

— Pour un homme qui ne pense qu'à ses provins et à ses baliveaux, il a du trait, dit Lousteau.

— Il faut bien qu'il ait quelque chose, répondit Bianchon.

Madame de la Baudraye, la seule qui pût entendre le

mot de Bianchon, se mit à rire si finement et si amèrement à la fois, que le médecin devina le secret de la vie intime de la châtelaine, dont les rides prématurées le préoccupaient depuis le matin. Mais Dinah ne devina point, elle, les sinistres prophéties que son mari venait de lui jeter dans un mot, et que le feu le bon abbé Duret n'eût pas manqué de lui expliquer. Le petit la Baudraye avait surpris dans les yeux de Dinah, quand elle regardait le journaliste en lui rendant la balle de la plaisanterie, cette rapide et lumineuse tendresse qui dore le regard d'une femme à l'heure où la prudence cesse, où commence l'entraînement. Dinah ne prit pas plus garde à l'invitation que lui faisait ainsi son mari d'observer les convenances, que Lousteau ne prit pour lui les malicieux avis de Dinah le jour de son arrivée.

Tout autre que Bianchon se serait étonné du prompt succès de Lousteau ; mais il ne fut même point blessé de la préférence que Dinah donnait au Feuilleton sur la Faculté, tant il était médecin ! En effet, Dinah, grande elle-même, devait être plus accessible à l'esprit qu'à la grandeur. L'amour préfère ordinairement les contrastes aux similitudes. La franchise et la bonhomie du docteur, sa profession, tout le desservait. Voici pourquoi : les femmes qui veulent aimer, et Dinah voulait autant aimer qu'être aimée, ont une horreur instinctive pour les hommes voués à des occupations tyranniques ; elles sont, malgré leurs supériorités, toujours femmes en fait d'envahissement. Poëte et feuilletoniste, le libertin Lousteau, paré de sa misanthropie, offrait ce clinquant d'âme et cette vie à demi oisive qui plaît aux femmes. Le bon sens carré, les regards perspicaces de l'homme vraiment supérieur gênaient Dinah, qui ne s'avouait pas à elle-même sa petitesse, elle se disait : — Le docteur vaut peut-être mieux que le journaliste, mais il me plaît moins. Puis, elle pensait aux devoirs de la profession et se demandait si une femme pouvait jamais être autre chose qu'un *sujet* aux yeux d'un médecin qui voit tant de *sujets* dans sa journée ! La première proposition de la pensée inscrite par Bianchon sur l'album, était le résultat d'une observation médicale qui tombait trop à plomb sur la femme pour que Dinah n'en fût pas frappée. Enfin Bianchon, à qui sa clientèle défendait un plus long séjour, partait le lendemain. Quelle femme, à moins de recevoir au cœur le trait mythologique de Cupidon, peut se décider en si peu de temps ? Ces petites choses, qui produisent les grandes catastrophes, une fois vues en masse par Bianchon, il dit en quatre mots l'arrêt qu'il porta sur madame de la Baudraye, et qui causa la plus vive surprise au journaliste.

Pendant que les deux Parisiens chuchotaient, il s'élevait un orage contre la châtelaine parmi les Sancerrois, qui ne comprenaient rien à la paraphrase ni aux commentaires de Lousteau. Loin d'y voir le roman que le procureur du roi, le sous-préfet, le président, le substitut Lebas, monsieur de la Baudraye et Dinah en avaient tiré, toutes les femmes groupées autour de la table à thé n'y voyaient qu'une mystification, et accusaient la Muse de Sancerre d'y avoir trempé. Toutes s'attendaient à passer une soirée charmante, toutes avaient inutilement tendu les facultés de leur esprit. Rien ne révolte plus les gens de province que l'idée de servir de jouet aux gens de Paris.

Madame Piédefer quitta la table à thé pour venir dire à sa fille : — Va donc parler à ces dames, elles sont très-choquées de ta conduite.

Lousteau ne put s'empêcher de remarquer alors l'évidente supériorité de Dinah sur l'élite des femmes de Sancerre : elle était la mieux mise, ses mouvemens étaient pleins de grâce, son teint prenait une délicieuse blancheur aux lumières, elle se détachait enfin sur cette tapisserie de vieilles faces, de jeunes filles mal habillées, à tournures timides, comme une reine au milieu de sa cour. Les images parisiennes s'effaçaient, Lousteau se faisait à la vie de province ; et, s'il avait trop d'imagination pour ne pas être impressionné par les magnificences royales de ce château, par les sculptures exquises, par les antiques beautés de l'intérieur, il avait aussi trop de savoir pour ignorer la valeur du mo-

bilier qui enrichissait ce joyau de la Renaissance. Aussi lorsque les Sancerrois se furent retirés un à en reconduits par Dinah, car ils avaient tous pour une heure de chemin ; quand il n'y eut plus au salon que le procureur du roi, monsieur Lebas, Gatien et monsieur Gravier, qui couchaient à Anzy, le journaliste avait-il déjà changé d'opinion sur Dinah. Sa pensée accomplissait cette évolution que madame de la Baudraye avait eu l'audace de lui signaler à leur première rencontre.

— Ah! comme ils vont en dire contre nous pendant le chemin ! s'écria la châtelaine en rentrant au salon, après avoir mis en voiture le président, la présidente, madame et mademoiselle Popinot-Chandier.

Le reste de la soirée eut son côté réjouissant ; car, en petit comité, chacun versa dans la conversation son contingent d'épigrammes sur les diverses figures que les Sancerrois avaient faites pendant les commentaires de Lousteau sur l'enveloppe de ses épreuves.

— Mon cher, dit en se couchant Bianchon à Lousteau (on les avait mis ensemble dans une immense chambre à deux lits), tu seras l'heureux mortel choisi par cette femme, née Piédefer !

— Tu crois ?

— Eh ! cela s'explique : tu passes ici pour avoir eu beaucoup d'aventures à Paris, et, pour les femmes, il y a dans un homme à bonnes fortunes je ne sais quoi d'irritant qui les attire et le leur rend agréable ; est-ce la vanité de faire triompher leur souvenir entre tous les autres ? s'adressent-elle à son expérience, comme un malade surpaye un célèbre médecin ? ou bien sont-elles flattées d'éveiller un cœur blasé ?

— Les sens et la vanité sont pour tant de chose dans l'amour, que toutes ces suppositions seraient vraies, répondit Lousteau. Mais si je reste, c'est à cause du certificat d'innocence instruite que tu donnes à Dinah ! Elle est belle, n'est-ce pas ?

— Elle deviendra charmante en aimant, dit le médecin. Puis, après tout, elle sera un jour ou l'autre une riche veuve ! Et un enfant lui vaudrait la jouissance de la fortune du sire de la Baudraye...

— Mais c'est une bonne action que de l'aimer, cette femme ! s'écria Lousteau.

— Une fois mère, elle reprendra de l'embonpoint, les rides s'effaceront, elle paraîtra n'avoir que vingt ans...

— Eh bien ! fit Lousteau en se roulant dans ses draps, si tu veux m'aider, demain, oui, demain, je... Enfin, bonsoir.

Le lendemain, madame de la Baudraye, à qui, depuis six mois, son mari avait donné des chevaux dont il se servait pour ses labours, et une vieille calèche qui sonnait la ferraille, eut l'idée de reconduire Bianchon jusqu'à Cosne, où il devait aller prendre la diligence de Lyon à son passage. Elle emmena sa mère et Lousteau ; mais elle se proposa de laisser sa mère à la Baudraye, de se rendre à Cosne avec les deux Parisiens, et d'en revenir seule avec Etienne. Elle fit une charmante toilette que lorgna le journaliste : brodequins bronzés, bas de soie gris, une robe d'organdi, une mantille de dentelle noire, et une charmante capote de gaze noire, ornée de fleurs. Quant à Lousteau, le drôle s'était mis sur le pied de guerre : bottes vernies, pantalon d'étoffe anglaise plissé par-devant, un gilet très-ouvert, qui laissait voir une chemise extra-fine, et les cascades de satin noir broché de sa plus belle cravate, une redingote noire, très-courte et très-légère.

Le procureur du roi et monsieur Gravier se regardèrent assez singulièrement quand ils virent les deux Parisiens dans la calèche, et eux comme deux niais au bas du perron. Monsieur de la Baudraye, qui, du haut de la dernière marche, faisait au docteur un petit salut de sa petite main, ne put s'empêcher de sourire en entendant monsieur de Clagny disant à monsieur Gravier : — Vous auriez dû les accompagner à cheval.

En ce moment Gatien, monté sur la tranquille jument de

monsieur de la Baudraye, déboucha par l'allée qui conduisait aux écuries, et rejoignit la calèche.

— Ah! bon! dit le receveur des contributions, l'enfant s'est mis de planton.

— Quel ennui! s'écria Dinah en voyant Gatien. En treize ans, car voici bientôt treize ans que je suis mariée, je n'ai pas eu trois heures de liberté...

— Mariée, madame? dit le journaliste en souriant. Vous me rappelez un mot de feu Michaud, qui en a tant dit de si fins. Il partait pour la Palestine, et ses amis lui faisaient des représentations sur son âge, sur les dangers d'une pareille excursion.—Enfin, lui dit l'un d'eux, vous êtes marié!
— Oh! répondit-il, je le suis si peu!

La sévère madame Piédefer ne put s'empêcher de sourire.

— Je ne serais pas étonnée de voir monsieur de Clagny monté sur mon poney venir compléter l'escorte! s'écria Dinah.

— Oh! si le procureur du roi ne nous rejoint pas, dit Lousteau, vous pourrez vous débarrasser de ce petit jeune homme en arrivant à Sancerre. Bianchon aura nécessairement oublié quelque chose sur sa table, comme le manuscrit de sa première leçon pour son cours, et vous prierez Gatien d'aller le chercher à Anzy.

Cette ruse, quoique simple, mit madame de la Baudraye en belle humeur. La route d'Anzy à Sancerre, d'où se découvre par échappées de magnifiques paysages, d'où souvent la superbe nappe de la Loire produit l'effet d'un lac, se fit gaiement, car Dinah était heureuse d'être si bien comprise. On parla d'amour en théorie, ce qui permet aux amans *in petto* de prendre en quelque sorte mesure de leurs cœurs. Le journaliste se mit sur un ton d'élégante corruption, pour prouver que l'amour n'obéissait à aucune loi, que le caractère des amans en variait les accidens à l'infini, que les événemens de la vie sociale augmentaient encore la variété des phénomènes, que tout était possible et vrai dans ce sentiment, que telle femme, après avoir résisté pendant longtemps à toutes les séductions et à des passions vraies, pouvait succomber en quelques heures à une pensée, à un ouragan intérieur dans le secret desquels il n'y avait que Dieu!

— Eh! n'est-ce pas là le mot de toutes les aventures que nous nous sommes racontées depuis trois jours, dit-il.

Depuis trois jours, l'imagination si vive de Dinah était occupée des romans les plus insidieux, et la conversation des deux Parisiens avait agi sur cette femme à la manière des livres les plus dangereux. Lousteau suivait de l'œil les effets de cette habile manœuvre, pour saisir le moment où cette proie, dont la bonne volonté se cachait sous la rêverie que donne l'irrésolution, serait entièrement étourdie. Dinah, voulut montrer la Baudraye aux deux Parisiens, et l'on y joua la comédie convenue du manuscrit oublié par Bianchon dans sa chambre d'Anzy. Gatien partit au grand galop à l'ordre de sa souveraine, madame Piédefer alla faire des emplettes à Sancerre, et Dinah, seule avec les deux amis, prit le chemin de Cosne.

Lousteau se mit près de la châtelaine, et Bianchon se plaça sur le devant de la voiture. La conversation des deux amis fut affectueuse et pleine de pitié pour le sort de cette âme d'élite, si peu comprise et surtout si mal entourée. Bianchon servit admirablement le journaliste en se moquant du procureur du roi, du receveur des contributions et de Gatien; il y eut je ne sais quoi de méprisant dans ses observations, que madame de la Baudraye n'osa pas défendre ses adorateurs.

— Je m'explique parfaitement, dit le médecin en traversant la Loire, l'état où êtes vous restée. Vous ne pouviez être accessible qu'à l'amour de tête, qui souvent mène à l'amour de cœur, et certes aucun de ces hommes-là n'est capable de déguiser ce que les sens ont d'odieux dans les premiers jours de la vie, aux yeux d'une femme délicate. Aujourd'hui, pour vous, aimer devient une nécessité.

— Une nécessité! s'écria Dinah, qui regarda le médecin avec curiosité. Dois-je donc aimer par ordonnance?

— Si vous continuez à vivre comme vous vivez, dans

trois ans vous serez affreuse, répondit Bianchon d'un ton magistral.

— Monsieur!... dit madame de la Baudraye presque effrayée.

— Excusez mon ami, dit Lousteau d'un air plaisant à la baronne, il est toujours médecin, et l'amour n'est pour lui qu'une question d'hygiène. Mais il n'est pas égoïste, ne s'occupe évidemment que de vous, puisqu'il s'en va dans une heure...

A Cosne, il s'attroupa beaucoup de monde autour de la vieille calèche repeinte, sur les panneaux de laquelle se voyaient les armes données par Louis XIV aux néo-la Baudraye : *de gueules à une balance d'or, au chef cousu d'azur chargé de trois croisettes recroisettées d'argent; pour support, deux lévriers d'argent colletés d'azur et enchaînés d'or*.

Cette ironique devise : *Deò sic patet fides et hominibus*, avait été infligée au calviniste converti par le satirique d'Hozier.

— Sortons, on viendra nous avertir, dit la baronne, qui mit son cocher en vedette.

Dinah prit le bras de Bianchon, et le médecin alla se promener sur le bord de la Loire, d'un pas si rapide que le journaliste avait sorti en arrière. Un seul clignement d'yeux avait suffi au docteur pour faire comprendre à Lousteau qu'il voulait le servir.

— Étienne vous a plu, dit Bianchon à Dinah, il a parlé vivement à votre imagination, nous nous sommes entretenus de vous hier au soir, et il vous aime... Mais c'est un homme léger, difficile à fixer, sa pauvreté le condamne à vivre à Paris, tandis que tout vous ordonne de vivre à Sancerre... Voyez la vie d'un peu haut... faites de Lousteau votre ami, ne soyez pas exigeante, il viendra trois fois par an passer quelques beaux jours près de vous, et vous lui devrez la beauté, et le bonheur, la fortune. Monsieur de la Baudraye peut vivre cent ans, mais il peut aussi périr en neuf jours, faute d'avoir mis la suaire de flanelle dont il s'enveloppe; ne compremettez donc rien. Soyez sages tous deux. Ne me dites pas un mot... J'ai lu dans votre cœur.

Madame de la Baudraye était sans défense devant des affirmations si précises et devant un homme qui se posait à la fois en médecin, en confesseur et en confident.

— Eh! comment, dit-elle, pouvez-vous imaginer qu'une femme puisse se mettre en concurrence avec les maîtresses d'un journaliste. Monsieur Lousteau me paraît agréable, spirituel, mais il est blasé, etc., etc...

Dinah revint sur ses pas, et fut obligée d'arrêter le flux de paroles sous lequel elle voulait cacher ses intentions; car Étienne, qui paraissait occupé des progrès de Cosne, venait au-devant d'eux.

— Croyez-moi, lui dit Bianchon, il a besoin d'être aimé sérieusement; et, s'il change d'existence, son talent y gagnera.

Le cocher de Dinah accourut essoufflé pour annoncer l'arrivée de la diligence, et l'on hâta le pas. Madame de la Baudraye allait entre les deux Parisiens.

— Adieu, mes enfans; avant d'entrer dans Cosne, je vous bénis...

Il quitta le bras de madame de la Baudraye en le laissant prendre à Lousteau, qui le serra sur son cœur avec une expression de tendresse. Quelle différence pour Dinah! le bras d'Étienne lui causa la plus vive émotion, quand celui de Bianchon ne lui avait rien fait éprouver. Il y eut alors entre elle et le journaliste un de ces regards rouges qui sont plus que des aveux.

— Il n'y a plus que les femmes de province qui portent des robes d'organdi, la seule étoffe dont le chiffonnage ne peut pas s'effacer, se dit alors en lui-même Lousteau. Cette femme, qui m'a choisi pour amant, va faire des façons à cause de sa robe. Si elle avait mis une robe de foulard, je serais heureux. A quoi tiennent les résistances!...

Pendant que Lousteau recherchait si madame de la Baudraye avait eu l'intention de s'imposer à elle-même une barrière infranchissable en choisissant une robe d'organdi,

Bianchon, aidé par le cocher, faisait charger son bagage sur la diligence. Enfin il vint saluer Dinah, qui parut excessivement affectueuse pour lui.

— Retournez, madame la baronne, laissez-moi... Gatien va venir, lui dit-il à l'oreille. Il est tard, reprit-il à haute voix... Adieu !

— Adieu, grand homme ! s'écria Lousteau en donnant une poignée de main à Bianchon.

Quand le journaliste et madame de la Baudraye, assis l'un près de l'autre au fond de cette vieille calèche, repassèrent la Loire, ils hésitèrent tous deux à parler. Dans cette situation, la parole par laquelle on rompt le silence possède une effrayante portée.

— Savez-vous combien je vous aime ? dit alors le journaliste à brûle-pourpoint.

La victoire pouvait flatter Lousteau, mais la défaite ne lui causait aucun chagrin. Cette indifférence fut le secret de son audace. Il prit la main de madame de la Baudraye en lui disant ces paroles si nettes, et la serra dans ses deux mains ; mais Dinah dégagea doucement sa main.

— Oui, je vaux bien une grisette ou une actrice, dit-elle d'une voix émue tout en plaisantant ; mais croyez-vous qu'une femme qui, malgré ses ridicules, a quelque intelligence, ait réservé les plus beaux trésors du cœur pour un homme qui ne peut voir en elle qu'un plaisir passager... Je ne suis pas surprise d'entendre de votre bouche un mot que tant de gens m'ont déjà dit... mais...

Le cocher se retourna.

— Voici monsieur Gatien... dit-il.

— Je vous aime, je vous veux, et vous serez à moi, car je n'ai jamais senti pour aucune femme ce que vous m'inspirez, cria Lousteau dans l'oreille de Dinah.

— Malgré moi, peut-être ? répliqua-t-elle en souriant.

— Au moins faut-il, pour mon honneur, que vous ayez l'air d'avoir été vivement attaquée, dit le Parisien à qui la funeste propriété de l'organdi suggéra une idée bouffonne.

Avant que Gatien eût atteint le bout du pont, l'audacieux journaliste chiffonna si lestement la robe d'organdi, que madame de la Baudraye se vit dans un état à ne pas se montrer.

— Ah ! monsieur !... s'écria majestueusement Dinah.

— Vous m'avez défié, répondit-il.

Mais Gatien arrivait avec la célérité d'un amant dupé. Pour regagner un peu de l'estime de madame de la Baudraye, Lousteau s'efforça de dérober la vue de la robe froissée à Gatien, en se jetant, pour lui parler, hors de la voiture du côté de Dinah.

— Courez à notre auberge, lui dit-il, il en est temps encore, la diligence ne part que dans une demi-heure, le manuscrit est sur la table de la chambre occupée par Bianchon, il y tient, car il ne saurait comment faire son cours.

— Allez donc, Gatien ! dit madame de la Baudraye en regardant son jeune adorateur avec une expression pleine de despotisme.

L'enfant, commandé par cette insistance, rebroussa, courant à bride abattue.

— Vite à la Baudraye, cria Lousteau au cocher, madame la baronne est souffrante... Votre maître sera seul dans le secret de ma ruse, dit-il en se rasseyant auprès de Dinah.

— Vous appelez cette infamie une ruse ? dit madame de la Baudraye en réprimant quelques larmes qui furent séchées au feu de l'orgueil irrité.

Elle s'appuya dans le coin de la calèche, se croisa les bras sur la poitrine et regarda la Loire, la campagne, tout, excepté Lousteau. Le journaliste prit alors un ton caressant et parla bas à la Baudraye, où Dinah se sauva de la calèche chez elle en tâchant de n'être vue de personne. Dans son trouble, elle se précipita sur un sofa pour y pleurer.

— Si je suis pour vous un objet d'horreur, de haine ou de mépris, eh bien ! je pars, dit alors Lousteau qui l'avait suivie.

Et le roué se mit aux pieds de Dinah. Ce fut dans cette crise que madame Piédefer se montra, disant à sa fille :

— Eh bien ! qu'as-tu ? que se passe-t-il ?

— Donnez promptement une autre robe à votre fille, dit l'audacieux Parisien à l'oreille de la dévote.

En entendant le galop furieux du cheval de Gatien, madame de la Baudraye se jeta dans sa chambre, où la suivit sa mère.

— Il n'y a rien à l'auberge, dit Gatien à Lousteau qui vint à sa rencontre.

— Et vous n'avez rien trouvé non plus au château d'Auzy ? répondit Lousteau.

— Vous vous êtes moqués de moi, répliqua Gatien d'un petit ton sec.

— En plein, répondit Lousteau. Madame de la Baudraye a trouvé très inconvenant que vous la suiviez sans en être prié. Croyez-moi, c'est un mauvais moyen pour séduire les femmes que de les ennuyer. Dinah vous a mystifié, vous l'avez fait rire, c'est un succès qu'aucun de vous n'a eu depuis treize ans auprès d'elle, et que vous devez à Bianchon. Oui, votre cousin est l'auteur du manuscrit !... Le cheval en reviendra-t-il ? demanda Lousteau plaisamment pendant que Gatien se demandait s'il devait ou non se fâcher.

— Le cheval !... répéta Gatien.

En ce moment madame de la Baudraye arriva, vêtue d'une robe de velours, et accompagnée de sa mère, qui lançait à Lousteau des regards irrités. Devant Gatien, il était imprudent à Dinah de paraître froide ou sévère avec Lousteau, qui, profitant de cette circonstance, offrit son bras à cette fausse Lucrèce ; mais elle le refusa.

— Voulez-vous renvoyer un homme qui vous a vouée sa vie ? lui dit-il en marchant près d'elle, je vais rester à Sancerre et partir demain.

— Viens-tu, ma mère ? dit madame de la Baudraye à madame Piédefer en évitant ainsi de répondre à l'argument direct par lequel Lousteau la forçait à prendre un parti.

Le Parisien aida la mère à monter en voiture, il aida madame de la Baudraye en la prenant doucement par le bras, et il se plaça sur le devant avec Gatien, qui laissa le cheval à la Baudraye.

— Vous avez changé de robe ? dit maladroitement Gatien à Dinah.

— Madame la baronne a été saisie par l'air frais de la Loire, répondit Lousteau, Bianchon lui a conseillé de se vêtir chaudement.

Dinah devint rouge comme un coquelicot, et madame Piédefer prit un visage sévère.

— Pauvre Bianchon, il est sur la route de Paris, quel noble cœur ! dit Lousteau.

— Oh ! oui, répondit madame de la Baudraye, il est grand et délicat, celui-là.

— Nous étions si gais en partant, dit Lousteau, vous voilà souffrante, et vous me parlez avec amertume, et pourquoi ?... N'êtes-vous donc pas accoutumée à vous entendre dire que vous êtes belle et spirituelle ? moi, je le déclare devant Gatien, je renonce à Paris, je vais rester à Sancerre et grossir le nombre de vos cavaliers-servans. Je me sens si jeune dans mon pays natal, j'ai déjà oublié Paris, et ses corruptions, et ses ennuis, et ses fatigans plaisirs... Oui, ma vie me semble comme purifiée...

Dinah laissa parler Lousteau sans le regarder ; mais il y eut un moment où l'improvisation de ce serpent devint si spirituelle sous l'effort qu'il fit pour singer la passion par des phrases et par des idées dont le sens, caché pour Gatien, éclatait dans le cœur de Dinah, qu'elle leva les yeux sur lui. Ce regard parut combler de joie Lousteau, qui redoubla de verve et fit enfin rire madame de la Baudraye. Lorsque, dans une situation où son orgueil est blessé si cruellement, une femme a ri, tout est compromis. Quand on entra dans l'immense cour sablée et ornée de son boulingrin à corbeille de fleurs qui fait si bien valoir la façade d'Anzy, le journaliste disait :

— Lorsque les femmes nous aiment, elles nous pardonnent tout, même nos crimes ; lorsqu'elles ne nous aiment pas, elles ne nous pardonnent rien, pas même nos vertus ! Me pardonnez-vous ? ajouta-t-il à l'oreille de madame de la Baudraye en lui serrant le bras sur son cœur par un geste plein de tendresse. Dinah ne put s'empêcher de sourire.

Pendant le dîner et pendant le reste de la soirée, Lousteau fut d'une gaîté, d'un entrain charmant ; mais, tout en peignant ainsi son ivresse, il se livrait par momens à la rêverie en homme qui paraissait absorbé par son bonheur. Après le café, madame de la Baudraye et sa mère laissèrent les hommes se promener dans les jardins. Monsieur Gravier dit alors au procureur du roi :

— Avez vous remarqué que madame de la Baudraye, qui est partie en robe d'organdi, nous est revenue en robe de velours ?

— En montant en voiture à Cosne, la robe s'est accrochée à un bouton de cuivre de la calèche et s'est déchirée du haut en bas, répondit Lousteau.

— Oh ! fit Gatien percé au cœur par la cruelle différence des deux explications du journaliste.

Lousteau, qui comptait sur cette surprise de Gatien, le prit par le bras et le lui serra pour lui demander le silence. Quelques momens après, Lousteau laissa les trois adorateurs de Dinah seuls, en s'emparant du petit la Baudraye. Gatien fut alors interrogé sur les événemens du voyage. Monsieur Gravier et monsieur de Clagny furent stupéfaits d'apprendre que Dinah s'était trouvée seule au retour de Cosne avec Lousteau ; mais plus stupéfaits encore des deux versions du Parisien sur le changement de robe. Aussi l'attitude de ces trois hommes déconfits fut elle très embarrassée pendant la soirée. Le lendemain matin, chacun d'eux eut des affaires qui l'obligeait à quitter Anzy, où Dinah resta seule avec sa mère, son mari et Lousteau.

Le dépit des trois Sancerrois organisa dans la ville une grande clameur. La chute de la Muse du Berry, du Nivernais et du Morvan fut accompagnée d'un vrai charivari de médisances, de calomnies et de conjectures diverses, parmi lesquelles figurait en première ligne l'histoire de la robe d'organdi. Jamais toilette de Dinah n'eut autant de succès, et n'éveilla plus l'attention des jeunes personnes qui ne s'expliquaient point les rapports entre l'amour et l'organdi dont riaient tant les femmes mariées. Le présidente Boirouge, furieuse de la mésaventure de son Gatien, oublia les éloges qu'elle avait prodigués au poëme de *Paquita la Sévillanne ;* elle fulmina des censures horribles contre une femme capable de publier une pareille infamie.

— La malheureuse fait ce qu'elle a écrit ! disait-elle. Peut-être finira-t-elle comme son héroïne !...

Il en fut de Dinah dans le Sancerrois comme du maréchal Soult dans les journaux de l'opposition : tant qu'il est ministre, il a perdu la bataille de Toulouse ; dès qu'il rentre dans le repos, il l'a gagnée ! Vertueuse, Dinah passait pour la rivale des Camille Maupin, des femmes les plus illustres ; mais heureuse, elle était *une malheureuse.*

Monsieur de Clagny défendit courageusement Dinah, il vint à plusieurs reprises au château d'Anzy pour avoir le droit de démentir le bruit qui courait sur celle qu'il adorait toujours, même tombée, et il soutint qu'il s'agissait entre elle et Lousteau d'une collaboration à un grand ouvrage. On se moqua du procureur du roi.

Le mois d'octobre fut ravissant, l'automne est la plus belle saison des vallées de la Loire ; mais en 1836 il fut particulièrement magnifique. La nature semblait être la complice du bonheur de Dinah, qui, selon les prédictions de Bianchon, arriva par degrés à un violent amour de cœur. En un mois, la châtelaine changea complètement. Elle fut étonnée de retrouver tant de facultés inertes, endormies, inutiles jusqu'alors. Lousteau fut un ange pour elle, car l'amour de cœur, ce besoin réel des âmes grandes, faisait d'elle une femme entièrement nouvelle. Dinah vivait! elle trouvait l'emploi de ses forces, elle découvrait des perspectives inattendues dans son avenir, elle était heureuse enfin, heureuse sans soucis, sans entraves. Cet immense château,

les jardins, le parc, la forêt, étaient si favorables à l'amour! Lousteau rencontra chez madame de la Baudraye une naïveté d'impression, une innocence, si vous voulez, qui la rendit originale : il y eut en elle du piquant, de l'imprévu, beaucoup plus que chez une jeune fille. Lousteau fut sensible à une flatterie qui chez presque toutes les femmes est une comédie ; mais qui chez Dinah fut vraie : elle appréciait de lui l'amour, il était bien le premier dans ce cœur. Enfin, il se donna la peine d'être excessivement aimable. Les hommes ont, comme les femmes d'ailleurs, un répertoire de récitatifs, de cantilènes, de nocturnes, de motifs, de rentrées (faut-il dire de recettes, quoiqu'il s'agisse d'amour ?), qu'ils croient leur exclusive propriété. Les gens arrivés à l'âge de Lousteau tâchent de distribuer habilement les pièces de ce trésor dans l'opéra d'une passion ; mais, en ne voyant qu'une bonne fortune dans son aventure avec Dinah, le Parisien voulut graver son souvenir en traits ineffaçables sur ce cœur, et il prodigua durant ce beau mois d'octobre ses plus coquettes mélodies et ses plus savantes barcarolles. Enfin, il épuisa les ressources de la mise en scène de l'amour, pour se servir d'une de ces expressions détournées de l'argot du théâtre et qui rend admirablement bien ce manège.

— Si cette femme-là m'oublie !... se disait-il parfois en revenant avec elle au château d'une longue promenade dans les bois, je ne lui en voudrai pas, elle aura trouvé mieux !...

Quand, de part et d'autre, deux êtres ont échangé les duos de cette délicieuse partition, et qu'ils se plaisent encore, on peut dire qu'ils s'aiment véritablement. Mais Lousteau ne pouvait pas avoir le temps de se répéter, car il comptait quitter Anzy dès les premiers jours de novembre, un feuilleton le rappelait à Paris. Avant déjeuner, la veille du départ projeté, le journaliste et Dinah virent arriver le petit la Baudraye avec un artiste de Nevers, un restaurateur de sculptures.

— De quoi s'agit-il? dit Lousteau, que voulez-vous faire à votre château ?

— Voici ce que je veux, répondit le petit vieillard en emmenant le journaliste, sa femme et l'artiste de province sur la terrasse.

Il montra sur la façade, au-dessus de la porte d'entrée, un précieux cartouche soutenu par deux sirènes, assez semblable à celui qui décore l'arcade actuellement condamnée par où l'on allait jadis du quai des Tuileries dans la cour du vieux Louvre, et au-dessus de laquelle on lit : *Bibliothèque du cabinet du roi.* Ce cartouche offrait le vieil écusson des d'Uxelles, qui *portent d'or et de gueules, à la fasce de l'un à l'autre, avec deux lions de chaque à dextre et d'or à senestre pour supports ; l'écu timbré du casque de chevalier, lambrequiné des émaux de l'écu et sommé de la couronne ducale.* Puis pour devise : *Cy paroist !* parole fière et sonnante.

— Je veux remplacer les armes de la maison d'Uxelles par les miennes ; et comme elles se trouvent répétées six fois dans les deux façades et dans les deux ailes, ce n'est pas une petite affaire.

— Vos armes d'hier ! s'écria Dinah, et après 1830!...

— N'ai-je pas constitué un majorat ?

— Je concevrais cela si vous aviez des enfans, lui dit le journaliste.

— Oh ! répondit le petit vieillard, madame de la Baudraye est encore jeune, il n'y a pas encore de temps perdu.

Cette fatuité fit sourire Lousteau, qui ne comprit pas monsieur de la Baudraye.

— Eh bien ! *Didine*, dit-il à l'oreille de madame de la Baudraye, à quoi bon tes remords ?

Dinah plaida pour obtenir un jour de plus, et les deux amans se firent leurs adieux à la manière de ces théâtres qui donnent dix fois de suite la dernière représentation d'une pièce à recettes. Mais combien de promesses échangées! combien de pactes solennels exigés par Dinah et conclus sans difficultés par l'impudent journaliste! Avec la supériorité d'une femme supérieure, Dinah conduisit, au vu et au su de tous le pays, Lousteau jusqu'à Cosne, en compagnie de sa mère et du petit la Baudraye.

Quand, dix jours après, madame de la Baudraye eut dans son salon à la Baudraye messieurs de Clagny, Gatien et Gravier, elle trouva moyen de dire audacieusement à chacun d'eux :

— Je dois à monsieur Lousteau d'avoir su que je n'étais pas aimée pour moi-même.

Et quelles belles tartines elle débita sur les hommes, sur la nature de leurs sentimens, sur le but de leur vil amour, etc. Des trois amans de Dinah, monsieur de Clagny, seul, lui dit : — Je vous aime *quand même !...* aussi Dinah le prit-elle pour confident et lui prodigua-t-elle toutes les douceurs d'amitié que les femmes confient pour les Gurth qui portent ainsi le collier d'un esclavage adoré.

De retour à Paris, Lousteau perdit en quelques semaines le souvenir des beaux jours passés au château d'Anzy. Voici pourquoi. Lousteau vivait de sa plume. Dans ce siècle, et surtout depuis le triomphe d'une bourgeoisie qui se garde bien d'imiter François Ier ou Louis XIV, vivre de sa plume est un travail auquel se refuseraient les forçats, ils préféraient la mort. Vivre de sa plume, n'est-ce pas créer aujourd'hui, demain, toujours... ou avoir l'air de créer ; or le semblant coûte aussi cher que le réel ! Outre son feuilleton dans un journal quotidien qui ressemblait au rocher de Sisyphe et qui tombait tous les lundis sur la barbe de sa plume, Etienne travaillait à trois ou quatre journaux littéraires. Mais, rassurez-vous ! il ne mettait aucune conscience d'artiste à ses productions. Le Sancerrois appartenait, par sa facilité, par son insouciance, si vous voulez, à ce groupe d'écrivains appelés du nom de *bons enfans.* En littérature, à Paris, de nos jours, la bonhomie est une démission donnée de toutes prétentions à une place quelconque. Lorsqu'on ne peut plus ou qu'on ne veut plus rien être, un écrivain se fait journaliste et bon enfant. On mène alors une vie assez agréable. Les débutans, les bas-bleus, les actrices qui commencent et celles qui finissent leurs carrières, auteurs et libraires, caressent ou choyent ces plumes à tout faire. Lousteau, devenu viveur, n'avait plus guère que son loyer à payer en fait de dépenses. Il avait des loges à tous les théâtres. La vente des livres dont il rendait ou ne rendait pas compte soldait son gantier ; aussi disait-il à ces auteurs qui s'impriment leurs frais : « J'ai toujours votre livre dans les mains. » Il percevait des amours-propres des redevances en dessins, en tableaux. Tous ses jours étaient pris par des dîners, ses soirées par le théâtre, la matinée par les amis, par des visites, par la flânerie. Son feuilleton, ses articles, et les deux nouvelles qu'il écrivait par an pour les journaux hebdomadaires, étaient l'impôt frappé sur cette vie heureuse. Etienne avait cependant combattu pendant dix ans pour arriver à cette position. Enfin connu de toute la littérature, aimé pour le bien comme pour le mal qu'il commettait avec une irréprochable bonhomie, il se laissait aller en dérive, insouciant de l'avenir. Il régnait au milieu d'une coterie de nouveaux venus, il avait des amitiés, c'est-à-dire des habitudes qui duraient depuis quinze ans, des gens avec lesquels il soupait, il dînait, et se livrait à ses plaisanteries. Il gagnait environ sept à huit cents francs par mois, somme que la prodigalité particulière aux pauvres rendait insuffisante. Aussi Lousteau se trouvait-il alors aussi misérable qu'à son début à Paris, quand il se disait : — Si j'avais cent cents francs par mois, je serais bien riche ! Voici la raison de ce phénomène.

Lousteau demeurait rue des Martyrs, dans un joli petit rez-de-chaussée à jardin, meublé magnifiquement. Lors de son installation, en 1833, il avait fait avec un tapissier un arrangement qui rogna son bien-être pendant long-temps. Cet appartement coûtait douze cents francs de loyer. Or, les mois de janvier, d'avril, de juillet et d'octobre étaient, selon son mot, des mois indigens. Le loyer et les notes du portier faisaient rafle. Lousteau n'en prenait pas moins des cabriolets, n'en dépensait pas moins une centaine de francs en déjeuners ; il fumait pour trente francs

de cigares, et ne savait refuser ni un dîner ni une robe à ses maîtresses de hasard. Il anticipait alors si bien sur le produit toujours incertain des mois suivans, qu'il ne pouvait pas plus se voir cent francs sur sa cheminée, en gagnant sept à huit cent francs par mois, que quand il en gagnait à peine deux cents en 1822.

Fatigué parfois de ces tournoiemens de la vie littéraire, ennuyé du plaisir comme l'est une courtisane, Lousteau quittait le courant, il s'asseyait parfois sur le penchant de la berge, et disait à de certains intimes, à Nathan, à Bixiou, tout en fumant un cigare au fond de son jardinet, devant un gazon toujours vert, grand comme une table à manger :

— Comment finirons-nous ? Les cheveux blancs nous font leurs sommations respectueuses !...

— Bah ! nous nous marierons, quand nous voudrons nous occuper de notre mariage autant que nous nous occupons d'un drame et d'un livre, disait Nathan.

— Et Florine ? répondit Bixiou.

— Nous avons tous une Florine, disait Etienne en jetant son bout de cigare sur le gazon, et pensant à madame Schontz.

Madame Schontz était une femme assez jolie pour pouvoir vendre très cher l'usufruit de sa beauté, tout en en conservant la nue propriété à Lousteau, son ami de cœur. Comme toutes ces femmes qui, du nom de l'église autour de laquelle elles se sont groupées, ont été nommées *lorettes,* elle demeurait rue Fléchier, à deux pas de Lousteau. Cette lorette trouvait une jouissance d'amour-propre à narguer ses amies en se disant aimée par un homme d'esprit. Ces détails sur la vie et les finances de Lousteau sont nécessaires ; car cette pénurie et cette existence de bohémien, à qui le luxe parisien était indispensable, devaient cruellement influer sur l'avenir de Dinah.

Ceux à qui la bohème de Paris est connue comprendront alors comment, au bout de quinze jours, le journaliste, replongé dans son milieu littéraire, pouvait rire de sa baronne, entre amis, et même avec madame Schontz. Quant à ceux qui trouveront ces procédés infâmes, il est à peu près inutile de leur en présenter des excuses inadmissibles.

— Qu'as-tu fait à Sancerre ? demanda Bixiou à Lousteau quand ils se rencontrèrent.

— J'ai rendu service à trois braves provinciaux, un receveur de contributions, un petit cousin et un procureur du roi, qui tournaient depuis dix ans, répondit-il, autour d'une de ces cent et une dixièmes muses qui ornent les départemens, sans y plus toucher qu'on ne touche à un plat monté du dessert, jusqu'à ce qu'un esprit fort y donne un coup de couteau...

— Pauvre garçon ! disait Bixiou, je disais bien que tu allais à Sancerre pour y mettre ton esprit au vert.

— Ton calembour est aussi détestable que ma Muse est belle, mon cher, répliqua Lousteau. Demande à Bianchon.

— Une muse et un poète, répondit Bixiou, ton aventure est alors un traitement homœopathique.

Le dixième jour, Lousteau reçut une lettre timbrée de Sancerre.

— Bien ! bien ! fit Lousteau. » Ami chéri, idole de mon cœur et de mon âme... » Vingt pages d'écriture ! une par jour, et datée de minuit ! Elle m'écrit quand elle est seule... Pauvre femme. Ah ! ah ! le « *Post-scriptum.* Je n'ose te demander de m'écrire comme je le fais, tous les jours ; mais j'espère avoir de mon bien-aimé deux lignes chaque se- » maine pour me tranquilliser... » Quel dommage de brûler cela ! c'est crânement écrit, se dit Lousteau, qui jeta les dix feuillets au feu après les avoir lus. Cette femme est née pour *faire de la copie.*

Lousteau craignait peu madame Schontz, de laquelle il était aimé *pour lui-même* ; mais il avait supplanté l'un de ses amis dans le cœur d'une marquise. La marquise, femme assez libre de sa personne, venait quelquefois à l'improviste chez lui, le soir, en fiacre, voilée, et se permettait, en qualité de femme de lettres, de fouiller dans tous les tiroirs. Huit jours, après, Lousteau, qui se souvenait à peine de Dinah, fut bouleversé par un nouveau paquet de Sancerre : huit feuillets ! seize pages ! Il entendit les pas d'une femme, il crut à quelque visite domiciliaire de la marquise, et jeta ces ravissantes et délicieuses preuves d'amour au feu.... sans les lire !

— Une lettre de femme ! s'écria madame Schontz en entrant, le papier, la cire sentent trop bonne...

— Monsieur, voici, dit un facteur des messageries en posant dans l'antichambre deux énormissimes bourriches. Tout est payé. Voulez-vous signer mon registre ?...

— Tout est payé ! s'écria madame Schontz. Ça ne peut venir que de Sancerre.

— Oui, madame, dit le facteur.

— Ta dixième muse est une femme de haute intelligence, dit la lorette en défaisant une bourriche pendant que Lousteau signait, j'aime une muse qui connaît le ménage, et qui fait à la fois des pâtés d'encre et des pâtés de gibier. Oh ! les belles fleurs ! s'écria-t-elle en découvrant la seconde bourriche. Mais il n'y a rien de plus beau dans Paris !... De quoi ? de quoi ? un lièvre, des perdreaux, un demi-chevreuil. Nous inviterons tes amis, et nous ferons un fameux dîner, car Athalie possède un talent particulier pour accommoder le chevreuil.

Lousteau répondit à Dinah ; mais au lieu de répondre avec son cœur, il fit de l'esprit. La lettre n'en fut que plus dangereuse, elle ressemblait à une lettre de Mirabeau à Sophie. Le style des vrais amans est limpide. C'est une eau pure qui laisse voir le fond du cœur entre deux rives ornées des riens de la vie, mais émaillées de ces fleurs de l'âme nées chaque jour, et dont le charme est enivrant, mais pour deux êtres seulement. Aussi, dès qu'une lettre d'amour peut faire plaisir au tiers qui la lit, est-elle à coup sûr sortie de la tête et non du cœur. Mais les femmes y seront toujours prises, elles croient alors être l'unique source de cet esprit.

Vers la fin du mois de décembre, Lousteau ne lisait plus les lettres de Dinah, qui s'accumulèrent dans un tiroir de sa commode toujours ouvert, sous ses chemises qu'elles parfumaient. Il advenait à Lousteau l'un de ces hasards que ces bohémiens doivent saisir par tous ses cheveux. Au milieu de ce mois, madame Schontz, qui s'intéressait beaucoup à Lousteau, le fit prier de passer chez elle un matin pour affaire.

— Mon cher, tu peux te marier, lui dit-elle.

— Souvent, ma chère, heureusement !

— Quand je dis te marier, c'est faire un beau mariage. Tu n'as pas de préjugés, on n'a pas besoin de gazer ; voici l'affaire. Une jeune personne a commis une faute, et la mère n'en sait pas le premier baiser. Le père est un honnête notaire plein d'honneur, il a eu la sagesse de ne rien ébruiter. Il veut marier sa fille en quinze jours, il donne une dot de cent cinquante mille francs, car il a trois autres enfans ; mais !... —pas bête,—il ajoute un supplément de cent mille francs de la main à la main pour couvrir le déchet. Il s'agit d'une vieille famille de la bourgeoisie, quartier des Lombards !

— Eh bien ! pourquoi l'amant n'épouse-t-il pas ?

— Mort.

— Quel roman ! il n'y a plus que rue des Lombards où les choses se passent ainsi...

— Mais ne vas-tu pas croire qu'un frère jaloux a tué le séducteur ?... Ce jeune homme est tout bêtement mort d'une pleurésie attrapée en sortant du spectacle. Premier clerc, et sans un liard, mon homme avait séduit la fille pour avoir l'étude ; en voilà une vengeance du ciel ?

— D'où sais-tu cela ?

— De Malaga, le notaire est son milord.

— Quoi, c'est Cardot, le fils de ce petit vieillard à queue et poudré, le premier ami de Florentine !...

— Précisément. Malaga, dont l'amant est un petit criquet de musicien de dix-huit ans, ne peut pas, en conscience, le marier à cet âge-là ; elle n'a encore aucune raison de lui en vouloir. D'ailleurs, monsieur Cardot veut un homme d'au moins trente ans. Ce notaire, selon moi, sera

très-flatté d'avoir pour gendre une célébrité. Ainsi, tâte-toi, mon bonhomme ! Tu payes tes dettes, tu deviens riche de douze mille francs de rente, et tu n'as pas l'ennui de te rendre père : en voilà des avantages ! Après tout, tu épouses une veuve consolable. Il y a cinquante mille livres de rente dans la maison, outre la charge ; tu ne peux donc pas avoir un jour moins de quinze autre mille francs de rente, et tu appartiens à une famille qui, politiquement, se trouve dans une belle position. Cardot est le beau-frère du vieux Camusot le député, qui est resté si longtemps avec Fanny Beaupré.

— Oui, dit Lousteau, Camusot le père a épousé la fille aînée à feu le petit père Cardot, et ils faisaient leurs farces ensemble.

— Eh bien ! reprit madame Schontz, madame Cardot, la notaresse, est une Chiffreville, des fabricans de produits chimiques, l'aristocratie d'aujourd'hui, quoi ! des Potasse ! Là est le mauvais côté : tu auras une terrible belle-mère... oh ! une femme à tuer sa fille si elle la savait *dans l'état où...*. Cette Cardot est dévote, elle a les lèvres comme deux faveurs d'un rose passé... Un viveur comme toi ne serait jamais accepté par cette femme-là, qui, dans une bonne intention, espionnerait ton ménage de garçon, et saurait tout ton passé ; mais Cardot fera, dit-il, usage de son pouvoir paternel. Le pauvre homme sera forcé d'être gracieux pendant quelques jours pour sa femme, une femme de bois, mon cher ; Malaga, qui l'a rencontrée, l'a nommée une brosse de pénitence, Cardot à quarante ans, il sera marié dans son arrondissement, il deviendra peut-être député. Il offre, à la place dans cent mille francs, de donner une jolie maison, rue Saint-Lazare, entre cour et jardin, qui ne lui a coûté que soixante mille francs à la débâcle de Juillet ; il te la vendrait, histoire de te fournir l'occasion d'aller et venir chez lui, de voir la fille, de plaire à la mère... Cela te constituerait un avoir aux yeux de madame Cardot. Enfin tu serais comme un prince, dans ce petit hôtel. Tu te feras nommer, par le crédit de Camusot, bibliothécaire à un ministère où il n'y aura pas de livres. Eh bien ! si tu places ton argent en cautionnement de journal, tu auras dix mille francs de rente, tu en gagnes six, la bibliothèque t'en donnera quatre... Trouve mieux ! Tu te marierais à un agneau sans tache, il pourrait se changer en femme légère au bout de deux ans... Que t'arrive-t-il ? un dividende anticipé. C'est la mode ! Si tu veux m'en croire, il faut venir dîner demain chez Malaga. Tu y verras ton beau-père, il saura l'indiscrétion, censée commise par Malaga, contre laquelle il ne peut se fâcher, et tu les domines alors. Quant à ta femme... Eh !... mais sa faute te laisse garçon...

— Ah ! ton langage n'est pas plus hypocrite qu'un boulet de canon.

— Je t'aime pour toi, voilà tout, et je raisonne. Eh bien ! qu'as-tu à rester là comme un Abd-el-Kader en cire ? Tu n'as pas à réfléchir. C'est pile ou face, le mariage. Eh bien ! tu as tiré pile ?

— Tu auras ma réponse demain, dit Lousteau.

— J'aimerais mieux l'avoir tout de suite, Malaga ferait l'article pour toi ce soir.

— Eh bien ! oui...

Lousteau passa la soirée à écrire à la marquise une longue lettre où il lui disait les raisons qui l'obligeaient à se marier ; sa constante misère, la paresse de son imagination, les cheveux blancs, sa fatigue morale et physique, enfin quatre pages de raisons.

— Quant à Dinah, je lui enverrai le billet de faire part, se dit-il. Comme dit Bixiou, je n'ai pas mon pareil pour savoir couper la queue à une passion...

Lousteau, qui fit d'abord des façons avec lui-même, en était arrivé le lendemain à craindre que ce mariage ne manquât. Aussi fut-il charmant avec le notaire.

— J'ai connu, lui dit-il, monsieur votre père chez Florentine, je devais vous connaître chez mademoiselle Turquet. Bon chien chasse de race. Il était très-bon enfant et philosophe, le petit père Cardot, car (vous permettez) nous l'appelions ainsi. Dans ce temps-là, Florine, Florentine, Tullia, Coralie et Mariette étaient comme les cinq doigts de la main... Il y a de cela maintenant quinze ans. Vous comprenez que mes folies ne sont plus à faire... Dans ce temps-là, le plaisir m'emportait, j'ai de l'ambition aujourd'hui ; mais nous sommes dans une époque où, pour parvenir, il faut être sans dettes, avoir une fortune, femme et enfans. Si je paye le cens, si je suis propriétaire de mon journal au lieu d'en être un rédacteur, je deviendrai député tout comme tant d'autres !

Maître Cardot goûta cette profession de foi. Lousteau s'était mis sous les armes, il plut au notaire, qui, chose assez facile à concevoir, eut plus d'abandon avec un homme qui avait connu les secrets de la vie de son père, qu'il n'en aurait eu avec tout autre. Le lendemain, Lousteau fut présenté, comme acquéreur de la maison rue Saint-Lazare, au sein de la famille Cardot, et il y dîna trois jours après.

Cardot demeurait dans une vieille maison auprès de la place du Châtelet. Tout était cossu chez lui. L'économie y mettait les moindres dorures sous des gazes vertes. Les meubles étaient couverts de housses. Si l'on n'éprouvait aucune inquiétude sur la fortune de la maison, on y éprouvait une envie de bâiller dès la première demi-heure. L'ennui siégeait sur tous les meubles. Les draperies pendaient tristement. La salle à manger ressemblait à celle d'Harpagon. Lousteau n'eût pas connu Malaga d'avance, à la seule inspection de ce ménage il aurait deviné que l'existence du notaire se passait sur un autre théâtre. Le journaliste aperçut une grande jeune personne blonde, à l'œil bleu, timide et langoureux à la fois. Il plut au frère aîné, quatrième clerc de l'étude, que la gloire littéraire attirait dans ses piéges, et qui devait être le successeur de Cardot. La sœur cadette avait douze ans. Lousteau, caparaçonné d'un petit air jésuite, fit l'homme religieux et monarchique avec la mère, il fut sobre, doucereux, posé, complimenteur.

Vingt jours après la présentation, au quatrième dîner, Félicie Cardot, qui étudiait Lousteau du coin de l'œil, alla lui offrir sa tasse de café, dans une embrasure de fenêtre, et lui dit à voix basse, les larmes dans les yeux : — Toute ma vie, monsieur, sera employée à vous remercier de votre dévouement pour une pauvre fille...

Lousteau fut ému, tant il y avait de choses dans le regard, dans l'accent, dans l'attitude.—Elle ferait le bonheur d'un honnête homme, se dit-il en lui pressant la main pour toute réponse.

Madame Cardot regardait son gendre comme un homme plein d'avenir ; mais, parmi toutes les belles qualités qu'elle lui supposait, elle était enchantée de sa moralité. Soufflé par le roué notaire, Etienne avait donné sa parole de n'avoir ni enfant naturel ni aucune liaison qui pût compromettre l'avenir de la chère Félicie.

— Vous pouvez me trouver un peu exagérée, disait la dévote au journaliste ; mais quand on donne une perle comme ma Félicie à un homme, on doit veiller à son avenir. Je ne suis pas de ces mères qui sont enchantées de se débarrasser de leurs filles. Monsieur Cardot va de l'avant, il presse le mariage de sa fille, il le voudrait fait. Nous ne différons qu'en ceci... Quoiqu'avec un homme comme vous, monsieur, un littérateur dont la jeunesse a été préservée de la démoralisation actuelle par le travail, on puisse être en sûreté ; néanmoins, vous vous moqueriez de moi si je mariais ma fille les yeux fermés. Je sais bien que vous n'êtes pas un innocent, et j'en serais bien fâchée pour ma Félicie (ceci fut dit à l'oreille), mais si vous aviez de ces liaisons... Tenez, monsieur, vous avez entendu parler de madame Roguin, la femme d'un notaire qui a eu, malheureusement pour notre cens, une si cruelle célébrité. Madame Roguin est liée, et cela depuis 1820, avec un banquier...

— Oui, du Tillet, répondit Etienne, qui se mordit la langue en songeant à l'imprudence avec laquelle il avouait connaître du Tillet.

— Eh bien ! monsieur, si vous étiez mère, ne trembleriez-vous pas en pensant que votre fille peut avoir le sort de madame du Tillet ? A son âge, et née de Grandville, avoir pour rivale une femme de cinquante ans passés !...

J'aimerais mieux voir ma fille morte que de la donner à un homme qui aurait des relations avec une femme mariée. Une grisette, une femme de théâtre, se prennent et se quittent ! Selon moi, ces femmes-là ne sont pas dangereuses, l'amour est un état pour elles, elles ne tiennent à personne, un de perdu, deux de retrouvés !... Mais une femme qui a manqué à ses devoirs doit s'attacher à sa faute, elle n'est excusable que par sa constance, si jamais un pareil crime est excusable ! C'est ainsi du moins que je comprends la faute d'une femme comme il faut, et voilà ce qui la rend redoutable...

Au lieu de chercher le sens de ces paroles, Etienne en plaisanta chez Malaga, où il se rendit avec son futur beau-père ; car le notaire et le journaliste étaient au mieux ensemble.

Lousteau s'était déjà posé devant ses intimes comme un homme important : sa vie allait enfin avoir un sens, le hasard l'avait choyé, il devenait sous peu de jours propriétaire d'un charmant petit hôtel rue Saint-Lazare ; il se mariait, il épousait une femme charmante, il aurait environ vingt mille livres de rente ; il pourrait donner carrière à son ambition ; il était aimé de la jeune personne, il appertenait à plusieurs familles honorables... Enfin, il voguait à pleines voiles sur le lac bleu de l'espérance.

Madame Cardot avait désiré voir les gravures de *Gil Blas*, un de ces livres *illustrés* que la librairie française entreprenait alors, et Lousteau la veille en avait remis les premières livraisons à madame Cardot. La notaresse avait son plan, elle n'empruntait le livre que pour le rendre, elle voulait un prétexte de tomber à l'improviste chez son gendre futur. A l'aspect de ce ménage de garçon, que son mari lui peignait comme charmant, elle en saurait plus, disait-elle, qu'on ne lui en disait sur les mœurs de Lousteau. Sa belle-sœur, madame Camusot, à qui le fatal secret était caché, s'effrayait de ce mariage pour sa nièce. Monsieur Camusot, conseiller à la cour royale, fils d'un premier lit, avait dit à sa belle-mère, madame Camusot, sœur de maître Cardot, des choses peu flatteuses sur le compte du journaliste. Lousteau, cet homme si spirituel, ne trouva rien d'extraordinaire à ce que la femme d'un riche notaire voulût voir un volume de quinze francs avant de l'acheter. Jamais l'homme d'esprit ne se baisse pour examiner les bourgeois, qui lui échappent à la faveur de cette inattention ; et, pendant qu'il se moque d'eux, ils ont le temps de le garrotter.

Dans les premiers jours de janvier 1837, madame Cardot et sa fille prirent une urbaine et vinrent, rue des Martyrs, rendre les livraisons du *Gil Blas* au futur de Félicie, enchantées toutes deux de voir l'appartement de Lousteau. Ces sortes de visites domiciliaires se font dans les vieilles familles bourgeoises. Le portier d'Etienne ne se trouva point : mais sa fille, en apprenant de la digne bourgeoise qu'elle parlait à la belle-mère et à la future de monsieur Lousteau, leur livra d'autant mieux la clef de l'appartement, que madame Cardot lui mit une pièce d'or dans la main.

Il était alors environ midi, l'heure à laquelle le journaliste revenait de déjeuner du café Anglais. En franchissant l'espace qui se trouve entre Notre-Dame-de-Lorette et la rue des Martyrs, Lousteau regarda par hasard un fiacre qui montait par la rue du Faubourg-Montmartre, et crut avoir une vision en y apercevant la figure de Dinah ! Il resta glacé sur ses deux jambes en trouvant effectivement sa Didine à la portière :

— Que viens-tu faire ici ? s'écria-t-il.

Le vous n'était pas possible avec une femme à renvoyer.

— Eh ! mon amour, s'écria-t-elle, n'as-tu donc pas lu mes lettres ?

— Si, répondit Lousteau.

— Eh bien ?

— Eh bien ?

— Tu es père ! répondit la femme de province.

— Bah ? s'écria-t-il sans prendre garde à la barbarie de cette exclamation. Enfin, se dit-il en lui-même, il faut la préparer à la catastrophe...

Il fit un signe au cocher de s'arrêter, donna la main à madame de la Baudraye, et laissa le cocher avec la voiture pleine de malles, en se promettant bien de renvoyer *illico*, se dit-il, la femme et ses paquets d'où elle venait.

— Monsieur ! monsieur ! cria la petite Paméla.

L'enfant avait de l'intelligence, et savait que trois femmes ne doivent pas se rencontrer dans un appartement de garçon.

— Bien ! bien ! fit le journaliste en entraînant Dinah.

Paméla crut alors que cette femme inconnue était une parente, elle ajouta cependant : — La clef est à la porte, votre belle-mère y est !

Dans son trouble, et en s'entendant dire par madame de la Baudraye une myriade de phrases, Etienne entendit : *ma mère y est*, la seule circonstance qui, pour lui, fût possible, et il entra. La future et la belle-mère, alors dans la chambre à coucher, se tapirent dans un coin en voyant l'entrée d'Etienne et d'une femme.

— Enfin, mon Etienne, mon ange, je suis à toi pour la vie ! s'écria Dinah en lui sautant au cou et l'étreignant pendant qu'il mettait la clef en dedans. La vie était une agonie perpétuelle pour moi dans ce château d'Anzy, je n'y tenais plus, et, le jour où il a fallu déclarer ce qui fait mon bonheur, eh bien ! je ne m'en suis jamais senti la force. Je t'amène ta femme et ton enfant ! Oh ! ne pas m'écrire ! me laisser deux mois sans nouvelles !...

— Mais, Dinah ! tu me mets dans un embarras...

— M'aimes-tu ?...

— Comment ne t'aimerais-je pas ? Mais ne valait-il pas mieux rester à Sancerre... Je suis ici dans la plus profonde misère, et j'ai peur de te la faire partager...

— Ta misère sera le paradis pour moi. Je veux vivre ici, sans jamais en sortir.

— Mon dieu ! c'est joli en paroles, mais....

Dinah s'assit et fondit en larmes, en entendant cette phrase dite avec brusquerie. Lousteau ne put résister à cette explosion, il serra la baronne dans ses bras, et l'embrassa.

— Ne pleure pas, Didine ! s'écria-t-il.

En lâchant cette phrase, le feuilletoniste aperçut dans la glace le fantôme de madame Cardot, qui, du fond de la chambre, le regardait.

— Allons, Didine, va toi-même avec Paméla voir déballer tes malles, lui dit-il à l'oreille. Va, ne pleure pas, nous serons heureux.

Il la conduisit jusqu'à la porte, et revint vers la notaresse pour conjurer l'orage.

— Monsieur, lui dit madame Cardot, je m'applaudis d'avoir voulu voir par moi-même le ménage de celui qui devait être mon gendre. Dût ma Félicie en mourir, elle ne sera pas la femme d'un homme tel que vous. Vous vous devez au bonheur de votre Didine, monsieur.

Et la dévote sortit en emmenant Félicie, qui pleurait aussi, car Félicie s'était habituée à Lousteau. L'affreuse madame Cardot remonta dans son urbaine en regardant avec une insolente fixité la pauvre Dinah, qui sentait encore dans son cœur le coup de poignard du. *C'est joli en paroles* mais qui, semblable à toutes les femmes aimantes, croyait néanmoins à : *Ne pleure pas, Didine*

Lousteau, qui ne manquait pas de cette espèce de résolution que donnent les hasards d'une vie agitée, se dit : — Didine a de la noblesse, une fois prévenue de mon mariage, elle s'immolera à mon avenir, et je sais comment m'y prendre pour l'en instruire.

Enchanté de trouver une ruse dont le succès lui parut certain, il se mit à danser sur un air connu : — Larifla ! fla, fla ! Puis, une fois Didine emballée, reprit-il en se parlant à lui-même, j'irai faire une visite et un roman à maman Cardot : j'aurai séduit ma Félicie à Saint-Eustache.. Félicie, coupable par amour, porte dans son sein le gage de notre bonheur, et... larifla, fla, fla !... le père ne peut pas me démentir, fla, fla... ni la fille... larifla ! *Ergo* le notaire, sa femme et sa fille sont enfoncés, larifla, fla, fla !...

À son grand étonnement, Dinah surprit Etienne dansant une danse prohibée.

— Ton arrivée et notre bonheur me rendent ivre de joie ! . lui dit-il en lui expliquant ainsi ce mouvement de folie.

— Et moi qui ne me croyais plus aimée ! s'écria la pauvre femme en lâchant le sac de nuit qu'elle apportait, et pleurant de plaisir sur le fauteuil où elle se laissa tomber.

— Emménage-toi, mon ange, dit Etienne en riant sous cape, j'ai deux mots à écrire afin de me dégager d'une partie de garçon, car je veux être tout à toi. Commande, tu es ici chez toi.

Etienne écrivit à Bixiou.

» Mon cher, ma baronne me tombe sur les bras, et va
» me faire manquer mon mariage si nous ne mettons pas en
» scène une des ruses les plus connues des mille et un vau-
» devilles du Gymnase. Donc, je compte sur toi pour venir,
» en vieillard de Molière, gronder ton neveu Léandre sur
» sa sottise, pendant que la dixième Muse sera cachée dans
» ma chambre. Il s'agit de la prendre par les sentiments,
» frappe fort, sois méchant, blesse-la. Quant à moi, tu
» comprends, j'exprime un dévouement aveugle. Viens, si
» tu peux, à sept heures.

» Tout à toi, »
» E. LOUSTEAU.

Une fois cette lettre envoyée par un commissionnaire à l'homme de Paris qui se plaisait le plus à ces railleries que les artistes ont nommées *des charges*, Lousteau parut empressé d'installer chez lui la Muse de Sancerre ; il s'occupa de l'emménagement de tous les effets qu'elle avait apportés; il la mit au fait des êtres et des choses du logis avec une bonne foi si parfaite, avec un plaisir qui débordait si bien en paroles et en caresses, que Dinah put se croire la femme du monde la plus aimée. Cet appartement, où les moindres choses portaient le cachet de la mode, lui plaisait beaucoup plus que son château d'Anzy. Paméla Migeon, cette intelligente petite fille de quatorze ans, fut questionnée par le journaliste à cette fin de savoir si elle voulait devenir la femme de chambre de l'imposante baronne. Paméla ravie entra sur-le-champ en fonctions en allant commander le dîner chez un restaurateur du boulevard. Dinah comprit alors quel était le dénûment caché sous le luxe purement extérieur de ce ménage de garçon en n'y voyant aucun des ustensiles nécessaires à la vie. Tout en prenant possession des armoires, des commodes, elle forma les plus doux projets: elle changerait les mœurs de Lousteau, elle le rendrait casanier, elle lui compléterait son bien-être au logis. La nouveauté de sa position en cachait le malheur à Dinah, qui voyait dans un mutuel amour l'absolution de sa faute, et qui ne portait pas encore les yeux au delà de cet appartement. Paméla, dont l'intelligence était égale à celle d'une lorette, alla droit chez madame Schontz lui demander de l'argenterie, en lui racontant ce qui venait d'arriver à Lousteau. Après avoir tout mis chez elle à la disposition de Paméla, madame Schontz courut chez Malaga, son amie intime, afin de prévenir Cardot du malheur advenu à son futur gendre.

Sans inquiétude sur la crise qui affectait son mariage, le journaliste fut de plus en plus charmant pour la femme de province. Le dîner occasionna ces délicieux enfantillages des amans devenus libres et heureux d'être enfin à eux-mêmes. Le café pris, au moment où Lousteau tenait sa Dinah sur ses genoux devant le feu, Paméla se montra tout effarée.

— Voici monsieur Bixiou ! que faut-il lui dire ? demande-t-elle.

— Entre dans la chambre, dit le journaliste à sa maîtresse, je l'aurai bientôt renvoyé, c'est un de mes plus intimes amis, à qui d'ailleurs il faut avouer mon *nouveau* genre de vie.

— Oh ! oh ! deux couverts et un chapeau de velours gros-bleu ! s'écria le compère... je m'en vais... Voilà ce que c'est que de se marier, on fait ses adieux. Comme on se trouve riche quand on déménage, hein !

— Est-ce que je me marie ! dit Lousteau.

— Comment! tu ne te maries plus, à présent? s'écria Bixiou.

— Non!

— Non! Ah çà! que t'arrive-t-il, ferais-tu par hasard des sottises? Quoi!... toi qui, par une bénédiction du ciel, as trouvé vingt mille francs de rente, un hôtel, une femme appartenant aux premières familles de la haute bourgeoisie, enfin une femme de la rue des Lombards...

— Assez, assez, Bixiou, tout est fini, va-t'en!

— M'en aller! j'ai les droits de l'amitié, j'en abuse. Que t'est-il arrivé?

— Il m'est arrivé cette dame de Sancerre, elle est mère, et nous allons vivre ensemble, heureux le reste de nos jours... Tu sauras cela demain, autant te l'apprendre aujourd'hui.

— » Beaucoup de tuyaux de cheminée qui me tombent sur la tête, » comme dit Arnal. Mais si cette femme t'aime pour toi, mon cher, elle s'en retournera d'où elle vient. Est-ce qu'une femme de province a jamais pu avoir le pied marin à Paris? elle te fera souffrir dans tous tes amours-propres. Oublies-tu ce qu'est une femme de province? mais elle a le bonheur aussi ennuyeux que le malheur, elle déploie autant de talent à éviter la grâce que la Parisienne en met à l'inventer. Ecoute, Lousteau, que la passion te fasse oublier en quel temps nous vivons, je le conçois; mais, moi, ton ami, je n'ai pas de bandeau mythologique sur les yeux... Eh bien! examine la position. Tu roules, depuis quinze ans, dans le monde littéraire, tu n'es plus jeune, tu marches sur tes tiges, tant tu as marché!... Oui, mon bonhomme, tu fais comme les gamins de Paris, qui pour cacher les trous de leurs bas les remploient, et tu as le mollet aux talons!... Enfin ta plaisanterie est vieillotte. Ta phrase est plus connue qu'un remède secret...

— Je te dirai, comme le régent au cardinal Dubois: » *Assez de coups de pied comme ça!* » s'écria Lousteau tout en riant.

— Oh! vieux jeune homme, répondit Bixiou, tu sens le fer de l'opérateur à ta plaie. Tu t'es épuisé, n'est-ce pas! Eh bien! dans le feu de la jeunesse, sous la pression de la misère, qu'as-tu gagné? Tu n'es pas en première ligne et tu n'as pas mille francs à toi. Voilà ta position chiffrée. Pourras-tu, dans le déclin de tes forces, soutenir par ta plume un ménage, quand ta femme, si elle est honnête, n'aura pas les ressources d'une lorette pour extraire *un billet de mille* des profondeurs où l'homme le garde? Tu t'enfonces dans *le troisième dessous* du théâtre social... Ceci n'est que le côté financier. Voyons le côté politique! Tu navigues dans une époque essentiellement bourgeoise, où l'honneur, la vertu, la délicatesse, le talent, le savoir, le génie en un mot, consiste à payer ses billets, à ne rien devoir à personne, et à bien faire ses petites affaires. Soyez rangé, soyez décent, ayez femme et enfant, acquittez vos loyers et vos contributions, montez votre garde, soyez semblable à tous les fusiliers de votre compagnie, et vous pouvez prétendre à tout, devenir ministre, avoir des chances, puisque tu n'es pas un Montmorency! Tu allais remplir toutes les conditions voulues pour être un homme politique, tu pouvais faire toutes les saletés exigées pour l'emploi, même jouer la médiocrité, tu aurais été presque nature. Et, pour femme qui te plantera là, au terme de toutes les passions éternelles, dans cinq ou sept ans, après avoir consommé tes dernières forces intellectuelles et physiques, tu tournes le dos à la sainte famille, à la rue des Lombards, à tout un avenir politique, à trente mille francs de rente, à la considération... Est-ce là par où devait finir un homme qui n'avait plus d'illusions?... Tu ferais pot-bouille avec une actrice qui te rendrait heureux, voilà ce qui s'appelle une question de cabinet; mais vivre avec une femme mariée!... c'est tirer à vue le malheur! c'est avaler toutes les couleuvres du vice sans en avoir les plaisirs...

— Assez, te dis-je, tout finit par un mot: j'aime madame de la Baudraye et je la préfère à toutes les fortunes du monde... à toutes les positions... J'ai pu me laisser aller à une bouffée d'ambition... mais tout cède au bonheur d'être père.

— Ah! tu donnes dans la paternité; mais, malheureux, nous ne sommes les pères que des enfans de nos femmes légitimes! Qu'est-ce que c'est qu'un moutard qui ne porte pas notre nom? c'est le dernier chapitre d'un roman! On te l'enlèvera, ton enfant! Nous avons vu ce sujet-là dans vingt vaudevilles depuis dix ans... La société vous connus, je vous vois malheureux, triste-à-pattes, sans considération, sans fortune, vous battant comme les actionnaires d'une commandite attrapés par leur gérant! Votre gérant, à vous, c'est le bonheur.

— Pas un mot de plus, Bixiou.

— Mais je commence à peine. Ecoute, mon cher. On a beaucoup attaqué le mariage depuis quelque temps; mais à part son avantage d'être la seule manière d'établir les successions, comme il offre aux jolis garçons sans le sou un moyen de faire fortune en deux mois, il résiste à tous ses inconvéniens! Aussi, n'y a-t-il pas de garçon qui ne se repente tôt ou tard d'avoir manqué par sa faute un mariage de trente mille livres de rentes...

— Tu ne veux donc pas me comprendre! s'écria Lousteau d'une voix exaspérée, va-t'en; Elle est là...

— Pardon, pourquoi ne pas me l'avoir dit plus tôt?... tu es majeur... et elle aussi, fit-il d'un ton plus bas, mais assez haut cependant pour être entendu de Dinah. Elle te fera joliment repentir de son bonheur.

— Si c'est une folie, je veux la faire... Adieu!

— Un homme à la mer! cria Bixiou.

— Que le diable emporte ces amis qui se croient le droit de vous chapitrer! dit Lousteau en ouvrant la porte de sa chambre, où il trouva sur un fauteuil madame la Baudraye, affaissée, étanchant ses yeux avec un mouchoir brodé.

— Que suis-je venue faire ici?... dit-elle. Oh! mon Dieu! pourquoi?... Etienne, je ne suis pas si femme de province que vous le croyez... Vous vous jouez de moi.

— Chère ange, répondit Lousteau, qui prit Dinah dans ses bras, la souleva du fauteuil, et l'amena quasi morte dans le salon, nous avons chacun échangé notre avenir, sacrifice contre sacrifice. Pendant que j'aimais à Sancerre, on me mariait ici; mais je résistais... va, j'étais bien malheureux!

— Oh! je pars! s'écria Dinah en se dressant comme une folle et faisant deux pas vers la porte.

— Tu resteras, ma Didine, tout est fini. Va! cette fortune est-elle si bon marché? ne dois-je pas épouser une grande blonde dont le nez est sanguinolent, la fille d'un notaire, et endosser une belle-mère qui rendrait des points à madame Piédefer en fait de dévotion...

Paméla se précipita dans le salon, et vint dire à l'oreille de Lousteau: — Madame Schontz!...

Lousteau se leva, laissa Dinah sur le divan et sortit.

— Tout est fini, mon bichon, lui dit la lorette. Cardot ne veut pas se brouiller avec sa femme à cause d'un gendre. La dévote a fait une scène... une scène sterling! Enfin, le premier clerc actuel, qui était second premier clerc depuis deux ans, accepte la fille et l'étude.

— Le lâche! s'écria Lousteau. Comment, en deux heures, il a pu se décider!

— Mon Dieu! c'est bien simple. Le drôle, qui avait les secrets du premier clerc défunt, a deviné la position du patron en saisissant quelques mots de la querelle avec madame Cardot. Le notaire compte sur ton honneur et sur ta délicatesse, car tout est convenu. Le clerc, dont la conduite est excellente, il se donnait le genre d'aller à la messe! un petit hypocrite fini, quoi! plaît à la notaresse. Cardot et toi, vous resterez amis. Il va devenir directeur d'une compagnie financière immense, il pourra te rendre service. Ah! tu te réveilles d'un beau rêve.

— Je perds une fortune, une femme, et...

— Une maîtresse, dit madame Schontz en souriant, car te voilà plus que marié, tu seras embêtant, tu voudras rentrer chez toi, tu n'auras plus rien de décousu, ni dans tes habits, ni dans les allures. Laisse-la-moi voir par le trou de la porte? demanda la lorette. Il n'y a pas, s'écria-t-il, de plus bel animal dans le désert, tu es volé! C'est digne, c'est sec, c'est pleurard, il lui manque le turban de lady Dudley.

Et la lorette se sauva.

— Qu'y a-t-il encore?... demanda madame de la Baudraye, à l'oreille de laquelle avaient retenti le froufrou de la robe de soie et les murmures d'une voix de femme.

— Il y a, mon ange, s'écria Lousteau, que nous sommes indissolublement unis!... On vient de m'apporter une réponse verbale à la lettre que tu m'as vu écrire, et par laquelle je rompais mon mariage.

— C'est là cette partie dont tu te dégageais?

— Oui!

— Oh! je serais plus que ta femme, je te donne ma vie, je veux être ton esclave!... dit la pauvre créature abusée. Je ne croyais pas qu'il me fût possible de t'aimer davantage!... Je ne serai donc pas un accident dans ta vie, je serai toute ta vie!...

— Oui, ma belle, ma noble Didine...

— Jure-moi, reprit-elle, que nous ne pourrons être séparés que par la mort!...

Lousteau voulut embellir son serment de ses plus séduisantes chatteries. Voici pourquoi.

De la porte de son appartement, où il avait reçu le baiser d'adieu de la lorette, à celle du salon où gisait la Muse étourdie de tant de chocs successifs, Lousteau s'était rappelé l'état précaire du petit la Baudraye, sa fortune, et ce mot de Bianchon sur Dinah : « Ce sera une riche veuve! » Et il se dit en lui-même : — J'aime mieux cent fois madame de la Baudraye que Félicie pour femme!

Aussi partit-il promptement pris : il décida de jouer l'amour avec une admirable perfection, et son lâche calcul, sa violente passion, eurent de fâcheux résultats. En effet, pendant le voyage de Sancerre à Paris, madame de la Baudraye avait médité de vivre dans un appartement à elle, à deux pas de Lousteau; mais les preuves d'amour que son amant venait de lui donner, en renonçant à ce bel avenir, et surtout le bonheur si complet des premiers jours de ce mariage illégal, l'empêchèrent de parler de cette séparation. Le lendemain devait être et fut ce milieu de la quelle une pareille proposition faite à son ange eût produit la plus horrible discordance. De son côté, Lousteau, qui voulait tenir Dinah dans sa dépendance, la maintint dans une ivresse continuelle, à coups de fêtes. Ces événemens empêchèrent donc ces deux êtres si spirituels d'éviter le bourbier où ils tombèrent, celui d'une cohabitation insensée dont malheureusement tant d'exemples existent, à Paris, dans le monde littéraire.

Ainsi fut accompli dans toute sa teneur le programme de l'amour en province, si railleusement tracé par madame de la Baudraye à Lousteau, mais dont, ni l'un ni l'autre, ils ne se souvinrent. La passion est sourde et muette de naissance.

Cet hiver fut donc, à Paris, pour madame de la Baudraye, tout ce que le mois d'octobre avait été pour elle à Sancerre.

Etienne, pour initier sa femme à la vie de Paris, entremêla cette nouvelle lune de miel de parties de spectacle où Dinah ne voulut aller qu'en baignoires. Au début, madame de la Baudraye garda quelques vestiges de sa pruderie provinciale, elle eut peur d'être vue, elle cacha son bonheur. Elle disait : « Monsieur de Clagny, monsieur Gravier, sont capables de me suivre! » Elle craignait Sancerre à Paris Lousteau, dont l'amour-propre était excessif, fit l'éducation de Dinah, il la conduisit chez les meilleures faiseuses, et lui montra les jeunes femmes alors à la mode en les lui recommandant comme des modèles à suivre. Aussi l'extérieur provincial de madame de la Baudraye changea-t-il promptement. Lousteau, rencontré par ses amis, reçut des complimens sur sa conquête. Pendant cette saison, Etienne produisit peu de littérature, et s'endetta considérablement,

quoique la fière Dinah eût employé toutes ses économies à sa toilette, et crût n'avoir pas causé la plus légère dépense à son chéri. Au bout de trois mois, Dinah s'était acclimatée, elle s'était enivrée de musique aux Italiens, elle connaissait les répertoires de tous les théâtres, leurs acteurs, les journaux et les plaisanteries du moment; elle s'était accoutumée à cette vie de continuelles émotions, à ce courant rapide où tout s'oublie. Elle ne tendait plus le cou, ne mettait plus le nez en l'air, comme une statue de l'Etonnement, à propos des continuelles surprises que Paris offre aux étrangers. Elle savait respirer l'air de ce milieu spirituel, animé, fécond, où les gens d'esprit se sentent dans leur élément, et qu'ils ne peuvent plus quitter.

Un matin, en lisant les journaux, que Lousteau recevait tous, deux lignes lui rappelèrent Sancerre et son passé, deux lignes auxquelles elle n'était pas étrangère et que voici :

» Monsieur le baron de Clagny, procureur du roi près le tribunal de Sancerre, est nommé substitut du procureur général près la cour royale de Paris. »

— Comme il t'aime, ce vertueux magistrat! dit en souriant le journaliste.

— Pauvre homme! répondit-elle. Que te disais-je? il me suit.

En ce moment, Etienne et Dinah se trouvaient dans la phase la plus brillante et la plus complète de la passion, à cette période où l'on s'est habitué parfaitement l'un à l'autre, et où néanmoins l'amour conserve sa saveur. On se connaît, mais on ne s'est pas encore compris, on n'a pas repassé dans les mêmes plis de l'âme, on ne s'est pas étudié de manière à savoir, comme plus tard, la pensée, les paroles, le geste, à propos des plus grands comme des plus petits événemens. On est dans l'enchantement, il n'y a pas eu de collision, de divergences d'opinions, de regards indifférens. Les âmes vont à tout propos du même côté. Aussi, Dinah disait-elle à Lousteau de ces magiques paroles accompagnées d'expressions, de ces regards plus magiques encore que toutes les femmes trouvent alors.

— Tue-moi quand tu ne m'aimeras plus. — Si tu ne m'aimais plus, je crois que je pourrais te tuer et me tuer après.

A ces délicieuses exagérations, Lousteau répondait à Dinah : — Tout ce que je demande à Dieu c'est de te voir ma constance. Ce sera toi qui m'abandonneras.

— Mon amour est absolu...

— Absolu, répéta Lousteau. Voyons! Je suis entraîné dans une partie de garçon, je retrouve une de mes anciennes maîtresses, elle se moque de moi; par vanité, je fais l'homme libre, et je ne rentre que le lendemain matin ici... M'aimerais-tu toujours?

— Une femme n'est certaine d'être aimée que quand elle est préférée, et si tu me revenais, si... oh! tu me ferais comprendre le bonheur de pardonner une faute à celui qu'on adore...

— Eh bien! je suis donc aimé pour la première fois de ma vie! s'écriait Lousteau.

— Enfin, tu t'en aperçois! répondait-elle.

Lousteau proposa d'écrire une lettre où chacun d'eux expliquerait les raisons qui l'obligeraient à finir pas un suicide; et, avec cette lettre en sa possession, chacun d'eux pourrait tuer sans danger l'infidèle. Malgré leurs paroles échangées, ni l'un ni l'autre ils n'écrivirent leur lettre.

Heureux pour le moment, le journaliste se promettait de bien tromper Dinah quand il en serait las, et de tout sacrifier aux exigences de cette tromperie. Pour lui, madame de la Baudraye était une fortune. Néanmoins, il subit un joug. En se mariant ainsi, madame de la Baudraye laissa voir et la noblesse de ses pensées, et cette puissance qui donne le respect de soi-même. Dans cette intimité complète, où chacun dépose son masque, la jeune femme conserva de la pudeur, montra sa probité virile et cette force particulière aux ambitions qui faisait la base de son caractère. Aussi Lousteau conçut-il pour elle une involontaire estime. Devenue Parisienne, Dinah fut d'ailleurs supérieure à la plus charmante lorette : elle pouvait être amusante, dire des mots comme Malaga; mais son instruction, les habitudes de son esprit, ses immenses lectures, lui permettaient de généraliser son esprit; tandis que les Schontz et les Florine n'exercent le leur que sur un terrain très circonscrit.

— Il y a chez Dinah, disait Etienne à Bixiou, l'étoffe d'une Ninon et d'une Staël. — Une femme chez qui l'on trouve une bibliothèque et un sérail est bien dangereuse, répondit le railleur.

Une fois sa grossesse devenue visible, madame de la Baudraye résolut de ne plus quitter son appartement; mais, avant de s'y renfermer, de ne plus se promener que dans la campagne, elle voulut assister à la première représentation d'un drame de Nathan. Cette espèce de solennité littéraire occupait les deux mille personnes qui se croient tout Paris. Dinah, qui n'avait jamais vu de première représentation, éprouvait une curiosité bien naturelle. Elle en était d'ailleurs arrivée à un tel degré d'affection pour Lousteau, qu'elle se glorifiait de sa faute; elle mettait une force sauvage à heurter le monde, elle voulait le regarder en face sans détourner la tête. Elle fit une toilette ravissante, appropriée à son air souffrant, à la maladive morbidesse de sa figure. Son teint pâli lui donnait une expression distinguée, et ses cheveux noirs en bandeaux faisaient encore ressortir cette pâleur. Ses yeux gris étincelans semblaient plus beaux cernés par la fatigue. Mais une horrible souffrance l'attendait. Par un hasard assez commun, la loge donnée au journaliste, aux premières, était à côté de celle louée par Anna Grossetête. Ces deux amies intimes ne se saluèrent pas, et ne voulurent se reconnaître ni l'une ni l'autre.

Après le premier acte, Lousteau quitta sa loge et y laissa Dinah seule, exposée au feu de tous les regards, à la clarté de tous les lorgnons, tandis que la baronne de Fontaine et la comtesse Marie de Vandenesse, venue avec Anna, reçurent quelques-uns des hommes les plus distingués du grand monde. La solitude où restait Dinah fut un supplice d'autant plus grand, qu'elle ne sut pas se faire une contenance avec sa lorgnette en examinant les loges; elle eut beau prendre une pause noble et pensive, laisser son regard dans le vide, elle se sentait trop le point de mire de tous les yeux; elle ne put cacher sa préoccupation, elle fut un peu provinciale, elle étala son mouchoir, elle fit convulsivement des gestes qu'elle s'était interdits. Enfin, dans l'entr'acte du second au troisième acte, un homme se fit ouvrir la loge de Dinah! monsieur de Clagny se montra respectueux, mais triste.

— Je suis heureuse de vous voir pour vous exprimer tout le plaisir que m'a causé votre promotion, dit-elle.

— Eh! madame, pour qui suis-je venu à Paris?...

— Comment? dit-elle. Serais-je donc pour quelque chose dans votre nomination?

— Pour tout. Dès que vous n'avez plus habité Sancerre, Sancerre m'est devenu insupportable: j'y mourais...

Dinah tendit la main au substitut.

— Votre amitié sincère me fait du bien, dit-elle. Je suis dans une situation à choyer mes vrais amis, maintenant je sais quel est leur prix... Je croyais avoir perdu votre estime; mais le témoignage que vous m'en donnez par votre visite me touche plus que vos dix ans d'attachement.

— Vous êtes le sujet de la curiosité de toute la salle, reprit le substitut. Ah! chère, était-ce là votre rôle? Ne pouviez-vous pas être heureuse et rester honorée?... Je viens d'entendre dire que vous êtes la maîtresse de monsieur Etienne Lousteau, que vous vivez ensemble maritalement!... Vous avez rompu pour toujours avec la société, même pour le temps où, si vous épousiez votre amant, vous aurez besoin de cette considération que vous méprisez aujourd'hui... Ne devriez-vous pas être chez vous, avec votre mère, qui vous aime assez pour vous couvrir de son égide; au moins les apparences seraient gardées...

— J'ai le tort d'être ici, répondit-elle, voilà tout. J'ai dit adieu sans retour à tous les avantages que le monde accorde aux femmes qui savent accommoder leur bonheur avec les convenances. Mon abnégation est si complète, que

j'aurais voulu tout abattre autour de moi pour faire de mon amour un vaste désert plein de Dieu, de *lui*, et de moi... Nous nous sommes fait l'un à l'autre trop de sacrifices pour ne pas être unis; unis par la honte, si vous voulez, mais indissolublement unis... Je suis heureuse, et si heureuse, que je puis vous aimer à mon aise, en ami, vous donner plus de confiance que par le passé; car maintenant il me faut un ami!...

Le magistrat fut vraiment grand et même sublime. A cette déclaration où vibrait l'âme de Dinah, il répondit d'un son de voix déchirant: — Je voudrais aller vous voir afin de savoir si vous êtes aimée... je serais tranquille, votre avenir ne m'effrayerait plus... Votre ami comprendra-t-il la grandeur de vos sacrifices, et y a-t-il de la reconnaissance dans son amour?...

— Venez rue des Martyrs, et vous verrez!

— Oui, j'irai, dit-il. J'ai déjà passé devant la porte sans oser vous demander. Vous ne connaissez pas encore la littérature, reprit-il. Certes, il s'y trouve de glorieuses exceptions: mais ces gens de lettres traînent avec eux des maux inouïs, parmi lesquels je compte en première ligne la publicité, qui flétrit tout! Une femme commet une faute avec...

— Un procureur du roi, dit la baronne en souriant.

— Eh bien! après une rupture, il y a quelques ressources, le monde n'a rien su; mais, avec un homme plus ou moins célèbre, le public a tout appris. Eh! tenez... quel exemple vous en avez là, sous les yeux. Vous êtes dos à dos avec la comtesse Marie de Vandenesse, qui a failli faire les dernières folies pour un homme plus célèbre que Lousteau, pour Nathan, et les voilà séparés à ne se reconnaître... Après être allée au bord de l'abîme, la comtesse a été sauvée on ne sait comment; elle n'a quitté ni son mari, ni sa maison; mais, comme il s'agissait d'un homme célèbre, on a parlé d'elle pendant tout un hiver. Sans la grande fortune, le grand nom et la position de son mari; sans l'habileté de la conduite de cet homme d'Etat, qui s'est montré, dit-on, excellent pour sa femme, elle eût été perdue: à sa place, toute autre femme n'aurait pu rester honorée comme elle l'est...

— Comment était Sancerre quand vous l'avez quitté? dit madame de la Baudraye pour changer la conversation.

— Monsieur de la Baudraye a dit que votre tardive grossesse exigeait que vos couches se fissent à Paris, et qu'il avait exigé que vous y allassiez pour y avoir les soins des princes de la médecine, répondit le substitut en devinant bien ce que Dinah voulait savoir. Ainsi, malgré le tapage qu'a fait votre départ, jusqu'à ce soir vous étiez encore dans la *légalité*.

— Ah! s'écria-t-elle, monsieur de la Baudraye conserve encore des espérances?

— Votre mari, madame a fait comme toujours: il a calculé.

Le magistrat quitta la loge en voyant le journaliste y entrer, et il le salua dignement.

— Tu as plus de succès que la pièce, dit Etienne à Dinah.

Ce court moment de triomphe apporta plus de joie à cette femme qu'elle n'en avait eu pendant toute sa vie en province; mais, en sortant du théâtre, elle était pensive.

— Qu'as-tu, ma Didine? demanda Lousteau.

— Je me demande comment une femme peut dompter le monde?

— Il y a deux manières: être madame de Staël, ou posséder deux cent mille francs de rentes?

— La société, dit-elle, nous tient par la vanité, par l'envie de paraître... Bah! nous serons philosophes!

Cette soirée fut le dernier éclair de l'aisance trompeuse où madame de la Baudraye vivait depuis son arrivée à Paris. Trois jours après elle aperçut des nuages sur le front de Lousteau, qui tournait dans son jardinet, autour du gazon, en fumant un cigare. Cette femme, à qui les mœurs du petit la Baudraye avaient communiqué l'habitude et le plaisir de ne jamais rien devoir, apprit que son ménage était sans argent. en présence de deux termes de loyer, à la veille enfin d'un *commandement* ! Cette réalité de la vie parisienne entra dans le cœur de Dinah comme une épine ; elle se repentit d'avoir entraîné Lousteau dans les dissipations de l'amour. Il est si difficile de passer du plaisir au travail, que le bonheur a dévoré plus de poésies que le malheur n'en a fait jaillir en jets lumineux. Heureuse de voir Etienne nonchalant, fumant un cigare après son déjeuner, la figure épanouie, étendu comme un lézard au soleil, jamais Dinah ne se sentit le courage de se faire l'huissier d'une Revue. Elle inventa d'engager, par l'entremise du sieur Migeon, père de Paméla, le peu de bijoux qu'elle possédait, et sur lesquels *ma tante*, car elle commençait à parler la langue du quartier, lui prêta neuf cents francs. Elle garda trois cents francs pour sa layette, pour les frais de ses couches, et remit joyeusement la somme due à Lousteau, qui labourait sillon à sillon, où, si vous voulez, ligne à ligne une Nouvelle pour une Revue.

— Mon petit chat, lui dit-elle, achève ta Nouvelle, sans rien sacrifier à la nécessité, polis ton style, creuse ton sujet. J'ai trop fait la dame, je vais faire la bourgeoise et tenir le ménage.

Depuis quatre mois, Etienne menait Dinah au café Riche dîner dans un cabinet qu'on leur réservait. La femme de province fut épouvantée en apprenant qu'Etienne y devait cinq cents francs pour les derniers quinze jours.

— Comment, nous buvions du vin à six francs la bouteille ! une sole normande coûte cent sous !... un petit pain vingt centimes !... s'écria-t-elle en lisant la note que lui tendit le journaliste.

— Mais être volé par un restaurateur ou par une cuisinière, il y a peu de différence pour nous autres, dit Lousteau.

— Tu vivras comme un prince pour le prix de ton dîner.

Après avoir obtenu du propriétaire une cuisine et deux chambres de domestiques, madame de la Baudraye écrivit à sa mère en lui demandant du linge et un prêt de mille francs. Elle reçut deux malles de linge, de l'argenterie, deux mille francs par une cuisinière honnête et dévote, que sa mère lui envoyait.

Dix jours après la représentation où ils s'étaient rencontrés, monsieur de Clagny vint voir madame de la Baudraye à quatre heures, en sortant du Palais, et il la trouva brodant un petit bonnet. L'aspect de cette femme si fière, si ambitieuse, dont l'esprit était si cultivé, qui trônait si bien dans le château d'Anzy, descendue des soins de ménage, et cousant pour l'enfant à venir, émut le pauvre magistrat, qui sortait de la cour d'assises. En voyant des piqûres à l'un de ces doigts tournés en fuseau, il comprit que madame de la Baudraye ne faisait pas de cette occupation un jeu de l'amour maternel. Pendant cette première entrevue, le magistrat lut dans l'âme de Dinah. Cette perspicacité chez un homme épris était un effort surhumain. Il devina que Didine voulait se faire le bon génie du journaliste, le mettre dans une noble voie ; elle avait conclu des difficultés de la vie matérielle à quelque désordre moral. Entre deux êtres unis par un amour, si vrai d'une part et si bien joué de l'autre, plus d'une confidence s'était échangée en quatre mois. Malgré le soin avec lequel Etienne se drapait, plus d'une parole avait éclairé Dinah sur les antécédens de ce garçon, dont le talent fut si comprimé par la misère, si perverti par le mauvais exemple, si contrarié par des difficultés au-dessus de son courage. » Il grandira dans l'aisance, » s'était-elle dit. Et elle voulait lui donner le bonheur, la sécurité du chez soi, par l'économie et par l'ordre familiers aux gens nés en province. Dinah devint femme de ménage comme elle était devenue poète, par un élan de son âme vers les sommets.

— Son bonheur sera mon absolution.

Cette parole arrachée au magistrat à madame de la Baudraye expliquait l'état actuel des choses. La publicité donnée par Etienne à son triomphe, le jour de la première représentation, avait assez mis à nu, aux yeux du magistrat, les intentions du journaliste. Pour Etienne, madame

de la Baudraye était, selon une expression anglaise, une assez belle plume à son bonnet. Loin de goûter les charmes d'un amour mystérieux et timide, de cacher à toute la terre un si grand bonheur, il éprouvait une jouissance de parvenu à se parer de la première femme comme il faut qui l'honorait de son amour. Néanmoins le substitut fut pendant quelque temps la dupe des soins que tout homme prodigue à une femme dans la situation où se trouvait madame de la Baudraye, et que Lousteau rendait charmans par des câlineries particulières aux hommes dont les manières sont nativement agréables. Il y a des hommes, en effet, qui naissent un peu singes, chez qui l'imitation des plus charmantes choses du sentiment est si naturelle, que le comédien ne se sent plus, et les dispositions naturelles du Sancerrois avaient été trè sdéveloppées sur le théâtre où jusqu'alors il avait vécu.

Entre le mois d'avril et le mois de juillet, moment où Dinah devait accoucher, elle devina pourquoi Lousteau n'avait pas vaincu la misère : il était paresseux et manquait de volonté. Certainement le cerveau n'obéit qu'à ses propres lois, il ne reconnaît ni les nécessités de la vie, ni les commandemens de l'honneur. On ne produit pas une belle œuvre parce qu'une femme expire, ou pour payer des dettes déshonorantes, ou pour nourrir des enfans. Néanmoins il n'existe pas de grand talent sans une grande volonté. Ces deux forces jumelles sont nécessaires à la construction de l'immense édifice d'une gloire. Les hommes d'élite maintiennent leur cerveau dans les conditions de la production, comme jadis un preux avait ses armes toujours en état. Ils domptent la paresse, ils se refusent aux plaisirs énervans, ou n'y cèdent qu'avec une mesure indiquée par l'étendue de leurs facultés : ainsi s'expliquent Scribe, Rossini, Walter Scott, Cuvier, Voltaire, Newton, Buffon, Bayle, Bossuet, Leibnitz, Lope de Vega, Calderon, Boccace, l'Arétin, Arioste, enfin tous les gens qui divertissent, régentent ou conduisent leur époque. La volonté peut et doit être un sujet d'orgueil bien plus que le talent. Si le talent a son germe dans une prédisposition cultivée, le vouloir est une conquête faite à tout moment sur les instincts, sur les goûts domptés, refoulés, sur les fantaisies et les entraves vaincues, sur les difficultés de tout genre héroïquement surmontées.

L'abus du cigare entretenait la paresse de Lousteau. Si le tabac endort le chagrin, il engourdit infailliblement l'énergie. Tout ce que le cigare éteignait au physique, la critique l'annihilait au moral chez ce garçon si facile au plaisir. La critique est funeste au critique comme le pour et le contre à l'avocat. A ce métier, l'esprit se fausse, l'intelligence perd sa lucidité rectiligne. L'écrivain n'existe que par des partis pris. Aussi, doit-on distinguer deux critiques, de même que, dans la peinture, on reconnaît l'art et le métier. Critiquer à la manière de la plupart des feuilletonistes actuels, c'est exprimer des jugemens tels quels d'une façon plus ou moins spirituelle, comme un avocat plaide au Palais les causes les plus contradictoires. Les journalistes bons enfans trouvent toujours un thème à développer dans l'œuvre qu'ils analysent. Ainsi fait, ce métier convient aux esprits paresseux, aux gens dépourvus de la faculté sublime d'imaginer, ou qui, la possédant, n'ont pas le courage de la cultiver. Toute pièce de théâtre, tout livre, devient sous leurs plumes un sujet qui ne coûte aucun effort à leur imagination, et dont le compte rendu s'écrit, ou improvise au sérieux, au gré des passions du moment. Quant au jugement, quel qu'il soit, il est toujours justifiable avec l'esprit français, qui se prête admirablement au pour et au contre. La conscience est si peu consultée, ces *bravi* tiennent si peu à leur avis, qu'ils vantent dans un foyer de théâtre l'œuvre qu'ils déchirent dans leurs articles. On en a vu passant, au besoin, d'un journal à un autre, sans prendre la peine d'objecter que les opinions du nouveau feuilleton doivent être diamétralement opposées à celles de l'ancien. Bien plus, madame de la Baudraye souriait en voyant faire à Lousteau un article dans le sens légitimiste et un article dans le sens dynastique sur un même événement. Elle applaudissait à cette maxime dite par lui : » Nous sommes les avoués de l'opinion publique !... » L'autre critique est toute une science, elle exige une compréhension complète des œuvres, une vue lucide sur les tendances d'une époque, l'adoption d'un système, une foi dans certains principes; c'est-à-dire une jurisprudence, un rapport, un arrêt. Ce critique devient alors le magistrat des idées, le censeur de son temps, il exerce un sacerdoce; tandis que l'autre est un acrobate qui fait des tours pour gagner sa vie, tant qu'il a des jambes. Entre Claude Vignon et Lousteau se trouvait la distance qui sépare le métier de l'art.

Dinah, dont l'esprit se dérouilla promptement, et dont l'intelligence avait de la portée, eut bientôt jugé littérairement son idole. Elle vit Lousteau travaillant au dernier moment, sous les exigences les plus déshonorantes, et *là-chant*, comme disent les peintres d'une œuvre où manque *le faire*; mais elle le justifiait en se disant : « C'est un poète ! » tant elle avait besoin de se justifier à ses propres yeux. En devinant le secret de la vie littéraire de bien des gens, elle devina que la plume de Lousteau ne serait jamais une ressource. L'amour lui fit alors entreprendre des démarches auxquelles elle ne serait jamais descendue pour elle-même. Elle entama par sa mère des négociations avec son mari pour en obtenir une pension, mais à l'insu de Lousteau, dont la délicatesse devait, dans ses idées, être ménagée.

Quelques jours avant la fin de juillet, Dinah froissa de colère la lettre où sa mère lui rapportait la réponse définitive du petit la Baudraye.

« Madame de la Baudraye n'a pas besoin de pension à » Paris, quand elle a la plus belle existence du monde à » son château d'Anzy; qu'elle y vienne ! »

Lousteau ramassa la lettre et la lut.
— Je vous vengerai, dit-il à madame de la Baudraye de ce ton sinistre qui plaît tant aux femmes quand on caresse leurs antipathies.

Cinq jours après, Bianchon et Duriau, le célèbre accoucheur, étaient établis chez Lousteau, qui, depuis la réponse du petit la Baudraye, était son bonheur et faisait du faste à propos de l'accouchement de Dinah. Monsieur de Clagny et madame Piédefer, arrivée en hâte, étaient les parrain et marraine de l'enfant attendu, car le prévoyant magistrat craignait de voir commettre quelque faute grave à Lousteau. Madame de la Baudraye eut un garçon à faire envie aux reines qui veulent un héritier présomptif. Bianchon, accompagné de monsieur de Clagny, alla faire inscrire cet enfant à la mairie comme fils de monsieur et de madame de la Baudraye, à l'insu d'Etienne, qui, de son côté, courait à une imprimerie faire composer ce billet :

Madame la baronne de la Baudraye est heureusement accouchée d'un garçon.
Monsieur Etienne Lousteau a le plaisir de vous en faire part.
La mère et l'enfant se portent bien.

Un premier convoi de soixante billets avait été fait par Lousteau, quand monsieur de Clagny, qui venait savoir des nouvelles de l'accouchée, aperçut la liste des personnes de Sancerre à qui Lousteau se proposait d'envoyer ce curieux billet de faire part, écrite au-dessous des soixante Parisiens qui l'allaient recevoir. Le substitut saisit la liste et le reste des billets, il les montra d'abord à madame Piédefer, en lui disant de ne pas souffrir que Lousteau recommençât cette infâme plaisanterie, et il se jeta dans un cabriolet. Le dévoué magistra commmanda chez le même imprimeur un autre billet ainsi conçu :

Madame la baronne de la Baudraye est heureusement accouchée d'un garçon.
Monsieur le baron Melchior de la Baudraye a l'honneur de vous en faire part.
La mère et l'enfant se portent bien.

Après avoir fait détruire épreuves, composition, tout ce qui pouvait attester l'existence du premier billet, monsieur de Clagny se mit en course pour intercepter les billets partis; il en substitua beaucoup chez les portiers, il obtint la restitution d'une trentaine; enfin, après trois jours de courses, il n'existait plus qu'un seul billet de faire part, celui de Nathan. Le substitut était revenu cinq fois chez cet homme célèbre sans pouvoir le rencontrer. Quand, après avoir demandé un rendez-vous, monsieur de Clagny fut reçu, l'anecdote du billet de faire part avait couru dans Paris; espèce de plaie à laquelle sont sujettes toutes les réputations, même les éphémères; les autres affirmaient avoir lu le billet et l'avoir rendu à un ami de la famille la Baudraye; beaucoup de gens déblatéraient contre l'immoralité des journalistes, en sorte que le dernier billet existant était devenu comme une curiosité. Florine, avec qui Nathan vivait, l'avait montré timbré de la poste, affranchi par Etienne, il n'existait plus qu'un seul billet de faire part, celui de Nathan. Le substitut avait parlé du billet de faire part, Nathan se mit-il à sourire.

— Vous-rendre ce monument d'étourderie et d'enfantillage ? s'écria-t-il. Cet autographe est une de ces armes dont ne doit pas se priver un athlète dans le cirque. Ce billet prouve que Lousteau manque de cœur, de bon goût, de dignité, qu'il ne connaît ni le monde, ni la morale publique, qu'il s'insulte lui-même quand il ne sait plus qui insulter... Il n'y a que le fils d'un bourgeois venu de Sancerre pour être un poète, et qui devient le *bravo* de la première Revue venue; qui puisse envoyer un pareil billet de faire part ! Convenez-en ! ceci, monsieur, est une pièce nécessaire aux archives de notre époque... Aujourd'hui Lousteau me caresse, demain il pourra demander ma tête... Ah ! pardon de cette plaisanterie, je ne pensais pas que vous êtes substitut. J'ai eu dans le cœur une passion pour une grande dame, et aussi supérieure à madame de la Baudraye que votre délicatesse, à vous, monsieur, est au-dessus de la gaminerie de Lousteau; mais je serais mort avant d'avoir prononcé son nom... Quelques mois de ses gentillesses et de minauderies m'ont coûté cent mille francs et mon avenir; mais je ne les trouve pas trop chèrement payés !... Et je ne me suis jamais plaint ! Que les femmes trahissent le secret de leur passion, c'est leur dernière offrande à l'amour ; mais que ce soit nous... il faut être bien Lousteau pour ça ! Non, pour mille écus je ne donnerais pas ce papier.

— Monsieur, dit enfin le magistrat après une lutte oratoire d'une heure, j'ai vu à ce sujet quinze ou seize littérateurs, et vous seriez le seul inaccessible à des sentiments d'honneur... Il ne s'agit pas ici d'Etienne Lousteau, mais d'une femme et d'un enfant qui l'un et l'autre ignorent le tort qu'on leur fait dans leur fortune, dans leur avenir, dans leur honneur. Qui sait, monsieur, si vous ne serez pas obligé de demander à la justice quelque bienveillance pour un ami, pour une personne à l'honneur de laquelle vous tiendrez plus qu'au vôtre? la justice pourra se souvenir que vous avez été impitoyable... Un homme comme vous peut-il hésiter? dit le magistrat.

— J'ai voulu vous faire sentir tout le prix de mon sacrifice, répondit alors Nathan, qui livra le billet en pensant à la position du magistrat et acceptant cette espèce de marché.

Quand la sottise du journaliste eut été réparée, monsieur de Clagny vint lui faire une semonce en présence de madame Piédefer ; mais il trouva Lousteau très irrité de ces démarches.

— Ce que je faisais, monsieur, répondit Etienne, était fait avec intention. Monsieur de la Baudraye a soixante mille francs de rentes, et refuse une pension à sa femme ; je voulais lui faire sentir que j'étais le maître de cet enfant.

— Eh ! monsieur, je vous ai bien deviné, répondit le magistrat. Aussi me suis-je empressé d'accepter le parrainage du petit Melchior, il est inscrit à l'état civil comme fils du baron et de la baronne de la Baudraye, et, si vous avez des entrailles de père, vous devez être joyeux de savoir cet enfant héritier d'un des plus beaux majorats de France.

— Eh ! monsieur, la mère doit-elle mourir de faim ?

— Soyez tranquille, monsieur, dit amèrement le magistrat, qui avait fait sortir du cœur de Lousteau l'expression du sentiment dont la preuve était depuis si longtemps attendue, je me charge de cette négociation avec monsieur de la Baudraye.

Et monsieur de Clagny sortit la mort dans le cœur : Dinah, son idole, était aimée par intérêt ! N'ouvrirait-elle pas les yeux trop tard ? — Pauvre femme ! se disait le magistrat en s'en allant.

Rendons-lui cette justice, car à qui la rendrait-on si ce n'est à un substitut ? il aimait trop sincèrement Dinah pour voir dans l'avilissement de cette femme un moyen d'en triompher un jour, il était tout compassion, tout dévouement; il aimait.

Les soins exigés pour la nourriture de l'enfant, les cris de l'enfant, le repos nécessaire à la mère pendant les premiers jours, la présence de madame Piédefer, tout conspirait si bien contre les travaux littéraires, que Lousteau s'installa dans les trois chambres louées au premier étage pour la vieille dévote. Le journaliste, obligé d'aller aux premières représentations sans Dinah, et séparée d'elle la plupart du temps, trouva je ne sais quel attrait dans l'exercice de sa liberté. Plus d'une fois il se laissa prendre sous le bras et entraîner dans une joyeuse partie. Plus d'une fois il se retrouva chez la lorette d'un ami dans le milieu de la bohème. Il revoyait des femmes d'une jeunesse éclatante, mises splendidement, et à qui l'économie apparaissait comme une négation de leur jeunesse et de leur pouvoir. Dinah, malgré la beauté merveilleuse qu'elle montra dès son troisième mois de nourriture, ne pouvait soutenir la comparaison avec ces fleurs sitôt fanées, mais si belles pendant le moment où elles vivent les pieds dans l'opulence. Néanmoins la vie de ménage eut de grands attraits pour Etienne. En trois mois, la mère et la fille, aidées par la cuisinière venue de Sancerre et par la petite Paméla, donnèrent à l'appartement un aspect tout nouveau. Le journaliste y trouva son déjeuner, son dîner servis avec une sorte de luxe. Dinah, belle et bien mise, avait soin de prévenir les goûts de son cher Etienne, qui se sentit le roi du logis, où tout jusqu'à l'enfant fut subordonné, pour ainsi dire, à son égoïsme. La tendresse de Dinah éclatait dans les plus petites choses, il se fit donc impossible à Lousteau de ne pas lui continuer les charmantes tromperies de sa passion feinte. Cependant Dinah prévit dans la vie extérieure où Lousteau se laissait engager, une cause de ruine et pour son amour et pour le ménage. Après dix mois de nourriture, elle sevra son fils, remit sa mère dans l'appartement d'Etienne, et rétablit cette intimité qui lie indissolublement un homme à une femme quand une femme est aimante et spirituelle. Un des traits les plus saillans de la Nouvelle due à Benjamin Constant, et l'une des explications de l'abandon d'Eléonore est ce défaut d'intimité journalière ou nocturne, si vous voulez, entre elle et Adolphe. Chacun des deux amans a son chez soi, l'un et l'autre ont obéi au monde, ils ont gardé les apparences. Eléonore, périodiquement quittée, est obligée à d'énormes travaux de tendresse pour chasser les pensées de liberté qui saisissent Adolphe au dehors. Le perpétuel échange des regards et des pensées dans la vie en commun, donne de telles armes aux femmes, que, pour les abandonner, un homme doit objecter des raisons majeures qu'il ne fournissent jamais tant qu'elles aiment.

Ce fut tout une nouvelle période et pour Etienne et pour Dinah, Dinah voulut être nécessaire, elle voulut rendre de l'énergie à cet homme, dont la faiblesse lui souriait, elle y voyait des garanties. Elle lui trouva des sujets, elle lui en dessina les canevas; et, au besoin, elle lui écrivit des chapitres entiers. Elle rajeunit les veines de ce talent à l'agonie par un sang frais, elle lui donna ses idées, ses jugemens; enfin, elle fit deux livres qui eurent du succès. Plus d'une fois elle sauva l'amour-propre d'Etienne au désespoir de

se sentir sans idées, en lui dictant, lui corrigeant, ou lui finissant ses feuilletons. Le secret de cette collaboration fut inviolablement gardé : madame Piédefer n'en sut rien. Ce galvanisme moral fut récompensé par un surcroît de recettes qui permit au ménage de bien vivre jusqu'à la fin de l'année 1838. Lousteau s'habituait à voir sa besogne faite par Dinah, et il la payait, comme dit le peuple dans son langage énergique, en monnaie de singe. Ces dépenses du dévouement deviennent un trésor auquel les âmes généreuses s'attachent. Il y eut un moment où Lousteau coûtait trop à Dinah pour qu'elle pût jamais renoncer à lui. Mais elle eut une seconde grossesse. L'année fut terrible à passer. Malgré les soins des deux femmes, Lousteau contracta des dettes; il excéda ses forces pour les payer par son travail pendant les couches de Dinah, qui le trouva héroïque, tant elle le connaissait bien ! Après cet effort, épouvanté d'avoir deux femmes, deux enfans, deux domestiques, il se regarda comme incapable de lutter avec sa plume pour soutenir une famille, quand lui seul n'avait pu vivre. Il laissa donc les choses aller à l'aventure. Ce féroce calculateur outra la comédie de l'amour chez lui pour avoir au dehors plus de liberté. La fière Dinah soutint le fardeau de cette existence à elle seule. Cette pensée : « il m'aime » lui donna des forces surhumaines. Elle travailla comme travaillent les plus vigoureux talens de cette époque. Au risque de perdre sa fraîcheur et sa santé, Didine fut pour Lousteau ce que fut mademoiselle Delachaux pour Gardane dans le magnifique conte vrai de Diderot. Mais en se sacrifiant elle-même, elle commit la faute sublime de négliger sa toilette; elle fit reteindre ses robes, elle ne porta plus que du noir.

— Elle pue le noir, comme disait Malaga, qui se moquait beaucoup de Lousteau.

Vers la fin de l'année 1839, Etienne, à l'instar de Louis XV, en était arrivé, par d'insensibles capitulations de conscience, à établir une distinction entre sa bourse et celle de son ménage, comme Louis XV distinguait entre son trésor secret et sa cassette. Le misérable trompa Dinah sur le montant des recettes. En s'apercevant de ces lâchetés, madame de la Baudraye eut d'atroces souffrances de jalousie. Elle voulut mener de front la vie du monde et la vie littéraire, elle accompagna le journaliste à toutes les premières représentations, et surprit chez lui des mouvemens d'amour-propre offensé. Le noir de la toilette déteignit sur lui, rembrunissait sa physionomie, et le rendait parfois brutal. Jouant, dans son ménage, le rôle de la femme, il en eut les féroces exigences : il reprochait à Dinah le peu de fraîcheur de sa mise, tout en profitant de ce sacrifice qui coûtait tant à une maîtresse ; absolument comme une femme qui, après avoir ordonné de passer par un égout pour lui sauver l'honneur, vous dit : » Je n'aime pas la boue ! » quand vous en sortez.

Dinah ramassa les guides jusqu'alors assez flottantes de la domination que toutes les femmes spirituelles exercent sur les gens sans volonté; mais à cette manœuvre elle perdit beaucoup de son lustre moral; les soupçons qu'elle laissa voir aux femmes des querelles où le manque de respect commence, parce qu'elles descendent elles-mêmes de la hauteur à laquelle elles se sont primitivement placées. Puis elle fit des concessions. Ainsi Lousteau put recevoir plusieurs de ses amis, Nathan, Bixiou, Blondet, Finot, dont les manières, les discours, le contact étaient dépravans. On essaya de persuader à madame de la Baudraye que ses principes, ses répugnances, étaient un reste de pruderie provinciale. Enfin on lui prêcha le code de la supériorité féminine. Bientôt sa jalousie donna des armes contre elle. Au carnaval de 1840, elle se déguisait, allait au bal de l'Opéra, faisait quelques soupers, afin de suivre Etienne dans tous ses amusemens.

Le jour de la mi-carême, ou plutôt le lendemain, à huit heures du matin, Dinah déguisée arrivait du bal pour se coucher. Elle était allée épier Lousteau, qui, la croyant malade, avait disposé de sa mi-carême en faveur de Fanny Beaupré. Le journaliste, prévenu par un ami, s'était comporté de manière à tromper le pauvre femme, qui ne demandait pas mieux que d'être trompée. En descendant de sa citadine, Dinah rencontra monsieur de la Baudraye, à qui le portier la désigna. Le petit vieillard dit froidement à sa femme en la prenant par le bras : — Est-ce vous, madame ?

Cette apparition du pouvoir conjugal devant lequel elle se trouvait si petite, et surtout ce mot glaça presque le cœur à cette pauvre créature surprise en débardeur. Pour mieux échapper à l'attention d'Etienne, elle avait pris le déguisement sous lequel il ne la chercherait point. Elle profita de ce qu'elle était encore masquée pour se sauver sans répondre, alla se déshabiller, et monta chez sa mère où l'attendait monsieur de la Baudraye. Malgré son air digne, elle rougit en présence du petit vieillard.

— Que voulez-vous de moi, monsieur ? dit-elle. Ne sommes-nous pas à jamais séparés ?

— De fait, oui, répondit monsieur de la Baudraye ; mais légalement, non...

Madame Piédefer faisait des signes à sa fille, que Dinah finit par apercevoir.

— Il n'y a que vos intérêts qui puissent vous amener ici, dit-elle avec amertume.

— Nos intérêts, répondit froidement le petit homme, car nous avons des enfans... Votre oncle Silas Piédefer est mort à New-York, où, après avoir fait et perdu plusieurs fortunes dans divers pays, il a fini par laisser quelque chose comme sept à huit cent mille francs, on dit douze cent mille francs; mais il s'agit de réaliser des marchandises... Je suis le chef de la communauté, j'exerce vos droits.

— Oh! s'écria Dinah, en tout ce qui concerne les affaires, je n'ai de confiance qu'en monsieur de Clagny; il connaît les lois; entendez-vous avec lui; ce qui sera fait par lui sera bien fait.

— Je n'ai pas besoin de monsieur de Clagny, dit monsieur de la Baudraye, pour vous retirer mes enfans...

— Vos enfans! s'écria Dinah, vos enfans à qui vous n'avez pas envoyé une obole! vos enfans!...

Elle n'ajouta rien qu'un immense éclat de rire ; mais l'impassibilité du petit la Baudraye jeta de la glace sur cette explosion.

— Madame votre mère vient de me les montrer, ils sont charmans, je ne veux pas me séparer d'eux, et je les emmène à mon château d'Anzy, dit monsieur de la Baudraye, quand ce ne serait que pour leur éviter de voir leur mère déguisée comme se déguisent les...

— Assez! dit impérieusement madame de la Baudraye. Que vouliez-vous de moi en venant ici?...

— Une procuration pour recueillir la succession de notre oncle Silas...

Dinah prit une plume, écrivit deux mots à monsieur de Clagny, et dit à son mari de revenir le soir. A cinq heures, l'avocat général (monsieur de Clagny avait eu de l'avancement), éclaira madame de la Baudraye sur sa position ; mais il se chargea de la régulariser en faisant un compromis avec le petit vieillard, que l'avarice avait amené. Monsieur de la Baudraye, à qui la procuration de sa femme était nécessaire pour agir à sa guise, l'acheta par les concessions suivantes : il s'engagea d'abord à faire à sa femme une pension de dix mille francs tant qu'il lui conviendrait, fut-il dit dans l'acte, de vivre à Paris ; mais à mesure que les enfans atteindraient à l'âge de six ans, ils seraient remis à monsieur de la Baudraye. Enfin le magistrat obtint le payement préalable d'une année de la pension. Le petit la Baudraye vint dire adieu galamment à sa femme et à ses enfans, il se montra vêtu d'un petit paletot blanc en caoutchouc. Il était si ferme sur ses jambes et si semblable au la Baudraye de 1836, que Dinah désespéra d'enterrer jamais ce terrible nain.

Du jardin où il fumait un cigare, le journaliste vit monsieur de la Baudraye pendant le temps que cet insecte mit à traverser la cour; mais ce fut assez pour Lousteau; il lui parut évident que le petit homme avait voulu détruire toutes les espérances que sa mort pouvait inspirer à sa femme. Cette scène si rapide changea beaucoup les dispositions de son cœur et de son esprit. En fumant un second cigare, il se mit à réfléchir à sa position. La vie en commun qu'il menait avec la baronne de la Baudraye lui avait jusqu'à présent coûté tout autant d'argent qu'à elle. Pour se servir d'une expression commerciale, les comptes se balançaient à la rigueur. Eu égard à son peu de fortune, à la peine avec laquelle il gagnait son argent, Lousteau se regardait moralement comme le créancier. Assurément, l'heure était favorable pour quitter cette femme. Fatigué de jouer depuis environ trois ans une comédie qui ne devient jamais une habitude, il déguisait perpétuellement son ennui. Ce garçon, habitué à ne rien dissimuler, s'imposait au logis un sourire semblable à celui du débiteur devant son créancier. Cette obligation lui devenait de jour en jour plus pénible. Jusqu'alors l'intérêt immense que présentait l'avenir lui avait donné des forces; mais quand il vit le petit la Baudraye partant aussi lestement pour les Etats-Unis que s'il s'agissait d'aller à Rouen par les bateaux à vapeur, il ne crut plus à l'avenir. Il rentra du jardin dans le salon élégant où Dinah venait de recevoir les adieux de son mari.

— Etienne, dit madame de la Baudraye, sais-tu ce que mon seigneur et maître vient de me proposer? Dans le cas où il me plairait d'habiter Anzy pendant son absence, il a donné ses ordres, et il espère que les bons conseils de ma mère me décideront à y revenir avec mes enfans...

— Le conseil est excellent, répondit sèchement Lousteau, qui connaissait assez Dinah pour savoir la réponse passionnée qu'elle mendiait d'ailleurs par un regard.

Ce ton, l'accent, le regard indifférent, tout frappa si durement cette femme qui vivait uniquement par son amour, qu'elle laissa couler de ses yeux le long de ses joues deux grosses larmes sans répondre, et Lousteau ne s'en aperçut qu'au moment où elle prit son mouchoir pour essuyer ces deux perles de douleur.

— Qu'as-tu, Didine? reprit-il atteint au cœur par cette vivacité de sensitive.

— Au moment où je m'applaudissais d'avoir conquis à jamais notre liberté, dit-elle, au prix de ma fortune! en vendant ce qu'une mère a de plus précieux, ses enfans!... car si me prend à l'âge de six ans et, pour les avoir, il faudra retourner à Sancerre! un supplice! ah! mon Dieu! qu'ai-je fait?

Lousteau se mit aux genoux de Dinah, et lui baisa les mains en lui prodiguant ses plus caressantes chatteries.

— Tu ne me comprends pas, dit-il. Je me juge, et ne vaux pas tous ces sacrifices, mon cher ange. Je suis, littérairement parlant, un homme très-secondaire. Le jour où je ne pourrai plus faire la parade au bas d'un journal, les entrepreneurs de feuilles publiques me laisseront là, comme une vieille pantoufle qu'on jette au coin de la borne. Pensez-y : nous autres danseurs de corde, nous n'avons pas de pension de retraite! il se trouverait trop de gens de talent à pensionner, si l'Etat entrait dans cette voie de bienfaisance ! J'ai quarante-deux ans, je suis devenu paresseux comme une marmotte. Je le sens : mon amour (il lui baisa bien tendrement la main) ne peut que te devenir funeste. J'ai vécu, tu le sais, à vingt-deux ans avec Florine ; mais ce qui s'expose au jeune âge, ce qui semble alors joli, charmant, est déshonorant à quarante ans. Jusqu'à présent, nous avons partagé le fardeau de notre existence, elle n'est pas belle depuis dix-huit mois. Par dévoûment pour moi, tu vas mise tout en noir, ce qui ne me fait pas honneur...

Dinah fit un de ces magnifiques mouvements d'épaule qui valent tous les discours du monde.

— Oui, dit Etienne en continuant, je le sais, tu sacrifies tout à mes goûts, même ta beauté. Et moi, le cœur usé dans les luttes, l'âme pleine de pressentimens mauvais sur mon avenir, je ne récompense pas ton suave amour par un amour égal. Nous avons été très heureux, sans nuages, pendant longtemps... Eh bien! je ne veux pas voir mal finir un si beau poème, ai-je tort?...

Madame de la Baudraye aimait tant Etienne, que cette sagesse, digne de monsieur de Clagny, lui fit plaisir, et sécha ses larmes.

— Il m'aime donc pour moi ! se dit-elle en le regardant avec un sourire dans les yeux.

Après ces quatre années d'intimité, l'amour de cette femme avait fini par réunir toutes les nuances découvertes par notre esprit d'analyse et que la société moderne a créées ; un des hommes les plus remarquables de ce temps, dont la perte récente afflige encore les lettres, Beyle (Stendahl) les a, le premier, parfaitement caractérisées. Lousteau produisait sur Dinah cette vive commotion, explicable par le magnétisme, qui met en désarroi les forces de l'âme, de l'esprit et du corps, qui détruit tout principe de résistance chez les femmes. Un regard de Lousteau, sa main posée sur celle de Dinah, la rendaient tout obéissance. Une parole douce, un sourire de cet homme, fleurissaient l'âme de cette pauvre femme, émue ou attristée par la caresse ou par la froideur de ses yeux. Lorsqu'elle lui donnait le bras en marchant à son pas, dans la rue ou sur le boulevard, elle était si bien fondue en lui, qu'elle perdait la conscience de son moi. Charmée par l'esprit, magnétisée par les manières de ce garçon, elle ne voyait que de légers défauts dans ses vices. Elle aimait les bouffées de cigare que le vent lui apportait du jardin dans la chambre, elle allait les respirer, elle n'en faisait pas une grimace, elle se cachait pour en jouir.

Elle haïssait le libraire ou le directeur de journal qui refusait à Lousteau de l'argent en objectant l'énormité des avances déjà faites. Elle allait jusqu'à comprendre que ce bohémien écrivit une Nouvelle dont le prix était à recevoir, au lieu de la donner en payement de l'argent reçu. Tel est sans doute le véritable amour, il comprend toutes les manières d'aimer : amour de cœur, amour de tête, amour-passion, amour-caprice, amour-goût, selon les définitions de Beyle. Didine aimait tant, qu'en certains momens où son sens critique, si juste, si continuellement exercé depuis son séjour à Paris, lui faisait voir clair dans l'âme de Lousteau, la sensation l'emportait sur la raison, et lui suggérait des excuses.

— Et moi, lui répondit-elle, que suis-je ? une femme qui s'est mise en dehors du monde. Quant je manque à l'honneur des femmes, pourquoi ne me sacrifierais-tu pas un peu de l'honneur des hommes ? Est-ce que nous ne vivons pas en dehors des conventions sociales ! Pourquoi ne pas accepter de moi ce que Nathan accepte de Florine ? nous compterons quand nous nous quitterons, et... tu sais !... la mort seule nous séparera. Ton honneur, Etienne, c'est ma félicité ; comme le mien est ma constance et ton bonheur. Si je ne te rends pas heureux, tout est dit. Si je te donne une peine, condamne-moi. Nos dettes sont payées, nous avons dix mille francs de rente, et nous gagnerons bien à nous deux huit mille francs par an... Je ferai du théâtre ! Avec quinze cents francs par mois, ne serons-nous pas aussi riches que les Rothschild ? Sois tranquille. Maintenant j'aurai des toilettes délicieuses, je te donnerai tous les jours des plaisirs de vanité comme le jour de la première représentation de Nathan...

— Ta mère veut à tous les jours à la messe, qui veut t'amener un prêtre et te faire renoncer à ton genre de vie.

— Chacun son vice. Tu fumes, elle me prêche, pauvre femme ! mais elle a soin des enfans, elle les mène promener, elle est d'un dévouement absolu, elle m'idolâtre ; veux-tu l'empêcher de pleurer ?

— Que dira-t-on d'elle ?...

— Mais nous ne vivons pas pour le monde ! s'écria-t-elle en relevant Etienne et le faisant asseoir près d'elle. D'ailleurs nous serons un jour mariés... nous avons pour nous les chances de mer...

— Je n'y pensais pas ! s'écria naïvement Lousteau, qui se dit en lui-même : Il sera toujours temps de rompre au retour du petit la Baudraye.

À compter de cette journée, Lousteau vécut luxueusement. Dinah pouvait lutter, aux premières représentations, avec les femmes les mieux mises de Paris. Caressé par ce bonheur intérieur, Lousteau jouait avec ses amis, par fatuité,

le personnage d'un homme excédé, ennuyé, ruiné par madame de la Baudraye.

— Oh ! combien j'aimerais l'ami qui me délivrerait de Dinah ! Mais personne n'y réussirait ! disait-il, elle m'aime à se jeter par la fenêtre si je le lui disais.

Le drôle se faisait plaindre, il prenait des précautions contre la jalousie de Dinah, quand il acceptait une partie. Enfin il commettait des infidélités sans vergogne. Quand monsieur de Clagny, vraiment désespéré de voir Dinah dans une situation si déshonorante, quand elle pouvait être si riche, si haut placée, et au moment où ses primitives ambitions allaient être accomplies, arriva lui dire : — On vous trompe ! Elle répondit : — Je le sais !

Le magistrat resta stupide. Il retrouva la parole pour faire une observation.

— M'aimez-vous encore ? lui demanda madame de la Baudraye en l'interrompant au premier mot.

— A me perdre pour vous, s'écria-t-il en se dressant sur ses pieds.

Les yeux de ce pauvre homme devinrent comme des torches, il trembla comme une feuille, il sentit son larynx immobile, ses cheveux frémirent dans leurs racines, il crut au bonheur d'être pris par son idole comme un vengeur, et ce pis-aller le rendit presque fou de joie.

— De quoi vous étonnez-vous ? lui dit-elle en le faisant rasseoir, voilà comment je l'aime.

Le magistrat comprit alors cet argument ad hominem ! Et il eut des larmes dans les yeux, lui qui venait de faire condamner un homme à mort ! La satiété de Lousteau, cet horrible dénoûment du concubinage, s'était trahie en mille petites choses qui sont comme des grains de sable jetés aux vitres du pavillon magique où l'on rêve quand on aime. Ces grains de sable, qui deviennent des cailloux, Dinah ne les avait vus que quand ils avaient eu la grosseur d'une pierre. Madame de la Baudraye avait fini par bien juger Lousteau.

— C'est, disait-elle à sa mère, un poète sans aucune défense contre le malheur, lâche par paresse et non par défaut de cœur, un peu trop complaisant à la volupté ; enfin, c'est un chat qu'on ne peut pas haïr. Que deviendrait-il sans moi ? J'ai empêché son mariage, il n'a plus d'avenir. Son talent périrait dans la misère.

— Oh ! ma Dinah ! s'écria madame Piédefer, dans quel enfer vis-tu ?... Quel est le sentiment qui te donnera les forces de persister.

— Je serai sa mère ! avait-elle dit.

Il est des positions horribles où l'on ne prend de parti qu'au moment où nos amis s'aperçoivent de notre déshonneur. On transige avec soi-même, tant qu'on échappe à un censeur qui vient faire le procureur du roi. Monsieur de Clagny, maladroit comme un patito, venait de se faire le bourreau de Dinah !

— Je serai, pour conserver mon amour, ce que madame de Pompadour fut pour garder le pouvoir, se dit-elle quand monsieur de Clagny fut parti.

Cette parole dit assez que son amour devenait lourd à porter, et qu'il allait être un travail au lieu d'être un plaisir. Le nouveau rôle adopté par Dinah était horriblement douloureux, mais Lousteau ne le rendit pas facile à jouer. En sa qualité de bon enfant, quand il voulait sortir après dîner, il jouait de petites scènes d'amitié ravissantes, il disait à Dinah des mots vraiment pleins de tendresse, prenait son compagnon par la chaîne, et quand il l'en avait meurtrie dans les meurtrissures, le royal ingrat disait : — T'ai-je fait mal ?

Ces menteuses caresses, ces déguisemens, eurent quelquefois des suites déshonorantes pour Dinah, qui croyait à des retours de tendresse. Hélas ! la mère cédait avec une honteuse facilité la place à Didine. Elle se sentit comme un jouet entre les mains de cet homme, et elle finit par se dire : — Eh bien ! je veux être son jouet ! en y trouvant des plaisirs aigus, des jouissances de damné.

Quand cette femme d'un esprit si viril se jeta par la pensée dans la solitude, elle sentit son courage défaillir.

Elle préféra les supplices prévus, inévitables, de cette intimité féroce, à la privation de jouissances d'autant plus exquises qu'elles naissaient au milieu de remords, de luttes épouvantables avec elle-même, de *non* qui se changeaient en *oui !* Ce fut à tout moment la goutte d'eau saumâtre trouvée dans le désert, bue avec plus de délices que le voyageur n'en goûte à savourer les meilleurs vins à la table d'un prince. Quand Dinah se disait à minuit : — Rentrera-t-il, ne rentrera-t-il pas ? elle ne renaissait qu'au bruit connu des bottes d'Etienne, elle reconnaissait sa manière de sonner. Souvent elle essayait des voluptés comme d'un frein, elle se plaisait à lutter avec ses rivales, à ne leur rien laisser dans ce cœur rassasié. Combien de fois joua-t-elle là tragédie du *Dernier jour d'un Condamné*, se disant : — Demain, nous nous quitterons ! Et combien de fois un mot, un regard, une caresse empreinte de naïveté, la fit-elle retomber dans l'amour ! Ce fut souvent terrible ! elle tourna plus d'une fois autour du suicide en tournant autour de ce gazon parisien d'où s'élevaient des fleurs pâles !... Elle n'avait pas, enfin, épuisé l'immense trésor de dévouement et d'amour que les femmes aimantes ont dans le cœur. *Adolphe* était sa Bible, elle l'étudiait ; car, par-dessus toutes choses, elle ne voulait pas être Ellénore. Elle évita les larmes, se garda de toutes les amertumes si savamment décrites par la critique auquel on doit l'analyse de cette œuvre poignante, et dont la glose paraissait à Dinah presque supérieure au livre. Aussi relisait-elle souvent le magnifique article du seul critique qu'ait eu là *Revue des Deux-Mondes*, et qui se trouve en tête de la nouvelle édition d'*Adolphe*.

« — Non, se disait-elle en répétant les fatales paroles, » non, je ne donnerai pas à mes prières la forme du com- » mandement, je ne m'empresserai pas aux larmes comme » à une vengeance, je ne jugerai pas les actions que j'ap- » prouvais autrefois sans contrôle, je n'attacherai point un » œil curieux à ses pas ; s'il s'échappe, au retour il ne trou- » vera pas une bouche impérieuse, dont le baiser soit un » ordre sans réplique. Non ! mon silence ne sera pas une » plainte, et ma parole ne sera pas une querelle ! » Je ne serai pas vulgaire, se disait-elle en posant sur sa table le petit volume jaune qui déjà lui avait valu ce mot de Lousteau : « Tiens, tu lis *Adolphe ?* » N'eussé-je qu'un jour où il reconnaîtra ma valeur et où il se dira : » Jamais la victime n'a crié ! » ce serait assez ! D'ailleurs, les autres n'auront que ces momens, et moi j'aurai toute sa vie !

En se croyant autorisé par la conduite de sa femme à la punir au tribunal domestique, monsieur de la Baudraye eut la délicatesse de la voler pour achever sa grande entreprise de la mise en culture des douze cents hectares de brandes, à laquelle, depuis 1836, il consacrait ses revenus en vivant comme un rat. Il manipula si bien les valeurs laissées par monsieur Silas Piédefer, qu'il put réduire la liquidation authentique à huit cent mille francs, tout en en rapportant douze cent mille. Il n'annonça point son retour à sa femme ; mais, pendant qu'il souffrait des maux inouïs, il bâtissait des fermes, il creusait des fossés, il plantait des arbres, il se livrait à des défrichemens audacieux qui le firent regarder comme un des agronomes les plus distingués du Berry. Les quatre cent mille francs pris à sa femme passèrent en trois ans à cette opération, et la terre d'Anzy dut, dans un temps donné, rapporter soixante-dix mille francs de rentes, nets d'impôts. Quant aux huit cent mille francs de rentes, il en fit emploi en quatre et demi pour cent, à quatre-vingts francs, grâce à la crise financière due au ministère qui fit du 1er mars. En procurant ainsi quarante-huit mille francs de rentes à sa femme, il se regarda comme quitte envers elle. Ne pouvait-il pas lui représenter les douze cent mille francs le jour où le quatre et demi dépasserait cent francs. Son importance ne fut plus primée à Sancerre que par celle du plus riche propriétaire foncier de France, dont il le faisait le héraut. Il se voyait cent quarante mille francs de rente, dont quatre-vingt-dix en fonds de terre formant son majorat. Après avoir calculé qu'à part ses revenus, il payait dix mille francs d'impôts,

(Extrait de la *Comédie humaine*.)

trois mille francs de frais, dix mille francs à sa femme, et douze cents à sa belle-mère, il disait en pleine société littéraire : — On prétend que je suis un avare, que je ne dépense rien, ma dépense monte encore à vingt-six mille cinq cents francs par an. Et je vais avoir à payer l'éducation de mes deux enfans ! ça ne fait peut-être pas plaisir aux Milaud de Nevers, mais la seconde maison de la Baudraye aura peut-être une aussi belle carrière que la première. J'irai vraisemblablement à Paris solliciter du roi des Français le titre de comte (monsieur Roy est comte), cela fera plaisir à ma femme d'être appelée madame la comtesse.

Cela fut dit d'un si beau sang-froid, que personne n'osa se moquer de ce petit homme. Le président Boirouge seul lui répondit : — A votre place, je ne me croirais heureux que si j'avais une fille...

— Mais, dit le baron, j'irai bientôt à Paris...

Au commencement de l'année 1841, madame de la Baudraye, en se sentant toujours prise comme pis-aller, en était revenue à s'immoler au bien-être de Lousteau : elle avait repris les vêtemens noirs ; mais elle arborait cette fois un deuil, car ses plaisirs se changeaient en remords. Elle avait trop souvent honte d'elle-même pour ne pas sentir parfois la pesanteur de sa chaîne, et sa mère la surprit en ces momens de réflexion profonde où la vision de l'avenir plonge les malheureux dans une sorte de torpeur. Madame Piédefer, conseillée par son confesseur, épiait le moment de lassitude que ce prêtre lui prédisait devoir arriver, et sa voix plaidait alors pour ses enfans. Elle se contentait de demander une séparation de domicile sans exiger une séparation de cœur.

Dans la nature, ces sortes de situations violentes ne se terminent pas, comme dans les livres, par la mort ou par des catastrophes habilement arrangées ; elles finissent beaucoup moins poétiquement par le dégoût, par la flétrissure de toutes les fleurs de l'âme, par la vulgarité des habitudes, mais très souvent aussi par une autre passion qui dépouille une femme de cet intérêt dont on les entoure traditionnellement. Or, quand le bon sens, la loi des convenances sociales, l'intérêt de famille, tous les élémens de ce qu'on appelait la morale publique sous la Restauration, en haine du mot religion catholique, fut appuyé par le sentiment de blessures un peu trop vives ; quand la lassitude du dévouement arriva presque à la défaillance, et que, dans cette situation, un coup par trop violent, une de ces lâchetés que les hommes ne laissent voir qu'à des femmes dont ils se croient toujours maîtres, met le comble au dégoût, au désenchantement, l'heure est arrivée pour l'ami qui poursuit la guérison. Madame Piédefer eut donc peu de chose à faire pour détacher les yeux de sa fille. Elle envoya chercher l'avocat général. Monsieur de Clagny acheva l'œuvre en affirmant à madame de la Baudraye que, si elle renonçait à vivre avec Etienne, son mari lui laisserait ses enfans, lui permettrait d'habiter Paris, et lui rendrait la disposition de *ses propres*.

— Quelle existence ! dit-il. En usant de précautions, avec l'aide de personnes pieuses et charitables, vous pourriez avoir un salon et reconquérir une position. Paris n'est pas Sancerre !

Dinah s'en remit à monsieur de Clagny du soin de négocier une réconciliation avec le petit vieillard. Monsieur de la Baudraye avait bien vendu ses vins ; il avait vendu des laines, il avait abattu des réserves, et il était venu, sans rien dire à sa femme, à Paris, y placer deux cent mille francs en achetant, rue de l'Arcade, un charmant hôtel provenant de la liquidation d'une grande fortune aristocratique compromise. Membre du conseil général de son département depuis 1826, et payant dix mille francs de contributions, il se trouvait doublement dans les conditions exigées par la nouvelle loi sur la pairie. Quelque temps avant l'élection générale de 1842, il déclara sa candidature au cas où il ne serait pas fait pair de France. Il demandait également à être revêtu du titre de comte et promu commandeur de la Légion d'honneur. En matière d'élections, tout ce qui pouvait consolider les nominations dynastiques était juste ; or, dans le cas où monsieur de la Baudraye serait acquis au gouvernement, Sancerre devenait plus que jamais le bourg-pourri de la doctrine. Monsieur de Clagny, dont les talens et la modestie étaient de plus en plus appréciés, appuya monsieur de la Baudraye ; il montra dans l'élévation de ce courageux agronome des garanties à donner aux intérêts matériels. Monsieur de la Baudraye, une fois nommé comte, pair de France et commandeur de la Légion d'honneur, eut la vanité de se faire représenter par une femme et par une maison bien tenue ; il voulait, dit-il, jouir de la vie. Il pria sa femme, par une lettre que dicta l'avocat général, d'habiter son hôtel, de le meubler, d'y déployer ce goût dont tant de preuves le charmaient, dit-il, dans son château d'Anzy. Le nouveau comte fit observer à sa femme que l'éducation de leur fils exigeait qu'elle restât à Paris, tandis que leurs intérêts territoriaux l'obligeaient à ne pas quitter Sancerre. Le complaisant mari chargeait donc monsieur de Clagny de remettre à madame la comtesse soixante mille francs pour l'arrangement intérieur de l'hôtel de la Baudraye, en recommandant d'incruster une plaque de marbre au-dessus de la porte cochère avec cette inscription : *Hôtel de la Baudraye*. Puis, tout en rendant compte à sa femme des résultats de la liquidation Silas Piédefer, monsieur de la Baudraye annonçait le placement en quatre et demi pour cent des huit cent mille francs recueillis à New-York, et lui allouait cette inscription pour ses dépenses, y compris celles de l'éducation des enfans. Quasi forcé de venir à Paris pendant une partie de la session de la chambre des pairs, il recommandait alors à sa femme de lui réserver un petit appartement dans un entresol au-dessus des communs.

— Ah ça ! mais il devient jeune, il devient gentilhomme, il devient magnifique, que va-t-il encore devenir ? C'est à faire trembler, dit madame de la Baudraye.

— Il satisfait tous les désirs que vous formiez à vingt ans ! répondit le magistrat.

La comparaison de sa destinée à venir avec sa destinée actuelle n'était pas soutenable pour Dinah. La veille encore, Anna de Fontaine avait tourné la tête pour ne pas voir son amie du pensionnat Chamarolles.

Dinah se dit : — Je suis comtesse, j'aurai sur ma voiture le manteau bleu de la pairie, et dans mon salon les sommités de la politique et de la littérature... je la regarderai, moi !...

Cette petite jouissance pesa de tout son poids au moment de la conversion.

Un beau jour, en mai 1842, madame de la Baudraye paya toutes les dettes de son ménage, et laissa mille écus sur la liasse de tous les comptes acquittés. Après avoir envoyé sa mère et ses enfans à l'hôtel de la Baudraye, elle attendit Lousteau tout habillée, comme pour sortir. Quand l'ex-roi de son cœur rentra pour dîner, elle lui dit : — J'ai renversé la marmite, mon ami. Madame de Baudraye vous donne à dîner au Rocher de Cancale. Venez !

Elle entraîna Lousteau stupéfait du petit air dégagé que prenait cette femme, encore asservie le matin à ses moindres caprices, car elle aussi avait joué la comédie depuis deux mois.

— Madame de la Baudraye est ficelée comme pour une *première*, dit-il en se servant de l'abréviation par laquelle on désigne en argot de journal une première représentation. Et pourquoi pas, Dinah !

— N'oubliez pas le respect que vous devez à madame de la Baudraye, dit gravement Dinah. Je ne sais plus ce que signifie ce mot *ficelée*...

— Comment Didine ? fit-il en la prenant par la taille.

— Il n'y a plus de Didine, vous l'avez tuée, mon ami, répondit-elle en se dégageant. Et je vous donne la première représentation de madame la comtesse de la Baudraye...

— C'est donc vrai, notre insecte est pair de France ?

— La nomination sera ce soir dans le *Moniteur*, m'a dit

monsieur de Clagny, qui lui-même passe à la cour de cassation.

— Au fait, dit le journaliste, l'entomologie sociale devait être représentée à la chambre.

— Mon ami, nous nous séparons pour toujours, dit madame de la Baudraye en comprimant le tremblement de sa voix. J'ai congédié les deux domestiques. En rentrant, vous trouverez votre ménage en règle et sans dettes. J'aurai toujours pour vous, mais secrètement, le cœur d'une mère. Quittons-nous tranquillement, sans bruit, en gens comme il faut. Avez-vous un reproche à me faire sur ma conduite pendant ces six années ?

— Aucun, si ce n'est d'avoir brisé ma vie et détruit mon avenir, dit-il d'un ton sec. Vous avez beaucoup lu le livre de Benjamin Constant, et vous avez même étudié l'article de Gustave Planche ; mais vous ne l'avez lu qu'avec des yeux de femme. Quoique vous ayez une de ces belles intelligences qui ferait la fortune d'un poète, vous n'avez pas osé vous mettre au point de vue des hommes. Ce livre, ma chère, a les deux sexes. Vous savez ?... Nous avons établi qu'il y a des livres mâles ou femelles, blonds ou noirs... Dans *Adolphe*, les femmes ne voient qu'Elléonore, les jeunes gens y voient Adolphe, les hommes y voient Elléonore et Adolphe, les politiques y voient la vie sociale ! Vous vous êtes dispensée, comme votre critique d'ailleurs, d'entrer dans l'âme d'Adolphe. Ce qui tue ce pauvre garçon, ma chère, c'est d'avoir perdu son avenir pour une femme ; de ne pouvoir rien être de ce qu'il serait devenu, ni ambassadeur, ni ministre, ni poète, ni riche. Il a donné six ans de son énergie, du moment de la vie où l'homme peut accepter les rudesses d'un apprentissage quelconque, à une jupe qu'il a devancée dans la carrière de l'ingratitude, car une femme qui a pu quitter son premier amant devait, tôt ou tard, laisser le second. Adolphe est un Allemand blondasse qui ne se sent pas la force de tromper Elléonore. Il est des Adolphe qui font grâce à leur Elléonore des querelles déshonorantes, des plaintes, et qui se disent : Je ne parlerai pas de ce que j'ai perdu ! je ne montrerai pas toujours à l'égoïsme que j'ai couronné mon poing coupé comme fait le Ramorny de la *Jolie Fille de Perth* ; mais ceux-là, ma chère, on les quitte... Adolphe est un fils de bonne maison, un cœur aristocrate qui veut rentrer dans la voie des honneurs, des places, et rattraper sa dot sociale, sa considération compromise. Vous jouez en ce moment à la fois les deux personnages. Vous ressentez la douleur que cause une position perdue, et vous vous croyez en droit d'abandonner un pauvre amant qui a eu le malheur de vous croire assez supérieure pour admettre que si chez l'homme le cœur doit être constant, le sexe peut se laisser aller à des caprices...

— Et croyez-vous que je ne serai pas occupée de vous rendre ce que je vous ai fait perdre ? Soyez tranquille, répondit madame de la Baudraye, foudroyée par cette sortie, votre Elléonore ne meurt pas, et, si Dieu lui prête vie, si vous changez de conduite, si vous renoncez aux lorettes et aux actrices, nous vous trouverons mieux qu'une Félicie Cardot.

Chacun des deux amans devint maussade ; Lousteau jouait la tristesse, il voulait paraître sec et froid ; tandis que Dinah, vraiment triste, écoutait les reproches de son cœur.

— Pourquoi, dit Lousteau, pour finir comme nous aurions dû commencer, cacher à tous les yeux notre amour, et nous voir secrètement !

— Jamais ! dit la nouvelle comtesse en prenant un air glacial ! Ne devinez-vous pas que nous sommes, après tout, des êtres finis. Nos sentimens nous paraissent infinis à cause du pressentiment que nous avons du ciel ; mais ils ont ici-bas pour limites les forces de notre organisation. Il est des natures molles et lâches qui peuvent recevoir un nombre infini de blessures et persister ; mais il en est de plus fortement trempées qui finissent par se briser sous les coups. Vous m'avez...

— Oh ! assez, dit-il, *ne faisons plus de copie !*... Votre ar-

ticle me semble inutile, car vous pouvez vous justifier par
un seul mot : *Je n'aime plus!*...
— Ah! c'est moi qui n'aime plus!..... s'écria-t-elle
étourdie.
— Certainement. Vous avez calculé que je vous causais
plus de chagrins, plus d'ennuis que de plaisirs, et vous
quittez votre associé...
— Je le quitte!... s'écria-t-elle en levant les deux mains.
— Ne venez-vous pas de dire : *Jamais!*...
— Eh bien! oui, *jamais!* reprit-elle avec force.
Ce dernier jamais, dicté par la peur de retomber sous la
domination de Lousteau, fut interprété par lui comme la
fin de son pouvoir, du moment où Dinah restait insensible
à ses méprisans sarcasmes. Le journaliste ne put retenir
une larme : il perdait une affection sincère, illimitée. Il
avait trouvé dans Dinah la plus douce La Vallière, la plus
agréable Pompadour qu'un égoïste qui n'est pas roi pouvait désirer; et, comme l'enfant qui s'aperçoit qu'à force
de tracasser son hanneton il l'a tué, Lousteau pleurait.
Madame de la Baudraye s'élança hors de la petite salle
où elle dînait, paya le dîner, et se sauva rue de l'Arcade en
se grondant et se trouvant féroce.
Dinah passa tout un trimestre à faire de son hôtel un
modèle du comfortable. Elle se métamorphosa elle-même.
Cette double métamorphose coûta trente mille francs au
delà des prévisions du jeune pair de France.
Le fatal événement qui fit perdre à la famille d'Orléans
son héritier présomptif ayant nécessité la réunion des
chambres en août 1842, le petit la Baudraye vint présenter
ses titres à la noble chambre plus tôt qu'il ne le croyait. Il
fut si content des œuvres de sa femme, qu'il donna les
trente mille francs. En revenant du Luxembourg, où, selon les journaux, il fut présenté par deux pairs, le baron de
Nucingen et le marquis de Montriveau, le nouveau comte
rencontra le vieux duc de Chaulieu, l'un de ses anciens
débiteurs, à pied, un parapluie à la main, tandis qu'il se
trouvait campé dans une petite voiture basse, sur les panneaux de laquelle brillait son écusson, et où se lisait : *Deo
sic patet fides et hominibus*. Cette comparaison mit dans
son cœur une dose de ce baume dont se grise la bourgeoisie depuis 1830. Madame la Baudraye fut effrayée en re-
voyant alors son mari mieux qu'il n'était le jour de son
mariage. En proie à une joie superlative, l'avorton triomphait, à soixante-quatre ans, de la vie qu'on lui déniait, de
la famille, que le beau Milaud de Nevers lui interdisait
d'avoir, de sa femme, qui recevait chez elle à dîner monsieur et madame de Clagny, le curé de l'Assomption et ses
deux introducteurs à la chambre. Il caressa ses enfans
avec une fatuité charmante. La beauté du service de table
eut son approbation.
— Voilà les toisons du Berry, dit-il en montrant à monsieur de Nucingen les cloches surmontées de sa nouvelle
couronne, elles sont d'argent!
Quoique dévoré d'une profonde mélancolie, contenue
avec la puissance d'une femme devenue vraiment supérieure, Dinah fut charmante, spirituelle, et surtout parut
rajeunie dans son deuil de cœur.
— L'on dirait, s'écria le petit la Baudraye en montrant
sa femme à monsieur de Nucingen, que la comtesse a
moins de trente ans!
— Ah! matame a! eine fame le drende ansse? reprit le
baron, qui se servait des plaisanteries consacrées en y
voyant une sorte de monnaie pour la conversation.
— Dans toute la force du terme, répondit la comtesse,
car j'en ai trente-cinq, et j'espère bien avoir une petite
passion au cœur...
— Oui, ma femme m'a ruinée en potiches, en chinoise-
ries...
— Madame a eu ce goût-là de bonne heure, dit le marquis de Montriveau en souriant.
— Oui, reprit le petit la Baudraye en regardant froidement le marquis de Montriveau qu'il avait connu à Bourges, vous savez qu'elle a ramassé en 25, 26 et 27 pour plus
d'un million de curiosités, qui font d'Anzy un musée...

— Quel aplomb! pensa monsieur de Clagny, en trouvant ce petit avare de province à la hauteur de sa nouvelle
position.
Les avares ont des économies de tout genre à dépenser.
Le lendemain du vote de la loi de régence par la chambre,
le petit pair de France quitta Paris faire ses vendanges à Sancerre,
et reprit ses habitudes. Pendant l'hiver de 1842 à 1843, la
comtesse de la Baudraye, aidée par l'avocat général à la
cour de cassation, essaya de se faire une société. Naturellement elle prit un jour, elle distingua parmi les célébrités,
elle ne voulut voir que des gens sérieux et d'un âge mûr.
Elle essaya de se distraire en allant aux Italiens et à l'O-
péra. Deux fois par semaine, elle y menait sa mère et madame de Clagny, que le magistrat força de voir madame
de la Baudraye. Mais, malgré son esprit, ses façons aimables, malgré ses airs de femme à la mode, elle n'était heureuse que par ses enfans, sur lesquels elle reporta toutes
ses tendresses trompées. L'admirable monsieur de Clagny
recrutait des femmes pour la société de la comtesse, et il y
parvenait. Mais il réussissait beaucoup plus auprès des
femmes pieuses qu'auprès des femmes du monde.
— Elles l'ennuient! se disait-il avec terreur en contemplant son idole mûrie par le malheur, pâlie par les remords, et alors dans tout l'éclat d'une beauté reconquise
et par sa vie luxueuse et par sa maternité.
Le dévoué magistrat, soutenu dans son œuvre par la
mère et par le curé de la paroisse, était admirable en ex-
pédiens. Il servait chaque mercredi quelque célébrité d'Allemagne, d'Angleterre, d'Italie ou de Prusse à sa chère
comtesse; il la donnait pour une femme *hors ligne* à des
gens auxquels elle ne disait pas deux mots, mais qu'elle
écoutait avec une si profonde attention, qu'ils s'en allaient
convaincus de sa supériorité. Dinah vainquit à Paris par le
silence, comme à Sancerre par la loquacité. De temps en
temps, une épigramme sur les choses ou quelque observation sur les ridicules révélait une femme habituée à manier les idées, et qui quatre ans auparavant avait rajeuni
le feuilleton de Lousteau. Cette époque fut pour la passion
du pauvre magistrat comme cette saison nommée l'été de
la Saint-Martin, dans les années sans soleil. Il se fit plus
vieillard qu'il ne l'était pour avoir le droit d'être l'ami de
Dinah sans lui faire tort; mais, comme il eût été jeune,
beau, compromettant, il se mettait à distance, en homme
qui devait cacher son bonheur. Il essayait de couvrir du
plus profond secret ses petits soins, ses légers cadeaux, que
Dinah montrait au grand jour. Il tâchait de donner des si-
gnifications dangereuses à ses moindres obéissances.
— Il joue à la passion, disait la comtesse en riant.
Elle se moquait de monsieur de Clagny devant lui, et le
magistrat se disait :
— Elle s'occupe de moi!
— Je fais une si grande impression à ce pauvre homme,
disait-elle en riant à sa mère, que si je lui disais oui, je
crois qu'il dirait non.
Un soir, monsieur de Clagny ramenait en compagnie de
sa femme sa chère comtesse profondément soucieuse. Tous
trois venaient d'assister à la première représentation de *la
Main droite et la Main gauche*, le premier drame de Léon
Gozlan.
— A quoi pensez-vous? demanda le magistrat effrayé de
la mélancolie de son idole.
La persistance de la tristesse cachée mais profonde qui
dévorait la comtesse était un mal dangereux que l'avocat
général ne savait pas combattre, car le véritable amour est
souvent maladroit, surtout quand il n'est pas partagé. Le
véritable amour emprunte sa forme au caractère. Or, le digne magistrat aimait à la manière d'Alceste, quand madame
de la Baudraye voulait être aimée à la manière de Philinte.
Les lâchetés de l'amour s'accommodent fort peu de la loyauté du Misanthrope, aussi Dinah se gardait-elle bien d'ouvrir son cœur à son *patito*. Comment oser avouer qu'elle regrettait parfois son ancienne fange? Elle sentait un vide
énorme dans la vie du monde, elle ne savait à qui rapporter ses succès, ses triomphes, ses toilettes. Parfois les souve-

nirs de ses misères revenaient mêlés au souvenir de voluptés dévorantes. Elle en voulait parfois à Lousteau de ne pas s'occuper d'elle, elle aurait voulu recevoir de lui des lettres ou tendres ou furieuses.

Dinah ne répondant pas, le magistrat répéta sa question en prenant la main de la comtesse et la lui serrant entre les siennes d'un air dévot.

— Voulez-vous la main droite ou la main gauche? répondit-elle en souriant.

— La main gauche, dit-il, car je présume que vous parlez du mensonge et de la vérité.

— Eh bien! je l'ai vu, je répliqua-t-elle en parlant de manière à n'être entendue que du magistrat. En l'apercevant triste, profondément découragé, je me suis dit: A-t-il des cigares? a-t-il de l'argent?

— Eh! si vous voulez la vérité, je vous dirai, s'écria monsieur de Clagny, qu'il vit maritalement avec Fanny Beaupré. Vous m'arrachez cette confidence!... je ne vous l'aurais jamais apprise; vous auriez cru peut-être à quelque sentiment peu généreux chez moi.

— Vous avez pour mari, dit-elle à son chaperon, un des hommes les plus rares. Ah! pourquoi...

Et elle se cantonna dans son coin en regardant par les glaces du coupé; mais elle supprima le reste de sa phrase que l'avocat général devina : Pourquoi Lousteau n'a-t-il pas un peu de la noblesse de cœur de votre mari!...

Néanmoins cette nouvelle dissipa la mélancolie de madame de la Baudraye, qui se jeta dans la vie des femmes à la mode; elle voulut avoir du succès, et elle en obtint; mais elle faisait peu de progrès dans le monde des femmes; elle éprouvait des difficultés à s'y produire. Au mois de mars, les prêtres amis de madame Piédefer et l'avocat général frappèrent un grand coup en faisant nommer madame la comtesse de Clagny, qu'il vit maritalement madame de la Baudraye quêteuse pour l'œuvre de bienfaisance fondée par madame de Carcado. Enfin elle fut désignée à la cour pour recueillir les dons en faveur des victimes du tremblement de terre de la Guadeloupe.

La marquise d'Espard, à qui monsieur de Canalis lisait les noms de ces dames, à l'Opéra, en entendant celui de la comtesse : — Je suis depuis bien longtemps dans le monde, je ne me rappelle pas quelque chose de plus beau que les manœuvres faites pour le sauvetage de l'honneur de madame de la Baudraye.

Pendant les jours de printemps, qu'un caprice de notre planète fit luire sur Paris la première semaine du mois de mars, et qui permit de voir les Champs-Élysées feuillés et verts à Longchamp, plusieurs fois déjà, l'amant de Fanny Beaupré, dans ses promenades, avait aperçu madame de la Baudraye sans être vu d'elle. Il fut alors plus d'une fois mordu au cœur par un de ces mouvemens de jalousie et d'envie assez familiers aux gens nés et élevés en province, quand il revoyait son ancienne maîtresse, bien posée au fond d'une jolie voiture, bien mise, un air rêveur, et ses deux enfans à chaque portière. Il s'apostrophait d'autant plus en lui-même, qu'il se trouvait aux prises avec les plus aiguës de toutes les misères, une misère cachée. Il était, comme toutes les natures essentiellement vaniteuses et légères, sujet à ce singulier point d'honneur qui consiste à ne pas déchoir aux yeux de son public, qui fait commettre des crimes légaux aux hommes de Bourse pour ne pas être chassés du temple de l'agiotage, qui donne à certains criminels le courage de faire des actes de vertu. Lousteau dînait et déjeunait, fumait comme s'il était riche. Il n'eût pas, pour une succession, manqué d'acheter les cigares les plus chers, pour lui comme pour le dramaturge ou le prosateur avec lesquels il entrait dans un débit. Le journaliste se promenait en bottes vernies; mais il craignait des saisies, qui, selon l'expression des huissiers avaient reçu tous les sacremens. Fanny Beaupré ne possédait plus rien d'engageable, et ses appointemens étaient frappés d'oppositions! Après avoir épuisé le chiffre possible des avances aux revues, aux journaux et chez les libraires, Étienne ne savait plus de quelle encre faire or. Les jeux, si maladroitement supprimés, ne pouvaient plus acquitter comme jadis les lettres de change tirées sur leurs tapis verts par les misères au désespoir. Enfin le journaliste était arrivé à un tel désespoir, qu'il venait d'emprunter au plus pauvre de ses amis, à Bixiou, à qui jamais il n'avait rien demandé, cent francs!

Ce qui peinait le plus Lousteau, ce n'était pas de devoir cinq mille francs, mais de se voir dépouillé de son élégance, de son mobilier acquis par tant de privations, enrichi par madame de la Baudraye. Or, le 3 avril, une affiche jaune, arrachée par le portier après avoir fleuri le mur, avait indiqué la vente d'un beau mobilier pour le samedi suivant, jour des ventes par autorité de justice.

Lousteau se promena, fumant des cigares et cherchant des idées, car les idées, à Paris, sont dans l'air, elles vous sourient au coin d'une rue, elles s'élancent sous une roue de cabriolet avec un jet de boue! Le flâneur avait déjà cherché des idées d'articles et des sujets de nouvelles pendant tout un mois; mais il n'avait rencontré que des amis qui l'entraînaient à dîner, au théâtre, et qui grisaient son chagrin, en lui disant que le vin de champagne l'inspirerait.

— Prends garde, lui dit un soir l'atroce Bixiou, qui pouvait tout à la fois donner cent francs à un camarade et le percer au cœur avec un mot. En t'endormant toujours saoul, tu te réveilleras fou.

La veille, le vendredi, le malheureux, malgré son habitude de la misère, était affecté comme un condamné à mort. Jadis, il se serait dit : « Bah! mon mobilier est vieux, je le renouvellerai. » Mais il se sentait incapable de recommencer des tours de force littéraires. La librairie, dévorée par la contrefaçon, payait peu. Les journaux lésinaient avec les talens éreintés, comme les directeurs de théâtre avec les ténors qui baissent d'une note. Et d'aller devant lui, l'œil sur la foule sans y voir, le cigare à la bouche et les mains dans ses goussets, la figure crispée en dedans, un faux sourire sur les lèvres. Il vit alors passer madame de la Baudraye en voiture, elle prenait le boulevard par la rue de la Chaussée-d'Antin pour se rendre au Bois.

— Il n'y a plus que cela, se dit-il.

Il rentra chez lui s'y adoniser. Le soir, à sept heures, il vint en citadine à la porte de madame de la Baudraye, et pria le concierge de faire parvenir à la comtesse un mot ainsi conçu :

« Madame la comtesse veut-elle faire à monsieur Lous-
» teau la grâce de le recevoir un instant, et à l'instant. »

Ce mot était cacheté d'un cachet qui, jadis, servait aux deux amans. Madame de la Baudraye avait fait graver sur une véritable cornaline orientale : *Parce que!* Un grand mot, le mot des femmes, le mot qui peut expliquer tout, même la création.

La comtesse venait d'achever sa toilette pour aller à l'Opéra, le vendredi était son jour de loge. Elle pâlit en voyant le cachet.

— Qu'on attende! dit-elle en mettant le billet dans son corsage.

Elle eut la force de cacher son trouble et pria sa mère de coucher les enfans. Elle fit alors dire à Lousteau de venir, et elle le reçut dans un boudoir attenant à son grand salon, les portes ouvertes. Elle devait aller au bal après le spectacle, elle avait mis une délicieuse robe en soie brochée à raies alternativement mates et pleines de fleurs, d'un bleu pâle. Ses gants garnis et à glands laissaient voir ses beaux bras blancs. Elle étincelait de dentelles, et portait toutes les jolies futilités voulues par la mode. Sa coiffure à la Sévigné lui donnait un air fin. Un collier de perles ressemblait sur sa poitrine à des soufflures sur de la neige.

— Qu'avez-vous, monsieur? dit la comtesse en sortant son pied de dessous sa robe pour pincer un coussin de velours, je vous croyais, j'espérais être parfaitement oubliée...

— Je vous dirais *jamais*, vous ne voudriez pas me croire, dit Lousteau qui resta debout et se promena tout en mâchant des fleurs qu'il prenait à chaque tour aux jardinières dont les massifs embaumaient le boudoir.

Un moment de silence régna. Madame de la Baudraye,

en examinant Lousteau, le trouva mis comme pouvait l'être le plus scrupuleux dandy.

— Il n'y a que vous au monde qui puissiez me secourir et me tendre une perche, car je me noie, et j'ai déjà bu plus d'une gorgée... dit-il en s'arrêtant devant Dinah et paraissant céder à un effort suprême. Si vous me voyez, c'est que mes affaires vont bien mal.

— Assez ! dit-elle, je vous comprends...

Une nouvelle pause se fit entre eux pendant laquelle Lousteau se retourna, prit son mouchoir, et eut l'air d'essuyer ses larmes.

— Que faut-il, Etienne ? reprit-elle d'une voix maternelle. Nous sommes en ce moment de vieux camarades, parlez-moi comme vous parleriez... à... Bixiou...

— Pour empêcher mon mobilier de sauter demain à l'hôtel des commissaires-priseurs, dix-huit cents francs! pour rendre à mes amis, autant! trois termes au propriétaire que vous connaissez... Ma tante exige cinq cents francs.

— Et pour vous, pour vivre...

— Oh! j'ai ma plume...

— Elle est à remuer d'une lourdeur qui ne se comprend pas quand on vous lit... dit-elle en souriant avec finesse.

— Je n'ai pas la somme que vous me demandez... Venez demain à huit heures, l'huissier attendra bien jusqu'à neuf, surtout si vous l'emmenez pour le payer.

Elle sentit la nécessité de congédier Lousteau, qui feignait de ne pas avoir la force de la regarder; mais elle éprouvait une compassion à délier tous les nœuds gordiens que noue la société.

— Merci! dit-elle en se levant et tendant la main à Lousteau, votre confiance me fait un bien !... Oh! il y a longtemps que je ne me suis senti tant de joie au cœur.

Lousteau prit la main, l'attira sur son cœur et la pressa tendrement.

— Une goutte d'eau dans le désert, et.... par la main d'un ange.... Dieu fait toujours bien les choses!

Ce fut dit moitié plaisanterie et moitié attendrissement; mais, croyez-le bien, ce fut aussi beau comme jeu de théâtre, que celui de Talma dans son fameux rôle de Leicester, où tout est en nuances de ce genre. Dinah sentit battre le cœur à travers l'épaisseur du drap, il battait de plaisir, car le journaliste échappait à l'épervier judiciaire: mais il battait aussi d'un désir bien naturel à l'aspect de Dinah rajeu-

nie et renouvelée par l'opulence. Madame de la Baudraye, en examinant Etienne à la dérobée, aperçut la physionomie en harmonie avec toutes les fleurs d'amour qui, pour elle, renaissaient dans ce cœur palpitant; elle essaya de plonger ses yeux, une fois, dans les yeux de celui qu'elle avait tant aimé, mais un sang tumultueux se précipita dans ses veines et lui troubla la tête. Ces deux êtres échangèrent alors le même regard rouge qui, sur le quai de Cosne, avait donné l'audace à Lousteau de froisser la robe d'organdi. Le drôle attira Dinah par la taille, elle se laissa prendre, et les deux joues se touchèrent.

— Cache-toi, voici ma mère! s'écria Dinah tout effrayée. Et elle court au-devant de madame Piédefer. — Maman dit-elle (ce mot était pour la sévère madame Piédefer une caresse qui ne manquait jamais son effet), voulez-vous me faire un grand plaisir, prenez la voiture, allez vous-même chez notre banquier monsieur Mongenod, avec le petit mot que je vais vous donner. Venez, venez, il s'agit d'une bonne action, venez dans ma chambre.

Et elle entraîna sa mère, qui semblait vouloir regarder la personne qui se trouvait dans le boudoir.

Deux jours après, madame Piédefer était en grande conférence avec le curé de la paroisse. Après avoir écouté la lamentation de cette vieille mère au désespoir, le curé lui dit gravement : —Toute régénération morale qui n'est pas appuyée d'un grand sentiment religieux, et poursuivie au sein de l'Église, repose sur des fondemens de sable... Toutes les pratiques, si minutieuses et si peu comprises que le catholicisme ordonne, sont autant de digues nécessaires à contenir les tempêtes du mauvais esprit. Obtenez donc de madame votre fille qu'elle accomplisse tous ses devoirs religieux, et nous la sauverons...

Dix jours après cette conférence, l'hôtel de la Baudraye était fermé. La comtesse et ses enfans, sa mère, enfin toute sa maison, qu'elle avait augmentée d'un précepteur, était partie pour le Sancerrois, où Dinah voulait passer la belle saison. Elle fut charmante, dit-on pour le comte.

NOTE DE L'AUTEUR. — Page 209, colonne 1re, ligne 12, au lieu de Tobie Piédefer, lisez Silas Piédefer. On peut pardonner à l'auteur de s'être rappelé trop tard que les calvinistes n'admettent pas le livre de TOBIE dans les Saintes Écritures.

FIN DE LA MUSE DU DÉPARTEMENT.

Paris. — Typographie Morris et Comp., 64, rue Amelot.

www.ingramcontent.com/pod-product-compliance
Lightning Source LLC
Chambersburg PA
CBHW071856020726
47502CB00003B/771